Der Clan

des

Roten Drachen

Oder
die Geschichte eines Narren
der ein Krieger sein wollte

Kai Schlupkothen

Der "**Clan des Roten Drachen**", einschließlich all seiner Teile, ist urheberrechtlich geschützt. Jede Verwertung außerhalb der eigenen Grenzen des Urheberrechtsgesetzes ist ohne Zustimmung des Autors unzulässig und strafbar. Dies gilt insbesondere für Vervielfältigungen, Übersetzungen, Mikroverfilmungen sowie, die Einspeicherung und Verarbeitung in elektronischen Systemen.

© 2013 Kai Schlupkothen

Herstellung und Verlag: BoD – Books on Demand, Norderstedt
Bibliografische Information der Deutschen Nationalbibliothek

ISBN 978-3-7322-6717-0

Kapitel 1: Die Prophezeiung

Das Feuer brennt hell, aber es wärmt mich nicht. Fröstelnd ziehe ich die Kapuze meines Umhangs tiefer ins Gesicht und rücke noch etwas näher an die Feuerstelle heran. Draußen tobt der Sturm. Mit Macht treibt er den Regen gegen die Fenster. Ich fühle, wie Hilflosigkeit mir die Kehle zuschnürt, wie immer am Abend vor der großen Schlacht, wenn das Unausweichliche näher rückt und mir nichts anderes übrigbleibt, als zu warten. Dann schleicht sich die Angst in meine Glieder, frisst sich in meine Eingeweide, höhlt mich aus, bis sich in mir eine dumpfe Leere ausbreitet und Stunden sich zu Jahren dehnen. Ich atme tief und keuchend und spüre, wie meine Knochen schwer werden wie Blei, spüre meine schmerzenden Narben, die Spuren meines Kriegerlebens, das nun schon bald vierundzwanzig Sommer zählt.

Der Schein des Feuers vermag das Dunkel des Rundhauses nicht zu durchdringen. Ich kann die Männer um mich herum nur ahnen, höre sie, rieche sie, spüre sie, wie sie warten wie ich, warten auf den Sonnenaufgang, der vielleicht der letzte in unserem Leben sein wird, selbst wenn wir siegreich sein sollten. Und obwohl einige der Krieger meine Brüder sind und wir einem starken Clan angehören, ist doch jeder in diesem Moment der Stille ganz allein. Alle hier im Saal sind sich darüber im Klaren, dass wir morgen vielleicht durch das große Tor in die anderen Welten schreiten werden.

Eine der Frauen kommt. Sie bietet mir Braten an. Ich lehne ab, es ist besser, hungrig in die Schlacht zu ziehen. Also schlürfe ich gleichgültig ein wenig Suppe, während meine Augen der Frau folgen, auf ihrem schwarzen Haarknoten ruhen, auf ihren massigen Armen, dem ausladenden Hinterteil. Und ich muss daran denken, wie es damals begann. Es ist schon so lange her, dass ich das Gefühl habe, es ist ein anderes Leben und eine andere Geschichte, nicht die meine. Mit einem Seufzer schließe ich die Augen und lasse zu, dass die Bilder aus der Tiefe meiner Vergangenheit zu mir heraufsteigen.

Geboren wurde ich als Bastard einer Wäscherin in der Nähe der Küste. Ich lebte mit meiner Mutter und meiner Großmutter in einem kleinen Haus, das zu dem Lehen des Fürsten Valan gehörte. Meine Familie führte ein arbeitsreiches, beschwerliches Leben, und ich ahnte, dass nicht nur unser Haus dem Fürsten gehörte, sondern auch wir selbst.

Meine Großmutter betrieb eine kleine Schankwirtschaft, in der sie Reisenden Speis und Trank anbot. Unser Haus stand abseits des Dorfes an einer Straße, auf der zahlreiche Händler und Krieger durch das Land zogen. Durch Wiesen und Felder stieg die Straße sanft zu dem Hügel hinauf, auf dem die mächtige Burg des Fürsten lag. Nur wenige Meilen dahinter brach das Land plötzlich ab, und die Steilküste gab den Blick auf das Meer frei.

Meine Kindheit war hart. Ich musste früh aufstehen und meiner Großmutter den ganzen Tag lang in der Schenke helfen. Doch ich liebte es, abends durch die Wiesen zu laufen und diese unbestimmte Freude zu genießen, die sich wie Freiheit anfühlt. Und wann immer ich konnte, stahl ich mich davon, um, versteckt in einer Ecke der Schenke, den Geschichten der Reisenden zuzuhören. Sie erzählten von Frauen oder geheimen Schätzen oder von Kriegern und ihren Schlachten. Wenn ich nicht einschlief, dann rannte ich nach einer besonders aufregenden Erzählung auf die Felder. Bewaffnet mit einem Stock und mit einem kleinen Topf auf dem Kopf, schlug ich Schlachten für Ehre und Gewissen, für schöne Prinzessinnen, gegen böse Zauberer und große gefährliche Drachen. Doch wenn meine Mutter mich dabei erwischte, verprügelte sie mich erbarmungslos. Sie ließ Schimpfwörter auf mich niederprasseln und bläute mir ein, dass das Leben nicht aus Träumen besteht. Denn Träume machen nicht satt.

So vergingen die Jahre. Ich schoss in die Höhe und hatte ständig Hunger. Meine Mutter murrte, ich würde ihr die Haare vom Kopf fressen. Dabei hatte sie trotz ihres Alters noch dichtes, dunkles Haar. Sie wog gut zwei Zentner und konnte fluchen wie ein Kutscher und zuschlagen wie ein Schlachter. „Mit zwölf Sommern frisst du schon so viel wie zwei ausgewachsene Männer", schimpfte sie oft und hatte nur Wassersuppe für mich. Meine Großmutter steckte mir dann leckere Sachen zu, die sie aus der Küche hatte verschwinden lassen. „Hier, Söhnchen, damit du ein großer, starker Krieger werden kannst", flüsterte sie.

Mehr als einmal wollte ich von zuhause weglaufen, um mich im Land umzusehen und um genau die Abenteuer zu erleben, von denen die Reisenden so oft sprachen. Doch meine Großmutter wurde krank und alt. Sie konnte die Schenke nicht mehr führen. Sie brauchte immer öfter Hilfe, erst beim Essen, dann auch bei der Notdurft. Erfüllt von Ungeduld schrie meine Mutter, die Alte solle endlich verrecken, schließlich könne sie nicht gleichzeitig waschen und die Gäste bedienen. Dann kümmerte ich mich um meine Großmutter, saß an ihrem Bett und erzählte ihr, was ich noch alles vorhatte und wo ich noch überall hin wollte und dass ich nur ihretwegen noch zuhause bliebe.

Eines Tages nahm da die Alte meine Hand, sah mich an und wisperte mir ins Ohr: „Söhnchen, du kannst nicht einfach gehen. Du gehörst mit Leib und Leben dem Fürsten Valan. Er ist es, der über dich und mich, über alle, die hier leben, richtet und bestimmt. Ihm bist du verpflichtet. Ihm gehörst du. Aber das soll dich nicht schrecken! Schon seit vielen, vielen Jahren erdulden wir das. Werde ein guter Schankwirt, und du hast nichts zu befürchten. So, mein Söhnchen, und nun lass mich schlafen. Ich spüre, dass die Götter Sehnsucht nach mir haben." Ich glaubte, meinen Ohren nicht trauen zu können: ich, ein Leibeigener? Aran van Dagan ein Knecht, der nichts besitzt, nicht einmal seine Freiheit? Das konnte nicht sein! Ich beschloss, zur Burg zu laufen, und zwar sofort.

Ich eilte an der Wäschekammer vorbei, als ich meine Mutter hinter mir herrufen hörte, ich solle nicht herumtrödeln, sondern die Gäste bedienen. Ich blieb in der Tür stehen und blickte meine Mutter verzweifelt an. Sie stand über den Waschkessel gebeugt und wischte sich den Schweiß aus der Stirn. „Ich kann nicht", stammelte ich, „ich muss zur Burg, meine Freiheit fordern." In Erwartung ihres üblichen Gebrülls war ich einen Schritt zurückgewichen. Aber meine Mutter sah mich nur mit müden Augen an, die ein trauriger Schimmer plötzlich alt werden ließ. „Mein Junge, wenn du dein Leben nicht leichtfertig aufs Spiel setzen willst, dann geh nicht. Du bist noch so jung und weißt vom Leben nicht viel. Deshalb bitte ich dich, geh nicht zur Burg." Flehend kamen die Worte über ihre Lippen. Sie streckte die Hand nach mir aus, aber ich wich noch weiter zurück. Zärtlichkeit von dieser Frau war mir genauso fremd wie Fürsorge. „Ich bin kein Sklave", schleuderte ich ihr entgegen und rannte aus dem Haus.

Ich lief die Straße hinauf. Es dämmerte schon, und ich sah zu den grauen Umrissen der dicken Mauern empor. Erst jetzt wurde mir bewusst, dass ich noch nie in der Burg gewesen war. Sie war immer da, wachte über uns, gehörte dazu, aber dort gewesen war ich noch nicht. Unbehagen machte sich in mir breit. Mein Schritt verlangsamte sich. Ganz außer Atem musste ich das letzte Stück des Weges gehen. Es war schon dunkel, als ich in das Dorf zu Füßen der Burg kam. Unsicher ging ich durch die Gassen. Überall stank es nach Mist, das Vieh lief zwischen den Häusern umher, die Männer, die mir begegneten, starrten mich finster und feindselig an. Meine Empörung schwand immer mehr, je näher ich der Burg kam. Und dann stand ich zitternd vor dem großen, mit Eisen beschlagenen Tor. Mein Mut hatte mich verlassen, ich war hungrig, müde und ratlos. Nach einiger Überlegung beschloss ich in der vagen Hoffnung auf ein Nachtlager, nun tatsächlich auch um Einlass zu bitten. Also nahm ich meinen restlichen Mut zusammen und ließ den schweren Ring gegen das Tor fallen. Augenblicklich erstarrte ich vor Schreck. Gleich einem Donnerhall rollte der dumpfe Knall durch die Burg. Ich wagte nicht zu atmen und lauschte gespannt der anschließenden Stille.

Gerade wollte ich wieder gehen, als sich mit lautem Knarren die eine Hälfte des Tores öffnete. Die Wache musterte mich von oben bis unten und fragte dann knurrend nach meinem Begehr. „Ich... ich... ich habe Hunger und mir ist kalt", stammelte ich. Gleichzeitig befahl mir eine warnende Stimme in meinem Kopf fortzurennen, doch vergeblich, ich war wie gelähmt. Dann trat die Wache unerwarteter Weise beiseite und deutete an, dass ich eintreten solle. Ich atmete auf. Gastfreundschaft war also nicht nur bei uns zuhause das höchste Gut.

Unsicher trat ich durch das riesige Tor in den Innenhof der Burg. Meine innere Stimme schrie nun so laut, dass ich den Kopf schütteln musste, um sie zum Schweigen zu bringen. Hätte ich doch auf sie gehört! Denn kaum hatte ich die Burg betreten, traf mich ein Schlag so hart in den Rücken, dass ich zu Boden geschleudert wurde. Unter den Tritten der Wache verstand ich so höhnische Bemerkungen wie „Das Betteln werden wir dir hier schon austreiben." Dann wurde ich fortgeschleift. Ich verlor das Bewusstsein, als mein Kopf auf die Treppenstufen schlug.

Ein Schwall kalten Wassers holte mich in die Wirklichkeit zurück. Noch sehr benommen, brauchte ich einen Augenblick, bis ich meine Umgebung einigermaßen erkennen konnte. Ich befand mich in einer großen Halle, die von Fackeln spärlich erleuchtet war. An den Wänden hingen Felle und Waffen, große Hunde musterten mich neugierig. In der Mitte des hohen Saals brannte ein Feuer. Drumherum standen einige Männer, die sich mir jetzt zuwandten. Mein Schädel schmerzte, ich tastete nach meinem Hinterkopf und fühlte etwas Warmes, Klebriges an meinen Fingerspitzen. Als ich sie mir vor die Augen hielt, sah ich, dass sie voller Blut waren. Panik überfiel mich, ich wollte aufspringen, wurde aber sofort wieder brutal auf den Boden zurückgestoßen. „So, so, dieses Stück Dreck wollte uns also um Essen anbetteln. Wer ist er?" Die Stimme kam von oben. Auf einem Hochsitz in der Nähe des Feuers saß ein älterer Mann. Sein hageres Gesicht umrahmte kalte Augen, die mich aufmerksam anstarrten. Ich bekam einen Tritt in die Seite, so dass ich aufschrie. „Wer du bist, hat dich mein Herr gefragt." Die Wache packte mich und schleifte mich näher an den Hochsitz heran. Tränen der Wut und der Verzweiflung stiegen in mir hoch. „Ich bin Aran van Dagan, Sohn der Hildgard van Dagan. Ich lebe in der Schenke an der Landstraße." Der Mann auf dem Hochsitz legte seine Stirn in Falten und wandte sich an einen Greis, der ihm in gebeugter Haltung zur Seite stand. Ich wollte fortfahren, aber ein weiterer Tritt der Wache verhinderte das. Der gebeugte Alte tuschelte mit dem Fürsten, dann sprach er mich an. „Wer ist dein Vater, Bursche? Hat er dir nicht beigebracht, wie du dich vor hohen Herren zu benehmen hast?" Ich musste schlucken. Immer wenn ich meine Mutter nach meinem Vater fragte, dann gab sie mir einen Schlag ins Gesicht. „Er ist tot", lautete ihre Antwort. Meine Großmutter erzählte mir einmal, dass mein Vater ein fahrender Ritter gewesen sei, ein großer Held, der in einer Schlacht sein Leben für uns gelassen habe. Und sie behauptete auch, dass meine Mutter ihn immer noch liebe und deshalb so streng mit mir sei. „Er ist tot", flüsterte ich und wagte es, dem Alten auf dem Hochsitz ins Gesicht zu sehen, was mir prompt wieder einen Tritt einbrachte. „Was willst du hier? Raus mit der Sprache! Oder sollen es meine Wachen aus dir herausprügeln?" Ich überlegte nicht lange. „Ich will frei sein!", platzte es aus mir heraus. „Ich will tun und lassen können, was ich will, und gehen können, wann und wohin ich will!" Ich hatte mich bei diesen Worten aufgerichtet und stand nun vor Schmerz gekrümmt vor dem Fürsten, der mir mit finsterem Blick in die Augen sah.

Einen Moment lang geschah nichts, dann knurrte er: „Du gehst nirgendwohin! Du gehörst mir! Und ich werde es nicht zulassen, dass mein Eigentum etwas anderes tut, als für mich zu arbeiten und, wenn ich es will, auch für mich zu sterben." Die letzten Worte hatte er geschrieen, seine Stirnader schwoll an und Speichel trat ihm aus den Mundwinkeln. „Du weißt ja nicht, wer ich bin, du Narr. Ich könnte dich töten lassen, einfach so." Die Wache schlug mir mit dem Handrücken ins Gesicht. „Sieh mich nicht an!", kreischte er, „ich habe dir nicht erlaubt, mich anzusehen." Ich bekam einen Tritt in die Kniekehle, sackte zusammen und versuchte, mit den Armen meinen Kopf zu schützen. Irgendwann spürte ich die schweren Stiefel nicht mehr. Doch kurz bevor mir die Sinne schwanden, hörte ich noch eine warnende Stimme. "Herr, es ist nicht gut, wenn Ihr ihn umbringt, es könnte gefährlich sein." Dann versank ich in einem schwarzen Nichts.

Als ich erwachte, lag ich auf dem Rücken vor dem großen Tor. Der Regen fiel mir ins Gesicht. Alles schmerzte. Ich versuchte aufzustehen, aber es gelang mir nicht. Also begann ich zu kriechen, kroch von der Burg weg. Ich kroch durch den Matsch und versuchte immer wieder, die nahende Ohnmacht zu besiegen. Irgendwann zogen mich fremde Hände aus dem Dreck, und ich wehrte mich nicht länger gegen die erlösende Besinnungslosigkeit.

Das nächste, an das ich mich erinnere, ist die strenge Stimme meiner Mutter. „Du hast sehr viel Glück gehabt. Ich hatte dich gewarnt, aber du wolltest ja nicht auf mich hören. Nun sieh, was dir das eingebracht hat. Drei Tage standest du zwischen Leben und Tod, bis die Götter sich gnädig erwiesen und dich mir zurückgaben, damit ich mich hier nicht ganz allein um alles kümmern muss." Ihre Augen aber verrieten Sorge und Mitleid. Ich versuchte zu sprechen, aber es kam nur ein Krächzen aus meinem Hals. Meine Mutter hielt mir einen Becher mit einer braunen Flüssigkeit an den Mund und sagte: „Trink mit kleinen Schlucken, und du wirst bald wieder zu Kräften kommen." Ich merkte noch, dass das Zeug widerlich schmeckte, dann übermannte mich die Müdigkeit.

Ein schauerliches Geräusch ließ mich aus meinem Schlaf hochschrecken. Es dauerte einen Augenblick, bis mir klarwurde, dass es mein Magen war. Mit wackligen Beinen machte ich mich auf in Richtung Küche. Ich kam am Zimmer meiner Großmutter vorbei und ging zu ihr hinein. Sofort fiel mir auf, dass etwas nicht stimmte. Es brannten weniger Kerzen als sonst, und es roch sonderbar. Meine Großmutter lag ausgestreckt auf ihrem Bett, die Hände über der Brust gefaltet. Sie trug ihr bestes Kleid und sie sah sehr blass aus. Vorsichtig rief ich sie, ganz leise, um sie nicht zu erschrecken. Als sie nicht hörte, rief ich etwas lauter und berührte sie leicht an der Hand. Ich erschrak und wich zurück. Ihre Hand war kalt und steif. Nun schrie ich: „Großmutter, Großmutter! Ich bin es, Aran! Sieh doch, ich bin wieder gesund! Großmutter, bitte wach auf!" Aber sie blieb starr und still.

Meine Mutter stand in der Tür. „Du brauchst sie nicht zu rufen, sie wird nicht zurückkommen." Ich verstand nicht, was sie damit meinte, also rief ich nochmals. Da fasste mich meine Mutter am Arm, führte mich zum Bett und deutete auf den leblosen Körper. „Deine Großmutter ist durch das große Tor zu den Göttern gegangen. Sie gab ihr Leben für deines hin, lass ihr ihren Frieden." Ich starrte sie an. „Wieso? Ich verstehe das nicht. Ihr Leben für meines, wie meinst du das?" Meine Mutter setzte mich auf das Bett und erzählte: „In der Nacht, in der dich die Männer brachten, hatten wir keine Hoffnung mehr für dich. Aber deine Großmutter, sie stand unter großen Mühen und Schmerzen auf und bereitete in der Küche einen Trank. Sie sang dabei und murmelte unablässig Beschwörungsformeln. Und als sie fertig war, sagte sie mir, dass sie mit den Göttern einen Handel beschlossen habe: ihr altes Leben gegen dein junges. Sie wollte sich nur noch davon überzeugen, dass dieser Handel auch gilt. Als du den Rest von ihrem Trank geschluckt hattest und wir sicher waren, dass du leben würdest, da ist sie gestorben." Mir wurde schwindelig, ich fing an zu weinen und war so außer mir, dass ich mich auf ihr Bett warf und den kalten Körper umarmte. Es rauschte in meinen Ohren, und eine bleierne Müdigkeit überkam mich. Kurz darauf schlief ich ein. Meine Mutter holte eine Decke und ließ mich in dem Bett liegen, damit ich von meiner Großmutter Abschied nehmen konnte. Es ist Sitte, dass wir noch einige Tage mit unseren Toten zusammenbleiben, damit der Abschied für beide nicht zu schwer ist und wir mit den Toten ins Reine kommen können. Danach werden die Körper dem Feuer übergeben, damit der Geist der Toten frei ist.

    Ich hatte einen unruhigen Schlaf und träumte von großen Feuern und von Kriegen, in denen viele Menschen starben. Und ich sah diesen Reiter mit dem großen roten Drachen auf Schild und Brustpanzer. Sein schwarzes Pferd wurde von einer schweren Panzerdecke geschützt. Ich hatte furchtbare Angst. Also begann ich davonzulaufen. In meiner Verzweiflung sah ich nicht, wohin ich lief. Als ich endlich anhielt, um Atem zu schöpfen, bemerkte ich, dass ich von einem unheimlichen Wald umgeben war, dessen Bäume so hoch waren, dass ich ihre Kronen nicht sehen konnte. Dann war da dieses Licht, ein warmes helles Licht, es schien, von überall her zu kommen. Plötzlich stand meine Großmutter vor mir. Sie hatte ihr schönstes Kleid an und lächelte. „Du brauchst keine Angst zu haben, Söhnchen, ich bin bei dir und werde dich beschützen, so wie ich es immer getan habe." Augenblicklich verschwanden meine Angst und die Dunkelheit um mich herum. Ich stand auf einer Frühlingswiese bei Sonnenaufgang. Ich weinte. „Nimm diese Distel und verwahre sie gut. Eines Tages wirst du Großes leisten müssen, denn du bist ein ganz besonderer Mensch. Vergiss das nicht." Mit diesen Worten legte meine Großmutter mir einen kleinen blühenden Distelzweig in die Hände. „Sei ein braver Junge, hilf deiner Mutter und lern so viel du kannst, denn Dummheit wäre der erste Schritt zum Untergang. Werde ein guter Schankwirt und warte auf das Zeichen, das dich leiten wird." Dann verschwand das Leuchten, und ich wurde von einem starken Wind erfasst. Meine Großmutter lächelte und winkte mir nach, als mich der Sturm davontrug.

    Ich erwachte durch einen lauten Donnerschlag. Draußen tobte ein Gewitter. Die Kerzen waren heruntergebrannt, und nur wenn es blitzte, erhellte sich das Zimmer. Ich lag immer noch neben meiner toten Großmutter und wunderte mich über den seltsamen Traum. Gleichzeitig spürte ich, wie ich erfüllt war von einer tiefen Ruhe. Keine Traurigkeit war mehr in mir, und als ich auf meine Großmutter hinuntersah, bemerkte ich, dass sie lächelte. Das war mir vorher nicht aufgefallen. Der Schmerz in meiner Hand riss mich aus meinen Gedanken. In meinen Händen hielt ich einen kleinen blühenden Distelzweig.

    Immer noch auf den Zweig starrend, verließ ich das Totenzimmer. Ich hörte meine Mutter in der Küche arbeiten. Da fiel mir wieder mein Magen ein, der immer noch knurrte. Meine Mutter versuchte zu lächeln, als sie mich in die Küche treten sah. Ich hatte sie noch nie Lachen sehen. „Du hast bestimmt Hunger, mein Junge. Setz dich, ich habe dir eine gute Suppe gekocht, damit du schnell wieder zu Kräften kommst." Dann sah sie den Distelzweig und seufzte: „Hast du eine Prophezeiung bekommen?" Ich nickte. „Wirst du mich jetzt auch verlassen?" „Nein, jetzt noch nicht", erwiderte ich, „ich werde erst in der Schenke arbeiten. Großmutter will es so. Aber es wird der Tag kommen, dann werde ich gehen, auch wenn es mein Leben kosten sollte." Meine Mutter nahm mich in ihre Arme. Etwas befremdet, ließ ich es geschehen. Es war nicht so, dass ich es nicht gewollt hätte, aber es war derart ungewohnt, dass ich die Umarmung nicht erwidern konnte.

Von diesem Tag an arbeitete ich jeden Tag in der Schenke. Dann erinnerte ich mich an das, was meine Großmutter sagte, bevor ich aus diesem seltsamen Traum erwachte: „Lern so viel, wie du kannst!" Also lauschte ich den Gästen aufmerksam und hörte so das erste Mal vom Clan des Roten Drachen. Doch die Legenden von wilden Kriegern, die allein ganze Heere besiegten, faszinierten mich nicht so sehr wie die Geschichten von den Drachen selbst. Ich versuchte, mir diese Geschöpfe vorzustellen, konnte aber den Schrecken und das Grauen nicht nachempfinden, das die Leute ergriff, wenn sie von den riesigen Wesen sprachen. Ich träumte davon, auf ihnen frei wie ein Vogel durch die Lüfte zu reiten.

Zu dieser Zeit blühte der Handel in unserem Land, und es kamen Kaufleute und fahrende Händler von überall her, um im Dorf und in der Burg Geschäfte zu machen. Viele Reisende rasteten bei uns und wollten auch übernachten. Deshalb machte ich meiner Mutter den Vorschlag, einen Teil des alten Stalls und der Waschküche zu Gästezimmern umzubauen. Nach einiger Zeit hatten wir drei kleine einfache, saubere Zimmer und konnten die ganze Arbeit nicht mehr allein bewältigen. Also beschlossen wir, eine Magd oder einen Knecht anzustellen für Brot und einen Platz zum Schlafen. Meine Mutter brauchte Hilfe in der Küche und ich in der Schenke, damit ich mich ganz um die Gäste kümmern konnte. Auch wenn ich das widerwillig tat, so verstand ich mich inzwischen doch recht gut darauf.

Kapitel 2: Falahn

Eines Tages, es war schon Herbst geworden und die Blätter begannen, sich zu verfärben, fiel mir eine Frau auf, die still in der Ecke saß und nur einen Teller Suppe und etwas Wasser bestellte. Sie war schon etwas älter, ich schätzte sie auf mehr als dreißig Sommer. Trotz ihrer einfachen Kleidung machte sie einen vornehmen Eindruck. Sie saß kerzengerade, und wie sie ihre Suppe aß, beeindruckte mich sehr.

Ich war gerade in der Küche und hatte meiner Mutter von dieser Frau erzählt, als ich Lärm aus der Schenke hörte. Einige Gäste waren aufgesprungen und fuchtelten wild mit ihren Händen in der Luft herum. „Was ist hier los?", fragte ich in die Runde. Ein Schweinehirt rief, dass sie alle bestohlen worden seien. Ob er wirklich Schweine hütete, wusste ich nicht, aber er stank so. Die Frau in der Ecke war nicht mehr da. Ich stürzte aus dem Haus und sah sie die Straße hinuntereilen. Sofort rannte ich ihr nach und hatte sie nach kurzer Zeit eingeholt. „Wohin so eilig, werte Frau? War unsere Suppe nicht gut? Oder braucht man dort, wo Ihr herkommt, nicht zu bezahlen?" Statt einer Antwort schlug sie mir mitten ins Gesicht und rannte weiter. Nach wenigen Schritten war ich wieder bei ihr und stieß sie zu Boden. Sie schrie auf und trat nach mir. Ich wich den Tritten aus und warf mich auf sie. Mein Gewicht drückte sie zu Boden, aber sie wehrte sich heftig weiter und versuchte, mich zu beißen und mir die Augen auszukratzen. Weil ich mir nicht mehr zu helfen wusste, schlug ich ihr mit der Faust ins Gesicht. Augenblicklich sackte sie in sich zusammen und blieb regungslos liegen. Ich, der davon träumte, ein großer Krieger zu werden, hatte meinen ersten Kampf gegen eine Frau ausgetragen und ihn nur knapp gewonnen.

Als sie kurz darauf wieder zu sich kam, fing sie an zu weinen. Ihr Auge schwoll an und als sie aufstehen wollte, fielen ihr zwei Geldsäckchen aus dem Rock. „Bitte verrat mich nicht. Du bist doch ein schlauer Junge. Lass mich einfach gehen." Sie wischte sich die Tränen aus dem Gesicht. „Ich bin kein Junge, sondern ein Mann", erwiderte ich beleidigt. „Dann sei ein Edelmann und lass mich ziehen", flehte sie leise, „ich will nicht meine Hände und Haare verlieren." Daran hatte ich nicht gedacht. Dieben wurden beide Hände abgehackt und der Kopf kahlgeschoren, damit sie überall zu erkennen waren. Man erzählte sich, dass der Fürst dies selbst tue, weil er großen Spaß dabei empfand. Mir lief bei dem Gedanken ein kalter Schauer über den Rücken. Erst jetzt fiel mir auf, dass die Diebin wunderbar langes rotbraunes Haar hatte, das ihr fast bis zur Hüfte reichte. Kurz entschlossen fasste ich sie bei der Hand und zog sie hinter mir her. „Schweigt und folgt mir, wenn Euch Euer Leben lieb ist." Widerwillig folgte sie mir, so dass ich sie fest am Arm packen musste. Ich versteckte sie im Stall.

Als ich wieder in die Schenke trat, war meine Mutter dabei, die aufgebrachte Menge zu beruhigen. „Leider ist sie mir entwischt, aber ich konnte ihr diese Geldsäcke entreißen." Mit diesen Worten warf ich die Lederbeutel auf den Tisch und ließ mich auf einen Stuhl fallen. Das war alles, wofür sich die Männer interessierten. Als sie dann noch mein zerkratztes Gesicht sahen, glaubten sie mir auch, dass sie mir entwischt war. Nur meine Mutter sah mich an und wusste, dass ich nicht die Wahrheit sagte. Als die letzten Gäste gegangen waren, stellte sie mich zur Rede. „Mir kannst du nichts vormachen, Aran. Was hat sich da draußen wirklich abgespielt?" Ich führte sie zum Stall. „Sie könnte unsere neue Magd werden", schlug ich meiner Mutter vor und deutete auf die am Boden sitzende Frau. Gleich darauf bekam ich solch einen Schlag in den Nacken, dass ich zwei Schritte nach vorn in den Stall taumelte. „Wie hast du diese arme Frau nur zugerichtet! Du bist auch nicht besser als die anderen." Sie schob mich zur Seite und half der Frau auf. Beschämt sah ich, dass ihr Auge gänzlich zugeschwollen war und eine blaue Färbung angenommen hatte. Die beiden Frauen gingen zurück ins Haus. Ich wollte ihnen folgen, aber meine Mutter drehte sich um und sagte in einem Ton, der keinen Widerspruch duldete: „Du hast schon genug angerichtet. Mach, dass du das Vieh fütterst und dann die Schenke säuberst. Vorher will ich dich nicht in der Küche sehen." Widerwillig gehorchte ich. Ich hatte die Diebin überwältigt. Ich war es gewesen, der sie vor der wütenden Meute versteckt hatte. Und nun musste ich das Vieh füttern!

Es war schon dunkel, als ich endlich ins Haus zurückkehrte. Vorsichtig spähte ich in die Küche. Auf dem Tisch standen Brot, Käse und etwas Obst. Gierig machte ich mich über das Essen her, als die beiden Frauen in die Küche traten. Meine Mutter sagte: „Dies ist Falahn. Sie wird ab jetzt bei uns wohnen und hier arbeiten. Ich will, dass du sie mit Respekt behandelst. Und du wirst dich bei ihr entschuldigen." Falahn trat neben meine Mutter, und ich sah, dass sie sich eine Kompresse gegen ihr Auge drückte. Ihr Kleid war zerrissen und schmutzig. Mir war das alles sehr unangenehm, ich entschuldigte mich. Dabei starrte ich auf den Boden und scharrte nervös mit meinem Fuß hin und her. „Ab sofort wirst du das Vieh versorgen und in der Küche helfen, du wirst die Zimmer und die Schenke sauber halten, Aran. Du wirst Falahn zur Hand gehen, wann immer sie es für nötig hält, wenn sie die Gäste bedient. Hast du das verstanden, Junge?" Meine Mutter sah mich durchdringend an. Ich nickte, aber ich verstand nicht ganz, was gerade geschehen war. Diese Frau war eine Diebin, sie hatte mich getreten und geschlagen, ganz davon abgesehen, dass sie mir fast die Augen ausgekratzt hatte. Was hatte diese Hexe mit meiner Mutter getan, dass ich so in Ungnade gefallen war? „Zeig Falahn das Haus und mach sie mit allem vertraut, was sie wissen muss. Danach gehst du zu Bett. Ich muss morgen sehr früh aufstehen, um das Brot zu backen." Mit diesen Worten ließ meine Mutter mich allein mit dieser Frau.

Meine Hände hatte ich tief in die Taschen meines Kittels vergraben, und mein Blick war immer noch auf den Fußboden gerichtet. Sie stellte sich neben mich und sagte mit leiser Stimme: „Entschuldige bitte, dass ich dich in eine solche Lage gebracht habe. Es war nicht meine Absicht, dir den Platz im Gasthaus streitig zu machen. Aber deine Mutter hat mir keine andere Wahl gelassen, entweder ich arbeite für euch, oder ich werde dem Fürsten übergeben." Ich merkte, dass ich gar nicht so traurig darüber war, nicht mehr in der Schenke arbeiten zu müssen. Es war nur mein verletzter Stolz, der mich beleidigt sein ließ. „Ist schon gut, halb so schlimm, wie meine Großmutter zu sagen pflegte", erwiderte ich, „komm, ich zeige dir alles." Nachdem wir durch das ganze Haus gegangen waren, begleitete ich sie in das Zimmer, in dem sie in Zukunft wohnen sollte, und verabschiedete mich. Auf dem Weg zu meinem Bett gestand ich mir, dass Falahn eine nette, hübsche und geheimnisvolle Frau war, die mich immer mehr zu faszinieren begann.

In den nächsten Wochen arbeitete Falahn in der Schenke, und ich half ihr, wann immer ich Zeit dazu fand. Meine schlaue Mutter sorgte zwar dafür, dass ich viel zu tun hatte. Trotzdem versuchte ich immer wieder, rechtzeitig fertigzuwerden, um bei Falahn sein zu können. Ihr Lachen liebte ich besonders. Wenn sie gut gelaunt war, dann nahm sie mich an den Händen, und wir drehten uns im Kreis, bis ihr schwindelig wurde. Sie arbeitete hart und war beliebt bei den Gästen. Ich beobachtete, dass die Leute gern bei ihr bezahlten. Einmal, als fahrende Musiker zu Gast waren, tanzte sie mit mir. „Du bist ein guter Tänzer, Aran", sagte sie und drückte mich fest an sich. Ich konnte ihre weichen Brüste spüren und den Duft ihrer Haut atmen, der mich sonderbar erregte. Als sie das bemerkte, schickte sie mich ins Bett. Nur widerwillig kam ich dieser Aufforderung nach, ich war ja schließlich kein kleines Kind mehr, dreizehn Sommer hatte ich schon erlebt, und bald kam der vierzehnte.

Am nächsten Morgen stürzte ich in die Küche. Aber statt Falahn zu sehen, traf ich meine Mutter, die mich gleich anfuhr, dass ich mich erst waschen solle. Also ging ich in die Waschküche. Dort wuschen wir nicht nur die Wäsche, in dem großen Waschzuber badeten wir auch. An diesem Morgen aber fuhr ich mir nur schnell mit frischem Wasser aus einem kleinen Eimer durch das Gesicht, als mich ein leises Hüsteln herumfahren ließ. In dem Zuber saß Falahn, die ich in meiner Eile gar nicht bemerkt hatte. „Es schickt sich nicht, einer Frau beim Baden zuzusehen." Ich wurde rot und wandte mich schnell ab. „Es tut mir leid", stammelte ich, „ich wusste nicht, dass du gerade badest." „Macht nichts", erwiderte sie, „bitte gib mir das Tuch, das neben dir liegt." Als ich ihr das Handtuch reichte, musste ich einfach meinen Blick heben, um sie anzusehen. Das Wasser lief an ihrer hellen Haut herunter, und sie zitterte etwas. Sie drehte sich weg, trotzdem konnte ich einen Blick auf ihre straffen Brüste werfen. Ihr Rücken und ihr Gesäß waren wohlgeformt, und nichts verriet ihr Alter. Sie wirkte jugendlich und anmutig. „Hast du nichts zu tun, junger Mann?" Ihre Stimme riss mich aus meinen Gedanken. „Natürlich hab ich das." Ich stürzte aus der Waschküche hinaus in den Stall.

Den restlichen Tag konnte ich an nichts anderes mehr denken als an diese Frau, die mir so wunderschön in der Waschküche zugelächelt hatte. Wie von selbst ging mir die Arbeit von der Hand, und ich konnte es nicht erwarten, zum Essen in die Küche zu kommen. Aber dort war niemand. Ich lief in die Schenke, um zu sehen, wo meine Mutter und vor allem Falahn waren. Es waren nicht viele Gäste da, deshalb fiel mir sofort auf, dass meine Mutter und Falahn zusammen an einem Tisch saßen und angestrengt miteinander sprachen. Auf dem Tisch lag ausgerollt ein Blatt Pergament, das meine Mutter schnell unter ihren Kittel verschwinden ließ, als ich an den Tisch trat. „Was stehst du hier so unnütz rum?", zischte mir meine Mutter zu,

„und du, Falahn, kümmere dich gefälligst um die Gäste. Ich muss wieder in die Küche." Mit diesen Worten verschwand sie. Falahn seufzte, stand mit einem Ruck vom Tisch auf und sah mich an. Ich hatte Angst, dass sie gleich weinen würde. „Was ist mit dir, Falahn? Kann ich dir helfen?" Sie streichelte mir mit der Hand über die Wange. „Du bist ein guter Junge, lass dir den Tag nicht verderben." Sie ließ mich stehen und wischte die leeren Tische ab.

Als die letzten Gäste gegangen waren, tobte draußen ein Unwetter, das den Winter ankündigte. Der Regen trommelte gegen die Scheiben, und der Wind heulte ums Haus. Ich löschte die Kerzen. Falahn hatte ich schon einige Zeit nicht mehr gesehen, also beschloss ich, sie zu suchen. Leise schlich ich an dem Zimmer meiner Mutter vorbei, die sich, wie so oft in letzter Zeit, mit einem Krug Wein zurückgezogen hatte. Als ich vor Falahns Tür stand, hörte ich sie leise weinen. Ich wollte schon wieder gehen, als sich ihre Tür öffnete und sie vor mir stand. Ich erschrak und stammelte eine Entschuldigung, aber gerade das brachte sie zum Lachen. Mein Herz klopfte wie wild, als sie mich hineinbat. Das kleine Zimmer war mit einigen Duftkerzen schwach erleuchtet, Blumenkränze hingen an den Wänden und ließen es gemütlich aussehen. „Was wolltest du vor meiner Tür?", fragte sie mich. „Ich habe dich weinen gehört und wollte dich trösten." „Das ist sehr lieb von dir, aber wieso interessiert dich das?" Sie setzte sich auf das Bett, das das einzige Möbelstück im Raum war. Mit einer Handbewegung deutete sie an, dass ich mich neben sie setzen sollte. „Wenn du weinst, dann tut es mir weh. Dein Lachen gefällt mir viel besser." Bei diesen Worten hatte ich auf meine Hände gesehen, die ich verkrampft zusammenhielt. Sie lachte und rückte näher an mich heran. „Du bist süß, mein Kleiner." Sie hauchte mir einen Kuss auf die Wange. Mir wurde heiß, ich sprang auf und funkelte sie an. „Ich bin nicht klein. Ich bin ein Mann, und schon bald werde ich ein großer Krieger sein, du wirst schon sehen!" Die Fäuste in die Hüfte gestemmt, stand ich vor ihr. Sie nahm meine Hände. „Entschuldige bitte, ich wollte dich nicht kränken. Ich hoffe, dass du meine Entschuldigung akzeptierst." Sie zog mich zu sich herunter und presste ihre Lippen auf meine. Wie von selbst schlossen sich meine Augen. Ich erschrak ein wenig, als ich ihre Zunge an meinen Lippen spürte, aber ich öffnete meinen Mund und ließ mich von diesem heißen Sog mitreißen, der mich erfasste.

Mein Herz raste wie wild, und ich begann zu schwitzen. Ihre Lippen waren auf einmal überall, an meinem Hals und an meinen Ohren, es schauderte mich, es kitzelte, und dann breitete sich dieses Gefühl aus, als ob ein Feuer in mir brennen würde, das heißer war, als es ein Ofen je zustande gebracht hätte. Sie steifte ihre Kleider ab, und ich berührte zum ersten Mal ihre wunderschönen Brüste. Ein leises Stöhnen entwich ihren Lippen, aber sogleich küsste sie mich wieder und entkleidete auch mich. Als sie sich auf mich setzte, versank die Welt um mich herum in einem Rausch, der mich mit sich zog, so wie ein Blatt im Herbst vom Wind davon getragen wird. Die ganze Nacht liebten wir uns, und sie zeigte mir Dinge, von denen ich noch nicht einmal zu träumen gewagt hatte. Die ersten Sonnenstrahlen fielen schon durch das Fensterglas, als wir voneinander ließen. Ich war der glücklichste Mensch auf dieser Welt. Diese Frau wollte ich heiraten.

Als wir uns ankleideten, begann Falahn auf einmal zu weinen. „Warum weinst du, habe ich dir weh getan?" Aber sie schüttelte den Kopf. „Es war nicht richtig, das zu tun, was wir getan haben. Ich werde uns nur ins Unglück stürzen." Sie zog das Stück Pergament hervor, das ich tags zuvor auf dem Tisch in der Schenke gesehen hatte, und reichte es mir. Ich besah mir die seltsamen Schriftzeichen und gab es ihr zurück. „Ich kann nicht lesen. Was steht da geschrieben?" Sie musterte mich mitleidsvoll, dann sagte sie: „Darauf steht, dass ich vogelfrei bin. Ich kann von jedem für eine Belohnung dem Fürsten übergeben werden, tot oder lebendig". „Was hast du getan, dass du gejagt wirst?", wollte ich wissen. „Ich habe jemanden das verweigert, was ich dir heute Nacht geschenkt habe. Das hat genügt, um mich zu einem Flüchtling zu machen, der nie wieder nach Hause zurückkann. Deine Mutter hat das erfahren und zwingt mich, für sie zu arbeiten. Jetzt verlangt sie auch noch, dass ich für Geld die Männer mit in mein Zimmer nehmen soll, um ihnen zu Diensten zu sein. Wenn ich es nicht tue, dann will sie mich ausliefern." Ich sah sie fassungslos an, konnte ich doch nicht glauben, was ich eben gehört hatte.

Im gleichen Augenblick flog die Zimmertür auf, und meine Mutter stand noch im Nachtgewand vor uns. „Hure!", schrie sie und wollte auf Falahn losstürmen, aber ich stellte mich ihr in den Weg. „Wage es nicht, sie anzufassen oder ihr sonst ein Leid zuzufügen, sonst passiert ein Unglück." Kaum hatte ich den Satz beendet, als ihre Hand mir auch schon ins Gesicht schlug, mein Kopf zur Seite flog und meine Wange sich rot färbte. Den zweiten Schlag, der unmittelbar dem ersten folgte, fing ich auf. Ich schleuderte ihre Hand zurück und schrie meine Mutter an. „Ich weiß alles von dir und deinem schändlichen Vorhaben, aber ich werde es nicht zulassen! Eher werde ich mit ihr fortgehen, weit weg, wo uns niemand kennt!" Meine Mutter taumelte ein paar Schritte zurück und fasste sich an die Brust, sie schluckte und versuchte dann mit Mühe, ihre Beherrschung nicht zu verlieren. „Du weißt ja nicht, was für eine Hexe dieses Weib ist. Das, was sie mit dir gemacht hat, das macht sie mit jedem für Geld. Sie ist eine Hure!", zischte sie. „Es ist mir egal, was du hier für Lügen über sie verbreitest. Ich werde dir nicht glauben." Meine Mutter deutete mit dem Finger auf Falahn. „Du hast mir meinen Sohn genommen. Ich verfluche dich und alle deine Nachkommen!" Dann stieß sie hervor: „ Du bist nicht mehr mein Sohn, du hast Schande über uns gebracht! Wenn du willst, dann geh!" Da trat Falahn zwischen uns und sagte: „Welch eine Schande kann ein Sohn seiner Mutter denn schon antun, die ihm den Vater vorenthalten hat? Ein schändlicheres Verhalten kann es wohl kaum geben." Bei diesen Worten taumelte meine Mutter wie von Schlägen getroffen bis an den Türrahmen zurück, an den sie sich anlehnen musste, um nicht zusammenzubrechen. Tränen liefen ihr über das Gesicht, dann spie sie vor uns auf den Fußboden und rannte aus dem Zimmer.

Von diesem Tag an sprach meine Mutter kein Wort mehr mit mir. Sie behandelte mich wie einen Aussätzigen oder einen Dienstboten. Aber die Arbeit, die sie für mich bereit hielt, wurde nicht weniger, im Gegenteil. Das zu ertragen, fiel mir nicht besonders schwer, was mich viel mehr verletzte, war, dass mich Falahn auf Abstand hielt. Immer wenn ich sie berühren wollte, dann wandte sie sich von mir ab und erinnerte mich daran, dass es nicht rechtens sei und dass wir nicht wie Mann und Frau zusammenleben könnten. Mir tat das sehr weh, und zuweilen lag ein dunkler Schatten auf meiner Seele. Oft hatte ich im Schlaf wüste Visionen von einem Schwarzen Reiter und seinem großen schwarzen Pferd. Der Reiter schwang ein langes zweischneidiges Schwert über seinem Kopf, und immer, wenn er damit zu schlug, erwachte ich, schreiend und in Schweiß gebadet. Falahn saß dann stets an meinem Bett und beruhigte mich. Und den Rest der Nacht blieb sie bei mir und schlief mit mir. Für mich war es wie eine Wanderung zwischen den Feuern der Dämonen und dem Land der Elfen. Viele unserer Legenden erzählen davon, dass es in dem Land der Elfen keine Sorgen und Traurigkeit gibt und dass dort Milch und Honig fließen. Ich kam auf den Gedanken, die Alpträume vorzutäuschen, um bei Falahn sein zu können. Aber ich weiß sicher, dass ich ihr nichts hätte vorspielen können.

Währenddessen kamen immer weniger Gäste in unser Haus. Es ging das Gerücht, dass wilde Horden aus dem Süden in die Fürstentümer unserer Nachbarn einfielen und dass es bald Krieg geben würde. Deshalb blieben die Reisenden, wenn sie denn überhaupt einkehrten, nur für eine Suppe oder etwas Brot und Wein. Wir nutzten die Zeit, um die angefallenen Reparaturen zu erledigen und alles in Ordnung zu halten. Meine Mutter verließ nicht mehr oft ihre Kammer, nur wenn sie Wein brauchte oder etwas zu essen. Aber auch dann vermied sie es, mir oder Falahn zu begegnen. Oft bekam ich sie tagelang nicht zu Gesicht. Ich fragte mich manchmal, ob sie überhaupt noch am Leben war. Ihre Arbeit teilten sich Falahn und ich stillschweigend. Abends saßen wir beide oft am Kamin in der Schenke, und Falahn begann, mir das Lesen beizubringen. Sie erzählte mir viele Geschichten über Elfen und Zwerge und Drachen. Aber wir sprachen auch über die Gefahr, die von der Burg oder von meiner Mutter ausging, die immer öfter in ihrem Rausch damit drohte, Falahn an die Knechte des Fürsten zu verraten. Ich drängte sie, mit mir fortzugehen. Ich ahnte, dass etwas Dunkles, Böses auf uns zukam.

Eines Tages zogen schon am frühen Morgen Horden von Kriegern in Richtung Burg. Sie sahen alle müde und abgekämpft aus, viele von ihnen waren verletzt oder trugen deutliche Kampfspuren an ihren Schwertern und Schilden. Wir waren froh, dass sie vorbeizogen, ohne bei uns haltzumachen. Trotzdem stellte Falahn für die ganz schlimmen Fälle Leinen und anderes Verbandszeug hinaus. Auch das frische Wasser, das ich ihnen anbot, tranken viele Krieger dankbar. Als ich zurück in die Schenke kam, sah ich, dass Falahn dabei war, ihre Sachen zu packen. Freudig lief ich zu ihr hinüber. „Ist es jetzt also soweit, gehen wir beide fort?" Aber als sie mich ansah, erschrak ich. „Ich werde allein gehen, Aran. Du musst hier bei deiner Mutter bleiben." Ich flehte sie an: „Das kannst du nicht tun. Ich liebe dich und kann ohne dich nicht mehr leben, bitte nimm mich mit!" Aber Falahn schüttelte nur den Kopf. „Nein, es geht nicht, du bist noch sehr jung. Auch wenn du schon ein Mann bist, wird es noch andere Frauen in deinem Leben geben. Ich muss gehen, um mich meinem Schicksal zu stellen. Das kann ich nur allein." Tränen liefen mir über das Gesicht. „Ich werde immer nur dich lieben, immer nur dich, es wird keine andere Frau in meinem Leben geben, das schwöre ich." Sie nahm mich in den Arm und streichelte mir tröstend über die Wange.

Plötzlich wurde die Tür zur Schenke aufgetreten, sie flog krachend gegen die Wand. Herein stürmte eine Horde des Fürsten, die sich sofort im Schankraum verteilte. „Das sind sie, die Hexe und der Bastard." Der Mann, der auf uns deutete, musste der Anführer sein, denn er war etwas weniger schmutzig als die anderen. Ich verstand nicht, was er gemeint hatte, aber mir war klar, dass wir schnellstens verschwinden mussten. „Bringt mir die Frau, und durchsucht das Haus!" Die Männer, es muss ein Dutzend gewesen sein, stürmten auf uns zu. Ohne zu überlegen, warf ich das Regal, das links neben mir stand, den anstürmenden Häschern entgegen. Während die Tonkrüge und Teller krachend auf die Männer niederfielen, zog ich Falahn durch die Küche in Richtung Stall. Ich glaubte, von dort aus fliehen zu können. Aber als wir in die Küche kamen, hatten uns schon zwei Soldaten von außen den Weg abgeschnitten. „So, meine Süße, jetzt werden wir unseren Spaß mit dir haben, bevor wir euch beide zu den Göttern schicken." Der Soldat kam grinsend einen Schritt auf uns zu.

In diesem Augenblick wurde sein Freund mit einem dumpfen Geräusch nach vorn gestoßen. Sein Helm flog ihm vom Kopf, und Blut spritzte durch die Küche. Meine Mutter stand hinter ihm, eine große gusseiserne Pfanne in beiden Händen, und schrie: „In meinem Haus wird niemand umgebracht, ohne dass ich es erlaube." Der Soldat sah einen Augenblick auf seinen Kameraden hinunter, der in seinem Blut lag und sich nicht mehr rührte. Bevor er sein Kurzschwert ziehen konnte, traf ihn schon der Schlag mit der Pfanne. „Lauft so schnell ihr könnt, und bringt euch in

Sicherheit", rief uns meine Mutter zu. In diesem Moment hatte sich der Soldat wieder erholt, denn sie hatte ihn nur an der Schulter getroffen. Er stellte sich mit blankem Schwert meiner Mutter entgegen, die mit der Pfanne wieder ausholte. Doch sie kam nicht mehr dazu zuzuschlagen. Meine Mutter stieß einen langen tiefen Seufzer aus, als der Mann ihr sein Schwert in den massigen Leib stieß. Die Pfanne entglitt ihrer Hand, sie tat zwei Schritte zurück und setzte sich auf den Stuhl, der am Eingang zur Küche stand. In ihre Augen trat ein fragender Ausdruck, dann wich das Leben aus ihr.

Der Soldat drehte sich um und griff nach Falahn. Sein Schwert steckte immer noch im Leib meiner Mutter. Er riss Falahn an den Haaren zu sich heran und versuchte, sie auf den Tisch zu werfen. Sie trat heftig nach ihm und schrie mir dabei zu, ich solle um mein Leben laufen. Von Panik ergriffen, wollte ich schon aus der Küche stürmen, als ich das hämische Lachen des Soldaten hörte, der Falahn jetzt auf den Tisch gedrückt hatte und begann, ihr die Kleider vom Leib zu reißen. Das konnte ich nicht zulassen! Mein Blick fiel auf die Pfanne, die immer noch am Boden lag. Mit einem Sprung hatte ich sie in der Hand und schlug sofort zu. Ich traf zwar nur den Rücken des Mannes, doch der ließ darauf von Falahn ab und drehte sich fluchend nach mir um. „Du Missgeburt von einem Bastard, ich werde dich in Stücke reißen." Er kam auf mich zu. Er war etwas größer als ich, und sein fetter Bauch hing ihm über seiner offenen Hose. Seine Hände legten sich um meinen Hals, und ich roch seinen verfaulten Atem. Er leckte sich seine gelben Zähne und kniff seine Augen zu kleinen Schlitzen zusammen. Mein Blut rauschte mir in den Ohren. Ich hatte meine Hände an die seinen gelegt und versuchte erfolglos, sie abzuwehren, als der Mann plötzlich seine Augen aufriss. Nie werde ich diesen Blick vergessen. Sein Griff lockerte sich, und seine Hände lösten sich von meinem Hals. Im gleichen Augenblick drang die Klinge seines Schwertes von hinten durch seinen Hals. Das Blut schoss mit einem breiten Strahl aus der Wunde. Aus seinem Mund kam ein gurgelnder Laut, der sich in ein Röcheln umwandelte, als er zur Seite fiel.

Falahn tauchte hinter ihm auf, das Kurzschwert, das meine Mutter getötet hatte, in der Hand. Mit der anderen ihr Kleid haltend, schrie sie mich an: „Lauf, Aran, lauf." Als ich nicht hörte, packte sie mich bei der Hand und zog mich hinter sich her. Lautes Geschrei drang an mein Ohr, und mir wurde klar, dass die anderen Männer in die Küche gestürmt kamen. Falahn riss die Tür zum Hof auf und blieb wie vom Donner gerührt stehen. Langsam drehte sie sich zu mir um, das Kurzschwert fiel ihr aus der Hand und sie trat einen Schritt auf mich zu. Über der Stelle, wo sie ihr Kleid zusammenhielt, quoll dickes dunkelrotes Blut hervor. Aus den Augenwinkeln sah ich den Anführer der Soldaten mit seinem Schwert in der Hand vor der Tür auf uns warten. Falahn taumelte, ich sprang auf sie zu und fing sie in dem Augenblick auf, als ihre Beine unter ihr nachgaben. Sie sah mich mit großen Augen an, und ein Flüstern kam über ihre Lippen. „Wir werden uns wiedersehen, Aran, vergiss mich nicht, mein Herz." Dann küsste sie mich, ihre Lippen legten sich auf meinen Mund, und ich schmeckte salzig ihr Blut. Sie lächelte, als ich sie zu Boden gleiten ließ. Ich hielt ihren Kopf noch in meinen Händen, als mich ein hartes Lachen zurück in die Wirklichkeit holte.

Der Hauptmann der Soldaten lachte über mich und meine große Liebe, die eben in meinen Armen gestorben war. Er lachte so laut, dass seine Männer in ihrer Bewegung innehielten und er sein Schwert sinken ließ. Ohne nachzudenken, hatte ich Falahns hölzerne Haarnadel in Form einer Feder herausgezogen und war aufgestanden. Es wurde ganz still, ich nahm keine Geräusche mehr war, ich sah nur noch diesen großen kräftigen Mann, der, an den Türrahmen gelehnt, noch immer lachte. Ich sprang ihn an, meine Beine schlangen sich um seine Hüften, und ich hing wie eine Klette an ihm. Mit der Hand, in der ich die Haarnadel hielt, stieß ich zu, ich traf die Nase und rutschte seitlich davon ab. Die Haut unter seinem Auge platze auf, und das Blut lief ihm über das Gesicht. Hatte er mich eben noch belustigt angesehen, so wich jetzt alles Lachen aus seinem Gesicht. Von Panik erfasst, versuchte er, mich abzuschütteln, aber ich klammerte mich nur noch fester an ihn. Er ließ sein Schwert los und griff mir von hinten in die Haare. Er bekam meinen Zopf zu fassen und zog mich daran nach hinten. Mein Rücken bog sich durch, ich war kurz davor loszulassen, aber dann legte ich beide Hände um die Haarnadel und stieß wieder zu. Dieses Mal stieß ich tief in sein rechtes Auge, das Auge platzte seitlich auf, Blut quoll in einem breiten Strom hervor. Sein Griff lockerte sich, er quiekte wie ein abgestochenes Schwein. Er schüttelte sich, seine Hände versuchten, nach seinem zerstörten Auge zu greifen, als ich die Nadel mit aller Wucht bis zum Ende in seinen Kopf hineinrammte, bis sie nicht mehr zu sehen war. Der Soldat fiel langsam nach hinten um. Da ich noch immer an ihm hing, brauchte ich nur meine Beine zu lösen und stand nun über ihm. Er zuckte und zitterte wild am ganzen Körper. Das Blut schoss noch immer aus der Stelle hervor, wo einmal sein Auge gewesen war. Ich hörte ein lautes irres Lachen und begriff, dass ich es war. Dann waren auf einmal auch wieder die anderen Stimmen der Soldaten zu hören, sie schrieen: „Er hat den Hauptmann umgebracht, schlachtet ihn." Ohne mich umzusehen, stürmte ich über den Hof ums Haus herum. Ich wollte die Landstraße hinunter. Als ich um die Ecke lief, riskierte ich einen Blick über meine Schulter. Mit gezogenen Waffen stürmten die Häscher mir dicht hinterher. Als ich den Kopf wieder nach vorn drehte, prallte ich mit voller Wucht gegen eine Wand. Ich war so schnell, dass es mich von den Beinen riss. Auf meinem Hintern sitzend, richtete ich meinen Blick nach oben. Die Wand war ein Pferd, ein riesiges schwarzes Pferd. Auf ihm saß, meine Alpträume wurden wahr, ein schwarzer Krieger, auf dessen Brustpanzer ein blutroter Drache prangte. Zwei schwarze Augen sahen mich von oben herab an, und ich wagte nicht zu atmen. Dann griff der Krieger zu seinem Schwert. Ich machte mich bereit, meiner Mutter und Falahn zu folgen: Ich schloss die Augen und senkte meinen Kopf, damit er gut zielen konnte und es schnell vorbeiging. Doch das Ende blieb aus, stattdessen hörte ich eine tiefe Stimme. „Halt, er gehört mir."

    Vorsichtig öffnete ich meine Augen und sah mich um. Die Soldaten waren in einiger Entfernung stehengeblieben und musterten den Reiter unschlüssig. Einige von ihnen trugen Fackeln. Dann begannen sie, wild durcheinanderzureden. Ich sah hinter ihnen dicken weißen Qualm aus dem Dach unserer Schenke aufsteigen. Kurz darauf trat ein Mann einen Schritt vor und sagte zu dem Krieger: „Dieser kleine Dämon hat unseren Hauptmann getötet, allein dafür muss er sterben. Doch er wäre sowieso bald gestorben. Das hat der Fürst selbst befohlen, er will keinen seiner Bastarde am Leben sehen. Also liefere ihn uns aus." Der fremde Reiter hatte seine Hand immer noch am Griff des Schwertes und knurrte: „Ich habe es euch schon einmal gesagt: Er gehört mir. Außer mir wird ihn niemand töten. Versuchst du es trotzdem, bist du des Todes. Also geht!" „Das können wir nicht", erwiderte der Soldat. „Der Fürst verlangt seinen Kopf als Beweis für seinen Tod." „Dann sagt ihm, ich, Torgal vom Clan des Roten Drachen, nehme mir das Leben dieses Knaben. Wenn es eurem Herren nicht passt, kann er ja versuchen, es mir wieder wegzunehmen." Die Männer des Grafen beratschlagten, was zu tun sei, entweder sofort zu sterben oder später durch die Hand des Fürsten. „Wir können siegen", hörte ich einen sagen, „wir sind zu neunt und er ist allein." Ein anderer fuhr dazwischen. „Bist du irre, Mann? Gegen ein Clanmitglied können wir nicht siegen, selbst wenn wir zwei Dutzend wären." „Wir sagen, der Junge sei mit den anderen im Feuer verbrannt, dann kann uns der Fürst nichts anhaben." Sie schienen sich darauf geeinigt zu haben, denn sie zogen, ohne mich auch nur noch eines Blickes zu würdigen, wortlos davon.

Ich begann, am ganzen Körper zu zittern. Tränen liefen mir über das Gesicht. Immer noch kniete ich voller Angst vor dem großen schwarzen Pferd und hatte den Kopf gesenkt. Dieser Alptraum war echt: Falahn und meine Mutter waren tot, und ich, ein Bastard des Fürsten, war vogelfrei, mein Zuhause brannte in hellen Flammen, und ein schwarzer Reiter schwang sein Schwert über meinem Kopf. Er sah mächtig aus, wie er dort hoch oben auf seinem Ross saß und auf mich herabsah. Mit einer Handbewegung deutete er an, dass ich aufstehen sollte.

Kapitel 3: Unterwegs

Ich stand zwar zögernd auf, wagte aber nicht, Torgal ins Gesicht zu sehen. Mit zittriger Stimme fragte: „Herr, werdet Ihr mich nun töten?" Er knurrte, und ich wich vor Schreck einen Schritt zurück. „Ich habe nicht vor, dich zu töten. Du kannst mir helfen. Ich suche einen Jungen mit Namen Aran." Ich verstand gar nichts: Er suchte mich! „Sieh mich an, wenn ich mit dir rede, du Wurm! Wie ist dein Name?" „Ich heiße Aran van Dagan." Meine Stimme war nur ein Flüstern, und meine Knie bebten. Ich sah zu ihm auf. Er hatte sich nach vorn gebeugt und blickte mich ungläubig an. Mit beiden Armen lehnte er auf seinem Sattelknauf. Sein langes, dünnes, schwarzes Haar hatte er zu einem Knäuel am Hinterkopf zusammengesteckt. Zwei silberne Haarnadeln in Form von Schlangen schauten daraus hervor. Sein Gesicht war hager und glatt rasiert. Eine große Narbe zog sich von einer Seite seines Halses zur anderen. Unter seinem Brustpanzer trug er ein schwarzes Kettenhemd, das über seinem Kilt endete. Einen Kilt durften nur Auserwählte tragen, Fürsten oder große Krieger.

Einen Augenblick lang sagte er nichts, dann schwang er sich ohne große Mühe aus seinem Sattel und landete leichtfüßig neben seinem stolzen Pferd. Er war nur etwas größer als ich, aber an Masse hatte er gut das Doppelte. Er sah mir tief in die Augen, und wie von fern hörte ich seine Stimme. „Kannst du beweisen, was du eben gesagt hast? Ich habe einen langen Weg zurückgelegt, um diesen Knaben zu finden. Er muss das gleiche erhalten haben wie ich." Er griff in einen kleinen Lederbeutel, den er am Gürtel trug. Zuerst konnte ich nicht sehen, was er herausholte, dann erkannte ich den Distelzweig. „Kannst du damit etwas anfangen?", fragte er mich mit ernster Stimme. Abwesend starrte ich noch auf die Distel, als er seine Frage wiederholte. Wortlos fingerte ich unter meinem Hemd herum und holte den kleinen Zweig hervor, den ich von meiner Großmutter im Traum bekommen hatte.

Vor einiger Zeit, nachdem ich Falahn die Geschichte erzählt hatte, presste sie mir den Zweig und riet mir, ihn immer bei mir zu tragen, damit sich meine Prophezeiung auch erfüllen konnte. Torgal nahm mir vorsichtig die Distel aus der Hand und hielt sie an seine. Es sah aus, als wären sie eine Pflanze, die man auseinandergeschnitten hatte. „Ich verstehe das alles nicht, was hat das zu bedeuten?", fragte ich. „Das versuche ich dir später zu erklären, jetzt müssen wir hier erst einmal weg. Wer weiß, ob die Häscher des Fürsten es sich nicht noch einmal anders überlegen." Er zog mich von der Straße und deutete auf die lichterloh brennende Schenke. „Hast du noch etwas, das wir holen müssen, bevor wir aufbrechen?" Ich schüttelte den Kopf. „Alles, was ich geliebt habe, verbrennt in diesem Augenblick. Ich habe nur die Sachen, die ich auf dem Leibe trage." „Umso besser", knurrte Torgal, „dann brechen wir sofort auf."

Ohne mich noch einmal umzusehen, schritt ich neben ihm die Straße hinunter. An der Wegbiegung, an der ich damals Falahn eingeholt hatte, verließen wir die

Straße und bogen in den Wald ab. Normalerweise meiden die Reisenden das undurchdringliche Dickicht, denn es sollen eine Menge böser Geister und Erdtrolle darin wohnen. Wir aber wählten diesen Weg, und gingen einige Stunden schweigend nebeneinander her. Torgal führte sein Pferd am Zügel.

Es begann, dunkel zu werden, und meine Beine wurden schwer wie Blei, aber ich schwieg weiter, zu groß war meine Trauer. Mein Herz schien aus meiner Brust herausgerissen worden zu sein. In mir war eine große Leere, meine Kehle fühle sich an wie zugeschnürt. Wenn das meine Prophezeiung sein sollte, dann wollte ich sie nicht. Automatisch setzte ich einen Schritt vor den anderen. Plötzlich ließ ein leises Knurren Torgal erstarren, er lauschte einen Augenblick angestrengt, ob sich das Geräusch wiederholte. „Das war mein Magen", sagte ich leise. „Ich habe noch nichts gegessen." „Dann werden wir hier übernachten und morgen in aller Frühe weiterziehen", erwiderte er.

Auf einer kleinen Lichtung sattelte Torgal sein Pferd ab, ließ es grasen und packte seine Satteltaschen aus. Ich ließ mich auf die Decke fallen, die er mir reichte. Erst jetzt merkte ich, wie todmüde ich war. Mir war kalt, und mein Magen krampfte sich vor Hunger unangenehm zusammen. „Machen wir denn kein Feuer?", fragte ich vorsichtig. „Es ist zu gefährlich, hier ein Feuer zu machen. Wir werden schon von weitem gesehen, sind aber selbst blind. Merke dir gut: Die Dunkelheit, sie kann dich schützen und verbergen, ein Feuer zu machen, musst du gut abwägen." „Aber mir ist so furchtbar kalt, ich werde erfrieren", jammerte ich. Nun musterte er mich einen Augenblick lang, stand auf und holte ein Fell, das auf seinen Sattel gebunden war, und legte es mir um die Schultern. Als er sich neben mich setzte, bemerkte ich den Lederbeutel, den er in den Händen hielt. Aus ihm holte er etwas Trockenobst und einige Streifen Dörrfleisch. Gerade als ich alles gierig in mich hineinschlingen wollte, hielt er mich am Arm zurück. „Wir haben nur dies hier", er deutete auf den kleinen Beutel vor uns. „Du musst lernen, alles sehr lange zu kauen und immer nur kleine Bissen in den Mund zu nehmen. Dann wirst du auch satt werden." Mit großer Mühe tat ich, wie mir geheißen war. Ich musste aber feststellen, dass er Recht hatte. Ich war satt. Das salzige Dörrfleisch hatte mich noch durstiger gemacht, als ich es schon war, aber auch als er mir den Wasserschlauch gab, ermahnte mich Torgal, mich zurückzuhalten. „Kleine Schlucke! Und den Mund immer gut ausspülen, bevor du sie hinunterschluckst." Er selbst nahm nichts zu sich. „Herr, Ihr esst ja gar nichts." Wieder sah er mich einen Augenblick an, als ob er überlegte, ob er mir antworten sollte. „Ich hatte nicht mit so einem eiligen Aufbruch gerechnet. Das, was du gerade gegessen hast, war meine Ration. Wir wissen nicht, was auf uns zukommt, deshalb müssen wir so lange, wie es geht, mit meinen Vorräten auskommen."

Er hatte die Beine übereinandergeschlagen und saß kerzengerade neben mir, sein Schwert lag auf seinen Knien. In der zunehmenden Dunkelheit verschwamm sein Bild langsam vor meinen Augen, und ich war kurz davor einzuschlafen. Als ich zur Seite fiel, stieß er mich mit seiner Schwertscheide leicht an. Ich schreckte hoch. Ohne mich anzusehen, begann er zu erzählen. „Ich bin Torgal vom Clan des Roten Drachen. Ich bin ein Krieger." Schlagartig war sämtliche Müdigkeit von mir gewichen. Wie gebannt starrte ich auf die immer undeutlicher werdende Gestalt neben mir, die leise weitersprach. „Mein ganzes Leben, solange ich mich erinnern kann, war ich ein Krieger und wollte auch niemals etwas anderes sein. Vor ungefähr einem Jahr hatte ich zum ersten Mal diesen Traum. Eine Zauberin erschien und offenbarte mir, dass ich losziehen müsse, um einen Knaben zu suchen, den ich zu einem großen Krieger ausbilden soll. Als Zeichen bekam ich von ihr den Distelzweig. Aber ich folgte der Offenbarung nicht, denn ich war in der Pflicht gegenüber einem Kriegsherrn. Die Zauberin erschien mir ein weiteres Mal im Traum. Sie prophezeite, wenn ich nicht meiner Bestimmung folgte, dann würde es mir schlecht ergehen. Auch das zweite Mal hörte ich nicht auf sie, sondern ritt am nächsten Tag in die Schlacht. In den folgenden Kämpfen wurde ich schwer verwundet." Er deutete auf die große Narbe an seinem Hals. „Als ich auf dem Schlachtfeld zwischen all den toten Kriegern wieder zu mir kam, dachte ich, mein Ende wäre gekommen. Aber stattdessen kam eine Frau, versorgte meine Wunde und gab mir einen Trank, der mich sehr schnell wieder zu Kräften kommen ließ. So konnte ich entkommen und meine Wunde pflegen. Nachdem sie ganz verheilt war, machte ich mich auf die Suche."

Die ganze Zeit hatte ich gebannt gelauscht und brachte kein Wort über die Lippen. „Hast du wirklich den Hauptmann der Soldaten getötet?" Ich nickte. „Wie hast du es getan?" Er hörte schweigend meiner Erzählung zu. Als ich zu Ende berichtet hatte, liefen mir die Tränen über das Gesicht, so sehr schmerzten mich die Erinnerung und Falahns Tod. „Schlaf jetzt, wir haben morgen einen langen Weg vor uns." Kaum hatte Torgal das gesagt, fielen mir auch schon die Augen zu.

Ich erwachte nach einem kurzen traumlosen Schlaf und brauchte einen Augenblick, um mich zurechtzufinden. Dann wurde mir klar, wo ich war. Der Krieger saß immer noch neben mir, kerzengrade, die Augen geschlossen, sein Schwert auf den Knien. Bei genauerem Hinsehen fragte ich mich, ob er neben mir schlief oder mich nur ignorierte. Langsam begann ich, meine schmerzenden Beine zu bewegen, und stand, mich umschauend, auf. Der Wald um uns herum lag noch im Dunst, und ich konnte nicht weit sehen. Nur schwach drang das Licht des neuen Tages durch die Baumkronen. Hie und da erwachten die ersten Vögel und hießen den neuen Tag willkommen. An einem Baum erleichterte ich mich. Als ich zurückkam, war Torgal verschwunden. Sein Pferd graste unweit von unserem Rastplatz ruhig vor sich hin. Frierend nahm ich das Fell, legte es mir wieder um die Schultern und trat von einem Fuß auf den anderen, um die Kälte aus meinen Gliedern zu vertreiben.

Als ich dem Pferd des Kriegers näher kam, schnaubte es laut und begann, nervös mit dem Vorderhuf zu scharren. Eine Hand auf meiner Schulter hielt mich zurück. Ich erschrak, Torgal stand hinter mir. Ich hatte ihn nicht kommen gehört. „Er hat dich gewarnt, wenn du trotzdem versuchst, ihn zu berühren oder aufzusitzen, wird er dich töten." „Aber er ist doch nur ein Pferd", erwiderte ich, „wie soll er wissen, was ich vorhabe?" Jetzt lachte Torgal, es war ein kurzes hartes Lachen, aber es war ohne Hohn oder Spott. „Das Pferd eines Kriegers ist nicht nur ein Reittier, sondern ein Gefährte, ein Verbündeter, oft der einzige, den ein Krieger hat und dem er vertrauen kann. Schon einige Male hat mir Feuersturm das Leben gerettet. Er lässt sich nicht so leicht täuschen, ihn kann man nicht belügen." Ich war etwas zurückgetreten, aber Torgal hielt mich an der Schulter fest. „Du brauchst keine Angst zu haben, wenn ich dabei bin." Mit diesen Worten zog er mich mit sich, dem nun ruhigen Pferd entgegen. Feuersturm rieb seinen Kopf an der Schulter seines Herrn. Dann beschnupperte mich. Seine weiche Nase stupste mich leicht an, und sein Atem schlug mir ins Gesicht, als er an meiner Schulter knabberte. „Es scheint, dass er dich mag", sagte Torgal mit Erstaunen in der Stimme, „das macht er sonst nicht. Er meidet Fremde für gewöhnlich." Vorsichtig streichelte ich das gewaltige, stolze Tier. Solange ich denken kann, habe ich Angst vor Pferden. Sie sind groß und furchteinflößend. Auch vor Feuersturm hatte ich ein wenig Angst, trotzdem gefiel es mir, dass er sich von mir streicheln ließ. Immer wenn ich aufhören wollte, stupste er mich wieder an und gab mir zu verstehen, dass ich weitermachen solle. „So, jetzt ist es genug, geh und lass uns allein." Mit diesen Worten beendete Torgal das Kennenlernen, und Feuersturm begann wieder zu grasen. Für uns gab es zum Frühstück nur einen Schluck Wasser und ein Stück Trockenobst, das ich wieder gut kauen musste. Dann brachen wir auf.

Die erste Zeit Schritt Torgal neben mir her, plötzlich aber schwang er sich auf sein Pferd und sagte zu mir: „Gehe einfach weiter in diese Richtung. Ich werde die Gegend erkunden und bin bald zurück. Sollte etwas passieren, dann klettere auf einen Baum, Feuersturm wird dich finden." Nach kurzer Zeit war er im Dickicht verschwunden, und ich war allein. Einige Zeit tat ich, wie mir geheißen war, aber dann überfiel mich wieder diese unsagbar tiefe Trauer. Mein Schmerz war so groß, dass ich nicht mehr weiterlaufen konnte. Weinend setzte ich mich unter eine große Eiche. Ich weiß nicht, wie lange ich mit meinem Kopf zwischen den Knien da gesessen hatte, aber auf einmal spürte ich, dass sich ein Schatten auf mich legte. Mein Blick fiel auf Feuersturm, als ich den Kopf hob. Torgal sah auf mich herunter und runzelte die Stirn. „Was tust du hier? Hatte ich dir nicht gesagt, dass du auf einen Baum klettern sollst, wenn etwas nicht in Ordnung ist?" Tränen liefen mir über das Gesicht. „Herr, es tut so weh, ich kann nicht weitergehen." Torgal nickte, stieg von seinem Pferd und nahm mich an die Hand. „Wir werden die Götter anrufen, um deine Trauer zu beenden und um die Toten zu ehren und ihnen Respekt zu zollen. Der Schatten, der auf deiner Seele liegt, trübt dir den Blick für die Zukunft. Du musst dich von den Menschen, die du geliebt hast, verabschieden. Was passiert ist, kannst du nicht mehr ändern. Aber du kannst die Toten in Ruhe ziehen lassen, dann wirst du frei sein, und deine Ahnen können über dich wachen."

Er suchte eine kleine Lichtung, zog sein Schwert und schnitt einen Kreis in dem bemoosten Boden. Danach sammelte er Kräuter. Er verteilte sie an mehreren Punkten im Kreis und schlug mit zwei Feuersteinen Funken in die Haufen, bis sie zu schwelen anfingen. Dann zeichnete er mit dem Schwert eine Rune in den Boden und sang dabei etwas, was ich nicht verstand. Er winkte mich zu sich. Ich trat neben ihn in den Kreis, der schon vom Rauch erfüllt war. Torgal zog aus seinem Stiefel einen kleinen Dolch, dessen Griff wie ein Drache geformt war. „Diese Klinge überreiche ich dir, damit du mit ihrer Hilfe die Toten ehren kannst. Verwahre sie gut. Es ist die erste Klinge in deinem Leben. Du musst sie bewusst und ehrfürchtig und mit Respekt tragen, denn sie kann Leben nehmen." Behutsam schloss sich meine Hand um den Griff des Dolches. Dann fuhr er fort: „Ich weiß nicht zu welchen Göttern du bisher gebetet hast, also werden wir die meinen anrufen. Sie werden in Zukunft sowieso dein Leben bestimmen." Er kniete sich mit einem Bein auf den Boden und bedeutete mir, es ihm gleichzutun. Torgal legte beide Hände um den Griff seiner mächtigen Waffe. Die Klinge des Schwertes berührte mit ihrer Spitze den Boden. Da ich nur einen Dolch trug, presste ich die Klinge an meine Brust. Wie Torgal neigte auch ich meinen Kopf, als er zu sprechen begann. „Donar, Gott des Krieges und Gott aller Krieger, wir rufen dich und auch Zis, deinen Sohn, den Gott des Stahls! Auch an ihn richten wir unsere Gebete. Seht auf diesen jungen Krieger. Er trauert um die Seinen, Donar, die du zu dir gerufen hast. Gib ihm seinen Mut und seine Tatkraft zurück, damit er seine Aufgaben und seine Bestimmung, die du ihm zugedacht hast, erfüllen kann. Er ist würdig, denn er hat den Tod der Menschen, die er liebte, gerächt und wird nun, wie ich, mit seinem Blut schwören, dir Ehre zu erweisen, so wie es die Krieger schon seit Menschengedenken tun." Nach diesen Worten stand er auf und schnitt sich mit seiner Klinge in den Unterarm. Sofort fing die Wunde an zu bluten. Die Hand zur Faust geballt, ließ er das Blut auf die Rune tropfen, die er auf den Boden gezeichnet hatte. Mit dem Blut zeichnete er die Linien nach. Der Wind war eingeschlafen und die Geräusche des Waldes verstummten. Als er geendet hatte, bat mich Torgal, das Gleiche zu tun. Nur kurz zögerte ich, aber dann war der Schmerz, den ich in meiner Brust fühlte, stärker als die Angst davor, mich mit der Klinge zu verletzen. Ich setzte den Dolch an und schnitt tief in meinen Arm.

Als ob der Drache auf dem Griff Feuer über mich ausgegossen hatte, brannte es meinen ganzen Arm hinauf. Das Blut lief an mir hinunter und tropfte auf den Boden. Ich versuchte, das schmale Rinnsal in die Linien fließen zu lassen, die in den Boden geritzt waren. In meinen Ohren rauschten viele Stimmen, die von überallher zu kommen schienen. Der Boden unter mir begann, leicht zu beben, und ich schwankte wie Schilf im Wind. Je weiter ich die Rune nachzeichnete, desto mehr überkam mich ein Gefühl der Macht, der Stärke und der Unbesiegbarkeit, als ob fremde Kräfte aus der Erde und der Luft mich durchdrangen. Meine Trauer wich einem Gefühl der Gewissheit, dass Falahn und auch meine Mutter in Frieden zusammen mit meiner Großmutter durch das große Tor in die anderen Welten geschritten waren. Ich fühlte, dass ich nun ohne sie weiter durch mein Leben gehen konnte, um mich meinem Schicksal zu stellen, das von den Göttern für mich vorgesehen war. Mein Atem ging stoßweise, verkrampft hielt ich meinen Arm und ließ immer noch mein Blut in die Rune fließen. Der Boden trank gierig den Lebenssaft aus meinen Adern. Ich zitterte, als Torgal mich an der Schulter berührte, um mich aus dem Kreis zu führen.

Nachdem wir herausgetreten waren, hatte ich das Gefühl, in kaltes Wasser getaucht worden zu sein. Die Geräusche des Waldes schlugen wie eine Welle über mir zusammen. Noch nie waren sie mir so laut und deutlich vorgekommen. Es schmerzte schon fast in meinen Ohren. Torgal führte mich zu einem Stein und half mir, mich zu setzen, denn ich war total erschöpft. Er selbst ging zum Kreis zurück. Mit seinem Schwert trennte er den Kreis auf, indem er tiefe Schnitte quer in die Linie auf dem Boden zog. Die qualmenden Kräuterbündel zertrat er in alle Winde. Danach ließ er sein Schwert über dem Kopf kreisen und sang dabei wieder in der Sprache, die ich nicht verstand. Plötzlich rammte er die Klinge in die mit Blut geschriebene Rune. Weißer Qualm stieg aus dem Boden auf, der nur langsam verflog. Nachdem Torgal meine und seine eigene Wunde versorgt hatte, sagte er: „Du hattest eben einen mächtigen Kontakt zu den Göttern. Ich habe solch eine starke Reaktion selten bei einem Ritual erlebt. Du kannst ein mächtiger Krieger werden."

Wir zogen noch den ganzen Tag weiter. Ich schwieg, die Eindrücke der letzten Stunden waren so verwirrend gewesen, dass ich keinen klaren Gedanken fassen konnte. Nur selten rasteten wir und dann auch immer nur kurz, damit Torgal sich orientieren konnte. Es dämmerte schon, als wir aus dem Wald herausritten. Vor uns breiteten sich Felder aus, die schon abgeerntet waren und nun auf den Winter warteten. „Wir werden die Nacht noch im Schutz des Waldes verbringen", wies er mich an. „Morgen werden wir in das nächste Dorf reiten, um Vorräte zu kaufen, denn unser Weg ist noch weit." Ich nickte. „Herr, wohin reiten wir?" Er sah auf mich herunter, dann sagte er: „Morgen werde ich alle deine Fragen beantworten. Aber heute ist es besser, wenn du es noch nicht weißt." Mit diesen Worten ritt er langsam in den Wald zurück. Ich schaute noch einen Augenblick in die Sonne, die rot hinter den Bäumen am Horizont unterging.

Im Wald war es schon dunkel, ich konnte nur wenige Meter weit sehen. Ich sah mich nach Torgal um, konnte ihn aber nirgends erkennen. Schon wollte ich ihn rufen, als er plötzlich hinter mir stand und mir seine Hand auf den Mund presste. „Bewege dich immer so, als wärst du von Feinden umgeben. Vermeide es, Lärm zu machen. Der Wald hat Ohren." Er hatte seinen Mund dicht an mein Ohr gebracht. Obwohl er die Worte flüsterte, merkte ich, wie ernst ihm das war. Ich nickte. Langsam nahm er die Hand von meinem Mund und führte mich zu dem Platz, an dem Feuersturm friedlich graste. Ich bekam wieder das Fell und etwas Dörrfleisch. Noch während ich kaute, wollte ich eine Frage stellen, aber er unterbrach mich mit den Worten: „Wenn du isst, dann iss, wenn du trinkst, dann trink, und wenn du sprechen willst, dann sprich, aber konzentriere dich auf das, was du tun willst. Das tue bewusst und gut. Versuche nicht zu viele Dinge auf einmal, das wird dir nicht gelingen." Ich nickte mit offenem Mund und vergaß fast das Hinunterschlucken.

Nachdem ich mir den Mund mit kleinen Schlucken Wasser ausgespült hatte, versuchte ich nochmal, ihm eine Frage zu stellen. „Herr, wohin gehen wir, und warum müssen wir uns immer noch wie Flüchtlinge bewegen? Die Burg liegt doch schon lange hinter uns, und ich glaube nicht, dass der Fürst uns immer noch verfolgen lässt, wenn er es überhaupt getan hat." Er sah mich einen Augenblick lang an, bevor er antwortete. „Unterschätz niemals den Willen eines Menschen. Auch wenn etwas für dich unwichtig und nebensächlich erscheint, kann es für einen anderen zur Lebensaufgabe werden. Es ist sicherer, sich unauffällig zu bewegen, weil wir Krieg haben und es nicht gut ist, in diesem Augenblick zwischen die Fronten zu geraten. Wohin wir gehen, werde ich dir morgen erzählen. Schlaf jetzt, damit du morgen ausgeruht bist und wir gut vorankommen."

Ich schlief in dieser Nacht sehr schlecht, ich war es nicht gewöhnt, auf dem harten Waldboden zu liegen. Unruhig wälzte ich mich hin und her. Der Schrei eines Tieres ließ mich hochschrecken, benommen sah ich mich um. Der Mond warf schwach sein bleiches Licht durch die Blätterkronen der Bäume. Torgal saß zu meiner Rechten, wieder hatte er die Beine übereinandergeschlagen, sein Schwert lag auf den Knien. Leise hörte ich seine Stimme, die mich flüsternd beruhigte. „Schlaf weiter, Aran, es ist alles in Ordnung." Es war seltsam, aber die Anwesenheit dieses Mannes beruhigte mich sofort, und ich fiel in einen unruhigen Dämmerschlaf.

Es war der Ruf eines Vogels, der mich weckte. Torgal war gerade dabei, Feuersturm zu satteln, als ich aufstand und etwas Wasser trank. Der Wald war in dichten Nebel getaucht, die Sonne schimmerte blass durch die weißen Schwaden, und ich konnte nur einen Steinwurf weit sehen. So hatte ich mir immer das Land der Elfen vorgestellt. Ich musste unwillkürlich lachen. Torgal sah zu mir herüber, dann fragte er leise, warum ich lachte. Als ich es ihm erzählte, war er mit einem Sprung bei mir und hielt mir den Mund zu. „Hüte dich, im Wald über Elfen zu lachen", fuhr er mich leise an, „es könnte sein, dass du ihren Zorn heraufbeschwörst, und ihre Zauber sind sehr mächtig." Ich erschrak. „Ich wollte mich nicht über sie lustig machen", stotterte ich „ganz bestimmt nicht, ich schwöre es." Torgal ging zu seinem Pferd. „Beeil dich, wir müssen schnell aufbrechen."

Wir verließen den Wald. Torgal wies mich an, neben Feuersturm zu gehen. Also lief ich neben den beiden durch die Felder. Nach ein paar Stunden sah ich plötzlich Häuser, die sich an einen Hügel schmiegten. Als ich darauf deutete, nickte Torgal nur. Bald darauf wurde der Weg zu einer Straße, die ersten Häuser waren schon recht nah, als Torgal mich warnte: „Wenn wir Menschen treffen, wirst du mit niemandem ein Wort sprechen. Ich werde alles, was wir auf unserer Reise brauchen, besorgen. Sollten wir in Schwierigkeiten kommen, dann wirst du auf Feuersturm steigen und auf mich warten. Er wird dich gewähren lassen, aber versuche nicht, mit ihm allein davonzureiten, er würde dich abwerfen. Hast du das alles verstanden?" Ich nickte, verstand aber nicht, von was für Schwierigkeiten er sprach.

Als wir ins Dorf hinein kamen, sah ich, wie Mütter eilig ihre Kinder von der Straße rissen und fluchtartig in den Häusern verschwanden. Verwundert ging ich hinter Torgal und Feuersturm her. Auf dem Marktplatz stieg Torgal ab und gab mir die Zügel. Er sah mich noch einmal an, dann drehte er sich um und ging auf eine Schenke zu. Noch bevor er die Tür erreicht hatte, wurde diese aufstoßen, und einige Männer stürzten nach draußen. Ich zählte sieben, einige von ihnen versteckten ihre Hände auf dem Rücken, und es sah so aus, als ob sie Waffen verbargen. Drei von ihnen trugen Kurzschwerter, an denen sie nervös herumhantierten. „Ich bin Torgal vom Clan des Roten Drachen, ich komme in Frieden", seine Stimme donnerte mächtig über den Platz. Auch wenn nur diese sieben Mann zu sehen waren, war ich sicher, dass das ganze Dorf seine Worte vernommen hatte. „Ich brauche Verpflegung und einige Felle. Wer von euch kann sie mir verkaufen?" Deutlich entspannten sich die meisten der Männer. Einer von ihnen trat einige Schritte auf Torgal zu und verbeugte sich sehr tief und lang. „Ich bin der Dorfvorsteher hier, mein Name ist Bodoma, wir fühlen uns geehrt, ein Mitglied des Clans hier in unserem kleinen und sehr armen Dorf begrüßen zu dürfen." Ich senkte den Kopf, damit niemand sah, dass ich lachte. Man musste kein Hellseher sein, um zu erkennen, dass der Mann log. „Ich habe dir gesagt, was wir brauchen. Je schneller ich die Sachen bekomme, je eher können wir weiterreiten", erwiderte Torgal. Nervös, aber offensichtlich erleichtert, wies der Dorfvorsteher einige seiner Leute an, das Gewünschte zu besorgen. Torgal stand wie ein Berg vor der Schenke. Die Männer drückten sich an ihm vorbei und verschwanden. Es entstand eine Pause. Unruhig versuchte Bodoma, mit Torgal ein Gespräch anzufangen. Aber Torgal schnitt ihm mit einer Handbewegung das Wort ab. Dann drehte er sich um und kam zu mir und Feuersturm zurück, der freudig seine Mähne schüttelte, als sein Herr ihm liebevoll den Hals tätschelte. Die Waren wurden nach und nach gebracht und in einiger Entfernung von uns abgelegt. Nachdem ich alle herbeigeholt hatte, verstauten wir sie in den Satteltaschen. Neben den Vorräten waren auch einige Felle dabei, mehr als wir brauchen konnten. Torgal nahm ein schweres Bärenfell und legte es mir um die Schultern. Den Rest der Felle schob er beiseite und wandte sich wieder an den Dorfvorsteher, der uns aus einiger Entfernung zugesehen hatte. „Was bekommst du für alles?" fragte Torgal. „Rein gar nichts. Es ist uns eine Ehre, einem so stolzen Krieger behilflich gewesen zu sein." Er verbeugte sich wieder sehr tief und sehr lang. Torgal griff an seinen Gürtel und nahm einen kleinen Beutel mit Münzen, den er Bodoma vor die Füße warf. Ohne auch nur ein Wort zu sagen, stieg er auf sein Pferd, gab mir ein Zeichen und ritt langsam zum Dorfausgang.

Plötzlich trat uns ein Mann in den Weg. Er hielt einen langen Speer in den Händen, den er drohend auf Torgal gerichtet hatte. Ich erstarrte, der Krieger aber blieb ruhig auf Feuersturm sitzen, musterte den Mann und fragte gelassen: „Weshalb versperrst du uns den Weg?" Der Mann fuchtelte weiter mit seinem Speer herum und schrie: „Du und deinesgleichen, ihr habt bei der Schlacht von Umgala alle meine Männer getötet, alle aus meiner Sippe sind von euch Bastarden umgebracht worden. Dafür musst du jetzt büßen! Komm von deinem Gaul und kämpfe wie ein Mann." In aller Seelenruhe stieg Torgal von seinem Pferd und gab mir Feuersturms Zügel. Ich beobachtete mit Spannung, was passierte. Ein Kampf schien unausweichlich. Torgal stand dem Mann nun genau gegenüber, dessen Speerspitze war auf seine Brust gerichtet. „Zieh endlich dein Schwert und kämpfe." Die Stimme des Mannes überschlug sich, aber Torgal machte keine Anstalten, seine Waffe zu ziehen. Er hatte seine Fäuste in die Hüften gestemmt und sah dem Mann direkt in die Augen. Nach einer kleinen Pause fragte er: „Willst du wirklich sterben?" Der Mann war sichtlich irritiert und schrie immer hysterischer. „Wenn hier jemand stirbt, dann bist du das, du Schwein." Er sprang einen Satz nach vorn und stieß mit seinem Speer zu. Der Stoß war voller Wucht und hätte Torgal bestimmt durchbohrt. Er war aber mit einer kaum wahrnehmbaren Bewegung zur Seite getreten, hatte den Schaft des Speeres gepackt und mit einer Körperdrehung in Richtung des Angreifers diesem die Waffe entrissen. Ohne innezuhalten, schlug er aus der Drehung heraus dem Mann mit dem stumpfen Ende des Speeres an den Kopf, so dass dieser zu Boden fiel und dort bewusstlos liegen blieb. Torgal warf die Waffe neben den Mann, stieg wortlos wieder auf sein Pferd und ritt davon.

Ich beeilte mich, ihm zu folgen, denn hinter uns strömten immer mehr Menschen auf den Marktplatz, um uns zu beobachten. Ohne weitere Zwischenfälle verließen wir das Dorf und blieben noch einige Zeit auf der Straße. Dann aber bog Torgal unvermittelt von der Straße ab, und wir setzten unseren Weg im Wald fort. Torgal führte sein Pferd am Zügel und schritt neben mir her. Auf einmal sagte er zu mir: „Stell deine Fragen, ich werde versuchen, sie dir zu beantworten." Einen Augenblick dachte ich nach, dann fragte ich: „Wohin gehen wir, Herr, und was werden wir dort tun?" „Wir gehen nach Nordosten, unser Ziel ist der Clan des Roten Drachen. Dort wirst du zu einem Krieger ausgebildet werden, wenn die Götter es wollen." Ich bekam Angst. „Herr, ich dachte, Ihr würdet mich ausbilden, ich möchte bei Euch bleiben." Er sah mich von der Seite her an. „Warum machen wir beim Rasten kein Feuer?" Etwas erstaunt antwortete ich ihm, hatte er mir doch eindrucksvoll erklärt, warum es besser ist, kein Feuer zu machen. „Weil wir von weitem gesehen werden können, aber selbst außerhalb des Feuerscheins blind sind." Er nickte. „Siehst du, deine Ausbildung hat schon angefangen. Merk dir gut, was ich dir erzähle, dann hast du den ersten Schritt schon hinter dir, wenn wir beim Clan ankommen. Dort werde ich gemeinsam mit anderen Kriegern deine Ausbildung und die anderer Jungen leiten."

Zielsicher fand Torgal einen Platz zum Übernachten. Ohne viel zu reden, aßen wir und legten uns danach schlafen. Am nächsten Morgen brachen wir kurz nach Sonnenaufgang auf. Die nächsten Tage vergingen ähnlich: Tagsüber zogen wir weiter in Richtung Nordosten. Meistens mieden wir Straßen, unser Weg führte uns durch den Wald. Torgal ritt neben mir her, manchmal aber bahnte er sich auch neben mir zu Fuß den Weg durch das Dickicht. Dabei zeigte er mir, wie ich mich lautlos bewegen konnte. Ich lernte, die verschiedenen Vogelarten an ihrem Gesang zu erkennen und die Spuren zu lesen, die von den unterschiedlichsten Tieren hinterlassen wurden. Wir saßen gerade am Boden, als Torgal mir erklärte, welche Merkmale an Hirschspuren verraten, in welche Richtung sie sich bewegen und dass ich so auch an den Spuren von Männern erkennen könne, wie viele es sind und ob sie Waffen tragen. „Das könnt Ihr alles an den wenigen Abdrücken im Waldboden erkennen?", fragte ich ihn ungläubig.

Feuersturms lautes Wiehern schreckte uns auf. Ein bedrohliches Brüllen kam aus dem Gebüsch vor uns, kurz darauf brach ein riesiger Bär aus dem Unterholz. Torgal stieß mich zur Seite. Der Stoß traf mich derart gewaltig und unvorbereitet, dass ich mehrere Meter durch die Luft geschleudert wurde und krachend auf dem Boden landete. Laut schreiend und mit den Armen fuchtelnd, versuchte Torgal, das Tier abzulenken. Feuersturm wieherte heftig und keilte nach allen Seiten aus. Der Bär war irritiert und richtete sich zu seiner ganzen Größe auf, dann versuchte er, Torgal anzugreifen. Ich lag im Unterholz und konnte nichts tun, außer zuzuschauen. Als der Bär sich auf den Krieger stürzte, blieb Torgal still stehen und sah ihm starr in die Augen. Er hob langsam seine Hand, die Finger zu einer seltsamen Geste gekrümmt. Der Bär hielt inne. Sein Brummen verlor an Aggression. Dann sprach Torgal wieder in der Sprache, die ich nicht verstand. Plötzlich drehte der Bär sich um und verschwand im Dickicht. Ich lief auf Torgal zu, der immer noch am selben Fleck stand. Erst als ich ihn ansprach, erwachte er aus seiner Erstarrung. „Herr, ist alles in Ordnung? Ist Euch etwas passiert?" Ich wagte nicht, ihn zu berühren, er sah durch mich hindurch. „Verbünde dich mit dem Wald und seinen Geistern, dann kann dir nichts passieren." Er flüsterte die Worte, und ich war nicht sicher, ob er mich überhaupt wahrnahm. „Lass uns weiterreiten, wir sollten unser Glück nicht herausfordern."

Die Tage wurden kürzer und die Nächte kälter. Die Bäume begannen, ihre Blätter zu verlieren. Als dann der Regen einsetzte, wurde unsere Reise sehr beschwerlich. Nach einigen Stunden war mein Fell, das ich nun immer um die Schultern gelegt hatte, völlig durchnässt. In der Nacht darauf bekam ich Fieber und Schüttelfrost. Torgal sah besorgt aus und entschied sich für ein Feuer, nachdem er mich untersucht hatte. Dazu grub er ein Loch in den Boden, das nach unten wie ein Trichter zulief. Er schichtete Holz hinein und suchte im Dickicht nach etwas Laub, das er über die Holzstücke streute. Aus den Satteltaschen holte er eine kleine Flasche. Die dunkle Flüssigkeit daraus träufelte Torgal über das Laub. Mit zwei Feuersteinen schlug er Funken. Kurz darauf züngelten die ersten Flammen aus der Grube. Torgal brachte mich näher an das Feuer heran, das mich zwar wärmte, aber fast keinen Schein warf. Ich schlief sofort ein. Als ich nach einiger Zeit erwachte, hatte es aufgehört zu regnen. Torgal saß neben mir. Er rührte in etwas, das er in einer Schale über das Feuer hielt und von dem er mir zu trinken gab. „Diese Kräuter werden dir helfen, das Fieber schneller zu besiegen. Ruh dich nur weiter aus. Wir werden hierbleiben, bis es dir besser geht." Auch am nächsten Tag konnte sich die Sonne nicht entschließen, hinter den Wolken hervorzuschauen. Das Feuer brannte. Torgal untersuchte mich, wenn ich erwachte, und gab mir von den Kräutern zu trinken. Nach zwei Tagen bekam ich eine Suppe aus den gleichen Kräutern.

Mitten in der Nacht erwachte ich. Es fiel mir sofort auf, dass Torgal nicht neben mir saß. Ich sah mich um und bemerkte in einiger Entfernung ein Leuchten, das mich unwiderstehlich anzog. Auf allen Vieren kriechend, versuchte ich, näher heranzukommen, zum Laufen fehlte mir die Kraft. Ich gelangte an den Rand einer kleinen Senke. Als ich hineinspähte, sah ich Torgal. Er stand mit dem Rücken zu mir, beide Hände auf sein Schwert gestützt, die Beine leicht gespreizt. Ihm gegenüber in einiger Entfernung stand das Wesen, von dem dieses seltsame Leuchten ausging, das die ganze Umgebung erhellte. Es sah aus wie ein Mensch, nur etwas kleiner und etwas zarter. Die Haut war blass und die Ohren liefen oben spitz zu. Seine Kleidung war elegant geschnitten und mit Edelsteinen geschmückt. Ein Bogen und ein Schwert hingen am Gürtel, die Klinge war sehr viel schmaler als Torgals und nicht ganz so lang. Sie sprachen miteinander, aber ich konnte nicht verstehen, was sie sagten. Ich bemerkte, dass Torgal zweimal mit dem Kopf in Richtung unseres Lagers deutete. Das Wesen bewegte sich in einer Art, die ganz anders war als die von Torgal oder von anderen Menschen, die ich kannte. Es schien mir, als ob es sich über etwas ereiferte, vielleicht war es wütend. Und doch bewies es dabei eine Grazie, wie ich sie noch nie gesehen hatte. Fasziniert schlich ich näher und zerbrach einen kleinen Ast. Das Knacken zerschnitt die Stille, und sofort verstummte das Gespräch der beiden. Das Wesen drehte seinen Kopf und lauschte. Dann erhob es sich wie eine Feder, die vom Wind getragen wird, und schwebte über den Boden in meine Richtung. Ich erstarrte. Zu meinem Glück stand Torgal zwischen uns, sonst wäre ich bestimmt entdeckt worden. An ihm wollte oder konnte das Wesen nicht vorbei. Schwitzend kroch ich zu unserem Lager zurück. Dort angekommen, war ich so erschöpft, dass ich sofort einschlief.

Am nächsten Morgen saß Torgal wieder an seinem Platz neben mir, kerzengerade und sein Schwert auf den Knien. „Du hast gelauscht", war das erste, was ich zu hören bekam, als ich mich aufsetzte, um meinen Kräutertee zu trinken. Ich erschrak bis ins Mark. „Herr, ich konnte nicht ein Wort verstehen, ganz bestimmt, Ihr müsst mir glauben. Aber es war so seltsam, dieses Leuchten überall, dass ich es mir einfach ansehen musste. Was war das für ein Wesen?" Er sah mich lange an, dann schüttelte er den Kopf. „Wo kommst du nur her, dass du keinen Elf erkennst? Er sah unser Feuer, und ich musste all mein Verhandlungsgeschick aufbringen, damit wir ungestört weiterziehen können. Der Elf hatte uns schon länger beobachtet und wollte wissen, wer wir sind und warum wir uns so lange in ihrem Wald aufhalten. Ich habe den Grund unserer Reise etwas heruntergespielt, aber er war gut über uns informiert. Auch wusste er, dass du dich über sie lustig gemacht hast, Elfen mögen so etwas gar nicht." Ich blickte verlegen in meinen Kräutertee. „Ich weiß nicht, ob sie uns unbehelligt ziehen lassen werden", fuhr er fort. „Also beeile dich, trink deinen Tee." Obwohl ich immer noch sehr schwach war, brach Torgal unser Lager ab, und wir machten uns wieder auf den Weg. Es war das erste Mal, dass ich auf Feuersturm reiten durfte. Torgal schritt neben uns her und führte das Tier am Zügel. Ich schlief auf seinem Rücken.

Ohne längere Rast marschierten wir die Tage durch. In den Nächten hielten wir nur kurz, damit Torgal etwas ausruhen konnte. Aber noch vor Sonnenaufgang waren wir schon wieder unterwegs. Torgal wollte sich beeilen, damit wir noch vor Wintereinbruch den Clan des Roten Drachen erreichten. Der Wald wurde lichter, die Bäume kleiner und der Bewuchs spärlicher, ein Zeichen dafür, dass wir in höhere Lagen gelangten, erklärte mir Torgal. Nach einiger Zeit verschwand der Wald ganz. Wir marschierten nun über die endlose Hochebene.

An einem Morgen, es glitzerte schon Raureif auf dem Gras, deutete Torgal auf das Gebirge am Horizont, griff nach einem kleinem Horn, das am Sattel hing und blies mit aller Kraft hinein. Ein langer tiefer Ton erklang, der von den Bergen schaurig widerhallte. Kurz darauf hörte ich die Antwort: ein Ton, der wie hohles Windgestöhn begann, dann aber so tief anschwoll, dass ich die gewaltigen Vibrationen am ganzen Leib spürte. Torgal ließ das Horn sinken und blickte zu mir hoch. Das war das erste Mal, dass ich ihn lachen sah. „Wir sind zuhause! Hier leben die Brüder vom Clan des Roten Drachen!" Er schwang sich hinter mir auf sein Pferd. Feuersturm stürmte los. Immer schneller wurde sein Galopp, seine Hufe berührten kaum noch den Boden. Wir flogen nur so dahin, die Landschaft verschwamm vor meinen Augen. Ich konnte Feuersturms Freude und die seines Herrn spüren. In mir stieg ein Gefühl von gespannter Erwartung auf, aber auch etwas Angst.

Kapitel 4: Der Clan des Roten Drachen

Als Torgal Feuersturms Galopp zügelte, musste ich mir die Tränen aus den Augen wischen, um wieder klar sehen zu können. Wir hatten den schwarzen Felsen erreicht. Seine Wände ragten glatt und steil in die Höhe. Kein Vorsprung, keine Kante oder Klippe war zu erkennen. Je näher wir kamen, desto deutlicher sah ich unauffällige Zinnen und Nischen über den Wänden, die unbezwingbar erschienen. „Herr, wie kommen wir da hinein?" Ich sah weder ein Tor noch eine Tür, durch die wir hätten eingelassen werden können. Torgal erwiderte nichts, sondern hielt das Pferd an und rief: „Torgal ist zurückgekehrt und erbittet Einlass." Ich vernahm ein Geräusch. Dann sah ich, dass in der Wand ein Spalt entstanden war, gerade so breit, dass ein Reiter hindurchpasste. Im Schritt gingen wir in einen schmalen Gang hinein. Die Wände rechts und links ragten so steil nach oben, das ich den Kopf ganz in den Nacken legen musste, um noch etwas vom Blau des Himmels erkennen zu können. Feuersturms Schritte hallten von den Wänden wider, und ich wagte kaum zu atmen, so sehr erfüllte mich der Anblick mit Ehrfurcht.

Fünfzig bis sechzig Schritt waren wir wohl gegangen, als der Felsengang nach rechts abknickte. Menschen sah ich keine, doch ahnte ich, dass Schatten hin und wieder über unseren Köpfen huschten. Wir waren ein ganzes Stück geritten, da machte der Gang wieder einen Knick, diesmal nach links. Der Weg war nur so breit, dass gerade drei Pferde nebeneinander Platz hatten. Es schien mir unmöglich, dort mit einer Armee durchzukommen. Der letzte Knick lag schon ein ganzes Stück hinter uns, als sich plötzlich wieder ein Tor vor uns auftat und den Blick auf ein großes weitläufiges Tal freigab. Ich hatte erwartet, in eine Festung oder eine Burg zu gelangen, aber statt eines Innenhofes, wie ich ihn in der Burg des Fürsten Valan gesehen hatte, lag ein atemberaubendes Panorama vor uns. Die Senke zog sich hin bis zu den schneebedeckten Bergen am Horizont. Von einem dieser weit entfernten Berge stieg Rauch in den abendlichen Himmel. Das Bild erinnerte mich an einen alten Mann mit Pfeife. Im Schatten des Berges erkannte ich Häuser und einen See, der inmitten von Feldern lag.

    Müde schlief ich auf Feuersturms Rücken ein. Als ich erwachte, lag das Dorf direkt vor uns. Kein Mensch war zu sehen. Wir ritten langsam einen schmalen Pfad entlang. Ich sah einen großen Platz, gesäumt von kleinen flachen Bauten und größeren Gebäuden mit mehreren Stockwerken. Ich sah auch, dass Fenster und Türen in die Felsen gehauen waren, offensichtlich wohnten die Menschen auch direkt im Berg. Hinter vielen der Fenster brannten schon Lampen, das Tageslicht schwand schnell im Tal.

    Noch immer hatte ich keinen einzigen Menschen gesehen, aber als Torgal vor einem großen Gebäude hielt und sich aus dem Sattel schwang, wurde die Tür aufgerissen und eine Gruppe von Männern trat heraus. Angeführt wurde sie von einem alten Mann, der lange weiße Haare und einen langen weißen Bart trug. Über seinem Kilt hing ein schwarzer Mantel fast bis zum Boden. Die Kapuze hatte er nach hinten gestreift. In der einen Hand hielt er einen mannshohen gewundenen Holzstab, mit dem er schwer auf den Boden stampfte, die andere Hand hob er zum Gruß. Torgal kniete vor dem alten Mann nieder und senkte den Kopf. „Meister, ich bin zurückgekehrt, genau wie Ihr es mir vorausgesagt habt." Ich war erstaunt, dass ein so großer Krieger wie Torgal vor einem alten Mann niederkniete. Dieser aber lächelte mild und bat Torgal, sich zu erheben. Als sie sich gegenüberstanden, umfasste Torgal mit beiden Händen die Hand, die ihm der alte Mann gereicht hatte, und berührte sie mit der Stirn. „Lass sehen, wen du uns da mitgebracht hast." Er ging an Torgal vorbei auf mich und Feuersturm zu. Feuersturm ließ sich den Hals tätscheln und nahm dankbar etwas aus der Hand des Alten. Von mir hatte sich Feuersturm nie füttern lassen. Der alte Mann sah mir in die Augen, und ich hatte das Gefühl, er sähe direkt in mein Herz. Ich konnte diesem Blick nicht lange standhalten und musste meine Augen senken. Immer noch lächelnd sagte er: „Der Junge hat hohes Fieber, bringt ihn sofort in ein Krankenzimmer und bereitet alles für eine Untersuchung vor, wir kommen gleich nach." Er nahm mich an die Hand und wollte mir beim Absteigen behilflich sein. Ich schüttelte den Kopf, erstens fühlte ich mich gar nicht mehr so krank, und zweitens wollte ich mir nicht von einem alten, gebrechlichen Mann vom Pferd helfen lassen. Als hätte er meine Gedanken gelesen, sagte er: „Du brauchst keine Angst zu haben, ich werde schon nicht zusammenbrechen." Er zog mich aus dem Sattel und stellte mich neben das Pferd. „Siehst du, auch ein alter Mann kann noch über annehmbare Kräfte verfügen." Jetzt lachte er und die anderen Krieger stimmten ein. Mir war das alles ziemlich unangenehm, und ich wollte schon trotzig seine Hand abschütteln, als mir die Beine versagten und ich wohl zu Boden gesunken wäre, hätte er mich nicht aufgefangen. Dazu musste er seinen Stab loslassen. Bevor dieser aber den Boden berührte, hatte ihn der Alte schon mit seinem Fuß abgefangen und so hoch geschleudert, dass Torgal ihn fangen konnte. Das letzte, was ich noch mitbekam, war, dass mich der alte Mann an den anderen Kriegern vorbei ins Haus trug. Dann schwanden mir die Sinne.

    Der intensive Geruch von Duftkerzen und Räucherwerk weckte mich. Als ich die Augen öffnete, lag ich nackt auf einem Bett. Ich wollte gerade aufspringen, als mich die Hand des alten Mannes sanft, aber bestimmt auf das Lager zurückdrückte. „Nicht so schnell, junger Krieger, du musst erst einmal wieder ganz gesund werden, bevor du dich hier in Abenteuer stürzen kannst." Dann strich er mir eine zähe, dunkle Salbe auf die Brust und auf den Rücken und massierte sie unter leichtem Druck ein. Eine wohlige Wärme durchströmte mich, die mich wieder schläfrig machte. Aber ich wollte nicht schlafen. Ich wollte wissen, wo Torgal war und was der Alte mit mir machte. Wieder schien er meine Gedanken zu lesen, denn er sagte: „Ruh dich aus, junger Freund, dann werden alle deine Fragen beantwortet werden. Du brauchst keine Angst zu haben, denn du bist jetzt zuhause." Eine tiefe Ruhe überkam mich und ich schlief wieder ein.

Die angenehme Kühle eines nassen Lappens weckte mich das nächste Mal. Ich lag immer noch auf dem Bett, der Alte rieb mich ab. „Hast du gut geschlafen? Wir haben hier leider nur sehr harte Betten." „Verglichen mit dem Waldboden ist das hier ein Himmelbett", entgegnete ich. Er lachte. „Wenn du deinen Humor schon wiedergefunden hast, dann ist das Schlimmste überstanden. Ruh dich nur weiter aus und komm wieder zu Kräften, denn die wirst du brauchen." Er legte ein kleines Rohr an sein Ohr, den Trichter am anderen Ende hielt er an meine Brust, und befahl mir, tief ein- und wieder auszuatmen. Der Alte nickte und rieb mich wieder mit der dunklen Salbe ein. Ich hatte Hunger, aber bevor ich auch nur ein Wort sagen konnte, deutete er auf einen Teller, auf dem eine Menge frischer und leckerer Kleinigkeiten lagen. „Greif nur zu, aber iss mit Ruhe und Bedacht, denn du bist noch schwach und darfst deinem Körper noch nicht viel zumuten." Als ich den ersten Bissen in den Mund schob, musste ich an Torgal denken, der mir im Wald beigebracht hatte, alles sehr gut zu kauen. Gerade wollte ich den alten Mann fragen, wo Torgal war, da hatte er den Raum schon verlassen.

Es war schon dunkel, als ich wieder erwachte. Der Mond ließ sein fahles Licht durch das Fenster meines Krankenzimmers fallen. Ich brauchte einen Augenblick, um mich zurechtzufinden, dann bemerkte ich, dass Torgal neben mir saß. „Es ist alles in Ordnung, Aran. Schlaf weiter, morgen werden wir reden." Am nächsten Morgen weckte mich ein Hahnenschrei. Ich richtete mich auf und rieb mir den Schlaf aus den Augen. Torgal saß immer noch neben meinem Bett. Sofort fiel mir auf, dass er sein Schwert nicht auf den Knien liegen hatte. Er trug nur einen reich verzierten Dolch. „Gut, dass du wach bist", sagte er mit ruhiger Stimme, „wir haben eine Menge vor heute. Kleide dich an und iss etwas, damit wir beginnen können." Ich sah ihn an. „Beginnen womit, Herr, mit dem Training?" Er lachte kurz. „Nein, du kleiner Narr, mit deiner Einweisung. Von heute an beginnt für dich ein neues Leben." Ich war so aufgeregt, dass ich mich in den neuen Kleidern, die mir hingelegt worden waren, verhedderte. Statt mir zu helfen, saß Torgal nur da und lachte. Das dunkle grobe Leinenkleid wurde von einem schlichten Gürtel gehalten, an dem mein Dolch mit dem Drachengriff hing. Dazu musste ich geschnürte Sandalen tragen.

Nachdem Torgal mich begutachtet und hier und da etwas zurechtgezupft hatte, machten wir uns auf den Weg. Meine Beine fühlten sich noch etwas wacklig an, als ich auf den Gang heraustrat, mit jedem Schritt aber wurde es besser. Und als wir ins Freie kamen und mir die Wintersonne ins Gesicht schien, spürte ich, wie mein Körper mit der frischen Luft neue Kraft in sich hineinsaugte. Hatte ich, als wir ankamen, keine Menschen gesehen, so herrschte nun zu meinem großen Erstaunen überall emsiges Treiben. „Herr, wohin gehen wir?", fragte ich. Torgal sagte nichts, sondern schritt auf ein unscheinbares Gebäude am Rande der Felsen zu. Ich stolperte hinterdrein und hatte Mühe, mit ihm Schritt zu halten. Als wir durch die Tür traten, fiel mir sofort der schwere Duft von Räucherwerk auf. Der Raum, den wir durchqueren, war spärlich eingerichtet. Es gab nur Bänke an den Wänden. Am Ende des Zimmers war ein Gang, der in den Berg hineinführte. Die mit Kalk geglätteten Wände wandelten sich in groben Fels, die Decke wurde höher. Nach einigen Metern gelangten wir zu einer großen Tür, die mit mir unbekannten Symbolen reich verziert war. Davor standen zwei ganz in Schwarz gekleidete Wachen. Ihre Gesichter waren hinter den geschlossenen Visieren ihrer Helme verborgen.

Als Torgal auf die Tür zutrat, grüßten ihn die beiden Männer. Ohne ein Wort zu sagen, erwiderte Torgal den Gruß, und wir wurden eingelassen. Kühle, zugige Luft schlug mir entgegen. Eine riesige Höhle öffnete sich. Die Wände ragten steil in die Höhe und ließen keinen Zweifel daran, dass wir uns tief im Inneren des Berges befanden. Der Saal war so groß, dass natürliche Säulen aus Stein seine Decke stützen mussten. An den Wänden und an den Säulen brannten Fackeln. Zusätzlich waren überall noch große Eisenständer aufgebaut, in denen Feuer loderten. Aber all diese Flammen vermochten nicht, die Höhle auszuleuchten, in den Ecken lauerte das Dunkel.

Trotzdem konnte ich gut erkennen, dass überall Männer warteten, einige hatten die gleiche Kleidung an wie ich, andere waren wie Torgal gekleidet. Er nickte hin und wieder einem der Wartenden zu. Dann blieb er plötzlich an einer der Säulen stehen und hielt mich am Arm fest. Ich sah ihn fragend an, aber sein Blick verriet mir nichts von all dem, was mir bevorstehen sollte. Ein tiefer Gongschlag durchbrach die Stille. Wie ein Donner grollte er durch die Höhle, dann ertönte wieder ein Gong und wieder einer. Jedes Mal schwoll das Donnergrollen an, bis die Luft so damit erfüllt war, dass ich anfing zu zittern. Aus den beiden dunklen Ecken vor uns kamen zwei Männer. Sie trugen Fackeln und schritten langsam aufeinander zu. Wie auf ein geheimes Kommando warfen sie gleichzeitig ihre Fackeln in zwei dafür vorbereitete Gruben, aus denen augenblicklich hohe Flammen schlugen. Die Höhle war nun gespenstisch erhellt. Die Flammen warfen ihr Licht auf eine riesige Drachenstatue, die bisher im Dunkel verborgen gewesen war. Der Anblick verschlug mir die Sprache.

Der Drache saß auf seinen Hinterläufen, hatte die Flügel ausgebreitet und das Maul weit aufgerissen. Sein Leib schimmerte lebendig im zuckenden Schein der riesigen Flammen. Ehrfürchtig sanken alle auf die Knie, ich allerdings erst, nachdem mich Torgals Ellenbogen schmerzhaft aus meinem Staunen gerissen hatte. Dann betrat ein Mann im langen Gewand das Podest vor der Statue. Begleitet wurde er von den beiden Fackelträgern, die ihn rechts und links flankierten. Er hatte seine Kapuze tief ins Gesicht gezogen, in der einen Hand hielt er seinen langen gewundenen Stab. Er verneigte sich vor dem Drachen, dann wandte er sich uns zu. Es war der Alte, der mich gepflegt hatte.

Er warf seine Kapuze in den Nacken, sein langes weißes Haar fiel offen über Schultern und Rücken. Er hob langsam den Stab und stampfte donnernd damit auf den Boden. Dann hob er beide Arme und rief in die Höhle hinein: „Willkommen! Willkommen, all ihr jungen Krieger, die ihr dem Ruf des Roten Drachen gefolgt seid! Heute werden wir herausfinden, ob ihr würdig seid, unserem Clan beizutreten. Hier bei uns sind alle gleich, wir unterscheiden nicht zwischen arm oder reich, hell oder dunkel. Der große Drache allein entscheidet, ob ihr angenommen werdet oder nicht." Er hatte sich zu der Statue umgedreht und sah zu ihr auf, genau wie wir anderen auch. „Diejenigen", fuhr er fort, „die würdig sind, unser Gewand zu tragen, heiße ich jetzt schon willkommen. Denjenigen unter uns, die es nicht tragen werden, kann ich versichern, dass es in eurem nächsten Leben bestimmt gelingen wird. Nun lasst uns beginnen." Ich hatte gebannt gelauscht, verstand aber gar nichts. Ich fragte mich, womit nun begonnen werden sollte und was er wohl mit dem „nächsten Leben" gemeint hatte.

Unvermittelt stand Torgal vor mir mit einer kleinen flachen Schale in der Hand, die mit einer dunklen Flüssigkeit gefüllt war. Er blickte mir tief in die Augen. „Ich hoffe um der Götter Willen, dass du würdig bist", flüsterte er mir zu. Dann hob er die Schale an meine Lippen. „Trink und wehre dich nicht, denn nun bist du in Donars Hand. Möge sein Blick auf dir ruhen." Wie Honig so zäh und süß lief mir die Flüssigkeit den Rachen hinunter. Kaum war sie in meinem Magen angekommen, wurde mir heiß. Ich begann zu schwitzen, und mir wurde schwindelig. Doch dann wuchs in mir ein Gefühl der Stärke und der Macht, so wie ich es in dem magischen Kreis gespürt hatte, als Torgal die Götter anrief. Diesmal war es viel stärker, und ein Feuer der Kraft begann in mir zu brennen. Nur kurz schloss ich die Augen. Als ich sie wieder öffnete, war ich allein in der Höhle. Niemand war mehr da, weder Torgal noch die anderen Krieger. Auch der Alte war verschwunden. Unsicher schaute ich mich um. Das Gefühl der Stärke schwand und Angst packte mich.

Gerade wollte ich nach draußen flüchten, als plötzlich Nebel um meine Füße wirbelte. Langsam stieg er höher und verschlang schon bald alles um mich herum. Ich tastete nach meinem Dolch. Doch als ich meine Hand um den Griff legte, zuckte ich erschreckt zurück. Der Griff meines Dolches war kühl und feucht, und er bewegte sich! Mit einem Schrei ließ ich die Waffe fallen. Der Drache, der den Griff zierte, lebte. Seine roten Augen sahen mich durch den Nebel hindurch an. Er bewegte sich hin und her und fauchte leise. Ich trat unwillkürlich einen Schritt zurück und starrte ihn an.

Und dann hörte ich zum ersten Mal das Brüllen. Ich fuhr herum und ahnte plötzlich, dass ich nicht mehr allein war. Ich spürte eine Bewegung nur wenige Schritte von mir entfernt. Kurz davor, die Fassung zu verlieren, versuchte ich, in der nebligen Dunkelheit etwas zu erkennen. Dann bebte der Boden unter mir. Und wieder füllte sich die Höhle mit dem ohrenbetäubenden Brüllen. Und da wurde mir schlagartig klar, woher das Brüllen kam. Der aus Stein gemeißelte Drache war zum Leben erwacht. Ich wollte schreien, um Hilfe rufen, aber kein Wort kam über meine Lippen. Ich war wie versteinert. Die Stimme in meinem Kopf schrie, ich solle um mein Leben laufen, aber ich konnte nichts anderes tun, als in diesen Nebel zu starren. Das Stampfen kam immer näher, und als sich aus dem Nebel die riesige Gestalt des Drachen heraus schälte und auf mich zukam, sank ich vor Ehrfurcht und Entsetzen auf meine Knie. Ich wollte meinen Blick senken, um das Ende nicht kommen zu sehen, konnte meine Augen aber nicht von dem schaurig schönen Geschöpf wenden. Seine Schuppen hatten eine dunkle Färbung und schimmerten im Schein der Fackeln. Die Augen leuchteten rot. Sein Blick fixierte mich. Seine ledernen Schwingen hatte er eingerollt. Der mächtige Körper bewegte sich geschmeidig wie eine Katze, und der lange Schweif spielte irgendwo unter der Höhlendecke. Sein langer Hals bog sich, als der Drache sein Haupt zu mir herunterbeugte. Er öffnete sein gewaltiges Maul. Ich konnte die riesigen leuchtend weißen Zähne sehen, die im Licht des Feuers funkelten. „Das war's", dachte ich, „hier endet nun mein Leben als Krieger, bevor es richtig begonnen hat, im Magen eines Drachen." Bei diesem Gedanken musste ich kichern. Ich hätte mir am liebsten auf die Lippe gebissen, aber stattdessen lachte ich lauthals los. Der Kopf des Drachen war nun genau vor mir, er sah mich mit einem Auge an, und er sah mir direkt ins Herz.

Währenddessen platze das Lachen aus mir heraus. Es ist mir völlig unklar, worüber ich so sehr lachen musste, aber ich konnte einfach nicht aufhören. Der Drache schnaubte aus seinen großen Nüstern, so wie es Feuersturm tat, als ihm etwas nicht passte. Auf dem Boden sitzend und mir den Bauch vor Lachen haltend, wartete ich auf mein Ende. Doch statt verschlungen zu werden, hörte ich eine knurrende Stimme, die so tief und gewaltig war, dass ich dachte, sie müsse von den

Göttern stammen. „Was tust du hier in meiner Höhle und warum störst du meine Ruhe?" Der Drache sprach mit mir. Ich wollte aufhören zu lachen, aber es ging nicht. Ich brachte kein Wort über meine Lippen, sondern kicherte wie ein kleines Kind, so dass mir die Tränen über das Gesicht liefen. „Du wagst es, dich über mich lustig zu machen?", donnerte die Stimme des Drachen. Ich schüttelte den Kopf und versuchte, mich zu beruhigen. „Du kleiner Narr, wenn du über mich lachen kannst, dann kannst du auch mit mir kämpfen!" Das hatte ich nun davon. Ich schüttelte den Kopf. „Bitte, edler Drache, tötet mich, aber verlangt nicht von mir, dass ich mit Euch kämpfe. Niemals würde ich so etwas Schändliches tun." Ein dröhnendes Lachen war die Folge. „Winziger Narr, wirfst dein Leben einfach so weg. Es scheint, du hättest viele davon." Wieder schüttelte ich meinen Kopf. „Nein, ehrenwerter Herr des Clans, so ist es nicht, aber ich konnte nicht anders. Ich musste lachen, obwohl ich mein Leben lang davon geträumt habe, einmal solch einem Geschöpf, wie Ihr es seid, gegenüberzustehen. Ihr seid das Gewaltigste und Ehrfurchtgebietendste, was ich jemals gesehen habe in meinem kurzen Leben. Ihr wollt mit einem solchen Wurm wie mir kämpfen? Das ist zu viel der Ehre. Verzeiht, ich wollte Euch nicht beleidigen." Es folgte ein kurzes Schweigen. „Warum bist du hier, junger Mann?", knurrte die mächtige Stimme dann. „Weil mir geweissagt wurde, dass ich ein großer Krieger werden kann und ich hier die Ausbildung dazu erhalten soll, wenn ich dieser würdig bin", fügte ich hinzu. „Was glaubst du, wofür ein Krieger geschaffen wird?" Die Frage kam so überraschend, dass mir nichts dazu einfiel. Hilflos zuckte ich mit den Achseln. Der riesige Schädel des Drachen schwang genau vor mir leise hin und her, sein Blick durchdrang mich, wie Sonnenlicht das Eis im Winter. Ich spürte ihn in meinem Kopf, sonst nichts, kein Wort und keinen Gedanken. „Deine Weissagungen werden sich erfüllen", donnerte die Stimme, „willkommen im Clan des Roten Drachen, Aran van Dagan!" Roter Nebel stieg auf und ein Sog riss mich fort. Wie ein Blatt im Wind wurde ich weggefegt. Bilder aus meinem Leben flogen an mir vorbei. Ich sah Falahn, meine Großmutter und auch meine Mutter. Dann begann sich alles um mich zu drehen, immer schneller, bis mir schwindelig wurde und ich die Augen schließen musste. Die letzten Worte des Drachen hörte ich wie aus großer Ferne. „Wir werden uns wiedersehen, junger Krieger."

Das nächste, an das ich mich erinnern kann, ist, dass Torgal mir leicht ins Gesicht schlug und ich ihn sagen hörte: „Aran, Aran, komm wieder zu dir, Junge." Ich lag auf dem Boden. Torgal beugte sich über mich und sah mich besorgt an. „Was ist passiert?", stotterte ich. „Wo ist der große Drache hin?" Torgal half mir aufzustehen. Mir war das alles sehr unangenehm. Torgal aber lächelte. „Ich bin sehr stolz auf dich, Aran. Du hast dich als des Clans würdig erwiesen."

Kapitel 5: Die Ausbildung beginnt

Auf Torgal gestützt, verließ ich die Höhle. Die Bänke im Vorraum waren voll besetzt mit jungen Männern, die gekleidet waren wie ich. Einige lagen am Boden, andere starrten abwesend ins Nichts. Das Schlimmste aber war, dass einige Verletzungen hatten, die sehr stark bluteten. In einer Ecke des Raumes stapelten sich in Leinentücher gehüllte Körper. Fassungslos blickte ich auf die Leichen, doch Torgal zog mich weiter. Draußen empfing uns Dunkelheit. Es war sehr kalt und die Luft schnitt in meine Lungen. Torgal begleitete mich in ein Zimmer, half mir beim Entkleiden und führte mich zum Bett. Aber bevor ich mich niederlegte, brach ich das Schweigen und fragte ihn, was dort in der Höhle geschehen sei und warum so viele der jungen Anwärter den Tod gefunden hätten. Ohne mich anzusehen, sagte er: „Die es überlebt haben, sind würdig, ihre Ausbildung zu beginnen, die anderen nicht."

„Aber was ist mit denen, die wirr geworden sind?" fiel ich ihm ins Wort. „Die haben doch auch überlebt, was wird jetzt aus ihnen?" Er sah mich an, dann sagte er traurig: „Es erwartet sie ein ehrenvoller Tod." Mit diesen Worten verschwand er aus meiner Kammer, und ich war allein.

Am nächsten Morgen wurde ich durch einen lauten Hahnenschrei geweckt. Es hörte sich an, als ob das Vieh genau unter meinem Fenster den Morgen begrüßte. Schnell wusch ich mich mit dem Wasser, das ich in dem kleinen Tonkrug am anderen Ende des Raumes fand. Diesmal gelang es mir schon besser, meine neue Kleidung anzulegen. Ich gürtete gerade meinen Dolch, als auf dem Gang eine tiefe Stimme „Heraustreten" brüllte. Mit mir traten noch ungefähr ein Dutzend anderer Jungen auf den Flur. Wir alle waren gleich gekleidet, nur ich trug als einziger einen Dolch. Schweigend folgten wir dem ganz in Schwarz gekleideten Krieger. Er brachte uns in ein anderes Gebäude, wo wir unser Frühstück bekamen.

Wir begannen gerade zu essen, als am anderen Ende unseres langen Tisches zwei Jungen miteinander flüsterten. Kaum hatten die beiden die ersten Worte gewechselt, als der Krieger ihnen das Essen vom Tisch fegte und beide anschrie. „Hier wird nicht getratscht, sondern gegessen. Wenn ihr nicht essen wollt – gut! Aber noch ein Wort und ich werde euch alle Knochen brechen. Jetzt raus ihr beiden, vor die Tür. Dort wartet ihr so lange, bis die anderen fertig sind. Möchte noch jemand draußen warten?" Schnell wandten sich alle anderen wieder ihrem Frühstück zu. Der Brei war braun, und ich konnte nicht erkennen, woraus er bestand. Aber ich war sehr hungrig und probierte vorsichtig. Er sah schlimmer aus als er schmeckte. Als ich meinen Teller leer gegessen hatte, schaute ich mich um. Einige Jungen hatten ihren Teller nicht angerührt. Bleich saßen sie da und wagten nicht, sich zu bewegen. Als die Tür auflog und der Krieger zurückkam, zuckten alle zusammen.

Wir folgten ihm in einen anderen Raum. Dort war eine große Holztafel aufgestellt, auf der viele Namen standen, unter anderem auch meiner. Der Krieger baute sich vor uns auf, die Hände in die Hüften gestemmt. Er donnerte: „Ich bin Wintal, und ich werde euch die Dienste zuweisen, die ihr im ersten Teil eurer Ausbildung zu erledigen habt. Immer zu zweit werdet ihr genau das tun, was ich euch sage. Sollte sich jemand nicht an die Vorgaben halten, wird er bestraft. Es wäre besser für euch, nicht herauszufinden, wie gut ich im Bestrafen bin. Ach, und noch etwas: Ihr werdet immer beide bestraft. Das wird euch helfen, aufeinander aufzupassen. Heute werdet ihr in alles eingewiesen."

Wieder mussten wir ihm folgen. Diesmal wurden wir in die Küche geführt, wo von dicken Frauen die Mahlzeiten zubereitet wurden. Einen Augenblick lang hatte ich das Gefühl, in unserer Küche zu stehen und meiner Mutter beim Kochen zuzusehen. Das schien schon eine Ewigkeit her, und ich versuchte, die in mir aufsteigende Trauer nicht zu beachten. Uns wurde gezeigt, wo das Wasser herkam, wo wir das Feuerholz stapeln sollten, das hinter dem Haus gehackt wurde, und wo und wie die Teller und Krüge aus Ton abgewaschen wurden. Dann besuchten wir die Wasch- und Badehäuser. Auch dort musste Holz für die Schwitzkammern gespalten und gestapelt und Wasser für die Zuber geholt und eingefüllt werden. Zuletzt wurden wir in das Haus geführt, in dem alle ihre Notdurft verrichteten. Die Holzbänke mit den Löchern und der Fußboden mussten gereinigt werden. Wintal schärfte uns ein, dass jeder Versuch, sich vor der Arbeit zu drücken, schwer bestraft werden würde.

Nachdem wir mehrere Stunden durch einen Großteil des Geländes geführt worden waren, brachte Wintal uns zu einem stattlichen Gebäude. Es lag an dem großen Platz, der das Zentrum des Dorfes bildete. „Wer sich unerlaubt in einen Teil des Dorfes begibt, der ihm nicht gezeigt wurde, wird hart bestraft. Denkt immer daran! Tut genau, was von euch verlangt wird, dann habt ihr nichts zu befürchten. Und jetzt ab mit euch, der Großmeister erwartet euch."

Im Laufschritt betraten wir das große Haus und gelangten in einen Saal, in dem sich Torgal und andere Krieger um einen Hochsitz versammelt hatten. Wir mussten uns in einer Reihe aufstellen. Mit einem Gongschlag wurde die Ankunft des Großmeisters angekündigt, und alle sanken auf ihre Knie. Erstaunt erkannte ich den alten Mann wieder, der sich leichtfüßig auf den Hochsitz emporschwang und uns freundlich zu verstehen gab, dass wir uns erheben sollten. Nachdem er seinen Blick prüfend über die Anwesenden hatte streichen lassen, richtete er sein Wort an uns. „Ihr, die ihr nun vor mir steht, werdet ein neues Leben beginnen. Am Ende eurer Ausbildung wird nichts mehr so sein, wie es war. Ihr werdet Krieger des Roten Drachen sein, und ihr werdet dem Clan angehören, eurer neuen Familie, der ihr verpflichtet seid bis in den Tod. Am Ende dieser Ausbildung werdet ihr wie eine Waffe sein, die, richtig eingesetzt, Tod und Verderben über diejenigen bringen wird, die sich euch in den Weg stellen. Eure Bestimmung wird es sein, für den Herrscher, der am besten für eure Dienste bezahlt, euer Leben einzusetzen. Dabei spielt es keine Rolle, um wen es sich handelt, solange er von euch nicht verlangt, mit eurem Ehrenkodex zu brechen. Was es bedeutet, einem Kodex verpflichtet zu sein, werdet ihr noch lernen. Das erste und wichtigste aber ist: Wir töten keine Frauen und Kinder! Wenn etwas anderes von euch verlangt werden sollte, dann könnt ihr nach eurem Gewissen entscheiden. Nun aber werdet ihr das erste Zeichen eurer neuen Familie erhalten. Legt eure linke Sandale ab." Leichtfüßig sprang er von seinem Hochsitz herunter und schritt die Reihe der Schüler ab. Jeden musterte er einen Augenblick lang und teilte ihn einer Gruppe zu. Dann nannte er dem Krieger, der ihm folgte, eine Farbe. Es gab die Farben Blau, Rot und Schwarz. Zu der schwarzen Gruppe gehörten nur zwei Jungen und ich. Unsere Gruppe war die kleinste.

Wir mussten uns auf den Boden setzen und den Fuß auf einen niedrigen Hocker legen. Zu jedem kam ein älterer Krieger. Der, der bei mir stehen blieb, trug eine Art Griffel und einen kleines Tongefäß. Er setzte sich hinter meinem Fuß auf den Hocker und zeichnete mit einem Stück Holzkohle etwas auf meinen Knöchel. Als er fertig war, zog er die Kappe von dem Griffel. Es kamen viele Nadeln zum Vorschein, die er in das Tongefäß eintauchte, das neben meinem Fuß stand. Plötzlich flüsterte Torgal mir ins Ohr: „Es wäre besser, wenn du keinen Laut von dir gibst." Dann war er verschwunden, und ich sah verwundert den alten Krieger an, der mir kurz zulächelte und dann begann, die Nadeln in meine Haut zu stoßen. Ich wollte meinen Fuß zurückreißen, so groß war der Schmerz, aber der Alte hielt ihn geschickt fest und stach weiter in meinen Knöchel. Ich keuchte schwer und dachte schon, es sei vorüber, als er einen zweiten Topf hervorholte und die Umrisse mit schwarzer Farbe ausfüllte. Als er endlich fertig war, liefen mir die Tränen über das Gesicht, aber es war kein Laut des Schmerzes über meine Lippen gekommen. Ein kleiner Verband verdeckte das, was mir in den Knöchel gestochen worden war.

Nachdem sich die alten Krieger zurückgezogen hatten, wurden wir gebeten aufzustehen. Der Großmeister gab Torgal ein Zeichen. „Wenn eure Ausbildung von Erfolg gekrönt ist, dann werdet ihr einmal so aussehen." Torgal ließ seinen Umhang fallen. Er stand nun fast nackt vor uns, nur ein kleines Tuch verbarg seine Lenden. Langsam drehte er sich im Kreis. Schatten fielen über seinen muskulösen Körper. Er trug eine Tätowierung, die am Knöchel begann und sich über den Oberschenkel und den Rücken bis hin zur Schulter und zur Brust ausbreitete: Am Sprunggelenk war die Schwanzspitze eines Drachen zu sehen, die bei Torgal auch schwarz gefärbt war. Der Schweif schlängelte sich um die Wade und die breiten Oberschenkel hinauf. An der Hüfte und auf dem Rücken saß der riesige Körper des Drachen. Seine Klauen griffen um das Becken und die massigen Oberarme. Es sah aus, als ob er seinen Kopf über die Schulter auf Torgals Brust gelegt hätte. Vergessen waren die Schmerzen, mein Blick hing wie gefesselt an diesem Drachen.

Torgal kleidete sich wieder an, und der Alte wandte sich uns zu. „Von diesem Augenblick an seid ihr angehende Clanmitglieder. Ihr werdet den Krieger, durch den ihr hierher gekommen seid, von nun an mit ‚Meister' anreden. Keiner von euch darf es wagen, einen Krieger, der seine Ausbildung abgeschlossen hat, bei seinem Vornamen zu nennen. Ich bin für alle hier der Großmeister. Diese Regeln sind nicht dafür da, euch das Leben schwerzumachen, sondern sie werden euch helfen, Respekt und Achtung vor Älteren und Fortgeschrittenen zu bekommen. Bald werdet ihr erkennen, was es bedeutet, diese Ausbildung bestanden zu haben. Und der Respekt, der den Kriegern gebührt, wird euch selbstverständlich vorkommen. Aber bis es soweit ist, müsst ihr diese Regel akzeptieren. Nun geht, morgen wartet ein langer Tag auf euch." Mit schmerzendem Knöchel humpelte ich in meine Kammer. Die Sonne war gerade untergegangen und es dämmerte. Ich setzte mich auf mein Bett und starrte durch das kleine Fenster in das immer dunkler werdende Blau des Himmels. Zum ersten Mal, seitdem ich dort war, hatte ich Zeit nachzudenken.

Viel war in den vergangenen Tagen passiert, und ich wusste nicht, ob ich mich freuen sollte, dass meine Prophezeiung sich erfüllte. Durch die Holzwände hörte ich das leise Weinen einiger Jungen. Zum Weinen war mir nicht zumute, aber es beschlich mich ein Gefühl der Hilflosigkeit, das mich sehr einsam machte. Ich vermisste Falahn und ihre Zärtlichkeit. Nun musste ich mir doch die Tränen aus den Augen wischen. Kaum aber hatte ich mich ausgestreckt, fiel ich auch schon in einen tiefen Schlaf.

Der Hahn unter meinem Fenster weckte mich. Mir kam der Verdacht, dass er sich absichtlich mein Fenster ausgesucht hatte. Es war noch dunkel draußen und die Sterne leuchteten hell. Meine Sachen hatte ich schnell gefunden und angezogen, da ich sie alle auf einen Haufen neben mein Bett geworfen hatte. Kaum war ich fertig, dröhnte auch schon Meister Wintals Weckruf durch das Haus. Ich trat vor meine Kammertür. Einige fehlten, entweder waren sie noch nicht angezogen oder sie schliefen noch. Meister Wintal stürmte in jedes Zimmer, und einen Augenblick später flog der Junge, der dort schlief, hinaus auf den Gang. Einige hatten noch ihre Nachtgewänder an. Zum Anziehen blieb ihnen keine Zeit, weil der Meister uns in die Nacht hinaus trieb. Es war eisig kalt, und der Atem stand in Wolken vor meinem Gesicht, als wir zum Frühstück gingen. Klappernd vor Kälte, ihre Kleidung unter dem Arm, rannten die Nachzügler hinter uns her.

Als wir vor unserem braunen Brei saßen, sagte Meister Wintal: „Morgen werde ich nicht mehr so nachsichtig mit denen umgehen, die meinen, sie könnten den ganzen Tag dem Müßiggang frönen. Ich erwarte, dass ihr beim ersten Hahnenschrei auf dem Gang steht!" Kaum waren wir fertig mit unserem Frühstück, als Meister Wintal uns unsere Aufgaben zuteilte. „Yinzu" war der Name des Jungen, mit dem ich zusammen Wasser für die Küche und für das Badehaus holen musste. Er war etwas kleiner als ich und auch nicht ganz so breit. Seine Haut war dunkler als die der meisten, und seine Augen waren viel schmaler, ein solches Gesicht hatte ich noch nie zuvor in meinem Leben gesehen. Er nickte mir zu, als wir vor die anderen traten. Meister Wintal sagte uns, bei wem wir uns zu melden hätten und entließ uns.

Schweigend gingen wir in die Küche, in der uns eine dicke Köchin erwartete. Lächelnd begleitete sie uns nach draußen und erklärte uns, dass reichlich Wasser in die Küche und das Badehaus gebracht werden müsse. Als ich die riesigen Eimer sah, mit denen das Wasser transportiert wurde, fragte ich mich, wie wir das schaffen sollten. Yinzu fasste meinen Arm und deutete auf einen langen Holzstab, an dessen

Enden Ringe befestigt waren. Mit einem kleineren Eimer, der an einem dicken Seil hing, das über eine Rolle hinunter in die Tiefe des Brunnens lief, wurde das Wasser herauf geholt. „Wer trägt zuerst die Eimer, und wer schöpft Wasser?" fragte mich Yinzu. Seine Stimme war tief, und er sprach leise. „Ist mir egal", antwortete ich, „was willst du lieber machen?" Er zuckte mit den Schultern. „Wir müssen uns sowieso abwechseln", sagte ich, griff mir den Holzstab und befestigte die großen Eimer daran. Yinzu begann, das Wasser aus dem Brunnen zu holen. Als beide Eimer randvoll waren, versuchte ich, mit ihnen loszulaufen. Ich musste sie schon nach einigen Schritten wieder absetzen, um nicht zusammenzubrechen. „Vielleicht sollten wir die Eimer fürs erste nicht ganz so voll machen", hörte ich Yinzu sagen. Ich nickte, und wir ließen die Hälfte des Wassers auf den Hofboden laufen. Der nächste Versuch, die Eimer zu tragen, verlief schon etwas besser. Aber als ich die Küche erreichte, lief mir der Schweiß trotz der Kälte das Gesicht herunter. Die dicke Köchin lachte, als sie in die Eimer sah, und stelle fest: „Schon beim ersten Mal halbvoll gemacht! Na, ihr habt euch aber viel vorgenommen. Denkt daran, dass ihr das heute den ganzen Tag machen müsst." Als ich mit den leeren Eimern zum Brunnen zurückkam, versuchte Yinzu gerade vergeblich, den Schöpfeimer aus dem Schacht zu hieven. Ich ließ die Eimer fallen und war mit einem Satz bei ihm. Gemeinsam brachten wir den vollen Eimer nach oben und stellten ihn erst einmal am Rand ab. Im Nebel unserer Atemwolken sahen wir uns an. Keuchend stieß Yinzu hervor, dass wir uns etwas überlegen müssten, denn sonst hielte er das nicht lange durch. Ich erzählte ihm, was die dicke Köchin gesagt hatte und fügte hinzu, dass es wohl schlauer sei, weniger Wasser in die Eimer zu gießen. Yinzu nickte und half mir dabei, die Eimer zu füllen.

So verbrachten wir den ganzen Morgen damit, das Wasser aus dem Brunnen zu holen und es abwechselnd in die Küche und in die Badehäuser zu schleppen. Die Wintersonne war schon vor einiger Zeit aufgegangen, als die dicke Köchin uns zu sich rief. „So, ihr jungen Krieger, jetzt müsst ihr euch erst einmal stärken, bevor ihr weiterarbeitet, denn ihr sollt uns ja nicht vom Fleisch fallen." Sie lachte laut los, und die Mägde stimmten mit ein. Als wir unschlüssig vor der Bank standen, die sie uns zugewiesen hatte, fragte sie: „Seid ihr etwa nicht hungrig?" Verlegen antworte ich, dass es wohl Meister Wintal nicht recht sei, wenn wir uns setzen würden. Wieder lachte sie: „Aber Jungchen, Wintal selbst hat mir gesagt, dass ihr zu essen haben sollt, damit euch die Arbeit leichter von der Hand geht. Also los, greif nur kräftig zu." Gesagt, getan. Diesmal gab es keinen braunen Brei, sondern frisches Brot, Käse und Schinken. Jeder von uns bekam einen großen Becher frischer Milch. Es war wundervoll. Wir waren gerade dabei, uns gedünstetes Gemüse und Kartoffeln auf unsere Teller zu füllen, als die Tür aufflog und Meister Wintal in die Küche gestürmt kam. Yinzu fiel der Löffel aus dem Mund, und ich erstarrte. „Hier seid ihr also, ihr faules Pack. Hatte ich euch nicht gesagt, dass ich es nicht dulde, wenn sich Schüler vor der Arbeit drücken?" Er wollte gerade weiterschimpfen, als er von hinten einen Schlag bekam und fast auf den Tisch gefallen wäre. „Schrei die Jungen nicht so an, sie haben gut gearbeitet und bekommen nun ihre wohlverdiente Stärkung. Also scher dich fort, oder muss ich dich aus meiner Küche prügeln?" Ich musste ein Grinsen unterdrücken. Meister Wintal funkelte uns an und zischte: „Wenn ihr hier fertig seid, dann nichts wie ran an die Arbeit, oder ihr sollt mich kennen lernen." Vor Wut schnaubend verließ er die Küche. Einen Augenblick später brach das Lachen aus Yinzu und mir heraus, dass wir uns am Tisch festhalten mussten.

Als wir fertig waren, machten wir uns wieder an die Arbeit. Je später es wurde, desto mehr schmerzten meine Hände und Schultern. Ich war harte Arbeit gewohnt, aber das Wasserholen übertraf alles, was ich kannte. Es war noch hell, aber die Sonne war schon hinter den hohen Bergen verschwunden, als Meister Wintal uns am

Brunnen abholte. Er führte uns in ein Haus, das sich als Schule entpuppte. Als alle Bänke mit den Neulingen besetzt waren, befahl er uns, uns zu erheben. Ein alter Mann kam in den Raum geschlurft. Er trug das Gewand eines Kriegers, hatte aber kein Schwert gegürtet. Stattdessen trug er einen Stapel Pergamentrollen unter dem Arm, die er vor sich auf einen Tisch fallen ließ, bevor er zu uns herübersah. „Setzt euch", kam das knappe Kommando. „Ich bin Meister Zorralf. Ich werde euch die Runen lehren, die ihr als Krieger und als Heiler brauchen werdet. Wenn ihr glaubt, dass ihr hier schlafen könnt, weil eure Arbeit so anstrengend gewesen ist, dann habt ihr euch getäuscht. Meine Möglichkeiten sind vielfältiger als Wintals." Er sah zu Meister Wintal hinüber, der an der Wand lehnte und nickte. Meister Zorralf sah in die Runde. „Ihr werdet euch jetzt bestimmt fragen, wie ein so alter Mann wie ich es mit einem stattlichen Krieger wie Wintal aufnehmen kann. Aber merkt euch gut, nicht nur auf die Kraft des Körpers kommt es an, sondern auch auf die Kraft des Geistes." Er tippte sich mit einem Finger an die Stirn.

Die meisten Jungen hingen auf ihren Hockern und sahen gelangweilt und müde aus. Das fiel auch dem Meister auf. Er lächelte und mit einer Bewegung seiner rechten Hand ließ er das Licht im Raum dunkler werden. Die Luft schien sich zu verändern. Ich spürte ein sonderbares Gefühl in der Magengegend. Es erinnerte mich an die Minuten, als Feuersturm mit mir über die Steppe der Hochebene galoppiert war. Im selben Augenblick bemerkte ich, dass ich nicht mehr auf meiner Bank saß, sondern in der Luft schwebte. Meister Zorralf bewegte nun beide Arme und murmelte vor sich hin, ähnlich wie Meister Torgal, als wir im Wald dem Bären begegneten. Ich wurde immer höher in die Luft gehoben. Es war ein wunderbares Gefühl, frei im Raum zu schweben. Ich schlug mit den Armen, bewegte mich aber nicht vom Fleck. Erst jetzt hörte ich die ängstlichen Laute der anderen, einige beteten, manche riefen nach ihren Müttern. Plötzlich spürte ich einen Blick auf mir. Ich drehte den Kopf nach rechts und sah Yinzu direkt ins Gesicht. In seinen Augen konnte ich erkennen, dass er genauso großen Spaß an dieser Vorführung hatte wie ich. In diesem Augenblick begannen wir, nach unten zu schweben und saßen einen Augenblick später wieder auf unseren Bänken. Meister Zorralf musste sich setzen. Schweiß stand auf seiner Stirn, und er zitterte am ganzen Körper. Meister Wintal war mit einem Satz bei ihm. „Ist alles in Ordnung, Meister? Ihr solltet Euch nicht mehr so anstrengen. Die kleinen Maden wissen dieses Geschenk sowieso nicht zu schätzen. Es sind auch diesmal nur drei der Schwarzblauen dabei." Meister Zorralf atmete schwer, aber mit einer Handbewegung verscheuchte er Meister Wintal, der sich gehorsam zurückzog. „Lass mir nur ein wenig Zeit, dann werden wir ja sehen, wer es zu schätzen weiß. Auch wenn nur einer dabei ist, so ist es doch der Mühe wert."

Kurz darauf erhob sich der alte Meister mit einem Ruck von seinem Stuhl und sah mich an. Leise begann er zu sprechen. „Einige von euch verspürten keine Angst. Im Gegenteil - es hat euch gefallen. Ist es nicht so?" Ich wollte nicken, aber ein Junge stand von einem vorderen Platz plötzlich auf und sagte: „Es war das, wovon ich schon immer geträumt habe, Meister." Unser Lehrer sah ihm einen Augenblick lang tief in die Augen, dann machte er eine kleine Handbewegung. Im selben Moment wurde der Junge, der ihn angesprochen hatte, durch die Luft geschleudert und fiel krachend zwischen die Bänke und Tische, wo er regungslos liegenblieb. „Ich hasse es, wenn ihr versucht, mich zu belügen", knurrte Meister Zorralf. „Wer hatte keine Angst?" Zögernd hob ich die Hand, während ich den Körper anstarrte, der auf dem Boden lag. Meister Wintal untersuchte den Jungen, der sich wieder bewegte. Meister Zorralf musterte uns einen Augenblick, dann sagte er: „Morgen werden wir uns unterhalten. Jetzt werdet ihr alle diese Rune schreiben, sie ist das Zeichen für Wind." Er entrollte ein Stück Pergament und hielt es hoch. Danach befestigte er es an der Wand und fuhr fort: „Übt sie sorgfältig, ich werde euch später prüfen." Mit diesen Worten raffte er alle anderen Pergamentrollen zusammen und verließ den Raum.

Ich sah ihm noch hinterher, als Meister Wintals Stimme mich zusammenzucken ließ. „Ach, brauchen wir diese Rune nicht zu üben?" Verlegen malte ich mit einem Kreidestück die Rune auf eine kleine Tafel. Die ersten Male fiel es mir nicht leicht, die Striche und Bögen nachzuziehen. Aber dann, beim dritten oder vierten Versuch, entstand auf einmal ein Gefühl in meinem Bauch, ähnlich dem, was ich empfand, als ich zur Decke schwebte. Dieses Gefühl wanderte hinauf in meine Schulter und dann in den Arm bis in meine Hand. Das Kreidestück begann, nur so über die Tafel zu fliegen, immer schneller und schneller. Mir lief der Schweiß in Strömen über den Körper. Plötzlich klatschte Meister Wintal in die Hände, und ich brach zusammen. Ich zitterte und keuchte. Neben mir hörte ich Yinzu ebenfalls schwer atmen. Etwas weiter vorn ging es noch einem Jungen ähnlich. Alle anderen starrten uns an. Meister Wintal aber klatschte wieder in die Hände. „Für heute seid ihr mit dem Unterricht fertig, geht nun in eure Kammern und ruht euch aus. Morgen früh erwarte ich alle auf dem Gang, wenn ich zum Wecken komme."

Die frische Luft tat mir gut. Es war sehr kalt, aber das störte mich nicht. In der Mitte des großen Platzes blieb ich stehen und sah hinauf zu den Sternen. Yinzu stand neben mir und schaute ebenfalls nach oben. Dann fragte er plötzlich: „Was war das da drinnen?" Ich zuckte mit den Schultern. „Weiß nicht, so was habe ich noch nie erlebt, ich dachte immer, dass es so etwas nur im Märchen gibt, Zauberer und so." „Hast du den anderen Jungen gesehen, der die Rune auch so schnell geschrieben hat wie wir? Er hat sich vorhin bei Meister Zorralf nicht gemeldet. Ob er wirklich Angst gehabt hat?" Wieder zuckte ich nur mit den Schultern. Ich war zu müde, um jetzt darüber nachzudenken. Langsam gingen wir weiter. Von den anderen Jungen war schon nichts mehr zu sehen. Am Eingang unserer Unterkunft drehten wir uns noch einmal um und sahen in die kalte, klare Nacht. Noch nie waren mir die Sterne und der Himmel so gewaltig und einzigartig vorgekommen. Ich fühlte mich unendlich klein und unbedeutend, wie ein Wassertropfen in diesem wunderschönen Meer aus Sternen. Ich seufzte tief. Yinzu klopfte mir mitfühlend auf die Schulter und ging hinein.

Der nächste Morgen kam viel zu schnell. Langsam begann ich, den Hahn unter meinem Fenster zu hassen. Nur widerwillig tauchte ich meine Hände und mein Gesicht in kaltes Wasser. Dann wollte ich mich im Dunkeln ankleiden. Da ich meine Kleider aber diesmal nicht auf einen Haufen gelegt hatte, musste ich sie mir erst umständlich zusammensuchen. Ich nahm mir fest vor, sie immer alle zusammen auf denselben Platz zu legen, damit ich nicht zu viel Zeit mit dem Suchen verschwendete. Als ich meinen Dolch gürten wollte, hörte ich Meister Wintal, der durch den Flur brüllte. Diesmal traten alle Jungen auf den Flur heraus, einige noch nicht ganz angezogen. Im Laufschritt ging es zum Frühstück. Neben Brei gab es viel heißen Tee und warme Milch, die ich sehr genoss. An diesem Morgen bekamen wir ein Paar wollene lange Hosen, die wir unter unserem dunklen Kittel tragen sollten. Da ich noch nie Hosen getragen hatte, kam ich mir etwas komisch vor, als ich sie überzog. Einige regten sich darüber auf, weil es sich nicht ziemt, als angehender Krieger Hosen zu tragen. Ich aber freute mich, denn sie waren wunderbar warm, auch wenn sie etwas an den Beinen kratzten. Aber das Schönste bei diesem Wetter war, dass es für uns auch mit Fell gefütterte Stiefel gab.

Nach dem Frühstück gingen Yinzu und ich wieder zum Brunnen. Die Nacht über hatte es gefroren. Als wir den Eimer in den Schacht hinabließen, hörten wir, wie er unten auf Eis aufschlug. Ich kratzte mich noch unschlüssig am Kopf, als Yinzu mit einem großen Stein zurückkam und ihn in den Brunnen fallen ließ. Krachend zerbarst das Eis. Danach begannen wir unsere Arbeit. Mittags durften wir uns wieder in der warmen Küche stärken. Yinzu war es, der Meister Wintal kommen sah. Sofort waren wir wieder bei der Arbeit. Den Eimer, den wir nach oben zogen, als er uns kontrollierte, hatten wir bis zum Rand gefüllt, das kostete eine Menge Kraft. Er lachte und klopfte mir auf die Schulter. „Nur weiter so, Jungs. Ich sehe, ihr habt verstanden, worauf es ankommt."

Die Sonne war schon wieder hinter den Bergen verschwunden, als wir zu Meister Zorralf in ein Haus gerufen wurden, dass etwas abseits stand. Drinnen roch es stark nach Kräutern und Rauchwerk. Überall hingen Karten und Zeichnungen an den Wänden. Die sonderbarsten Geräte und Werkzeuge standen herum. Der Meister saß hinter einem großen Stapel Unterlagen an einem Tisch und hatte zwei sonderbare runde Glasscheiben auf der Nase. Verwundert schauten Yinzu und ich uns um. Ein anderer Junge war ebenfalls dort und wartete. Einen Augenblick später erkannte ich ihn. Er war derjenige, der am Tag zuvor die Rune auch so schnell geschrieben hatte wie Yinzu und ich. Endlich sah Meister Zorralf von seinen Unterlagen auf und blickte uns der Reihe nach an. Dann stand er auf und schritt langsam auf und ab. „Ihr seid hier, weil ihr Krieger werden wollt. Der Großmeister und ich haben euch getestet und erkannt. Deshalb ist eure Tätowierung, die ihr am Fußgelenk tragt, schwarz, als Zeichen dafür, dass eine Menge in euch steckt. Ihr seid dadurch nicht besser oder schlechter als die anderen. Im Gegenteil, ihr werdet es vielleicht noch schwerer haben, und es wird der Tag kommen, da werdet ihr es verfluchen, dass die Farbe, die ihr tragt, schwarz ist. Habt ihr das verstanden?" Ich schüttelte den Kopf. „Es tut mir leid, Meister, aber ich habe keine Ahnung, wovon ihr gesprochen habt." Der andere Junge und Yinzu stimmten mir zu. Meister Zorralf seufzte und blickte uns mitleidig an. „Gestern im Klassenzimmer hattet ihr keine Angst. Und danach, als ihr die Rune gezeichnet habt, das war auch anders als bei allen anderen, ist es nicht so?" Wir nickten alle drei. „Seht ihr, das war der Rest der Energie, die noch im Raum war. Ihr konntet deshalb die Rune so schnell zeichnen, weil ihr empfänglich seid für die Energie der Götter. Wenn ihr bereit seid, mehr und härter als die anderen zu arbeiten, dann kann es sein, dass ihr später einmal diese Energie für euch nutzen könnt. So wie ich es getan habe. Eine Garantie gibt es dafür allerdings nicht."

Er wollte gerade weitersprechen, als die Tür aufging und der Großmeister in den Raum trat. Sofort sanken wir auf unsere Knie, außer Meister Zorralf, er blieb stehen und begrüßte den Großmeister lächelnd. „Bruder, schon lange bist du nicht mehr in meinen Räumen gewesen. Hätte ich geahnt, dass du kommst, hätte ich aufgeräumt." Beide lachten, nahmen sich in den Arm und klopften sich auf die Schultern. „Wollen wir sie aufstehen lassen, oder sollen sie noch ein wenig weiter auf dem Boden bleiben?" fragte der Großmeister. „Das erinnert mich an unsere Ausbildung, als wir einmal auf dem Boden vergessen worden sind. Zwei Tage, bis man sich unserer erinnerte." Beide kicherten. „Lass die Jungen aufstehen", sagte Meister Zorralf. „Es ist schließlich Winter, und damals war es Sommer, und der einzig kühle Platz war bei uns auf dem Boden." Wieder lachten die beiden. Der Großmeister gab uns mit einer Handbewegung zu verstehen, dass wir uns erheben sollten. „Wie machen sich die drei?" fragte er. „Sie haben Talent, aber wie du weißt, bedeutet das nichts. Erst mit der Zeit werde ich dir sagen können, ob einer darunter ist." Der Großmeister lächelte uns an und richtete das Wort an uns. „Seid nur frohen Mutes. Wenn ihr bereit seid, alles aufzugeben, was noch Bedeutung für euch hat, und wenn ihr härter als alle anderen arbeitet, dann könnt auch ihr es schaffen." Meister Zorralf tippte ihm kurz auf die Schulter und sagte: „Danke, Bruder, genau das habe ich den

Jungen auch schon gesagt, dafür hättest du nicht zu kommen brauchen." Wieder begannen beide zu lachen. Dann entließen sie uns.

Vor dem Haus wartete Meister Wintal und begleitete uns ins Klassenzimmer, wo die anderen schon dabei waren, eine neue Rune zu lernen. Erwartungsvoll setzte ich mich hin und übte das Schreiben. Meine Hand wurde immer schwerer und langsamer. Ich war gerade dabei, mir die schmerzende Hand zu massieren, als ich den Jungen, der mit uns beim Großmeister war, fluchen hörte. Wütend warf er sein Stück Kohle in die Ecke. Sie war noch nicht auf dem Boden angekommen, als Meister Wintal schon bei ihm war. Der Krieger schleuderte ihn dem Kohlenstück hinterher. „Wenn hier einer flucht, dann bin ich das. Ihr Maden versteht nicht, was ich versuche, euch beizubringen. Wenn noch einer von euch der Meinung ist, er könne hier fluchen, dann kann er die Runen draußen im Schnee üben." Als die Stunde zu Ende war und wir zu unserer Unterkunft gehen wollten, war tatsächlich draußen alles zugeschneit. Noch immer trieb der Wind dicke weiße Flocken vor sich her. Wir hatten Schwierigkeiten, auch nur einen Steinwurf weit zu sehen. Unschlüssig sahen wir uns um, als Meister Wintal aus dem Dunkel auftauchte und eine Laterne in der Hand hielt. „Folgt mir, dann werdet ihr unterwegs nicht verlorengehen." Schweigend und in Zweierreihen gingen wir hinter dem Krieger her.

Ich war froh, als wir angekommen waren. Der Flur und die Kammern waren nur schwach mit Kerzen und kleinen Lampen beleuchtet. Aber es reichte, um einen Platz für meine Kleider zu finden. Als ich meine Stiefel auszog, fiel mir auf, dass der Fußboden angenehm warm war. Er war so warm, dass ich barfuß herumlaufen konnte. Schnell legte ich mich in mein Bett. Ich dachte darüber nach, dass ich noch keine Waffe in der Hand gehabt hatte oder andere hatte kämpfen sehen. Dann übermannte mich die Müdigkeit. Kurz bevor ich einschlief, hoffte ich noch, dass bei diesem Schneesturm der Hahn morgen nicht unter meinem Fenster schreien würde. Doch schon früh musste ich feststellen, dass meine Hoffnung unbegründet war. Er krähte lauter und länger als all die anderen Tage davor. Während ich mich ankleidete, malte ich mir aus, was ich alles mit ihm anstellen würde, wenn ich ihn in die Finger bekäme. Aufessen war da noch das Harmloseste.

Als Meister Wintal in den Flur trat, stand ich schon auf den Gang. Er sah mich kurz verwundert an, dann brüllte er aus Leibeskräften seinen Weckruf. Alle Jungen erschienen diesmal angekleidet vor ihren Kammern. „Heute gibt es eine kleine Änderung im Ausbildungsplan", sagte der Meister grinsend und zeigte auf einen Haufen von Mistgabeln und Schaufeln, die an der Tür standen. „Bevor ihr zum Frühstück gehen könnt, müsst ihr euch erst einmal einen Weg freischaufeln." Er öffnete die Tür und ließ uns nach draußen sehen. Der Schnee lag so hoch, dass er mir bis zum Bauch reichte. „Die Heugabeln gehen vorweg, die Schaufeln machen den Rest. Den Schnee immer schön weit nach außen werfen, damit ihr keine anderen Wege wieder verschüttet. Je schneller ihr arbeitet, desto eher könnt ihr frühstücken. Also los!" In Dreierreihen arbeiteten wir uns durch den Schnee. Noch nie in meinem ganzen Leben hatte ich so viel Schnee auf einmal gesehen. Als wir es endlich geschafft hatten, rann uns der Schweiß in Strömen am Körper herab. Es gab diesmal keinen, der seinen Brei stehen ließ. Die dicke Köchin musste sogar noch ein zweites Mal die Teller füllen und noch einige Kannen Milch und Tee nachholen.

Meister Wintal teile Yinzu und mich wie tags zuvor zum Wasserholen ein. „Jungs, heute müsst ihr etwas mehr schaffen, da ihr ja den ganzen Vormittag im Schnee gespielt habt. Die Zeit müsst ihr wieder aufholen. Also, viel Spaß." Ich glaubte, er habe einen Scherz gemacht, aber ein Blick in das Gesicht des Kriegers verriet mir, dass dem nicht so war. Diesmal gingen wir gleich einen großen Stein holen, den wir zusammen in den Brunnen warfen. Aber statt des erhofften lauten

Platschens, hörten wir nur ein leises Knacken. Erstaunt sahen wir uns an. „Das Eis scheint viel dicker als gestern zu sein", meinte Yinzu. „Wir können doch nicht den ganzen Brunnen mit Steinen zuschütten", gab ich zu bedenken. „Wir müssen uns etwas überlegen." Wir beschlossen, die Köchin um Rat zu fragen.

Bevor sie uns antwortete, mussten wir erst einmal einen großen Becher heißen Tee trinken. Dann zeigte sie uns einen gewaltigen Topf, der so groß war, dass Yinzu und ich ihn kaum von der Stelle bewegen konnten. Mit Hilfe einiger Holzscheite, über die wir den Kessel rollten, wuchteten wir ihn in den Hof. Dann entzündeten wir ein Feuer. Den Topf hatten wir mit Schnee gefüllt. Immer, wenn das Feuer den Schnee geschmolzen hatte, brachten wir das heiße Wasser in die Küche oder in die Badehäuser. Begeistert von unserem Einfallsreichtum berichteten wir Meister Wintal von unserer Lösung. Aber er erklärte nur knapp, dass wir nun auch noch Holz hacken müssten, weil wir die Vorräte aufbrauchten.

Am nächsten Morgen teilte er Yinzu und mich nicht nur zum Wasserholen, sondern auch noch zum Feuerholzhacken ein. Während der Schnee schmolz, schlugen Yinzu und ich die Holzstämme eines riesigen Haufens für die Küche und die Badehäuser klein. „Was glaubst du, Yinzu, wie viele Krieger leben hier?" fragte ich in einer Pause. Er zuckte mit den Schultern. „Weiß nicht, aber ein paar hundert werden es wohl sein. Die Frauen und die Alten darf man auch nicht vergessen." Ich sah ihn an. „Wo stecken die bloß alle, ich sehe nie mehr als ein Dutzend." Jetzt sah Yinzu mich erstaunt an. „Weißt du eigentlich, wie groß das Tal des Clans ist? Es soll hier Dörfer geben, die kannst du mit bloßem Auge nicht sehen. Sieh dir bloß den großen Platz an, dort werden sich alle zur Wintersonnenwende versammeln. Alle reden schon über dieses große Fest." Davon hatte ich überhaupt nichts mitbekommen, aber ich sprach auch nicht viel mit den anderen Jungen. Eigentlich war Yinzu der einzige. Das wurde mir aber erst klar, als ich darüber nachdachte.

Die Wochen bis zur Wintersonnenwende vergingen alle ähnlich. Alle fünf Tage hatten wir einen Tag frei, das heißt, wir mussten keine Runen lernen. Dann ging ich früh zu Bett oder versuchte, mit anderen Jungen zu reden. Aber keiner wollte etwas mit mir zu tun haben - außer Yinzu, er war mein Freund geworden. Er wurde ebenfalls von vielen gemieden. Vielleicht lag es an seinem Äußeren, vielleicht lag es auch daran, dass wir die einzigen waren, die schwarz gezeichnet waren. Der dritte Junge, der zu den Schwarzblauen gehörte, hieß Talwak. Er war der Kleinste von uns. Meine Versuche, zu ihm Kontakt aufzunehmen, schlugen immer fehl, weil er sich lieber mit den anderen zusammentat. Eines Abends kam Talwak unvermittelt zu mir und fragte mich: „Stimmt es, dass du einen Mann getötet hast?" Erstaunt sah ich ihn an. „Wie kommst du denn darauf?" fragte ich zurück. „Die anderen Jungen glauben es nicht. Yinzu aber behauptet, dass du schon einen Krieger getötet hast. Stimmt es nun oder nicht?" Ich nickte, worauf sich Talwak umdrehte und aus dem Haus rannte. Unentschlossen folgte ich ihm. Draußen vor dem Haus standen einige der anderen zusammen, auch Yinzu. Als er mich kommen sah, verschränkte er die Arme vor der Brust und sagte zu den anderen: „Seht ihr, ich habe es euch ja gesagt. Was glaubt ihr, warum er einen Dolch trägt?" Alle schauten mich an. Das war mir unangenehm, und ich überlegte, ob ich nicht ins Haus zurückgehen solle. Aber einer der Jungen trat aus dem Kreis auf mich zu. „Du sollst einen Krieger getötet haben, aber ich glaube das nicht. Ich will, dass du mit mir kämpfst und mir zeigst, was du für ein Mann bist." Ich hatte nicht vor, mit dem Jungen zu kämpfen. Dass er größer und breiter war als ich, störte mich weniger, aber wir gehörten doch alle zum selben Clan, warum sollte ich also mit ihm kämpfen? „Ich werde nicht mit dir kämpfen, wir sind Brüder. Wir müssen zusammenhalten." Jetzt lachte der Junge laut auf, dann bückte er sich und hob die lange Hose an, sodass ich die Tätowierung sehen konnte, die er am Knöchel trug. Sie war rot. Ich zuckte mit den Schultern: „Was soll das bedeuten?" Er richtete sich wieder auf und sah mich zornig an. „Jeder hier weiß, dass die Roten die besten im ganzen Clan sind und dass alle Schwarzblauen nur weiche Schwächlinge sind, die uns Roten zu dienen haben." Ich lachte laut los, denn ich glaubte, dass er einen Witz gemacht hatte. Aber ein Blick in sein von Zorn verzerrtes Gesicht belehrte mich eines besseren. „Leg deinen Dolch ab und kämpfe wie ein Mann. Oder es wird jeder erfahren, dass Aran ein feiges Schwein ist." Er hatte drohend seine Fäuste gehoben. Einige Jungen hatten sich hinter ihm aufgebaut und stachelten ihn an. Wieder schüttelte ich den Kopf. „Ich werde nicht kämpfen." Er trat noch einen weiteren Schritt auf mich zu und stieß mit beiden Händen gegen meine Brust, dass ich nach hinten geschleudert wurde und in den Schnee fiel. Yinzu half mir auf und flüsterte mir zu: „Es wäre besser, wenn du das für uns klären könntest. Wenn du ihn ungeschoren davonkommen lässt, haben wir für den Rest der Ausbildung nichts zu lachen." Immer noch verspürte ich kein Verlangen, mich mit dem Jungen zu schlagen, deshalb schüttelte ich wieder den Kopf. Aber als ich gerade wieder auf den Füßen stand, riss mir mein Gegner den Dolch vom Gürtel. „Wenn du nicht kämpfen willst, dann darfst du auch diese Klinge nicht tragen. Denn das dürfen nur richtige Männer, deshalb werde ich sie von heute an führen." Triumphierend hielt er meinen Dolch über seinen Kopf, und die anderen Jungen jubelten ihm zu.

Plötzlich wurde es still um mich herum, ich sah nur noch diesen Jungen, der mich auslachte. Hitze stieg von meinem Magen auf, und ein Knurren grollte aus meinem Innersten. Verwundert sahen mich die anderen an. Ich duckte mich, meine Muskeln spannten sich. Alle traten einen Schritt zurück, nur er nicht. Was dann geschah, war so nicht von mir gewollt. Mit einem Schrei sprang ich ihn an, meine Finger gruben sich tief in sein Gesicht. Er schüttelte sich, und ich fiel in den Schnee, stand aber sofort wieder auf. Das höhnische Grinsen war aus seinem Gesicht gewichen. Mit erhobenen Fäusten trat er einen Schritt auf mich zu, aber mein Tritt war schneller. Ich traf sein Knie, und er sackte mit einem Schmerzensschrei zusammen. Mit einer Hand riss ich seinen Kopf an den Haaren zurück. Mit meinem Ellenbogen schlug ich wieder und wieder in sein Gesicht. Ich hörte, wie seine Nase brach. Blut spritzte hervor. Beim nächsten Schlag verlor er zwei Zähne. Sein ganzes Gesicht war von Blut überströmt. Ich konnte nicht von ihm ablassen. Seine linke Braue platzte auf.

Ich hätte ihn wohl totgeschlagen, hätte Yinzu mich nicht zur Seite gestoßen. Keuchend stand ich da und sah auf den Jungen herab. Im leuchtenden Weiß des Schnees breitete sich das dunkle Rot seines Blutes aus. Er wimmerte. Als ich ihn da so liegen sah, tat er mir unendlich Leid. Ich nahm meinen Dolch und drehte mich um, um ins Haus zurückzugehen. Wie aus dem Nichts stand Meister Wintal plötzlich da. Er sah mich böse an und fragte, was passiert sei. Keiner antwortete ihm. Er ging zu dem am Boden liegenden Jungen. Nachdem er sich dessen Verletzungen angesehen hatte, sagte er: „Aran, du wirst Orphal zu Meister Zorralf bringen. Er wird die Verletzungen versorgen. Danach wirst du dich bei mir melden." Ich nickte, half Orphal hoch und stützte ihn. Immer wieder knickten ihm die Beine weg. Das hatte ich nicht gewollt. Ich wollte doch nur meinen Dolch wiederhaben!

Wir gelangten zu dem Haus, in dem Meister Zorralf wohnte und arbeitete. Ich klopfte gegen die schwere Holztür. Der Meister öffnete und ohne etwas zu fragen, nahm er sich des Jungen an. Ich blieb in der Tür stehen, bis er mir zurief, dass ich ihm folgen solle. Eilig ging ich hinter den beiden her. Wir gelangten zu einem Raum, in dem es sonderbar roch. Es gab große Fenster, und von der Decke hingen viele Lampen und Kerzenhalter. In der Mitte des Raumes stand ein großer hoher Tisch, für den es keine Stühle gab. Meister Zorralf half Orphal, sich auf den Tisch zu setzen. Er gab mir einige Leinenbinden, die ich gegen die Wunden pressen sollte, aus denen immer noch das Blut lief. „Immer leicht drücken, damit stillst du die Blutung, wenn sie so klein ist wie diese hier", sagte er zu mir. Dann holte er einige Geräte, die ich noch nie zuvor gesehen hatte. Meister Zorralf breitete die Sachen neben uns auf dem Tisch aus und schob mich sanft beiseite. Er nahm vorsichtig die Leinenbinden von Orphals Gesicht und betrachtete die Verletzungen genau. „Na ja, so schlimm ist es nicht. Da habe ich schon ganz andere Wunden gesehen, und die habe ich auch alle wieder zusammengeflickt. Aran, steh da nicht so unnütz rum, sondern hol mir die große braune Flasche, die dort hinten im Regal steht." Ich sah mich kurz um. „Meister, ist es diese hier?" Ich hob die große Flasche hoch. Er nickte und machte sich an seinen Geräten zu schaffen. „Nun hol mir eine Schale mit warmem Wasser aus dem Raum nebenan. Aber beeil dich, wir haben nicht den ganzen Tag Zeit." Rasch tat ich, wie mir geheißen war. Kurze Zeit später kam ich mit der Schale und dem warmen Wasser zurück. „Hilf mir, das Blut abzuwaschen, während ich Nadel und Faden vorbereite." Ich musste schlucken. Orphals Gesicht sah schrecklich aus. Jedes Mal, wenn ich etwas Blut abwischte, wimmerte er vor sich hin. Mein Magen begann sich zu drehen, als ich in die offenen Wunden sah. Gerade fing ich an zu würgen, als mich Meister Zorralf beiseite schob. „Reiß dich zusammen, Aran", fuhr er mich an, „du hast es angerichtet, du wirst es wieder in Ordnung bringen!" Ich nickte, fragte mich aber, woher er wusste, dass ich es war, der Orphal so zugerichtet hatte. „Ich werde jetzt nähen. Aran, hast du mich verstanden? Du musst ihn gut festhalten, damit ich nicht mit der Nadel abrutsche." Ich ging um den Tisch herum und versuchte dabei, die aufsteigende Übelkeit zu unterdrücken. Als ich an der Hinterseite des Tisches stand, fasste ich Orphals beide Arme und bog sie nach hinten. „Während ich nähe, Orphal, wirst du mir erzählen, wie es kommen konnte, dass du solche Verletzungen davongetragen hast. Warum hattet ihr beide Streit?" Noch bevor er antworten konnte, schaute der Meister ihm tief in die Augen und sagte: „Denk daran, ich mag es nicht, wenn man lügt." Plötzlich begriff ich, dass es Orphal gewesen war, der von Meister Zorralf durch die Luft geschleudert worden war an dem Abend, an dem er uns seine Kräfte demonstriert hatte.

    Orphal zuckte zusammen, dann begann er zu berichten. Zu meiner Überraschung entsprach alles genau der Wahrheit. Während Orphal sprach, nähte Zorralf die Wunden zusammen. Jedes Mal, wenn die Nadel durch die Haut fuhr, ging ein Zittern durch Orphals Körper. Ich merkte, wie sehr er sich bemühte weiterzusprechen, ohne vor Schmerzen zu schreien. Nachdem alle Wunden versorgt waren, befahl Meister Zorralf mir, Orphals Gesicht zu säubern. Diesmal wurde mir nicht übel, denn die Wunden waren fein säuberlich verschlossen. Ein weißer Faden hielt alles zusammen. Meine Bewunderung für Meister Zorralf stieg. „Jetzt bring ihn in seine Kammer. Sag Meister Wintal, dass Orphal eine Woche lang nicht arbeiten darf." Ich verbeugte mich tief und wollte Orphal stützen, aber er schüttelte trotzig meinen Arm ab. „Ich kann alleine laufen", zischte er mir zu und taumelte zur Tür. Schweigend gingen wir zurück. Mit jedem Schritt wurde Orphal sicherer auf den Beinen. Er vermied es, mich anzusehen. Als wir ankamen, standen die anderen Jungen noch immer vor dem Haus. Die Gruppe teilte sich wortlos, als Orphal hineinging. Ich blieb auf der Schwelle stehen und drehte mich um. Keiner traute sich, mir ins Gesicht zu sehen. Verlegen blickten die meisten auf den Boden oder tuschelten leise miteinander. Nur ein Gesicht grinste mich breit mit zusammengekniffenen Schlitzaugen an. Yinzu packte mich an den Schultern und rief laut: „Ein Krieger und ein Sieger darf einen Dolch führen, so wie du, mein Freund." Ich schüttelte den Kopf, denn mir war sein Siegestaumel unverständlich. „Ich muss jetzt zu Meister Wintal", flüsterte ich ihm zu. „Ich glaube nicht, dass er deine Meinung teilen wird." Yinzu klopfte mir noch einmal auf die Schulter und wandte sich dann wieder den anderen Jungen zu.

Als ich gegen Meister Wintals Tür klopfen wollte, hörte ich schon seine Stimme, die mich hineinrief. Er saß auf einem großen Stuhl hinter einem Tisch und blickte mich an. Zu meiner Überraschung war Meister Torgal auch anwesend. Er stand hinter Meister Wintal und sagte: „Wir möchten die ganze Geschichte hören, in allen Einzelheiten." Meine Knie zitterten. Leise erzählte ich alles der Reihe nach. Selbst meine Gefühle und Gedanken versuchte ich zu beschreiben. Als ich am Ende war, blickte ich verlegen auf den Fußboden und stammelte, dass es mir Leid täte. Meister Wintal war es, der als erster das Wort an mich richtete. „Warum tut es dir Leid? Wäre es dir lieber gewesen, dass Orphal den Dolch behalten hätte? Würdest du dich dann besser fühlen?" Ich schüttelte den Kopf. „Du hast richtig gehandelt, Aran, wenn deine Tat auch übertrieben war, so hast du dich verhalten wie ein Krieger. Deshalb, und weil du ehrlich zu uns warst, werden wir dich nicht bestrafen." Meister Torgal legte mir seine Hand auf die Schulter. „Du musst lernen, dich zu kontrollieren. Nun geh und ruh dich aus, morgen werdet ihr neue Aufgaben zugeteilt bekommen." Erstaunt ging ich zurück.

Vor meiner Zimmertür stand Yinzu. Als er mich kommen sah, ging er mir ein paar Schritte entgegen und sah mich erwartungsvoll an. „Was haben sie mit dir gemacht?" Ich bemerkte, dass Yinzu nicht der einzige war, den das zu interessieren schien. Einige Türen waren einen Spalt weit geöffnet. Ich schob Yinzu in mein Zimmer und schloss die Tür. Dann erzählte ich ihm, was sich bei unseren Meistern zugetragen hatte. Er schlug sich auf die Schenkel. „Ich habe es gewusst, dass ein Krieger so handeln muss. Du hättest keinem mehr ins Gesicht sehen können, wenn du ihn nicht bestraft hättest." Dann verließ er mein Zimmer. Ich versank sofort in einen tiefen Schlaf.

Laut und unüberhörbar riss mich der Hahn aus meinen Träumen. Ich überlegte beim Anziehen, ob sein Krähen ein ähnlicher Angriff war wie Orphals und ob ich ihn nicht auch bestrafen könnte. Orphal fehlte beim Frühstück. Yinzu und ich wurden in die Badehäuser geschickt. Wir mussten dafür sorgen, dass die Schwitzkammern immer gut geheizt waren, dass frische Kräuter auf den glühenden Steinen lagen und dass die Tauchbecken mit kaltem frischem Wasser gefüllt waren. Es war mir immer sehr unangenehm, wenn wir in das Badehaus der Frauen mussten. Sie neckten uns, wenn sie das merkten, aber diese Aufgabe hatte auch Vorteile: Wenn Yinzu und ich rechtzeitig mit unserer Arbeit fertig waren, durften wir selbst in die Schwitzkammern.

Beim nächsten Vollmond bekamen Yinzu und ich eine neue Aufgabe. Wir mussten das Haus, in dem Krieger und Schüler ihre Notdurft verrichteten, sauber halten. Im Gegensatz zu der Arbeit in den Badehäusern war diese Aufgabe wie eine Bestrafung. Mehr als einmal saßen wir beim Essen alleine, weil der Gestank, den wir verströmten, jedem den Appetit verschlug. Aber vor dem Essen ins Badehaus zu gehen, dazu fehlte uns die Zeit. Mehr als einmal verzichteten Yinzu und ich auf die letzte Mahlzeit, nur um nicht stinkend ins Bett gehen zu müssen. Seit dem Vorfall mit Orphal hatte ich keine Schwierigkeiten mehr mit den anderen Jungen. Nur Orphal vermied es, mich anzusehen oder mit mir zu sprechen.

So verging das erste Jahr unserer Ausbildung. Das Fest der Wintersonnenwende rückte näher. Es würde das erste sein, an dem wir als jüngster Zug teilnehmen durften. In dieser besonderen Nacht sollten wir unsere erste Weihe empfangen und damit endgültig in den Kreis der angehenden Krieger aufgenommen werden. Auf dem Versammlungsplatz schichteten die Krieger viele Tage lang große Holzstämme auf, die zu Ehren der Götter verbrannt werden sollten. Je höher der

Holzstapel in den Himmel wuchs, je aufgeregter wurde ich. Als der Tag endlich gekommen war, mussten wir alle helfen, den großen Platz vom Schnee zu befreien. Als wir fertig waren, war die Sonne schon hinter den Bergen verschwunden, und im Osten kündigte sich langsam die Dämmerung an. Nachdem wir uns gewaschen und unsere Kleidung gerichtet hatten, versammelten wir uns vor unserer Unterkunft. Unruhig traten wir von einem Fuß auf den anderen, nicht wissend, was da auf uns zukam. Endlich kam Meister Wintal. Er hatte sein Schwert gegürtet und trug einen schwarzen Kilt. Darüber hatte er einen langen schwarzen Umhang geworfen, die Kapuze hing auf seinem Rücken. Sein Lederpanzer war reich verziert mit goldenen Schnallen. Auf seiner Brust leuchtete der Rote Drachen. Ich war beeindruckt von diesem anmutigen Krieger. Solch Eleganz hatte ich ihm gar nicht zugetraut. Er verteilte an jeden von uns eine Fackel, die wir auf sein Kommando anzünden sollten. Danach stellte er uns in Dreierreihen auf, geordnet nach der Farbe unserer Tätowierung: Yinzu, Talwak und ich zuerst, danach kamen sechs Blaue und dann neun Rote. Das war unser Zug.

Als es dunkel war, befahl uns unser Meister, unsere Fackeln an einem Gluteimer zu entzünden und ihm zu folgen. Wir marschierten hinter ihm her in Richtung des großen Platzes. Noch heute erschauere ich ehrfürchtig, wenn ich an diese Nacht zurückdenke: Meister Wintal ging an der Spitze unseres Zuges. Wie aus dem Nichts tauchte Meister Torgal an seiner Seite auf, so dass wir von zwei stattlich geschmückten Kriegern angeführt wurden. Ich war mächtig stolz. Yinzu und Talwak ging es nicht anders. Je näher wir der Weihestätte kamen, je mehr füllte sich die Luft mit dem Stimmengewirr vieler Menschen. Dann erreichten wir den großen Versammlungsplatz. Noch nie in meinem Leben hatte ich so viele Menschen an einem Ort gesehen. In der Mitte der riesige Holzstapel, rechts davon die Krieger und Kriegerinnen, die Familien und die Alten. Wir schwenkten nach links, wo sich schon andere Züge aufgestellt hatten. Über allem lag der unheimliche Schein tausender Fackeln.

Die Jungen und Mädchen des Zuges neben uns waren schon älter. Auch sie wurden von zwei reich geschmückten Kriegern angeführt. Ich sah ihnen an, dass sie wie wir von Stolz erfüllt waren. Dann erzitterte die Luft von mächtigen Trommelschlägen. Durch eine Gasse, die sich in der Menschenmasse bildete, bewegte sich langsam und im Takt der Trommelschläge eine Gruppe von Menschen auf den großen Holzstapel zu. Die Trommler gingen vorweg, dicht gefolgt von Männern und Frauen in schwarzgoldenen Gewändern. Sie schritten um den großen Holzstapel herum. In gleichmäßigen Abständen blieb immer ein Mitglied der Schwarzgoldenen stehen und wandte sich dem Stapel zu. Ich erkannte Meister Zorralf und den Großmeister. Die Trommeln verstummten. Der Großmeister hob die Arme, und sofort erstarb jedes Flüstern. Ich wagte nicht, mich zu bewegen. „Brüder und Schwestern!" Mächtig donnerte die Stimme des Großmeisters über den Platz. „Wir haben uns heute hier versammelt, um, wie jedes Jahr zu dieser Zeit, die Götter zu ehren. Wir erbitten ihre Gnade und hoffen, dass sie uns auf unseren Wegen schützen werden." Er warf seinen Kopf in den Nacken und blickte zum Himmel. Dann rief er so laut und gewaltig, dass ein Zittern mich durchlief: „Donar, Gott der Krieger, wir rufen dich! Gib uns die Kraft, dir ein Opfer darzubringen, das deiner würdig ist." Ein dumpfes Grollen war zu hören. Der Großmeister hielt jetzt seinen Stab mit beiden Händen in die Höhe.

„DONAR TRESS TOHR DEMM BEI GOR SAHD OR!"

Der Himmel über uns verdunkelte sich. Hatten eben noch die Sterne und der Mond am nächtlichen Himmel geleuchtet, so veränderte sich jetzt das Licht. Ein bläulicher Schein umgab den Großmeister. „Gott der Krieger, erkenne dieses kleine

Opfer dir zu Ehren an." Wie auf ein geheimes Zeichen hin hoben alle Schwarzgoldenen ihre Arme in Richtung des Holzstapels. Der bläuliche Schein umgab jetzt alle. Plötzlich leuchtete das Licht an ihren Fingerspitzen grell auf. Das Holz knisterte und knackte, und einen Augenblick später loderten die ersten Flammen auf. Nur einen Atemzug später brannte der riesige Holzstapel lichterloh. Alle ließen langsam ihre Arme sinken und stellten sich neben den Großmeister. Gierig leckten die Flammen hoch in den Himmel hinauf. Deutlich spürte ich die Hitze des Feuers, das zu Ehren der Götter entzündet worden war, auf meinem Gesicht.

Der Großmeister deutete mit seinem Stab auf unseren Zug. Meister Wintal pfiff kurz, und wir setzten uns in Bewegung vorbei an allen anderen Zügen, die dort am Feuer Aufstellung bezogen hatten. Alle Augen waren auf uns gerichtet. So umrundeten wir den halben Platz. Vor dem Großmeister blieben wir stehen. Er sah Meister Wintal und Meister Torgal an und fragte mit mächtiger Stimme: „Sind Eure Männer bereit, die nächste Weihe zu empfangen?" „Ja, das sind sie", antworteten unsere Lehrer. „So sei es." Nach diesen Worten traten Frauen vor und überreichten jedem von uns einen Kilt. Staunend hielt ich ihn in meinen Händen: einen Kilt, den durften nur Auserwählte tragen oder große Krieger! Ein kurzer Pfiff und wir kehrten auf unseren Platz in der Menge zurück.

Ich war noch dabei, meinen Kilt zu bestaunen, als die Gruppe links neben uns sich in Bewegung setzte und sich das Ritual wiederholte. Auch diese Schüler bekamen etwas von den Frauen überreicht, aber ich konnte nicht erkennen, was es war. Einen Augenblick später standen sie wieder neben uns. In ihren Händen hielten die Jungen silberne Schnallen an einer Schärpe, die zu ihren Kilten gehörte. Wieder setzte sich eine Gruppe in Bewegung. Wieder wiederholte sich die Zeremonie, diese jungen Männer bekamen Schwerter überreicht. „Nach langen und harten Jahren ist eure Ausbildung nun an den Punkt gekommen, an dem ihr beweisen müsst, dass ihr würdig seid, dem Clan zu dienen, sein Banner zu führen und das Schwert in seinem Namen zu ziehen. Morgen werdet ihr hinausreiten, um die Aufgaben, die ihr gestellt bekommen habt, zu erfüllen. Erst wenn dies geschehen ist, dürft ihr euch als vollwertige Mitglieder des Clans betrachten und hierher zurückkommen." Als die jungen Krieger wieder neben uns standen, konnte ich in ihre Gesichter sehen. Sie strahlten. Stolz standen sie da, das Schwert an ihrer Seite, den Kopf hoch erhoben. Ich seufzte und fragte mich, ob ich auch einmal dort stehen würde. Wieder hörte ich die Stimme des Großmeisters: „Lasst uns den jungen Kriegern Respekt zollen, wenn sie die Zeichen ihrer nächsten Weihe bekommen."

Ich verstand nicht, was er damit meinte. Aber unser Zug setzte sich in Bewegung, und unter dem Gesang der Zurückbleibenden schritten wir auf ein Gebäude zu, in dem ich schon einmal gewesen war. Durch die große Tür traten wir ein und wurden schon von den alten Kriegern erwartet. „Zieht den Arbeitsrock aus", befahl Meister Torgal. Wir taten, wie uns geheißen, und standen nackt vor unseren Meistern. „Legt euch auf die Holzbänke, das Bein mit der Zeichnung nach oben." Wieder taten wir, was unsere Lehrer von uns verlangten. Dann stand auf einmal der alte Krieger vor mir, der mich schon beim ersten Mal tätowiert hatte. „Herzlichen Glückwunsch, mein Junge, und alles Gute", sagte er zu mir. Dann vervollständigte er mit einem Stück Holzkohle die Schwanzspitze, die auf meinem Knöchel prangte. Seine Zeichnung zog sich um meine Wade und meinen Oberschenkel herum bis hoch zu meinem Hintern. Mir brach der Schweiß aus: das war viel größer als beim ersten Mal! Ich erinnerte mich an die Schmerzen, und ein flaues Gefühl machte sich in meinem Magen breit. Als hätte er meine Gedanken erraten, sagte der Alte: „Wenn ich steche und du es nicht mehr aushältst, dann beiß hier drauf." Er gab mir ein mit Leder überzogenes Holzstück, in dem schon einige Zahnabdrücke zu sehen waren.

Ich schluckte und nickte, denn mein Hals war wie zugeschnürt. Nachdem er mit dem Zeichnen fertig war, begann er mit der Umrandung. Ich versuchte, den Schmerz zu ertragen. Aber als er das Umrandete farbig ausfüllte, konnte ich nicht anders und musste mit aller Kraft auf das Holzstück beißen. Als wir fertig waren, wartete schon die nächste Gruppe darauf, tätowiert zu werden. Es waren die jungen Männer, die ihre silberne Schnalle bekommen hatten. Ich sah, dass ich nicht der einzige war, der Angst vor diesem Ritual hatte. Vielen der Warteten stand der Angstschweiß auf der Stirn.

Kaum waren wir in die kühle Nacht hinausgetreten, da hörte ich den Gesang. Der Kreis der Singenden hatte sich uns zugewandt. Das Lied handelte von Knaben, die zu Männern wurden, von Kriegern, die große Taten vollbrachten, nachdem sie ihre Weihen erhalten hatten. Mir war, als erzähle das Lied meine, unsere Geschichte, ein Schauer lief durch meinen Körper. Als ob meine Familie gekommen war, um mir Glück zu wünschen, so fühlte ich mich in diesem Augenblick. Ich drehte mich zu den anderen um und sah in ihre Gesichter, da wusste ich, dass es ihnen genauso ging. Der Gesang verstummte, und uns wurde Tee gereicht. Überall sah ich aufmunternd lachende Gesichter. Plötzlich spürte ich eine Hand auf meiner Schulter. Als ich den Kopf wandte, sah ich in das Gesicht des Großmeisters. Bevor meine Knie den Boden berührten, hatte er mich schon untergehakt und zog mich hoch. „Heute brauchst du das nicht, junger Freund. Wir sind hier, um euch zu ehren." Er lächelte mir zu. „Wie geht es dir? Meister Zorralf hat mir erzählt, dass du ihm gut zur Hand gegangen bist, als er einen verletzten Jungen behandeln musste." Ich wurde verlegen und blickte zu Boden. „Hat Meister Zorralf auch erzählt, warum er Orphal behandeln musste?" Er lachte herzlich. „Aber natürlich, Junge, was glaubst denn du? Ich wäre nicht Großmeister, wenn ich nicht über alles und jeden hier genau Bescheid wüsste."

Die um das Feuer versammelten Menschen fingen wieder an zu singen, diesmal für den nächsten Zug. Wieder ließ mich das Lied erschauern. Ich hätte gern zu Ehren der anderen mitgesungen, konnte aber nur meine Hände zum Gruß heben, um ihnen Respekt zu zollen. Dann stand Meister Torgal neben mir und fragte mich: „Wie fühlst du dich, Aran?" „Ich bin glücklich, Meister, wie noch nie in meinem Leben zuvor." Er lächelte mich an. „Das ist gut, jetzt geh schlafen. Morgen beginnt ein neuer Abschnitt in eurer Ausbildung, da wäre es besser, wenn du ausgeruht bist." Ich verneigte mich und bahnte mir meinen Weg durch die Menschenmasse. Ich sah kleine Kinder, alte Frauen und Männer, junge hübsche Frauen, die wie Krieger gekleidet waren. Eine junge Frau fiel mir besonders auf. Sie trug den gleichen reich verzierten Lederpanzer wie Meister Wintal und Meister Torgal. Ihr langes, mächtiges Schwert trug sie auf dem Rücken. Der rote Drache leuchtete auf ihrem Brustpanzer. Das lange Haar hatte sie zu einem dicken Zopf zusammengeflochten, der hochgesteckt von vielen reich geschmückten Nadeln gehalten wurde. Ich blieb stehen und konnte meinen Blick nicht von ihr wenden. Als hätte sie es gespürt, drehte sie sich zu mir um. Sie lächelte, legte mir beide Hände auf die Schultern und wünschte mir viel Glück. Aber bevor ich auch nur ein Wort sagen konnte, war sie wieder in der Menge verschwunden.

Ich spürte einen leichten Schlag in die Seite, Yinzu stand neben mir. „Hast du eben einen Geist gesehen, oder ist dir der Tee nicht bekommen?" Ich sah ihn an. „Was hast du gesagt?" Er schüttelte den Kopf und zog mich mit sich. „Komm, es ist schon spät, und ich habe einiges über das gehört, was uns morgen erwartet. Da ist es besser, wenn wir ausgeschlafen sind." Ich fühlte mich sonderbar erregt. Diese Kriegerin ging mir nicht mehr aus dem Kopf. Einsamkeit breitete sich in mir aus, mein Herz wurde schwer, und es legte sich ein Schatten auf meine Seele. Das erinnerte mich an Falahn. Ich wollte nur noch schlafen. Halb glücklich, halb traurig, weinte ich mich in dieser Nacht in einen unruhigen Schlaf.

Kapitel 6: Kämpfen lernen

Die Nacht endete unsanft. Eines Tages, schwor ich mir, würde ich diesen Hahn töten - ganz langsam. Jede Feder würde ich ihm einzeln rausreißen, bis er völlig nackt und unwürdig dastünde. Dann würde ich ihn braten und zum Frühstück essen. Es war eine genussvolle Vorstellung....

Mit einigen Schwierigkeiten versuchte ich, meinen Kilt anzulegen. Die lange Stoffbahn fiel mir immer wieder zu Boden, und als Meister Wintals Kommando „Heraustreten!" ertönte, konnte ich ihn nur mit den Händen zusammenraffen. Dass ich nicht der einzige war, wurde mir klar, als ich draußen auf dem Gang stand, den meisten hing der Stoff lose um die Hüften. Meister Wintal und Meister Torgal standen in der Tür und hielten sich die Bäuche vor Lachen. „Es ist doch immer wieder lustig, das erste Wecken nach der Weihe", grinste Meister Wintal. „Weißt du noch: unser erster Versuch?" Kaum hatte Meister Torgal das gesagt, brachen beide auch schon wieder in schallendes Gelächter aus. Als sie sich beruhigt hatten, stellte sich Meister Wintal vor uns auf und sagte mit ernstem Gesicht: „Seht gut her, ihr jungen Krieger, ich werde euch nur ein einziges Mal zeigen, wie ihr einen Kilt anlegen müsst. Wer es jetzt nicht lernt, darf üben statt frühstücken." Nach einigen Versuchen klappte es bei mir ganz gut, mein Kilt saß zwar nicht so schön wie der von Yinzu, aber mit etwas Übung würde ich das schon noch hinbekommen. Beim Frühstück fehlten tatsächlich einige der neuen Kiltträger.

Nach dem Essen warteten die Meister schon auf uns. Im Laufschritt ging es in einen Teil des Dorfes, in dem ich vorher noch nie gewesen war. Vor einer großen Halle aus Holz mussten wir uns aufstellen. „Ab heute werdet ihr kämpfen lernen, auch wenn einige glauben, dass sie schon kämpfen können. Wir werden sie eines Besseren belehren." Meister Torgal schaute zu mir herüber. „Egal was passiert, es dient dazu, euch zu lehren, wie ein Krieger mit seinen Waffen umzugehen hat." Durch eine große Tür betraten wir das Gebäude. Es war stickig und roch nach Schweiß. Der Raum, in den wir gelangten, war mit einigen Bänken ausgestattet, die so angeordnet waren, dass von dort aus das Geschehen in der sich anschließenden großen Halle gut beobachtet werden konnte. Wir durchquerten den Tribünenraum und mussten unsere Sandalen ausziehen und uns verbeugen, als wir die Halle betraten. Durch die Fenster an den Seiten und im Dach kam viel Licht. Trotzdem waren an den Wänden große Fackeln angebracht. Ich sah verschiedene Trainingsgeräte, aber Meister Torgals Worte erregten sofort meine ganze Aufmerksamkeit. „Hier, in dieser geheiligten Halle werdet ihr das Kämpfen lernen, so wie schon viele Generationen von Kriegern vor euch. Deshalb werdet ihr diese Halle mit Respekt behandeln, denn sie hat schon Hunderte von eurer Sorte kommen und auch wieder gehen gesehen. Ihr werdet euch jedes Mal, wenn ihr sie betreten wollt, verneigen, genau das gleiche werdet ihr tun, wenn ihr sie wieder verlasst. Merkt euch gut, was ich sage, denn ein Verstoß wäre ähnlich respektlos, wie mich oder Meister Wintal nicht zu grüßen. Habt ihr mich verstanden?" Alle nickten. „Außerdem werdet ihr hier nicht auf den Boden spucken und euch auch nicht erleichtern, selbst wenn es dringend ist. Ihr werdet nichts rumliegen lassen, ihr werdet hier weder essen noch trinken. Aber das allerwichtigste ist, dass ihr keine Waffe oder Gerätschaft berührt, außer es ist euch ausdrücklich erlaubt worden. Solltet ihr gegen eins oder mehrere dieser Gesetze verstoßen, werden alle, der ganze Zug, hart bestraft. Noch irgendwelche Fragen?" Keiner der Jungen meldete sich zu Wort.

Wir durften uns setzen, und Meister Wintal sprach weiter. „Als erstes werdet ihr lernen, welche Waffen jedem Mann und jeder Frau zur Verfügung stehen. Alles an euch kann zu einer Waffe werden. Damit meine ich nicht nur eure Hände und Füße. Ich meine einfach alles: Finger, Ellenbogen und Schienbeine, Zähne, Handkanten und Unterarme, sogar eure Schultern, alles kann eine tödliche Waffe sein, wenn ihr gut genug trainiert habt." Ich musste grinsen, als Meister Wintal von der Schulter sprach. Ihm fiel das natürlich auf. Freundlich fragte er mich, was mich so belustige. Ich sagte, dass ich mir nicht vorstellen könne, wie eine Schulter als Waffe dient. Das war ein Fehler. Er befahl mir, aufzustehen und zu ihm zu kommen. „Greif mich an, Aran." Ich sah ihn ungläubig an. Er wiederholte seine Aufforderung und fügte hinzu, dass er keine Hand gegen mich erheben werde. Immer noch unschlüssig, machte ich einen Schritt auf ihn zu, als ich hinter mir die Stimme von Meister Torgal vernahm. „Greif ihn endlich an, oder willst du die nächsten drei Monde die Scheißhäuser reinigen?" Ich sprang mit dem Mut der Verzweiflung auf Meister Wintal zu. Was dann passierte, nahm ich nur undeutlich wahr. Mit meinem Sprung war ich sehr nahe an ihn herangekommen, meine Fäuste hatte ich zum Schlag erhoben, als Meister Wintal mit einer kleinen, kaum wahrnehmbaren Körperdrehung zur Seite wich. Seine Arme hingen locker an seinem Körper. Gerade als ich ihn schlagen wollte, versetzte er mir mit seiner Schulter einen solchen Schlag gegen meinen Arm und Oberkörper, dass ich mehr als zehn Schritt weit durch die Luft geschleudert wurde und krachend auf den Boden fiel, wo ich, nach Luft ringend, liegen blieb. Meine ganze linke Seite konnte ich nicht bewegen, und die Schmerzen waren schrecklich. Meister Torgal half mir auf die Beine, untersuchte mich und begleitete mich zu meinem Platz. Meister Wintal lächelte mir zu. „Glaubst du mir nun, Aran, dass die Schulter eine Waffe sein kann?" Ich nickte mit schmerzverzerrtem Gesicht. „Das ist auch besser so, denn ich habe nur etwa die Hälfte meiner Kraft in den Stoß gelegt."

Die nächsten Stunden vergingen damit, dass wir die Angriffspunkte des menschlichen Körpers kennenlernten. Ich erkannte einige der Punkte wieder. Ich hatte sie instinktiv bei dem Hauptmann des Fürsten und bei Orphal angegriffen. Jetzt wurde mir auch klar, wie leicht ich Orphal hätte töten können. Zum Schluss zeigten uns beide Meister verschiedene Tritte und Schläge, die wir dann auch gleich mit einem Partner übten. Jeder von uns bekam eine Weste umgehängt, die mit Reis oder Sand gefüllt war. Der Partner musste die Schläge und Tritte in die Weste seines Gegenübers ausführen. Erst locker, dann immer härter und härter, bis wir so hart zuschlugen, dass der andere zu Boden ging. Das ging einige Stunden so. Zwischendurch durften wir draußen vor der Halle etwas trinken oder uns erleichtern.

Draußen wurde es dunkel, und wir mussten die Fackeln entzünden, die in der Halle ein sonderbares Licht verbreiteten. Im Feuerschein änderten sich die Übungen. Hatten wir eben noch mit voller Kraft auf den anderen eingetreten, so sollten wir nun ohne Schutz die Angriffe ganz langsam ausführen. Der andere durfte zwar berührt werden, aber sich unter keinen Umständen verletzen. Ich hatte unter großen Schmerzen Yinzus Schläge und Tritte eingesteckt und war ein paar Mal dabei zu Boden gegangen. Immer wenn Yinzu mich schonen wollte, kam einer der beiden Meister und trieb ihn wieder zu größerer Härte an. Ich selbst konnte kaum zuschlagen. Meine Rippen schmerzten so sehr, dass ich schon aufschrie, wenn ich nur den Arm hob. Als Meister Torgal das sah, kam er zu mir. „Wenn du zu große Schmerzen beim Schlagen hast, dann üb die Tritte. Auf dem Schlachtfeld kannst du auch nicht einfach weglaufen, wenn du verletzt bist." Dann sah er noch einen Augenblick zu, wie ich mich mit den Tritten mühte, verbesserte etwas an meiner Technik und ging weiter. Am Ende des Trainings war ich zu müde, um noch etwas zu essen. Ich schleppte mich in die Unterkunft und fiel ins Bett. Zuvor aber rieb ich mir meine schmerzenden Muskeln und Rippen mit einer braunen übel riechenden Salbe ein, die ich von Meister Wintal bekommen hatte.

Als ich mich am nächsten Morgen aus dem Bett schwingen wollte, fiel ich mit einem Schmerzensschrei wieder zurück auf mein Lager. Alles tat mir weh, meine Rippen waren blau und geschwollen. Meine Beine schmerzten und meine Fäuste waren aufgescheuert. Auch der nächste Versuch aufzustehen scheiterte. Erst nach dem dritten Mal stand ich mit zitternden Beinen neben meinem Bett. Das Ankleiden war furchtbar. Schwindel erfasste mich, und als das Kommando kam, konnte ich meinen Kilt nur mit einer Hand halten und nach draußen taumeln. Yinzu erkannte meine Lage und war mit einem Satz bei mir. Er lehnte mich gegen die Wand und half mir, den Kilt zu binden. Auch auf dem Weg zum Frühstück musste er mich stützen.

Beim Essen sah ich, dass es nicht nur mir schlecht ging. Viele Schüler hatten geschwollene Gesichter und wunde Hände oder Füße, aber keinen hatte es so schlimm erwischt wie mich. Dass mein Appetit noch vorhanden war, deutete Yinzu als gutes Zeichen. „So schlecht kann es dir nicht gehen, wenn du solche Mengen verdrückst." Als er mir nach diesen freundschaftlichen Worten leicht auf die Schulter klopfte, musste ich einen Schmerzensschrei unterdrücken. Nach dem Frühstück ging es im Laufschritt zur „Halle der Schmerzen", wie unser Trainingsort von nun an genannt wurde. Während ich noch ausprobierte, wie ich am schmerzlosesten laufen konnte, fragte mich Meister Torgal: „Warum hängst du hinterher?" „Meister, ich kann nicht schneller, alle meine Knochen tun mir weh, und ich weiß nicht, wie ich mich bewegen soll." Er riet mir: „Ignorier den Schmerz, stelle dir vor, dein Leben hängt von diesem Lauf ab. Jammer nicht, dass dir alles wehtut, sondern versuch, es niemanden merken zu lassen. Wenn du dir eine Blöße gibst, bist du tot." Das leuchtete ein, ich biss die Zähne zusammen und versuchte, zu den anderen aufzuschließen. Als ich den Zug erreicht hatte, liefen mir Tränen über das Gesicht, aber ich behielt den Anschluss. Da ich den ganzen Tag über in Bewegung war, ließen die Schmerzen etwas nach. Aber immer, wenn ich getroffen wurde, erfasste mich Schwindel. Mehr als einmal ging ich zu Boden, und am Ende des Tages waren meine Knöchel blutig geschlagen. Wir lernten neue Techniken, die mit wechselnden Partnern bis zum Umfallen geübt werden mussten. Unsere Lehrer trieben uns zu immer größerer Härte an.

Nach ungefähr drei Monden, der Schnee begann schon zu schmelzen, wurden wir eines Morgens von einer anderen Seite in die Halle geführt. Als wir sie betraten, konnte ich erkennen, dass viele Krieger auf den Bänken Platz genommen hatten. Wir stellten uns auf und grüßten unsere beiden Meister und die anwesenden Krieger. Meister Torgal und Meister Wintal begannen, unsere Hände mit Hanfbinden zu umwickeln. Wir bekamen aber keine Schutzweste. Meister Torgal sagte: „Heute werdet ihr auf eurem ersten Turnier den anwesenden Kriegern zeigen, was ihr gelernt habt. Die erste und einzige Regel lautet, dass ein am Boden liegender Kämpfer nicht weiter geschlagen werden darf." Die ersten beiden aus unserem Zug verneigten sich noch einmal vor unseren Meistern. Dann verbeugten sie sich voreinander und der Kampf begann. Die beiden fixierten sich und versuchten abzuschätzen, was der Gegner als erstes tun würde. Beide begannen mit Tritten und Schlägen, kurz darauf fiel einer der beiden Jungen zu Boden. Meister Torgal half ihm wieder auf, und nachdem die beiden sich verneigt hatten, wurde das nächste Paar aufgerufen. Yinzu war dran. Als er sich erhob, nachdem sein Name gefallen war, klopfte ich ihm ermunternd auf die Schulter. Nach der Begrüßung begann der Kampf. Yinzu ging auf den anderen Jungen zu. Der war ein gutes Stück größer und schwerer. Aber noch bevor er seine Kampfhaltung einnehmen konnte, hatte Yinzu ihm schon ins Knie getreten. Der Junge knickte mit einem Schmerzensschrei ein.

Yinzu schlug ihm noch einmal mitten ins Gesicht. Sein Gegner fiel ganz zu Boden und blieb dort liegen. Meister Wintal war sofort bei ihm und half ihm wieder auf die Beine. Yinzu setzte sich, ohne ein Wort zu sagen, neben mich. Ich blickte zu ihm hinüber. „Das war kurz." „Aber schmerzhaft", beendete er meinen Satz.

    Dann wurde mein Name aufgerufen. Ich erhob mich. Dann erklang Orphals Name. Verunsichert blickte ich mich um. Das war doch bestimmt ein Irrtum! Aber keiner hielt ihn zurück. Als wir zur Kampffläche gingen, konnte ich es immer noch nicht fassen, dass meine Meister und Lehrer mich gegen Orphal antreten ließen. Jeder wusste doch, wie vernichtend ich ihn geschlagen hatte. Warum also eine Wiederholung? Bei der Begrüßung blickte Orphal zu Boden. Mir war klar, wer diesen Kampf gewinnen würde. Ich nahm mir vor, ihn diesmal nicht ganz so schwer zu verletzen. Der Kampf begann, ich wollte mich gerade in Bewegung setzen, als Orphals Tritt mir schon in die Rippen krachte. Ich wurde einige Schritte zurückgeworfen und musste mich konzentrieren, um wieder Luft zu bekommen. Orphal hatte nicht nachgesetzt, das gab mir Zeit, mich zu fangen. Meine Rippen schützend, näherte ich mich ihm. Den Tritt, den ich ansetzte, blockte er mit dem Ellenbogen, gleich darauf schlug er mir mit zwei schnellen Schlägen mitten ins Gesicht. Ich taumelte nach hinten, Blut lief aus meiner Nase, ich versuchte, schützend meine Hand davorzuhalten. Diesmal setzte Orphal nach, er trat mir wieder in die Rippen, und als meine Arme nach unten fielen, gaben mir seine beiden nächsten Schläge den Rest. Ich sah sie nicht kommen, plötzlich wurde es ganz hell vor meinen Augen. Das nächste, an das ich mich erinnern kann, ist, dass Meister Wintal sich über mich beugte. Er half mir auf. Aber als ich stand, sackten meine Beine wieder weg, so dass ich zu den anderen getragen werden musste. Yinzu versorgte meine Wunden mit Leinen, das er mir an die blutende Nase hielt, und mit der stinkenden braunen Salbe für meine Rippen. „Das war ein guter Kampf", hörte ich Yinzu sagen. „Er hat dich eindeutig besiegt". „Danke, dass du es mir gesagt hast, ich hätte es sonst nicht bemerkt", fiel ich ihm ins Wort. Nachdem alle Schüler ihre Kämpfe hinter sich hatten, mussten wir uns noch einmal aufstellen und die Krieger, die vor uns die Halle verließen, verabschieden. Dann kamen die Lehrer zu uns und beglückwünschten uns. Sie sprachen davon, dass wir uns alle sehr gut geschlagen hätten und dass beim nächsten Mal das Siegerglück vielleicht bei denen sei, die heute verloren hatten.

    Auf dem Weg zur Unterkunft ging Meister Torgal neben mir. Ich schämte mich, dass ich meinen Lehrer so enttäuscht hatte. Zu meiner Überraschung war er aber nicht böse auf mich. Ich war verunsichert. „Meister, was habe ich falsch gemacht?" „Du bist zu siegessicher in den Kampf gegangen. Du dachtest, wenn du ihn einmal besiegt hast, kannst du ihn jedes Mal besiegen. Das war dein Fehler. Du hast ihn unterschätzt. Es war deine Arroganz, die dich hat verlieren lassen, nicht Orphals Stärke." Erschlagen von seinen Worten, konnte ich nur noch in mein Bett fallen. Zu groß war die Schmach der Niederlage. Ich wollte und konnte nicht bei unserer Turnierfeier dabei sein.

    Am nächsten Morgen begutachtete ich meine Verletzungen. Sie hatten sich schlimmer angefühlt, als sie wirklich waren. Mein Auge war blau und meine Nase schmerzte, aber sie war nicht gebrochen. Meine Lippe war aufgeplatzt, aber ich würde essen können. Draußen wartete Yinzu schon auf mich. Er begrüßte mich zurückhaltend. „Du siehst schrecklich aus. Gut, dass du gestern ins Bett gegangen bist, es wurden nur die Sieger gefeiert. Es wäre mir unangenehm gewesen, wenn du in der Ecke hättest stehen müssen." „Ist schon in Ordnung, lass uns frühstücken gehen." Er lachte mir ins Gesicht. „Wie schwer musst du verletzt sein, dass dir der Appetit vergeht?" Ich lächelte nur, denn beim Lachen wäre meine Lippe nur noch weiter aufgeplatzt. Meinen Frühstücksbrei löffelte ich ganz vorsichtig, immer darauf bedacht, meine Lippe zu schonen. Plötzlich setzte sich Orphal, ohne ein Wort zu sagen, neben mich. Ich wusste nicht, was er von mir wollte, rechnete aber mit Spott - nichts dergleichen geschah. Er fragte, wie es mir ginge. Ich war überrascht und glaubte, mich verhört zu haben. Aber Orphal entschuldigte sich bei mir, dass er mich so stark verletzt hatte. Als wir uns auf den Weg zur Halle machten, war Orphal immer noch an meiner Seite und begleitete mich. Nachdem wir uns etwas erwärmt hatten, rief uns Meister Wintal zusammen. „Morgen früh werden wir das Dorf verlassen. Wir werden eure Ausbildung nach draußen verlegen, denn Schlachten werden nun einmal nicht in Hallen geschlagen. Nach dem Essen werdet ihr die Ausrüstung für die nächsten Tage erhalten. Danach habt ihr frei, aber denkt daran, es geht schon früh los morgen." Wir trainierten locker bis zum Mittag, dann ging es zum Essen. Die meisten der Jungen aßen wenig oder gar nichts vor Aufregung. Auch ich freute mich auf die willkommene Abwechslung. Das Wetter war schon recht mild. Die Sonne schien länger und hatte an Kraft gewonnen. Nachts gab es zwar noch Frost, aber tagsüber wurde es schon angenehm warm.

  Unser Zug wurde zu einem Lagerhaus geführt. Ein alter Krieger mit nur einem Arm öffnete. Er musterte uns, dann wandte er sich an Meister Torgal. „Was wollt ihr?" Meister Torgal lächelte ihn an, ein seltener Anblick. „Felle und Decken für meine Jungs, einige Töpfe und Feuersteine und Wanderstäbe. Wir fangen mit der Ausbildung im Feld an." Der Alte zeigte uns sein zahnloses breites Grinsen. „Ach so, ihr wollt nach draußen, spielen. Aber dass ihr mir nichts kaputtmacht, sonst werde ich böse." Jetzt lachten beide. Wir aber wussten nicht so genau, was wir davon halten sollten. Der Alte verschwand durch eine Tür in den hinteren Teil des Hauses. Nach einer Weile rief er uns zu, dass er Hilfe bräuchte. Meister Torgal schickte drei von uns zu ihm. Bald darauf erschien er wieder, dicht gefolgt von den Jungen, die ihre Arme voll mit den verschiedensten Ausrüstungsgegenständen hatten. Alles, was da aufgehäuft wurde, musste auf die ganze Gruppe verteilt werden und wurde so gebündelt, dass wir es gut auf dem Rücken tragen konnten. Auf dem Rückweg kam uns Meister Wintal entgegen. Er saß auf einem kleinen Wagen, der von einem Pferd gezogen wurde. Eine Plane spannte sich über die Ladefläche und schützte alles darunter vor Regen und Schnee. Die beiden Meister erklärten uns, wie wir die Ausrüstung packen sollten. Dann wurde der Wagen mit Lebensmitteln und Töpfen beladen. Ein großes Bündel mit langen, unterarmdicken Stöcken kam ebenfalls dazu. Die beiden Krieger hatten ihre Schwerter gegürtet und trugen leichte Schilde auf dem Rücken. Mir wurde klar, warum die Meister des Clans auch „Schwertmeister" genannt wurden.

  Unsere letzte Mahlzeit unter festem Dach war warm und reichhaltig. Dann ging es los. Meister Wintal lenkte den Wagen, Meister Torgal ritt auf Feuersturm vorneweg. Als wir an der Waffenkammer vorbeikamen, verschwand er darin und kam kurz darauf mit einem anderen Krieger und einer Menge Bögen und Pfeile zurück. Auch sie wurden auf dem Wagen verstaut. In Dreierreihen zogen wir aus dem Dorf heraus weiter in das Tal hinein. Den ganzen Tag über marschierten wir in einem mäßigen Schritt hinter Meister Torgal her. Da wir das Tempo die ganze Zeit beibehielten, kamen wir gut voran, doch während unserer ersten Rast hörte ich, dass es einigen Jungen schwerfiel, so lange zu laufen. Ihre Füße waren aufgescheuert, und sie hatten blutige Blasen. Doch unsere Schwertmeister erinnerten sie daran, dass es bei diesem Marsch auch um unser Leben gehen könnte, und alle liefen weiter. Bis weit nach Einbruch der Dunkelheit dauerte unser erster Tagesmarsch. Erst als Meister Torgal den Befehl gab, hielten wir. Dicht beim Wagen rollten wir uns in unsere Felle. Es wurde kein Feuer entzündet, das kam nur mir bekannt vor, die anderen wurden aufgeklärt, warum es nicht ratsam ist, ein Feuer zu machen. Die Wache übernahmen unsere beiden Schwertmeister, wir durften uns ausruhen.

    Am nächsten Morgen wurde ich durch ein leichtes Rütteln geweckt. Der Himmel strahlte schon in einem leuchtenden Blau, wenngleich die Sonne noch hinter den Bergen verborgen war. Ein schönes Gefühl, keinen tollwütigen Hahn unter dem Fenster zu haben, auch wenn der Boden, auf dem wir geschlafen hatten, hart und kalt war. Unser Frühstück fiel recht mager aus. Es gab Trockenobst und etwas Wasser. Das war für mich nicht neu, aber nach den vielen Monden im Dorf und dem reichhaltigen Essen war es doch ein wenig ungewohnt. Beim Essen wurde nicht gesprochen. Danach hatten alle Zeit, ihre Notdurft zu verrichten, und dann ging es auch schon weiter. Diesmal wurde Feuersturm vor den Wagen gespannt, und Meister Torgal saß auf dem Wagen. Meister Wintal sattelte sein Pferd. Gestern war mir nicht aufgefallen, um welch ein stolzes Tier es sich handelte. Vor dem Wagen sah es aus wie jedes andere Pferd. Jetzt aber, mit Sattel und Zaumzeug, machte es einen ganz anderen Eindruck. Es war schmaler, dafür aber größer als Feuersturm. Genau wie die beiden Schwertmeister, dachte ich, als ich sie betrachtete. Meister Wintal war auch größer als Meister Torgal, dafür in seinen Schultern schmaler. Die langen Haare trug er meistens zu einem Knoten stramm zusammengebunden. Sein Alter konnte ich, wie auch bei Meister Torgal, schlecht schätzen, denn beide trugen die Narben vieler Schlachten. So hing ich meinen Gedanken nach und lief hinter Meister Wintal her. Dass der Rest des Zuges stehengeblieben war, bekam ich erst mit, als mich nach lautem Gelächter umdrehte. Mit rotem Kopf lief ich zum Zug zurück. Meister Torgal rief von seinem Wagen herunter: „Geschlafen wird erst heute Nacht, junger Krieger, jetzt rasten wir. Oder möchtest du Meister Wintal beim Erkunden der Umgebung helfen?" Ich sah auf den Boden und schüttelte den Kopf, was mir nur noch mehr Gelächter einbrachte. Wir tranken alle etwas Wasser und konnten Dörrfleisch essen, wenn wir wollten. Mir war der Appetit vergangen.

    Nach einiger Zeit kam Meister Wintal wieder. Er sprach von seinem Pferd herunter leise mit Meister Torgal. Dann gab er uns das Zeichen zum Aufbruch. Bis zur Dämmerung marschierten wir ohne weitere Rast. Auf einer kleinen Anhöhe, hinter einigen Bäumen bekamen wir den Befehl, unser Lager aufzuschlagen. Diesmal wurde ein Zelt aufgebaut. Es war so groß, dass alle darin Platz fanden und schlafen konnten. In der Mitte wurde ein Loch ausgehoben, in dem ein Feuer entzündet wurde. Draußen bereiteten wir eine größere Feuerstelle vor. Dazu mussten wir in der Umgebung Holz sammeln. Yinzu und ich machten uns zusammen auf den Weg. Mit den Armen voller Holz kehrten wir zum Lager zurück.

    Als alle wieder da waren, riefen uns die beiden Schwertmeister zusammen. Sie zählten auf, was uns in den nächsten Tagen erwartete. Wir sollten lernen, mit Pfeil und Bogen zu kämpfen, zu jagen und den Stock als Waffe zu nutzen. „Alles kann eine Waffe sein", erklärte Meister Torgal. „Ein Stock, ein Löffel oder eine Haarnadel, einfach alles wird in den Händen eines Kriegers zu einer tödlichen Waffe." Danach wurden die Dienste eingeteilt. Yinzu und ich mussten weiter Feuerholz sammeln. Also zogen wir wieder los. Da in der näheren Umgebung schon alles aufgelesen war, machten wir uns auf, ein entferntes Wäldchen zu erkunden. Auf dem Weg dahin hatte ich das Gefühl, dass wir beobachtet wurden. Bevor ich etwas sagen konnte, zischte Yinzu mir zu: „Wir sind nicht allein." Ich nickte. Ohne anzuhalten, setzten wir unseren Weg fort. Hatten wir eben noch über dies und jenes gesprochen, so war unser Gespräch jetzt verstummt. Unsere Sinne richteten sich auf das, was um uns herumschlich. Was es war, konnte ich nicht erkennen, ob es ein Tier war oder nur einer unserer Meister, der uns testen wollte. Aber was es auch war, es behielt immer den gleichen Abstand zu uns. Endlich hatten wir das Wäldchen erreicht. Blitzschnell versteckten wir uns im Unterholz, um abzuwarten, ob sich etwas zeigen würde. Was es auch gewesen sein mochte, es zog sich zurück. Nachdem wir einige Zeit ausgeharrt hatten, machten wir uns wieder auf den Weg zurück ins Lager, das gesammelte Holz trugen wir in einer Kiepe auf dem Rücken.

An der Feuerstelle wurden wir von Meister Torgal erwartet. Wir berichteten in allen Einzelheiten, was geschehen war. Am Ende unseres Berichtes nickte er nur und verschwand mit Meister Wintal im Wagen, um zu beraten. Das Essen bestand aus etwas Dörrfleisch und gekochtem Getreide. Morgen würden wir jagen gehen, um frisches Fleisch zu bekommen. Dann teilten die Schwertmeister die Wachen ein. Immer zwei Jungen mussten so lange Wache halten, bis der Sand einer großen Sanduhr durchgelaufen war. Sie stand auf dem Rand des Wagens, in dem die Meister schliefen. Ich wurde mit Talwak zur dritten Wache eingeteilt. Noch aufgeregt von dem Erlebnis beim Holzholen, versuchte ich vergeblich einzuschlafen. Es war sehr ungewohnt, mit so vielen Jungen in einem Zelt zu schlafen. Wir lagen dicht zusammen. Diejenigen, die für die nächste Wache eingeteilt waren, lagen am Zelteingang. Durch das kleine Feuer in der Mitte des Zeltes und die vielen Körper war es sehr warm. Ich drehte mich von einer Seite auf die andere. Gerade, als ich mich der Schlaf übermannte, wurde ich am Arm gerüttelt. Nun war ich an der Reihe mit Wachen.

Es war kalt und sternenklar, der Mond nahm zu, bis zum Vollmond würde es nicht mehr lange dauern. Fahles Licht erhellte die Gegend. Das große Feuer vor dem Zelt war schon weit heruntergebrannt. Aber immer noch leuchtete die Glut. Es knackte und knisterte. In der Stille der Nacht kam es mir unendlich laut vor. Talwak war nirgends zu sehen, einen Augenblick wartete ich noch, dann ging ich zum Zelt zurück, um ihn zu holen. Es dauerte, bis ich ihn im Dämmerlicht erkannte. Er hatte sich in die hinterste Ecke verzogen und lag dort zusammengekauert an der Zeltwand. Leicht berührte ich ihn am Arm, aber er reagierte nicht. Dann schüttelte ich etwas stärker - vergeblich. Erst als ich ihn leicht knuffte, gab er widerwillig zu, dass er wach war. Dennoch dauerte es noch eine ganze Weile, bis er seinen Wachdienst endlich antrat und ich die Sanduhr umdrehen konnte. Mit großen Augen sah er mich an, dann zischte er mir entrüstet zu: „Warum hast du sie nicht gleich umgedreht? Dann hätten wir jetzt nicht mehr ganz so lange wachen müssen!" Ich verstand nicht, was das bedeuten sollte und antwortete nicht, sondern machte mich auf den Rundgang, den wir während der Wache zu erledigen hatten, zuerst zu den beiden Pferden, die neben dem Wagen ihren Platz hatten. Schon beim Näherkommen wusste ich, dass alles in Ordnung war. Feuersturm scharrte mit dem Huf und stieß Luft durch seine Nüstern. Wenn etwas nicht gestimmt hätte, dann hätte er sich ganz anders verhalten. Ich wollte gerade weitergehen, als mich Talwak am Arm packte und auf mich einzureden begann. Er wollte das Feuer anfachen und uns mit großen Stöcken bewaffnen. Er wollte die nächste Wache wecken, weil er glaubte, dass wir nur zu viert das Lager genug schützen könnten. Ich schüttelte den Kopf, was ihn aber nur anspornte. Nach einer Weile hatte ich genug davon und erklärte ihm energisch, dass wir nichts von alledem machen würden. Er solle gefälligst still sein, weil es bestimmt nicht schön sei, wenn einer der beiden Meister durch sein Gejammer aufgeweckt würde. Einen Augenblick lang war er still. Aber als wir vom Rundgang zurückkamen, rannte er sofort zur Sanduhr und trommelte leicht mit den Fingern gegen das Glas. Auf meine Frage, was das denn solle, antwortete er, dass so vielleicht der Sand schneller durchliefe. Ich hatte genug und zog ihn unsanft am Arm zum Feuer zurück. „Du bleibst jetzt hier stehen und bewegst dich nicht mehr einen Schritt, solange ich es dir nicht erlaube, hast du mich verstanden?" Er nickte und rückte noch etwas näher an die Glut heran.

Ich lauschte in die Dunkelheit hinein. Die Nacht um uns herum war nicht still, und ich versuchte, die Geräusche einzuordnen. Das Heulen eines Wolfes ließ mich zusammenzucken. Irgendetwas daran stimmte nicht. Ich hatte schon einige Wölfe rufen gehört, als ich mit Meister Torgal unterwegs gewesen war. Dieser unterschied sich davon. Talwak stand plötzlich dicht neben mir. Er zitterte am ganzen Leib und wäre mir wohl auf den Arm gesprungen, wenn ich ihn nicht festgehalten hätte. Nach einem weiteren Heulen verstummte der Wolf, oder was es auch immer gewesen sein mochte, und ich entspannte mich. Talwak sah mich erschrocken an. „Was war denn das? War es so gefährlich, wie es sich anhörte? Du hättest mich doch bestimmt beschützt?" Ich nickte nur. Plötzlich wechselte er das Thema. „Was war das für ein Krieger, den du getötet hast? Warum hast du ihn umgebracht, hat es dir gefallen?" Ich hatte genug, packte ihn an seinem Hemd und hielt ihm mit der anderen Hand den Mund zu. Ich sah ihm tief in die Augen und brachte meinen Mund dicht an sein Ohr. Ich flüsterte mit einem drohenden Unterton in der Stimme: „Der Soldat, den ich getötet habe, hat auch die ganze Zeit geredet, genau wie du. Ohne Pause, da ist es mit mir durchgegangen. Ja, ich hatte Spaß daran, weil er dann endlich das Maul gehalten hat. Wenn es dir nicht genauso ergehen soll, dann rate ich dir, halt jetzt lieber den Mund!" Mit weit aufgerissenen Augen starrte er mich an. Als ich meine Hand von seinem Mund nahm, kam kein Ton über seine Lippen. Den Rest unserer Wache sprach Talwak kein Wort mehr.

In unregelmäßigen Abständen machte ich meinen Rundgang um das Lager, Talwak zog es vor, am Feuer zu warten. Es passierte nichts Auffälliges mehr in dieser Nacht. Als die Sanduhr durchgelaufen war, verschwand Talwak sehr viel schneller im Zelt, als er herausgekommen war. Er überließ es mir, die anderen Jungen zu wecken. Einer von den beiden, die uns ablösen sollten, war Orphal. Er war sofort draußen und fragte mich, ob irgendwas geschehen sei. Leise erzählte ich ihm von dem merkwürdigen Geheul, das ich gehört hatte. Er zuckte mit den Schultern und versprach, darauf zu achten.

Es dämmerte, als wir von Meister Torgal geweckt wurden. Im Laufschritt mussten wir ihm folgen. Er führte uns zu einem Bach, der sich durch das Tal schlängelte. Wir wuschen uns und füllten unsere Wasserschläuche auf. Als wir wieder in das Lager kamen, hatte Meister Wintal das Feuer geschürt und Wasser für Tee heißgemacht. Nachdem wir uns mit dem Tee gewärmt hatten, versammelten wir uns um das Feuer und Meiser Torgal fragte eine Wache nach der anderen, ob etwas Auffälliges passiert sei. Als ich daran war zu berichten, bemerkte ich Talwaks ängstlichen Blick. So beschloss ich, nichts von seiner Angst zu erzählen. Als Orphal an der Reihe war, erzählte auch er, dass ihm das seltsame Geheul aufgefallen war. Ich sah, wie die beiden Meister einen Blick austauschten, konnte ihn aber nicht deuten. Dann übernahm Meister Wintal unseren Unterricht. Er hielt einen Bogen in der Hand. Auf seine Frage, wer schon einmal mit einem Bogen geschossen habe, meldeten sich nur zwei Jungen. Deshalb zeigte er uns genau, wie wir den Bogen halten sollten, wie gezielt wird und auf was wir achten mussten, damit es beim Schießen nicht zu Verletzungen kam. Dann gab er jedem einen Bogen und drei Pfeile entsprechend unserer Körpergröße. Meister Wintal erklärte uns, dass wir später unsere Pfeile selbst herstellen müssten. Währenddessen hatte Meister Torgal ein großes Lederstück aus dem Wagen geholt und in unterarmlange Streifen geschnitten. Die Streifen wurden nochmals in zwei Hälften geteilt, und jeder Junge bekam eine davon. Wir mussten am Rand entlang Löcher hineinstechen, durch die dann ein Band gezogen wurde. Die Lederstreifen wurden über unserem Handgelenk am Bogenarm befestigt. Als alle mit dem Armschutz ausgerüstet waren, folgten wir Meister Wintal mit den Bögen auf dem Rücken und den Pfeilen in der Hand bis zu einem kleinen Hügel, auf dem einige abgestorbene Baumstämme standen. Bis auf wenige Schritt gingen wir an die Stämme heran, dann befahl uns Meister Wintal, darauf zu schießen. Immer zu fünft schossen wir, und alle trafen auch das Ziel. Beim Herausziehen unserer Pfeile bemerkte ich, dass wir nicht die ersten waren, die dort Schießübungen machten.

Wir übten den ganzen Tag. Wenn einer der Schützen zweimal hintereinander das Ziel getroffen hatte, musste er sich einige Schritte weiter von den Baumstämmen entfernen. Ich traf mein Ziel noch, als die ersten Jungen schon wieder näher heran mussten. Aber auch ich erreichte die Entfernung, aus der es mir nicht gelingen wollte, meine Pfeile in den Stamm zu schießen. Entweder blieben sie vorher im Boden stecken oder sie flogen weit über das Ziel hinaus. Es gab aber einige unter uns, die es auch auf große Entfernung schafften, das Ziel zu treffen. Yinzu und Orphal gehörten dazu. Zum Schluss waren nur noch die beiden in der Lage, das Ziel zu treffen. Sie waren so weit von den Baumstämmen entfernt, dass sie ihre Bögen gen Himmel richten mussten, um zu treffen. Nach einiger Zeit brach Meister Wintal die Übung ab und erklärte beide zu den Siegern des Tages.

Nach Einbruch der Dunkelheit kamen wir ins Lager zurück. Meister Torgal hatte eine Mahlzeit für uns vorbereitet. Erstaunt nahm ich zur Kenntnis, dass dieser ruhmreiche Krieger sich bereiterklärt hatte, für alle zu kochen. Es schmeckte zwar etwas merkwürdig, war aber warm und machte satt. Nur Meister Wintal rümpfte die Nase. Er meinte, dass es wohl besser sei, wenn Meister Torgal noch einige Zeit bei unserer dicken Köchin lernen würde. Beide Meister fingen an zu lachen, und wir stimmten ein. „Du hast morgen die Gelegenheit, uns von deinen Künsten zu überzeugen", meinte der verspottete Koch und verzog das Gesicht, als ob ihm bei der bloßen Vorstellung schon schlecht würde. Gleich drauf wurde Meister Torgal wieder ernst. Er erklärte uns, dass die Ausbildung am Bogen vorgezogen worden sei wegen des seltsamen Geheuls. Es sei besser, wenn wir schießen könnten, denn vielleicht entschlössen sich die Monster, das Lager zu überfallen. Ich merkte, wie Talwak zusammenzuckte. Die beiden Meister grinsten, denn nicht nur Talwak war erschrocken. Dass es ein Scherz gewesen war, konnte an der Furcht einiger Jungen nichts ändern.

Diesmal hatte ich die letzte Wache bekommen gemeinsam mit einem Jungen, den ich nicht besonders gut kannte. Er war unauffällig und etwas kleiner als ich, sein Bauch aber hing ihm ein gutes Stück über die Hose. Sein Name war Hamron, und er gehörte zu den blau Gezeichneten. Als ich geweckt wurde, stand Hamron schon draußen und lauschte in die Dunkelheit. Ohne sich umzudrehen, sagte er: „Es ist eine sehr schöne Nacht, findest du nicht auch?" Erstaunt nickte ich und begann mit dem Rundgang. Hamron wich mir nicht von der Seite, wenn ich etwas kontrollierte, deckte er mir den Rücken. Zuerst war es mir unangenehm, ihn im Rücken zu haben. Als ich ihn darauf ansprach, sagte er nur kurz: „Hinten hat keiner Augen, und ein Freund kann dir das Leben retten." Das leuchtete mir ein, und ich bedankte mich. „Wofür?" war seine knappe Antwort. Auch in dieser Nacht hörte ich das ungewöhnliche Heulen, nur kam es mir diesmal nicht so unheimlich vor. Hamron lachte und erzählte, dass in seinem Heimatdorf die Kinder oft das Heulen der Wölfe nachmachten. Das habe sich genauso angehört. Unsere Wache war noch nicht ganz vorbei, als Meister Torgal plötzlich auftauchte. Ich erschrak, und Hamron erging es nicht anders. „Schürt das Feuer und kocht Wasser für den Tee, ich bin gleich wieder da." Dann verschwand er in der Dunkelheit. Das Wasser war noch nicht heiß, als der Meister zurückkam, im Zelt verschwand und die anderen weckte. Nachdem alle aufgestanden waren, wuschen wir uns am Bach. Einige der Jungen maulten, dass das Wasser so kalt sei. Meister Torgal meinte dazu nur, dass im Feld Wasser rar sei und wir jede Gelegenheit zum Waschen und Trinken nutzen sollten, da niemand wisse, wann wir wieder frisches Wasser bekämen.

Nach einem kleinen Frühstück machten wir uns mit Meister Torgal auf den Weg zu unseren Schießübungen. Auf einer kleinen Anhöhe nahm er aus seinem Rucksack eine Handvoll Pfeile, die länger waren als die üblichen Übungspfeile, größere Federn am Ende hatten und statt mit einer Spitze mit einem kleinen Beutel Reis ausgestattet waren, der den Pfeil stumpf und ungefährlich macht. „Heute werdet ihr lernen, auf bewegliche Ziele zu schießen. Ihr werdet merken, dass das viel schwieriger ist." Er gab Yinzu Pfeil und Bogen und befahl ihm, aus einiger Entfernung auf ihn anzulegen. Als Yinzu zögerte, wiederholte er den Befehl mit der Bemerkung, dass er sonst auf ihn anlegen würde. Yinzu visierte Meister Torgal an, spannte den Bogen und schoss. Im selben Augenblick machte der Schwertmeister einen Schritt zur Seite, und der Pfeil verfehlte ihn. Er nahm Yinzu den Bogen ab und sagte, er solle den Pfeil holen. Yinzu bewegte sich schnell, er ahnte wohl, was kommen würde: Meister Torgal legte auf Yinzu an. Der begann, Haken zu schlagen, doch der Pfeil schnellte aus der Sehne und traf Yinzu in den Rücken. Er wurde nach vorn geschleudert, konnte sich aber fangen, während der Pfeil von ihm abprallte wie ein Ball, der gegen eine Wand geworfen wird. Nun bekamen wir jeder einen Partner zum Üben. Die Läufer sollten sich quer zum Schützen bewegen, nicht vom ihm weg, das sei nicht schwirig genug, meinte Meister Torgal. Mein Partner war Hamron. Seine beiden Pfeile verfehlten mich um einige Schritte, trotzdem nahm ich siegessicher Pfeil und Bogen und machte mich bereit. Aber ich traf nicht. So ging es einige Zeit, bis ich ihn am Arm streifte. Danach wurden wir schnell besser. Beide konnten wir es nicht abwarten, den Bogen in die Hand zu bekommen. Trotz der zwanzig Schritt Entfernung zwischen uns trieb uns ein gut platzierter Treffer die Luft aus dem Körper oder holte den Läufer von den Beinen. Schmerzhaft war es, wenn wir am Kopf getroffen wurden, aber zu ernsten Verletzungen kam es nicht.

Es dämmerte, als wir ins Lager zurückkamen. Schon von weiten stieg uns der Geruch von gebratenem Fleisch in die Nase. Das Wasser lief mir im Mund zusammen. Meister Wintal drehte einen Hirsch am Spieß über dem Feuer. Jeder bekam eine große Portion Fleisch, das köstlich schmeckte. „Nun, was sagst du zu meinen Kochkünsten, werter Bruder?" Er hatte sich vor Meister Torgal aufgebaut und sah ihn triumphierend an. „Das kann doch jeder, einen Hirsch schießen! Die Jungs hätten es genauso gut hinbekommen, nachdem ich sie in der Ausbildung hatte." Meister Torgal schob seinen Freund beiseite und schnitt sich auch ein großes Stück Fleisch ab. Dann klopfte er ihm auf die Schulter und sagte: „Hast du gut gemacht, großer Krieger, wir sind alle sehr stolz auf dich." Er lachte, und Meister Wintal stimmte ein. Wir waren mit dem Essen noch nicht ganz fertig, als Meister Torgal sich an uns wandte. „Morgen früh werden wir das Lager abbrechen und weiterziehen. Wir werden erst am neuen Lagerplatz mit der Ausbildung weitermachen. Geht jetzt schlafen, wir werden sehr früh aufbrechen." In dieser Nacht hatte ich keine Wache, und weil ich alle meine blauen Flecken mit der stinkenden braunen Salbe einrieb, konnte ich tief und fest schlafen.

Am nächsten Morgen war es angenehm warm im Zelt, obwohl Schnee gefallen war, nicht so viel wie vor einigen Monaten im Dorf, aber die ganze Landschaft war mit einem dünnen weißen Mantel bedeckt. Noch vor der Dämmerung hatten wir das Lager abgebrochen und waren unterwegs. Das erste Stück legten wir im Laufschritt zurück, damit uns warm wurde. Der Wind hatte auf gefrischt und schnitt unangenehm in die Haut. Kleine Wolken unseres Atems standen uns vor dem Gesicht. „Würde ich es nicht besser wissen, würde ich glauben, wir liefen vor etwas davon." Leise hatte Yinzu mir zugeflüstert. „Vor wem sollten wir wohl weglaufen?"

„Das weiß ich auch nicht, aber dieser Aufbruch kommt überraschend. Vielleicht hat Meister Wintal bei der Jagd etwas gesehen, was ihm nicht gefallen hat. Wir sollten alle unsere Augen und Ohren offenhalten." Ich stimmte zu und dachte daran, wie gut es ist, wenn jemand einem den Rücken deckt.

Die Sonne schob sich blass über die Berge. Der Nebel ließ sie wie eine leuchtende Scheibe am Himmel kleben. Eine unheimliche Stimmung breitete sich aus, und ich ahnte, dass etwas passieren würde. Der Marsch wurde ziemlich anstrengend, da unsere Meister uns kaum eine Pause gestatteten. Einer von beiden war immer unterwegs, um die Gegend zu erkunden. Ich musste zugeben, dass Yinzu wohl Recht hatte: Wir liefen vor etwas davon. Als es dämmerte, war es den ganzen Tag nicht richtig hell geworden. Die Dunkelheit war schon über uns hereingebrochen, als wir plötzlich die Richtung änderten. Noch eine Weile setzten wir unseren Weg fort, dann rasteten wir. Wir machten kein Feuer und schliefen unter dem Wagen. In dieser Nacht hielten unsere Meister Wache, mein unangenehmes Gefühl verstärkte sich. Beide Pferde blieben dicht bei uns. Alles, was geschah, wurde äußerst leise gemacht. Jeder hatte inzwischen verstanden, dass etwas nicht in Ordnung war. Alle waren angespannt und keiner sprach, wenn es nicht unbedingt sein musste.

Am nächsten Morgen machten wir uns schweigend auf den Weg. Meister Wintals Pferd wurde eingespannt, und als wir uns in Bewegung setzten, war Meister Torgal auf Feuersturm schon unterwegs. Unser Frühstück nahmen wir gehend zu uns. Meister Wintal saß auf dem Wagen und machte ein sehr düsteres Gesicht. Es musste wirklich etwas Schlimmes sein, das da vor sich ging. Mittags stieg Meister Wintal vom Wagen herunter und holte das Bündel mit den Wanderstäben hervor. Jeder bekam einen, seiner Körpergröße entsprechend. In zwei Reihen stellten wir uns voreinander auf. Der ersten Reihe zeigte der Meister, wie sie einen Schlag auszuführen, der anderen, wie sie diesen Schlag zu blocken hatte. Das Prinzip kannten wir schon von unserem Kampftraining in der Halle. Eine Zeit lang übten wir, dann zeigte Meister Wintal uns einen weiteren Angriff und wie wir ihn abwehren sollten. Gegen Abend, wir waren immer noch dabei, den Stockkampf zu üben, kam Meister Torgal zurück. Er unterhielt sich kurz mit Meister Wintal. Dann wurde das Training beendet, und wir konnten uns ausruhen und etwas essen. Beide Lehrer machten einen deutlich gelasseneren Eindruck.

Geschlafen wurde wieder unter dem Wagen. Dass aber wir wieder die Wachen übernahmen, deutete ich als ein Zeichen dafür, dass sich die Lage entspannt hatte. Immer zu dritt hielten wir Wache und mussten die Sanduhr zweimal umdrehen, bevor wir die nächsten weckten. Orphal und Yinzu wachten an meiner Seite. Es war ein beruhigendes Gefühl, mit den beiden Wache zu halten. Auf beide konnte ich mich felsenfest verlassen, das spürte ich. In dieser Nacht leuchtete der Vollmond am nächtlichen Himmel. Die Umgebung war gut zu erkennen. Die Pferde grasten in unserer Nähe, sie würden uns bei Gefahr warnen. „Es wird etwas passieren", sagte Yinzu, „ich spüre es genau." Orphal nickte: „Wir müssen auf alles vorbereitet sein." Ich fügte hinzu, dass ich froh sei, wenn es nun endlich losginge. Das Warten machte mich nervös und ungeduldig. „Bin gespannt, was unsere Meister noch alles für uns bereithalten," überlegte Orphal laut. „Es wird uns auf jeden Fall helfen, besser zu werden", entgegnete Yinzu. Die Sanduhr war das zweite Mal durchgelaufen, ich wollte gerade zum Wagen gehen, um die Meister zu wecken, als Meister Wintal schon heruntersprang. „Meister, Ihr seid ja schon wach!" Er sah mich an: „Bei dem Lärm, den ihr die Nacht über gemacht habt, konnte ja kein Mensch schlafen." Ich erschrak, wir hatten uns bemüht, sehr leise zu sprechen. „Habt ihr nicht gewusst, dass während der Wache nicht gesprochen wird? Nur das Nötigste und das am besten immer nur mit einzelnen Worten. Ihr müsst euch so gut kennen, dass schon an einer Geste zu erkennen ist, was euer Freund von euch will." „Meister, entschuldigt bitte, ich wusste nicht, dass es so laut gewesen ist." Er schüttelte den Kopf: „Jetzt weißt du Bescheid. Du musst es nur noch den anderen sagen."

Als alle wach waren, brachen wir sofort auf. Noch im Dunkeln änderten wir mehrmals die Richtung. Als es endlich dämmerte, waren wir schon einige Stunden unterwegs. Nach dem Frühstück wurde Stockkampf geübt. Meister Torgal hatte Feuersturm eine Decke über Kopf und Körper gehängt, die fast bis zum Boden hing. Sie war dick, mehrfach gesteppt und gepolstert. Als wir wieder aufbrachen, galoppierte Meister Torgal um unseren Zug herum. Wir hatten die Aufgabe, mit den Übungspfeilen auf ihn und Feuersturm zu schießen. Zu zweit legten wir den ganzen Vormittag lang aus dem Laufen heraus auf ihn an. Mehrmals kam ich an die Reihe. Von den Pfeilen die ich verschoss, traf höchstens ein halbes Dutzend. Meister Torgal deckte mit seinem leichten Schild den Körper, seinen Kopf schützte ein lederner Helm. Die Pfeile störten Feuersturm nicht mehr als ein lästiger Schwarm Mücken. Wenn wir Meister Torgal trafen, schwankte er wie Schilf im Wind. Mir war es zuerst unangenehm, auf meinen Meister anzulegen, aber nach kurzer Zeit vergaß ich meine Bedenken und konzentrierte mich ganz auf das Schießen. Außer Yinzu und Orphal trafen aber die wenigsten öfter als ich.

Am Nachmittag rasteten wir zum zweiten Mal. Wieder übten wir mit den Stöcken. Unsere Meister zeigten uns neue Techniken, die wir ausprobieren und umsetzen sollten. Ich mochte das Bogenschießen lieber, aber das konnte ich mir nicht aussuchen. Auf die Zeit, in der ich endlich mit einem großen Schwert üben durfte, freute ich mich jetzt schon. An jenem Abend schlugen wir das Zelt auf. Drei der Jungen wurden zur Wache eingeteilt. Deutlich entspannter als in den vergangenen Nächten legten wir uns nieder. Mit der Gewissheit, dass wir der Gefahr entwischt waren, streckte ich mich auf meinem Fell aus und war froh, endlich etwas Schlaf zu bekommen. Mitten in der Nacht jedoch, wurde ich von dem seltsamen Heulen aus dem Schlaf gerissen. Es hatte uns wiedergefunden! Alle waren wach. Das Heulen kam dicht heran. Blitzschnell stürmten Orphal, Yinzu und ich aus dem Zelt. Einen Augenblick später folgte uns Hamron, die anderen Jungen waren unschlüssig und warteten auf Anweisungen der Meister. Angst spielte bei dieser Entscheidung wohl eine bedeutende Rolle. Gerade sprangen unsere Lehrer vom Wagen. Sie nickten uns kurz wohlwollend zu, dann schwang sich Meister Wintal auf sein Pferd. Ohne Sattel und Zaumzeug nur mit seinem Schwert in der Hand galoppierte er in die Nacht hinaus. Meister Torgal beruhigte die Wachen und uns und sagte, dass es richtig von uns gewesen sei, beim ersten Anzeichen von Gefahr das Zelt zu verlassen, um der Wache Hilfe zu leisten, wenn sie notwendig gewesen wäre. „Alles ist gar nicht so schlimm, ihr könnt beruhigt weiterschlafen." Mit diesen Worten schickte er uns wieder ins Zelt zurück. „Warum glaube ich ihm nur nicht?" fragte mich Orphal beim Hineinkriechen. „Vielleicht, weil es nicht stimmt", antwortete ich ihm leise. Den Rest der Nacht fand ich keinen Schlaf mehr. Yinzu und Orphal ging es genauso. Wir lauschten, hörten aber nichts.

Gegen Morgen nickte ich doch ein, aber als Hamron mich weckte, schreckte ich sofort hoch. „Alles in Ordnung, wir brechen gleich auf", flüsterte er mir zu. Wir hatten gerade das Zelt abgebrochen und die Ausrüstung verstaut, als Meister Wintal herangaloppiert kam. Er sprach kurz und angespannt mit Meister Torgal. Dann wurde Feuersturm vor den Wagen gespannt, und wir machten uns auf den Weg. Meister Wintal führte sein Pferd am Zügel. Weißer Schaum klebte an der Pferdebrust, und Dampf von Atem und Schweiß umhüllten es. Während wir marschierten, redete er mit seinem Tier und rieb ihm dabei den Schaum vom Körper. Ich fragte nach dem Namen des stolzen Tieres. Obwohl es erschöpft war, hielt es den Kopf hoch und blähte die Nüstern. „Sein Name ist ‚Eisvogel'. Wir haben uns an einem kalten Wintertag gefunden, deshalb trägt er diesen Namen. Er vereint die Schönheit und die Kälte eines klaren Tages und fliegt schnell wie ein Vogel über die Steppe." Noch nie hatte ich Meister Wintal so liebevoll von etwas sprechen hören. Dann ließ er Eisvogel neben mir allein weitergehen und verschwand, um mit Meister Torgal zu beratschlagen.

Die Sonne war aufgegangen und ließ den kalten Wintertag erstrahlen. Ich spürte, dass der Winter mit letzter Kraft noch einmal das Land mit seinem kalten Atem überziehen wollte. In der Luft lag bereits ein Hauch von Frühling, ich glaubte, ihn riechen und schmecken zu können. Das Gras und die wenigen Bäume und Sträucher waren mit Raureif überzogen. Gefangen von der Schönheit der Umgebung hatte ich nicht bemerkt, dass Meister Wintal wieder an unserer Seite schritt. Er sprach mit Eisvogel, dann sattelte er ihn und galoppierte davon. Es muss so um die Mittagszeit gewesen sein, als Meister Wintal und Eisvogel zurückkamen. Wieder besprachen sich die beiden Schwertmeister, gleich darauf ließen sie den Zug halten. Wir versammelten uns vor dem Wagen. Die sprachen von ihren Pferden zu uns. „Hört her, junge Krieger. Die Lage ist ernst. Das, was ihr in den vergangenen Tagen an Gefahr gespürt habt, ist der Feind. Es sind zwar unsere Brüder vom Clan, aber es wird ernst und hart werden. Es gehört zur Ausbildung, dass zwei oder drei Züge im Feld gegeneinander kämpfen, nicht mit richtigen Waffen, sondern mit Stöcken und Knüppeln. Aber es wird schmerzhaft für die Verlierer. Normalerweise wird solch ein Trainingskampf erst ausgetragen, wenn die Ausbildung schon weiter fortgeschritten ist. Die beiden Krieger, die den anderen Zug anführen, scheinen das vergessen zu haben. Deshalb werden wir zu einer kleinen List greifen." Talwak fiel ihm ins Wort. „Meister, können wir es ihnen nicht einfach erklären? Wir können doch nicht gegen unsere Brüder kämpfen!" Meister Torgal lächelte mild. „Talwak, auch wenn du versuchen würdest, mit ihnen zu reden, nützte dir das nichts. Sie würden dich auslachen und trotzdem verprügeln. Außerdem werden sie uns die Ausrüstung rauben, alle Felle und auch den Wagen. Es ist wie in einer richtigen Schlacht: Dem Sieger gehört alles, dem Verlierer bleibt nichts, nicht einmal die Hoffnung auf Gnade." Die Jungen begannen, aufgeregt durcheinanderzureden, bis Meister Wintal für Ruhe sorgte. „Wir werden es schon schaffen, ihr seid schon gut ausgebildet, mit unserer Unterstützung werdet ihr siegen. Nun hört genau zu. Meister Torgal und ich werden gleich fortreiten, um euch im entscheidenden Moment zu unterstützen." Meister Torgal gab Anweisungen: „Orphal wird das Kommando übernehmen. Ihr werdet mit den Stöcken auf den Feind warten. Wenn er kommt, folgt jeder Orphals Befehl. Zwei von euch, die besten Läufer, sollten auf den Kamm dort hinten Ausschau halten, um zu melden, aus welcher Richtung der Feind anrückt." Ich meldete mich: „Meister, können wir die Übungspfeile und die Bögen benutzen?" Die Meister tauschten kurz einen Blick, dann nickte er. „Aran, du übernimmst die Bogenschützen, du kannst noch vier weitere Schützen bestimmen. Denkt daran, ihr müsst den Feind nahe genug herankommen lassen, damit die Pfeile Wirkung erzielen. Wenn ihr alle Pfeile verschossen habt, nehmt ihr eure Stöcke und unterstützt die anderen. Ihr müsst so lange durchhalten, bis wir zurückkommen. Noch Fragen?" Niemand meldete sich. Ich bemerkte, dass einige Jungen zitterten. Ohne ein weiteres Wort gaben die Meister ihren Pferden die Hacken zu spüren und galoppierten davon. Als sie außer Sicht waren, stieg Orphal auf den Wagen und reichte die Stöcke und Bögen herunter. Talwak und ein Junge mit Namen Rathart wurden von Orphal auf die Anhöhe geschickt, um uns Nachricht zu geben, wenn sich der Feind zeigen sollte. Rathart lief los, Talwak wollte sich einen Stock greifen. Orphal hielt ihn zurück. „Du läufst schneller ohne Stock." Da begann Talwak zu weinen: „Ich kann doch nicht ohne eine Waffe in den Kampf ziehen, ich muss mich doch wehren." Einige der Jungen lachten oder schüttelten den Kopf. Orphal nahm Talwak in den Arm, er sah ihn ernst an und sprach leise zu ihm. „Du sollst doch gar nicht allein kämpfen, ihr sollt nur aufpassen. Wenn ihr den Feind seht, kommt ihr sofort zurück. Zusammen werden wir uns schon so gut verteidigen, dass wir es ganz leicht schaffen werden durchzuhalten, bis unsere beiden Meister zurück sind." Talwak jammerte und lief hinter Rathart her. Orphal kam zu mir. „Welche Schützen wählst du?" Ich sah mich einen Augenblick lang um: „Yinzu, Hamron und die beiden dort." Ich deutete auf zwei Jungen, deren Namen ich nicht kannte. Es waren die beiden, die schon vor der Ausbildung mit dem Bogen geschossen hatten. „Das sind Lantar und Isannrie", stellte Orphal sie mir vor. Beide nickten und nahmen sich ihre Bögen. Jeder von uns bekam sechs Übungspfeile. Die anderen Jungen bewaffneten sich mit den Stöcken. Orphal stellte sie in zwei versetzten Reihen auf. Yinzu fasste mich am Arm und zog mich mit zu Orphal. „Ist es euch aufgefallen, dass wir hier wie auf einer Schlachtplatte stehen? Nirgends ist Deckung möglich." Er hatte Recht: Die Ebene, auf der wir standen, erstreckte sich weit in jede Richtung. Nördlich lag der flache Kamm, westlich von uns eine Senke, in der die beiden Meister verschwunden waren. Einen Augenblick lang sahen wir uns schweigend um. Orphal fragte mich: „Von wo aus würdest du angreifen?" Ich deutete in Richtung Anhöhe. „Von dort hat man einen guten Überblick." Orphal nickte. „Ich könnte mir auch vorstellen, von zwei Seiten anzugreifen", warf Yinzu ein. „Die Länge des Kamms ist ideal dafür." „Es spricht aber auch etwas dagegen, von dort anzugreifen: Die Sonne haben wir im Rücken, dass heißt, dass die Angreifer geblendet werden", gab Orphal zu bedenken. „Uns zu umgehen, würde zu viel Zeit brauchen, die Entscheidung wird dort fallen." Er deutete in die Richtung des Kammes. „Wo sollen die Bogenschützen in Stellung gehen?" Ich überlegte einen Augenblick. „Hinter den Stockkämpfern versteckt. Wenn der Feind nah genug ist, duckt ihr euch, und wir schießen über euch hinweg." „Ein guter Plan", beendete Orphal das Gespräch.

Kurz darauf kam Talwak allein über die Steppe gelaufen. „Sie kommen, sie kommen!" Schreiend stürzte er zum Wagen und griff sich einen Stock, den er nun zitternd in den Händen hielt. „Wo ist Rathart?" wollte ich von ihm wissen. Erstaunt sah er mich an. „Woher soll ich das wissen? Wir sollten bleiben, bis wir den Feind sehen. Das habe ich getan. Er kommt!" „Von wo?" wollte Orphal wissen. „Aus dieser Richtung." Talwak deutete mit der Hand zum Kamm. „Etwas ungenauer konnte es nicht sein?" Yinzu war ärgerlich: „Jetzt sind wir genauso schlau wie vorher. Gute Leistung, Talwak." Orphal war inzwischen auf den Wagen gestiegen. Er spähte in die Richtung, aus der Talwak gekommen war. Einen Augenblick lang geschah nichts, dann rief er: „Dort kommt er", und sprang vom Wagen herunter. Kurz traf Rathart keuchend bei uns ein. Es dauerte einen kurzen Moment, bevor er berichten konnte. „Sie kommen aus dieser Richtung", er deutete mit dem Arm nach Nordwesten. „Sie sind uns überlegen, mindestens zwei zu eins, und sie haben sich geteilt. Sie werden uns von zwei Seiten in die Zange nehmen." Wir sahen uns kurz an, dann begaben wir uns zu unseren Waffen.

Ich war merkwürdig ruhig, obwohl sich ein Angstgefühl in meinem Magen breitgemacht hatte. Den anderen erging es nicht anders. Dies war und ist der schlimmste Augenblick: der Moment kurz vor der Schlacht. Eigentlich möchte man weglaufen, doch das würde nichts nützen. Es ist zum Verzweifeln.

Es ging ein Raunen durch den Zug: Oben auf dem Kamm waren zwei Reiter erschienen. Die beiden Pferde stiegen auf die Hinterläufe und tänzelten nervös hin und her. Die Krieger hatten volles Rüstzeug angelegt. An ihren Sätteln war je ein Banner befestigt, das den Roten Drachen zeigte. Ich musste schlucken, aber meine

Kehle war wie zu geschnürt. Plötzlich wendeten sie ihre Pferde und verschwanden aus unserer Sicht. Es dauerte einen nicht enden wollenden Augenblick, dann erschienen die ersten Kämpfer auf dem Kamm. Aber anstatt sofort auf uns loszustürmen, versammelten sie sich auf der Anhöhe und warteten, bis alle angekommen waren. So würde ihr Angriff wirkungsvoller sein. Wie Rathart es gemeldet hatte, waren es zwei Gruppen. Sie standen etwas näher beieinander, als ich es erwartet hatte. Das konnte nur heißen, dass wir frontal angegriffen werden sollten. Für einen Zangenangriff standen die beiden Gruppen zu dicht zusammen. Plötzlich zuckten kleine Blitze über die Ebene. Einige bekamen es mit der Angst zu tun und wollten weglaufen. Sie hielten die Blitze für Zauberei. Orphal hob beruhigend die Arme. „Das sind nur die silbernen Schnallen, die den Kilt halten, alles ist in Ordnung." Da erkannte ich es auch: Es war der Zug, der während der Wintersonnenwende die Schnallen zur zweiten Weihe bekommen hatte. Nun funkelte die Sonne darin, dass ich meine Augen zusammenkneifen musste. Sie würden uns deshalb nicht in die Zange nehmen, weil sie uns dann nicht mehr blenden konnten! Es schien, als legte sich ein Mantel aus Stille über die Ebene. Ich konnte meinen Herzschlag hören, und mein Blut rauschte in den Ohren. Wir hatten die Pfeile aufgelegt, hielten die Bögen aber noch gesenkt. Angestrengt dachte ich nach: Wie konnten wir sehen, wohin wir schossen, wenn wir geblendet wurden? Wie das Blitzen der Schnallen zuckte eine Idee durch meinen Kopf. „Haltet euch an die Schnallen! Zielt immer zu zweit auf einen Angreifer, trefft ihr die Schnalle nicht, dann trefft ihr den Kopf!" Alle nickten, froh über ein gutes Ziel. Freude stieg in mir auf, dass ich die List des Gegners gegen ihn verwenden würde. Ich zwang mich zur Ruhe, noch hatten unsere Pfeile nicht getroffen.

Die beiden Gruppen auf dem Kamm setzten sich langsam in Bewegung, dann immer schneller und schneller, bis sie, wild schreiend, auf uns zugestürmt kamen. Die rechte Gruppe war schneller als die linke, deshalb befahl ich, zuerst auf die Angreifer zu schießen, die uns zuerst zu erreichen drohten. Es dauerte scheinbar endlose Minuten, bis die Angreifer in Reichweite unserer Pfeile kamen. Orphal stand rechts neben den Stockkämpfern, er suchte meinen Blick. Ich wartete auf sein Zeichen. Noch standen sie vor uns, aber auf sein Kommando würden sie niederknien, damit wir freies Schussfeld hatten. Ich sah zwischen den Jungen vor mir hindurch. Die Angreifer waren jetzt schon so nah, dass ich erkennen konnte, welche Waffen sie bei sich trugen. Einige hatten wie wir lange Stöcke, andere trugen kurze. Wieder andere hatten in jeder Hand einen kurzen. Ich sah in hasserfüllte Gesichter, und mein Zweifel daran schwand, dass dieser Kampf ein Spiel unter Brüdern werden würde. Der Gedanke war noch nicht ganz verklungen, als ich Orphals Kommando vernahm.

Meine Stimme klang seltsam, als ich den Befehl schrie. Dann flogen auch schon die ersten Pfeile. Mein erster Schuss traf nicht. Yinzu, der neben mir stand, traf dafür den ersten Jungen am Kopf. Er fiel nach hinten und blieb liegen. Nun schwirrte die nächste Ladung Pfeile auf die Angreifer zu. Drei Jungen fielen. Einer von ihnen begann, laut zu schreien, der erste Schmerzensschrei, den ich in dieser Schlacht hörte, aber nicht der letzte. Die erste Gruppe war irritiert, ihr Angriff stockte. Sie wurden langsamer und boten uns bessere Ziele. Wieder riss unsere Salve einige Jungen von den Beinen. Mein nächster Schuss traf einen Angreifer in den Unterleib, er krümmte sich zusammen und riss den Mund auf, um zu schreien. Aber da traf ihn schon Yinzu am Kopf. Er fiel vornüber und blieb liegen. Nun hatte die zweite Gruppe die erste eingeholt und riss sie mit sich. Vereint waren sie gewillt, uns zu überrennen. Ich schoss noch zweimal. Dabei traf ich wieder einen Angreifer am Kopf, dann waren meine Pfeile verschossen, und ich ergriff meinen Stock. Im selben Augenblick waren die ersten Angreifer in unseren Reihen. Schreiend warfen wir uns ihnen entgegen. Da ich in der zweiten Reihe stand, traf mich die Wucht des Angriffes nicht so heftig. Ein großer Junge schob die vor mir Stehenden mit einem Schlag beiseite. Als er mich erreicht hatte, holte er mit seinem Knüppel zum Schlag aus. „Wie im Training!" schoss es mir durch den Kopf. Ich hob meinen Stock zum Block. Aber ich war nicht schnell genug, auch seinen zweiten Schlag abzuwehren. Er traf mich in den Bauch. Der nächste Schlag hätte wohl das Ende für mich bedeutet, wenn Yinzu ihm nicht von der Seite seinen Stock über den Kopf geschlagen hätte. Der Angreifer stürzte auf mich, und ich musste ihn zur Seite drängen, sonst hätte er mich umgeworfen. Blut lief aus der Wunde am Kopf, die Yinzu ihm beigebracht hatte.

Ich ließ meinen Stock fallen und griff mir seinen Knüppel, der die Form eines Schwertes hatte. Dann sah ich, dass Yinzu am Boden lag. Ein Junge aus dem feindlichen Zug stand über ihm und wollte gerade den letzten vernichtenden Schlag ausführen. Mit einem Sprung war ich bei ihm. Seitlich schräg von unten traf mein Schlag ihn im Gesicht, er fiel mit einem dumpfen Laut nach hinten um. Seine Nase schien gebrochen; und an mehreren Stellen war die Haut im Gesicht aufgeplatzt. Auch Yinzu blutete aus einer Wunde am Kopf und hielt sich die Rippen. Ich schrie ihm zu, er solle beim Wagen Deckung suchen, als er hinter mich deutete. Im Umdrehen sah ich den Stock angeflogen kommen. Mit einer reflexartigen Bewegung bekam ich meinen Arm noch hoch, um meinen Kopf zu schützen, als der Schlag mich auch schon traf. Er war so heftig, dass ich nach hinten taumelte. In meinem rechten Arm hatte ich sofort kein Gefühl mehr, und meine Beine sackten unter mir weg. Es war Orphal, der meinen Angreifer von hinten niederstreckte und mir dann half, zum Wagen zu kommen. Dort lagen schon einige blutende Jungen aus unserem Zug.

Mit dem Rücken an den Wagen gelehnt, wollte ich etwas Atem holen. Da sah ich Hamron auf uns zu kriechen, er blutete auch aus einer Wunde am Kopf und konnte nicht mehr aufstehen. Hinter ihm erschien einer unserer Feinde. Er wollte Hamron noch einmal schlagen. Mit einem Fuß stieß ich mich vom Wagen ab und warf mich dazwischen. Der Schlag verfehlte Hamron, dafür wandte sich der Junge nun mir zu. Als er sah, dass ich verletzt war, lachte er dreckig auf und war sich zu sicher, nun noch einen weiteren Sieg davonzutragen. In diesem Augenblick schlug ich zu, traf aber nicht richtig und fiel auf meine Knie. Nun stand er über mir und holte zum Schlag aus. Meinen Knüppel hatte ich verloren, aus reiner Verzweiflung schlug ich mit der Faust, so stark ich konnte, in seinen Unterleib. Er begann, wie ein Ferkel zu quieken und hüpfte, sich den Unterleib haltend, davon. Mühsam erhob ich mich. Hamron war inzwischen zum Wagen gekrochen und hatte sich auf den Rücken gelegt. Ich wollte zu ihm, spürte aber etwas in meinem Rücken. Noch während ich den Kopf wandte, traf mich erneut ein Schlag, den ich nicht hatte kommen sehen. Dass ich hart auf dem Boden aufschlug, merkte ich schon nicht mehr. Ich bekam nichts mehr mit, auch nicht das Ende der Schlacht.

Das erste, was durch den Nebel der Bewusstlosigkeit drang, war der Schmerz in meinem Kopf. Ich konnte meine Augen nicht öffnen. Bei dem Versuch, mich zu bewegen, wurde der Schmerz unerträglich, und ich versank wieder in Bewusstlosigkeit. Irgendwann kam ich zu mir und lag auf dem holpernden Wagen. Diesmal konnte ich ein Auge öffnen, es war dunkel um mich herum, ich hörte aber eine Stimme, die ein Lied sang. Wieder umfing mich Ohnmacht. Ich erwachte, als jemand meine Wunden versorgte: Yinzu mit einem Verband am Kopf. Ich wollte etwas sagen, doch er legte mir den Finger auf den Mund. „Sprich nicht, du bist noch zu schwach, ruh dich nur weiter aus." Dann flößte er mir eine Flüssigkeit ein, die sehr bitter schmeckte. Wieder wurde es Nacht. Irgendwann vernahm ich wieder diese

Stimme, die immer dasselbe Lied zu singen schien. Ich hörte das Lied so oft, dass es mir in guter Erinnerung geblieben ist. Noch heute singe ich es, wenn eine Schlacht glücklich überstanden ist.

„Schulter an Schulter, so stehen wir Brüder
und warten gespannt:
Dann rasseln die Waffen, die blitzenden Schilde,
entreißen wir Krieger die Klingen den Scheiden.
Nun gilt es Brüder,
befreiet den Drachen!

Hell singen die Schwerter, die blutigen Zungen,
sie bringen den Tod.
Die Reihen der Feinde sich färben blutrot,
Verlöschen noch schneller als Kerzen im Wind.
Kommet, ihr Brüder,
lasset den Drachen nun frei!

Die Schlacht ist gewonnen, die Schwerter sind still.
Doch wozu der Kampf?
Die Freunde, sie fielen in sehr großer Zahl.
Verlorene Siege in Strömen von Blut
erfüllen die Luft mit unglaublichen Schmerzen.
Kommet, ihr Brüder,
lasset den Drachen jetzt ruhn!

Der Morgen, er spült uns die Wunden ganz aus,
die Krieger sind müde.
Es fielen so viele, die Erde trank Blut,
doch hör ich von weitem der Schlacht neuen Ruf,
vorbei ist die Ruhe der Schwerter.
Nun gilt es Brüder,
befreiet den Drachen!"

    Eines Nachts erwachte ich. Es regnete, und feuchte Luft legte sich schwer wie ein Mantel über mich. Jemand neben mir stöhnte, ich lag nicht allein auf dem Wagen. Wenn es zu sehr schaukelte, wurde mir schwindelig, und der Schmerz nahm zu. Dann verlor ich wieder das Bewusstsein. Ich weiß nicht, wie lange die Fahrt gedauert hat, aber meine erste klare Erinnerung ist, dass ich in einem weichen und warmen Bett die Augen aufschlug. Meine Wunden waren gereinigt und verbunden. Der Raum war hell vom Sonnenlicht durchflutet. Ich spürte Hunger, konnte aber meinen Mund kaum bewegen. Als ich versuchte, mich aufzurichten, fiel ich mit einem Schmerzensschrei wieder zurück auf die Kissen. Alles verschwamm vor meinen Augen. Ich bemerkte nicht, dass die Tür geöffnet wurde und jemand hereinkam.
    Eine Frau saß an meinem Lager, ihre langen Haare fielen offen über die Schultern. Sie wischte mir den Schweiß von der Stirn und lächelte mir zu. Ich wollte etwas sagen, aber es kam nur ein Krächzen über meine Lippen. Sie gab mir etwas warmen Tee zu trinken, als ich ihn gierig herunterstürzen wollte, schüttelte sie leicht den Kopf und gab mir nur sehr kleine Schlucke. „Ruh dich aus, junger Krieger. Ich werde später wieder nach dir sehen." Entspannt sank ich zurück auf mein Lager. Diese schöne Frau kam mir sonderbar bekannt vor, wo hatte ich sie nur schon

einmal gesehen? Plötzlich wusste ich es: während des Festes zur Wintersonnenwende! Die Kriegerin, die mir Glück wünschte, sie war es, endlich sah ich sie wieder! Kurz darauf schlief ich ein.

Ein Flüstern weckte mich. Ich öffnete die Augen und sah in die immer noch geschwollenen Gesichter von Hamron und Yinzu. „Na, großer Held, weilst du wieder unter den Lebenden?" grinste Hamron. „Ich bin mir noch nicht so sicher." Das Sprechen fiel mir schwer. Als ich meinen Mund betastete, fühlte ich die Fäden einer Naht. Yinzu warnte mich: „Lass es lieber sein" „Was ist passiert? Ich kann mich an nichts mehr erinnern." Yinzu begann zu erzählen. „Nachdem du Hamron gerettet hattest, traf dich ein Knüppel am Kopf. Du gingst zu Boden, aber der Junge, der dich angegriffen hatte schlug weiter auf dich ein. Er hätte dich totgeschlagen, wenn Orphal ihn nicht niedergestreckt hätte. Kurz darauf sind Meister Torgal und Meister Wintal zurückgekommen und haben das Gefecht beendet. Sie hatten die beiden anderen Schwertmeister überwältigt und zur Aufgabe gezwungen. Wir haben danach alle Verletzten eingesammelt und uns auf den Weg zu diesem Dorf gemacht. Es liegt einige Tagesmärsche vom Ort des Kampfes entfernt. Hier werden die Pferde für den Clan gezüchtet." Ich nickte und verlangte nach etwas Tee, der mir auch sogleich gereicht wurde. Mit einer Handbewegung bat ich Yinzu weiterzuerzählen. „Es sind viele Jungen schwer verletzt worden, zwei haben in diesem Kampf sogar ihr Leben verloren. Ein Bote wurde ins Dorf gesandt, und wenige Tage, nachdem wir hier eintrafen, kamen auch Meister Zorralf und der Großmeister mit einigen anderen Kriegern. Es wird Gericht abgehalten. Meister Torgal hat die beiden Schwertmeister angeklagt, sie sollen sich für den Tod der Jungen verantworten." Da wurde die Tür zu meinem Zimmer geöffnet, und Hamron und Yinzu sanken auf die Knie. Der Großmeister und Meister Zorralf waren mit Meister Torgal in das Zimmer getreten. Nach einigen kurzen Worten zu den beiden erhoben sich Hamron und Yinzu und verließen das Zimmer. Sogleich machte sich Meister Zorralf daran, mich zu untersuchen. „Na, mein Junge, es sieht so aus, als habest du das Schlimmste überstanden. Es wird noch einige Zeit dauern, aber du wirst deinen Arm wieder bewegen und benutzen können. Auch dein Kopf, der uns am meisten Sorgen gemacht hat, ist wieder gut zusammengewachsen. Du brauchst jetzt noch etwas Ruhe und Pflege." Er ließ den Großmeister an mein Bett. „Dein Lehrer hat mir erzählt, dass du viel dazu beigetragen hast, dass dieser Kampf nicht noch schlimmer ausgegangen ist. Wir sind sehr stolz auf dich. Du hast dich wie ein richtiger Krieger verhalten. Jetzt musst du wieder gesund werden, damit du deine Ausbildung weiterführen kannst. Damit die verletzten Schüler schneller genesen, geht meine Tochter Saarami Meister Zorralf zur Hand. Wenn du etwas brauchst, scheue dich nicht, sie zu rufen." Er lächelte mir aufmunternd zu. Dann verließ er mit Meister Zorralf das Zimmer. Mein Lehrer blieb noch einen Moment lang an meinem Bett stehen. Auch er lächelte. „Du hast dich gut geschlagen, Aran. Jeder Krieger wird in seinem Leben mehr als einmal verletzt. Finde dich damit ab, es gehört dazu."

Kapitel 7: Kalter Tod

Am nächsten Morgen wurde ich sanft von Saarami geweckt. Ich bekam warmen Tee und eine klare Brühe. Obwohl ich großen Hunger hatte, fiel es mir schwer, den Holzlöffel an die Lippen zu heben. Als die Suppe aufgegessen und ich erschöpft war, kam Saarami, um meine Verbände zu erneuern. Es war mir unangenehm, dass sie mich fast nackt zu sehen bekam. Aber es war auch erregend, die Nähe dieser wunderschönen Kriegerin zu spüren, von ihr berührt und umsorgt zu werden. „Warum siehst du mich so seltsam an?" fragte sie mich unvermittelt. Ich fühlte mich ertappt und begann, unsicher zu stottern. „Also ich... äh... hast du... warum versorgst du hier die Verwundeten? Ich habe dich auf der Wintersonnenwendfeier in der Tracht einer Kriegerin gesehen." Sie lachte auf. „Du kleiner Narr, zu einem richtigen Krieger gehört es, dass er auch die Wunden versorgen kann, die er schlägt. Ein wahrer Krieger ist auch ein Heiler." Erstaunt blickte ich zu ihr auf. Sie war inzwischen mit den Verbänden fertig und räumte die alten Binden zusammen. „So, ich muss jetzt weiter. Es warten noch einige andere Jungen darauf, dass ihre Verwundungen gepflegt werden." Mit einem Lächeln verschwand sie aus meinem Zimmer. Ich wollte ihr noch etwas hinterherrufen, aber der Versuch scheiterte am Schmerz, den die Naht an meinem Mund verursachte.

Ein Kichern riss mich aus dem Schlaf. Yinzu und Hamron standen neben meinem Bett und schnitten Grimassen. Ich musste lachen, was ich aber sofort bereute. „Na, stolzer Krieger, liegst du immer noch im Bett und lässt dich pflegen?" Yinzu schüttelte den Kopf. „Ich wollte gerade aufstehen", antwortete ich trotzig und versuchte, meine Beine aus dem Bett zu schwingen, was mir auch ganz gut gelang. Frohen Mutes wollte ich mich hinstellen, da erfasste mich starker Schwindel. Hamron und Yinzu verhinderten, dass ich zu Boden stürzte. Es dauerte einen Moment, bis ich wieder klar sehen konnte. Meine Beine waren schwach, aber ich hatte das starke Verlangen nach frischer Luft. „Draußen ist es schon recht warm, wenn die Sonne scheint", sagte Hamron. Yinzu legte mir trotzdem ein dickes Fell um die Schultern.

Als wir hinauskamen, fiel mein Blick auf eine große Koppel, auf der mehrere Pferde grasten. Sie erstreckte sich über das ganze Gelände, eingerahmt von den Bergen, die so nah waren, dass ich den Kopf in den Nacken legen musste, um den Himmel zu sehen. Steil und mächtig ragten sie empor, unüberwindbare, mit Schnee bedeckte Gipfel, die bis zu den Wolken reichten. Links von uns gab es Stallungen, mehrere kleine Häuser und ein großes Gebäude, in dem ein Versammlungssaal zu sein schien.

Am Gatter angekommen, musste ich mich anlehnen, so sehr hatte mich der kleine Fußmarsch angestrengt. Aber mein Atem hatte sich schon wieder beruhigt, als einige der Pferde neugierig näherkamen, um zu prüfen, ob wir etwas Essbares dabei hatten. Es waren sehr schöne und stolze Tiere. Sie waren übermütig, da sie während des Winters viel im Stall gestanden hatten. Sich gegenseitig neckend, kamen sie bis dicht ans Gatter, und ich wich erschrocken zurück. In einiger Entfernung stand eine grob aus einem Holzstamm gehauene Bank. Yinzu und Hamron schleppten mich dorthin, und ich ließ mich fallen, um zu verschnaufen. Meine Freunde gingen zum Gatter zurück und fütterten die Tiere mit frischem Gras.

Plötzlich hörte ich eine Stimme neben mir: „Es sind sehr junge Tiere, für den Kampf sind sie noch ungeeignet." Meister Torgal setzte sich zu mir und fragte: „Hast du noch immer Angst vor Pferden?" Ich nickte. „Aber bei Feuersturm ist dass anders, nicht wahr?" Wieder nickte ich. „Meister, wie kommt ein Krieger zu seinem Pferd?" „Es gibt der Möglichkeiten drei, einen Kameraden zu finden. Die erste ist, dass du dir ein Tier aussuchst und es dir Untertan machst. Du musst seinen Willen brechen und ihm zeigen, dass du sein Herr bist. Die meisten Menschen nehmen sich so ihre Pferde. Aber auf einen Untertanen wirst du dich nie ganz verlassen können, weil er sich dir nicht freiwillig angeschlossen hat. Die zweite Möglichkeit ist, dass Tier und Mensch sich gegenseitig finden. Mit einem persönlichen Tonar können sich die beiden, die füreinander bestimmt sind, finden." Gebannt lauschte ich seinen Worten und hatte nicht bemerkt, dass Hamron und Yinzu dazugekommen waren und ebenfalls aufmerksam zuhörten. „Meister, was ist ein Tonar?" Ich konnte mir diese Frage nicht verkneifen. Er sah mich einen Augenblick an, so als müsse er überlegen, dann fuhr er fort. „Ein Tonar ist ein Satz aus geheimen Worten, die ein

Schwertmeister seinem Schüler beibringt. Mit diesem Satz im Herzen macht sich der Schüler auf und versucht, sein Pferd zu finden. Jeder Schüler bekommt seinen eigenen Tonar, denn jeder ist anders und braucht deshalb auch ein anderes Pferd." „Meister, Ihr habt uns noch nicht von der dritten Möglichkeit erzählt." Hamron war es, der dazwischenfragte. „Die dritte ist die seltenste. Die alten Meister erzählen, dass es immer dann passiert, wenn die Seele eines großen Kriegers in den Körper eines Tieres hineingeboren wird. In diesem Fall erwählt das Tier den Menschen, unabhängig vom einem Tonar. Dieses Tier würde lieber sterben, als einem anderen Herrn zu dienen. Allerdings ist das äußerst selten."

Gebannt hing ich an des Meisters Lippen, als eine ernste Stimme mich herumfahren ließ. „Das glaube ich nicht! Heute Morgen spielst du noch den Todkranken, und jetzt sitzt du hier draußen und reitest wilde Pferde zu." Saarami kam aus dem Haus auf uns zu. Ich wusste nicht, wie mir geschah, und muss wohl sehr dumm aus der Wäsche geschaut haben, denn die anderen fingen alle an zu lachen. „Wenn du nicht gleich deinen Hintern ins Bett zurückbewegst, werde ich dir noch mehr Knochen im Leib brechen. Ich mache mir Sorgen um deine Genesung, und du treibst dich schon wieder mit deinen Freunden rum. Mach, dass du ins Haus kommst!" Mit Mühe stand ich auf, da war sie auch schon an meiner Seite, hakte mich unter und zerrte mich zurück. „He, Aran, könnte es sein, dass deine Frau dich gleich verprügelt?" Meister Torgal schüttelte sich vor Lachen. Saarami schmunzelte. Im Zimmer half sie mir, mich hinzulegen. Ich fasste allen Mut zusammen und sagte, als sie hinausging: „Wenn wir verheiratet sind, darfst du mich aber so nicht mehr behandeln." Sie drehte sich um und sah mich an. „Dich heirate ich erst, wenn du mich im Schwertkampf besiegt hast."

Bald ging es mir deutlich besser. Meister Zorralf kam nach einigen Tagen und entfernte die Fäden aus meinem Mund und den Verband mit der Schiene an meinem Arm. Der Meister massierte den Arm und verlangte von mir, ihn in verschiedene Richtungen zu drehen. Einige Bewegungen schmerzten. Meister Zorralf rief nach Saarami. „Du achtest darauf, dass Aran jeden Tag seine Übungen macht. Zusätzlich wirst du seine Muskulatur mit dieser Salbe massieren." Sie nickte. Er raffte seine Instrumente zusammen und verließ das Zimmer. Saarami griff nach dem Topf mit der Salbe. Sie roch daran, rümpfte die Nase und tauchte zwei Finger hinein. Sie verrieb die Salbe in ihren Händen und begann dann, meinen Arm damit zu massieren, erst sanft, dann stärker, bis ich unter Schmerzen mein Gesicht verzog. Sie grinste. „Nur nicht weinen, stolzer Krieger." Ich riss mich zusammen, und als sie fertig war, fasste ich sie an der Hand und fragte: „Hast du das ernstgemeint, dass du mich heiratest, wenn ich dich im Schwertkampf besiege? Wann kann ich dich herausfordern?" Herzhaft begann sie zu lachen. „Jederzeit, und ich habe es ernstgemeint, kleiner Narr. Aber eines muss ich dir noch sagen: Es waren schon einige Krieger vor dir da und haben ihr Glück versucht. Wie du sehen kannst, bin ich immer noch nicht verheiratet." So sollte es also sein: Seitdem versuche ich, der beste Schwertkämpfer aller Zeiten zu werden, um Saarami heiraten zu dürfen. Verbissen machte ich mich daran, meinen Arm zu trainieren, und drängte Saarami, mir Schwertübungen zu zeigen. Sie lachte, wollte mir aber nichts zeigen, weil Torgal mein Meister sei und ihr es nicht zustünde, sich dazwischenzudrängen. Dazu müsse Meister Torgal sein Einverständnis geben.

Meine Genesung machte gute Fortschritte, schon wenige Tage später konnte ich wieder ganz normal laufen und meinen Arm bewegen. Ich traf auch die anderen aus unserem Zug wieder. Manche trugen noch immer Verbände. Talwak und Rathart schilderten mir den Kampf in allen Einzelheiten. Wie es schien, waren wir kurz davor gewesen zu verlieren. Nur durch die Ankunft der beiden Schwertmeister wurde verhindert, dass wir alle zu Tode geprügelt wurden. Ich verstand immer noch nicht, wie so etwas unter Brüdern passieren konnte. Alle aus unserem Zug hatten mehr oder weniger schwere Verletzungen davongetragen. Nur einer hatte fast keine Schramme abbekommen: Orphal. Durch seinen Einsatz waren die Jungen, die schon verletzt am Wagen lagen, gerettet worden. „Er hat gekämpft wie ein Bär und uns alle vor dem Tode bewahrt", erklärte Rathart stolz. Meine Idee, die Bögen einzusetzen, hatte verhindert, dass die Überlegenheit der anderen zum Tragen gekommen war. Zwei Jungen waren bei dem Kampf getötet worden: einer aus unserem Zug, der andere war aus der anderen Gruppe. Beide waren gleich mit allen Ehren dem Feuer übergeben worden. Nun bereiteten sich unsere beiden Schwertmeister auf die Anklage vor. Es war das erste Mal, dass ein Bruder des Clans von seinesgleichen angeklagt wurde. Talwak stieß mir leicht den Ellenbogen in die Seite. „Vielleicht dürfen wir dabei sein, wenn sie Gericht über die anderen Meister halten." Ich hatte gar kein Verlangen danach, das mit anzusehen.

Beim Abendessen grüßten mich alle, einige standen sogar auf, um mir Respekt und Ehre zu erweisen. Mir war das alles unangenehm. Ich hatte nicht das Gefühl, etwas Großes getan zu haben. Ich hatte nur versucht, Schaden von uns allen fernzuhalten. Wenn jemandem Ehre gebührte, dann wohl Orphal, er hatte viele gerettet. Das war eines Kriegers würdig. Er saß an einem der langen Tische und winkte mich heran. Neben ihm saßen schon Yinzu und Hamron. Als Talwak sich auch dazusetzen wollte, traf ihn Orphals strenger Blick. Sofort zog er sich mit gesenktem Kopf zurück und setzte sich woanders hin. „Warum hast das getan?" wollte ich von Orphal wissen. „Weil das hier der Tisch der Helden ist. Die anderen haben nur ihre Pflicht getan, wir aber haben Großes geleistet. Deshalb sitzen wir hier unter uns." Ich schüttelte meinen Kopf. „Ich habe auch nur meine Pflicht getan. Jeder hätte es getan, wenn er die Gelegenheit dazu gehabt hätte." Ich nahm meinen Holzteller, sah mich einen Moment lang um und setzte mich dann an einen Tisch, der noch frei war. Es herrschte Schweigen im Raum, alle warteten auf Orphals Reaktion. Yinzu stand als erster auf und setzte sich neben mich, dann folgte Hamron, der noch nicht ganz saß, als Talwak schon zu uns kam. Einen Augenblick später saß Orphal allein an seinem Tisch. Er sah sich um und schluckte, dann stand er auf und kam mit seinem Teller zu uns herüber. Mit leiser Stimme fragte er, ob er sich zu uns setzen dürfe. Wir alle nickten, und als er saß, fühlte ich mich deutlich besser.

Während des Essens kam unsere Ungezwungenheit zurück, es wurde viel gelacht. Als wir fertig waren, begaben wir uns in unsere Unterkunft. Doch wir waren kaum dort angekommen, als wir den Befehl „Heraustreten!" hörten. Mehr oder weniger schnell fanden wir uns vor dem Gebäude ein. Meister Torgal und Meister Wintal nahmen uns mit in den großen Versammlungssaal im Rundhaus. In der Mitte befand sich eine große Feuerstelle, die mit Steinen eingefasst war. Hohe Säulen stützten die Decke. Es war schummrig, roch nach kaltem Rauch und war auf geheimnisvolle Weise unheimlich in dem riesigen Raum. Meister Wintal stellte uns auf und befahl uns, in einen angrenzenden Raum zu treten, wenn wir dazu aufgefordert würden. Er deutete mit dem Finger auf eine kleine Tür, die im Halbdunkel lag. Einen Moment später verließ er uns durch eben jene Tür.

Der Junge, der als erster aufgerufen wurde, sah sich ängstlich um, bevor er uns verließ. Es dauerte eine ganze Weile, dann wurde der nächste aufgerufen. Etwas verwundert machte er sich auf den Weg. Wir hatten den ersten Jungen nicht zurückkommen sehen. So ging es immer weiter. Es kam keiner wieder, aber es wurden alle hineingerufen. Dann hörte ich meinen Namen. Ich gab mir einen Ruck und ging auf die Tür zu. Das Zimmer dahinter war wesentlich kleiner als der Saal, aus dem ich gekommen war. Die beiden Schwertmeister hatten sich auf dem Boden niedergelassen. Sie saßen auf einer reich verzierten Decke. In den Ecken brannten schwach Duftkerzen. Verschiedenes Rauchwerk und Kräuter schwelten in kleinen Tonschalen. Sie verbreiteten einen eigenartigen Geruch. Der Dunst war so schwer, dass ich kaum atmen konnte. Beide Meister sahen angestrengt aus, ihre Lederrüstungen waren von Schweiß durchtränkt und klebten ihnen am Körper. Mit einer Handbewegung gaben sie mir zu verstehen, dass ich mich zwischen sie stellen solle. Meister Torgal begann, mich mit einer Flüssigkeit zu besprengen, während Meister Wintal eine Art Sprechgesang anstimmte. Ich bekam in die eine Hand einen Lederriemen, in die andere ein Büschel Gras. Dann musste ich mich auf den Boden setzen mit dem Gesicht zur Wand, auf der ich im Halbdunkel die schemenhafte Zeichnung eines Pferdes erkennen konnte.

Die beiden Krieger sahen mich an, nur ganz leise hörte ich Meister Torgals Stimme: „Denk an alles, was du schon mit einem Pferd erlebt hast oder was du mit einem Pferd in Verbindung bringst." Dann stimmte er in Meister Wintals Sprechgesang ein. Meister Torgal ergriff den Lederriemen, den ich in der Hand hielt, Meister Wintal das Gras. Plötzlich verschwamm die Zeichnung des Pferdes vor meinen Augen. Ich begann, schwer zu atmen, und eine Art Schwindel erfasste mich. Die Stimmen meiner Meister schienen sich immer weiter von mir zu entfernen. Dann wanderten meine Gedanken in meine Kindheit zurück bis zu jenem Tag, als ich von einem Pony in den Bauch getreten wurde. Angst über kam mich, als die Bilder großer Pferde aus den Ställen unserer Nachbarn oder von Reisenden in meinem Kopf erschienen. Doch da war auf einmal auch das wunderbare Gefühl, das ich hatte, als ich von Feuersturm zum erstenmal beschnuppert und dann getragen wurde, die Freude, als er mit mir und Meister Torgal über die Steppe galoppierte, so schnell, dass ich glaubte zu fliegen. Mir rann der Schweiß aus allen Poren, mein Atem ging stoßweise und in meinen Ohren rauschte es. Ich fühlte mich wie ein Blatt im Wind, das davongetragen wird, bis ich meinte, an einem ganz anderen Ort zu sein. Dann zerriss der Nebelschleier vor meinen Augen, und ich hatte die Vision eines auf mich zu galoppierenden großen Pferdes. Glasklar und sehr deutlich vernahm ich plötzlich die Worte „TAN RIE ZEI".

Ich hörte Meister Torgal meinen Namen rufen. Langsam drehte ich meinen Kopf und sah ihn an. Er sah erschöpft aus, aber er lächelte mir zu. „Nun hast du deinen eigenen Tonar, geh und finde deinen Kameraden. Verlass den Raum durch diese Tür." Er deutete hinter sich. Ich verneigte mich ehrfürchtig vor diesen beiden großen Kriegern und verließ das Zimmer. Es empfing mich die angenehme Kühle des Tages. Ich musste meine Augen schließen, weil mich die Sonne blendete. Tief sog ich die frische Luft in mich hinein. Es tat gut, wieder frei durchzuatmen. Mein Blick fiel auf die Koppel hinter dem Rundhaus. Einige meiner Brüder gingen vorsichtig auf die Pferde zu, die dort grasten. Ich verspürte keine Lust, es ihnen gleichzutun. Ich war müde und beschloss, mich hinzulegen.

In unserer Unterkunft traf ich Saarami, die gerade dabei war, frisches Wasser in unsere Kannen zu füllen. Als sie mich bemerkte, lächelte sie. „Na, kleiner Krieger, hast du dein Tonar bekommen?" Ich nickte und wollte ihr gerade alles erzählen, da legte sie mir einen Finger auf den Mund und sagte, der Tonar sei nur für die Ohren meines Kameraden bestimmt, für niemanden sonst. Ein Schauer durchlief meinen Körper, als ich ihren Finger auf meinen Lippen spürte. Sie wollte ihn gerade wegnehmen, als ich ihn küsste. Etwas verwundert sah sie mich an, so als müsse sie überlegen, ob sie nun böse oder geschmeichelt sein sollte. Das war sehr frech von mir, deshalb fragte ich sie schnell, warum sie so niedere Dienste täte wie Wasserholen. Da lachte sie und antwortete, dass ein Krieger sich nie zu schade sein dürfe – für was auch immer. Mit einem Augenzwinkern ließ sie mich stehen. Mein

Herz raste wie wild, ich taumelte zu meinem Bett und legte mich nieder. Als ich erwachte, war es Nacht geworden. Mein Magen meldete sich, missmutig begriff ich, dass ich das Abendessen verschlafen hatte. Meinen Durst löschte ich mit Saaramis frischem Wasser.

Am anderen Tag erklärten unsere Schwertmeister, wie wir mit unserem Tonar umzugehen hätten. „Es ist unsinnig, gleich auf die Koppel zu laufen, um ihn jedem Pferd, das gerade vorbeikommt, vorzusingen." Einige Jungen schauten verlegen zu Boden. „Ihr müsst euren Tonar sorgfältig üben und ausprobieren. Singt und sprecht ihn so oft, bis ihr ihn tief in euren Eingeweiden fühlt", er deutete mit der Hand auf seinen Bauch. „Wenn euch irgendwann euer Tonar so zu eigen geworden ist, dass ihr ihn fühlt, dann könnt ihr euch aufmachen, euren Kameraden zu suchen. Nicht eher." Wie lange so etwas dauerte, wollte ein Junge wissen. „Das ist unterschiedlich", fuhr der Meister fort, „bei einigen dauert es Tage, bei anderen Wochen oder sogar Monate. Einige erleben es nie. Aber, was sehr wichtig ist, wenn es soweit ist, dürft ihr drei oder vier Tage keine Nahrung zu euch nehmen. Durch das Fasten reinigt ihr euren Körper und schärft euren Geist. Das lässt euren Tonar besser in euch schwingen, und euer Kamerad kann ihn besser wahrnehmen." Mir wurde klar, dass ich nie einen Kameraden finden würde. Drei Tage fasten würde ich nicht durchhalten! Ich hatte ja schon Schwierigkeiten, nur ein Abendessen ausfallen zu lassen. Meister Wintal klatschte zweimal in die Hände. „Wir haben den Plan für eure Ausbildung etwas geändert. Da wir noch einige Zeit hier verbringen werden, teilen wir den Tag auf: Nach dem Frühstück werdet ihr Kampftraining mit und ohne Stöcke haben. Dann, nach dem Mittag, wird mit dem Bogen geübt. Am Ende des Tages bekommt ihr Reitunterricht. Legt euch aber nicht allzu fest auf das, was ich gesagt habe. Ein Krieger muss sich schnell auf Veränderungen einstellen können. Also seid auf der Hut."

Für den Rest des Tages hatten wir keine Aufgaben mehr bekommen. Ich ging mit Yinzu und Hamron zu den Koppeln. Wir waren nicht die einzigen dort. Trotz der Empfehlung des Meisters versuchten einige Jungen, ihren Tonar den Pferden vorzusingen. Wieder setzten wir uns auf die grobe Holzbank und schauten dem Treiben entspannt zu. Hamron sah mich an: „Stimmt es, Aran, dass du Angst vor Pferden hast?" Angestrengt dachte ich nach und erwiderte: „Ich würde es nicht als Angst bezeichnen, eher als Respekt vor großen Tieren." Hamron lachte. „Es muss dir nicht unangenehm sein, Aran. Ich musste selbst erst lernen, mich ihnen ohne Furcht zu nähern. Es ist ganz leicht, du musst ihnen nur ganz tief in die Augen schauen und darfst ihnen nicht zeigen, dass du Angst hast. Dann nimmst du das Pferd an den Zügeln und besteigst es." Ich schüttelte mich: ihm tief in die Augen schauen! Ich war doch kein Riese, und ein Pony wollte ich nicht. Gerade, als ich mich mit dem Gedanken anfreundete, niemals einem Pferd tief in die Augen sehen zu können, kam ein junger Hengst ans Gatter getrabt. „Los, Aran, das ist die Gelegenheit." Hamron war ganz außer sich, er zog mich am Arm von der Bank hoch und gegen meinen Widerstand in Richtung Gatter. Der junge Hengst war nun neugierig geworden, er kam langsam auf uns zu. Hamron schob mich durch das Gatter auf die Koppel, und mich erfasste Ehrgeiz. Was hatte ich schon zu verlieren, außer meinem Gesicht und meiner gerade zurückgewonnenen Gesundheit? Ich machte einen Schritt auf den Hengst zu, der inzwischen stehengeblieben war. Als ich seinen Blick suchte, hob er den Kopf und sah auf mich herunter. Er schüttelte seine Mähne und wieherte. Dann scharrte er ein wenig mit dem Vorderhuf. Ich hätte auf die warnende Stimme in meinem Kopf hören sollen, doch ich machte gegen alle Vernunft noch einen weiteren Schritt auf das Pferd zu. Der Hengst stieg auf die Hinterhand und schlug mit den Vorderläufen. Einer der Tritte traf mich an der Schulter und warf mich zu Boden.

Hamron sprang nach vorn und verscheuchte das aufgebrachte Tier mit wilden Armbewegungen. Unter dem schallenden Gelächter der anwesenden Zuschauer half er mir aufzustehen. Er musste mich stützen. Der Schmerz in meiner Seele war größer, als der in meiner Schulter. Ich hatte es gewusst und war trotzdem so dumm gewesen, nicht auf meine innere Stimme zu hören. Ich schwor mir, nie wieder gegen diese Stimme in meinem Kopf zu handeln.

Yinzu musste sich sehr zusammenreißen, als ich mich auf die Bank fallen ließ. Böse schaute ich ihn an. Er versuchte, meinem Blick auszuweichen, konnte sich aber nicht mehr beherrschen. Es platzte aus ihm heraus. Ich glaubte es nicht: Mein bester Freund lachte mich aus! Ich war beleidigt. Dabei muss ich wohl ziemlich dämlich ausgesehen haben, denn alle lachten nur noch lauter. Jetzt konnte ich auch nicht mehr ernst bleiben. Erst schmunzelte ich, dann fing auch ich an zu lachen.

Noch bevor die Sonne am nächsten Morgen über den Bergen erschien, war der Himmel von einem strahlenden Blau erfüllt. Als ich vor allen anderen nach draußen ging, begannen gerade die ersten Vögel, den neuen Tag zu begrüßen. Ich schaute zur Koppel und musste wieder lachen. Meister Wintal kam um die Ecke, um uns zu wecken. Er sah mich einen Moment lang an, dann nickte er mir zu und verschwand im Haus. Unser Training an diesem Tag bestand hauptsächlich aus Wiederholungen. Da viele der Jungen noch unter den Nachwirkungen des Kampfes zu leiden hatten, begannen wir mit leichten Übungen. Unsere Lehrer achteten darauf, dass wir sehr technisch übten, um der Angst vorzubeugen, die nach einer schweren Niederlage entstehen kann. Beim Bogenschießen versuchten wir, erst einmal das Ziel zu treffen. Wenn wir einigermaßen sicher waren, entfernten wir uns immer weiter davon.

Nachmittags gingen wir zu den Stallungen. Der Stallmeister war ein älterer kleiner Krieger. Seine großen Hände waren mit Schwielen übersät. Er hatte viele Narben, und ein Auge war durch eine Binde verdeckt. „Ich bin Garbgeint, der Stallmeister des Clans. Von mir werdet ihr alles über Pferde lernen, was ihr braucht, um euren Gefährten zu finden und ihn zu versorgen." Er sah mich mit seinem einen Auge von unter her an. „Na, junger Krieger, wohl schon schlechte Erfahrungen mit Pferden gemacht, wie?" Ich nickte und hörte hinter mir Yinzu und Hamron kichern. Der Alte ließ sich nicht beirren und führte uns im Stall zu einer Wand, an der die verschiedensten Ausrüstungsgegenstände für Reiter hingen. „Es gibt verschiedene Arten, ein Pferd zu reiten. Für Anfänger ist es besser, wenn ihr mit Sattel und Zaumzeug reitet. Wenn ihr dann sicherer auf dem Rücken der Pferde seid, könnt ihr nach und nach alles weglassen. Geschickte Krieger lenken ihre Kameraden in der Schlacht nur mit Schenkeldruck. Das Pferd reagiert dann auf Zuruf und auf den Druck, den ihr mit euren Beinen ausübt. Das setzt aber ein sehr feines Gespür für euer Pferd voraus." Bei diesen Worten hatte er ein Pferd aus seinem Verschlag geholt. Er sattelte es und führte es hinaus. Wir sollten das richtige Aufsitzen üben. Das war mit Sattel nicht besonders schwierig. Danach versuchen wir, uns ohne Sattel auf das Pferd zu schwingen. Es sah bei den meisten ganz leicht aus: Zwei, drei Schritt Anlauf, ein kleiner Sprung und schon saß einer nach dem anderen auf dem Rücken des geduldig warteten Pferdes. Mein erster Versuch scheiterte kläglich. Ich hatte viel zu viel Schwung und fiel auf der anderen Seite des Pferdes wieder hinunter, was mir tosenden Beifall der anderen Jungen einbrachte. Der nächste Versuch ohne Anlauf scheiterte an der Höhe des Tieres. Ich rutschte langsam am Bauch des Pferdes hinunter, obwohl ich mich angestrengt festhielt. Auf dem Boden liegend hörte ich das schallende Gelächter der Anwesenden. Beim dritten Versuch hatte das Tier genug und sprang in dem Augenblick zur Seite, in dem ich versuchte, seinen Rücken zu erklimmen. Auch dieser Versuch endete auf dem Boden. Meine angebliche Freunde lagen jetzt auf dem Boden und hielten sich die Bäuche vor Lachen. Der alte Stallmeister schüttelte den Kopf. „So etwas habe ich ja schon lange nicht mehr erlebt. Jungchen, Jungchen, da wirst du aber noch lange üben müssen." Er winkte zwei Gehilfen heran, denen er befahl, einige ältere Pferde zu bringen.

Immer zu zweit sollten wir das Aufsteigen üben. Wenn die eine Gruppe auf dem Pferd saß, musste sie Meister Garbgeint folgen. Es ging zuerst im Schritt auf der Koppel im Kreis, dann im Trab und zum Schluss im Galopp. Yinzu und ich teilten uns ein Pferd. Meister Garbgeint versicherte mir, er habe das gutmütigste Tier für uns ausgesucht. Ich ließ Yinzu den Vortritt. Nachdem er oben saß, ging das Pferd ruhig und gehorsam den ihm befohlenen Weg. Mit einem Lächeln auf dem Gesicht stieg Yinzu vom Pferd und überreichte mir die Zügel. Nach einigen Versuchen gelang es mir aufzusitzen, der erste Schritt war geschafft. Wie aber sollte ich losreiten? Ich gab mir alle Mühe, mich an die Kommandos zu erinnern, die ich von Reitern schon gehört hatte. Das Tier aber bewegte sich nicht einen Schritt. Nur seine Ohren drehten sich mehrmals nach hinten. Yinzu wimmerte nur noch, er schien zu erschöpft zu sein, um weiter laut lachen zu können. Der Meister aber hatte irgendwann genug davon, im Vorbeigehen schlug er dem Tier mit der flachen Hand auf den Hinterlauf. Statt sich langsam in Bewegung zu setzen, stieg das Tier auf und raste mit mir davon. Verzweifelt hielt ich mich am Sattelknauf fest. Doch als das Biest meine Furcht bemerkte, begann es auszukeilen und zu bocken. Plötzlich fühlte ich mich ganz leicht und sah noch die Erde rasend schnell auf mich zu kommen. Dann wurde es dunkel um mich herum.

Mein Blick fiel auf des Meisters ernstes Gesicht, als ich meine Augen öffnete. Nachdem der Stallmeister mich auf die Beine gestellt und sich vergewissert hatte, dass ich nicht verletzt war, fragte er mich, ob ich sicher sei, dass ich reiten lernen wolle. Ich schüttelte den Kopf. „Na, wir wollen mal sehen, wie du dich morgen anstellst. Vielleicht hast du heute nur einen schlechten Tag gehabt." Das war nicht der Fall, alle folgenden Tage waren schlecht. Ich wurde beim Kämpfen mit und ohne Stock immer besser. Auch das Bogenschießen gelang mir gut. Ich verstand es auch, ein sich bewegendes Ziel sicher zu treffen. Aber das Reiten war und blieb für mich der pure Schrecken. Ich fiel nicht nur ständig vom Pferd, die Tiere ließen mich nach einiger Zeit gar nicht mehr aufsitzen. Meine Lehrer und der Stallmeister waren mit ihrer Weisheit am Ende. „Er kann immer noch zu Fuß in die Schlacht gehen, viele gute Krieger kämpfen nicht vom Pferd aus", sagte Meister Torgal, nachdem er mich beobachtet hatte. Meister Wintal wehrte energisch ab. „Soll er denn eine Woche vor den anderen losziehen, um rechtzeitig da zu sein? Oder soll er mit dem Küchenwagen mitziehen? Wir müssen uns etwas einfallen lassen." Meister Garbgeint überlegte einen Moment, dann sagte er: „Es liegt daran, dass der Junge Angst vor Pferden hat, die Tiere spüren das. Wir müssen versuchen, ihm die Angst zu nehmen." Er rief mich zu sich und ging mit mir zu den Ställen. Väterlich legte er mir den Arm um die Schultern. Dabei musste er sich ganz gerade machen, denn ich war ein gutes Stück größer als er. „Jungchen, ich will noch einmal versuchen, dich mit den Pferden zu versöhnen, damit du deine Angst besiegen kannst. Wir haben hier ein Pferd, auf dem kein Krieger reiten will - nicht, weil es nicht gut oder gesund ist, es ist eher zu träge und zu faul, also genau das richtige für dich. Du brauchst ihn nicht zu reiten und auch nicht aufzusitzen. Du sollst nur in seiner Nähe sein, dich an ihn gewöhnen und deine Angst ablegen." Gehorsam folgte ich Meister Garbgeint in den hinteren Teil des Stalls. Er stellte mich an einen dicken Holzpfeiler, der die Decke stütze. Dann rief er einen seiner Stallburschen. „Wir versuchen es mal mit Kalter Tod. Mach einfach nur das Gatter auf." Dann gab er mir den Rat: „Lass ihn einfach auf dich zukommen. Wenn du ihn berühren willst, nähere dich ihm nur von vorn und sieh ihm nicht in die Augen. Er ist im Grunde genommen ein gutmütiges Tier." Mit diesen Worten ließ er mich allein.

Ich hörte, wie ein Gatter geöffnet wurde. Der Stalljunge kam nicht wieder. Dann war es still. Nichts geschah. Ich hatte schon den Verdacht, dass alles nur ein Scherz war, als sich im Halbdunkel etwas bewegte. Ein tiefes Schnauben ließ mich heftig zusammenzucken und panisch zurückweichen, bis der Pfeiler mich stoppte. Jetzt erinnerte ich mich wieder an den Namen, den Meister Garbgeint genannt hatte: „Kalter Tod". Das konnte ja nur ein Monster sein! Ich fing an zu zittern. Die Stimme in meinem Kopf hämmerte mir ein: Du darfst keine Angst zeigen, lass ihn nicht merken, dass du Angst hast! Der Boden erbebte unter einem schweren Stampfen. Langsam schob sich ein riesiger Schatten aus dem hinteren Teil des Stalls. Was dann in mein Blickfeld trat, verschlug mir den Atem: ein Pferd, so riesig wie ich noch keines vorher gesehen hatte. Es übertraf an Masse und Höhe selbst Feuersturm. Seine lange Mähne hing rechts und links weit an seinem Hals herunter. Der Kopf war viel breiter und gewaltiger als bei jedem anderen Pferd. An seinen Knöcheln über den Hufen wuchs langes Fell bis fast zum Boden, die Hinterläufe waren mit Lederriemen gebunden. Sie ließen ihm gerade so viel Spielraum, dass er langsam gehen konnte. Er blieb stehen und musterte mich, ich spürte, wie sein Blick auf mir ruhte. Aus lauter Verzweiflung begann ich, meinen Tonar zu singen, verstummte aber sofort wieder, als er laut schnaubte und heftig den Kopf schüttelte. Meine Kehle war wie zugeschnürt. Ich wollte diesem Blick standhalten, aber er schaute mir direkt in den Kopf. Ängstlich heftete ich meinen Blick auf den Boden. Er machte noch einige Schritte auf mich zu. Dann spürte ich seine gewaltigen Nüstern, die mich von oben bis unten beschnupperten.

Dann plötzlich ein leichtes, fast zärtliches Stupsen! Vorsichtig und sehr langsam hob ich meine Hand und streichelte seinen Hals. Offensichtlich gefiel es ihm. Er begann, seinen Kopf an mir zu reiben. Verkrampft stand ich noch immer am Pfeiler. Kurz nachdem ich meine Hand zurückgezogen hatte, gab er mir wieder einen Stupser mit seinem Kopf. Allerdings fiel der so gewaltig aus, dass es mich von den Beinen fegte. Da saß ich nun auf meinem Hintern. Das, was sich ein Pferd nannte, hatte mich mit einer leichten Bewegung seines Kopfes zu Boden geschickt. Ich musste lachen. Kalter Tod ging um mich herum. Dabei beobachtete er mich genau. Ich spürte seinen Blick ununterbrochen auf mir. Als er mich mehrmals umrundet hatte, drehte er mir sein gewaltiges Hinterteil zu. Die Lederriemen behinderten ihn. Er scharrte unruhig mit den Läufen. Unsicher begann ich, die Fesseln zu lösen. Er musste sie schon eine Weile getragen haben, denn sie saßen sehr fest und waren ins Fell eingewachsen. Ich musste einiges an Kraft und Geschicklichkeit aufbieten, um die alten Knoten zu lösen. Doch dann gelang es mir schließlich. Er wieherte laut auf, und ich bekam Angst, vielleicht einen Fehler gemacht zu haben.

Langsam erhob ich mich. Es folgte ein langer, durchdringender Blick von ihm, dem ich wieder nicht standhalten konnte. Vor Angst fing ich an zu zittern. Kalter Tod knabberte an meinen Haaren. Das beruhigte mich. Ich tätschelte seinen Rücken und stellte fest, dass er zwei Handbreit größer war als ich. Damit war er um einiges größer als jedes Pferd, was ich je gesehen hatte. Er drehte den Kopf und hob die Oberlippe. Das verstand ich als Aufforderung, mich auf seinen Rücken zu setzen. Nach vielen vergeblichen Versuchen, gelang es mir auch. Er hatte sich nicht bewegt. Schwankten andere Pferde leicht bei meinem Gewicht, so bewegte er sich nicht einen Fingerbreit. Als ich endlich oben war, musste ich meine Beine so weit spreizten, dass es schon fast unangenehm war. Ein normaler Sattel würde auf dieses Pferd nie und nimmer passen. Ich überlegte noch, dass sein Rücken bequem für mehrere Reiter Platz bieten würde, als sich Kalter Tod gemächlich in Bewegung setzte. Er schritt langsam Richtung Stalltor. Mir fiel ein, dass ich ja gar nicht aufsitzen sollte. Aus Angst, etwas Falsches getan zu haben, rief ich: „Halt." Ich hatte das Wort noch nicht ganz ausgesprochen, als Kalter Tod auch schon stand. Etwas erstaunt glaubte ich an einen Zufall, also sagte ich leise: „Geh." Genauso gemächlich wie zuvor setzte er sich wieder in Bewegung. Als wir zum Tor kamen, musste ich den Kopf einziehen, um nicht an den obersten Balken zu stoßen. Das Licht der untergehenden Sonne blendete mich, als wir nach draußen kamen. Der Stall stand auf einer kleinen Anhöhe oberhalb der Koppel. Ich kam mir vor wie ein großer Feldherr, der von seiner Anhöhe das Schlachtfeld überblickt. Leise kicherte ich vor mich hin, als das mächtige Tier erhaben den Weg hinunterschritt. Ich fühlte mich großartig.

Meister Torgal stieß Meister Wintal in die Seite, als wir auf sie zukamen. Die Jungen, die in der Nähe auf ihren doch recht kleinen Pferden saßen, staunten nicht schlecht. Ich wollte zu meinen Lehrern, um ihnen von diesem einmaligen Erlebnis zu berichten. Ich drehte meinen Kopf und lehnte mich etwas nach links, da änderte Kalter Tod auch schon die Richtung. Ohne auch nur ein Wort von mir hielt er vor den beiden Schwertmeistern. Gerade wollte ich etwas zu den beiden sagen, da kamen einige der anderen Tiere neugierig näher. Als aber Kalter Tod laut schnaubte und mit einem Vorderhuf aufstampfte, erstarrten sie in der Bewegung. Vorsichtig und sehr langsam machten sie einige Schritte rückwärts. Meister Wintal und Torgal tauschten einen schnellen Blick, dann fragte mich Meister Torgal: „Hast du deinen Tonar gesungen?" Ich schüttelte den Kopf. „Er wollte es nicht", antwortete ich und deutete auf das mächtige Tier unter mir. Vorsichtig schob Meister Garbgeint meine Lehrer beiseite und sah zu mir herauf: „Sehr gut, Aran, aber es war unüberlegt, ihm die Fesseln zu lösen. Er hätte dich leicht töten können." Ich schüttelte den Kopf: „Er wollte es so, ich spüre, er wird mir nichts tun." Der Stallmeister nickte bedächtig. „Nun, jetzt zeig uns, ob du ihn auch auf der Koppel reiten kannst." Er hatte leise gesprochen, fast sanft klang seine Stimme. Ich wendete mein Pferd mit einem kleinen Druck meines linken Knies.

Die erste Strecke schritten wir langsam. Als wir uns dem Ende der Koppel näherten, ging Kalter Tod in den Trab über. Ohne mein Zutun begann er dann zu galoppieren. Mächtig schwer donnerten seine Hufe auf den Boden und ließen das Gras erzittern. Ich spürte, wie das Tier die wiedergewonnene Freiheit begrüßte, als könne er es nicht fassen, dass die Fesseln von ihm abgefallen waren. Schneller und immer schneller galoppierte er über die Koppel. Ohne dass ich etwas tat, wendete er und raste wieder zurück. Je näher wir den Wartenden kamen, desto gemächlicher schritt Kalter Tod auf sie zu. In angemessener Entfernung blieb er ganz stehen und hob seinen Kopf. Ein lautes Wiehern ließ die anderen Pferde nervös hin und her tänzeln. Ich musste mich flach auf seinen Rücken legen, als ich hinunterrutschen wollte. Ich stellte mich neben ihn, und Kalter Tod rieb seinen Kopf an meiner Schulter. Dabei hatte ich Mühe mein Gleichgewicht zu halten.

Alle drei Meister standen beieinander. Meister Garbgeint gab einem Stallburschen ein Zeichen, dass er Kalter Tod in den Stall zurückbringen solle. Doch mein Pferd bewegte sich nicht von der Stelle. Nach einigen Versuchen gab der Junge auf. Meister Garbgeint sah mich besorgt an, so als erhoffe er sich von mir Unterstützung. Ich streichelte Kalter Tods Nase und flüsterte ihm zu, er möge doch bitte in den Stall zurückgehen. Kaum hatte ich das ausgesprochen, schritt das gewaltige Tier in Richtung Stall davon. Einen Moment lang herrschte Stille, dann nahmen mich die drei Meister in die Mitte und gingen mit mir die Koppel hinauf. „Weißt du eigentlich, was da eben passiert ist?" fragte mich Meister Garbgeint. Ich schüttelte den Kopf. „Du bist von einem Gefährten erwählt worden. So etwas kommt äußert selten vor. Und bei diesem Tier hätte ich das nie erwartet." „Wie hat er seinen Namen bekommen?" fragte ich unvermittelt Meister Garbgeint. „Solche Pferde werden von den Bauern dazu benutzt, die schweren Pflüge zu ziehen. Sie sind recht behäbig und langsam. Aber sie haben auch enorme Kräfte und sind sehr ausdauernd. Im Gegensatz zu den anderen Pferden ist ihr Blut eher kalt. Dein Gefährte sollte bei einem Bauern das Feld bestellen, aber nachdem er den Pflug, einen Zaun und Teile des Stalls zerstört hatte, ist er zu uns gebracht worden. Bei dem Versuch, ihn zuzureiten, hat er einen meiner Gehilfen umgebracht und drei weitere schwer verletzt. Deshalb gaben wir ihm den Namen ‚Kalter Tod'. Deshalb trug er auch die Fußfesseln. Nur weil ich spürte, dass die Seele eines großen Kriegers in ihm wohnt, haben wir ihn nicht getötet." Das war ein Schock: Mein Gefährte hatte einen Menschen getötet! Mich beschlich ein mulmiges Gefühl. Meister Torgal legte mir väterlich seine Hand auf die Schulter. „Die Seele eines großen Kriegers schlägt in der Brust deines Pferdes. Keinem, den ich kennengelernt habe, wurde eine so große Ehre zuteil. Aber du hast auch eine sehr große Verantwortung", fuhr er weiter fort, „du musst jetzt immer für ihn da sein, eure Leben sind nun untrennbar miteinander verbunden. Wenn du deiner Aufgabe gewissenhaft nachkommst, wird er für dich sein Leben opfern."

Langsam gingen wir zurück. Die anderen Jungen waren inzwischen damit beschäftigt, die Pferde abzusatteln und zu striegeln. Meister Wintal sah mich ernst an. „Hast du verstanden, was Meister Torgal dir eben gesagt hat?" Ich nickte. „Was machst du dann noch hier? Glaubst du, dein Gefährte striegelt sich allein und füttert sich dann?" Erschrocken machte ich mich auf den Weg zum Stall. Kalter Tod stand hinten in der letzten Box. Er hatte diesen Teil des Stalls für sich allein, da die Stallburschen keine anderen Pferde in seine Nähe stellen wollten. Er wartete schon auf mich. Er warf seinen mächtigen Kopf auf und ab, und ich verstand die freudige Begrüßung. Etwas unsicher nahm ich eine Handvoll Stroh und begann, ihn damit abzureiben. Hatte ich mich vorhin noch gefreut, ein so großes Tier zum Gefährten zu haben, so musste ich nun eingestehen, dass es sehr viel Pferd war, was es zu versorgen galt.

Plötzlich richteten sich die Ohren von Kalter Tod auf. Ich wusste sofort, dass jemand den Stall betreten hatte. Es dauerte nicht lang, da schob sich vorsichtig Meister Garbgeints Kopf in die Box. Er hatte einige Rüben in der Hand, die er dem Tier hinhielt. Kalter Tod beschnupperte die Rüben kurz und fraß sie dann genussvoll auf. Währenddessen erklärte mir der Meister, was ich bei der Pflege meines Gefährten zu beachten hatte. Als ich fertig war, verabschiedete ich mich von Kalter Tod und folgte dem Stallmeister nach draußen. Die Dämmerung tauchte die Koppel und die Berge in ein eigenartiges Zwielicht. Wir blieben einen Augenblick lang stehen und beobachteten schweigend das eindrucksvolle Spiel von schwindendem Licht und dunklen Schatten. „Gib Acht auf dieses wertvolle Geschenk, das dir die Götter gemacht haben. Es wird nur einem unter Tausenden gewährt. Wenn du Fragen hast, komm zu mir. Alles, was mit Pferden zu tun hat, kann ich dir beibringen." Ich nickte und verabschiedete mich ehrfürchtig von Meister Garbgeint.

Beim Abendessen verstummte jedes Gespräch, als ich den Raum betrat. Wortlos setzte ich mich zu Yinzu und Hamron, die mit Orphal und einigen anderen an einem Tisch saßen. „Darf ich den großen Auserwählten noch ansprechen, oder muss ich mich demütig in den Staub werfen?" Yinzu hatte die Hände zum Gruß gehoben und machte eine unterwürfige Kopfbewegung. Ich musste lachen, und die anderen Stimmten ein. Dann erhob sich Orphal. Mit ernstem Gesicht hob er seinen Becher. „Heil, Aran, Ehre und Achtung zollen wir dir. Heil, Aran, Heil!" Jetzt standen auch die anderen auf, hoben ihre Becher und stimmten ein. Meine Kehle war wie zugeschnürt.

Tränen der Rührung stiegen mir in die Augen. Mir war der Appetit vergangen. Auf dem Weg zu unserer Unterkunft schlug mir Hamron auf die Schulter und weissagte uns große Heldentaten. Der Gedanke gefiel mir: wir alle in glänzender Rüstung siegreich auf dem Schlachtfeld. Vergessen war der Schrecken des letzten Kampfes, verdrängt die Ahnung, dass auf den Feldern der Entscheidung alles noch schlimmer sein würde. Dieser Abend gehörte uns. Wir waren überzeugt davon, dass nichts und niemand uns aufhalten könne.

Eine Hand rüttelte mich aus dem Schlaf. Meister Garbgeint sah mich an und grinste. „Na, junger Krieger, noch gar nicht auf den Beinen?" Verschlafen sah ich durch das Fenster. „Meister, es ist noch finsterste Nacht, wir werden nicht vor dem Morgengrauen geweckt." Jetzt lachte er laut auf. „Ja, das mag für alle anderen zutreffen. Aber ein Krieger, der ein Pferd sein eigen nennt, muss vor Sonnenaufgang seinen Kameraden versorgt haben. Dann kann er die Aufgaben erledigen, die den Tag über auf ihn warten." Rasch kleidete ich mich an. Als ich ihm in den Stall folgte, wurde mir erst die Bedeutung seiner Worte klar. „Meister, heißt das, dass ich nachher genauso weiterüben muss, wie bisher?" Wieder lachte er. „Du bist ja ein ganz schneller Junge, ich habe schon geglaubt, du würdest es überhaupt nicht merken." Kalter Tods Begrüßung fiel sehr herzlich aus. Meister Garbgeint hatte mir erklärt, das ich zuerst seinen Stall säubern müsse. Mit einer großen Holzgabel schob ich das alte Stroh beiseite und brachte neues. Nachdem alles verteilt war, führte ich das Tier nach draußen zur Tränke. Ich war erstaunt, welche Wassermaßen er saufen konnte. Der Stallmeister hatte mir inzwischen das Futter für Kalter Tod nach draußen gebracht. Es bestand aus Küchenabfällen und Rüben, die mit Getreide vermischt waren. Als er mit dem Fressen fertig war, wollte ich ihn zurück in den Stall bringen. Aber Kalter Tod weigerte sich. Unsicher sah ich mich nach Meister Garbgeint um. Noch einmal versuchte ich, mein Pferd dazu zu bewegen, mir zu folgen, aber Kalter Tod drehte sich weg. Ohne mich eines Blickes zu würdigen, ging er gemächlich in Richtung Koppel. Schnell rannte ich zum Stallmeister, denn ich war mir nicht sicher, ob das in Ordnung war. Meister Garbgeint runzelte seine Stirn: „Normalerweise lassen wir ihn nicht mit den anderen Tieren zusammen. Ich hoffe nur, dass sich sein Verhalten jetzt ein wenig geändert hat. Lauf ihm hinterher und sieh zu, dass er keine anderen Pferde angreift."

Ich tat, wie mir geheißen, und lief in die Morgendämmerung hinein. Neugierig kamen einige der anderen Pferde näher. Sie waren die Nacht über auf der Koppel geblieben. Kalter Tod blieb stehen und wartete, bis die anderen dichter herankamen. Dann richtete er sich zu voller Größe auf und ließ ein lautes und kräftiges Wiehern hören. Das rief nun auch die letzten Tiere zusammen. Der kräftigste Hengst ließ die anderen hinter sich und ging auf Kalter Tod zu. Ich verfolgte mit Spannung, was nun geschehen würde. Doch dann erinnerte ich mich an des Meisters Worte und ging auf die Pferde zu. Mir zitterten die Knie, und ich begann zu schwitzen. Es fiel mir schon schwer, mich ohne Angst einem Pferd zu nähern, aber einer ganzen Herde, das war zu viel für mich. Je näher ich den Tieren kam, desto langsamer wurden meine Schritte. Mir war, als könne ich die Spannung in der Luft spüren. Wenn es zum Kampf käme, wäre der Sieger der Leithengst. Die anderen Pferde standen abseits und schauten dem Treiben der beiden großen Hengste zu. Auch ich war stehengeblieben und beschloss, dass es besser sei, wenn die Tiere das unter sich ausmachten. Kalter Tod und der Leithengst umkreisten sich. Ihre Blicke fixierten den jeweils anderen. Plötzlich, wie auf ein geheimes Kommando, stiegen beide und begannen, mit den Vorderhufen aufeinander einzutreten. Nach den ersten Treffern verbissen sie sich in ihren Hälsen. Immer wieder stiegen sie auf ihre Hinterläufe und traten zu. Beide Pferde bluteten, aber es war kein Ende abzusehen. Ich befürchtete, dass sie sich töten würden, aber ich war nicht fähig, mich zu bewegen.

Dann hörte ich laute Stimmen. Meister Torgal und Meister Garbgeint kamen, wild mit den Armen fuchtelnd, zur Koppel gerannt. Ich wunderte mich noch, dass Meister Torgal so aufgeregt war, als ein schrecklicher Verdacht Gewissheit wurde. Ahnungsvoll musterte ich die noch immer heftig miteinander kämpfenden Pferde und erkannte erst jetzt: Der andere Hengst war Feuersturm! Da waren auch schon die Meister an mir vorbeigestürmt zwischen die aufgebrachten Tiere, die kurz voneinander abließen. Das reichte den beiden Meistern, sie zu trennen. Mit lautem Geschrei und wilden Armbewegungen trieben sie die Tiere auseinander. Meister Torgal versuchte, Feuersturm zu beruhigen. Er blutete stark aus mehreren Wunden an Hals und Brust. Meister Garbgeint drängte Kalter Tod weiter ab, der Feuersturm immer wieder angreifen wollte. Der Stallmeister winkte, und endlich löste sich meine Starre, und ich rannte so schnell ich nur konnte zu Kalter Tod. Wild und entschlossen blickte der Hengst zu mir herunter. Ich dachte, er würde mich zertrampeln. Stattdessen hielt er inne, entspannte sich merklich und ließ mich noch näher an sich heran. Ich streichelte ihn und sprach beruhigend auf ihn ein. Auch er hatte Verletzungen davongetragen. Obwohl er stark blutete, ging Kalter Tod hoch erhobenen Hauptes mit mir zurück in den Stall.

Ich brachte ich ihn in seinen Verschlag und besah mir die Wunden. Zuerst musste ich die Blutungen stillen. Angestrengt versuchte ich, mir ins Gedächtnis zurückzurufen, was ich bei Meister Zorralf gesehen hatte, als er Orphals Wunden versorgte. Einen Stalljungen, der gerade vorbei ging, schrie ich an, er solle mir Leinen bringen. Er zögerte kurz, machte sich dann aber auf den Weg. Kalter Tod begann, schwer zu atmen, die Wunden bluteten immer noch sehr stark. Das Stroh, auf dem er stand war schon ganz durchtränkt. Der Stalljunge kam mit dem Leinen und Meister Garbgeint zurück. Der warf einen Blick auf die Verletzungen und verschwand. Einen Augenblick später erschien er mit einem Beutel voller Instrumente. Wie Meister Zorralf damals bei Orphal, nähte er Kalter Tods klaffende Wunden zusammen. Der Kampf hatte das Tier sehr geschwächt. Jetzt hielt es ihn nicht mehr auf den Beinen. Der Boden zitterte, als er sich fallen ließ. Es dauerte einige Zeit, bis Meister Garbgeint fertig war. Er sah mich ernst an und sagte: „Du musst zu den Göttern beten. Dein Gefährte hat viel Blut verloren und ist sehr schwach. Es ist besser, wenn du die Nacht über bei ihm bleibst. Sollte sich sein Zustand verschlechtern, ruf mich." Ich sah ihm noch einen Augenblick lang nach, dann fegte ich das blutige Stroh beiseite und brachte neues. Als ich fertig war, setzte ich mich erschöpft ins Stroh und streichelte Kalter Tods Kopf. Es gelang mir nicht, den schweren Kopf anzuheben. Von unten sah er mich an. Es schien mir, als lächelte er. „Du dummes Pferd, was hast du nur getan? Musste das denn sein?" Das leichte Schnauben klang wie ein „Ja". Während ich seinen Kopf streichelte, bemerkte ich, dass wir nicht allein waren, jemand stand hinter mir und beobachtete mich. Gerade wollte ich mich umdrehen, als ich Meister Torgals Stimme vernahm: „Du kannst ruhig sitzen bleiben, es ist alles in Ordnung." Ich erhob mich trotzdem. „Meister, das habe ich nicht gewollt." Tränen der Verzweiflung liefen mir über das Gesicht. „Ich konnte nicht wissen, dass die beiden sich bekämpfen würden, bitte verzeiht mir." Er fasste mich an den Schultern. „Es ist, wie ich gesagt habe, nicht so schlimm. Ich mache dir keinen Vorwurf. Wir wollen nur hoffen, dass die beiden schnell wieder auf die Beine kommen." Mit dem Ärmel wischte ich mir die Tränen aus dem Gesicht. „Ist Feuersturm auch so schwer getroffen wie Kalter Tod?" Ich war auf die Knie gesunken und streichelte wieder den Kopf des großen Pferdes, das jetzt so hilflos vor mir auf dem Boden lag. „Die beiden haben sich nichts geschenkt." Meister

Torgal sah sich die Verletzungen von Kalter Tod genauer an. „Wenn wir nicht dazwischen gegangen wären, dann hätte es für beide noch viel schlimmer kommen können. Es müssen die Seelen von großen Kriegern in diesen Tieren wohnen." Das leise Wiehern klang wie eine Zustimmung. Meister Torgal lachte und verließ den Stall. Ich eilte hinterher. „Meister, wie könnt Ihr nur lachen, wenn doch Euer Gefährte so schwer verletzt ist?" „Aran, der Tod ist der ständige Begleiter eines Kriegers, er ist immer bei ihm, er umgibt ihn. Auch in diesem Augenblick ist er in unserer Nähe, nur spüren wir ihn nicht so deutlich. Im Kampf wissen wir, dass der Tod nicht fern ist. Aber auch bei anderen Gelegenheiten, die überhaupt nicht darauf hindeuten, musst du damit rechnen, dass dein Tod plötzlich neben dir steht." Ich stutzte. „Meister, was bedeutet das: ‚mein Tod'? Ist denn der Tod nicht für alle gleich?" „Nein, Aran, jeder Mensch hat seinen ganz eigenen Tod. So wie ein Krieger lebt, so wird er auch sterben. Wenn dein Leben aufrichtig und von Ehre erfüllt ist, dann wirst du auch einen aufrichtigen und ehrenvollen Tod erfahren. Hab keine Angst vor dem Tod, versuch dich lieber, mit ihm anzufreunden, dann hält dich nichts vor einer Schlacht zurück. Wenn du mit deinem Tod vertraut bist, wirst du ihn wie einen alten Bekannten begrüßen, wenn er eines Tages vor dir steht. Du wirst ihm folgen können ohne Furcht, weil er den Schrecken schon lange für dich verloren hat." Er sah mir noch einen Moment lang in die Augen, so als wolle er prüfen, ob ich auch alles verstanden hatte. „Ich werde morgen nach euch sehen, bleib du nur hier und wache über deinen Kameraden."

Ich ging zu meinem Pferd zurück. Im Stall leuchteten nur zwei Fackeln, die unheimliches Licht verbreiteten. Fröstelnd zog ich die Schultern hoch und ließ mich ins Stroh fallen. Einen Augenblick lang streichelte ich noch den Pferdehals, dann übermannte mich die Müdigkeit. Ich schlief unruhig. Mich suchten Bilder von Feldern heim, auf denen blutige Schlachten geschlagen wurden. Ich saß auf Kalter Tod und hörte gewaltige Kriegstrommeln. Sonst drang nichts an mein Ohr. Ich sah große Heere, die aufeinander prallten, ich sah, wie Männer zu Tausenden fielen und die Armeen sich aufrieben. Die Schlachtfelder waren übersät mit den Leibern der Gefallenen, aber nichts davon drang an mein Ohr: kein Waffengeklirr, keine Schreie der Sterbenden, nur die dumpf hallenden Kriegstrommeln, von denen die Kämpfe begleitet wurden. Als ich erwachte, lag ich dicht an den Leib meines Pferdes gedrückt. Die lauten Trommelschläge war sein Herz gewesen. Ich musste lächeln, vorsichtig richtete ich mich auf. Da versuchte auch Kalter Tod, sich zu erheben. Er musste schon länger wach gewesen sein, hatte sich aber nicht bewegt, solange ich schlief. Mit lautem Schnauben schüttelte er seine mächtige Mähne und erhob sich vorsichtig. Sein Körper zitterte leicht, als er stand. Als ich auf ihn zutrat, rieb er seinen Kopf schon an meiner Schulter. Glücklich, dass es ihm wieder besser ging, erwiderte ich die Berührung.

Die Stalltür wurde aufgerissen und ich hörte, wie die Knechte die anderen Pferde versorgten. Die großen Eimer mit Wasser, die ich Kalter Tod hinstellte, soff er gierig aus. Kurz darauf erschien der Stallmeister. Er hatte den Arm voll mit dunklen Rüben, die er Kalter Tod hinwarf. Er machte sich sogleich darüber her. „Diese Rüben werden ihm helfen, das verlorene Blut schneller zu ersetzen. Danach kannst du ihm noch Futter aus dem Trog geben. Er kann es gebrauchen." Meister Garbgeint sah nach den Verbänden, einige entfernte er, andere wurden erneuert. „Jetzt ist euer Bündnis mit Blut besiegelt, nichts und niemand wird ihn jetzt davon abhalten, sein Leben für dich zu geben, enttäusch ihn bitte nicht." Es schwang Trauer oder Sehnsucht in seinen Worten mit. Vorsichtig begann ich, Kalter Tod zu bürsten, es schien ihm zu gefallen, denn er ließ es ohne Widerstand geschehen. Das Knurren meines Magens erinnerte mich daran, dass ich schon lange nichts mehr gegessen hatte, zu lange wie ich nun feststellen musste. Ärgerlich schüttelte ich meinen Kopf, mein Kamerad war gerade noch einmal mit seinem Leben davongekommen, und ich konnte nur ans Essen denken! Also beschloss ich zu bleiben, ich würde schon nicht Hungers sterben. Und wenn die Genesung von Kalter Tod weiter so schnell voranschritt, konnte ich schon bald meinen Hunger stillen. Nachdem ich das Stroh erneuert hatte, untersuchte ich die Verletzungen. Meister Garbgeint hatte die tieferen Wunden sauber vernäht. Vorsichtig tastete sie ab. Mein Kamerad ließ es geschehen, er beobachtete mich dabei genau. So viel Vertrauen hatte mir noch niemand entgegengebracht.

Als Kalter Tod leicht schnaubte, wusste ich, dass wir nicht mehr allein waren. Am Eingang zur Box stand Saarami. Sie hielt einen Krug in der Hand und hatte einen Korb mit Brot und Gemüse dabei. „Ich dachte mir, dass du vielleicht hungrig bist. Magst du etwas essen?" Ich nickte überglücklich, nicht nur weil ich sehr hungrig war, sondern auch weil ich Saarami endlich wiedersah. Am liebsten wäre ich ihr um den Hals gefallen, aber das traute ich mich dann doch nicht. „Meister Torgal hat mir alles erzählt. Er hat mir auch gesagt, dass du dir nicht so viele Sorgen machen sollst. Feuersturm geht es auch schon wieder besser." Sie lächelte. „Du bist ein außergewöhnlicher junger Mann. Ich habe noch niemals jemanden getroffen, der erwählt worden ist. Du wirst bestimmt ein großer Krieger." Ich nickte und sah zu Boden. „Wenn ich erst der größte Schwertkämpfer im Land geworden bin, dann werde ich dich herausfordern, besiegen und heiraten." Sie sah mich mit großen Augen an, vorsichtig nahm ich ihre Hand und zog sie etwas näher zu mir heran. Doch plötzlich stand sie auf und zog ihre Hand weg. „Was glaubst du, mit wem du hier sprichst? Ich bin nicht irgendeine Magd, die du dir nehmen kannst, wenn du es willst. Schon einige der großen Krieger haben versucht, mich zur Frau zu nehmen. Ich habe sie alle besiegt. Nur ein kleiner Junge wie du kann die Frechheit besitzen, eine Kriegerin wie mich so zu beleidigen. Du kannst froh sein, dass ich dir nicht deinen Kopf abschlage." Nach diesen Worten stürmte sie aus dem Stall.

Es dauerte einige Zeit, bis ich meinen Mund wieder schließen konnte. So war ich noch nie beschimpft und beleidigt worden. Die Worte taten weh, ich hatte es ehrlich gemeint und hatte mich ihr geöffnet. Sie aber trat mich mit Füßen. Ich seufzte und stand noch einige Augenblicke bewegungslos da. Doch da stupste mich Kalter Tod von hinten an, knabberte an meinem Kilt und wollte gestreichelt werden. Er tröstete mich, das berührte mich. Ich würde der größte und beste Schwertkämpfer aller Zeiten werden. Dann würde ich sie herausfordern. Wenn ich sie besiegte, musste sie mich zum Mann nehmen, ob sie nun wollte oder nicht. Sie würde mein werden - das hatte ich mir geschworen!

Kapitel 8: Der Hohe Rat

Im Badehaus traf ich auf meine beiden Schwertmeister. Sie saßen in der Schwitzkammer. Ich hob die Hände zum Gruß, den beide durch ein Nicken erwiderten. Meister Wintal winkte mich zu sich heran. „Wie geht es euch beiden?" Mit einem Seufzer ließ ich mich auf die Bank fallen. Es war schummrig, und der starke Geruch von verbrennenden Kräutern hing in der Kammer. „Meinem Kameraden geht es schon wieder besser, aber ich hatte einen schlechten Morgen." Meister Wintal lachte wissend. „Deine Erwählte hat sich bei mir über dein ungebührliches Betragen beschwert. Du solltest dich bei Saarami entschuldigen und vorsichtiger sein mit dem, was du sagst." Es war mir sehr unangenehm, dass meine Lehrer über meine Liebe Bescheid wussten. Ich nickte, fragte, ob ich jetzt gehen dürfe, und verließ die Kammer. Davor befand sich ein großes Becken, das aus Stein gehauen und mit eisigem Quellwasser gefüllt war. Ohne zu zögern, sprang ich hinein. Mir war, als würde ich in eine Schwertklinge springen, denn mich durchfuhr ein stechender Schmerz, als das Wasser über mir zusammenschlug. Keuchend kam ich wieder an die Oberfläche. Gerade als ich das Becken wieder verlassen hatte, erschien Meister Torgal und sprang herein. Einen Moment lang geschah nichts, dann tauchte er wieder auf. Er genoss das eisige Nass, dann stieg er langsam aus dem Wasser. Sein Körper dampfte. In seinem Gesicht lag ein Ausdruck, den ich noch nie bei ihm gesehen hatte. Was ich dann von ihm hörte, konnte ich nicht glauben. „Aran, was ich dir jetzt sage, habe ich außer Wintal noch keinem anderen Menschen erzählt. Auch dir erzähle ich es nur, weil ich im Traum wieder eine Vision gehabt habe. Du bist nicht der einzige, den Saarami verschmäht hat. Auch ich habe sie herausgefordert. Aber sie hat mich im Schwertkampf besiegt. Nie vorher und nie nachher bin ich besiegt worden. Aber ich glaube, nein, ich weiß, dass die Götter ihre Hände im Spiel hatten. Auch wenn es schmerzt, so musste ich doch verlieren, weil es ihre Bestimmung ist, einen anderen, einen sehr großen Krieger zu heiraten. Dieser Krieger bist du, dessen bin ich mir ganz sicher, und auch Saarami spürt es. Sie traut sich aber nicht, auf ihr Gefühl zu hören. Die Zeit für euch ist noch nicht gekommen, du musst noch einige Prüfungen bestehen, bevor du sie fordern darfst. Du wirst zu ihr gehen und dich bei ihr entschuldigen, so wie Meister Wintal es dir vorgeschlagen hat. Danach wirst du keinen Versuch mehr unternehmen, dich ihr zu nähern, egal was auch geschehen mag. Und zu keinem Menschen auch nur ein Wort, hast du mich verstanden?" Ich wusste nicht, ob ich weinen oder lachen sollte.

 Am nächsten Morgen traf ich im Speisesaal Yinzu und Hamron, die schon beim Frühstück waren. „Sieh doch, wer da kommt." Hamron stieß Yinzu in die Seite. „Wie geht es dir? Du siehst mitgenommen aus. Geht es deinem Kameraden denn nicht besser?" Hamron und Yinzu waren besorgt. Gerade wollte ich ihnen erzählen, dass es mir Saaramis wegen so schlecht ging, da fiel mir die Ermahnung meines Schwertmeisters ein, zu niemandem auch nur ein Wort zu sagen. Also beteuerte ich, dass es an der kalten Nacht im Stall liege, dass ich so schlecht aus dem Kilt schaute. Yinzu erzählte: „Heute sollen die ersten Mitglieder des Hohen Rates eintreffen. Es wird zur Anklage gegen den Schwertmeister kommen, der den anderen Zug geführt hat. Meister Torgal soll der Ankläger sein. Wenn alle Mitglieder des Hohen Rates hier sind, geht es los." Hamron runzelte die Stirn. Leise und nachdenklich sagte er: „So etwas hat es in der langen Tradition des Clans noch nicht gegeben. Keiner weiß, was mit den beiden Angeklagten passieren wird." „Warum die beiden das wohl gemacht haben?" fragte Yinzu. Ich zuckte mit den Schultern. Beschäftigt hatte mich das auch schon, aber im Augenblick konnte ich an nichts anderes denken, als an das Gespräch gestern im Badehaus. Ich war mir nicht ganz sicher, ob es überhaupt stattgefunden hatte. War es vielleicht nur ein Traum gewesen? Ich beschloss, Meister Torgal zu fragen. „Wir müssen los." Yinzu riss mich aus meinen Gedanken, seine Hand ruhte auf meiner Schulter, und er sah mich besorgt an. „Was ist los mit dir, mein Freund? Hast du Kummer? Du weißt, du kannst mit allen Sorgen zu mir kommen, denn dafür sind Freunde da." Ich lächelte ihm zu und nickte. „Danke, mein Freund, ich weiß, aber es ist alles in Ordnung."

 Wir begaben uns zur Koppel. Ich hatte mir vorgenommen, Meister Garbgeint zu fragen, ab wann ich mit Kalter Tod wieder an der Ausbildung teilnehmen könne. Da lief plötzlich ein kalter Schauer durch meinen Körper. Ich blieb stehen und sah mich um. Etwas ging vor sich, aber ich konnte nicht sagen, was es war. Yinzu ging es ähnlich, auch er war stehengeblieben. Unsere Blicke trafen sich, er zuckte mit den Schultern, und wir wollten gerade unseren Weg fortsetzen, als uns die kleine hagere Gestalt auffiel, die den Weg zum Rundhaus eingeschlagen hatte. Langsam und leicht gebeugt, schritt sie den ansteigenden Weg entlang. Der Körper war unter einem langen Mantel verborgen, und die Kapuze verdeckte das Gesicht. Sie stützte sich auf einen langen gewundenen Wanderstab, der seltsam funkelte. Ich konnte nicht entscheiden, ob es sich um einen Mann oder eine Frau handelte, aber etwas Seltsames ging von dieser Gestalt aus. Stillschweigend beobachteten wir sie, bis sie sich unvermittelt umdrehte und zu uns herüberschaute. Wir hoben alle drei die Hände zum Gruß, der durch ein leichtes Kopfnicken erwidert wurde, dann drehte sich die Gestalt wieder um und setzte ihren Weg fort. „Was oder wer war das?" fragte Hamron leise. Niemand antwortete.

Am Gatter warteten schon die anderen Jungen aus unserem Zug. Es dauerte nicht lange, da erschien der Stallmeister mit einigen seiner Knechte. Sie führten ein paar Pferde und trugen Sattel und Zaumzeug. Ich ging ihnen entgegen. „Meister, wann kann ich wieder an der Ausbildung teilnehmen?" Er überlegte. „In zwei Tagen wird der Mond wieder voll sein. Gib deinem Pferd so lange von den Rüben. Dann wird es wieder so bei Kräften sein, dass du mit ihm weiterarbeiten kannst." Ich bedankte mich und fragte, was ich bis dahin tun solle. Er lächelte. „Üb dich im Kämpfen und pfleg dein Pferd so, als ob es sich um deine eigene Genesung handelte. Er würde es für dich genauso machen."

Ich half den anderen Jungen beim Satteln. Als sie losritten, um Angriffe vom Pferd aus zu üben, ging ich zum Stall. Kaum war ich angekommen, scholl mir auch schon ein freudiges Wiehern entgegen. Unruhig tänzelte Kalter Tod in seinem Verschlag hin und her. Ich hielt ihm die Rüben hin, die Meister Garbgeint für mich bereitgelegt hatte. Genüsslich kaute Kalter Tod, während ich mir die Verbände anschaute. Einige fehlten, sie lagen auf dem Boden. Zuerst dachte ich, ein Knecht habe sie entfernt, dann aber fiel mir auf, dass sie durchgebissen waren. Kalter Tod hatte sie sich selbst abgerissen. Die Wunden, die frei lagen, sahen gut aus. Er hatte gewusst, dass die Verbände überflüssig waren. Nachdem ich den Verschlag gesäubert und ausgiebig Fell und Mähne gebürstet hatte, wollte Kalter Tod ins Freie. Nervös blies er die Luft aus den Nüstern, schnaubte und warf seinen Kopf hin und her. Ich packte seinen massigen Schädel und versuchte, ihn ruhig zu beruhigen. Er hielt inne und sah mich mit seinen großen braunen Augen an. „Du kannst noch nicht nach draußen", begann ich, „du musst dich noch ein paar Tage ausruhen. Ich verspreche dir, wenn wir dann rausgehen, kannst du so weit laufen, wie du willst, einverstanden?" Mit einem gewaltigen Schnauben aus seinen Nüstern, das mich fast umgeworfen hätte, gab er nach.

Da die anderen weit draußen auf der Weide waren, beschloss ich, mich im Bogenschießen zu üben. Auf dem Weg zum Schießplatz traf ich Saarami. Sie war in Begleitung einer alten Frau, in der ich einen Augenblick später die seltsame Gestalt erkannte, die wir heute Morgen auf dem Weg zum Rundhaus gesehen hatten. Unsicher blieb ich stehen. Sollte ich mich jetzt gleich entschuldigen, oder sollte ich vielleicht einfach weitergehen und es später versuchen? Da hörte ich aber schon Saarami, die mich zu sich befahl. Langsam ging ich auf die beiden Frauen zu. Vor Verlegenheit blickte ich zu Boden und murmelte eine Begrüßung. „Große Marula, ich möchte dir den jungen Krieger vorstellen, von dem ich dir schon erzählt habe." Am liebsten wäre ich im Erdboden versunken, so unangenehm war es mir, dass sie der alten Frau von den Ereignissen im Stall erzählt hatte. „Es ist ungehörig, junger Mann, einer alten Frau nicht in die Augen zu sehen, wenn man ihr vorgestellt wird. Wo hast du nur deine Gedanken?" Ich hob meinen Kopf und sah in ihr von Falten zerfurchtes Gesicht. Trotz ihres hohen Alters hatte sie noch alle ihre Zähne, die waren zwar gelb, aber es war keine Lücke zu erkennen, als sie mir ins Gesicht lachte. Ihr Blick traf mich bis ins Mark. Mein Blut begann, in den Ohren zu rauschen. Mir wurde schwindelig. Meine Umgebung und auch Saarami verschwanden in einem roten Nebel, der mir merkwürdigerweise bekannt vorkam. Alles war verschwunden, nur diese leuchtenden Augen brannten sich in meinen Kopf. Wo um der Götterwillen hatte ich diese Augen schon gesehen? Ein herzliches Lachen zerriss den Nebel. Sie kniff mir in die Wange. „Ein guter Junge, er ist wirklich ein guter Junge." Dann tätschelte sie mich so, als ob sie einem Hund sagen wollte, er habe das Stöckchen gut gebracht. Langsam schlurfte sie weiter. Ohne Saarami anzusehen, stotterte ich, dass es mir Leid täte, sie gestern beleidigt zu haben, und dass es nie wieder vorkäme. Eine Antwort bekam ich nicht, dafür streichelte sie mir über Kopf und Wange. Ein warmer wohliger Schauer durchlief mich. Ich hatte gerade den Mut gefasst, ihr noch etwas zu sagen, da war sie schon hinter der Alten hergeeilt.

Tanzend schwebte ich zum Bogenschießen. Ich nahm das Ziel nicht wahr und spürte nicht, wie die Pfeile von der Sehne schnellten. Ich fühlte noch immer die Berührung dieser wunderschönen Frau. Ein lautes Lachen riss mich aus meinen Träumen. Meister Wintal und Meister Torgal lehnten sich auf ihre Bögen und sahen zu mir herüber. „So wirst du nie jemanden vom Pferd holen, es sei denn, er führt den Pfeil selbst." Verwirrt sah ich mich nach meinen Pfeilen um. Die stecken überall, nur nicht in der Scheibe, auf die ich geschossen hatte. Fluchend sammelte ich sie ein. Wütend wollte ich meinen Lehrern zeigen, wie ich schießen konnte. Der erste Pfeil schnellte von der Sehne und traf den Rand der Scheibe. Tief drang er ins Stroh. Pfeil auf Pfeil jagte ich in die Scheibe. Einige zerbrachen, aber keiner hätte auch nur einen Feind von den Beinen geholt. Keuchend hielt ich inne, als der letzte Pfeil verschossen war. Besorgt und ernst sahen mich meine Lehrer an. Meister Wintal nahm mir den Bogen ab und deutete auf die Zielscheibe. „Wenn du deinen Feinden überlegen sein willst, dann musst du sie mit kalter Wut besiegen. Dein Zorn war heißer als das Feuer im Ofen eines Schmieds. Aber heißer Zorn macht dich blind. Auf dem Schlachtfeld wäre das dein Ende gewesen." Bestürzt blickte ich zu Boden. „Geh immer davon aus, dass wir viele Feinde haben. Das bedeutet, du musst so stark sein wie zehn Mann. Aber es bedeutet auch, dass du so viel sehen und hören musst wie diese zehn. Das kann dir nur gelingen, wenn deine Wut kalt ist. Wenn du ein Drache auf zwei Beinen wirst, der Tod und Vernichtung über seine Feinde bringt, ohne dabei den Überblick zu verlieren." Während Meister Torgal sprach, hatte ich mich wieder beruhigt. Noch verstand ich nicht alles, was mir meine beiden Schwertmeister gesagt hatten, doch beeindruckte es mich, und ich beschloss, darauf zu achten, dass mein Zorn mich nicht mehr blind machen konnte.

Die Meister ließen mich stehen. Da fiel mir das Gespräch im Badehaus wieder ein. Schnell lief ich hinter den beiden her. „Meister, darf ich Euch etwas fragen?" Ich sah Meister Torgal an. Er nickte. Deutlich leiser sprach ich weiter. „Das, was Ihr zu mir im Badehaus gesagt habt, darüber würde ich gern noch einmal reden, mit Euch allein." Meister Torgal legte seine Stirn in Falten und sah zu Meister Wintal hinüber, der nur mit den Schultern zuckte. „Aran, hier gibt es kein Badehaus. Es gibt hier nur heiße Quellen in den Bergen, nicht weit von hier. Aber da war ich schon lange nicht mehr, und du warst, soweit ich mich erinnere, noch nie dort." Ich machte einen Schritt rückwärts. „Alles in Ordnung, Junge?" hörte ich Meister Wintal fragen, doch ich starrte meine Lehrer nur mit offenem Mund an. Meister Torgal wollte wissen, was ich gemeint hatte. „Das kann ich Euch nicht sagen, Meister, entschuldigt bitte, ich muss darüber nachdenken." Ich grüßte die beiden und rannte davon. Es war doch nur ein Traum gewesen, obwohl ich mir sicher gewesen war, dass ich die Begegnung im Badehaus wirklich erlebt hatte. Mein Gefühl sagte mir, dass es noch mehr Merkwürdigkeiten geben würde. So beschloss ich, sie einfach hinzunehmen.

Wie es Meister Garbgeint vorhergesagt hatte, konnte ich nach dem Vollmond mit Kalter Tod wieder an der Reiterausbildung teilnehmen. Ohne große Schwierigkeiten holten wir alles auf, was die anderen in der Zwischenzeit erlernt hatten. Es schien, als lerne Kalter Tod nicht zum ersten Mal das Handwerk eines Kriegers. Ich brauchte weder Sattel noch Zaumzeug, ich konnte meinen Gefährten nur durch den Druck meiner Schenkel und durch meine Stimme lenken. Auch wenn er etwas langsamer war, als die anderen Pferde, so war sein Auftreten doch um einiges sicherer. Mein Pferd ließ sich durch nichts aus der Ruhe bringen. Nie habe ich ihn vor etwas scheuen sehen. Die anderen Jungen aus meinem Zug waren beeindruckt. Das machte mich unheimlich stolz. Zwar konnte ich mich anderen Pferden immer noch nicht ohne Angst nähern, aber gemeinsam mit Kalter Tod fühlte ich mich überlegen.

Wir hatten unsere Übungen beendet und waren auf dem Weg zur Tränke, als mir die Idee kam, meinen Freunden zu zeigen, was ich für ein großartiger Reiter war. Gemächlich gingen die Tiere im Schritt auf die Tränke zu. Sie hatten den ganzen Tag über hart gearbeitet, und nicht nur sie freuten sich auf das Futter. Ich sah zu Yinzu und Hamron hinüber, die neben mir ritten, Orphal war dicht hinter uns. „He, ihr tollen Krieger, seht her", rief ich. „Das solltet ihr auch einmal versuchen, vielleicht könnt ihr euch dann mit mir messen." Ich gab Kalter Tod ein Zeichen mit meinen Hacken, und er trabte langsam an. Ich nahm das Lederband, das ich um seinen Hals gelegt hatte und befahl ihm, auf die Hinterhand zu steigen. Er hatte das schon ein paar Mal mit mir gemacht, wenn ich mit ihm alleine war und er übermütig losgaloppieren wollte. Da Kalter Tod nicht reagierte, wiederholte ich meinen Befehl. Sofort spannten sich seine Muskeln, aber es passierte nichts. Schon hörte ich Hamron und Yinzu hinter mir kichern. Ich wurde böse und schrie das Tier an, es solle gefälligst tun, was ich sagte. Das war zu viel, er bockte und sprang gleichzeitig mit allen Vieren in die Höhe. Dann hob er die Hinterläufe und katapultierte mich von seinem Rücken. Noch während ich durch die Luft flog, hörte ich die anderen lachen. Dass der Aufprall hart war, kann ich nur ahnen, denn in dem Moment, in dem ich das Gras ganz dicht vor mir sah, wurde es dunkel um mich herum.

Zu mir kam ich erst wieder, als sich Meister Garbgeint über mich beugte. Das Aufstehen war ein einziger Schmerz. Gebrochen hatte ich mir nichts, dafür brummte mein Schädel, als sei ein ganzer Bienenstock darin. Unter dem Gelächter der anderen, ging ich noch unsicher auf den Beinen zu meinem Pferd zurück, das mich verächtlich von oben herab musterte. Ich wollte mich gerade wieder auf seinen Rücken schwingen, als Kalter Tod zwei Schritt zur Seite ging. Ich versuchte es ein weiteres Mal. Doch auch diesmal ließ mein Pferd mich nicht aufsitzen. Meister Torgal kam mit Feuersturm angeritten. Die Hengste würdigten sich keines Blickes, gingen aber wenigstens nicht aufeinander los. „Weißt du, warum er dich nicht aufsitzen lässt?" Meister Torgal lehnte auf seinem Sattelknauf und lächelte. „Nein, weiß ich nicht", gab ich ärgerlich zurück. „Du hast ihn beleidigt. Nun wartet er auf eine Entschuldigung." Ich sah über meine Schulter. Mittlerweile war der ganze Zug versammelt und wartete ab, was nun passieren würde. Mir stieg das Blut in den Kopf. Ich wollte eine Entschuldigung ins Pferdeohr flüstern, doch Kalter Tod schnaubte so laut, dass ich vor Schreck einen Schritt zurückwich. „Er will, dass es alle hören", rief Meister Garbgeint. Welch eine Schmach! Wieder war ich durch meine eigene Überheblichkeit in eine peinliche Situation geraten. Ich trat noch einen Schritt zurück, fasste mir ein Herz und rief mit lauter Stimme: „Edler Gefährte, bitte nimm meine Entschuldigung an. Ich wollte dich nicht vor den anderen bloßstellen, es wird nie wieder vorkommen." Mit einem kräftigen Wiehern verzieh mir Kalter Tod, und ich saß ohne Schwierigkeiten auf. Das war das letzte Mal in meinem Leben, dass ich versuchte, Kalter Tod etwas aufzuzwingen.

In den darauffolgenden Tagen trafen immer mehr Mitglieder des Hohen Rates im Dorf ein. Es gingen die wildesten Gerüchte um, dass es sich um Zauberer und Hexen handelte, die nur aus den Bergen kamen, wenn der Hohe Rat tagte. Zu sehen waren die Mitglieder des Rates nicht. Auch Meister Torgal sahen wir in dieser Zeit kaum, er bereitete die Anklage vor. Nur ab und zu sah ich ihn allein in der Morgendämmerung trainieren. Meister Wintal übte mit uns, und Meister Garbgeint unterstütze ihn dabei. Meister Wintal erklärte uns, dass es eher eine Ausnahme sei, vom Pferd aus kämpfen zu müssen. „Ein Krieger des Clans versucht seinem Gegner immer in die Augen zu schauen. So kann er erkennen, was der andere vorhat." Meister Garbgeint hatte dazu eine ganz andere Meinung. „Auf dem Schlachtfeld, wenn große Heere sich schlagen, ist es besser, wenn ihr jede Gelegenheit zu eurem Vorteil nutzt. Es gibt Krieger, die können nun einmal besser von Pferd aus kämpfen. Und es gibt Kämpfe, da ist es vorteilhafter, auf einem Pferd zu sitzen. Wenn ihr auf eine starke Armee trefft, die viele Belagerungswaffen führt, dann ist sie schwerfällig und unbeweglich. Wenn ihr dieses Heer mit eurer Reiterei angreift, dann könnt ihr auch bei zahlenmäßiger Unterlegenheit großen Schaden anrichten. Eure eigenen Verluste werden dabei sehr gering bleiben."

Eines Abends kündigte Meister Wintal an, dass der Hohe Rat über den Krieger zu Gericht sitzen werde, der den anderen Zug befehligt hatte. Wir sollten unsere Kleidung reinigen und uns waschen, damit wir am folgenden Tag dem Prozess beiwohnen konnten. Beim Essen versuchten alle, sich vorzustellen, wie das Gericht ablaufen würde. Ich hielt mich zurück, denn ich wollte nicht schon wieder mit dummen Bemerkungen auffallen. Unvermittelt fragte mich Yinzu: „Warum bist du in letzter Zeit so still, Aran? Es kann ja wohl nicht daran liegen, dass du dich im Feld blamiert hast, denn das tust du ja öfter. Es geht etwas in dir vor." Ich antwortete: „Es geschehen hier unerklärliche Dinge. Und ich habe das Gefühl, das alles hat was mit mir zu tun." Yinzu war stehen geblieben. „Du meinst so was wie damals, als wir, ohne es zu wollen, die Runen geschrieben haben?" Ich nickte. „Wenn du darüber sprechen willst, dann hast du in mir einen guten Zuhörer." Dankbar sah ich ihn an. „Ich weiß, mein Freund, aber im Moment darf ich noch mit niemandem darüber sprechen. Ich hoffe, dass du das verstehst." Yinzu nickte. „Wenn ich euch störe, müsst ihr es nur sagen, dann werde ich mich sofort zurückziehen." Hamron verschränkte die Arme und sah beleidigt zu Boden. Yinzu legte ihm die Hand auf die Schulter. „Mein blaugezeichneter Freund, das richtet sich nicht gegen dich. Hast du dich nie gefragt, warum wir in verschiedenen Farben tätowiert werden? Je weiter die Ausbildung voranschreitet, desto bedeutungsvoller werden unsere verschiedenen Talente. Das hat nichts mit unserer Freundschaft zu tun oder bewertet einen von uns höher als den anderen. Aber bei gewissen Problemen können eben nur Freunde helfen, die mit der gleichen Farbe versehen sind." Hamron schien nicht richtig überzeugt. Ich fragte ihn: „Hamron, warum, glaubst du, ist deine Farbe Blau?" Er zuckte mit den Schultern und trat einen Stein weg, der auf dem Weg lag. „Was hast du getan, als beim Bogenschießen ein Pfeil den Stallknecht in den Rücken traf? Du hast ihn herausgezogen und die Wunde versorgt. Ohne auch nur einen Augenblick zu zögern, hast du genau das Richtige getan. Deshalb trägst Du diese Farbe. Yinzu und ich hätten das nicht gekonnt. Deine Stärken liegen darin, andere zu heilen. Was war mit dem Tee, den du mir gemacht hast, nach dem Kampf? Hat dir jemand gesagt, dass du das tun sollst?" „Meister Zorralf hat mich angewiesen, ihn dir zweimal am Tag aufzubrühen." „Na ja, aber er hat es dir gesagt, nicht Yinzu und auch nicht Orphal. Ihr, die ihr die Farbe Blau tragt, ihr könnt besser heilen als alle anderen." Jetzt lächelte Hamron. „Meint ihr das wirklich?" Eifrig nickten Yinzu und ich. „Vielleicht habt ihr ja Recht, ich wollte immer Meister Zorralf dabei helfen, die Verwundeten zu versorgen."

Am nächsten Morgen wurden wir wie immer von Meister Wintal geweckt. Nach dem Waschen und Ankleiden versammelten wir uns draußen vor dem Haus. Der Meister wartete schon. „Heute ist ein denkwürdiger Tag. Zum ersten Mal in unserer Geschichte wird über einen unserer Brüder der Hohe Rat zu Gericht sitzen. Weil ihr alle von diesem Kampf betroffen wart, verlangt der Rat, dass auch ihr anwesend seid. Deshalb werden wir nun zum Rundhaus gehen. Ich wünsche, dass keiner auch nur ein Wort sagt, solange er nicht gefragt wird. Ich werde mich persönlich um all diejenigen kümmern, die sich nicht an meinen Befehl halten." Ohne zu frühstücken, machten wir uns auf den Weg. Im großen Sitzungssaal des Rundhauses standen viele Holzbänke im Halbkreis. An der Stirnseite prangte ein massiver Granitblock. Er sah aus wie ein Altar oder ein Opferstein. An den mächtigen, hohen Säulen waren Fackeln befestigt. Sie beleuchteten den Raum, der fast keine Fenster hatte. Die Flammen in der großen, offenen Feuerstelle in der Mitte des Saals waren erloschen. Der Fußboden bestand aus Steinplatten, die verschiedenfarbige Muster bildeten: schwarz, rot oder blau. Unser Zug musste ganz hinten an der Wand Platz nehmen. Der Rest des Saales füllte sich langsam mit Kriegern und Kriegerinnen jeden Alters.

Mit einem dumpfen Gong verstummte das Gemurmel. Ein Krieger stand auf und verkündete mit lauter Stimme: „Der Hohe Rat des Roten Drachen." Alle sanken von den Bänken auf die Knie. Sechs in lange Kapuzenmäntel gehüllte Gestalten betraten durch einen Seiteneingang den Saal. Als sie hinter dem Altar Aufstellung genommen hatten, erhoben wir uns. Ihre Gesichter blieben unter den Kapuzen verborgen. Aber ich erkannte die Stimme des Großmeisters, der die Sitzung eröffnete. Ich betrachtete die anderen. Nach einiger Zeit kam ich zu der Überzeugung, dass es sich bei einem um Meister Zorralf handeln musste, denn es lagen vor ihm eine Menge Pergamentrollen und anderer Schriften. Neben ihm vermutete ich die alte Frau, die mir von Saarami vorgestellt worden war. Ihr Name war Marula. Neben ihr thronte eine noch kleinere Gestalt auf den hohen Stühlen. Sie war deutlich kräftiger, ihre Hände und Arme glichen Keulen. Obwohl die kurzen Beine kaum bis zum Boden reichten, war ich mir sicher, dass es sich nicht um ein Kind handelte. Es musste ein Zwerg sein. Diese Wesen sollten der Sage nach tief in den Bergen leben. Es war das erste Mal, dass ich einen von ihnen zu Gesicht bekam. Links neben dem Großmeister, der in der Mitte saß, hatte eine zarte feingliedrige Gestalt Platz genommen. Saarami konnte es nicht sein, ich hatte sie unter den Kriegern erspäht. Angestrengt versuchte ich, unter der Kapuze etwas von dem Gesicht zu erkennen, als ich plötzlich sah, wie die Augen des Wesens kurz rot aufglühten. Erschrocken und verlegen wandte ich meinen Blick ab.

Erst nach einiger Zeit traute ich mich, wieder hinzusehen. Da bemerkte ich, wie das Ratsmitglied nach einem Krug Wasser griff, der auf dem Stein vor ihm stand. Der Arm, der dabei zum Vorschein kam, schimmerte bläulich. So etwas hatte ich schon einmal gesehen. Ich überlegte einen Moment lang. Dann fiel es mir wieder ein. Damals, als ich mit Meister Torgal auf dem Weg zum Dorf des Clans war, da hatte ich eines Nachts einen Elfen zu Gesicht bekommen. Als ich diesen Arm sah, war ich mir sicher, dass zum Hohen Rat auch ein Elfenmeister gehörte. Die letzte Person am Tisch überragte alle Anwesenden um mindestens zwei Köpfe.

Dann betrat Meister Torgal den Raum. Er begrüßte den Hohen Rat, in dem er wie alle anderen auf sein Knie sank. Nachdem er sich erheben durfte, wurden die beiden Schwertmeister hereingeführt, gegen die er Anklage erhoben hatte. Sie trugen keine Waffen und hatten ihre prächtigsten Kilte angelegt, die übersät waren mit silbernen und goldenen Spangen. Der jüngere der beiden hatte allerdings nicht annähernd so viele wie sein älterer Freund. Ich fragte mich, was der Schmuck wohl bedeutete. Der Großmeister erhob sich und schlug seine Kapuze nach hinten. Eine mächtige Ausstrahlung ging von diesem Mann aus. Er sah in die Runde, dann blickte er die beiden angeklagten Krieger an: „Brüder, wir sind heute aus einem ernsten und sehr traurigen Anlass zusammengekommen. Wir sollen Gericht halten über zwei der Unsrigen. Schwere Vorwürfe werden erhoben, und wir werden diesen Saal nicht eher verlassen, als bis wir zu einem Urteilsspruch gekommen sind. Torgal, Meister des Schwertes, wird nun erklären, wessen er Usantar und Tantana bezichtigt." Er setzte er sich wieder, und Meister Torgal trat vor. „Hoher Rat, ich würde nicht hier stehen und zu Euch sprechen, wenn nicht etwas Schändliches geschehen wäre. Etwas, was es in der langen Tradition unseres Clans bisher noch nicht gegeben hat. Usantar hat den Tod von zwei Schülern zu verantworten. Sein Zugführer Tantana hat ihn nicht daran gehindert. Er ist also mitschuldig. Zwei Schüler mussten sterben. Wenn ihr erfahrt, warum sie in den Tod gehen mussten, werdet ihr mir zustimmen, dass die beiden Krieger es nicht wert sind, zu unserer Gemeinschaft zu gehören. Der Zug, den Meister Wintal und ich befehligen, hat zur Wintersonnenwende erst die erste Weihe erhalten. Das bedeutet, dass er für Übungskämpfe in der Gruppe und im Feld noch nicht geeignet ist. Das Schlimmste ist, dass Usantar seinen Schülern vom Elixier des Roten Drachen gab, bevor er sie in den Kampf schickte. Unsere Jungs waren schon besiegt, da schlugen sie immer noch auf uns ein. Es wäre Schlimmeres passiert, hätten Wintal und ich nicht den Wahnsinn beendet."

Ein Raunen ging durch den Saal. Die Mitglieder des Hohen Rates sprachen leise miteinander, bis Meister Torgal fortfuhr. „Meister Wintal und ich hatten schon einige Tage lang gewusst, dass wir von einem anderen Zug verfolgt wurden. Wir haben versucht, dem Kampf aus dem Wege zu gehen. Als uns dann klar wurde, dass Usantar sich nicht davon abbringen lassen würde, uns anzugreifen, entschlossen wir uns, die Anführer zu überwältigen, um den Zug zur Aufgabe zu zwingen. Doch durch das Elixier waren die Schüler unberechenbar geworden. Sie befolgten nur noch die Befehle ihres Anführers. Dass zwei Jungen sterben mussten, ist allein die Schuld Usantars, der unverantwortlich gehandelt hat." Er verneigte sich noch einmal, dann trat er zur Seite. Wieder erhob sich der Großmeister. Unbewegt sah er zu Usantar hinüber. Er winkte ihn nach vorn, damit er die Ereignisse aus seiner Sicht schildern konnte.

Hatte Usantar, während Torgal sprach, gelangweilt zur Decke oder auf den Boden gesehen, so spannten sich jetzt seine Muskeln. Er bewegte sich wie eine zum Sprung bereite Katze zum Altar. Er war sich seiner Wirkung wohl bewusst. Mir kam sein Gruß überheblich und anmaßend vor. „Hoher Rat, ich leugne nicht, was mir vorgeworfen wird. Ja, ich habe den Schülern das Elixier verabreicht. Ja, ich habe auch den Kampf mit einem Zug gesucht, der noch nicht reif war für solch eine Auseinandersetzung. Aber ihr solltet mich deshalb nicht verurteilen. Fragt euch lieber, warum ich es tat. Ich werde euch die Antwort darauf geben. Dieser einst so glanzvolle und mächtige Clan ist schwach geworden. Die Macht seiner großen Krieger, die diese heiligen Hallen einst verließen, um Heldentaten zu vollbringen, ist geschwunden. Das, was ihr hier seht", er deutete in unsere Richtung, „ist es nicht wert, das Banner des Roten Drachen zu tragen. Mit meinen Ideen aber können wir wieder zu dem werden, was wir einmal waren: So groß, mächtig und gewaltig, dass wir uns ganz Mittelerde untertan machen können. Lasst mich nur machen! Ich sage: Gebt diesen Schwächlingen das Elixier vom ersten Tage der Ausbildung an und nicht nur in extrem gefährlichen Augenblicken, wenn die Übermacht besonders groß ist." Er hatte die letzten Worte abfällig hervorgepresst und dabei auf den Boden gespuckt.

„Dann werden wir unsere Feinde vom Antlitz dieser Erde hinwegfegen, als wenn es sie nie gegeben hätte." Er schrie die letzten Worte und stampfte dabei mit dem Fuß auf, um seinen Worten Nachdruck zu verleihen.

Schnell, aber beherrscht, hatte sich der Großmeister von seinem Stuhl erhoben. Aus seinen Augen sprang Wut. Er schnitt Usantar mit einer Handbewegung das Wort ab und wies ihn in seine Ecke. Er atmete einmal tief durch, dann sprach er mit fester Stimme. „Der Hohe Rat wird sich zur Beratung zurückziehen. Wenn wir wieder zusammentreffen, werden wir das Urteil verkünden." Es herrschte Schweigen im Rundhaus, auch dann noch, als die Tür hinter den Ratsmitgliedern schon lange ins Schloss gefallen war. Etwas Unfassbares war geschehen. Usantar saß etwas abseits von Tantana auf einer Bank und lächelte. Er schien siegessicher, auch noch, als zwei bewaffnete Wachen neben ihm Aufstellung bezogen. Tantana hatte die ganze Zeit geschwiegen, seine Hände waren gefaltet, und er war sichtlich bemüht, die Fassung zu wahren. Meister Torgal stand mit dem Rücken zu uns, er machte einen beherrschten Eindruck, auch wenn die Worte, die er eben vernommen hatte, alles mit Füßen traten, was ihm heilig war.

Yinzu hatte die Augen weit geöffnet und starrte ins Leere, genau wie Hamron. Sein Blick traf den meinen, und ich sah die Tränen in seinen Augen. „Wie kann er so etwas nur sagen?" flüsterte er verzweifelt. Ich wusste keine Antwort. Meister Wintal war inzwischen zu seinem Bruder gegangen. Fürsorglich legte er den Arm um Meister Torgals Schultern. Dieser erwiderte die Umarmung. Jetzt war auch ich mir sicher, dass dies ein schwarzer Tag in der Geschichte des Clans war. Als der Hohe Rat von seiner Beratung zurückkehrte, sanken wieder alle auf die Knie. Nur Usantar blieb stehen und sah den Mitgliedern ins Gesicht. Keiner der Ratsmitglieder würdigte ihn auch nur eines Blickes. Sie ignorierten diese Frechheit einfach. „Wir, der Hohe Rat, sind zu einer Einigung gekommen." Meister Torgal unterbrach den Großmeister mit seinem Gruß. „Ehrwürdiger Rat, bitte verzeiht mir, aber meine Ehre und mein Gewissen verlangen von mir, dass ich vor der Verkündung des Urteils eine Forderung stelle. Ich, Torgal, Meister des Schwertes vom Clan des Roten Drachen, fordere Usantar zum Zweikampf heraus. Ein Kampf auf Leben und Tod. Ich will und kann mit der Schmach, die er dem Clan und damit allen, die an ihn glauben, zugefügt hat, nicht weiterleben. Deshalb verlangt es meine Ehre, diese Schmach zu tilgen, bevor ihr euren Urteilsspruch verkündet." Eisiges Schweigen beherrschte einen Augenblick lang den Saal.

Bevor der Großmeister etwas sagen konnte, war Usantar nach vorn gestürmt, ungeachtet der Wachen, die versuchten, ihn zurückzuhalten. „Meister, was redet er da von einem Urteil? Ihr vom Hohen Rat müsst doch erkennen, dass wir nur nach meinen Ideen wieder zu wahrer Größe gelangen können." Fassungslos stand der große Krieger vor dem Rat. Lange blickte der Großmeister ihn an, dann sprach er: „Der Clan des Roten Drachen strebt nicht nach Macht, so wie du sie verstehst. Wir vom Hohen Rat können deine Ansicht nicht teilen. Wir denken nicht, dass wir schwach geworden sind. Ja, die Zeiten haben sich verändert, aber wir gehen stärker daraus hervor als jemals zuvor. Du bist verblendet. Keiner von uns will über Mittelerde herrschen oder sich andere Völker untertan machen. Unsere Aufgabe ist es, dem Gott des Krieges zu dienen, so dass nicht nur die Starken den Krieg gewinnen. Deshalb werden wir dem Wunsch Torgals nachgeben und einem Zweikampf zustimmen." Usantar brach in lautes Gelächter aus. „Ein Zweikampf? Jederzeit. Dann kann ich endlich von Angesicht zu Angesicht mit diesem Feigling kämpfen, der es gewagt hat, mich vor meinen Schülern lächerlich zu machen, indem er mich auf hinterlistige Weise überwältigte. Na los, komm doch, du Hund, ich werde dir zeigen, was ich kann! Es bedarf ja nur einer Frau, um dich zu besiegen. Warum also willst du dich mit mir messen?" Er wandte er sich wieder an den Hohen Rat. „Wenn ich diese Herausforderung siegreich bestehen sollte, und dessen bin ich mir sicher, dann verlange ich eine Entschuldigung des Rates vor allen Kriegern des Clans und eine Auszeichnung für meine glorreichen Taten." Das war zu viel: Der Großmeister sprang mit solch einer Wucht auf, dass sein Stuhl umfiel. Meister Zorralf hielt ihn am Arm zurück und sprach beruhigend auf ihn ein. Mit sichtlicher Mühe rang er um Beherrschung, dann sprach der Großmeister: „Ihr werdet euch unverzüglich zur Arena begeben, um diesen Kampf unter den Augen aller Anwesenden auszutragen, bis eine Entscheidung gefallen ist. Das Urteil über Tantana verkünden wir nach dem Zweikampf." Er schlug die Kapuze über den Kopf und verließ den Saal, dicht gefolgt von den anderen Mitgliedern des Hohen Rates.

Die Wachen nahmen Usantar in die Mitte, um ihn zur Arena zu führen, als er noch einmal das Wort an Meister Torgal richtete. „Bruder, wenn dein Blut erst den Sand der Arena getränkt hat, dann werde ich diese Schwächlinge des Rates hinwegfegen. Ich weiß, dass mir die Krieger des Clans die Treue schwören werden, denn sonst werden auch sie die Arena nicht lebend verlassen. Es werden blutige Zeiten für das Land Mittelerde anbrechen." Sein dreckiges Lachen trieb mir einen Schauer über den Körper. Meister Torgal blieb gelassen. Er sah Usantar nur an. Als dieser sich anschickte, mit seinen Beleidigungen fortzufahren, brachte er ihn mit einer Handbewegung zum Schweigen. „Du bist schon tot!" sprach er leise und verließ das Rundhaus. Die Wachen brachten Usantar hinaus.

Die Arena lag außerhalb des Dorfes. Der offene Kampfplatz in der Mitte war so riesig, dass ohne weiteres ein ganzer Zug mit seinen Pferden Platz zum Kämpfen fand. Er war von stufenförmig ansteigenden Sitzreihen umgeben wie in einem Amphitheater. Meister Wintal brachte uns schweigend zu unseren Plätzen an der Stirnseite des Ovals. Der Hohe Rat hatte über dem Tor, das den Eingang zur Arena bildete, Platz genommen. Als wir uns gesetzt hatten, wagte ich, Meister Wintal anzusprechen. „Meister, warum der Zweikampf? Hätte der Hohe Rat ihn nicht einfach zum Tod verurteilen können?" Sein Kopf fuhr herum und seine Augen funkelten. Ich zuckte vor Schreck zusammen, doch dann entspannte der Meister sich. „Usantar hat sich um den Clan verdient gemacht. Auch wenn es schon einige Zeit her ist, so waren seine Taten dennoch groß. Erst dann begann er, sich zu verändern. Sein Handeln wurde unehrenhaft, und der Rat beschloss, es sei besser, ihn mit der Ausbildung der neuen Kriegergenerationen zu betrauen, um verlorenes Vertrauen wieder zurückzugewinnen und seine Treue zu beweisen. Weit gefehlt." Er seufzte. „Aus diesem Grund durfte der Hohe Rat ihn nicht zum Tode verurteilen. Noch nie ist ein Mitglied des Clans zum Tode verurteilt worden. Er wäre nur in die Verbannung geschickt worden. Aber Torgal hat erkannt, dass dies eine größere Gefahr für alle bedeuten würde, als ihn in der Arena zum Kampf zu fordern." Einen Augenblick schwiegen wir, dann fragte ich: „Was passiert, wenn Meister Torgal den Kampf verliert?" Ohne mich anzusehen, antwortete er: „Dann werde ich ihn fordern, und wenn ich verlieren sollte, dann fordert ihn ein weiterer Krieger. Was auch passieren mag, Usantar wird diese Arena nicht lebend verlassen." Wieder schwiegen wir einen Moment, aber ich konnte die Spannung einfach nicht ertragen, deshalb fragte ich erneut. „Meister, was sind das für kostbare Spangen, die die beiden tragen, und warum hat Tantana keine?" „Das sind ihre Auszeichnungen. Für große Siege oder Taten verleiht der Clan einem Krieger solche Spangen aus Respekt und zum Zeichen der Ehre. Alle diese Taten und Siege werden in Liedern noch besungen, wenn die Spangen schon lange vergangen sind. Denn die Lieder überdauern die Zeiten."

Ein Raunen lief durch die Reihen, als Meister Torgal den Kampfplatz betrat. Er hatte seinen Kilt gewechselt und trug nun wie bei unserer ersten Begegnung den schlichten einfarbigen schwarzen ohne Verzierungen und Auszeichnungen. Auf seinem Rücken glänzte sein langes Schwert, und er hatte einen kurzen Dolch an den Gürtel geschnallt. Meister Torgal verneigte sich vor dem Hohen Rat und grüßte die anderen Krieger. Es wurde still, als Usantar erschien. Auch er hatte sich auf den Kampf vorbereitet. Das Schwert, das er trug, war nicht ganz so lang wie das von Meister Torgal, dafür war es deutlich leichter. Es sah aus, als ob es bequem mit einer Hand zu führen sei. Nur kurz, fast beiläufig, grüßte er den Rat, alle anderen beachtete er nicht. Dann ging er auf Meister Torgal zu und spuckte ihm vor die Füße. Der Großmeister erhob sich und stampfte mit seinem langen Stab dreimal auf den Boden. „Der Kampf kann beginnen. Möge Donar das Opfer anerkennen. Ein großer Krieger wird heute zu ihm reiten." Er ließ ein weiteres Stampfen folgen und setzte sich wieder. Eine schwere Stille legte sich über die Arena.

Eine Zeit lang geschah nichts, dann zogen beide Meister wie auf ein geheimes Kommando ihre Klingen und bewegten sich langsam aufeinander zu. Ich hörte nur das Knirschen des Sandes unter ihren Füßen. Katzengleich, jeden Muskel gespannt, umrundeten sich die beiden. Dann hatte Meister Torgal seinen Platz gefunden, blieb stehen und fixierte Usantar. Der schlich noch etwas weiter, dann blieb auch er stehen und sah seinem Gegner in die Augen. Nach einiger Zeit begann ich, nervös zu werden. Warum passierte nichts? Wann begannen sie zu kämpfen? Die beiden Schwertmeister standen unbeweglich. Meister Torgal hatte vor dem Körper beide Hände um den Griff seines Schwertes gelegt, die Spitze der Klinge war leicht zu Boden geneigt. Er hatte einen Schritt nach vorn gemacht und das Gewicht mehr auf das vordere Bein verlagert. Diese Position schien er, ohne große Mühe einige Zeit halten zu können. Usantar hatte seine Klinge neben seinen Kopf gehoben. Die Spitze zeigte auf Meister Torgal. Zur Unterstützung hatte er die andere Hand an den Waffenarm gelegt, so konnte er die Hand mit dem Schwert entlasten. Mein Meister war tief in die Knie gesunken, die Arme lagen dicht an seinem Oberkörper. Usantar hingegen stand aufrecht mit seitlich erhobenen Armen.

Die Zeit stand still, und die Welt hielt den Atem an. Nichts geschah. Beide Krieger verharrten in ihrer Haltung, keiner zuckte oder schwankte auch nur um Haaresbreite. Mir brach der Schweiß aus, ich begann zu zittern und wollte damit aufhören, aber mein Körper reagierte nicht. Das Zittern wurde immer stärker. Plötzlich zog mich Meister Wintal dicht zu sich heran und presste mir seinen Daumen auf einen Punkt in meinem Genick. Der Schmerz schoss in meinen Kopf, mir wurde schwindelig, und ich musste würgen. Aber das Zittern ließ so augenblicklich nach, als seien Fesseln von meinem Körper gefallen. Ich konnte mich kaum aufrechthalten, derart entspannt waren alle meine Muskeln. Meister Wintal stützte mich, sonst wäre ich wohl von der Bank gefallen. Die anderen hatten davon zu meinem Glück nichts mitbekommen. Leise fragte er mich, ob ich wieder allein sitzen könne. Ich nickte stumm, und als er mich losließ, schwankte ich noch immer wie ein Grashalm im Wind. Als ich endlich wieder in die Arena schauen konnte, war noch immer nichts passiert. Die Sonne wanderte weiter, kein Windhauch drang in die Arena. Die Schatten der beiden Männer da unten im Sand wurden immer länger.

Dann passierte es. Als die Strahlen der untergehenden Sonne direkt in Meister Torgals Gesicht fielen, schloss er die Augen. Auf diesen Moment schien Usantar gewartet zu haben. Ohne erkennbaren Ansatz war er vorgeschnellt. Sein Schwert beschrieb einen Halbkreis und zielte auf Meister Torgals Kopf. Der hatte mit geschlossenen Augen seinen Schritt auf Usantar zu verlängert. Gleichzeitig hob er sein Schwert und streckte die Arme nach vorn. Es war noch immer totstill, als

Meister Torgals mächtige Klinge Usantars Körper lautlos durchdrang. Über die Hälfte der Klinge trat aus dem Rücken wieder aus, weil er mit solcher Wucht auf Meister Torgal zugeschnellt war. Eben noch war sein Angriff wild und entschlossen gewesen. Jetzt verließ in die Kraft. Seine Arme fielen herunter, und die Klinge entglitt kurz vor ihrem Ziel seinen Händen. Ungläubig starrte Usantar seinen Gegner an, der jetzt erst seine Augen wieder öffnete. Ihr Blick verfing sich ineinander, auch noch als Usantars Beine nachgaben und er mit der Klinge im Leib langsam auf die Knie sank. Meister Torgal hielt sein Schwert noch immer mit beiden Händen. Usantar begann zu zittern, dunkles Blut rann die Klinge an beiden Seiten hinunter und quoll aus seinem Mund. Es färbte den Sand dunkel, und er fiel zur Seite. Torgal war mit auf die Knie gesunken, und als der andere sich zur Seite neigte, zog er seine Klinge aus dem Körper des Sterbenden. Meister Torgal ließ sein Schwert los und fing Usantars Kopf auf, bevor dieser den Sand der Arena berührte. Er legte ihn auf seine Knie, und ich sah, wie beide miteinander sprachen, nur wenige Worte, aber als Usantars Kopf zur Seite fiel, erhob sich Meister Torgal mit Tränen in den Augen. Er hob die Arme und drehte sich langsam im Kreis. Den Kopf weit in den Nacken gelegt, schrie er in den Himmel: „Donar! Donar, Gott aller Krieger! Nimm diesen stolzen Kämpfer in deine Reihen auf. Er war ein großer Mann! Wenn auch viele seiner Taten nicht in deinem Sinne waren, so hat er sich doch über seine Feinde erhoben und dir zur Ehre gereicht. Nimm ihn auf, ich als sein Bruder bitte dich darum." Er grüßte den Clan, verneigte sich vor dem Hohen Rat, hob sein Schwert auf und verließ den Kampfplatz.

Obwohl dort so viele Menschen saßen, war noch lange Zeit nichts zu hören, kein Schlucken, kein Räuspern. Und dann fing es an, leise wispernd: „Usantar!" Immer mehr stimmten ein, bis aus dem Flüstern eine dröhnende Huldigung des toten Kriegers wurde. „USANTAR!" Fäuste reckten sich in den Himmel, Reihe um Reihe stand auf, bis es auch den letzten nicht mehr auf der Bank hielt. „USANTAR!" Wieder und wieder riefen die Krieger seinen Namen. Jetzt blies plötzlich ein starker Wind durch die Arena und wirbelte den Sand in die Luft. Mich schauderte es. Auch wenn dieser Krieger gefehlt hatte, so wurde ihm doch die letzte Ehre zuteil. Dann wurde es wieder still, selbst der Wind legte sich. Da erhob sich donnernd die Stimme des Großmeisters. „Brüder und Schwestern, ein großer Krieger ist von uns gegangen. Trauer erfüllt mich. Lasst ihn uns zu Grabe tragen, wie es sich für ein Mitglied des Clans geziemt." Nach diesen Worten verließen erst der Hohe Rat, dann alle anderen die Arena.

Langsam schritten wir durchs Dorf. Die Mitglieder des Clans standen in Gruppen zusammen, redeten leise miteinander oder schwiegen. Plötzlich stimmte Meister Wintal ein Lied an, es erzählte von Usantars Heldentaten. Ich lauschte gebannt. Das war also die Unsterblichkeit der Helden. Noch in Hunderten von Jahren würde an den Feuern über ihre Taten gesungen werden. Als Meister Wintal geendet hatte, fragte ich ihn leise, was nun passieren würde. Traurig antwortete er: „Seine besten Freunde werden ihn für den Ritt zu den Göttern vorbereiten. Wenn nach drei Tagen alle von ihm Abschied genommen haben, wird er in der Morgendämmerung den Flammen übergeben." Beim Essen saß ich mit Yinzu, Hamron und Orphal zusammen. Lustlos stocherten wir in unserem Gemüse herum. Es herrschte tiefes Schweigen an unserem Tisch, keiner wollte die schwere Stille brechen. Orphal war der erste, der seinen Teller wegschob und in die Runde sah. „Lasst uns zu Ehren des gefallenen Kriegers fasten, bis er dem Feuer übergeben worden ist." Erstaunt sahen die anderen ihn an. „Warum sollten wir das wohl tun?" Hamron schüttelte den Kopf. Wenn es ums Essen ging, verstand er noch weniger Spaß als ich. „Weil es sonst keine Möglichkeit für uns gibt, Meister Usantar Respekt zu zollen." Orphal sah ernst zu Hamron herüber, der die Stirn runzelte. „Auch wenn er ein großer Krieger gewesen ist, er wollte den Clan und uns ins Unglück stürzen. Alles was ich von diesem Mann gesehen und erlebt habe, war nicht ehrenhaft. Ich finde, seinem Gedenken wurde Genüge getan." Yinzu stimmte Hamron zu, deshalb sahen alle mich erwartungsvoll an. Als ich mich nicht anschickte, für eine Seite Partei zu ergreifen, fragte Orphal: „Was hältst du von meiner Idee, Aran?" Ich zuckte mit den Schultern. „Irgendwie habt ihr beide Recht. Wenn er einer meiner Lehrer wäre, dann würde ich sogar einen ganzen Monat lang fasten. Aber so? Ich weiß nicht, immerhin hat er unser Leben aufs Spiel gesetzt. Anderen haben seine Machenschaften das Leben gekostet. Nein, ich werde nicht für ihn fasten." Mit einem Ruck stand Orphal auf. „Ihr seid respektlos, ihr tretet sein Ansehen mit Füßen." Wütend verließ er den Speisesaal. „Ich finde, er reagiert deutlich übertrieben." Hamron sah in die Runde. „Ich nehme an, er hat einen Grund, so zu reagieren", erwiderte Yinzu.

Ich war Orphal gefolgt, er stand allein draußen. Als ich zu ihm kam, drehte er sich weg. Es war ihm unangenehm, dass ich ihn weinen sah. Einen Augenblick lang standen wir beide zusammen, ohne zu reden, und sahen in das leuchtende Rot der Abenddämmerung. Leise und mit Tränen erstickter Stimme sagte Orphal: „Er war mein Vater! Keiner wusste es, noch nicht einmal er selbst. Meine Mutter hat es mir erzählt. Er hat unser Dorf vor der Plünderung und vor dem Brandschatzen durch vorbeiziehende Söldner gerettet. Mehr als einmal. Es war Krieg, und unser Dorf war arm. Sie konnten ihm kein Gold dafür geben. Er nahm sich meine Mutter. Sie gab sich ihm hin, hatte er doch das Leben ihrer ganzen Familie gerettet. Ich bin der Sohn dieser Schuld. Ich habe ihn verehrt. Niemals habe ich ihn wiedergesehen, bis ich alt genug war, um hierherzukommen und meine Ausbildung zu beginnen. Es war mein größter Wunsch, so ein großer Krieger zu werden wie mein Vater." Wieder begann er zu weinen. Ich legte meinen Arm um ihn, und er hielt sich an mir fest. „Ich werde mit dir fasten, mein Freund." Es kam mir nun selbstverständlich vor, Orphal in seiner Trauer zu unterstützen. Er bedankte sich und bat mich, niemandem davon zu erzählen. Ich versprach es ihm, überredete ihn aber, sich einem unserer Lehrer zu offenbaren. Danach begaben wir uns zu den heißen Quellen, um mit dem Reinigungsritual zu beginnen, und banden uns ein schwarzes Tuch um den Kopf, damit jeder sehen konnte, dass wir fasteten.

Am nächsten Morgen sahen uns die anderen erstaunt an, vor allem Yinzu und Hamron, hatte ich mich doch am Tag zuvor gegen ein Fasten zu Ehren Usantars ausgesprochen. Yinzu wollte mich danach fragen, doch ich schüttelte nur den Kopf und verwies ihn an Orphal. Der vertröstete ihn bis zum Abend, dann wollte Orphal allen von unserem Entschluss erzählen. Meister Wintal erschien, um uns unsere Aufgaben für den Tag zuzuweisen. Er hatte tiefe Ränder unter den Augen, so als habe er die ganze Nacht nicht geschlafen. Erst auf dem Weg zum Frühstück bemerkte er die Fastentücher. Er ließ die anderen weitergehen und winkte uns zu sich heran. Orphal erzählte ihm alles. Ich schirmte die beiden vor neugierigen Blicken ab. Dann erzählte Meister Wintal, dass er die ganze Nacht Totenwache gehalten habe und dass andere Krieger nun dabei seien, die Ehrenwaschungen vorzunehmen, bevor Usantar dem Feuer übergeben werde. Auch wenn Orphal noch kein richtiger Krieger war, so erlaubte ihm Meister Wintal, an der Totenwache teilzunehmen. „Aran, weil du deinen Freund in dieser schweren Stunde nicht allein gelassen hast, darfst du mitgehen."

Das kleine Rundhaus, in dem die Totenfeier abgehalten werden sollte, lag etwas oberhalb des Dorfes am Hang. Es war ausschließlich dieser Zeremonie vorbehalten. Meister Torgal und ein weiteres Clanmitglied waren dabei, Usantars mit einem dünnen Tuch bedeckten Körper zu waschen. Zwei mit Speeren bewaffnete Krieger standen am Kopfende des Tisches, auf dem der Tote lag. Jede Bewegung erstarb, als wir den Raum betraten, die beiden Wachen aber senkten ihre Waffen. Meister Wintal gebot ihnen mit einer Handbewegung Einhalt und unterrichtete die Anwesenden kurz, warum er uns mitgebracht hatte. Mit einem Kopfnicken erlaubten uns die Schwertmeister zu bleiben. Die beiden Speerträger übergaben uns ihre Waffen, damit wir die Totenwache übernehmen konnten. Der Holzschaft lag schwer in meiner Hand, als ich mich am Kopfende des steinernen Tisches aufstellte. Meister Wintal erklärte, dass wir uns nicht von unserem Platz entfernen durften, egal was auch passierte. Nur wenn jemand versuchen sollte, die Ruhe des Toten zu stören, sei es unsere Pflicht einzuschreiten.

In der Luft hing der Geruch von Duftkerzen und Kräuterrauchwerk. Mich erinnerte dieser Geruch an die Nacht, als ich meine tote Großmutter fand. Ein seltsam trauriges Gefühl stieg in mir auf, als ich an meine alte Heimat zurückdachte. Bilder, die ich schon fast vergessen hatte, tauchten plötzlich in meinem Gedächtnis auf. Mein Herz verkrampfte sich, als ich an Falahn dachte. Ich betrachtete den Krieger, der da vor mir lag und auf die letzte Reise vorbereitet wurde. Meister Torgal wusch den Mann, dessen Freund er einst gewesen war und den er am Tag zuvor im Zweikampf getötet hatte. Wie fühlte er sich jetzt, der gestern einen Freund getötet hatte? Es wurde nicht gesprochen, die Zeit schien stillzustehen und auch die Bewegungen der Krieger waren sehr langsam und bedächtig. Schon lange war der Schmerz in meinen Beinen einem tauben Gefühl gewichen. Wir standen dort Stunde um Stunde, während die Krieger ihren Freund schmückten. Sie legten ihm seinen prächtigen Kilt an. Viele silberne und goldene Schnallen waren daran befestigt. Sein Schwert wurde ihm mit der Klinge nach unten in die vor der Brust gekreuzten Hände gelegt. Dann stellten sie einen großen Schild mit dem Wappen des Clans am Fußende des Tisches auf neben all den anderen Waffen, mit denen Usantar zu Lebzeiten gekämpft hatte. Zum Schluss setzten sie ihm einen prächtigen Helm auf. Er war schwarz und mit goldenen Verzierungen versehen. Ein langer Schweif aus den schwarzen Haaren seines Pferdes zierte den Helm.

Nachdem alles fertig war, begannen alle anderen, sich von dem Toten zu verabschieden. Ohne uns zu beachten, kamen die Krieger einzeln in ihren prächtigsten Kilt gehüllt, um Lebewohl zu sagen. Sie knieten sich an das Kopfende und sprachen leise mit dem Toten. Einige weinten leise. Ich hatte das Gefühl, in einer Art Säule gefangen zu sein, denn ich spürte nichts mehr, keinen Hunger, keine Schmerzen, nichts, was wir anzeigte, dass ich noch lebendig war. Ich geriet in Panik, aber dann erinnerte ich mich, dass ich beschlossen hatte, alles Sonderbare zu akzeptieren.

Nachdem der letzte Krieger gegangen war, blieben wir mit dem Toten allein. Es wurde noch stiller, als es die ganze Zeit über schon gewesen war. Nach und nach verloschen die Duftkerzen, und der Raum versank in einem bläulichen Licht, das der Mond durch die kleinen Fenster warf. Keiner von uns beiden bewegte sich, um neue Kerzen zu entzünden. Leise drang seltsamer Gesang von draußen herein. Ich konnte nicht unterscheiden, ob es Männer oder Frauen waren, die da sangen, aber sie bewegten sich um das Totenhaus herum. Immer noch konzentrierte ich mich auf den Gesang, als ich plötzlich eine Bewegung wahrnahm. Erst vermutete ich, es sei Orphal, den es nicht mehr an seinem Platz hielt. Aber dann stellte ich mit Entsetzen fest, dass es der Tote war. Kälte durchdrang mich. Ich hörte Orphal stöhnen, auch er hatte die Bewegung wahrgenommen. Zuerst sah es so aus, als ob ein Windhauch den Kilt bewegt hatte. Doch dann richtete sich Usantars Oberkörper auf. Die Schnallen an seinem Kilt klirrten leise. Langsam drehte er den Kopf, witternd wie ein wildes Tier hob er die Nase. Ich hätte eigentlich zittern müssen, aber da ich so starr wie eine Säule war, regte sich nichts, was seine Aufmerksamkeit auf mich gelenkt hätte. Nun schwang Usantar seine Beine vom Tisch. Sein Schwert hielt er immer noch in beiden Händen. Er sah sich um und sprang dann vom Tisch herunter. Der Gesang war lauter geworden, und Usantar machte sich auf den Weg nach draußen. Da wimmerte es leise. Er hielt inne und drehte sich zu uns um. Mein Herz setzte aus, ich begann zu schwitzen. Usantar knurrte so tief und gefährlich, dass ich mich am liebsten in Luft aufgelöst hätte. Langsam kam er auf uns zu. Sein Gesicht war bleich und die Augen kalt und leer. Sein Blick streifte mich nur kurz, dann wandte er sich Orphal zu. Mit einem lauten Knall war der Speer aus Orphals Händen auf den Boden gefallen. Er zitterte am ganzen Körper und wimmerte noch immer. Den Blick hatte er auf den toten Krieger gerichtet, der sein Vater gewesen war.

Seine Stimme war wie ein Krächzen, als er zu sprechen versuchte. „Vater, ich weiß, du kennst mich nicht, aber ich bin es, Orphal, der Sohn der Rignar, deiner Frau." Der Tote hielt in seiner Bewegung inne. Beide standen sich nun Auge in Auge gegenüber. Usantar war noch immer ein kleines Stückchen größer als Orphal, aber eine Ähnlichkeit zwischen den beiden war nicht von der Hand zu weisen. „Warum störst du meine Reise?" Diese Stimme, sie schien aus einer anderen Welt zu kommen. Ein Windhauch des Todes begleitete sie, als sie durch den Raum schwang. „Vater, ich wollte dir nur sagen, wie stolz ich, wir, das ganze Dorf auf dich sind. Nie hatte ich Gelegenheit, es dir zu sagen. Du hast es nicht gewusst, aber ich war immer stolz, dein Sohn zu sein." Tränen liefen über Orphals Gesicht. Ohne dass sich seine Lippen bewegten, hörten wir Usantars tiefe Grabesstimme. „Ich wusste von dir, mein Sohn. Ich habe auch gewusst, dass du hierher kommen wirst, denn es war mein Wunsch. Du solltest ein Krieger werden, genau wie dein Vater und mein Vater vor mir. Es ist an dir, Ehre und Ruhm für den Clan und unsere Familie zu erstreiten. Du musst das vollenden, was ich begonnen habe, aber nicht beenden konnte. Werde ein großer Krieger und trage unser Banner. Sei gewiss, mein Sohn, wir werden uns wiedersehen, nun lass mich meine Reise fortsetzen." Mit diesen Worten wandte er sich zur Tür, vor der der Gesang wieder zugenommen hatte. Ohne die Tür zu berühren, trat er hindurch in das bläuliche Licht. Als er verschwunden war, hörte der Gesang auf, und es wurde dunkel.

Als die Tür aufgestoßen wurde, strahlte die Morgensonne herein. Meister Torgal, Meister Wintal und die anderen beiden Krieger, die Usantars Totenfeier vorbereitet hatten, brachten eine Bahre, die aus Schilden und zwei langen Speeren zum Tragen bestand. Erstaunt stellte ich fest, dass Usantars Leichnam noch genau so dalag, wie sie ihn gestern zurückgelassen hatten. Ich konnte mich noch immer nicht bewegen und beobachtete nur stumm, wie sie ihn auf die Bahre legten. Gerade, als sie Usantar hinaustragen wollten, betraten der Großmeister und der Elfenmeister das Totenhaus. Der Elf hielt einen kleinen, leuchtenden Stab in der Hand, mit dem er meine Stirn berührte. Augenblicklich verschwand das Gefühl der Starre aus meinem Körper, und ich spürte die Schmerzen der langen durchstandenen Nacht. Ich musste mich auf den steinernen Tisch stützen, als ich versuchte zu gehen. Orphal erging es nicht anders. Unsere Blicke trafen sich. Ich versuchte, ihm zuzulächeln, was mir nicht gelang. Mir wurde ein Becher vor den Mund gehalten. „Trink das, und es wird dir gleich viel besser gehen." Die Stimme, die dies zu mir sagte, war so leicht und trällernd, dass ich meinte, die Worte seien gesungen worden. In kleinen Schlucken trank ich die süße Flüssigkeit. Wie eine kühle Brise die Hitze eines Sommertages vertreibt, so verflog der Schmerz. Ich richtete mich auf und grüßte die Mitglieder des Hohen Rates. Orphal kam um den Tisch herum und trat neben mich, auch er grüßte die beiden Meister. Der Großmeister lächelte mild. „Ihr jungen Krieger seht sehr mitgenommen aus. Ich möchte alles hören, was sich heute Nacht zugetragen hat. Dies ist Meister Gantalah, er ist ein altes Mitglied des Hohen Rates. Er wird die Zeichen aus der anderen Welt besser zu deuten wissen als ich." Meister Gantalah schlug seine Kapuze nach hinten und sah mich mit feuerroten Augen an. Wie bei dem Elfen, den ich damals im Wald beobachtete, schimmerte auch seine Haut in einem bläulichen Licht. Er hatte einen schmalen langen Kopf, mit fein geschnittenen Gesichtszügen. Seine Augen waren sehr groß Die kleine Nase passte überhaupt nicht zwischen die großen roten mandelförmigen Augen. Die Ohren liefen oben spitz zu. Seine Bewegungen waren anmutig, grazil und schön. Es schien, als schwebe er durch den Raum.

Er nahm meine Hände in die seinen. Ein seltsames Kribbeln durchströmte meinen Körper. Es fühlte sich merkwürdig an, aber nicht unangenehm, deshalb wehrte ich mich nicht dagegen. Ich spürte, wie sein Geist in mich drang. Dann hörte ich, nein, spürte ich seine Stimme in meinem Kopf. „Aran van Dagan, ich habe schon viel von dir gehört. Hoffentlich bist du nicht enttäuscht, jetzt wo du einem Elfen zum ersten Mal Auge in Auge gegenüberstehst." Noch nie hatte ich ein schöneres Wesen auf Mittelerde gesehen. Er lächelte und entblößte dabei seine strahlend weißen Zähne, die wie Edelsteine funkelten. „Ich bin geschmeichelt, mein Sohn", wieder vernahm ich seine Stimme direkt in meinem Kopf. „Aber es gibt gewiss noch viel schönere Wesen als mich, dessen kannst du dir sicher sein. Aber nun lass mich miterleben, was du letzte Nacht gesehen zu haben glaubst." Ohne dass ich mich bewusst an sie erinnern musste, liefen die Bilder der Nacht vor meinem inneren Auge ab. Als ich noch einmal sah, wie Usantar durch die Tür verschwand, ließ er meine Hände los. Das Kribbeln ließ nach, und mich fröstelte unangenehm. Nun wandte sich Meister Gantalah an Orphal und nahm dessen Hände in die seinen. Orphal zuckte zusammen. Beide sahen sich schweigend an. Ich blickte zu Boden, weil ich plötzlich befürchtete, sie zu stören. Mit einem Lächeln hielt mir der Großmeister wieder den Becher an die Lippen. Ich trank noch einige kleine Schlucke und fühlte mich sofort besser. Mit einer Handbewegung bat er mich, ihn nach draußen zu begleiten.

In der Morgensonne schien mein Körper zu wachsen. Ich spürte, wie Energie und Kraft meine Muskeln durchfluteten. Am liebsten hätte ich jubelnd die ganze Welt umarmt - oder wenigstens Saarami. Doch die Hand des Großmeisters lag schwer auf meiner Schulter. „Junger Mann, es ist besser, wenn du dich etwas beruhigst. Du hättest nicht so viel von dem Elixier trinken dürfen. Aber beim ersten Mal weiß niemand, wie viel er verträgt." Das Elixier des Roten Drachen! Ich hatte bisher nur davon gehört. Von einem Bein auf das andere springend, bat ich den Großmeister: „Bitte, bitte erzählt mir, was es mit diesem Elixier auf sich hat, ich bitte Euch von Herzen." „Nun gut, junger Mann, lass uns etwas laufen." Mit diesen Worten rannte er an mir vorbei den Hang hinauf. Trotz seines Alters erreichte er eine unglaubliche Geschwindigkeit. Aus seinen Augen sprühte der Funke der Jugend. Ich folgte ihm und hatte den Eindruck, nicht mehr neben einem älteren Mann zu laufen, sondern neben einem jungen Knaben. Er lachte und beschleunigte noch einmal das Tempo. Mit einem übermütigen Schrei schoss ich an ihm vorbei und begann, ihn zu umkreisen, während er die Geschwindigkeit verringerte. Mein Herz schlug mir bis zum Hals. Das Blut rauschte in meinen Ohren, und ich hätte noch Stunden so weiterlaufen können. „Junger Krieger, beruhige dich wieder Man muss vorsichtig sein, sonst kann es schnell ins Gegenteil umschlagen." Ich runzelte die Stirn und fragte kichernd: „Verehrter Großmeister, was meint Ihr damit? Wie kann ein solch herrlicher Trank von Übel sein?" Er legte väterlich seinen Arm um mich. Augenblicklich beruhigte ich mich ein wenig, während er weitersprach. „Das Elixier des Roten Drachen ist schon so alt wie der Clan selbst. Es wurde vor vielen Generationen dazu erfunden, auf dem Schlachtfeld nicht zu verzweifeln, wenn die Übermacht groß und die Aussicht auf einen Sieg gering ist. Denn was du eben als unbändige Freude erlebt hast, verwandelt sich auf dem Schlachtfeld in rasende Wut, die ohne Rücksicht auf das eigene Leben Tod und Vernichtung über deine Feinde bringt. Deshalb gibt es strenge Regeln zur Anwendung des Elixiers. Wenn du stark verwundet bist, aber weiterkämpfen musst, dann hilft es dir, ohne Einschränkung bis zum letzten Blutstropfen deine Feinde zu schlagen. Wenn es aber missbraucht wird, dann bringt es großes Unheil über die, die es verwenden. So war es bei Usantar." Schweigend hatte ich der Erzählung des Großmeisters gelauscht. Seine Worte klangen immer noch in meinen Ohren wie der Ton einer Laute, als ich bemerkte, dass er stehengeblieben war. „Sohn, du kannst viele große Dinge tun, wenn du von dem Elixier trinkst, aber du darfst nie vergessen, dass es mit Bedacht eingesetzt werden muss. Wenn du dich zu sehr darauf verlässt, wirst du scheitern, genau wie Usantar gescheitert ist. Denn dein Wille, deine Entschlusskraft dürfen nicht abhängig sein von dieser Flüssigkeit. Sie dient dir in Ausnahmefällen als Werkzeug, sie bestimmt nicht dein Handeln. Hast du das verstanden?" Ich nickte. Er klopfte mir auf die Schulter und sagte, dass es nun besser sei, wieder zu den anderen zurückzugehen, denn Usantars letzte Reise solle bald beginnen.

    Ich bemerkte mit Erstaunen, wie weit wir uns vom Dorf und vom Totenhaus entfernt hatten. Mir war das Gefühl für Raum und Zeit völlig abhanden gekommen. „Ehrenwerter Großmeister, worin besteht die Aufgabe des Clans und seiner Krieger?" Er sah zu den nahen Bergen hinüber. Tief zog er den Atem ein „Das ist eine lange Geschichte, mein Sohn. Sie reicht weit zurück, wie uns Lieder und Erzählungen überliefern, bis zu einer Zeit, da Götter und Menschen, Elfen, Zwerge und Riesen noch gemeinsam auf Mittelerde lebten. Die Götter reisten damals auf großen Drachen durch die Lüfte. Es muss gewaltig gewesen sein, als die Götterheere auf ihren Drachen große Schlachten schlugen. Einige auserwählte Menschen dienten den Göttern, indem sie die Drachen versorgten, so wie wir heute Stallmeister und Knechte haben, die für das Wohlergehen und die Aufzucht unserer Pferde da sind. Dann kam eine Zeit, da sich die Götter aus Mittelerde zurückzogen. Keiner weiß heute mehr, warum dies geschah, aber sie ließen uns und ihre Drachen hier. Wir sollten nach ihren Werten leben und die edlen Tiere versorgen, bis sie eines Tages wiederkehren. So versorgten unsere Vorfahren die Drachen genau so, wie die Götter es ihnen befohlen hatten. Aber es kam eine Zeit, da die Menschen glaubten, dass sie den Göttern gleich seien. Die Drachen schlossen sich den Menschen an, und so entstand eine unheilvolle Allianz. Das beschwor den Zorn der Götter herauf, und alle wurden hart bestraft. Die Drachen durften nicht mehr fliegen. Sie wurden in einen tiefen Schlaf versetzt, aus dem sie nur von den Göttern wieder erweckt werden können. Wir vom Clan des Roten Drachen müssen nun die Schlachten hier auf Mittelerde schlagen, um das verlorengegangene Vertrauen der Götter wieder zurückzugewinnen. So kommt es, dass die Mitglieder des Clans sich auf den Feldern der Ehre schlagen für den Kriegsherrn, der am besten bezahlt. Dies ist der Preis, den wir für unsere Frechheit zahlen müssen. Vielleicht schaffen wir es irgendwann einmal, diese Schuld zu tilgen, wenn wir uns nur lang genug für eine gute Sache einsetzen, genug Schlachten geschlagen und Siege errungen haben. Ja, vielleicht verzeihen uns dann die Götter irgendwann."

    Ohne dass ich es bemerkt hatte, waren wir zum Totenhaus zurückgekehrt. Gebannt hatte ich der Geschichte gelauscht. „Wo schlafen die Drachen?" Leise, so als könnten sie uns hören, hatte ich meine Frage an den Großmeister gerichtet. Er wies auf den rauchenden Berg. „Irgendwo dort tief in diesen Bergen liegt die Höhle der Drachen, dort schlafen sie und warten darauf, dass sie sich irgendwann wieder in die Lüfte erheben dürfen." Meister Gantalah und Orphal traten gerade ins Freie, als wir zurückkamen. Im Sonnenlicht erstrahlte der Elf. Ich konnte mich nicht sattsehen an so viel Schönheit und Vollkommenheit. Er aber schüttelte den Kopf. „Aran, ich glaube ich muss dich einmal mit in meine Heimat nehmen. Da gibt es viele meiner Art, es wird dann leichter sein für dich, mich als ein normales Wesen zu sehen." Mir war es unangenehm, dass er wieder meine Gedanken erraten hatte. Trotzdem bedankte ich mich für die Ehre.

Der Großmeister entließ Orphal und mich. Langsam gingen wir ins Dorf zurück, bis Orphal auf einmal stehen blieb. „Es war das Elixier, was sie uns zu trinken gaben." Ich nickte. Er begann plötzlich zu lachen. Verwundert schaute ich ihn an. „Ich habe mir gerade Talwak vorgestellt. Wenn er gestern Nacht bei uns gewesen wäre, dann hätten wir bestimmt keinen Kontakt zum Totenreich bekommen." Grinsend schüttelte ich den Kopf. „Im Gegenteil, er hätte mit seinem Geschrei wahrscheinlich ganze Heerscharen aus dem Totenreich erweckt." Aber dann wurde Orphal sehr ernst. „Meister Gantalah hat mir erklärt, dass es nicht oft vorkommt, dass jemand wie ich solch ein intensives Erlebnis mit den Toten hat. Er hat mir gesagt, dass einer wie du, einer der Schwarzblauen, so etwas öfter erleben kann. Für einen wie mich, einen der Rotgezeichneten, ist es sehr außergewöhnlich. Aber das ist mir egal, ich konnte mich von meinem Vater verabschieden, und ich weiß jetzt, dass er mich kennt und dass er weiß, wer ich bin."

Die anderen kamen gerade vom Frühstück, als wir eintrafen. Sie grüßten uns respektvoll, stellten aber keine Fragen. Hamron klopfte mir auf die Schulter und erzählte, was es anlässlich der Totenfeier zu essen geben würde. Ein Tritt von Yinzu brachte ihn zum Schweigen. Meister Torgal kam, um uns abzuholen. Er sah sehr ernst aus. Dabei war er prächtig geschmückt. Sogar sein Schwert, mit dem er Usantar besiegt hatte, trug er bei sich. Einige Jungen schickte er wieder hinein, sie sollten ihren Kilt richten und sich waschen. Nachdem alle wieder beieinander waren, begaben wir uns zur Totenfeier. Die blutrote Sonne ging gerade hinter den immer schneebedeckten Bergen unter. Ein eisiger Wind kam aus Richtung Norden und ließ mich frösteln. Meister Torgal schlug einen Weg ein, den ich vorher noch nicht gegangen war. Nach einiger Zeit führte er uns durch ein kleines Wäldchen und dann einen steilen Abhang hinunter. Unten angekommen, erstreckte sich vor uns ein großer See. Am Ufer war ein mächtiger Scheiterhaufen errichtet worden. Die Mitglieder des Hohen Rates standen etwas abseits, so als warteten sie, bis alle anwesend waren.

Stille breitete sich in der Menge der wartenden Krieger aus. Usantar wurde, auf seinem Pferd sitzend, herangeführt. Er trug seinen edlen Kilt mit allen Auszeichnungen, seine Waffen und seinen Schild. Das Pferd war mit einer Panzerdecke behängt, die reich verziert war. Niemand führte das Pferd an den Zügeln, es schien, als wisse es, was es tun müsse. Zwei Krieger eskortierten Usantar zum Feuerplatz. Ohne Widerstand erklomm das Tier den hoch aufgeschichteten Holzstapel. Dort blieb es stehen und bewegte sich nicht mehr.

Dem Alter nach standen die Krieger um den Scheiterhaufen. Unser Zug stand ganz hinten, so dass wir kaum etwas sehen konnten. Aber ich vernahm die Stimme des Großmeisters laut und deutlich, als er sagte: „Brüder und Schwestern, ein großer Mann wird heute zu den Göttern reiten. Er wird von den Flammen hinaufgetragen werden, um den Heerscharen der Götter zu dienen. Ehren wir diesen Krieger nun so, wie wir es schon seit Generationen tun. Auch wenn er gefehlt hat, so zollen wir ihm uneingeschränkten Respekt für seine guten Taten. Deshalb, Brüder und Schwestern, werden wir ihn verabschieden, so wie es sich für unseren Clan geziemt." Der Hohe Rat und Usantars Freunde stellten sich in einem Kreis um den großen Holzhaufen. Dann sprach der Großmeister die Worte, die ich schon zur Wintersonnenwende gehört hatte. „DONAR TRESS TOHR DEMM BEI GOR SAHD OR!" Wieder umgab die Männer der bläuliche Schein. Dann sprühten Blitze aus den gestreckten Armen und setzten das Holz in Flammen. Von dem Pferd, das mit seinem Herrn verbrannte, hörten wir nicht einen Laut.

Ich war tief beeindruckt von diesem Abschied. Orphal, der neben mir stand, wischte sich die Tränen aus den Augen. Als die Krieger ein Lied zu Ehren Usantars anstimmten, sang er leise mit. Als die Lieder verklangen, war nur noch das Prasseln der Flammen zu hören. Inzwischen war es dunkle Nacht geworden. Die Sterne leuchteten, und der Mond war als volle Scheibe am Himmel zu sehen. Den Rückweg fanden wir nur, weil uns Meister Torgal führte.

Am nächsten Morgen wollte ich schon das Fastentuch ablegen, als ich den Rest des Zuges draußen vor dem Haus mit eben diesen Tüchern antreten sah. Erstaunt ging ich nach draußen. Ein Blick in die Runde genügte, um zu erkennen, dass niemand das Tuch freiwillig angelegt hatte. Dann erschien Meister Torgal. Er begutachtete den Zug und erklärte dann, dass für uns die Zeit der inneren Reinigung angebrochen sei. Wenn wir innerlich und äußerlich rein seien, könnten alle losziehen, die noch kein Pferd gefunden hatten. Gerade gratulierte ich mir wortlos selbst, da sagte Meister Torgal: „Aus reiner Kameradschaft werden auch diejenigen unter uns fasten, die ihren Gefährten schon gefunden haben. Wir treffen uns gleich bei den heißen Quellen, aber zuerst müssen wir den Urteilsspruch gegen den zweiten Krieger hören, gegen Tantana."

Vor dem Rundhaus war ein großes hölzernes Kreuz aufgestellt. Nur wenige Krieger hatten sich dort versammelt. „Meister, was wird mit Tantana passieren?" Talwak war es, der aussprach, was wir uns alle fragten. „Er hat erst vor kurzem seine Meisterprüfung bestanden, jedenfalls behauptet er das. Er ist danach sofort hierher zurückgekommen, obwohl jedem geraten wird, noch einige Zeit bei fremden Herren zu dienen, um Erfahrung zu sammeln. Tantana aber hat sich lieber Usantar angeschlossen. Die beiden übernahmen die Ausbildung eines Zuges, so wie Meister Wintal und ich es auch tun. Aber still jetzt, der Hohe Rat kommt." Die Mitglieder des Hohen Rates stellten sich neben dem Holzkreuz auf, dann führten zwei Bewaffnete Tantana auf den Platz. Die Wachen banden ihn an das Kreuz und rissen ihm seinen schlichten Kilt vom Leib, sodass seine blaue Tätowierung zum Vorschein kam. Nun trat der Großmeister vor. Er stand einen Augenblick schweigend da und ließ dann mit einer schnellen Bewegung seine Kapuze nach hinten gleiten. Er sah ernst in die Runde. „Brüder und Schwestern, es fällt mir schwer, den Urteilsspruch zu verkünden, den der hohe Rat über ein noch junges Mitglied unseres Clans gefällt hat. Tantana wird heute aus unserer Gemeinschaft verstoßen. Er hat Unheil über uns und sich selbst gebracht. Auch wenn ihn nicht solch schwere Schuld trifft wie Usantar, so hat er es doch versäumt, sich an die zu wenden, die ihn auf den richtigen Pfad hätten zurückbringen können. Deshalb wird er ab heute und für alle Zeit aus unserem Clan ausgeschlossen - ohne die Möglichkeit, je zurückzukehren. Es wird ihm verboten, unser Banner zu tragen, in unserem Namen zu sprechen oder zu kämpfen. Aus unseren Schriften wird sein Name gestrichen, keine Lieder werden von seinen Taten erzählen. Ab heute gibt es Tantana nicht mehr." Er schlug die Kapuze wieder über den Kopf und ging zurück zu den anderen Mitgliedern des Rates.

Auf ein Handzeichen von Meister Zorralf traten zwei alte Krieger vor. Sie hielten Töpfe und Gerätschaften in den Händen, die dazu benutzt werden, die Körper der Krieger zu bemalen. Sie begannen, den tätowierten Drachen mit leuchtend weißen Strichen zu überdecken. Quer über seinen ganzen Oberkörper und die Beine stachen sie weiße Linien. Tantana weinte. Er tat mir Leid. Ohne Wurzeln war er ohne Zukunft. Als die Männer fertig waren, wurde sein Pferd herangeführt. Kein Sattel oder Zaumzeug schmückte es, keine Waffen, nur ein kleines Bündel und eine Decke lagen auf dem Rücken des Pferdes. Tantana wurde auf sein Pferd gehoben, und die beiden Wachen brachten ihn zum Tor. Wenn er versuchen sollte zurückzukommen, würden ihn die Wachen am Tor töten.

Die Wächter und Tantana waren schon eine ganze Weile außer Sichtweite, da standen wir immer noch schweigend da. Ohne noch ein Wort an uns oder die anderen Krieger zu richten, verließ der Hohe Rat den Ort des Geschehens. Es lag ein Schleier der Traurigkeit über den Gesichtern aller. Auch den Weg zu den heißen Quellen legten wir schweigend zurück. Nur Hamron stieß hin und wieder einen leisen Fluch aus. Wir waren gerade dabei, unsere Kleider abzulegen, als unsere beiden Meister erschienen. Auch sie trugen jetzt Fastentücher. Es war sehr angenehm, in den heißen Quellen zu baden. Immer, wenn das Wasser zu heiß wurde, konnten wir uns in einem Becken mit eiskaltem Quellwasser abkühlen. Außerdem sollten wir in den nächsten Tagen viel Kräutertee und frisches Quellwasser trinken. Für die frühen Morgenstunden und die letzten Stunden des Tages zeigten uns unsere Lehrer Atemübungen und eine Meditationsübung. Sie sollten uns helfen, tief in uns hineinzuspüren und ruhiger zu werden, damit wir unseren Tonar in uns klingen lassen konnten. Kampfübungen standen nicht auf dem Ausbildungsplan. Wir sollten stattdessen unsere Runen üben oder Bogenschießen.

Nach zehn Tagen des Fastens riefen uns unsere Lehrer zusammen. Sie teilten uns mit, dass es nun an der Zeit sei loszuziehen, um nach den Pferden zu suchen. Alle würden in den ersten zehn Tagen von einem Krieger zu den Herden begleitet. Dort ließe man sie allein, damit sie sicher und ungestört ihren Tonar singen könnten. Die Tiere, die sich noch keinem Krieger angeschlossen hatten, würden sich den Tonar der Jungen anhören. Die anderen nicht. Wer nach weiteren zehn Tagen keinen Erfolg gehabt habe, müsse allein wieder zum Dorf zurückkommen. Während dieser zehn Tage dürften die Jungen keine Nahrung zu sich nehmen, nur Wasser trinken und meditieren. Es sei keine Schande, beim ersten Versuch keinen Gefährten zu finden.

Ich half Yinzu beim Zusammensuchen seiner Sachen. Er rollte alles in ein Fell ein und hängte es sich um die Schultern. „Schade, dass du nicht mitkommen kannst, mein Freund." Ich nickte. „So, wie ich dich kenne, wirst du schon bald wieder hier sein." Mit einem Lächeln sah er mich an. „Weil ich so schnell einen Kameraden finden werde, oder weil mich kein Pferd haben will?" Vorsichtshalber trat ich einen Schritt zurück aus der Reichweite seiner Beine. „Das überlasse ich ganz dir, aber wenn ich es mir recht überlege, kann es für jedes Pferd nur das Beste sein, das Weite zu suchen, wenn es dich sieht. Spätestens wenn du anfängst zu singen, ergreifen sie sowieso die Flucht." Tatsächlich trat er scherzhaft nach mir, verfehlte mich aber. Ich lachte so laut, dass ich den zweiten Tritt nicht kommen sah. Er traf mich mit voller Wucht. „Du solltest deine Aufmerksamkeit nicht so schnell von deinem Gegenüber abwenden", grinste Yinzu, während ich mir die Rippen rieb.

Zusammen gingen wir zum Versammlungsplatz. Meister Torgal und Meister Wintal wiesen jedem Krieger einen jungen Begleiter zu. Wir wünschten ihnen viel Glück und eine schnelle Heimkehr. Ich beobachtete noch, wie sie sich in alle Himmelsrichtungen zerstreuten, dann machte ich mich auf zum Stall. Doch eine wohlvertraute Stimme stoppte mich. „So, junger Krieger! Wenn du glaubst, nur weil du dein Pferd schon gefunden hast, kannst du dich auf die faule Haut legen, dann hast du dich geirrt. Meister Wintal und ich haben uns schon einiges für dich ausgedacht. Da es reichlich Arbeit für dich gibt, brauchst du nicht weiter zu fasten. Glaube mir, du wirst deine Kraft brauchen."

Kapitel 9: Auf der Suche

Den Kopf gesenkt, die Arme vor dem Körper verschränkt, ging ich davon. Mir kam der Gedanke, dass es Vorteile haben könnte, mit den beiden Schwertmeistern allein zu sein. Wenn ich mich anstrengte, dann durfte ich vielleicht schon mit dem Schwerttraining beginnen.

Ich spürte sofort, dass ich nicht allein im Haus war. Vorsichtig näherte ich mich der Tür meiner Kammer. Das Gefühl verstärkte sich. Mit großer Wucht sprang ich in mein Zimmer. Die Tür wurde an die Wand geschleudert. Von dort prallte sie zurück und traf mich direkt am Kopf. Zuerst hörte ich das herzliche Lachen, dann bemerkte ich, dass ich auf dem Boden saß. Meine Stirn schmerzte, und eine große Beule schwoll bereits an. Saarami musste sich an dem kleinen Tisch neben meinem Bett festhalten, weil sie so sehr lachte. Vorsichtig erhob ich mich und wankte unsicheren Schrittes auf mein Bett zu. Tränen liefen ihr über das Gesicht, und sie konnte sich gar nicht wieder beruhigen. Noch nie hatte ich sie so erlebt. Einerseits freute ich mich, sie zu sehen, andererseits ärgerte ich mich maßlos darüber, dass sie sich über mich lustig machte. Ich wusste nicht, ob ich fluchen oder mit ihr zusammen lachen sollte. Nach einiger Zeit strich sie mir sanft über meine geschwollene Stirn. „Wenn du deine Feinde so zu besiegen suchst, dann möchte ich dich bitten, werde nie ein Krieger." Wieder begann sie zu lachen. Diesmal musste ich ihr Recht geben. Es ist sehr ungeschickt, einen Raum so zu betreten. „Ich habe dir einen Apfel und etwas Milch und Honig mitgebracht. Du musst langsam anfangen, wieder zu essen. Nicht gleich Fleisch und Brot. Morgen kannst du etwas Suppe bekommen, wenn du willst. Wenn nicht, dann iss noch einige Tage nur Obst und Gemüse." Ich fragte leise: „Jetzt, wo wir hier fast allein sind, da können wir uns doch öfter sehen, oder?" Mit gespieltem Ernst und erhobenem Zeigefinger schimpfte sie mit mir. „Junger Krieger, erst wirst du deine Übungen machen, und zwar so, dass deine Lehrer mit dir zufrieden sind. Dann können wir vielleicht einmal im Kampftraining gegeneinander antreten." Ehe ich etwas erwidern konnte, war sie verschwunden.

Kampftraining mit Saarami, war das nun gut oder schlecht? Eigentlich wollte ich nicht gegen Mädchen und Frauen kämpfen, aber sie passte so ganz und gar nicht in das Bild, das ich von Frauen hatte. Das lag daran, dass ich noch nicht viele Kriegerinnen zu Gesicht bekommen hatte. Mit klopfendem Herzen legte ich mich zu Bett. Das Einschlafen fiel mir schwer. Einerseits musste ich an Saarami denken, andererseits spürte ich, dass ich seit langer Zeit das erste Mal wieder allein war. Meine Freunde fehlten mir. Gegen Morgen fiel ich in einen leichten Dämmerschlaf, der ein plötzliches Ende fand, als meine Zimmertür aufgestoßen wurde und Meister Torgal hereinstürmte. „Was liegst du da so faul herum? Der Tag ist schon lange angebrochen, und du verschläfst ihn. Also hoch mit dir. Ich erwarte dich draußen." Noch benommen von der kurzen Nachtruhe, kleidete ich mich an. Eilig nahm ich einige Schlucke Milch und biss zweimal von dem Apfel ab. Es war seltsam, nach den Tagen des Fastens wieder etwas zu essen. Es erschien mir überflüssig.

Meister Torgal befahl mir, ihm zu folgen. Wir gingen zum Schießplatz. An der Stelle, wo sonst die Zielscheiben aufgestellt wurden, befand sich nun eine kleine Holzlatte. An ihr waren mehrere Metallringe von unterschiedlicher Größe befestigt, die an Bändern herunterhingen. Meister Torgal gab mir einen Speer, etwas länger als die Langstöcke, mit denen wir bisher geübt hatten, dafür aber auch etwas dünner. Der Meister zeichnete eine Linie in den Sand und forderte mich auf, von dort aus durch die Ringe zu stechen, ohne überzutreten.

Ich stellte mich wohl recht ungeschickt an, denn er nahm mir kopfschüttelnd den Speer aus der Hand. Einen Augenblick lang verharrte er, dann begann er, ganz langsam und locker mit der Speerspitze durch die Ringe zu stechen, ohne einen von ihnen zu berühren. Seine Beine waren leicht gespreizt, und er hatte eine tiefe, entspannt aussehende Haltung eingenommen. Ohne Übergang wurden seine Bewegungen immer schneller. Sein ganzer Körper schwang hin und her, trotzdem sah es immer noch spielerisch leicht aus. Der Speer flog nur so durch die Ringe, ohne einen dabei zu berühren. Die hintere Hand, mit der er den Speer hielt, bewegte sich immer wieder ganz bis zur Hüfte zurück, um dann wieder hinausgeschleudert zu werden. Fassungslos bestaunte ich das Schauspiel. Aus der Bewegung heraus wirbelte er plötzlich herum und hielt mir den Speer hin. Kein Tropfen Schweiß war auf seiner Stirn zu sehen, und sein Atem ging nicht einen Zug schneller als zu Beginn der Übung. „So, du hast nun gesehen, wie es gemacht wird. Heute Nachmittag komme ich wieder, um zu sehen, wie weit du gekommen bist."

Immer noch beeindruckt, versuchte ich, es ihm nachzutun. Als erstes nahm ich einen ähnlichen Stand ein, dann stach ich in Richtung der Ringe. Hatte ich mich eben noch auf meine Haltung konzentriert, so musste ich nun feststellen, dass keiner meiner Stiche die Ringe auch nur annähernd erreichte. Also versuchte ich, mich auf die Ringe zu konzentrieren. Ein paar Mal traf ich auch, konnte aber den Stand nicht halten und kam aus dem Gleichgewicht. Es war zum Verzweifeln. Eine Schnecke wäre schneller gewesen als ich. Trotzdem konnte ich nicht beides gleichzeitig: die Ringe treffen und die Haltung bewahren. Der Schweiß floss mir in Strömen über das Gesicht, als plötzlich Meister Wintal hinter mir stand. „Na, junger Krieger, Schwierigkeiten mit dem Gleichgewicht?" Ich nickte und vergaß dabei, ihn zu grüßen. Lachend klopfte er mir auf die Schulter und nahm mir den Speer aus der Hand. „Ich weiß, woran du verzweifelst. Entweder du triffst nicht, oder du wackelst hin und her." Erstaunt nickte ich. „Ja, dieses Problem hatte ich auch einmal. Dabei ist die Lösung ganz einfach. Du musst es wie beim Bogenschießen machen. Konzentriere dich weder ganz auf das eine noch auf das andere. Lass deinen Geist frei, und finde deine Mitte. Dort, knapp unter deinem Buchnabel, sollte deine Konzentration ruhen. Du wirst sehen, dann gelingt es dir." Mit diesen Worten begann er, mit Leichtigkeit durch die Ringe zu stechen wie vor ihm Meister Torgal. Ich musste mich anstrengen, den Speer nicht aus den Augen zu verlieren, so schnell flog er durch die Luft. Es schien ihm Spaß zu machen, denn je schneller er wurde, um so lauter lachte er. Dann aber hielt er inne und übergab mir den Speer. „So, nun üb weiter, schließlich bin ich nicht zum Spaß hier." Er reichte mir einen Becher mit Kräutertee und etwas Obst. „Du kannst ein bisschen essen und trinken. Dabei denk über das nach, was ich dir eben erzählt habe. Du wirst danach bestimmt besser treffen." Der Tee und das Obst taten mir gut. Nach einiger Zeit nahm ich neuen Mutes den Speer und begann die Übung von neuem.

Tatsächlich, nach einigen Versuchen gelang es mir wirklich, die Ringe zu treffen, ohne meinen Stand zu verändern oder mein Gleichgewicht zu verlieren. Locker und recht langsam stach ich immer wieder durch die Ringe. Doch dann packte mich der Übermut, und ich beschloss, schneller zu stechen. Aber genau in dem Moment, als ich mich auf das Zustechen konzentrieren wollte, geriet ich erneut ins Taumeln, und der Speer fiel mir fast aus den Händen. Ärgerlich wollte ich ihn schon beiseite schmeißen, als ich Meister Torgals Stimme vernahm. „Die Waffe kann nichts für deine Unfähigkeit. Du hast die Übung schon gut gemacht. Aber es ist ein Fehler, mit Gewalt etwas erreichen zu wollen. Je mehr du es willst, desto weiter entfernt es sich von dir." Er korrigierte einige Kleinigkeiten an meiner Handhaltung und an der Stellung meiner Füße. Ich verneigte mich. „Lass es für heute genug sein, Aran. Du kannst Morgen weiterüben. Vergiss nicht, deine Hände vor dem Schlafen mit einer Fettsalbe einzureiben." Ich bedankte mich und grüßte meinen Meister.

Danach begab ich mich zu den heißen Quellen. Während ich mich auskleidete, bemerkte ich, wie sehr meine Hände und Unterarme schmerzten. Die Stichbewegungen waren ungewohnt und hatten ihre Spuren hinterlassen. Nach einem ausgiebigen Bad ging ich schlafen. Das auf mich wartende Obst aß ich dankbar. Ich nahm mir vor, morgen etwas Reichhaltigeres zu mir zu nehmen. Auch die Salbe, von der Meister Torgal gesprochen hatte, fand ich vor. Meine schmerzenden Hände rieb ich noch damit ein, dann übermannte mich die Müdigkeit, und ich schlief tief und fest bis zum Morgen durch.

Die beiden nächsten Tage vergingen wie der vorangegangene. Meine Speerstiche wurden sicherer und flüssiger. Ich konnte sogar meine Geschwindigkeit erhöhen, und auch mal an etwas anderes denken. Ich fragte mich nämlich, wann meine Meister eigentlich trainierten. Immer, wenn ich versuchte, sie heimlich beim Training zu beobachten, stellte ich fest, dass sie alles Mögliche taten, nur nicht trainieren. So nahm ich mir vor, die beiden nicht aus den Augen zu lassen. Beim ersten Hahnenschrei sprang ich sofort aus meinem Bett und kleidete mich an, obwohl ich es zu schätzen wusste, dass dieser Hahn sein Lager nicht direkt unter meinem Fenster aufgeschlagen hatte. Es dämmerte gerade, als ich schon vor dem Haus auf der Lauer lag, in dem meine beiden Lehrer schliefen. Ich hatte mich auf längeres Warten eingestellt, da verließen die beiden plötzlich das Haus. Sie scherzten miteinander. Meister Torgal zog Meister Wintal damit auf, dass er morgens immer so schlecht aus den Federn komme. Ich schlich langsam hinter ihnen her und versuchte, mich so leise und unauffällig wie möglich zu bewegen, damit ich ja nicht entdeckt wurde. Sie gingen zu einem kleinen Platz etwas abseits der Häuser. Dort holten sie aus den Decken, die sie bei sich trugen, ihre Schwerter. Mit den Klingen in den Händen begannen sie, Atemübungen zu machen. Dann kamen die Kampfbewegungen dazu. Es sah komisch aus. Beide bewegten sich ganz langsam. Dennoch hatte ich den Eindruck, ich könnte ihre Gegner sehen oder erahnen. Zuerst kämpfte jeder für sich allein. Dann aber traten sie zusammen gegen ihre unsichtbaren Gegner an. Es war aufregend, und ich musste mich zusammenreißen, um nicht laut zu klatschen, als sie die Übung beendeten. Schnell und möglichst leise verschwand ich zu meinen Speerübungen. Als die beiden mich kontrollierten, war ich schon schweißgebadet.

Die nächsten Tage versuchte ich, immer heimlich dabei zuzuschauen, wenn Meister Torgal und Meister Wintal ihre Schwertübungen machten. Eines Morgens, ich weiß es noch genau, es war der Tag, an dem Yinzu zurückkam, wurde ich übermütig. Ich nahm einen Knüppel und ahmte die Bewegungen nach. Es gefiel mir so gut, dass ich immer schneller und schneller wurde, bis ich ausrutschte und mir mit dem Knüppel an den Kopf schlug. Als ich meine Augen öffnete, sah ich in Meister Wintals grinsendes Gesicht. Er drückte mir etwas Kaltes auf mein Auge. „Alles nicht so schlimm, du wilder Krieger. Deine Augenbraue ist aufgeplatzt. Das kommt davon, wenn du etwas übst, das dir nicht gezeigt wurde." „Meister, werdet ihr mich jetzt bestrafen?" Er schüttelte den Kopf. „Nein, das werden wir nicht tun. Mit der Wunde am Kopf und der dazugehörigen Beule bist du schon gestraft genug." Er half mir aufzustehen und stützte mich, als mir die Beine einknickten. „Warum beobachtest du uns heimlich?", fragte mich Meister Torgal. „Ich? Beobachten? Heimlich? Meister, ich weiß nicht, wovon ihr sprecht." Sofort wusste ich, dass es ein Fehler gewesen war, die beiden anzulügen. „Du weißt genau, was er meint." Meister Wintal sah mir ernst in die Augen, so dass ich meinen Blick abwenden musste. „Du bist hinter uns hergeschlichen und hast uns beim Üben zugesehen. Leugne es nicht, wir haben dich vom ersten Tag an bemerkt." Ich wusste nicht, was ich machen sollte. Jetzt hatte ich mich zweimal falsch verhalten. Wahrscheinlich waren die beiden von mir so enttäuscht, dass sie mich verstießen oder noch Schlimmeres mit mir machten. Ich warf mich auf den Boden und begann zu schluchzen. „Bitte, bitte verzeiht mir, Meister. Ich wollte nicht spionieren. Ich wollte nur sehen, wie ihr eure Schwerter führt. Denn das wünsche ich mir mehr als alles andere auf der Welt: Ein Schwertmeister möchte ich werden, so wir ihr beide es seid, nur deshalb kam ich hierher, ihr müsst mir glauben." Die zwei lachten so laut und herzlich, dass ich im ersten Moment glaubte, sie lachten nicht über mich. Ich sah mich um, was es denn so Lustiges gab. Meister Wintal fiel vor Meister Torgal auf die Knie. „Bitte, bitte, Meister, bestraft mich nicht, ich habe es nicht absichtlich getan", dann versagte ihm die Stimme, und er fiel auf die Seite und hielt sich den Bauch. Ich flehte um Gnade, und sie verspotteten mich! Dann wurde Meister Torgal wieder ernst. „Aran, was du getan hast, war falsch. Aber es war edlen Ursprungs. Deshalb hättest du nicht zu lügen und schon gar nicht um Gnade zu winseln brauchen, so als würden wir dir den Kopf abschlagen." Bei diesen Worten fing Meister Wintal wieder an zu lachen. „Ist gut, ist gut, lasst uns weitermachen, sonst sterbe ich noch."

 Er hob den Knüppel auf, mit dem ich mir an den Kopf geschlagen hatte, gab ihn mir und befahl mir, mich neben ihn zu stellen. In der einen Hand hielt er sein Schwert, die andere hatte er zur Unterstützung an die Waffenhand gelegt. „Folge mir, Aran." Mit weichen, langsamen und runden Bewegungen führte er sein Schwert an beiden Seiten des Körpers vorbei. Die Spitze der Klinge zeigte immer zum unsichtbaren Gegner. Ich riss mich zusammen, denn mir war immer noch schwindelig. Aber da es ganz langsame Bewegungen waren, konnte ich einigermaßen folgen. Nachdem wir einige Zeit zusammen die Bewegungen wiederholt hatten, meinte er: „Wenn du fleißig weiterübst, kannst du mit uns am morgendlichen Training teilnehmen, so lange, bis der letzte aus dem Zug wieder hier ist und die Ausbildung normal weitergeht." Ich wusste nicht, was ich sagen sollte. Es war für mich wie ein Geschenk der Götter. Meine Schmerzen und der Schwindel waren wie weggewischt. Immer wieder grüßte ich meine Lehrer, während ich den Platz verließ. So lange, dass sie schon wieder zu lachen anfingen und ich merkte, dass es jetzt wohl genug war.

 Ich beschloss, in die Küche zu gehen, um mir die versprochene Suppe zu holen. Dabei hoffte ich natürlich, Saarami zu treffen. Ich nahm mir vor, ihr von den Übungen mit meinen beiden Meistern zu erzählen. Es machte mich stolz, dass sie mir erlaubten, an ihrem Training teilzunehmen. Auf dem Weg zur Küche vernahm ich plötzlich das Schnauben eines Pferdes und sah in Yinzus glückliche Augen. Er lächelte mich von einem rotbraunen, stolzen Pferd herab an. Seine Wangen waren eingefallen, und er hatte tiefe Ringe unter den Augen, aber er strahlte über das ganze Gesicht. Das Tier hatte nur ein aus Hanf geflochtenes Seil um den Hals. Yinzu glitt vom Rücken des Pferdes, und wir fielen uns in die Arme. Ich spürte sein Glück, und er ließ mich daran teilhaben. „Mein Freund, ich will alles ganz genau wissen. Wie konntest du dieses stolze Tier überreden, sich dir anzuschließen?" Immer noch lächelte er und sagte zu seinem Pferd: „Du wartest hier auf mich, ich komme bald wieder." Und dann zu mir: „Lass uns was essen, ich verhungere! Was, in der Götter Namen, hast du denn schon wieder mit deinem Gesicht gemacht? Man kann dich auch nicht ein paar Tage alleine lassen." Ich winke grinsend ab, und wir machten uns gut gelaunt auf den Weg. Doch schon nach wenigen Schritten wurde Yinzu von hinten angestoßen. Sein Pferd war hinter uns hergekommen. Er streichelte sanft den Kopf des Tieres, das die Berührung freudig erwiderte. „Sie ist noch sehr anhänglich. Ich kann keinen Schritt tun, ohne dass sie dabei ist." Yinzu ließ das Tier neben uns hergehen. Am Küchenhaus angekommen, band er das Tier mit dem Seil an den Pfosten, der den Eingang stützte. „Sonst würde sie mit ins Haus kommen", sagte er kopfschüttelnd. Wir aßen beide mehrere Teller Suppe, und Yinzu erzählte mir die Geschichte, wie er seine Kameradin gefunden hatte.

Er hatte schon die erste Nacht in der Nähe einer Herde Wildpferde verbracht. Er meditierte und machte seine Atemübungen. Der alte Krieger, der ihn bis zur Herde begleitet hatte, hatte ihm den Rat gegeben, nicht gleich mit dem Singen des Tonars anzufangen. Es sei besser, ein oder zwei Tage zu warten. Yinzu hatte aber sofort das Gefühl, nicht allein zu sein. Er wurde beobachtet, wusste nur nicht von wem. Am nächsten Morgen begann er nach den Übungen, seinen Tonar zu singen. Sehr schnell kamen einige Pferde näher, um ihn dabei zu beobachten. Genauso schnell liefen sie allerdings auch wieder weg. Nur zwei Tiere blieben etwas länger. Aber auch diese beiden verschwanden nach einiger Zeit. Trotzdem hatte Yinzu weiter das Gefühl, beobachtet zu werden. Als die Dämmerung hereinbrach, erschien schließlich dieses wunderschöne Pferd an seinem Lager und lauschte. Als die Dämmerung der Dunkelheit wich, und die Sterne hell leuchteten, kam das Tier näher und gab ihm zu verstehen, dass es sich ihm anschließen wolle. Aber es dauerte zwei weitere Tage, bis das Vertrauen zwischen den beiden so groß geworden war, dass es sich berühren ließ. Erst an dem Morgen war das Pferd bereitgewesen, Yinzu aufsitzen zu lassen. „Ich habe noch keinen Namen für dieses edle Tier. Was meinst du, wie sollte ich es nennen?" Es war eine große Ehre für mich, meinem Freund dabei zu helfen, einen Namen für seine Kameradin zu finden. Ich überlegte. „Was war außergewöhnlich in dieser Nacht, als ihr euch gefunden habt?" Yinzu dachte nach. „Es war eine schöne, helle Nacht. Ich konnte den Frühling schon auf meinen Lippen spüren. Mild war es und kein Mond am Himmel." „Wie wäre es den mit – ‚Frühlingswind'? Ich finde, das passt." Yinzu sah mich mit großen Augen an. Schon dachte ich, der Name habe ihm nicht gefallen, als er mir freudestrahlend auf die Schulter schlug. „Sehr gut! Es ist schon ein großes Glück, dich meinen Freund nennen zu dürfen. Ich habe den Namen für mein Pferd gefunden." Wir scherzten noch eine ganze Weile. Ich erzählte Yinzu von den Speer- und Schwertübungen. Lachend sagte er zu mir: „Wenn alle Schwertübungen so enden wie diese hier", er deutete auf meine Beule, „dann möchte ich doch beim Langstock und bei meinem Bogen bleiben."

Plötzlich erschien Saarami in der Tür. Sie sah mich und begann zu schimpfen. „Was hast du nur schon wieder angestellt? Deine Augenbraue muss unbedingt genäht werden, sonst gibt es eine große Narbe. Du gehst sofort auf dein Zimmer! Ich werde Verbandszeug holen und komme gleich dorthin." Kopfschüttelnd drehte sie sich um und verschwand. „Mann, die ist ja schlimmer als meine Mutter", sagte Yinzu auf dem Weg nach draußen. Sein Pferd tänzelte nervös hin und her, als es ihn kommen sah. Es schien nicht an Menschen gewöhnt zu sein, denn als ich einen Schritt vor Yinzu bei ihm war, scheute es sich und versuchte, auf die Hinterläufe zu steigen. Erschrocken sprang ich zurück. Yinzu beruhigte das nervöse Tier. „Dein Name ist ab heute ‚Frühlingswind'. Gefällt er dir?"

Im Stall trafen wir Meister Garbgeint. Er war gerade dabei, seine Klinge zu schärfen. „Ach, ist der erste von euch also schon wieder zurück? Na, dann wollen wir mal sehn, was du da Schönes mitgebracht hast." Er streckte eine Hand nach Frühlingswind aus. Doch das Tier wich ängstlich zurück. Er stutzte und begann mit einem sehr merkwürdigen Sprechgesang. Ganz langsam und vorsichtig hob er seine Hand und ließ das Pferd daran schnuppern. Nachdem einem Augenblick ließ es sich von ihm streicheln. Langsam und mit einer ruhigen und sehr weichen Stimme sprach der Meister zu Yinzu. „Du hast hier eine sehr schöne, unschuldige Blume. Du musst behutsam und vorsichtig mit ihr umgehen. Auf keinen Fall darfst du sie überfordern. Sie weiß noch nicht, was es heißt, das Pferd eines Kriegers zu sein. Deshalb sei zart und sanft zu ihr. Hat sie schon einen Namen?" Yinzu nickte. „Ich will sie ‚Frühlingswind' nennen." Der Stallmeister nickte. „Das ist ein schöner Name. Komm, ich werde dir alles zeigen, was du wissen musst, damit sie sich hier wohlfühlt."

    Mir fiel ein, dass ich ja in mein Zimmer gehen sollte. Schleunigst machte ich mich auf den Weg. Saarami wartete schon. Sie hatte die Hände in die Hüften gestemmt und sah mir zornig entgegen. „Wo bist du gewesen? Hatte ich dir nicht gesagt, dass du sofort hierherkommen sollst? Ich habe noch anderes zu tun, als mich um dich kleinen Kiltscheißer zu kümmern." Sie war wirklich böse, und es war mir unangenehm, dass sie auf mich hatte warten müssen. „Bitte entschuldige, aber ich habe Yinzu noch zum Stallmeister gebracht. Er hat eine Kameradin gefunden." Als hätte sie meine Worte nicht verstanden, funkelten ihre Augen weiter ärgerlich. „Setzt dich endlich hin und bete zu den Göttern, dass meine Hände ruhig bleiben, sonst nähe ich dir deinen vorlauten Mund zu." Sie drückte mich auf den Hocker, der neben meinem Bett stand, und drehte mich zum Fenster, damit das restliche Tageslicht auf mein Gesicht scheinen konnte. An den Haaren zog sie meinen Kopf in den Nacken und besah sich die Wunde. Kopfschüttelnd bereitete sie Nadel und Faden vor. Ich betrachtete sie dabei. Sie war ein schönes, groß gewachsenes Mädchen. Eigentlich war sie schon eine Frau, aber sie hatte noch etwas Mädchenhaftes an sich. Sie stutzte. „Warum siehst du mich so seltsam an? Was glaubst du, mache ich wohl jetzt mit dir? Beiß die Zähne zusammen, und sei ein richtiger Krieger, schließ die Augen." Ich tat, wie mir geheißen wurde. Aber als die Nadel durch meine Braue stach, schrie ich vor Schmerz auf. Bei den nächsten Stichen versuchte ich, mich auf meine Atmung zu konzentrieren, so wie Meister Torgal es mir gezeigt hatte. Der Schmerz blieb, wurde aber nicht schlimmer. Nach fünf weiteren Stichen war Saarami fertig und wischte mir das Blut aus dem Gesicht. Sie betrachtete ihr Werk und kam mir dabei sehr nahe. Ich roch ihre Haut und spürte ihren Herzschlag. Als sie dann noch zwei Finger auf die eben vernähte Wunde legte, konnte ich nicht anders: Ich küsste sie auf den Mund, der so nah an dem meinen war. Einen Moment lang geschah nichts. Doch als sich meine Lippen öffneten, sprang sie zurück und schrie mich an. „Du kannst von Glück reden, dass ich dich eben erst vernäht habe, sonst hätte ich dir jetzt den Schädel eingeschlagen." Sie knallte die Tür hinter sich zu. Es war sonderbar, aber ich ahnte, dass es nicht Ärger war, der sie aus dem Zimmer hatte stürmen lassen. Sie war rot geworden, wahrscheinlich wurde sie nicht so oft geküsst. Mit einem leicht schmerzenden Auge aber glücklich, legte ich mich auf mein Bett und schlief ein.

    In den nächsten Tagen kamen einige aus unserem Zug mit einem Kameraden zurück. Als Talwak angeritten kam, musste ich lachen. Er saß auf einem Pferd, das nicht viel größer war als er selbst. „Jeder Krieger bekommt den Gefährten, den er verdient." Als der Stallmeister das sagte, sah er abwesend in die Ferne, so als würden seine Gedanken an einem ganz anderen Ort verweilen. Yinzu und ich saßen an der Koppel und betrachteten den Sonnenuntergang. Frühlingswind war gerade dabei, meinen Kameraden von allen Seiten zu beschnuppern. Kalter Tod genoss diese Aufmerksamkeit sichtlich. Neben ihm sah Frühlingswind wie ein kleines zartes Fohlen aus, obwohl auch sie schon ausgewachsen war. Mit dem Ellenbogen stieß mich Yinzu an und deutete in Richtung der Berge. Hamron kam zurück. Er führte ein Pferd am Zügel. Als sie näherkamen, sah ich, dass das Tier hinkte. Wir gingen den beiden entgegen. Auch Hamron sah schwach und mitgenommen aus. Aber er lächelte. Er hatte sein Pferd vor dem sicheren Tod gerettet, und es war aus Dankbarkeit bei ihm geblieben.

    Am zehnten Tag kehrten die letzten Jungen ohne Pferd zurück. Sie waren abgemagert und ausgezehrt. Einige hatten kaum die Kraft, sich auf den Beinen zu halten. Der letzte, der das Dorf erreichte, war Orphal. Auch er hatte keinen Kameraden gefunden. Das hatte ihn mehr mitgenommen als die zehn Tage des Fastens. Wir versuchten, ihm Trost zu spenden. Schließlich waren wir Freunde. Aber Orphal hatte das Gefühl, versagt zu haben. So fragten wir unsere Schwertmeister, was sie dazu zu sagen hatten. Von den fünfzehn Jungen aus unserem Zug hatten sieben einen Kameraden gefunden. Meister Torgal war sehr zufrieden mit uns. Er meinte, dass es nicht schlimm sei, beim ersten Mal kein Pferd zu finden. Nur die Götter würden wissen, wo der Kamerad eines Kriegers auf ihn warte. Manche würden ihr ganzes Leben nach dem richtigen Gefährten suchen. Dass so viele von uns beim ersten Versuch gleich erfolgreich waren, sei sehr ungewöhnlich.

Meister Wintal und Meister Torgal fassten den Entschluss, in einem Dorf außerhalb des Tals nach Pferden für die anderen zu suchen. Von dort stammten viele gute Tiere, die hin und wieder mit den Pferden des Clans gekreuzt wurden. Also wollten wir uns gemeinsam mit Stallmeister Garbgeint auf den Weg machen. Der Großmeister wurde von unseren Lehrern über das Vorhaben informiert. Wir wollten noch einen kurzen Halt im Dorf des Hohen Rates, dem Hauptdorf, machen, bevor wir unsere Reise zu dem Ort außerhalb des Tals fortsetzen würden. Am nächsten Morgen packten wir unsere wenigen Habseligkeiten, auch die Bögen und Pfeile, mit denen wir in den vergangenen Wochen geübt hatten. Meister Garbgeint hatte einen Zweispänner bereitgestellt, der viel größer war als der Wagen, mit dem wir angekommen waren. So konnten wir mehr mitnehmen. Alle waren begeistert damit beschäftigt, sich auf den Abmarsch vorzubereiten. Mir aber fiel es nicht leicht, an der allgemeinen Aufbruchsstimmung teilzuhaben. Mein Herz wurde schwer bei dem Gedanken, dass Saarami nun bald nicht mehr in meiner Nähe sein würde. So beschloss ich, mich von ihr zu verabschieden.

Ich fand sie in der Waffenkammer. Es war das erste Mal, dass ich sie üben sah. Sie trainierte ähnliche Schwertbewegungen, wie ich sie von meinen Meistern gezeigt bekommen hatte, nur viel schneller. Kaum hatte ich den halbdunklen Raum betreten, wirbelte sie auch schon herum und starrte mich mit verschwitztem Gesicht an. Im ersten Moment glaubte ich, sie würde mich nicht erkennen, denn ihre Muskeln entspannten sich nicht. Ich stand regungslos da. „Was willst du hier?" fuhr sie mich schließlich an. „Ich bin gekommen, um mich zu verabschieden. Wir verlassen heute noch das Dorf." Sie ließ ihr Schwert sinken. Die leichte Lederrüstung klebte an ihrem Körper. Ihr Atem hob und senkte ihre Brüste, die zusammengeschnürt in dem Lederpanzer steckten. Ich musste mich zusammenreißen, um nicht daraufzustarren. „Ich dachte, du seist hier, um dich für dein freches Benehmen zu entschuldigen." Gedankenverloren nickte ich. Welch ein Bild! Diese Frau war so schön wie eine Göttin und so gefährlich wie ein Drache. Am liebsten wäre ich auf meine Knie gesunken und hätte ihr meine Liebe gestanden. Sie kam auf mich zu, bis ich ihren Atem auf meinem Gesicht spürte und ihren Schweiß roch, der sich mit dem Duft des feuchten Leders vermischte. Langsam hob ich meine Hand und wischte ihr vorsichtig einige Schweißperlen von der Stirn, wohlwissend in welche Gefahr ich mich damit brachte. Aus weit geöffneten Augen starrte sie mich an. „Entschuldige bitte, aber ich muss nun gehen." Mein Herz schlug mir bis zum Hals, und ich war erstaunt, dass ich überhaupt ein Wort herausgebracht hatte. Ich wandte mich zur Tür, als mich ihre scharfe Stimme erstarren ließ. „Halt, bleib sofort stehen! Du gehst nirgendwo hin." Ich spürte ihre Hand an meiner Schulter. Als sie mich herumdrehte, stand sie ganz dicht vor mir. Bevor ich auch nur ein Wort sagen konnte, presste sie mir ihre Lippen auf den Mund. Ich spürte ihre Zunge an meinen Lippen und schmeckte das Salz ihres Schweißes. Wie von selbst schloss ich die Augen. Die Welt um mich herum versank in einem Taumel aus Glück.

Genauso plötzlich, wie es begann, war es zu Ende. Sie stieß mich von sich und rief: „Geh nur und werde ein Krieger, aber sei dir im Klaren darüber, dass du mich nie im Schwertkampf besiegen wirst." Mit einem Kampfschrei nahm sie ihre Schwertübungen wieder auf. Wie besessen schien sie, all die unsichtbaren Gegner um sich herum zu massakrieren. Niemals würde ich diese Frau besiegen können. Völlig durcheinander verließ ich die Waffenkammer.

Während wir unterwegs waren, wurden wir, die wir bereits einen Kameraden gefunden hatten, weiter im Reiten unterrichtet. Alle übten in den Pausen den Stockkampf. Da wir nicht von Eile getrieben waren, konnten wir recht viel Zeit für das Training verwenden. Das war auch gut so, denn immer, wenn ich nichts zu tun hatte, schweiften meine Gedanken zu Saarami. Warum nur hatte sie das getan? Empfand sie am Ende doch etwas für mich? Oder spielte sie nur mit mir?

Am dritten Tag nach unserer Abreise kam Meister Wintal zu mir und sagte, dass ich mit Yinzu zusammen die nähere Umgebung auskundschaften solle. Alles, was uns verdächtigt vorkam, sollten wir sofort melden. „Meister, wie kundschaftet man das Gelände aus? Wir haben so etwas noch nie getan. Worauf müssen wir achten?" Yinzu beschäftigten diese Fragen. Ich war viel zu sehr in Gedanken, als dass sie mir eingefallen wären. Meister Wintal machte mit dem Arm eine ausholende Bewegung. „Ihr müsst euch nur in Kreisen um den Zug herumbewegen, so werdet ihr alles entdecken können, was sich in der näheren Umgebung zuträgt. So, und nun macht, dass ihr wegkommt." Lachend hatte er Frühlingswind auf das Hinterteil geschlagen. Das arme Tier erschrak so sehr, dass es sofort davongaloppierte. Ich sah den beiden einen Augenblick lang nach, dann gab ich Kalter Tod mit einem leichten Hackenstoß zu verstehen, dass er folgen sollte. Gemächlich setzte er sich in Bewegung, so als wüsste er, dass übertriebene Eile nicht vonnöten war. „Manchmal scheint es, als wärest du auf dem Rücken deines Pferdes nur geduldet." Yinzu sah mich von der Seite an. Ich nickte. „Ja, du hast Recht. Aber was soll ich machen? Er tut nur das, was er für richtig hält. Ihn mit Gewalt von etwas anderem zu überzeugen, würde meinen Tod bedeuten." „Nach was sollen wir Ausschau halten?" fragte ich Yinzu. „Alles, was uns ungewöhnlich erscheint, sollen wir melden. Hast du denn vorhin nicht zugehört?" Ich schüttelte den Kopf. „Wo warst du nur mit deinen Gedanken, mein Freund?" Da erzählte ich Yinzu die ganze Geschichte und schüttete ihm mein Herz aus. Er hörte mir schweigend zu. Als ich am Ende war, sagte er ernst: „Es scheint, als müsstest du allein aus diesem Grund schon ein großer Schwertkämpfer werden. Ich sehe keine andere Möglichkeit, wie ihr zueinander finden könnt. Sie wird ihren Schwur nicht brechen, auch wenn sie dich noch so liebt. Du musst sie besiegen."

Nebeneinander ritten wir noch eine ganze Weile in eine Richtung. Dann drehten wir nach links ab, um nach einiger Zeit wieder nach links zu schwenken. Nur sehr undeutlich konnten wir unseren Zug am Horizont erkennen. Hin und wieder verschwand er ganz aus unserem Blickfeld, da die Landschaft recht hügelig war. Nach einem weiteren Linksschwenk bewegten wir uns wieder in die gleiche Richtung wie die anderen. Plötzlich entdeckte Yinzu einen Reiter am Rande eines kleinen Wäldchens. Wir überlegten, ob wir das gleich melden sollten, entschlossen uns aber, erst einmal festzustellen, ob es nicht einer der Unsrigen war. Im leichten Trab setzten wir uns in Bewegung. Da schien er uns bemerkt zu haben, denn er wendete sein Pferd und galoppierte davon. Wir folgten ihm. Nach einiger Zeit hatte ich den Eindruck, wir holten ihn ein. Dann aber vergrößerte sich der Abstand wieder. Das ging eine ganze Weile so weiter, bis ich den Verdacht bekam, wir sollten von unserem Zug weggelockt werden. „Du hast Recht!" Bevor ich etwas erwidern konnte, hatte Yinzu Frühlingswind auch schon gewendet und ritt zurück. Ich folgte ihm.

Jetzt mussten wir erst einmal unseren Zug wiederfinden. Es begann schon zu dämmern, und nur mit großer Mühe fanden wir seine Spur und folgten ihr. Der Mond leuchtete am Himmel, als wir endlich das Lager erreichten. Das Feuer konnten wir schon von weitem sehen. Die Wache, die das Lager schützte, sah uns aber erst, als wir uns bis auf ein paar Schritt genähert hatten. Es waren Orphal und Talwak, sie richteten uns aus, dass unsere Meister uns sofort nach unserer Rückkehr sehen wollten. Wir führten unsere Pferde zu dem kleinen Zelt, in dem die drei übernachteten. Meister Torgal und Meister Garbgeint erwarteten uns bereits. Wir berichteten, was vorgefallen war, und waren uns sicher, dass wir ein Donnerwetter über uns würden ergehen lassen müssen. Doch Meister Torgal nickte nur und meinte dann: „Wir haben euch nicht so früh zurückerwartet." Erstaunt sah Yinzu zu mir herüber, hatten wir doch den Befehl erhalten, vor Einbruch der Dunkelheit wieder im Lager zu erscheinen. In diesem Augenblick erreichte uns Meister Wintal. Noch auf seinem Pferd sitzend, sagte er zu Meister Torgal: „Ich habe alles versucht, aber die beiden haben den Braten gerochen und mich abgehängt, weil sie einfach umgekehrt sind." Er nickte uns anerkennend zu. „Das war richtig, was ihr gemacht habt: nicht gleich beim ersten ungewöhnlichen Ereignis ins Lager zurückreiten. Und genau abschätzen, wann es besser ist umzukehren, weil ihr sonst den Anschluss an uns verloren hättet. Ihr habt richtig gehandelt. Versorgt nun eure Pferde, dann könnt ihr euch ausruhen." Die Nacht war warm, und die ersten Anzeichen des Frühlings waren nicht zu übersehen. So beschlossen Yinzu und ich, nicht im Zelt zu schlafen. Wir hatten diese Nacht keine Wache mehr, würden im Zelt bei jeder Ablösung aber unfreiwillig mit geweckt werden. Wir lagen noch einen Moment lang da und schauten in die Sterne. Dann fielen mir die Augen zu und ich schlief ein.

 Der Regen schlug mir ins Gesicht und weckte mich auf unangenehme Weise. Meine Decke und das Fell waren schon nass. Missmutig stand ich auf und erleichterte mich. Am schwelenden Feuer traf ich Yinzu und die letzte Wache. Gerade hatten sie etwas Holz nachgelegt und rieben sich die Hände. Im Grau des Morgens trieben dünne Schleier Regen über die Ebene. Ein leichter Wind kam von den Bergen her und brachte wieder kältere Luft mit. Noch eine halbe Sanduhr, dann sollte der Zug geweckt werden. Ein wenig ärgerte ich mich schon, dass ich nicht ins Zelt gekrochen war. Das Wetter um diese Jahreszeit ist eben doch noch sehr unbeständig. Die letzte Wache hielten Lantar und Isannrie. Ihre Felle waren auch schon durchnässt, und die beiden fluchten leise vor sich hin. Plötzlich stand Stallmeister Garbgeint neben uns am Feuer. Er hatte die Arme vor dem Körper verschränkt, und seine Haare standen wild nach allen Seiten ab. Stumm sah er in die Runde. Das eine Auge, das er noch hatte, stach mit seinem Blick wie ein Messer, als er mich fixierte. „Aran, geh und hol den Kessel und das Dreibein vom Wagen. Ich werde uns eine klare Brühe machen, ihr seid ja völlig durchgefroren. Bring mir auch gleich den Sack mit den getrockneten Kräutern und das Wasser. Nun geh schon." Yinzu folgte mir, um mir beim Tragen zu helfen. Als die anderen Jungen geweckt wurden, hatte der Stallmeister schon eine dampfende Brühe auf dem Feuer, die uns wunderbar durchwärmte und Kraft spendete.

 Der Wind frischte auf und der Regen nahm zu, als wir das Lager abbrachen. Wir waren noch nicht lange unterwegs, da goss es in Strömen. Schnell weichte der Boden unter unseren Füßen auf, und der Wagen wurde immer schwerer. So wurden Yinzu und ich wieder ausgeschickt, diesmal mit der Aufgabe, einen besseren Weg für uns zu finden. Weit konnten wir bei diesem Regen nicht sehen, deshalb ritten wir auch nur langsam voraus. Aber nach einiger Zeit hatten wir doch einen steinigen Pfad entdeckt, der zwar einen Umweg bedeuten, aber dennoch Zeit einsparen würde, weil niemand im Matsch versank.

Gerade kamen wir an einem kleinen Wäldchen vorbei, da rief Meister Torgal: „Reiterangriff, an die Bögen!" Ich wusste im ersten Augenblick nicht, was damit gemeint war, denn es waren nirgends irgendwelche Reiter zu sehen. Zähneknirschend und die Wettergötter verfluchend, griffen wir nach Bögen und Pfeilen. Meister Wintal drängte uns ärgerlich zur Eile. Schlechter hätten wir es nicht treffen können. Durch den Regen waren wir nass bis auf die Knochen, die Finger waren steif und klamm. Wir konnten schlecht zielen, da Regen und Wind die Flugbahn der Pfeile beeinträchtigte. „Das muss schneller gehen", Meister Torgal schrie vom Rücken seines Pferdes herunter. „Sie sind schon ganz nah. In Zweierreihen aufstellen, versetzt. Warum dauert das so lange, wollt ihr alle sterben?" Gerade als wir uns aufgestellt hatten, kam das Kommando für die erste Reihe. Die Pfeile schwirrten los. Ob oder wie wir getroffen hatten, konnte ich nicht erkennen, denn der Wind trieb uns den Regen genau in die Augen. Da musste schon die zweite Reihe ran. Ohne Pause schossen wir, bis wir fast keine Pfeile mehr hatten. Meine Finger waren blutig, und mein Unterarm war rot und geschwollen. Wir hatten keine Zeit gehabt, unseren Armschutz anzulegen.

Meister Torgal rief uns zusammen. „Wäre dies ein richtiger Reiterangriff gewesen, dann wärt ihr jetzt alle tot. Von der Meldung, dass wir angegriffen werden, bis zum ersten abgeschossenen Pfeil ist viel zu viel Zeit verstrichen. Ihr könnt auch das schlechte Wetter nicht für euer Versagen verantwortlich machen. Gerade dann muss ein Krieger besonders auf der Hut sein. Ein guter Anführer wird seinen Angriff immer so legen, dass er das Wetter zu seinem Vorteil nutzt. Immer, wenn der Feind am wenigsten damit rechnet, müsst ihr ihn angreifen. Kommt mit." Das Wäldchen war nicht sehr weit von uns entfernt. Auf diese Entfernung hätten alle aus dem Zug bei besserer Witterung gut getroffen. So aber steckten die meisten Pfeile im Boden und nur die wenigsten in den Stämmen der Bäume. „Die Reiterei hätte euch überrannt und allesamt niedergemetzelt. Ich will für euch hoffen, dass ihr beim nächsten Mal schneller seid."

Den Rest des Tages marschierten wir im Regen weiter. Wir waren nass bis auf die Knochen. Aber es wurde noch schlimmer. Hagel setzte ein, als es zu dämmern begann. Man konnte die Hand vor Augen nicht mehr sehen. Deshalb schlugen wir bald das Zelt auf. Wie wir bei diesem Wetter ein Feuer entfachen sollten, war mir ein Rätsel. Aber unsere Meister ließen uns im Zelt ein sehr breites und tiefes Loch ausheben. Das Feuer, das wir darin entzünden konnten, wurde viel größer als wir es gewohnt waren. Alle versammelten sich gerne darum, auch unsere Schwertmeister. Die Luft war sehr warm und feucht. Der Rauch zog nur langsam durch das kleine Loch in der Zeltdecke ab. Es war viel zu klein für ein so großes Feuer. Aber es war besser, im warmen Rauch zu sitzen als draußen im kalten Regen. Alle Jungen, die von der Wache kamen, durften gleich ganz dicht ans Feuer heran. Je trockener die Kleidung wurde, desto weiter mussten sie wieder nach hinten. Da das Wetter dermaßen schlecht war, wurden die Wachgänge auf die Hälfte der üblichen Zeit verkürzt. Aber der Regen hatte auch sein Gutes. Unsere Schwertmeister und der Stallmeister gaben Geschichten zum Besten: Geschichten von Kriegern und Schlachten, die alle zusammen erlebt hatten. Wir hörten Lieder von großen Helden, Drachen und den Göttern. Das ließ mich das Wetter draußen vergessen.

Der nächste Morgen kam, und das Wetter hatte sich nicht verbessert. Wir bauten das Lager im strömenden Regen ab und machten uns auf den Weg. Nach einer Weile brach ein Junge zusammen. Er hatte hohes Fieber und konnte nicht mehr weitergehen. Wir luden ihn auf den Wagen und setzten unseren Weg fort. Auch in den folgenden Tagen änderte sich das Wetter kaum. Hin und wieder gab es einige

Stunden ohne Regen, dann wurde geübt und gegessen. Immer mehr Jungen wurden krank. Deshalb verteilten wir die Sachen vom Wagen auf die Pferde, so konnten die Kranken besser gepflegt werden. Ich führte Kalter Tod am Zügel. Er trug den großen Topf und das Dreibein, dazu noch einige andere Ausrüstungsgegenstände. Aber ich hatte den Eindruck, dass meinem Pferd weder Wetter noch Last auch nur das Geringste ausmachte.

Bei jeder ungünstigen Gelegenheit wurden wir von unseren Lehrern mit Übungen überrascht. Mal war es ein Angriff mitten in der Nacht. Ein anderes Mal mussten wir das Rad des Wagens auswechseln, weil es angeblich gebrochen war. Alle diese Übungen dienten nicht dazu, uns zu ärgern. Sie sollten uns zeigen, dass es immer dann zu einem Angriff kommt, wenn man glaubt, es könne nicht mehr schlimmer werden. So war es auch beim Radwechsel. Gerade hatten wir das Rad abmontiert, als die Meister auf ihren Pferden den Feind spielten. Die eine Hälfte von uns stütze den Wagen, da wir die Kranken nicht in den Regen legen wollten. Die anderen mussten sich ihre Stöcke greifen und versuchen, den Feind abzuwehren. Das gelang uns natürlich nicht. So wurden wir, nicht zum ersten Mal, allesamt dahingemetzelt.

Nach einigen weiteren total verregneten Tagen erreichten wir endlich das Dorf des Clans. Über die Hälfte unseres Zuges lag dicht gedrängt im Wagen. Alle hatten hohes Fieber. Die Krankheit hatte es leicht mit ihnen, da sich die meisten noch nicht ganz vom Fasten erholt hatten. Als wir ankamen, wurden die Kranken sofort von Meister Zorralf und seinen Helfern versorgt. Der Rest, zu dem auch Yinzu und ich gehörten, durfte, nachdem die Pferde versorgt waren, in das Badehaus und die Schwitzhütten gehen. Nie habe ich das so genossen wie nach diesem Marsch. Meister Torgal unterrichtete uns darüber, dass wir erst weiterziehen würden, wenn alle Jungen wieder ganz gesund und bei Kräften sein würden. So konnten wir in der Zwischenzeit mit unseren Übungen weitermachen. Den anderen Jungen wurden die Speerübungen gezeigt, die ich schon kannte. Außerdem mussten sie ihre Reitübungen verbessern. Ich durfte mit dem Schwert üben, so wie ich es von Meister Wintal und Meister Torgal gezeigt bekommen hatte.

Der Frühling kam und streute verschwenderisch seine Blütenpracht aus. Immer, wenn ich mit Kalter Tod ausritt, war ich traurig, dass ich Saarami nicht sehen konnte. Mit noch härterem Training lenkte ich mich ab. Manchmal mussten mich meine Freunde zum Essen abholen, weil ich die Zeit total vergessen hatte. Dass so etwas mir passieren könnte, hätte ich nie für möglich gehalten. Mein Magen funktionierte sonst besser als jede Sanduhr.

Nachdem alle Jungen des Zuges wieder gesund und bei Kräften waren, bereiteten wir unseren Abmarsch zu dem Dorf außerhalb des Tals vor. Unsere Meister baten um einen zweiten, offenen Wagen, auf dem alle mitfahren konnten, die noch kein Pferd gefunden hatten. So würden wir den Weg, der vor uns lag, viel schneller zurücklegen. Der andere Wagen wurde wieder mit Proviant und Waffen beladen. Auch kam noch einiges dazu, das unsere Meister zum Tauschen benutzen wollten. Jeder bekam ein leichtes Kettenhemd, das wir über dem Kilt tragen mussten. Dieses Hemd bestand aus vielen kleinen Metallringen. Es war recht schwer und ungewohnt, aber wir würden uns schnell daran gewöhnen, prophezeite uns Meister Wintal. Über das Kettenhemd wurde uns ein lederner Brustschutz umgebunden. Auf ihm prangte der Rote Drache, noch mit sehr feinen Linien gezeichnet, woran zu erkennen war, dass wir uns noch in der Ausbildung befanden. Mir aber gab es das Gefühl, schon ein richtiger Krieger zu sein.

Bevor wir abmarschierten, wurden richtige Speere an uns ausgegeben, da nun alle mit den Speerübungen vertraut waren. Meister Torgal sagte, dass der Speer dem Langstock sehr ähnlich sei. Wir könnten alle Techniken, die wir auch schon mit dem Stock geübt hatten, mit dem Speer ausführen. Der Speer habe aber einen entscheidenden Vorteil. Die Stiche mit dieser Waffe seien absolut tödlich. Meister Wintal erklärte uns, dass wir von nun an keine Übungen mehr machen müssten, bis wir zurück seien. Außerhalb des Tals werde es nur echte Kämpfe geben.

    Der Tag des Abmarsches brach an, und unser Zug setzte sich schon sehr früh in Bewegung. Gegen Mittag hatten wir fast die Wegstrecke eines ganzen Tages geschafft. Am frühen Nachmittag erreichten wir das innere der großen Felsentore. Einige kleine Hütten schmiegten sich zu seinen Füßen eng an die fast schwarzen Felswände. Als wir näher kamen, wurde eine der Hüttentüren geöffnet, und ein älterer Krieger trat uns in den Weg. Er trug sein volles Rüstzeug und dazu ein großes Schwert. Er grüßte Meister Torgal, der unserem Zug voranritt, mit einem Kopfnicken. „Wohin willst du denn mit diesen Grünschnäbeln?" fragte er und musterte uns der Reihe nach. „Wir wollen zum ersten Dorf am Fuße der Berge, das an der Weggabelung. Wir brauchen neue Pferde. Einige meiner Jungen konnten noch keinen Kameraden finden. Deshalb wollen wir hier heute noch durch." Jetzt lachte der alte Krieger. „Na, dann wollen wir mal sehen, was ihr so alles mitzunehmen gedenkt." Er schickte sich an, uns und die Wagen zu kontrollieren. Blitzschnell war unser Schwertmeister von seinem Pferd heruntergesprungen und versperrte dem Mann den Weg. „Wir wollen zum Wohle des Clans hinaus. Wir tragen keine Geheimnisse mit uns aus diesen Mauern. Dessen kannst du dir sicher sein. Pass nur schön auf, dass niemand Ungebetenes hereinkommt." Da der alte Krieger etwas kleiner als Meister Torgal war, sah er nun wütend zu ihm auf. „Wer oder was ich hier kontrolliere, entscheide immer noch ich. Also, hinunter mit euch. Jetzt werde ich mir alles nur noch genauer anschauen."

    Als er gerade den Kutschbock besteigen wollte, wurde er von einem Fußtritt zurückgeschleudert. Der Stallmeister sprang hinter dem Wächter her und stellte seinen Fuß auf dessen Brust. „Du alter Narr hast dich auch nicht um Haaresbreite verändert. Wenn du mich und die Jungen nicht sofort weiterziehen lässt, dann werde ich dir das Fell über deine dreckigen Ohren ziehen. Hast du mich verstanden?" Zornig starrte der Krieger zu Meister Garbgeint hinauf. Doch dann schien er ihn plötzlich wiederzuerkennen. Der Stallmeister half ihm auf die Füße, und einen Augenblick später lagen sich die beiden in den Armen. „Iranntie, so viele Jahre haben wir uns nun schon nicht mehr gesehen. Doch du bist noch immer der alte Starrkopf geblieben, der du früher auch schon warst." Wieder lachten beide und schlugen sich auf die Schultern. „Dir ist aber in der Zwischenzeit auch kein neues Auge gewachsen, seit du es in der Schlacht von Kaltenmoor verloren hast." Die beiden gingen scherzend in die kleine Hütte am Fuße des Felsens. Mit einer Handbewegung bedeutete uns Meister Torgal, dass wir absitzen sollten. „Geht und tränkt die Pferde dort hinten." Er deutete mit dem Finger auf eine Gruppe kleiner Bäume. „Danach kommt wieder hierher. Wie mir scheint, machen wir eine kleine Pause." Da es schon recht warm war, waren alle für einen Schluck klaren Quellwassers dankbar. Einige Zeit später kehrten die beiden Krieger zu uns zurück. Mit einem kleinen Horn signalisierte der Wächter, dass das erste Tor geöffnet werden sollte. Unter mächtigem Knirschen tat sich die eine Hälfte des Felsentores auf, gerade so weit, dass die Wagen hindurchpassten.

    Kälte umfing uns. Es war deutlich dunkler, da nun die Felswände steil zu unseren beiden Seiten hoch in den Himmel ragten. Einige der Tiere scheuten, denn der Weg war sehr schmal. „Ein Meisterwerk des Festungsbaus", hörte ich Meister Garbgeint sagen. „Diese Wände sind noch nie bezwungen worden." Obwohl er sehr leise gesprochen hatte, konnte ich ihn gut verstehen. Keiner von uns sprach auch nur ein Wort. Nur das Stampfen der Hufe war zu hören. Ich bemerkte, dass Kalter Tod seine Ohren in alle Richtungen drehte. In mir keimte eine üble Ahnung auf. Im nächsten Augenblick hob mein Pferd auch schon seinen Kopf und stieß ein lautes und freudiges Wiehern aus. Das Echo brach sich laut an den Felsenwänden. Die anderen Pferde gerieten in Panik und konnten nur mit Mühe wieder unter Kontrolle gebracht werden. Zwei der Jungen wurden abgeworfen. Kalter Tod hingegen tänzelte lustig hin und her. Es schien ihm eine große Freude zu sein, so viel Verwirrung gestiftet zu haben. Meister Torgal sah mich ärgerlich an. Ich zuckte mit den Schultern und entschuldigte mich für das Verhalten meines Kameraden. Aber mein Meister zischte mir zu: „Darüber sprechen wir noch!" Meine Kehle war wie zugeschnürt. Selbst Yinzu war sichtlich verärgert. Er hatte große Mühe gehabt, nicht von Frühlingswind abgeworfen zu werden, so sehr hatte sich das arme Tier erschreckt. Am liebsten hätte ich losgeheult. Doch dann ritt Meister Wintal auf Eisvogel neben mir her und lächelte mir zu. „Mach dir mal nicht allzu große Sorgen. Im Vertrauen..." Er beugte sich zu mir herüber. „...Torgal hat mit Feuersturm ähnliches erlebt." Das änderte allerdings nichts an meiner augenblicklichen Lage. Da machte der Gang einen Knick. Die Wagen hatten Mühe, um die Ecke zu biegen. Mir erschien es besser, abzusteigen und Kalter Tod zu führen.

Als wir das äußere Tor erreichten, war ich fast so aufgeregt wie an dem Tag, an dem ich das Tal des Clans zum ersten Mal betrat. Die Sonne stand noch hoch am Himmel, als wir auf die große Ebene hinausritten. Ein saftiges Grün empfing uns. Es blühte überall, und der Duft von tausend verschiedenen Blumen lag in der Luft. Wir konnten bis zum Horizont blicken, bis zu dem sich das grüne Meer erstreckte. Die Tiere wurden unruhig, auch sie spürten den Zauber des Frühlings. Meister Wintal ritt an uns vorbei und rief: „Sturmangriff, folgt mir! Tod den Feinden des Clans!" Mit einem lauten Kampfschrei trieb er Eisvogel an. Das Pferd sprang in die Luft, ließ seiner ungezügelten Kraft freien Lauf und galoppierte los. Das steckte auch die anderen Tiere an. Nur Kalter Tod konnte sich nicht so richtig entschließen. Aber als er dann beschloss, den anderen zu folgen, spürte ich seine unbändige Energie. Obwohl wir nur acht waren, hatte ich das Gefühl, in einer Reiterarmee mitzureiten. Wir schreien und heizten uns gegenseitig an. Ja, wäre er doch nur jetzt hier, der Feind, wir würden ihn in Stücke reißen. Wir glaubten, unbesiegbar zu sein. Dass dem nicht so war, musste ich Jahre später auf schrecklich schmerzhafte Weise erfahren. Auf ein Zeichen von Meister Wintal hielten wir an und sahen uns nach den Wagen um. Sie waren kaum noch zu erkennen. Wir wendeten und ritten ihnen entgegen. Auf halber Strecke trafen wir uns. Meister Torgal sah Meister Wintal ärgerlich an. Aber der Stallmeister saß auf dem Kutschbock und lachte.

Die Sonne war schon hinter dem Horizont verschwunden, als wir angewiesen wurden, unser Lager aufzuschlagen. Es wurden die beiden Wagen zusammengeschoben und das große Zelt aufgebaut. Nachdem die Pferde versorgt waren, riefen uns die Meister zusammen. Mir war schlagartig klar, dass ich jetzt an der Reihe war. Nachdem sich alle eingefunden hatten, begann Meister Torgal zu sprechen. „Männer, heute ist etwas sehr Ernstes passiert. Etwas, das wir in unseren Reihen nicht dulden können. Aran hat uns und sich selbst in große Gefahr gebracht. Er hat es sicher nicht mit Absicht getan. Aber darauf können wir keine Rücksicht nehmen. Wären wir im Krieg gewesen, so hätte sein Kamerad uns alle verraten. Es hätte unser aller Tod sein können. Um euch zu verdeutlichen, wie gefährlich ein solches Verhalten ist, hat der Clan eine Strafe festsetzt. Fünfzig Stockschläge!" Mir stockte der Atem, und ich glaubte, mich verhört zu haben. Fünfzig Stockschläge! Das würde ich nicht überleben. Meister Torgal fragte: „Willst du etwas zu deiner Verteidigung sagen?" Ich schüttelte den Kopf. „Dann akzeptierst du das Urteil?" Ich nickte und sah ihm in die Augen. „Es tut mir leid, dass ich euch in Gefahr gebracht habe. Es wird mir eine Lehre sein." Ich wollte mich schon zum Rad begeben, auf das ich gebunden werden sollte, da vernahm ich Meister Wintal. „Moment, ich habe etwas zu seiner Verteidigung zu sagen. In Anbetracht der Tatsache, dass er sich noch nicht sehr lange in der Ausbildung befindet und einen sehr eigensinnigen Gefährten hat, bin ich der Meinung, dass die Strafe auf zwanzig Schläge herabgesetzt werden sollte." Meister Torgal sah ihn an, aber bevor er etwas sagen konnte, meldete sich der Stallmeister zu Wort. „Es ist, wie Wintal gesagt hat. Da ich der Älteste von uns bin und wir beide dieser Auffassung sind, ist es beschlossene Sache. Es werden nur zwanzig Schläge." Ich legte Lederpanzer und Kettenhemd ab und entblößte meinen Oberkörper. Als ich mich ans Wagenrad stellte, gab mir Meister Torgal ein dickes Lederstück. „Hier, Aran, beiß nur kräftig darauf. Dann ist es nicht so schlimm. Mir hat es auch geholfen vor langer Zeit."

  Keiner der anderen Jungen hatte auch nur ein Wort gesagt. Noch nicht einmal ein Flüstern war zu hören. Meister Torgal hatte eine Weidenrute abgeschnitten und die Blätter entfernt. Ich hörte, wie sie die Luft zerschnitt, als er ihre Festigkeit prüfte. Gerade hatte ich mich nach vorn gebeugt, um mich an den Speichen des Rades festzuhalten, als ein kräftiges und zorniges Wiehern uns herumfahren ließ. Kalter Tod hatte sich losgerissen und war erhobenen Hauptes zum Wagen gekommen. Er trat zwischen Meister Torgal und mich. Böse sah er auf den Schwertmeister herunter und schnaubte warnend. Der Meister sah zu ihm hinauf, ließ die Weidenrute langsam sinken und stimmte einen Singsang an, den ich schon einmal von ihm gehört hatte, als der riesige Bär uns bedrohte. Kalter Tod legte seinen Kopf schräg und hörte einen Moment lang zu. Dann schüttelte er seinen gewaltigen Kopf und wieherte laut. Meister Torgal ändere darauf hin seinen Sprechgesang. Wieder schien es, als hörte Kalter Tod zu. Er senkte seinen Kopf und beschnupperte mich, rieb seinen Kopf an meiner Schulter. „Er wird dir die Hälfte der Schläge abnehmen", verkündete Meister Torgal. Dann zischte die Rute, und mein Pferd wieherte leise auf. Bei jedem Schlag zitterte er ein wenig. Er tat mir sehr leid, und ich litt mit ihm. Doch dann trafen sich unsere Blicke, und ich wusste plötzlich ganz genau, dass mein Kamerad nur Theater spielte. Die Schläge machten ihm nicht das Geringste aus, aber mir, dass musste ich wenige Atemzüge später feststellen. Es brannte, als ob mir glühende Kohlen über den Rücken rollen würden. Immer fester biss ich auf das Lederstück, als die Haut auf meinem Rücken aufplatzte. Beim zehnten Schlag fiel es mir aus dem Mund. Ich keuchte und musste nach Luft schnappen. Kalter Tod rieb seinen Kopf wieder an mir. So kräftig, das ich mich fester an die Speichen des Rades klammern musste, um nicht umzufallen.

  Meister Wintal und Meister Torgal brachten mich ins Zelt. Der Stallmeister wartete schon mit einer Salbe, die er mir über die Striemen rieb. Einen Moment lang brannte es noch schlimmer, doch dann wich das Brennen einer angenehmen Kühle. Kalter Tod war in der Zwischenzeit davongetrottet. Mir schwante, dass er ein schlechtes Gewissen hatte. Die anderen Jungen hielten respektvoll Abstand. Nur Yinzu, Hamron und Orphal kamen zu mir. Yinzu fragte: „Tut es sehr weh?" Ich nickte. „Darf ich mir die Striemen auf deinem Rücken einmal ansehen?" Das war Hamron. Ich bat ihn, noch etwas von der kühlenden Salbe auf meinem Rücken zu verteilen. Er nickte, nahm aber eine andere Salbe, die er mitgebracht hatte, und vermischte sie mit Meister Garbgeints Salbe. „Die hier wird helfen, dass sich die Striemen nicht entzünden." Orphal meinte: „Du hast Glück gehabt, dass du von den fünfzig Schlägen nur zehn abbekommen hast. Wenn du sie hättest alle einstecken müssen, dann würdest du hier jetzt nicht mehr sitzen."

Die folgende Nacht war nicht die angenehmste für mich. Immer, wenn ich mich bewegte, erwachte ich vor Schmerz. Am nächsten Morgen fühlte ich mich wie gerädert. Nach einem kurzen und leichten Frühstück brachen wir das Lager ab und machten uns wieder auf den Weg. Mein Rücken brannte wie Feuer. Ich hatte es versäumt, ihn am Morgen noch einmal mit der Salbe einzureiben. Plötzlich wurde mir bewusst, dass Meister Wintal mit besorgter Miene neben mir ritt. „Danke, Meister, dass Ihr gestern für mich gesprochen habt, ich weiß nicht, ob ich die fünfzig Schläge überlebt hätte." Er lachte. „Gern geschehen, kleiner Narr. Aber du musst wissen, dass Torgal es auch nicht vorgehabt hat, dich fünfzigmal zu schlagen. Er wollte nur sehen, ob du es hinnimmst wie ein Mann. Dass dein Gefährte dir die Hälfte der Schläge abgenommen hat, ist sehr außergewöhnlich. Aber das passt zu deinem Pferd." Ich nickte, Kalter Tod war wirklich ein sehr ungewöhnliches Tier.

Da fiel mir ein, dass ich immer noch das Stück Leder bei mir trug, das mir Meister Torgal am Tag zuvor gegeben hatte. Ich bat Kalter Tod, den Meister einzuholen. Sofort hob Feuersturm den Kopf und fiel in einen schnellen Trab. Doch Kalter Tod schritt gelassen neben ihm her. Mir lief der Schweiß das Gesicht und den Rücken hinunter. Es brannte so sehr, dass ich zu den Göttern betete, dass mein Pferd jetzt nicht ausrastete. Aber Kalter Tod tat nichts dergleichen. Er ignorierte Feuersturm einfach. „Meister, ich bringe Euch Euer Lederstück zurück." Meister Torgal lächelte: „Wie geht es deinem Rücken?" „Er brennt wie Feuer", gab ich wahrheitsgemäß zu. „Bei unserer ersten Rast kannst du dir den Rücken mit der Salbe einreiben lassen." Er hielt das Lederstück hoch und sagte: „Als ich in meiner Ausbildung war, ist mir in den Felsentoren etwas Ähnliches passiert - nur, dass mein Pferd völlig unschuldig war. Deshalb gab es auch keinen Grund, ihn zu bestrafen. Ich habe alle zwanzig Schläge einstecken müssen. Danach war ich eine Woche nicht zu gebrauchen. Meister Zorralf musste sich meines Rückens annehmen." Lächelnd steckte er das Leder in seinen Kilt. Dann gab er mir den Befehl, mich wieder einzureihen.

Yinzu fragte, wie es mir ginge. Gequält versuchte ich zu lächeln, aber es gelang mir nicht. Mittags half er mir, meine Kleidung abzulegen. Es war eine große Erleichterung, als er kurz darauf meinen Rücken einrieb. Meister Garbgeint schlug vor, die Salbe etwas dicker aufzutragen, da wir bald weiterreiten würden und ich noch das Kettenhemd überziehen müsse.

Tagelang ritten wir über die Ebene. Je weiter wir kamen, desto üppiger wurde die Vegetation, und es wurde wärmer. Wir brauchten das große Zelt nicht mehr aufzubauen. Es war angenehmer, unter freiem Himmel zu schlafen. Dank der Salbe heilte mein Rücken schnell. Nach ein paar Tagen war schon nichts mehr von den Striemen zu sehen, und ich genoss es, vor dem Einschlafen in die Sterne zu schauen. Dank Meister Zorralf konnte ich einige Sterne und Sternbilder erkennen. Ich hatte erfahren, dass die Sterne bei den magischen Ritualen eine wichtige Rolle spielen. Irgendwann würden auch wir in diese Rituale eingeweiht werden.

Eines Tages bemerkten unsere Meister Rauchwolken am Himmel. „Es könnte eine Brandrodung sein", gab Meister Garbgeint zu bedenken. Meister Wintal schüttelte den Kopf. „Dazu ist der Rauch nicht hell genug, es verbrennen auch noch andere Dinge." Vor meinem inneren Auge erschien plötzlich das Bild unserer brennenden Schenke. „So brennen Häuser", flüsterte ich. Die Meister tauschten einen kurzen Blick, dann trieben sie den Zug zur Eile an. Wir brauchten aber noch den ganzen Tag, bis wir das Dorf erreichten. Nie werde ich diesen Anblick vergessen. Wir ritten von einer leichten Anhöhe auf die Reste einer menschlichen Siedlung zu. Einige der Häuser brannten noch immer, andere rauchten nur noch und waren schon in sich zusammengefallen. Ein ekeliger Geruch hing in der Luft nach verkohltem Holz und verbranntem Fleisch. Dann sahen wir die ersten Toten. Sie lagen auf der Straße oder waren an den Bäumen aufgehängt. Es fiel auf, dass unter den Toten keine Krieger waren. Es lagen nur Alte und Frauen mit zum Teil gefesselten Händen auf dem Boden. Sie waren regelrecht abgeschlachtet worden. Einigen der Jungen würde übel. Solche Grausamkeiten hatte von uns bisher noch keiner gesehen.

Seit dem Augenblick, als wir den Rauch bemerkten, hatte sich das Verhalten der drei Meister verändert. Sie waren kalt, schweigsam und verschlossen. Mit bitterer Stimme hörte ich Meister Torgal jetzt sagen: „Seht nur gut hin, so sieht die dreckige Seite des Krieges aus." Er hielt sein Pferd an. „Dies ist nicht das Werk von richtigen Kriegern. Nur Monster schlachten wehrlose Frauen und alte Menschen ab ohne jeglichen Respekt vor dem Leben." Er spuckte angewidert auf den Boden. Meister Garbgeint war in der Zwischenzeit durch die Trümmer gegangen und hatte sich umgesehen. Er sprach leise mit den beiden anderen Meistern, dann verließen wir das zerstörte Dorf.

Nach einigen Minuten ließ Meister Garbgeint uns absitzen. Meister Torgal und Meister Wintal ritten in verschiedene Richtungen davon, und wir schnitten die Toten von den Bäumen. Dann suchten wir Holz zusammen und schichteten es zu einem großen Scheiterhaufen auf. Als sich das Feuer der Toten schon bemächtigt hatte, kamen unsere Schwertmeister von ihrem Erkundungsritt zurück. „Keine Kinder, es waren keine Kinder unter den Toten", berichtete Meister Wintal. „Wir vermuten, dass sie irgendwo hier in der Umgebung versteckt sind." „Sie könnten auch versklavt worden sein", warf Meister Torgal ein. „Das glauben wir aber nicht. Die Männer haben wahrscheinlich versucht, das Dorf zu verteidigen. Entweder sind sie schon tot, oder sie verlieren in diesem Augenblick ihr Leben." Ich war erschüttert, mit welcher Gleichgültigkeit er das erwähnte. „Wenn Schlächter einen solchen Hinterhalt planen und niemanden verschonen, dann wollen sie nur eins: Sie wollen nur töten. Wenn wir Glück haben, finden wir die Kinder und vielleicht auch die Pferde. Dieses Dorf lebte hauptsächlich von der Pferdezucht. Wir gehen davon aus, dass der Dorfschatz in Sicherheit gebracht wurde. Also werden wir uns alle gemeinsam auf die Suche nach den Kindern und den Pferden machen. Seid auf der Hut, es könnte sein, dass sich hier noch einige der Schergen herumtreiben. Entfernt euch nicht weit voneinander, bleibt in Sichtweite."

Wir machten uns in dem nahegelegenen Wald auf die Suche. Aber erst als schon die Dämmerung hereinbrach, waren wir endlich erfolgreich. Yinzu und ich hörten ein leises Weinen. Sofort hielt Kalter Tod auf das Schluchzen zu. An einer alten abgestorbenen Eiche blieb er stehen, schnupperte und suchte den Boden ab. Dann hatte er etwas gefunden. Wir sprangen von den Pferden und untersuchten den Waldboden. Yinzu entdeckte die getarnte Grube zuerst. Gemeinsam hoben wir den unter Moos und Laub versteckten Deckel an. Nachdem wir ihn beiseite geschoben hatten, kamen die Kinder des Dorfes zum Vorschein, so wie es Meister Garbgeint vermutet hatte. Sie hielten sich an den Händen und weinten. Einige begannen zu schreien. Yinzu und ich bemühten uns, den Kleinen behutsam klarzumachen, dass sie von uns nichts zu befürchten hatten. Das dauerte eine Weile. Nachdem sie verstanden hatten, dass wir ihnen nicht wehtun wollten, kamen sie langsam aus der Grube heraus. Einige kleine Kinder fragten nach ihren Müttern. Wir sahen uns an und wussten nicht was wir ihnen sagen sollten. Bevor ich einen klaren Gedanken fassen konnte, war Yinzu schon wieder auf Frühlingswind gesprungen und rief mir zu: „Ich hole Meister Garbgeint, wartet hier auf mich." Er ließ mich mit einer Horde schreiender Kinder zurück!

Ich fragte einen der größeren Jungen, was passiert sei. Er erzählte mir, dass die Schlächter in ihr Dorf gekommen waren und alle zwingen wollten, ihren Gott anzubeten. Als sich der Dorfrat weigerte, ritten sie wieder davon. Kurze Zeit später begannen sie, die etwas entfernteren Höfe zu überfallen und niederzubrennen. Da wurden die Kinder im Wald versteckt, und die Männer des Dorfes zogen los, um die Schlächter zu stellen und zu vertreiben. Das war vor drei Tagen. Zweimal waren die Frauen und Mütter aus dem Dorf gekommen und hatten den Kindern Wasser und Brot gebracht. Aber an diesem Morgen war niemand gekommen. Als es dann dunkel wurde, bekamen die Kleinen Angst und fingen an zu weinen. Das hatte sie gerettet.

Der Junge wollte von mir wissen, was wir im Dorf vorgefunden hatten. Ich war ratlos. Bevor er seine Frage wiederholen konnte, erschien Meister Garbgeint, und ich atmete auf. Die Kleinen fingen beim Anblick des Stallmeisters wieder an zu weinen, verstummten aber sofort, als der Meister erklärte, dass ihr Weinen die Waldfeen aufwecken würde, und die seien nach dem Aufstehen immer schlecht gelaunt. Er sprach mit den verängstigten Kindern genauso wie mit scheuen Pferden: mit einer sanften Stimme, die allen bald vertrauenswürdig erschien. Ich musste lächeln. Früher hatten mich solche Geschichten auch immer vom Weinen abgehalten.

Wir führten die Kinder durch den inzwischen stockfinsteren Wald zu den Wagen. Sie bekamen erst einmal zu trinken und zu essen, danach ließen wir sie auf den Wagen klettern. Meister Garbgeint sprach leise mit dem Jungen, den auch ich angesprochen hatte. Nach einer Weile war er bereit, uns zu zeigen, wo die besten Zuchttiere des Dorfes versteckt waren. Unsere Schwertmeister waren noch immer nicht zurück. Deshalb versteckte sich unser Zug mit den Kindern in dem Wäldchen. Immer noch konnten wir den glühenden Schein der Trümmer sehen. Und der Scheiterhaufen brannte gut sichtbar in der Nacht. Der Stallmeister machte ein besorgtes Gesicht. Als ich ihn nach dem Grund fragte, antwortete er, dass er hoffe, das Feuer werde den Meistern den Weg zu uns weisen und nicht den Schlächtern. „Ich möchte auf keinen Fall Grünschnäbel und Kinder in einen Kampf führen müssen." Er sah hinaus in die Dunkelheit. Ich war beleidigt. Wir waren keine Grünschnäbel mehr. Wusste er denn nicht, dass wir unseren ersten Kampf schon hinter uns hatten? Laut sagte ich, er könne sich sehr wohl auf uns verlassen. Da lachte der Stallmeister leise auf. „Mein junger Freund, du glaubst, du wüsstest, was es heißt zu kämpfen. Du weißt nichts, rein gar nichts. Ich habe schon Schlachten geschlagen, da warst du noch gar nicht geboren. Ich habe große Krieger weinen und sich vor Angst in den Kilt pissen sehen, wenn der Feind kam. Ich selbst habe mir schon vor Angst in den Kilt gepisst, aber das wirst du alles noch früh genug erfahren. Jetzt bete zu den Göttern, dass wir hier unentdeckt bleiben."

In dieser Nacht schlief keiner von uns. Als es zu dämmern begann, standen wir noch immer hinter den Bäumen und beobachteten den Weg. Talwak war es, der die Glocken zuerst hörte. Sie klangen uns aus den Trümmern entgegen. Yinzu deutete auf das ehemalige Dorf. Eine Schar Männer bewegte sich langsam auf uns zu. Sie trugen lange weiße Kutten und hatten ihre Köpfe mit Kapuzen verhüllt. Die ersten beiden trugen je eine Glocke, die nächsten je einen Topf mit Rauchwerk, den sie hin und her schwenkten. Auf der Brust der Männer leuchtete ein roter Kreis. Ich atmete auf. Es waren nur Wandermönche, die auf Pilgerschaft waren. Aber der helle Klang der Glocken war sehr unangenehm, er schmerzte in den Ohren. Ich wunderte mich noch, da zog mich Meister Garbgeint zurück in Deckung. An den Wagen wurden schon die Bögen und Pfeile sowie unsere Speere ausgegeben. Das verstand ich nicht. Warum bereiteten wir uns auf einen Kampf vor, es kamen doch nur Mönche des Wegs daher? Meister Garbgeint erklärte uns warnend, dass die Kinder sich an die Glocken erinnerten. Während des Überfalls hatten sie sie ununterbrochen läuten gehört.

Ich spürte eine freudige Erregung, keine Angst. Im Flüsterton erklärte der Meister uns, was zu tun war. Wir sollten hinter der zweiten Baumreihe in Stellung gehen. Unsere Pfeile sollten wir vor uns in den Boden stecken, damit wir keine Zeit mit dem Ziehen vertrödelten. Wenn die Mönche nicht unverrichteter Dinge an uns vorbeiziehen würden, sollten wir auf sein Zeichen warten, bevor wir anfingen zu schießen. Unsere Speere sollten griffbereit in unserer Nähe liegen. Jeder aus dem Zug hatte gut und gerne zehn Pfeile zugeteilt bekommen. Talwak und Rathat wurden dazu abgestellt, auf die Kinder aufzupassen. Sie sollten sie beruhigen und im Notfall mit den schon angespannten Pferden davonfahren. Angesichts der Verantwortung gelang es ihnen, ihre eigene Angst in den Griff zu bekommen.

Der Zug der Mönche kam näher. Wir konnten nun erkennen, dass die Männer von oben bis unten mit Blut befleckt waren. Es leuchtete uns auf dem Weiß ihrer Kutten entgegen. Sie hielten die Köpfe gesenkt. Plötzlich blieben sie stehen, und zwei von ihnen inspizierten unseren Scheiterhaufen. Eine Zeitlang beratschlagten sie, dann setzten sie sich in Bewegung – genau auf uns zu! In einer Linie kamen sie den Hang hinauf, ich musste lachen. Jeder unserer Schützen hatte ein Ziel. Es müssen so zwanzig oder dreißig Mann gewesen sei. Wir hatten viel mehr Pfeile, als wir für sie brauchten. Jetzt schlugen die Männer ihre Kapuzen nach hinten, und wir konnten in ihre Gesichter sehen. Sie waren von dunklerer Hautfarbe als wir. Der Wahnsinn stach aus ihren Augen. Gleichzeitig schlugen sie ihre Kutten auf, und es kamen Kurzschwerter zum Vorschein. Sie trugen Kettenhemden unter ihren Kutten. Als wir das sahen, war uns sofort klar, dass wir sie näher herankommen lassen mussten. Wir hatten die Distanz abzuschätzen gelernt, innerhalb der unsere Pfeile sie durchschlagen konnten. Meister Garbgeint hatte sein Schwert gezogen. Ich hatte meinen Pfeil schon lange auf der Sehne, als sein Kommando kam. Aus dem Dunkel des Waldes schwirrten die Pfeile auf die Mönche zu. Fast lautlos fielen die ersten. Einige hatten den Boden noch nicht berührt, da traf sie schon der zweite oder auch dritte Pfeil. Ich traf den ersten Mann im Hals, obwohl ich tiefer gezielt hatte. Er griff sich an die Kehle, das Blut schoss daraus hervor, als er nach hinten umfiel. Der zweite, auf den ich anlegte, wurde gleichzeitig noch von zwei anderen Pfeilen getroffen. Die Mönche hatten noch nicht einmal die Hälfte des Hanges erklommen, da war schon keiner mehr von ihnen am Leben.

Einige Augenblicke später gab uns Meister Garbgeint den Befehl, die Pfeile zurückzuholen. „Ihr geht immer zu zweit. Einer zieht die Pfeile heraus, der andere passt mit dem Speer auf, ob nicht vielleicht noch einer von ihnen lebt." Mit Jubel brachen wir aus dem Wald hervor, die Mahnung des Stallmeisters, leise zu sein, hörten wir schon nicht mehr. Ich stieß den Speer in den morgendlichen Himmel und schrie genauso vor Freude über unseren Sieg wie Yinzu und die anderen auch. Das waren sie also, die ersten Feinde, die wir im Kampf besiegt hatten! Ich hatte mir nicht vor Angst in den Kilt gepisst. Doch je näher wir den am Boden Liegenden kamen, desto leiser wurden wir. Waren wir eben noch von Freude erfüllt, so sahen wir jetzt, was unsere Pfeile angerichtet hatten. Einige bluteten noch immer, andere zuckten noch. Angeekelt zogen wir die scharfen Pfeile mit ihren Widerhaken aus den toten Leibern. Bei den ersten beiden hielt ich den Speer noch wachsam auf die Leichen gerichtet. Doch dann kamen wir zu dem Mönch, den die drei Pfeile getroffen hatten. Er war sicher tot. Yinzu hatte gerade den ersten Pfeil herausgezogen, da sah ich mit Entsetzen, dass er an seinem Gürtel ein Band trug, an dem die Ohren von vielen Menschen hingen. Dieses Monster hatte sie abgeschnitten und gesammelt. Ich würgte, aber meine Kehle war wie zu geschnürt. Yinzu starrte genauso entsetzt darauf wie ich. Da richtete sich der vermeintlich Tote plötzlich auf und griff nach Yinzu. Er klammerte sich an ihn und versuchte, ihn zu Boden zu ziehen. Yinzu schrie. Ohne zu zögern, rammte ich den Speer in den Leib des Mönches. Ich zog ihn wieder heraus und stieß wieder und wieder zu, aber er ließ immer noch nicht los. Irgendwann fasste mir Yinzu beschwichtigend an die Schulter. „Mehr als das geht nicht", sagte er und deutete auf den zerfetzten Körper.

Nachdem wir alle Pfeile eingesammelt hatten, kehrten wir zu unserem Stallmeister zurück. Er ermahnte uns, weiter wachsam zu sein. Er selbst wollte mit Lantar und Hamron nun die versteckten Pferde holen. Wenn weitere Feinde auftauchten, sollte Yinzu mit einem kleinen Horn, das er ihm in die Hand drückte, Signal geben. Ich zitterte noch immer am ganzen Körper. Da kam Orphal zu uns herüber. Wir lachten und beglückwünschten uns gegenseitig zu unserem Sieg. „Sie fielen wie die Fliegen, keiner hat auch nur eine Hand gegen uns erheben können. Wir sind Helden." Orphal keuchte vor Begeisterung. Ich stimmte ihm zu, und wir sprangen vor Freude hin und her. Mein Mund war trocken wie Laub im Herbst. Nachdem wir etwas Wasser getrunken hatten, bezogen wir unsere Posten hinter den Bäumen. „Still, ich glaube, ich höre Glockengeläut." Yinzu horchte angestrengt, dann pfiff er nach Frühlingswind. Das Pferd kam freudig herbeigelaufen. Yinzu sprang auf und galoppierte den Hang hinunter.

Kurze Zeit später kehrte er zurück, gemeinsam mit unseren beiden Schwertmeistern. Wortlos stiegen die drei von ihren Pferden, und Yinzu setzte das Horn an die Lippen und blies hinein. Ein langer und tiefer Ton erscholl. Meister Wintal war zu dem Wagen geeilt, in dem die Kinder warteten. Er sprach mit ihnen, aber ich konnte nicht verstehen, worum es ging. Meister Torgal aber richtete das Wort an uns. Er berichtete, dass die Männer, die wir besiegt hatten, nur die Vorhut einer viel größeren Streitmacht gewesen seien. Das große Heer sei auf dem Weg zu uns. „Wir werden sofort aufbrechen, sobald der Stallmeister wieder hier ist. Es wird nötig sein, dass die Jungen, die noch keinen Kameraden haben, das erste Pferd reiten, das sie aufsitzen lässt. Durch die Kinder haben wir keinen Platz mehr auf den Wagen. Mutig hob Orphal die Hand. „Meister, können wir hier nicht auf die Mönche warten? Wenn wir sie einmal besiegt haben, dann können wir das auch ein zweites Mal." Wir stimmten ihm begeistert zu. „Ihr Narren, das sind Schlächter, die nichts anderes wollen, als morden. Sie sind uns überlegen, mindestens fünfzig zu eins. Es wäre töricht hierzubleiben, um zu kämpfen. Außerdem müssen wir die Kinder in Sicherheit bringen. Das ist jetzt unsere wichtigste Aufgabe. Eure Zeit wird kommen, habt Geduld. Die Schlächter haben keine Pferde, deshalb kommen sie nicht so schnell voran wie wir. Unsere beste Waffe ist unsere Beweglichkeit."

Er hatte den Satz noch nicht beendet, da kamen der Stallmeister und die beiden Jungen zurück. Meister Garbgeint berichtete Meister Torgal, wo die Pferde versteckt waren. Da wir mit dem Wagen nicht durchs Unterholz kamen, mussten wir das Wäldchen umfahren. Alle Jungen hingegen, die noch kein eigenes Pferd hatten, sollten sich durch den dichten Wald schlagen. Bis wir mit dem Wagen ankämen, hätten sie genug Zeit, ein Pferd zu besteigen. Jetzt ging es nicht darum, sich einen Gefährten zu suchen, jetzt ging es ums Überleben.

Sofort machten sich Meister Garbgeint und die Jungen auf den Weg. Nach wenigen Schritten waren sie im Grün der Bäume verschwunden. Yinzu und mir befahl Meister Torgal zu erkunden, wie weit die Schlächter noch entfernt waren. „Geht kein Risiko ein, seht nur nach, wo sie sind und in welche Richtung sie sich bewegen. Versucht, nicht entdeckt zu werden. Kommt dann so schnell, wie es geht, zu uns zurück." Yinzu und ich tauschten einen kurzen Blick, dann gaben wir den Pferden die Hacken zu spüren und galoppierten davon, den immer lauter werdenden

Glockenschlägen entgegen. Meine Freude war einem ängstlichen Gefühl gewichen. Auch wenn ich meinen Speer in der Hand hielt, so konnte er mir doch kein Gefühl der Sicherheit vermitteln. Im Stillen betete ich zu Donar, dass wir diesmal nicht würden kämpfen müssen.

Wir hatten die Trümmer des Dorfes noch nicht ganz erreicht, da sahen wir schon, wie sich der Strom weiß gekleideter Mönche auf uns zu bewegte. Mit gesenkten Köpfen schritten sie in Fünferreihen auf der Straße voran. Einen Augenblick lang sahen wir zu, dann wendeten wir die Pferde und suchten unser Heil in der Flucht. Mein Pferd schien die Lage, in der wir uns befanden, zu spüren. Ohne Widerstand gab er alles, was er an Kraft aufbringen konnte. Trotz seiner Anstrengung lag Kalter Tod aber immer zwei Längen hinter Frühlingswind zurück. Schon nach kurzer Zeit erreichten wir unsere Gefährten und berichteten Meister Torgal, was wir gesehen hatten. Er nickte und wies uns an, an der Spitze des Zuges zu reiten. Dort sollten wir nach Meister Garbgeint und den anderen Jungen Ausschau halten.

Gerade kamen wir an einem kleinen Felsen vorbei, als von rechts der Stallmeister und der Rest des Zuges zu uns stießen. Jeder der Jungen saß auf einem Pferd. Trotzdem liefen noch ungefähr zehn Tiere, die keinen Reiter trugen, nebenher. Schweigend ritten wir gemeinsam weiter, bis uns ganz plötzlich und völlig unerwartet ein Spähtrupp der Schlächter begegnete. Die beiden Schwertmeister ließen den Zug halten und sprangen von den Pferden. Leicht hätten wir den Mönchen ausweichen können. Wenn wir das getan hätten, wäre ein Kampf vermieden worden. Wir hätten sie dann aber auf unsere Fährte gebracht. Und wir hätten verraten, dass wir die Kinder und die Pferde gefunden hatten. So war es klar, dass unsere Schwertmeister die Sache für uns klären mussten. Meister Wintal befahl laut, auf keinen Fall ohne sie weiterzureiten. Dabei kniff er ein Auge zusammen, so als hätte er einen kleinen Scherz gemacht. Als er sich von uns abwendete, war sein Gesicht wie aus Stein gemeißelt.

Mit gezogenen Schwertern stürmten Meister Torgal und Meister Wintal den Mönchen entgegen. Die wiederum hatten ihre Kurzschwerter gezogen und ihre Kapuzen abgestreift. Es wurde kein Wort gesprochen. Meister Torgal erreichte die Gruppe zuerst. Sein Schwert hieb den ersten der Schlächter in zwei Hälften. Dessen Beine liefen noch ein Stück weiter auf uns zu, bevor das letzte bisschen Kraft und Blut sie verließen. Dann fielen sie einfach um. Meister Wintal hatte einem der Mönche mit einer solchen Kraft den Kopf abgeschlagen, das dieser fast bis zu uns geflogen kam. Den Schwung des Schlages hatte Meister Wintal genutzt, die Klinge weitergeführt und dem nächsten Mann den Kopf gespalten. Die Gewalt des Stoßes war so groß, dass er sein Schwert aus dem Brustkorb des Mannes ziehen musste. Meister Torgal war inzwischen einem Stich ausgewichen und hatte dem Schlächter beide Arme abgeschlagen. Dieser drehte sich im Kreis, aus den Stümpfen schoss das Blut. Der Mann öffnete seinen Mund, aber bevor er schreien konnte, hatte Meister Torgal ihm schon den Kopf abgeschlagen. Er sprang über die am Boden Liegenden hinweg und rammte sein Schwert dem nächsten Mönch in den Leib. Die Klinge durchdrang den Körper des Mannes wie Wasser. Als der Schlächter, der dahinter lief, auf den Vordermann aufprallte, schob Meister Torgal mit einem Ruck die Klinge noch weiter durch den Mann hindurch, so dass der zweite ebenfalls von ihr durchbohrt wurde. Meister Wintal wirbelte inzwischen mit seinem Schwert in der einen Hand und mit einem Dolch in der anderen in eine Gruppe von Mönchen hinein. Seine Schwerthiebe trafen die Männer sehr schnell und hart. Mit dem Dolch beendete er das Leben derer, die seine Schwerthiebe überlebt hatten. Meister Torgal zerschlug mit seiner langen Klinge die Männer, die in seine Nähe kamen. Die mächtige Schwertklinge verletzte nicht. Sie trieb mit Macht das Leben aus den Körpern der Getroffenen. Die Mönche fielen schneller, als ich es mit meinen Augen verfolgen konnte. Es dauerte nicht mehr lange, und die beiden Schwertmeister standen Rücken an Rücken inmitten der erschlagenen Mönche. Es war ein gespenstischer Anblick: Der Weg war mit Blut und toten Körpern übersät. Meister Torgal und Meister Wintal mussten aufpassen, dass sie nicht auf den Gedärmen der Erschlagenen ausrutschten. Beide hatten nicht einen Kratzer abbekommen. Bei den Göttern, was waren das für Krieger!

Auf dem Weg zurück zu ihren Pferden sah ich in ihre Gesichter und erschrak. Das waren nicht die Männer, die ich kannte. Ihr Blick war erfüllt vom Rausch des Tötens. Mit einem tierischen Kampfschrei schlugen sie ihre blutigen Fäuste als Zeichen des Sieges gegen die des anderen. Ich musste mich schütteln, so schauderte es mich. Ohne ein Wort über das Geschehen zu verlieren, saßen sie wieder auf und gaben uns das Zeichen weiterzureiten. Die nächsten Stunden sprach niemand. Wir waren wie erstarrt.

Bis tief in die Nacht setzten wir unseren Weg fort. Wir schlugen kein Lager auf und machten auch kein Feuer. Unsere Schwertmeister kümmerten sich um die Kinder und versorgten sie mit Trockenobst und Dörrfleisch. Die Hälfte unseres Zuges hielt in dieser Nacht Wache. Im Halbkreis stellten wir uns um die Wagen auf, immer soweit voneinander entfernt, dass wir den nächsten Jungen auch bei Dunkelheit noch gut erkennen konnten. Die Pferde blieben gesattelt und angespannt. Noch bevor es dämmerte, brachen wir wieder auf. So ging es die nächsten Tage weiter.

Als wir die Felsentore sahen, atmeten wir erleichtert auf. Ohne große Schwierigkeiten passierten wir und kamen nach Einbruch der Dunkelheit im Hauptdorf des Clans an. Meister Garbgeint brachte die neuen Pferde zu den Ställen, Meister Torgal und Meister Wintal begaben sich mit den Kindern zum Großmeister. Meine Beine fanden den Weg in mein Zimmer und ins Bett wie von selbst.

Doch schon am nächsten Morgen verfluchte ich, jemals zurückgekommen zu sein. Denn das Monster von einem Hahn schien nur darauf gewartet zu haben, dass ich wieder da war. Noch bevor die Sonne aufging, versuchte er, seine Freude über meine Rückkehr mit lautem Gesang auszudrücken. Seufzend kleidete ich mich an und ging in die Küche. Die dicke Köchin freute sich, mich zu sehen. Sie stellte fest, dass ich ein gutes Stück gewachsen sei und auch gesund aussehe. Ich frühstückte mit Genuss und reichlich. Nach und nach trafen auch die anderen Jungen aus meinem Zug ein. Yinzu, Hamron und Orphal setzten zu mir an den Tisch. Es dauerte einen Moment, bis alle richtig wach waren. „Ob wir auch einmal so große Schwertkämpfer werden wie unsere Meister?" fragte Hamron in die Runde. Wir sahen uns an. Yinzu zuckte mit den Schultern. Orphal meinte, das sei möglich. „Ich werde alles daran setzen, ein großer Meister des Schwertes zu werden", sagte ich, ohne von meinem Teller aufzuschauen. Yinzu lachte. „Wir wissen alle, warum du ein großer Krieger werden willst. Weil du sonst nicht Saarami heiraten kannst." Die anderen grinsten, und Yinzu schlug mir mitleidig auf die Schultern. Einen Moment lang überlegte ich, ob ich vielleicht wütend werden sollte, musste dann aber auch lachen.

Wir waren noch nicht ganz fertig, da erschien Meister Wintal im Speisesaal. „Wenn ihr fertig seid, dann wascht euch und richtet eure Kleider her. Ihr werdet vom Hohen Rat befragt. Habt ihr mich verstanden?" Wir nickten und grüßten, als der Meister den Saal verließ. Im Badehaus reinigten wir uns und wuschen uns die Strapazen der vergangenen Tage vom Leib. Ich legte meinen Kilt an und gürtete meinen Dolch. Meine Haare band ich zu einem Zopf.

Wir folgten Meister Wintal zum Haus des Großmeisters. Als wir den Raum betraten, waren Meister Torgal und der Stallmeister schon anwesend. Neben dem Großmeister saßen Meister Zorralf und Meister Gantalah, der Elf, am Tisch des Hohen Rates. Auf dem Boden kniend, hörten wir, wie die alte Marula hereinkam. Sie lachte. „Nun kommt schon endlich hoch, sonst werden wir hier nie fertig." Wieder verneigten wir uns. Sie aber schüttelte den Kopf und sagte: „Irgendwann einmal werdet ihr vom vielen Grüßen noch Knieschmerzen bekommen." Sie umarmte die anderen Mitglieder des Hohen Rates und ließ sich auf den Stuhl des Großmeisters fallen. „So, warum sind wir hier? Und warum könnt ihr das nicht ohne mich besprechen?" Der Großmeister machte ein ernstes Gesicht. „Es sind beunruhigende Nachrichten eingetroffen. Was unsere Reisenden zu berichten haben", er deutete auf Hamron, Yinzu, Orphal und mich, „unterstützt das, was wir schon seit Längerem aus allen Fürstentümern und Königreichen zu hören bekommen." Bei diesen Worten hatte sich die Alte gerade hingesetzt und aufmerksam zugehört. „Nun, dann wollen wir uns mal anhören, was da so alles passiert ist. Mein Junge, erzähl doch mal, was du erlebt hast." Sie nickte Meister Torgal zu, der sich ein Lachen nicht verkneifen konnte. Auch wir Schüler waren erstaunt, wie die alte Frau mit dem großen Krieger sprach. Aber Meister Torgal tat, wie ihm geheißen wurde, und erzählte. Seine und Meister Wintals Heldentat erwähnte er nur beiläufig. Nach ihm schilderten noch Meister Wintal und der Stallmeister unsere Erlebnisse.

Wir standen im Hintergrund und hörten gespannt den Erzählungen und den Fragen des Hohen Rates zu. Plötzlich fragte mich Meister Gantalah, ob mir etwas Merkwürdiges aufgefallen sei, als ich die Schlächter gesehen hatte. Ich überlegte einen Moment und wollte schon sagen, dass ich den Erzählungen der Meister nichts hinzuzufügen hätte, als mir die Kette mit den Ohren wieder einfiel. Ich berichtete davon und schilderte auch meine Gefühle. Der Elf hörte sich alles an, ohne mich zu unterbrechen. Als ich mit meiner Schilderung fertig war, hob er nur kurz den Kopf und nickte mir zu. Dann wandte er sich an die anderen Mitglieder des Hohen Rates. „Brüder und Schwester, die Lage ist sehr ernst. Es werden harte und dunkle Zeiten anbrechen. Diese Mönche glauben nur an einen Gott. Sie predigen, dass er ein Gott der Liebe und der Güte sei. Aber sie töten alles und jeden, der sich ihnen nicht anschließen will. Und selbst wenn die Menschen von ihrem alten Glauben ablassen und sich dem roten Kreis zuwenden, dürfen sie nur Sklavendienste verrichten. Sie leben dafür, den Herrschern des Kreises zu dienen. Von ihnen wird kein anderer Glaube akzeptiert. Das macht sie so gefährlich. Sie verkaufen den Menschen, die an sie glauben, einen Heiligen Krieg. Ihr Gott habe sie dazu auserwählt, alles zu tilgen, was sich ihrem Glauben widersetzt. Einige Königreiche sind schon gefallen, weil sie zu arglos waren. Aber der Widerstand formiert sich. Wir haben schon Nachrichten von Fürsten und Königen, die unsere Unterstützung erbitten." Er machte eine Pause und sah die Mitglieder des Rates an. Dann fuhr er fort. „Wenn wir Krieger zur Unterstützung der einzelnen Fürsten aussenden, sollten wir von unserem normalen Preis etwas ablassen. Es geht hier auch indirekt um unser Überleben." Die anderen nickten. Der Großmeister holte tief Luft. „Zwanzig Krieger des Clans dürften reichen. Wir werden nur die Besten schicken." Meister Torgal und Meister Wintal tauschten kurz einen Blick. Das hatte die alte Marula bemerkt. „Oh nein, Jungs, ihr werdet schön hier bleiben und die Kleinen dort zu guten Kämpfern ausbilden. Danach könnt ihr von mir aus wieder in die Welt hinausziehen und euch schlagen. Aber unsere Zukunft muss von den Besten herangezogen werden." Die beiden verneigten sich vor ihr. Mit einer Handbewegung gab uns der Großmeister zu verstehen, dass wir uns nun entfernen konnten. Wieder knieten wir nieder, was die Alte zum Lachen brachte.

Schon bald darauf waren wir wieder dabei, uns mit Schlägen und Tritten zu bearbeiten. Unsere beiden Meister übten merkwürdigerweise mit uns. Die beiden kämpften miteinander, und teilweise hatte ich den Eindruck, sie übten nicht, sondern schlugen sich richtig. In einer kurzen Pause meinte Yinzu, dass die beiden wohl richtig sauer seien. „Die ärgern sich, dass sie nicht mitreiten dürfen", flüsterte er mir ins Ohr. Nach dem Freikampf begannen wir mit dem Stockkampftraining. Auch dabei übten die Meister mit uns gemeinsam. Keine Gnade für den Feind, das schienen die beiden während des Übens zu denken. Denn sie schlugen so hart aufeinander ein, dass ich nur noch mit großen Augen zuschauen konnte.

Später erklärte uns Meister Wintal, dass wir nun anfangen würden, unsere Stockkampfübungen mit dem Speer zu erweitern. „Was unterscheidet den Speer vom Stock?" Er zeigte auf Isannrie. „Mit dem Speer kann ich auch noch Stiche ausführen." Er nickte. „Stechen wir aber nicht auch mit dem Stock?" Wieder sah er fragend in die Runde. Es war Hamron, der sich meldete. „Meister, mit dem Stock wird nur ab und zu gestochen, hauptsächlich schlagen wir mit ihm. Dagegen schlagen wir mit dem Speer nur ab und zu und legen das größere Augenmerk auf die Stiche." „Sehr gut, Hamron", lobte Meister Wintal. Wir bekamen mit Kreide gefüllte Leinensäckchen, die wir an die Spitzen der Stöcke binden mussten. Mit ihnen konnten wir erkennen, ob und wo wir unseren Gegner beim Üben getroffen hatten. Nach einigen Stunden waren wir alle über und über mit Kreidetupfen versehen. Aber es hatte viel Spaß gemacht, eine neue Waffe kennenzulernen. Am Abend durften wir wieder in die Badehäuser. Meinen schmerzenden Muskeln tat es gut, in das heiße Wasser zu tauchen und in den Schwitzhütten zu liegen. Denn trotz allen Eifers hatte ich ziemlich viele schmerzende Treffer abbekommen.

Nach dem Frühstück am nächsten Morgen versammelte sich fast das ganze Dorf auf dem zentralen Platz, auch die Kinder, die wir gerettet hatten. Jedes war bei einer Familie des Clans untergebracht worden. Alle wollten die Krieger gebührend verabschieden, die gegen die Mönche ziehen sollten. Die hatten ihr vollständiges schwarzes Rüstzeug angelegt und ihre Pferde mit schweren Panzerdecken versehen. Die Banner des Clans wehten an langen Stangen, die an den Sätteln befestigt waren. Der Rote Drache leuchtete vom schwarzen Stoff der Fahnen weithin sichtbar. Im Spiel des Windes sah es so aus, als ob sich der Drache tatsächlich bewegte. Viele Clanmitglieder machten den Eindruck, als ob sie selbst gerne mitgeritten wären. Dabei fragte ich mich, was diese Männer den ganzen Tag wohl machten. Denn ich bekam sonst kaum einen Krieger zu Gesicht.

Als der Großmeister und die anderen Mitglieder des Hohen Rates erschienen, wurde es still. Jeden einzelnen der Reiter umarmte der Großmeister und sprach leise mit ihm. Dann überreichte die alte Marula jedem ein kleines Fläschchen. Ich vermute, dass sich darin das Elixier befand. „Brüder und Schwestern, wir wollen heute unsere tapferen Krieger verabschieden, die nun ausreiten werden, um eine große Gefahr von uns und dem Land Mittelerde abzuwenden. Mögen die Götter euren Schwertern und Lanzen immer gute Ziele anbieten. Wir wünschen euch Glück und eine gute Heimkehr." Als die Reiter aufsaßen, hob der Großmeister beide Hände zum Gruß. Unter dem Jubel der Anwesenden ritten die zwanzig Krieger davon.

Noch beeindruckt von dem Abmarsch, nahmen wir unsere Speerübungen wieder auf und setzten sie in den folgenden Wochen unermüdlich fort. Außerdem wurden wir mit neuen Waffen vertraut gemacht. Wir übten mit Lanzen, Beilen und Schilden. Ich konnte es gar nicht abwarten, bis endlich der Schwertkampf an die Reihe kam. Wann immer ich Zeit dazu fand, übte ich die Bewegungen, die mir von Meister Torgal und Meister Wintal gezeigt worden waren. Immer hatte ich mein Ziel vor Augen, nämlich der größte Schwertkämpfer aller Zeiten zu werden. Dass ich

Saarami heiraten wollte, trat nach einer gewissen Zeit dabei in den Hintergrund. Sie war nicht dort, und deshalb dachte ich auch so gut wie nie an sie.

So vergingen die Wochen, und es wurde Sommer. Draußen war es warm geworden, und die Tage hatten sich weit ausgedehnt. So konnten wir länger üben. Mittlerweile war es auch schon hell, wenn mein Hahn mich aus dem Schlaf riss. Und ich nutzte die Zeit vor dem Frühstück, um meine Schwertübungen zu machen. Ab und zu übte Yinzu mit mir zusammen. Aber nach einer Weile blieb er doch lieber im Bett liegen. Einige fanden in den Wochen auch einen Kameraden, die meisten aber hatten sich mit dem Pferd angefreundet, das sie bei unserem Rückzug geritten hatten. Deshalb übten wir mit unseren Waffen auch vom Pferd aus. Und wenn wir für mehrere Tage das Dorf verließen, dann schlugen wir uns auch mit den unterschiedlichsten Übungswaffen. Dabei stellten sich die einzelnen Vorlieben der Jungen für bestimmte Waffen heraus. Yinzu zum Beispiel war im Umgang mit dem Speer und der Lanze nicht zu schlagen. Orphal konnte mit der Axt besonders gut umgehen. Er benutze sie im Nahkampf und als Wurfaxt. Außerdem hielten er und Yinzu noch immer den Rekord im Bogenschießen. Die wenige Zeit, in der wir nicht übten, verbrachten wir an dem kleinen See, der hinter dem Hauptdorf lag. Er war nicht halb so groß wie der See, an dem Usantar bestattet wurde, aber wir konnten in ihm herrlich schwimmen. Unsere Schwertmeister ließen sich immer wieder etwas Neues für uns einfallen. Sie verlegten einige der Kampfübungen in die Nacht. Nun mussten wir uns nicht nur mit dem möglichen Feind herumschlagen, sondern hatten es auch mit der Dunkelheit zu tun. Aber immer wenn wir glaubten, eine Übung gut zu beherrschen, schafften es unsere Meister, uns zu zeigen, wie gut wir wirklich waren. Es gab Tage, an denen ich dachte, ich würde diese Ausbildung nicht überleben. Und wenn ich es doch schaffen sollte, könnte ich nur ein zweitklassiger Krieger werden.

So ging der Sommer vorbei und es wurde Herbst. Die Blätter verfärbten sich, und die Tage wurden wieder kürzer. Es fiel mir schwer, in der Dunkelheit aufzustehen, um meine Schwertübungen zu machen. An manchen Tagen blieb ich einfach liegen und ließ mich von Yinzu wecken. Er spottete dann stets, dass ich so nie der größte Schwertkämpfer werden könne. Am nächsten Morgen stand ich dann auch schon wieder mit einem schlechten Gewissen früh auf und trainierte. Die Kampfübungen bei kaltem und nassem Wetter waren für uns etwas ganz Neues. Alles, was den Sommer über so gut geklappt hatte, war auf einmal viel schwerer. Alle waren wir verzweifelt. Es schien, als wären wir wieder am Anfang. Unsere Meister erklärten uns, dass das Wetter ein Verbündeter oder ein Feind sein kann. So machten wir alle Kampfübungen, die im Sommer großen Spaß gemacht hatten, im Herbst noch einmal. Egal ob es stürmte oder in Strömen vom Himmel goss, wir waren auf dem Feld und schlugen uns - mit dem Feind: dem Regen und dem Wind.

Einmal kam Meister Wintal zu mir und Yinzu. Wir hatten mit Hamron die Aufgabe erhalten, eine kleine Brücke zu bewachen und schon einen ganzen Tag und eine Nacht an dieser verdammten Brücke die Stellung gehalten. Außer Regen und Sturm hatte sich niemand blicken lassen. In unserem kleinen Zelt war es feucht und kalt. Unsere Sachen waren nass, und wir froren ununterbrochen. Wir sprachen kaum noch miteinander. Stattdessen fluchten wir vor uns hin, als plötzlich ein Reiter erschien. Er war bei dem Regen schlecht auszumachen. Ich bemerkte ihn erst, als er die Brücke schon fast erreicht hatte. Mit den Lanzen im Anschlag forderten wir ihn auf, sich zu erkennen zu geben. Das tat er dann auch. Es war Meister Wintal, der vorbeigekommen war, um nach uns zu sehen. Nachdem er eine Zeit mit uns im Regen gestanden hatte, verkündete er, dass unser größter Feind unsere eigene Einstellung sei. „Ihr werdet diese Brücke nicht verteidigen können, weil ihr sie schon aufgegeben habt. Das Wetter hat euch besiegt, es bedarf gar keines Angriffes mehr.

Ohne dass ihr etwas bemerken würdet, könnten ganze Armeen flussaufwärts über eine Furt setzten. Ihr habt diese Aufgabe nicht bestanden." Er wollte sich wieder auf sein Pferd schwingen, als Yinzu ihn zurückhielt. „Bitte, Meister, dürfen wir es noch einmal versuchen? Wir werden uns diesmal sehr viel mehr Mühe geben, das versprechen wir." Der Meister blickte von Eisvogel zu uns herunter. „Na gut, ich werde dieses eine Mal eine Ausnahme machen. Aber ihr solltet euch darüber im Klaren sein, dass es in einer Schlacht kein zweites Mal geben wird. Habt ihr mich verstanden?" Wir stimmten ihm mit gesenkten Häuptern zu. Er wendete sein Pferd und verschwand im Regen.

Einen Augenblick standen wir noch schweigend da, dann wurde uns klar, was wir uns eingehandelt hatten. Hamron fluchte, und auch ich fragte mich, warum Yinzu um eine zweite Chance gebeten hatte. „Wir werden unsere Aufgabe nun so erfüllen, als würde die Sicherheit und die Zukunft des gesamten Clans von dieser Brücke abhängen. Es ist unsere heilige Pflicht, unsere Brüder und Schwestern vor jedem Feind zu beschützen. Kein Fluch wird uns ab jetzt über die Lippen kommen und uns verraten. Wir werden am Ufer Wache halten, und wir werden alles Erdenkliche tun, um die uns gestellte Aufgabe zu erfüllen." Ich war begeistert. Vergessen war der Regen und der Sturm. Mich hatte das Feuer erfasst, mit dem Yinzu seine Worte vorgetragen hatte. Wir vereinbarten, dass immer einer von uns an der Brücke wachte. Die anderen sollten sich entweder ausruhen oder das Ufer nach Feinden absuchen.

In unserem kleinen Zelt versuchten wir, ein Feuer zu entzünden. Wer Wache gehalten hatte, durfte sich danach aufwärmen. Nachts bewachten wir zu zweit die Brücke, und einer durfte sich schlafen legen. Nach einigen Tagen wurde das Wetter etwas besser, der Regen hörte auf, dafür wurde es kälter. Das Feuer brannte Tag und Nacht. Insgesamt waren vier Tage seit Meister Wintals Besuch vergangen. Unsere Vorräte gingen langsam zur Neige. Wir überlegten, ob einer zur Jagd aufbrechen sollte. Zweimal in diesen Tagen meinten wir, jemanden in Ufernähe bemerkt zu haben, aber wir bekamen niemanden zu Gesicht. Immer waren wir zur Stelle, niemand wagte es, die Brücke zu betreten.

Eines Morgens, die Sonne war noch nicht aufgegangen, lag eine merkwürdige Unruhe in der Luft. Es dämmerte, der Tag versprach, schön und kalt zu werden. Sobald es hell genug war, sahen wir die Männer auf uns zukommen. Hamron erkannte, dass es sich um unseren Zug handelte. An der Spitze ritt Meister Torgal, dahinter in Zweierreihen unsere Gefährten auf ihren Pferden. Schon wollten wir ihnen freudig entgegenlaufen, als Yinzu uns zurückhielt. „Vielleicht gehört es zu unserer Aufgabe, jetzt aufmerksam zu bleiben, und nicht jedem, den wir zu kennen glauben, zu vertrauen." Wir hielten inne und warteten, bis die Gruppe die Brücke erreichte. „Halt, wohin des Wegs?" rief Hamron ihnen entgegen. Meister Torgal sah von seinem Pferd auf uns herunter. „Gebt den Weg frei, wenn euch euer Leben lieb ist." Ich wäre am liebsten zur Seite gesprungen, doch Yinzu trat einen Schritt vor und rief: „Werter Herr, nennt uns Euer Begehr, und Ihr könnt ziehen. Tut Ihr es nicht, müssen wir Euch den Weg verweigern." Meister Torgal überlegte einen Moment, dann sagte er: „Wir wollen ins Dorf. Meine Männer und ich sind müde und durchgefroren. Wir kommen in Frieden." Ich atmete auf. Mich jetzt zu schlagen, das hätte ich nicht gewollt. Wir traten beiseite und gaben den Weg frei. Die Jungen aus unserem Zug sahen müde und erschöpft aus. Sie hielten die Köpfe gesenkt und sahen mit leeren Augen durch uns hindurch.

Das letzte Pferd hatte die Brücke gerade überquert, da ritt Meister Torgal zu uns zurück. „Los, brecht euer Zelt ab, und macht euch zum Abmarsch bereit, ihr reitet mit uns." Den anderen rief er zu: „Wir rasten hier, bis die drei zum Aufbruch bereit sind. Tränkt die Pferde!" Es dauerte nicht lang, da saßen wir auf unseren Kameraden und reihten uns in den Zug ein.

Nach einem Tagesritt erreichten wir das Hauptdorf des Clans. Wir versorgten noch unsere Pferde, dann konnte ich mich überglücklich in mein Bett legen. Die Kälte und die Nässe und das ständige Wacheschieben hatten mich so erschöpft, dass es am nächsten Morgen nicht einmal der Hahn unter meinem Fenster schaffte, mich zu wecken. Erst als Meister Wintal gegen mein Bett trat und mich anschrie, ich solle gefälligst meine Beine bewegen, erwachte ich sehr unsanft.

Nach dem Frühstück versammelte sich der ganze Zug im Unterrichtsraum. Meister Torgal und Meister Wintal verkündeten, welche Gruppe ihre Aufgabe bestanden hatte und welche nicht. Eine hatte eine alte Scheune bewacht, eine andere musste einen Pass beobachten. Das Urteil unserer Meister war niederschmetternd. Keine Gruppe hatte es auf Anhieb geschafft, aber alle bekamen eine zweite Chance und hatten dann ihre Aufgabe gewissenhaft erfüllt. Sehr ernst sahen uns die beiden Meister an. „Im Krieg wird es diese zweite Gelegenheit nicht geben. Jeder von euch wäre umgekommen. Auf die eine oder andere Weise. Selbst wenn ihr es geschafft hättet zu überleben, die Euren wären besiegt worden. Aber wir müssen es euch zugute halten, dass ihr im zweiten Anlauf die Aufgaben zu unserer Zufriedenheit erledigt habt. Irgendwann während der Ausbildung wird es einen ähnlichen Test geben. Bei dem bekommt ihr dann nur einmal die Möglichkeit, es richtig zu machen. Solltet ihr dann versagen, werdet ihr uns noch am selben Tag verlassen. Habt ihr das verstanden?" Darüber, dass wir den Rest des Tages frei hatten, konnte sich keiner von uns so recht freuen. Die nächsten Tage und Wochen übten und trainierten wir freiwillig noch härter, wollten wir doch das Vertrauen unserer Lehrer zurückgewinnen. Unsere Bemühungen bemerkten die beiden sehr wohl, ließen sich aber nicht anmerken, ob es sie freute oder nicht.

Kapitel 10: Die zweite Weihe

Der erste Schnee fiel sehr früh in diesem Jahr. Wir wurden zwar wieder zum Schneeschaufeln abkommandiert, aber wir waren nicht die einzigen. Eine kleine Gruppe in Kittel gekleideter Jungen und Mädchen war dabei, die Wege zu den Unterkünften freizulegen. Ich schmunzelte darüber, als Orphal mir auf die Schulter schlug und sagte: „Vor zwei Jahren sahen wir auch so aus. In diesen Kitteln habe ich mir den Arsch abgefroren." Ich musste lachen. „Warst du es nicht, der sich so aufgeregt hat, als wir die langen Hosen bekamen? Du sagtet etwas wie ‚es schickt sich nicht, als Krieger Hosen zu tragen'. War es nicht so?" Er murmelte etwas in seinen Bart und schaufelte weiter.

Beim Frühstück hörten wir, wie die Neuen zu den verschiedensten Arbeiten eingeteilt wurden. Wieder musste ich grinsen. Einer der Krieger, die den neuen Zug leiteten, sah das. Er schrie mich an: „Gibt es irgendetwas, worüber ich auch lachen müsste?" Verlegen grüßte ich ihn. Orphal kicherte. „Hast du auch schon gemerkt, dass die Krieger am ersten Tag eines neuen Ausbildungsjahres schlecht gelaunt sind?" Seufzend ließ ich mich neben ihn auf einen Stuhl fallen. „Das ist ja schlimmer als bei uns."

Meister Torgal verkündete nach dem Frühstück: „Heute werdet ihr euer zweites Turnier bestreiten. Es wird schwerer sein als das erste. Ihr werdet zuerst ohne und dann mit Waffen gegeneinander antreten. Ihr werdet den anwesenden Ratsmitgliedern und den Kriegern zeigen, was ihr gelernt habt." Meister Wintal ergänzte: „Denjenigen, die beim ersten Mal ihren Kampf verloren haben, kann ich nur raten: Strengt euch an! Die Sieger sollten allerdings nicht allzu siegessicher in den Kampf ziehen. Hochmut kommt bekanntlich vor dem Fall." Mir wurde schmerzlich bewusst, dass ich deshalb verloren hatte.

In der Trainingshalle saßen der Großmeister und Meister Gantalah gemeinsam mit Meister Zorralf auf einem erhöhten Platz. Wir wurden in Paare aufgeteilt und bandagierten uns gegenseitig die Hände mit Hanfseilen. Mein Gegner war Rathat. Als wir an der Reihe waren, sprang er sofort auf mich zu und versuchte, mir ins Gesicht zu schlagen. Ich wich dem Schlag aus und trat nach ihm. Der Tritt streifte ihn am Oberschenkel. Da er aber ein ganzes Stück kleiner und leichter war als ich, konnte er sich viel schneller bewegen. Er bot mir ein schlechtes Ziel, griff stattdessen ununterbrochen an. Zweimal traf er mich, und bevor ich kontern konnte, war er schon wieder weg. Der Kampf zog sich hin, ich wurde ungeduldig. In genau dem Augenblick, in dem mir das auffiel, trat er mir in den Bauch und trieb mir die Luft aus dem Körper. Ich taumelte zurück, Rathat setzte sofort nach. Ich bekam seinen Fuß zu fassen, rang aber immer noch nach Atem. Beide verloren wir das Gleichgewicht und stürzten. Rathat schrie auf. Ich hielt immer noch seinen Fuß fest und war auf seinem Knie gelandet. Ohne auf sein Geschrei zu achten, rollte ich mich auf ihn und begann, ihn ins Gesicht zu schlagen. Als er aus Nase und Mund blutete, nahm ich ihn in einen Würgegriff. An diesem Punkt unterbrach Meister Torgal den Kampf. Ich hatte gewonnen.

Auch Yinzu und Hamron gewannen ihre Kämpfe. Orphal hingegen tat sich schwer. Er war gegen Talwak angetreten - der kleine Talwak gegen den großen Orphal. An seinem Gesichtsausdruck erkannte ich, dass Orphal seinen Gegner nicht ernstnahm. Das war ihm auch nicht zu verübeln. Talwak war immer ein ängstlicher Junge gewesen. Er tat alles, um einem Kampf aus dem Wege zu gehen. Wir hatten uns schon gefragt, warum er überhaupt beim Clan gelandet war. Und dann gehörte er auch noch zu den Schwarzblauen. Aber unser Bild von ihm sollte sich gründlich ändern. Als der Kampf begann, stand Talwak zitternd da. In seinen Augen spiegelte sich die Angst, und ich fürchtete, er könnte anfangen zu weinen. Orphal sah das auch. Langsam ging er auf Talwak zu und schlug ihm mit der flachen Hand ins Gesicht. Es klatschte laut. Das wiederholte sich noch zwei Mal. Ich hoffte, dass Orphal einhalten würde, aber es schien, als hätte er Spaß daran. Er hörte nicht auf, Talwak zu demütigen. Gerade als Meister Torgal den Kampf beenden wollte, geschah es. Der Blick von Talwak brach wie bei einem Sterbenden. Aus seiner Kehle drang ein Schrei, der so schaurig war, dass mir ein Schauer den Rücken hinunterlief. Die Zeit schien einen Moment lang stehenzubleiben. Alle starrten auf die beiden Kämpfer. Wie eine Katze sprang Talwak Orphal an und umklammerte mit seinen Beinen dessen Oberkörper. Mit einer Hand riss er ihm den Kopf an den Haaren in den Nacken. Mit dem anderen Ellenbogen schlug er ihm ins Gesicht. Orphal stürzte auf den Rücken. Jetzt saß Talwak auf ihm und schlug immer wieder auf ihn ein. Orphal versuchte, mit seinen Armen das Gesicht zu schützen, aber die Schläge kamen so schnell, dass sein Widerstand zusammenbrach. Die Kraft des kleinen Talwak reichte nicht aus, um Orphal ernstlich zu verletzen. Die vielen Schläge aber verfehlten ihre Wirkung nicht. An einigen Stellen war Orphals Gesicht aufgesprungen, und er blutete. Leider versuchte Talwak nun, mit den Fingern in Orphals Augen zu stechen und auf seine Kehle zu schlagen. Das waren die einzigen Techniken, die wir auf einem Turnier nicht anwenden durften. Meister Torgal und Meister Wintal hatten Mühe, Talwak zu beruhigen. Erst als Meister Wintal ihm mit der Hand ins Gesicht schlug, brach er zusammen. Weinend ließ er sich von Meister Wintal aus der Arena tragen. Orphal war nicht so schwer verletzt, wie wir geglaubt hatten, aber er war tief gekränkt. Meister Torgal erklärte den Kampf für ungültig.

Nachdem alle waffenlosen Kämpfe beendet waren, wurden die verschiedenen Waffen und Gegner ausgelost. Diesmal würde es härter werden. Denn der Kampf mit Waffen war, obwohl diese aus Holz und mit Hanf umwickelt waren, deutlich erbarmungsloser. Ich sollte gegen Hamron antreten. Bei den Göttern, ausgerechnet gegen meinen Freund Hamron! Hätte es nicht ein anderer sein können? Hamron bekam einen Speer zugelost, ich sollte mit zwei Stöcken antreten, die etwas länger waren als meine Unterarme. Wir sollten den dritten Kampf bestreiten. Von den ersten beiden bekam ich nichts mit. Doch dann hörte ich, wie mein Name aufgerufen wurde, erhob mich und betrat die Arena. Wir grüßten die Mitglieder des Hohen Rates und die anwesenden Krieger. Einander zugewandt, begannen wir, uns zu belauern. Hamron täuschte zweimal einen Angriff vor, den er aber nicht ausführte. Ich regierte darauf und sprang nach hinten. Mit dem Speer hatte er eine viel größere Reichweite als ich. Ich konnte ihm nur ausweichen oder mich schnell und dicht an ihn heranwagen. Das erforderte aber eine große Überwindung. Ich wusste, wie gut Hamron mit dem Speer umzugehen vermochte, und beschloss, erst einmal außerhalb seiner Reichweite zu bleiben.

Kurz darauf unterbrach Meister Torgal den Kampf. Er stellte eine große Sanduhr auf. „Wenn dieser Sand durchgelaufen ist und ihr immer noch nicht gekämpft habt, werdet ihr die Ausbildung wieder von vorn beginnen." Um der Götterwillen, nein! Mit einem Kampfschrei sprang ich auf Hamron zu. Er hatte die gleiche Idee, und so prallten wir zusammen, ohne dass unsere Waffen zum Einsatz gekommen waren. Er stieß mich mit dem Ende des Speeres von sich weg. Dann schlug er damit nach mir. Ich wich dem Schlag aus und konterte mit einem meiner Stöcke, traf aber nur den Schaft seiner Waffe. Mit einer Körperdrehung vergrößerte er den Abstand zwischen uns. Ich wollte nachsetzen, aber da traf mich seine Speerspitze an der linken Schulter. Die Kreide staubte auf, und der Kampf wurde unterbrochen. Meister Torgal nahm mir den Stock aus der linken Hand. „Mit diesem Arm könntest du jetzt nichts mehr anfangen. Du kannst aber mit einem Arm weiterkämpfen, wenn du willst." Ich nickte und steckte den Arm hinten in meinen Kilt, um ihn nicht doch versehentlich zu gebrauchen. Kaum war der Kampf wieder freigegeben, griff mich Hamron mit einem Stich auf meine Brust an. Ich schlug den Speer mit meinem Stock weg und trat Hamron in die Seite. Er verlor kurz das Gleichgewicht und versuchte, sich zu fangen. Im Nachsetzten schlug ich mit dem Stock nach ihm und traf seinen Oberschenkel. Hamron sackte zusammen und musste sich mit einer Hand abstützen. Mit einem gewaltigen Schlag auf seinen Kopf wollte ich den Kampf beenden. Aber bevor mein Stock Hamron traf, spürte ich seinen Speer an meiner Brust. Mit der anderen Hand hatte Hamron das Ende des Speers in den Boden gerammt, und ich war in die Spitze hineingelaufen. Mein Schwung war so groß, dass ich mich selbst von den Beinen holte. Trotzdem traf mein Stock, während ich fiel, Hamron am Kopf. Beide saßen wir nun auf dem Boden und sahen uns an. Ich war glücklich, dass der Kampf unentschieden ausgegangen war.

Meister Torgal runzelte die Stirn, als wir grinsend an ihm vorbeigingen. Meister Wintal fragte, warum wir unseren gemeinsamen Tod so lustig fänden. „Meister", sprach Hamron, „wir sind Freunde, und deshalb ist es ein gutes Gefühl, wenn keiner von uns den Sieg davonträgt." Meister Wintal sah uns ärgerlich an. „Ihr Kindsköpfe, was glaubt ihr, was passiert, wenn ihr euch einmal gegenübersteht, jeder von einer anderen Idee überzeugt? Wollt ihr euch dann opfern, nur weil ihr Freunde seid, oder wollt ihr für das eintreten, an das ihr glaubt? Meister Torgal und Usantar waren die besten Freunde in ihrer Ausbildung. Noch während ihrer Meisterprüfung haben sie alles zusammen gemacht. Sie haben zusammen gekämpft und gelacht, sie sind für den Clan und für ihre Brüder und Schwestern durchs Feuer gegangen. Doch dann glaubten beide an verschiedene Ideale. Jeder nahm für sich in Anspruch, das Beste zu wollen. Trotz ihrer tiefen Freundschaft haben sie für ihre Überzeugung ihr Leben in die Waagschale gelegt. Also erzählt mir nicht, dass es gut sei, wenn keiner von euch beiden gewonnen hat."

Einen Moment lang herrschte Stille, dann grüßte mich Hamron. „Noch einmal, mein Freund!" Mit einem kurzen Nicken stimmte ich zu. Wir baten um eine Wiederholung des Kampfes. Meister Torgal gab die Arena für uns frei. Sofort sprang ich auf Hamron zu und versuchte, seinen Kopf zu treffen. Er riss die Waffe hoch und trat mir gleichzeitig in den Bauch. Der Tritt war so gewaltig, dass ich nach hinten stürzte. Hamron setzte nach. Schnell rollte ich auf dem Boden herum, um der Spitze seines Speers auszuweichen. Als ich hochschnellte, traf er mich mitten in die Brust. Der Kampf war zu Ende. Ich hatte verloren. Meister Wintal legte mir eine Hand auf die Schulter. „Lass den Kopf nicht hängen, Aran. Du hast zwar verloren, aber du hast diesmal aus Überzeugung gekämpft. Das ehrt dich. Du hast alles gegeben. Aber Hamron war besser als du. Sieh zu, dass es beim nächsten Mal anders kommt."

Nachdem das Turnier beendet war, erholten wir uns in den Badehäusern. Außer Yinzu und Hamron hatte keiner beide Kämpfe gewonnen, dementsprechend war die Stimmung. Einige Jungen hatten Platzwunden oder Prellungen. Orphals Gesicht musste an zwei Stellen genäht werden. Ein Auge war zugeschwollen, und er hatte tiefe Kratzspuren davongetragen. Meister Zorralf schickte zwei Krieger, die unsere Verletzungen versorgten. Einer von ihnen war eine Kriegerin. Sie war nicht viel älter als wir, aber sie trug schon die ganze Drachentätowierung in Blau. Ein paar Jungen wurden rot, als sie vor ihr ihren Kilt abstreiften. Meine Brust schmerzte etwas, aber auch ich hatte nicht das Verlangen, mich vor diesem Mädchen auszuziehen. Ich lag im heißen Wasser und ließ meine Gedanken schweifen. Seit langer Zeit dachte ich zum ersten Mal wieder an Saarami. In jenem Moment vermisste ich sie sehr.

Am Himmel war noch ein roter Streifen des verklungenen Tages zu sehen, als ich unsere Unterkunft betrat. Es brannten noch keine Kerzen oder Lampen, aber das machte nichts. Ich fand den Weg auch im Dunkeln. Gerade hatte ich meine Tür hinter mir geschlossen, da erstarrte ich. Jemand befand sich in meinem Zimmer! Ich hielt den Atem an, als ich eine leise Stimme vernahm. „Warum fürchtest du dich, Aran van Dagan?" Diese Stimme! Ich hatte sie schon einmal gehört. „Horche tief in dich hinein, mein Sohn, dann wirst du wissen, wer ich bin." Bei diesen Worten entspannten sich meine Muskeln, und mir wurde klar, wem diese Stimme gehörte. Meister Gantalah schlug seine Kapuze zurück und erfüllte den Raum mit bläulichem Licht. Ich sank auf meine Knie, er aber gab mir zu verstehen, dass ich mich erheben sollte. „Meister, es ist eine große Ehre, dass Ihr mich besucht." Er lachte und schlug sich auf den Oberschenkel. „Du brauchst mir deinen Respekt nicht zu bekunden. Ich weiß, dass du ihn ehrlich empfindest. Du willst mich jetzt fragen, warum ich zu dir gekommen bin. Aber tief in deinem Innersten weißt du, warum ich hier bin. Hör nur aufmerksam in dich hinein, dann wirst du es mir auch sagen können." Ich schloss meine Augen und atmete tief ein und aus. In mir stiegen die Bilder auf, die ich mit dem Elfen verband. Eines war besonders intensiv: der Tag nach der Totenwache bei Usantar. Die Fragen, die mir Meister Gantalah gestellt hatte und doch nicht stellte, weil er einfach in meinen Kopf hineinsah und in meinen Gedanken las wie in einem Buch. Als ich sein leises Lachen vernahm, öffnete ich die Augen. Ich wusste, dass ich richtig lag. Er nickte. Das Leuchten, das von diesem faszinierend schönen Wesen ausging, machte mich sprachlos. Er nahm meine Hände in die seinen.

Meine Arme stieg ein Kribbeln hinauf. Tief in meinem Kopf hörte ich seine Stimme. „Du bist uns Elfen angekündigt worden, Aran. Noch weißt du nichts von deiner Bestimmung, aber es wartet eine große und gefährliche Aufgabe auf dich. Eines Tages, wenn du ein großer Krieger sein wirst, dann werde ich wiederkommen, um dich mit in das Reich der Elfen zu nehmen. Dort wirst du beenden, was du hier begonnen hast. Nun muss ich fort, aber solltest du einmal in größter Gefahr sein, dann nimm deinen Dolch, zeichne diese Rune in die Luft und rufe dreimal meinen Namen, ich werde dich dann finden und dir helfen." Vor meinem geistigen Auge erschien eine brennende Rune, die ich zuvor noch nie gesehen hatte. „Vergiss nicht: nur, wenn dein Leben in höchster Gefahr ist! Nun lebe wohl und werde der Beste". Das Kribbeln verschwand, und als ich meine Augen wieder öffnete, war Meister Gantalah verschwunden. Mein Dolch lag mit blanker Klinge auf dem Tisch. Ich hätte schwören können, dass ich ihn gegürtet hatte. Als ich ihn in die Hand nahm, erschrak ich ein wenig. Es fühlte sich an, als pulsierte die Klinge.

Frisch und erholt sprang ich am nächsten Morgen aus meinem Bett. Es war der Tag der Wintersonnenwende. An die seltsame Begegnung in der Nacht dachte ich nicht mehr, es war wohl nur ein Traum gewesen. Ich war schon angekleidet, als sich mein Hahn das erste Mal meldete. Unwillkürlich musste ich lachen. Da hatte das Vieh doch glatt verschlafen! Die Nacht über hatte es gefroren, und auch der Morgen war eisig kalt. Also trug ich die Jacke, die ich mir aus dem Fell genäht hatte, das ich mir Meister Torgal einst schenkte, und die wollenen langen Hosen. Aufgeregt stürmte ich zu Yinzu hinüber. Er schlief noch, als ich ihn an der Schulter rüttelte. „Mein Freund, was liegst du noch im Bett? Heute ist unser großer Tag, heute ist der Tag der Wintersonnenwende, heute werden wir unsere zweite Weihe bekommen!" Yinzu machte ein mürrisches Gesicht und wollte sich gerade die Decke über den Kopf ziehen, als ich sie ihm wegriss. Da schrie der Hahn, und mit einem Fluch auf den Lippen begrüßte Yinzu diesen herrlichen Tag.

Auf dem Weg zum Frühstück bemerkten wir, dass die neuen Schüler schon dabei waren, ihre täglichen Aufgaben zu erledigen. Noch vor gut einem Jahr waren wir diejenigen, die vor allen anderen mit der Arbeit begannen. Es kam mir vor wie gestern. Yinzu und ich tranken unseren zweiten Becher Kräutertee, als der Rest des Zuges erschien. „Welch ein Tag", sagte Hamron, als er sich zu uns setzte. Mit der Faust schlug er ein paar Mal leicht auf den Tisch. „Heute werden wir wieder mit den Nadeln gestochen, bis das Blut kommt. Davor graut mir jetzt schon." Hamron schüttelte sich. Daran hatte ich in meiner Aufregung gar nicht gedacht. „Alles hat eben zwei Seiten", sagte Yinzu. „Wenn wir erst die dritte Weihe bekommen haben, wartet nur noch die Meisterprüfung auf uns. Dann werden wir richtige Krieger sein." Wir blickten uns an und Stolz erfüllte uns. Meister Wintal kam in den Speisesaal, und nachdem wir uns wieder gesetzt hatten, unterrichtete er uns über den heutigen Tag. Wir sollten uns gründlich waschen. Danach würden uns unsere Meister abholen. Der Großmeister wollte uns sehen und ein paar Worte an uns richten.

Zusammen verließen wir den Saal und begaben uns zu den Badehäusern. Trotz der Aussicht auf die Schmerzen war ich viel zu aufgeregt, um mich richtig zu entspannen. Ich versuchte, in den Schwitzräumen etwas ruhiger zu werden, was mir aber nicht gelang. Erst als ich im eisigen Quellwasser schwamm, legte sich meine Aufregung ein wenig.

Mit gegürtetem Dolch und sauberem Kilt wartete ich draußen vor dem Haus auf die anderen. Die Sonne schien, und kein Windhauch regte sich. Nach und nach kamen die anderen und gesellten sich zu mir. Alle sprachen nur über die bevorstehende Weihe. Aber das Gespräch verstummte sofort, als Meister Wintal uns musterte, hier und dort noch etwas verbesserte und uns dann zum Haus des Großmeisters führte.

Wir betraten einen etwas größeren Raum, in dem der ganze Zug Platz hatte. Es dauerte noch einige Zeit, bis der Großmeister erschien. Nachdem wir uns erhoben hatten, sah er in die Runde und begann dann, leise zu uns zu sprechen. „Großes wartet auf euch, meine jungen Krieger. Viele Männer habe ich schon kommen und gehen gesehen: gute und weniger gute. Aber kein Zug musste in der Ausbildung schon so viele Prüfungen bestehen wie der eure. Die Götter sagen mir, dass einige unter euch sind, die noch Großes leisten werden. Deshalb kann ich nur jedem raten, nie den Ehrenkodex des Clans aus den Augen zu verlieren. Es warten schwere Stunden auf euch, aber ihr dürft nie verzweifeln oder zaudern. Der Clan steht hinter euch, und ihr könnt auf den Schutz der Gemeinschaft zählen. Heute werdet ihr die zweite Weihe bekommen. Das ist ein gewaltiger Schritt nach vorn. Das Schwierigste aber liegt noch vor euch." Er nickte uns noch einmal zu und verschwand.

Auf dem Dorfplatz war der große Holzstapel für das Feuer zur Wintersonnenwende schon vorbereitet. Etwas abseits von uns stand der Zug mit den Neuen. Als ich sie betrachtete, musste ich wieder daran denken, dass wir vor gut einem Jahr genauso hilflos und verloren ausgesehen haben mussten. Aber die Zeit war zum Glück vorbei, und ich wollte nicht zurückschauen, sondern nach vorn. In der Kälte des Abends rückten wir immer näher zusammen, trotzdem füllte sich der Platz nach und nach mit Menschen, je mehr das Licht des Tages wich. Die ersten Fackeln waren schon entzündet, da ertönten dumpf die Trommeln. Es ging ein Raunen durch die Menge, als die Mitglieder des Hohen Rates erschienen. Mit dem Großmeister an der Spitze bewegten sie sich langsam auf uns zu. Alle waren durch ihre Kapuzen verhüllt, aber diesmal konnte ich erkennen, dass es all diejenigen waren, die über Usantar zu Gericht gesessen hatten. Vergeblich versuchte ich herauszufinden, welcher der Verhüllten wohl Meister Gantalah war. Vor Aufregung begann ich zu zittern, als sie den riesigen Holzstapel umrundeten, um dann immer im gleichen Abstand vor dem Feuer stehenzubleiben und sich ihm zuzuwenden.

Als der Großmeister seinen Platz eingenommen hatte, wurde es so still, dass ich meinen Herzschlag hörte. Gerade hob er seinen gewundenen Stab zum Himmel, als ich ein gewaltiges Rauschen vernahm. Ein leichtes Schwindelgefühl erfasste mich, und ich schwankte wie Gras im Wind. Ich bemerkte, dass der Großmeister seine Lippen bewegte, aber ich verstand ihn nicht. Doch dann hallte Meister Gantalahs Stimme in meinem Kopf. „Junger Krieger, achte nun genau auf die Flammen, wie sie in den Himmel lodern, sieh genau hin und staune." Die blauen Blitze knisterten, als sie aus den Fingerspitzen der Ratsmitglieder in den großen Holzstapel schossen. Das Holz fing sofort Feuer, und die Flammen loderten auf. Ich musste meinen Kopf weit in den Nacken legen, um den Flammen mit den Augen in den Himmel zu folgen. Die Luft flimmerte, als die Hitze des Feuers von der Winterluft abgekühlt wurde. Plötzlich bemerkte ich ein ungewöhnliches Zucken. Eigentlich fiel es gar nicht auf, und ich hätte es auch nicht beachtet, wenn da nicht Meister Gantalahs Mahnung gewesen wäre. Zuerst war es nur recht undeutlich und verschwommen, aber je mehr ich mich darauf konzentrierte, desto deutlicher erkannte ich ein Pferd, das über den Flammen zu galoppieren schien. Ich schüttelte den Kopf, doch das Bild wurde nur noch klarer. Es wurden immer mehr Pferde und auf ihnen saßen Krieger, die im wilden Galopp ihre Waffen über den Köpfen schwangen. Es war, als stürmte ein gewaltiges Heer über unseren Köpfen dahin.

Mein Kinn fiel nach unten, mit offenem Mund starrte ich auf die Geisterarmee, die nun immer deutlicher über mich hinwegritt. Ich hörte ihren Kriegsgesang, die Reiter feuerten sich fröhlich gegenseitig an. Als die Horde plötzlich herabgaloppiert kam, erschrak ich heftig. Sie waren auf einmal überall und stiegen lachend von ihren Tieren. Es ging ein bläulicher Schimmer von ihnen aus, so wie von den Blitzen, die das Holz entzündet hatten, aber ich konnte durch sie hindurchsehen. Einige von ihnen begrüßten Krieger, die mit uns zusammen um das Feuer standen, ohne dass diese die freundliche Begrüßung bemerkten. Einer von den Geisterkriegern kam zu unseren beiden Meistern und schlug ihnen auf die Schultern. Er freute sich sichtlich, die beiden wiederzusehen. Sein breiter Brustpanzer war geborsten, und darunter war eine große Wunde zu erkennen. Ich erschrak noch mehr, als mir auffiel, dass alle diese Geisterkrieger schwere Wunden trugen.

Der große Krieger, der vor meinen beiden Schwertmeistern stand, sah mir plötzlich direkt in die Augen. Er wusste, dass ich ihn sehen konnte. Er kam auf mich zu, ging einfach durch Meister Torgal hindurch und blieb vor mir stehen. Ich sah ihn an und sah doch durch ihn hindurch. Er musterte mich, ein leises Knurren kam aus den Weiten des Jenseits zu mir herüber. Ich zitterte, und wie von selbst hob ich meine Hände und grüßte ihn. Da entspannten sich seine Züge, und er begann laut zu lachen. Dieses Lachen war so unheimlich, dass sich Meister Torgal und Meister Wintal zu mir umdrehten und mich verwundert anschauten. Bebend stand ich vor ihnen, meine Hände zum Gruß erhoben. Die beiden tauschten einen kurzen Blick, dann wandten sie sich wieder ab.

Kurz darauf setzte sich unser Zug in Bewegung, aber das nahm ich nur nebenbei wahr. Auch dass Yinzu und Talwak mich stützen mussten, bekam ich nicht so richtig mit. Immer noch hing mein Blick an jenem Krieger, der mir mit seinen Totenaugen direkt in meinen Kopf hineingesehen hatte. Er war lachend von dannen gezogen. Als wir uns vor dem Großmeister und den anderen Mitgliedern des Hohen Rates aufstellten, hatte ich mich nur etwas beruhigt. Unsere beiden Meister versicherten, dass der ganze Zug für die zweite Weihe bereit sei. Zum Zeichen dieser Weihe wurden uns von den Frauen diesmal silberne Schnallen überreicht, die wir stolz an unseren Umhängen befestigten. Mein Kopf war leer, es war kein klarer Gedanke möglich. Mir schien es, als ob ein Sturmwind meine Gedanken davongewirbelt hätte.

Unser Zug indessen bewegte sich auf das Haus zu, in dem wir den nächsten Abschnitt unserer Tätowierung erhalten sollten. Als wir das Gebäude betraten, verließen eben jene jungen Mädchen und Jungen das Haus, die ihre Ausbildung gerade begonnen hatten. Obwohl ich in ihre Gesichter sah, schaute ich doch durch sie hindurch. Zwischendurch bemerkte ich immer wieder einige der Geisterkrieger, die sich wie selbstverständlich unter die Lebenden gemischt hatten, um mit ihnen zu feiern. Teilnahmslos legte ich meine Kleider ab. Ich spürte, wie mir das Lederstück in den Mund geschoben wurde, und der alte Krieger, der mir zulächelte, begann, die Nadeln in meine Haut zu stechen.

Da hockten sich mehrere der Geisterkrieger neben mich und sahen mich an. Ihre Verwundungen waren mehr als deutlich zu erkennen. Auch wenn ich durch sie hindurchsehen konnte, so konnte ich doch genau erkennen, welche Verletzungen sie davongetragen hatten. Die Stimme des alten Tätowierers drang an mein Ohr. „Jungchen, du darfst nicht so zittern, sonst kann ich nicht richtig stechen." Ich versuchte, damit aufzuhören, aber es gelang mir nicht. Der Geisterkrieger, der meine Meister begrüßt hatte, wandte sich an seine Freunde. „Männer, wir machen dem kleinen Wurm Angst, es scheint, als würde er sich gleich in seinen Kilt pissen."

Schallendes Gelächter brach los, und um mich herum drehte sich alles. Doch dann stand da plötzlich Meister Gantalah, genauso durchsichtig und schemenhaft wie die Geisterkrieger. Stoßgebete zu den Göttern sendend, bat ich darum, dass er noch am Leben sei, als ich hell klingend seine Stimme vernahm. „Brüder, es freut mich, dass ihr zu dem Fest, dass euch zu Ehren stattfindet, erschienen seid. Lange haben wir uns nicht gesehen. Die Lieder über eure Taten werden gerade am Feuer gesungen. Dieser junge Krieger dort", er deutete mit dem Kopf in meine Richtung, „wird einmal die Grenzen zwischen den Welten überwinden. Ihm jetzt schon Angst zu machen, ist überflüssig. Ihr könnt auf seinen Respekt zählen, aber solange er nicht um den Lauf der Dinge weiß, solange dürft ihr ihn nicht behelligen." Die toten Krieger verneigten sich vor der Geistergestalt von Meister Gantalah und zogen lärmend davon. Augenblicklich entspannte sich mein Körper. „Aran, hab keine Angst, die Toten wollen dir nichts Böses. Es sind die toten Krieger des Clans. Sie kommen jedes Jahr zur Wintersonnenwende. Ihnen zu Ehren veranstalten wir dieses Fest. Sei ohne Furcht, und du kannst eine Menge von ihnen lernen, wenn es soweit ist. Jetzt versuche, dich an sie zu gewöhnen, denn du wirst sie von nun an öfter sehen." Mit diesen Worten verschwand Meister Gantalah. Da spürte ich, dass mein Rücken mit Feuer übergossen worden war. Der Alte nahm mir das Stückchen Leder aus dem Mund und sagte: „Du darfst die nächsten Tage nicht in die Schwitzbäder. Wenn die Zeichnung abheilt, darfst du nicht kratzen. Auch wenn das Jucken dir den Verstand raubt, hast du mich verstanden?" Ich nickte und erhob mich mit wackeligen Beinen.

Yinzu sah mich staunend an, als ich auf ihn zu taumelte. „Mein Freund, du hast nicht einen Laut von dir gegeben, das ist ehrenhaft. Aber wenn ich mir dein Gesicht so ansehe, dann könnte ich glauben, du hast einen Geist gesehen." Wirr kicherte ich. An der Tür fingen Meister Torgal und Meister Wintal mich ab. Sie nahmen mich in die Mitte und begleiteten mich nach draußen. „Wen hast du vorhin gegrüßt?", wollte Meister Wintal von mir wissen. Ohne ihn anzusehen, sagte ich, dass es ein großer Krieger gewesen sei, der eine Wunde in der Brust gehabt habe. Er habe schulterlanges, helles Haar und eine große Narbe über dem Auge. Und er habe die beiden am Feuer begrüßt. Beide sahen sich einen Moment lang an, dann hörte ich sie sagen: „Annata!" „Meister, wer ist dieser Krieger? Es schien, als würde er euch gut kennen, denn er freute sich, euch zu sehen." Meister Torgal erzählte mir, dass es einer ihrer Brüder gewesen sei. Usantar, Meister Wintal und er waren zusammen mit Annata in der Ausbildung gewesen. Auch bei der Meisterprüfung hatten sie sich gegenseitig geholfen und so manche Schlacht zusammen geschlagen. Eines Tages, nachdem sich die vier getrennt hatten, verlor Annata sein Leben in einer großen Schlacht. Meister Torgal und Meister Wintal machten sich große Vorwürfe, dass sie ihren Freund damals hatten allein reiten lassen. Sie hofften, dass er es ihnen nicht übelnahm. Ich deutete an, dass ich das nicht glaube, denn er sah weder böse noch zornig aus, als er die beiden begrüßte. „Siehst du sie nur? Oder kannst du auch mit ihnen sprechen?", wollte Meister Wintal wissen. Ich sagte, dass ich sie verstehen könne, ob ich auch mit ihnen sprechen könnte, wisse ich nicht. „Hol ihn herbei", wies mich Meister Torgal an. Ich verneigte mich und machte mich auf die Suche nach Annata.

Yinzu begleitete mich. Er sah mich von der Seite her an, und ich konnte seine Frage erahnen. „Ja, du hast richtig gehört, ich kann die Toten sehen." Er schüttelte den Kopf. „Bruder, ich weiß nicht, ob ich dich um diese Gabe beneiden oder bedauern soll."

Das Treiben draußen am Feuer war ausgelassen. Es wurde getanzt und gelacht. Die toten Krieger hatten sich unter die Lebenden gemischt, dass ich sie kaum unterscheiden konnte. Auf einmal erschien Meister Gantalah, er sah mich ernst an, dann sprach er zu mir, ohne dass sich seine Lippen bewegten. „Junger Krieger, ich habe dir ein Geschenk gemacht, weil ich dachte, du seiest dafür reif. Aber ich sehe nun, dass du damit hausieren gehst. Das enttäuscht mich sehr. Wenn die Toten wollten, dass man sie sieht oder dass man mit ihnen sprechen kann, dann wäre es so." Die Stimme in meinem Kopf verstummte. Ich wollte etwas sagen, brachte aber kein Wort über meine Lippen. Stattdessen schrie ich in Gedanken: „Meister, das habe ich nicht gewollt, bitte verzeiht, ich wollte meinen Lehrern doch nur helfen, über ihren Schmerz hinwegzukommen. Ich konnte doch nicht wissen, dass es verboten ist." Wieder hörte ich seine Stimme in meinem Kopf. „In Ordnung, junger Mann, dieses eine Mal werde ich darüber hinwegsehen. Du darfst den Kontakt für deine Lehrer herstellen. Wenn du aber noch einmal leichtfertig davon erzählst, werde ich dir diese Gabe wieder nehmen." Er fasste mich an den Schultern und sprach nun richtig mit mir. „Geh und such Annata, ich werde mit dem Großmeister und mit deinen Lehrern sprechen. Wenn du ihn gefunden hast, sag ihm, dass er zum Haus des Großmeisters kommen soll. Da wird er mich finden." Dann wandte er sich an Yinzu. „Wenn du auch nur ein Wort von dem erzählst, was du eben gehört hast, dann verwandele ich dich in eine Kröte. Hast du mich verstanden?" Yinzu nickte mit kreidebleichem Gesicht.

Wir waren schon ein ganzes Stück weitergegangen, da erst hatte Yinzu den Mut, mich zu fragen: „Er hat mit dir gesprochen, ohne dass sich seine Lippen bewegten. Ich konnte alles, was ihr gesagt oder gedacht habt, verstehen. Wie kann das sein?" „Das kann ich dir nicht sagen, da ich es selbst nicht weiß. Es ist einfach so." Während wir suchend über den Platz liefen, sprachen wir kein Wort. Die Jungen aus unserem Zug wichen zur Seite, als sie uns kommen sahen, zu entschlossen bahnten wir uns unseren Weg durch die Menschenmenge. Und dann sah ich den Geisterkrieger, er stand bei einer Gruppe Kriegerinnen und scherzte mit einem anderen Geisterkrieger. Vorsichtig näherte ich mich und hob meine Hände zum Gruß. „Meister Annata, entschuldigt, wenn ich Euch störe, der Großmeister und Meister Gantalah bitten Euch, zu ihnen zu kommen." Meine Stimme zitterte, und meine Knie taten es ihr nach. Zuerst glaubte ich, er könne mich nicht verstehen, denn er tat, als hätte er mich nicht gehört. Doch als ich gerade ansetzte, mein Anliegen zu wiederholen, drehte er sich langsam zu mir um. Sein Blick fixierte mich, und dann vernahm ich wieder diese tiefe Stimme in meinem Kopf, die von überallher zu kommen schien. „Wer wagt es, mich bei der Feier der Toten zu stören?" Noch immer hatte ich meine Hände zum Gruß erhoben, aber das Zittern hatte nun von meinem ganzen Körper Besitz ergriffen, und so schlotterte ich hin und her. „Mein Name ist Aran van Dagan, Meister. Ich bin Schüler der großen Schwertmeister Torgal und Wintal. Bitte verzeiht mir meine Frechheit." Nun begann er zu lachen, so laut und heftig, dass ein Windhauch in die Haare der anwesenden Kriegerinnen fuhr. Erstaunt sahen sie mich an. Mit den Händen zum Gruß erhoben und zitternd wie Espenlaub, redete ich scheinbar mit mir selbst. Auch wenn sie sich kurz verwundert ansahen, grüßten sie doch höflich zurück und gingen ein paar Schritte weiter, so als wollten sie nicht neben einem Verrückten stehen. Vielleicht spürten sie aber auch, dass etwas anders war als sonst. Meister Annata lachte noch immer. „Die großen Schwertmeister Torgal und Wintal", wiederholte er, „das sind kleine Würmer. Ich habe sie immer besiegt, in allen Kämpfen und mit allen Waffen." Dann aber verstummte er. „So, der Großmeister und Meister Gantalah wollen mich sehen. Wahrscheinlich brauchen sie wieder einmal meine Hilfe. Na, dann wollen wir mal gehen." Er machte sich auf den Weg, dabei ging er direkt durch mich und Yinzu hindurch. Dieses Gefühl werde ich mein ganzes Leben nicht vergessen. Es war, als ob lebendige Eiskristalle durch meinen Körper getrieben würden.

Meister Gantalah und der Großmeister erwarteten uns bereits, unsere Schwertmeister standen ihnen zur Seite. Der Großmeister sah mich sehr ernst an. Sofort fiel ich auf die Knie und wollte um Entschuldigung für mein Verhalten bitten, als mir seine scharfe Stimme den Mund verbot. „Begebt euch in die Ecke dort und seid still. Ich will nicht einen Laut von euch hören." Vorsichtshalber sanken wir in der Ecke auf unsere Knie, um ja nicht weiter aufzufallen. Meister Annata sprach, ohne dass ihn jemand dazu aufgefordert hatte. „Was stört Ihr mich bei meiner Feier? Und warum lasst Ihr mich von einem kleinen Jungen hierher bringen? Der Dreikäsehoch ist noch nicht trocken hinter den Ohren, und Ihr lasst ihn schon auf Geister los." „Schweig!", unterbrach ihn der Großmeister scharf. „Gantalah hat eine Gabe verschenkt, ohne sich vorher mit mir zu besprechen, aber das tut jetzt nichts zur Sache. Deine Brüder haben von deiner Anwesenheit erfahren. Weil es noch Zwietracht zwischen euch gibt, haben wir uns einverstanden erklärt, euch die Gelegenheit zu geben, die Sache ins Reine zu bringen."

Er erhob sich, und Meister Gantalah, Meister Torgal und Meister Wintal traten hinter dem Tisch hervor. Zusammen mit Meister Annata bildeten sie einen Kreis. Zur Mitte gewandt, streckten alle ihre Hände in den Kreis hinein. Der Großmeister sprach nun einige Worte in einer seltsamen Sprache. Ein bläulicher Schimmer entstand zwischen ihnen, und Meister Annatas Gestalt leuchtete plötzlich hell. Neben mir stöhnte Yinzu auf. Da wusste ich, dass nun auch er den Geisterkrieger sehen konnte. Mit erstickender Stimme hörte ich Meister Torgal flüstern: „Bruder, wie sehr habe ich diesen Augenblick herbeigesehnt. Ich wollte dir noch so vieles sagen damals, aber es kam alles ganz anders. Bitte verzeih mir." Und Meister Wintal setzte hinzu: „Wir waren töricht, wir hätten dich nicht allein weiterreiten lassen sollen. Uns trifft die Schuld an deinem Tod." Heftig schüttelte Meister Annata seinen Kopf, so dass seine Haare wild hin und her flogen. „Nein, nein, euch trifft keine Schuld, Brüder. Das, was geschehen ist, habe ich ganz allein zu verantworten. Ich wollte nicht auf euch hören. Ich wollte meinen Dickschädel wieder einmal durchsetzen. Als ich merkte, dass ich diesmal damit nicht durchkommen würde, war ich beleidigt. Alles, was dann geschah, ist allein meine Schuld. Grämt euch nicht weiter. Ich freue mich, dass es euch gut geht und dass ihr so viele Schlachten so tapfer und erfolgreich geschlagen habt. Ich bin sehr stolz auf euch." Dann traten die drei in die Mitte des Kreises, und das Licht wurde gleißend hell. Kurz darauf verschwand es, und Dunkelheit umfing uns. Von fern glaubte ich, Meister Annatas Stimme zu hören. „Brüder, nur weiter so, ich bin bei euch. Wenn ihr durch das große Tor in die anderen Welten reitet, werde ich auf euch warten. Bis bald." Ein eisiger Windstoß fuhr durch den Raum, dann war es still.

Neben mir kauerte Yinzu am Boden. Er war blass wie die Wand, vor der er kniete, und seine Lippen zittern. Dann hörte ich die Stimme des Großmeisters. „Bis auf Aran und Meister Gantalah warten alle draußen. Ich werde euch gleich zu mir rufen." Die anderen taten wie ihnen geheißen wurde. Ich musste nach vorn an den Tisch des Großmeisters treten. Meister Gantalah stand an der Stirnseite des Tisches. Er hatte die Arme vor dem Körper verschränkt und starrte auf den Boden. Das Licht, welches von ihm ausging, pulsierte leicht, ansonsten verriet nichts seine Aufregung. Leise richtete der Großmeister das Wort an mich. „Aran, ich missbillige Meister Gantalahs Verhalten. Dich trifft dabei keine Schuld, das weiß ich. Aber ich will, dass du verstehst, welch Verantwortung nun auf deinen Schultern lastet." Da fiel ihm Meister Gantalah ins Wort. „Bruder, ich weiß, dass ich mich über deine Anweisung hinweggesetzt habe. Aber siehst du denn nicht, welche Kraft von diesem Jungen ausgeht? Ich weiß, dass er es ist, der uns in den Liedern angekündigt wurde." Fast flehend hob er die Hände. Ich verstand das alles nicht. Der Großmeister schüttelte den Kopf. „Selbst wenn es zutrifft, so ist es doch viel zu früh, ihn damit schon jetzt zu konfrontieren. Er soll erst einmal seine Ausbildung beenden und sich bewähren. Dann können wir immer noch entscheiden, ob er es ist." Meister Gantalah trat einen Schritt auf den Großmeister zu. „Bruder, bitte lass mich ihn etwas vorbereiten, nur ein wenig, das kannst du mir nicht abschlagen." Beide sahen sich einen Moment lang schweigend an, so als würden sie in Gedanken weiter miteinander reden. Dann nickte der Großmeister und sagte laut: „Wenn er seine Ausbildung nicht vernachlässigt, dann kannst du ihn etwas weiterführen. Sollte es den Jungen aber überfordern, dann wirst du warten, bis er soweit ist. Er bekommt keine bevorzugte Behandlung, im Gegenteil. Du wirst ihn hart fordern. Das wirst du mit Torgal und Wintal besprechen. Sollten sie dagegen sein, wirst du dich ihnen fügen." Meister Gantalah nickte und sah mich an. „Aran, schick nun deine Lehrer zu uns herein. Yinzu soll noch einen Augenblick draußen warten."

Draußen starrte Yinzu mich mit weit aufgerissenen Augen an. Ich spürte, dass er die Spannung kaum aushielt. Ich zuckte mit den Schultern. „Das ist alles zu viel für mich. Was wollen die nur von mir?" Jetzt versuchte Yinzu zu lächeln. Auch wenn sein Gesicht eher einer Fratze glich, wusste ich doch, dass er mir Mut machen wollte. „Aran, müssen wir noch hierbleiben?" Ich nickte. „Ja, mein Freund, der Großmeister und Meister Gantalah wollen dich gleich noch sprechen." Yinzu begann zu zittern. Ich legte meinen Arm um seine Schultern. Da wurde die Tür geöffnet, und unsere beiden Meister traten heraus. Mit einer Handbewegung gaben sie Yinzu zu verstehen, dass er jetzt an der Reihe sei. Mich würdigten sie keines Blickes. Ich setzte mich auf den Boden, wartete auf Yinzu und beschloss, mit ihm über alles zu sprechen. Kein anderer konnte verstehen, was sich an dem Abend zugetragen hatte.

Nach scheinbar endlos langer Zeit kehrte er zu mir zurück, half mir auf die Beine, und wir verließen schweigend das Haus. Draußen feierten die Krieger und Kriegerinnen noch immer ausgelassen die Wintersonnenwende. Es wurde getanzt und gesungen. Das Feuer loderte hoch in den Himmel, und alle waren vergnügt, einschließlich der Geisterkrieger. Wir aber waren nicht mehr in der Stimmung zu feiern. Yinzu schlug stattdessen vor: „Lass uns zum See gehen, ich werde hier sonst noch wahnsinnig."

Der Lärm versickerte in der Winternacht. Die helle volle Scheibe des Mondes leuchtete hoch am Himmel und tauchte alles in ein unheimliches, kaltes Zwielicht. Kurze Zeit später lag der See vor uns. Wir blieben oben auf dem kleinen Hügel stehen und genossen das Bild, das sich uns bot - unheimlich und faszinierend zugleich. Der Mond spiegelte sich so klar im stillen Wasser des Sees, dass es mir vorkam, als schiene er auch aus dem See zu uns herauf. Langsam gingen wir zum Ufer und setzten uns auf einen der großen Steine. „Mitten im Winter ist kein Eis auf dem Wasser, obwohl es nicht fließt. Wie kann das sein?" Yinzu sann einen Moment über die Frage nach, dann antwortete er. „Wahrscheinlich wird der See von den heißen Quellen gespeist." Yinzu seufzte und wich dem, was unsere Gemüter bewegte, nicht weiter aus. „Elfen sind unheimliche Wesen. Jedes Mal, wenn ich Meister Gantalah sehe, schaudert es mich. Es geht Macht von ihm aus, das macht mir Angst." Ich nickte. „Für mich ist er das schönste Wesen, was ich je gesehen habe. Was haben der Großmeister und Meister Gantalah zu dir gesagt, als du bei ihnen warst?" Yinzu schwieg, und ich fürchtete schon, er wolle oder dürfe es nicht erzählen. Doch dann gab er sich einen Ruck. „Zuerst musste ich erzählen, was ich heute Abend alles zu sehen geglaubt habe. Nachdem sich der Großmeister und Meister Gantalah das angehört hatten, erklärten sie mir, dass ich von nun an zu den wenigen gehören würde, die sich auf einem noch steileren und schwierigeren Weg befinden, als die anderen. Sie sagten, dass ich heute durch die Grenzen zwischen den Welten hindurchgesehen hätte, dass wir beide nun diesen Weg zusammen gehen müssten und dass ich auf dich aufpassen solle. Verstanden habe ich das nicht so richtig, aber die beiden sagten, dass ich es mit der Zeit schon begreifen würde." Ich war erleichtert. Auch wenn ich nun genauso schlau war wie vorher, so war es doch ein beruhigendes Gefühl, dass Yinzu an meiner Seite war und bleiben sollte. „Kannst du sie den jetzt auch sehen?", fragte ich meinen Freund. „Nein, noch nicht. Aber ich spüre ihre Anwesenheit. Meister Gantalah sagt, dass ich bald in der Lage sein werde, die Toten zu sehen. Er zeigt mir Übungen, die meinen Blick dafür schärfen werden."

Noch einige Zeit sahen wir schweigend auf das Wasser. Dann wurde es uns zu kalt, und wir beschlossen, schlafen zu gehen. Gerade öffnete ich die Tür zu meinem Zimmer, als mich eine Stimme zurückhielt. „Dich suche ich schon den ganzen Abend, Aran van Dagan. Wo hast du dich versteckt? Komm her und lass dir zu deiner zweiten Weihe gratulieren." Saarami! Mein Herz begann, schneller zu schlagen. Sie war so wunderschön in ihrem vollen Rüstzeug mit hochgesteckten Haaren und dem engen Lederpanzer. Ihre Klinge hatte sie auf den Rücken gebunden, so behinderte sie sie nicht in ihrer Bewegungsfreiheit. Die Hände in die Hüften gestemmt, sah sie mich mit einem Lächeln an. Ich stöhnte leise auf, als sie mich an sich presste, einerseits aus Freude und andererseits, weil meine frische Tätowierung schmerzte. Sie sah mir tief in die Augen und wollte gerade etwas sagen, als ich sie küsste. Sie verspannte sich kurz, dann aber öffnete sich ihr Mund und ihre Zunge drang zwischen meine Lippen. Hitze schoss durch meinen Körper, Schweiß lief mir über das Gesicht und den Rücken. Die Tropfen brannten auf der frischen Wunde wie Feuer, aber das störte mich nicht. Nach einer kleinen Ewigkeit löste sie sich von mir und sah mich an. „Was bildest du dir ein? Glaubst du, dass ich dir eine solche Frechheit durchgehen lasse?" Ihre gespielte Empörung beeindruckte mich nicht. Ihre Augen und ihr Mund sprachen andere Worte. Ich zog sie wieder an mich. Unsere Lippen fanden sich, und die Welt um mich herum versank in einem Taumel aus Glück und Schmerzen.

„Was geht hier vor?" Die Stimme des Großmeisters riss mich aus meinen Träumen. Saarami stieß mich weg und schlug mir mit der flachen Hand ins Gesicht. „So, das wird dich lehren, eine Kriegerin nicht noch einmal so zu küssen!" Nach diesen Worten eilte sie hinaus, ohne auch nur ein Wort mit ihrem Vater zu wechseln. Der Großmeister sah mich einen Moment lang an, dann schmunzelte er: „Es ist wohl besser, wenn du jetzt schlafen gehst, junger Krieger. Du hast für heute genug erlebt und solltest es nicht übertreiben."

Yinzu schlüpfte leise nach mir in meine Kammer. Im Halbdunkel der kleinen Lampe sah ich, dass er lächelte. „Du musst sie im Schwertkampf besiegen, mein Freund. Ich habe gehört, das habe noch kein Mann geschafft." Mitfühlend legte er mir die Hand auf die Schulter, doch ich schüttelte sie ab. „Dann werde ich der Erste sein. Sie wird meine Frau werden, das schwöre ich bei den Göttern und bei allem, was mir heilig ist." Yinzu lachte mir ins Gesicht. „Mein Freund, dann lass mich dein Waffenbruder sein, wenn du sie herausforderst. Solltest du verlieren, was wahrscheinlich ist, werde ich deine Wunden versorgen." Nun musste ich auch lachen. „Du hast ja viel Vertrauen in meine Fähigkeiten!"

Kapitel 11: Mit blanker Klinge

Am nächsten Morgen schmerzte mein Rücken. Die Sonne war schon aufgegangen, ich hatte sehr lange geschlafen. Mit einem Stöhnen versuchte ich, mein Leinenhemd überzustreifen, merkte aber schnell, dass es besser wäre, wenn ich mir den Rücken erst mit der stinkenden Salbe einriebe, die allen frisch Tätowierten in ihre Kammer gebracht worden war. Gerade hatte sich dieser Gedanke langsam in meinem Kopf ausgebreitet wie ein zäher Tropfen Sirup, da klopfte es laut an meine Tür, und Yinzu stürmte ins Zimmer. „Hör zu, du musst mir helfen, ich werde wahnsinnig. Das Jucken halte ich nicht mehr aus." Ich konnte mir ein Lächeln nicht verkneifen, als ich seinen Rücken mit der Salbe einrieb. Es tat gut, die zähe, braune Masse auf der frischen Wunde zu spüren. Augenblicklich linderte sie Schmerz und Juckreiz. Als wir mit dem Ankleiden fertig waren, half mir Yinzu dabei, die silberne Schnalle richtig an meinem Kilt zu befestigen.

Beim Frühstück errieten wir schnell, welche Jungen der Meinung gewesen waren, die Salbe sei etwas für Schwächlinge. Ihre Kleider schienen mit Dornen gespickt. Andere hatten lange gefeiert. Obwohl es uns Schülern untersagt war, von dem Starkbier und dem Würzwein zu trinken, waren sie schwach geworden, als die alten Krieger sie dazu einluden. Dementsprechend strahlten wir nicht gerade Kampfgeist und jugendliche Kraft aus an diesem Morgen. Meine Laune allerdings war nicht schlecht. Es war nicht ein Geisterkrieger zu sehen. Vielleicht war ja doch alles nur ein Traum gewesen. Yinzu und ich frühstückten schweigend, bis sich Hamron und Orphal zu uns setzten. Beide sahen aus, als hätten sie zu wenig Schlaf bekommen. „Würzwein?", fragte Yinzu lachend. „Nein, Starkbier - und das nicht zu knapp", antwortete Orphal. Hamron nickte nur langsam. „Wir haben gestern überall nach euch gesucht. Hattet ihr keine Lust zu feiern?" Ich wollte mir schon eine Ausrede einfallen lassen, da sagte Yinzu, dass wir am See gewesen seien, um ein wichtiges Gespräch zu führen. Es war also doch kein Traum gewesen. „Das ist aber sehr schade, Freunde, wir haben einige sehr nette und hübsche Kriegerinnen kennengelernt. Die sind gerade von ihrer Meisterprüfung zurück und haben sich gefreut, junge Männer zu treffen. Wir hatten eine Menge Spaß zusammen." Orphal stieß Hamron in die Rippen und lachte. Hamron aber fasste sich an den Kopf. „Wenn dieser verdammte Schmerz nicht wäre. Ich werde noch wahnsinnig." „Du hättest dir eben den Rücken mit Salbe einreiben sollen", grinste Yinzu. „Doch nicht mein Rücken, du Knecht", schimpfte Hamron, „mein Kopf zerspringt mir gerade." Er stützte beide Ellenbogen auf den Tisch und legte seinen Kopf in die Hände. Dieses Bild ließ Yinzu und mich nur noch lauter lachen. Jetzt stöhnte auch Orphal. „Lachen könnt ihr ja, aber bitte nicht so laut, es ist nicht zu ertragen." Das war zu viel für uns. Johlend verließen wir den Speisesaal.

Draußen fragte uns Meister Wintal, was denn so lustig sei. Einen Moment lang zögerten wir, dann rief Yinzu: „Keine Salbe! Die haben alle ihren Rücken nicht mit der Salbe eingerieben. Das macht ihnen jetzt zu schaffen, Meister." Die Stirn in Falten gelegt, musterte Meister Wintal uns. Als ich zustimmend nickte, schüttelte er den Kopf und verschwand im Saal. Kurze Zeit später stürmten die Jungen mehr oder minder freiwillig nach draußen. Meister Wintal trieb sie vor sich her. „So, so, keine Salbe. Mir scheint, dafür haben einige der jungen Herren in Würzwein oder Starkbier gebadet. Danach stinkt der ganze Speisesaal. Das nächste Mal solltet ihr etwas schlauer vorgehen, wenn ihr euch schon unseren Anweisungen widersetzt. Zur Erinnerung daran, dass wir hier keine Befehle nur so zum Spaß erteilen, werdet ihr nun ein kleines Stockkampfturnier austragen. Und kommt mir nicht mit Kopfschmerzen oder ähnlichem! Die werdet ihr haben, wenn wir fertig sind."

Im Laufschritt trieb er uns zur Halle der Schmerzen. Auf dem Weg dahin übergaben sich einige, was ihnen aber nur des Meisters Spott einbrachte. In der Halle angekommen, konnten wir uns an den verschiedensten Gesichtsfarben erfreuen. „Wir werden euch lehren, nicht zu viel zu trinken und nicht zu lange zu feiern, wenn es am nächsten Tag zur Schlacht kommen kann." Meister Torgal war in die Arena gekommen und hatte die Situation mit einem Blick erfasst. Mit gerunzelter Stirn verteilte er die langen und kurzen Stöcke. „Na, dann mal los." Der Kampf jeder gegen jeden war freigegeben. Doch das zaghafte Klicken der aufeinandertreffenden Stöcke verriet, dass keiner so richtig zuschlagen mochte. Nach wenigen Augenblicken unterbrach Meister Torgal den Kampf. Er drohte damit, dass die Meister gleich selbst den Feind spielen würden, sollte nicht richtig gekämpft werden. Da sprangen Yinzu und ich mit einem lauten Kampfschrei in die Gruppe der unschlüssig Dastehenden und schlugen sie nieder. Kaum einer leistete Widerstand. Nur Orphal und Hamron gaben nicht so schnell auf. Doch unseren wilden Angriffen hatten die beiden nicht lange etwas entgegenzusetzen. Beide fielen nach einigen Treffern in den Sand und blieben dort liegen. Als Yinzu und ich uns umsahen, standen nur noch die Jungen, die nichts getrunken hatten. Ohne zu zögern, griffen wir die drei an. Die Gegenwehr war viel heftiger als bei den anderen, aber Yinzu und ich waren wie im Rausch und entschieden auch diesen Kampf für uns.

Meister Wintal beendete den Kampf, kurz bevor wir uns aufeinander stürzten. „Ich hoffe, das war euch eine Lehre. Vergesst nie, der Feind greift immer dann an, wenn ihr nicht damit rechnet. Das müsste eigentlich allen klar sein. Wenn ihr später selbst einmal Angriffe plant, dann erinnert euch an heute. Nutzt die Schwächen eurer Feinde. So könnt ihr einen Kampf gewinnen, ohne euch und eure Männer in große Gefahr zu bringen." Nach dieser Unterweisung durften die anderen ihre Beulen kühlen gehen. Meister Torgal winkte uns zu sich heran. „Ihr beide seid ausgeruht, warum habt ihr nicht mitgefeiert?" Ich blickte etwas verlegen auf den Boden. „Das war gestern alles sehr bewegend und aufregend für uns, Meister. Uns war nicht nach feiern zumute." Meister Torgal nickte und ermuntere uns, bei ihm oder Meister Wintal Rat zu suchen. Die beide wüssten, wie es sei, mit erschütternden Erlebnissen alleingelassen zu werden.

Nach einer Weile rief Meister Torgal den Zug wieder zusammen. „Heute beginnt ein weiterer Abschnitt eurer Ausbildung. Er ist der schwerste und längste. Jetzt entscheidet sich, wer zur Meisterprüfung zugelassen wird und wer nicht. In diesem Teil der Ausbildung entscheidet sich auch, wer am Leben bleibt und wer nicht." Meister Torgal ließ seine Worte auf uns wirken, bis auch der Letzte begriff, was er da eben angekündigt hatte. „Von heute an werdet ihr an den blanken Klingen ausgebildet. Viele verschiedene Klingen gibt es. Ihr werdet einige mögen, andere nicht. Aber das Schwert ist und bleibt der wichtigste Verbündete eines Kriegers. Eure persönliche Klinge, die ihr irgendwann einmal führen werdet, ist wie euer Kamerad. Sie gehört zu euch und muss ein Teil von euch werden. Der Krieger, sein Schwert und sein Pferd bilden eine Einheit und sind nicht zu schlagen. Vergesst das nie."

Wir folgten unseren Meistern in einen Waffenraum. Ich erkannte, dass wir mit Stöcken geübt hatten, die in Länge und Form einigen Klingen ähnelten. „Diese Schwerter und Säbel, Dolche und Messer sind stumpf. Nach und nach werden wir die Klingen immer schärfer schleifen, bis ihr mit richtig scharfen Waffen kämpft", erklärte Meister Wintal. Aufgeregt betrachtete ich die verschiedenen Klingen. Der lange Zweihänder gefiel mir am besten. „Wenn ihr erst mit der Handhabung der verschiedenen Waffen vertraut seid, werden wir zur Anwendung kommen, erst hier in der Halle, danach draußen und zum Schluss unter erschwerten Bedingungen im Feld." Bei diesen Worten hatte er ein unheilvolles Lächeln aufgesetzt.

Unsere beiden Schwertmeister begannen nun, die Funktion, Form und Handhabung jeder einzelnen Waffe zu demonstrieren. Sie zeigten uns Stärken und Schwächen und das Zusammenspiel der unterschiedlichen Klingen. Bei den Messern und Dolchen fingen die beiden an, dann folgten Säbel und kurze Schwerter. Ganz zum Schluss nahm Meister Torgal den Zweihänder und hielt ihn hoch. Ich konnte es nicht erwarten, diese Waffe endlich in meinen Händen zu halten. Als Meister Torgal von den Vor- und Nachteilen dieser Art Schwert sprach, hörte ich gar nicht richtig zu. Dass nur geübte Krieger ein Gefühl für diese Waffe entwickeln können, interessierte mich nicht. Ich wollte dieses Schwert für mich!

Am Ende der Vorstellung war es schon Mittag. Als ich im Speisesaal vor meinen Teller saß, konnte ich nicht einen Bissen hinunterbekommen, zu aufgeregt war ich noch. All meine Schwertübungen, die ich fleißig trainiert hatte, würden sich nun hoffentlich auszahlen. Ich wartete nicht, bis die anderen mit dem Mittagessen fertig waren, sondern lief zur Halle der Schmerzen zurück. Nicht einmal unsere Schwertmeister waren dort. Ich schlich mich in die Waffenkammer und nahm mir das große Schwert. Ein Gefühl der Macht durchströmte meinen Körper. Die Waffe war recht schwer, aber gut ausbalanciert. Langsam drehte ich mich mit waagerechter Klinge im Kreis. Dann probierte ich einige meiner Schwertübungen. Respektvoll und begeistert führte ich die Klinge. Wie im Rausch vergaß ich, wo ich war und dass ich diese Waffe eigentlich gar nicht anfassen durfte. Der Schweiß lief mir in Strömen über den Körper. Er brannte auf der frischen Tätowierung, aber das interessierte mich nicht. Für mich gab es nur diese Klinge und das herrliche Gefühl, mit ihr eine Einheit zu bilden, sie zu führen und gleichzeitig von ihr geführt zu werden. Meine Erregung ließ sich mit der vergleichen, die ich spürte, als ich Saarami küsste.

Das Klatschen zweier Hände riss mich schlagartig aus meinem Rausch. Meister Torgal und Meister Wintal standen in der Tür und sahen mir zu. Wie lange die beiden da schon gestanden hatten, konnte ich nicht sagen. „Wir müssen ihn bestrafen", knurrte Meister Wintal mit gespieltem Ernst. „Er hatte keine Erlaubnis, die Waffen anzufassen. Was wollen wir mit ihm machen?" Meister Torgal zuckte mit den Schultern und kam zu mir herüber. Ich stand immer noch ganz außer Atem in der Mitte der Waffenkammer. Die Klinge hatte ich sinken lassen und sah meinem Meister entgegen. Es war mir egal, was für eine Strafe sie mir auferlegen würden. Ich fühlte mich großartig. Meister Torgal sah mir in die Augen. „Seine Strafe soll sein, dass er jeden Morgen, bevor der Unterricht beginnt, mindestens zwei Sanduhren lang mit dem Schwert hier übt, jeden Tag, ohne Ausnahme, bis wir ihm weitere Befehle geben. Sollte er auch nur einen Tag versäumen, darf er das Schwert ein Jahr lang nicht mehr berühren." Ich stand fassungslos da und starrte die Meister an. Erst als Meister Torgal mit seiner Hand vor meinen Augen herumfuchtelte, klärte sich mein Blick. „Hast du verstanden, Aran, was wir dir eben gesagt haben?" Ich nickte und überlegte, ob ich mich vielleicht verhört hatte. Meister Torgal nahm mir das Schwert aus den Händen und stellte es wieder in den Waffenständer. Dann befahl er mir, etwas Wasser zu trinken. Als ich einige Schlucke hinunterstürzte, klärte sich mein Kopf langsam. Was für eine Strafe! Ich fühlte mich, als hätte ich eine Auszeichnung bekommen. Ich hätte vor Freude losschreien können.

Der Unterricht ging weiter. Wir bekamen Kurzschwerter und gingen in die Halle. Auf dem Weg dorthin befühlte Hamron die stumpfe Klinge. „Damit kannst du nicht einmal jemanden verletzen, wenn er sich freiwillig in die Klinge stürzt." Ich musste lachen. Unsere Meister zeigten uns Angriffsbewegungen. Sie waren denen im Stockkampf sehr ähnlich. Danach waren die Blockbewegungen an der Reihe. Wir trainierten sie eine Zeit lang, dann erst teilten unsere Lehrer den Zug, und wir übten Angriff und Verteidigung mit einem Partner.

Die Sonne war schon untergegangen, als wir die Halle verließen. Mein Magen meldete sich und teilte mir durch lautes Grummeln und Knurren seine Wünsche mit. Hamron grinste, er sei besser als jeder Wachhund und genauer als jede Sanduhr. Im Speisesaal kam uns Saarami mit einer Gruppe junger Kriegerinnen entgegen. Freudig wollte ich auf sie zustürmen, da hielt mich Yinzu zurück. Erstaunt sah ich ihn an. Er aber schüttelte leicht den Kopf. Als Saarami an mir vorbeiging, würdigte sie mich nicht eines Blickes. Wir hoben die Hände zum Gruß, und die Kriegerinnen grüßten zurück. Alle lachten sie uns freundlich an. Nur Saaramis Gesicht war wie versteinert, ich war Luft für sie. Mir war, als hätte jemand einen Kübel mit kaltem Wasser über mir ausgeschüttet. Eben fühlte ich mich noch großartig und unbesiegbar, und im nächsten Augenblick hätte ich am liebsten losgeheult. Lustlos kaute ich auf dem Gemüse herum.

Es war noch dunkel, als ich am nächsten Morgen erwachte. Die Sterne leuchteten, und ich spürte die Kälte der Nacht selbst unter meiner warmen Decke. Still kleidete ich mich an und erleichterte mich draußen. Dann machte ich mich auf den Weg zur Halle der Schmerzen. Unterwegs bemerkte ich hin und wieder Schatten, die an mir vorbeihuschten. Ich meinte schon, Geisterkrieger zu sehen. Doch dann hörte ich leise Stimmen, ein Husten und auch mal einen leisen Fluch, weil es so kalt war. Das waren bestimmt keine Geister. Ich schlich den Schatten hinterher, duckte mich ins Gebüsch und entdeckte auf einer Wiese die vielen Gestalten, die sich dort zusammengefunden hatten. Sie alle trainierten langsam mit und ohne Waffen. Niemand sprach ein Wort.

Plötzlich spürte ich eine Hand auf meiner Schulter. Ich erschrak so sehr, dass ich einen Kampfschrei ausstieß. Der alte Krieger, der hinter mir stand, begann zu lachen. Er lachte so laut, dass die ersten interessiert zu uns herüberkamen. Mir war das sehr unangenehm, und ich hoffte, sie nicht verärgert zu haben. „Wer stört uns bei der Arbeit?" Ein anderer Krieger musterte mich mit ernstem Gesicht. „Duttan, sei dem Jungen nicht böse, er hat nur nachgesehen, ob hier alles in Ordnung ist." Jetzt erkannte ich den fröhlichen alten Krieger, der mich entdeckt hatte. Er hatte mir die Tätowierungen gestochen. „Na, Bursche, was machst du so früh morgens schon auf den Beinen? Ist deine Ausbildung nicht anstrengend genug? Musst du dich so früh morgens schon draußen rumtreiben?" Ich schüttelte verlegen den Kopf. „Nein, ich bin auf dem Weg zur Halle, ich will mit meinen Schwertübungen beginnen. Aber sagt, was macht ihr den schon so früh hier?" Jetzt lachten die Alten herzlich. „Was glaubst denn du? Wir üben. Diese Tageszeit spendet die meiste Energie. Wenn man immer zur gleichen Zeit übt, dann bekommt man dafür ein langes Leben und bleibt wehrhaft bis ins hohe Alter. Nur die Jungen üben in der Halle oder am lichten Tag. Wir Alten aber, wir sind jeden Morgen hier. So und nun los, Junge, sonst versäumst du dein Training." Ich grüßte höflich und lief zur Halle.

Erstaunt stellte ich fest, dass dort schon einige Lampen brannten. Meister Torgal, Meister Wintal und noch einige andere Krieger trainierten schon. „Ah, sieh mal, wer da kommt." Meister Torgal grinste. Verschwitzt kamen sie zu mir herüber. „Das war aber knapp, junger Mann, etwas später und du hättest das Schwert ein Jahr nicht mehr anfassen dürfen. Was hat dich aufgehalten?" Schnell erzählte ich, dass ich die alten Krieger und Kriegerinnen beim Üben getroffen hatte.

Als ich das Schwert aus dem Waffenständer nahm, kam es mir viel schwerer vor als gestern. Meine Arme schmerzten bei den Übungen, es war anstrengender, und die Bewegungen waren nicht so weich und rund wie gestern. Bevor ich mich darüber ärgern konnte, fiel mir ein Rat von Meister Wintal ein: „Lass den Kopf leer werden. Konzentriere dich auf das Energiezentrum in deiner Körpermitte, und die Bewegungen werden fließen. Nicht die Geschwindigkeit ist wichtig, sondern der Fluss. Schnell wirst du von ganz allein." Augenblicklich entspannte ich mich, und meine Bewegungen wurden deutlich besser. So vergaß ich die Zeit, und als Meister Torgal kam, um nach mir zu sehen, ging gerade die Sonne auf. Er lächelte mir zu, ein seltener Anblick, der mich stolz machte. Auf dem Weg zum Frühstück fragte ich ihn, was ich meinen Freunden erzählen solle. „Sag ihnen ruhig die Wahrheit, das wird sie anspornen. Aber prahl nicht damit, denn es kann auch ganz schnell passieren, dass du dieses Privileg wieder verlierst."

Erstaunt stellte ich fest, dass unsere alten Krieger noch vergnügt im Speisesaal saßen. Der alte Krieger, der mich beim Zusehen entdeckt hatte, winkte mich zu sich an den Tisch und bot mir den Platz neben sich an. Als ich mich setzte, schlug er mir sanft auf die Schulter. „Na, Junge, was macht die Zeichnung?" „Die heilt gut mit der Salbe", antwortete ich wahrheitsgemäß. „Entschuldigt, Meister, von welcher Energie habt Ihr heute Morgen gesprochen?" „Das ist die Energie des Himmels und die der Erde. Diese Energie ist überall, in jedem Ding, in jedem Lebewesen, überall um dich herum. Mit ganz bestimmten Übungen kannst du mehr Energie in dich aufnehmen. Das versetzt dich in die Lage, das Leben zu verlängern. Du kannst damit Krankheiten heilen und deine Gegner zerstören. Aber du musst eine gewisse Reife erlangt haben, um richtig damit umzugehen. Du musst erst einmal lernen, deine äußeren Waffen zu gebrauchen. Wenn du das kannst, dann beginnt die Ausbildung mit der inneren Waffe - der Energie." Fasziniert hatte ich zugehört und grüßte, als der alte Krieger sich vom Tisch erhob. „Jungchen, du musst mich nicht immer grüßen. Du musst mich auch nicht immer ‚Meister' nennen, wenn du mich siehst. Mein Name ist Kahnurkan, das reicht." Erstaunt fragte ich ihn, ob er es denn nicht als Respektlosigkeit empfinden würde, wenn ich ihn mit seinem Namen ansprache. „Ich bin schon so alt, Jungchen, da muss ich nicht mehr darauf achten, ob mir jemand Respekt zollt oder nicht. Dafür ist mir meine Zeit zu schade." Als er ging, sprang ich von meinem Stuhl auf, grüßte ihn und sagte: „Danke für die Unterweisung, Meister." Er lächelte: „Wir sehen uns morgen früh." Ich war von diesem alten Mann sehr beeindruckt. Auch wenn er darauf keinen Wert legte, so beschloss ich trotzdem, ihn „Meister" zu nennen.

Als Yinzu hereinkam, brachte er Hamron und Orphal mit. Er saß noch nicht ganz, als er mich schon fragte, wo ich denn gewesen sei. So erzählte ich ihnen von den Schwertübungen. Orphal sah ärgerlich aus. „Warum darfst du das und ich nicht?" Ich antwortete ihm, dass er die Meister nur zu fragen bräuchte. Er stand auf und verließ den Speisesaal. Yinzu sah mich mitleidig an. „Wirklich jeden Morgen?" Ich nickte. „Weißt du, was das bedeutet? Dir ist eine zweifelhafte Ehre zuteil geworden. Wenn unsere Ausbildung erst richtig losgeht, dann wirst du dich noch umsehen." Das war mir egal. Ich wollte immer noch der beste Schwertkämpfer werden. Dafür war ich bereit, alles auf mich zu nehmen.

Nach dem Frühstück wiederholten wir die Übungen von gestern. Nach einigen Stunden durften wir eine Pause machen. Wir tranken etwas warmen Tee und frisches Wasser. Danach führten uns unsere Schwertmeister verschiedene Säbel vor. Doch wir sollten zuerst nur mit seiner einfachen Ausführung vertraut gemacht werden. Mit dieser Waffe werden hauptsächlich Hiebtechniken ausgeführt, weil nur die eine Seite der Klinge geschärft ist. Er ist schon deutlich interessanter als ein ödes Kurzschwert. Wieder übten wir zuerst ausgiebig die Angriffe, bis Blöcke und Kontertechniken an der Reihe waren. Ich wählte einen großen Säbel. Ihn konnte ich mit einer oder mit zwei Händen führen.

Orphal war mein Partner, als wir die geübten Techniken aneinander ausprobierten. An seinem Gesichtsausdruck erkannte ich, dass er immer noch übel gelaunt war. Vielleicht hatte er von den Schwertmeistern eine Absage bekommen. Seine Angriffe kamen fiel heftiger, als es befohlen war. Da ich mir so etwas aber schon gedacht hatte, reagierte ich entsprechend. Als Orphal merkte, dass er mit der Wucht seiner Angriffe bei mir nicht durchkam, begann er, seine Techniken frei zu variieren. Durch eine Finte gelang es ihm, mich kurz zu verwirren. Er nutzte diesen Moment und schlug mit dem Säbel hart in Richtung meines Kopfes. Ich konnte den Schlag gerade noch ablenken, wurde aber an Arm und Schulter getroffen. Seinen nächsten Angriff ließ ich ins Leere laufen und schlug mit der Klinge auf seine Beine. Da wir das nicht geübt hatten, kam dieser Angriff für ihn unerwartet. Mit der stumpfen Seite der Klinge schlug ich ihm beide Beine weg. Er wurde hoch in die Luft geschleudert. Mit einem Schrei, in dem Schmerz und Wut steckten, schlug er auf dem Boden auf. Sofort hielt ich ihm meine Klinge an die Kehle. Hätte er sich bewegt, dann hätte ich ihn töten können, auch mit dieser Art von Säbel.

Wütend gab mir Orphal zu verstehen, dass er seine Niederlage anerkannte. Vorsichtig löste ich die Klinge von seinem Hals. Ohne ihn auch nur einen Moment aus den Augen zu lassen, entfernte ich mich, immer auf der Hut vor einem neuen Angriff. Erst in diesem Moment bemerkte ich, dass alle Kämpfe in der Halle aufgehört hatten. Fluchend stand Orphal auf und rieb sich die schmerzenden Beine. Unsere Lehrer und alle Schüler hatten diesem Kampf zugesehen. Meister Torgal und Meister Wintal hatten nicht eingegriffen, als sie bemerkten, dass Orphal sich nicht an die Regeln hielt. Sie hatten stattdessen beobachtet, wie ich auf überraschende Situationen reagierte. Wenn ich nicht zu ihrer Zufriedenheit gehandelt hätte, dann hätten sie den Kampf unterbrochen. Ich hatte es richtig gemacht.

Abends wollte Orphal sich dafür entschuldigen, dass er so unkontrolliert gehandelt hatte. Ich beruhigte ihn, es sei ja nichts passiert. Er erzählte mir, dass er am Morgen gleich nach unserem Gespräch unsere beiden Meister aufgesucht habe, um zu fragen, wann denn er mit dem frühmorgendlichen Schwertkampftraining beginnen dürfe. Meister Torgal habe darauf geantwortet, dass er mich dafür im Training besiegen müsse. Erstaunt sah ich ihn an. Unsere beiden Meister hatten diesen Kampf in Kauf genommen!

Ein leises Klopfen an meiner Tür weckte mich am nächsten Morgen. Erschrocken öffnete ich mit meinen Dolch in der Hand. Zuerst erkannte ich ihn nicht, aber als sich meine Augen an die Dunkelheit gewöhnt hatten, sah ich in das alte Gesicht von Meister Kahnurkan. „Na los, Jungchen, raus aus den Federn, die anderen sind schon beim Training. Du willst doch nicht schon wieder zu spät kommen, oder?" Heftig schüttelte ich den Kopf und kleidete mich hastig an. Durch die Dunkelheit hetzte ich zur Halle. Die Lampen brannten schon. Mit einem leichten Kopfnicken begrüßten mich die Schwertmeister. Meister Torgal und Meister Wintal lief der Schweiß schon über das Gesicht.

Meine Arme und Schultern schmerzten noch mehr als gestern. Deshalb bewegte ich mich sehr langsam und konzentriert. Als meine Muskeln sich etwas erwärmt hatten, fielen mir die Übungen leichter. Nach einiger Zeit war ich so in die Übungen versunken, dass ich nicht bemerkte, wie die Zeit verrann. Erst als ich lautes Gelächter vernahm, hörte ich auf. Die Jungen aus meinem Zug standen in der Tür. Etwas verwirrt und fragend blickte ich die beiden Meister an. Meister Torgal nahm mir das Schwert aus den Händen. „Du warst so konzentriert, Aran, da wollten

Meister Wintal und ich dich nicht stören. Jetzt aber musst du aufhören." Er schlug mir auf die Schulter. Das war ja großartig – ich hatte das Frühstück versäumt und musste auch noch gleich weiterüben. Beleidigt gesellte ich mich zu meinem Zug.

Meister Wintal befahl uns, die Übungen mit Säbel und Kurzschwert zu wiederholen. Den ganzen Tag über geschah nichts anderes. In einer kleinen Pause nahm Yinzu mich beiseite. Er hatte mir Tee und etwas Obst mitgebracht. Dankbar verschlang ich alles. Als wir am Abend endlich die Halle verließen, war ich zu müde, um noch etwas zu essen. Ich fiel in mein Bett und schlief auf der Stelle ein. Ich hatte es noch nicht einmal geschafft, meinen Kilt auszuziehen.

Meister Kahnurkan weckte mich auch am nächsten Morgen. Ich war ihm dafür sehr dankbar. Allein wäre ich niemals rechtzeitig aus dem Bett gekommen. Ich fühlte mich, als ob große Steine an meinen Armen und Beinen hängen würden, und nahm mir fest vor, nur zwei Sanduhren lang zu üben. Mein Magen meldete sich auf eine unangenehme Weise, so dass es etwas dauerte, bis ich mich auf meine Übungen konzentrieren konnte. Das letzte Sandkorn war noch nicht gefallen, da hatte ich das große Schwert schon wieder in den Waffenständer zurückgestellt und war zum Frühstück geeilt. Ohne auf das Gekicher der Alten zu achten, schaufelte ich große Mengen von frischem Brot und leckerem Honig im mich hinein.

Noch bevor Yinzu und die anderen in den Speisesaal kamen, sah ich nach Kalter Tod. Im Winter stand er mit den anderen Pferden oft im Stall. Aber wenn die Stallburschen hin und wieder die Gattertüren öffneten, stürmte Kalter Tod davon. Er blieb dann für mehrere Tage verschwunden und trieb sich auf den verschneiten Wiesen und Äckern des Tals herum. Das erste Mal hatte ich mir noch Sorgen um ihn gemacht, aber der Stallmeister beruhigte mich, er meinte, dass es mein Pferd zu den Wildpferdherden ziehe. Mein Kamerad war natürlich nicht im Stall. Mein Blick schweifte zum Horizont. Die Sonne hatte sich gerade über die Bergkämme geschoben und tauchte das Tal in ein wunderschönes helles Licht. Der Schnee glitzerte, und ich musste meine Augen schließen. Kalter Tod blieb unsichtbar.

Als ich mich daran erinnerte, dass die Meister uns am dritten Tag eine neue Waffe vorstellen würden, eilte ich zur Halle. Doch der Trainingstag verlief wie der Tag zuvor: Erst galt es, die Techniken zu wiederholen. Am Nachmittag lernten wir dann Doppelwaffen kennen: zwei Säbel, in jeder Hand einer. Mit ihnen hat der Kämpfer sehr viel mehr Möglichkeiten, seine Techniken zu variieren. Doppelwaffen seien sehr gefährlich in den Händen eines geübten Kriegers, erklärte uns Meister Wintal.

Die nächsten drei Monde ging das so weiter. Morgens weckte mich Meister Kahnurkan, und ich begann den Tag mit meinen Schwertübungen. Der Winter ging, und langsam kündigte sich der Frühling an. Die Nächte waren zwar immer noch kalt, und ab und zu gab es auch noch Frost. Da es mir in der Halle aber zu stickig wurde, verlegte ich mein Training trotzdem schon nach draußen. Und auch mein Pferd sah ich nun öfter wieder. Kalter Tod kam wieder regelmäßig zum Stall, um sich von mir pflegen und verwöhnen zu lassen. Aber wir ritten auch, und ich versuchte dann meine Schwert- und Lanzenübungen vom Rücken meines Kameraden aus. Dank seiner großen Geduld und meiner Ausdauer, gelang es mir auch. Trotzdem wusste ich, dass ich den Kampf vom Pferderücken aus lieber noch vermeiden sollte.

Eines Morgens führte uns Meister Wintal zu einer großen Scheune voller Stroh und Holz. Er zeigte uns, wie wir Strohbündel zusammenbinden sollten. Daraus entstanden nach und nach lebensgroße Strohpuppen. Sie bekamen Arme, Beine und einen Kopf. Zuerst feuchteten wir das Stroh an, dann formten wir daraus Bündel, die wir umeinanderdrehten. So entstanden starke Stränge vom Umfang eines menschlichen Armes oder Beines. „Wenn ihr diese Bündel mit einem Streich durchschlagen könnt, dann ist es ziemlich sicher, dass es auch bei einem echten Gegner klappt. Ihr werdet nun die nächsten Tage Puppen zusammensetzten. Nebenbei zeigen wir euch, wie ihr eure Klingen schärfen müsst. Die Waffen, mit denen ihr geübt habt, waren stumpf, nun werdet ihr sie behutsam schärfen."

Nach ungefähr fünf Tagen hatten wir schon so viele Strohmänner, dass wir sie aufrecht in die Scheune stellen mussten, damit sie alle Platz fanden. Meister Torgal schleppte unsere Übungswaffen herbei, eine Menge Schleifsteine und einige Eimer mit Wasser. Er hielt einen der Schleifsteine in die Höhe. „Ab heute werdet ihr eure Klingen schärfen. Ich werde jedem zeigen, wie er es zu machen hat, dann dürft ihr es selbst versuchen." Aufgeregt strich ich mit dem Schleifstein erst vorsichtig, dann immer schwungvoller über die Klinge meines Übungsschwertes. Es war, als ob ich ihm damit Leben einhauchte. Als zweite Waffe hatte ich die Hellebarde gewählt. Diese schwere Klinge ist an einem langen Holzstab befestigt. Er überragt mich um eine Unterarmlänge. Am unteren Ende ist ein scharfer Dorn befestigt. So kann ich damit schneiden, hauen, aber auch stechen. Diese Waffe ist sehr schwer, keine Panzerung kann ihr widerstehen. Und ich konnte schon damals einigermaßen sicher vom Rücken meines Pferdes aus damit kämpfen.

Nach ein paar weiteren Tagen wurde uns zum ersten Mal die Schmiede des Clans gezeigt. Sie befand sich in einem kleinen Haus mit heruntergezogenem Dach, das bis auf den Boden reichte, damit sich die Wärme besser darin hielt. Und sie lag weit außerhalb des Hauptdorfes, weil der Lärm des Schmiedehammers und das Zischen der Blasebälge weithin zu hören war. Dort arbeiteten mehrere Schmiede, die Waffen und Rüstzeug herstellten. Der Schmiedemeister hatte einst selbst für den Clan große Schlachten geschlagen, doch dann beschloss er, seine besondere Gabe in den Dienst des Clans zu stellen, die Herstellung von Klingen aller Art. Ihm zur Seite standen junge Männer, die keine Krieger werden wollten und die ein besonderes Talent für die Schmiedekunst bewiesen. Sie genossen hohes Ansehen im Clan. Ihre Schmiede war dem Gott Zis geweiht, dem Gott des Stahls, Sohn des Donars, des Göttervaters. Jede Klinge wurde nach einem bestimmten Ritual gefertigt. Dabei kam es darauf an, um welch eine Art von Klinge es sich handelte, und welcher Krieger sie führen sollte. Nur ganz wenige, auserwählte Krieger schmiedeten ihr Schwert selbst.

Uns zeigten die jungen Schmiede, wie wir Brustpanzer und Helme fertigen sollten. Diese würden wir dann unseren Strohmännern anziehen. Der alte Schmiedemeister trug den Namen Akktar und war nicht viel größer als ein Zwerg. Seine Hände und Arme waren so dick wie Säulen, und wenn er einmal zupackte, dann konnte er einen Mann in zwei Hälften brechen, ohne einmal nachzufassen. Seine Haut war vom Schmiedefeuer geschwärzt, und er verbreitete einen Geruch wie Rauchfleisch.

An meinen ersten Tag am Schmiedefeuer erinnere ich mich noch gut. Meister Akktar warf mir einen kurzen Blick zu, dann nahm er mit einer Hand einen Schmiedehammer und warf ihn mir vor die Füße. „Hier, Jungchen, damit kannst du die Beulen aus den alten Brustpanzern heraushauen." Mit der gleichen Leichtigkeit, mit der er mir den Hammer vor die Füße geworfen hatte, wollte ich ihn mir über die Schulter schwingen. Dabei wäre ich fast hingefallen, denn der Hammer blieb auf dem Boden stehen und bewegte sich nicht. Ich musste ihn mit beiden Händen packen und konnte ihn nur unter Aufbietung großer Kraft aufheben. Keuchend unter der schweren Last, taumelte ich hinter dem Schmiedemeister her. Als er sich zu mir umdrehte, um zu sehen, wo ich blieb, schüttelte er nur den Kopf. „Was geben die euch Jungen bloß zu essen? Als ich so jung war wie du, da habe ich zwei dieser

Hämmer getragen und bin dabei noch gelaufen." Das wollte ich ihm nicht glauben. Aber ich hielt meinen Mund und versuchte, mit dem Hammer auf der Schulter nicht umzufallen.

Die Schmiede war von innen größer, als sie von außen aussah. Es brannten mehrere kleine Feuer um die große zentrale Feuerstelle herum, wo der größte Schmiedehammer an einem Rahmen befestigt war. Zwei Mann waren nötig, um ihn mithilfe eines Seilzugs zu bewegen. Ganz hinten in der Schmiede befand sich ein kleiner Raum. Dort lagen die alten zerbeulten Brustpanzer, Helme oder Armschützer. Auch die Klingen, die für den Kampf nicht gut genug waren, wurden dort aufbewahrt. Ich sollte nun für die Strohmänner Brustpanzer herrichten. Nach einer kurzen Einweisung durch Meister Akktar blieb ich allein. Aus der Schmiede drang der Lärm zu mir herüber: das Zischen der Bälge und das gleichmäßige Schlagen der Schmiedehämmer. Ich war noch nicht lange dabei, da rann mir der Schweiß schon in Strömen über meinen Körper. Die Hitze war unerträglich. Dazu kam, dass ich nach einiger Zeit den Hammer nicht mehr anheben konnte. Er war einfach zu schwer. Nun konnte ich aber schlecht herumstehen und nichts tun. Ich musste mir etwas einfallen lassen. Nach einigem Herumstöbern fand ich einen kleinen, niedlichen Hammer. Den konnte ich leicht in einer Hand halten. Ich brauchte zwar deutlich mehr Schläge, um einen Brustpanzer zu entbeulen, dafür war es aber nicht einmal halb so anstrengend. Als die Tür aufflog und der Schmiedemeister in den Raum trat, vertauschte ich schnell den kleinen gegen den großen Hammer. Prüfend sah er mir einen Augenblick lang zu. Er betrachtete die Brustpanzer, die ich schon fertiggestellt hatte. An einigen mäkelte er herum, doch im Großen und Ganzen war er zufrieden. Als ich ihm zulächelte, runzelte er die Stirn. Ich sah ihm an, dass er sich fragte, wie ich nach dieser harten Arbeit immer noch lächeln könne.

Bevor er mir noch mehr Arbeit auftragen konnte, kam Meister Wintal und beendete meine Arbeit. Freudig grüßte ich den Schmiedemeister und verließ seine Werkstatt. Draußen zog ich die frische Luft in meine Lungen. Mein Körper glühte noch immer. Wir mussten uns waschen und bekamen ein trockenes Wollhemd. Dann trank ich gierig Unmengen von Wasser. Mein Körper war von der Hitze wie ausgetrocknet. Erschöpft ließ ich mich abseits auf eine Holzbank fallen. Ich schloss meine Augen und genoss die Nachmittagssonne, bis mir jemand gegen den Fuß trat. Als ich die Augen öffnete, stand Meister Torgal vor mir. „Wir wollen jetzt weitermachen, wenn du so nett wärst und uns wieder mit deiner Anwesenheit beehren würdest, dann wären wir dir alle zu großem Dank verpflichtet." Dabei machte er eine kleine Verbeugung. Mich am Kopf kratzend, erhob ich mich und wollte gerade zu den anderen gehen, als er mir einen Stoß versetzte, der mich stolpern ließ. Als ich mich erstaunt umdrehte, sah ich den Tritt auf mich zukommen. Es gelang mir, instinktiv auszuweichen. Der Schlag, der dem Tritt folgte, traf mich leicht am Kopf. Ich ließ mich nach hinten fallen und machte eine Rolle rückwärts. Während des Aufstehens sprang ich noch weiter nach hinten, um die Distanz zwischen uns zu vergrößern. Immer noch wusste ich nicht, was Meister Torgal von mir wollte. Er konnte doch nicht allen Ernstes von mir verlangen, dass ich gegen ihn kämpfte! Weiter kam ich aber mit meinen Überlegungen nicht. Er griff mich wieder an. Blitzschnell wich ich aus und trat nach ihm. Meine halbherzig ausgeführte Technik blockte er und versetzte mir seinerseits einen Schlag. Diesen musste ich voll einstecken. Er setzte nach. Im Fallen riss ich mein Bein hoch. Wenn ich fiel, dann konnte ich auch einen Tritt daraus machen. Das überraschte ihn. Er lief genau in meinen Tritt hinein. Während ich fiel, taumelte er nach hinten. Doch er fing sich sofort wieder. Ich lag noch nicht richtig im Staub, da sprang er schon hinter mir her.

Die Beine hatte er angezogen, und es sah aus, als wolle er mir direkt auf den Kopf springen. Ich rollte zur Seite, da stampften seine Füße schon dort auf den Boden, wo eben noch mein Kopf gelegen hatte. Panik überfiel mich. Er wollte mich töten! Aber warum? Den Tritt, der meine Rippen traf, hatte ich nicht kommen sehen, aber ich spürte ihn umso mehr. Er trieb mir die Luft aus dem Körper. Auch den nächsten Tritt, der dem ersten unmittelbar folgte, musste ich einstecken. Ich schlitterte am Boden ein Stück von ihm weg. Einen Augenschlag verharrte mein Meister. Ich versuchte, auf die Füße zu kommen. In dem Moment, als ich wieder stand, traf mich sein entscheidender Schlag. Welche Art Technik es war, kann ich bis heute nicht sagen. Aber mir gingen alle Lichter aus. Im Fallen dachte ich noch, dass dies mein Ende sei. Den Aufschlag spürte ich schon nicht mehr.

Mir wurde Wasser ins Gesicht geschüttet. Als ich die Augen öffnete, sah ich in Meister Torgals grinsendes Gesicht. Unsicher fragte ich: „Meister, was war das?" Er half mir auf die Beine. „Was du eben erlebt hast, ist das Ergebnis deines Vertrauens, gefolgt von deiner Unsicherheit. Du hast dich in die Sonne gesetzt, ohne darüber nachzudenken, was für Gefahren auf dich lauern könnten. Als ich dich dann ansprach, warst du so unsicher, dass ich dich total überraschen konnte. Wenn du etwas aufmerksamer gewesen wärst, dann hätte dich meine aufgesetzte, unterwürfige Art stutzig machen müssen. Dann wärst du auf den Angriff vorbereitet gewesen. Du musst das Gespür entwickeln, an jedem Ort und zu jeder Zeit mit dem Unmöglichen zu rechnen. Das ist es, was einen guten Krieger überleben lässt. Es gibt keine Möglichkeit, ihn zu überraschen, wenn er es nicht will."

Meister Wintal kam er zu uns herüber. Er sah mich kurz an, ich grüßte ihn, und er grinste. „Was ist denn bei euch los gewesen? Ich dachte schon, ihr macht euch einen schönen Tag." Mein Schwertmeister schüttelte den Kopf. „Nein, ich musste dem kleinen Kämpfer eine Lektion erteilen. Er meinte, er könnte in der Sonne liegen und die Götter für sich üben lassen. Ich musste ihm erklären, dass es so nicht geht." Wieder lachte Meister Wintal. „Ich sehe schon, wie deutlich du es ihm erklärt hast. Er wird es bestimmt nicht vergessen, so wie ich deine Lektionen kenne." So machte ich mich mit schmerzenden Rippen und einem geschwollenem Gesicht daran, das große Schwert zu schleifen. Wir schliffen schwitzend den ganzen warmen Frühlingsnachmittag an dem Stahl.

Die Sonne war schon hinter den Bergen verschwunden, aber der Himmel erstrahlte immer noch in einem klaren Blau, als der Rest des Zuges aus der Schmiede kam. Ihnen folgte der Schmiedemeister. Er wandte sich ernst an unsere Lehrer. „Wenn ihr glaubt, dass aus denen mal richtige Krieger werden, dann gute Nacht. Wir werden keinen Krieg mit diesem Gemüse gewinnen können. Selbst meine alte Mutter, die Götter mögen mir verzeihen, konnte besser den Schmiedehammer schwingen als diese Knechte." Ärgerlich wollte er sich schon auf den Weg zurück ins seine Schmiede machen, als die Meister laut zu lachen anfingen und sich dabei auf die Schenkel schlugen. Der Schmied fuhr herum, böse funkelte er die beiden Krieger an. „Was bildet ihr euch ein, euch über mich lustig zu machen? Ich werde euch lehren, einen alten Krieger wie mich zu verhöhnen." Mit diesen Worten und erhoben Händen stürmte er auf unsere Lehrer los. Und obwohl er mindestens zweieinhalb Köpfe kleiner war als die beiden, sah es nicht so aus, als wollte er rechtzeitig innehalten. Grinsend winkten die beiden ab und hoben die Hände zum Gruß. „Bitte, bitte schlagt uns nicht, Meister Akktar, wir verhöhnen dich nicht. Es ist nur so, dass du bei jedem Schüler dasselbe sagst, sogar, als wir beide hier waren und deinen Schmiedehammer schwingen mussten, warntest du unseren Lehrer, Meister Zorralf, mit genau diesen Worten, nur deshalb mussten wir lachen." Der kleine Mann, der mindestens genauso hoch wie breit war, kratzte sich unschlüssig am Hinterkopf. Dann kehrte er fluchend in seine Schmiede zurück. Immer noch grinsend, gaben uns unsere Meister zu verstehen, dass wir ihnen folgen sollten. Es ging zu den Badehäusern. An diesem Tage genoss ich die Prozedur wie eine Belohnung für all die Strapazen.

Als Meister Kahnurkan am nächsten Morgen bemerkte, dass ich mich vor lauter Schmerzen etwas schwerfälliger und langsamer bewegte, fragte er mich, was vorgefallen sei. Stockend erzählte ich es ihm. Es war mir unangenehm, auf diese Weise eine Lektion bekommen zu haben. Er lächelte und versprach, mir zu helfen. Er meinte, er habe ein Kraut, das die Sinne schärfen würde. Es könne dafür sorgen, dass mir etwas Ähnliches nicht noch einmal passierte.

Gegen Abend mussten wir den ersten Strohmännern das ausgebeulte Rüstzeug anlegen. Die fertigen Strohkrieger wurden wieder zurück in die Scheune gebracht. So ging es die nächsten zehn Tage weiter: schmieden, schleifen und üben, danach die Strohkrieger aufrüsten. Einmal sagte Yinzu zu mir, dass wir mit den Strohmännern einen Krieg gewinnen könnten, so viele waren es in der Zwischenzeit geworden. Sie waren uns an Rüstung und teilweise auch an Waffen überlegen. Zu unserem Glück waren sie nur aus Stroh, das uns nicht gefährlich werden konnte, hofften wir zumindest.

Als ich eines Abends in meine Kammer kam, stand eine kleine gläserne Flasche mit einer milchigen Flüssigkeit vor meinem Bett. Ich wusste sofort, dass sie von Meister Kahnurkan kam. Prüfend hielt ich sie in der Hand und öffnete sie neugierig. Ein beißender Geruch stieg mir in die Nase. Schon wollte ich den Deckel wieder auf die Flasche setzen, da fiel mir auf, dass der Verschluss wie ein Becher geformt war, der am Rand einen kleinen Strich hatte. Wahrscheinlich musste ich den Deckel bis dahin füllen. Sogleich kippte ich einen Becher voll hinunter. Das war ein großer Fehler. Wie Feuer rannte die Flüssigkeit meine Kehle hinunter. Kurz danach überkam mich Schwindel. Mir war, als würden meine Ohren wachsen. Meine Nase wurde größer, und ich spürte das Wollhemd unangenehm auf der Haut. Nackt legte ich mich ins Bett. Ich zitterte, mein Herz raste und trieb mein Blut mit Macht durch den Körper. Meine Sinne waren aufs äußerste geschärft: Ich hörte, wie sich zwei Jungen unterhielten. Sie standen vor dem Haus, aber ich hörte sie so deutlich, als ob sie neben meinem Bett stehen würden. Mein Herz raste noch schneller. Mir brach der Schweiß aus, und ich musste nach Luft schnappen. Tief zog ich sie in mich hinein. Da schmeckte ich es plötzlich: gebratenes Fleisch! Nun begann ich zu schnuppern, und ich roch einen Braten. Irgendjemand briet Fleisch. Mir war, als würde ich mit an dem Tisch sitzen, an dem der Braten aufgetragen wurde. Irgendwie musste ich mich beruhigen. Ich versuchte zu schlafen. Aber das Atmen und das Schnarchen der anderen Jungen hinderten mich daran. Mein Kopf war voller Geräusche, und in meiner Kammer gab es unzählige Gerüche. Es fiel mir schwer, mich zu konzentrieren. Ich hörte das Tapsen und Trippeln vieler kleiner Füße, die über den Boden liefen. Ich hörte Pferde wiehern, das Gespräch zweier Krieger, die irgendwo draußen entlanggingen. Ich hatte Angst, wahnsinnig zu werden.

Endlich fühlte ich, dass es Tag wurde. Schnell sprang ich aus meinem Bett, legte meine Kleider an und war schon auf dem Weg zum Schwerttraining. Außer Atem erreichte ich den Trainingsplatz der Alten. Niemand war zu sehen, dabei wollte ich doch unbedingt von Meister Kahnurkan erfahren, was er mir gegeben hatte und wann es endlich aufhören würde zu wirken. Doch er war nicht zu finden, also begann ich zu üben. Federleicht kam mir das Schwert vor. Ich wirbelte es herum. Doch plötzlich roch ich Menschen. Ich spürte ihre Anwesenheit auf meiner Haut, noch bevor sie da waren. Kurz darauf erschienen schattenhaft die Alten in der

Dämmerung. Ich erkannte Meister Kahnurkan. Sofort stürmte ich auf ihn zu und grüßte ihn. Verwundert sah er mich an. „Na, Aran, so früh schon auf den Beinen? Wolltest du endlich einmal der Erste sein?" Ich schüttelte heftig den Kopf. „Meister, was habt ihr mir angetan? Nehmt den Fluch von mir. Es ist schrecklich. Macht, dass es aufhört!" Er betrachtete mich genauer. „Jungchen, was hast du nur getan, wie viel von dem Kraut hast du getrunken?" Hastig antwortete ich. Fast überschlug sich meine Stimme dabei. „Meister, ich habe den Becher bis zum Strich am Rand vollgemacht und dann getrunken." Er erstaunt sah er mich an. „Du scherzt, du willst einen alten Mann veralbern." Ich sprang um ihn herum. „Nein, Meister, nein. Glaubt mir, dafür war doch der Strich am Becher? Oder?" Nun begann er zu lachen. Er lachte so laut, dass alle anderen auf uns aufmerksam wurden. Zwischen zwei Lachanfällen erzählte er ihnen, was ich getan hatte. Als sich der Meister etwas beruhigt hatte, nahm er mich in den Arm. „Jungchen, auf der Flasche steht, dass du fünf Tropfen nehmen sollst. Danach solltest du den Becher bis zum Strich mit Wasser füllen. Du kleiner Narr warst viel zu voreilig. Hättest du in Ruhe die Runen gelesen, die auf der Flasche stehen, wäre dir das nicht passiert. Aber du brauchst keine Angst zu haben, du wirst daran nicht sterben. Du wirst heute etwas aufgedreht sein, aber das geht vorbei. Morgen ist alles vergessen. Beim nächsten Mal nimm die vorgeschriebenen fünf Tropfen und zwar am Morgen, gleich nach dem Aufstehen." Seine Worte beruhigten mich, aber im nächsten Moment musste ich mich wieder bewegen.

Ich übte noch eine ganze Weile weiter. Doch dann rannte ich zur Schmiede. Der Schmiedemeister war gerade dabei, seinen Gehilfen die Arbeit zuzuweisen. Ich grüßte und fragte, was es für mich zu tun gäbe. Erstaunt brummelte er etwas Unverständliches, dann führte er mich zu einem Feuer, an dem ein Amboss stand und gab mir einen großen Schmiedehammer. „Immer, wenn ein Stück glühendes Eisen vor dich hingelegt wird, dann schlägst du solange darauf, bis ich dir etwas anderes sage." Ich nickte. Einer der Gehilfen des Schmiedemeisters kam und beide begannen, das Eisen zu schmelzen. Der Bursche, der dem Meister zur Hand ging, hatte die Aufgabe, den Blasebalg zu betätigen, damit das Feuer heiß genug blieb. Mit einer schwungvollen Bewegung riss der alte Schmied das Eisen aus dem Feuer und legte es auf den Amboss vor mir. Endlich war es soweit! Mit einem Kampfschrei ließ ich den Hammer auf das glühende Stück niedersausen. Funken stoben nach allen Seiten. Ich geriet in einen Rausch. Der Schmied drehte das Eisen, aber darauf achtete ich nicht. Jedes Mal, wenn der Hammer niederging, begleitete ich den Schlag mit einem Schrei. Dann schob der Meister das Eisen wieder in die Glut. Bis ich das bemerkte, schlug ich noch zwei oder dreimal auf den leeren Amboss. Ganz außer Atem sah ich mich um. Alle in der Schmiede hatten aufgehört zu arbeiten und sahen mich mit großen Augen an. Meister Akktar schüttelte den Kopf und murmelte etwas in seinen Bart, was ich nicht verstehen konnte. Mein Blut rauschte in meinen Ohren, und ich spürte meinen Herzschlag bis in den Hals. Kurz darauf bemerkte auch der Schmiedemeister, dass mich alle seine Gehilfen anstarrten und keiner mehr arbeitete. Er schrie in die Runde, dass er jeden im Feuer rösten würde, der nicht sofort wieder an die Arbeit ginge. Anscheinend wussten seine Gehilfen, was sie von solchen Drohungen zu halten hatten. Im selben Moment schien es, als ob die Arbeit niemals geruht hätte.

Dann wandte sich der Alte mir zu. Als er mich anlächelte, konnte ich seine Zähne sehen, die teilweise genau so schwarz waren wie seine Haut. „Auf, Junge, jetzt geht es weiter, nur nicht schlapp machen." Er hatte den Satz noch nicht beendet, da schlug ich auch schon wieder mit einem Kampfschrei zu, der direkt aus meinen Eingeweiden kam. Es schien dem Alten Freude zu machen, dass ich so losgelöst den Hammer gebrauchte. Seine Laune besserte sich von Schlag zu Schlag. Schon bald spürte ich meine Arme nicht mehr. Sie schlugen den Hammer immer und immer wieder auf das glühende Eisen.

Irgendwann bemerkte ich, dass ich alles nur noch beiläufig wahrnahm, die ganze Szene schien mit mir plötzlich nichts mehr zu tun zu haben. Und dann passierte etwas Seltsames. Ich hatte das Gefühl, neben mir zu stehen. Ich sah mir dabei zu, wie ich den Hammer auf das Metall schlug, wieder und wieder. Es war ein seltsames Bild. Wie von fern drangen der Lärm und die Schreie, die mir seltsam fremd vorkamen, an meine Ohren. Ich überlegte einen Augenblick, ob ich herumgehen könnte, um mich umzusehen. Ich war ja trotzdem da und arbeitete. Da stand auf einmal Meister Gantalah neben mir. Ich hatte ihn gar nicht hereinkommen sehen, aber er war da. Er sah mich streng. „Aran, du wirst sofort in deinen Körper zurückkehren. Hast du mich verstanden?" Natürlich hatte ich ihn verstanden, aber ich gehorchte ihm nicht. Ich war doch dabei, meine Arbeit zu verrichten. Er las meine Gedanken, berührte mich an der Schulter, und ein eiskalter Schlag traf mich. „Aran van Dagan, ich werde es kein zweites Mal sagen. Kehr augenblicklich zurück, oder wir werden uns in dieser Welt nicht wiedersehen." Das wollte ich nun doch nicht. Wie aber sollte ich in meinen Körper zurückkehren? Ich wusste doch noch nicht einmal, wie ich herausgekommen war. Meister Gantalah half mir: Ich müsse nur auf mich selbst zugehen, riet er mir. Alles andere ginge dann von ganz allein. Ich tat, wie mir geheißen wurde. Das Nächste, was ich spürte, war, dass mir der Hammer aus den Händen glitt. Kurz nachdem er den Boden berührt hatte, folgte ich ihm. Als mich die Gehilfen des Schmiedemeisters hinaustrugen, hörte ich den Alten noch sagen: „Ich habe mich schon gefragt, wie lange er diese Schläge noch durchhalten würde."

Dann hörte ich Meister Torgals Stimme. Ich wollte meine Hände zum Gruß erheben, aber ich spürte nichts mehr, nicht einmal mehr Schmerz. Meine Arme verweigerten mir den Dienst. Meine Lehrer trugen mich zu Meister Zorralf. An seiner Seite wartete auch Meister Gantalah, sie machten einen besorgten Eindruck. Ich hielt das für übertrieben. Abgesehen davon, dass ich meinen Körper nicht mehr spürte, ging es mir doch gut. Schlaff, wie ich war, wurde ich auf einen Tisch gelegt, der am Fenster stand. Meister Zorralf und Meister Gantalah beugten sich über mich und sahen tief in meine Augen. Sie tauschten einen kurzen Blick, dann öffneten sie mir den Mund und flößten mir etwas ein, was sehr süß schmeckte. Im nächsten Moment wurde mir kalt, und ich begann zu zittern. Etwas klapperte, ich merkte, dass es meine Zähne waren und wollte damit aufhören, aber es ging nicht. Wieder flößten die beiden mir etwas ein, und das Zittern ließ nach. Zum Schluss entzündeten sie Kräuter. Der feine, weiße Rauch stieg langsam aus der Schale in die Höhe, dann verdichtete er sich plötzlich und nahm die Gestalt einer kleinen Schlange an, die sich auf mich zu bewegte und in meinem Rachen verschwand, ohne dass ich husten musste. Meister Zorralf beobachtete mich scharf und murmelte dann: „Schlaf jetzt, Aran." Im nächsten Augenblick fielen mir die Augen zu.

Ich träumte, ich könnte fliegen und würde wie ein Vogel über das Land ziehen. Es gefiel mir, so lautlos dahinzuschweben. Ich flog über Berge und Täler, über das Meer, Wiesen und Felder, alles lag wunderschön und friedlich da. Ich kam in ein Land, welches ich noch nie zuvor gesehen hatte. Überall sah ich plötzlich Elfen, sie stiegen zu mir auf und begleiteten mich ein Stück. Welch wunderbare Wesen! Bisher hatte ich nur Meister Gantalah und den Waldelf getroffen. Aber dort gab es viele von ihnen. Eine Elfe nahm meine Hand und zog mich mit sich. Wie wunderschön sie war: Ihre blaue Haut schimmerte leicht silbrig, und ihre roten

Lippen hoben sich deutlich davon ab. Als sie mir zulächelte, entblößte sie strahlend weiße Zähne. Mein Blick hing an ihr, ich konnte an nichts anderes mehr denken oder etwas anderes ansehen. Doch genau so schnell, wie sie meine Hand genommen hatte, ließ sie sie auch wieder los und war verschwunden. Dafür schwebte Meister Gantalah auf einem mal vor mir. Er lächelte, dann hörte ich ihn wie aus weiter Ferne rufen: „Aran, wach auf, du musst aufwachen. Aran, kannst du mich hören? Wach auf." Das Bild verschwamm vor meinen Augen. Etwas blendete mich, und als ich die Augen öffnete, bemerkte ich, dass es die Sonne war, die mir durch das Fenster direkt ins Gesicht schien.

Ich lag immer noch auf dem Tisch in Meister Zorralfs Haus. Nacheinander blickte ich in die Gesichter meiner Schwertmeister und in das mürrisch dreinschauende von Meister Zorralf. Ich versuchte zu lächeln, wusste aber nicht, ob es mir gelang. Ich fühlte mich schwach, sehr schwach. Meister Zorralf hielt mir einen Becher hin und forderte mich auf zu trinken. Gierig setzte ich den Becher an die Lippen, aber statt Wasser oder Tee ergoss sich eine zähflüssige Masse in meinen Mund. „Du musst alles austrinken." Kaum hatte ich den Becher abgesetzt, hielt mir Meister Wintal einen anderen an den Mund. Er lächelte. „Hier ist frisches Wasser drin." Prompt verschluckte ich mich und musste husten. Nachdem ich mich wieder beruhigt hatte, sah ich in die Runde. Viele große Krieger standen um meinen Tisch herum. Es war mir unangenehm, dass ich diesen ehrenwerten Männern solche Mühe gemacht hatte. Es war Meister Zorralf, der meine Bedenken zerstreute. „Du hast großes Glück gehabt, junger Krieger. Der alte Kahnurkan ist sehr besorgt gewesen. Von ihm wissen wir auch, dass du viel zu viel von dem Kraut zu dir genommen hast. Du bist ein Narr." Er stapfte wütend aus dem Zimmer.

Meister Torgal sah mich ernst an. Lange konnte ich seinem Blick nicht standhalten. Verlegen sah ich auf den Boden. „Du musst dich bei Meister Gantalah bedanken, er hat dir das Leben gerettet. Er hat uns gesagt, wo wir dich finden würden. Nur so konnten wir dich rechtzeitig herbringen." Er sprach ruhig und sanft und legte mir dabei seine Hand auf die Schulter. Flüsternd fragte ich, was denn passiert sei. Meister Torgal trat beiseite und gab den Blick auf Meister Gantalah frei. Der Elf stand am Fenster, hatte die Hände hinter dem Rücken verschränkt und blickte nach draußen. Die Sonne schien ihm ins Gesicht und ließ ihn durchsichtig erscheinen. Als er sich zu mir umdrehte, lächelte er. „Aran, du hast etwas erlebt, was ein Krieger nur nach langer harter Ausbildung erreichen kann. Du hast deinen Körper verlassen und bist in deinen Astralkörper, deinen Traumkörper, getreten. Das konnte nur geschehen, weil du durch das Schreien und Schlagen mit dem Hammer die Grenze zwischen den Welten durchbrochen hast. In deinem Astralkörper bist du dem Jenseits schon sehr nah. Du hattest kein Interesse mehr daran, in deinen Körper zurückzukehren. Dann wärst du verdammt gewesen, für alle Zeiten auf Mittelerde zu wandeln, wie einer der Geisterkrieger, die du bei der Wintersonnenwende gesehen hast. Sie können allerdings jederzeit frei wählen, ob sie sich diesseits oder jenseits des großen Tores aufhalten möchten. Ich habe mit deinen Lehrern gesprochen, sie sind einverstanden, dass ich dich in der Kunst der Traumreise unterrichten darf. Wenn du dich dieser Aufgabe gewachsen fühlst, werden wir bald mit der Ausbildung beginnen." Mein Blick traf den meiner beiden Meister. Meister Wintal lächelte und nickte mir aufmunternd zu. Meister Torgal sah sehr ernst aus, aber er nickte ebenfalls.

Mit meinen beiden Schwertmeistern verließ ich, noch etwas wackelig auf den Beinen, Meister Zorralfs Haus. Wir schlugen den Weg zu der Scheune ein, in der die Strohmänner auf uns warteten. Vor der Scheune war unser kompletter Zug dabei, den letzten fertigen Strohkriegern das Rüstzeug anzulegen. Erstaunt wandte ich mich an Meister Torgal. „Meister, wieso arbeitet den keiner in der Schmiede? Wir haben doch noch lange nicht genug Panzer und Schwerter vorbereitet." Meister Torgal legte mir die Hand auf die Schulter. „Aran, du hast sehr lange geschlafen: drei Tage und drei Nächte. In dieser Zeit haben wir alles fertiggestellt, was wir für die weitere Ausbildung brauchen."

Meine Freunde freuten sich, mich zu sehen. Yinzu und Hamron umarmten mich. Orphal schlug mir kameradschaftlich auf die Schulter. Auch andere kamen vorbei und grüßten mich. So viel Anteilnahme hatte ich nicht erwartet. Hamron fragte mich, was denn mit mir los gewesen sei. Die Meister hätten ihnen nur gesagt, dass es mir nicht gut ginge. „Es war, glaube ich, ein Schwächeanfall", antwortete ich unsicher. An Yinzus Gesichtsausdruck erkannte ich, dass er mir nicht glaubte.

Nach einem üppigen Abendessen, mit dem ich das dreitägige Fasten ausglich, war ich froh, wieder in meinem Bett liegen zu können. Die Flasche mit dem Kraut stellte ich weit weg in das Regal, das an der Wand stand. Von diesem Trank der Unterwelt wollte ich nie wieder etwas zu mir nehmen. Ich fiel schnell in einen tiefen, erholsamen Schlaf.

Wie auf ein geheimes Zeichen hin, wachte ich auf. Es war immer noch dunkel draußen, aber ich spürte, dass die Zeit für mein Training gekommen war. Die Alten übten schon. Alle freuten sich, dass es mir wieder besser ging, besonders Meister Kahnurkan, er nahm mich in den Arm und drückte mich fest an sich. „Junge, was machst du bloß für Sachen. Ich habe mir solche Sorgen um dich gemacht." Ich war beschämt, denn so viel Fürsorge war mir unangenehm. Schließlich war ich es doch gewesen, der den Fehler gemacht hatte, zu viel von dem Kraut zu trinken. Aber es tat gut, mit den Alten zusammen zu üben. Auch wenn wir nicht sprachen, so fühlte ich mich doch geborgen und zuhause.

Als es dämmerte, nahm ich mein Schwert und ging zum Frühstück. Die anderen Jungen hatten auch alle ihre Waffen dabei, so wie es uns aufgetragen worden war. Dementsprechend aufgeregt waren wir, als uns Meister Wintal nach dem Frühstück hinter das Strohkriegerquartier führte. Meister Torgal hatte schon einige der Strohmänner an Pfähle gebunden. In ihrem Rüstzeug mit den Waffen in den Händen sahen sie recht furchterregend aus. Wir stellten uns im Halbkreis um die Puppen herum auf. Meister Torgal erklärte uns, welche Teile des Körpers für einen Angriff am besten geeignet seien. Er zeigte auf die Stellen, an denen der Mensch tödlich verwundet werden kann. Verletzungen an anderen Körperstellen, so erklärte er uns, führten dazu, dass der Gegner langsam zugrunde ginge oder Zeit seines Lebens ein Krüppel sein würde. Angriffe auf andere Ziele hätten nur leichte Verletzungen zur Folge, nach denen der Gegner gefährlich bliebe. „Ihr solltet immer versuchen, ihn tödlich zu treffen." „Dummerweise sind genau diese Stellen meist von Panzern oder Helmen geschützt", flüsterte mir Yinzu zu.

Mit seinem Schwert führte Meister Wintal uns nun die Schnitte und Stiche vor, die wir üben sollten. Meister Torgal ergänzte, dass ein Angriff nur im richtigen Winkel und mit der richtigen Handhabung der Waffe zum Erfolg führe. Hatte Meister Wintal eben noch in langsamen und weichen Bewegungen die Angriffspunkte angezeigt, so führte er jetzt eine Reihe von schnellen Angriffen durch, mit denen er den Strohmann scheinbar mühelos in mehrere Teile zerlegte. Wir waren begeistert. „Wer will anfangen?", fragte Meister Torgal. Orphal stand sofort auf und hob seine Streitaxt. Mit einem kurzen Kopfnicken gab der Schwertmeister ihm zu verstehen, dass er beginnen könne.

Orphal stellte sich vor einem der Strohmänner auf, seine Beine waren gebeugt, das Gewicht leicht nach vorn verlagert auf dem vorderen Fuß. So hatten wir die Angriffshaltung gelernt. Mit einem kurzen Schrei sprang er vor und schwang dabei die Axt über dem Kopf. Mächtig schlug er zu. Doch das Blatt drang nur ein bisschen in das gedrehte Stroh ein, dann rutschte es heraus, und Orphal fiel, durch seinen eigenen Schwung nach vorn geschleudert, auf die Knie. Einige lachten, verstummten aber sofort, als Meister Torgals strafender Blick sie traf. Wütend sprang Orphal auf die Füße. Zornig hob er die Axt, um es noch einmal zu versuchen. Unser Lehrer hielt ihn zurück. „Denk nach, Orphal, warum du es eben nicht geschafft hast. Wenn du dich von deiner Wut treiben lässt, dann wird dir dasselbe noch einmal passieren." Orphal atmete einmal tief durch. Aus einer gebückten Haltung schnellte er nach vorn und hieb wieder mit aller Wucht zu. Diesmal drang das Blatt der Streitaxt tief in den Strohkrieger ein. Bis zur Mitte teilte er den Leib, dann blieb die Schneide stecken. Die Wucht war so groß, dass sie Orphal den Stiel der Axt aus den Händen riss. Diesmal lachte niemand. Orphal zitterte. Wütend versuchte er, das Blatt herauszuziehen, aber es steckte so tief, dass es einiger Versuche bedurfte, bis es ihm gelang. „Wo war dein Fehler diesmal?", wollte Meister Torgal wissen. „Ich habe diesmal keinen Fehler gemacht", schrie Orphal. „Das Blatt ist minderwertig und nicht richtig scharf. Damit kann ich es gar nicht schaffen."

Mit einem Lächeln auf den Lippen nahm Meister Wintal die Axt und schob Orphal zur Seite. Er ließ die Waffe ein paar Mal in der Hand hin und her schwingen, so als prüfe er sie. Mit einer schnellen Kreisbewegung ließ er sie dann auf den Strohmann hinuntersausen, dass dessen Kopf davonrollte. Ohne innezuhalten, schlug Meister Wintal ihm danach die Beine ab. Als er Orphal die Axt wieder in die Hände legte und in sein verdutztes Gesicht sah, sagte er: „Stimmt, die ist stumpf." In das allgemeine Gelächter konnte Orphal nach einigen Momenten mit einstimmen. „Wenn ihr es schafft, den Strohkriegern den Kopf abzuschlagen, dann schafft ihr es bei einem Gegner auch. Wir haben das Stroh so hart gedreht, dass es stark ist wie der Hals oder der Arm eines ausgewachsenen Menschen." Wir stellten uns nun alle vor einem dieser Strohmänner auf. Noch einmal zeigte uns Meister Wintal, in welchem Winkel wir den Angriff ausführen sollten. Allen erging es beim ersten Schlag so wie Orphal. Aber schon beim zweiten Versuch gelang es mir, das Stroh zu zerteilen, nicht sehr elegant, aber immerhin schlug ich es entzwei. Die Schläge, die wir so oft geübt hatten, in der Luft oder mit unserem Partner, bekamen jetzt einen tödlichen Sinn.

Die nächsten Tage verbrachten wir damit, unsere erlernten Techniken an den Strohmännern auszuprobieren. Immer, wenn ich glaubte, dass ich etwas richtig gut machte, kam einer meiner Meister und bewies mir das Gegenteil. Einmal hatte ich einen der Strohkrieger von oben bis zur Mitte geteilt. Stolz zeigte ich ihn Yinzu. Meister Wintal deutete nur stumm auf einen weiteren Strohmann. Dieser trug allerdings einen Helm. Siegesgewiss hob ich das Schwert, brüllte meinen Kampfschrei heraus und hieb mit gewaltiger Kraft in den Kopf meines bewegungslosen Gegners. Doch meine Klinge beulte den Helm nur ein, wurde abgelenkt und traf die gepanzerte Schulter, wo der Schlag verebbte, ohne großen Schaden anzurichten. Meister Wintal nickte. „Du musst jeden Gegner neu beurteilen. Nur weil ein Schlag oder eine Technik einmal geklappt hat, heißt das nicht, dass sie immer zum Erfolg führt. Nun versuch es noch einmal." Konzentriert musterte ich den Strohmann. Er war in eine feste Rüstung verpackt. Nur seine Beine und sein Hals boten ein ungeschütztes Ziel. Ohne zu überlegen, hieb ich ihm gebückt eines seiner Beine ab. Während er umfiel, trennte ich seinen Kopf sauber vom Rumpf. Meister Wintal klopfte mir auf die Schulter.

Die Tage wurden mild und warm. Unsere kurzen Pausen verbrachten wir im Schatten der Bäume. Die beiden Schwertmeister übten nun öfter mit uns zusammen. Wir versuchten dann, ihnen zuzusehen. Wenn sie das bemerkten, wurden wir zur Arbeit angetrieben. Eines Tages lag ich mit Yinzu und Hamron zusammen im Schatten, als plötzlich ein dumpfer schauriger Ton das ganze Tal erfüllte. Unmittelbar darauf stürmten unsere Meister an uns vorbei und forderten uns auf, ihnen zu folgen. Wir griffen nach unseren Waffen und rannten hinter ihnen her zum Dorfplatz, als erneut ein langgezogener Ton erscholl. Meister Torgal verlangsamte seinen Lauf und sah Meister Wintal fragend an. Dieser nickte, und beide entspannten sich merklich. „Freund, nicht Feind", seufzte Meister Wintal, als er meinen Blick bemerkte.

Auf dem Dorfplatz hatte sich schon eine große Menge versammelt: Frauen, Männer und die Krieger, die den neuen Zug ausbildeten. Ihre Schüler standen unsicher herum. Hamron flüsterte mir zu: „Sieh dir die Grünschnäbel an, kaum zu glauben, dass wir auch mal so dreingeblickt haben." Ich nickte nachdenklich. Meister Gantalah und der Großmeister standen in der Mitte des Platzes und sahen Meister Zorralf entgegen, der uns beiseiteschob und dabei bemüht war, seine Pergamentrollen nicht zu verlieren. Er war schon an mir vorbei, als er ruckartig stehenblieb, dicht an mich herankam, mir tief in die Augen und dann auch noch in meinen Rachen sah und seufze: „Hast dich ja wieder gut erholt, Jungchen." Da drehte sich Meister Gantalah unvermittelt zu mir um und lächelte. Obwohl er gut fünfzig Schritt von mir entfernt stand, vernahm ich seine Stimme laut und deutlich in meinem Kopf. „Es kehren die Krieger heim, die wir ausschickten, die Schlächter des roten Ringes zu vertreiben. Sie bringen uns gute Neuigkeiten."

Das Banner des Roten Drachen wehte im Wind über den Köpfen der Männer, die langsam auf das Dorf zukamen, gefolgt von zwei Wagen. Meister Torgal zählte die Reiter und runzelte besorgt die Stirn, es fehlten zwei. Doch wir entdeckten sie bald: Die großen vierrädrigen Wagen waren beladen mit Waffen und Rüstzeug fremder Bauart. Oben auf der Ladung lagen die beiden Krieger des Clans. Sie waren in ihre Banner gehüllt, ihre Schwerter lagen auf den Leichnamen.

Nachdem die heimkehrenden Krieger den Mitgliedern des Hohen Rates ihren Respekt gezollt hatten, brach stürmischer Jubel los. Die wartende Menge machte ihrer Freude Luft und rief die Namen der beiden gefallenen Krieger: Siktarna und Frodukat. Siegeshymen wurden angestimmt. Sie sangen von großen Taten und davon, dass die Götter uns gnädig sein sollten. Während die Menge ihren Helden noch huldigte, begleiteten die Mitglieder des Rates sie ins Rundhaus. Unsere Schwertmeister schlossen sich ihnen an.

Ich sah ihnen noch einige Zeit nach. Mir war aufgefallen, in welchem Zustand die Krieger waren. Abgemagert, versanken sie in ihrem Rüstzeug. Müde und abgekämpft, mit dunklen Rändern unter den Augen, schleppten sie sich vorwärts. Einige waren verletzt und trugen Verbände. Alle trugen deutliche Spuren harter Kämpfe. Das bedrückte mich. Ich hatte mir vorgestellt, dass sie als strahlende Sieger aus der Schlacht heimkehrten. Nun machte es eher den Eindruck, als wären sie gerade so davongekommen. Yinzu hatte das auch bemerkt, er zog mich vom Dorfplatz fort. „Was, glaubst du, haben die erlebt?" Ich zuckte mit den Schultern. „Keine Ahnung, wir werden es schon noch früh genug erfahren." Yinzu lächelte verschmitzt. „Warum versuchen wir nicht, es herauszufinden? Wenn wir uns zum Rundhaus schleichen, dann können wir an einem der Fenster lauschen. Ich brenne darauf, zu erfahren, was sie erlebt haben." Ich war mir nicht sicher, ob ich das gutheißen sollte. Auf der einen Seite wollte ich natürlich auch wissen, wie es zugegangen war. Auf der anderen Seite wusste ich, dass es sich nicht schickte, bei einer Unterhaltung zu lauschen, zu der wir nicht eingeladen waren. Noch bevor ich meine Bedenken mitgeteilt hatte, hatte Yinzu sich schon auf den Weg gemacht. Kurzentschlossen folgte ich ihm.

Wir schlugen einen großen Bogen um das Dorf und näherten uns von Norden. Dicht an die Häuserwände gedrückt, schlichen wir zum Rundhaus. Ohne gesehen zu werden erreichten wir tatsächlich ein geöffnetes Fenster. Wir duckten uns darunter dicht an den Boden. Von drinnen erscholl ein Stimmenwirrwarr. Ich musste mich sehr konzentrieren, damit ich eine bekannte Stimme heraushörte. Dann wurde es still, und einer der Krieger begann mit seiner Erzählung.

Fast gleichzeitig erschrak ich bis ins Mark, als ich in meinem Kopf plötzlich Meister Gantalahs Stimme vernahm. „Was tust du da, du Wurm? Glaubst du wirklich, ich würde dein schändliches Tun nicht bemerken? Hinfort mit dir, und erwarte deine Strafe!" Ich rannte, so schnell ich konnte, davon. Yinzu folgte mir. Wütend und außer Atem, fuhr ich ihn an. „Du mit deinen Ideen, nur weil ich mich habe überreden lassen, werde ich nun eine Menge Ärger bekommen. Meister Gantalah hat mich bemerkt, er will mich bestrafen." Da freute ich mich auf die geheimen Kenntnisse, in die mich der Elf einweihen wollte, und ich beschwor seinen Unmut herauf! Ich hätte mich selbst ohrfeigen können.

Wir rannten, bis wir unsere Strohmann-Armee erreichten. Sie standen verlassen da. Niemand übte. Yinzu murmelte: „Die liegen bestimmt alle im Schatten. Wenn einer bemerkt, dass die Meister zurückkommen, werden sie alle sehr schnell wieder hier sein." Meine Wut wurde immer größer. Mit einem Ruck riss ich das Schwert aus dem Gürtel und schlug mit einem wilden Kampfschrei auf den Strohmann ein, der mir am nächsten stand. Ohne Mühe hatte ich ihm einen Arm abgeschlagen. Das stachelte mich an. Wild schreiend, griff ich die stumme Übermacht an. Yinzu ließ sich davon anstecken. Wir vernichteten alles, was nach einem Gegner aussah. Nachdem wir damit fertig waren, begannen wir, von wilder Mordlust gepackt, auf all jene einzuschlagen, die wir nur verletzt hatten. So geschah es, dass keiner der Strohkrieger stehenblieb.

In Schweiß gebadet und völlig außer Atem, hielten wir inne. Inmitten des auseinandergerissenen Strohs standen wir beide keuchend aneinandergelehnt und warteten, bis sich der Staub etwas gelegt hatte. Als wir uns umsahen, blickten wir in die Gesichter unseres Publikums. Der Elf, unsere Schwertmeister und der Rest des Zuges standen in einiger Entfernung und starrten uns mit offenen Mündern an. Ich war zu erschöpft, um etwas sagen zu können. Mit Mühe gürtete ich das Schwert und hob die Hände zum Gruß. Yinzu schaffte nicht einmal mehr das. Er ließ seine beiden Schwerter einfach fallen und grüßte.

Noch bevor einer unserer Meister eine Frage stellen konnte, hob Meister Gantalah die Hand. In der Erwartung einer Strafe senkte ich meinen Kopf und fiel auf die Knie, jetzt war mir sowieso alles egal. „Das war gut", hörte ich den Elf sagen. „Ihr habt eure Strafe zu meiner Zufriedenheit abgeleistet. Nun können wir über euren Fehltritt sprechen." Unsicher sahen Yinzu und ich uns an. Meister Wintal wandte sich an den Zug und machte eine ausholende Handbewegung. „Ihr werdet hier alles sauber machen und zusammenräumen. Das alte Stroh könnt ihr zu den Öfen bringen, die alten Waffen in die Scheune. Wenn ich wiederkomme, hat hier nicht mehr ein einziger Halm zu liegen. Das soll euch eine Lehre sein, unsere Anweisungen so zu missachten."

Schweigend folgten Yinzu und ich den drei Meistern. Wir gingen bis zu einem sehr alten Baum. Er war nicht sehr hoch, aber der Stamm war dick und verwachsen. Yinzu fragte, warum die anderen Jungen denn bestraft würden. Meister Torgal lachte kurz und hart auf. „Die haben doch tatsächlich gepennt, statt zu üben." „Doch nun zu euch", unterbrach ihn Meister Gantalah. „Aran, du hast etwas getan, was ich auf keinem Fall tolerieren kann. Du hast gelauscht." Er sah mich ernst an. Ich ließ den Kopf sinken und nickte. „Ja, Meister. Ich weiß nicht, was in mich gefahren ist, aber es wird nicht mehr vorkommen." „War es deine Idee, uns zu belauschen, oder waren noch andere daran beteiligt?" Yinzu schaute unsicher zu Boden. „Nein, Herr, ich war es ganz allein", antwortete ich. Da fiel mir Yinzu ins Wort. „Was Aran sagt, stimmt nicht, Meister. Ich habe ihn dazu aufgefordert. Er wollte zuerst gar nicht. Wenn es einen gibt, den die Schuld trifft, dann mich." Meister Gantalah hatte seine Hände auf dem Rücken verschränkt und schritt langsam auf und ab. „Yinzu, es ehrt dich, dass du deinen Freund in der Stunde der Wahrheit und in Erwartung einer Strafe nicht allein gelassen hast. Aran, du bist ein kleiner Narr. Ohne zu überlegen, hast du sofort die ganze Schuld auf dich genommen. Es ist zwar löblich, einen Freund schützen zu wollen, aber wenn du dafür einen zu hohen Preis zahlen müsstest, dann ist es immer besser, wenn man die Sache zusammen durchsteht, so wie ihr es getan habt. Eure Strafe war es, sämtliche Strohmänner zu zerstören. Das habt ihr getan, und zwar sehr gründlich." Erstaunt blickten wir uns an. „Wie kann das sein?", fragte Yinzu. Diesmal lächelte der Elf, als er uns antwortete. „Ich habe eurer Wut etwas nachgeholfen. Wisst ihr, ich mag es nicht, wenn Schüler angeschrien werden." Bei diesen Worten schielte er zu unseren Schwertmeistern hinüber, die nun ihrerseits verlegen zu Boden blickten. „Ich bediene mich anderer Methoden. So, nun geht und ruht euch aus. Morgen warten neue Aufgaben auf euch. Ich habe jetzt noch etwas mit euren Schwertmeistern zu besprechen. Lasst uns allein." Wir nickten und grüßten dankbar die Krieger, bevor wir uns schnell aus dem Staub machten.

Es fiel mir anderntags sehr schwer, rechtzeitig aus dem Bett zu kommen, um mein Schwerttraining zu beginnen. Meine Arme waren schwer wie Blei, und meine Füße schmerzten. Aber ich schleppte mich nach draußen zu den fleißigen Alten. Wie schafften die das bloß, immer vor mir dort zu sein? Sehr langsam und mit viel Bedacht begann ich meine Übungen. Endlich waren die beiden Sanduhren durchgelaufen, und ich konnte zum Frühstück gehen. Es war der Tag, an dem die beiden Krieger beigesetzt werden sollten, die im Kampf gegen den Roten Kreis ihr Leben gelassen hatten. Da wir in der Zwischenzeit schon mehrere Kilte in den Farben des Clans bekommen hatten, wählte ich den besten aus und legte ihn an. Der dicke schwarze Stoff war mit feinen dunkelroten Fäden durchzogen. Es war das gleiche Rot, mit dem der Drache auf die Banner gestickt wurde. Den Kilt schmückte die silberne Schnalle, die ich zur zweiten Weihe bekommen hatte. Ich gürtete nur meinen Dolch, denn es war uns verboten, die Waffen, mit denen wir übten, zu solchen Anlässen zu tragen.

Nachdem unser Zug angetreten war, kontrollierte Meister Wintal unsere Garderobe. Nachdem alles zu seiner Zufriedenheit gerichtet war, zogen wir schweigend zum großen Platz vor dem Rundhaus. Wir waren nicht die ersten. Der Zug mit den Neuen stand schon bereit. Wir schritten langsam an den beiden aufgebahrten Kriegern vorbei. Die engsten Freunde hatten in der vergangenen Nacht die Totenwache gehalten. Ein Schauer durchlief mich, als ich an meine Totenwache bei Usantar dachte. Hinter den beiden toten Kriegern türmten sich die Waffen und das Rüstzeug derer, die von den beiden getötet worden waren. Es müssen sehr viele gewesen sein. Dann kamen die anderen Krieger. Sie alle waren, genau wie unsere Schwertmeister, reich geschmückt. Alle hatten ihre Waffe angelegt und trugen ihre Auszeichnungen. Sie sahen ehrwürdig aus. Ich bewunderte diese Männer und Frauen, die sich da vor uns aufreihten und an den Toten vorbeischritten, um ihnen die letzte Ehre zu erweisen.

Plötzlich sah ich Saarami. Sie sah schön und stolz aus, aber sie würdigte mich keines Blickes. Ich spürte einen Stich in meinem Herzen, als sie an mir vorüberschritt.

Mit einem Gongschlag wurde die Ankunft des Hohen Rates angekündigt. In ihre Mäntel gehüllt, die Gesichter unter den Kapuzen verborgen, verneigten sie sich vor den Aufgebahrten. Trommeln erklangen, und die Totenwache nahm die beiden Krieger auf die Schultern. Sie lagen auf großen Schilden, die mit Tragestangen versehen worden waren. Sie trugen sie der Trauerprozession voran, die sich langsam zum See hinunter bewegte. Am Ufer waren bereits zwei große Scheiterhaufen errichtet worden. Der Großmeister wartete, bis sich alle versammelt hatten, dann sprach er von der großen Gefahr, die von der Gemeinschaft des Roten Kreises ausging, und davon, dass Frodukat und Siktarna dazu beigetragen hatten, diese Gefahr zu bannen.

Er sprach noch weiter, aber ich wurde plötzlich abgelenkt. Mein Blick hing wie gefesselt an einem Flirren über dem See. Über das Wasser kam eine riesige Armee Geisterkrieger herangaloppiert. Sie zügelten ihre Pferde und reihten sich dann still vor den Scheiterhaufen auf, gerade als diese entzündet wurden. Lichterloh schlugen die Flammen zum Himmel, als sich zwei Gestalten aus dem Feuer lösten und zu den wartenden Kriegern auf den See gingen. Unter dem Jubel der Geisterkrieger ritten sie mit der Armee der Toten von dannen.

Kapitel 12: Im Feld der Träume

Am nächsten Tag wurden wir unterrichtet, dass wir uns zum Abmarsch bereit machen sollten. Schnell suchte ich meine Sachen zusammen und holte die Decken für Kalter Tod und sein Zaumzeug. Jetzt fehlte nur noch mein Pferd. Stoßgebete zu den Göttern sendend, machte ich mich auf den Weg zur Koppel. Wenn ich meinen Kameraden nicht fand, dann durfte ich auf einem der Wagen mit ins Feld fahren. Was für eine Schande! Aber kaum hatte ich das Gatter erreicht, da hörte ich schon sein kräftiges Wiehern. Gemächlich trottete er auf mich zu und rieb seinen Kopf an meiner Schulter. Ich musste mich am Gatter festhalten, damit er mich nicht umwarf. Auf dem Weg zur Waffenkammer begegnete uns der Stallmeister. Trotz seines ernsten Gesichtsausdrucks merkte ich, dass er sich freute, mich wiederzusehen. „Na, mein Junge, soll es jetzt endlich wieder losgehen?" Aufgeregt nickte ich. Er wünschte mir viel Glück und riet mir, auf mich und meinen Kameraden gut aufzupassen.

Vor der Waffenkammer standen zwei große Wagen mit je vier mächtigen Rädern. Sie mussten von je zwei Pferden gezogen werden, und auch dann hatten die Tiere es bestimmt nicht leicht. „Ah, Aran, das ist gut, dass du mir helfen willst, die Wagen zu beladen." Als Meister Torgal mein Gesicht bemerkte, lachte er. „Ja, es kann auch Nachteile haben, vor allen anderen da zu sein. Nun aber los, wir haben viel zu verladen." Wir begannen, einen Wagen mit allem zu beladen, was wir im Feld brauchen würden: Töpfe, Pfannen und das große Zelt, Langstöcke, Pfeile und Bögen, getrocknete Kräuter, Dörrfleisch und Trockenobst. Wir werden lange fortleiben, dachte ich bei mir.

Die Sonne war schon über die Berge gestiegen, und mir lief der Schweiß in Strömen am Körper herunter, als wir mit dem ersten Wagen endlich fertig waren. Grinsend reichte mir Meister Torgal einen Wasserschlauch. Es war wie verhext, gerade als wir fertig waren, kamen Meister Wintal und die anderen. Meister Wintal musterte uns zufrieden. „Na, habt ihr beiden schon fleißig gearbeitet?" Ich nickte und grüßte ihn. Meister Torgal lächelte milde und erwiderte: „Ja, wir haben schon schwer geschuftet, während ihr euch beim Frühstück viel Zeit gelassen habt. Ihr könnt den zweiten Wagen beladen. Die Strohmänner müssen alle noch verstaut werden." Meister Wintal klatschte in die Hände und rief: „Ihr habt gehört, was der Meister gesagt hat, Jungs. Also beeilt euch, damit wir heute noch loskommen." Der Stallmeister und zwei seiner Gehilfen führten vier Pferde heran. Sie spannten sie an, und Meister Wintal fuhr den leeren Wagen zum Quartier der Strohmännerarmee. Der Zug lief neben ihm her. Unschlüssig sah ich ihnen nach, da spürte ich Meister Torgals Hand auf meiner Schulter. „Wir beide werden jetzt die Wasserschläuche füllen." Er warf einen ganzen Stapel leerer Schläuche vor mir auf den Boden. Eilig hob ich sie auf und folgte ihm zu unserem Wagen.

    Wir fuhren zum Küchenhaus. Auf dem Hof waren gerade zwei der neuen Schüler dabei, für die Küche Wassereimer zu füllen. Als die beiden uns kommen sahen, wäre ihnen vor Schreck beinahe der Eimer aus den Händen gerutscht. Fast wären sie auf die Knie gefallen, aber Meister Torgal winkte großzügig ab. Er befahl den beiden, unsere Schläuche zu füllen. Sogleich machten sie sich an die Arbeit. Ich stand daneben und lächelte in mich hinein. Es war doch ein tolles Gefühl, nicht mehr der jüngste Schüler zu sein. Kaum hatte ich den Gedanken zu Ende gedacht, da traf mich auch schon Meister Torgals Schlag am Hinterkopf. „Was stehst du dumm rum und grinst? Willst du denn den beiden nicht helfen? Wir wollen heute noch aufbrechen. Also eile dich, sonst mache ich dir Beine." Seine Stimme klang nicht sonderlich ernst, deshalb erschrak ich auch nicht. Trotzdem beeilte ich mich, den beiden dabei zu helfen, den Eimer aus dem Brunnen zu ziehen. Ich deutete auf die Schläuche. Einer der beiden, es war der Schmächtigere, hielt die Schläuche fest, während der andere, ein großer kräftiger Bursche mit roten Haaren, und ich das Seil packten, Eimer um Eimer aus dem Brunnen zogen und das Wasser in die Schläuche gossen. Es dauerte nicht lange, bis alle Schläuche gefüllt waren. Meister Torgal bedankte sich bei den beiden und versicherte, dass er ihre Meister wissen lassen werde, dass sie so gut geholfen hatten. Die beiden grüßten höflich und halfen auch noch, die Schläuche an den Wagen zu binden. Als wir vom Hof fuhren, winkten sie uns hinterher.

    Wir überquerten gerade den Dorfplatz, da begegnete uns Meister Gantalah. Er nickte Meister Torgal freundlich zu und verkündete, dass er mit meiner Ausbildung bald beginnen werde. Ich sah ihm stumm hinterher, immer noch fasziniert von diesem Mann. Währenddessen schnalzte Meister Torgal ärgerlich mit der Zunge. „Da hat uns der Stallmeister ja zwei schöne Gäule angespannt." Ich musste lachen, denn die beiden sahen wirklich nicht aus wie der Stolz des Stalles. Als wir an der Scheune ankamen, waren die anderen gerade dabei, die letzten Strohmänner zu verladen. Damit wir mehr von ihnen mitnehmen konnten, hatte Meister Wintal an jeder Ecke des Wagens lange Stangen anbringen lassen. Nun türmten sich unsere Gegner fast so hoch wie ein Haus. Meister Torgal stellte sich auf den Kutschbock und rief den Zug zusammen. Er befahl uns, unsere Pferde, unsere persönliche Ausrüstung und unsere Waffen zu holen.

    Kalter Tod graste bei der Waffenkammer immer noch friedlich vor sich hin. Mein Bündel hatte ich hinter mir auf die Decke gebunden, die Kalter Tod anstelle eines Sattels trug. Es schien, als gäbe es in diesem Tal keinen passenden Sattel für mein Pferd, und selbst wenn, hätte ich nicht sagen können, ob er ihn sich auch hätte auflegen lassen. Das lange Schwert, mit dem ich übte, war an dem Bündel befestigt. Wir waren abmarschbereit. Unsere beiden Meister hatten je einen der Wagen bestiegen. Ihre Pferde liefen an der Seite ungesattelt mit. Der Zug war so aufgestellt, dass zuerst vier Jungen auf ihren Pferden vorwegritten, dann folgten die beiden Wagen. Hinter Meister Wintal hatte sich der Rest aufgereiht. Wie uns der

Schwertmeister erklärte, würden immer die langsamsten vorwegreiten, damit der Zug zusammenblieb. Es sei sehr gefährlich, wenn zu große Lücken entstünden. Meister Torgal gab Yinzu und mir den Befehl, als Kundschafter vorauszureiten. Auf Yinzus Frage, ob wir auf etwas Bestimmtes achten müssten, schüttelte Meister Torgal nur den Kopf. Als wir davongaloppierten, fragte ich mich, warum mir nie solche Fragen einfielen.

    Das Wetter war ausgesprochen schön. Es war warm, aber nicht heiß. Einige kleine windzerzauste Wolken zogen am Himmel langsam dahin. Wir hatten gelernt, an den Wolken zu erkennen, ob es Regen geben würde oder nicht. Es würde trocken bleiben. Ich war ein wenig aufgeregt und teilte meine Seelenlage, wie so oft, meinem Freund mit. Er hörte mir schweigend zu, dann seufzte er. „Aran, wir haben eine Aufgabe bekommen: Wir sollen kundschaften. Unterhalten können wir uns heute Abend am Feuer immer noch." Beleidigt erwiderte ich: „Wir werden kein Feuer anzünden, weil wir sonst gesehen werden könnten." Jetzt musste Yinzu lachen, aber es dauerte noch einen Moment, bis sich mein Ärger gelegt hatte.

    So ritten wir den Rest des Tages vor unserem Zug her. Ab und zu trennten wir uns und durchstreiften die Landschaft rechts und links des Weges. Wenn wir uns aus den Augen zu verlieren drohten, kehrten wir auf die Straße zurück. Als es dämmerte, erstatteten wir unseren Meistern Bericht. Wider Erwarten hatte Meister Torgal ein Feuer entzünden lassen. Es war nur ein kleines, aber wir konnten eine warme Suppe zum Ausklang des Tages essen. Yinzu und ich hatten in der ersten Nacht keine Wache. Das war sehr angenehm, waren wir es doch nicht gewöhnt, lange zu reiten, und schliefen tief und fest unter freiem Himmel.

    Ich erwachte, als die beiden letzten Jungen ihre Wache antraten. Es war noch immer dunkel, aber ich spürte, dass die Dämmerung bald heraufziehen würde. Verwundert sahen mich die beiden an. Mit einer Handbewegung gab ich ihnen zu verstehen, dass alles in Ordnung sei. Ich nahm mein Schwert und suchte mir in der Nähe des Lagers einen Übungsplatz. Auch unsere Meister standen nicht lange, nachdem ich angefangen hatte, auf. Sie sahen mir kurz zu und korrigierten ein paar Bewegungen. Dann widmeten sie sich ihrem eigenen Training.

    An dem Tag sollten Yinzu und ich den Zug anführen, während zwei andere als Kundschafter vorausritten. Wir kamen gut voran, zogen tief in das Tal des Clans hinein und rasteten nur, um unsere Pferde zu versorgen. Und wir beschlossen den Tag nicht mit einer Mahlzeit, sondern mussten eine Kampfübung bestehen: In der heraufziehenden Dunkelheit sollten wir die Wagen verteidigen. Einige aus unserem Zug spielten die Angreifer. Es stellte sich heraus, dass im Dunkeln Freund sich von Feind nur sehr schlecht unterscheiden lässt. Nachdem ich zwei Angreifer unschädlich gemacht hatte, wurde ich von Talwak, der zu den Verteidigern gehörte, niedergemacht. Er war nicht der einzige, der Leute aus den eigenen Reihen angegriffen hatte. Als alle Angreifer besiegt waren, wurden wir von den Schwertmeistern zusammengerufen. „Das Beste ist, nicht im Dunkeln zu kämpfen", sagte Meister Wintal. „Wenn es sich nicht vermeiden lässt, dann solltet ihr dafür sorgen, dass ihr das Überraschungsmoment auf eurer Seite habt. Niemand, der bei Verstand ist, wird versuchen, nachts mit einer Armee anzugreifen. Kleine überraschende Überfälle mit wenigen Kriegern können im Dunkeln aber einiges anrichten."

    Ich schreckte aus dem Schlaf, als mich jemand sanft an der Schulter rüttelte. Hamron grinste: „Mein Freund, unsere Wache beginnt." Verschlafen erhob ich mich. Ich hatte vergessen, dass wir zum Wachdienst eingeteilt worden waren. Ich trank etwas kalten Tee, und wir machten uns auf den ersten Rundgang. Als mir auffiel, dass Hamron sich einen Schritt hinter mir hielt, musste ich an unsere erste Wache denken. Es kam mir vor, als würde sie schon eine Ewigkeit zurückliegen. „Träumst du? Oder warum gehst du nicht weiter?" Ich zuckte zusammen. „Woran hast du gerade gedacht?", fragte mich Hamron leise. „An unsere erste gemeinsame Wache." „Ist schon lange her, oder?" Ich nickte und ging zum Feuer zurück.

Nach der Wache begann ich sofort mit meinem Training. Orphal, der uns abgelöst hatte, fragte mich, ob ich noch klaren Verstandes sei. Ich antwortete nicht, sondern widmete mich konzentriert meinen Schwertübungen. Doch dann musste ich gestehen, dass ich mich übernommen hatte: Zwei Sanduhren lang zu üben, war ich gewöhnt, vier dagegen waren zu viel. Als die Morgendämmerung einsetzte, ließ ich mich ins Gras sinken und lehnte mich erschöpft an das Rad eines Wagens, das Schwert auf den Knien. Kaum hatte ich die Augen geschlossen, war ich auch schon eingeschlafen.

Als die Sonne mir ins Gesicht schien, erwachte ich. Mein Rücken schmerzte, und mein Schwert war verschwunden. Der Rest des Zuges war im Begriff aufzubrechen. Hektisch sprang ich auf, um gleich wieder einzuknicken. Eines meiner Beine war taub. Ich hüpfte ungeschickt umher und suchte mein Schwert. Vom Wagen herab rief Meister Torgal mir zu: „Na, kleiner Narr, vermisst du etwas?" Dann gab er das Zeichen zum Aufbruch. Fluchend suchte ich in aller Eile meine Sachen zusammen und rannte zu meinem Pferd, das schon ungeduldig auf mich wartete. Halb angezogen, sprang ich auf Kalter Tod. Er suchte sich selbst seinen Weg, während ich mich mühsam auf dem Rücken meines trabenden Pferdes ankleidete. Als ich fertig war, ritt ich, begleitet von schallendem Gelächter, nach vorn zu den Wagen, auf denen unsere Meister saßen. Warum nur, dachte ich, muss ich es immer sein, der sich so zum Narren macht? Ich grüßte Meister Wintal und entschuldigte mich bei ihm. „Warum entschuldigst du dich bei mir? Es kann ja schon einmal vorkommen, dass man verschläft. Aber dann sollte ein Krieger besser auf seine Sachen aufpassen." Genervt gab ich Kalter Tod ein Zeichen, dass er zu Meister Torgal aufschließen solle. „Meister, entschuldigt, ich habe gefehlt. Es soll nicht wieder vorkommen." Nachdenklich sah er mich an. „Warum bist du eingeschlafen?" „Weil ich nach der Wache dachte, es lohnt nicht mehr, sich niederzulegen. Ich wollte lieber trainieren." „Aran, wir sind hier im Feld, da muss ein Krieger abwägen, was wichtiger ist: die Sicherheit oder das eigene Training." „Meister, habt Ihr nicht zu mir gesagt, ich müsse jeden Tag üben, sonst dürfe ich ein Jahr lang kein Schwert mehr in die Hand nehmen?" „Ja, das habe ich gesagt. Aber da waren wir im Dorf, das ist etwas anderes. Im Feld gelten andere Gesetze und Befehle. Manchmal glaube ich, dass du erst seit gestern in der Ausbildung bist. Ich will, dass so etwas nicht noch einmal vorkommt." Mit diesen Worten griff er hinter sich und gab mir das Schwert wieder. Ich verneigte mich und nahm meinen Platz vorne neben Yinzu ein. Ich knurrte ihn an. „Nicht ein Wort will ich hören, hast du verstanden? Nicht ein Wort!"

Die einzigen, die diesen schönen Tag unbekümmert genossen, waren Frühlingswind und Kalter Tod. Die beiden waren ein Herz und eine Seele. Manchmal beknabberten sie sich zärtlich. Ein anderes Mal neckten sie einander. Das ging soweit, dass Yinzu und ich überlegten, ob es gut sei, die beiden miteinander allein zu lassen. Gegen Nachmittag bemerkte ich, dass sich dunkle Wolken an den Berghängen zusammenzogen. Es würde ein Unwetter geben.

Ohne Rast setzten wir unseren Weg fort, bis wir eine weite Ebene erreichten, die mich an das Feld erinnerte, wo Usantar seinen Zug auf uns gehetzt hatte. Meister Torgal steuerte ein kleines Birkenwäldchen an. Im Schutz der schlanken Bäume sollten wir ein festes Lager aufschlagen, in dem wir einige Zeit bleiben würden. Wir wurden in zwei Gruppen aufgeteilt: Die eine begann damit, einen Graben auszuheben. Meister Wintal hatte mit kleinen Holzpflöcken die Größe des

Lagerplatzes gekennzeichnet. Mit Spaten schälten die Jungen zuerst vorsichtig die Grasnarbe ab und legten sie beiseite. Dann hoben sie im Halbkreis um den Lagerplatz den Graben aus und schütteten gleichzeitig mit der Erde innen einen Wall auf. Der Graben war ungefähr so tief, dass er einem Mann bis zur Hüfte reichte. Das war nicht sonderlich beeindruckend, aber durch den Wall wirkte er doppelt so tief. Im Rücken schützte uns das Wäldchen, das niemand durchqueren konnte, ohne von uns bemerkt zu werden.

Die andere Gruppe, zu der auch Yinzu und ich gehörten, musste umgestürzte Bäume zusammentragen und noch zusätzlich ein paar junge Birken fällen. Nachdem alle Äste entfernt waren, spitzten wir die Stämme an beiden Enden an. Die Jungen, die sich gut darauf verstanden, mit der Streitaxt umzugehen, waren in Windeseile mit dem Anspitzen der Bäume fertig. Wir legten nun gemeinsam die Grasnarbe wieder locker auf die äußere Seite des Walls. Meister Wintal erklärte, dass ein Angreifer, wenn er über den Graben spränge, auf den losen Grasnarben abrutschen und zurückfallen würde. „Was ist, wenn sie mit Pferden angreifen?", fragte Talwak. Meister Wintal deutete auf die Birkenstämme. Wir rammten sie in den Wall. Wenn ein Angreifer mit seinem Pferd über den Graben springen wollte, würde er sich unweigerlich selbst aufspießen. An der Stirnseite des Lagers war der Eingang. Mehrere der Birkenstämme wurden so zusammengebunden, dass sie wie eine Zugbrücke heraufgezogen werden konnten. So gab es nur eine Möglichkeit, ins Lager hineinzukommen

Es war schon dunkel, als wir endlich fertig waren. Die Pferde waren abgesattelt und zwischen den Bäumen versteckt. Meister Torgal hatte in der Zwischenzeit eine Grube ausgehoben und ein großes Feuer entzündet. Auch das Zelt war aufgebaut worden. Die letzten Pflöcke wurden gerade eingeschlagen, da kündigte ein dumpfes Grollen das Unwetter an. Kurz darauf fielen auch schon die ersten Tropfen. Obwohl das Feuer hell brannte, war sein Schein nicht weit zu sehen, und der Regen vermochte es nicht zu löschen. Wir aßen etwas Dörrfleisch und zogen uns dann in das Zelt zurück. Unser Lager machte einen sicheren Eindruck. Meister Torgal lobte uns und erklärte, dass ein Lager immer befestigt werden müsse, sobald der Zug an einem Ort länger verweilen wolle.

In dieser Nacht hielten unsere beiden Meister abwechselnd Wache. Ich war gerade eingeschlafen, da hatte ich einen merkwürdigen Traum. Ich hörte Meister Gantalah rufen, ich solle vor dem Lager auf ihn warten. Unruhig drehte ich mich hin und her, aber der Traum kam immer wieder, bis ich bei einem lauten Donnerschlag erwachte. Als ich endlich wieder eingeschlafen war, hörte ich die Stimme des Elfen so deutlich, dass ich meinte, er läge neben mir im Zelt. Wieder erwachte ich und bemerkte, dass sich das Unwetter entfernte. Beruhigt schlief ich schnell wieder ein.

Der nächste Morgen versprach einen schönen Tag. Ausgeruht, mit etwas schmerzenden Händen von der ungewohnten Arbeit, erhob ich mich. Vor dem Zelt stellte ich fest, dass mir unser Lager sehr gefiel. Es erschien mir wie eine uneinnehmbare Festung. Den Tag verbrachten wir mit Training. Unsere beiden Schwertmeister wollten so ziemlich alles sehen, was wir in den vergangenen Monaten gelernt hatten. Es schien, als würde die Aussicht auf einen neuen Ausbildungsabschnitt den Jungen neue Kraft verleihen. Selten habe ich den ganzen Zug derart intensiv üben gesehen.

In der Nacht hatte ich gemeinsam mit Lantar und Galltor die zweite Wache. Alle drei hatten wir die Waffen angelegt, mit denen wir am besten kämpfen konnten. Lantar trug ein Kurzschwert und seinen Bogen, Galltor eine große, mit zwei Schneiden versehene Streitaxt. Sie hatte einen verlängerten Griff. So konnte er sie mit verheerender Wirkung auch entfernteren Feinden entgegenschleudern. Aber auch im Nahkampf, Mann gegen Mann, ist diese Waffe sehr gefährlich. Mehr als einmal konnte Galltor bei einem Übungskampf gegen mich den Sieg davontragen. Er war ein stiller Junge. Er trug eine rote Tätowierung und war deutlich kleiner als ich. Wir hatten vereinbart, dass immer zwei von uns durch das Lager gehen sollten, der dritte sollte entweder am Eingang oder am Feuer wachen.

Die Nacht war sternenklar, und nichts erinnerte mehr an das starke Unwetter. Ich war froh, nicht bei Sturm wachen zu müssen, denn ich ahnte, dass noch etwas geschehen würde. Diese Ahnung verstärkte sich immer mehr, bis ich, an der Zugbrücke stehend, diesen blauen Schimmer wahrnahm. Kurz überlegte ich, ob ich die anderen herbeirufen sollte, verwarf diesen Gedanken aber schnell wieder. Sollte es sich um einen Geisterkrieger handeln, dann könnten sie ihn sowieso nicht sehen. Ich beschloss, dem Leuchten auf den Grund zu gehen. Flüsternd erklärte ich Galltor, dass ich vor das Lager gehen wolle, um nachzuschauen, ob alles in Ordnung sei.

Ich lief dorthin, wo ich das Leuchten gesehen hatte. Ich musste mich ein ganzes Stück vom Lager entfernen und wollte schon wieder umdrehen, da hörte ich plötzlich seine Stimme. „Warum kommst du nicht, wenn ich dich rufe?" Ich schnellte herum und erblickte Meister Gantalah, der mich vorwurfsvoll ansah. „Gestern Nacht habe ich dich zweimal zu mir gerufen. Sag nicht, dass du es nicht gehört hast, ich war bei dir." Ich stammelte eine Entschuldigung, ich hätte geglaubt, dass alles nur ein Traum gewesen sei. Jetzt lachte er. „Du bist ein Narr, Aran. Trotz deiner Erfahrung mit magischen Erscheinungen hast du in einer solchen Nacht, wie der gestrigen, geglaubt, dass du träumst? Ich hatte dir mehr Feingefühl zugetraut. Vielleicht habe ich mich ja doch in dir getäuscht, und du bist gar nichts Besonderes." Mir stand der Mund offen, und ich glaubte nicht, was ich hörte. Doch der Elf fuhr fort: „Aber bedenke, dass ein Krieger, der einmal der beste Schwertkämpfer werden will, mehr leisten muss, als die anderen. Er muss härter arbeiten, mehr ertragen und vor allem das wahrnehmen, was andere nicht wahrnehmen können. Bist du wirklich bereit, dich dieser Herausforderung zu stellen?" Ich konnte nur mit den Schultern zucken. Auf der einen Seite schrie etwas in mir, dass es das sei, was ich wolle. Ich wollte der Beste von allen werden. Auf der anderen Seite war ich unsicher, ob ich den Anforderungen gerecht werden konnte. Die Ausbildung war sowieso schon schwer genug, und ich hatte mehr Schwierigkeiten, als mir lieb war. „Meister, was geschieht, wenn ich versagen sollte?" „Es wird nichts geschehen, du machst weiter, wie alle anderen auch. Und du wirst ein Krieger werden, wie alle anderen auch. Nicht mehr und nicht weniger." Ich wollte ihm versichern, dass ich zu allem bereit sei, als er mir mit einem Blick zu schweigen gebot. „Urteile nicht leichtfertig, junger Krieger. Wenn du einmal um das andere weißt, es aber nicht erreichen kannst, dann wird es sein, als ob du ein Vogel ohne Flügel wärst, ein Fisch ohne Wasser. Du würdest unsagbare Leiden ertragen müssen. Also rate ich dir, wäge gut ab, bevor du dich entscheidest." In meinem Innersten brannte auf einmal ein Feuer, wie ich es nur selten gespürt habe. „Meister, bitte könnt Ihr mich nicht testen mit einer Aufgabe, damit ich weiß, ob ich es schaffen kann. Ich habe so viel Angst." Er trat etwas näher heran, und ich tauchte ein in diesen blauen Schimmer, der ihn umgab. Da wusste ich, er war nicht wirklich dort. Es war sein Astralkörper, doch er widersprach meinen Gedanken. „Natürlich bin ich hier. Was glaubst denn du? Nur weil ich nicht aus Fleisch und Blut vor dir stehe, bin ich nicht wirklich hier? Was meinst du denn zu sehen und zu hören?" Ich hatte gar nichts verstanden, merkte ich. „Meister, ich bin es nicht wert, dass Ihr mich in Eurer hohen Kunst unterrichtet. Ich bin ein Narr und unwürdig, von Euch beachtet zu werden." „Den ersten Schritt hast du bereits getan, mein Sohn. Du nimmst dich nicht zu wichtig. Hör nun, was ich dir aufgebe. Wenn du die Probe bestehst, werden wir beide erkennen können, ob du bereit bist, die Ausbildung zu beginnen. Jede Nacht, wenn du dich zum Schlafen niederlegst, halte deinen Dolch in beiden Händen auf der Brust. Nimm dir fest vor, wenn du eingeschlafen sein wirst, im Traume die Runen auf seiner Klinge zu sehen. Wenn du das geschafft hast, werde ich dir sagen, was du als nächstes zu tun hast." Seine Worte klangen noch in meinen Ohren, da war das Licht auf einmal verschwunden, und ich stand allein auf dem Feld.

Eilig machte ich mich auf den Rückweg. Ich war mir sicher, dass die Wache ärgerlich sein würde, weil ich so lange fortgewesen war. Ich lief noch schneller, aber erst als ich am Graben angekommen war, konnte ich den schwachen Schein des Feuers erkennen. Wir waren wirklich schwer auszumachen. Mit einem Sprung war ich zurück, und Galltor, der am Feuer stand, fuhr erschreckt herum. Doch dann grinste er. „Na, hast du es dir überlegt? Lass nur, ich würde auch nicht gerne da draußen herumirren. Nachher kommt noch ein Bergtroll auf die Idee, dich mitzunehmen. Es ist besser, wenn wir hier zusammen wachen, so wie es unsere Lehrer befohlen haben." Ich schwieg, nickte nur langsam. Offensichtlich war ich für ihn nur einen kurzen Moment lang fortgewesen. „Was hast du geglaubt, da draußen zu finden?", fragte er mich. „Nichts, ich wollte nur mal sehen, ob das Lager bei Dunkelheit zu erkennen ist. Aber man kann uns nur schwer ausmachen."

Der nächste Morgen war kühl, die Wolken hatten sich wie ein dünner Schleier über den ganzen Himmel gezogen und tauchten das Tal in ein merkwürdiges Zwielicht. Es war ein leichter Windhauch zu spüren, der mich frösteln ließ. Wir saßen noch beim Frühstück zusammen, als Meister Torgal ankündigte: „Heute werden wir zu einem Teil der Ausbildung kommen, der sehr schwierig ist und den viele von euch nicht richtig erlernen werden. Aber das macht nichts. Wenn ihr die Grundlagen behaltet, dann reicht das aus. Einige von euch werden es hervorragend verstehen, andere wiederum weniger. Ich spreche von der Täuschung, der Tarnung und dem lautlosen Töten. Wir werden das zusammen üben, weil sie meist zusammen angewendet werden müssen." Meister Wintal fuhr fort: „Wenn zwei Armeen aufeinandertreffen, dann entscheidet oft die Größe, die Stärke und die Taktik, in Kombination mit dem inneren Feuer der Krieger, wie die Schlacht ausgehen wird. Es muss aber nicht immer zur Schlacht kommen. Hat eine Armee keinen Anführer mehr, dann kann es sein, dass sie überhaupt nicht mehr kämpfen will. Und wenn doch, dann geht sie schon sehr geschwächt in den Kampf. Es fanden schon viele Schlachten nur deshalb nicht statt, weil der Anführer vorher getötet wurde. Wie kann man aber einen Fürsten oder einen großen Feldherren vor einer Schlacht oder einem drohenden Krieg ausschalten?" Er sah in die Runde. Einige zuckten mit den Schultern, andere sagten nichts. Ich hielt es auch für besser, meinen Mund zu halten, bevor ich wieder in ein Fettnäpfchen trat. „Wir können zum Beispiel einen Fürsten, der einen Krieg gegen uns vorbereitet, in seinen Gemächern oder in seinem Zelt töten, bevor er mit seiner Armee ins Feld ziehen kann. Diese Taktik ist einfach, aber sehr wirksam, wenn es einen guten Plan gibt. Das genau ist es, was wir hier und in den nächsten Wochen trainieren wollen." Er trat beiseite, und Meister Torgal hielt einen kleinen Dolch in die Höhe. „Solche Taten werden nicht mit dem Schwert ausgeführt. Es wäre zu unhandlich, deshalb werden wir mit einem Dolch, einer Haarnadel oder einem anderen Gegenstand, der klein und tödlich ist, arbeiten. Einigen von euch mag es unehrenhaft erscheinen zu meucheln, aber was zählt, ist der Erfolg." Das war ein Schock, nicht nur für mich.

Sie zeigten uns, wie wir am besten mit einem Dolch das Leben eines Feindes beenden, ohne dass er noch die Seinen rufen kann. Die Möglichkeiten gefielen mir alle nicht. In jedem Fall muss man ganz dicht an sein Opfer heran. In einer engen Umarmung kann man sich sicher sein, dass der Sterbende niemanden mehr benachrichtigen wird. Aber man spürt am ganzen Körper, wie das Leben des anderen erlischt. Plötzlich sah ich Falahn vor mir. Ich spürte sie wieder in meinen Armen und schauderte, als ich mich an den Moment erinnerte, als das Leben aus ihr wich.

Die Meister forderten uns auf, gemeinsam Haltetechniken zu probieren. Dazu verließen wir das Lager. Wir näherten uns unserem Gegenüber von hinten und versuchten, ihn möglichst lautlos zu Boden zu werfen. Das sah viel einfacher aus, als es war, und funktionierte nur, wenn der andere mitspielte. Sobald wir dem Angriff Widerstand entgegensetzten, klappte nichts mehr: Weder war der Angriff lautlos, noch konnte einer von uns den anderen ohne Kampf umwerfen, bis Meister Wintal kleine Holzstöckchen verteilte und uns anwies, sie wie einen Dolch einzusetzen. Meister Torgal zeigte uns, in welchem Winkel und wohin wir stechen oder schneiden sollten. Am Ende des Tages waren wir alle ziemlich geschafft. Das Kämpfen, Mann gegen Mann auf dem Boden, war anstrengender, als zu schlagen und zu treten.

Vor dem Einschlafen nahm ich meinen Dolch in die Hände. Ich nahm mir fest vor, die Klinge anzusehen, wenn ich zu träumen beginnen würde. Aber nichts geschah.

Der folgende Tag verging wie der vorangegangene. Wir übten vor dem Lager, lautlos Menschen zu töten. Ich war verstimmt. Ich ahnte, dass ich versagt hatte, ohne genau zu wissen, wobei. An jenem Abend nahm ich mir noch fester vor, meine Dolchklinge im Traum anzusehen. Zur besseren Konzentration machte ich Atemübungen, die ich von Meister Torgal gelernt hatte. Sie beruhigten mich schnell und tief. Aber auch diese Nacht ging traumlos zu Ende. Selbst in den zwei darauffolgenden Nächten gelang es mir nicht, im Traum meinen Dolch zu betrachten. Ich träumte wirr, aber nichts, was mit dem Dolch zu tun hatte.

Doch in der vierten Nacht, es war eine stürmische, erwachte ich durch einen lauten Donner. Sofort bemerkte ich, dass etwas nicht stimmte. Ich war ganz allein im Zelt. Kein Mensch war weit und breit zu sehen. Da wurde mir bewusst, dass es ein Traum sein musste. Ich sah an mir herunter und bemerkte, dass ich meinen Dolch in den Händen hielt. Langsam, sehr langsam zog ich die Klinge aus der Lederhülle. Als ich sie ansah, leuchtete die eingeritzte Rune in einem Blutrot, das in den Augen brannte. Ich hatte es geschafft. Eine Welle der Freude stieg in mir auf, und ich wollte jubeln, als ich eine Hand an meiner Schulter spürte. Ich öffnete meine Augen und sah in Meister Torgals ernstes Gesicht. Er brummte, dass ich nicht noch einmal verschlafen dürfe, wenn ich nicht bestraft werden wollte. Anscheinend hatte ich doch etwas falsch gemacht.

Den ganzen Tag grübelte ich darüber nach, warum ich nicht rechtzeitig aufgewacht war. Mehrmals wurde ich von den Schwertmeistern ermahnt, mich auf meine Übungen zu konzentrieren, was mir aber nicht gelang. Dann wurde es endlich wieder Abend. Mit meiner Klinge in den Händen legte ich mich hin und versuchte einzuschlafen. Eine Weile hörte ich noch das Gemurmel am Feuer, dann aber merkte ich, wie die Müdigkeit sich ihren Weg suchte. Ich öffnete die Augen, noch immer drangen die Stimmen meiner Freunde von weit her an mein Ohr. Deshalb war ich mir nicht sicher, ob ich schon träumte. Aber dann bemerkte ich, dass ich wieder ganz allein im Zelt war, nicht einmal die Decken der anderen lagen herum. Langsam zog ich die Klinge und sah die Rune leuchten. Doch bevor ich mich darüber freuen konnte, breitete sich dichter Nebel im Zelt aus, bis sich die schützenden Zeltbahnen in den weißen, bedrückenden Schwaden auflösten, und ich allein und völlig orientierungslos im Nebel lag, die Dolchklinge in meinen Händen. Panik stieg in mir auf, bis ich jemanden meinen Namen rufen hörte. Instinktiv stand ich auf und ging der Stimme, vorsichtig mit den Füßen tastend, entgegen. Meine Augen versuchten vergeblich, den Nebel zu durchdringen, als ich plötzlich die Anwesenheit eines anderen Wesens spürte. Ich erkannte die Umrisse Meister Gantalahs unmittelbar vor mir. Er legte mir beruhigend die Hand auf die Schulter und beglückwünschte mich, ohne die Lippen zu bewegen. Stattdessen hörte ich, was er dachte. Als ich ihn in Gedanken grüßte, warnte er mich, nicht zu sprechen, wenn ich nicht gehört werden wollte von allen, die in meiner Nähe waren, während ich schlief.

Sein Körper leuchtete in intensivem Blau und erhellte die nähere Umgebung. Trotzdem konnte ich nicht erkennen, wo wir uns befanden. Tief in meinem Kopf klang seine Stimme. „Aran, du bist schon weit gekommen, andere schaffen es nicht so schnell in ihren Traumkörper. Nun musst du versuchen zu sehen und zu verstehen. Wenn es einmal soweit sein wird, dann kannst du reisen, wohin du willst, selbst in andere Welten, wenn du diese Kunst zur Meisterschaft bringst." Nach diesen Worten legte er seine Finger an meine Schläfen. Im nächsten Augenblick verschwand der Nebel, und wir standen auf einem Hügel, der in das Licht der aufgehenden Sonne getaucht war. Überall um uns herum blühten Blumen. Das Blütenmeer erstreckte sich bis zum Horizont. Es war angenehm warm. Ein leichtes Lüftchen umspielte mein Gesicht, als mich Meister Gantalah zu einem großen alten Baum führte, in dessen Schatten wir uns niedersetzten.

Mein Kopf war leer, so sehr nahm mich die Umgebung gefangen. Es war, als sähe ich auf das Meer hinaus, die Blütenpracht wogte hin und her. Doch dann spürte ich die Stimme des Elfen in meinem Kopf. „Dies wird der Ort sein, wo wir uns treffen werden, um deine Ausbildung zu vertiefen. Du musst versuchen, allein hierher zurückzufinden. Das wird deine nächste Aufgabe sein, hast du verstanden?" Das hatte ich, aber es regte sich Missmut in mir: Schon wieder eine neue Aufgabe! Im selben Moment veränderte sich die Umgebung: Der Baum, die Wiese und das Meer aus Blumen verschwanden im dichten Nebel. „Du hast nur den allerersten Schritt getan, der ist nicht schwer. Wenn du den nächsten Schritt auch schaffst, dann bist du der Ausbildung würdig." Während ich die Worte noch in meinem Kopf spürte, verschwand Meister Gantalah im Nebel. Doch allein wollte ich an diesem seltsamen Ort nicht sein, ich wollte zurück zu meinen Freunden. Da erfasste mich ein Windstoß, und etwas blendete mich. Es dauerte einen Moment, bis mir klar wurde, dass ich in Hamrons breites Grinsen sah. „Auf, mein Freund, wir sind mit der nächsten Wache an der Reihe. Oder willst du mich die ganze Arbeit allein machen lassen?" Ich spürte die anderen Jungen um mich herum, sah und roch ihre Körper. Trotzdem war ich mir nicht ganz sicher, nicht mehr zu träumen, bis Hamron mich fragte: „Geht es dir gut, Aran? Wenn dir etwas fehlt, sprich! Vielleicht kann ich dir helfen." Ich musste grinsen. „Ich hatte nur einen seltsamen Traum, das ist alles."

Als ich vor dem Zelt stand, sah ich in den Sternenhimmel. Ich stellte ganz gegen meiner Erwartung fest, dass mich ein Glücksgefühl erfüllte. Ich war ausgeruht und entspannt. Das Schwert in meinen Händen führte an diesem Morgen ein seltsames Eigenleben, die Bewegungen gelangen mir weich und rund. Ich trainierte scheinbar mühelos, erst als mich Meister Torgal verwundert ansah, bemerkte ich, dass mir der Schweiß in Strömen über den Körper lief. Er ermahnte mich, nach den Übungen nicht wieder erschöpft einzuschlafen. Ich beschloss deshalb, in dem eiskalten Bach, der ganz in der Nähe unseres Lagers floss, ein Bad zu nehmen. Die anderen Jungen, die schon dort waren, benetzten nur ihr Gesicht und ihre Hände. Ich stürzte mich schwungvoll ganz hinein und erntete empörtes Geschrei. Übermütig trank ich einige Schlucke Wasser und kehrte dann rasch mit triefnassem Kilt zum Zelt zurück, um mich umzuziehen und zu frühstücken.

Im Gegensatz zu den vorangegangenen Tagen war ich beim Training konzentriert bei der Sache. Das fiel auch meinen Lehrern auf, und sie lobten mich zwei Mal. So verging ein entspannter Tag, und als es Abend wurde, legte ich mich so schnell wie möglich schlafen. Kaum hatte ich die Augen geschlossen, erwachte ich auch schon und begrüßte freudig die leuchtendrote Rune, welche die Klinge meines Dolches zierte. Der Nebel zog auf, doch diesmal fürchtete ich mich nicht davor, denn ich wusste, dass ich ihn durchdringen konnte. Ich überlegte noch, was ich tun solle, um zu Meister Gantalah zu finden, da stieg mir ein blumiger Duft in die Nase. Mein erster Gedanke war, dass Saarami bei unserer letzten Begegnung so gerochen hatte. Die Erinnerung an sie war so intensiv, dass sich meine sämtlichen Gedanken auf sie konzentrierten.

Plötzlich befand ich mich in einer mir gänzlich unbekannten Kammer. Noch während ich darüber nachdachte, um wessen Kammer es sich wohl handelte, wurde die Tür geöffnet. Saarami betrat das Zimmer. Sie trug eine leichte, lederne Rüstung und hatte ihr Schwert in der Hand, welches sie nun an seinen Platz neben ihrem Bett stellte. Gerade begann sie ihren Lederharnisch zu öffnen, als sie stutzte, herumfuhr und in die Dunkelheit starrte. Ich hielt den Atem an und wich zurück. Mein Herz raste. Sie aber entspannte sich und machte sich weiter daran, ihre Lederrüstung abzulegen. Ich glaubte zu träumen und musste mir einen Moment später eingestehen, dass dem ja auch so war. Also musste ich kein schlechtes Gewissen haben, wenn ich einer großen Kriegerin beim Entkleiden zusah.

Ich freute mich darüber, dass ich unbemerkt bei ihr sein konnte, als Saarami sich wieder zu mir umdrehte. Ich starrte auf ihre nackten Brüste und sah, wie sie sich hoben und senkten. Ihre Muskeln waren angespannt, und ihre Haut hatte von der Sonne eine dunkle Färbung bekommen. Jetzt stimmte sie eine Art Singsang an, der mich augenblicklich frösteln ließ. Dann spürte ich, dass sie mich sehen konnte. Mit weit aufgerissenen Augen starrte sie mich an. Ich wollte weglaufen, aber sie bewegte ihre Hände, und ich konnte mich nicht mehr rühren. Dann schrie sie meinen Namen, und in ihrer Stimme lagen Hass und Erregung gleichermaßen.

Im gleichen Moment umfing mich der Nebel, und ich spürte, dass ich in meinen Körper zurückkehrte. Allerdings wollte ich das nicht, zu aufregend war die Traumreise. Mein Kopf war voller Fragen, die nur Meister Gantalah beantworten würde. So richtete ich alle meine Gedanken und Gefühle auf den Elf. Und tatsächlich löste sich der Nebel langsam auf, und ich fand mich im Zimmer des Großmeisters wieder. Er saß Meister Gantalah an seinem großen Tisch gegenüber, sie sprachen leise miteinander. Als ich mich im Zimmer umsah, verstummte das Gespräch, und ich lenkte meine Aufmerksamkeit auf die beiden Meister, die unbeweglich dort am Tisch saßen. Immer noch sahen die beiden sich an, aber sie wechselten kein Wort mehr miteinander. Es war Meister Gantalah, der mich fragte: „Glaubst du wirklich, dass du hier richtig bist, Aran van Dagan?" Mir stockte das Blut in den Adern. Er wusste, dass ich dort war! Schon wollte ich mich eilig zurückziehen, als seine Stimme mich festhielt. „Du gehst nirgendwo hin, du bleibst, wo du bist." Wieder spürte ich Kälte und konnte mich nicht mehr bewegen. „Warum bist du hier und belauscht uns?", wollte der Großmeister wissen. „Herr, ich wollte nicht lauschen, wirklich nicht, aber ich wünschte mir so sehr, Meister Gantalah zu treffen, dass ich auf einmal hier im Zimmer stand." Nun hörte ich, wie die beiden zu lachen anfingen. „Ja, aller Anfang ist schwer", sagte der Großmeister, und der Elf fügte hinzu, dass noch kein Meister vom Himmel gefallen sei. „Aran, was habe ich zu dir gesagt, wo wollen wir uns treffen? Sieht das hier vielleicht wie eine Wiese aus, mit einem Baum in der Mitte?" Wieder begannen beide zu lachen. Ich stotterte etwas davon, dass ich so viele Fragen hätte. Mit einer Handbewegung schnitt mir Meister Gantalah das Wort ab. Er befahl mir zurückzukehren. In der kommenden Nacht sollte ich versuchen, zu dem verabredeten Treffpunkt zu kommen. Er wolle dort auf mich warten. Dann spürte ich, dass ich mich wieder bewegen konnte. Sofort war auch der Nebel wieder da, und einen Augenblick später wurde ich von Meister Wintal geweckt.

Trotz der aufregenden Traumreise fühlte ich mich ausgeruht und entspannt. Allerdings war das Hochgefühl verschwunden, das mich noch am Tag zuvor so belebt hatte. Beim Frühstück sah mich Yinzu von der Seite her an. „Geht es dir nicht gut, mein Freund? Du hast im Schlaf gesprochen. Ständig hast du Entschuldigungen vor dich hin gemurmelt." Ich nickte. „Nur ein schlechter Traum." Mir fiel ein, dass Meister Gantalah gesagt hatte, dass es zu hören sei, wenn ich auf meinen Reisen spräche.

Tagsüber übten wir immer noch das lautlose Töten, doch inzwischen gehörte das Anschleichen mit dazu. Wir mussten uns tarnen und große Umwege in Kauf nehmen, um an unsere Gegner heranzukommen und sie zu überwältigen. Selbst dann waren wir nicht immer erfolgreich. War der Gegner aufmerksam, wurde aus dem Angreifer schnell der Gejagte. Es war Orphal, der sich nicht von mir überwältigen ließ. Ich näherte mich ihm von hinten. Doch als ich ihn angriff, war er darauf vorbereitet. Seine Axt beendete meinen Angriff, bevor ich ihm auch nur wirklich nahe kommen konnte.

Am Ende des Tages waren unsere Meister mit uns zufrieden. Nachdem wir ins Lager zurückgekehrt waren, wurden die Wachen aufgestellt. Zu meinem Ärger hatte ich gleich die erste. Wenigstens waren Yinzu und Hamron mit von der Partie. Yinzu und ich kontrollierten gerade, ob die Pferde gut versorgt waren, als er mich in die Seite stupste und fragte, was wir am Lager noch verbessern könnten. Unkonzentriert zuckte ich nur mit den Schultern, ich wollte schlafen. Yinzu aber schien noch eine ganze Weile darüber nachzudenken. Zurück am Feuer, sprach er leise mit Meister Wintal. Dabei deutete er mit der Hand auf das Wäldchen, wo unsere Pferde ruhig grasten. Meister Wintal klopfte Yinzu auf die Schulter. Ich dachte nicht weiter darüber nach, sondern begab mich mit Hamron zur Zugbrücke, um die Lage vor dem Lager zu prüfen. Auf dem Rückweg legte mir Hamron seinen Arm um die Schultern und fragte, was mich bedrücke. Es sei ihm und Yinzu aufgefallen, dass ich in den letzten Tagen abwesend war. Ich seufzte, und Hamron betonte, dass ich mit all meinen Problemen zu ihm oder auch zu Yinzu kommen könne. Selten hatte ich so viel Fürsorge erfahren, ich musste aufpassen, dass es mir nicht das Wasser in die Augen trieb. Dabei war doch gar nichts. Ich hatte lediglich mit einem neuen Ausbildungsabschnitt begonnen. So beschloss ich, Meister Gantalah zu fragen, ob ich meinen Freunden erzählen dürfe, was ich gerade erlebte.

Wir weckten die nächste Wache, und ich legte mich mit klopfendem Herzen schlafen. Es dauerte einen Augenblick, bis ich mich beruhigte hatte und einschlafen konnte, aber schon kurz danach setzte ich mich wieder auf und betrachtete die leuchtende Rune auf meine Klinge. Sofort umfing mich der Nebel, und ich wusste, dass ich mich wieder auf der Reise befand. Diesmal lenkte ich meine Gedanken nicht auf Meister Gantalah, sondern ich konzentrierte mich auf den alten Baum und den Hügel, auf dem er stand. Auch das Meer aus Blumen versuchte ich, mir vorzustellen. Aber das war schwieriger, als ich gedacht hatte. Hatte ich den Elf und Saarami sehr schnell gefunden, so war ich mir diesmal sicher, sehr lange unterwegs gewesen zu sein. Doch dann löste sich der alte Baum ganz langsam aus dem Nebel, während die Umgebung meinen Blicken verborgen blieb. Ich berührte seine Rinde und spürte seine Kraft. Augenblicklich zog sich der Nebel weiter zurück und gab den Blick auf den Hügel frei. Ich sah mich um. Der Hügel war noch immer von undurchdringlichem Nebel umgeben. Aber ich wusste nicht, was ich noch tun sollte. Also setzte ich mich, mit dem Rücken an den gewaltigen Stamm gelehnt. Eine Zeit lang versuchte ich, im Nebel die Blumen und die Wiese zu erkennen, aber vergeblich. Dafür schlossen sich wie von selbst meine Augen, und ich begann mit meinen Atemübungen. Meine Gedanken und Gefühle richteten sich nach innen, und eine tiefe Ruhe erfüllte mich.

Auf einmal spürte ich die Sonne auf meiner Haut, ich hörte Vogelgezwitscher, und Meister Gantalahs ruhige Stimme hieß mich willkommen. Als ich meine Augen öffnete, stand er vor mir. Überglücklich bedankte ich mich bei ihm. Er aber wehrte ab und sagte, dass ich es ganz allein geschafft hätte, unseren Treffpunkt wiederzufinden. Mit überkreuzten Beinen setzte er sich neben mich. „Du hast es schneller geschafft, als die meisten, die ich kenne. Wir können nun mit einem neuen Abschnitt deiner Kriegerausbildung beginnen." Fragend sah er mich an, ich wusste nicht genau, was das bedeutete. Deshalb sagte ich erst einmal nichts. Daraufhin begann er zu kichern. „Aran, warum sagst du mir nicht, was du mich fragen willst? Ich bin nicht dafür da, deine Fragen zu beantworten, nur weil ich sie vielleicht schon weiß." Erschrocken zuckte ich zusammen. Ich hatte so viele Fragen, aber keine fiel mir ein. Einen Moment lang überlegte ich, dann fragte ich ihn, ob es in Ordnung wäre, wenn ich meinen besten Freunden von der neuen Ausbildung erzählen würde. „Sicher darfst du das, aber du wirst sehen, dass sie an deinen Erlebnissen kaum Interesse haben werden. Solange du sie im Traum nicht besuchst, werden sie nicht wissen, wovon du sprichst." Das verstand ich nicht. „Meister, bedeutet das, ich kann die Träume anderer Menschen besuchen?" Er sah mich durchdringend an. „Was ist denn der Traum eines anderen Menschen? Ist er nicht auch eine Reise in eine andere Welt? Nur, weil es Welten gibt, die wir nicht sehen oder die wir nicht erreichen können, heißt das ja noch lange nicht, dass sie nicht existieren. Wenn du es schaffst, deinen Traumkörper so zu beherrschen, wie du deinen Körper beherrschst, dann ist es dir möglich, an jeden Ort zu reisen, der dir beliebt. Ob das nun auf Mittelerde ist oder in den Träumen anderer Menschen oder in Ländern, die jenseits unserer Dimensionen liegen, spielt keine Rolle."

Mit einem glücklichen Lächeln auf den Lippen erwachte ich, bereit, die ganze Welt zu umarmen oder auch die anderen Welten, die es noch zu geben schien. Übermütig hüpfte ich zum Bach hinunter und stürzte mich in die kalten Fluten. Als ich ins Lager zurückkehrte, stellten sich mir Yinzu und Hamron in den Weg. Ich umarmte die beiden. „Was passiert nur mit dir, mein Freund?", wollte Hamron wissen. Ich hakte mich bei den beiden ein und begann, ihnen die ganze Geschichte zu erzählen. Dabei ließ ich nichts aus, nicht einmal die peinliche Situation in Saaramis Zimmer oder die Begegnung mit dem Großmeister. Meine Freunde schwiegen lange, so als müssten sie überlegen, ob ich nun verrückt sei oder der beste Geschichtenerzähler, den es je gegeben hatte. Dann grinsten sie kopfschüttelnd und gingen mit mir frühstücken. Mein Appetit war an diesem Morgen ausgesprochen gut, und so kaute ich noch als Meister Wintal uns um sich versammelte. „Wir werden unser Lager heute noch etwas sicherer machen. Yinzu hat den Vorschlag gemacht, einen Wachturm am Wäldchen zu errichten, damit wir das Feld vor der Zugbrücke besser einsehen können. Wir brauchen dann während der Wache nicht mehr rauszugehen." Er bestimmte die Jungen, die erst einmal neue Baumstämme fällen sollten. Anhand von kleinen Stöcken zeigte er uns, wie wir die Stämme miteinander verbinden mussten. Wir machten uns eifrig an die Arbeit. Nachdem die Bäume von Ästen und Zweigen befreit worden waren, banden wir sie zusammen. Als das Gerüst stand, gruben wir vier tiefe Löcher, in denen wir die Stämme versenkten. Mit Steinen sicherten wir den Turm. Oben befestigten wir eine Plattform, die wie ein Korb aussah, damit niemand hinunterfallen konnte. Als sich die Sonne anschickte, hinter den Bergen zu verschwinden, konnten wir unseren Meistern melden, dass unser Wachturm fertig war. Nach ausgiebiger Prüfung lobten die beiden Yinzu für die gute

Idee und uns für die Ausführung. Von nun an sollte immer eine der Wachen auf dem Turm Ausschau halten, während die anderen im Lager ihre Kontrollgänge machten.

Ich allerdings hatte in der folgenden Nacht keine Wache. Deshalb konnte ich mich auf die Reise zu Meister Gantalah machen. Wie in der Nacht zuvor, hatte ich wenig Mühe damit, den Baum und den kleinen Hügel zu finden. Das Meer aus Nebel zu meinen Füßen aber war noch immer undurchdringlich. Mit dem Rücken an den Baum gelehnt, konzentrierte ich mich auf das wogende, undurchsichtige Grau. Nach einer Weile, meinte ich eine Bewegung darin zu entdecken. Ich konnte nicht erkennen, was es war, und bekam Angst. Deshalb schloss ich die Augen und konzentrierte mich auf meine Atemübungen. Schnell beruhigte ich mich. Trotzdem blieb ein Unbehagen zurück, das ich nicht erklären konnte. Plötzlich spürte ich Meister Gantalahs Anwesenheit. Als ich meine Augen öffnete, sah er mich besorgt an. Er setzte sich zu mir und nahm wortlos meine Hände. Sofort verschwand die Angst. Sie fiel einfach von mir ab wie Laub, das im Herbst von den Bäumen fällt. „Was hat dich so verängstigt?" Mit knappen Worten erzählte ich ihm von der geheimnisvollen Macht im Nebel. Meister Gantalah nickte. „Das, was du gefühlt hast, waren die Alpträume der Menschen." Entsetzt sah ich ihn an, aber er beruhigte mich sofort. „Dieser Nebel entsteht nicht nur aus den Alpträumen, sondern aus allen Träumen, guten wie schlechten. Deshalb brauchst du keine Angst zu haben. Außerdem bin ich bei dir, und das ist sicherer als jede Rüstung. Heute werden wir üben, wie du an Orte gelangen kannst, zu denen es dich zieht." Er machte eine Pause und lachte. „Du hast es schon einmal geschafft, aber unkontrolliert. Deine Emotionen haben dich erst zu Saarami und dann zu mir geführt. Das kann aber auch böse enden. Wir werden heute gemeinsam eine kleine Reise unternehmen. Denk an deine Freunde!" Ich schloss die Augen und versuchte, mir Yinzu und Hamron genau vorzustellen.

Der Nebel stieg zu uns herauf. Und als er sich lichtete, standen wir am Feuer unseres Lagers. Gerade wurde die Wache abgelöst. Isannrie und Talwak kamen aus dem Zelt. Fröstelnd zog Talwak seine Schultern hoch und sah sich stirnrunzelnd um. Es war nicht kalt in diesen Nächten, vermutlich spürte er uns. Meister Gantalah ging mit mir im Lager umher und sah sich alles genau an. Dann, ganz unvermittelt, fragte er mich, was wir gerade lernten. Ich war überrumpelt, mit einer solchen Frage hätte ich nicht gerechnet. Es dauerte daher einen Moment, bis ich mich erinnerte. Gerade wollte ich ihm berichten, als das Lager vor meinen Augen verschwamm. Es wurde immer undeutlicher, bis es vom Nebel verschluckt wurde. Stattdessen fanden wir auf einmal auf dem Hügel wieder und standen unter dem alten Baum. „Meister, was ist passiert?" Der Elf lachte nur herzlich. „Mein Sohn, du hast dich darauf konzentriert, mir zu antworten. Damit verlässt du den Ort, an dem du gerade weilst. Du kannst nur bleiben, wenn du dich auf das Hier und Jetzt im Traum konzentrierst oder wenn du von einem Meister mit mehr Macht dort festgehalten wirst. Meine Frage hat dich zu sehr abgelenkt. Aber das ist nicht so schlimm, denn ich wollte dir diese Lektion erteilen. Jetzt lass es uns noch einmal probieren." Einen Augenaufschlag später standen wir wieder bei uns im Lager. Es war kein Nebel zu sehen gewesen. Als ich ihn danach fragte, erwiderte er, dass deshalb er ein Meister und ich ein Schüler sei. „Aber verzage nicht, Aran, bald schon wirst du es genauso können." Wieder gingen wir im Lager umher. Und wieder stellte er mir plötzlich eine Frage. Doch diesmal ließ ich mich nicht ablenken. Es dauerte eine Weile, bis ich ihm antworten konnte, aber wenigstens verschwanden wir nicht. „Das hast du gut gemacht, Aran. Lassen wir es für heute Nacht gut sein. Wir werden uns morgen wiedersehen."

Die Sonne war noch nicht aufgegangen, aber ich fühlte mich ausgeschlafen und ausgeruht. Als ich das Zelt verließ, kam Talwak gerade herein. Erstaunt sah er mich an. Ich grüßte, aber als ich an ihm vorbeigehen wollte, hielt er mich am Arm fest. „Heute Nacht ist etwas sehr Merkwürdiges im Lager vor sich gegangen. Mir war, als spürte ich die Anwesenheit anderer Wesen. Es hat mir Angst gemacht. Ich wollte die Meister nicht wecken, weil ich nicht zugeben wollte, dass ich schon wieder Angst hatte. Deshalb wollte ich dich wecken. Ich habe dich gerufen und geschüttelt, aber nichts geschah. Ich dachte schon, du seist tot." Ich sah ihm in die Augen. „Talwak, du brauchst dich nicht zu schämen, wenn du Angst hast. Es war heute Nacht wirklich jemand in unserem Lager, aber es war zu unserem Schutz, und es bestand keine Gefahr." Er fragte mich natürlich, woher ich das wisse. Das hatte ich nun davon. Talwak wollte ich eigentlich nichts von meinen Traumreisen erzählen. „Wenn du bei Meister Zorralf besser aufgepasst hättest, dann wüsstest du jetzt, was ich meine." Talwak gab sich mit dieser Antwort nicht zufrieden, er lief hinter mir her. Doch bevor ich ungehalten wurde, trat Yinzu vor das Zelt. Er legte Talwak eine Hand auf die Schulter und erklärte beiläufig, dass er wohl gespürt haben müsse, dass ich als Astralwesen das Lager heimgesucht habe. Ich musste schlucken, es entstand eine Pause, und Talwak sah uns beide abwechselnd an. Dann zog er schimpfend von dannen. Er finde es überhaupt nicht lustig, dass wir ihn so veralberten, schließlich mache er sich Sorgen um unsere Sicherheit, da sei es nicht nett, wenn wir ihn auf den Arm nehmen würden.

Der Tag verging mit den üblichen Trainingseinheiten, wir wiederholten Angriffstechniken - wieder und wieder. In der folgenden Nacht versuchte ich mit Meister Gantalah, weiter entfernte Orte zu bereisen. Wir zogen durch das Hauptdorf des Clans, danach besuchten wir den Stallmeister. Er war gerade dabei, ein krankes Pferd zu pflegen. Mir wurde schwindelig von den vielen Eindrücken. Meister Gantalah ermahnte mich, konzentriert in meiner Mitte zu ruhen, sonst könne ich vom Nebel der Träumenden verschluckt werden.

Die Tage unserer Ausbildung zogen sich dahin. Wieder und immer wieder übten wir die Angriffe, bei Tage oder in der tiefsten Nacht, bei Sonne oder Regen, im Sturm oder wenn Nebel uns nicht erlaubte, die Hand vor Augen zu erkennen. Wenn wir glaubten, eine Übung besonders gut zu beherrschen, prüften uns die Schwertmeister und zeigten uns, wo wir wirklich standen: am Anfang. Das waren die Augenblicke, in denen ich glaubte, nie ein guter Krieger werden zu können. Plötzlich gab es dann aber Momente, in denen unsere Lehrer voll des Lobes waren. Keiner konnte das dann so richtig glauben, und wir rätselten mehr als einmal, ob sie uns vielleicht auf den Arm nehmen wollten. Unsere Strohmänner hatten ihre Aufgabe mehr als erfüllt. In allen erdenklichen Situationen wurden sie von uns zerhackt, geteilt oder gemeuchelt, draußen im Feld oder im Lager, das wir mehr als einmal überfielen, um es zu erobern. Wenn wir nicht die Kämpfer aus Stroh malträtierten, dann schlugen wir mit Stöcken und Knüppeln aufeinander ein. Oder wir versuchten, im waffenlosen Kampf das Gelernte anzuwenden.

Unsere Meister stellten uns die Aufgaben, die wir zu lösen hatten. So bekam entweder einer die Führung des ganzen Zuges übertragen, oder wir arbeiteten in kleinen Gruppen gegeneinander. Es stellte sich ziemlich schnell heraus, wer von uns in der Lage war, eine Armee zu befehligen, und wer besser allein kämpfte. Mir machte beides Spaß. Als ich Meister Torgal davon erzählte, rügte er mich. Das Leben eines Kriegers sei nicht dazu da, Spaß zu haben, sondern diene einer Aufgabe. Verantwortung für eine Armee dürfe mir keinen Spaß machen, weil ich sonst das Leben meiner Kämpfer leichtfertig aufs Spiel setze. „Wenn du dir dessen nicht bewusst wirst, ist es besser, wenn du allein in den Kampf reitest. Dann bringst du andere nicht so leicht in Gefahr."

In den Nächten, in denen ich keine Wache hatte, traf ich mich mit Meister Gantalah. Ich machte Fortschritte. Inzwischen konnte ich an jeden Ort reisen und dort auch verweilen, ohne bei der kleinsten Ablenkung gleich wieder zu verschwinden. Eines Nachts kündigte der Elf ein Kapitel der Ausbildung an, das viel Verantwortungsbewusstsein verlangt. Wir würden in die Träume anderer Menschen reisen. Mein Herz begann vor Aufregung wild zu schlagen. Trotzdem versuchte ich, mir nichts anmerken zu lassen. Meister Gantalah erklärte: „Wenn es dir gelingt, in die Träume anderer zu gelangen, kannst du Einfluss auf ihr Handeln und ihre Entscheidungen nehmen. Diese Macht darfst du nie missbrauchen. Hast du das verstanden?" Ich nickte. „Meister, heißt das, ich kann jemanden im Traum töten?" Er überlegte einen Moment. „Nein, nicht direkt, aber du kannst ihn krank machen oder in den Wahnsinn treiben. Nun aber folge mir." Kurz darauf standen wir in einem mir unbekannten Raum. Auch den Mann, der dort lag und schlief, kannte ich nicht. Der Elf nahm meine Hände und legte sie an die Schläfen des Schlafenden. Gleich darauf stürzte ich durch einen Tunnel und befand mich wenig später in einem großen Saal. Hohe Säulen stützen die Decke. Durch hohe Fenster mit buntem Glas fiel Sonnenschein. Der Fußboden bestand aus feinstem Marmor. Inmitten der vielen weiblichen Diener schimmerte ein großes Tauchbecken, das bis zum Rand mit Gold gefüllt war. Mitten im Gold saß der Mann, an dessen Schläfen ich meine Hände hielt. Er badete im Gold, ließ es sich von den jungen Dienerinnen aus großen Karaffen auf den Kopf regnen. Dabei lachte er und freute sich wie ein kleines Kind. Wir betrachteten das Schauspiel, ohne dass uns jemand beachtete. Auf ein Zeichen Meister Gantalahs legte ich meine Finger an meine Schläfen und stand danach wieder vor dem Bett des Mannes, der immer noch friedlich weiterschlief.

An der Hand des Elfen fand ich mich im nächsten Augenblick an unserem alten Baum wieder. „Wir können als einfache Beobachter an dem Traum eines Dritten teilnehmen. So wie wir diesem Mann dabei zugesehen haben, wie er sich seine Zukunft erträumt, so können wir in jedem Traum als Zuschauer auftauchen, uns informieren und Schwächen und Ängste unserer Feinde herausfinden. Aber wir können auch Heilung und Hoffnung bringen. Die Menschen, die uns nicht kennen, werden uns in ihren Träumen keine Beachtung schenken." Der Meister betrachtete das Meer aus Blumen, das sanft vom Wind gestreichelt wurde. „Mit dem nächsten Schritt werden wir in die Träume von Menschen reisen, die wir kennen. Dort ist es viel schwieriger, etwas zu bewirken. Denn wenn wir im Traum eines Bekannten erscheinen, wird er uns beachten, egal wie unauffällig wir uns verhalten. Deshalb müssen wir sorgsam überlegen, was wir dort wollen. In wessen Traum möchtest du gehen?" Das war eine schwierige Frage. Am liebsten wäre ich zu Saarami gereist, traute mich aber nicht, das vorzuschlagen. Deshalb wählte ich Yinzu. Zu ihm hatte ich am meisten Vertrauen. Er war es, der mich verstand, auch wenn alle anderen mich für verrückt hielten. „Nun gut, so soll es sein", sagte der Elf.

Leicht berührte er meine Hand, und im nächsten Moment stand ich schon neben Yinzus Schlafplatz. Ich legte vorsichtig meine Hände an seine Schläfen. Plötzlich stand ich auf einem Feld bei Sonnenuntergang. Es musste gerade eine große Schlacht zu Ende gegangen sein, denn die Luft war noch erfüllt von den gerade verklungenen Schreien der Gefallenen, deren Leiber die Erde bedeckten. Schmerz lag in der Luft, ich spürte ihn. Dann sah ich Yinzu. Er stand, schwankend auf sein Schwert gelehnt, und sah in das Abendrot. Langsam bewegte ich mich auf ihn zu. Er blutete aus mehreren Wunden und weinte. Vorsichtig legte ich meine Hand auf seine Schulter. Sein Kopf fuhr herum. „Was, du kommst jetzt wieder? Jetzt, wo alles verloren ist? Sie sind alle tot. Und du hast uns im Stich gelassen. Immer hatte ich gedacht, du seist mein Freund, ich könne mich auf dich verlassen. Aber du bist nicht besser als die anderen. Du hast mich allein gelassen. Wir alle haben dir vertraut, und nun sind sie alle tot." Die Tränen liefen über sein Gesicht, und mit einer Bewegung seiner Schulter schüttelte er meine Hand ab. Meine Kehle war wie zugeschnürt. Da vernahm ich die Stimme des Elfen in meinem Kopf. „Denk daran, es ist nur ein Traum." Ich umarmte Yinzu. „Mein Freund, niemals würde ich dich verlassen. Ich würde mein Leben für dich geben." Hart lachte er auf. „Zu spät, zu spät." Er sank auf seine Knie. Da spürte ich, wie mir jemand seine Hände auf die Schläfen legte.

    Als ich meine Augen öffnete, saß ich neben Meister Gantalah an den Baum gelegt. „Meister, ich..." Tränen stiegen in mir auf. Meister Gantalah aber begann, mir den Traum zu erklären. „Dein Freund hat große Angst. Er ist in seinem Leben schon oft enttäuscht worden und konnte sich bisher auf niemanden verlassen. Du bist der erste Mensch, der ihm etwas bedeutet. Seine Angst sitzt aber so tief, dass sie ihn immer wieder davor warnt, sich dir ganz zu offenbaren. Nimm meinen Rat an und sprich mit Yinzu. Er muss diese Mauer aus Angst selbst durchbrechen. Nur so kann er lernen, dir voll und ganz zu vertrauen."

    Als mich Hamron weckte, war ich noch immer traurig und bestürzt. „Bei den Göttern, wie siehst du denn aus?" Erstaunt machte Hamron mir Platz, als ich ihn beiseite schob. Ich ließ meinen Blick durch das Zelt schweifen, sah aber nirgends meinen Freund. „Wo ist Yinzu?" Beleidigt deutete Hamron nach draußen. Mit wenigen Schritten war ich aus dem Zelt und fand Yinzu auf dem Weg zum Bach. Seine Augen wurden groß, als ich so plötzlich neben ihm auftauchte, aber er schwieg. Ich versuchte zu lächeln. „Na, mein Freund, wie hast du geschlafen?" Nun kniff er die Augen zusammen. „Schlecht, warum fragst du mich das ausgerechnet heute?" „Hattest du einen bösen Traum?" Er schüttelte den Kopf. Ich aber ließ nicht locker. „Du hast von einer großen Schlacht geträumt, nicht wahr?" Yinzu war stehengeblieben. „Habe ich im Schlaf gesprochen, oder woher weißt du das?" „Ich war dort", sagte ich leise. Erschrocken wich er zwei Schritte zurück. „Wie kann das sein?", stammelte er, „was weißt du noch?" Ich erzählte ihm alles. „Warum hast du Angst davor, dass ich dich enttäusche?" Er legte den Kopf in den Nacken und sah in den Morgenhimmel. Tief sog er die Morgenfrische in sich hinein. Dann, ganz leise, begann er zu sprechen. „Alle Menschen, die ich bisher in meinem Leben getroffen habe, haben mich enttäuscht. Je größer meine Liebe zu ihnen war, je tiefer haben sie mich verletzt. Noch niemandem konnte ich vertrauen. Als ich noch ganz klein war, ging mein Vater auf die Jagd. Er sagte, ich könne noch nicht mitkommen, weil ich zu jung zum Jagen sei, aber er würde mich später mitnehmen. Er kam nie wieder. Einige Zeit später gab meine Mutter mich in die Obhut ihres Bruders. Er sollte sich um meine Erziehung kümmern. Sie hatte Angst, dass die plündernden Horden, die zu dieser Zeit in unserem Land wüteten, auch in unser Dorf kommen würden. Ich bewunderte meinen Onkel, er war ein reicher Kaufmann, gebildet und geschickt im Umgang mit dem Schwert. Aber ich wollte nicht von zuhause fort. Da versicherte mir meine Mutter, sie würde auf mich warten, bis ich groß genug sei, um ihr auf unserem Hof zu helfen. Also zog ich mit meinem Onkel fort. Wir waren erst einige Tagesmärsche von unserem Dorf entfernt, da hat mich der Bruder meiner Mutter auf dem Sklavenmarkt verkauft. Es war ein Händler aus dem Nordland. Ein schlimmer Mann, er schlug mich oft, und ich hatte große Angst vor ihm. Da lief ich fort. Ich schaffte es bis nach Hause. Aber alle waren tot. Unser ganzes Dorf war niedergebrannt. Meine Mutter, die auf mich warten wollte, war von den Männern meines Onkels ermordet worden. So hatte er sich auch ihren Teil des Erbes gesichert. Da wollte ich nicht mehr leben. Doch bevor ich meinem Leben ein Ende machen konnte, wurde ich von den Barbaren aus dem Nordland wieder eingefangen.

Auf einem Markt fand mich Meister Wintal. Er rettete mich, als mich der Sklavenhändler totschlagen wollte, weil mich niemand kaufen wollte. So kam ich zum Clan."

Tränen liefen mir über das Gesicht. Ich nahm Yinzu bei der Hand und zog ihn mit mir. Ich lief, bis ich eine kleine Senke erreichte, die uns vor neugierigen Blicken bewahrte. Dort zog ich mit der Klinge einen Kreis um uns. Ich sank auf meine Knie und zog ihn zu mir herunter. Fragend sah Yinzu mich an. Ich zog meinen Dolch und hielt die Klinge vor uns in die Höhe. „Donar, Gott aller Krieger, sei mein Zeuge. Bei meinem Blut schwöre ich, dass ich diesen Krieger niemals verlassen werde. Ich werde an seiner Seite bleiben und nicht von ihm weichen, wenn er es mir nicht befiehlt. Ich werde mein Leben für ihn geben. Mein Blut besiegelt meinen Schwur vor dir und den Ahnen unseres Clans." Noch bevor Yinzu etwas dagegen unternehmen konnte, hatte ich tief in meinen Unterarm geschnitten. Mein Arm brannte wie Feuer, als das Blut an ihm herunterlief und auf den Boden tropfte. Als ich meinen Blick hob, sah ich wie auch Yinzu die Tränen über das Gesicht liefen. Er schüttelte immer wieder den Kopf, den die Stimme versagte ihm. Mit zitternder Hand nahm er mir meinen Dolch aus den Händen. Plötzlich begann er, in einer Sprache zu sprechen, die ich noch nie zuvor gehört hatte. Die Worte klangen kurz und abgehackt, etwas Unheimliches ging von ihnen aus. Mit einer schnellen Bewegung, schnitt er sich ebenfalls in den Unterarm. Dunkelrot quoll sein Blut daraus hervor. Er nahm meine Hand und presste die Wunden aufeinander. „Jetzt", sagte er, „sind wir vom selben Blut. Nicht nur Brüder desselben Clans. Nein, jetzt sind unsere Blutlinien für alle Zeit unzertrennbar miteinander verbunden." Dann nahm er mich in den Arm.

Glücklich tauchten wir beide in die eiskalten Fluten des kleinen Gebirgsbaches. Als Hamron uns sah, schüttelte er den Kopf. Ohne Fragen zu stellen, versorgte er unsere Wunden.

Eines Tages kamen Lantar und Galltor von der Jagd wieder. Sie hatten mehrere Hasen und einige Schlangen gefangen. Aber sie zeigten uns nicht stolz ihre Beute, sondern suchten sichtlich besorgt nach unseren Meistern. Mit knappen Worten berichtete Lantar, was sie gesehen hatten: Ein Zug von ungefähr zwanzig Schülern, angeführt von zwei Kriegern, komme direkt auf unser Lager zu. Da die Jungen und Mädchen zu Fuß gingen, würde es noch einige Zeit dauern, bis sie einträfen. Meister Wintal fragte, ob sie bemerkt worden seien. Das war nicht der Fall. Sofort schwang sich Meister Torgal auf sein Pferd und ritt aus dem Lager heraus. Meister Wintal sah in die Runde. Inzwischen hatte sich auch der Rest des Zuges versammelt, um die Neuigkeiten zu hören. „Habt ihr nichts zu tun?" Mit den Armen wedelnd verscheuchte uns Meister Wintal. Ich fragte trotzdem, ob es wieder so einen Kampf geben könne, wie damals mit Usantars Zug. Meister Wintal schüttelte den Kopf. Es könne sich nur um einen Zug mit jüngeren Schülern handeln. „Die täten gut daran, einfach weiterzuziehen, wenn wir sie denn lassen", fügte er hinzu und lächelte gefährlich. In mir keimte der unangenehme Gedanke auf, dass wir mit diesem Zug das Gleiche zufügen könnten, was damals uns zugefügt worden war.

Schon bald kehrte Meister Torgal auf Feuersturm zurück. Er befahl uns, sofort die Verteidigung vorzubereiten. Sein Pferd ließ er vor dem Zelt einfach stehen und ging hinein, um sich mit Meister Wintal zu beraten. Wenig später hatten wir unser Rüstzeug angelegt und die Waffen in den Händen. Meister Wintal lachte und schüttelte den Kopf. „Ihr Narren, was glaubt ihr, was jetzt passieren wird? Glaubt ihr, dass wir uns gegenseitig abschlachten wollen? Wir werden nichts dergleichen tun." Meister Torgal berichtete, was er beobachtet hatte. „Der Zug, der sich auf uns zubewegt, wird von zwei ehrenwerten Kriegern geführt: von Rollrath und Turuma. Ihre Schüler haben gerade die erste Weihe bekommen. Wir werden sie nicht angreifen, sondern abwarten, was sie vorhaben. Ihre Späher dürften uns bald ausgemacht haben. Es wäre äußert unklug, wenn die beiden einen Angriff befehlen würden. Andererseits wird es die Ehre den beiden Kriegern verbieten, einfach so an uns vorbeizulaufen. Da ihr Zug vom langen Marsch aber schon recht erschöpft ist, müssen die beiden sich etwas einfallen lassen." Deutlich spürbar entspannten sich viele von uns. Meister Wintal warnte uns aber davor, den Gegner zu unterschätzen, auch wenn er schwach und zahlenmäßig vielleicht unterlegen sei. Verzweiflung könne die Kraft eines jeden Mannes und einer jeden Frau um ein Vielfaches erhöhen.

Kurz darauf verkündete die Wache auf dem Turm, dass sich der andere Zug nähere. Sofort rannten alle zu den Wällen. Wir erspähten zwischen den Stämmen, dass sie eine breite Front gebildet hatten. Ein Krieger ritt voran, der andere saß auf einem Wagen. Das kam mir bekannt vor. Dass der Zug in einer breiten Linie auf uns zukam und nicht in einer Marschreihe, konnte nur bedeuten, dass wir kämpfen mussten. Ich spürte eine angenehme Vorfreude im Magen, ich wollte niemanden der Unsrigen verletzen, aber ein Kampf gegen einen anderen Zug reizte mich. Hatten wir doch in den letzten Wochen uns nur gegenseitig das Leben schwer gemacht.

Mit einer Handbewegung hielt der Krieger, der voranritt, seinen Zug an. Jetzt konnte ich erkennen, dass sie lange Stöcke trugen, genau wie wir damals. Ich musste lachen. Die Mädchen und Jungen sahen erschöpft und müde aus. In einigen Gesichtern konnte ich Angst erkennen. Sie wussten nicht, was passieren würde. Der Krieger preschte auf seinem Pferd bis auf Steinwurfweite vor unsere Zugbrücke, dann blieb er stehen und rief: „Turuma vom Clan des Roten Drachen wünscht den Anführer dieser Feste zu sprechen. Zeigt euch." Der andere war inzwischen von seinem Wagen abgestiegen und stand jetzt neben seinem Bruder. Wir ließen die Brücke hinunter, und unsere Schwertmeister schritten hinaus auf das Feld. Am Wall hielten alle Jungen den Atem an. Es würde nun nicht mehr lange dauern, und wir würden über den anderen Zug herfallen und ihn niedermachen, so viel war schon mal sicher.

Aber statt sich anzuschreien und sich auf den Kampf einzuschwören, umarmten sich die vier Krieger. Scherzend unterhielten sie sich einige Zeit, dann kehrten Meister Wintal und Meister Torgal ins Lager zurück. „Jungs, es wird keinen großen Kampf geben, also entspannt euch." Meister Torgal grinste. „Wir haben vereinbart, die Stärksten aus den Zügen gegeneinander antreten zu lassen, damit die Krieger ihr Gesicht nicht verlieren. Es wird Kämpfe geben mit den bloßen Fäusten und mit Stöcken. Legt die Waffen nieder und stellt euch auf." Enttäuscht verließen wir in Zweierreihen unser Lager.

Der Zug war mit leichten Lederpanzern und mit einem einfachen Kettenhemd gerüstet. Ich sah unsichere und verängstigte Gesichter. Aber aus einigen sprach auch Hochmut und Kampfeslust. Das störte mich. Die vier Schwertmeister sprachen abwechselnd zu uns Schülern. Meister Rollrath begann. „Früher als erwartet, treffen wir auf einen Feind." Er lachte, als Meister Torgal ihm den Ellenbogen in die Rippen rammte. Seinen Schülern erklärte er: „Ihr seid noch nicht so weit, dass wir euch schon gegen einen anderen Zug antreten lassen wollen. Deshalb wird es Zweikämpfe geben. Das ist üblich, wenn zwei Gruppen des Clans sich begegnen." Er deutete auf einen seiner Schüler. Ich musste schlucken, als dieser vortrat. Er war mindestens zwei Köpfe größer als alle anderen und zweimal so breit. Seinen Stock hätte man auch leicht mit einem Baum verwechseln können, kein Wunder, dass sich seine Meister und er selbst ein Grinsen nicht verkneifen konnten. „Was ist denn das?", hörte ich Hamron neben mir stöhnen. Meister Wintal aber lachte nur und forderte Orphal durch ein leichtes Nicken auf vorzutreten.

Wir anderen bildeten einen Kreis um die beiden Kämpfer. Meister Torgal raunte Orphal zu: „Denk an das letzte Turnier und an Talwak!" Der Kampf wurde freigegeben. Beide Jungen standen sich einen Augenblick lang gegenüber. Der große Junge hieß Nuknar, wie ich später erfuhr. Er lachte überheblich, in diesem Moment wusste ich, dass er den Kampf verlieren würde. Er hob seinen gewaltigen Stock mit beiden Händen und täuschte einen Schlag von der Seite her an. Doch dann machte er eine halbe Drehung und wollte von oben auf Orphals Kopf einschlagen. Dieser Schlag hätte ohne Zweifel Orphals Schädel zertrümmert. Doch Orphal wartete die Finte ab, und als der Stock niedersauste, wich er seitlich aus und schlug mit so großer Wucht auf Nuknars Knie, dass der sein Gleichgewicht verlor. Er schrie vor Überraschung und Schmerz auf und lag noch nicht ganz auf dem Boden, als Orphal ihn schon bewusstlos schlug.

Meister Turuma kümmerte sich um seinen Schüler, der langsam wieder zu sich kam. Nun musste noch ein Kampf mit bloßen Fäusten ausgetragen werden. Meister Torgal gab mir zu verstehen, dass ich antreten sollte. Ich trat in die Mitte des Kreises. Meister Rollrath musterte mich einen Moment, dann suchte er aus seinen Schülern meinen Gegner aus: ein Mädchen! Einen Moment ärgerte ich mich darüber, bis ich Meister Wintal hinter mir flüstern hörte. „Denk an dein erstes Turnier." Ich schämte mich, war ich doch gerade Zeuge geworden, dass Überheblichkeit Nuknar hatte verlieren lassen.

Das Mädchen sah mich nicht an, sie starrte ins Nichts. Sie wirkte drahtig und ernst. Ihre langen Haare hatte sie zu einem Zopf zusammengebunden, dadurch fielen ihre kleine Nase und die hohe Wangenknochen besonders auf. Tief atmete ich aus, um diese Gedanken aus meinem Kopf zu vertreiben. Sie war nun mein Gegner, auch wenn sie noch so hübsch war, durfte ich mich davon nicht ablenken lassen. Beide standen wir einfach nur da. Keiner von uns bewegte sich. Ich konzentrierte mich auf das Energiezentrum in der Mitte meines Körpers, so wie ich es beim Schwertkampftraining gelernt hatte. Mein Blick war auf ihre Körpermitte gerichtet, um jeden Ansatz einer Bewegung sofort zu erkennen. Die Zeit verstrich. Mir fiel auf, dass sie nervös wurde, aber noch hielt sie stand. Unwillkürlich musste ich an den Kampf zwischen Meister Torgal und Usantar denken. Unserer war ähnlich. Es dauerte noch einige Zeit, dann wurde die Unbeweglichkeit für das Mädchen unerträglich. Mit einem schrillen Kampfschrei stürzte sie sich auf mich. Sie schleuderte mir zwei sehr schnelle Faustschläge entgegen, die auf meinen Kopf zielten. Der erste erreichte mich nicht ganz, der zweite hätte mich voll erwischt, wenn ich nicht auf ein Knie gefallen wäre. Meinen vorderen Arm hatte ich über den Kopf gehoben, um so ihren Schlag abzulenken. Mit der hinteren Faust schlug ich, so stark ich konnte, gegen ihren Lederpanzer. Ich spürte, wie das Leder nachgab und sich meine Faust in ihren Bauch bohrte. Mit einem keuchenden Laut wich die Luft aus ihrem Körper. Sie sah mich mit großen Augen an. Ich kniete immer noch mit einem Bein auf dem Boden, als sie langsam nach hinten umfiel. Mit einem Satz war ich bei ihr und fing sie auf, bevor sie auf den Boden aufschlug. Sie schnappte nach Luft wie ein Fisch, der auf dem Trockenen liegt.

Dieser Sieg ging eindeutig an uns. Wir luden den anderen Zug ein, bei uns zu Abend zu essen und über Nacht zu bleiben. Die Jungen und Mädchen waren froh, dass wir unsere Jagdbeute mit ihnen teilten. In diese Nacht suchte ich Meister Gantalah nicht auf, denn wir saßen lange am Feuer und lauschten den Geschichten, die von den Schwertmeistern zum Besten gegeben wurden. Am nächsten Morgen brachen sie schon sehr früh auf, und wir bedauerten, die erbauliche Gesellschaft so schnell wieder verloren zu haben.

Als die Tage wieder kürzer zu werden begannen, erklärten unsere beiden Schwertmeister das Training im Feld für beendet, sie seien zufrieden und es sei nun an der Zeit, ins Dorf zurückzukehren. Doch zuvor warte noch eine letzte Aufgabe auf uns: die vollständige Zerstörung unseres Lagers. Wir waren geschockt. In den ganzen Wochen und Monaten, die wir dort verbracht hatten, war uns das Lager zu einer zweiten Heimat geworden. Wir hatten es ständig verbessert und in Ordnung gehalten, und nun sollten wir es zerstören. Meister Wintal erklärte uns, dass es nicht gut sei, sich so sehr mit irgendetwas verbunden zu fühlen, da alles vergänglich sei. „Wenn ihr eine Stadt aufgeben müsst, weil der Feind zu stark ist, dann zerstört sie, damit sie ihm nicht in die Hände fällt. Nichts, was ihr hinter euch lasst, darf dem Feind von Nutzen sein. Heute werden wir das Lager angreifen und es zerstören. Diese Übung zeigt euch, dass ein Angriff, der auf eine vollständige Zerstörung ausgerichtet ist, ein anderer sein muss, als einer, mit dem ihr etwas erobern wollt. Eingenommen habt ihr das Lager schon oft genug, jetzt müsst ihr es vernichten."

Wir packten unsere Sachen zusammen, beluden den Wagen und machten uns zum Abmarsch bereit. Als wir zum letzten Mal über unsere Zugbrücke ritten, ließen alle die Köpfe hängen. Meister Wintal gab die Pfeile und Bögen aus. Wir bereiteten unsere Pfeile darauf vor, als Brandpfeile verschossen zu werden. Hierzu mussten wir eine Flüssigkeit anmischen, deren Zusammensetzung wir in den letzten Wochen gelernt hatten. Alte Lappen wurden darin getränkt und um die Spitzen der Pfeile gewickelt. Durch die Tinktur wurde aus einem einfachen Pfeil eine sehr wirkungsvolle Waffe.

Wir hatten, wie so oft in den letzten Wochen, unsere Kettenhemden angelegt. Das Gewicht spürten wir kaum noch. Darüber war der Lederpanzer befestigt. Auf unserem Kopf trugen wir einen leichten Helm, der uns auch vor uns selbst schützen sollte. So ausgerüstet, machten wir uns zum Angriff bereit. Meister Torgal kam uns auf Feuersturm entgegengesprengt. Er erklärte, dass er heraus gefunden habe, dass die Verteidiger der Festung vorgewarnt worden seien. Nun hätten sie sich auf eine Belagerung eingestellt. Als wir uns dem Lager näherten, sah ich, dass hinter dem Wall und auf dem Turm die letzten unserer Strohkrieger aufgestellt waren. Außerdem lag auf der Brücke ein dickes Seil bis ins Feld hinein. Wir saßen ab, um Kriegsrat zu halten. Wie so oft beobachteten uns unsere Lehrer dabei sehr genau. Nach kurzer Absprache hatten wir uns entschieden, das Lager mit einer Reitertruppe anzugreifen. Da wir es zerstören sollten, wollten wir es dabei mit den Brandpfeilen beschießen. Nur eine Handvoll der Jungen sollte für einen eventuellen Ausfall der Feinde bereitstehen, um diesen abzufangen. Wohlweislich hatte Yinzu darauf bestanden, weil ihn das Seil stutzig gemacht hatte.

Ich hatte mich freiwillig zu dieser Gruppe gemeldet. Zu viert warteten wir, mit Pfeil und Bogen sowie mit den Speeren bewaffnet, was passieren würde. Alle anderen wollten unbedingt dabei sein, wenn das Lager niedergebrannt wurde. Dazu verspürte ich keine große Lust, zu sehr war mir dieser Ort zu einer zweiten Heimat geworden und zum Symbol meiner Ausbildung durch Meister Gantalah. Wir lagen gut getarnt in einer kleinen Senke, nicht weit von der Brücke entfernt. Merkwürdigerweise waren unsere Schwertmeister nirgends zu sehen. Ich glaube, sie hätten sich einen guten Beobachtungsposten gewählt, und hing noch meinen Gedanken nach, als uns ein Hornsignal aufschreckte, das Zeichen zum Angriff. Ein dumpfes Beben kündete von der Reiterei.

Unter lautem Kampfgeschrei flogen die ersten Pfeile über den Wall ins Lager hinein. Es schoss immer nur die Hälfte der Reiter. So waren auch dann Pfeile in der Luft, wenn die anderen neu auflegten. Schnell loderten die Flammen hell auf. Da flog mit einem lauten Knall die Zugbrücke herunter, und unsere Schwertmeister zogen, auf ihren Pferden sitzend, den zweiten Wagen an dem Seil heraus. Auf ihm standen einige Strohmänner in vollem Rüstzeug, ihre Waffen blitzten gefährlich im Schein der Flammen. Durch das Rucken des Wagens sah es aus, als bewegten sie sich. Sie fuhren direkt auf uns zu. Wir legten auf die Angreifer an, doch weil wir trotz allem von diesem Ausbruch überrascht worden waren, gelang es keinem von uns, mehr als einen Pfeil abzuschießen, bis der Wagen uns erreichte. Mit den Speeren holten wir die Feinde vom Wagen und gaben ihnen auf dem Boden den Rest. Mein Speer steckte noch in einem der niedergemachten Verteidiger, als unsere Reiterei herangesprengt kam. Yinzu konnte sich ein Lächeln nicht verkneifen. Dankbar für sein taktisches Geschick, nickte ich ihm zu. Wären wir nicht vorbereitet gewesen, hätten wenigstens ein Teil der Feinde fliehen können und wir die Aufgabe nicht bestanden. So aber waren unsere Meister mit uns zufrieden.

    In der Dämmerung zogen wir fort, noch sehr lange leuchtete der Schein der Flammen am Horizont. Obwohl wir alle müde waren, rasteten wir nicht. Wären wir auf der Flucht, erklärte uns Meister Wintal, dann sei es besser, die Nacht durchzureiten. Wir sollten uns an den Sternen orientieren. Ich atmete auf, als die Morgendämmerung sich ankündigte. Doch zu meiner Überraschung rasteten wir auch am Tage nicht. Abends begann mein Hintern zu schmerzen, und auch Kalter Tod wurde unruhig und immer langsamer. Wenn ich ihn antrieb, versuchte er, jedes Pferd zu beißen, das er erreichen konnte. In der folgenden Nacht zogen Wolken auf, und es begann zu regnen. Ein Gewitter brach über uns herein, wie ich selten eines erlebt hatte. Sehen konnten wir immer nur, wenn die Blitze die Nacht zerrissen. Aber auch dann waren nur die Schleier aus Wasser zu erkennen, die vom Sturm vor uns hergetrieben wurden.

    Wir hatten gerade eine kleine Hügelkuppe überquert, als ich glaubte, den Schein eines Feuers gesehen zu haben. Als ich mir den Regen aus dem Gesicht wischte, erkannte ich das Hauptdorf des Clans. Das Unwetter war so stark, dass wir uns dem Dorf bis auf wenige Schritte genähert hatten, ohne es zu bemerken. Kein Mensch war zu sehen und doch wusste ich, dass unsere Ankunft nicht verborgen geblieben war. Wir ritten geradewegs zu den Stallungen. Dort versorgten wir unsere Pferde, die dankbar waren, ein trockenes Plätzchen zu bekommen, und das Futter gierig in sich hineinschlangen. Auch wir sehnten uns nach einem trockenen Ort, aber wir mussten erst unsere Ausrüstung reinigen und sorgfältig verstauen. Danach durften wir in die Badehäuser. Mitten in der Nacht konnten wir endlich in unsere Betten fallen. Es war mir egal, ob ich Hunger verspürte oder nicht. Ich wollte nur noch schlafen.

    Etwas Warmes weckte mich. Die Herbstsonne schien durch mein Fenster. Es war schon lichter Tag, ich hatte sogar den Weckruf des Hahns verschlafen und fühlte mich frisch und ausgeruht, nur mein Magen meldete seine Ansprüche an. Es war noch überall still, vorsichtig öffnete ich die Tür zu Yinzus Zimmer. Ich fand ihn zusammengerollt unter seiner Decke. Er grummelte nur unwillig und setzte sich erst ruckartig auf, als ich ihm erklärte, dass der Vormittag schon verstrichen sei. Er kleidete sich rasch an, und dann machten wir uns auf den Weg zur Küche. Yinzu fragte sich, warum wir von unseren Meister nicht geweckt worden seien. Grinsend vermutete ich, dass die beiden wohl so von uns beeindruckt waren, dass wir ausschlafen durften. Aber Yinzu schüttelte nur den Kopf und fragte mich, ob ich noch bei Verstand sei.

    Die dicke Köchin lachte uns entgegen und meinte, wir seien fürchterlich dünn geworden. Sie würde schon dafür sorgen, dass wir wieder zu Kräften kämen. Sie und ihre Helferinnen tischten uns Leckereien auf, die ich schon lange nicht mehr genossen hatte. Yinzu und ich schlugen uns den Bauch so richtig voll. Nach und nach kamen auch die anderen Jungen unseres Zuges. Alle sahen noch sehr verschlafen aus und fragten sich, warum wir wohl so lange hatten schlafen dürfen. Als wir alle endlich satt waren, beschlossen wir, nach unseren Meistern zu suchen. Gerade überquerten wir den Dorfplatz, als uns Meister Wintal entgegengelaufen kam. Er sah sehr ernst aus, aber als er uns bemerkte, lachte er und rief, dass wir noch immer verschlafen aussehen würden. Er lief an uns vorbei und wir folgten ihm verwirrt, er aber befahl uns, auf ihn zu warten, er müsse zum Großmeister.

Aus Langeweile begannen wir, uns gegenseitig zu necken und herumzubalgen. Da kam Meister Wintal zurück. Er erklärte, dass wir nur noch wenige Tage im Dorf blieben, dann beginne unser nächster Ausbildungsabschnitt an einem anderen Ort. „Alles weitere werdet ihr von Meister Zorralf und dem Großmeister erfahren. Aber ich kann euch versprechen, ein Zuckerschlecken wird es nicht werden." Zögernd meldete sich Talwak. „Meister, die Wintersonnenwende steht kurz bevor. Sollten wir dann nicht unsere letzte Weihe bekommen?" Gewaltig brach das Lachen aus Meister Wintal hervor. Wir sahen uns erstaunt an, denn Talwak hatte nur ausgesprochen, was alle anderen dachten. „Ihr Narren, nur weil ihr eure Weihen immer zur Wintersonnenwende bekommen habt, heißt das noch lange nicht, dass es dieses Jahr genauso sein wird. Wenn Meister Torgal und ich der Meinung sind, dass ihr noch zehn weitere Jahre ausgebildet werden müsst, dann wird das so sein. Die letzte Weihe - ihr seid vielleicht lustig!" Er ließ uns stehen und ging kopfschüttelnd davon.

Ratlos blieben wir zurück, hatten wir doch tatsächlich geglaubt, die dritte Weihe stehe unmittelbar bevor. Yinzu fasste sich als erster. „Es sieht so aus, als ob wir uns etwas überschätzt hätten, Männer." Dabei hatte er seine Fäuste in die Hüften gestemmt und machte Meister Torgal nach, was ihm auch sehr gut gelang. Einen Moment später lag sich der ganze Zug in den Armen und hielt sich die Bäuche vor Lachen, bis Hamron plötzlich verstummte. Ich folgte seinem Blick und entdeckte Meister Torgal, der hinter Yinzu aufgetaucht war. Mir stockte der Atem, das würde böse enden. Yinzu war so sehr in seine Rolle vertieft, dass er nichts bemerkte. Erst als alle stumm an ihm vorbeisahen, traf sein Blick den meinen. Er hielt inne und fragte mich: „Meister Torgal steht hinter mir, ist es nicht so?" Ich konnte ihm nur zunicken. Sehr langsam drehte Yinzu sich zu unserem Schwertmeister um. Dieser stand, wie Yinzu eben, mit den Fäusten in den Hüften da und starrte ihn an. Mein armer Freund, es war schön, dich kennengelernt zu haben, dachte ich. Ich war sicher, dass es nun um ihn geschehen war. Noch niemand hatte es je gewagt, sich über Meister Torgal lustig zu machen. Yinzu senkte den Kopf, um seine verdiente Strafe entgegenzunehmen. Doch ein Wunder geschah. Dieser große Krieger begann zu lachen. Er lachte so laut und herzlich, dass wir erleichtert einstimmten, nachdem wir unseren Schrecken überwunden hatten. Nur Yinzu sah weiter auf den Boden und wusste nicht, wie ihm geschah. Nach einiger Zeit nahm Meister Torgal Yinzu in den Arm und lobte seine Darstellung. Noch niemand habe ihn je so gut nachgemacht. Er blickte auf und fuhr fort: „Es war sehr lustig. Sollte es aber noch mal jemand von euch wagen, sich über mich oder über einen der anderen Meister lustig zu machen, werde ich ihm eigenhändig das Herz herausreißen. Haben wir uns da verstanden?" Yinzus Knie zitterten. „Wenn ihr Kiltscheißer euch wieder etwas beruhigt habt, dann wäre es nett, wenn ihr mir folgen würdet." Mit diesen Worten drehte der Schwertmeister sich um und schritt von dannen. Mit einem flauen Gefühl in der Magengegend folgten wir ihm.

Unser Weg führte uns zum Haus des Großmeisters. Dort warteten Meister Zorralf und Meister Wintal schon auf uns und führten uns in den großen Raum, in dem ich schon einmal gewesen war. Meister Torgal stand bei den anderen Meistern und erzählte flüsternd, was vorgefallen war. Grinsend schauten sie in unsere blassen Gesichter. Da öffnete sich eine Tür und der Großmeister erschien, gefolgt von einem weiteren Mitglied des Hohen Rates und zwei Kriegerinnen. Mein Herz machte einen Hüpfer vor Freude: Saarami! Nachdem wir uns erhoben hatten, sah der Großmeister jeden von uns lange an. Als er mich fixierte, spürte ich einen ruhigen ernsten Blick, der tief in mein Innerstes sah. Er nickte mir kurz zu und ließ seine Augen dann weiterwandern. Ich sah möglichst unauffällig zu Saarami hinüber, sie aber hatte den Blick auf den Boden gerichtet und wartete. Das andere Mitglied des Hohen Rates war die alte Marula. Sie hatte sich inzwischen hingesetzt. Auch in ihrem Gesicht erkannte ich einen gewissen ernsten Ausdruck. Es schien, als ob uns etwas Wichtiges bevorstünde.

Nachdem der Großmeister uns alle begutachtet hatte, holte er tief Luft. „Wieder muss ich diesen Zug antreten lassen, und wieder ist es etwas Außergewöhnliches, das mich dazu veranlasst. Morgen früh werdet ihr zusammen mit euren Lehrern und den hier anwesenden Kriegern zu den Felsentoren reiten. Dort werdet ihr der Farbe eurer Tätowierung entsprechend ausgebildet und bekommt gleichzeitig eine wichtige Aufgabe. Wir brauchen gute und zuverlässige Männer, die unsere Sicherheit garantieren. Viele unserer Krieger werden bald ausziehen, weil sie neue Aufträge bekommen haben. In diesen unsicheren Zeiten wollen viele Fürsten und Kriegsherren sich unserer Qualitäten bedienen. Deshalb müssen andere über unsere Sicherheit wachen. Ich bin von einigen Mitgliedern des Rates überzeugt worden, dass ihr diese Männer seid. Macht eure Sache gut, dann sehen wir uns zu eurer dritten Weihe wieder. Die große Marula und Meister Zorralf werden euch begleiten. Sie werden diesen Abschnitt der Ausbildung leiten. Unterstützt werden sie dabei von euren Schwertmeistern und diesen beiden Kriegerinnen." Saarami und die andere Kriegerin traten daraufhin einen Schritt nach vorn. Beide hoben die Hände zum Gruß, den wir erwiderten. „Ihr werdet jetzt für den Abmarsch vorbereitet. Macht es gründlich, denn ihr werdet eine sehr lange Zeit nicht zurückkommen." Das war mir gleichgültig. Hatte er doch gesagt, dass die Kriegerinnen mitkommen würden. Das bedeutete, dass ich Saarami oft sehen würde!

Yinzu machte sich auf dem Weg zurück noch immer große Sorgen. „Ich bin tot, auch wenn ich jetzt noch laufe und atme. Meister Torgal wird mich bei den nächsten Freikämpfen zerreißen, ich weiß es genau. Ich bin tot, eindeutig." Freundschaftlich legte ich meinen Arm um seine Schultern. „Mein Freund, du brauchst keine Angst zu haben, er wird dir nichts tun, ganz bestimmt." Er fuhr mich an: „Woher willst du das wissen? Er hat dich zusammengeschlagen, nur weil du auf ein Zeichen von ihm nicht reagiert hast." Kopfschüttelnd versuchte ich, ihm zu erklären, dass es sich bei mir um eine Lektion gehandelt hatte. „Bei dir ist es etwas anderes, er wird seine Macht nicht missbrauchen, nur weil du dich über ihn lustig gemacht hast. Dann müsste er uns alle bestrafen, wir haben ja alle gelacht." Auch wenn Yinzu das einsah, so half es ihm doch nicht über seine Angst hinweg.

Kapitel 13: Die Felsentore

Schon früh am nächsten Morgen führte ich Kalter Tod aus dem Stall und belud seinen breiten Rücken mit meiner Ausrüstung. Treffpunkt war vor der Waffenkammer, aber natürlich war ich nicht der erste: Meister Torgal war schon dort. Er hatte die Kammertür offengelassen und rief, dass er Hilfe gebrauchen könne. Feuersturm begann nervös zu tänzeln, als ich mit Kalter Tod kam, doch ein scharfes Kommando seines Reiters ließ ihn erstarren. Kalter Tod blähte herablassend die Nüstern, ich aber zog seinen mächtigen Schädel zu mir herunter und bat ihn, keinen

Streit anzufangen. Dann bückte ich mich und trat durch die niedrige Tür in das Dämmerlicht der Waffenkammer.

Wir luden unsere Bögen und genügend Pfeile, Speere und Lanzen auf unseren Wagen, als Meister Zorralf vorfuhr. Zwei Pferde zogen seine aus dunklem Holz gearbeitete Kutsche. Statt einer Plane war ein großer Holzverschlag auf der Ladefläche befestigt. Dunkles Glas zierte die Seiten. Überall waren Runen und andere seltsame Symbole eingraviert. Das Gefährt sah gleichzeitig edel und unheimlich aus. Der Meister selbst saß kerzengerade vorne auf dem Kutschbock und lächelte vor sich hin. Als er anhielt, öffnete sich eines der Fenster und die alte Marula winkte uns zu. „Was schaut ihr denn alle so? Heute ist ein schöner Tag, genießt die Sonne. Auf was warten wir denn noch, Söhnchen? Der Tag ist zu kurz und zu schön, um herumzustehen." Meister Torgal lächelte und sagte, dass die anderen Schwertmeister noch nicht eingetroffen seien. Doch da erschien auch schon Meister Wintal, dicht gefolgt von Saarami und der anderen Kriegerin. „Wenn wir denn nun vollzählig sind, dann können wir ja endlich aufbrechen." Die alte Marula winkte einmal mit ihrem langen Stab und verschwand wieder in der Kutsche. Kurz darauf waren wir zu den Felsentoren unterwegs.

Noch vor Einbruch der Dunkelheit kamen wir an des Torwächters Hütte an und warteten, während die alte Marula, Meister Zorralf und unsere beiden Schwertmeister uns drinnen anmeldeten. Ich war auf Kalter Tod sitzengeblieben und sah mich um. Hinter uns lag das von der Abendröte beleuchtete Tal des Clans. Es sah wunderschön aus, als wäre ein roter Schleier darübergelegt worden. Plötzlich spürte ich Saaramis Blick. Sie saß ebenfalls auf ihrem Pferd und sah mich an. Als sich unsere Blicke trafen, senkte sie schnell den Kopf. Ich musste schmunzeln, und mein Herz schlug mir bis zum Hals. Anscheinend hatte sie das Interesse an mir noch nicht verloren.

Der Befehl „Absitzen!" riss mich aus meinen Gedanken. Fast wäre ich vor Schreck vom Rücken meines Pferdes gefallen. Wir führten unsere Tiere am Zügel und folgten Meister Wintal zu den Stallungen, die in die Felsen gehauen waren. Nachdem wir unsere Tiere versorgt hatten, brachte uns Meister Torgal zu unserer Unterkunft. Die Gänge waren schmal und erfüllt mit einer merkwürdig dumpfen Luft. Leise erklärte uns Meister Torgal, dass die Felsen eine großartige Eigenschaft besäßen: Im Winter sei es nicht so kalt, und im Sommer bliebe es angenehm kühl. Große Öllampen hingen von der Decke herab, deren Lichtschein die Dunkelheit zwischen den Felswänden nie ganz durchdrang.

Unser Schlafsaal lag tief im Berg, niemand bekam ein eigenes Zimmer, nur ein Regal, in dem wir unsere wenigen Habseligkeiten verstauen konnten. Mein Bett stand zwischen denen von Yinzu und Hamron. Dann folgten Orphal, Isannrie und Galltor. Wir hatten gerade mal Zeit, unsere Bündel auszupacken, bevor Meister Wintal uns noch tiefer in den Felsen hineinführte. Die Gänge waren so schmal, dass gerade ein Mann hindurchpasste. Ich fühlte mich bedrängt und wie lebendig begraben. Schwindel erfasste mich, und ich blieb stehen, um mich an die Wand zu lehnen. Dadurch konnten die anderen nicht weiter und protestierten. Meister Wintal befahl mir mit scharfer Stimme weiterzugehen. Ich wollte mich von der Wand abstoßen, doch da hatte ich das Gefühl festzustecken. Die Wand wurde warm und feucht, weich und nachgiebig. Panik breitete sich in mir aus, denn ich glaubte, in ihr zu versinken. Mein Atem ging keuchend. Yinzu zog mich von der Wand weg und stützte mich. Aber ich wagte nicht, auch nur einen Schritt zu machen. Der Angstschweiß lief mir über das Gesicht, ich zitterte am ganzen Körper. Mein Meister drängte sich an den anderen vor mir vorbei und schlug mir mit der flachen Hand mitten ins Gesicht. Mein Kopf flog zur Seite. „Reiß dich zusammen, Aran", donnerte

Meister Wintal. „Wenn du nicht weitergehst, dann kann niemand an dir vorbei, um vielleicht einen Feind abzuwehren, der uns angreift." Er fasste mich unsanft am Arm und zog mich hinter sich her.

Nach endlosen Gängen und ungezählten Stufen gelangten wir in den Speisesaal, der auch unser Unterrichtsraum war und wie ein Klassenzimmer aussah. Kaum waren wir angekommen, ertönte ein tiefer Gong, und aus einem der Gänge, die in den Felsensaal mündeten, traten die alte Marula, Meister Zorralf, Meister Torgal, Saarami, die Kriegerin, die sie begleitete, und einige Meister, die ich noch nie gesehen hatte.

Wir nahmen auf den schmalen Holzbänken Platz. Auf einem Podest stellten sich die Krieger auf. Die alte Marula hatte sich schon in einen großen Holzstuhl gesetzt und betrachtete uns der Reihe nach. Ich fühlte, wie sie in meinen Kopf hineinsah, um meine Gedanken zu lesen. Sie lächelte. Ich wollte zurücklächeln, wurde aber von Meister Zorralf abgelenkt. „Ab heute, junge Krieger, beginnt der schwerste Abschnitt eurer Ausbildung. Ich stelle euch jetzt die Krieger vor, die die ehrenwerte Marula und mich bei eurem Unterricht unterstützen werden." Aus dem Halbdunkel trat ein dünner, groß gewachsener Krieger. Er ähnelte einem Raubvogel. Seine Arme waren lang und schmal, die Hände erinnerten mich an die Klauen eines Adlers. Seine Nase sah scharf aus wie ein Schnabel. „Das ist Meister Dontall, er ist der Festungswächter und ist verantwortlich für die Sicherheit aller Menschen im Tal. Keiner kennt die Festungsanlagen besser als er." Wir begrüßten den Wächter mit viel Respekt. Nun trat ein kleiner Mann vor, der mir bekannt vorkam. „Meister Iranntie wacht über alle, die Einlass begehren oder uns verlassen wollen." Das war der Mann, der uns nicht so ohne weiteres aus dem Tal hatte herausreiten lassen. Nur weil der Stallmeister ihn gut kannte, hatte er auf eine Durchsuchung unserer Ausrüstung verzichtet. Auch ihn grüßten wir ehrerbietig. Zum Schluss bat Meister Zorralf Saarami und ihre Begleiterin, einen Schritt vorzutreten. „Meisterin Saarami kennen die meisten von euch schon, sie hat geholfen, viele von euch gesundzupflegen. Sie wird begleitet von Meisterin Alldarania, auch sie ist eine Heilerin." Wir grüßten auch die beiden Frauen respektvoll, und ich hoffte, Saarami würde mir möglichst viele Unterrichtsstunden erteilen müssen.

Meister Zorralf erklärte mit knappen Worten, was uns erwartete. „Ihr werdet in den kommenden Wochen je nach der Farbe eurer Tätowierung in geheimes Wissen eingeweiht: die Roten in die Kunst, eine Armee zu führen, die Blauen in die Heilkunst, die Schwarzen in die Kunst der Magie. Von nun an werden sich eure Wege öfter trennen. Ihr werdet weiter gemeinsam trainieren, aber danach werdet ihr einzeln von uns Lehrern unterrichtet. Jetzt geht schlafen, ab morgen bricht eine neue Zeit für euch an."

Ohne mich auszuziehen, legte ich mich in mein Bett und schlief ein. Kurz darauf war ich auf dem Weg zu dem mir inzwischen so vertrauten alten Baum in der Hoffnung, Meister Gantalah dort zu treffen. Er wartete bereits auf mich und lächelte mir zur Begrüßung entgegen. „Na, junger Freund, was kann ich heute für dich tun?" Ich wollte etwas sagen, doch dann fiel mir ein, dass das ja unnötig war. So dachte ich an den vergangenen Tag. „Ja, ab jetzt bricht wirklich eine harte Zeit für euch an. Meister Zorralf hat nicht übertrieben. Aber du musst das alles nicht so furchtbar ernst nehmen. Und auch deine Angst in den Felsengängen ist völlig unbegründet. Wenn du durch sie hindurchgehst, denk daran, dass sie dich nicht bedrohen, sondern beschützen. Wenn dir das nicht hilft, dann konzentrier dich auf dein Energiezentrum und kontrolliere deinen Atem. Du wirst sehen, die Angst verschwindet." Dankbar für diese Unterweisung fragte ich, wann ich ihn wieder besuchen könne. „In deinen Träumen sooft du willst. Warte hier auf mich und sende mir deine Gedanken. Ich werde kommen." Er lächelte noch einmal, dann umspülte mich der Nebel, und ich erwachte im Dunkel des Schlafsaales.

Der Gong ertönte. Ausgeschlafen sprang ich aus dem Bett. An einer Seite des Schlafsaales lag ein kleiner Raum, durch den ein unterirdischer Bach floss, aus dem wir trinken konnten und in dem wir uns waschen sollten. Das Wasser war eisig, aber es erfrischte mich. Noch tiefer im Fels war eine Nische, wo wir uns erleichtern konnten, auch dort sorgte der Bach für die nötige Sauberkeit.

Auf dem Weg zum Frühstück versuchte ich, die Angst vor den engen Gängen einfach zu ignorieren und rannte die steinernen Stufen hinauf. Mürrisch registrierte ich, dass das Frühstück ziemlich mager ausfiel, ich war nicht gerade sehr begeistert über unseren neuen Aufenthaltsort. Während wir den heißen Brei löffelten, erklärte uns der Festungsmeister, dass die Felsentore schon sehr alt seien, sie sollen schon existiert haben, als die Götter noch auf Mittelerde wandelten. „Noch keine Armee hat es bisher geschafft, die Tore zu stürmen, zum einen weil die Anordnung und Beschaffenheit der Felsen dafür recht ungünstig sind." Er lächelte. „Zum anderen, weil die Männer und Frauen, die hier wachen, das Tal extrem gut und wirkungsvoll zu verteidigen wissen. Ihr werdet heute den wichtigsten Teil der Feste sehen. Also folgt mir. Hört nur gut zu. Fragen könnt ihr später."

Meister Wintal gab uns ein Zeichen, dass wir Meister Dontall folgen sollten. Er selbst bildete die Nachhut, damit niemand verlorenging. Die Gänge und Stollen, durch die wir uns aufwärts bewegten, waren sehr schmal, gerade so breit, dass ein Mann in vollem Rüstzeug hindurchpasste. Der Vorteil an dieser Bauweise sei, so erklärte der Festungsmeister, dass ein Mann allein sie verteidigen könne. Da niemand an ihm vorbeikomme, könne auch der Feind immer nur einer nach dem anderen angreifen. So halte man viele Gegner lange auf und bringe ihnen schwere Verluste bei, falls es ihnen denn wider Erwarten gelungen sein sollte, in die Feste einzudringen.

Schon bald gelangten wir in einen größeren Raum. Durch Fenster in der Decke schien das Licht des Tages. „Hier hält sich die Wachmannschaft auf, die gerade Dienst hat. Sie können den Platz vor den Toren von hier aus sehr gut eingesehen und die ersten Angreifer bekämpfen." Ich spürte einen kühlen Luftzug und entdeckte gleich darauf die schmalen Spalten im Fels: Schießscharten für die Bogenschützen. Einige flache Stufen führten uns nach oben zu einer schweren Holztür, die sich lautlos öffnen ließ. Wir traten hinaus auf einen schmalen Vorsprung, wo uns sofort ein starker Wind um die Ohren peitschte. Wir waren auf der gigantischen Felswand angekommen, die den Zugang zum Tal des Roten Drachen versperrte. Rechts und links zog sich, so weit das Auge reichte, eine schroffe Gebirgskette um das Tal. Aus einem dieser abweisenden, scharfkantigen Steinhänge war die Festung gehauen worden – ein Meisterwerk der Architektur.

Dort oben gab es Vorsprünge, Gänge und Plattformen auf mehreren Ebenen, die mit Treppen und Holzstiegen verbunden waren. Auf einer dieser Plattformen ruhte das Signalhorn auf seinem hölzernen Podest. Ich hatte seinen unheimlichen durch Mark und Bein gehenden warnenden oder begrüßenden Ton schon oft vernommen und stand nun mit vor Staunen offenem Mund davor. In Kopfhöhe befand sich das Mundstück. Selbst das war um einiges größer als alle Hörner, die ich bislang in der Hand gehalten hatte. Das Horn selbst war so groß, dass es auch von mehreren Männern nicht bewegt werden konnte. In seine große Öffnung, die in Richtung des Tals gedreht war, hätte ich mich leicht hineinstellen können. Mit stolzgeschwellter Brust verkündete Meister Dontall, dass es ein echtes Drachenhorn sei. Yinzu flüsterte: „Mach den Mund wieder zu, das sieht dämlich aus." Verdattert und etwas beleidigt versuchte ich mir vorzustellen, wie groß ein Drache sein muss, wenn allein sein Horn derart riesig ist. Als ich es berührte, spürte ich die leicht gewellte Oberfläche. Trotz ihrer Beschaffenheit war sie glatt, als ob sie poliert worden wäre. Meister Dontall erklärte uns, dass es eine ganze Reihe von verschiedenen Signalen gebe, die er uns aber auf gar keinen Fall jetzt vorführe. „Es würden Panik und Chaos ausbrechen. Mit diesem Horn darf nicht gespielt werden. Es wird nur geblasen, wenn es wirklich etwas Wichtiges mitzuteilen gibt."

Wir wurden über die Wehrgänge auf der Festung geführt. Von dort aus kann man jeden Reisenden beobachten, der sich zwischen den Toren befindet. Jetzt erinnerte ich mich auch, dass ich die Wächter auf eben diesen Wehrgängen gesehen hatte, als wir durch die schmalen Gänge geritten waren. Die Tore selbst waren so gewaltig, dass mehrere Männer auf ihnen herumlaufen konnten. Woraus sie bestanden, konnte ich nicht erkennen, da sie die Farbe des Felsens trugen, an dem sie befestigt waren. Ihre Aufhängung war tief in die steinerne Wand eingelassen, so war es nicht möglich, die Scharniere zu beschädigen.

Zurück im Unterrichtssaal entzündete der Festungsmeister einige Lampen, die eine Miniaturnachbildung der Felsentore erleuchteten. Man konnte das Modell von allen Seiten genau betrachten, sogar die Wehrgänge, durch die ich eben noch gelaufen war. Mit einem langen dünnen Stock erklärte uns Meister Dontall, wo wir uns befanden und was wir alles schon gesehen hatten, bevor er uns mit dem Versprechen entließ, dass wir am folgenden Tag gezeigt bekommen würden, wie sich die Tore öffnen lassen.

Mit Heißhunger warteten wir auf das Abendessen, mussten aber feststellen, dass es nur eine Rübensuppe gab. Außer Hamron verzogen alle das Gesicht. Ich war noch nicht ganz fertig, da erschien auch schon Meister Torgal, um uns zum Waffentraining abzuholen. Draußen dämmerte es schon, trotzdem gingen wir unser gesamtes Trainingsprogramm durch. Wenn wir nicht mit einem Partner übten, dann wiederholten wir Bewegungen mit unseren Waffen, die sich gegen unsichtbare Gegner richten. Diese Form des Trainings ist von den alten Meistern entwickelt worden, um die wirksamsten Techniken zu verinnerlichen. Erst als es schon lange dunkel war, beendete Meister Torgal das Training und befahl uns, unsere Waffen zu reinigen und zu verstauen. Gleich ginge es mit dem Unterricht weiter. Ich dachte, dass ich mich verhört hätte. Normalerweise war das die Zeit, schlafen zu gehen.

Meister Zorralf wartete schon ungeduldig auf uns, als wir den Unterrichtsraum betraten. „Ab heute werdet ihr lernen, was es bedeutet, einer Farbe des Clans anzugehören. Jeder von euch wird nun seiner Tätowierung entsprechend speziell ausgebildet, was nicht heißt, dass ihr euren normalen Tagesablauf vernachlässigen dürftet. Im Gegenteil: Ihr werdet noch zusätzlich üben müssen. Jetzt entscheidet sich, wer von euch die Ausbildung zu Ende bringt und wer aufgibt. Aber keine Angst, euer Zug ist stark, wenn ihr euch anstrengt, dann werdet ihr es alle schaffen." Dann teilte er uns der Färbung nach auf: schwarz, blau und rot. Als sich drei Gruppen gebildet hatten, betraten Meisterin Alldarania und Meister Dontall den Raum. Hamron und die anderen Blaugezeichneten gingen mit der Meisterin, die Roten mit Meister Dontall und Yinzu, Talwak und ich sollten Meister Zorralf folgen.

Es ging über viele Stufen tief in den Felsen hinunter bis in eine der kleinen, engen Zellen, von denen es dort unten eine Menge zu geben schien. Ich war noch dabei, mich auf dem Weg auf mein Energiezentrum in der Körpermitte zu konzentrieren, damit mich die Angst nicht zu sehr lähmte, da begann Meister Zorralf mit dem Unterricht. „Jeder von euch bekommt eine Zelle zugewiesen, in der ihr ganz für euch allein arbeiten müsst. Es ist euch verboten, über die Übungen zu sprechen. Denn ihr werdet in der höchsten Kunst ausgebildet: in der Magie des Roten Drachen." Seine Worte erfüllten mich mit Unbehagen. Ich wollte damit eigentlich nichts zu haben, auch wenn ich wusste, dass ich schon mehr Magisches gesehen hatte, als die meisten je erleben würden. „Habt vor allem Respekt vor der Magie. Sie kann Verbündete oder Werkzeug sein. Sie kann sich aber auch wie ein Feind gegen euch wenden, wenn es euch an Respekt fehlt. Wenn ihr diese Macht missbrauchen solltet, wird sie euch zerstören. Seid bescheiden und vorsichtig mit dem, was ihr tut und mit dem was ihr sagt. Ab heute betretet ihr eine ganz andere Welt. Eine der wichtigsten Voraussetzungen dafür, dass ihr euch mit ihr vertraut machen könnt, ist, dass ihr enthaltsam lebt." Talwak begann zu kichern, verstummte aber sofort, als ihn der Blick des Meisters traf. Yinzu ging stumm weiter, nur mir drängte sich eine Frage auf. „Meister, ich war schon einmal mit einer Frau zusammen. Heißt das, dass ich die Magie nun nicht mehr erlernen kann?" Er schmunzelte. „Nein, das heißt es nicht. Es ist nur so, dass du lernen wirst, deine Energie bei dir zu halten und sie nicht mit deinem Samen herauszuschleudern. Wer Energie verliert, wird nie die letzte Stufe der Magie erreichen können. Es gibt natürlich Techniken, die es euch erlauben, nicht auf die Freuden der Sexualität verzichten zu müssen, doch dafür seid ihr noch etwas zu jung. Jetzt werdet ihr erst einmal lernen, enthaltsam zu leben. Das bedeutet auch, dass ihr euch nicht selbst befriedigen dürft. Habt ihr das verstanden?" Das hatten wir: aus der Traum von Saarami! Sie war eine von uns, eine der Schwarzblauen. Ich wusste, dass sie eine aufrichtige Kriegerin war und ihren Ehrenkodex sehr ernst nahm. Wahrscheinlich würde sie mich noch nicht einmal in ihr Bett lassen, wenn ich sie im Schwertkampf besiegen hatte.

Mit einem Schlag ins Gesicht wurde ich aus meinen Gedanken gerissen. Erschrocken sah ich auf und stellte fest, dass Meister Zorralf stehengeblieben war, und zwar zu weit weg, um mich schlagen zu können. „Das, Aran, ist nur eine Kleinigkeit, die ihr erlernen werdet, um euch der Aufmerksamkeit anderer zu versichern." Ich nickte beschämt. Er zeigte uns unsere Zellen, jede ausgestattet mit einem kleinen Schemel, einem winzigen Tisch und einer dünnen Strohmatte. Dazu gab es noch eine Lampe und einen Tonkrug. Bevor uns Meister Zorralf entließ, zeigte er uns noch eine Atemtechnik, die uns dabei hilft, konzentrierter bei einer Sache zu bleiben. Danach durften wir endlich schlafen gehen. In diesem Felsen war der Wechsel von Tag und Nacht aufgehoben, die ständige Dunkelheit und Enge bedrückte mich und machte mich müde. Auch meine Freunde sahen erschöpft aus. Orphal und die anderen Rotgezeichneten waren schon dabei, sich niederzulegen, Hamron und die Gruppe der Blauen kamen kurz nach uns in den Schlafsaal. Wir tauschten nur Blicke, denn es war uns allen untersagt worden zu sprechen.

Der Festungsmeister verkündete am nächsten Morgen, dass wir nun die Tore selbst kennenlernen würden. „So große Tore können nicht nur von Menschenhand allein bewegt werden. Wir nehmen eine simple Technik zur Hilfe: Wasserkraft. Durch diesen Felsen fließt ein großer Fluss. Kommt mit." Je tiefer wir abwärtsstiegen, desto feuchter wurde es. Wassertropfen rannen an den moosigen Wänden hinab. Wir mussten uns vorsehen, dass wir auf dem glitschigen Boden nicht ausrutschten.

Endlich gelangten wir zu einer schmalen Tür. Durch die Feuchtigkeit war das Holz aufgequollen und ließ sich nur mit Mühe und unter lautem Quietschen öffnen. Dahinter wurde aus dem leisen Rauschen, das mit unserem Marsch in die Tiefen des Felsens hinein immer lauter geworden war, ein ohrenbetäubendes Brausen, so dass man schreien musste, um sein eigenes Wort zu verstehen. Meister Dontall ermahnte uns, immer dicht beieinanderzubleiben. Wenn einer von uns ausrutschte, wäre er verloren. Obwohl Lampen an den Wänden der Halle brannten, war es schwer, irgendetwas zu erkennen. Die tosenden Wassermassen, die aus dem dunklen Nichts an der Hallendecke zu uns herabstürzten, trieben Dunstschleier vor sich her. Es dauerte nicht lange und wir waren nass bis auf die Haut.

Vorsichtig setzten wir Schritt vor Schritt auf dem schmalen Felsvorsprung am Rande des Abgrunds, in dem der Fluss verschwand. Nur eine Eisenkette sicherte unseren Weg. Wieder erreichten wir eine Tür. Sie war aus Metall und ließ sich bedeutend leichter öffnen. Die Luft dahinter war nicht annähernd so feucht wie die am Wasserfall. Schnell waren einige der vielen Lampen und Fackeln entzündet, die an den Felswänden angebracht waren. In diesem Licht kamen riesige mit Metall beschlagene hölzerne Zahnräder zum Vorschein. „Das ist das härteste Holz, das es gibt. Es ist so schwer, dass es im Wasser versinkt. Es quillt bei Feuchtigkeit nicht auf und ist widerstandsfähiger als jedes Metall, denn es rostet nicht." Wir bestaunten beeindruckt die schwere Mechanik, die oben die Tore bewegte. Auf Orphals Frage, ob es denn nicht mühselig sei, immer herunterzulaufen, wenn die Tore geöffnet werden sollten, lachte Meister Dontall. „Hier unten sind nur die Zahnräder, junger Krieger. Geöffnet werden die Tore von oben. Nur wenn die Vorrichtung versagt, kommen wir herunter, um sie von hier aus zu bedienen. Natürlich müssen diese Zahnräder regelmäßig gewartet werden, aber das lernt ihr alles noch."

Ich hatte noch so lange das Rauschen des Wassers in den Ohren, dass ich schon glaubte, taub geworden zu sein. Zum Mittagessen gab es Rübensuppe und hartes Brot, dazu etwas Obst und reichlich Kräutertee. Prüfend schlürfte Hamron den Tee und erklärte mir dann, aus welchen Kräutern er zusammengestellt war. Alle dienten dazu, die Gesundheit zu erhalten und den Körper zu kräftigen. Schweigend aßen wir unser karges Mahl, bis Meister Dontall erschien, um uns den Teil der Mechanik zu zeigen, mit dem die Felsentore von den Torwächtern geöffnet werden können.

Kurz bevor wir die Plattform mit dem Drachenhorn erreichten, bogen wir in einen schmalen Gang ab. Nach einigen Schritten versperrte uns eine stabile Tür den Weg. Dahinter befanden sich Hebel und lange Seile, die durch schmale Schächte in der Tiefe verschwanden. Mit diesen Hebeln, so erklärte der Festungsmeister, würden unten die Schaufelräder ins Wasser gesenkt. Die Kraft des Flusses bewege dann die Winden mit den Ketten, die die Tore aufziehen. Durch schmale Fenster konnten die Torwächter das Geschehen vor und hinter den Toren beobachten. Es war erstaunlich, aber mit nur wenigen Männern konnte die ganze Anlage kontrolliert und auch verteidigt werden.

Nach unserem abendlichen Waffentraining saß ich in meiner kleinen Zelle allein im Schein der Lampe und wartete auf Meister Zorralf. Er setzte sich zu mir, und plötzlich vernahm ich seine Stimme in meinem Kopf. „Junger Krieger, ich habe mich lange mit Meister Gantalah beraten. Wir sind zu der Ansicht gekommen, dass du wie die anderen die Ausbildung von vorn beginnen solltest, auch wenn du schon weißt, wie du in deinen Träumen reisen kannst. Ich möchte, dass du mir die Atemübung vorführst, die ich euch gestern gezeigt habe." Trotz meiner Aufregung gelang es mir schnell, meinen Atem zu beruhigen und mich auf meine Körpermitte zu konzentrieren. Als ich ruhig und entspannt dasaß, spürte ich, dass sich meine Arme und Hände bewegten - ohne mein Zutun. Gleichzeitig hob und senkte sich mein Brustkorb in einem seltsamen Rhythmus. Dabei entstanden merkwürdige Laute in meinem Innersten, die lange nachschwangen, ohne dass ich darauf irgendeinen Einfluss hatte. Als ich Meister Zorralfs Stimme wieder in meinem Kopf spürte, verschwanden die Schwingungen, und auch die Bewegungen meiner Hände hörten auf. „Wenn du die Atemübungen fleißig weiter trainierst, werden sie dir helfen, Energiebahnen in deinem Körper zu öffnen, damit die Energie, die dir Kraft und Gesundheit gibt, besser fließen kann. Du musst jeden Tag mindestens zwei Sanduhren lang üben. Damit du dazu die nötige Ruhe findest, schläfst du ab heute hier, bis ich dir neue Anweisungen gebe." Er reichte mir eine kleine Sanduhr. Ich bedankte mich, als er meine Zelle verließ.

Kurz darauf brachte mir Saarami mein Bettzeug. Es war das erste Mal, dass ich sie alleine traf. Schweigend überreichte sie mir die Decken und mein Fell. Mein Herz verkrampfte sich, als sie wieder in der Dunkelheit verschwand. Ich seufzte, so tief und so traurig, dass sie zurückkehrte und mich einen Moment lang betrachtete. Ich wollte etwas sagen, doch sie schüttelte den Kopf und legte mir ihren Zeigefinger auf die Lippen. Ihr Lächeln ließ die Sonne in meinem Herzen aufgehen. Dann spürte ich den Klang ihrer Stimme in mir. „Sei nicht mutlos, in Gedanken bin ich bei dir. Auch wenn du gefehlt hast, die Götter halten schützend ihre Hände über dich. Bis bald." Die Wärme ihres Fingers spürte ich noch auf meinen Lippen, als sie schon wieder in der Dunkelheit verschwunden war. Entschlossen verscheuchte ich die Sehnsucht nach ihr und betrachtete meine Zelle. Dort also würde ich nun Atem- und Konzentrationstechniken üben, keine tollen Zaubertricks, keine Beschwörungsformeln, nur einfache Atemübungen. Enttäuscht legte ich mich nieder und schlief ein.

Gleich darauf erwachte ich wieder und zog meinen Dolch. Hell leuchtete die Rune durch die Nacht, den Nebel beachtete ich schon gar nicht mehr, sondern konzentrierte mich gleich auf den alten Baum, meinen Treffpunkt mit Meister Gantalah. Sobald ich mich zufrieden an den mächtigen Stamm lehnte, hörte ich des Meisters Stimme in meinem Kopf. „Na, junger Freund, da bist du ja schon. Ich habe auf dich gewartet. Womit wollen wir beginnen?" Ich war hocherfreut, den Elfen wiederzusehen. Er erwiderte mein Lächeln und setzte sich zu mir. Mein Wunsch war, mehr über die Magie des Roten Drachen zu erfahren. Alles, was ich bisher erlebt hatte, war unheimlich und ängstigte mich. Meister Gantalah nickte, so, als würde er nur zu gut verstehen, was in mir vorging. „Magie kann etwas sehr Wunderbares sein. Sie kann heilen. Sie kann Wissen schenken. Sie kann dir helfen, über deine Feinde zu siegen, wenn dein Auftrag und deine Seele rein sind. Sie kann das Zünglein an der Waage sein. Aber sie kann auch Tod und Verdammnis bringen, wenn du sie zu deinen eigenen Zwecken missbrauchst. Deshalb muss ein Krieger des Clans sehr genau abwägen, wann er Magie einsetzt und wann nicht. Mit der Magie des Roten Drachen könntest du dich zum Herrscher von ganz Mittelerde aufschwingen. Dann wäre deine Seele aber für alle Ewigkeit verloren. Du könntest niemals mit den Heerscharen der Götter reiten, du wärst dazu verdammt, ruhelos im Diesseits herumzuziehen, ungeachtet, ungeehrt und unbesungen. Die Meister des Clans, die in der Kunst der Magie bewandert sind, nutzen sie, um den Interessen der Götter zu dienen. Selbst dann versuchen wir erst, andere Wege zu gehen, bevor wir uns entschließen, sie anzuwenden." Seine Worte hatten mich sehr beeindruckt. „Meister, wie kann ich denn wissen, wann ich die Magie des Roten Drachen einsetzten darf und wann nicht?" Er nahm meine beiden Hände in die seinen, und ich spürte das angenehme Kribbeln, das meinen Körper durchströmte. „Diese Frage, junger Krieger, kann dir niemand beantworten. Damit bist du allein, jeder ist damit allein. Nur dein Gewissen kann dir helfen."

Die folgenden Tage verliefen wie unsere ersten in der Felsenfestung. Bis zum Mittagessen verbrachten wir mit Dienst an den Toren. Danach war Kampf- und Waffentraining an der Reihe, und abends übte ich mich allein in meiner Zelle in Konzentration und Atemtechniken. Ich gewöhnte mich schnell daran, alleine zu trainieren, obwohl es mich störte, dass ich mit meinen Freuden nicht darüber sprechen durfte. Ich wusste nicht, was die anderen machten und ob Yinzu und Talwak die gleichen Übungen erlernten, wie ich selbst. Das alles blieb ein Geheimnis. Ich nahm mir deshalb eines Abends vor, Yinzu in seinen Träumen zu besuchen. Wie ich es von Meister Gantalah gelernt hatte, stellte ich mich neben sein Bett und legte meine Hände an seine Schläfen. Rasend schnell wurde ich in Yinzus Traum hineingesogen.

Ich fand mich auf einem Felsen hoch über der Erde wieder. Das Gebirge zu meinen Füßen hatte ich noch nie zuvor gesehen. Die Luft war klar, der Frühlingsmorgen angenehm kühl, und über den strahlend blauen Himmel zogen nur wenige kleine Wolken. Sie sahen aus wie Tiere, die auf einer unendlichen Weide friedlich grasten. Ich schaute mich um und fand Yinzu unterhalb von mir, auf einem Felsvorsprung sitzend. Es sah aus, als suche er den Horizont nach etwas ab. Vorsichtig kletterte ich zu ihm hinunter. Überrascht sah er mich an. „Mein Freund, was tust du denn hier?" „Ich wollte unbedingt mal wieder mit dir reden, ganz ungestört, nur wir beide." Er nickte nachdenklich. „Ja es ist schon eine Weile her, dass wir miteinander gesprochen haben. Schade, dass es nur ein Traum ist. Ich habe oft an dich gedacht, wenn ich mit meinen Übungen nicht weitergekommen bin. Da hätte ich mich gern mit dir beraten." Er sah wieder in den Himmel und drehte sich im Kreis. Eine Hand hielt er schützend vor die Augen. „Meister Zorralf hat uns verboten, miteinander zu reden, das weißt du doch. Aber da das hier mein Traum ist, kann ich wohl mit dir reden. Schließlich weiß niemand, was ich träume." Ich musste lachen. „Du hast mich nicht richtig verstanden, Yinzu, du träumst zwar, aber ich bin in deinen Traum gereist, um dich zu sehen und mit dir zu reden." Er nahm die Hand von den Augen und sah mich an. „Das glaube ich dir nicht, wie kannst du in meinen Traum kommen? Halt, warte: Das ist das, was du mit den Reisen in deinem Astralkörper gemeint hast. Ist es so?" Nun nickte ich, erfreut darüber, dass er sich an meinen Bericht erinnern konnte. „Was suchst du dort oben, mein Freund?" Ich hatte meinen Kopf in den Nacken gelegt und versuchte nun auch, etwas in diesem wunderschönen Blau zu entdecken. „Einen Adler, ich suche einen großen schwarzen Adler. Meister Zorralf hat mir aufgetragen, immer wenn ich eingeschlafen bin, hierher zu kommen, um nach dem Adler zu suchen und ihn zu fangen." „Was passiert, wenn du ihn gefangen hast?" Er zuckte mit den Schultern. „Weiß ich nicht." So suchten wir beide den Himmel nach dem Adler ab. Aber wir sahen ihn nicht.

Urplötzlich standen wir an einem Waldrand, und blickten auf eine weite Ebene hinaus. Es war warm und feucht. In eine Senke schmiegte sich ein Dorf. Yinzu war schon auf dem Weg zu einem der Häuser. Schnell lief ich hinter ihm her. „Was machst du hier, ich dachte, du willst den Adler fangen." „Ich habe keine Lust mehr, ich will jetzt spielen." Ich dachte, ich hätte mich verhört, aber Yinzu ging unbeirrt weiter. „Du kannst jetzt nicht spielen, du musst versuchen, den Adler zu fangen." Er schüttelte den Kopf. „Yinzu, hör mir zu, du kannst dich nicht mehr konzentrieren, deshalb bist du abgelenkt. Du solltest aber versuchen, wieder auf den Berg zu gelangen. Sonst schaffst du es nie, die Aufgabe zu lösen." Er blieb stehen, legte die Stirn in Falten und dachte einen Augenblick nach. „Nein, ich glaube, für heute ist es genug, ich will lieber spielen." Er schickte sich an weiterzugehen. Ich versperrte ihm den Weg. „Dann lass uns zusammen versuchen, wieder zurück zum Berg zu gelangen. Wenn wir den Adler nicht finden, können wir ja immer noch spielen." Wieder dachte er nach. „Ich weiß gar nicht, wie ich wieder zurückkommen kann. Wenn ich da weg will, geht das ganz einfach. Aber zurückzukommen habe ich noch nicht geschafft." Ich setzte mich auf den Boden. „Lass es uns gemeinsam versuchen. Konzentrier dich ganz auf deinen Berg. Du weißt, wie er aussieht. Da wollen wir jetzt hin. Nichts anderes zählt. Nur dieser Berg ist wichtig." Yinzu schloss seine Augen und begann, tief und gleichmäßig zu atmen. Ich tat es ihm nach, und im selben Moment hörte ich den Schrei eines Adlers hoch oben am Himmel. Als ich meine Augen wieder öffnete, befanden wir uns auf dem Felsvorsprung. Über uns kreiste ein gewaltiger Adler. Er hatte seine Schwingen ausgebreitet und ließ sich vom Wind tragen. Ich bewunderte die Schönheit dieses majestätischen Tieres, da merkte ich, dass Yinzu unruhig wurde. „Du musst jetzt gehen, ich höre schon den Gong, der uns zum Tagwerk ruft." Ich nickte ihm noch einmal zu und erwachte in meiner Zelle.

    Ich war noch nicht aufgestanden, als schon meine Tür aufgerissen wurde und Yinzu hineingestürmt kam. „Du warst in meinem Traum. Als ich aufwachte, habe ich gesehen, wie du im Nebel verschwunden bist. Stimmt das?" Er war ganz außer sich. „Das ist nicht so schlimm, alles ist in Ordnung, mein Freund." Ich versuchte, ihn zu beruhigen. Auf dem Weg zum Unterricht musste er sich beherrschen, um nicht zu laut zu sprechen. „Erklär mir, was da passiert ist, ich will es verstehen! Es war großartig, ich hatte es bisher noch nicht geschafft, zu diesem Berg zurückzugelangen." Ich fasste ihn unsanft am Arm, und sofort verstummte er. Meister Wintal stand vor uns und sah uns streng an. „Was gibt es hier zu quatschen?", fuhr er uns an. „Ihr solltet langsam begriffen haben, dass dies ein Ort der Stille sein soll. Also reißt euch zusammen. Ihr könnt noch euer ganzes Leben lang reden." Wir grüßten und nickten verlegen.

    Meine mir aufgetragenen Atemübungen gelangen mir abends schon bald ganz gut, ich spürte die Energiebahnen in meinem Körper deutlich. Es gibt einige wichtige Hauptbahnen und viele kleinere Nebenbahnen. Ich sollte mit den großen Bahnen beginnen. Wenn ich es schaffte, eine von ihnen zu öffnen, dann fühlte es sich an, als ob ein warmer roter Tropfen durch mich hindurchrollen würde. Wenn die Bahn dann offen blieb, entstand der dünne Faden einer Spinne, der sich glühend durch meinem Körper zog. Es war nicht unangenehm, fühlte sich aber seltsam an. Im nächsten Schritt sollte ich mehrere Bahnen gleichzeitig öffnen und offen halten. Das war gar nicht so einfach.

    Immer, wenn meine Bemühungen nicht von Erfolg gekrönt wurden, beendete ich die Übung und besuchte Yinzu. Ich half ihm, schneller zu seinem Berg zurückzufinden, wenn er abgelenkt war. Auch den Adler sahen wir nun öfter. Er war aus den großen Höhen, in denen er sonst schwebte, näher zu uns heruntergekommen. Er kreiste dicht über unseren Köpfen und stieß manchmal einen langen hohen Schrei aus. Immer, wenn er mich fixierte, meinte ich, diesen Blick zu kennen, ich wusste aber nicht, woher. Yinzu versuchte vergeblich, den Adler anzulocken. „Ich habe nichts, womit ich eine Falle herstellen kann. Es gibt hier auch nichts, woraus wir sie bauen können." Nachdenklich kratzte er sich am Hinterkopf. Doch dann erinnerte ich mich plötzlich an einen Satz, den mir Meister Gantalah einmal gesagt hatte. „Nichts ist so, wie es scheint. Wenn dir etwas auf direktem Wege nicht gelingt, dann versuch es auf einem Umweg. Solange du das Ziel nicht aus den Augen verlierst, kannst du jeden Weg gehen." „Wir brauchen keine Falle, mein Freund. Du musst versuchen, ihn allein durch deine Konzentration dazu zu bewegen zu landen. Du musst seine Seele fangen." Mit großen Augen sah mich Yinzu an. „Meinst du wirklich, das ist alles?" Jetzt musste ich lachen. „Das hört sich sehr einfach an, aber ich glaube, du musst einiges dafür leisten." Yinzu lachte nun ebenfalls. „Du wirst mir doch dabei helfen, nicht wahr?" Ich war davon nicht begeistert. „Es ist deine Aufgabe. Dir ist nicht geholfen, wenn ich dir beistehe."

    Am nächsten Tag war Yinzu still und nachdenklich. Er machte keine Anstalten, mit mir zu sprechen, bis wir nach dem Waffentraining langsam zu unseren Zellen gingen. „Ich habe über deine Worte nachgedacht", begann Yinzu. „Es fällt mir schwer, im Traum konzentriert und logisch vorzugehen. Weißt du, ich habe meine Träume immer dazu genutzt, meinem Dasein als Sklave zu entfliehen. Immer, wenn es besonders schlimm war, bin ich in die Welten meiner Träume geflüchtet. Da konnte mir niemand etwas anhaben. Da waren alle Menschen gut zu mir, und ich war nie allein. Verstehst du das?" Still nickte ich. „Ich werde es allein versuchen. Wenn es nicht klappt, dann kannst du mir immer noch zur Hand gehen."

In den folgenden Nächten besuchte ich Yinzu nicht. Ich wollte, dass er seine Aufgabe allein bewältigte. Nach ein paar Tagen flüsterte mir Yinzu nach dem Kampftraining zu: „Aran, du musst mir helfen! Der Adler ist jetzt schon ein paar Mal gelandet, aber ich kann ihn nicht dazu bewegen, zu mir zu kommen. Was soll ich nur tun?"

Der Adler setzte gerade zur Landung an, als ich Yinzu in seinem nächsten Traum auf dem Felsvorsprung traf. Der Vogel schrie laut und hoch, als er mich kommen sah, und erschreckte Yinzu. Trotzdem landete das Tier weich und elegant auf einem Felsen. Er beäugte uns, machte aber keinerlei Anstalten, sich näher heranzuwagen. Nach einer Weile fiel mir auf, dass Yinzu viel zu verkrampft dastand. Ich half ihm, sich entspannt hinzustellen und den Schwerpunkt weiter nach unten, in die Körpermitte, zu verlagern, so wie wir es auch vor einem Kampf tun, damit unsere kraftspendende Energie besser durch unsere Körper fließen kann. Außerdem riet ich Yinzu, die Atemübung zur besseren Konzentration anzuwenden, die wir von Meister Zorralf gezeigt bekommen hatten.

Zunächst gelang es ihm noch nicht so richtig. Der Adler aber legte den Kopf schräg und machte einen Hüpfer auf uns zu. Als Yinzu sich immer mehr an die merkwürdige Situation gewöhnte und sich sichtlich entspannte, ging alles ganz schnell. Der Raubvogel ließ Yinzu nicht aus den Augen, machte plötzlich einen großen Satz, stieß sich mit einem lauten Schrei vom Boden ab und landete auf Yinzus Schulter. Mein Freund hatte Mühe, das Gleichgewicht zu halten, und stöhnte auf, als der Adler noch einmal seine Schwingen ausbreitete, sie dann zusammenfaltete und dabei seine Krallen in Yinzus Schulter grub.

Nach dem ersten Schrecken merkte ich deutlich, wie meinem Freund vor Stolz die Brust schwoll. Gerade als wir mit den gegenseitigen Lobpreisungen beginnen wollten, erhob sich der Vogel wieder. Einen Moment schwebte er über uns, dann - verwandelte er sich in Meister Zorralf! Wir sanken beide entsetzt auf die Knie. Der Magier schüttelte seine Arme aus, so als wäre es anstrengend, mit ihnen zu fliegen. „Was glaubt ihr beiden eigentlich, was wir hier machen? Was hast du dir dabei gedacht, Aran, als du hier auftauchtest und in Yinzus Ausbildung eingegriffen hast? Wenn er nun deinetwegen einen Fehler gemacht hätte, was wäre dann gewesen? Hättest du dann mit ihm die Ausbildung abgebrochen?" Mein Magen krampfte sich zusammen. Darüber hatte ich nicht nachgedacht. Yinzu trat einen Schritt vor. „Meister, es ist mein Fehler gewesen. Aran trifft keine Schuld. Ich habe ihn genötigt, mir zu helfen." Meister Zorralf strich sich über seinen langen dünnen Bart. „Auf der einen Seite könnte ich euch in Mäuse verwandeln, weil ihr meine Befehle missachtet habt. Auf der anderen ist es lobenswert, dass ihr füreinander eintretet. Ich werde euch also drei Nächte gewähren, in denen ihr zusammen arbeiten und üben dürft. In den anderen Nächten erwarte ich, dass jeder für sich allein übt. Ihr müsst lernen, dass es Aufgaben gibt, die jeder ganz allein lösen muss. Wenn ihr euch wieder darüber hinwegsetzt, werde ich eure Ausbildung abbrechen."

Als der Morgen graute, spürte ich, dass ein besonderer Tag angebrochen war. Es war der Tag der Wintersonnenwende, und ich hatte Wache. Der Dienst würde mehr Spaß machen als sonst, denn es wurden die Krieger erwartet, die sich das große Fest nicht entgehen lassen wollten. In den vorangegangenen Tagen waren schon einige vor den Toren aufgetaucht und hatten Einlass begehrt, es würden aber sicher noch mehr kommen.

Als ich auf dem Wehrgang eintraf, war Meister Torgal schon da und hielt Ausschau. Ein eisiger Wind fegte über die Felsen. Ich zog mein Fell über die

Schultern und war froh, dass ich lange Hosen unter meinen Kilt gezogen hatte. Auf meinem Kopf trug ich eine Fellmütze, die auch meine Ohren wärmte. Wenigstens schneite es nicht. Der Frost hatte das ganze Tal mit einem wunderschönen glitzernden Eismantel überzogen. Ich hatte das kleine Horn des Torwächters bekommen, mit dem ich den ankommenden Kriegern mitteilen konnte, dass sie erkannt worden waren. Das große Drachenhorn wurde nur dazu benutzt, dem ganzen Tal kundzutun, dass sehr Wichtiges geschah – sei Gutes oder Böses.

Im Laufe der vergangenen Wochen hatten wir vom Torwächter die verschiedenen Signale gelernt. Mit einem Mundstück hatten wir geübt, bis uns schwindelig wurde. Ich blies warmen Atem in meine Hände. Sie waren vom Eiswind ganz steif. Da hörte ich von fern ein Hornsignal, sah aber niemanden. Als das Signal ein zweites Mal erklang, trat Meister Torgal an meine Seite. Er spähte in die Richtung, aus der das Signal gekommen war, und lauschte angestrengt. Als ich das Horn an die Lippen setzen wollte, hielt er mich zurück. „Du brauchst noch nicht zu antworten. Der Wind steht für uns nicht günstig, unser Signal wird nicht gehört werden. Warte noch eine Sanduhr lang, dann antworte." Kurz bevor ich das Signal gab, schmierte ich mir die Lippen mit Fett ein, damit ich nicht am Mundstück festfror. Tief atmete ich ein, ließ meinen Atem durch das Horn strömen und spürte, wie mein Körper den Klang vervielfachte. Das Signal, das den Krieger willkommen hieß, erklang laut in der eiskalten, klaren Luft. Das Horn vibrierte leicht in meinen Händen. Die Antwort folgte sofort.

Mit den Füßen auf den Boden stampfend, wartete ich, bis ich den Reiter am Horizont ausmachen konnte. Er hatte seine Kapuze tief ins Gesicht gezogen, den Kopf hielt er gesenkt. Erst als er in Rufweite war, blickte er auf und rief mit lauter Stimme. „Nartlat vom Clan des Roten Drachen ist zurückgekehrt und bittet um Einlass." Ich gab das Zeichen, dass die Tore geöffnet werden sollten. Die Jungen aus meinem Zug zogen an den Seilen und Hebeln und setzten den riesigen Mechanismus in Bewegung. Für einen einzelnen Krieger brauchten die Tore nur einen Spalt breit geöffnet zu werden. Er ritt gemächlich hindurch, während ich ihn vom Wehrgang aus beobachtete. Er sah müde und abgekämpft aus. Seine Waffen trugen deutliche Spuren heftiger Kämpfe. Sein Pferd war dünn, und doch machte er einen glücklichen Eindruck.

Nachdem ich Meister Torgal Meldung gemacht hatte, durfte ich einen Becher heißen Tee trinken. Es tat gut, von innen aufgewärmt zu werden. Kurz darauf stand ich wieder auf meinem Posten, blickte mich um und stellte mich auf einen langen Tag ein. Das Training und unsere Einzelübungen fielen aus, der Dienst an den Toren war wichtiger. Ich freute mich schon auf das warme Festessen am Abend, als wieder ein Hornsignal erscholl, gleich darauf ein weiteres und fast zugleich noch ein drittes. Meister Torgal kam zu mir und blickte in die Richtung, aus der die Signale gekommen waren. „Das sind mehrere unserer Brüder. Mal sehen, wen sie alles mitbringen. Wir werden sie am inneren Tor willkommen heißen." Mir war klar, was er damit meinte. Zum einen war es sehr höflich, heimkehrende Krieger zu begrüßen, zum anderen konnten wir sie so kontrollieren, ohne dass es anmaßend erschien. Vor dem inneren Tor konnten sie weder vor noch zurück, falls sie Böses im Sinn hätten.

Diesmal rief niemand. Ungefähr zwanzig Reiter ritten langsam durch das äußere Tor. Meister Wintal wartete mit einigen Jungen zwischen den Toren auf sie. Der Rest des Zuges hatte sich mit Meister Torgal auf den Wehrgängen versammelt. Von dort oben aus konnten wir einen Angriff sofort beenden. Keiner würde es schaffen, uns lebend zu entkommen.

Man grüßte sich, und ich hatte den Eindruck, dass Meister Wintal einen der Reiter kannte. Er scherzte mit ihm und ließ sich die Gruppe vorstellen: Sie bestand aus Kriegern im vollen Rüstzeug und mit Bannern, auf denen ich, obwohl sie dreckig und zerrissen waren, deutlich den Roten Drachen erkennen konnte. Den Kriegern folgten in Leinen oder Lumpen gehüllte Kinder, die ängstlich und erschöpft auf ihren Pferden saßen. Einige von ihnen hatten noch nicht einmal die Kraft, den Kopf zu heben, als sie von Meister Wintal begrüßt wurden. Nach kurzer Zeit durfte die Gruppe weiterreiten.

Meister Wintal blickte ihnen nach, wartete, bis das innere Tor sich hinter ihnen schloss und kam dann zu uns nach oben auf den Wehrgang. „Neue Schüler, die ihre Ausbildung beginnen sollen", erklärte er. Er besprach sich mit Meister Torgal, dann wandte er sich an mich und ergänzte, dass einige sehr krank seien. Das Dorf müsse von ihrer Ankunft unterrichtet werden, damit alles vorbereitet sei, wenn der Zug dort eintreffe. Ich wusste nicht, was er mir damit sagen wollte, also schmunzelte er: „Du hast wohl keine große Lust, das Drachenhorn zu blasen, oder?" Ich riss die Augen auf. Plötzlich war mein Mund wie ausgetrocknet. Meine Lippen klebten zusammen, und mein Hals war wie zugeschnürt. Meine beiden Schwertmeister lachten. „Bei mir war das beim ersten Mal auch nicht anders", grinste Meister Wintal und schob mich auf die Plattform, wo das riesige Drachenhorn schweigend und elegant auf seinen Einsatz wartete. Ich brauchte drei Anläufe, bis ich den ersten Ton hervorbrachte. Aber der Klang übertraf alles, was ich mir vorgestellt hatte. Es begann wie ein zarter Windhauch, der anschwoll, bis er zu einem Sturm wurde. Aus dem Sturmwind wurde ein Beben, das den ganzen Felsen erzittern ließ. Ich musste mich am Horn festhalten, um nicht umgeworfen zu werden. Mein Körper nahm diesen gewaltigen Ton in sich auf. Auch als ich meine Lippen schon längst vom Mundstück genommen hatte, klang er noch immer in mir nach. Noch ein zweites Mal musste ich das Signal ertönen lassen, dann wussten alle im Tal, dass Freunde unterwegs waren, die Hilfe brauchten.

Mein Körper vibrierte so sehr, dass ich den heißen Tee verschüttete, den Meister Wintal mir zur Beruhigung reichte. Ich meinte die Jahrtausende alte Geschichte des Horns in mir zu spüren und war überwältigt von der Kraft, die darin steckte. Meister Torgal schlug mir auf die Schulter. „Vergiss vor lauter Ehrfurcht nur nicht, dass wir hier eine Aufgabe haben, junger Krieger." Mit zitternden Knien kehrte ich zurück auf meinem Ausguck. Gedankenverloren ließ ich den Blick in die Ferne schweifen, als Yinzu plötzlich auftauchte. „Welch ein Ton!", hörte ich ihn sagen, ich nickte nur. Wir standen beide still da und beobachteten den schwindenden Tag. „Jetzt werden sie im Dorf bald das große Feuer entzünden. Meister Zorralf ist schon gestern aufgebrochen, um an den Feierlichkeiten teilzunehmen." Plötzlich schlief der Wind ein, Yinzu packte mich am Arm und deutete in den abendlichen Himmel. Ein seltsames Licht schien direkt aus den großen Quellwolken am Horizont zu kommen, und uns strich ein kühler Hauch über die Gesichter. Dann drangen Kriegslieder und Kampfschreie durch die abendliche Stille, und wir entdeckten die Heerscharen der Geisterkrieger, die aus den Wolken hervor und auf die Felsentore zu galoppierten. Yinzu unterdrückte ein Stöhnen, er sah sie zum ersten Mal. Der blaue Schimmer, der die Geisterkrieger umgab, verbreitete das seltsame Licht. Immer lauter wurde der Lärm, wie eine riesige Welle, die das Ufer erreicht, schlugen sie an unsere Tore und brandeten einfach über uns hinweg, wie die Gischt an der Küste. Ich schaute staunend diesem Schauspiel aus dem Jenseits zu. Es mussten Tausende Geisterkrieger gewesen sein. Yinzu zitterte.

In der Ferne schimmerten die Flammen des Sonnwendfeuers. Die anderen bekamen jetzt ihre nächste Weihe, nur wir standen dort oben und feierten nicht mit. Mir wurde das Herz schwer, und ich starrte schweigend auf die Ebene vor den Felsentoren hinaus, bis Hamron und Orphal zu uns kamen und uns dampfende

Becher mit heißem Tee reichten. Nach dem ersten Schluck verzog ich das Gesicht, der Tee schmeckte merkwürdig. Hamron und Orphal lachten. „Das liegt bestimmt am Würzwein, den wir mit dazugemischt haben." Orphal zwinkerte mir zu. „Damit ihr euch hier oben nichts abfriert. Das hält ja keiner aus, diesen eisigen Wind." Endlich hatte ich wieder einmal die Gelegenheit, mit meinen Freunden ungestört zu reden. Hamron und Orphal erzählten, was sie so alles gelernt hatten: Hamron studierte Kräuterheilkunde und wie man Verwundete versorgt. Orphal übte sich in Festungsbau und strategischer Planung, also in der Kunst, die ein Krieger beherrschen muss, wenn er ganze Armeen befehligen will. Beide sprachen sehr leise und sahen sich oft um, denn es war uns ja verboten, über unsere Ausbildung zu sprechen. Nun wollten sie von uns hören, was wir so alles gelernt hatten. Zu meiner Erleichterung begann Yinzu zu erklären, dass wir mit unseren Meditationen lernten, uns besser zu konzentrieren. „Und was heißt das? Was kann man damit anfangen?", fragte Orphal. „Ich sehe die Geister der toten Krieger", sagte Yinzu unvermittelt. Die beiden starrten ihn an, während ich zustimmend nickte.

Als unsere Wachablösung erschien, hörten wir mit Staunen, dass es ein köstliches Abendessen gegeben hatte. So schnell hatte ich Hamron noch nie die schmalen Steintreppen hinunterlaufen sehen. In der Küche trafen wir die dicke Köchin aus dem Dorf und zwei ihrer Mägde, die uns zum Wintersonnenwendfest ein Festmahl zubereitet hatten. Es gab süßes, weißes Brot und frisches Gemüse. Dazu verschiedene Sorten Fleisch, Kräuterbrote und Aufläufe. Ganz zum Schluss platzierte die dicke Köchin mit Schwung einen köstlichen Kuchen auf unserem Tisch am warmen Ofen. Ich war so begeistert, dass ich ihr einen Kuss gab, worauf sie besorgte fragte, ob wir hungern müssten.

Satt und zufrieden lehnten wir uns zurück und genossen den Kräutertee. Da fiel mir plötzlich ein, dass ich Kalter Tod schon längere Zeit vernachlässigt hatte. Ich schlug meinen Freunden vor, die Pferde zu besuchen, und wir machten uns auf den Weg zu den Stallungen. Es gab dort zwar Stallburschen, die sich um die Tiere kümmerten, wenn die Krieger Wache hielten. Aber gerade mein Pferd legte großen Wert darauf, nicht von irgendjemandem versorgt zu werden. Ich bemerkte seine kurze Wiedersehensfreude, bevor er sich beleidigt abwandte und mich keines Blickes mehr würdigte. Dass ich ihn striegelte und ausgiebig bürstete, reichte ihm als Entschuldigung nicht. Also erklärte ich ihm ausführlich, dass ich gerade viel lernen müsse und wenig Zeit habe. Er schnaubte und stampfte ungeduldig mit dem Vorderhuf auf. Ich verstand, legte ihm eine große Decke über und führte ihn nach draußen. Die eisige Nachtluft kroch sofort unter mein Gewand, also legte ich mir noch ein Fell über die Schultern und verkündete meinen Freunden, dass ich ausreiten würde. „Es ist dunkel und so kalt, dass einem der Atem fast vor dem Gesicht gefriert", sagte Hamron. „Wie kannst du nur jetzt ausreiten wollen?" Ich zuckte mit den Schultern. „Sag das nicht mir, sondern ihm."

Die entfesselte Gewalt dieses Tieres machte mich immer wieder sprachlos. Ich duckte mich hinter Kalter Tods mächtigen Hals, damit mich der eisige Wind nicht mit voller Wucht traf. Tränen standen mir in den Augen, aber ich unternahm keinen Versuch, mein Pferd zu bremsen. Er sprang über Gräben, flog die Hügel hinauf und galoppierte sie wieder hinunter. Sein Atem stand ihm vor den Nüstern, und die Luft war erfüllt vom Stampfen seiner Hufe. Er schnaubte und wieherte. Manchmal hielt er kurz an, so als wolle er nachsehen, ob ich noch auf seinem Rücken saß. Dann stieg er auf die Hinterhand, und schon ging es in gestrecktem Galopp weiter. Irgendwann ging er in leichten Trab über. Ich wusste nicht, wo wir waren, beugte mich vor und bat: „Nun ist es gut, alter Freund, lass uns zurückreiten." Er zögerte kurz, doch dann kehrte er um. Nach einer Weile fielen mir die Augen zu, und ich schlief auf seinem Rücken ein. Ich fror fürchterlich.

Etwas Heißes weckte mich. Als ich meine Augen öffnete, saß ich nackt in einem Steinbecken, das gerade mit nahezu kochendem Wasser gefüllt wurde. Mir war schwindelig, aber es war angenehm. Um das Becken herum standen Meister Wintal und Meister Torgal. Saarami war gerade dabei, Kräuter in das Wasser zu streuen. Sie alle sahen mich ernst an. „Was hast du dir dabei gedacht, du Narr, in der kältesten Nacht des Jahres auch nur einen Fuß vor die Tür zu setzen? Bis du noch bei Sinnen?" Meister Wintal schüttelte den Kopf und verließ den Raum. „Wir haben uns große Sorgen um dich gemacht", knurrte Meister Torgal. „Nachdem Yinzu uns benachrichtigt hatte, wollte ich es zuerst nicht glauben, dass du so dumm bist und wirklich ausreitest. Du kannst den Göttern danken, dass dein Kamerad rechtzeitig zurückgekommen ist. Um ein Haar wärst du erfroren." Saarami und Alldarania kippten noch mehr heißes Wasser nach und machten sich daran, mich zu untersuchen. Mir war das unangenehm, weil ich ganz nackt war, aber natürlich war es auch schön, von Saarami so behutsam, fast zärtlich, berührt zu werden. Da ich nicht allein aus dem Becken steigen konnte, halfen mir die beiden Kriegerinnen. Sie brachten mich zu Bett und rieben mich mit Kräuterölen ein.

Ich fiel in einen merkwürdig unruhigen Schlaf. Ich ging über weite Wiesen und Felder, die Sonne schien warm, und ein leichter Windhauch kühlte mein heißes Gesicht. Ich fühlte mich leicht, beschwingt und unbesiegbar. Da schwebte auf einmal Meister Gantalah vom Himmel herab. Lautlos sank er auf das Gras, lächelte mir zu und reichte mir die Hand zum Gruß. Welch eine seltsame Geste, dachte ich, ist es doch bei uns nicht üblich, sich die Hände zu reichen, schon gar nicht, wenn ein Meister einen Schüler trifft. „Weißt du, warum ich hier bin?", fragte er. Ich schüttelte den Kopf. „Überleg ganz genau, Aran!" Angestrengt dachte ich nach. „Meister, hat es vielleicht etwas mit meinem Ausritt zu tun?" Er nickte. „Richtig, ich bin hier, um dich zu warnen. Du darfst durch solche Kindereien dein Leben nicht aufs Spiel setzten. Es ist für alle sehr wichtig, dass du gesund bleibst." Ich musste lachen. „Meister, ich will ein Krieger werden. Da ist die Gesundheit das Erste, was ich verlieren kann. Der Tod ist mein ständiger Bergleiter." Er sah mich ernst an. „Ein Krieger kennt den Tod, er achtet und respektiert ihn, aber er sucht ihn nicht. Den Tod leichtsinnig zu suchen, bedeutet, den Weg des Kriegers nicht verstanden zu haben. Nur Narren spielen mit dem Tod. Bist du ein Narr?" Mir fielen die vielen Momente ein, in denen ich mich wie ein Narr gefühlt hatte, in denen ich die anderen zum Lachen gebracht, nichts verstanden und kein Fettnäpfchen ausgelassen hatte. Das konnte ja nur bedeuten, dass ich wirklich ein Narr war. Jetzt lachte der Elf laut auf. Ich hatte vergessen, dass meine Gedanken für ihn wie gesprochenes Wort waren. „Du bist nur unachtsam. Das bedeutet, dass du dich nicht genug konzentrierst, nichts ernst genug nimmst. Denk an meine Worte, junger Krieger. Gib besser auf dich acht."

Als ich die Augen aufschlug, standen meine beiden Schwertmeister, Saarami und ein nachdenklicher Meister Zorralf an meinem Bett. „Ich werde aus diesem Jungen nicht schlau. Seine Übungen macht er regelmäßig, aber er versteht die Zusammenhänge nicht. Jetzt steht er mit einem Bein im Grab und kann auf einmal alles umsetzen. Du bist eben geschwebt, etwas, das du durch die Übungen, die ich dir gezeigt habe, schon vor einiger Zeit hättest tun können. Wo warst du?" Ich erzählte von meinem seltsamen Traum. „Na, das erklärt natürlich einiges." Meister Zorralf sah in die Runde. „Gantalah, der Elf, hat unserem jungen Krieger im wahrsten Sinne des Wortes unter die Arme gegriffen. Normalerweise billige ich so etwas nicht, aber er scheint einen Narren an dem Jungen gefressen zu haben." Ich bat ihn, seine Worte zu erklären. „Versuch, die Übungen, die du von mir lernst, und die

Erkenntnisse aus deinen Träumen zu verbinden. Ich will dich erst wiedersehen, wenn du begriffen hast, wovon ich spreche. Auf deine Besuche bei Meister Gantalah wirst du in der nächsten Zeit verzichten, dafür werde ich sorgen."

In den folgenden Monaten übte ich, wie er es mir befohlen hatte. Ich lernte, die Zusammenhänge besser zu erkennen. Mein Kampftraining verbesserte sich dadurch erheblich. Bei Übungskämpfen, bei denen ich sonst mit purer Kraft versucht hatte, sie für mich zu entscheiden, konnte ich nun mit einem veränderten Körpergefühl antreten. So gelang es mir, auch gegen mehrere Angreifer siegreich zu sein. Tief im Felsen, allein in meiner Zelle, gelang es mir, Gegenstände zu bewegen, ohne dass ich sie berührte. Auch mich selbst konnte ich ganz leicht machen. So gelang es mir, mich für einige Augenblicke in die Luft zu erheben. Ich schwieg die meiste Zeit und lauschte stattdessen den Stimmen in meinem Innersten.

Meister Zorralf war mit meinen Fortschritten sehr zufrieden. Ich durfte meine Übungen nach draußen verlegen. Zum einen konnte ich so die Konstellation der Sterne berücksichtigen, zum anderen kamen neue Aufgaben hinzu, wie das Beschwören von Tieren, wie es Meister Torgal damals im Wald mit dem Bären gemacht hatte. Ich konnte sie herbeirufen, sie besänftigen oder sie bitten, mir etwas zu zeigen, wovon Kalter Tod nicht begeistert war. Außerdem lernte ich, Heilpflanzen zu erkennen und zu nutzen. Es kam vor, dass ich tagelang mit meinem Pferd im Tal umherstreifte. Ich war dann vom Wachdienst befreit. Wie es meinen Freunden erging, wusste ich nicht, aber ich vermisste sie. Nur mein Pferd war in dieser Zeit ein treuer Begleiter. Er tröstete mich, wenn ich traurig war, und er machte mir Mut, wenn ich nicht mehr weiterwusste. Wir waren ein gutes Team, ich dankte den Göttern mehr als einmal, dass wir zueinander gefunden hatten.

Eines Tages, ich befand mich gerade auf dem Rückweg und konnte die Felsentore schon sehen, bemerkte ich einen Wagen und einige Reiter, die auf die Tore zuhielten. Ich erkannte Meister Akktar, den Schmied, und seine Gehilfen. Ich grüßte höflich. Mit einem Kopfnicken hieß er mich willkommen und musterte gleichzeitig meine Waffen. Mit seiner tiefen Stimme fragte er, wie weit ich in der Ausbildung sei. Mit knappen Worten erzählte ich von meinen Fortschritten. Er hörte aufmerksam zu und verkündete, dass unsere Schwertmeister ihn und seine Gehilfen zu sich bestellt hätten.

Meister Wintal erwartete uns, hieß den Schmiedemeister willkommen und begleitete ihn in seine Kammer. Während ich mein Pferd versorgte, luden die Gehilfen des Schmiedemeisters allerlei Stangen von unterschiedlicher Länge und Gewicht vom Wagen. Neugierig versammelten sich meine Freunde und nach und nach alle Jungen aus unserem Zug um den Wagen des Schmieds. Sie grüßten mich flüchtig und sahen den Schmiedegehilfen zu, bis unsere Schwertmeister und Meister Akktar zurückkehrten. Die ließen uns einzeln vortreten, ein Gehilfe fragte uns nach unseren Waffen, maß unsere Größe und die Länge unserer Arme und teilte dann jedem von uns eine Stange zu. Damit sollten wir nun unsere Waffenübungen vorführen. Wer sich mit seiner Stange unwohl fühlte, bekam eine leichtere oder schwerere, bis wir alle Stangen von richtiger Länge und passendem Gewicht gefunden hatten.

An einem der folgenden Tage genoss ich die Sonnenstrahlen auf den Wehrgängen, bis plötzlich Meister Torgal auftauchte und nach meinen Erlebnissen fragte. Einen Augenblick zögerte ich, vielleicht wollte er mich testen, dann aber begann ich, ausführlich zu berichten. Er hörte mir zu, ohne mich zu unterbrechen. Als ich am Ende meiner Erzählung war, verließ er mich ohne ein Wort. Ich war weder erstaunt, noch beleidigt. Ich hatte mich mittlerweile daran gewöhnt.

Als der Sommer kam, waren wir längst an den eintönigen Wachdienst gewöhnt. Meine Ausflüge ins Tal aber wurden ein fester Bestandteil meiner Ausbildung. Dass ich Meister Gantalah auf meinen Traumreisen traf, erzürnte Meister Zorralf nun nicht mehr, da er meinte, ich hätte den Sinn der Übungen erkannt und wisse den Rat des Elfen richtig einzuschätzen. Trotzdem war es mir verboten, in meinen Träumen einen meiner Freunde zu besuchen.

Als der Herbst die Wälder bunt färbte, spürte ich eine tiefe Sehnsucht. Ich konnte nicht erklären, wonach ich mich sehnte, aber eine innere Unruhe brodelte in mir. So beschloss ich, Meister Gantalah davon zu berichten. Er hörte mich an, sah mir tief in die Augen und schwieg. Ich wusste, dass ich nun etwas sehr Wichtiges erfahren würde. „Aran, die Zeit der nächsten Weihe ist nah. Schwere Aufgaben warten auf dich. Jetzt musst du beweisen, dass du wirklich der Krieger bist, für den ich dich halte. Ich muss für eine Weile fort, wir werden uns nicht treffen können. Aber verzweifle nicht, ich weiß, du bist stark. Wir sehen uns zur nächsten Wintersonnenwende wieder." Mit diesen Worten verschwand er.

Die Tage waren noch recht mild, aber in den Nächten gab es schon Frost. Auch der Wind, der von Osten kam, brachte die Nachricht vom nahenden Winter. Die Luft schmeckte nach Schnee, und die Sehnsucht, die mich erfüllte, nahm zu. So überraschte es mich nicht, dass uns eines Tages befohlen wurde, unsere Sachen zu packen. Unsere Schwertmeister erklärten, dass die Zeit gekommen sei, die Felsentore wieder zu verlassen. Auch wenn unser Dienst dort nicht besonders aufregend gewesen war, so würde ich ihn doch vermissen. Selbst an meine kleine Zelle tief unten im Felsen hatte ich mich gewöhnt. Ein letztes Mal versammelten wir uns im Unterrichtsraum. Mein Herz machte einen kleinen Hüpfer, als ich Saarami entdeckte, doch Meister Zorralfs Abschiedsworte lenkten mich ab. „Jeder von euch hat sein persönliches Ziel erreicht und so manche Prüfung bestanden. Eure Schwertmeister sind stolz auf euch. Nun wartet nur noch eure Meisterprüfung auf euch. Wenn ihr ins Dorf zurückgekehrt seid, werdet ihr euer drittes und letztes Turnier bestreiten, danach werdet ihr euch nur noch echten Kämpfen stellen müssen. Wenn die Götter es wollen, werdet ihr die nächste Wintersonnenwende als Krieger des Roten Drachen erleben." Er sah noch einmal jeden von uns an. Ich spürte, wie sein Blick mich durchdrang, dann vernahm ich seine Stimme in meinem Kopf. „Gut gemacht, Aran. Wenn du weiter so gewissenhaft lernst, wird ein großer Krieger aus dir."

Wir standen schon bei den Pferden, als eine Gruppe von Kriegern sich den inneren Toren näherte, es war der Zug, der nun den Wachdienst übernehmen würde. Unsere Schwertmeister wechselten noch einige Worte mit ihnen, dann gab Meister Torgal das Zeichen zum Aufbruch. Unser Zug setzte sich in Bewegung, begleitet von den Mitgliedern des Hohen Rates und von Saarami und Alldarania. Der Wagen holperte gemütlich hinter uns her. Der ganze Zug war von einer gewaltigen Unruhe gepackt, alle wollten, so schnell es ging, zurück ins Dorf. Das hatten wohl auch Meister Zorralf und die alte Marula gespürt, denn sie winkten Meister Wintal zu sich und sprachen kurz mit ihm. Als er sich wieder an die Spitze des Zuges setzte, gab er das Zeichen zum Sammeln. „Männer, ihr wollt schnell wieder zurück. Deshalb gilt nun die Losung: Wer zuletzt im Dorf ist, hat verloren." Mit diesen Worten hatte er Eisvogel die Hacken zu spüren gegeben und war im gestreckten Galopp davongesprengt. Mit einem langen Kampfschrei versuchte ich, Kalter Tod anzutreiben. Aber erst als auch ich ihm die Hacken zu spüren gab, ließ er sich von meiner Begeisterung anstecken und donnerte hinter den anderen her. Wilde Kriegslieder ließen die Berge erzittern. Ein Gefühl der Macht stieg in mir auf, das ich zum ersten Mal erlebte hatte, als ich mit Meister Torgal die Götter anrief. Gegenseitig feuerten wir uns an, der eine überholte den anderen, ungezügelte Wildheit leuchtete in den Augen meiner Freunde. Auch Saarami hatte ich so noch nie erlebt. Ungezügelt und laut schreiend galoppierte sie dahin. Wenn diese Kriegerin über ihre Feinde kam, musste es schrecklich sein, das Feuer Tausender ihrer Ahnen lag in allen ihren Bewegungen. Wie sehr liebte ich diese Frau! Ich feuerte mein Pferd an, ich sang und schrie mit den anderen: „Wehe unseren Feinden, wehe euch! Tod und Verderben bringen wir. Der Sturmwind des Todes treibt uns voran, von den Klingen fließt das Blut. Es sterben die Feinde, es fallen die Gegner. Heil dir, Roter Drache. Heil dir, Donar! Wir kommen. In langen rauschenden Wogen kommen wir auf rasenden Rossen geflogen. Wenn tausend Sterbende schreien, kommen die Krieger des Drachen daher."

Erst als wir den Dorfplatz erreicht hatten, verlangsamten wir unseren Ritt. Der Holzstapel für die Wintersonnenwendfeier war noch nicht sonderlich hoch, aber in ein paar Tagen würde er wieder bis in den Himmel reichen. Der Stallmeister lachte uns zur Begrüßung entgegen, von meinem Pferd aus sah er noch kleiner aus, als er war. Wie zu erwarten war, weigerte sich Kalter Tod, auch nur einen Schritt in den Stall zu machen. Also ließ ich ihn auf die Koppel traben. Dieses Tier war mir unheimlich, aber ohne ihn wäre ich vielleicht schon nicht mehr am Leben gewesen.

Nachdem wir wieder unser Quartier bezogen hatten, durften wir in die Schwitzhäuser und danach zum Abendessen. Als wir in den Speisesaal kamen, hieß uns die dicke Köchin mit den leckersten Speisen willkommen, die ich seit der letzten Wintersonnenwende gegessen hatte. Wir schlugen uns die Bäuche so richtig voll. Gerade war ich dabei, mir nachzunehmen, da wurde die Tür geöffnet und unsere Schwertmeister kamen herein. Sie betrachteten das ausgelassene Festmahl und trieben uns dann in die Halle der Schmerzen, wo sie uns zu einem unvergleichlichen Kampftraining zwangen. Fast alle mussten wir uns danach übergeben. Meister Torgal kommentierte unsere Verfassung sichtlich verärgert. „Ihr habt euch benommen wie Schüler vor der ersten Weihe. Wenn ihr euch so die Bäuche vollschlagt, seid ihr ein leicht zu überwältigender Gegner. Was habt ihr in all der Zeit nur gelernt?" Er war tatsächlich böse, sein Ärger war nicht nur gespielt. „Wie du siehst, Bruder, müssen diese Knechte erst alles am eigenen Leib erfahren, bevor sie sich etwas merken." Meister Wintal wandte sich an uns. „Merkt euch, man zieht hungrig in den Kampf, das erhöht die Bereitschaft zu kämpfen. Selbst wenn kein Kampf zu erwarten ist, esst nur so viel, dass ihr jederzeit einsatzbereit seid."

Alle frühstückten am nächsten Morgen verhaltener, obwohl es köstliches frisches Brot gab. „In zwei Tagen ist Wintersonnenwende." Hamron sah erwartungsvoll aus. „Wir werden die Aufgaben für unsere Meisterprüfung erhalten und dann das Tal verlassen. Ich habe gehört, dass viele von dieser Prüfung nicht wiederkehren." Ich hatte mir bisher über die Meisterprüfung noch gar keine Gedanken gemacht, aber keinen Zweifel daran gehabt, dass ich sie bestehen würde. Doch jetzt war ich verunsichert. „Was soll das heißen: Es kehren viele nicht wieder zurück?" Die anderen stöhnten. „Na was wohl, du Tölpel?", lachte Orphal, „es rafft sie dahin. Was denkst du, musst du bei dieser Prüfung machen? Schweine hüten?" Alle am Tisch grinsten, und ich musste zugeben, dass ich wieder einmal unüberlegt den Mund nicht gehalten hatte.

Wir trugen zusammen, was wir über die Meisterprüfungen gehört hatten. Orphal meinte, jeder werde eine auf ihn persönlich zugeschnittene Aufgabe bekommen. Bevor diese Aufgabe nicht erfüllt sei, dürfe kein Krieger ins Tal des Clans zurückkehren. Nachdenklich fragte ich mich, was wohl auf mich wartete.

Am Tag vor der Wintersonnenwende traten wir in leichter Lederrüstung zu unserem letzten Turnier an. Meister Torgal verlangte von uns erbarmungslose

Übungskämpfe, in den wir alles zeigen sollten, was wir je gelernt hatten. Aufgeregt blickte ich in der Arena in die Runde: Viele große Krieger und auch einige Mitglieder des Hohen Rates hatten sich auf den Rängen versammelt. Ich nahm mir vor, mein Bestes zu geben.

Mein erster Gegner war Isannrie. Ich besiegte ihn nach kurzem und heftigem waffenlosen Kampf. Danach wurden Holzwaffen verteilt, ich bekam eine Hellebarde, die ich zwar gern mag, in einem Zweikampf aber verlangt sie dem Krieger viel ab. Galltor musste diesmal gegen mich antreten. Mit seinem großen Zweihandsäbel war er ein sehr gefährlicher Gegner. Er stürmte sofort auf mich los. Ich war so überrascht, dass ich nur noch die Waffe hochreißen konnte. Galltor lief frontal in die Klinge hinein, ließ den Säbel fallen und setzte sich auf den Hintern. So hatte ich einen Augenaufschlag später auch diesen Kampf gewonnen.

Zum Schluss wurde der Zug in zwei Gruppen geteilt. Wir sollten das Banner der gegnerischen Mannschaft erobern. Ich wurde sofort von einem langen Stock am Kopf getroffen, durfte aber wieder aufstehen. Gerade stand ich wieder aufrecht, da bekam ich von hinten einen schweren Stoß in den Rücken. Ich sah noch Galltors grinsendes Gesicht, bevor ich zu Boden fiel. Meine Mannschaft verlor.

Nachdem wir keuchend und erschöpft das Publikum gegrüßt und alle die Arena verlassen hatten, erklärten unsere Schwertmeister ruhig und gelassen, was wir alles falsch gemacht hatten und was es zu verbessern galt. Trotzdem hörten wir auch ein Lob. Anschließend empfingen uns der Großmeister, die alte Marula, Meister Zorralf und, zu meiner Überraschung, nicht Meister Gantalah, sondern Meister Tinurf, der Zwerg.

Leise erklang die Stimme des Großmeisters in meinem Kopf. „Wir wollen uns davon überzeugen, dass du der Farbe deiner Tätowierung würdig bist. Sei unbesorgt und frei von Angst. Wir wollen sehen, was du gelernt hast." Mein Herz begann schneller zu schlagen. Mit einer Atemübung gelang es mir, mich wieder zu beruhigen. Plötzlich nahm ich ein seltsames Leuchten wahr, das den schummerigen Raum erhellte. Das Denken in meinem Kopf hörte auf. Ich begann, mit der Kraft meiner Gedanken die Gegenstände zu bewegen, die von dem geheimnisvollen Licht beleuchtet wurden: eine Feuerschale, die Fackel an der Wand und den Teppich, der vor dem Tisch des Hohen Rates lag. Was ich tun musste, wusste ich. Man hatte es mir nicht gesagt, aber ich spürte, dass richtig war, was ich tat. Immer noch war da dieses seltsame Licht, es ließ den Raum nach und nach verschwinden, auch die Mitglieder des Rates waren nicht mehr zu sehen, obwohl ich genau spürte, dass sie anwesend waren. Eine Bewegung ließ mich herumfahren. Ein großer, grauer Wolf war hereingetreten. Ich sah ihm in die glühenden Augen und summte leise, ließ die Laute erklingen, die ich von Meister Zorralf gelernt hatte. Das Tier hielt in seiner Bewegung inne. Es sah mich mit gesenktem Haupt an, dann machte es sich auf den Weg zum Hohen Rat. Von mir hatte ich die Gefahr abgewendet, aber nun bedrohte es die wichtigsten Clanmitglieder. Ich konzentrierte mich auf den Wolf, versuchte ihn dazu zu bewegen innezuhalten. Es gelang mir. Doch er wandte sich wieder mir zu, diesmal viel aggressiver als vorher. Das kräftige Tier duckte sich, fletschte seine Zähne und spannte seine Muskeln. Es machte sich zum Sprung bereit. Ich sank etwas in mich zusammen, womit ich meinen Schwerpunkt nach unten verlagerte. In dem Moment, in dem der Wolf sich vom Boden abdrückte, entspannte sich mein Körper, und mit einem gewaltigen Schrei schleuderte ich ihn in eine Ecke des Raumes, wo er liegenblieb. Ich hatte das Tier nicht berührt und es doch heftig getroffen. Verwundert hörte ich es winseln, doch als ich mich ihm leise summend näherte, zeigte es seine Zähne und versuchte zu knurren. Ich veränderte die Haltung meiner Hände und stimmte einen anderen Tonfall an. Mit sanften Bewegungen meiner Finger beruhigte ich das verletzte Raubtier, ging langsam in die Knie und streckte, immer noch singend, vorsichtig die Hand nach dem Wolf aus. Er hörte mit dem Knurren auf und legte den Kopf auf den Boden. Behutsam strich ich über sein Fell. Als ich den Brustkorb berührte, jaulte er auf. Ich untersuchte, ob die Rippen gebrochen waren, stellte aber fest, dass es nur eine Prellung war. Jetzt nahm ich beide Hände, legte sie auf die schmerzende Stelle, schloss die Augen und konzentrierte mich auf meine Körpermitte. Ein warmes Gefühl stieg in mir auf, das sich über meine Arme bis in meine Fingerspitzen hinein ausbreitete. Augenblicklich hörte der Wolf auf zu jaulen. Nach einiger Zeit begann ich, ihn wieder behutsam zu streicheln. Diesmal schmerzte ihn nichts mehr. Langsam erhob ich mich und entfernte mich, ohne ihm dabei den Rücken zuzudrehen. Er blickte mir hinterher. Als er sicher war, dass ich außer Reichweite war, sprang er auf und lief in das Licht hinein, das den Raum noch immer erhellte. Kaum war der Wolf verschwunden, wurde es dunkel um mich herum.

Langsam gewöhnten sich meine Augen an das Dämmerlicht. Noch immer saßen die Mitglieder des Hohen Rates, unter ihren Kapuzen verborgen, am Tisch. Ich konnte nicht erkennen, ob sie mich ansahen, aber ich spürte, dass ihre Konzentration auf mich gerichtet war, und hörte die heisere Stimme der alten Marula. „Der Junge hat die Sache gut gemacht. Nun wollen wir es gut sein lassen, ihr seht doch, wie sehr ihn das aufregt." Doch eine tiefe, brummende Stimme widersprach ihr. „Ich habe aber noch einige Fragen an den jungen Krieger." Es war Meister Tinurf. Seine Stimme war im Gegensatz zu seiner Größe gewaltig. „Warum hast du dem Wolf geholfen? Er hatte dich angegriffen, du hättest ihn töten können." Es dauerte einen Moment, bis ich meine Gefühle in Worte fassen konnte. „Meister, ich wollte dem Tier nichts Böses. Als es statt meiner Euch anzugreifen drohte, musste ich es stoppen. Aber ich konnte es nicht leiden sehen. Es gehört nicht hierher, und weil es verängstigt war, wusste es sich nicht anders zu helfen, als uns anzugreifen. Ich hatte den Wolf verletzt, doch es schien mir, als müsse ich ihn auch wieder heilen, da es nicht seine Schuld war, dass es in diese Situation geraten war." Ich spürte, dass die Mitglieder des Hohen Rates ihre Gedanken austauschten, ohne dass ich daran teilhaben durfte. Dann hörte ich den Großmeister sagen: „Du hast deine Sache gut gemacht, Aran. Alle Aufgaben, die wir die gestellt haben, hast du zu unserer Zufriedenheit bewältigt. Aber bedenke, das hier ist nur der Anfang, du musst noch viel lernen."

Kapitel 14: Die Meisterprüfungen

Als ich meine Augen öffnete, war mir sofort bewusst, dass dies der Tag war, an dem ich meine dritte Weihe bekommen würde. So schnell ich konnte, kleidete ich mich an und lief aus meinem Zimmer in den Flur, wo ich Yinzu traf. Er grinste über das ganze Gesicht. „Heute ist unser großer Tag!" Er nahm mich in den Arm, und wir gingen zusammen zum Frühstück. Ich war aber viel zu aufgeregt, um auch nur einen Bissen herunterzubekommen. Den anderen erging es nicht viel anders.

Meister Wintal ermahnte uns, viel Wert auf unsere Erscheinung zu legen. Er werde jeden einzelnen von uns niedermachen, der sich der Ehre der dritten Weihe als nicht würdig erweisen würde. Also gingen wir in die Badehäuser. Dort ließ ich mir die Haare zu einem Knoten binden, den ich mit zwei Holznadeln zusammensteckte. Normalerweise durften Schüler keine Kriegerknoten in den Haaren tragen. Aber Meister Torgal hatte es uns so kurz vor der dritten Weihe erlaubt. Als wir fertig waren, versammelten wir uns aufgeregt vor unserer Unterkunft. Alle trugen wir unseren besten Kilt, den Umhang mit den silbernen Schnallen und ich auch noch meinen Dolch.

Noch einmal empfing uns der Großmeister. Ich spürte, dass dieser Besuch sehr wichtig war, und hatte wildes Herzklopfen, als ich zu ihm gerufen wurde. Im Versammlungsraum des Hohen Rates herrschte eine feierliche Atmosphäre. In den Ecken standen Schalen mit Räucherwerk, die einen süßlichen Duft verbreiteten, und große Kerzen beleuchteten den langen Tisch, an dem alle Mitglieder des Hohen Rates, auch Meister Gantalah, saßen. Er nickte mir unauffällig zu.

Der Großmeister erhob sich, und gestattete auch mir, mich vom Boden zu erheben. „Aran van Dagan, heute wirst du deine dritte Weihe empfangen. Durch sie wirst du zu einem vollwertigen Mitglied des Clans mit allen Rechten und Pflichten. Nur eines hast du noch zu bestehen: die Meisterprüfung." Meine Knie zitterten, ich wagte nicht zu atmen. Der Großmeister bemerkte meine Aufregung und wischte sie mit einer Handbewegung von mir. Sie fiel einfach ab, so als wäre sie nie da gewesen. Dann fuhr er ruhig fort. „Der Hohe Rat hat beschlossen, dir die folgende Aufgabe aufzuerlegen." Wieder machte er eine kleine Pause, so als wollte er ganz sicher sein, dass ich ihm zuhörte. „Töte deinen Vater und alle seine männlichen Nachkommen!" Hatte er mit mir gesprochen? Ich hatte seine Worte gehört, aber nicht verstanden. Da wiederholte der Großmeister seine Worte. „Töte deinen Vater, den Fürsten Valan, und alle seine männlichen Nachkommen. Bevor du diese Aufgabe nicht erfüllt hast, darfst du nicht wieder zum Clan zurückkehren. Wenn du deine Meisterprüfung bestanden hast, wird es Aran van Dagan nicht mehr geben. Dann gibt es nur noch Aran, den Krieger vom Clan des Roten Drachen."

Das nächste, an das ich mich erinnere, ist, dass ich auf meinem Bett saß und versuchte, wieder normal zu atmen. Doch es blieb mir nicht viel Zeit, mich zu beruhigen. Die Zeremonie sollte bald beginnen, und ich eilte zu den anderen, die vor dem Haus schon auf unsere Schwertmeister warteten. Jedem meiner Freunde erging es wie mir: Wir waren stumm, in uns gekehrt und versuchten zu begreifen, was die Meisterprüfung von uns verlangte.

Als unsere Schwertmeister erschienen, rissen sie uns aus unseren Gedanken. Die vielen silbernen und goldenen Spangen an ihren prächtigen Rüstungen klirrten leise und glitzerten im Schein der Fackeln. Unbeweglich waren ihre Gesichter, als sie unseren Zug musterten. Ich erkannte aber den Stolz, der aus ihren Augen sprach. Langsam und würdevoll setzten wir uns in Bewegung.

Der Holzstapel kam mir noch gewaltiger vor als all die Jahre zuvor. Der Zug, den wir damals im Feld getroffen hatten, war schon da, ebenso ein Zug aus Jungen und Mädchen, die ich bisher noch nicht gesehen hatte. Sie trugen die grauen Leinenkittel, die auch wir im ersten Jahr unserer Ausbildung getragen hatten. Sie alle waren blass und stumm vor Aufregung, denn es war offensichtlich ihre erste Weihe, zu der sie ihren Kilt bekommen würden. Aber auch mir zitterten die Knie beim Gedanken an meine Meisterprüfung. Obwohl ich nur schlechte Erinnerungen an den Fürsten Valan hatte, war er doch mein Vater. Diese Erkenntnis traf mich wie ein Schlag, hatte ich doch nie zuvor in meinem Leben darüber nachgedacht.

Als die Trommeln erklangen, zuckte ich zusammen. In Gedanken versunken, registrierte ich nur am Rande meines Bewusstseins, dass der Holzstapel entzündet wurde und der Zug der Anfänger an uns vorbeizog. Erst als Meister Wintal einen leisen Pfiff ausstieß und wir uns in Bewegung zu setzen hatten, gelang es mir, mich auf meine Umgebung zu konzentrieren. Eine Gruppe Frauen, angeführt von Meister Akktar, empfing uns. Die Stimme des Großmeisters übertönte das Knistern des Feuers. „Hiermit übergeben wir euch die Klingen, die für euch geschmiedet wurden. Mögen sie Tod und Vernichtung über die Feinde des Clans bringen und über alle, die sich euch in den Weg stellen. In den nächsten Tagen werdet ihr fortreiten, um die euch gestellten Aufgaben zu erfüllen. Mögen diese Waffen dazu beitragen, dass ihr es gut macht." Nach diesen Worten rief der Schmiedemeister unsere Namen auf. Einzeln traten wir vor, um aus den Händen der Frauen unsere Waffen entgegenzunehmen. Das Mädchen, das mir den großen Zweihänder überreichte, bemühte sich zu lächeln, obwohl sie die schwere Waffe kaum tragen konnte. Sofort spürte ich, wie gut die Klinge ausbalanciert war. Es würde eine wahre Freude sein, sie zu führen. Ich konnte mich vom Anblick dieses wunderbaren Schwerts erst losreißen, als wir uns für die Vollendung unserer Tätowierungen entkleiden sollten. Ich spürte keine Angst vor den Nadeln, sondern legte stolz mein Gewand ab und meine Klinge neben den Schemel, auf dem ich Platz nahm. Meister Kahnurkan trug sein bestes Rüstzeug und freute sich, mich wiederzusehen. Er flüsterte mir in mein Ohr: „Komm morgen früh auf die Wiese, die Alten und ich, wir haben eine kleine Überraschung für dich." Ich nickte, und er begann sein Werk.

    Mit Atemübungen versuchte ich, den Schmerz erträglicher zu machen, als der Meister mit seinen Nadeln auf meine Schultern einstach, und war vollkommen konzentriert, als plötzlich ein Geisterkrieger durch die geschlossene Tür trat. Ihm folgten zwei weitere blassblau leuchtende Gestalten. Der Anführer war Usantar, er wurde von Annata und einem weiteren Krieger, den ich nicht kannte, begleitet. Sie blieben einen Moment lang stehen, um sich umzusehen, dann schritten sie auf Orphal zu, der seine Tätowierung auf dem Schemel neben mir bekam. „Das ist mein Sohn", hörte ich Usantar voller Stolz verkünden. „Er wird ein großer Krieger werden, seine Feinde werden ihn fürchten." Gebannt blickte ich die drei Geisterkrieger an und hörte plötzlich Talwak leise Wimmern. Offensichtlich hatte er inzwischen gelernt, die toten Krieger zu sehen. Ich hoffte sehr, dass er nicht zu schreien anfing.

    Plötzlich wandte sich Annata mir zu. Er musterte mich, und ich grüßte ihn kühn. Da lachte er und gratulierte mir. „Ich wusste doch, ich kenne diesen kleinen Wurm. Damals hast du dir noch vor Angst fast in den Kilt gepisst." Wieder lachte er, diesmal so laut, dass Usantar und der andere Krieger auf uns aufmerksam wurden. Usantar sah mich mit seinen kalten Augen an. „Du hast mit meinem Sohn die Totenwache gehalten, wer bist du?" Ich nannte ihm meinen Namen. „Aran, ich möchte, dass du meinem Sohn sagst, wie stolz ich auf ihn bin. Wirst du das für mich tun?" Ich nickte. „Es wird mir eine große Ehre sein, Meister Usantar." Er lächelte mir zu, dann verschwanden die drei durch die geschlossene Tür. „Mit wem hast du gesprochen?", wollte Meister Kahnurkan wissen. Als ich es ihm erzählte, kicherte er. „Ja, ja, die toten Krieger. Die wissen, wie man feiert. Kein Fest ohne sie, aber man gewöhnt sich daran." Dann stach er weiter. Der Schmerz wuchs, denn die Tätowierung reichte mir nun über die Schulter bis auf die Brust, wo der Drache, der sich über meinen Körper gelegt hatte, sein Maul aufriss. Seine Krallen waren um meine Oberarme gelegt, und sein Kopf ruhte auf meiner Schulter.

    Als die Zeichnung, die von nun an meinen Körper schmückte, fertig war, dankte ich Meister Kahnurkan für seine Mühe und sagte ihm, wie stolz ich sei, von ihm die Tätowierung erhalten zu haben. Er grüßte höflich und nahm mich dann doch väterlich in den Arm. „Vergiss nicht, dass du dir morgen deine Überraschung abholen musst." „Meister, so sicher wie morgen die Sonne aufgeht, so sicher werde ich da sein."

    Draußen war das Fest der Wintersonnenwende im vollen Gange. Meine Freunde standen zusammen und warteten auf mich. Ich nahm Orphal beiseite und richtete ihm die Botschaft seines Vaters aus. Glücklich sah er mich an. „Das hat mein Vater wirklich zu dir gesagt?" Er packte mich freudestrahlend an den Schultern, dass ich aufstöhnte. „Danke, mein Freund, das ist das schönste Geschenk, das ich zu meiner dritten Weihe bekommen konnte." Es fiel mir schwer, an seinem Glück teilzuhaben, war es doch meine Aufgabe, meinen eigenen Vater zu töten.

Da kam Meister Torgal zu mir und den anderen. Er gratulierte uns, und ich nutzte die Gelegenheit, ihn zu fragen, ob wir unsere Aufgaben allein bewältigen müssten oder ob uns unsere Freunde dabei helfen dürften. In unserer Gruppe verstummte jedes Gespräch, alle warteten gespannt auf Meister Torgals Antwort. „Ein mutiger Krieger versucht, die ihm gestellte Aufgabe allein zu lösen." Alle waren darauf bedacht, ihre Enttäuschung zu verbergen. „Aber ein zu mutiger Krieger kann auch ganz schnell ein toter Krieger sein. Es ist keine Schande, sich von seinen Freunden helfen zu lassen - im Gegenteil, das zeugt von Überlegung und Taktik. Doch die wesentliche Handlung, die eigentliche Aufgabe, muss ein Krieger selbst ausführen. Wenn seine Freunde ihm dabei Rückendeckung geben, ist das in Ordnung. Ich selbst habe meinen Freunden bei ihren Prüfungen geholfen."

Der Stoß, den Meister Torgal in den Rücken bekam, ließ ihn nach vorn stolpern. „Du hast vergessen, werter Bruder, dass die Hilfe deiner Freunde bei deiner eigenen Prüfung nicht ganz unerheblich war." Meister Wintal tauchte hinter ihm auf. Nun lachten beide und begannen, sich zu schubsen. Ein Stein fiel mir vom Herzen, denn ich hoffte, dass meine Freunde mich begleiten würden. Wir tauschten Blicke, da wusste ich, dass es ihnen genauso ging. Wir würden uns gegenseitig beistehen, so wie es sich für Brüder gehört, denn wir gehörten zur selben Familie. Ich stöhnte innerlich, wie bitter Erkenntnis sein konnte: Meine Familie würde mir helfen, meine Familie umzubringen.

Auf dem Weg in meine Kammer spürte ich plötzlich eine Hand auf meiner Schulter. Im selben Moment wurde ich herumgerissen und nach hinten gestoßen. Rücklings stolperte ich und fiel auf meinen Hintern. Im Halbdunkel lauerte jemand in Kampfhaltung auf meine nächste Bewegung. Als die ausblieb, wurde ich an meinem Kilt nach oben gezerrt. Ich erkannte Saarami erst, als ihr Gesicht dem meinen ganz nah war. Dass es sich um einen freundlichen Scherz handelte, nahm ich nur einige Sekunden lang an, dann traf mich ihr nächster Schlag. Mein neues Schwert entglitt meinen Händen, und ich versuchte, mein Gesicht zu schützen, denn ihre Angriffe kamen immer schneller und härter. Ich wusste nicht, wo ich Schutz suchen sollte, wich immer weiter zurück und knallte mit dem Rücken an die Eingangstür unserer Unterkunft. Ihr nächster Tritt verfehlte mich, traf dafür die Tür, die krachend aufsprang. Wieder fiel ich zu Boden. Sie packte mich an meinem Kriegerknoten und an meinem Umhang und schleifte mich zu meiner Kammer. Mit dem Fuß trat sie die Tür auf und beförderte mich mit Schwung hinein. „Du Wicht willst mich zum Schwertkampf herausfordern?", schrie sie mich an und versetzte mir den nächsten Schlag, bevor ich antworten konnte. Meine Nase begann zu bluten, und meine Lippe platzte auf. „Du willst also mit mir kämpfen", schrie sie weiter. „Das kannst du haben, hier und jetzt. Was ist, warum wehrst du dich nicht, du Bastard?" Antworten konnte ich nicht, ihre Tritte trieben mir die Luft aus dem Körper. So hatte ich Saarami noch nie erlebt. „Fast zwei Jahre hatten wir zusammen Dienst an den Felsentoren. Du aber hattest nicht einen Blick, nicht ein Wort für mich. Du Bastard, das wirst du mir büßen!" Sie packte mich wieder an meinem Umhang und zog mich auf die Füße. Dann stieß sie mich mit dem Rücken an die Zimmerwand. „Du mieser Schuft, ich werde dir zeigen, was es heißt, mich so zu verletzen." Sie versetzte mir einen Kopfstoß, dass mir schwindelig wurde. Meine Augenbraue platzte auf, und das Blut lief mir über das Gesicht. Mit dem anderen Auge sah ich, wie eine Dolchklinge in ihrer Hand aufblitzte. Wenn ich jetzt sterben würde durch die Hand dieser wunderbaren Kriegerin, dann sollte es so sein.

Ich sah ihr in die Augen, sie waren das, was ich zuletzt sehen wollte, bevor ich durch das große Tor in die andere Welt ging. Ich spürte, wie ihre Klinge durch den Stoff drang und mit einem Ruck meinen Kilt auftrennte. Mit einem Schrei riss sie ihn mir vom Körper. Ich wollte etwas sagen, ein letztes Wort, da aber presste sie ihre Lippen auf meinen Mund. Als ich ihre Zunge spürte, dachte ich noch: Das ist also ihr ganz persönlicher Rausch, sie küsst ihre Opfer, während sie tötet! Aber der Schmerz, auf den ich wartete, blieb aus. Stattdessen küsste sie mich immer wilder und leckte mir das Blut aus dem Gesicht. In ihren Augen lag so etwas wie entschlossener Wahnsinn. Mit einem weiteren Schrei riss sie mir auch mein Untergewand vom Körper. Da stand ich nun, nackt und blutend und wusste nicht, wie mir geschah.

Plötzlich lachte sie hell auf. „Und du wolltest mich im Schwertkampf besiegen, du Narr?" Ich hob eine Hand zum Schutz vor das Gesicht, sie aber lachte nur noch lauter. Als ich die Hand langsam sinken ließ, sah ich, dass sie ihre Lederrüstung abgesteift hatte. Was für ein Traum, dachte ich. Im selben Moment wurde ich auf mein Bett geschleudert. „Los, du kleiner Wicht", schrie sie, „wehr dich!" Ich spürte ihre warme nackte Haut. Ihr Atem schlug mir ins Gesicht, kurz bevor sie mich wieder küsste. „Fass mich endlich an!" Ihre Stimme war scharf, jetzt aber leise. Vorsichtig berührte ich ihre Brüste. Eins meiner Augen war fast zugeschwollen, und das Blut begann, auf meinem Gesicht zu trocknen. Also schloss ich die Augen und konzentrierte mich ganz auf meine Fingerspitzen. Ihre Haut bebte, als ich über ihre Brüste strich. Als sie mir in den Hals biss, schrie ich kurz auf. Der Schmerz wich langsam der Lust. Immer noch spürte ich, wo sie mich überall verletzt hatte. Nun aber strich sie über genau diese Stellen. Sie setzte sich auf mich, und als ich in sie eindrang, seufzte sie tief. Ihr Gesicht war gerötet, und ihre Augen halb geschlossen. Sie begann, sich immer wilder auf mir zu bewegen. Ihr Atem ging heftig und stoßweise. Als sie ihr erster Höhepunkt kam, schrie sie laut - ein Kampfschrei, nur viel intensiver. Sie warf sich nach hinten, so dass ich mich aufsetzen konnte, ihre Bewegungen wurden wieder heftiger, und auch ich spürte jetzt keinen Schmerz mehr, sondern nur noch Lust.

Es war ganz anders als damals mit Falahn. Sie war eine Lehrerin gewesen, die mir die körperliche Liebe gezeigt hatte. Saarami war wie ein wildes Tier. Es war ein Kampf, den wir auf meinem Bett und davor austrugen. Die ganze Nacht gab es nicht eine Pause für uns, als würden wir uns nie wiedersehen oder uns nahe sein können. Mehrmals erlebten wir zusammen den Gipfel der Lust. Aber danach sank sie nicht zurück, nein, sie betrachtete und berührte mich weiter. Sie küsste meine Wunden, die sie mir selbst zugefügt hatte, bis ich wieder von der gleichen Leidenschaft erfüllt war wie sie. Es war seltsam, ich spürte keine Erschöpfung, ein kraftvoller Zauber hatte von uns Besitz ergriffen, und wir gaben uns ihm willig hin. Diese Nacht war die schönste meines Lebens.

Als der Hahn unter meinem Fenster rief, ließ sie von mir ab. Sie betrachtete noch einmal meine Wunden und wusch mir das getrocknete Blut aus dem Gesicht. Dann verschwand sie wortlos. Ich fiel zurück auf das von Schweiß und Blut durchtränkte Lager. Es donnerte an meine Tür. Yinzu sah mich mit weit aufgerissenen Augen an, als ich ihm öffnete. „Was ist denn, in aller Götter Namen, mit dir passiert? Bist du heute Nacht überfallen worden?" Ich musste lachen. „Ich habe dein Schreien und Stöhnen gehört, als ich von der Feier gekommen bin. Aber deine Tür war verriegelt. Als du auf mein Klopfen nicht reagiert hast, hoffte ich, dass du nur schlecht träumst. Sieht aber nicht so aus." Ich untersuchte meine Verletzungen: ein zugeschwollenes blaues Auge, eine aufgeplatzte Lippe und eine schmerzende Nase. Zum Glück war sie nicht gebrochen. Meine Rippen hatten eine bläuliche Färbung angenommen, aber auch sie waren nur geprellt. „Kannst du mir jetzt bitte erklären, was sich hier heute Nacht zugetragen hat?" Yinzu machte sich sichtlich Sorgen. „Lass mich dir das bitte später erklären, mein Freund. Ich muss zu den Alten, die haben eine Überraschung für mich." Mit wackeligen Beinen machte ich mich auf den Weg zur Wiese.

Sicherheitshalber und wohl auch ein wenig neugierig begleitete mich Yinzu. Die Alten waren schon versammelt, wahrscheinlich hatten sie sogar schon ihr morgendliches Training hinter sich gebracht, denn die Sonne schickte sich gerade an, hinter den Bergen hervorzukommen. Es war ein herrlicher kalter Wintertag, dessen Kälte ich aber nicht spürte, zu sehr brannte das Feuer der letzten Nacht noch in mir. Meister Kahnurkan winkte uns zu sich. „Na, junger Krieger, ausgiebig gefeiert? Was haben sie denn mit dir gemacht? Du musst ja gegen eine ganze Armee gekämpft haben, so wie du aussiehst." Er rief einer Frau zu, sie solle Kräuter bringen. Meister Kahnurkan machte aus den frischen Kräutern und einem Stück Leinen einen Umschlag und band ihn mir um den Kopf. „Das wird dir helfen, die Schmerzen und die Schwellungen besser zu ertragen." Mittlerweile waren auch die anderen Alten dazugekommen. Einige gratulierten Yinzu und mir zur dritten Weihe. Andere spekulierten darüber, was oder wer mich wohl so zugerichtet haben könnte. Doch dann ließ Meister Kahnurkan jedes Gespräch mit einer Handbewegung verstummen. „Mein junger Freund, du hast lange Zeit mit uns morgens trainiert und uns oft zum Lachen gebracht. Viele von uns sehen in dir einen großen Krieger, der noch bedeutende Taten vollbringen wird. Daher haben wir beschlossen, dir ein Geschenk zu machen." Ein alter Krieger überreichte mir ein schweres Bündel. „Das ist von uns Alten. Wir alle haben lange daran gearbeitet. Möge es dein Leben schützen und deine Feinde zittern lassen." Es war totenstill, und als ich das Bündel öffnete, stockte mir der Atem: ein Panzerhemd! Kein gewöhnliches Kettenhemd, ein Hemd, das aussah, als wäre es aus den Schuppen eines Drachen gemacht. Es war silbrig und schimmerte in der aufgehenden Sonne. Ich war sprachlos, so etwas Wertvolles hatte ich noch niemals zuvor in meinem Leben geschenkt bekommen. Auch Yinzu staunte mit offenem Mund. „Na los, leg es an, damit wir sehen können, ob es dir auch passt."

Nachdem ich das Panzerhemd übergestreift hatte, wunderte ich mich, wie leicht es war. „Seht ihr, es sitzt wie angegossen", rief Meister Kahnurkan. Es war großartig. Ich sank stumm auf meine Knie, um mich zu bedanken. Die Alten aber lachten nur. „Junger Krieger, steh wieder auf, sonst erkältest du dich noch." Die Kräuterfrau half mir auf die Beine. Meister Kahnurkan nahm mich in den Arm und sagte: „Du musst nichts sagen, Aran, wir wissen, was du fühlst. Geh und bestehe deine Meisterprüfung. Mach es gut und halt das Banner des Clans hoch über das Land. Dann werden wir stolz auf dich sein." Yinzu rief er hinterher: „Pass nur gut auf diesen kleinen Narren auf, er wird deine Hilfe brauchen!"

Während des Frühstücks betrachteten mich einige Jungen fragend, andere lachten leise. Auch Meister Wintal grinste, sagte aber nichts, und Meister Torgal schüttelte den Kopf, als er meine Verletzungen sah. Er ermahnte uns, dass wir jetzt nicht in die Ferien entlassen seien. „Männer, in den nächsten beiden Tagen müsst ihr das Dorf und das Tal verlassen haben. Wintal und ich haben euch, so gut es in unserer Macht steht, auf die Aufgaben vorbereitet, die auf euch warten. Bevor ihr fortreitet, wird der Clan euch noch passend ausstatten. Ihr könnt euch bessere Kettenhemden in der Waffenkammer abholen, soweit ihr die noch braucht." Dabei warf er mir einen missbilligenden Blick zu, denn ich hatte den anderen stolz mein neues Panzerhemd vorgeführt. „Bögen und Pfeile und weitere Waffen bekommt ihr vom Schmiedemeister. Ihr dürft das Dorf in kleinen Gruppen verlassen. Als Brüder des Clans solltet ihr einander beistehen."

Mal wieder packte ich meine wenigen Habseligkeiten zusammen, nur diesmal wusste ich nicht, ob ich jemals zurückkommen würde. Als ich mein Bündel schnürte, musste ich an die letzte Nacht denken. Warum musste Saarami mir das ausgerechnet in der Nacht antun, bevor ich das Tal verließ? Würde ich sie jemals wiedersehen? Ich beschloss, so schnell es ging aufzubrechen, damit ich auf andere Gedanken kam.

Natürlich war Kalter Tod nirgends zu finden. Mehrmals stieß ich einen langen Kampfschrei aus, aber mein Kamerad erschien nicht. Ich schrie so laut und wohl auch verzweifelt nach ihm, dass der Stallmeister auf mich aufmerksam wurde. „Suchst du dein Pferd?" Er klopfte mir auf die Schulter. „'Suchen' ist nicht das richtige Wort, Meister, ich kann nur auf ihn warten. Er macht eigentlich immer, was er will und wann er es will." Jetzt lachte Meister Garbgeint. „Ja, ja, es hat eben alles zwei Seiten, auch wenn man von einem Kriegerpferd erwählt wurde. Hast du es schon einmal mit Bestechung versucht?" Erstaunt schüttelte ich den Kopf. „Dann solltest du das schleunigst tun. Am besten hast du immer etwas von seiner Lieblingsspeise bei dir. Wenn du ihn rufst und er auch kommt, dann gib ihm immer etwas davon. Du wirst sehen, wenn er dich hört, kommt er schnell wie der Wind, denn er weiß ja, dass du etwas Leckeres für ihn hast." Höflich bedankte ich mich für diesen Ratschlag. Auch wenn mir das im Augenblick nicht weiterhalf.

Der Stallmeister verschwand und kehrte wenig später mit einem merkwürdigen Sattel zurück. „Ich kann es nicht mehr mit ansehen, dass du immer noch ohne reitest. Deshalb habe ich diesen hier für dich gemacht. Er ist groß genug für dein Pferd und hat keine Steigbügel, dafür Taschen für deine Waffen und deine Ausrüstung." Wieder war ich sprachlos vor Dankbarkeit. „Ich habe immer davon geträumt, einmal von einem Kameraden erwählt zu werden. Als ich so jung war wie du, da habe ich mir geschworen, dass ich kein Pferd mein eigen nennen werde, es sei denn, es erwählt mich. Aber was nicht ist, kann ja noch werden." Der Meister seufzte und blickte über die Koppel. „Ich glaube, da kommt dein Pferd."

Nachdem Meister Garbgeint mir geholfen hatte, Kalter Tod zu satteln, wünschte er mir Glück und Erfolg auf meiner Reise. Ich beschloss, ihm auf meine Weise für alles zu danken und sagte ihm, dass ich es mir von ganzem Herzen wünschte, dass auch er von einem Kameraden erwählt werde. Er lächelte. „Darum bin ich Stallmeister geworden. Und nun fort mit dir, große Aufgaben warten auf dich."

An der Waffenkammer warteten schon Yinzu, Hamron und Orphal auf mich. Wir hatten uns nicht verabreden müssen, wir wussten alle, dass wir sofort aufbrechen würden – und zwar zusammen, denn zusammen fühlten wir uns unbesiegbar. Mit Abenteuerlust und ein wenig Wehmut im Herzen nahmen wir unsere Waffen entgegen. Die Hellebarde, die ich von den Gehilfen des Schmieds bekam, war von unvergleichlicher Qualität. Der lange Schaft war aus Hartholz, die dicke Klinge scharf geschliffen. Gut ausbalanciert lag sie in meinen Händen. Vernichtend würde ich damit über meine Feinde kommen.

Bevor wir aufbrechen durften, wollte uns der Hohe Rat verabschieden. Offensichtlich fiel der Abschied auch den Meistern nicht leicht. Ich meinte, in der Stimme des Großmeisters einen bedauernden Unterton zu vernehmen. „Du wirst nun fortreiten, um deine Meisterprüfung zu bestehen. Bevor du uns aber endgültig verlässt, überreichen wir dir einige Kleinigkeiten, damit dein Weg nicht ganz so beschwerlich wird." Die alte Marula gab mir eine kleine in Leder gefasste Flasche. „Dies ist das Elixier des Roten Drachen. Wenn deine Lage aussichtslos erscheint, trink einen kleinen Schluck davon, du wirst sehen, alles wird sich dann zum Guten wenden. Aber sei vorsichtig, du darfst nicht leichtsinnig davon trinken, es kann sich auch schnell ins Gegenteil kehren. Du bist ein guter Junge." Sie kniff mir in die

Wange und ging wieder auf ihren Platz zurück. Nun erhob sich Meister Gantalah. „Hast du dir deine Klinge schon einmal genauer angesehen?" Ich schüttelte den Kopf. „Dann ziehe sie jetzt." Ich tat, wie mir geheißen wurde. „Was siehst du?", fragte mich der Elf. Ich sah einen Drachen, der bläulichschwarz in die Klinge eingraviert war. Wenn ich das Schwert im Licht drehte, sah es so aus, als bewege er sich. „Dieser Drache", fuhr Meister Gantalah fort, „ist mit einem Zauber belegt. Keine Rüstung wird ihm widerstehen. Egal, um was es sich handelt, du wirst es mit diesem Schwert durchdringen. Aber du musst gut auf deine Klinge achtgeben. Sie muss nach jedem Kampf sorgfältig gereinigt werden. Wenn das Blut der Erschlagenen an ihr kleben bleibt, verliert sie ihren Zauber. Hast du das verstanden?" Gedankenverloren nickte ich. Nun erhob sich der Großmeister. „Wenn du deine Meisterprüfung erfolgreich bestanden hast, ist es dir erlaubt, zu uns zurückzukehren, vorher nicht. Es sei dir aber geraten, noch einige Zeit bei fremden Herren zu dienen, um Erfahrung zu sammeln. Deinen Sold wirst du zum täglichen Leben brauchen, den zehnten Teil aber musst du an den Clan abtreten. Möge Donar schützend seine Hand über dich halten." Ich kniete nieder und zögerte einen Moment, doch dann gab ich mir einen Ruck und verließ den Raum.

  Die Sonne war schon dabei, hinter den Bergen zu verschwinden, als wir uns auf unsere Pferde setzten, um das Dorf zu verlassen. Man verabschiedete uns herzlich und stattete uns mit Verpflegung, wollenen Hemden, einem langen Mantel, der mit seiner Kapuze als Decke gut geeignet war, und einem besonderen Umhang aus, mit dem ein erfahrener Krieger sich so tarnen kann, dass er von normalen Menschen leicht übersehen wird. Das Beste aber war, dass unsere Pferde Panzerdecken bekamen, die sie warm hielten und vor Pfeilen schützten. Der Stallmeister hatte mit seinen Gehilfen lange Holzstangen an den Sätteln befestigt. An ihnen flatterte das Banner des Roten Drachen. Der Stoff war schwarz, der Drache, der darauf prangte, leuchtend rot. Das Banner war schmal, dafür der Länge nach befestigt, so brauchten wir es nicht festzuhalten, wenn wir im Galopp ritten oder angriffen.

  Meister Torgal nahm mich in den Arm, drückte mich fest an sich und schlug mir freundschaftlich auf die Schulter. Er sagte, dass er sich sehr wünsche, dass wir uns gesund und wohl wiedersehen würden. Meister Wintal gab mir den guten Rat mit auf den Weg: „Pass auf, dass du nicht in jedes Fettnäpfchen springst, das sich dir anbietet." Der Abschied tat weh, so weh wie damals, als ich die brennende Schenke zurücklassen musste, in der meine Familie gestorben war. Meine Kehle war wie zugeschnürt. Wir winkten noch einmal, dann ritten wir Saarami hatte sich nicht blicken lassen.

  Kurz vor Morgengrauen erreichten wir die Felsentore. Der Festungsmeister und Meister Iranntie, der Torwächter, ließen es sich nicht nehmen, uns persönlich zu unserer dritten Weihe zu beglückwünschen. Sie überreichten jedem von uns ein kleines Signalhorn. Höflich bedankten wir uns, und ich betrachtete das dunkel schimmernde, eher unscheinbare Instrument, das mit vielen kleinen goldenen Runen übersät war. „Diese Hörner sind etwas Besonderes. Es ist Brauch, dass sie der Gruppe junger Krieger, die nach ihrer dritten Weihe das Tal als erste verlässt, überreicht werden. Wenn ihr den Runenschwur leistet, dann werden euch die Hörner Signale vernehmen lassen, die von euren Freunden ausgesandt wurden, auch wenn sie weit fort sind. Dann werdet ihr wissen, wer von euch in Gefahr ist." Davon hatte ich noch nie gehört. „Meister, was ist ein Runenschwur?", fragte Orphal. „Singt die Runen, die in eure Hörner eingraviert sind. Jeder für sich, dann alle zusammen. Von dem Moment an werden alle eure Hörner erklingen, sobald nur einer von euch in das seine hineinstößt. Nun ruht euch aus, sicher wollt ihr bald weiterreiten."

Nach ein paar Stunden Schlaf im Stall neben unseren Pferden tranken wir etwas Quellwasser und brachen auf. Gerade öffnete sich für uns das innere der Tore, als ich den schnellen Hufschlag eines Pferdes spürte. Ich drehte mich um und entdeckte Saarami, die im gestreckten Galopp auf uns zuhielt. Ich starrte die wunderschöne Frau an, die ihr Pferd neben dem meinen mit einem brutalen Zug an den Zügeln stoppte. Dann küsste sie mich zärtlich auf den Mund. Als sie von mir abließ, sagte sie: „Wo immer du bist, was immer du auch tust, ich werde in Gedanken bei dir sein. Nicht eine Herausforderung werde ich mehr annehmen, solange du fort bist. Selbst wenn du nicht mehr zurückkehren solltest, werde ich mich nicht mehr fordern lassen." Dann wendete sie mit einem Kampfschrei ihr Pferd und sprengte davon. Der Schmerz in meiner Brust war so groß, als hätte man mir bei lebendigem Leib das Herz herausgerissen. Die Tränen liefen mir über das Gesicht, als ich ihr nachblickte. Kalter Tod trottete unterdessen hinter den anderen her, die uns diskret alleingelassen hatten.

Als wir das äußere Tor hinter uns gelassen hatten, ließen wir unsere Tiere die Hacken spüren und galoppierten ins Ungewisse. Kalter Tod war zwar nur schwer von einer schnellen Gangart zu überzeugen, aber als die anderen kaum noch zu sehen waren, packte ihn der Ehrgeiz, und er ließ seiner Kraft ungezügelten Lauf. Die Erde unter den Hufen bebte, als wir Schulter an Schulter dahinflogen. Als unsere Kameraden von allein in Trab fielen, waren die Felsentore nicht mehr auszumachen. An einer alten Eiche schlugen wir unser Nachtlager auf, entfachten in einer Senke im gefrorenen Boden ein kleines Feuer und saßen in unsere Mäntel gehüllt und mit Fellen um die Schultern dicht gedrängt zusammen. Orphal brach das Schweigen, das uns umgeben hatte, seid wir fortgeritten waren. „Was habt ihr für Aufgaben gestellt bekommen?" Wieder legte sich einen Moment lang Schweigen über unsere kleine Gruppe. „Ich soll meinen Onkel, den Sklavenhändler, finden. Ich soll ihn und seine Bande töten und alle Sklaven befreien und die Kinder entweder zu ihren Eltern zurück oder zum Clan bringen", erzählte schließlich Yinzu. Hamrons Aufgabe hatte nichts mit Töten zu tun, im Gegenteil. „Ich soll ein Dorf finden, das von einer Seuche heimgesucht wird, und den Menschen helfen. Sie wissen über Medizin nicht genug. Ich bin sicher, dass ich sie heilen kann." „Ich soll das Werk meines Vaters weiterführen und das Dorf, aus dem ich stamme, beschützen, denn es haben sich die Schlächter des Roten Kreises dort breitgemacht. Sie haben jetzt eine andere Taktik gewählt." Orphal legte noch einige Zweige ins Feuer. „Nachdem der Rote Kreis an vielen Orten vernichtend geschlagen wurde, haben sich die Mönche etwas anderes einfallen lassen. Sie bauen nun Tempel, um die Menschen von ihrem Glauben abzubringen." Wir alle schwiegen betroffen. Dann sahen sie mich erwartungsvoll an. Als ich zögerte, stieß Yinzu mir seinen Ellenbogen in die Rippen. „Was ist? Wir warten gespannt." Ich sah in die Gesichter meiner Freunde, dann erzählte ich ihnen, was mir auferlegt worden, wie ich zum Clan des Roten Drachen gekommen war und dass alle, die ich geliebt hatte, von den Schergen meines Vaters umgebracht worden waren.

Da stand Yinzu auf, hob seine Hand und sprach mit feierlicher Stimme. „Hier und jetzt gelobe ich, Mitamaru Yinzu, Sohn des Mitamaru Tangzu, dass ich meinen Brüdern beistehen will, bis sie ihre Aufgaben erfüllt haben oder mein Blut aufgehört hat, in meinen Adern zu fließen. Das schwöre ich bei unseren Göttern." Jetzt erhoben wir anderen uns auch und schworen denselben Schwur.

Während wir uns am folgenden Tag gegen den eiskalten Wind stemmten und langsam gen Horizont ritten, beratschlagten wir, in welcher Reihenfolge wir uns unseren Aufgaben stellen wollten. Orphals Heimatdorf lag nicht weit entfernt, also beschlossen wir, dass er der erste sein sollte.

Unser Nachtlager schlugen wir im Schutz eines kleinen Eichenhains auf. Dennoch mussten wir ein Feuer entfachen, um nicht zu erfrieren. Schweigend kauten wir unser Brot und aßen dazu etwas Trockenobst. Nachdem wir alle satt waren, betrachtete ich das Horn, das mir der Festungsmeister geschenkt hatte und schlug vor, den Runenschwur zu leisten. Orphal begann damit, die Runen seines Horns zu singen. Unheimlich dunkel und klar klang seine Stimme durch die Nacht. Yinzu, Hamron und ich taten es ihm nach. Als ich meinen Gesang beendet hatte, entstand eine kleine Pause. Doch wie auf ein geheimes Kommando erhoben sich unsere vier Stimmen, und zusammen riefen wir die gemeinsamen Runen in die Nacht hinaus. War der Wind eben noch eingeschlafen, so frischte er nun wieder auf. In Sturmböen fegte er über die Ebene, stob die Glut unseres Feuers auseinander und verstummte genau so plötzlich, wie er gekommen war. „War das alles?", Hamrons Stimme klang ungläubig. „Ich weiß nicht", sagte Yinzu. „Spätestens, wenn wir das erste Mal ins Horn stoßen, wissen wir, ob der Schwur wirklich etwas zu bedeuten hat oder ob er nur unser Zusammengehörigkeitgefühl stärken soll."

In der Nacht wurde ich von meinem Pferd geweckt. Das Feuer war schon fast verloschen, und ich fragte mich, ob Kalter Tod wohl fror, als ich plötzlich das langgezogene Geheul eines Wolfes vernahm, das nun auch meine Freunde weckte. Ich sorgte dafür, dass das Feuer hoch auflöderte, und zerrte die Pferde dicht an uns heran. Im Winter sind die hungrigen Wolfsrudel sehr gefährlich. Wir hofften, dass wir sie mit dem großen Feuer davon abhielten, unser Lager anzugreifen. Wenn ich mich konzentrierte, konnte ich förmlich spüren, wie die Tiere uns umkreisten und sich immer näher heranwagten. Schon konnte ich das Knurren hören, als plötzlich ein einzelner Wolf in den Schein des Feuers trat. Er hielt den Kopf gesenkt und schnupperte. Trotz des harten Winters war er von kräftiger Statur. Ich spürte, dass er der Leitwolf war, der den Angriff des Rudels vorbereiten wollte. Meine Freunde griffen nach ihren Waffen, doch mich traf der Blick des Wolfes. Da wusste ich, dass er derselbe Wolf war, den ich vor dem Hohen Rat verletzt und behandelt hatte. Auch er schien mich zu erkennen, denn er hielt in seiner Bewegung inne. Ich stimmte einen versöhnlichen Singsang an. Das Tier betrachtete uns noch einen Moment, dann verschwand es in der Dunkelheit. Wir lauschten noch einige Zeit, waren aber bald wieder allein und erleichtert, dass wir keinen Wolf hatten töten müssen.

Als sich die Sonne blass über den Horizont erhob, waren wir schon unterwegs. Orphal versuchte, den rechten Weg zu seinem Heimatdorf zu finden, doch erst der sternenklare Nachthimmel belehrte ihn eines besseren: Wir waren den ganzen Tag über in die falsche Richtung geritten. Ich hasste es, bei dieser Kälte auf dem Boden zu schlafen, trotz des Feuers und unserer warmen Felle schliefen wir immer nur kurze Zeit. Frierend wachte ich dann auf, um mich am Feuer etwas aufzuwärmen.

Schließlich, am dritten Tag gegen Mittag, entdeckten wir vereinzelte Häuser in der Ferne und einen Weg, der uns direkt in das Dorf führte, in dem Orphal aufgewachsen war. Doch wir wurden nicht neugierig begrüßt, vielmehr liefen die Menschen vor uns davon und versteckten sich in ihren Häusern. Orphal runzelte die Stirn. „Normalerweise sind wir für unsere Gastlichkeit bekannt. Ich verstehe nicht, warum uns niemand begrüßt. Dieses Dorf hat dem Clan viel zu verdanken." Mir fiel auf, dass einzelne Häuser weiß getüncht waren. Auf ihren Türen prangten leuchtend rote Kreise. Offensichtlich hatten die mörderischen Mönche schon einige Glaubensmitglieder in diesem Dorf gewonnen. „Das ist die Schenke, vielleicht finden wir hier jemanden." Orphal stieg vom Pferd und schlug seine Kapuze vom Kopf, um einen freundlicheren Eindruck zu machen, soweit das überhaupt möglich war.

Während ich bei den Pferden stehenblieb, klopfte Orphal an die Tür, die er verschlossen vorfand. Yinzu und Hamron beobachteten die Umgebung. Niemand öffnete. Schließlich schlug Orphal mit der Faust gegen die Tür und schrie, dass er sie einschlage, wenn nicht gleich jemand komme. Kurz darauf wurde sie einen Spalt weit geöffnet. Orphal schien erleichtert und sprach mit jemandem, trat aber plötzlich mit dem Fuß gegen die Tür, so dass sie aufsprang und gegen die Wand schlug. Yinzu begleitete Orphal hinein, während Hamron und ich draußen wachten. Mit Zornesfalten im Gesicht erschien Orphal kurze Zeit später im Türrahmen und winkte uns hinein. Ich wusste, dass uns Kalter Tod warnen würde, falls Gefahr drohte, deshalb ließen wir die Pferde stehen und folgten Orphal ins dunkle Innere der Schenke.

Die Luft war verqualmt und stickig. Es dauerte einen Moment, bis sich meine Augen an das Zwielicht gewöhnt hatten. Es waren zu meinem Erstaunen viele Menschen anwesend. Niemand sprach, es war noch nicht einmal ein Räuspern zu hören. Alle starrten uns nur an. Während Orphal und Yinzu in der Mitte des Raumes Aufstellung nahmen, blieben Hamron und ich in der Nähe der Tür. Ich entdeckte noch zwei weitere Türen, eine davon führte vermutlich in die Küche. Wohin die andere führte, blieb unklar.

Orphal war wütend, bis er jemanden erkannte. Er entspannte sich und ging auf den alten Mann zu, dessen Pfeife vor sich hinqualmte. „Sag, Alter, weißt du nicht, wer ich bin? Orphal, der Sohn des Usantar." Bei dem Klang dieses Namens raunte die Menge leise. „Was ist denn bloß mit euch los? Früher war die Gastfreundschaft eines der höchsten Güter in unserem Dorf." Da erhob sich zitternd der alte Mann. „Es ist verboten, den Namen auszusprechen, er ist verflucht." Orphal packte ihn an den Schultern. „Was sagst du? Welcher Name ist verflucht? Der meines Vaters?" Erschrocken nickte der Alte und setzte sich wieder. „Das verstehe ich nicht, Usantar war ein großer Krieger, er hat viel für dieses Dorf getan, warum schämt ihr euch seiner?" Jetzt schrie eine Frau: „Weil der Name uns Unglück bringt und Dämonen heraufbeschwört. Er war ein Monster!" Orphal wurde blass. „Wer sagt so etwas?", zischte er. „Ich!" Der Mann betrat den Schankraum durch die Tür, von der ich mich gefragt hatte, wohin sie wohl führe. Er hatte eine Glatze und trug ein langes, weißes Gewand, auf dessen Brust ein roter Kreis leuchtete. „Wer bist du? Und was machst du in meinem Dorf?" Orphals Stimme war gefährlich leise geworden. Yinzu trat etwas dichter an ihn heran, um ihn von unüberlegten Reaktionen abhalten zu können. Der Mönch lachte kalt. „Das ist nicht mehr dein Dorf. Ich bin hier, um diese armen Schafe vor solchen Dämonen, wie ihr es seid, zu schützen. Ich rate euch, setzt euch auf eure Höllenpferde und reitet dahin, wo ihr hergekommen seid!" Orphals Körper spannte sich, ich rechnete damit, dass er sich auf den Mönch stürzen würde. „Und wenn nicht?", fragte er. „Dann werdet ihr verflucht. Der rote Kreis wird euch in eine noch schlimmere Hölle verdammen, als die, aus der ihr gekommen seid." Vorsichtshalber packte Yinzu Orphal am Arm. „Wir werden nicht gehen! Das hier ist das Dorf meiner Familie! Ein Fluch wird nicht reichen, uns zu verscheuchen, kleiner Mann. Ich rate dir, bete um Beistand, denn den wirst du brauchen, wenn ich mit dir fertig bin!", schrie Orphal, während Yinzu ihn nach draußen zerrte. Hamron und ich folgten ihnen, als wir sicher waren, dass niemand seine Waffe gegen uns ziehen würde.

Drinnen wurden Gesänge angestimmt, und draußen trauten sich nun doch wieder ein paar neugierige Dorfbewohner aus ihren Häusern. „Im Augenblick können wir nichts machen", warnte Yinzu. „Es ist besser, wenn wir in den Wald reiten, um einen Plan auszuarbeiten." Wir stimmten ihm zu. Nur Orphal sträubte sich. „Ich kann nicht wegreiten, das wäre eine Niederlage." Yinzu schwang sich auf sein Pferd. „Wir kommen wieder, aber es ist taktisch klüger, erst einmal zu überlegen, was wir unternehmen wollen." Nur widerwillig saß Orphal schließlich auf.

Wir hatten das Dorf schon fast verlassen, als Orphal ein Junge auffiel, der sich hinter einem Zaun versteckte. „He, Kleiner, wo finden wir die Dorfältesten?", fragte er ihn. Der Junge überlegte einen Moment. „Ich glaube, dass die, die noch leben, irgendwo im Wald sein müssen. Sie sind verbannt worden." Orphal runzelte die Stirn angesichts dieser Respektlosigkeit. Die Ältesten eines Dorfes waren fast heilig. In ihnen vereinigte sich das Wissen der Generationen. Sie hielten den Kontakt zu den Göttern und sprachen Recht bei Streitigkeiten. Ohne sie hatte ein Dorf seine Wurzeln verloren und würde untergehen.

Die Felder, die wir entlangritten, glitzerten im Winterlicht. In den Wäldern, die das Dorf umgaben, fanden wir dagegen lange keine Spuren menschlichen Lebens. Wir führten die Pferde an den Zügeln und lauschten gespannt. Orphal, der uns voranschritt, blieb plötzlich stehen und hob die Hand. Da hörte auch ich das leise Klimpern der Klanghölzer, die von den Zweigen herabhingen. Wir entdeckten Tierschädel, die zum Trocknen und wohl auch zur Abschreckung in die Bäume gehängt worden waren. Wir hatten endlich eine Spur gefunden.

Nach wenigen Schritten fanden wir eine Lichtung mit einer kleinen Hütte. Sie war aus Baumstämmen und Ästen grob zusammengezimmert. Es gab weder Fenster noch ein richtiges Dach. Wahrscheinlich bot sie nur mäßigen Schutz vor der Kälte. Aber sie musste bewohnt sein, denn auf einem Feuer davor brodelte Wasser in einem großen Topf. Die Pferde ließen wir im Schutz der Bäume stehen und gingen vorsichtig auf die ärmliche Behausung zu. „Was sucht ihr hier?" Wie aus dem Nichts stand vor uns ein alter Mann. Seine Kopfbedeckung wies ihn als Dorfältesten aus. Wir grüßten höflich, und er musterte uns einen Moment lang. Dann weiteten sich seine Augen. Die Hände zum Himmel gestreckt, rief er: „Endlich sind meine Gebete erhört worden. Donar sei Dank. Endlich seid Ihr gekommen." Tränen liefen ihm über das Gesicht, und er berührte mit seiner Stirn unsere Hände, die er zum Gruß ergriffen hatte. Mir war das sehr unangenehm, es gehörte sich nicht, dass wir als junge Krieger von einem ehrwürdigen Dorfältesten auf diese Weise geehrt wurden. Hätte Orphal ihn nicht aufgefangen, wäre der alte Mann vor ihm auf die Knie gesunken. Hamron und Yinzu bereiteten rasch aus dem kochenden Wasser einen kräftigen Sud aus Kräutern und Wurzeln zu und legten dem ausgezehrten Alten ein warmes Fell um die Schultern. Gemeinsam mit ihm löffelten wir die Suppe, bevor er uns die ganze traurige Geschichte erzählte. Die Dunkelheit legte sich über den Wald, doch wir rückten nah ans Feuer und lauschten ihm entsetzt.

„Es ist jetzt etwas mehr als ein Jahr her, dass der weiße Dämon zu uns kam. Er trug dem Rat der Ältesten seine Bitte vor. Er wollte im Dorf einen Tempel errichten, um uns zu erleuchten. So nannte er es. Da wir jedem zugestehen, an die Götter zu glauben, an die er glauben will, ließen wir ihn gewähren. Aber er musste seinen Tempel außerhalb des Dorfes bauen. Statt uns dafür zu danken, beschwerte er sich darüber, dass wir seinen Glauben nicht in unserer Mitte zuließen. Einige Ratsmitglieder machte das misstrauisch, aber wir hatten unseren Entschluss nun schon verkündet. Wir wollten nicht wortbrüchig werden. Wie es bei uns Sitte ist, halfen viele Dorfbewohner beim Bau seines Tempels. Während dieser Zeit hetzte der Mönch gegen unsere Götter, die uns bis dahin immer gütig zugetan waren, und streute Zwietracht und Missgunst. Er trieb die Menschen, die ihm halfen, zur Arbeit an und behauptete, harte Arbeit diene der seelischen Entwicklung. Wir hofften, dass er umgänglicher werden würde, wenn der Tempel erst einmal stand - weit gefehlt. Es wurde nur noch schlimmer. Er verdammte alle, die sich nicht zu seinem Glauben bekannten. Er prophezeite, dass Dämonen über uns herfallen würden, wenn wir weiter unseren Göttern huldigten. So entzweite er das Dorf. Dann kam der verhängnisvolle Sommer. Zuerst wurden ein paar Kinder krank. Unsere Kräuterfrau kümmerte sich sehr liebevoll sie. Auch der Mönch bot sich an, bei der Versorgung der Kleinen zu helfen. Wir überzeugten die Kräuterfrau mit Mühe davon, dass es klug sei, diese Hilfe anzunehmen. Doch die Kinder wurden nicht gesund. Stattdessen hetzte der Mönch gegen die Kräuterfrau und behauptete, sie wolle die Kinder sterben lassen, um sie für ihre Hexenkunst zu missbrauchen. Ihr müsst wissen, dass diese Frau hohes Ansehen im Dorf genoss, deshalb glaubten ihm viele nicht. Da prophezeite der Mönch, dass sie bald sterben und die Kinder in die Unterwelt mitnehmen werde. Eines Tages ging es der alten Frau tatsächlich schlecht und wenig später ist sie unter großen Qualen gestorben. Der Mönch triumphierte und verkündete, dass die Kinder nun bald folgen würden, es sei denn, die Eltern besuchten seinen Tempel und würden zu seinem Glauben übertreten. Dann könne er die Kinder mit einem Zauber schützen. Diejenigen, die zögerten, sollten schwer dafür büßen. Ihre Kinder starben tatsächlich. Mir kam der Verdacht, dass der Mönch die Kinder vergiftet hatte. Als er mein Misstrauen bemerkte, behauptete er, ich habe mit der Kräuterfrau gemeinsame Sache gemacht. Aber ein Funken Respekt war den Dorfbewohnern noch geblieben, deshalb wurden der Ältestenrat und ich nicht getötet, sondern nur in die Verbannung geschickt. Das war vor acht Monden. Mein Bruder ertrug diese Schmach nicht, er ist beim letzten Vollmond durch das große Tor zu den Göttern gegangen. Ich habe jeden Tag gebetet, dass jemand zu unserer Rettung gesandt werden möge, und nun seid ihr gekommen."

    Er begann wieder zu weinen. Orphal nahm ihn in den Arm und tröstete ihn. Die Erzählung hatte den alten Mann so erschöpft, dass er bald einschlief. Orphal trug ihn in seine Hütte. Als er zum Feuer zurückkehrte, schlug er vor, den Tempel anzuzünden. Danach wolle er den Mönch und alle seine Gefolgsleute töten. „Das ist kein guter Plan", sagte Yinzu. „Damit würdest du ihn zu einem Heiligen machen. Keiner würde den Irrsinn hinter seinen Taten erkennen. Wir müssen es geschickter machen, damit das Vertrauen in diesen Mann schwindet." Wir legten uns rund ums Feuer schlafen, doch ich schreckte immer wieder hoch, weil ein Vogel oder ein anderes Tier schrie. Gegen Morgen kam der Nebel. Im Zwielicht schien der Wald noch unheimlicher als sonst. Auch die Stimmen der Tiere wurden leiser. Jedes Lebewesen spürt die magische Spannung dieser Tageszeit. In der Dämmerung, so hatte ich von Meister Gantalah gelernt, sind auch Zaubersprüche am wirksamsten. Die Welten werden durchsichtig.

    Um richtig wach zu werden, ging ich Holz suchen und fand eine Quelle, an der ich mir das Gesicht waschen konnte. Mir viel sofort auf, dass der Nebel dort besonders dicht war. Plötzlich spürte ich die Anwesenheit eines anderen Wesens und fühlte mich beobachtet. Langsam schöpfte ich etwas Wasser in meinen Vorratsschlauch, den ich am Gürtel trug, richtete dabei aber meine ganze Aufmerksamkeit auf die Umgebung. Verborgen im Nebel entdeckte ich zwei rot leuchtende Augen, die mich anstarrten. Ich wusste sofort, dass es sich nur um einen Waldelfen handeln konnte. Im selben Moment trat das Wesen aus dem Unterholz. Es war ein junger Elfenkrieger. Er trug ein grünliches Gewand, das ihn fast unsichtbar machte, hätte nicht seine Haut darunter bläulich geleuchtet. Er war mit dem für Elfen typischen kleinen Bogen und einem leichten Schwert bewaffnet. Höflich grüßte ich, bewegte mich aber nicht, um ihn nicht zu provozieren. Er musterte mich durchdringend, dabei bewegte er sich anmutig und lautlos um mich herum. Ich ließ ihn nicht aus den Augen. „Was tust du hier in meinem Wald?" Er sprach leise in einem Dialekt, den ich noch nicht gehört hatte. „Verzeiht mir, edler Elf, ich wusste nicht, dass dieser Wald Euch gehört. Ich hole nur etwas Wasser, um mich und meine

Freunde zu versorgen." Seine spitzen Ohren bewegten sich in verschiedene Richtungen. „Besucht ihr den alten Mann, der vor einiger Zeit hierher gekommen ist?" Ich nickte. „Wir mögen es nicht besonders, wenn sich Menschen bei uns aufhalten. Den Alten haben wir in Ruhe gelassen, er geht respektvoll mit den Geschöpfen des Waldes um. Aber wenn jetzt Krieger kommen, weiß ich nicht, ob wir das gutheißen können." Ich versuchte, ihm unsere Lage zu erklären, dass von uns keine Gefahr drohe und dass wir den Wald bald wieder verlassen würden. „Es interessiert uns nicht, warum die Menschen sich gegenseitig umbringen, solange sie das außerhalb unseres Waldes tun. Warum also sollten wir euch gestatten zu bleiben?" Einen kurzen Atemzug zögerte ich, doch dann erzählte ich ihm die ganze Geschichte vom Roten Kreis. „Diese Menschen verstehen andere Wesen nicht. Deshalb glauben sie, dass sie alles vernichten müssen, was nicht so ist, wie sie selbst. Sie müssen aufgehalten werden. Sie werden versuchen, auch euch zu vernichten. Deshalb wollen meine Freunde und ich die alte Ordnung wieder herstellen, die der Alte wahrt, den du hier duldest." Bevor der Elf im Dickicht verschwand, verkündete er: „Wir werden darüber beratschlagen. Wir lassen euch unsere Entscheidung wissen."

Hamron war gerade dabei, einen Kräutertee zuzubereiten, als ich mit dem Quellwasser zur Hütte zurückkehrte. Yinzu und Hamron schürten das Feuer. Ich berichtete in knappen Worten von meiner Begegnung. Obwohl ich flüsterte, war ich mir sicher, dass die Elfen mir zuhörten. Wir einigten uns darauf, dass ich die Verhandlung mit den Elfen führen sollte, während Yinzu und Hamron, in Lumpen gehüllt, ins Dorf gehen wollten, um mit Orphals Mutter Kontakt aufzunehmen. Sie wollten herausfinden, wer im Dorf vertrauenswürdig war und wer nicht. Orphal hatte allerdings andere Pläne. „Ich weigere mich, als Bettler in das Dorf meiner Ahnen zurückzukehren. Ich habe doch nicht die langen, harten Jahre der Ausbildung überstanden, um nun wie ein Dieb hinter den Häusern herumzuschleichen. Ich werde aufrecht, wie es sich für einen Krieger des Clans gehört, ins Dorf reiten und für meine Sache streiten." Es bedurfte einiger Überredungskunst, Orphal davon abzubringen. Doch schließlich willigte er in unseren Plan ein.

Also machten sich Orphal, Yinzu und Hamron zu Fuß auf, im Dorf nach Verbündeten zu suchen. Fast ohne Waffen zogen sie los. Yinzu vertraute ganz auf seine Tritte und Schläge, die einen Mann ohne weiteres töten können. Hamron versteckte zwei kleine Wurfmesser in seinen Stiefeln. Orphal ließ es sich nicht nehmen, ein Kurzschwert zu gürten.

Ein Husten verkündete, dass der Dorfälteste erwacht war. Unter lautem Stöhnen trat er vor die Hütte. „Meine Knochen sind schon alt, ich vertrage keine kalten Nächte mehr." Ich reichte ihm von dem Kräutertee und erzählte von unseren Plänen. Er nickte zustimmend. Nachdem er etwas Fladenbrot zu sich genommen hatte, begab er sich zur Quelle, um den Göttern zu danken, und vergaß auch nicht, ihnen Brot und Tee zu opfern.

Mir fiel auf, in welch erbärmlichem Zustand sich die Hütte des Alten befand. Also machte ich mich daran, sie herzurichten. Ich dichtete das Dach ab und verstärkte die Wände mit feuchtem Lehm, damit der Wind nicht mehr ungehindert hindurchfahren konnte. Zum Schluss baute ich dem Alten ein Bett aus jungen Birkenstämmen, die ich mit Hanfseilen verband. Gerade legte ich etwas trockenes Holz ins Feuer, als der Dorfälteste zurückkehrte. Es verschlug ihm die Sprache, als er mein Werk bemerkte. Er nahm mich in den Arm nahm und drückte mich dankbar an sich. „So etwas hat schon sehr lange niemand mehr für mich getan, Ihr seid ein guter Mensch, ehrwürdiger Krieger." Es war das erste Mal, dass jemand mich einen Krieger nannte - dafür, dass ich einem alten Mann ein Bett gebaut hatte! Ich hatte keine Schlacht gewonnen und auch kein Ungeheuer besiegt. Was für ein Heldenlied würde das wohl werden?

Nachdem wir uns ans Feuer gesetzt hatten, erzählte der Alte, dass ihn ein Elf beim Beten an der Quelle besucht habe. Er solle mir mitteilen, wenn unsere Aufgabe erledigt sei, hätten wir den Wald sofort zu verlassen. Bis dahin aber könnten wir bleiben, wenn wir uns an die Gesetze des Waldes hielten. Meine Aufgabe war also schon erfüllt, während meine Freunde erst zurückkamen, als es schon dämmerte. Ohne behelligt zu werden, hatten sie das Haus von Orphals Familie gefunden. Seine Mutter war vor Schreck und Freude fast in Ohnmacht gefallen. Als sie sich beruhigt hatte, erzählte sie, dass das Dorf noch immer gespalten sei in diejenigen, die an die alte Ordnung glaubten, und die Anhänger des Mönches. Allerdings traue sich niemand, sich dem Mönch und seinen Anhängern entgegenzustellen. Orphals Mutter vermutete, dass der Mönch mit einer Räuberbande, die die Gegend hin und wieder heimsuchte, gemeinsame Sache machte. Als Gegenleistung dafür, dass sein Tempel verschont blieb, überließ er der Horde die abgelegenen Höfe, die regelmäßig überfallen wurden. Wir mussten also unseren Verbündeten Mut zusprechen und sie hinter uns einen. Yinzu und ich übernahmen die Aufgabe, den Lagerplatz der Räuberbande zu finden. Wir wollten sie sobald wie möglich ins Dorf locken und dazu zwingen, den Mönch als ihren Anstifter zu demaskieren.

Am nächsten Morgen gingen Hamron und Orphal ins Dorf zurück, während Yinzu und ich, in unsere Mäntel gehüllt und mit unseren Schwertern bewaffnet, losritten. Wir wollten versuchen, von den überfallenen Höfen aus einer Spur der Räuber zu folgen. In den Ruinen brauchten wir auch tatsächlich nicht lange zu suchen. Sie waren sich offenbar sicher, dass niemand ihnen gefährlich werden könnte. Ein Irrtum, den sie schwer bereuen sollten.

Nach einem halben Tagesritt entdeckten wir zwischen den Bäumen aufsteigenden Rauch. Wir ließen die Pferde im Unterholz zurück und schlichen so nah wie möglich an das Lager der Räuberbande heran. Wie sich herausstellte, hielten sie es nicht für nötig, außerhalb des Lagers Wachen zu postieren. Zwischen Zelten und notdürftig zusammengezimmerten Hütten stand an einer großen Feuerstelle nur ein Wachposten und döste vor sich hin. Es gab keinen Graben, keine Palisade, geschweige denn einen Wachturm. Trotzdem zählte ich zwanzig Pferde.

Yinzu gab mir ein Zeichen, dass ich ihm den Rücken decken sollte, und schlich auf das erste Zelt zu, bevor ich reagieren konnte. Ich fluchte leise. Wir wussten eigentlich alles, was wir wissen wollten. Warum in aller Götter Namen musste er noch näher heranschleichen? Trotz der Kälte lief mir Schweiß den Rücken hinunter. Doch nach nur ein paar Minuten tauchte Yinzu wieder auf, und wir schlichen rasch und genauso lautlos, wie wir gekommen waren, zu den Pferden zurück. Dank seiner Kühnheit waren wir nun mit wertvollen Informationen versorgt: Die Bewaffnung unserer Gegner war schlecht. Dafür waren mehr Männer im Lager, als wir Pferde gezählt hatten.

Es war schon dunkel, als wir zur Hütte des Dorfältesten zurückkamen. Hamron und Orphal erwarteten uns schon. Orphal berichtete, dass es seiner Familie gelungen sei, eine große Gruppe Dorfbewohner in ihrem Haus zu versammeln, die bereit war, sich gegen den Mönch aufzulehnen. Er sei aber nicht sicher, ob sich nicht ein Spion unter die Anwesenden gemischt hatte. Auf Yinzus Frage, wie weit die Menschen gehen würden, wenn es zum Kampf käme, zuckte Orphal nur mit den Schultern. „Wir gehen davon aus, dass wir allein stehen, wenn es ernst wird," vermutete Hamron, und Orphal nickte mit gesenktem Kopf.

Bis tief in die Nacht hinein beratschlagten wir und konnten danach alle nicht ruhig schlafen. Mich weckte das weiche Maul meines Pferdes, und ich spürte sofort, dass etwas vor sich ging. Schnell riss ich meine Freunde aus ihren unruhigen Träumen und legte den Finger an die Lippen. Schweigend erhoben sie sich und griffen nach ihren Waffen. Rücken an Rücken horchten wir in die Dunkelheit hinein. Trotzdem tauchten die Elfenkrieger vor uns auf, ohne dass wir sie kommen sahen. Drei von ihnen legten ihre Pfeile auf uns an, ein weiterer zog sein Schwert. Es war der Elf, der mit mir gesprochen hatte. Wenn jetzt jemand eine falsche Bewegung machen würde, käme es zu einem Blutbad. Mir kam es vor, als ob wir stundenlang in völliger Bewegungslosigkeit verharrten. Dabei waren es nur wenige Augenblicke. Der Elf deutete mit seiner Klinge auf mich. „Menschen, wir sind hier, um euch zu warnen. Eine Horde eures Geschlechts befindet sich auf dem Weg hierher. Einer von ihnen trägt einen roten Kreis auf der Brust. Die anderen tragen Waffen und benehmen sich so, wie wir es von euresgleichen erwarten. Wir verlangen, dass ihr Maßnahmen ergreift, die uns und unserem Wald, in dem ihr geduldete Gäste seid, nicht schaden." Bevor ich antworten konnte, waren die Elfen verschwunden. Orphal seufzte: „Ich hatte Recht, es war ein Spion unter den Dorfbewohnern." Konzentriert, schnell und so lautlos wie möglich machten wir uns zum Aufbruch bereit. Ich weckte den Dorfältesten und führte ihn nach draußen. Nur seine Kopfbedeckung wollte er nicht zurücklassen, auf alles andere legte er keinen Wert. Sanft kraulte ich Kalter Tods Kopf und erklärte ihm flüsternd, dass er einen anderen Menschen auf seinen Rücken reiten lassen müsse. Sofort spannten sich seine Muskeln, doch als er den alten Mann sah, ließ er ihn ohne Widerstand aufsitzen.

Kaum waren wir fertig, hörten wir auch schon laute Stimmen. Sie versuchten nicht mal, uns zu überraschen. Wir brachen auf, unser Ziel war erst einmal die Quelle im Wald. Yinzu und Hamron führten die Pferde am Zügel, Orphal und ich deckten unseren Rückzug. Die Schatten der Männer waren schon im fahlen Morgenlicht zwischen den Bäumen zu sehen, als wir im Dickicht verschwanden und unseren Pfad hinter Astwerk versteckten. Ich sah durch die Zweige hindurch, wie die Truppe die Lichtung vor der Hütte erreichte.

Sie kamen von zwei Seiten, ein plumper Versuch, uns in die Zange zu nehmen. Sofort stürmten sie die Hütte und begannen, sie zu zerstören. Selbst die Feuerstelle wurde verwüstet. Die Männer waren nur mit stinkenden, dreckigen Fellen bekleidet, und ihre Sprache war kurz und abgehackt. Sie waren mit ihrem Zerstörungswerk fast fertig, als der Mönch und der Anführer der Bande die Lichtung betraten. Als ihnen mitgeteilt wurde, dass niemand angetroffen worden sei, schlug der Anführer dem Überbringer der Nachricht mitten ins Gesicht, worauf dieser mit einem Stöhnen umfiel und liegenblieb. Angewidert suchte der Mönch den Boden nach Spuren ab. Dieser einzelne Mann war gefährlicher als die ganze Truppe zusammen. „Kommt, lass uns abziehen, die kommen nicht wieder." Der Anführer wollte den Mönch am Arm mit sich ziehen. Dieser wand sich aber geschickt aus dem Griff. „Was bist du doch für ein dummer Klotz. Glaubst wirklich, dass die nicht wiederkommen, nur weil ihr Holzköpfe das Lager vernichtet habt? Wenn das wirklich Krieger des Roten Drachen sind, werden sie so schnell nicht aufgeben. Sucht nach Spuren, wir müssen wissen, in welche Richtung sie geflüchtet sind." Einige der Männer fielen auf die Knie und krochen auf dem Boden herum. Andere beschnupperten die Trümmer der Hütte. Ich musste mir auf die Lippen beißen, um nicht zu kichern. „Roter Drache! Dass ich nicht lache! Das sind doch alles alte Männer. Die erledigen meine kampferprobten Helden mit einem Streich." Stolz sah sich der Anführer um. „Wir haben schon mehr Leute gemordet als dein ganzer Roter Kreis zusammen." Er schlug dem Mönch auf die Schulter und erntete einen entrüsteten Blick. „Wir morden nicht, wir bringen den Uneinsichtigen nur die Erlösung." Der Anführer grinste. „Wie auch immer, sie sind am Ende tot, nicht freiwillig und auch nicht immer besonders schnell." Einer seiner Männer stieß einen Grunzlaut aus. Sie hatten unsere Spur entdeckt.

Ich eilte hinter Orphal her und versuchte dabei, kein Geräusch zu machen. An der Quelle erzählte ich den anderen von meinen Beobachtungen und ließ dabei den schmalen Pfad, den wir gekommen waren, nicht aus den Augen. „Diese Quelle ist ein heiliger Ort", mahnte der alte Mann, „wir dürfen ihn nicht entweihen." „Es ist sowieso nicht klug, sich jetzt auf einen Kampf einzulassen", überlegte Yinzu, und Hamron stimmte ihm zu. Nur Orphal war natürlich anderer Meinung. „Es ist aber besser, wenn wir Ort und Zeit des Kampfes bestimmen", sagte ich. „Die Elfen haben mein Wort, dass wir ihre Gesetze befolgen. Sie werden diesen heiligen Ort selbst schützen." Ich war davon überzeugt, dass unsere unsichtbaren Gastgeber sich bereits zum Kampf bereitgemacht hatten. „Orphal und ich werden trotzdem hierbleiben, um den Elfen zur Hilfe eilen zu können, falls nötig. Ihr anderen solltet euch schnell verstecken." Der Dorfälteste schlug vor, dass wir uns an einem alten Hügelgrab wiedertreffen sollten. Dieser Ort werde von den Dorfbewohnern gemieden, weil alle glaubten, dass dort Geister und Dämonen ihr Unwesen treiben würden. Orphal kannte den Platz und fand, das sei eine gute Wahl. Nachdem Hamron, Yinzu und der Alte uns Glück gewünscht hatten, zogen sie von dannen.

Wir aber suchten uns einen Platz im Unterholz, von dem aus wir das Geschehen an der Quelle beobachten konnten. Gut verborgen, sahen wir zu, wie sich der heilige Ort mit Männern füllte, die sich darüber ärgerten, dass es dort nichts gab, was sie hätten zerstören können. „Die Quelle spendet den Bewohnern des Waldes Kraft." Der Anführer der Bande bewies Gespür. „Das ist ja interessant, aber wir wollen keinen Ort, der diesen Ungläubigen Kraft spenden kann." Mit einem Griff unter seine Kutte holte der Mönch ein kleines Fläschchen hervor. „Vergiftet das Wasser! Statt Kraft wollen wir ihnen einen langsamen, qualvollen Tod spenden." Er lachte dreckig, während er die kleine Flasche einem der Männer zuwarf.

Orphal und ich zogen unsere Schwerter. Das konnten und wollten wir nicht zulassen. Doch im selben Moment, in dem Orphal die Zweige auseinanderbiegen wollte, um auf die Lichtung zu springen, hörte ich das zarte Schwirren von Pfeilen. Gleichzeitig wurden der Mann, der den Inhalt der Flasche in die Quelle schütten sollte, und drei seiner Kumpane von den Elfenpfeilen in Hals und Kopf getroffen. Lautlos fielen sie um. Jetzt entstand große Hektik auf der Lichtung. Die Männer brüllten durcheinander, der Anführer zog sein Kurzschwert und sah sich ratlos um, doch da trafen auch schon die nächsten Pfeile mit tödlicher Präzision. Der Mönch hatte sich sofort ins Dickicht zurückgezogen, und nachdem weitere drei Mann tödlich getroffen zu Boden sanken, zog es auch der Rest der Bande vor, in wilder Panik die Flucht zu ergreifen.

Ein tiefes Gefühl der Befriedigung durchströmte mich. Sie hatten es nicht geschafft, den heiligen Ort zu entweihen. „Es ehrt euch, Krieger des Roten Drachen, dass ihr diesen heiligen Ort mit euren Leben schützen wolltet. Nun geht und kommt nicht wieder." Eine zarte Stimme wisperte zwischen den Zweigen, doch der Elf blieb unsichtbar. Wir hoben die Hände zum Gruß und eilten hinter unseren Freunden her.

Das Hügelgrab erreichten wir erst nach Einbruch der Dunkelheit. Es war ein unheimlicher Ort, umgeben von alten Bäumen. Ihre morschen Äste knirschten im Wind, und die Krähen, die dort nisteten, sangen kein schönes Lied. Yinzu und Hamron hören gespannt zu, was Orphal und ich zu berichten hatten. „Wir sollten diese Verwirrung nutzen", sagte Hamron. „Wenn es uns gelingt, die Bande morgen in das Dorf zu locken, dann können wir den Mönch mit dieser Tat konfrontieren." Begeistert war Orphal aufgesprungen. „Ja, lasst uns morgen den Göttern etwas zu feiern geben, endlich ist es soweit. Wir schicken die ganze Bande in die Feuer der

Unterwelt. Sie sollen in ihrem Blut ersaufen, diese Schufte." Auch ich musste gestehen, dass ich es nicht erwarten konnte, das Dorf von dieser Mörderbande zu befreien. So beschlossen wir, dass Yinzu und ich die Räuber aus ihrem Versteck locken sollten. Wir würden sie bis ins Dorf treiben, wo Hamron und Orphal schon auf uns warten würden. Der Dorfälteste wollte unbedingt dabei sein. Wir hofften alle insgeheim, dass sich die Menschen uns anschließen würden, wenn sie von den Machenschaften des Mönches erfuhren. Ich wagte nicht, darüber nachzudenken, was geschehen würde, wenn sie uns nicht glaubten.

    Die Nacht war stürmisch und kalt, ich konnte nicht schlafen. Ich versuchte deshalb, mit Atemübungen meine Energie zu stärken. Meine Brüder taten es mir nach. So saßen wir in tiefer Konzentration zusammen und bereiteten uns auf den kommenden Tag vor. Wir würden alle unsere Kräfte brauchen. Als der Morgen graute, vermochte es der starke Wind nicht, die geballten Wolken aufzureißen. Es würde ein trüber, kalter Tag werden. Wir legten unser komplettes Rüstzeug an und entrollten die Banner, die uns als Mitglieder des Clans auswiesen. Als Orphal, Hamron und der Dorfälteste aufbrachen, sahen wir ihnen nach, bis sie im Dunst des Morgens verschwunden waren. Dann bestiegen Yinzu und ich unsere Pferde und machten uns ebenfalls auf den Weg. Unsere Banner knatterten im Wind, und ein seltsamer Pfeifton entstand, als wir losgaloppierten.

    Schon bald erreichten wir die Hügel, hinter denen sich das Lager der Bande befand. Nirgends war eine Wache zu sehen. Also wählten wir den einfachsten und direkten Weg: Wir ritten im vollen Galopp mitten ins Lager hinein. Am Zelt des Anführers hing so etwas wie eine Fahne, Yinzu brauchte nur einen Pfeil, und der Fetzen landete im Dreck. Erst jetzt torkelten die ersten Männer vor ihre Zelte. Die überrumpelte Horde stand unschlüssig herum und wusste nicht, was sie tun sollte. Ihre Blicke hingen wie gefesselt an unseren Bannern, wo der Rote Drache im Grau des Morgens leuchtete.

    Endlich stürzte der Anführer schlaftrunken aus seinem Zelt, in einer Hand das Kurzschwert, mit der anderen hielt er ein Fell zusammen, das er um seine Schultern geworfen hatte. Abrupt blieb er stehen, da schrie Yinzu ihn auch schon an. „Du stinkendes Schwein, was bildest du dir ein? Ihr seid zu dämlich, ein Schwert zu führen! Räuber wollt ihr sein? Ihr könnt ja noch nicht einmal richtig sprechen, geschweige denn rauben und plündern!" Nach diesen Worten schoss er dem Anführer das Kurzschwert aus der Hand und spuckte einem der Männer mitten ins Gesicht. Das war zu viel. Der Anführer wurde erst rot, dann weiß im Gesicht und schrie seinen Männern zu, sie sollten uns ergreifen, damit er uns bei lebendigem Leibe häuten könne.

    Ich war noch ganz beeindruckt von der Vorstellung, die Yinzu gegeben hatte, als er Frühlingswind auch schon herumgerissen hatte und aus dem Lager preschte. „Was ist, willst du hier Wurzeln schlagen?" schrie er. In diesem Moment griff einer der Männer nach Kalter Tods Zügel. Zornig stieg mein Kamerad auf seine Hinterläufe und zertrümmerte ihm mit einem Schlag seines Vorderhufs den Schädel. Ich hörte das wilde Geheul der Horde, als ich Yinzu folgte, und hoffte, sie würden nun alles daran setzten, uns zu fangen.

    Zu meiner Überraschung war die Bande schneller auf ihren Pferden als erwartet. Da ihre Tiere keine schweren Panzerdecken trugen, kamen sie rasch näher. Ich musste schlucken, hoffentlich würden sie uns nicht schon einholen, bevor wir das Dorf erreichten. Doch sie waren zwar schnell, aber unorganisiert. In mir breitete sich Aufregung aus. Mein erster wirklicher Kampf stand bevor – und das vom Rücken meines Pferdes aus. Yinzu legte schon mit dem Bogen auf unsere Verfolger an. Frühlingswind wurde etwas langsamer, und er schoss vier von ihnen aus dem

Sattel. „Jetzt dürften es nur noch zwei Dutzend sein!", brüllte er und trieb Frühlingswind begeistert an. Kalter Tod hatte Mühe mitzuhalten. Mächtig stampften die Hufe unserer Pferde über das Land.

Im vollen Galopp sprengten wir bis zum Marktplatz, wo Orphal und Hamron fast das ganze Dorf versammelt hatten. Die Menge stob auseinander, als wir von unseren Pferden sprangen und hastig berichteten, dass die Räuberbande auf dem Weg ins Dorf sei. Orphal beruhigte die erschrockenen Dorfbewohner. „Ihr braucht keine Angst zu haben. Wir sind hier, um euch zu beschützen, denn wir sind eure wahren Freunde." Der Dorfälteste nickte dazu und sprach: „Ihr alle kennt mich, und ich kenne euch - viele schon von Kindesbeinen an. Ich habe seit dem Tage meiner Verbannung zu den Göttern gebetet, dass sie uns Hilfe schicken mögen. Das haben sie getan. Diese vier mutigen Krieger sind gekommen, um uns von großem Unheil zu befreien. Wir werden die alte Ordnung wieder einführen, aber keiner von euch braucht Angst vor Rache zu haben. Wir verzeihen jedem seine Fehler, die er aus Unwissenheit und Angst begangen hat."

Ich wunderte mich darüber, dass der Mönch nirgends zu sehen war. Doch plötzlich entdeckte ich in einer der schmalen Gassen eine große Gruppe schweigender Menschen. Der Kreisanbeter hatte seine Anhänger um sich geschart, und kam nun, flankiert von zwei großen Männern, die beide eine Axt trugen, auf uns zu. Die Dorfbewohner suchten hinter uns Schutz, während der Dorfälteste sie zu beruhigen versuchte. Orphal hob seine Hände, damit jeder sehen konnte, dass er keine Waffe gezogen hatte. Bevor er aber etwas sagen konnte, deutete der Mönch mit dem Finger auf ihn und schrie: „Das ist er, tötet ihn, dann werden wir alle erlöst sein, er ist derjenige, der unser Dorf verflucht hat." Seine beiden Leibwächter rannten, ohne zu zögern auf Orphal zu und holten mit ihren Äxten zum Schlag aus. Erschrocken sprang Orphal einen Schritt nach hinten.

Ich konzentrierte mich auf mein Energiezentrum in der Mitte meines Körpers und sammelte dort alle Kraft, die ich in mir hatte. Mit einer kleinen, aber blitzschnellen Bewegung meiner Hände schleuderte ich den Angreifern diese geballte Energie entgegen. Sie wurden von einem unsichtbaren Stoß getroffen, der sie mehrere Schritte zurückwarf, wo sie auf den Boden stürzten und benommen liegenblieben. Fassungslos starrte der Mönch mich an.

In diesem Moment galoppierte die Räuberbande auf den Platz. Alle vier zogen wir unsere Waffen, bereit zum ersten echten Kampf unseres Lebens. Ein seltsames Kribbeln durchströmte erst meine Arme, dann meinen ganzen Körper. Ich musste mich zurückhalten, um nicht sofort auf den ersten Gegner loszustürmen und an ihm die Macht meines Schwertes auszuprobieren. Der Mönch verlor endgültig seine Fassung. „Was macht ihr dummen Säcke ausgerechnet jetzt hier? Habe ich euch nicht gesagt, dass ich euch hier nicht sehen will?", schrie er den Anführer an. „Ich will die beiden dort." Der Anführer deutete mit dem Finger auf Yinzu und mich. „Die Schufte haben mein Lager überfallen, fünf meiner Männer getötet und mich entehrt. Jetzt will ich Rache."

Da vernahm ich die Stimme des Dorfältesten, er hatte sich auf einen Karren gestellt und sprach ruhig, aber vernehmlich zu der Menschenmenge. „Seht nur genau hin! Euer guter Freund vom Roten Kreis, er paktiert mit der Bande, die euch überfällt und knechtet. Ist es das, was ihr wollt? Brüder und Schwestern, öffnet eure Augen und seht, wie ihr geblendet wurdet. Jetzt habt ihr die Möglichkeit, eure Schuld vor den Göttern zu tilgen, indem ihr das Richtige tut. Zögert nicht länger. Verjagt diesen Mörder und Heuchler, der euch Erlösung versprach, aber nur Elend und Leid über uns brachte." Der Mönch zog sein Kurzschwert, das er unter der Kutte verborgen hatte, und schrie der Räuberbande zu: „Wenn sie unser Heil nicht wollen, dann sollen sie in ihrem Blut ersaufen. Vernichtet diesen verfluchten Ort!" In wilder Panik rannten die Dorfbewohner davon. Ein Atemzug später gehörte der Marktplatz allein uns und unseren Gegnern.

    Der Mönch und der Anführer blieben hinter den Männern zurück, die auf uns losstürmten. Gerade wollte ich mich dem ersten entgegenwerfen, als er, von einem Pfeil getroffen, nach hinten gerissen wurde. Hamron und Yinzu schossen die erste Reihe der Angreifer nieder. Doch die zweite Reihe sprang achtlos über die am Boden Liegenden hinweg – schnell und zahlreich. Unsere beiden Bogenschützen konnten gegen sie nichts mehr ausrichten. Einer der Räuber hob eine große mit Dornen besetzte Keule, um mir den Schädel einzuschlagen. Ich wich seitlich aus und ließ ihn in meine Klinge laufen. Sie war so scharf, dass ich den Mann in seiner Mitte teilte. Es blieb mir aber keine Zeit, die Wirkung meines Schwertes zu bestaunen. Der nächste Angreifer war schon da. Er schlug mit einer Sichel nach meinem Kopf. Ich ließ mich auf die Knie fallen und trennte ihm ein Bein vom Körper. Schreiend fiel er zu Boden. Neben mir spaltete Orphals Streitaxt einem Räuber den Schädel. Dann wirbelten Yinzu und Hamron mit ihren Klingen in die Bande hinein. Wir gerieten in einen Rausch. Unsere Kampfschreie waren uns selbst fremd.

    Einer der Männer stand fassungslos da. Ich sah das Entsetzen in seinen Augen. Trotzdem hob ich mein Schwert und spaltete ihm den Kopf. Obwohl ich bemerkt hatte, wie sehr dieser Mann von Angst erfüllt gewesen war, konnte ich nicht innehalten. Ich fühlte mich größer und mächtiger mit jedem Gegner, den ich niedermachte. Blut spritzte mir ins Gesicht, ich beachtete es nicht. Ohne zu denken, schlug ich nach allem, was sich bewegte. Die Schläge, die ich austeilte, sollten töten, und das taten sie auch.

    Doch als die letzten Räuber schreiend flohen, klärte sich mein Blick. Waren es an die zwei Dutzend gewesen, so lebten nun nur noch fünf von ihnen, die der Anführer und der Mönch vergeblich versuchten aufzuhalten. Leichenblass stand der Hauptmann der Bande vor uns. Er zitterte am ganzen Körper, doch ich wusste, dass er nicht weichen würde. Mit einem Schrei der Verzweiflung sprang er auf Orphal zu. Seine Angst lag noch in der Luft, da hatte mein Bruder ihm auch schon den Kopf vom Rumpf geschlagen. Der Torso stand einen Augenblick aufrecht, dann sank er lautlos zu Boden.

    Geschockt warf der Mönch sein Kurzschwert weg und fiel winselnd auf die Knie. Davon völlig unbeeindruckt, packte Orphal ihn an der Kutte und zog ihn hinter sich her quer über den Platz zu den verängstigten Menschen, die zurückgekehrt waren, als der Lärm der Schlacht verebbte. Er warf ihn dem Dorfältesten vor die Füße. „Nun erzähl uns allen, was dich und dein Gewissen belastet, vielleicht wird dein Tod dann nicht so schmerzhaft werden." Einen Moment lang lag entsetztes Schweigen über dem Marktplatz, dann begann es, aus dem Mönch hervorzusprudeln. Er berichtete unter Tränen, wie er die Kräuterfrau vergiftet hatte. Wie er alle Kinder, die sie behandelte und denen es schon wieder besser ging, mit einem Gift wieder krankgemacht hatte. Dass er die Räuber dazu anstiftete, nicht weiterzuziehen, sondern Angst und Schrecken zu verbreiten. Dass er die Kinder der Familien umgebracht hatte, die sich nicht seinem Glauben anschließen wollten. Er hatte Frauen in sein Bett gezwungen, weil diese glaubten, dass sie sonst verflucht würden. Er hatte sich an dem wenigen Ersparten der Menschen bereichert.

    Nach diesem Geständnis ergriff die aufgebrachte Menge den Mönch und schleppte ihn in die Mitte des Marktplatzes, dorthin wo die Leichen der besiegten Räuberbande noch in ihrem Blut lagen. Sie banden seine Arme und Beine an vier starke Ackergäule und trieben die Tiere mit Peitschenschlägen auseinander. Es knirschte und knackte und knallte laut, als ihm fast gleichzeitig Arme und Beine ausgerissen wurden. Der Rest des immer noch Schreienden fiel zu Boden, wo er wild zuckte, bis das Leben ihn verließ. Doch der Volkszorn war noch nicht besänftigt. Die Familien, deren Kinder er getötet hatte, zerhackten das, was von diesem Teufel noch übrig war. Sie hörten nicht eher auf, bis niemand mehr erkennen konnte, dass es sich einmal um einen Menschen gehandelt hatte.

Ich sah an mir herunter. An meinem Kilt klebte das Blut der Erschlagenen. Es tropfte von meiner Klinge. Da erinnerte ich mich an die Mahnung des Großmeisters, ich solle mein Schwert nach einem Kampf bald säubern, riss ein Stück aus dem Gewand einer Leiche und begann, die Klinge zu reinigen. Während ich das tat, drangen die Schreie der Gefallenen in mein Bewusstsein, die meine Ohren während des Kampfes ausgeblendet hatten. Das Hochgefühl über den Sieg wich einer tiefen Trauer. Der Anblick des Marktplatzes schmerzte. Schwindel erfasste mich, ich musste mich setzen.

Doch dann war dieser Augenblick der schrecklichen Stille ganz plötzlich vorbei. Jubel brach aus. Einige Dorfbewohner trugen Orphal auf den Schultern. Als sie auch mich hochheben wollten, winkte ich scharf ab. Yinzu, Hamron und ich blieben zurück, während das Dorf den Sieg und die Befreiung feierte. Es war mein erster richtiger Kampf gewesen, wir hatten ihn gewonnen. Trotzdem fühlte ich mich elend und schlecht. Erst am Abend suchte der Dorfälteste nach uns, begleitet von eine älteren Frau, in der ich sofort Orphals Mutter erkannte. Dem alten Mann fehlten die Worte, aber es standen Tränen der Dankbarkeit in seinen Augen, und er berührte immer wieder mit seiner Stirn unsere Hände. Ich war jetzt fest überzeugt, dass wir das Richtige getan hatten. Orphals Mutter bat uns, mit den Dorfbewohnern zu feiern. Wir folgten ihnen auf den Marktplatz.

Die Spuren des Kampfes waren längst beseitigt, als das Freudenfeuer entzündet wurde, doch ich hatte noch immer ein flaues Gefühl im Magen und fühlte mich sehr einsam. Ich konnte mich einfach nicht für die Feier zu unseren Ehren begeistern und suchte den Stall, in dem unsere Pferde untergebracht worden waren. Mein Kamerad rieb seinen Kopf an meiner Schulter. Er spürte, dass es mir nicht besonders gut ging. Ich legte mich zu ihm ins Stroh und schlief schnell ein.

Noch vor Morgengrauen erwachte ich mit der Gewissheit, dass ich nun weiterziehen konnte, um meine eigene Aufgabe zu bewältigen. Ich führte Kalter Tod aus seinem Verschlag und packte meine Sachen zusammen. Da sah ich Yinzu und Hamron kommen. Unser erster gemeinsamer Kampf hatte auch bei ihnen seine Spuren hinterlassen. Wortlos schlossen sich meine Freunde den Vorbereitungen zum Abmarsch an. Wir waren schon fast fertig, als Orphal auftauchte. Er sah aus, als hätte er die ganze Nacht durchgefeiert. Ich sah ihm in die Augen, es schien ihm nichts auszumachen, dass wir fast zwei Dutzend Menschen zu den Göttern geschickt hatten. Stattdessen war er voller Tatendrang. „Warum wollt ihr jetzt schon weiterreiten? Das Dorf braucht uns doch. Lasst uns noch etwas bleiben, bevor wir uns daran machen, eure Prüfungen zu meistern." Ich seufzte. „Nein, ich muss weiter. Wenn die Menschen dich hier noch brauchen, dann bleib und schütze das Dorf, so wie es dein Vater schon getan hat. Er ist sicher stolz auf dich." Doch Orphal drängte sich an Yinzu und Hamron vorbei in den Stall. „Lasst mich durch, ich werde mit euch kommen. Ich habe geschworen, euch bei der Prüfung beizustehen." Hamron lächelte. „Das wissen wir, Bruder. Aber die Dorfbewohner brauchen dich tatsächlich. Wir werden allein zurechtkommen. Falls wir in Schwierigkeiten geraten, werden wir es dich wissen lassen." Er deutete auf das Horn, das an seinem Gürtel hing. Unschlüssig trat Orphal von einem Bein aufs andere. Yinzu nahm ihn in den Arm. „Niemand macht dir einen Vorwurf. Im Gegenteil, wenn deine Aufgabe hier noch nicht beendet ist, dann musst du sogar noch bleiben." Mit gesenktem Kopf begleitete

Orphal uns bis zum Marktplatz. Er hatte seinen Entschluss gefasst und verabschiedete uns gemeinsam mit dem Dorfältesten und den meisten Frauen und Männern aus dem Dorf. Wir bekamen Pakete mit Lebensmitteln und frisch gefüllte Trinkflaschen mit auf den Weg.

Mit einem Ruck schwang ich mich in den Sattel. Irgendjemand stimmte ein Lied an, in das immer mehr Menschen einstimmten. Ein Schauer lief mir über den Rücken, als ich verstand, dass es von uns erzählte, davon dass vier große Krieger das Dorf befreit und den Menschen ihren Glauben und ihre Hoffnung wiedergegeben hatten. Warum nur fühlte ich keinen Stolz? Orphal lief mit Tränen in den Augen ein Stück hinter uns her. Dann blieb er zurück mit einer schweren Verantwortung auf den Schultern. Ich beneidete ihn nicht darum.

Still und in Gedanken vertieft, ritten wir in den neuen Tag hinein. Außerhalb des Dorfes stieg eine schwarze Rauchsäule in den Himmel. Die Dorfbewohner hatten den Tempel in Brand gesetzt. Es roch nach Vergänglichkeit. Die Luft war an diesem Morgen anders, schwer und träge hing Nebel hing zwischen den Bäumen, das Grau des Morgens wich nur langsam. Kein Sonnenstrahl berührte die Erde. Trotzdem konnte ich die blasse Scheibe über den Wolken erkennen. Yinzu riss mich aus meinen Gedanken. „Ich habe mir eine Karte von dieser Gegend geben lassen." Er reichte mir ein Stück Leder. Es dauerte ein wenig, bis ich mich darauf zurechtfand. Doch dann erkannte ich, dass nur einige Tagesritte entfernt das Fürstentum meines unseligen Vaters lag. „Wessen Aufgabe gehen wir also als nächste an? Diese Entscheidung beantwortet die Frage, in welche Richtung wir weiterreiten müssen." Yinzu schaute mich und Hamron fragend an. „Für meine Aufgabe brauchen wir Zeit. Die Heilung von Menschen ist nicht so schnell zu erledigen", gab Hamron zu Bedenken. „Das heißt, es bleibt die Wahl zwischen deiner und Arans Prüfung." „Damit ist die Entscheidung gefallen", beschloss Yinzu. „Zuerst ist Aran an der Reihe, dann ich. Zum Schluss haben wir Zeit, uns um Hamrons Aufgabe zu kümmern. Ist jemand anderer Meinung?" Wir schüttelten den Kopf.

Als die Dunkelheit hereinbrach, suchten wir Schutz in einem Wäldchen. Unser Feuer brannte in einer kleinen Grube. Ich wickelte mich fest in mein Fell und lauschte den Geräuschen der Nacht. Der Himmel war noch immer wolkenverhangen. Nur an einigen Stellen gaben sie den Blick auf die Sterne frei, ab und zu leuchtete der zunehmende Mond fahl durch die kahlen Bäume. Meine beiden Freunde schliefen friedlich rechts und links von mir. Ich legte Holz nach, hielt meine Hände über die Flammen und fasste einen Entschluss: Ich zog meinen Dolch und nahm ihn in beide Hände. Nach einigen Atemübungen war ich zwar eingeschlafen, betrachtete aber aufmerksam die Klinge meines Dolches. Die Rune leuchtete in einem dunklen Rot. Ein sonderbar vertrautes Gefühl durchströmte mich. Im selben Augenblick war auch der Traumnebel da. Ich wanderte langsam hindurch und fand bald die vertraute Lichtung. Mit beiden Händen berührte ich den gewaltigen Stamm des majestätischen alten Baums. Ein Gefühl von Ruhe und Geborgenheit breitete sich in meinem Innersten aus. Erleichtert setzte ich mich ins feuchte Gras, lehnte meinen Rücken an die borkige Rinde und versuchte meine Gedanken auf Meister Gantalah zu konzentrieren.

Es dauerte eine ganze Zeit, bis ich die Anwesenheit des Elfen spürte. Sofort lag ich auf den Knien und grüßte ihn. Väterlich setzte er sich neben mich und legte mir seinen Arm um die Schultern. „Was führt dich zu mir, mein Sohn?" Ich dachte an Orphal und die Aufgabe, bei der wir ihm beigestanden hatten, an den Schmerz, den ich in meinem Herzen gespürt hatte und an den Schatten, der auf meiner Seele lag. „Aran, was in dir vorgeht, ist ganz normal. Du hast Menschen das Leben genommen, das darf dich beschäftigen. Das muss sogar so sein, denn sonst könntest du nicht unterscheiden, wann es besser ist, jemanden zu verschonen und wann nicht. Du würdest zu einer mordenden Bestie werden. Wenn du jetzt an die Dorfbewohner denkst, was kommt dir in den Sinn?" Ohne zu zögern antwortete ich, dass ich glaubte, das Richtige getan zu haben. „Siehst du? Du hast erkannt, dass es notwendig gewesen ist zu töten." Unhöflicherweise unterbrach ich ihn. „Aber, Meister, was ist, wenn ich immer Schmerz fühle, wenn es niemals aufhört? Kann ich trotzdem ein richtiger Krieger werden?" Er lachte. „Mein Sohn, hast du denn nicht zugehört? Das Gefühl bleibt, du lernst nur, besser damit umzugehen. Wenn du daran zerbrichst, hast du den Kampf gegen deinen gefährlichsten Feind verloren: gegen dich selbst. Und nun frage mich, was du wirklich wissen willst." Dieser Mann wusste mehr über mich als ich selbst.

Einen Moment lang überlegte ich, dann gab ich zu, dass es meine Angst gewesen war, die mich nach dem Meister hatte suchen lassen, die Angst davor, meine Prüfung nicht zu bestehen. Wenn ich schon nicht verkraften konnte, Verbrecher umzubringen, wie würde es mir dann erst bei meiner Familie ergehen? Jetzt wurden die Züge des Elfen hart. Tief sah er mir in die Augen, leise drang der Singsang seiner Stimme in meinen Kopf. „Du verwendest den Begriff ‚Familie' sehr unbedacht, junger Freund. Überleg genau, wer deine wahre Familie ist. Obwohl wir im Clan nicht blutsverwandt sind, sind wir doch viel mehr für dich als der Mann, den du töten sollst. Du wirst die letzten Fäden durchtrennen, die dich mit diesem unseligen Geschlecht verbinden. Was haben sie dir gegeben? Nur Leid und Tod, sonst nichts." „Meister, ich habe Angst. Was ist, wenn mich der Mut und die Kraft verlassen? Was ist, wenn ich scheitere?" Er schüttelte den Kopf. „Dann bist du tot. Du bist und bleibst ein Narr, Aran. Deine Brüder sind bei dir, sie werden dir beistehen. Außerdem bist du gut ausgebildet worden, nun tritt aus den Kinderschuhen heraus und erkenne, wofür du bestimmt bist, sei ein Krieger." Ich seufzte. „Gut, mein kleiner Freund, ich werde dir einen Tipp geben, wie du es schaffst, deinen Mut nicht zu verlieren. Bevor du in die Burg dieses Mannes reitest, ruf nach den vier Stürmen. Die Götter werden dir helfen, deine Aufgabe zu meistern. Nun geh, die Sonne wird gleich aufgehen, und ihr habt noch einen weiten Weg vor euch."

Ich öffnete meine Augen und blickte in den blauen Himmel. Hamron war schon auf den Beinen und kochte uns einen Kräutertee. Yinzu schärfte sein Schwert und begrüßte mich mit einem Lächeln. „Gut geschlafen?" Ich nickte. Hamron grinste: „Wenn du nicht mitten in der Nacht aufstehen würdest, müsstest du auch nicht bis zum Mittag liegen bleiben." Ich runzelte die Stirn. „Habt ihr das mitbekommen? Ich war mir sicher, dass ihr schlaft." Yinzu stieß mich an. „Nein, du Tölpel, wir hatten nur keine Lust aufzustehen, um das Feuer zu schüren." Wir lachten, und ich genoss die Sicherheit, die mir nur meine Freunde geben können.

Die Tage vergingen, ohne dass wir jemandem begegneten. Je weiter wir nach Südwesten ritten, je milder wurde das Klima. Wenn der Wind auffrischte, schmeckte ich schon den Ozean. Ich freute mich darauf, nach so langer Zeit wieder ans Meer zurückzukommen. Wenn ich am Strand gestanden hatte, um hinaus in die Weite zu sehen, war ich mir immer sehr klein und unbedeutend vorgekommen. Das Rauschen der Brandung hatte in mir Fernweh geweckt und das Verlangen nach Abenteuern und großen Herausforderungen. Eines Tages hörten wir ein seltsames Geräusch. Angestrengt versuchten Yinzu und Hamron herauszufinden, was es wohl sein könnte. Da gab ich meinem Pferd auch schon die Hacken zu spüren und rief, dass nur das Meer so wunderbare Gesänge anzustimmen vermöge. Im gestreckten Galopp erklommen wir eine Hügelkuppe. Nie werde ich das Bild vergessen, das sich uns dahinter bot. Das aufgewühlte Meer brandete an den Strand. Auf den Wellen tanzten weiße Schaumkronen. Darüber ließen sich die Möwen im Sturmwind treiben und schienen uns mit ihrem Geschrei willkommen zu heißen.

Aus den Augenwinkeln bemerkte ich, dass Yinzu nicht das Meer bestaunte, sondern angestrengt an mir vorbeispähte. Ich folgte seinem Blick und entdeckte in der Ferne die Burg meines Vaters. Mein Magen krampfte sich zusammen, als ich am Fuße des Berges die schwarz verkohlten Balken der niedergebrannten Schenke meiner Mutter entdeckte, die wie knochige Totenfinger mahnend in den Himmel ragten. Sie warnten alle Reisenden davor weiterzureiten. Mit einem Ruck riss ich Kalter Tod herum und ritt auf die Ruine zu. Meine Freunde folgten mir. Mein Kopf war so leer wie die Straße vor uns, die uns zur Burg des Fürsten Valan bringen würde.

Kapitel 15: Auge in Auge

Hamron riss mich aus meiner Erstarrung. „Es ist besser, wenn wir erst die Lage erkunden. Lasst uns einen Lagerplatz suchen, wo wir unbemerkt bleiben." Ich nickte, und wir verließen den Weg. Ich wusste noch, wo ich mich früher immer versteckte, wenn meine Mutter mir Schläge angedroht hatte: in einer alten Begräbnisstätte, die von den meisten Menschen gemieden wurde. Als wir den uralten Steinkreis erreichten, spürte ich die Angst und Erregung von damals wieder. Meine Großmutter erzählte, dass der Steinkreis von den Göttern aufgestellt worden sei, als diese noch auf Mittelerde wandelten. Früher hatten die Menschen ihre Opfergaben dorthin gebracht. Doch mit den Jahrhunderten ließ der Glaube an die alten Kräfte nach. So verwaiste der heilige Ort, und es entstanden Legenden über ihn, zum Beispiel dass sich die Toten einmal im Jahr dort zu einem großen Fest einfinden würden. Als Kind hatte ich geglaubt, dass das nur eine Geschichte sein könne, nun wusste ich, dass es die Wahrheit ist.

Meine Freunde spürten genau wie ich die besondere Kraft der Steine. Wir fegten das Laub und das alte Gras zusammen, räumten das Astwerk beiseite und stellten zwei umgefallene Steine mit großer Mühe wieder auf. Die Sonne war schon fast untergegangen, als wir fertig waren. Wir entzündeten ein kleines Feuer, an dem wir uns wärmten. Es muss eine uralte Feuerstelle gewesen sein, in der früher die Totenfeuer entzündet wurden, denn es war, als würde dieser Ort zu neuem Leben erwachen. Ich fühlte die heilsame Wirkung der Steine, es ging mir deutlich besser. „Morgen werde ich mich umhören", sagte Hamron. „Ich werde verkleidet und allein ins Dorf gehen. Wer misstraut schon einem alten Bettler?" Er lachte und tat so, als müsste er hinken.

Der nächste Tag begann mit strahlendem Sonnenschein. Ich verkroch mich ins Gebüsch, um mich zu erleichtern, und entdeckte plötzlich einen Fremden bei unseren Pferden. Obwohl mir hätte auffallen müssen, dass die Tiere völlig ruhig waren, krampfte sich mein Magen zusammen, und ich rannte los. Noch bevor ich die Tiere erreichte, floh die Gestalt. Doch mit dem Buckel und dem steifen Bein kam der Bettler nur langsam voran. Ich blieb wie angewurzelt stehen, und meine Freunde lachten laut. Yinzu stand hinter den Pferden, und der Bettler war niemand anderes als mein Bruder Hamron. Er hatte seine Figur unter einem Lumpensack verborgen, sich einen Buckel untergeschoben, das Gesicht dreckverschmiert und die Zähne schwarz gerußt. „Mein Freund, wenn selbst du auf seine Verkleidung hereinfällst, dann wird niemand im Dorf Verdacht schöpfen. Wir können Hamron beruhigt ziehen lassen." Yinzu schlug mir aufmunternd auf den Rücken.

Hamron machte sich zu Fuß auf den Weg. Er hatte sich einen Beutel mit wilden Kräutern umgehängt, die er zum Tausch anbieten wollte. So würde er leicht mit den Frauen ins Gespräch kommen. Yinzu reichte mir etwas Trockenobst. Als ich den Kopf schüttelte, runzelte er ärgerlich die Stirn. „Du musst etwas essen. Oder willst du den wichtigsten Kampf deines Lebens nur mit halber Kraft antreten? Ich werde hier stehenbleiben und aufpassen, dass du auch ja alles aufisst. Wenn nicht, werde ich sehr böse werden." Er hatte die dicke Köchin des Clans nachgeahmt. Ich grinste, nahm ihm das Obst aus der Hand und begann widerwillig, darauf herumzukauen.

Nach dem Frühstück versorgten wir die Pferde. Kalter Tod gefiel es gar nicht, dass ich mich um Hamrons Pferd kümmerte. Immer, wenn ich Roter Mohn streichelte, stupste er mich an und wollte, dass ich mich um ihn kümmerte. Nach einigen vergeblichen Versuchen zog er beleidigt von dannen. Nachdem wir mit den Pferden fertig waren, begannen wir unser Waffentraining. Wir wollten so gut vorbereitet sein wie möglich. Das Wetter war noch immer sehr schön. Obwohl es in dieser Gegend nicht so kalt wird wie in den Bergen, konnten wir den Winter doch noch deutlich spüren. Aber schon bald würde der Frühling mit den ersten zarten Sprossen versuchen, verlorenes Terrain wiederzugewinnen. Das Gras ist dort viel höher als in den Bergen, auch die Wälder sind sehr dicht. Nicht weit von unserem Lager entfernt begann ein riesiger Wald, der so undurchdringlich ist, dass es früher eine Mutprobe war, überhaupt hineinzugehen.

Das Feuer brannte knisternd, und die Sterne leuchteten, als ich Bewegung in der Dunkelheit spürte. Im nächsten Moment trat Hamron in den Schein des Feuers. Ich beruhigte mich damit, dass er ein Krieger des Clans ist, jeden anderen, so hoffte ich, würden wir schneller bemerken. Immer noch humpelnd, ließ sich Hamron umständlich am Feuer nieder. Er trank warmen Tee, aß in aller Ruhe die Reste unseres Abendessens, und sagte kein Wort. Nachdem er sich behaglich gegen einen Baumstamm gelehnt hatte, rückten wir, gespannt auf seinen Bericht, dicht an ihn heran. Doch Hamron kicherte nur. Yinzu und ich sahen uns fragend an. Hamron hörte nicht auf zu kichern. Immer wenn er sich etwas beruhigte hatte und uns dann ansah, brach es wieder aus ihm heraus. Langsam wurde ich ärgerlich. „Hast du was getrunken?" Doch Hamron schüttelte nur den Kopf. Endlich riss er sich zusammen. „Eure erwartungsvollen Gesichter hättet ihr sehen sollen! Solange wir uns kennen, habe ich euch noch nicht so gesehen." Er wollte gerade wieder anfangen zu lachen, als Yinzu ihm leicht in den Bauch schlug, nicht sehr stark, aber es reichte für einen Hustenanfall. Nachdem Hamron sich erholt hatte, begann er endlich zu erzählen.

Er hatte auf dem Markt seine Kräuter angeboten und dabei viel erfahren, genau wie er es geplant hatte. Der alte Fürst Valan war noch am Leben, er saß auch noch auf dem Thron, aber sein ältester Sohn Riktar war es, der das Land in Wahrheit regierte. Sein Vater stimmte nur noch den Beschlüssen seines Sohnes zu. Dann gab es noch einen Enkel und einen weiteren Sohn. Sie waren Halbbrüder, da sich die Mutter des Ältesten in den Tod gestürzt hatte. Auch die Fürstin war dem Wahnsinn nahe, so erzählte man sich im Dorf, weil der Jüngere der Brüder in einem Verließ tief unten in der Burg gefangengehalten wurde. Es hieß, er habe das dritte Auge. Seine Visionen hatten den Fürsten und seinen ältesten Sohn derart beunruhigt, dass sie ihn in den Kerker werfen ließen. Das Schlimmste aber war, so berichtete Hamron, dass Riktar ein glühender Anhänger des Roten Kreises war und in der Burg einen Tempel errichtet hatte. Die Meinung im Dorf war darüber geteilt. Einige hatte sich dem neuen Glauben angeschlossen, die anderen durften die alten Götter nicht mehr anbeten und litten unter Folter und Mord, wenn sie sich dem Roten Kreis widersetzten.

Einen Augenblick herrschte Schweigen am Feuer, dann fragte mich Yinzu, wie ich vorgehen wolle. Vor meinem geistigen Auge liefen die Szenen noch einmal ab, die ich damals in der Burg erlebt hatte, als ich meinem Vater das erste und einzige

Mal gegenüberstand. Yinzu wiederholte seine Frage. Ich antwortete, dass es wohl das Beste sei, hinzugehen, alle umzubringen und wieder zu verschwinden. Eigentlich wollte ich einen Witz machen. Yinzu und Hamron aber sahen sich einen Moment lang an, dann nickten sie. „Das ist wirklich das Einfachste. Lass es uns genauso machen." Entschlossen schlug Yinzu seine Faust in die Handfläche.

Die beiden hatten sich schon in ihre Felle eingerollt und schliefen, als ich beschloss, die vier Stürme anzurufen. Ich griff nach meinem Schwert und wanderte im fahlen Mondlicht den heiligen Hügel weiter hinauf. Von oben hatte ich einen guten Überblick über die Gegend. Ich spürte die magische Kraft des Ortes und verstand, warum die Alten dort ihre Toten begraben hatten. Zu meinen Füßen leuchtete der Steinkreis, im Westen donnerte die Brandung an die Steilküste. Im Osten rauschten die Bäume des Waldes im Nachtwind. Am Nordhimmel sah ich die Sterne funkeln. Es sah aus, als wollten sie mir Zeichen geben. Aus dem Süden kündigte sich der Frühling an, ich konnte die warme Luft riechen.

Ich hatte gelernt, bei welcher Körperhaltung meine Energie am meisten Kraft besitzt: aufrecht, die Füße schulterbreit auseinander. Meine Knie waren leicht gebeugt, und ich hatte das Becken etwas nach vorn geschoben, um meine Körpermitte vollständig entspannen zu können. Meine Hände umschlossen den Griff meines Schwertes. Die Klinge steckte mit der Spitze im Boden, meine Hände befanden sich in gleicher Höhe mit meinem Energiezentrum. Ich lenkte meine ganze Konzentration auf meine Mitte, atmete tief in den Bauch hinein. Mein Kopf wurde leer, und in meinem Innersten begann der Name des Nordsturms zu schwingen. So wie mein Tonar breiteten sich in mir die Wellen aus, die den Gott Worator anriefen. erst langsam und seicht, dann stärker und lauter, bis mein ganzer Körper im Namensklang des Gottes erbebte.

Plötzlich wurde es ganz still um mich herum. Und dann fuhr ohne Ankündigung eine starke Bö genau in meine Körpermitte. Eine urgewaltige Kraft drang in meinen Körper ein und sprach zu mir. „Wer ruft mich, wer wagt es, mich zu stören?" Nur mühsam unterdrückte ich meine Angst. Ich konzentrierte mich und schleuderte meine Worte dem immer stärker werdenden Wind entgegen. „Mein Name ist Aran vom Clan des Roten Drachen. Ich bin hier, um Euch um Hilfe zu ersuchen. Um Eurer Ehre willen, bitte ich Euch, gewährt mir einen Teil Eurer gewaltigen Kraft, damit ich meine Aufgabe erfüllen kann." Der Sturm ließ etwas nach, aber als die Luft sich mit der Stimme des Gottes füllte, hatte ich Mühe stehenzubleiben. „So, vom Clan bist du also. Es ist lange her, dass ich von einem der Euren angerufen worden bin. Ein gefährliches Spiel treibst du, junger Krieger. Es gibt der Stürme vier, und sie sind sehr launisch und schnell verärgert. Wenn ich dir deinen Wunsch erfülle, dann beschwörst du den Zorn der anderen drei herauf." Wieder stemmte ich mich gegen die stärker werdenden Böen. „Herr, verzeiht mir, aber auch die anderen drei wollte ich noch anrufen, um sie um Beistand zu ersuchen." Der Sturm brauste auf und hätte mich fast umgeworfen, wenn ich nicht aufgrund meiner tiefen Konzentration so mit dem Boden verwurzelt gewesen wäre. „Weißt du, kleiner Narr, eigentlich, welch einen Pakt du damit eingehst?" Verunsichert schüttelte ich den Kopf. „Wenn du einmal mit den vier Stürmen einen Pakt geschlossen hast, dann kannst du sie noch drei weitere Male um ihre Hilfe bitten. Sie dürfen sie dir dann nicht verweigern. Doch beim fünften Mal wirst du mit uns kommen müssen. Du wirst dann selbst zum Sturmwind werden, der über das Land fegt. Als Wind wirst du alle Zeiten überdauern und unsterblich und ruhelos umherstreifen. Bist du sicher, dass du das willst?" Nein, das war ich nicht! „Oh, göttlicher Nordwind, was aber ist, wenn ich die Stürme nur dieses eine Mal anrufe und danach nie wieder, muss ich dann trotzdem mit Euch gehen?" Kurze starke

Sturmböen schüttelten mich, als der Gott zu kichern schien. „Glaubst du wirklich, du schaffst es, auf die Hilfe der Götter zu verzichten? Noch keinen habe ich je gekannt, der nicht immer wieder sich die Kraft und Gewalt der Stürme zunutze gemacht hätte. Doch solltest du es schaffen, unserer Hilfe dich zu enthalten, dann bleibst du ein kleiner Mensch." Ich legte meinen Kopf in den Nacken. Die Hände fest um den Griff meines Schwertes gelegt, schrie ich in den Sturmwind: „Oh, großer Nordwind, ich beschwöre Dich, gib mir deine Kraft, damit ich siegreich sein werde über meine Feinde. Ich gelobe feierlich, mit dir zu kommen, wenn ich die Hilfe der Stürme zum fünften Mal erflehen sollte!"

Nun packte mich der Sturm und hob mich in die Luft. Aber ich wurde nicht wild umhergewirbelt, sondern ich schwebte sanft in die Höhe. „So sei es denn, kleiner Menschenkrieger. Schwestern und Bruder, ich Worator, Sturm des Nordens, rufe euch herbei. Gwentarie, Sturmgöttin des Ostens, sieh diesen Krieger, der dich anruft, um sich deiner gewaltigen Kraft zu bedienen. Er ist bereit, das Opfer zu bringen, das wir verlangen." Genau so plötzlich, wie ich vom Nordwind emporgehoben worden war, ließ er mich auch wieder fallen. Als ich die Erde auf mich zukommen sah, wusste ich, dass es mich zerschmettern würde. Doch kurz vor dem Boden wurde ich von einer gewaltigen Bö erfasst. Sie war viel stärker als die des Nordwindes, aber lange nicht so eisig. Da wusste ich, dass sie da war: Gwentarie, die Sturmgöttin des Ostens. Auch sie wirbelte mich in der Luft herum. Mir wurde schlecht, und ich war kurz davor, mich zu übergeben. „Welch niedlicher, kleiner Mensch, er wird bestimmt viel von meiner Kraft brauchen." Mit einem Schlag traf mich die Sturmgöttin in mein Energiezentrum, und ich spürte, wie sie in mich eindrang. Ein Gefühl der Macht durchströmte mich. „Nun gut, kleiner Menschenkrieger, bist du bereit für die Hitze des Südsturms? Komm, Bruder Argatarlon, zeig diesem Wurm, was es heißt, den Gott des Südwindes zu beschwören." Wieder fiel ich, doch diesmal spürte ich keine Angst mehr. Die eisige Kälte des Nordwindes hatte mich unempfindlich werden lassen. So lachte ich nur laut auf, als ich rasend schnell auf die Erde zustürzte. Ein Gluthauch erfasste mich und trug mich wieder in die Höhe. Argatarlon war da. Auch er wirbelte mich umher. Die Hitze war gewaltig. Aber es machte mir nichts aus. Dann drang auch er in mich ein. Und ich spürte, wie seine Hitze mich erfüllte. Eine wahre Mordlust packte mich, und ich begann, wild zu schreien. Mein Herz war zu Eis erstarrt, aber in meinem Unterleib brannte ein Feuer, wie es heißer nicht in den Feuern der Höllen hätte brennen können.

Nun fehlte nur noch Walltora, die Göttin des Weststurmes. In dem Moment, in dem ich ihre gewaltige Macht zu spüren bekam, wusste ich, warum die Fischer sich so vor ihr fürchten. Die Wildheit, mit der sie über die Meere und das Land fegt, wird von keinem der anderen Götter übertroffen. Sie kann alles zerstören, was sich ihrem Willen nicht beugen will. Aber genau so schnell und wild wie sie erscheint, kann sie auch besänftigt werden, im Gegensatz zur Göttin des Oststurmes, die, einmal in Wut entbrannt, so schnell nicht wieder ablässt vom Land, über das sie hinwegbraust. Sie schleuderte mich auf und ab, hin und her. Es war ein wunderbares Gefühl der Schwerelosigkeit und der Freiheit. Als ich sie in mir spürte, hatte ich das Gefühl, größer zu werden und die Grenzen meines Körpers zu sprengen. Ich war so von diesem Gefühl beseelt, dass ich erst gar nicht merkte, dass sie mich wieder auf den Boden absetzte. Im Rauschen des Westwindes vernahm ich noch die sich immer weiter entfernende Stimme der Göttin, die mir zuflüsterte, dass wir nun einen Pakt geschlossen hätten.

Ein lautes und gefährliches Lachen riss mich zurück in die Morgendämmerung. Es dauerte einige Zeit, bis mir klar wurde, dass es mein eigenes Lachen war. Als ich mich umsah, bemerkte ich Yinzu und Hamron, die mich aus einiger Entfernung beobachteten. Beide kamen mir sonderbar fremd und feindselig vor. Mein Körper spannte sich, und ich war bereit, sie anzugreifen. Aber bevor ich mich auf sie stürzen konnte, schrieb Yinzu schnell eine Rune in die Luft. Das feurige Zeichen brannte in meinen Augen, und ich fühlte mich wie in kaltes Wasser getaucht. Leise Beschwörungsformeln vor sich hin murmelnd, kam Yinzu auf mich zu. Er sah mir tief in die Augen und sprach in einem Singsang, der mich beruhigte. „Er hat die vier Stürme beschworen. Dieser Narr hat es gewagt, die Götter der Stürme anzurufen. Nun müssen wir zusehen, wie wir damit fertig werden." Hamron kam näher. „Was meinst du damit?" Yinzu drehte mich zum Sonnenaufgang. „Er trägt die Macht der vier Stürme in sich. Das bedeutet, dass er kaum zu bändigen ist. Er wollte auf uns, seine Freunde und Brüder, losgehen. Erst wenn er seine Aufgabe beendet hat, wird die Macht der Stürme aus ihm gewichen sein. Wir sollten uns eilen, damit wir seine Aufgabe erledigen, solange er noch so gewaltige Macht besitzt."

Wir machten uns zu Fuß auf den Weg zur Burg. Die Pferde fühlten, dass etwas mit mir nicht stimmte. Außer Kalter Tod wollte keines der Tiere in meiner Nähe bleiben. Die Gesichter hatten wir mit unseren Kapuzen verhüllt. Unsere Waffen hielten wir unter unseren langen Mänteln verborgen, weil es im Reich des Fürsten Valan bei Todesstrafe verboten war, Waffen zu tragen. Wer uns begegnete, wich erschrocken zurück, alle spürten, dass uns der Hauch des Todes begleitete.

Ich sah an den weiß getünchten Mauern empor. Es fiel mir auf, dass die Burg in einem deutlich besserem Zustand war als damals, als ich meine Freiheit einforderte. Ich streckte die Hand nach dem schweren Eisenring aus, doch ich musste ihn gar nicht berühren, er hob sich von selbst und donnerte gegen das Tor. Die Wache öffnete eine kleine Klappe und musterte uns. Yinzu zerschmetterte ihm den Kiefer, bevor der Mann etwas sagen konnte. „Öffne oder du bist des Todes!" Zitternd und wimmernd vor Schmerzen schob die Wache den schweren Riegel zurück und ließ uns ein. „Wo müssen wir jetzt hin?" Yinzu schlug den Mann bewusstlos und sah sich um. Ich dachte nicht lange nach, sondern folgte meinem Instinkt. Lautlos schritten wir durch die Gänge. Alles sah sauber und ordentlich aus. Von den Wänden waren die Felle und Waffen verschwunden. Stattdessen hingen dort Bilder. Alle hatten ein und dasselbe Motiv: den Roten Kreis, einmal als Sonne, ein anderes Mal als Mond oder als lebensspendender Baum. Die Menschen waren alle glücklich und lächelten. Was für ein Hohn!

Wir durchquerten gerade eine kleine Halle, als uns mehrere Mönche entgegenkamen. Noch bevor ihnen klar wurde, was geschah, waren sie schon tot. Hamron warf dem ersten sein Wurfmesser in die Kehle. Mit seinem Dolch beendete Yinzu das Leben des zweiten Mönches. Ich brach dem dritten nach einem Schlag ins Gesicht das Genick. Es fiel mir auf, dass ich nichts spürte, als ich den Mann tötete, ich fühlte überhaupt nichts, nicht einmal, wie meine Füße den Boden berührten.

Vor der schweren Eingangstür des Thronsaals standen zwei Wachen. Ein alter Mann saß auf einem Stuhl daneben. Er hatte sein Gesicht in den Händen vergraben. Als er unsere Schritte hörte, hob er den Kopf. Die Wachen richteten ihre Speere auf uns. Einer der Männer öffnete den Mund, um eine Warnung zu schreien. Er kam nicht mehr dazu. Hamrons Wurfmesser traf ihn mitten ins Herz, und er sank mit einem gurgelnden Laut zu Boden. Der andere wollte die Tür öffnen, um Alarm zu schlagen, als Hamrons zweites Messer ihm das Leben nahm. Langsam erhob sich der alte Mann und riss sich den weißen Umhang mit dem roten Kreis herunter. Der Alte sah mich an, sein Gesicht war von Falten zerfurcht, aber aus seinen Augen sprühte der Funke eines wachen Geistes. Dann erkannte ich ihn. Es war der alte Schamane, der dem Fürsten Valan damals davon abgeraten hatte, mich zu töten. „Ich wusste, dass du nicht tot bist, so wie sie es uns weismachen wollten. Die

Knochen haben mir verraten, dass du wiederkommen würdest. Ich habe meinen Herrn gewarnt, aber er wollte nicht hören." Seine Stimme zitterte. "Sie wollten alle nicht mehr auf mich hören. Nur weil ich dem Fürsten so lange treu ergeben war, haben sie mich am Leben gelassen." Er spuckte angewidert auf den Boden. "Hätten sie diesem unseligen Dasein doch nur ein Ende gemacht, dann müsste ich nicht mit dieser Schande leben." Er spuckte auf den Umhang.

Yinzu schob ihn beiseite, damit er mit seinen hasserfüllten Reden nicht noch jemanden auf uns aufmerksam machte. "Höre, alter Mann, wenn du leben willst, dann sag uns, wer sich im Thronsaal befindet." Er schüttelte den Kopf. "Ich kann euch nicht helfen. Ich bin meinem Herrn verpflichtet, auch wenn er mich schlechter behandelt als einen Hund." Ich legte ihm meine Hand auf die Schulter. "Ich weiß, wer du bist, Alter, dir verdanke ich mein Leben. Deshalb will ich dich schonen. Aber sei gewiss, alle, die von meinem Blute sind, werden heute sterben." Nach einer kleinen Pause sagte er: "In diesem Thronsaal sind mein Herr, sein ältester Sohn und die Frauen der beiden, mehrere Diener und der kleine Prinz. Es sind keine Wachen anwesend, die halten sich unten bei der Kapelle und den Ställen auf. Der zweite Sohn des Fürsten ist im Verließ in den Kellergewölben." Aus seinen Augen verschwand jeglicher Glanz. Der Verrat an seinem Herrn war für ihn schlimmer, als alle Schmach und Erniedrigung.

Meine beiden Brüder stellten sich jeder an eine Seite der großen Tür zum Thronsaal. Ich trat zwischen sie und atmete tief ein. Als die Luft zischend meine Lungen verließ, stießen wir die Tür auf. Alle Anwesenden erstarrten zu Eis, während wir schweigend eintraten. Einer der Diener löste sich als erster aus der Erstarrung und bewegte sich, Yinzus Dolch setzte seinem Leben sofort ein Ende. Nun bewegte sich niemand mehr. Alle starrten uns an. Der Fürst saß zusammengesunken auf seinem Thron, eine Karaffe in der Hand. Sein Hochsitz war verschwunden. Die Feuerstelle in der Mitte des Raums war mit polierten Steinen eingefasst worden. Darüber befand sich ein Rauchabzug. Edle Teppiche schmückten die Wände.

Neben dem Thronsessel stand ein junger hochgewachsener Mann. Er trug das Gewand eines Mönches vom Roten Kreis. Seine Gesichtszüge waren fein geschnitten, er sah aus wie ein edler Mensch. Links von den beiden saßen drei Frauen, zu ihren Füßen spielte ein kleiner Junge auf dem Fußboden. Als mein Blick die Gruppe traf, zog eine der Frauen den Kleinen dicht zu sich heran, was er nur sehr widerwillig geschehen ließ. Die dritte Frau muss eine Amme gewesen sein, ihre Kleidung war viel schlichter als die der anderen beiden.

Einen Atemzug später trat der junge Mann einen Schritt nach vorn. Mit fester Stimme fragte er: "Wer seid Ihr, dass Ihr es wagt, uns zu stören?" Dass einer seiner Diener gerade getötet worden war, interessierte ihn offensichtlich nicht. "Wenn Ihr glaubt, dass Ihr hier lebendig wieder herauskommt, dann habt Ihr euch getäuscht. Die Wache ist schon auf dem Weg, ich höre sie kommen." Er hatte die Worte kaum ausgesprochen, als Hamron die große Tür schloss und verriegelte. Die Frauen schrien leise auf, die älteste wurde noch bleicher, als sie ohnehin schon war. "Los, Aran, bring es zu Ende und lass uns verschwinden, ich habe keine Lust, mich mit der ganzen Garnison hier herumzuschlagen." Kaum war Yinzus Mahnung verklungen, da richtete sich der alte Fürst in seinem Sessel auf. "Aran? Du kannst es nicht sein, du bist tot. Ich habe vor langer Zeit deinen Tod befohlen." Er sah mich funkelnd an, ich erinnerte mich gut an diesen Blick. "Ich bin nicht tot, Vater." Wie von den Sturmwinden getragen donnerte meine Stimme durch den Saal, dass die Wände erzitterten. "Ich bin gekommen, um die Aufgabe zu erledigen, die mir der Hohe Rat vom Clan des Roten Drachen aufgetragen hat. Mach dich bereit zu sterben." Ich ging auf ihn zu. Da stellte sich mir mein Halbbruder in den Weg. "Du widerlicher Bastard, du wagst es, uns zu drohen? In den Feuern der Unterwelt sollst du brennen bis in alle Ewigkeit." Ohrenbetäubendes Lachen, das mir selbst fremd war, brach aus mir heraus. Der Mönch zog sein Schwert, machte einen Ausfallschritt und stach in Richtung meines Herzens. Mit einer leichten Drehung brachte ich mich außer Gefahr. Ich bekam seinen Unterarm zu fassen und brach ihm mit einer ruckartigen Bewegung den gestreckten Ellenbogen. Er schrie auf, ließ die Waffe fallen und taumelte zu Boden. Das Gelenk war so zertrümmert, das der Unterarm ohne Halt hin und her baumelte.

Der alte Mann sah mich mit weit aufgerissenen Augen an. Als ich dicht vor ihm stand, bemerkte ich, dass er nur noch ein Schatten seiner selbst war. Seine Lippen und seine Augen zitterten. Der Atem, der mir in entgegenschlug, stank stark nach Wein. Er wollte etwas stammeln, aber ich schüttelte nur den Kopf. „Dafür ist es nun zu spät, Vater. Niemand wird mehr aufhalten können, was dir vorbestimmt ist." Ich legte meine beiden Hände an seinen Kopf. Mit der Kraft der Sturmwinde und einem lauten Schrei der Befreiung drehte ich sein Haupt nach hinten. Das Knacken seines Genicks dröhnte in meinen Ohren.

Ich war die Stufen zum Thron schon wieder hinuntergestiegen, als der Fürst zu Boden stützte. Er fiel auf den Bauch, trotzdem blickten seine weit aufgerissenen Augen ungläubig an die Decke. Es herrschte absolute Stille. Der Sohn des Fürsten kniete noch auf dem Boden und hielt sich seinen zertrümmerten Arm. Er starrte seinen toten Vater an, dem er nicht hatte helfen können. Er tastete nach dem Dolch in seinem Stiefel und versuchte, nach mir zu stechen, als ich an ihm vorbeischritt. Mit einem Handballenschlag zertrümmerte ich ihm den Schädel. Ich spürte, dass mir die Sturmwinde übermenschliche Kräfte verliehen, aber meine Teilnahmslosigkeit wurde weniger. Ich fühlte mich unwohl und empfand Widerwillen gegen die fremden Mächte in meinem Körper.

Als ich mich zu den Frauen umwandte, stand eine auf. Ruhig und ohne sich umzublicken ging sie zu einem der großen Fenster, öffnete es und sprang schweigend hinaus. Ihr Körper schlug mit einem dumpfen Klatschen unten im Hof auf. Die beiden anderen Frauen weinten und drückten sich an die Wand. Als ich der einen das Kind aus den Händen nahm, schrie sie laut auf, so als hätte ich ihr den Arm abgeschlagen. Ich fühlte einen Stich in meinem Herzen, versuchte ihn aber zu ignorieren. Der kleine Junge, er war vielleicht sechs oder sieben Jahre alt, sah mich mit großen Augen an. Ich wollte ihm etwas Aufmunterndes zuflüstern, aber meine Kehle war wie zugeschnürt. Ich musste schlucken. Als ich den Mund öffnete, spuckte mir der Kleine ins Gesicht und schrie mich an. „Du Schwein, ich werde dir die Haut bei lebendigem Leib abziehen lassen und dich danach in siedendem Öl braten. Danach werde ich dir den Kopf abschlagen lassen!" Bevor er sich weiter ereifern konnte, brach ich ihm das Genick. Den leblosen Körper ließ ich zu Boden gleiten. Mit dem Schrei eines wilden Tieres sprang seine Mutter mich an, doch mit einem gewaltigen Stoß schleuderte ich sie von mir. Sie blieb mit gebrochenem Rückgrat liegen. Die Amme und der noch lebende Diener wimmerten. Doch an ihnen hatte ich kein Interesse. „Wie kommen wir am schnellsten in das Verlies?" Yinzu packte den Diener am Arm. Der zeigte uns zitternd eine verborgene Tür. Die Treppe dahinter führte direkt in den Kerker.

Vom Hof erklangen hektisch erteilte Befehle. Die Leiche der Fürstin war gefunden worden. Eilig stiegen wir die Treppe hinab. Hamron zischte der Amme und dem Diener zu, dass wir zurückkämen, um sie umzubringen, falls sie verraten sollten, wo und wer wir waren. Wir rannten die feuchten Steinstufen in die Tiefe. Plötzlich hörten wir eine heisere Stimme. „Komm, schwarzer Engel des Todes. Ich warte auf dich. Wo bleibst du? Oh, schwarzer Engel des Todes, lass mich nicht mehr so lange auf deine Ankunft warten. Den süßen Hauch des Todes ich verspür. Deine Ankunft scheint so nah. Heiterkeit mein Herz erfüllt." Dann hatte ich die Kerkertür erreicht und mit dem Fuß aufgetreten, dass sie gegen die Wand knallte. Ich trat in das feuchte, halbdunkle Verlies. Noch hatten sich meine Augen nicht an das Dunkel gewöhnt, doch die Stimme war nun überdeutlich. Sie lachte ein leises, heiseres Lachen. „Endlich ist es soweit. So lange habe ich deine Ankunft herbeigesehnt, schwarzer Engel des Todes. Nun tu, wofür du gekommen bist. Ich warte." Die Stimme gehörte einem kleinen Mann, der in Ketten an der Kerkerwand hing. Er hatte das Gesicht eines alten Mannes und den Körper eines Halbwüchsigen. Der Wahnsinn sprach aus seinen Augen. Ich zögerte. „Nur zu, Bruderherz, zögere nicht, mach diesem Dasein ein Ende. Schon so oft habe ich dich in meinen Träumen gesehen. Aber niemand wollte mir glauben, stattdessen haben sie mich hierher gebracht. Nun sind sie alle tot, nicht wahr?" Ich nickte. Da kicherte er. „Dann schick mich endlich durch das große Tor!" Mit einem gewaltigen Schrei schlug ich ihm mit der Faust auf den Brustkorb. Sein Herz zerbarst mit einem Knall. Ein Schwall Blut schoss aus seinem Mund, aber es lag ein Lächeln lag auf seinen Lippen, als ich den Kerker verließ.

Yinzu und Hamron zogen ihre Schwerter, es war uns bewusst, dass der Kampf jetzt erst richtig losgehen würde. Ruckartig öffnete Hamron die Tür zu den Verliesen, und wir sprangen in den dahinterliegenden Gang. Es war niemand zu sehen. Wir hörten wildes Geschrei aus den oberen Geschossen, aber dort unten schien niemand nach uns zu suchen. Yinzu lauschte. „Je weniger wir auffallen, desto leichter können wir uns davonstehlen." Mir war übel, ich zitterte am ganzen Körper und schlich hinter meinen Brüdern her.

Wir überquerten unbemerkt den Hof und hatten das große Eingangstor der Burg fast erreicht, als eine helle Glocke ertönte. Die Wache, die Yinzu bewusstlos geschlagen hatte, hatte uns entdeckt und schlug Alarm. Sofort kamen einige der Mönche auf den Hof gestürmt. Mit einem Seufzer schlug ich meinen Mantel nach hinten und zog mein Schwert. Hamron kämpfte mit zwei Kurzschwertern, Yinzu hielt in der einen Hand sein Schwert in der anderen den Dolch. Alle Mönche verloren ihr Leben, bevor sie wussten, wie ihnen geschah.

Mir war schwindelig, ich konnte kaum noch klar sehen. Ich raunte meinen Brüdern zu, dass es besser sei, das Feld zu räumen. Hamron rammte der Wache sein Schwert in den Bauch, und wir liefen nach draußen. Ich drehte mich noch einmal um und entdeckte an einem der Fenster des Thronsaales den Schamanen. Er hielt eine Fackel in den Händen. Aus den anderen Fenstern quoll dicker, dunkler Qualm. Er schwenkte die Fackel und schrie: „Seht her, seht nur, mein Herr ist zu den Göttern gegangen, wie es ihm prophezeit war. Keiner konnte es verhindern. Der Rote Kreis hat vor unseren Göttern kläglich versagt!" Die Flammen ergriffen über ihm Besitz vom Dachstuhl. „Schüttelt das Joch ab, das euch auferlegt. Sprengt den verfluchten Kreis, der euch gefangen hält. Tötet sie alle!" Nach diesen Worten stürzte sich der alte Mann ins Feuer, um seinem Herrn zu folgen.

Inzwischen waren die Menschen aus dem Dorf herbeigerannt und starrten auf die Flammen, die immer höher und heißer aus dem Dach der Burg schlugen. Eine seltsame Stimmung machte sich breit, die ich nicht zu deuten wusste. Würden sie über uns herfallen? Doch da öffnete sich das Burgtor und, in schwarzen Rauch gehüllt, versuchten die Mönche, ins Freie zu flüchten. Als die ersten sich in Sicherheit wähnten, brach der Zorn der Dorfbewohner los. Bewaffnet mit ihren Werkzeugen, Stöcken und Mistgabeln griffen sie die Mönche an und töteten sie, ohne zu zögern.

Wir nutzten den Tumult, um unbehelligt zu entkommen. Meine Brüder mussten mich stützen, ich verlor die Kontrolle über meine Beine. Die letzten Schritte trugen sie mich. War ich in der Burg von der Macht der vier Stürme beseelt gewesen, so war ich nun aller meiner Kräfte beraubt. Yinzu entzündete ein Feuer, Hamron nahm sich meiner an. Er verabreichte mir seltsam schmeckende Tropfen. Danach fühlte ich mich etwas besser.

Während wir beieinander saßen, begann sich meine Seele zu verfinstern. Ähnlich wie damals nach meinem Kampf mit Orphal wurde ich unsagbar traurig. Yinzu und Hamron ging es ähnlich. Wir saßen da und hingen unseren Gedanken nach. Doch plötzlich wusste ich, was zu tun war. Ich nahm mein Schwert und trat in den Steinkreis. Mit der Klinge zog ich einen Kreis in den Boden, räumte ihn sauber und entzündete kleine Haufen Kräuter, so wie es Meister Torgal mir beigebracht hatte. Ich kniete nieder, atmete den Rauch tief ein und zeichnete mit meiner Klinge Runen in den Boden. Jede einzelne stand für einen der Götter, die mein Schicksal beeinflussten. Mit meinem Dolch schnitt ich mir in den Unterarm und ließ das Blut in die Schriftzeichen fließen. Ich umfasste mit beiden Händen den Griff meines Schwertes und rammte es vor mir in den Boden. Leise begann ich, die Runen zu singen. Immer lauter und mächtiger schwangen sie, bis der Singsang die Nacht erfüllte. Der Wind war eingeschlafen, und der Rauch der Kräuter hing schwer über den Steinen. Als die Erde bebte, wusste ich, dass die Götter mich hörten. „Mächtiger Donar, ich rufe dich. Aran vom Clan des Roten Drachen ruft dich. Sieh mich an, hier knie ich, um Erlösung zu erflehen. Um dem Hohen Rat und dir zu gehorchen, habe ich den Ehrenkodex des Clans verraten. Ich habe Frauen und Kinder getötet. Das, was für jeden Krieger des Clans ein Frevel ist, habe ich getan, um meine Prüfung zu bestehen. Oh mächtiger Donar, hilf mir, denn ich kann mit diesem Schmerz nicht weiterleben. Wie viel Blut muss ich noch für dich vergießen, bis dieser Schmerz aus meiner Brust verschwindet? Wann werde ich frei sein von den schwarzen Schatten?" Eine Sturmbö wirbelte den Rauch durcheinander. Es blitzte und donnerte. Dann vernahm ich tief in mir eine Stimme. „Nur Männer, die zweifeln, können Großes vollbringen. Nur Krieger, die Angst kennen, können über sich hinauswachsen. Nur wer Gesetze und Regeln missachtet, kann etwas bewegen. Du bist dazu ausersehen, den Lauf der Zeit zu verändern. Wenn du dem nicht gewachsen bist, dann kehre heim in die Mitte der Krieger, die schon vor dir gescheitert sind, und vereine dich mit deinen Ahnen. Willst du aber den Weg weitergehen, der für dich vorgesehen ist, dann lerne, mit den Schmerzen zurechtzukommen. Lerne zu leben, kleiner Narr."

Zitternd erwachte ich und sah in Hamrons sorgenvolles Gesicht. „Er hat hohes Fieber", hörte ich Hamron sagen, „wir sollten ihn ans Feuer zurückbringen." Yinzu schüttelte den Kopf. „Nein, er muss zuerst den Kreis durchtrennen, in dem er die Götter anrief. Solange dieser Kreis besteht, darf er nicht von hier fort, es würde seinen Tod bedeuten." Sie halfen mir auf die Beine. Nur weil ich mich auf mein Schwert stützen konnte, blieb ich stehen. Mit großer Mühe gelang es mir, den Kreis aufzulösen. Ich schaffte es auch noch, die Haufen mit den glimmenden Kräutern zu zerstreuen. Danach umfing mich Dunkelheit.

Als ich das nächste Mal die Augen öffnete, lachte mir die Sonne ins Gesicht. Mein Kopf dröhnte. Hamron legte mir seine kühle Hand auf die Stirn. „Na, mein Freund, ist dir der Ausflug zu den Göttern nicht bekommen?" Ich brachte kein Wort heraus. Hamron flößte mir wohltuenden Kräutertee ein, danach fühlte ich mich deutlich besser und schlief wieder ein. Ich erwachte noch einmal mitten in der Nacht. Ein helles, warmes Feuer brannte, und ich sah, dass Yinzu mich anlächelte. Wieder bekam ich etwas von dem Kräutertee, und wieder ging es mir danach besser.

Am nächsten Morgen erwachte ich ausgeschlafen. Ich fühlte mich, als wäre eine große Last von meinen Schultern gefallen. Vorsichtig setzte ich mich auf. Hamron war am Feuer eingeschlafen. Yinzu schlief neben mir, eingedreht in sein

Fell. Kaum hatte ich mich erhoben, als Kalter Tod mich mit einem lauten Wiehern begrüßte und damit meine Freunde weckte. Hamron entschuldigte sich, dass er eingeschlafen war. Yinzu musterte mich prüfend. „Wir haben uns Sorgen um dich gemacht. Nicht nur, dass du die vier Stürme heraufbeschworen hast, du musstest auch gleich danach die Götter anrufen, um dich bei ihnen auszuweinen. Das hat dir den Rest gegeben. Nur Hamrons Kunstfertigkeit ist es zu verdanken, dass du wieder da bist. Naja, deine Ahnen trugen auch noch dazu bei." Ich runzelte die Stirn. „Was haben meine Ahnen damit zu tun?" Yinzu grinste. „Hast du vergessen, dass auch ich zu den Schwarzblauen gehöre, mein Freund? Auch ich kann die Toten sehen." Ich wollte wissen, wer mich besucht hatte. „Eine alte Frau, sie war sehr besorgt um dich." Er flüsterte mir ins Ohr: „Manchmal hat sie Hamrons Hand geführt, als er für dich Kräutertees zubereitete." Mit großen Augen starrte Hamron uns an. „Hier waren Geister? Und ihr könnt sie sehen?" Nun mussten wir beide lachen. „Nur nicht verzagen, mein Freund. Das weißt du doch. Selbst schuld, wenn du uns nicht glauben willst." Es tat gut, mit meinen Freunden zu lachen, doch es war auch sehr anstrengend.

  Mein Magen meldete sich, und wir aßen zusammen, was unsere Vorräte noch hergaben. Es war ein schöner, milder Tag. Ich fühlte mich leicht und beschwingt. Hamron erzählte, dass er wieder im Dorf gewesen war, um die Lage zu erkunden. Die Burg sei völlig verbrannt, alle Mönche seien von den Dorfbewohnern niedergemetzelt worden. Doch damit nicht genug: Danach hatten die Menschen angefangen, alle umzubringen, die sich dem neuen Glauben zugewandt hatten. Da es viele gewesen waren, war ein Bürgerkrieg entbrannt, der fast das ganze Dorf das Leben kostete. Die wenigen, die nicht umgekommen waren, waren geflüchtet. Nun vegetierten nur noch einige Alte in den Trümmern. Es war klar, dass es nicht lange dauern würde, bis ein anderer Herrscher sich dieses Landes bemächtigte. Ich seufzte, anscheinend sollte es so sein. „Du kannst es jetzt sowieso nicht mehr ändern, Aran van Dagan, finde dich damit ab." Yinzu hatte die Worte aufmunternd gemeint. Ich sah ihn lange und ernst an, dann sagte ich mit fester Stimme. „Aran van Dagan ist tot. Jetzt gibt es nur noch Aran vom Clan des Roten Drachen." Ich stand, zog mein Schwert und reckte es gen Himmel. Den Blick ins helle Blau gerichtet, rief ich: „Ich habe mich entschieden! Oh, mächtiger Donar, ich werde meinen Weg gehen und alle Prüfungen, die du für mich bereithältst, bestehen, denn ich bin ein Krieger des Clans, der dir geweiht ist." Meine Brüder stellten sich neben mich und legten ihre Hände auf meinen Schwertarm. Selten habe ich mich den beiden so verbunden gefühlt wie in jenem Augenblick.

  Am nächsten Morgen erwachte ich, als es dämmerte. Ich schürte das Feuer und kochte Tee. Als meine Brüder sich zu mir gesellten, beratschlagten wir, wie wir nun weiter vorgehen wollten. „Wir hatten besprochen, nun Yinzu bei seiner Aufgabe zu helfen." Hamron sah uns beide an. Yinzu runzelte die Stirn. „Dazu müssen wir erst einmal in meine Heimat. Das wird eine lange Reise werden. Dann müssen wir auf den Sklavenmärkten im Südosten die Bande finden, die sich um meinen Onkel geschart hat." Wir beschlossen, es so zu machen.

  Ich war mächtig aufgeregt. Wahrscheinlich würde es Wochen oder gar Monate dauern, bis wir am Ziel waren. Wir sammelten für Hamron eine Menge Kräuter, die wir auf unserer langen Reise brauchen würden. Am Ende des Tages hatten wir zwei große Leinensäcke voll. Da die Dämmerung schon hereingebrochen war, beschlossen wir, noch eine Nacht zu bleiben, um am nächsten Morgen in aller Frühe die Pferde zu satteln.

  Ich wollte die Gelegenheit nutzen, Meister Gantalah von meiner Prüfung zu berichten. Außerdem wollte ich Saarami sagen, dass es mir gut gehe. In letzter Zeit hatte ich mich in der Kunst des Traumreisens nicht sehr geübt, trotzdem stieg schnell aus dem Nebel die vertraute Lichtung auf. Es erleichterte mein Herz, als ich den alten Baum berührte. In einer aufrechten Meditationshaltung setzte ich mich an seinen gewaltigen Stamm und rief in Gedanken nach Meister Gantalah. Er muss weit entfernt gewesen sein, denn es dauerte eine ganze Weile, bis ich seine Anwesenheit spürte. Er begrüßte mich sehr herzlich. Gespannt hörte er mir zu, als ich ihm von den vier Stürmen und meiner Meisterprüfung erzählte. „Du hast richtig gehandelt, Aran. Auch wenn dein Gewissen dich plagt, du musstest deiner Bestimmung folgen. Auf dich warten noch große Aufgaben, das habe ich dir schon einmal erzählt. Als Donar dich erhört hat, hat er dir den Beweis dafür geliefert, dass du nicht irgendein Krieger bist. Erkenne dich selbst und folge deiner Bestimmung." Wir sahen beide nachdenklich in das Meer aus Blumen, das sich vor uns erstreckte. „Meister, oft habe ich das Gefühl, dass ich meinen Aufgaben nicht gewachsen bin. Meine Brüder sind viel besser als ich. Kann ich nicht ein normaler Krieger sein, wie alle anderen auch?" Jetzt lachte er laut und herzlich. „Einmal ein Narr, immer ein Narr. Es ist wohl bequemer, dich hinter deinen Ängsten und Problemen zu verstecken." Er machte eine theatralische Geste. „Langsam bin ich es leid, dir Mut zu machen. Du hast deine Meisterprüfung bestanden. Also benimm dich auch wie ein Meister." Er legte mir eine Hand auf die Schulter. „Ich werde fortgehen, Aran. Ich kehre heim in das Reich der Elfen. Viel ist dort passiert. Die Ereignisse erfordern meine Anwesenheit. Wir werden uns lange nicht sehen, nicht einmal hier. Erschrick nicht, junger Freund. Du brauchst mich nicht, um in deinem Leben weiterzukommen. Mit Rat und Tat werden dir deine Brüder weiterhelfen. Verzweifle nicht, die Götter werden uns wieder zueinander führen." Er umarmte mich und verschwand.

Ich blieb allein zurück. Eine Welle des Selbstmitleides überflutete mich. Doch dann konzentrierte ich mich auf Saarami, auf die Frau, der meine ganze Liebe gehörte. Als sich der Nebel auflöste, befand ich mich an einem Ort, den ich nicht kannte. Es schien ein Gasthaus zu sein, wo Saarami still in einer Ecke an einem Tisch saß, das Gesicht unter einer Kapuze verborgen. Sie beobachtete jemanden und wollte ganz offensichtlich dabei nicht entdeckt werden. Langsam setzte ich mich neben sie. Nur ein tiefes Ausatmen verriet, dass sie meine Anwesenheit wahrgenommen hatte. Mir fiel ein Tisch mit vier Männern auf, die sich angeregt unterhielten. Zwei von ihnen waren vornehm gekleidet, die anderen beiden trugen grobe Ledersachen und zusätzlich zu ihren Schwertern versteckte Waffen. Die Waffen der beiden edlen Herren sahen eher nach Schmuckstücken aus.

Eine dicke Wirtin kam an den Tisch und stellte einen Becher Tee vor Saarami. Sie musterte ihren Gast misstrauisch und gleichzeitig neugierig. Es kam nicht häufig vor, dass eine Frau in der Kleidung eines Kriegers herumlief. Als die Wirtin etwas fragen wollte, hob Saarami nur kurz die Hand. Mit einer in die Luft gezeichneten Rune ließ sie die Wirtin verstummen, die uns daraufhin verstört allein ließ.

Das Gespräch der vier Männer wurde hitziger. Plötzlich spürte ich Saaramis Stimme in meinem Kopf. „Bei den Göttern, was tust du hier, Aran?" Ich wollte etwas erwidern, aber sie fuhr fort. „Verschwinde, ich habe einen Auftrag, den ich erfüllen muss. Du störst mich dabei. Musst du nicht deine Meisterprüfung bestehen?" Ich war verletzt. „Ich wollte dir sagen, dass es mir gut geht und dass ich meine Prüfung gemeistert habe. Entschuldige, dass ich dich belästigt habe, es wird nie wieder vorkommen." Ich erhob mich und verschwand.

Als die Sonne über dem Horizont erschien, saßen wir schon auf den Pferden und ritten nach Süden. Ich drehte mich nicht einmal mehr um. Ich hatte jahrelang davon geträumt, ein Krieger des Clans zu werden. Nun, da ich es geschafft hatte, empfand ich nichts, keinen Triumph oder Macht, nur eine tiefe Ruhe.

Kapitel 16: Yinzus Weg

Die nächsten zwölf Tage ritten wir gen Süden. Es war eine schöne Reise, die uns für eine Weile den Schrecken unserer Aufgaben vergessen ließ. Je weiter wir vorankamen, desto frühlingshafter wurde es. Wir genossen die milde Luft und wurden übermütig. Wir lachten viel und forderten uns gegenseitig immer wieder zu kleinen Übungskämpfen heraus.

Nach einem weiteren Tag entdeckten wir am Horizont einige Häuser. Wir beschlossen, eine Karte und Proviant zu kaufen und ritten langsam ins Dorf hinein. Erstaunt beobachtete ich, wie die Menschen auf uns reagierten. Entweder starrten sie uns mit offenen Mündern an, oder sie flohen voller Panik in ihre Häuser. Wir erreichten den Marktplatz, und Hamron und Yinzu stiegen ab. Ich blieb auf Kalter Tod sitzen, der gierig das Wasser aus einer Tränke soff. „Traust du dich nicht herunter?" Hamron grinste mich breit an. Widerwillig glitt ich vom Rücken meines Pferdes und sah mich misstrauisch um. Ich war nicht sicher, ob wir wirklich willkommen waren.

Eine Gruppe Dorfbewohner kam auf uns zu. Einige der Männer waren bewaffnet, aber sie wirkten nicht feindselig. Eine Frau hielt einen Krug in den Händen. „Wenn ihr in Frieden kommt, edle Krieger, seid gegrüßt." Sie reichte Yinzu den Krug mit Wasser, er roch kurz daran, dann trank er und reichte den Krug an Hamron weiter. Auch Hamron roch daran, bevor er trank. Einer der Bewaffneten brach ein Brot und bot Yinzu ein Stück an, das er dankbar annahm. Es war schon einige Zeit her, dass wir frisches Brot gegessen hatten. Als Hamron mir den Krug reichte, trank ich sofort davon. Wenn meine Brüder kein Gift gerochen hatten, würde ich auch nichts entdecken. Das Brot schmeckte wunderbar. Die Dorfbewohner entspannten sich spürbar. „Wenn ihr noch hungrig seid, dann kommt mit in mein Haus, da gibt es noch mehr zu essen. Ihr seht müde aus." Die Frau machte eine einladende Handbewegung. Als sich einer der Männer um die Pferde kümmern wollte, schnaubte Kalter Tod und tänzelte hin und her. Der Mann wich vor Schreck zurück. Hamron bat ihn darum, die Tiere einfach auf dem Marktplatz zu versorgen.

Die Frau hieß Agnar, sie war die Dorfvorsteherin. Ihr Haus war nicht besonders groß, aber gemütlich. Sie bat uns zu Tisch und servierte uns ein einfaches Mahl. Während wir aßen, drängten sich immer mehr Menschen ins Zimmer, die uns neugierig, aber stumm betrachteten. Obwohl wir langsam und genüsslich speisten, wurde noch dreimal neu aufgetragen, bis wir endlich genug hatten. „Braucht ihr ein Lager für die Nacht?" Agnar lächelte. Wir tauschten kurz einen Blick, dann nickten wir. „Ihr seid sehr freundlich. Wäre es wohl möglich, eine Karte von dieser Gegend zu bekommen? Wir haben noch einen weiten Weg vor uns." Yinzu sah die stummen Zuschauer fragend an. Es entstand ein Gemurmel, bis ein alter Mann vortrat und sich mühsam verbeugte. Wir erhoben uns und erwiderten den Gruß. „Große Krieger, wir hungern nicht, aber so reich, dass wir eine Karte von unserem Land haben, sind wir nicht." Hamron fragte: „Gibt es hier so etwas wie einen Fürsten oder einen König?" Die Menschen lachten. „Nein", rief eine Frau, „die wollen uns nicht. Wir sind ihnen zu unbequem." Ich verstand nicht, was daran so lustig war, lachte aber aus Höflichkeit mit.

Ein junger Mann schob sich nach vorn, auch er verneigte sich, um seinen Respekt zu bekunden. Ich sah ihn ungeduldig an, es war mir unangenehm, dass uns alle so zuvorkommend behandelten. „Edler Krieger, erzählt uns von euren Heldentaten. Wir haben schon viel vom Clan des Roten Drachen gehört. Es ist aber das erste Mal, dass wir drei Krieger zu sehen bekommen." Ich zuckte nur mit den Schultern. Hamron aber erhob sich mit einem Seufzer. Er stemmte seine Fäuste in die Hüften und begann zu erzählen, das größte Lügenmärchen, das ich bis dahin gehört hatte. Er sprach von großen Schlachten, gefährlichen Ungeheuern und schönen Prinzessinnen, die wir besiegt und gerettet hatten. Er trug so dick auf, dass ich mich am liebsten unter dem Tisch verkrochen hätte. Als er fertig war, schwiegen die Menschen ehrfürchtig. Sie verbeugten sich sehr lange und sehr tief. Dann verließen sie uns. Nur die Dorfvorsteherin und der alte Mann blieben zurück.

Yinzu schüttelte den Kopf, als er Hamrons breites Grinsen sah. „Folgt mir, ich werde euch zeigen, wo ihr die Nacht verbringen könnt. Es ist trocken und warm." Hamron fiel auf, dass der alte Mann humpelte. „Sagt, Alter, was ist mit Eurem Bein?" Der Alte winkte ab. „Ach, junger Krieger, das ist nichts. Ich habe mir vor nicht allzu langer Zeit einen Dorn eingetreten, der sich jetzt bemerkbar macht, sonst nichts." Wir erreichten eine Scheune, die wohl gleichermaßen Tieren und Menschen als Unterschlupf diente. Hamron ließ sich von der Dorfvorsteherin mehrere Lampen und heißes Wasser bringen. Dann betrachtete er den Fuß des alten Mannes, während Yinzu und ich unsere Pferde holten.

Als wir auf den Dorfplatz kamen, staunten wir nicht schlecht. Viele Kinder standen in sicherer Entfernung um die Tiere herum. Kalter Tod genoss sein Publikum sichtlich. Als uns die Pferde sahen, tänzelten sie freudig hin und her. Wir führten sie in die Scheune, dicht gefolgt von den Kindern. Hamron kramte etwas aus seinen Satteltaschen und beugte sich wieder über den Fuß des Alten. Als wir die Pferde versorgt hatten, gesellten wir uns dazu. „Habt ihr hier keinen Schamanen oder eine Kräuterfrau?", fragte Hamron. „Nein, junger Krieger. Unsere Kräuterfrau ist vor Jahren schon zu den Göttern gerufen worden. Leider hatte sie keine Erben." Hamron schüttelte den Kopf. „Das ist sehr schlecht, wer kümmert sich dann um eure Kranken?" Der alte Mann seufzte. „Wir beten zu den Göttern, dass sie uns Heilung schenken. Der nächste Schamane lebt sehr weit weg im dunklen Wald. Selbst wenn jemand schwer krank ist, traut sich niemand zu ihm." Als Hamron fertig war, riet er dem Alten, den Fuß die nächsten Tage noch zu schonen. Dann könne er ihn wieder normal belasten. Dankbar verließ uns der Mann und nahm die gaffenden Kinder mit.

Als wir allein waren, fragte Yinzu Hamron, warum er das Lügenmärchen erzählt habe. Hamron erwiderte, dass es für die Menschen kaum Abwechslung gebe. „Ich habe in einem ähnlichen Dorf gelebt, weit ab von den Straßen. Es verirrte sich kaum jemand zu uns. Nur wenn der Geschichtenerzähler kam, wurde es spannend. Wir haben seine Besuche herbeigesehnt." Es klopfte an die Scheunentür, und eine Frau steckte schüchtern ihren Kopf durch den Türspalt. Als ich ihr ein Zeichen gab, sie möge näher kommen, trat sie ein. „Osuhr hat mir gesagt, ihr versteht euch auf die Kunst des Heilens. Mir geht es nicht gut, ich kann nicht mehr arbeiten, und meine Kinder müssen essen. Bitte helft mir." Mit einem Lächeln bat Hamron die Frau zu sich und schickte uns, Agnar um mehr heißes Wasser zu bitten.

Vor der Scheune blieben wir wie angewurzelt stehen: Gut und gerne zwei Dutzend Menschen warteten vor der Tür, einige mit Verbänden, andere auf Stöcke gestützt. „Das scheint ein langer Tag und eine lange Nacht für uns zu werden." Yinzu boxte mir leicht in die Rippen. „Komm, lass uns besorgen, was Hamron braucht." Schnell hatten wir Agnar gefunden, die versprach, so schnell wie möglich alles bringen zu lassen. „Eigentlich wollte ich mich etwas umsehen", knurrte ich. „Das kannst du vergessen, Bruder. Hamron braucht jetzt unsere Hilfe. Also komm, lass uns unsere Kunst dazu nutzen, Leben zu retten." Mürrisch trottete ich hinter Yinzu her. „Ich rette Leben", murmelte ich, „wenn ich nicht als Krieger kämpfen würde, dann gäbe es nur noch mehr Leid in der Welt." Yinzu lachte. „Das habe ich gehört, du großer Held."

Selbst als die Dunkelheit schon längst hereingebrochen war, behandelte Hamron noch immer zahllose Menschen, die friedlich draußen in der Kälte warteten. Yinzu und ich halfen unserem Bruder, so gut es ging. Einige Wunden, die Hamron vernähte oder säuberte, sahen wirklich übel aus. Manchmal musste ich schlucken, fasste mich aber schnell wieder. Wunden zu behandeln schien mir nicht so leicht zu fallen, wie sie zu schlagen. Endlich waren wir fertig. Hamron sah erschöpft aus. Er schaffte es noch, einen Becher Tee zu trinken, dann war er auch schon eingeschlafen. Wir räumten auf, dann legten auch wir uns ins warme Stroh.

Mein Pferd weckte mich schon früh am nächsten Morgen. Es war ein schöner Tag. Das Blau des Himmels leuchtete, die Sonne tauchte die Wipfel der Bäume in goldenes Licht. Agnar wartete mit einem reichhaltigen Frühstück auf uns, über das wir uns mit Heißhunger hermachten. Yinzu fragte, wann wir aufbrechen wollten. „Das liegt an dir", erwiderte Hamron. So beschlossen wir, wenn es nicht noch mehr Kranke gab, am selben Tag weiterzuziehen.

Kaum hatten wir unser Frühstück beendet, öffnete sich die Tür und die Dorfbewohner traten ein. Sie brachten uns Geschenke, unter anderem einfache Schmuckstücke. „Edle Krieger, jeder, den ihr behandelt habt, oder einer seiner Lieben hat etwas für euch gegeben, damit ihr unseres Dankes gewiss seid. Bitte nehmt diese kleinen Geschenke an." Wir wussten, dass das Dorf sehr arm war. Deshalb waren die Gaben große Opfer. Wenn wir sie ablehnten, würden wir sie beleidigen. Wenn wir es annähmen, hätten diese Menschen wirklich nichts mehr. Unruhig rutschte ich auf meinem Hocker hin und her. Was sollten wir tun? Doch mein Bruder Yinzu hatte wie immer eine gute Lösung parat. „Liebe Leute, wir wissen eure Gaben zu schätzen. Aber leider reichen sie nicht aus." Alle zuckten zusammen, selbst Hamron und ich. „Wir müssen etwas von euch fordern, das noch viel wertvoller ist. Ich habe gestern ein Pferd entdeckt, das hinter der Scheune angebunden war, in der wir übernachtet haben. Das wollen wir, da wir nach Süden ziehen und eine große Ausrüstung dabei haben. Das Tier soll unsere Lasten tragen." Agnar trat einen Schritt vor. „Edle Krieger, das Tier, von dem ihr sprecht, ist alt und krank. Wir wollten es schlachten und an die Hunde verfüttern." Doch Yinzu blieb dabei. Es müsse dieses Pferd sein, oder wir seien beleidigt und unser Zorn würde das Dorf treffen.

Eilig rannte ein Stalljunge davon, um das Tier zu holen. Alle traten vor die Tür und betrachteten stumm das klapperdürre alte Pferd. Nur Hamron lächelte geheimnisvoll. Mit einer Handbewegung verscheuchte er uns, um das Tier in Ruhe untersuchen und behandeln zu können. Osuhr lächelte und klopfte Yinzu auf die Schulter. „Die wenigen wertvollen Dinge, die wir besitzen, sind für die Dorfbewohner lebenswichtig. Sie ihnen nicht wegzunehmen ist ehrenvoll und das Edelste, was ich in meinem Leben bisher erlebt habe." Yinzu tat so, als wisse er nicht, wovon Osuhr sprach. Aber er sah uns grinsend an, als der alte Mann davonging.

Wir packten unsere Sachen und sattelten unsere Pferde, als Hamron die Scheune betrat. „Kommt und seht, welche Wunder diese Hände vollbringen können." Er hatte sich vor uns aufgebaut und hielt seine Hände in die Höhe, so als wären es die eines Gottes. Yinzu lachte, nur ich verstand endgültig gar nichts mehr. Doch als ich das Pferd sah, das ich vor Stunden noch dem Tode nahe wähnte, blieb mir vor Staunen der Mund offen stehen. Den Kopf hoch erhoben, das Fell glänzend, sah es uns stolz an. „Wie, in aller Götter Namen, hast du das hinbekommen?" Hamron zuckte mit den Schultern. „Glaubst du wirklich, du bist der einzige mit einer guten Ausbildung? Ich gehöre zu den Blauschwarzen, das sollte dir doch langsam klar sein. Wir haben auch etwas gelernt, du Narr." Tief verbeugte ich mich. „Entschuldige, oh edler Heiler." Lachend schlugen wir uns gegenseitig auf die Schultern. „Das Tier hört auf den Namen Tzoß. Wenn wir es nicht zu sehr überfordern, dann wird es uns gute

Dienste leisten." Hamron streichelte ihn. Tzoß spürte genau, was er diesem Mann zu verdanken hatte.

Kalter Tod reagierte zuerst sehr mürrisch auf den neuen Reisegefährten. Aber Tzoß verstand es ausgezeichnet, die Führungsrolle, die Kalter Tod für sich beanspruchte, nicht in Frage zu stellen. Also entschied sich mein Kamerad, den Neuen nicht weiter zu beachten. Wir bepackten ihn mit den Fellen, die wir im Süden nicht brauchen würden, und der Panzerdecke, die ich nur auf dem Schlachtfeld benutzte. Es begann schon zu dämmern, als wir uns endlich auf den Weg machten. Obwohl die Dorfbewohner uns baten, noch einige Nächte ihre Gäste zu bleiben, brachen wir auf. Yinzu wollte seine Meisterprüfung hinter sich bringen.

Wir ritten bis weit in die Dunkelheit hinein. Der Mond beleuchtete uns mit seinem kalten Licht den Weg. An einem kleinen See richteten wir unser Nachtlager ein. Es blieben uns nur noch ein paar Stunden, bis es wieder dämmern würde. Als der Horizont sich wieder zu verfärben begann, saßen wir schon wieder im Sattel. Osuhr hatte uns den Weg nach Süden beschrieben, soweit er ihn kannte.

Die Tage wurden länger und wärmer. Hin und wieder sahen wir Dörfer, aber wir mieden, soweit es ging, andere Menschen. Trotzdem wurde die Reise nie langweilig. Obwohl wir früh morgens im Sattel saßen und regelmäßig Schwertkampf trainierten, war jeder Tag doch anders, sei es durch die Landschaft oder durch unsere langen Gespräche. Hin und wieder gingen wir auf die Jagd. Wir dankten den Göttern, dass alles so gut lief, bis wir eines Tages auf der Lauer lagen. Wir wollten einen Hasen erlegen. Yinzu hatte sich mit seinem Bogen auf einen Baum zurückgezogen. Hamron und ich behielten unsere Fallen im Auge. Wir waren so konzentriert, dass wir Yinzus Pfiff erst beim zweiten Mal hörten. Er deutete auf einen Trupp Reiter. Es waren Soldaten, das konnten wir an den Waffen und den Uniformen erkennen. Offensichtlich waren sie auf einem Erkundungsritt. Hamron und ich duckten uns tiefer ins Gras in der Hoffnung, dass sie an uns vorbeireiten würden. Doch dann entdeckte einer der Männer unsere Fallen. Ich konnte nicht verstehen, was er den anderen zurief, aber der Rest der Truppe schloss zu ihm auf, und sie kamen auf uns zu. Ich blickte Hamron an. Es widerstrebte mir, am Boden kauernd gefunden zu werden, als wäre ich ein Dieb oder ein Wegelagerer.

Einige der Pferde scheuten, und den Männern war die Überraschung anzusehen, als wir uns aus dem Gras erhoben. Wir grüßten sie und warteten ab, was passieren würde. Der Anführer fragte: „Was macht ihr hier auf den Ländereien meines Herren?" Hamron lächelte und deutete eine Verbeugung an. „Entschuldigt, werte Herren, aber wir sind Reisende. Wir wissen nicht, wo wir sind, und es ist schon spät. Hunger plagt uns." Mit einer scharfen Handbewegung schnitt der Soldat ihm das Wort ab. „Ihr seid Wilddiebe!", schrie uns der Anführer an. „Wir werden euch beide Hände abhacken. Folgt mir, ihr seid verhaftet." Nun wurde es mir zu viel. „Was bildest du dir ein, du Wurm? Weißt du denn nicht, dass es das höchste Gebot ist, Reisenden Gastfreundschaft zu gewähren? Wir wollen niemanden bestehlen und auch niemandem zu nahe treten. Sei klug und lass uns einfach weiterziehen. Dann darfst du den nächsten Sonnenaufgang noch erleben." Ich hatte mich in Fahrt geredet. Hamron sah mich mit großen Augen an. Einen Moment lang geschah nichts. Dann begann der Soldat zu lachen und zog sein Schwert. In diesem Moment zerschnitt ein feines Surren die Luft. Einer der Männer fiel, von einem Pfeil getroffen, aus dem Sattel. Yinzu erschoss noch zwei weitere, bevor die anderen begriffen, was geschah. Der Anführer schlug mit seinem Schwert nach Hamron, der wich aber geschickt aus und rettete sich hinter die Bäume. Deshalb war ich nun das Ziel. Ich wich ebenfalls einem Hieb aus und schlug mit meinem Schwert nach dem Bein des Anführers. Er schrie auf und wurde aus dem Sattel geschleudert. „Ich hatte dich gewarnt, es wäre besser für euch gewesen, uns weiterziehen zu lassen, jetzt werdet ihr alle sterben." Meine Klinge drang lautlos tief in seinen Leib. Dunkles Blut quoll aus seinem Mund hervor. Er sah mich an und wollte etwas sagen, aber der Tod war schneller. Den Soldaten, der seinem Anführer zu Hilfe kommen wollte, holte Hamron mit einem seiner Wurfmesser aus dem Sattel. Von den restlichen Dreien griffen uns zwei an, der Dritte ergriff die Flucht. Mit meinem Schwert zerschlug ich erst den Speer des Angreifers, schwang meine Klinge weiter und traf den Mann an der Hüfte. Ich hörte wie sein Knochen splitterte. Er sackte auf dem Sattel zusammen, und sein Tier galoppierte davon. Der zweite Soldat war schon nicht mehr am Leben. Hamron hatte ihm mit seinem Speer das Herz durchbohrt. Dann hörte ich einen Schrei. Der fliehende Reiter starb durch einen von Yinzus Pfeilen. Auch den verletzten Reiter holte Yinzu ohne Schwierigkeiten aus dem Sattel. Als er vom Baum herunterstieg, sah er mich ernst an. „Was sollte das? Warum musstest du den Mann so provozieren? Los, wir müssen hier weg. Der Tote wird von seinem Pferd zurück ins Lager, oder wer weiß wohin, getragen. Sie werden bestimmt nach uns suchen." Wir gingen eilig zurück zu unseren Pferden. „Ich musste ihn so behandeln, Hamrons unterwürfige Art hat nicht funktioniert. Er hätte sich nicht darauf eingelassen. Ich musste ihn töten." Ärgerlich nickte Yinzu. „Ja, ich weiß, aber jetzt müssen wir hier verschwinden."

  Wir ritten die Nacht durch. Auch die nächsten Tage hielten wir nicht an. Es wurde immer wärmer, die Landschaft veränderte sich. Die Wälder wurden kleiner und lichteten sich. Es war an einigen Stellen so trocken, dass die Luft erfüllt war von Staub. Yinzu kündigte an, dass wir bald in eine große Stadt kommen würden. Dort wollten wir mit der Suche nach seinem Onkel beginnen. Schon bald waren wir gezwungen, unsere Vorräte und vor allem unser Wasser noch strenger zu rationieren. Es gab immer weniger Pflanzen und Kräuter, die wir kannten und essen konnten.

  Ich weiß noch genau, dass eines Morgens der Wind den Geruch von vielen Menschen zu uns trug. Es dauerte auch nicht lange, und wir fanden eine Straße, der wir folgten, bis am Horizont die ersten Häuser auftauchten. Sie hatten eine ganz andere Form als die Häuser bei uns im Norden. Alle waren weiß gestrichen und hatten flache Dächer, auf denen Kuppeln in der Sonne leuchteten. Der Gestank wurde unerträglich. In unseren Breiten leben die Menschen eher in kleinen Dörfern, oder sie suchen Schutz in der Nähe einer Burg. Im Süden aber siedeln Hunderte von Menschen um eine Wasserquelle oder ziehen mit ihren großen Viehherden von einem Weidegrund zum nächsten.

  Als wir durch das große Stadttor ritten, schlug uns Lärm entgegen. Die Pferde trabten unruhig hin und her. Nur Kalter Tod marschierte mit stoischer Gelassenheit weiter. Aber mein Gefährte konnte mich nicht täuschen. Seine Ohren wanderten hin und her. Auch wenn er äußerlich völlig ruhig zu sein schien, so wusste ich doch, dass ihn eine große innere Anspannung erfasst hatte. Unsere Banner hatten wir eingerollt. Trotzdem starrte man uns an. Hamron und ich haben eine viel hellere Haut als die Menschen im Süden. Wir fielen mit unseren langen Haaren auf wie bunte Hunde. Selbst Yinzu wurde bestaunt.

  Es herrschte ein emsiges Treiben in den Gassen, durch die wir scheinbar ziellos hinter Yinzu herzogen. Vor einer Schenke stiegen wir von unseren Pferden. Anders als bei uns standen viele Tische draußen unter einem Sonnendach. Hamron blieb bei den Pferden, ich folgte Yinzu hinein. Der Wirt verbeugte sich lang und tief und wandte sich in einer mir fremden Sprache an meinen Freund. Nach einigem Überlegen antwortete Yinzu stockend, aber für den Wirt verständlich. Er lächelte freundlich und bat uns an einen Tisch vor der Tür. Wir setzten uns in den Schatten, streckten die Beine von uns und tranken das Wasser, das uns ein Junge brachte, allerdings erst, nachdem Hamron das Wasser geprüft hatte. Der Junge brachte auch den Pferden große Eimer mit Wasser, und auch die Tiere tranken erst, nachdem Kalter Tod den Inhalt ausgiebig beschnuppert hatte. Der Wirt kam mit einer Holztafel, stellte sich neben unseren Tisch und begann, in der sonderbaren Sprache zu erzählen. Yinzu hörte angestrengt zu, dann übersetzte er für uns die Speisekarte. Wir entschieden uns für frisches Gemüse und Brot.

Nach der Mahlzeit versuchte Yinzu herauszufinden, wo sich der Sklavenmarkt befand. Der Wirt lachte. Es gebe keinen Sklavenmarkt mehr, alle Menschen seien freie Bürger. Wenn wir nach Sklaven suchten, müssten wir weiter nach Südosten ziehen. Daraufhin bat Yinzu den hilfsbereiten Wirt um eine Karte von der Gegend. Doch der schüttelte nur bedauernd den Kopf. Er konnte uns aber eine Adresse nennen, wo wir Karten würden kaufen können. Der Junge sollte uns hinbringen. Ein breites Lächeln leuchtete hinter uns her, als Yinzu dem Wirt für seine Mühen einige Goldstücke gab. Am Tage unserer Abreise hatten wir vom Hohen Rat einen kleinen Beutel mit Münzen bekommen, der uns so lange genügen sollte, bis wir unser erstes eigenes Geld verdienen würden. An jenem Tag hatten wir zum ersten Mal davon Gebrauch machen müssen.

Wir führten unsere Pferde an den Zügeln und folgten dem Jungen durch das Gewirr der engen Gassen. Es roch sonderbar, und ich fühlte mich unwohl. Es gab so viele Ecken und Nischen, die sich wunderbar für einen Hinterhalt eigneten. Von den Dächern aus konnten wir leicht mit einem Pfeil- oder Steinhagel angegriffen werden. Es war aber zu eng für einen Kampf. Wahrscheinlich ist das auch der Grund, warum die Menschen in Städten Zuflucht suchen, damit sie nicht ständig um ihr Leben kämpfen müssen. Eine Stadt zu verteidigen, ist dagegen für die vielen Einwohner kein Problem. So hing ich meinen Gedanken nach, bis wir zu einem unscheinbaren Haus kamen. Der Junge redete auf Yinzu ein und deutete mit dem Finger auf den Eingang. Bevor mein Freund noch etwas sagen konnte, war der Kleine auch schon im Gewirr der Gassen verschwunden. „Hier werden wir die Karten bekommen, die wir für unsere Weiterreise brauchen. Außerdem hat er uns geraten, größere Wasserschläuche zu kaufen." Yinzu klopfte an die Tür.

Ich blieb bei den Pferden und unserem Gepäck, Hamron und Yinzu betraten das Haus. Misstrauisch sah ich mich um, jederzeit auf einen Angriff gefasst, bis ich über mich selbst lachen musste. Meine beiden Brüder zogen mich nicht zu Unrecht damit auf, dass ich hinter jedem und allem einen Feind vermutete. Ich kicherte noch ein wenig in mich hinein, als mein Pferd wütend schnaubte. Zwei dunkle Gestalten machten sich an Tzoß zu schaffen. Mit einem Satz war ich bei ihnen. Dem ersten schlug ich mit einem Handballenschlag von hinten an den Kopf, sodass er gegen das Pferd geschleudert wurde und wieder abprallte. Er ging zu Boden und rappelte sich nur mühsam wieder hoch. Als der andere sah, dass ich seinen Freund niedergeschlagen hatte, zog er einen Dolch und stellte sich mir in den Weg. Mir war klar, dass es sich nicht um zwei Krieger handelte, eher um kleine Diebe. Das machte sie aber nicht weniger gefährlich, im Gegenteil: Der Mann warf seinen Dolch nach mir! Ich hob ruhig die Hand und spürte einen Strom heiße Energie aus meinem Innersten emporsteigen. Er floss durch meinen Arm bis in die Fingerspitzen. Der Dolch wurde abgelenkt und traf die Wand des Hauses hinter mir. Dort fiel er zu Boden, ohne Schaden angerichtet zu haben. Die beiden Männer sahen sich an und ergriffen dann laut schreiend und wild mit den Händen wedelnd die Flucht.

Einen Moment lang stand ich noch regungslos da, bis mir klar wurde, was da eben passiert war. Ich hatte einen Energiestoß abgegeben, ohne dass ich ihn willentlich herbeigeführt hatte. Das war mir noch nie passiert. Es bedurfte sonst immer einer gewissen inneren Sammlung, bis so etwas funktionierte. Verwundert streichelte ich Tzoß den Hals und sah plötzlich in die Gesichter meiner beiden Freunde, die, vom Lärm alarmiert, herausgestürzt waren. Ich konnte mir ein Grinsen nicht verkneifen, als meine Brüder fragend den schreienden Dieben nachsahen. „Der Anblick eines solch großen Kriegers hat sie in die Flucht getrieben." Ich versuchte, ein grimmiges Gesicht zu machen. „Es ist wohl eher anzunehmen, dass sie die Flucht ergriffen, weil du so hässlich bist." Yinzu schüttelte den Kopf, und wir alle begannen, herzlich zu lachen. Ein alter Mann erschien in der Tür und gab Yinzu mehrere Lederrollen, ein Diener überreichte Hamron die Wasserschläuche, die sie gekauft hatten. Mit einer Verbeugung verabschiedeten wir uns, schwangen uns auf unsere Pferde und suchten einen Brunnen, um die Schläuche zu füllen.

Dabei mussten wir in den engen Gassen nicht besonders achtsam sein, wo wir auch ritten, teilte sich die Menge und gab uns den Weg frei. Einige Menschen verbeugten sich vor uns, andere liefen ängstlich davon. Yinzu runzelte die Stirn und meinte, dass noch nicht einmal ich so hässlich sei, dass man davonrennen müsse. „Was hast du getan?", wollte Hamron wissen. „Gar nichts, ich habe die beiden Diebe lediglich nicht getötet. Vielleicht liegt es ja an dem kleinen Stoß, den ich ihnen verpasst habe." Ich machte eine eindeutige Handbewegung. Yinzu schüttelte den Kopf. „Kein Wunder, jetzt glaubt hier jeder an einen großen Zauberer." Das schmeichelte mir. Aber als Hamron in brüllendes Gelächter ausbrach, verflog das Gefühl sofort wieder.

Nachdem wir unsere Schläuche gefüllt hatten, kauften wir noch einige Lebensmittel und verließen kurz vor Sonnenuntergang die Stadt durch eines der Tore. Es gab so gut wie keine Dämmerung. Kurz nachdem die Sonne untergegangen war, war es stockfinster. Trotzdem zogen wir weiter nach Südosten auf den schmalen Pfaden der Karawanen und genossen die kühle Nachtluft.

Es wurde eine harte Reise. Jedes Mal, wenn wir rasteten, tranken unsere Pferde viel von unserem Wasser. Wir dagegen hielten uns zurück, denn es war wichtig, dass unsere Kameraden keinen Durst litten. Mir leuchtete bald ein, dass Wasser dort wertvoller ist als Gold. Unser Ritt zog sich über Wochen dahin. Die Gegend war eintönig und trostlos, bis auf die farbenfrohen Inseln im Grau der Steine und des Sandes, wo wir unsere Wasserschläuche füllten und ausruhen konnten. Die Menschen in den Oasen waren gastfreundlich. Sie gaben uns bereitwillig von dem wenigen, was sie besaßen. Wenn wir sie entlohnen wollten, waren sie beleidigt. Deshalb begann Hamron, die Kranken zu versorgen und viele zu heilen. Ich bewunderte ihn dafür. Die Menschen fielen vor Dankbarkeit vor ihm auf die Knie. So geschah es, dass der Ruf, eine Gruppe von Heilern und Kriegern sei in der Wüste unterwegs, uns vorauseilte. Yinzu passte das nicht, er wäre lieber unauffällig weitergereist.

Als wir eine größere Stadt erreichen, hofften wir, dort zu erfahren, wo die Bande von Yinzus Onkel zu finden war. Wir beschlossen, unser Lager vor den Toren aufzuschlagen. Am nächsten Morgen wollten wir zum Sklavenmarkt, um mit unseren Nachforschungen zu beginnen. Wir suchten uns einen etwas größeren Felsen und breiteten in seinem Windschatten unsere Felle aus. Ich übernahm die erste Wache. Seit uns die Bewohner der Oasen vor umherziehenden Räuberbanden gewarnt hatten, hielten wir es für besser, nie unbewacht zu übernachten. Unsere Pferde standen dicht bei uns, um uns als zusätzliche Wache zu dienen. Die Nächte waren im Gegensatz zu den Tagen sehr kalt. Deshalb entzündeten wir ein kleines Feuer in einer Grube. Die Nacht verlief jedoch ohne Zwischenfälle.

Als wir am nächsten Morgen in aller Frühe das Stadttor erreichten, stellte sich uns ein feindselig blickender Wachmann in den Weg und rief uns etwas in einer mir fremden Sprache zu. Yinzu antwortete fließend und ohne zu zögern. Hamron und ich sahen uns erstaunt an. Yinzu aber strahlte und hieß uns in seiner Heimat willkommen. Nach kurzem Ritt erreichten wir ein zweites Tor, das wesentlich besser befestigt war als das erste. Wieder wurden wir aufgehalten. Diesmal waren es vier Wachleute, die sich uns in den Weg stellten. Leise sprach Yinzu mit dem Hauptmann. Doch als sich seine Männer anschickten, unser Packpferd zu durchsuchen, schrie Yinzu ihn an. Er fluchte wild in seiner Heimatsprache, aber auch einige Flüche, die ich verstehen konnte, mischten sich darunter. Hamron musste sich das Lachen verkneifen, weil das sonst so gar nicht Yinzus Art war. Aber es zeigte Wirkung. Erschrocken rief der Mann seine Untergebenen zurück und verneigte sich, als wir passierten. „Was hast du dem armen Mann nur an den Kopf geschmissen?", wollte Hamron wissen. „Ich habe dem Soldaten erzählt, dass ich mit einem bösartigen Zauberer und einem unberechenbaren Medizinmann unterwegs sei, die es gar nicht gern hätten, wenn ihre Sachen durchwühlt würden." Wir grinsten zufrieden.

 Diese Stadt glich der ersten. Die Straßen waren eng und laut. Es roch seltsam, manchmal angenehm und lecker, manchmal musste ich schlucken, weil es mir die Kehle zuschnürte. Die Menschen kamen aus allen Teilen der Welt und boten ihre Waren auf den Markt an, er war berühmt für sein vielfältiges Angebot: Kräuter und Speisen, Stoffe und Werkzeuge, Gold und Kupfer, Tiere und Menschen vom Kleinkind bis zur Witwe. Viele der Unglücklichen waren schon unfrei geboren, andere geraubt oder zur Sklaverei verurteilt worden. Es widerstrebte mir, Menschen als Ware zu betrachten. Zu gut konnte ich mich an meine Kindheit erinnern. Zwar war ich kein Sklave gewesen, aber das Leben als Leibeigener steckte noch tief in meinen Knochen. Wir verabredeten, das Yinzu als interessierter Käufer auftreten sollte. Hamron und ich wollten ihm Rückendeckung geben. So glaubten wir, Informationen über seinen Onkel und dessen Bande zu bekommen, ohne Verdacht zu erregen.

 Yinzu stieg vom Pferd und zog mit angewiderter Miene von Stand zu Stand, betrachte die ausgestellten Sklaven und beschwerte sich über ihre schlechte Verfassung. Wie phantasievoll die Händler ihre Ware auch anpriesen, mürrisch zog Yinzu von dannen und erklärte unerbittlich, dass er einwandfreie Ware zu kaufen wünsche und mit dem Angebot nicht zufrieden sei. Dieses Spiel trieb er so lange, bis uns einer der Sklavenhändler, es war ein hagerer und adlernasiger dunkler Typ, einen Kollegen empfahl, der in der Stadt Ginlasa seine Ware feilbot. Yinzu bedankte sich höflich und stieg wieder auf sein Pferd.

 Während wir den Sklavenmarkt verließen, erklärte uns Yinzu, dass Ginlasa an einem Knotenpunkt der Handelsrouten lag. Dort trafen sich viele Reisende aus aller Herren Länder. Es war eine große Stadt, viel größer als die beiden, die wir bisher besucht hatten. Mich schauderte bei dem Gedanken. Während Yinzu erzählte, spürte ich plötzlich, dass wir beobachtet und verfolgt wurden. Yinzu verstummte, auch meine Brüder fühlten die Gefahr. Gelassen, aber zum Kampf bereit, stiegen wir ab und folgten Yinzu durch die Gassen, unsere Pferde an den Zügeln führend. Räuber würden warten, bis wir einen einsamen und dunklen Platz erreichten, um dann zuzuschlagen. Die herannahende Nacht würde ihr Vorhaben begünstigen. Schweigend führte uns Yinzu in einen Hinterhof. Es gab nur einen Eingang, der enge Hof war von hohen Mauern umgeben. Wir drängten unsere Tiere ganz nach hinten nah an die Wand und warteten. Da bemerkten wir einen Schatten, der sich langsam durch das Tor schob. Der aufgehende Mond erleuchtete mit fahlem Licht nur gut die Hälfte des Hinterhofes. Im Kontrast dazu waren die Schatten von undurchdringlichem Dunkel.

Die Gestalt schlich im Mondschein an einer Mauer entlang. Sie war klein und zart, offensichtlich ein Kind, und es war allein. Aus dem Schatten heraus trat Yinzu auf den Knaben zu. Vor Schreck riss er den Mund weit auf, doch bevor er schreien konnte, presste mein Bruder ihm schon die Hand auf die Lippen. Leise sprach Yinzu in unserer Sprache auf ihn ein und versuchte, das zitternde Bündel zu beruhigen. Stockend berichtete der Kleine, dass sein Herr ihn geschickt habe. Es sei ihm zu Ohren gekommen, dass drei Krieger vom Clan des Roten Drachen in die Stadt gekommen seien. Er sei losgeschickt worden, um sie zu finden und zu seinem Herren zu bringen. Wir tauschten einen kurzen Blick, dann schlossen wir uns dem Knaben an, der uns sicher durch die Gassen führte. Bald löste sich seine Anspannung und er begann, in unserer Sprache zu erzählen, zwar etwas gebrochen, aber ich konnte ihn einigermaßen verstehen. Sein Herr habe schon viel über den Clan gehört. Auch habe er schon oft Boten ausgeschickt, die nach Kriegern des Clans Ausschau halten sollten. Aber keiner von ihnen sei je zurückgekommen. Ich hörte aufmerksam zu, während ich registrierte, dass die Straßen breiter wurden und gepflastert waren. Es stank auch nicht mehr so bestialisch, weil keine Abwässer über die Straße flossen. Die Häuser waren mehrstöckig und reich verziert. Durch große Fenster fiel warmes Licht auf das Pflaster.

Wir durchschritten ein schmiedeeisernes Tor. Dahinter erstreckte sich ein gepflegter Park, in dem Brunnen und Wasserspiele plätscherten, in der Wüste ein Zeichen für großen Reichtum. Überall brannten Fackeln, die den Palast, auf den wir zuschritten, in ein märchenhaftes Licht tauchten. Eine breite Treppe führte zum Portal hinauf. Kaum waren wir am Fuße der Stufen angekommen, eilten Diener herab und verneigten sich. Ein Gongschlag ertönte, und oben erschein ein prächtig gekleideter Mann in der riesigen doppelten Tür, der ein gebundenes Tuch um den Kopf trug. Mit weit ausgebreiteten Armen schritt er die Stufen hinunter und warf sich vor uns auf die Knie, wie es bei uns im Clan Sitte ist. Erst als Yinzu ihn in der Landessprache aufforderte, sich zu erheben, stand er auf. Mit seidenweicher Stimme hieß er uns in unserer Sprache willkommen: „Ich bin Prinz Albaratan el Dasrim Salleturan, Sohn des ehrwürdigen Omar al Turemani Salleturan. Ich bin der erste Sohn des Königs und bald sein Nachfolger." Er bat uns, ihm zu folgen, sein Haus solle auch das unsere sein. Ich zögerte, unsere Pferde mit all unseren Habseligkeiten zurückzulassen, doch der Prinz befahl seinen Dienern mit einem Handzeichen, sich um die Tiere zu kümmern. Er konnte ja nicht wissen, dass unsere Kameraden das nicht zulassen würden. Und richtig: Kaum griff einer der Diener nach den Zügeln meines Pferdes, schnaubte Kalter Tod und verpasste ihm einen Schlag mit seinem gewaltigen Kopf. Der Mann stürzte zu Boden. Ich half ihm auf und erklärte, dass die Pferde nicht mitgehen würden. Da rief der Prinz seinen Dienern etwas in der Landessprache zu. Diesmal war seine Stimme hart und ließ keinen Zweifel daran, dass er einen Befehl erteilt hatte. Alle zuckten zusammen und verneigten sich unterwürfig. Er versicherte uns, er habe verfügt, dass, sollte auch nur eine Kleinigkeit von unserer Ausrüstung fehlen, er allen den Kopf abschlagen lassen werde. Wir könnten nun unbesorgt unsere Pferde in die Obhut der Stallburschen geben. Ich flüsterte in Kalter Tods Ohr und bat ihn mitzugehen und gut aufzupassen. Er schnaubte. Die anderen Tiere folgten ihm nun selbstverständlich.

Der Prinz führte uns hinein, er hatte dabei den Arm um Yinzus Schultern gelegt. Große, mächtige Säulen stützten die gewaltige Decke der Eingangshalle. Staunend fragte ich, wie viele Menschen in dem Palast lebten. Kichernd erklärte der Prinz, dass er nur seine Familie unter seinem Dach dulde. Selbst die Dienerschaft sei in anderen Gebäuden untergebracht. Fassungslos über so viel Luxus stolperte ich hinter den anderen her. Überall brannten Fackeln. Die großen Fenster waren mit seidenen Tüchern verhängt, durch die das Mondlicht schimmerte. Räucherwerk verbreitete einen angenehmen Duft. Von fern waren Klänge fremder Instrumente zu hören. Schließlich gelangten wir in einen Saal, in dem ein riesiger Tisch mit vielen Stühlen stand. Es war merkwürdig, in diesem fernen Land in einen Raum gebeten zu werden, der so eingerichtet war wie bei uns zuhause. Massive Leuchter aus Messing standen auf der Tafel. An der Wand prangte ein Gemälde, auf dem ein Roter Drache majestätisch den Kopf hob. Ich glaubte, meinen Augen nicht trauen zu können. Der Drache sah genauso aus wie in der Vision, die ich in der Nacht meiner Aufnahme in den Clan gehabt hatte. Stolz warf sich der Prinz in die Brust, als er uns das Bild bestaunen sah. „Das", rief er aus, „ist eines der wenigen Bilder, die ein Mann gemalt hat, der ihn mit eigenen Augen sah." Das konnte nicht sein. Der Großmeister hatte doch gesagt, dass die Drachen schon seit Generationen irgendwo in den Bergen versteckt schliefen.

Kaum hatten wir Platz genommen, da strömte eine Schar von Dienern in den Saal, die uns Teller und Becher, Speisen und Getränke reichten. Der Prinz strahlte uns an. „Was immer ihr begehrt, sollt ihr bekommen. Greift nur ordentlich zu. Alle Speisen und Getränke sind aus eurer Heimat, extra für euch zubereitet, damit ihr euch wie zuhause fühlen könnt." Er klatschte in die Hände. Musiker erschienen, die sich still in eine Ecke des Saals begaben und dort leise zu spielen begannen, Musik, die Hamron und ich noch nie zuvor gehört hatten. Die Waffen allerdings, die an den Wänden hingen, waren mir vertraut. Sie alle zeigten den Drachen in den verschiedensten Formen und Farben.

Eine Seitentür öffnete sich und Tänzerinnen schwebten herein. Mir blieb der Mund offen stehen, die Frauen waren alle wunderschön, bekleidet mit Tüchern, die den Körper verdeckten und doch alles zeigten. Die Bewegungen der Mädchen waren anmutig und grazil. Mir trat der Schweiß auf die Stirn. Plötzlich musste ich an Saarami denken und an die Nacht, die ich mit ihr verbracht hatte. Immer aufreizender wurde der Tanz. Sie berührten uns mit den Tüchern und ließen sie nach und nach zu Boden fallen. Da erhob sich Prinz Albaratan, nahm einen Becher und hielt ihn empor. „Auf eurer Wohl, edle Krieger. Mögen eure Götter stets mit euch sein und eure Siege weithin leuchten." Er trank und wischte sich den Mund mit dem Handrücken ab. Yinzu nahm den Becher, roch daran und tat dann nur so, als würde er trinken. Hamron tat es ihm gleich. Ich schnupperte an dem Wein, konnte aber nichts Verdächtiges feststellen. Trotzdem tat auch ich nur so, als nähme ich einen Schluck.

Die Tänzerinnen entfernten sich, verließen aber nicht den Saal. Der Prinz schnippte einmal mit den Fingern, und ein groß gewachsener Mann trat ein. Er war gekleidet wie ein Krieger, trug eine dunkle Rüstung und ein langes gebogenes Schwert. Sein nachtblauer Umhang berührte den Boden, ziemlich unpraktisch in einem Kampf. „Dies ist der Hauptmann meiner Leibgarde, er wird für eure Sicherheit zuständig sein." Plötzlich kicherte der Prinz. „Entschuldigt, aber wahrscheinlich werdet ihr ihn nicht brauchen. Ich vergaß, wer ihr seid." Der Mann verbeugte sich sehr tief und blieb hinter uns stehen. Zwei weitere Männer kamen herein. Wieder stellte der Prinz die beiden vor. Es handelte sich um einen hohen Würdenträger der Stadt und um eines der geistigen Oberhäupter. Beide waren schon älter, machten aber einen sehr gepflegten und wachen Eindruck. Sie hatten ihre eigene Leibwache mitgebracht, die unauffällig an den Ausgängen Aufstellung nahm. Sie setzten sich zu uns. Doch die Stimmung war plötzlich eine andere.

Wir alle drei waren auf der Hut. Misstrauisch musterte ich die Gäste, während uns der Prinz in ein munteres Gespräch verwickelte und immer wieder unsere Becher füllte. Yinzu schüttete seinen Wein unauffällig in einen der großen Blumenkübel. Hamron trank zwar, krümelte aber immer wieder irgendwelche Kräuter in seinen Becher. Nur ich wusste nicht gleich, was ich tun sollte, um das verdächtige Zeug nicht trinken zu müssen. Als ich dann quer über den Tisch griff, um mir noch etwas von dem köstlichen Weizenbrot zu nehmen, stieß ich absichtlich meinen Becher und auch gleich die ganze Karaffe um. Sofort waren mehrere Diener zur Stelle, die den Wein aufwischten. Der Prinz sah mich mit großen Augen an. „Ist etwas nicht in Ordnung, großer Krieger?" Ich schüttelte den Kopf. „Der Wein ist mir zu Kopf gestiegen. Wir sind es nicht gewöhnt, so viel davon zu trinken. Im Clan gibt es strenge Regeln, was den Genuss von Wein und Bier angeht." Geistesgegenwärtig begann Yinzu, hin und her zu schwanken und lallend zu singen. Ich tat es ihm nach, während Hamron am Tisch einzuschlafen schien.

Der Prinz beobachtete uns scharf, gab dem Priester einen Wink und der stimmte einen leisen Singsang an, der mir bekannt vorkam. Meister Zorralf verwendete ihn, um Gefangenen die Wahrheit zu entlocken. Es war wohl kein Gift in dem Wein, sondern ein Wahrheitsserum. „Warum seid ihr gekommen?" Der Priester fragte ruhig und mit leiser Stimme. „Weil wir auf der Suche nach jemandem sind", antwortete Yinzu wahrheitsgemäß. „Warum?" Mein Bruder spielte das Spiel mit und lallte, er habe eine Aufgabe zu erledigen. „Ich wusste es", rief der Prinz dazwischen, „sie sind meinetwegen hier." „Worin besteht eure Aufgabe?", wollte der Priester wissen. Yinzu zögerte, dann murmelte er, dass er jemanden töten müsse, den er aber noch nicht gefunden habe. Das verwirrte den Prinzen, er stellte nun selbst eine Frage. „Heißt das, dass ihr nicht mich töten wollt?" Der Prinz stemmte beide Fäuste in die Hüften. Yinzu hob den Blick und sah ihm direkt in die Augen. „Nein, wir wollen weiter nach Ginlasa." Der Prinz schüttelte den Kopf. „Ich glaube dem Mann nicht. Unsere Seher haben vorhergesagt, dass Krieger kommen werden, um mich zu töten." Nun ergriff Hamron das Wort. „Edler Herr, wir hätten diese Stadt schon längst wieder verlassen, wenn ihr uns nicht so großzügig in euer Haus eingeladen hättet. Wir trachten Euch nicht nach dem Leben. Im Gegenteil, wir sind sehr geschmeichelt, von einem so großen Bewunderer unseres Clans bewirtet zu werden." Prinz Albaratan aber geriet in Wut. „Nein, ich glaube euch kein Wort. Ich will Beweise, dass ihr wirklich vom Clan des Roten Drachen seid. Ihr müsst eine Tätowierung am Körper tragen. Zeigt sie mir oder niemand von euch verlässt mein Haus lebend." Langsam erhob ich mich, alle Muskeln gespannt, aber beherrscht. „Werter Herr, was Ihr verlangt, ist ungeheuerlich. Wir haben Eure Fragen wahrheitsgemäß beantwortet, auch ohne Eure Drogen getrunken zu haben. Wir haben Euer Spiel von Beginn an durchschaut. Und jetzt ist es vorbei. Uns ist nichts vorzuwerfen. Weder haben wir Eure Gastfreundschaft missbraucht, noch stellen wir eine Gefahr dar. Lasst uns einfach ziehen, dann können alle gesund und munter zu ihren Frauen und Kindern nach Hause gehen. Aber seid sicher, dass keiner von uns für Euch seine Kleider ablegen wird. Solltet Ihr versuchen, mit Gewalt herauszufinden, ob wir am Körper eine Tätowierung tragen, dann wird niemand diesen Raum lebend verlassen."

Stille breitete sich aus, selbst die Musiker hatten aufgehört zu spielen. Der Priester und der Beamte sahen mich entsetzt an. Der Hauptmann der Wache wurde nervös. Mir war klar, dass ich zuerst die Leibwache des Priesters angreifen musste. Im Gegensatz zu den Wachen des Beamten machte sie einen kampferprobten Eindruck. Die Männer trugen kleine runde Schilde und die landestypischen Krummsäbel. Die Wache des Beamten war mit schweren Speeren und massiven Schilden ausgerüstet, die fast bis zum Boden reichten, für einen Kampf im Saal viel zu unhandlich. Noch immer herrschte tiefes Schweigen, das nur vom schweren Atmen des Beamten und des Priesters unterbrochen wurde. Beiden stand die Todesangst ins Gesicht geschrieben. Plötzlich erwachte der Prinz aus seiner Starre und schrie den Hauptmann seiner Leibwache an, er solle mich entwaffnen und festnehmen. Der tat einen Schritt auf mich zu, doch weiter kam er nicht. Hamron schnitt ihm die Kehle durch.

Der Beamte begann zu schreien, der Priester betete in einer mir unbekannten Sprache, und die Wachen gingen auf uns los. Yinzu zog seine Doppelschwerter, Hamron griff nach seinem Speer, ich nach meinem Schwert. Die erste Wache, die auf mich zugestürmt kam, hieb ich trotz des Schildes bis zum Nabel durch. Die nächsten zwei griffen mich gleichzeitig an. Mit einem Sprung brachte ich mich aus der Reichweite ihrer Klingen. Da nun mein Stuhl zwischen mir und den Wachen stand, konnte nur einer von ihnen nachsetzen. Er hob seinen Schild vor den Kopf und schlug mit seinem Säbel nach mir. Mit beiden Händen hob ich mein Schwert. Die Länge meiner Klinge erlaubte es mir, während ich rückwärts auswich, seinen Angriff zu parieren und gleichzeitig mit der Spitze meines Schwertes seinen Hals aufzuschlitzen. Der Mann fiel dem zweiten Angreifer, der den Stuhl weggeschoben hatte, genau vor die Füße und lenkte ihn für den Bruchteil einer Sekunde ab. Das genügte mir, um ihn direkt in meine Klinge springen zu lassen, als er versuchte, nicht auf seinen toten Freund zu treten. Er sah mich ungläubig an, und als er Anstalten machte, doch noch seinen Säbel gegen mich zu erheben, stemmte ich mich mit Wucht gegen ihn und trieb so mein Schwert bis zum Griff durch ihn hindurch. Er zuckte, fiel aber nicht. Da drehte ich die Klinge in seinem Leib herum und riss sie wieder heraus. Der Mann sackte vor mir auf die Knie. Eine weitere Wache griff mich an. Aus den Augenwinkeln hatte ich ihn kommen sehen und mich nach hinten geworfen. So traf mich nicht die ganze Wucht seines Schlags. Ich spürte, wie die Klinge meine Kleidung durchtrennte, dann aber vom Panzerhemd abgelenkt wurde. Zu einem zweiten Schlag kam er nicht mehr, weil ich sein Leben beendete, bevor er begriff, warum ich nicht tot war.

Keuchend stand ich da und wartete auf den nächsten Angriff, stellte aber fest, dass alle Wachen tot waren. Yinzu und Hamron hatten ganze Arbeit geleistet. „Es wird nicht lange dauern, dann wird Verstärkung auftauchen", warnte Hamron. Yinzu nickte. „Was sollen wir nun machen? Fliehen?" Ich zuckte mit den Schultern. „Warum? Wir haben doch nicht angefangen." Da vernahmen wir ein leises Wimmern. Der Prinz, der Priester und der Beamte hatten sich unter dem Tisch verkrochen und kamen jetzt, um Gnade winselnd, darunter hervor. Ich packte den Prinzen am Kragen. „Das alles wäre nicht nötig gewesen, wenn Ihr den Worten meines Bruders Glauben geschenkt hättet, so aber müssen wir auch Euch töten. Es sei denn, Ihr schwört, dass wir dieses ungastliche Haus unversehrt verlassen können." Flehend hob er seine Hände. Ich stieß ihn angewidert von mir, als es draußen vor der Saaltür plötzlich laut wurde. Befehle wurden gebrüllt, Waffen klirrten, dann flog die Tür auf und mehrere Dutzend Wachleute stürmten herein. Sie verteilten sich schnell und geschickt im Saal, es war klar, dass wir mit ihnen kein leichtes Spiel haben würden. Ein grauhaariger Offizier betrachtete die Toten und sprach leise zu einem seiner Männer, der sogleich eilig den Saal verließ. Meine Brüder und ich hatten uns nicht bewegt.

Prinz Albaratan rappelte sich hoch und stolperte den Wachen entgegen. Er schrie und fluchte und deutete auf uns, aber niemand beachtete ihn. Dann vernahm ich Stimmen und Schritte, die durch die Gänge hallten. Trompeten wurden geblasen und die Saaltür öffnete sich. Herein kam der Offizier, begleitet von Trägern, die einen Thron auf ihren Schultern trugen. Darauf saß ein alter Mann. Außer der Wache warfen sich alle auf den Boden. Die Tänzerinnen, die Musiker, selbst der Prinz bedeckten ihr Gesicht mit den Händen, als sie auf die Knie fielen. Vorsichtig stellten die Träger den gewaltigen Stuhl vor uns auf den Boden und zogen sich mit gesenktem Kopf zurück. Der alte Mann hatte langes weißes Haar und einen genauso langen und weißen Bart. Er erinnerte mich ein wenig an den Großmeister, nur dass er wesentlich älter aussah. Er war mager, sein Gesicht eingefallen, und er hatte dunkle Ringe unter den Augen. Er bekam sofort ein Tuch gereicht, als er zu husten begann. Doch er musterte mich eindringlich. Seine Augen leuchteten in dem dunklen Gesicht. Sie zeugten von großer Erfahrung und Weisheit, aber auch von Strenge und dem Rest eines wilden Feuers, das in ihm einst gebrannt haben musste. Der alte Scheich flüsterte dem Offizier etwas ins Ohr, worauf der einen Befehl erteilte. Aufgeregt unterbrach ihn Prinz Albaratan, wurde aber mit einer eindeutigen Handbewegung des Alten zum Schweigen gebracht.

 Leise ergriff Yinzu das Wort. Als der Scheich ihm durch ein Handzeichen zu verstehen gab, dass er ihm erlaube weiterzusprechen, erzählte Yinzu kurz, was im Saal passiert war. Als mein Bruder auf die Toten deutete, sprang der Prinz auf, gestikulierte wild mit den Armen und schrie hysterisch. Dabei rutschte er auf dem Blut, das den Marmorboden bedeckte, aus und stürzte. Er fiel auf eine der toten Wachen und musste sich mit beiden Händen abstützen, um nicht in dem geöffneten Brustkorb des Mannes zu versinken. Als er sich wieder erhob, war er von oben bis unten mit Blut befleckt. Es sah aus, als wäre er schwer verletzt. Der Prinz aber warf sich vor seinem Vater auf den Boden, jammerte und wehklagte, obwohl ich dem Alten ansah, dass ihn die Szene anwiderte. Wieder gebot er seinem Sohn Einhalt, diesmal mit einem einzigen, scharf gebellten Wort. Der Offizier half dem Prinzen auf die Füße. Als er an sich heruntersah, bemerkte er das viele Blut und taumelte. Er wurde blass wie der Marmor, auf dem er stand. Die Hand vor den Mund gepresst, stürzte er davon, um sich zu übergeben. Ich konnte mir ein Grinsen nicht verkneifen. Da traf mich der Blick des Scheichs. Ich verneigte mich, erwiderte aber seinen Blick und hielt ihm so lange stand, bis er sich wieder an Yinzu wandte. Zu meinem Erstaunen sprach er nun in unserer Sprache. „Wir wünschen, unverzüglich mehr über den Hergang dieses Missgeschicks zu erfahren. In unseren Gemächern werden wir euch anhören."

 Die Träger hoben den schweren Stuhl samt Herrscher auf und verließen den Saal. Der Offizier winkte uns, ihm zu folgen. Als wir zögerten, kamen die Wachen, die um uns herum Aufstellung bezogen hatten, langsam näher. „Es ist wohl besser, wenn wir mitgehen." Hamron nickte dem Offizier zu. Unser Weg führte durch viele Gänge und Säle. Ich hatte nach einigen Schritten schon die Orientierung verloren. Die Decken waren so hoch, dass ich meinen Kopf in den Nacken legen musste, um sie zu sehen. Hin und wieder flogen bunte Vögel durch die Korridore. Ihr seltsamer Gesang war von fröhlicher Natur. Ich war beeindruckt.

 Wir erreichten eine riesige, reich verzierte Tür, die sich lautlos öffnete, als ein tiefer Gongschlag ertönte, und wir traten ein. Ich traute meinen Augen nicht. Der Saal übertraf alles, was ich bislang in meinem Leben gesehen hatte. Es brannten so viele Lampen, dass es man glauben konnte, die Sonne würde dort drinnen scheinen. Ein großer Brunnen plätscherte in der Mitte des Saales. Überall hingen bunte Tücher, und viele der bunten Vögel flogen herum oder saßen auf prächtigen künstlichen Bäumen. Eine breite Treppe führte einige Stufen zu dem Podest hinauf, wo die Träger jetzt den großen Thronsessel abstellten. Eine ganz in weiß gekleidete Wache nahm an allen strategisch wichtigen Punkten im Saal Aufstellung. Auch diese großgewachsenen Männer machten einen kampferprobten Eindruck und beeindruckten mich mit ihrem ruhigen, unauffälligen, aber hochkonzentrierten Auftreten. Auf den Stufen zum Thron erwarteten uns ein alter Priester und zwei Heiler oder Gelehrte. Einer von ihnen trug runde Gläser auf der Nase, wie ich sie schon bei Meister Zorralf gesehen hatte.

Als er uns bis zur Treppe gebracht hatte, zog sich der Offizier mit einer Verbeugung zurück. Mit einem Kopfnicken erteilte der Scheich einem der Gelehrten das Wort. „Meinem Herrn, Scheich Omar, ist es sehr unangenehm, dass der Besuch in seinem Haus einen solchen Verlauf genommen hat. Trotzdem fragt er sich, ob in der Geschichte, die ihm sein Sohn, Prinz Albaratan, erzählt hat, nicht doch ein Körnchen Wahrheit steckt. Er möchte nun euch anhören, damit er sich selbst ein Bild machen kann." Auch dieser Mann sprach unsere Sprache fließend. Yinzu trat einen Schritt nach vorn. Er verneigte sich. „Großer, weiser Scheich Omar. Was dein Sohn dir erzählt hat, wissen wir nicht. Aber lass dir berichten, wie es sich zugetragen hat, dass wir nun hier vor dir stehen." Nach diesen Worten begann Yinzu, unsere ganze Geschichte zu erzählen. Er vergaß nicht zu erwähnen, dass es einer der Diener des Prinzen gewesen war, der uns hergebracht hatte.

Der alte Mann auf dem Thron unterbrach ihn nicht, wandte aber auch den Blick nicht ein Mal von meinem Bruder ab, der nun, genau wie alle anderen, schwieg. Scheich Omar setzte sich in seinem großen Sessel auf, hustete in seine Hand, und sprach: „Junger Krieger, wir möchten deinen Worten Glauben schenken. Doch das Wort eines unserer Familienmitglieder steht dagegen. Wir werden nun die beiden Überlebenden befragen. Mögen eure Götter mit euch sein." Der Beamte und der Priester wurden hereingeführt. In unserer Sprache forderte der Scheich die Männer auf, die Geschichte so zu erzählen, wie sie sie erlebt hatten. Der Beamte machte zwei Schritte auf den Thron zu. Er sprach sehr schnell, obwohl es ihm schwerfiel, in unserer Sprache zu reden. Hin und wieder rutschten ihm Worte in seiner Sprache dazwischen. Was ich aber zu hören bekam, war alles andere als die Wahrheit. Er behauptete, dass wir gekommen seien, um den Prinzen zu ermorden. Das hätten wir auch zugegeben, weil uns ein Wahrheitsserum eingeflößt worden sei. Und deshalb hätten wir das schreckliche Blutbad angerichtet. Nach diesen Worten warf sich der Mann auf den Boden und bedeckte mit seinen Händen das Gesicht. Der Scheich schwieg. Nun war der Priester an der Reihe. Ruhig verneigte er sich vor dem Hohepriester, der auf den Stufen zum Thron stand und ihm unauffällig zunickte. Mit Bedacht wählte er seine Worte und erzählte dann wahrheitsgemäß, was sich zugetragen hatte. Ich war erleichtert. Scheich Omar winkte den Wachen. Sie hoben den Beamten, der jetzt wild schrie und mit den Beinen strampelte, vom Boden hoch und trugen ihn nach draußen. Er wusste wohl, dass er sein Leben verwirkt hatte. Der Priester wurde entlassen. Nun wandte sich der Scheich wieder an uns. „Seid versichert, dass ihr willkommen seid im Hause Salleturan. Wir möchten euch bitten, unsere Gastfreundschaft anzunehmen und zu vergessen, was euch angetan wurde." Wir verneigten uns höflich, und Yinzu versicherte, dass wir uns sehr geehrt fühlten. „Es ist schon sehr spät. Unsere Diener werden euch eine angemessene Unterkunft zeigen, die eurer würdig ist."

Wir folgten drei Bediensteten durch endlose Gänge. Auf dem Weg erklärte einer der Diener Yinzu, dass wir auch noch mehr Bedienstete bekommen könnten, wenn wir mit einem nicht auskämen. Wir mussten lachen. Einen Diener hatten wir noch nie gehabt, ich konnte mir auch nicht vorstellen, was er für mich tun sollte.

Mein Diener öffnete eine doppelte Saaltür und bat mich einzutreten. Meinen beiden Brüdern wurden ähnliche Gemächer zugewiesen. Ich war sprachlos. Das riesige Bett war dreimal so groß wie meine Kammer. „Großer Meister, Ihr wünscht doch bestimmt ein heißes Bad und etwas zu essen?" Ich dachte kurz nach, nein, Hunger hatte ich keinen, aber ein Bad, das wäre herrlich. Ich konnte mich schon gar nicht mehr daran erinnern, wann ich das letzte Mal gebadet hatte. „Eure beschädigte Kleidung werde ich sofort reparieren lassen, wenn Ihr erlaubt." Als ich nickte, klatschte er zweimal in seine Hände. Sofort erschienen zwei weitere Diener, die ihren

Kopf tief gesenkt hielten. Den einen wies er an, das Bad vorzubereiten, der andere half mir beim Entkleiden. Mir fiel auf, dass selbst die Dienerschaft edler gekleidet war als ich. Ich war bedeckt mit Blut und Schmutz. Die vielen Monde im Sattel hatten ihre Spuren hinterlassen. Als der Bedienstete mein Schwert anfassen wollte, zischte ich ihn scharf an. Sofort warf er sich auf den Boden und bedeckte sein Gesicht mit den Händen. Eilig kam mein Diener herbei und fragte mich, ob ich ihn bestraft sehen wollte. Ich schüttelte den Kopf, worauf sich der Mann erhob und mit einem Fußtritt davongejagt wurde. „Mein Schwert reinige ich ganz allein und zwar sofort." Mir war eingefallen, dass ich die Klinge nicht zu lange ungereinigt lassen sollte. Kaum hatte ich die Worte ausgesprochen, als mir auch schon mehrere Tücher, Pasten, Politur sowie drei Schleifsteine gebracht wurden. Ich machte mich daran, mein Schwert gewissenhaft zu säubern. Als ob die Klinge das spürte, durchlief sie eine leichte Vibration. Ich schärfte sie und polierte sie zum Schluss auf Hochglanz.

Danach führte mich mein Diener, sein Name war Osurie, in ein Badehaus, wie ich noch keines zuvor gesehen hatte. Alles war aus poliertem Marmor, Pflanzen wuchsen aus unzähligen Töpfen und Kübeln. Das Wasser sprudelte aus den Mäulern goldener Fische direkt in ein Becken, das so groß war, dass ich darin schwimmen konnte. Ich hatte mich gerade ausgestreckt, als sich eine Tür öffnete und Yinzu und Hamron erschienen. „Wir wollten dich nicht alleine lassen", lachte Hamron und setzte sich zu mir ins Wasser. Yinzu folgte ihm. Wir lachten und scherzten und genossen den Luxus. „Es könnte aber auch eine Falle sein, wenn wir getrennt schlafen", überlegte Hamron. Da hatte er Recht. Auch wenn wir alle glaubten, dass wir nicht in Gefahr waren, beschlossen wir zusammenzubleiben. Groß genug waren die Zimmer ja.

Gerade wollten wir aus dem Wasser steigen, als eine Gruppe junger Frauen hereinkam. Sie verneigten sich höflich, legten ihre ohnehin spärlichen Kleider ab und stiegen zu uns ins heiße Wasser. Sie schmiegten sich an uns und wuschen uns mit weichen Schwämmen. Ich wusste nicht, wie mir geschah. Überall waren die Hände der Frauen. Mir brach der Schweiß aus, und ich konnte meine Erregung nicht verbergen. Die jungen Frauen kicherten leise. Irgendwann wich die Anspannung von mir, und ich ließ die Frauen gewähren. Nichts geschah in Hektik, die Mädchen ließen sich bei allem, was sie taten, viel Zeit. Der Genuss, den sie uns dadurch bereiteten, ist unvorstellbar. Als wir nach mehreren Stunden das Becken verließen, war ich todmüde. Obwohl es unseren Dienern missfiel, verbrachten wir den Rest der Nacht zusammen, die Waffen griffbereit.

Mit einem sanften Gongschlag wurden wir geweckt. Erschrocken fuhr ich auf, mehrere Diener standen bereit, um uns beim Ankleiden behilflich zu sein. Ich ärgerte mich über mich selbst, hatte ich mir doch vorgenommen, nur mit einem Auge zu schlafen. Wie leicht hätten wir im Schlaf überrumpelt werden können. Yinzu teilte meine Sorge, nur Hamron lachte. „Was regt ihr euch auf, es ist doch alles wunderbar. Freut euch, dass es uns so gut geht." Meine Kleidung war über Nacht gereinigt und repariert worden. Frisch lag sie nun für mich bereit. Einen Saal weiter war der Tisch gedeckt. All die Speisen hätten dazu gereicht, eine Armee zu versorgen. Yinzu und Hamron prüften gewissenhaft alles, bevor wir uns mit Heißhunger über das Frühstück hermachten.

Wir waren noch nicht ganz fertig, als Osurie meldete, dass der hohe Herrscher uns zu sehen wünsche. Ohne zu zögern, erhoben wir uns und folgten dem Mann durch die Gänge des Palastes, allerdings nicht in den Thronsaal, sondern in einen wesentlich kleineren, gemütlicheren Raum. Der Offizier wartete mit einigen Wachen vor der Tür. Er verneigte sich höflich und bat uns, all unsere Waffen abzulegen. Als wir das ablehnten, bedauerte er, uns mitteilen zu müssen, dass wir sonst nicht vorgelassen würden. Er könne seinem Herrn kein Risiko zumuten, da wir mit Scheich Omar allein in seinen Gemächern sein würden. Wir könnten aber gewiss sein, dass uns keine Gefahr drohe. Yinzu nickte, und wir gaben ihm unsere Schwerter. „Wenn ihr gestattet, edle Krieger, muss ich darauf bestehen, dass ihr alle Waffen ablegt." Zähneknirschend gaben wir ihm auch unsere Dolche und Messer.

In dem hellen Zimmer befand sich nichts außer einem einfachen Holzbett und einem Nachttisch. In der Mitte standen ein schlichter kleiner Tisch und ein hoher Stuhl aus schwarzem Ebenholz, auf dem Scheich Omar, in weiche Kissen gebettet, saß. Vor ihm standen ein Teller mit Suppe und eine Schale mit Früchten. Ihm zur Seite erwartete uns der Hohepriester. Ein kleiner dicker Mann verbeugte sich gerade tief, als wir eintraten. Höflich grüßten wir den Scheich und die anderen. Der dicke Mann schlich tief gebeugt und rücklings zur Tür. Dabei murmelte er, dass die Speisen einwandfrei seien. Nachdem sich die Tür hinter ihm geschlossen hatte, winkte uns der Scheich zu sich. „Das ist Nurra, er ist der Hohepriester unseres Glaubens und unser engster Vertrauter. Man trachtet uns nach dem Leben. Obwohl unsere Heiler keine Krankheit bei uns feststellen können, werden wir immer schwächer. Es ist nur noch eine Frage der Zeit, bis wir dahinscheiden werden. Wir wünschen, dass ihr etwas Licht ins Dunkel dieses Leidens bringt. Wir glauben, dass die beiden anderen großen Familien, die mit uns das Land beherrschen, dafür verantwortlich sind." Er machte eine Pause, um Atem zu holen. Das lange Sprechen strengte ihn an. Nurra sprach für ihn weiter. „Lange Zeit blühten die Regierungsgeschäfte und der Handel bei uns. Aber seit einiger Zeit sehen wir drohende Schatten auf dem Glanz unseres Landes. Einer davon ist der junge Prinz Albaratan. Für ihn und die ältesten Sprösslinge der anderen Familien kann es nicht schnell genug gehen, bis die Scheichs zum großen Gott gerufen werden. Uns liegt nun daran, mehr über die Pläne der Söhne zu erfahren." Er hielt inne, weil Scheich Omar ihm die Hand auf den Arm gelegt hatte. „Schon lange verfolgen wir die Geschichte des Clans des Roten Drachen. Wir haben immer gehofft, dass uns eines Tages Krieger des Clans besuchen würden. Dies ist nun geschehen, und wir brauchen eure Hilfe. So edle Krieger, wie ihr es seid, werden nirgends abgewiesen. Unsere Männer würden noch nicht einmal bis zu den Toren der anderen Paläste kommen." Wieder schnappte der Scheich nach Luft. Yinzu nutzte die Gelegenheit und fragte, wie lange dieser Kriegszustand schon andauere. Der Scheich hustete heftig, Nurra reichte ihm ein Glas Wasser und sprach für ihn weiter. „Ihr versteht es falsch. Es wird keinen Krieg zwischen den Familien geben und gab nie einen. Dazu brauchen sie einander zu sehr. Vielmehr geht es um das Maß an Macht und Einfluss, das jede Familie im Rat zu erringen hofft, um ihre Interessen durchsetzen zu können. Öffentlich würde es niemand wagen, ein hohes Mitglied einer anderen Familie anzugreifen oder gar zu töten. Daher müssen wir herausbekommen, ob unser Scheich tatsächlich das Opfer eines tödlichen Anschlags ist."

Hamron verneigte sich tief. „Verzeiht, hoher Herr, aber ich bin des Heilens kundig. Bitte lasst mich Euch untersuchen." Nurra erwiderte, dass die besten Heiler des Landes schon gerufen worden seien. Keiner habe die seltsame Krankheit behandeln können. „Trotzdem solltet Ihr die Möglichkeit nicht ausschließen, dass ich etwas tun kann, denn ich bin nicht von hier." Nurra sah seinen Herrn an, dieser nickte ihm unauffällig zu. Mit einem tiefen Seufzen trat Nurra einen Schritt zur Seite. Hamron studierte behutsam die Augen des alten Mannes und ließ sich seine Zunge zeigen. Danach fühlte er den Puls und horchte an der Brust des Scheichs. Gemeinsam mit Nurra half er dem Alten auf sein Bett. Hamron prüfte seine Reflexe und tastete ihn ab. Hamron untersuchte auch den Teller mit der Suppe und probierte sie. Danach beschnupperte er das Wasser in der Karaffe und spülte sich mit einem

Schluck den Mund aus. Dann verlangte er den Urin des Scheichs. Hamron ließ sich einen Teller geben, träufelte etwas Urin darauf und vermischte ihn mit Kräutern aus seinem Beutel. Zum Schluss nahm er eine der großen Kerzen und erhitzte den Teller so lange, bis der Urin verkocht war. Ein beißender Gestank erfüllte den Raum, dass Nurra ein Fenster öffnen lassen wollte. Scharf fuhr Hamron ihn an, er solle das gefälligst bleiben lassen. Nichts dürfe den Geruch verändern. Als nur noch kleine Kristalle auf dem Teller lagen, untersuchte sie mein Bruder sorgfältig. Mit einer kleinen Sichel kratzte er darin herum und schnupperte immer wieder.

Plötzlich richtete er sich auf und öffnete ein Fenster. Die frische Luft tat uns allen gut. Mit den Händen auf dem Rücken schritt Hamron nachdenklich auf und ab. Dann wandte er sich an Scheich Omar. „Hoher Herr, ich bin mir ganz sicher, Ihr werdet vergiftet. Langsam aber sicher wird Euch das Gift, welches ein sehr seltenes ist, umbringen." Der Scheich hustete, und Nurra stieß verächtlich Luft aus. „Diesen Gedanken hatten wir auch schon, aber der Vorkoster meines Herrn, der alles probiert, was er zu sich nimmt, verfügt über einen feinen Gaumen und einen empfindlichen Magen. Noch nie ist ihm etwas aufgefallen. Ihr müsst Euch irren." Mir war, als hätte er Hamron mit der flachen Hand ins Gesicht geschlagen. Mein Bruder zuckte zusammen. Seine Augen verengten sich zu kleinen Schlitzen. Dann aber entspannte er sich, holte tief Luft und schüttelte energisch den Kopf. „Nein, es ist kein Zweifel möglich. Ich würde diesen Vorkoster gerne einmal in Ruhe anschauen und alles, was er zu sich nimmt, untersuchen. Ich rate Euch, lasst alle Speisen unter Eurer Aufsicht zubereiten. Trinkt nur frisches Wasser, welches Ihr selbst geschöpft habt. Ihr werdet sehen, dass es Eurem Herrn morgen schon besser gehen wird. Wir werden alles tun, um die Genesung zu unterstützen." Hamron verneigte sich und schwieg.

Nurra schüttelte den Kopf, er war nicht überzeugt. Aber der Scheich wies ihn im scharfen Ton zurecht. „Auch wenn es sonst nicht unsere Art ist, werden wir Euch vertrauen. Ihr bekommt freie Hand. Aber nur, wenn Ihr unseren Auftrag annehmt und herausbekommt, was die anderen Familien vorhaben." Yinzu trat vor. „Verzeiht mir meine Respektlosigkeit, hoher Herr, aber wir haben eine Aufgabe zu erfüllen, die nicht warten kann, deshalb müssen wir Euch ersuchen, auf unsere Hilfe zu verzichten." Scheich Omar sah ihn lange an. „Junger Krieger, ich weiß, wie wichtig deine Meisterprüfung für dich ist. Wenn ihr diesem Hause helft, verspreche ich, dir beizustehen. Der Arm meiner Macht reicht weit, vergiss das nicht."

Ein lautes Klopfen ertönte und die Tür wurde aufgestoßen. Der Offizier und mehrere seiner Männer stürmten ins Zimmer, dicht gefolgt von einem der Heiler und dem Prinzen. „Mein Herr, geht es Euch gut?" Der Offizier betrachtete den Scheich eindringlich. „Wir haben diesen ekelhaften Gestank gerochen. Der Heiler sagte, es könne sich nur um das Werk eines Hexers handeln. Wir waren um Eure Gesundheit besorgt." Scheich Omar sah ihn kalt an. „Um unsere Gesundheit besorgt? Wir stehen mit einem Bein im Grab. Alles, was dieser Mann getan hat, geschah in unserem Auftrag. Schert Euch raus!" Sein Ton ließ keinen Widerspruch zu, sie zogen mit gesenktem Haupt zurück.

Als sich die Tür hinter ihnen geschlossen hatte, flüsterte Scheich Omar: „Nun haben die Türen Ohren. Wie habt ihr euch entschieden? Ich glaube, dass mein Leben nicht mehr lange währt, wenn ihr mir nicht helft." Wir blickten uns an. „Es liegt an dir", sagte Hamron und sah Yinzu fragend an. „Wenn du gehen willst, dann geh. Aran kann dich begleiten. Ich aber werde hierbleiben, denn dieser Mann wird die nächste Wintersonnenwende nicht mehr erleben, wenn ich ihm nicht helfe." Seufzend gab Yinzu nach. „Ich freue mich auf Eure Unterstützung bei meiner Meisterprüfung." Yinzu und der Scheich nickten sich wohlwollend zu.

Kapitel 17: Der Auftrag

Ich spürte die Feindseligkeit, die uns entgegenschlug, als wir die Privatgemächer des Scheichs verließen. Die Gruppe, die uns vor der Tür erwartete, war alles andere als erfreut, als Nurra ihnen mitteilte, dass wir bleiben würden. „Wie wollen wir vorgehen?", fragte Yinzu, als wir, zu meiner großen Erleichterung wieder voll bewaffnet, in unsere Gemächern zurückgekehrt waren. Noch bevor Hamron antworten konnte, spürte ich Gefahr und hob warnend die Hand. Wir sahen uns sorgfältig um, konnten aber nichts entdecken. „Es wird Zeit, mal nach den Pferden zu sehen", verkündete ich laut. Die beiden verstanden den Wink, und wir machten uns auf den Weg zu den Ställen. Vor der Tür wartete Osurie und eilte uns voraus.

Vor den Ställen leuchtete ein gepflegter Rasen in sattem Grün in der heißen Sonne. Bäume, die es in dieser Gegend eigentlich nicht gibt, spendeten Schatten. Die Stallungen waren so prunkvoll wie der Palast. Die Familie schien Pferde sehr zu lieben. Als wir die kühle Halle betraten, bebte der Boden. Kalter Tod hatte sich in seiner riesigen Box gerade auf den Boden fallen lassen und wälzte sich wild herum. Ich erschrak, doch Yinzu grinste und meinte, er fühle sich offensichtlich besonders wohl. Erleichtert ging ich zu meinem Kameraden und streichelte seinen Hals. Still blieb er auf dem Rücken liegen und sah mich verkehrt herum an. Sein schelmischer Blick alarmierte mich. Ich fuhr zurück. Mit einem gewaltigen Sprung schnellte er hoch und landete sicher auf seinen Hufen. Die Halle bebte, als er ausgelassen auskeilend um mich herumtollte. Wahrscheinlich wäre er mir auf den Arm gesprungen, wenn er es gekonnt hätte. So aber überhäufte Kalter Tod mich mit Stroh und Staub. Ich musste husten und wischte mir die Augen. Freudig half mein Kamerad mir, indem er mich ableckte und an meinen Haaren knabberte. Ich streichelte ihn lachend, bis er durch die offene Tür davongaloppierte. Auch Hamron und Yinzu brachten ihre Pferde nach draußen. Die Wiedersehensfreude war bei allen groß, als hätten wir uns wochenlang nicht gesehen. Die Tiere glänzten sauber und wohl genährt und waren verspielt wie Hunde. Offensichtlich hatte man sie sehr verwöhnt.

Wir setzten uns auf eine Bank. „Jetzt können wir reden", stellte ich fest. Die Pferde würden heimliche Lauscher sofort melden. „Dass wir dem Scheich helfen wollen, hat uns auf eine Menge Feinde eingemacht", meinte Yinzu nachdenklich. Ich nickte. „Er wird vergiftet, ohne Zweifel", warf Hamron ein. „Wir müssen jetzt herausbekommen, wie und wer dahinter steckt." Yinzu lehnte sich zurück und starrte in den Himmel. „Ich habe eine Idee. Wir wäre es, wenn wir alle Verdächtigen beschatten, indem wir sie im Traum besuchen?" Hamron schlug sich an die Stirn. „Du Narr, hier macht sich so ziemlich jeder verdächtig. Überleg doch mal: Wer könnte am meisten vom Tod des Scheichs profitieren?" Für mich war klar: „Der Sohnemann. Sein Vater hat uns selbst darauf hingewiesen." Hamron nickte. „Und der Vorkoster, ihn sollten wir uns auch einmal genauer ansehen." „Genau wie die Heiler, die nichts feststellen konnten", fiel Yinzu ihm ins Wort. „Und die Söhne der Konkurrenz-Familien, auch sie könnten an einer Verschwörung beteiligt sein." Damit hatten wir eine ziemlich lange Liste zusammen. Also beschlossen wir, erst einmal im Palast anzufangen. „Aber ist es nicht gefährlich für euch auf einer Traumreise?", wollte Hamron wissen. Ich schüttelte den Kopf: „Nein. Wenn du über uns wachst, kann nichts passieren."

Zurück in unseren Gemächern, baten wir alle Diener, uns allein zu lassen. Nachdem wir etwas Wasser getrunken hatten, legten sich Yinzu und ich auf den Boden vor das große Bett. Wir alle waren es nicht gewohnt, so weich zu schlafen. Deshalb zogen wir es vor, für unsere Traumreise auf dem angenehm kühlen Boden des Zimmers zu liegen. Yinzu und ich wollten auf dieser Reise miteinander sprechen, damit Hamron auch alles mitbekommen würde. Sollte jemand ins Zimmer kommen, sollte er uns sofort wecken.

Der Nebel umhüllte uns, dann machten wir uns gemeinsam auf Traumexpedition. Unser erstes Ziel waren die Privatgemächer des Scheichs. Prinz Albaratan war mit den beiden Heilern und noch einigen Beamten und Priestern bei ihm. Wir kamen gerade dazu, als Nurra versuchte, das wilde Durcheinander zu ordnen. „Es können alle ihr Anliegen vortragen, doch, mit Rücksicht auf unseren hohen Herrn, einer nach dem anderen." Zuerst trat einer der Beamten vor, er berichtete über die Stimmung zwischen den Familien. Es sei den beiden anderen Scheichs zu Ohren gekommen, dass sich bezahlte Mörder im Palast befänden. Beide hatten nun große Sorge, dass Scheich Omar etwas gegen sie im Schilde führte. Ein Treffen mit den Oberhäuptern der anderen Familien sei unumgänglich. Der Scheich nickte und entließ den Mann durch ein Handzeichen. Als nächstes verneigte sich einer der Priester vor dem Scheich und dann vor dem Hohepriester. Er berichtete, dass er zum einzig wahren Gott gebetet habe. Ihm sei kundgetan worden, dass, entgegen der Meinung des Hohepriesters, eine große Gefahr von den Kriegern ausgehe. Eindringlich erneuerte er seine Warnung, vorsichtig zu sein. Nun waren die beiden Heiler an der Reihe. Abwechselnd beschworen sie den Scheich, sich nicht von diesem selbsternannten Heiler untersuchen, geschweige denn behandeln zu lassen. Alle Welt wisse doch, dass die Ungläubigen über keinerlei medizinisches Wissen verfügten. Wir seien Betrüger, die Leid und Tod über das Haus Salleturan bringen wollten. Ohne um Erlaubnis zu bitten, wollten sie den Scheich untersuchen, doch ein Offizier der Leibwache stellte sich schützend vor seinen Herrn. „Verzeiht, edle Herren, aber dem Scheich ist jetzt nicht danach, untersucht zu werden, habt bitte Verständnis dafür. Er wird euch rufen lassen, sobald er eure Hilfe benötigt." Entrüstet rafften die beiden ihre Instrumente zusammen und verschwanden tief gebeugt. Nun durfte der Prinz sein Anliegen vorbringen. Ohne seine Verbündeten sah er aus wie ein ängstliches Kind. „Was hast du mir zu berichten?" Es war das erste Mal, dass der Scheich sprach. Der Prinz fiel auf die Knie. „Oh, ehrwürdiger Bewahrer unseres Glaubens, ich bitte dich um Vergebung. Alles, was ich tat, tat ich aus Sorge um dich. Mir ist geweissagt worden, dass diese Männer dir nach dem Leben trachten. Nur deshalb habe ich sie angreifen lassen." Scheich Omar sah seinen Sohn lange an, dann fragte er: „Weshalb hast du dann gesagt, sie hätten dich umbringen wollen?" Der Prinz zuckte zusammen. „Natürlich wollen sie mich umbringen! Ich werde nach Euch ihr nächstes Opfer sein! Sie wollen, dass unser Haus ohne Führer dasteht. Sicher sind sie vom Hause Isallmatet oder von Nigoselura beauftragt worden, uns zu töten oder wenigstens zu entzweien." Der Scheich schwieg. Als der alte Mann seinen Freund und Priester anblickte, zuckte dieser nur mit den Schultern. Mit sanfter Stimme sagte der Alte: „Mein Sohn, ich glaube und verzeihe dir. Du hast wahrscheinlich Recht. Aber bitte unternimm nichts, ohne mich vorher zu fragen. Wir werden den Städterat fragen, bevor wir weitere Schritte einleiten." Streng fragte er: „Hast du verstanden? Du wirst nichts unternehmen, bevor ich es dir nicht erlaube." Erleichtert bejahte der Prinz.

„Was hältst du davon?" Ich zuckte mit den Schultern. „Keine Ahnung, entweder ist der alte Mann wirklich umgekippt und glaubt diesem kleinen Schleimer, oder er will Zeit gewinnen." Yinzu stimmte mir zu. „Alle, die in uns eine Gefahr sehen, sind verdächtig. Zuerst sollten wir uns die Heiler genauer ansehen, damit wir herausfinden, wie das Gift in die Speisen gelangt und warum der Vorkoster nicht krank wird."

Wir fanden die beiden Heiler in einem Zimmer, das große Ähnlichkeit hatte mit dem, in dem Meister Zorralf seine Patienten zu behandeln pflegte. Sie standen am Fenster und sahen hinaus. Auf kleinen Feuern kochten verschiedene Flüssigkeiten. „Es wird schwieriger für uns werden als bisher. Der Alte will sich seine Speisen nun direkt am Bett zubereiten lassen. Wir müssen einen Weg finden, das Gift hineinzumischen. Wenn es ihm erst einmal besser geht, steht es schlecht um uns. Wir haben dann nicht nur versagt, sondern machen uns auch noch verdächtig. Er wird uns sofort töten lassen." Der andere klopfte seinem Freund beruhigend auf die Schulter. „Du musst Vertrauen haben. Zur Not tun wir so, als hätten wir ein Heilmittel entdeckt. Der Scheich wird uns dankbar sein für seine Genesung. Sollen die anderen sehen, wie sie ohne uns fertig werden." Damit hatten wir genug gehört. Offensichtlich gab es eine Verschwörung.

Den Vorkoster fanden wir in der Küche des Palastes. Der dicke Mann saß an einem Tisch, hatte den Kopf auf die Hände gestützt und sah sehr unglücklich aus. Eine Köchin reichte ihm einen Teller Suppe. „Du musst etwas essen, sonst wirst du vor Kummer noch ganz dünn." Der Vorkoster hob den Kopf und begann mit einem Seufzer, die Suppe in sich hineinzulöffeln. Ich bemerkte, dass Yinzu die Stirn runzelte. „Warum hat sie das nur getan?", fragte er. „Vielleicht macht sie sich Sorgen um ihn." Yinzu folgte der Köchin zum Feuer. „Oder sie nutzt seinen Kummer, um unbemerkt ein Gegengift in sein Essen zu mischen." Er deutete auf eine kleine dunkle Flasche, die abseits von den Gewürzen stand. Als der Vorkoster nach einem weiteren Teller Suppe verlangte, sahen wir, wie die Köchin die Flasche ergriff und die Tropfen, die sie in die Suppe fallen ließ, genau abzählte. „So kann er alle Speisen, die seinem Herrn gereicht werden, gefahrlos kosten, ohne selbst krank zu werden."

Wir waren sehr erfolgreich mit unserer Expedition gewesen und kehrten zu Hamron zurück. „Konntest du verstehen, was wir besprochen haben?" Er nickte. „Es war sehr eindrucksvoll. Ich hätte nicht gedacht, dass es klappen würde." Yinzu und ich lachten. „Ich habe auch nicht geglaubt, dass du unser Packpferd wieder hinbekommst, erinnerst du dich?" Hamron grinste. „Was machen wir jetzt?" Yinzu überlegte. „Zum einen glaube ich nicht, dass wir schon alle Beteiligten der Verschwörung kennen, zum anderen ist es ab sofort bestimmt besser, wenn wir jeder einzeln versuchen, etwas herauszubekommen." Hamron sollte zu Scheich Omar gehen und aufpassen, dass der Koch nichts ins Essen mischte. Yinzu wollte die beiden Heiler im Auge behalten, und ich sollte versuchen herauszufinden, welches Spiel Prinz Albaratan spielte. Wir verabschiedeten uns voneinander und machten uns auf den Weg.

Mit einiger Mühe gelang es mir, mich in den verwirrenden Gängen des Palastes zurechtzufinden und nicht entdeckt zu werden. Mein Schwert hatte ich auf den Rücken gebunden, die Kapuze meines weiten Mantels über den Kopf gezogen. Die Sonne war mittlerweile untergegangen, und die Diener zündeten die Lichter an. Als ich die Gemächer des Prinzen erreichte, wurde gerade die Tür geöffnet, und zwei vermummte Gestalten eilten davon. Ich folgte ihnen lautlos bis nach draußen in die Kühle der Nacht. Die Tür, durch die sie den Palast verließen, war von einem Gebüsch gut verborgen. Vorsichtig schob ich die Zweige beiseite und sah gerade noch, wie sie, im Schatten der Mauer und von den Wachen unbemerkt, davonschlichen. Als eine der beiden Gestalten in der Dunkelheit stolperte und der Länge nach hinfiel, erkannte ich an den Flüchen den Prinzen.

Ich folgte ihnen bis in die Stadt hinein. In den dunklen Straßen war es kein Problem, unbemerkt zu bleiben. Bald näherten wir uns einem prächtigen Palast. Eine Stimme rief etwas aus dem Dunkel eines Torbogens. Der Prinz antwortete, worauf sich vier vermummte Gestalten den beiden anschlossen. Ich schlich hinterher.

Versteckt hinter den dichten Büschen eines öffentlichen Parks, flüsterten die Männer aufgeregt miteinander, leider in ihrer Sprache. Innerlich verfluchte ich mich dafür, dass ich keine Fremdsprachen gelernt hatte, als ich plötzlich doch etwas verstand. „Es ist besser, wenn wir uns in einer anderen Sprache unterhalten, damit niemand mitbekommt, worum es geht", schlug Prinz Albaratan weise vor. So kam es, dass ich von der ganzen Verschwörung erfuhr.

Bald wurde mir klar, dass es sich um die ältesten Söhne der drei einflussreichsten Familien und ihre engsten Vertrauten handelte. Sie alle waren darauf aus, den Vätern die Macht zu entreißen und selbst auf den Thron zu steigen. „Was ist dran an dem Gerücht, dass dein Vater bezahlte Mörder in seinem Haus wohnen lässt?", fragte einer der jungen Männer. Prinz Albaratan machte eine abfällige Handbewegung. „Das habe ich im Griff, die stellen für uns keine Gefahr dar." Jetzt mischte sich der dritte ein. „Das habe ich aber ganz anders gehört. Die drei sollen die Leibwache deines Priesters und die des Beamten Muria ausgelöscht haben. Stimmt das?" Der Prinz druckste herum, bis er schließlich zugab, dass dem so war. „Aber wir haben immer noch starke Verbündete in unserem Haus. Die Priester und die Heiler stehen hinter mir. Was aber ist mit euren Bemühungen? Kommt ihr voran, oder könnt ihr mir nur Vorhaltungen machen?" Die beiden anderen Prinzen erzählten, dass alles genau nach Plan laufe. Genau wie im Hause Salleturan seien hohe Beamte bestochen oder aus dem Weg geräumt worden. Nur über die Beseitigung ihrer Väter waren die beiden sich noch nicht einig. Sie wollten erst abwarten, ob Scheich Omar erfolgreich vergiftet werden konnte. „Du musst diese fremden Krieger verschwinden lassen. Sie können uns sonst zu gefährlich werden. Sollest du es allein nicht schaffen, dann werden wir mit genügend guten Männern aushelfen." Der Prinz überlegte einen Augenblick. „Ja, ich glaube, das ist das Beste. Ich darf auf keinen Fall damit in Verbindung gebracht werden. Ich stelle euch meinen Leibwächter zur Verfügung, er wird mit euch in Kontakt bleiben und eure Männer in den Palast lassen. Dort erfahrt ihr, wo sich die Krieger aufhalten. Aber seid vorsichtig, es heißt, sie herrschten über die Geister." Ich grinste breit in meinem Versteck, wartete bis die Prinzengarde verschwunden war und machte mich auf den Weg zurück.

Hamron war noch immer bei Scheich Omar, Yinzu wartete schon auf mich. Er hatte herausgefunden, dass viele der Priester in die Verschwörung verstrickt waren. „All das, was wir jetzt wissen, sollten wir dem Scheich berichten. Er kann dann entscheiden, was geschehen soll." Yinzu stimmte mir zu, wandte aber ein, dass es besser sei, wenn wir mit handfesten Beweisen aufwarten könnten. Da hatte er Recht. „Was ist mit dem Koch und seiner Frau? Wenn wir die beiden zum Sprechen bringen, haben wir Beweise." Yinzu schlug mir zustimmend auf die Schulter. „Da haben wir ja in ein schönes Wespennest gestochen. Wir wollen zu den Göttern beten, dass wir nicht gestochen werden."

Die beiden Wachen, die vor der schlichten Tür zu den Privatgemächern des Scheichs standen, sahen uns prüfend an und gaben ohne weitere Umstände den Weg frei. Wir hatten erwartet, den alten Mann krank in seinem Bett vorzufinden. Doch zu unserem Erstaunen stand Scheich Omar aufrecht in der Mitte des Zimmers, bekleidet mit einem aus Seide geschneiderten Nachtgewand. Seine Augen leuchteten, als er uns begrüßte, und sein Gesicht war nicht mehr ganz so bleich. Er machte übermütig einige Schritte auf uns zu. „Vorsicht, Herr", warnte Hamron. „Ihr seid noch schwach und solltet Euch schonen." Mit einer lockeren Handbewegung tat Scheich Omar den Einwand meines Bruders ab. „Ich habe schon viel zu lange im Bett gelegen. Ein Mann in meinem Alter muss froh und dankbar sein über jede Stunde, die er auf seinen Füßen verbringen darf. Aber nun berichtet, junge Krieger, wir warten schon voller Ungeduld." Außer uns war nur Nurra anwesend. Der Hohepriester sah erleichtert aus. Ihn erfreute der Zustand seines Herrn sichtlich. „Wir haben von eurem Bruder Hamron gehört, dass ihr der Magie mächtig seid. Lasst hören, was ihr herausgefunden habt." Yinzu warf Hamron einen ärgerlichen Blick zu, verneigte sich und betonte, dass wir keinesfalls der Magie mächtig seien. „Junger Krieger, Ihr dürft Eurem Bruder nicht böse sein. Er hat nur auf unsere Fragen geantwortet, während er uns behandelte. Wir müssen wissen, ob wir Euch vertrauen können." Väterlich klopfte Scheich Omar Hamron auf die Schulter. „Hoher Herr, es wird Euch nicht gefallen, was wir herausgefunden haben. Seid Ihr sicher, dass Ihr es hören wollt?" Die Augen des Scheichs verengten sich. „Junger Krieger, wir würden dieses Haus nicht seit über vierzig Jahren regieren, wenn wir keine schlechten Nachrichten ertragen könnten." Wieder verneigte sich Yinzu, dann erzählte er alles. Nicht die kleinste Regung war in dem Gesicht des Herrschers zu erkennen. Er zuckte nicht einmal zusammen, als ihm offenbart wurde, dass sein ältester Sohn einer der führenden Köpfe dieser Verschwörung war. Als Yinzu mit seinem Bericht fertig war, sah mich der Alte fragend an. Trotz aller Beherrschung spürte ich seine gut verborgene Erregung. Reglos hörte er sich an, was mir im Park zu Ohren gekommen war, und bat mich, die beiden anderen Prinzen zu beschreiben.

 Ein leichtes Beben erfasste den Körper des alten Mannes. Einen Augenblick sah er alt und schwach aus. Doch mit einem Ruck schüttelte er alles von sich ab. Er richtete sich auf, seine Augen funkelten, und er sog die frische Luft, die durch das geöffnete Fenster hereinströmte, tief ein. „Nun gut, sei es, wie es ist. Es ist schmerzhaft, aber nicht zu ändern. Wir werden euren Worten Glauben schenken, nicht nur, weil es alles erklärt, nein, auch weil wir unseren Sohn kennen. Was können wir tun?" Er sah uns erwartungsvoll an. Nurra ergriff das Wort. „Werter Herr, es wäre besser, wenn wir Beweise für die Worte dieser edlen Krieger hätten. Es könnte sonst schnell der Eindruck entstehen, dass ihr nur unliebsame Mitglieder Eurer und anderer Familien aus dem Weg räumen wollt." Der Scheich nickte nachdenklich. Leise schlug Yinzu vor: „Hoher Herr, es wäre möglich, dem Koch, der Euch vergiftet, eine Falle zu stellen. Er wird uns mit etwas Druck weitere Beweise und Informationen liefern. Vielleicht könnte auch der ehrenwerte Nurra seine Priester dazu bewegen, sich zu verraten, indem auch er ihnen eine Falle stellt. Zu guter Letzt werden wir die Meuchelmörder, die auf uns angesetzt sind, überwältigen. Wir werden versuchen, sie lebend zu fassen, um auch von ihnen Informationen zu bekommen." Mit der Faust schlug der Scheich in seine offene Hand. „So sei es!"

 Den Rest des Tages verbrachten wir mit den Vorbereitungen. Ich fühlte mich unbehaglich, ein offener Kampf wäre mir lieber gewesen, mit Intrigen kannte ich mich nicht besonders gut aus. Hamron und Yinzu aber gingen mit Eifer ans Werk. Der Scheich hatte uns den Befehlshaber seiner Leibwache zur Seite gestellt. Ihm könnten wir vertrauen, da er schon von Kindesbeinen an in seinem Dienst stand. Sein Name war Oktamas, er war um einiges älter als wir, aber sein Körper war drahtig und muskulös. Seine Augen verrieten Kampfeslust, und sein wacher und scharfer Geist wurde nur noch von der Loyalität und Liebe übertroffen, die er für seinen Herrn empfand. Er war ein Meister verschiedener Waffen, und ich hätte mich gerne in einem Übungskampf mit ihm gemessen. Doch dafür hatten wir keine Zeit. Oktamas machte den Vorschlag, einige seiner Männer unsere Tracht tagen zu lassen, um sie als Köder zu verwenden. Wir würden dann darauf warten, dass die Meuchelmörder zuschlugen. Ich war aber nicht bereit, meine Kleidung und meine Waffen abzugeben, damit ein anderer damit Lockvogel spielen konnte. Oktamas beruhigte mich, davon könne keine Rede sein. Er befahl Osurie, die Schneider kommen zu lassen. Auf meinen fragenden Blick hin erwiderte Oktamas, dass wir ihnen vertrauen könnten. Ich fragte mich, wie vielen Eingeweihten ich eigentlich noch vertrauen sollte.

    Als die Schneider wieder verschwunden waren, verkündete Hamron, dass er am liebsten bei Scheich Omar wachen wolle, während Oktamas, Yinzu und ich uns aufmachten, die Falle zuschnappen zu lassen. Draußen wich der Tag der Nacht. Überall wurden Lampen und Kerzen entzündet. Der Gesang der vielen Vögel verstummte nach und nach. Dafür begannen Musikanten aufzuspielen. Die seichten Klänge der fremdartigen Instrumente erklangen im ganzen Palast. Wir setzten uns auf eine hinter dichten Büschen gut verborgene Bank im Park und beratschlagten, was als nächstes zu tun war, als plötzlich drei Männer der Leibwache erschienen. Ich sprang auf und nahm eine kampfbereite Haltung ein. Oktamas lächelte mild. „Nur die Ruhe, edler Krieger. Wir spielen hier kein falsches Spiel. Ich habe diese Männer ausgewählt, weil sie Euch von Größe und Statur her ähnlich sehen. Sie werden die Kleidung und Waffen tragen, die wir haben anfertigen lassen." Er reichte uns drei Kilts. Sie sahen denen, die wir trugen, zum Verwechseln ähnlich. Sogar die silbernen Schnallen sahen täuschend echt aus. Yinzu und ich lobten die gute Arbeit. Daraufhin bekamen drei Männer der Leibwache je ein Kleiderbündel überreicht und verschwanden. Yinzu lachte und sagte, dass unser Respekt ins Unermessliche wachse, wenn es den Männern gelänge, die Kilts ohne unsere Hilfe anzulegen. Und tatsächlich: Schon bald kamen die drei kleinlaut zurück. Verzweifelt hatten sie die Stoffbahnen um die Hüften gerafft und hielten sie mit beiden Händen fest. Jetzt lachte auch Oktamas, er verneigte und bat uns, seinen Männern zur Hand zu gehen. Schmunzelnd griffen wir nach den Schnallen. Nach einigen Handgriffen saß die Kleidung wie angegossen.

    Die drei kostümierten Leibwächter übten unsere Körperhaltung und den Umgang mit den Klingen. Es war wichtig, dass sie niemand dabei beobachtete. „Ich glaube, dass sie nur warten müssen. Der Prinz wird die Mörder zu ihnen bringen. Wir dürfen sie nur nicht aus den Augen lassen." Ich beobachtete die drei nachdenklich. Hamron hatte ihnen mehrere kleine Pfeile gegeben. Ihre Spitze war in ein starkes Betäubungsmittel getaucht. Jeder von ihnen bewaffnete sich mit diesen Wurfpfeilen, und wir hofften, dass sie die Verschwörer würden überwältigen können, ohne sie zu verletzen.

    Jetzt hieß es nur noch warten. Es konnte Tage dauern, bis die Meuchelmörder auf uns angesetzt werden würden. Unsere Wachsamkeit durfte aber nicht nachlassen. Oktamas beruhigte uns, seine Männer gehörten zu den besten Kriegern im ganzen Land, und es lege ihnen viel daran, den Feinden der Familie das Handwerk zu legen. Eine innere Stimme sagte mir, dass ich den Worten dieses Mannes Glauben schenken konnte. Beruhigt und gespannt zugleich zogen wir uns in unsere Gemächer zurück.

    Noch bevor wir eingeschlafen waren, klopfte ein Diener und kam ohne Aufforderung herein. Er warf sich auf den Boden und bat um Vergebung. Hamron schicke uns, wir sollten sofort in die Gemächer des Scheichs kommen. Eilig machten wir uns auf den Weg. Schon vor der Tür hörte ich die Schreie. Mit gezogenen Waffen stürmten wir hinein. Ein Mann lag mit seinem Kopf auf der Tischplatte. Es war der Koch, den Hamron dabei ertappte hatte, wie er das Gift in die frisch zubereiteten Speisen mischen wollte. Hamron bohrte seine Finger unerbittlich in die schmerzempfindlichen Druckpunkte am Hals des Kochs. Das verursacht einen ständig wachsenden Schmerz, ohne sichtbare Spuren zu hinterlassen. „Schön, dass du uns die Arbeit abgenommen hast." Ich schlug Hamron anerkennend auf die Schulter. „Es wäre besser, wenn du mit mehr Ernst bei der Sache wärst", grummelte er. Ich verneigte mich. „Oh, bitte verzeiht, großer Heiler."

Mit einem Klatschen in seine Hände beendete Scheich Omar unser Gerangel. Schweiß lief dem Koch über das Gesicht, als Hamron ihn zwang, vor dem Alten in die Knie zu gehen. Der Herrscher befahl ihm, ihn anzusehen. Ängstlich hob der Koch den Kopf und sah dem Mann in die Augen, den er eben noch vergiften wollte. Niemals zuvor hatte ein Bediensteter dem Scheich direkt ins Gesicht sehen dürfen. „Wir wissen, wer du bist, und wir schätzen deine Kunst", begann Scheich Omar das Gespräch. „Dies ist für dich die letzte Gelegenheit, dein Leben zu retten. Entschließe dich, uns die ganze Wahrheit zu erzählen." Der Koch begann schluchzend zu berichten. Die Priester hatten ihn dazu gezwungen, indem sie drohten, seiner Tochter die Reinheit abzusprechen, die sie bei ihrer Heirat bestätigen sollten. Außerdem würden sie seine Söhne, die in den Dienst des großen Gottes getreten waren, aus ihren Kreisen verstoßen. Diese Schande hätte seine Familie nicht überlebt. So hatte er sich dazu bereiterklärt, etwas ins Essen zu mischen. Dass es Gift war, hatten sie ihm nicht gesagt. Nach diesen Worten brach der Mann weinend zusammen. Auf ein Zeichen des Scheichs hin nahm sich Nurra des Mannes an und führte ihn fort.

„Was haltet Ihr davon?" Der Scheich sah mich an, und ich war überrascht, dass er mich so direkt ansprach. „Also, ich weiß nicht so recht", stotterte ich. „Das hört sich alles recht glaubwürdig an. Die Köchin hat dem Vorkoster das Gegengift verabreicht. Sie könnte die Aussage dieses Mannes bestätigen." Aber Hamron warf ein, das wir besser die Priester kommen lassen sollten, um ihnen ein Geständnis abzuringen. „So sei es, lasst sie in den Lesesaal kommen, da werden sie nicht gesehen." Oktamas half dem Scheich, sich zu erheben. „Mein guter Oktamas, uns geht es dank unserer Freunde aus dem hohem Norden wieder so gut, dass wir alleine gehen können." Väterlich hatte Scheich Omar seine Hand auf den Arm des Mannes gelegt, der sein Leben schützte. „Dann bitte ich Euch, hoher Herr, kleidet Euch etwas wärmer, damit Ihr nicht gleich wieder erkrankt." Lächelnd nickte der alte Mann.

Den Lesesaal erfüllte ein merkwürdiger Geruch. Er erinnerte mich an Meister Zorralfs Zimmer. Bücher, Schriftrollen und Pergamente stapelten sich in Regalen bis unter die Decke. In Glas gefasste Lampen brannten, damit die Schriften auch bei Dunkelheit gut zu entziffern waren. Dicke Teppiche lagen auf dem Marmorboden. Große und bequem aussehende Ledersessel standen um einen riesigen ovalen Tisch herum. An kleineren Tischen gab es schlichte Holzstühle, wo die Mitglieder des Hofes studieren konnten. Der große Tisch war der Fürstenfamilie vorbehalten. Mit offenem Mund schritt Hamron an den Regalen entlang. Er konnte es nicht fassen, dass so viel Wissen zu Papier gebracht worden war. Bei uns war es üblich, das Wissen mündlich weiterzugeben, weil dann sichergestellt war, dass nur diejenigen davon erfuhren, die geeignet dafür waren. Der Scheich, der Hamron beobachtet hatte, erlaubte ihm, sich in Ruhe umzusehen, wenn unser Auftrag erledigt sein würde. Nurra würde ihm viele interessante Schriftrollen zeigen, die einem Heiler von Nutzen sein konnten.

Der Koch wurde in einen Raum geführt, der an den Lesesaal angrenzte. Der Scheich, Hamron und Nurra nahmen an dem hell beleuchteten großen Tisch Platz, wir anderen verbargen uns in einer Ecke, wo wir alle Lampen löschten. So konnten wir alle Gespräche hören, ohne gesehen zu werden. Während Oktamas und Yinzu sich auf die schlichten Holzstühle setzten, zog ich es vor stehenzubleiben. Die Männer der Leibwache bewachten den Koch.

Lautlos öffnete sich eine der großen Türen, und mit gesenktem Kopf traten vier Priester ein. Zuerst verneigten sie sich vor dem Scheich, dann vor Nurra, ihrem Hohepriester. Es waren keine unbedeutenden Gottesmänner, ihr Wort hatte Gewicht in diesem Land. Nicht nur das Haus Salleturan unterwarf sich ihren Geboten, auch die anderen Familien hörten auf sie. Vielleicht lag darin die Arroganz begründet, mit der sie ihrem Hohepriester und dem Fürsten begegneten. Mir waren die vier auf Anhieb unsympathisch. „Warum habt ihr uns rufen lassen, edler Herr?" Der älteste der Priester hatte ungebeten das Wort ergriffen. Allein das war schon eine Anmaßung. Scheich Omar hustete in seine Hand, er spielte weiter den Todkranken. „Wir haben euch zu uns gebeten, weil unser Freund hier aus dem hohen Norden", er deutete auf Hamron, „am Ende ist mit seiner Weisheit. Wir haben alles eingehalten, was uns dieser edle Krieger angeraten hat, und doch ist keine Besserung unseres Leidens festzustellen. Deswegen hat der junge Heiler den Wunsch geäußert, euch um Rat zu fragen." Zwei Priester sahen deutlich erleichtert aus, der dritte blieb teilnahmslos, der älteste wurde misstrauisch. Er war noch dabei, seine Worte abzuwägen, als es aus dem jüngsten herausplatzte. „Oh, hoher Herr, Ihr könnt doch nicht von uns verlangen, dass wir mit einem Hexer zusammenarbeiten! Von der hohen Kunst der Medizin hat er nicht den blassesten Schimmer. Er ist ein Ungläubiger und nicht wert, dass Ihr ihn mit Eurer Aufmerksamkeit beehrt. Es wäre wirklich besser, wenn Ihr Eure Gesundheit wieder allein in unsere Hände legen würdet." Der älteste Priester zuckte zusammen, diese unbedachten Worte konnten sie alle verraten. Scheich Omar lächelte mild, mit einem Wink seines kleinen Fingers gab er Nurra ein Zeichen. Dieser trat daraufhin vor und musterte die vier der Reihe nach. Leise sprach er: „Es schmerzt mich sehr, dass mich Männer, denen ich meine Liebe und mein Vertrauen schenkte, hintergangen haben. Ihr alle habt euch schuldig gemacht des Verrats an unserem Glauben und an diesem hohen Haus, das immer schützend seine Hand über euch gehalten hat. Ich entziehe euch hiermit, Kraft meines Amtes, sämtliche Rechte, die ihr als Priester innehabt. Von heute an gehört ihr nicht mehr zu unserer Glaubensgemeinschaft. Entledigt euch eurer Priesterkleidung und verschwindet aus meinen Augen."

Eine schwere Stille legte sich über den Saal. Ich meinte, die Herzschläge der Männer hören zu können. Erstaunt meldete sich plötzlich Scheich Omar zu Wort. „Edler Nurra, was ist denn in Euch gefahren, dass Ihr diese brave Männer so verunglimpft? Sie haben uns immer treu gedient und sich für unseren Glauben stark gemacht. Warum beschuldigt Ihr sie nun des Verrats?" Ich bewunderte die Schauspielkunst des alten Mannes. Nurra deutete mit dem Zeigefinger auf seine Priester. „Hoher Herr, ich beschuldige diese Männer der Verschwörung. Sie haben versucht, Euch zu vergiften, um die Macht an sich zu reißen. Der junge Krieger aus dem Norden ist der gleichen Meinung." Hamron nickte bestätigend. „Ich hoffe, dass Ihr Beweise für diese Anschuldigungen habt", unterbrach ihn der Scheich. „Wir wissen nicht, ob wir Euch so ohne weiteres Glauben schenken sollen. Schließlich haben diese Männer immer alles getan, um Unheil von uns und unserer Familie fernzuhalten." Der Scheich legte seine Stirn in Falten und täuschte einen Hustenanfall vor. Ich betrachtete die Priester. Der älteste hatte ein siegessicheres Lächeln aufgesetzt, der jüngste Priester aber hatte nichts aus seinem Fehler gelernt. Er trat einen Schritt nach vorn. Ohne sich zu verneigen begann er aufgeregt zu sprechen. „Oh, werter Herr, wir haben nichts Schändliches getan, im Gegenteil, wir haben ein Heilmittel gefunden, das Euch von Eurer schweren Krankheit genesen lassen wird, da sind wir ganz sicher." Der älteste Priester wurde bleich. Bevor er etwas sagen konnte, riss Hamron dem jüngeren ein kleines braunes Fläschchen aus den Händen, das der aus seiner Kutte gezogen hatte. Er wollte protestieren, doch der Scheich brachte ihn mit einer schnellen Handbewegung zum Schweigen. Hamron nahm ein Schälchen und goss die milchige Flüssigkeit hinein. Nurra und er beugten sich darüber, rochen daran und kosteten sie. Dann nickten sie sich wissend zu. Hamron wählte seine Worte mit Bedacht. „Hoher Herr, dieses Heilmittel ist nichts anderes als ein Gegengift." Nurra ergänzte diese tödliche Behauptung mit den Namen der Pflanzen, aus denen das Gegengift bestand.

Der älteste Priester wandte sich zur Tür. Doch bevor er den Saal verlassen konnte, traten die Soldaten der Leibwache aus dem Nebenzimmer und nahmen die Priester in ihre Mitte. Nurra winkte Yinzu, Oktamas und mich heran. Der älteste der Priester fluchte wild, zwei wimmerten, der vierte war immer noch stumm. Das machte mich misstrauisch. Er hatte die ganze Zeit über weder einen Ton gesagt, noch eine Regung gezeigt. Scheich Omar befahl, die Männer einzeln einzukerkern, bis ihnen der Prozess gemacht werden würde. Plötzlich sah ich etwas in der Hand des stillen Priesters aufblitzen. Mit einer schnellen Bewegung warf er eine Klinge in Richtung des Scheichs. Ich folgte dem Messer mit den Augen, sprang dazwischen und fing es auf. Gleichzeitig hörte ich Hamrons Warnruf, wirbelte herum und sah gerade noch aus dem Augenwinkel, dass der Mann eine zweite Klinge geschleudert hatte. Instinktiv hob ich die Hand. Da es aber schon fast zu spät war, musste ich meinen Körper aus der Wurfrichtung drehen, um nicht getroffen zu werden. Ich spürte, wie das Metall meine Hand berührte. Durch die Körperdrehung schleuderte ich das Messer unwillkürlich zurück und traf den Priester. Er fiel nach hinten. Seine eigene Klinge war durch das Auge in seinen Kopf eingedrungen. Er war tot, bevor er den Boden berührte. Nurra blickte nachdenklich auf die Leiche und murmelte: „Danke für den Beweis unserer Anschuldigungen. Wir haben nun alles, was wir brauchen." Blass saß der Scheich auf seinem Sessel und stöhnte. „Seit zwanzig Jahren ist dies das erste Mal, dass ein Anschlag auf mich verübt wurde." Nurra legte ihm beruhigend seine Hand auf die Schulter.

Die Tür wurde geöffnet, und einer der Diener des Scheichs kam herein. Er warf sich auf den Boden. Oktamas übersetzte für mich. Die Oberhäupter der beiden anderen großen Familien seien auf dem Weg zu Scheich Omar. Sie wollten wissen, ob das Gerücht stimme, dass sich bezahlte Mörder im Palast der Familie Salleturan aufhielten, die eine Gefahr für alle darstellen könnten. Ich staunte, wie schnell sie von den Ereignissen erfahren hatten. Yinzu schlug vor, zu dieser Audienz auch die anderen Verschwörer einzuladen und damit ebenfalls in eine Falle zu locken. Wenn alles gut ginge, würden wir gleichzeitig beweisen, dass auch die Oberhäupter der anderen Familien in Gefahr seien, allerdings nicht durch uns. Nachdenklich sah Scheich Omar Nurra an. Dieser nickte und schlug ihm vor, weiterhin den Kranken zu spielen. Seine Feinde sollten glauben, dass das Oberhaupt der Familie Salleturan dem Tode nahe sei.

In Windeseile wurde die Audienz vorbereitet. Unzählige Diener brachten dem Scheich noch prächtigere Gewänder und seine Sänfte. Die Musikanten kamen in den Lesesaal und scharrten sich um ihren Herrn. Die Leibwache und wir blieben aber in seiner unmittelbaren Nähe, auch als sich der Zug in Bewegung setzte.

Es waren sechs Mann nötig, um die beiden großen Flügeltüren des Audienzsaals zu öffnen. Unter lauten Gongschlägen traten wir ein. Unzählige Menschen warfen sich hastig auf den Boden, auf unserem Weg zum Thron mussten wir uns unseren Weg durch sie hindurchbahnen. Als die Diener mit Scheich Omar die Stufen hinaufgingen, gab uns Oktamas unauffällig ein Zeichen, unten am Fuße des Throns stehenzubleiben. Ein Gongschlag ertönte und teilte den Anwesenden mit, dass sie sich erheben durften. Kaum hatten sie die Gesichter erhoben, ging ein Raunen durch die Menge, als sie uns am Fuße des Throns stehen sahen. Außer der Leibwache war es eigentlich niemandem erlaubt, in der Gegenwart des Scheichs Waffen zu tragen. Nun standen fremde Krieger aus dem Norden schwer bewaffnet am Fuße des Throns, näher bei ihm als seine Wache. Yinzu fand allerdings: nicht nah genug! Er musterte die vielen Menschen besorgt und sehr konzentriert.

Hamrons Kopf fuhr herum, als der alte Mann einen Hustenanfall bekam. Der Scheich spielte die Rolle des Todkranken wirklich überzeugend. Ein Mann, den ich noch nie gesehen hatte, trat vor. Er trug einen langen goldenen Stab und ein Gewand, das ebenfalls golden war. Er würdigte uns keines Blickes, sondern ging einfach an uns vorbei und kniete sich auf die unterste Stufe. Dieser Mann, so erklärte Yinzu Hamron und mir, war der Zeremonienmeister. Er war dafür verantwortlich, dass nur diejenigen eine Audienz bekamen, die er für würdig hielt. Jetzt wurde mir klar, warum uns dieser Mann missachtet hatte. Für ihn waren wir nichts wert. Allein das machte ihn in meinen Augen schon verdächtig. Ich nahm mir vor, ihn genau zu beobachten. Mit seinem schweren Stab schlug er zweimal auf den Boden und verkündete, mehrere hohe Beamte seines Hauses hätten ihn gebeten, vorgelassen zu werden.

Die acht Edelleute waren unterschiedlichen Alters. Der Älteste musste sich schon auf einen Stock stützen, der Jüngste war nicht viel älter als ich selbst. Ihre beiden Anführer ergriffen abwechselnd das Wort. Yinzu hörte sich einige Sätze an, bevor er sie uns flüsternd übersetzte. Der Zeremonienmeister, der nicht weit von uns entfernt stand, warf uns einen bitterbösen Blick zu. Als sich sein Blick an dem meinen festsaugte, grinste ich ihn breit an. Seine Augen traten hervor, und die Adern an seinem Hals schwollen an. Er hatte große Mühe, sich zu beherrschen. Das aber reizte mich nur noch mehr. Immer, wenn er uns einen Blick zuwarf, schnitt ich Grimassen. Yinzus Ellenbogen aber lenkte meine Aufmerksamkeit wieder auf das Gespräch. Die Beamten warnten den Scheich davor, uns in seiner Nähe zu dulden. Die politische Lage werde sonst schnell außer Kontrolle geraten.

Scheich Omar hörte sich die Vorwürfe und Warnungen an, hustete in seine Hand und antwortete dann leise. Er sei nicht gewillt, sich zu rechtfertigen. Das werde er nur vor den Oberhäuptern der beiden anderen Familien tun. Aber er sei gern bereit zuzulassen, dass sie ihre Bedenken noch einmal vortrügen, wenn die Gäste eingetroffen seien. Selbstsicher stimmten die Männer dem Vorschlag zu.

Wieder ertönte ein Gongschlag. Er kündigte die Ankunft der beiden anderen Familien an. Wieder warfen sich alle auf den Boden. Mein Blick wanderte hinauf zum Thron. Durch ein leichtes Kopfschütteln gab uns Scheich Omar zu verstehen, dass wir stehenbleiben sollten. Unter lauten Trommelschlägen trat eine ganze Schar von Menschen in den Saal. Diese Scheichs reisten anscheinend immer umständlich mit riesigem Gefolge. Rechts und links wurde der Zug von bewaffneten Soldaten flankiert. Auf der einen Seite ging die Leibwache der Familie Nigoselura, auf der anderen die der Familie Isallmatet. Die einen waren ganz in Gold gekleidet, die anderen ganz in Rot. Die beiden Oberhäupter hätten nicht unterschiedlicher aussehen können. Scheich Matmar und Scheich Allila glichen sich wie Tag und Nacht. Der eine war groß und dünn, der andere klein und dick. Was aber beide gemeinsam hatten, waren die fast weißen Haare und die edle Kleidung. Die Trommler verschwanden leise und unauffällig, als die Gäste den Fuß des Throns erreichten. Die Augen der beiden Scheichs wurden groß, als sie sahen, dass wir uns nur leicht vor ihnen verneigten.

Der Zeremonienmeister befahl auf ein Zeichen seines Herrn, den Saal zu räumen. Fast lautlos verschwand die große Menge Menschen. Ich spürte die Blicke der Familienoberhäupter, die sich nicht sicher waren, was sie von unserer Anwesenheit zu halten hatten. Ihre Gefühle schwankten sichtlich zwischen Ablehnung und Neugierde. Als auch der letzte Untertan den Saal verlassen hatte, wurden drei riesige Sessel in die Mitte des Saales getragen und große edle Teppiche entrollt. Kleine Tische mit Früchten und Getränken wurden so aufgestellt, dass sich jeder Scheich bedienen konnte. Die Wachen nahmen an den Wänden und vor den großen Fenstern Aufstellung. Langsam und auf Nurra gestützt, begab sich Scheich Omar zu einem der Sessel. Alle drei Herrscher nahmen Platz.

Hamron musterte die Alten. Er versuchte herauszufinden, ob einer von ihnen Anzeichen einer Vergiftung zeigte. Yinzu beobachtete inzwischen die Vertrauensleute, die sich jeweils hinter dem Sessel ihres Herrn versammelten. Nurra, der Hohepriester, blieb dicht an Scheich Omars Seite, was den anderen beiden Scheichs sichtlich missfiel. Yinzu konnte das Gespräch für mich nicht übersetzen, da es besser war, in dieser Situation zu schweigen. So musste ich versuchen, an den Gesichtern und Gesten abzulesen, um was es gerade ging. Die Scheichs sprachen sehr leise und respektvoll miteinander, deshalb konnte ich mir in Ruhe ihr Gefolge ansehen.

Scheich Allila, der kleine Dicke, wurde offensichtlich von seiner Tochter begleitet. Auch sie war nicht besonders groß und hatte eine kräftige Figur. Trotzdem machte sie einen vornehmen Eindruck. Hinter ihr standen zwei jüngere Männer. Beide sahen sehr gelangweilt aus und traten unruhig von einem Bein auf das andere. Als einer von ihnen leise hustete, erkannte ich in ihm einen der Verschwörer aus dem Park wieder. Als sich unsere Blicke trafen, las ich Ablehnung und Verachtung in seinen Augen.

Fürst Matmar hatte einen älteren Mann bei sich. Er erinnerte mich an einen Seher, seine Kleidung war edel, aber unordentlich. Sein graues Haar war noch von dunklen Strähnen durchzogen und stand wirr nach allen Seiten vom Kopf ab. Sein Blick war stechend, und als er mir in die Augen sah, spürte ich seine große Macht. Er nickte mir unauffällig zu, und ich erwiderte den Gruß. Er wurde von zwei Mädchen und einem jungen Mann begleitet. Trotz ihres jugendlichen Alters zeigten die jungen Frauen schon jetzt mehr Respekt und Interesse an dieser Versammlung als ihr älterer Bruder. Ich mutmaßte, dass er einer der Verschwörer war.

Scheich Omar rief einen der Bediensteten zu sich. Er flüsterte ihm etwas ins Ohr, worauf er sich entfernte. Es lag auf der Hand, dass der Scheich nach seinem Sohn geschickt hatte. Die Männer vertieften sich wieder in ihr Gespräch, bis sich die Saaltüren öffneten und der Prinz des Hauses Salleturan erschien. Er verneigte sich tief und murmelte so etwas wie eine Entschuldigung. Sein Vater gab ihm ein Zeichen, dass er sich zu uns stellen sollte. Als er uns erblickte, erstarrte er. Unsicher flog sein Blick zwischen seinem Vater und uns hin und her. Ungeduldig befahl der Scheich seinem Sohn, zu tun, um was er ihn gebeten hatte, und setzte dann das Gespräch mit seinen Gästen fort. Hilfesuchend sah sich der Prinz nach seinen Mitverschwörern um. Wenn er sich jetzt zu ihnen bekannte, wäre das höchst verdächtig. Spannung lag in der Luft.

Plötzlich unterbrach der Prinz die leise Unterhaltung der Alten. Seine Stimme klang schrill, als er sich weigerte, sich zu uns zu stellen. Wild gestikulierte er mit Armen, worauf sich die Leibwachen der anderen Scheichs deutlich anspannten. Auch seine Mitverschwörer wurden nervös. Plötzlich erhob sich Scheich Omar und schlug seinem Sohn mit der flachen Hand mitten ins Gesicht. Alle starrten das Oberhaupt der Familie Salleturan an, das den Erbfolger vor aller Augen gedemütigt hatte. Mit einer Handbewegung zeigte der Scheich, was er von seinem Sohn erwartete. Der Prinz musste sich auf den Boden werfen und um Vergebung bitten. Winselnd bedeckte er sein Gesicht mit den Händen. Scheich Omar sagte etwas mit lauter Stimme. Daraufhin erhoben sich auch die beiden anderen Familienoberhäupter.

Aufgeregt flüsterte Yinzu, dass es nun um uns gehe. Deshalb sollten wir vortreten. Nurra begleitete uns vor die drei Alten und erbot sich, für uns zu übersetzen. Hamron riet ihm leise, auf den Prinzen zu achten, falls dieser einen Anschlag auf seinen Vater plane, während wir unsere Beschuldigungen vortrugen. Nurra flüsterte daraufhin Scheich Omar etwas ins Ohr und nutzte diese Gelegenheit dazu, Prinz Albaratan zur Seite zu drängen. So stand der Hohepriester zwischen dem Scheich und seinem Sohn.

Die drei alten Herrscher setzten sich, und Hamron ergriff das Wort. Er erklärte, wie Nurra und er das Gift in den Speisen entdeckt hatten und dass der Koch bereits gestanden habe, es hineingemischt zu haben. Prinz Albaratan stöhnte hörbar auf. Die anderen Verschwörer zeigten noch ihre überhebliche Selbstsicherheit, schließlich handelte es sich nur um einen niederen Koch, dessen Geständnis nichts zählte. Jetzt aber ergänzte Yinzu Hamrons Bericht. Er erzählte, dass außerdem vier Priester verhaftet worden seien. Damit war es mit der Selbstsicherheit der drei Söhne vorbei, sie wurden blass, was den Scheichs nicht verborgen blieb. Leise, aber mit wohlklingender Stimme, wandte sich nun Scheich Matmar an uns. Er sagte, dass dies eine ungeheuerliche Anschuldigung sei. Er und sicher auch die anderen beiden Herrscher würden den Koch und die Priester vernehmen wollen.

Oktamas ließ den Koch hereinbringen, der sich zitternd vor den drei Scheichs auf den Boden warf. Fürst Allila beruhigte ihn, indem er ihm versprach, dass er nichts zu befürchten habe, wenn er nur die ganze Wahrheit sagte. Da begann der Koch zu berichten, wie die Köchin ihn überredete, das Gift in die Speisen zu mischen, weil die Priester gedroht hatten, sonst seine Söhne der Ketzerei zu bezichtigen und seiner Tochter die Reinheit abzusprechen.

Die drei Alten beratschlagten einen Augenblick, dann entließen sie den Mann. Nun sollten die vier Priester hereingeführt werden. Als nur drei von ihnen erschienen, erzählte Hamron von dem Anschlag auf Scheich Omar. Die beiden anderen Familienoberhäupter waren sichtlich entsetzt, und die drei Priester begriffen langsam, dass sie einer Bestrafung wohl nicht mehr entgehen würden. „Es gibt Wege und Mittel, euch zum Sprechen zu bewegen", knurrte Scheich Allila. „Aber uns wäre es lieber, wenn ihr uns freiwillig erzähltet, was hinter euren Plänen steckt." Die Priester waren nur noch Schatten ihrer selbst. Ich spürte, wie der älteste nach einem Ausweg suchte. „Hohe Herren, wir sind es, denen Unrecht angetan wurde. Immer haben wir uns für das Leben und das Wohlbefinden dieser hohen Häuser aufgeopfert. Diese Hexer sind schuld daran, dass wir so viel Hass und Zwietracht erleben. Sie kamen, um uns zu entzweien und uns ihren Glauben aufzuzwingen." Mit seinem ausgestreckten Finger zeigte er auf uns. Kopfschüttelnd erklärte Hamron, dass wir erst sehr viel später ins Haus Salleturan eingeladen worden waren, da sei Scheich Omar schon lange erkrankt gewesen. Nurra nickte zustimmend. „Nur, weil Scheich Omar uns vertraut, befindet er sich auf dem Wege der Besserung. Nur, weil wir ihn beschützen, lebt er noch!" Scheich Omar erhob sich und legte Hamron eine Hand auf die Schulter. „Gerne und dankbar bestätige ich das. Der Plan, mich zu töten, ist gescheitert." Die Priester begriffen, dass soeben ihr Todesurteil gefällt worden war. Sie brachen wimmernd zusammen.

„Was hat das eigentlich mit uns zu tun?" Scheich Allila hatte sich ebenfalls erhoben und sah in die Runde. Hamron blieb ruhig. „Edle Herren, wir sind einer Verschwörung auf die Schliche gekommen, die auch vor euren Häusern nicht haltgemacht hat. Es tut uns leid, euch mitteilen zu müssen, dass eure ältesten Söhne euren Tod geplant haben, um schneller an die Macht zu kommen." Die Alten rissen die Augen auf. Solche Vorwürfe hatte noch niemand zu erheben gewagt. In diesem Moment wurden die großen Saaltüren aufgestoßen, und drei Krieger betraten den

Saal, die uns zum Verwechseln ähnlich sahen. Sie führten sechs ganz in schwarz gekleidete Gestalten herein, die aus mehreren Wunden bluteten.

Die drei Scheichs setzten sich, und einer der Krieger erstattete Bericht. Er erzählte von unserem Plan und dass sie darauf gewartet hätten, dass man sie angreife. Als die hohen Herren im Palast eingetroffen seien, hätten sie auch ungebetene Gäste mitgebracht. Durch einen Seiteneingang habe Prinz Albaratan der kleinen Truppe Zugang verschafft. Er sei es auch gewesen, der sie zu den Gemächern der Krieger aus dem Norden geführt habe. Nun wussten wir, warum der Prinz den Beginn der Audienz versäumt hatte, und warum er so entsetzt reagierte, als er uns dort stehen sah. In unseren Gemächern hatten die Mörder in der Zwischenzeit unsere Doppelgänger angegriffen und waren in dem darauffolgenden Kampf überwältigt worden.

Scheich Omar schloss die Augen, dann befahl er mit ruhiger, aber klarer Stimme, Prinz Albaratan zu verhaften. „Ich glaube den Kriegern vom Clan des Roten Drachen ihren Bericht. Und ich danke ihnen für ihren Schutz." Scheich Matmar erhob sich und ging an den Wachen vorbei zu einem der gefesselten Meuchelmörder, die mit gesenktem Haupt auf dem Boden knieten. „Wer hat dich beauftragt?", zischte er. „Sagst du nicht die Wahrheit, wirst du bald wissen, was es bedeutet, Schmerzen zu erleiden." Der Mann hob den Kopf und blickte zu dem Alten empor. Scheich Matmar wich entsetzt zurück, offenbar kannte er ihn. Mit harten geflüsterten Worten, die ich nicht verstehen konnte, antwortete der Mörder. Als er seinen Kopf wieder senkte, taumelte der Scheich. Dann aber riss er sich zusammen und brüllte einen Befehl. Ich befürchtete, dass er ihnen befohlen hatte, uns anzugreifen. Doch seine Männer stürmten vor, rissen die beiden Mädchen von ihrem Bruder fort und richteten die Spitzen ihrer Schwerter auf den Sohn des Scheichs. Mit zornesrotem Gesicht ging der Alte auf seinen Sohn zu. Als sein Vater vor ihm stand, hob er den Kopf. Er wollte gerade etwas sagen, als ihn der Schlag auch schon mitten ins Gesicht traf. In den Augen des Alten standen Schmerz und Enttäuschung.

Da erhob sich großes Wehklagen. Der zweite Sohn des Scheichs warf sich vor ihm auf den Boden und winselte um Gnade. Er sei zu dieser Verschwörung gezwungen worden, und er wünsche sich, dass er es ungeschehen machen könne. Angewidert wollte Scheich Allila einen Schritt nach hinten machen, aber sein Sohn klammerte sich an den Beinen seines Vaters fest. Nur mit Fußtritten konnte sich das Familienoberhaupt aus dieser Umklammerung befreien. Niemand hatte bemerkt, dass der älteste Sohn Scheich Allilas schon lange den Saal verlassen hatte. Sein Vater bat Scheich Omar darum, den flüchtigen Sohn verhaften und zurückzubringen zu lassen, damit sie über die Verschwörer zu Gericht sitzen konnten. Oktamas verschwand und kehrte nach kurzer Zeit mit dem gefesselten Sohn zurück. Er machte einen kranken und elenden Eindruck.

Wir wurden nun aufgefordert, die drei Alten allein zu lassen. Wir verneigten uns und zogen uns in unsere Gemächer zurück. Oktamas begleitete uns und erzählte, was sich dort kurz zuvor zugetragen hatte. Die Meuchelmörder kannten sich nicht besonders gut in diesen Räumen aus. Deshalb konnten sie nur aus einer Richtung angreifen. Unsere Doppelgänger saßen alle zusammen und wurden von verborgenen Soldaten bewacht. Als der Angriff begann, war es zuerst nicht möglich, die Betäubungspfeile anzuwenden. Deshalb starben einige der Mörder, aber schon bald gelang es, die restlichen zu betäuben und zu überwältigen. Davon sah man allerdings nichts mehr. Osurie hatte dafür gesorgt, dass sämtliche Spuren beseitigt worden waren, und Speisen und Getränke bringen lassen.

Die ersten Lampen brannten schon, als Oktamas erschien, um uns abzuholen. Er machte ein sehr ernstes Gesicht und bestätigte nur knapp, dass die Urteile gefällt worden seien. Der Saal, in den er uns brachte, war in düsteren Farben eingerichtet und strahlte nichts von der fröhlichen Leichtigkeit aus, die den Prunk des Palastes sonst auszeichnete. Die drei alten Herrscher erwarteten uns hinter einem großen und breiten Holztisch. Davor warteten Mitglieder der drei Familien sowie die Hauptleute der jeweiligen Leibwache. Auch Oktamas gesellte sich zu ihnen. In den Ecken des Saales hielten sich die Soldaten der Leibwachen auf. Sie standen gemischt zusammen. Das sollte wohl die Zusammengehörigkeit der Familien demonstrieren. In solch schwerer Stunde stand man einander bei, daran wurde kein Zweifel gelassen. Zum ersten Mal sah ich auch die Mütter der Prinzen, alle weinten leise und hielten sich kostbare Spitzentücher vor das Gesicht. Ansonsten war es still im Saal.

Wir traten vor den großen Tisch und verneigten uns tief. Nurra sagte laut und deutlich: „Die Oberhäupter der Stadt und des Landes möchten euch, ehrenwerte Krieger des Roten Drachen, ihre Dankbarkeit ausdrücken. Ohne Ausnahme entschuldigen sich die hohen Häuser für die Unannehmlichkeiten, die euch bereitet wurden und dafür, dass ihr fälschlicherweise des Mordkomplotts beschuldigt wurdet. Nur durch euer Eingreifen konnte diese Verschwörung aufgedeckt und vereitelt werden. Die Scheichs bitten euch nun, der Urteilsverkündung beizuwohnen." Er begleitete uns zu den Hauptleuten der Leibwachen. Die nickten uns respektvoll zu, was wir erwiderten. Nun trat der Vertraute von Scheich Matmar vor. Ihm oblag es, die gefällten Urteile zu verkünden.

Die Meuchelmörder wurden zum Tode verurteilt. Ihnen sollte der Kopf abgeschlagen werden, genau wie der Köchin, die für die Vergiftung der Speisen mitverantwortlich war. Der Vorkoster und der Koch wurden begnadigt. Die Priester, denen ein erhebliches Maß an Verantwortung für die Verschwörung nachgewiesen wurde, sollten vergiftet werden. Ihnen sollte das widerfahren, was sie den Oberhäuptern der Familien zugedacht hatten, ein langsamer und qualvoller Tod.

Es entstand eine Pause, ich wusste, jetzt musste nur noch das Urteil über die Söhne der Familien gesprochen werden. Sie wurden, an Händen und Füßen gefesselt, hereingeführt und boten ein Bild des Jammers. Sie waren ihrer edlen Kleidung beraubt, nur ein einfaches Leinengewand bedeckte ihre Körper. Die Prinzen sahen zu Boden, so als könnten sie nicht glauben, was ihnen angetan wurde. Diese jungen Männer hatten ihr ganzes Leben in unvorstellbarem Luxus verbracht. Von morgens bis abends waren hunderte von Dienern darum bemüht gewesen, ihnen jeden Wunsch von den Augen abzulesen. Diese Männer, die noch nie in ihrem Leben gearbeitet hatten, wurden behandelt wie gewöhnliche Verbrecher. Allein diese Demütigung war schon eine Strafe. Aber es sollte noch schlimmer kommen.

Tundoranu, der Berater des Scheichs Matmar, sprach: „Zu ihrem tiefen Bedauern müssen die Familien Salleturan, Isallmatet und Nigoselura das Urteil über die drei Thronfolger ihrer Häuser verkünden. Sie sind der Verschwörung angeklagt und überführt worden. Auch wenn es die hohen Herren schmerzt, so kann ein solches Verbrechen nur mit einer Strafe gesühnt werden. Deshalb werden die hier Anwesenden zum Anfalashit verurteilt. Ohne Aussicht auf Gnade ist das Urteil sofort zu vollstrecken." Zwei der Frauen brachen ohnmächtig zusammen. Die Schwestern des einen Prinzen fingen an zu weinen. Zwei der Verurteilten schrien laut. Die anderen beiden standen zusammengesunken da. Die drei Scheichs saßen wie erstarrt in ihren riesigen Sesseln. Scheich Allila hatte sein Gesicht in den Händen vergraben. Tränen standen den Männern in den Augen. Als Prinz Albaratan begann, um Gnade zu flehen, hielt sich Scheich Matmar die Ohren zu. Seine Mutter eilte zum Prinzen, schloss ihn in die Arme und bat ihn, still zu sein.

Fragend blickte ich zu meinen Brüdern hinüber, wusste ich doch nicht, was ein Anfalashit war. Doch Yinzu zuckte nur mit den Schultern. Da erhob sich Scheich Omar und befahl Oktamas, für Ruhe zu sorgen. Die Leibwache führte die entsetzten Prinzen ab. Mir war nicht klar, warum sie das Urteil nicht mit Stolz angenommen hatten. Ein ehrenhafter Tod war das Einzige, was man ihnen nicht nehmen konnte. Aber auch die drei Alten strahlten keine Würde und Stolz mehr aus. Im Augenblick saßen dort an dem großen Tisch nur traurige Männer, die mir Leid taten.

Oktamas begleitete uns hinaus, auch er machte keinen glücklichen Eindruck. Ich fragte ihn neugierig, was denn ein Anfalashit sei, und er seufzte tief. Es sei das grausamste Urteil, das die Scheichs verhängen konnten. Den Prinzen werde die Zunge herausgeschnitten. Danach würden ihre Lippen zusammengenäht, weil sie mit ihren Mündern und Zungen Unheil angerichtet hätten. Schließlich würden sie nackt, mit einem stark riechenden Öl eingerieben, in der Wüste ausgesetzt, so dass sie unter der erbarmungslosen Sonne verbrennen würden. Geier und Hyänen würden sich ihrer annehmen. Ich schauderte. Als Krieger weiß man, dass der Tod allgegenwärtig ist. Aber wir sehen ihn als Verbündeten, der, wenn er kommt, respektvoll empfangen wird. Anfalashit aber ist alles andere als ehrenvoll.

Kapitel 18: Familienbande

Beim Frühstück am nächsten Morgen stellte Yinzu fest, dass er nun endlich seine Meisterprüfung angehen könne. Hamron und ich stimmten ihm erleichtert zu, freiwillig hielt und nichts in diesem Palast. Mir fiel aber ein, dass wir für unseren Auftrag noch einen Sold bekommen sollten. Hamron überlegte: „Was, glaubt ihr, bekommen Krieger des Clans für solch einen Auftrag?" Darauf wusste ich keine Antwort. Yinzu zuckte mit den Schultern und meinte, dass wir wohl mit dem zufrieden sein müssten, was uns Scheich Omar zugedacht hatte. Wir beschlossen, noch am selben Tag aufzubrechen.

Wir machten uns auf den Weg in die Ställe, verliefen uns allerdings zweimal, bevor wir die riesige Reithalle fanden. Aber weder in den Ställen noch auf der Koppel waren unsere Pferde zu sehen. Hamron und Yinzu stießen einen langen Pfiff aus, der weithin zu hören war. Sie sahen mich erwartungsvoll an, wussten sie doch, dass ich nicht pfeifen kann. „Los, mein Alter, ruf schon deinen Kameraden, wir warten." Missmutig schüttelte ich Yinzus Arm von meiner Schulter. „Darauf kannst du lange warten, du Wurm." Hamron zeigte mir überdeutlich, wie er seine Zunge und seinen Mund verrenkte, um er einen Ton herauszubekommen, ohne die Finger zur Hilfe zu nehmen. „Stell dir vor, du wärest auf dem Schlachtfeld", sagte er. „Der Lärm des Kampfgetümmels umgibt dich, und du willst deine Männer rufen. Da muss ein Krieger einfach pfeifen können, sonst ist er verloren." Trotzig wies ich darauf hin, dass es dafür Signalhörner gebe.

Das Getrappel von Hufen lenkte uns ab. Eine kleine Herde kam im gestreckten Galopp auf uns zu. Kalter Tod führte sie, wie sollte es anderes sein, an. Der Boden unter unseren Füßen begann zu beben, als die vier Pferde in einer Reihe auf uns zuhielten, ohne langsamer zu werden. Vorsichtshalber trat ich einen Schritt vor meine beiden Brüder und hob die Arme. Einen Herzschlag später mussten wir drei uns flach auf den Boden werfen, weil unsere Kameraden es für witzig hielten, über unsere Köpfe hinwegzuspringen. Danach stoppten sie ihren Lauf und kamen freudig erregt zu uns zurück. Yinzu fluchte, als er sich erhob. „Dein Vieh hat einen sehr schlechten Einfluss auf mein Pferd." Diesmal grinste ich ihn überlegen an. Hamron war leichenblass, aber auch er lachte.

Ohne Sattel und Zaumzeug saßen wir auf und ließen uns von unseren Kameraden davontragen. Entfesselt ließen sie ihrer Kraft freien Lauf. Es tat gut, die Freiheit zu genießen. Selbst unser treues Packpferd Tzoß trottete hinterher. Bald waren die Ställe nicht mehr zu sehen, und das Grün der Wiesen wich dem Sand der Wüste. Unsere Tiere spürten, dass es nicht ungefährlich war weiterzulaufen, und blieben am Rand der Oase stehen. Als ich das endlose Meer aus Sand betrachtete, musste ich an die Verräter denken. Welch grausame Strafe auf sie wartete! Wären sie mit ihrem Schicksal zufrieden gewesen, hätten sie in Ruhe und Frieden den Luxus genießen können. Aber sie wollten ja unbedingt mehr. Als hätte er meine Gedanken erraten, sagte Hamron: „Sie haben es sich selbst zuzuschreiben, dass es so gekommen ist. Lasst uns zurückreiten, damit wir unseren Aufbruch vorbereiten können."

Mittlerweile stand die Sonne hoch am Himmel. Ohne Wasser und Kopfbedeckung war der Ritt zurück wenig angenehm. Als wir die Pferde zu den Wassertrögen führten, kam uns Osurie entgegengelaufen. „Edle Herren, was macht ihr nur? Ich wollte es nicht glauben, als man mir erzählte, ihr seiet ohne Wasser und Vorräte in die Wüste hinausgeritten. Was ist nur in euch gefahren? Scheich Omar bittet euch zu sich, nachdem ihr euch erfrischt habt." Auf dem Weg zurück zu den Gemächern, murmelte Yinzu ärgerlich vor sich hin, dass wir es hätten wissen müssen. Mit der Wüste sei nicht zu spaßen. „Mein Freund, uns trifft genauso viel Schuld, schließlich waren wir dabei. Also gräme dich nicht, das nächste Mal werden wir den Fehler nicht mehr machen." Mit einem Seufzer stimmte Yinzu mir zu.

Erst als wir unsere Zimmer betraten, fiel mir auf, dass ich von oben bis unten mit feinem Sand bedeckt war. Schon war Osurie mit einigen Dienern zur Stelle, um uns aus den Kleidern und ins Bad zu helfen. In dem großen Becken mit warmem Wasser warteten die Badefrauen auf uns. Da wir gleich zu Scheich Omar kommen sollten, halfen die Schönen uns diesmal wirklich nur beim Waschen und Abtrocknen. Osurie hatte unsere Kilts zum Reinigen gegeben und überreichte uns nun Landestrachten. Noch nie zuvor hatte ich so edlen Stoff auf meiner Haut gespürt, dünn und leicht streichelte er die Haut bis zu den Zehen. Sogar mein Kopf wurde in das weiche weiße Gewebe gewickelt. Wir gefielen uns in dieser eleganten, praktischen Kleidung, über die wir unsere Waffen schnallten, obwohl sie so gar nicht dazu passten. Oktamas grinste, als er uns kommen sah, und verneigte sich tief, was wir erwiderten.

Scheich Omar saß in einem großen Sessel. Nurra stand an seiner Seite, der mit ernstem Gesicht das Wort an uns richtete: „Edle Krieger, das Haus Salleturan ist euch zu tiefem Dank verpflichtet. Nennt uns nun die Höhe eures Lohns, damit wir einen kleinen Teil unser Schuld begleichen können." Yinzu trat vor und erklärte, das wir nehmen würden, was uns die Familie Salleturan zugestehen würde. Es sei an der Zeit aufzubrechen. Ohne seinen Blick zu heben, verkündete der Scheich, dass die Stadt bis zum nächsten Vollmond trauern werde. Es sei niemandem erlaubt zu arbeiten, Geschäfte zu tätigen oder Krieg zu führen. Nach der Trauerzeit aber folge ein Monat des Feierns, da viel Unheil von der Stadt ferngehalten worden sei. Der große Gott habe es so verfügt. Wir könnten uns diesem Befehl nicht widersetzen. Er bitte uns, erst mit ihm den Verlust seines Sohnes zu betrauern, um danach mit seiner Familie zu feiern. Ein Ruck durchlief Yinzus Körper, doch bevor mein Bruder protestieren konnte, sprach Omar weiter. „Wir haben euch versprochen, als ihr den Auftrag übernommen habt, dass wir dafür Sorge tragen werden, dass ihr eure Meisterprüfung bestehen werdet. So wird es geschehen. Nachdem ihr uns eure Hilfe zugesagt hattet, haben wir Boten nach Ginlasa gesandt, um alle hierher zu bitten, nach denen ihr verlangt. Sie werden gegen Ende der Trauerzeit eintreffen." Yinzu wollte etwas sagen, aber der Blick des Scheichs verlor sich schon wieder in weiter Ferne. Nurra gab uns ein Zeichen, dass wir uns zurückziehen sollten, und begleitete uns hinaus.

Vor der Tür erklärte er uns, dass es dem Scheich sehr schlecht ginge, weil er seinen Erstgeborenen einer grauenhaften Strafe überantworten müsse. Ihm liege viel daran, dass wir sein Angebot annehmen würden. Sollten wir uns aber anders entscheiden, dann mögen wir es ihm bald mitteilen.

Schweigend kehrten wir in unsere Gemächer zurück. Bei heißem Tee beratschlagten wir, was zu tun sei. Yinzu wollte sofort aufbrechen. Hamron aber zögerte und ließ Oktamas zu uns bitten. Der Hauptmann der Leibwache erzählte, dass der Mann, den wir suchten, kein Unbekannter sei. Nach seinen Informationen würden sich um den ‚Fuchs der Wüste', so nannte sich Yinzus Onkel, eine ganze Reihe von gefährlichen Gesetzesbrechern scharren. In seine unmittelbare Nähe ließ er nur seine drei Söhne. Daher wäre es mehr als klug, ihn kommen zu lassen, um ihm eine sichere Falle zu stellen. Yinzu rang mit sich. Das Feuer in seinem Bauch sagte ihm, dass er sofort aufbrechen solle. Aber sein Kriegerverstand wusste, dass es klüger war, auf den Feind zu warten. Ich fragte Oktamas, ob der Fuchs der Wüste nicht Verdacht schöpfte, wenn er eingeladen würde. Oktamas lächelte. Er verfüge zum einen über wertvolle Informationen, zum anderen sei es nichts Ungewöhnliches, Yinzus Onkel zu großen Festen einzuladen, da er immer eine Menge guter Sklaven liefere. Yinzu erhob sich und begann, auf und ab zu gehen, nach einer Weile verließ er das Zimmer und verschwand in der Nacht.

Hamron sah mich erwartungsvoll an, aber ich wusste auch nicht, was ich sagen sollte. Schweigend tranken wir unseren Tee. Ich ließ meine Gedanken schweifen und erlaubte mir ein wenig Heimweh. Ich war nun einmal kein Mensch für die Wüste, die uns mit ihrem heißen Atem gefangen hielt. Ich dachte an Saarami und meine beiden Schwertmeister, an den Großmeister und den Elfen. Die Sicherheit, die sie uns gaben, fehlte mir. Doch dann musste ich an Meister Torgals Worte denken, dass ein Krieger immer allein sei. „Alle deine Freunde werden dir nichts nützen", hatte er zu mir gesagt. „Auch wenn du dich blind auf sie verlassen kannst, die entscheidenden Momente deines Lebens musst du allein bewältigen."

Spät in der Nacht kam Yinzu zurück. Wortlos setzte er sich zu uns und schenkte sich frischen Tee ein. Nachdem er einige kleine Schlucke genommen hatte, sagte er, dass er beschlossen habe, auf die Ankunft seines Onkels zu warten. Das war alles, was er uns mitteilte. Er stand auf und ging. Hamron eilte hinter ihm her nach draußen.

Einen Augenblick lang rutschte ich unschlüssig auf meinem Kissen hin und her, dann sprang ich auf. „Wir wollen doch mal testen, wie sich die Landestracht beim Kämpfen anfühlt." Geschmeidig zog ich meine Klinge und begann Schwertkampfübungen. Zu meinem Erstaunen behinderte mich der leichte Stoff schon nach kurzer Zeit nicht mehr, und ich genoss die Bewegungen in Einheit mit meiner Klinge. Erschöpft und völlig außer Atem hielt ich inne, als ich bemerkte, dass ich nicht mehr allein war. Hamron und Yinzu tranken Tee. „Er könnte noch etwas an seiner Deckung arbeiten", grinste Hamron, und Yinzu meinte: „Auch seine Beinarbeit lässt noch zu wünschen übrig, wenn man bedenkt, dass er so viele Jahre der Ausbildung genossen hat." Beide brachen in schallendes Gelächter aus. Wie üblich dauerte es einen Moment, bis ich die Freude meiner Brüder teilen konnte. „Ihr solltet lieber selbst zum Schwert greifen. Oder wisst ihr schon nicht mehr was das ist, ein Schwert?" Nun lachten wir alle zusammen. Hamron klatschte in die Hände. Sofort erschien Osurie und fragte, was er tun könne. Mein Bruder erklärte, dass wir sehr hungrig seien und zu speisen wünschten.

Die ersten Speisen wurden schon hereingetragen, als wir immer noch lachten und Oktamas an unseren Tisch trat und sich verneigte. „Werte Krieger, in diesem Haus herrscht Trauer. Es ziemt sich nicht zu lachen oder zu scherzen, wenn unser Herr um seinen Erstgeborenen weint. Die Zeit der Trauer sollte eine Zeit der Besinnung sein, wir alle sind vergänglich und nur eine kurze Zeit auf Erden. Deshalb bitten wir euch, den Sitten dieses Hauses zu folgen oder uns zu verlassen." Yinzu erhob sich und entschuldigte sich in der Landessprache auch in unserem Namen. Betroffen beschlossen wir, schlafen zu gehen.

Yinzu weckte mich, als das Blau des Morgens gerade erst den Himmel färbte. Wir suchten uns einen abgelegenen Teil des riesigen Gartens aus, der nicht einsehbar war, und begannen mit unserem Training. Die Kühle der Nacht wich schnell der Hitze des Tages. Hatten wir zuerst noch alle unsere Kleider am Leib getragen, so entledigten wir uns ihrer nach und nach. Als die Sonne so hoch geklettert war, dass selbst die Bäume keinen Schatten mehr warfen, grüßten wir einander und gingen zurück. Osurie erwartete uns mit besorgter Miene. Er beklagte sich darüber, dass wir so einfach verschwänden ohne wenigstens ihm zu sagen, wohin wir gehen würden. Hamron lächelte und versicherte ihm noch einmal, dass wir bis zum Ende der Feierlichkeiten bleiben wollten, um aber die Sitten des Hauses nicht noch einmal zu verletzen, hätten wir lieber etwas abseits des Palastes trainiert. Erleichtert gab sich Osurie mit dieser Erklärung zufrieden.

Die nächsten Tage und Wochen verbrachten wir ungern in dem in Trauer schweigenden Palast. Sogar die Vögel waren ausquartiert worden, die Stille war vollkommen und lastete schwer auf allem. Wir standen daher sehr früh auf, um zu täglich zu trainieren und nicht fett und faul zu werden. Sogar beim Baden blieben wir allein. Die Mädchen durften während der Trauerzeit unsere Räume nicht betreten. Yinzu und ich meditierten, wenn es draußen zu heiß wurde, Hamron schloss sich Nurra an und lernte viel über die Heilmethoden des Wüstenlandes.

Auf unser Drängen erklärte sich Oktamas mit einigen seiner Männer bereit, sich mit uns in freundschaftlichem Kampf zu messen. Die Leibwache war von der Trauerzeit ausgeschlossen. So kam es, dass wir mit einer gänzlich anderen Kampfkunst konfrontiert wurden, was mehr als beeindruckend und lehrreich war, zumal die Leibwache eine ähnlich harte Ausbildung genossen hatte wie wir. Sie trainierten in einer großen Halle und luden uns ein, mit ihnen gemeinsam dort zu arbeiten.

Mir fiel auf, dass die Männer wenig Wert auf ihre Kopfdeckung legten und selten Tritte anwendeten. Wenn sie vorkamen, dann nur tief auf die Knie oder Schienbeine. Die Schläge waren kurz und hart, sie bevorzugten Ellenbogentechniken. Wenn es zum Nahkampf kam, und das war immer schnell der Fall, wurde der Kampf meist auf dem Boden entschieden, deshalb griffen, hebelten und rangen sie gerne. Ich nahm mir vor, es nicht zum Bodenkampf kommen zu lassen.

Als ich hinter dem Anführer der Leibwache die Kampffläche betrat, ermahnte ich mich, nicht zu überheblich zu sein. Während ich die Hände zum Gruß hob, verneigte sich Oktamas vor mir. Dann ging es los. Mit einer schnellen Bewegung wollte er mich greifen. Durch einen Sprung nach hinten brachte ich mich aus der Reichweite seiner Arme. Aus der Rückwärtsbewegung heraus trat ich ihn an den Kopf. Es war ein sehr kontrollierter Tritt, schließlich war es nur ein Vergleichskampf. Oktamas hatte verstanden und verneigte sich wieder als Zeichen, dass er den Treffer anerkannte. Beim nächsten Angriff zögerte er etwas, aber sein Körper spannte sich. Diesen Moment nutze ich, um ihn mit einem seitlichen Fußtritt in die Rippen zu treffen und ihn nach hinten taumeln zu lassen. Sein Gesichtsausdruck verfinsterte sich. Ich hatte ihn jetzt zweimal getroffen, ohne dass er mich auch nur berührt hatte. In sicherer Entfernung begann er, mich zu umkreisen. Er war sich noch nicht sicher, wie er seine Taktik ändern sollte. Ich spürte, wie er überlegte. Diese Unsicherheit nutzte ich wieder für einen Angriff. Ich täuschte diesmal den Tritt nur an. Er versuchte, seinen Körper zu decken. Sofort traf ich ihn mit zwei schnellen Schlägen an den Kopf. Er heulte auf, mehr aus Wut als wegen der Schmerzen. Wild stürmte er auf mich los. Ich musste lachen, wie hatte doch einmal Meister Wintal zu mir gesagt? „Heiße Wut vernebelt den Verstand." So war es auch bei Oktamas. Durch eine leichte Körperdrehung ließ ich ihn an mir vorbeilaufen. Er fiel über mein gestrecktes Bein und schlug lang auf den Boden. Noch bevor er sich wieder erheben konnte, setzte ich einen Kehlkopfgriff an. Er schlug mit der Hand auf den Boden – das Zeichen dafür, dass er aufgab. Als ich ihm auf die Beine half, hatte er Mühe, sich zu beherrschen. Seine Augen funkelten. Ich war froh, dass es nur ein Vergleichskampf gewesen war. „Wir sind noch nicht am Ende! Wir werden unseren Kampf fortsetzten", presste er hervor. Verwundert sah ich in Yinzus ernstes Gesicht. „Was schaust du so, mein Freund? Ich habe unseren Meistern Ehre gemacht. Er hat mich nicht einmal berührt." Yinzu schüttelte den Kopf. „Aran, du bist und bleibst ein Narr. Sieh dich um, du hast ihn gedemütigt vor seinen Männern. Das war alles andere als klug." Die Soldaten der Leibwache sahen hasserfüllt zu mir herüber. Sie umringten ihren Hauptmann und sprachen leise auf ihn ein. Aber Oktamas lachte schon wieder, seine Wut war verraucht, und er winkte mir, dass ich ihm folgen sollte. „Siehst du? Alles gar nicht so schlimm", grinste ich in Yinzus Gesicht.

Wir schritten durch unbekannte Gänge des Palastes, die offensichtlich der Dienerschaft vorbehalten waren, denn es fehlte ihnen jeglicher Prunk. „Ein guter Kampfstil, den ihr dort im hohen Norden euer eigen nennt." Oktamas sah mich nicht an. Ich wollte mich entschuldigen, aber da sprach er auch schon weiter. „Jetzt möchte ich sehen, ob du auch unter freiem Himmel so gut kämpfst wie in der Halle." Mir war diese Bemerkung ein Rätsel. Warum sollte ich draußen schlechter kämpfen? Wir traten durch eine unscheinbare Tür ins Freie. Die Sonne brannte heiß, und ich musste die Augen zusammenkneifen, um nicht geblendet zu werden. Wir gingen auf einen sonderbaren Platz zu: Mitten im satten Grün des gepflegten Rasens leuchtete ein mit Wüstensand aufgeschüttetes Viereck.

Im gleichen Moment, als ich in den Sand trat, griff Oktamas mich an. Ich griff auf meine bewährten Techniken zurück und wollte ihn an den Kopf treten, aber mein Fuß blieb im Sand stecken. Oktamas war viel schneller als ich. Er prallte mit voller Wucht gegen mich und riss mich um, während ich noch auf einem Bein stand. Kaum war ich in den weichen Sand gefallen, setzte er seinen Hebel so geschickt an, dass ich nur noch aufgeben konnte. Er half mir auf die Beine, und ich verneigte mich vor ihm. Wir stellten uns auf, und ich nahm mir vor, mich diesmal nicht überraschen zu lassen. Wieder griff er zuerst an. Ich wollte ausweichen, musste aber feststellen, dass der Sand mich bremste. Ich kam nicht schnell genug vom Fleck. Aus seinem ersten Griff konnte ich mich noch herausdrehen, doch er blieb an mir kleben und stand plötzlich hinter mir. Mit einem perfekten Wurf brachte er mich zu Fall. Ich hatte verloren. Jetzt war ich es, in dem die Wut hochkochte. Nur mit Mühe beherrschte ich mich. Die dritte Runde begann. Während Oktamas einen Schritt auf mich zu machte, wich ich zurück und suchte fieberhaft nach einem geeigneten Weg, ihn anzugreifen. Oktamas blieb stehen, er fixierte mich und wartete. Ich verlagerte meinen Schwerpunkt nach unten, um nicht so schnell aus dem Gleichgewicht zu geraten. Lauernd standen wir uns unbeweglich gegenüber. Ich fühlte mich an den Kampf zwischen Meister Torgal und Usantar erinnert. Oktamas spürte, dass ich die Gedanken schweifen ließ und griff an. Ich blockte den überraschenden Angriff, stellte aber im selben Moment fest, dass es sich um eine Finte gehandelt hatte, auf die ich hereingefallen war. Mit seinem Fuß fegte der Hauptmann Sand vom Boden hoch und hüllte mich in eine Staubwolke. Um meine Augen zu schützen, riss ich unwillkürlich den Arm hoch und drehte mich weg. Darauf hatte er gewartet. Oktamas sprang und versuchte mich mit einem Hebel auf den Boden zu zwingen. Ich ließ meinen Körper sinken, drehte mich aus seinem Griff und bekam einen Knietritt in den Bauch. Ich taumelte nach hinten. Mein Gegner ließ mir aber keine Zeit, mich zu fangen. Er setzte nach und schlug nach mir. Die ersten Schläge konnte ich noch abwehren, dann brach er durch meine Deckung und warf mich zu Boden. Als wir uns erhoben, jubelten ihm seine Männer, die sich am Rand des Sandplatzes versammelt hatten, zu. Er hatte seine Ehre wieder hergestellt.

Oktamas klopfte mir anerkennend auf die Schulter und meinte, dass wir viel voneinander lernen könnten. Schwitzend und voller Sand kehrte ich in unsere Gemächer zurück und nahm ein Bad. Yinzu gesellte sich zu mir und murrte, dass ich so deutlich nun auch nicht hätte verlieren müssen. „Das war nicht meine Absicht", knurrte ich zurück. „Er war wirklich besser als ich."

In den folgenden Tagen versuchten wir, unsere beiden so unterschiedlichen Kampfstile miteinander zu kombinieren und fanden heraus, dass die Kombination hervorragend dazu geeignet ist, sich den verschiedensten Gegebenheiten anzupassen. Nie mehr kam es zu einem überlegenen Sieg der einen oder der anderen Seite.

Eines Morgens stand Hamron am offenen Fenster und blickte nach draußen. „Es ist bald soweit, ich kann es spüren, bald werden sie hier sein. Bald wird wieder Blut fließen." Yinzu sprang auf. „Das habe ich auch schon gefühlt, die Zeit der Entscheidung naht. Endlich werde ich meine Meisterprüfung zu Ende bringen können." „Heute endet die Trauerzeit", fuhr Hamron fort. „Danach wird mit den Vorbereitungen für die Festwochen begonnen, und die Karawanen der Gäste werden eintreffen. Seid ihr vorbereitet?" Yinzu starrte schweigend nach draußen. „Ich will eigentlich nur noch nach Hause", sagte ich. „Deshalb ist es besser, wenn es schnell vorbei ist." Yinzu stieß mir seinen Ellenbogen in die Seite. „Mein Freund, du hast Heimweh." Ich wollte ihm nicht zeigen, dass er Recht hatte. „Ich bin doch kein kleines Kind mehr." Hamron und Yinzu kicherten. „Sieh ihn dir an, er fängt gleich an zu weinen", Hamron strich mir über die Haare, als ich mich ärgerlich abwandte. „Ach, der Arme, lass uns ihn trösten." Ich wirbelte herum und stellte Hamron ein Bein. Yinzu ließ ich auflaufen und brachte ihn mit einem kleinen geschickten Wurf ebenfalls zu Fall. Nun stand ich über den beiden und lachte. „Ach, ich Armer, keiner da, der mir beisteht, nur kleine Schandmäuler, die noch nicht einmal richtig laufen können."

Oktamas erschien. Er grüßte höflich und bat uns, ihn zu begleiten. In den vergangenen Wochen war der Hauptmann zu einem guten Freund geworden. Trotzdem war er immer höflich und zuvorkommend. Mir fiel auf, dass die Vögel wieder sangen. Angenehme Düfte streichelten meine Nase, als wir den großen Audienzsaal erreichten. Scheich Omar kam uns entgegen, er lachte und entblößte dabei seine weißen Zähne. Trotzdem erschrak ich. Er war furchtbar dünn geworden. Tiefe Ränder hatten sich unter seine Augen gegraben, und seine Wangen waren eingefallen. Aber das Feuer seiner Augen strahlte uns hell entgegen. Er trug ein schlichtes, aber sehr edles Gewand, dessen Umhang den Boden berührte. „Junge Krieger, wir freuen uns, dass ihr immer noch unter uns weilt. Die Zeit der Trauer ist vorüber. Nun wollen wir feiern, dass Unheil von unserem Hause ferngehalten wurde. Wie meine Gesandten uns mitgeteilt haben, ist der, den ihr erwartet, nicht mehr weit. Seine Karawane soll noch heute eintreffen. Was gedenkt ihr zu tun?" Bevor wir antworten konnten, meldete sich Nurra zu Wort. „Entschuldigt, große Krieger, dass ich mich einmische. Aber haltet ihr es nicht für klug, wenn sich eure Feinde erst in Sicherheit wiegen, bevor ihr zuschlagt?" Oktamas nickte leicht, als mein Blick ihn streifte. Die Entscheidung aber lag bei Yinzu. Er überlegte nur kurz, dann stimmte er zu.

So kam es, dass der Scheich, Nurra, Oktamas und wir uns in einen kleinen, kühlen Raum zurückzogen, während die Wachen vor der Tür dafür sorgten, dass niemand uns störte. Yinzu stellte mit einem Seitenblick auf mich klar, dass er nicht vorhabe, alle umzubringen. Ich war beleidigt. „Wenn die Bande ihr Quartier bezogen hat, werden wir Geschäfte mit ihnen tätigen. Sie müssen sich in kleine Gruppen aufteilen, dann können wir sie unschädlich machen." Scheich Omar wusste offenbar genau, was zu tun war. „Wir kümmern uns um den Fuchs und seine Söhne", sagte Yinzu. „Wenn Ihr uns seine Söldner vom Hals halten könntet, wären wir schon ein gutes Stückchen weiter." Oktamas nickte: „Das dürfte kein Problem sein." Ich hoffte nur, dass es bald vorbei war. Wenn etwas unausweichlich auf mich zukommt, und ich nichts anderes tun kann, als zu warten, zerrt das schrecklich an meinen Nerven.

Doch schon am gleichen Abend meldete uns Osurie, dass die Karawane eingetroffen sei. Oktamas gab einigen seiner Männer die Anweisung, die Söldner nicht aus den Augen zu lassen und zwar möglichst unauffällig. Überhaupt waren nur sehr wenige Menschen in unser Vorhaben eingeweiht. Wir waren auf das Überraschungsmoment angewiesen. Meine Aufregung wuchs unaufhörlich. Meinen Brüdern erging es nicht anders, wir begannen, auf und ab zu laufen. Nur Oktamas saß seelenruhig auf seinem Platz. Auf meine Frage, ob er denn nicht aufgeregt sei, antwortete Oktamas, dass er es besser verbergen könne. Es bringe sowieso nichts, unruhig auf und ab zu laufen. Daraufhin setzten sich Hamron und Yinzu zu dem Hauptmann der Leibwache. Ich aber wollte gar nicht ruhig sein. Ich wollte mit aller Gewalt, die in mir wohnte, meinem Bruder bei seiner Meisterprüfung helfen. Ich lockerte meine Muskulatur und dehnte mich, um meinen Körper anzuwärmen und auf den Kampf vorzubereiten. Ein Bote kam und sprach leise mit seinem Hauptmann. „Schlechte Nachrichten, meine Freunde", murrte Oktamas. „Die Karawane ist um vieles größer, als wir gedacht hatten. Der Wüstenfuchs hat so viele Söldner mitgebracht, dass wir ihm nicht gestatten konnten, in die Stadt zu reiten. Ich habe Kuriere zu den anderen Familien gesandt, damit wir alle auf einen möglichen Überfall vorbereitet sind." Das verstand ich nicht. Yinzu und Hamron erging es ähnlich. So erklärte uns Oktamas, dass es in der Wüste nicht unüblich sei, Nachbarn, mit denen man lange Zeit gute Geschäfte getätigt hatte, zu überfallen und auszurauben.

Unsere Situation verschlechterte sich dadurch erheblich. Es lag nahe, dass der Wüstenfuchs die Stadt nicht betreten würde. Zum einen mussten wir uns überlegen, wie wir ihn hereinlocken konnten. Zum anderen durfte die Stadt nicht leichtsinnig preisgegeben werden. Angestrengt dachten wir nach, bis Hamron eine geniale Idee hatte: „Was ist das Wichtigste für einen Mann wie den Wüstenfuchs? Reichtum! Wenn wir ihm nun das Geschäft seines Lebens vorschlagen? Ein Geschäft, das verlockender ist, als sich dieser Stadt zu bemächtigen? Wenn ein gieriger Mensch seine Vorsicht vergisst, können wir ihn vernichten, selbst wenn er eine Leibwache mitbringt." Wir waren alle begeistert.

Es lag nun an Scheich Omar, Hamrons Idee in die Tat umzusetzen. „Wahrlich ein guter Plan, werte Krieger. Unsere Familie allein verfügt aber nicht über so viel Gold, um der Karawane sämtliche Güter abkaufen zu können." Nurra machte den Vorschlag, die anderen Familien um Unterstützung zu bitten. Schließlich sei es auch in ihrem Interesse, dass die Stadt verschont bliebe. Wenn wir die Bande vernichteten, würde auch keine Gefahr bestehen, das Gold zu verlieren, im Gegenteil: Die Waren der Karawane könnten nach erfolgreichem Abschluss unter den Familien aufgeteilt werden. Scheich Omar dachte einen Augenblick über den Vorschlag des Hohepriesters nach, dann erteilte er ihm den Auftrag, die Oberhäupter der anderen Familien persönlich aufzusuchen, um sie für den Plan zu gewinnen. Mit knappen Worten befahl Scheich Omar seinen Männern, in der Zwischenzeit für sämtliche Waren des Wüstenfuchses einen guten Preis auszuhandeln.

    Nun hieß es warten. Scheich Omar ließ frisches Obst und kühlen Tee reichen. Mir war nicht nach Essen zumute, aber den Tee trank ich dankbar. Schweigend saßen wir zusammen und hingen unseren Gedanken nach. Mir gefiel dieses passive Warten überhaupt nicht, aber schon bald kehrte Nurra zurück, begleitet von den beiden Familienoberhäuptern und den Hauptmännern ihrer Leibwachen. Sie trugen schlichte, gut gepanzerte Rüstungen, deren Helme fast das gesamte Gesicht verbargen. Dazu hatten sie lange, schwere Krummsäbel gegürtet. Jede Familie unterhielt ungefähr hundertfünfzig Mann unter Waffen. Dazu kamen hundert Mann der Stadtwache. Oktamas schien dennoch besorgt, er schätzte die Söldner der Karawane auf zwanzigmal so viele. Ich glaubte, mich verhört zu haben. „Doch, es kommen zwanzig von ihnen auf einen von uns. Wir können davon ausgehen, dass die Söldner, die der Fuchs angeheuert hat, gute Kämpfer sind. Da sie Aussicht auf reiche Beute haben, werden sie auch bereit sein, entschlossen zu kämpfen. Wir müssen uns auf einiges gefasst machen. Ich habe die Tore verschließen lassen. Die Wachen sind deutlich verstärkt worden, und auf den äußeren Mauern patrouillieren Männer. Wir sollten dringend einen Verteidigungsplan entwerfen."

    Währenddessen hatte Omar die beiden ehrwürdigen Scheichs davon überzeugt, einen großen Teil ihres Goldes zur Verfügung zu stellen. Ihre Bedingung war, dass nach der Vernichtung der Karawane nicht nur sämtliche Waren aufgeteilt würden, sondern auch alles andere: Menschen, Tieren und Ausrüstung. Yinzu wollte darauf hinweisen, dass wir Anspruch auf die versklavten Kinder erheben würden, doch Hamron hielt ihn am Arm zurück. Er war der Meinung, das habe Zeit, bis wir den Kampf für uns entschieden hätten.

    Inmitten des Raumes, in dem anschließend die Lagebesprechung stattfand, war ein Modell der Stadt und sämtlicher Palastanlagen aufgebaut. Das erinnerte mich an den Besprechungsraum an unseren Felsentoren, nur das der Erbauer dieses Modells ein noch größerer Künstler gewesen sein musste. Jede Kleinigkeit hatte er widergegeben. Es gab sogar kleine Figuren, die unterschiedlich bemalt waren. Es war gut erkennbar, dass die Stadt und ihre Mauern sehr überlegt angelegt worden waren. Südlich der drei großen Palastanlagen hatte sich die Stadt ausgebreitet. Sie wurde von der ersten Wallanlage eingefasst. Bevor man in den Bereich der inneren Stadt und damit auch in die Nähe der Paläste kommen konnte, musste erst die zweite Mauer überwunden werden. Sie war deutlich stabiler und höher als die erste. Nördlich der Paläste begann die große Wüste. Dort gab es keine äußere Mauer. Man konnte durch die Wüste bis direkt an die Palastmauern heranreiten. Ich zeigte mit dem Finger auf die Stelle. Yinzu und Hamron hatten verstanden und nickten. Oktamas seufzte und zuckte mit den Schultern.

    „Der Angriff wird von dort kommen", vermutete Scheich Allila und deutete auf eines der drei Stadttore. Es war das kleinste und lag am abgelegensten. Scheich Matmar nickte nachdenklich. „Es wird das Beste sein, wenn wir die meisten unserer Männer dort postieren." Omar sah zu seinem Hauptmann herüber, der den Kopf schüttelte. Unerwarteterweise erteilte mir der alte Scheich in diesem Moment das Wort. „Hohe Herren, wäre ich der Wüstenfuchs und wollte diese Stadt angreifen, dann würde ich meine Späher in die Stadt schicken. Wenn ich genügend Wissen zusammengetragen hätte, griffe ich hier an." Ich zeigte auf die nördlichen Palastmauern, die den Park einfassten, der sich überhaupt nicht zur Verteidigung eignete. Scheich Allila und Scheich Matmar kicherten. „Junger Krieger aus dem hohen Norden, wir haben von unserem Freund", er deutete auf Scheich Omar, „schon viel von Eurem Clan und Euren Fähigkeiten gehört. Doch Ihr irrt. Niemand ist so töricht und greift aus der Wüste an. Diese Stadt ist schon oft angegriffen worden, aber noch niemals von Norden. Warum sollte es also nun jemand versuchen?" Matmar nickte beipflichtend. Ich betrachtete das Modell und bat die Hauptmänner der Leibwachen um ihre Meinung. „Edle Krieger, was haltet ihr von meiner Idee?" Unsicher sahen sie ihre Herren an, die Scheichs aber nickten auffordernd. Matmars Hauptmann ergriff das Wort. Er hieß Nasala und war um vieles älter als ich. In sein Gesicht hatten sich Erfahrung und die Narben vieler Kämpfe gegraben. „Ich glaube, dass der hohe Herr Recht hat. Der Angriff wird aller Wahrscheinlichkeit nach am Osttor stattfinden. Verzeiht mir meine Frechheit, aber ich halte es dennoch für einen Fehler, wenn wir alle Männer dort zusammenziehen. Es erscheint mir klüger, den größten Teil der Soldaten im Zentrum zu stationieren, damit wir auf Unvorhergesehenes besser reagieren können." Unter dem Helm des Hauptmanns von Allilas Wache, sein Name war Linurie, konnte ich zwei listige Augen erkennen. „Trotz der Tatsache, dass wir noch nie aus der Wüste heraus angegriffen worden sind, muss ich dem jungen Krieger aus dem Norden beipflichten. Ja, ich glaube, dass ein Angriff, sollte er denn stattfinden, von der Wüste her kommen wird. Alles, was wir über den Wüstenfuchs wissen, legt den Schluss nahe, dass er etwas tun wird, auf das wir nicht gefasst sind." Er wies mit dem Finger auf die Nordseite des Modells. „Von da wird er kommen." Obwohl Scheich Allila die Augen weit aufgerissen hatte, sagte er nichts zu dieser Meinung, die von seiner abwich. Nun war Oktamas an der Reihe. Er stimmte dem zu, was Linurie und ich vermuteten. Hamron und Yinzu nickten ebenfalls.

„Was also ist eurer Meinung nach zu tun?", fragte Scheich Omar. Während ich noch überlegte, dachte Yinzu laut: „Die erste Möglichkeit ist, dass wir abwarten, was die Unterhändler zu berichten haben. Während wir so tun, als würden wir auf Verhandlungen setzen, verstärken wir die Wachen in den Palastgärten. Zusätzlich sollte damit begonnen werden, ungefähr hundert Schritt vor den Palastmauern einen Graben auszuheben, zehn Schritt breit und mannstief. Die ausgehobene Erde lasst Ihr an der dem Palast zugewandten Seite zu einem Wall aufschütten und locker mit Grassoden belegen. Möglichst viele Bogenschützen sollten dort postiert werden, auch solche, die normalerweise nicht zu den regulären Truppen gehören, einfach jeder, der mit Pfeil und Bogen umgehen kann. Falls es Angreifern gelingen sollte, über den Graben zu kommen, können sich diese Hilfstruppen schnell zurückziehen." Mit einer Handbewegung unterbrach Scheich Allila meinen Bruder. Yinzus Augen funkelten wütend, aber er ließ es geschehen. „Wir werden es niemals schaffen, diesen Graben um den gesamten Palast zu ziehen. Was also soll das Ganze?" Nun lächelte mein Bruder wieder. „Hoher Herr, kein Feldherr wird seine Truppen über einen breiten Graben schicken, der von Bogenschützen gesichert wird, wenn er auch um ihn herumreiten kann. Wir locken sie also dahin, wo wir sie hinhaben wollen, auch mit einem halbfertigen Graben." Das leuchtete allen ein. „Wie sieht die zweite Möglichkeit aus?", fragte Scheich Omar. „Der zweite Plan ist weitaus kühner, hohe Herren. Wir könnten einen Ausfall wagen und das Lager des Fuchses angreifen." Scheich Allila schrie fast. „Wie schwachsinnig ist das denn? Sie sind uns überlegen, zehn Mann auf einen, warum sollten wir so töricht das Leben unserer Männer opfern?" Yinzu beherrschte sich mühsam. Dieser Mann vertraute offensichtlich seinen eigenen Kriegern nicht – und uns noch weniger. „Wir würden selbstverständlich nur zum Schein aus der Stadt angreifen. Die Hauptmacht unserer Männer aber käme aus der Wüste. Wir werden die Nachrichten der Kundschafter über ihre Befestigungsmaßnahmen und die Lage der Zelte abwarten. Ich gebe zu, dass dieser Plan gewagt ist, aber er könnte uns Zeit verschaffen, die Stadt auf einen Angriff oder eine Belagerung vorzubereiten. Wir dürfen auch nicht vergessen, dass ein Ausfall die Kampfmoral unserer Gegner erheblich beeinträchtigen wird."

Es legte sich ein Schweigen über die Gruppe. Yinzus Worte lagen in der Luft, ihre Bedeutung wurde den Anwesenden erst langsam bewusst. Doch dann hatten die Scheichs ihre Entscheidung getroffen. Omar klatschte in die Hände. Sofort erschienen zwei Diener, denen er befahl, die Baumeister und die Waffenmeister kommen zu lassen. Das machte mir bewusst, dass es sich nicht um ein Spiel handelte. Immer wieder betrachtete ich das Modell und kam immer wieder zu demselben Schluss: Der Angriff konnte nur aus der Wüste kommen.

Yinzu lief unruhig auf und ab, die Rolle des Verteidigers gefiel ihm überhaupt nicht. „Deine beiden Vorschläge waren sehr gut durchdacht, mein Freund, wir werden es sein, die das Schwert in der Hand halten", versuchte ich ihn zu beruhigen. Er lächelte. „Danke, es tut gut zu wissen, dass ihr beide da seid." Hamron starrte immer noch auf das Modell der Stadt. „Warum werfen wir nicht beide Pläne zusammen und machen einen daraus? Mit dem Graben muss begonnen werden. Aber es ist egal, wie erfolgreich wir mit einem oder mehreren Ausfällen sind, wir werden die Söldnertruppe deines Onkels sowieso nicht entscheidend schwächen. Der Fuchs hätte uns schon angreifen können, wenn er gewollt hätte. Aber er zögert noch, warum? Ich glaube, weil er auf Verstärkung wartet. Also lasst uns ihn ärgern, solange es noch geht." Die Hauptmänner hören aufmerksam zu. In ihren Gesichtern spiegelte sich Zustimmung.

Inzwischen waren die Bau– und Waffenmeister eingetroffen. Letztere waren drei an der Zahl. Sie gehörten keiner Familie an, sondern stellten ihr Wissen allen zur Verfügung, die sie beauftragten. Einem wurde die Herstellung von Pfeilen und Bögen aufgetragen. Davon würden wir eine Menge benötigen. Es durfte auf keinen Fall ein Angriff unserer Gegner gelingen, nur weil wir keine Pfeile mehr hatten. Die beiden anderen wurden jeweils mit der Herstellung von Rüstungen und Waffen für die Stadtwache beauftragt. Den beiden Baumeistern erklärte Yinzu, wie er sich den Graben vorstellte. Die beiden Männer hatten sofort viele Verbesserungsvorschläge, ich warf aber ein, dass wir keine Zeit zu verlieren hätten. Es solle kein Kunstbau entstehen, der Graben müsse nur die Reiterhorden des Wüstenfuchses zurückhalten. Die Baumeister begannen sofort mit ihren Berechnungen, während Scheich Omar die Meldung entgegennahm, dass sechshundert Mann für den Bau bereitstünden und noch bis zu vierhundert Männer und Frauen zwangsverpflichtet werden könnten. Es stand allerdings nicht genug Werkzeug für tausend Bauarbeiter zur Verfügung. „Zur Not lassen wir sie mit den Händen graben", sagte Scheich Allila. Drei bis vier Wochen brauche die Fertigstellung, errechneten die Baumeister. Sie machten sich sofort an die Arbeit. Oktamas begleitete sie, um für den Schutz der Baustelle zu sorgen. Außerdem wollte er sich um die Wachen kümmern, die zu Fuß oder zu Pferd den Park Tag und Nacht bewachen sollten. Jeder schien plötzlich etwas zu tun zu haben. Es war ein emsiges Treiben entstanden. Meine Brüder und ich beschlossen, den Rest des Tages mit Übungskämpfen zu verbringen.

Es dämmerte, als Osurie uns abholte, weil die ersten Unterhändler zurückgekommen waren. An ihren Gesichtern erkannte ich, dass unsere Lage sich nicht verbessert hatte. Die sechs Männer warfen sich vor den Scheichs auf den Boden und erstatteten Bericht. Sie hatten dem Wüstenfuchs unser Angebot unterbreitet, so wie es ihnen aufgetragen worden war. Seine Antwort war niederschmetternd: Er wolle zwar gerne alle seine Waren an uns verkaufen, mache aber den Vorschlag, dass ihm die Stadt kampflos übergeben würde, dann blieben die drei Scheichs und ihre Familien auch am Leben, und das Gold der Stadt gehörte dann sowieso ihm. Ansonsten habe er vor, die Stadt dem Erdboden gleich zu machen und alle ihre Bewohner zu töten, sogar die Katzen.

So viel zu den leeren Drohungen, wichtiger waren die Beobachtungen der Kundschafter. Der älteste der Abgesandten hatte Anzeichen eines geplanten Überfalls entdecken können: In den Zelten der Waffenmeister waren Brandschleudern versteckt. Oktamas erklärte, wie gefährlich diese Waffen sind: Mit Flüssigkeit gefüllten Tierblasen würden über die Mauern geschleudert. Dann reiche ein Brandpfeil, um alles sofort in Flammen stehen zu lassen, denn die zähe Flüssigkeit, die überall kleben bleibe, erzeuge ein Feuer, das sich weder mit kostbarem Wasser, noch mit überreich vorhandenem Sand löschen lasse. Das war eine schreckliche Nachricht. Der Feind brauchte die Mauern gar nicht zu überwinden, um zu siegen. Da die Palastanlagen recht weit von den Häusern der Stadt entfernt lagen, konnte davon ausgegangen werden, dass sie verschont bleiben würden. Diese dann zu erobern, würde aber ein Leichtes sein.

Während die anderen nach Auswegen suchten, bat ich einen der Kundschafter, die genaue Position der Zelte der Waffenschmiede zu markieren. Sie lagen am Rand der Zeltstadt. Das war es! Ich sprang von einem Bein auf das andere, bis ich bemerkte, dass alle mich anstarrten. Aufgeregt erklärte ich: „Ich, Aran vom Clan des Roten Drachen, ich weiß, wie wir sie packen können." „Nun rede endlich! Oder sollen wir um jedes einzelne Wort betteln?" Hamron sah mich ungeduldig an. Ich räusperte mich, um sicher zu sein, dass mir alle zuhörten. Dann erklärte ich meinen Plan.

Mit meinen Brüdern und noch drei weiteren Männern wollte ich mich im Schutz der Dunkelheit durch die Wüste an das Lager des Fuchses heranschleichen, um die Zelte der Waffenschmiede mit Brandpfeilen anzuzünden. Gleichzeitig sollte ein kleiner Trupp von der Palastseite her angreifen. Das könnte ihnen die entscheidende Niederlage beibringen. Ich war von meinem Plan so begeistert, dass ich ganz außer Atem war. Oktamas nickte: „Zelte brennen bekanntlich schneller als Häuser."

In der Zwischenzeit hatte es sich in der Stadt herumgesprochen, dass die Karawane nicht gekommen war, um mit uns zu feiern. Viele Menschen hatten sich deshalb freiwillig gemeldet, um in der Stadtwache Dienst zu tun oder beim Ausheben des Grabens zu helfen. So hatten wir auf einen Schlag dreihundert zusätzliche Männer unter Waffen. Auch wenn viele von ihnen schon im fortgeschrittenen Alter waren, so waren sie doch eine große Hilfe. Sogar Mitglieder der herrschenden Familien griffen zu den Waffen oder halfen dabei, die arbeitenden Menschen mit Speisen und Getränken zu versorgen. Spätestens da wurde mir klar, dass unsere Lage mehr als ernst war. Doch meine Aufregung verdrängte die Angst. Die Klingen meiner Brüder und meine eigene waren schon über alle Maße geschärft, als könnte mein Schwert es nicht erwarten, Blut zu trinken. Auch meine Hellebarde hatte ich geschärft. Wenn wir das Lager unserer Feinde angreifen würden, konnte sie mir vom Rücken meines Pferdes aus gute Dienste leisten.

Es dauerte noch zwei ganze Tage bis alle Vorbereitungen getroffen waren. Oktamas ließ sich nicht davon abbringen, uns zu begleiten. Seine beiden besten Männer hatten sich ebenfalls freiwillig gemeldet. Am Abend des dritten Tages machten wir uns auf den Weg und verließen die Palastanlagen über die große Baustelle, wo Tag und Nacht Hunderte von Menschen den Graben aushoben. Die von Fackeln und Feuern erhellte Baustelle leuchtete unheimlich in der Dunkelheit. Es war nichts zu hören, außer den Schaufeln und Hacken. Die Menschen arbeiteten schweigend und verbissen.

Der Mond zog gelassen seine Bahn, als wir den Rand der Wüste erreichten. Wir schlugen einen großen Bogen um die Zeltstadt und orientierten uns dabei an den Sternen. Plötzlich alarmierte mich Kalter Tod mit einem leisen Schnauben. Sofort erstarrte jede Bewegung in unserer kleinen Gruppe. Ein Spähtrupp kam langsam auf uns zu. Schweigend winkte Oktamas seinen Männern und verschwand lautlos in der Dunkelheit. Wir aber warteten in völliger Bewegungslosigkeit, damit unsere Gegner uns nicht bemerkten. Da wir ganz in Schwarz gekleidet waren, verschwanden wir trotz des vollen Mondes in der Dunkelheit. Plötzlich aber stieß einer der Reiter einen leisen Fluch aus: Sie hatten uns entdeckt. Im selben Augenblick schwirrten Hamrons und Yinzus Pfeile durch die Nacht und fanden todbringend ihr Ziel. Noch bevor die Späher ihre Pferde gewendet hatten, ließen zwei weitere ihr Leben. Die anderen vier oder fünf suchten ihr Heil in der Flucht. Doch weit kamen sie nicht, denn sie ritten Oktamas und seinen Kriegern entgegen, die schon auf sie gewartet hatten. Es gab einen kurzen, fast lautlosen Kampf, dann war alles vorbei. Wir banden ihre Tiere an einen dürren Busch und gruben ein flaches Grab für die Späher, damit die Vögel sie am kommenden Morgen nicht sofort verrieten. Oktamas stellte fest, dass die Soldaten aus drei eigentlich verfeindeten Volksstämmen stammten. Es musste dem Wüstenfuchs gelungen sein, die Nomaden zu einen. Plötzlich bewegte sich einer der Totgeglaubten. Oktamas beugte sich über ihn und sprach leise mit ihm, dann wich auch der Rest des Lebens aus ihm. Oktamas gab seinen Männern ein Zeichen, dass sie ihn zu den anderen in die Grube legen sollten. Der Mann hatte im Sterben einiges preisgegeben, was für uns von Nutzen sein würde. Yinzus Onkel hatte mit wilden Versprechungen Räuber und Söldner vereint, um die Wüstenstädte anzugreifen und auszurauben. Für die Karawanen sind diese Städte lebenswichtig. Wer sie besitzt, kontrolliert den gesamten Handel. Es waren schon zwei kleinere Städte gefallen. Berauscht von diesem Erfolg wartete der Fuchs jetzt tatsächlich auf Verstärkung, um auch diese Stadt in seine Gewalt bringen zu können. Das hatte ich gewusst und konnte mir ein Lächeln nicht verkneifen.

Das Morgenrot war kurz und schön. Gleich darauf schob sich die helle Scheibe der Sonne über den Horizont, und von einem auf den anderen Moment wich die Kühle der Nacht der Tageshitze. Von nun an wurde unser Ritt zur Qual. Ich konnte förmlich spüren, wie das Wasser aus meinem Körper wich. Würde ich jetzt angegriffen, hätte ich dem nicht viel entgegenzusetzen, so glaubte ich. Auch wenn mir geraten worden war, mit dem Wasser aus meinem Schlauch immer nur den Mund auszuspülen, konnte ich mich nicht beherrschen und stürzte auch einige Schlucke hinunter. Ich sehnte mich nach Winter, Eis und Schnee, dem Wind, der zwar Regen und Sturm bringen konnte, aber keinen verfluchten Sand.

Völlig unvermittelt stoppte Oktamas unseren Trupp, was ich nicht mitbekommen hätte, wenn Kalter Tod nicht so aufmerksam gewesen wäre. Hinter einem der gigantischen Sandberge lag das Lager unserer Feinde. Einer von Oktamas Männern blieb bei den Pferden, als wir uns die Düne hinaufschlichen. Außer mir waren alle mit Pfeil und Bogen bewaffnet, ich vertraute nur meinem Schwert. Vorsichtig spähten wir, die untergehende Sonne im Rücken, über dem Kamm. Ich wollte meinen Augen nicht trauen: Vor uns breitete sich eine riesige Zeltstadt aus. Die ersten Feuer brannten weithin sichtbar. An ihnen standen verhüllte Männer und sahen in die Wüste hinaus. Jedes der tausend Zelte war so groß wie ein Haus.

Vorsichtig glitten wir auf dem Bauch den Sand hinunter. Plötzlich kam etwas auf uns zu. Es waren die Lagerhunde, die jede Karawane begleiten. Einer von Oktamas Männern holte aus seinem Leinenbeutel kleine Fleischstückchen und warf sie den leise knurrenden Hunden entgegen. Fast lautlos starben die Tiere durch die

Pfeile meiner Freunde. Die Wachen hatten uns noch nicht bemerkt. Die Wachfeuer befanden sich in Rufweite, es war also wichtig, möglichst viele Wachen zu töten, bevor auch nur einer von ihnen Alarm geben konnte. Die erste Wache zuckte nur kurz, als Yinzus Pfeil ihm von hinten die Kehle durchbohrte. Auch die nächsten beiden Männer starben lautlos. Oktamas ließ die Pferde holen.

Ich schmiegte mich eng an die Außenwand eines großen Zeltes, da wurden im Inneren des Zeltes Lieder angestimmt. Vorsichtig öffnete ich mit meinem Dolch die Wand aus Stoff und spähte hinein. Ältere Frauen und Kinder lachten und sangen miteinander. Die ganz Kleinen schliefen schon. Sofort war mir klar, dass wir nicht bei den Waffenschmieden gelandet waren. Mit einer Geste gab ich Yinzu zu verstehen, dass er einen Blick in das Zelt werfen sollte. Auch Oktamas sah durch den Riss in der Zeltwand. Er zuckte nur mit den Schultern und sah uns fragend an. Ich sah in seine Augen und flüsterte, dass kein Krieger des Roten Drachen sich an wehrlosen Frauen und Kindern vergreifen würde. Entweder würden wir die Waffenschmiede suchen, oder er müsse diesen Angriff allein durchführen. Widerwillig gab er nach.

Wir schlichen weiter am Rand des Lagers entlang. Einen kleinen Hund tötete Oktamas Mann mit einem Pfeil, bevor er bellen konnte. Ich war erleichtert, prallte aber mit dem nächsten Schritt auf eine Wache, die zwischen den Zelten hervorkam. Beide waren wir erschrocken, aber bevor der Mann reagieren konnte, hielt ich ihm mit meiner freien Hand den Mund zu. Mit der anderen stieß ich ihm meinen Dolch tief in den Hals. Er sah mich mit großen Augen an. Sein Körper begann zu zucken, und ich musste ihn fest an mich pressen, damit er nicht ins Lager zurücktaumelte. Sein Blut spritzte mir ins Gesicht und lief über meine Hand den Arm hinunter. Es dauerte zu lange, deshalb drehte ich die Klinge und spürte, wie er zu würgen begann. Blut füllte seinen Mund und quoll mir zwischen den Fingern hindurch. Nie werde ich seinen fragenden Blick vergessen, als das Leben ihn verließ. So deutlich hatte ich den Tod noch nie zuvor gespürt. Als er mir aus den Armen zu Boden geglitten war, musste ich mich gewaltsam in die Gegenwart des Augenblicks zurückholen, es war nicht zu Ende, es begann erst.

Als ich das Zischen der Blasebälge hörte, wusste ich, dass wir die Schmiede gefunden hatten und mit ihnen die versteckten Wurfmaschinen. Leise zogen wir uns in die Schatten zwischen den struppigen Dornenbüschen zurück. Nun mussten wir schnell die Fässer mit der höllischen Flüssigkeit entzünden. Leuchtpfeile stiegen zum Himmel auf und explodierten in viele Farben. So etwas hatte ich noch nie zuvor gesehen. Oktamas flüsterte: „Perfekt! Die Leuchtraketen sagen uns, dass in diesem Moment der Scheinangriff aus der Stadt startet. Sie werden abgelenkt sein." Im Lager des Wüstenfuchses ertönten Signaltrompeten. Die Ruhe in der Zeltstadt wich plötzlich einer großen Hektik. Schreiend und ungeordnet griffen überall Männer nach ihren Waffen und stürmten aus dem Lager heraus auf die Stadt zu, von deren Mauern dumpfe Trommelschläge dröhnten.

Dann endlich kam von Oktamas das Zeichen. Wir schossen unsere brennenden Pfeile in die Zelte der Waffenschmiede. In Windeseile fraß sich das Feuer die Zeltwände empor und erfasste die dahinter aufgestapelten Fässer mit der brennbaren Flüssigkeit. Die Flammen wurden zu einer Feuerwalze. Wir saßen schon auf unseren Pferden, als wir die ersten Schreie hörten, sie gingen mir durch Mark und Bein. Wie eine Flutwelle riss die Feuerwalze alles in den Tod, was auf ihrem Weg lag. Ich konnte meinen Blick nicht von diesem entsetzlichen Schauspiel lösen. Lebende Fackeln liefen schreiend in die Wüste hinaus, bis sie tot im Sand zusammenbrachen. Die Schreie verschmolzen zu einem einzigen grausigen Ton, der in den nächtlichen Himmel hinaufstieg.

Niemand bemerkte uns. Unbehelligt verschwanden wir in der Dunkelheit hinter den Flammenwänden. Ich schämte mich für das, was ich getan hatte. Hunderte von Frauen und Kindern waren umgekommen, daran bestand kein Zweifel. Das war keine Schlacht, der ich mich rühmen wollte, aber unser Plan war aufgegangen. Als die Soldaten erkannten, dass es keinen Angriff aus der Stadt geben würde, war es zu spät. Entweder verbrannten sie, während sie versuchten zu retten, was zu retten war, oder sie brachen verzweifelt zusammen.

Im Kartenraum des Palastes sah ich das erste Mal an mir herunter. Meine Haut und meine Kleidung waren vom Ruß geschwärzt. Mit leiser Stimme erstatte der Oktamas Bericht. „Wir müssen sofort angreifen! Jetzt können wir ihnen den Todesstoß geben." Scheich Allila sprang auf, doch Yinzu schüttelte den Kopf. „Nein, das wäre weder klug noch ratsam. Lassen wir das Feuer erst niederbrennen. Dann beenden wir, was wir begonnen haben." Alle starrten meinen Bruder an. Es war eine Unverschämtheit, dem Scheich Einhalt zu gebieten. Der schnappte erst nach Luft, blickte dann aber verlegen zu Boden. Ich hatte genug von all dem und wollte nur noch ein Bad, denn ich hoffte, auch mein Gewissen reinwaschen zu können. Deshalb grüßte ich und ging meines Weges, meine Brüder folgten mir, und niemand hielt uns auf.

Nachdem wir versucht hatten, uns den Dreck und die Schmach vom Körper zu waschen, verneigte sich Osurie tief und riet uns, zu unseren Göttern zu beten. Ihm habe ein Gebet in solchen Momenten immer geholfen. Das taten wir dann auch. Schweigend bereitete Yinzu die Kräuter vor, die wir verbrennen wollten. Hamron zog mit seinem Schwert einen Kreis auf dem Steinfußboden. Die Gesichter zueinander, knieten wir uns darin nieder. Jeder zog seinen Dolch, und wir begannen mit dem Ritual, das zu Ehren der Götter abgehalten wird. In tiefer Konzentration beteten wir zu Donar, dem Göttervater. Die Runen, die wir mit den Dolchklingen in die Luft zeichneten, drückten große Trauer und Schmerz aus. Die Geräusche des Palastes verstummten, und es breitete sich eine unheimliche, tiefe Ruhe aus. Ein Windhauch fuhr durch unsere Haare. Der Rauch der schwelenden Kräuter wurde durcheinandergewirbelt, und es entstanden seltsame Gebilde vor unseren Augen. Dann verschwamm die Umgebung und löste sich im Rauch der Kräuter auf. Leise drang der Ton eines Signalhorns an unsere Ohren und schwoll an, bis der Boden unter unseren Füßen bebte. Ich spürte die Anwesenheit eines hohen Wesens.

Außerhalb des Kreises stand ein alter Krieger mit langem weißen Bart und noch längeren silbrig weißen Haaren, die er zu einem Kriegerknoten zusammengesteckt hatte. Eine schwarze, fein geschnittene Rüstung zierte seinen drahtigen Körper. Ich entdeckte darauf leuchtende Sterne, als habe er den ganzen nächtlichen Himmel auf seiner Rüstung. Sein Umhang reichte bis auf den Boden. Er stützte sich auf ein mächtiges Schwert. Die Klinge leuchtete pulsierend. Klare, hellte Augen musterten uns aus einem von Falten zerfurchten Gesicht. Dann, ohne dass sich seine Lippen bewegt hätten, vernahmen wir eine mächtige Stimme in unseren Köpfen. „Ihr habt gefehlt, junge Krieger. Schwere Last habt ihr auf eure Schultern geladen. Euren Ehrenkodex habt ihr außer Acht gelassen. Statt auf den Feldern der Ehre zu streiten, um die euch gestellten Aufgaben zu erfüllen, habt ihr Unschuldige getötet." Ich zitterte, meine Hände krampften sich um den Griff meines Dolches. „Ihr werdet diese Schmach tilgen. Die Aufgaben, die auf euch warten, könnt ihr nur gemeinsam bestehen. Dazu muss euer Gewissen aber rein sein. Versucht, die großen Ereignisse, die sich ankündigen, durchzustehen. Nur so kann das Gleichgewicht der Kräfte wieder hergestellt werden und damit die Ordnung im Kosmos. Gedenkt meiner Worte, steht zusammen, was auch immer geschehen mag, sonst ist Mittelerde verloren und alle die über und unter ihr wohnen." Das Licht, das den Alten umgab, wurde heller, bis die ganze Erscheinung schließlich in einem grellen Blitz erlosch.

Hamrons Augen waren vor Entsetzen weit aufgerissen. Yinzu war leichenblass und zitterte genau wie ich am ganzen Körper. Nur sehr langsam gelang es uns, den Kreis zu verlassen. „Was war das eben?", stammelte Hamron. Ich konnte noch nicht einmal mit den Schultern zucken. Schweißnass lehnte ich mich an eine der großen Säulen und versuchte, mich zu beruhigen. „Erklärt mir jetzt endlich jemand, ob ich nun verrückt geworden bin, oder nicht?" Hamrons Stimme überschlug sich fast. „Etwas Übernatürliches ist uns widerfahren", murmelte Yinzu. „Ach, was du nicht sagst, ich hätte auch nicht geglaubt, dass Gespenster zu unserm normalen Tagesablauf gehören!" Ich musste über Hamrons Zorn lachen, was die Situation merklich entspannte. „Wer war das? Doch nicht etwa Donar persönlich? Oder?" Es entstand eine kleine Pause, bevor Yinzu sagte: „Na, der Großmeister war es bestimmt nicht." Wieder musste ich lachen. „Auf alle Fälle wissen wir nun, was wir in Zukunft machen werden, nämlich zusammen alles in Stücke hauen, was sich uns in den Weg stellt. Wir werden Mittelerde retten." Yinzu starrte mich an. „Komm runter von deiner Wolke, du Narr, oder glaubst du wirklich, dass du irgendjemanden vor irgendwas retten kannst?" Wir grinsten uns gequält an.

Vorsichtig wurde die Tür geöffnet und Osurie trat ein. Er war leichenblass. „Oh, große Krieger, ihr seht mich in Sorge um euch. Das Feuer, die Blitze beunruhigten mich sehr. Geht es euch auch gut? Wenn ihr bereit seid, dann sollt ihr euch sofort vor dem Palast einfinden. Die Scheichs wollen persönlich die letzte Attacke befehligen, und ihr sollt an ihrer Seite reiten." Schnell legten wir unser Rüstzeug wieder an. Diesmal trug ich meinen Kilt und darunter das Panzerhemd. Mein Schwert ruhte auf meinem Rücken. Ich steckte einen Dolch in den Stiefel und meine kleine Drachenklinge in den Gürtel. Mit der großen Hellebarde in der Hand wartete ich auf meine Brüder. Auch sie zogen ihre Kilts an und griffen nach ihren besten Waffen. Vor dem Palast warteten die Männer der Leibwache mit unseren Pferden auf uns. Unsere Tiere waren die einzigen mit schweren Panzerdecken. Auf den Schutz ihrer Pferde legten die Leibwächter offensichtlich wenig Wert.

Scheich Allila würdigte uns keines Blickes. Nur Omar und Matmar nickten uns zu. Dann kam das Signal zum Aufbruch. Es würde meine erste große Schlacht werden. Aufgeregt spürte ich, wie mein Herz schneller schlug und wie sich ein Feuer in meinem Bauch entzündete und den ganzen Körper erhitzte. Als wir durch das Stadttor ritten, sah ich, dass noch immer dunkler Rauch aus den Trümmern der Zeltstadt stieg. Verkohlte Zeltstangen ragten gespenstisch wie knöcherne Totenfinger in den Himmel. Wir verschärften das Tempo und zogen unsere Reihen weit auseinander. So würden wir in breiter Front in das Lager hineinstürmen. Von Kampfeslust angetrieben, galoppierte Kalter Tod in die Schlacht. Mächtig donnerten die Hufen der vielen Pferde über die Erde. Waffen blitzten, und ich ahnte, dass wir allen Tod und Vernichtung bringen würden, die das Feuer überlebt hatten.

Als wir die ersten noch intakten Zelte erreichten, hatte ich meine Hellebarde hoch erhoben, bereit sie auf meine Feinde niedersausen zu lassen. Doch der Widerstand, der sich uns in den Weg stellte, war weder entschlossen, noch organisiert. Ohne große Schwierigkeiten stießen wir tief in das Lager vor. Je näher wir den Zelten des Wüstenfuchses und seiner Söhne kamen, desto heftiger wurde die Gegenwehr. Zehn Wüstenkrieger stürmten auf uns zu. Hamrons Lanze, meine Hellebarde und Yinzus Speer beendeten ihren Angriff, bevor er richtig begonnen hatte. Doch sofort wurden wir von einer größeren Gruppe angegriffen. Ich sprang von Kalter Tod herunter und spießte den ersten Mann mit der Hellebarde auf. Den Krummsäbeln seiner Gefährten begegnete ich mit meinem Schwert. Mit tierischen

Kampfschreien begleitete ich jeden meiner Hiebe, die mit Wucht das Leben meiner Feinde beendeten. Meine Brüder und die Leibwache kämpften dicht an meiner Seite. Gemeinsam drangen wir bis zu den Zelten der Anführer vor. Vor einem dieser Zelte stellten sich uns mehrere Krieger entgegen. Einer der Leibwächter von Scheich Matmar wurde von einem Hieb getroffen, dass er zur Seite fiel und schreiend liegenblieb. Mit einem weiteren Hieb beendete sein Gegner das Leben des Mannes. Da aber stieß Yinzu ihm seine Klinge tief in den Leib. Noch bevor mein Bruder sein Schwert wieder herausziehen konnte, wurde er angegriffen. Doch Hamron tötete den Angreifer und verschaffte unserem Bruder damit genug Zeit, seine Klinge aus der Leiche zu ziehen. Plötzlich wurde Hamron nach vorn geschleudert. Er schrie auf. Ein Pfeil steckte in seiner Schulter. Als er sich umdrehte, traf ihn ein zweiter. Der Bogenschütze sah mich auf ihn zu rennen und versuchte, auch auf mich anzulegen, schaffte es aber nicht mehr. Ich schlug ihm durch seinen gespannten Bogen hindurch den Kopf ab. Hamron kämpfte inzwischen einen anderen Söldner nieder, trotz der Pfeile, die in seinem Körper steckten. Ein dumpfer Schlag traf mich in die Seite. Mit etwas Mühe gelang es mir, auf den Beinen zu bleiben. Der Säbelhieb, der mich getroffen hatte, war von meinem Panzerhemd abgeglitten. Mein Angreifer holte noch einmal aus, als er sah, dass ich nicht verletzt war, doch der Sprung brachte ihm den Tod, denn er sprang genau in meine Klinge.

Plötzlich war der Weg zu den Zelten des Wüstenfuchses frei. Wir liefen darauf zu und drangen unbehelligt bis in das größte Zelt vor. In der Mitte des Zeltes stand eine Art Thron. Auf ihm saß der Mann, den ich für den Wüstenfuchs hielt. Seine Söhne, die ihm wie aus dem Gesicht geschnitten schienen, und mehrere Söldner schirmten ihn ab, aber niemand bewegte sich. Da sprach der Fuchs Yinzu plötzlich an. „Jetzt endlich sehen wir uns wieder, werter Neffe. Ich hatte schon gehört, dass du auf dem Weg zu mir seist. Hat dir die Ausbildung im hohen Norden, die ich dir zugedacht hatte, also gutgetan?" Yinzu fixierte den Mann, der sich nun lächelnd erhob. „Ich weiß nicht, warum du Groll gegen mich hegst. Ich habe immer nur dein Bestes gewollt, nachdem deine Familie auf so tragische Weise ums Leben gekommen war." Yinzu begann zu beben. „Warum kommst du nicht mit deinen Freunden in die Arme deiner Familie zurück? Wir werden dich ohne Vorbehalte empfangen, wie einen verloren geglaubten Sohn." Mit diesen Worten breitete er Arme aus. Das war zu viel für Yinzu. „Du Mörder!", schrie er, stürzte auf seinen Onkel zu und schnitt gleichzeitig einem der Wächter die Kehle durch. Ein Schwerthieb traf ihn in die Seite. Yinzu schrie vor Wut und Schmerzen auf. Hamron tötete den Angreifer mit seiner Streitaxt. Den Dritten griff ich an. Meinen ersten Schlag konnte er noch blocken, dann aber warf ich ihn mit einem Schulterstoß zurück. Er taumelte, und ich trieb ihm meine Klinge durch den Leib. Das Blut, das aus seinem Mund spritzte, traf mich ins Gesicht, dass ich einen kurzen Moment nichts sehen konnte. Eine Lanze traf mich in den Bauch. Doch auch diesen Stoß fing mein Panzerhemd ab. Mir blieb zwar die Luft weg, aber ich konnte weiterkämpfen, während Yinzu von einem Säbelhieb getroffen wurde. Blut sickerte aus der Wunde, die sich den Arm hinunterzog. Der Soldat, der mir die Lanze hatte in den Leib rammen wollen, zielte nun auf meinen Kopf. Ich drehte mich weg, durchschlug gleichzeitig den Schaft seiner Waffe und schmetterte den Griff meines Schwertes in sein Gesicht. Er sackte auf die Knie, und ich stieß ihm steil von oben mein Schwert tief in den Körper hinein. Ich spürte, wie der Stahl meiner Klinge seine Kochen und Organe zerstörte. Ich wollte Yinzu zur Hilfe eilen, der nun aus mehreren Wunden blutete, doch einer der Söhne des Fuchses hob seinen Säbel und traf meinen ungeschützten Unterarm. Schmerz spürte ich nicht, aber die Hitze meines Blutes, das mir über die Hand rann. Der Mann lachte mir ins Gesicht, doch trotz meiner Verletzung konnte ich abtauchen und ihm ein Bein abschlagen. Schreiend fiel er nach hinten und umklammerte seinen Stumpf.

Unvermittelt war der Kampf beendet. Alle Söldner und drei der Söhne des Wüstenfuchses waren dem Tode geweiht. Yinzus Onkel starrte auf die sterbenden Männer. Sein Gesicht war kalkweiß. Drei seiner Söhne lebten noch und versuchten, ihn schützend in ihre Mitte zu nehmen, aber er hatte nur Augen für die Toten. Ich hörte Yinzu keuchen. Er hatte schon viel Blut verloren, und in Hamrons Körper steckten noch immer die beiden Pfeile. Bis auf den Schnitt am Arm war ich nicht verletzt. Die Wunde, die ich davongetragen hatte, war nicht sehr gefährlich, aber sie war tief und blutete stark. Unsere Gegner waren noch frisch, keiner von ihnen hatte sich bisher am Kampfgeschehen beteiligt. Es sah nicht gut aus für uns. Doch gerade, als mich der Mut verlassen wollte, erinnerte ich mich an die Worte des Göttervaters. Wenn sich mir jetzt die Gelegenheit bot, meine Ehre und mein Gewissen reinzuwaschen, dann wollte ich sie nicht verpassen. „Wir nehmen die anderen, du deinen Onkel." Yinzu nickte. Aus seiner Kehle drang ein tiefes Knurren, das unsere Gegner zurückfahren ließ. Diesen winzigen Moment nutzte Hamron, um einem der Söhne den Waffenarm abzuschlagen. Alles, was nun passierte, nahm ich wie in Zeitlupe wahr. Es herrschte Stille, obwohl ich sah, dass die Männer schrien vor Schmerzen oder Wut. Der Mann, der zu meiner Rechten stand, hatte den Kopf gedreht, als Hamron seinen Angriff begann. Ich schwang mein Schwert in einem weiten Bogen und ließ es von hinten auf ihn niedersausen. Er hatte meinen Angriff geahnt und seine beiden schweren Kurzschwerter zu einem Kreuzblock über seinen Kopf gehoben. Meine Klinge traf die seinen, die mit einem singenden Knall zerbarsten, und fuhr ihm durch den schweren Helm bis zum Brustbein. Um mein Schwert aus der Leiche ziehen zu können, musste ich meinen Fuß auf seine Brust stemmen. Da traf mich etwas mit voller Wucht an der Schläfe. Mein Helm flog mir vom Kopf, hatte aber das Schlimmste verhindert: Die Wurfaxt rutschte ab und riss mir die Haut über meinem rechten Auge auf. Der Sohn des Wüstenfuchses wollte mir den Rest geben, doch Yinzu lenkte ihn mit einem Angriff auf seinen Vater ab, und Hamron nutzte die Gelegenheit, ihm den rechten Arm mitsamt seiner Schulter abzuhacken. Lautlos fiel der Junge auf den Teppich, der sich mit seinem Blut vollsaugte.

Der Wüstenfuchs jammerte wie ein geschlagener Hund, angesichts seiner toten Söhne. Yinzu ließ sich davon nicht beeindrucken. Mit erhobenem Schwert ging er auf den Mann zu, der den Tod seiner ganzen Familie zu verantworten hatte. Sein Onkel riss die Hände nach oben, als wolle er um Gnade winseln. Yinzu zögerte einen Augenaufschlag zu lange. Aus den Ärmeln des Gewandes ließ der Fuchs eine Wurfklinge hervorschnellen, die sich in die Brust meines Bruders bohrte. Yinzu machte einen Schritt rückwärts. Er wäre gefallen, wenn ich ihn nicht aufgefangen hätte. Da sah ich eine zweite Klinge aus dem anderen Ärmel fliegen und riss Yinzu beiseite.

Mit einem Schrei richtete sich Yinzu auf. Er war schwach und zitterte, doch mit übermenschlicher Willenskraft rammte mein Bruder seinem Onkel das Schwert in den Bauch. Der Fuchs griff nach der Klinge, wollte fliehen, aber Hamrons Streitaxt traf ihn am Bein. Er stolperte, stürzte in mein erhobenes Schwert und rammte sich den Stahl tief in die Eingeweide. Noch immer war Leben in diesem Mann. Mit weit aufgerissenen Augen zog Yinzu seinen Dolch und durchtrennte ihm mit einem entschlossenen Schnitt die Kehle von einem Ohr zum anderen. Er fiel auf die Seite, zuckte noch zweimal, dann endlich war er tot. Mein Herz trommelte dumpf in meinen Ohren. Hamron hatte sich an einen der Holzpfeiler gelehnt, die das Zeltdach stützten. Yinzu aber lachte, trotz seiner zahlreichen Verletzungen. Er streckte sein Schwert gen Himmel und stieß einen markerschütternden Siegesschrei aus. Hamron und ich stimmten ein. Wir hatten triumphiert.

Vor dem Zelt wurde immer noch gekämpft, wir hörten Schreie, Waffengeklirr und Signalhörner. Yinzu ging mit schweren Schritten und hoch erhobenen Hauptes hinaus. Das Kampfgetümmel erstarb. Yinzu stieg auf eine Kiste und hielt den wenigen Söldnern, die noch aufrecht standen, den abgeschlagenen Kopf seines Onkels entgegen. „Der Fuchs ist tot, er wurde zur Strecke gebracht wie ein räudiger Hund." Dann stieg er von der Kiste und sackte auf die Knie, der Kopf seines Onkels entglitt seiner Hand und rollte über den Platz. Einige Söldner versuchten zu fliehen, andere wollten sich ergeben. Doch was dann geschah, war nicht ehrenwert, und ich schäme mich, es erzählen zu müssen. Die Soldaten der Leibwache hatten den Befehl bekommen, alle zu töten. Die Verwundeten und Überlebenden wurden gnadenlos niedergemacht. Es war widerlich.

Wir schleppten uns mit letzter Kraft durch das Lager auf der Suche nach den Sklavenkindern. Wir mussten sie finden, bevor sie diesem Massaker zum Opfer fielen. Es waren nur noch wenige Zelte intakt, aus dem größten drang ein leises Wimmern. Wir schlugen die Zeltbahn über dem Eingang beiseite und traten ein. Viele Frauen und Kinder, auch einige alte Männer, starrten uns ängstlich an. Ich schüttelte beruhigend den Kopf. In diesem Moment brach Yinzu bewusstlos zusammen, und auch Hamron schwankte gefährlich. Ich stützte mich auf mein Schwert, ließ den Schmerz wie eine Welle durch meinen Körper wogen und beobachtete ruhig, wie zwei Frauen versuchten, unsere Verletzungen notdürftig zu versorgen. Als Yinzu wieder zu sich kam, wandte er sich in seiner Sprache an die Menschen. Sie hörten erst wie gebannt zu, dann begannen sie, aufgeregt durcheinanderzureden.

Gleich darauf wurde der Eingang des Zeltes aufgerissen und mehrere Männer der Leibwache erschienen. Der erste rief etwas, dann rammte er einem der alten Männer seinen Stahl tief in den Leib. Die Frauen und Kinder wichen entsetzt zurück. Einer der Soldaten griff nach einer Frau. Sie wehrte sich, als er ihr die Kleider vom Leib reißen wollte, da packte er sie am Hals und begann, sie zu würgen. Plötzlich hatte ich Falahn vor Augen. Der Hieb meines Schwertes trennte ihm beide Unterarme sauber ab. Schreiend warf er sich nach hinten. Die Hände klammerten sich noch immer um den Hals der Frau, bis einer der Alten die arme Frau befreite. Einer der Leibwächter griff mich ohne zu zögern an, aber auch er verlor sein Leben.

Mit einem hässlichen Geräusch zerriss die Zeltwand an mehreren Stellen, und viele der Leibwächter drängten sich gleichzeitig durch die Risse. Hamron hob seine Axt, selbst Yinzu rappelte sich keuchend hoch. Da standen wir nun, bereit, unser Leben für diese Frauen und Kinder zu geben, die vor einer Stunde nicht gezögert hätten, uns zu töten. Einige der Soldaten erkannten uns und wussten nicht, was sie tun sollten. Sie ahnten, dass eine falsche Bewegung ihren Tod bedeuten würde. Meine Brüder schwankten wie Schilf im Wind.

Da trat Scheich Allila in das Zelt und erfasste die Situation sofort. Er sah uns an und lachte. „Gebt den Weg frei, ihr Narren, keiner unserer Feinde soll überleben." Ich aber schüttelte langsam den Kopf und hob mein Schwert. „In diesem Zelt wird niemand mehr sterben, außer Ihr selbst." Ich versuchte, in dieser ausweglosen Situation einen möglichst furchteinflößenden Eindruck zu machen. „Die Krieger des Roten Drachen erheben Anspruch auf alle Frauen und Kinder, die noch leben. Das ist unser Teil der Beute. Sollte jemand versuchen, sie uns streitig zu machen, wird der Zorn des Drachen ihn vernichten." Meine Worte verfehlten ihre Wirkung nicht. Scheich Allila wurde nervös.

In diesem Moment betraten Matmar und Omar die Reste des Zeltes. Ich konnte erkennen, dass sie sich, im Gegensatz zu Allila, am Kampfgeschehen beteiligt hatten. Auch Oktamas, der seinem Herrn nicht von der Seite gewichen war, blutete. Scheich Matmar sah mich fragend an. Ich wiederholte meine Forderung etwas leiser, aber genauso bestimmt. Daraufhin redete Scheich Omar auf Allila ein, bis der mit seinen Soldaten das Zelt verließ, ohne uns noch eines Blickes zu würdigen.

Oktamas half in der Zwischenzeit den Frauen, sich um die Verwundeten zu kümmern. Sie dankten dem großen Gott, dass wir ihnen das Leben gerettet hatten, und machten sich an die Arbeit. Die Frau, die sich um meine Wunden kümmern wollte, wies ich an, sich zuerst um die Schwerverletzten zu sorgen. Nachdem sie notdürftig versorgt waren, wurden sie zurück in die Stadt gebracht. Söldner des Wüstenfuchses hatten nicht überlebt.

Gleichzeitig begannen die Scheichs damit, alle Waren, Güter oder Kostbarkeiten, die das Feuer und die Schlacht überstanden hatten, zusammenzutragen, auf Karren zu laden und abzutransportieren. Mich interessierte all das nicht, ich machte mir Sorgen um Hamron und Yinzu. Yinzus Zustand war ernst. Er hatte viel Blut verloren. Nurra reinigte seine Wunden und verschloss sie mit festen Verbänden. Hamron sah lustig aus. Überall trug er kleinere oder größere Verbände, aber ich sah nicht viel besser aus als er.

Als alles Wertvolle aus der Zeltstadt abtransportiert worden war, kamen die Leichenfledderer. Sie raubten den toten Söldnern das, was sie am Leibe trugen, bevor die Leichen auf großen Scheiterhaufen verbrannt wurden, unbesungen, ungeehrt und nur im Stillen von ihren Frauen und Kindern betrauert. Wer gehen wollte, war frei. Die Kinder, die ihre Eltern verloren hatten, konnten bei Überlebenden bleiben oder sich uns anschließen. Wir luden alle, die nicht wussten, wohin, ein, uns in den Norden zu folgen. Es waren am Ende über fünfzig Frauen, Kinder und alte Männer, die sich dazu entschlossen, mit uns zu ziehen. Alle anderen kehrten zurück in die Oasen oder Dörfer, aus denen sie stammten. Einige Frauen nahmen sich das Leben. Sie hatten ihre Familien verloren und waren geschändet worden.

Scheich Omar gewährte unseren Reisegefährten Unterkunft in seinem Palast, bis wir halbwegs genesen waren. Wir übertrugen den alten Männern die Verantwortung für die Frauen und Kinder, solange wir noch in der Stadt weilten. Ihr Respekt vor uns stieg, als wir ihnen Waffen gaben, damit sie ihre Schutzbefohlenen auch verteidigen konnten, falls sie angegriffen würden.

Yinzu erholte sich dank Nurras und Hamrons Kunstfertigkeit sehr schnell. Auch meine Verletzungen heilten gut. Nun trugen wir die ersten Siegeszeichen richtiger Krieger, Narben, und wollten so schnell wie möglich aufbrechen, um Hamrons Meisterprüfung zu bestehen. Doch bevor wir Abschied vom Haus Salleturan nehmen konnten, gab es ein großes Siegesfest für uns. Scheich Omar ließ uns wie Helden feiern. Von überall her kamen die Menschen, um uns zu dafür zu danken, dass wir die Stadt vor der Sklaverei bewahrt hatten. Es war ein herrliches Gefühl. Vergessen waren die Schmerzen, selbst Yinzu lächelte unter seinen vielen Verbänden.

Kapitel 19: Der Weg zurück

Als der Tag des Abschieds gekommen war, versammelte sich zu unseren Ehren noch einmal das ganze Haus Salleturan in dem prächtigen Thronsaal. Die Lieder der bunten Vögel erfreuten mein Herz, und ich spürte eine tiefe Sehnsucht danach, den Heimweg anzutreten. Scheich Omar erhob sich. „Diesen ehrenwerten Kriegern ist es zu verdanken, dass großes Unheil von uns abgewendet wurde. Zweimal warfen sie ihr Leben in die Waagschale, um diesem Hause und dieser Stadt zu helfen. Dafür zollen wir ihnen Dank. Seid gewiss, große Krieger, dass ihr in der Familie Salleturan einen verlässlichen Verbündeten findet. Wenn ihr unsere Hilfe benötigt, dann zögert nicht, sie zu fordern. Wir werden für euch einstehen heute und für alle Zeiten." Nurra steckte jedem von uns eine reichverzierte goldene Spange ans Gewand. Dankbar verneigten wir uns und nahmen danach noch stundenlang Glückwünsche entgegen, bis Osurie uns mitteilte, dass Wagen, Wasser und unser Proviant nun bereitstünden. Hamron eilte sofort nach draußen, um unsere Abreise vorzubereiten.

    Yinzu und mich bat Oktamas, ihn in die Privatgemächer des Scheichs zu begleiten. Omar erwartete uns bereits. „Es ist sehr schade, dass ihr uns verlassen wollt. Aber wir verstehen, dass ihr euch euren Prüfungen stellen müsst. Wir möchten euch aber noch ein kleines Geschenk überreichen." Nurra reichte Yinzu eine Holzrolle, die mit edlem Metall verziert war. „Das hier ist etwas äußerst Wertvolles. Wir haben es vor langer Zeit auf merkwürdige Weise erworben. Etwas über die Geschichte eures Clans steht darin. Doch leider konnten auch unsere besten Gelehrten die seltsamen Runen nicht entschlüsseln. Mögen diese Pergamentrollen euch ihr geheimes Wissen offenbaren." Wir verneigten uns in großer Ehrfurcht. Plötzlich umarmte uns der Scheich. „Nun denn, lebt wohl und kommt bald wieder."

    Nurra begleitete uns nach draußen und schenkte Hamron einige Lederbeutel mit Kräutern, der in der Zwischenzeit die vier Wagen und die komplette Ausrüstung gründlich inspiziert und die Menschen, die mit uns kommen wollten, mit Aufgaben betraut oder auf die Wagen verteilt hatte. Kalter Tod spürte, dass wir aufbrechen wollten. Das passte ihm überhaupt nicht. So umsorgt und verwöhnt wie dort wurde er nirgends. Er hatte an Gewicht zugelegt, das spürte ich deutlich, als ich mich auf seinen ohnehin sehr breiten Rücken schwang. Oktamas überreichte mir ein Bündel mit Pergament- und Lederrollen. „Das sind die besten Karten der Gegenden, durch die ihr auf eurem Weg nach Norden fahren werdet. Mögen sie euch immer den rechten Weg zeigen." Dann umarmte er jeden von uns, schwang sich auf sein Pferd und sprengte davon.

    Wir hatten uns vorgenommen, unsere Reise gemächlich anzugehen. Uns war klar, dass wir mit den Wagen zurück viel länger brauchen würden. Auch waren wir verwundbarer. Die Verantwortung für so viele Menschen wog schwerer, als wenn wir nur allein unterwegs gewesen wären. Unser erstes Nachtlager fiel dann auch sehr karg aus. Wir schoben die Wagen zusammen, so dass die Frauen und Kinder darunter schlafen konnten. Natürlich entfachten wir kein Feuer, und es gab nur wenig zu essen. Wir mussten unseren Proviant streng rationieren. Noch vor Morgengrauen waren wir schon wieder unterwegs. Wir beschlossen, dass alle wehrhaften Frauen und Kinder in der Selbstverteidigung unterwiesen werden sollten. Außerdem stellte sich heraus, dass die beiden Alten, Uratur und Malltor, in der Herstellung von Pfeil und Bogen bewandert waren. Während wir also langsam vorankamen, lenkten die vielen Aufgaben uns alle von den Strapazen der Reise ab.

    Bald hatten Uratur und Malltor zwanzig Bögen hergestellt. Die Mädchen und Jungen, die wir im Bogenschießen unterrichteten, machten gute Fortschritte. Auch der Stockkampf, den wir mit den älteren Frauen trainierten, wurde besser. Das beruhigte mich etwas, denn wir hatten innerhalb weniger Tage die Überreste von zwei Karawanen gefunden. Niemand hatte überlebt. Die Leichen waren schon von den Aasfressern ausgehöhlt worden. Wir fanden noch Werkzeug und einige andere nützliche Dinge. Das konnte nur bedeuten, dass es sich bei den Angreifern um versprengte Söldner des Wüstenfuchses handeln musste. Wüstenräuber hätten alles mitgenommen. Vielleicht war es auch die Verstärkung, die den Wüstenfuchs nicht mehr erreicht hatte. In jedem Fall mussten wir versuchen, diesen Männern aus dem

Wege zu gehen. Deshalb berieten wir uns mit Uratur und Malltor. Die beiden alten Männer waren der Meinung, dass wir die Pfade verlassen sollten. Wir beschlossen also, nachts zu reisen und uns von den Sternen den Weg weisen zu lassen.

In manchen Nächten sahen wir den Schein großer Feuer am Horizont und schickten Späher aus. Eines Abends kehrten Hamron und Uratur von einem Erkundungsritt zurück und warnten uns vor einem Reitertrupp, der uns entgegenkomme. Wir brachen sofort auf. Vier der älteren Frauen führten die Wagen, wir fünf Männer ritten vor und hinter ihnen. Die Kinder wussten alle genau, was sie zu tun hatten, falls wir angegriffen werden sollten.

Yinzu führte unsere Karawane an. Wir anderen besprachen die Lage. „Mittlerweile dürften sie unsere Spuren gefunden haben. Wir haben aber nicht genug Wasser, um uns längere Zeit in der Wüste zu verstecken", gab Uratur zu bedenken. „Bis zur nächsten Oase könnten wir es schaffen, wenn wir am nächsten Brunnen unsere Wasserschläuche noch einmal füllen. Wir haben die Sandwüste schon hinter uns gelassen. In der Steppenwüste werden wir bedeutend schneller vorankommen", sagte Malltor. Das Risiko, dass uns die Räuber am Brunnen erwarteten, war allerdings sehr hoch, und ich wollte einem Kampf so lange wie möglich aus dem Wege gehen. Die Räuber durch ein Täuschungsmanöver vom Brunnen wegzulocken war zu gefährlich. Als wir Yinzu nach seiner Meinung fragten, entschied er, den Weg durch die Steppenwüste zu wagen, ohne die Wasserschläuche aufzufüllen.

Der Mond leuchtete hell vom schwarzblauen Himmel. Es waren unzählige Sterne zu sehen. Mir fiel auf, wie schön es doch war, in einen klaren Himmel zu blicken. Die Sternenbilder waren ein wenig anderes als bei uns, da wir uns viel weiter im Süden befanden. Aber durch die Sternenkarten, die unsere Krieger von ihren Reisen mitgebracht hatten, waren wir auf die vielen neuen Bilder vorbereitet worden.

Hinter unserer Karawane verwischte ich sorgfältig unsere Spuren und überließ es Kalter Tod, unsere Karawane wiederzufinden. Wo immer Frühlingswind und Futter auf ihn warteten, würde mein Kamerad hinfinden, da war ich mir sicher. Doch es dämmerte schon fast, als wir zu den anderen aufgeschlossen hatten. Es erstaunte mich immer wieder, wie schnell der Tag anbrach. Kaum zeigte sich ein leichtes Morgenrot am Horizont, war auch schon das Blau des Himmels zu sehen. Obwohl es noch blass schimmerte, trat kurz danach die Sonne ihren weiten und heißen Weg über den Himmel an. Um jetzt auch am Tage weiterziehen zu können, hatten wir Zeltplanen über die Holzstangen gespannt, die an den Wagen befestigt waren. Sie boten etwas Schutz vor der sengenden Sonne und machten es für die Frauen und Kinder erträglicher. Das Training ließen wir aus, um Wasser zu sparen und schneller voranzukommen.

In der Gluthitze des Mittags rasteten wir. Die meisten von uns dösten im Schatten der Wagen, die anderen suchten nach essbaren Wurzeln. Außer knochigen Sträuchern gab es nichts. Zwei von uns hielten Wache. Aber es verfolgte uns bis jetzt niemand. Ein leichter Windhauch milderte abends die Hitze, aber kaum war die Sonne hinter dem Horizont verschwunden, kam die Kälte. Die Frauen und Kinder lagen dicht gedrängt in den Wagen und wärmten sich gegenseitig. Ich aber musste mir ein Fell über die Schultern legen. Die Kapuze, die mir noch vor wenigen Stunden Schatten spendete, schützte mich nun vor dem eisigen Wind. Gegen Morgen stellten wir fest, dass wir gut vorangekommen waren. Trotzdem würde es noch einige Tage dauern, bis wir die Oase erreichen würden.

Nach zwei weiteren Tagen begann das Wasser, knapp zu werden. Wir mussten die spärliche Ration, die es für jeden gab, noch einmal teilen. Das Wichtigste war, dass unsere Pferde genug Wasser hatten, ohne sie wären wir verloren. Zweimal erwischten wir Kinder dabei, wie sie Wasser stehlen wollten.

Deshalb hielt nun einer von uns beim Wasser Wache. Aber es sollte noch schlimmer kommen. Nach weiteren zwei Tagen wurde eine der Frauen vom Wahnsinn gepackt, sie begann zu schreien, dass wir alle des Todes seien, dass wir Dämonen seien, die sie in die Hölle der Wüste geführt hätten. Sie sprang vom Wagen und lief davon. Malltor ließ sein erschöpftes Pferd antraben und folgte ihr. Wir warteten nicht, wir mussten die Nacht nutzen, um weiterzuziehen. Als der alte Mann nach einiger Zeit allein zurückkam, erzählte er von ihrem Tod.

Immer mehr von den Kindern fielen in einen dämmrigen Fieberschlaf. Hamron warnte uns, wir müssten schnell Wasser finden, sonst würden wir die Oase nur noch mit toten Kindern erreichen. Uratur und Yinzu beschlossen, das Wagnis einzugehen und vorauszureiten. Sie wollten uns mit gefüllten Wasserschläuchen entgegenkommen. Unser Tempo verlangsamte sich erheblich. Nun wurden auch die Pferde krank. Innerhalb nur eines Tages starben drei unserer Zugtiere. Die Kinder drängten sich dicht auf einem Wagen zusammen. Einen der Karren ließen wir mit allem, was wir entbehren konnten, zurück. Am zweiten Tag, nachdem Yinzu und Uratur aufgebrochen waren, begannen einige von uns zu halluzinieren. Sie sahen Palmen, Vögel und Wasser. Nur mit Mühe konnten wir sie davon abhalten, dorthin zu laufen.

Mit gesenktem Kopf saß ich auf meinem Pferd. Auch wenn Kalter Tod sehr durstig war, ließ er sich nichts anmerken. Mit erhobenem Kopf führte er unseren Zug an. Plötzlich schnaubte er und weckte mich aus meinem Halbschlaf. Ich kniff die Augen zusammen und entdeckte mehrere Reiter, die direkt auf uns zu hielten. Ich hatte nicht genug Kraft, um mich zu Hamron umzudrehen. Er war wie immer bei den Frauen und Kindern und versorgte sie mit dem wenigen, was wir noch hatten. Also zog ich schweigend mein Schwert und wartete. Doch schon bald hörte ich schwach eine Stimme, die mir zurief, dass sie Freunde und keine Feinde seien, die da kämen. An Kalter Tods Reaktion hätte ich eigentlich merken müssen, dass es sich um Frühlingswind handelte, die auf uns zu trabte, aber das begriff ich erst, als mein Bruder mir schon den Schlauch mit Wasser an die Lippen hielt.

Yinzu und Uratur versorgten uns mit Wasser und Trockenfrüchten, trotzdem starben in den nächsten beiden Tagen noch drei Frauen und sieben Kinder. Wir begruben sie in der Steppe, für ein großes Feuer fanden wir nicht genug Holz. In der darauffolgenden Nacht erreichten wir die grüne Oase. Palmen, Vögel und frisches, blaues Wasser wurden Wirklichkeit. Die Menschen dort pflegten nicht nur ihr kleines Paradies mit Hingabe, sie waren auch sehr gastfreundlich. Einige von ihnen hatten von Hamron schon gehört. Deshalb waren sie auch sofort bereit, uns zu helfen. Als Gegenleistung ließ es sich mein Bruder natürlich nicht nehmen, die Kranken zu versorgen.

Wir waren schon einige Tage dort, als ich ihn am Rand der Oase fand. Allein stand er da und sah in die Nacht hinaus. Ich merkte sofort, dass mit ihm etwas nicht stimmte. „Mein Freund, was bedrückt dich?" Schnell wischte er sich mit der Hand über das Gesicht und winkte ab, es sei überhaupt nichts. Doch ich kannte Hamron zu gut, er konnte mir nichts vormachen, ich drängte ihn sanft, mir von seinem Leid zu erzählen. Er machte sich Vorwürfe, dass es ihm nicht gelungen war, alle unsere Mitreisenden zu retten. Wir schwiegen gemeinsam. Nach einer Weile legte ich meinen Arm um seine Schultern. „Du hast sicher Recht, es ist tragisch, dass wir nicht alle gesund hierher bringen konnten. Aber du musst es auch so sehen: Wenn du nicht gewesen wärst, dann wäre höchstwahrscheinlich niemand hier angekommen. Nur deinen Fähigkeiten ist es zu verdanken, dass der Rest unserer kleinen Karawane noch am Leben ist. Auch wenn dir das nicht weiterhilft, sind wir dir doch bis in den Tod zu Dank verpflichtet." Mit großen Augen sah er mich an. Dann nahm er mich in den Arm und drückte mich fest an sich.

Zusammen gingen wir zu unserem Zelt zurück, in dem Yinzu sich ausruhte. Die beiden alten Männer hatten ein eigenes Zelt bekommen, genau wie die Frauen, die nicht bei den Kindern bleiben wollten. Wir hatten gerade den ersten Schluck Tee zu uns genommen, als einer der Wüstenbewohner erschien. In einer kehligen Sprache sagte er etwas zu Yinzu, der sich mit einem Ruck aufrichtete. Späher hatten eine Kriegertruppe entdeckt, die sich auf dem Weg zur Oase befand. Die Wüstenbewohner hatten vor, die Männer anzugreifen. Der Mann wollte von uns wissen, ob wir bereit seien, ihnen beizustehen. Das war für uns selbstverständlich.

Der Mond leuchtete, obwohl nur die Hälfte von ihm zu sehen war. Schweigend ritten wir durch die Nacht. Bald sahen wir mehrere Lagerfeuer. Ich grinste, wies der Schein uns doch den rechten Weg. Hinter einem Sandhügel ließen wir unsere Pferde zurück. Mein Bruder und der Anführer der Oasenbewohner bestimmten, dass wir uns um die Wachen kümmern sollten. Den Rest der Truppe wollten die Einheimischen selbst übernehmen. Vorsichtig spähten wir über den Rand der Senke, in der wir uns verbargen. Um die Feuer hatten sich mehr Krieger versammelt, als ich erwartet hatte. Unsere Begleiter waren zwar nur mit Messern und Dolchen bewaffnet, doch sie krochen schon wie Schlangen durch den Sand auf die Zelte zu, bevor ich auch nur ein klares Bild von der Situation hatte.

Als sie die ersten Zelte erreichten, trafen unsere Pfeile die Wachen an den Feuern. Yinzus und Hamrons Pfeile waren tödlich, nur meiner verirrte sich und traf einen Mann in den Bauch. Brüllend riss er das ganze Lager aus dem Schlaf. Mein zweiter Pfeil tötete ihn, doch er hatte seine Aufgabe bereits erfüllt: Bewaffnete und kampfbereite Männer stürzten aus den Zelten und blickten sich suchend um. Diejenigen, die wir nicht mit unseren Pfeilen töteten, starben durch die Dolche der Wüstenbewohner, die sofort damit begannen, ihre Beute auf die Pferde der Söldner zu laden. Sogar die Kleider der Erschlagenen wurden zu meinem Entsetzen mitgenommen und natürlich das kostbare Feuerholz. Die Toten wurden der Wüste überlassen. Auf dem Weg zurück zur Oase dachte ich darüber nach, wie lautlos das Sterben vor sich gegangen war. Kein Waffengeklirr hatte die Stille der Nacht zerrissen, wir waren schnell, effektiv und gründlich gewesen. Die Wüstenbewohner waren sehr gefährlich, das hatten sie nun bewiesen. Ich beschloss, sehr wachsam zu sein.

Die Sonne brannte schon heiß, als wir zur Oase zurückkehrten. Die Frauen und Mädchen stimmten einen sonderbaren Siegesgesang an, schrill und hoch. Der Stammesälteste übernahm es, die Beute zu verteilen, auch wir sollten etwas abbekommen. Yinzu raunte mir zu, dass es unhöflich sei, nichts zu nehmen, zu viel beschwöre aber die Missgunst unserer Gastgeber herauf. Ich überlegte deshalb sorgfältig und entschied mich für einen verzierten Holzstab, an dem eine Fahne befestigt war, die der unseren glich. Als ich danach griff, lachte der Älteste und beglückwünschte mich zu meiner Wahl. Yinzu wählte eine Wasserflasche und Hamron einen großen Beutel mit Kräutern. Nachdem alles verteilt war, wurde ein Fest gefeiert, während dessen ich ungeduldig an unseren Abschied dachte. Man soll einem Wolf nicht mit Fleisch vor der Schnauze herumfuchteln, er könnte Hunger bekommen. Ich misstraute dem Frieden in der Oase. Yinzu war meiner Meinung, und wir beschlossen, so schnell wie möglich weiterzuziehen.

Am anderen Morgen teilte Yinzu dem Ältesten unseren Entschluss mit. Wir füllten unsere Vorräte auf und bekamen noch einige Wasserschläuche zusätzlich. Gegen Nachmittag waren unsere Sachen gepackt und wir zum Aufbruch bereit.

Einige der Wüstenkrieger begleiteten uns noch ein Stück und brachten uns auf den richtigen Weg.

Nach drei Tagen veränderte sich langsam die Umgebung. Hin und wieder trafen wir auf kleine Sträucher und knochige Bäume. Tags darauf wich die Wüste der Ebene. Unsere Laune besserte sich. Als wir das erste größere Waldstück erreichten, beobachtete ich, wie die Frauen und Kinder vor Staunen die Augen aufrissen. Jetzt begannen wir auch wieder mit dem Training. Im Bogenschießen und im Stockkampf machten die meisten recht gute Fortschritte. Yinzu schlug vor, dass wir anfangen sollten, einige der Kinder auf unsere Erkundungsritte mitzunehmen. Er vertraute sie unseren alten Packpferden an, die die Kinder genügsam auf ihren Rücken sitzen ließen. Normalerweise hielt ich mich von den lebhaften Kleinen fern, der Lärm war mir ein Ärgernis. Deshalb machte ich stets ein grimmiges Gesicht, wenn sie in meiner Nähe spielten. Das brachte mir den Ruf ein, ein böser Mann zu sein. Hamron liebten die Kinder dagegen sehr.

Als ich nun mit zweien der Kinder den ersten Ritt unternehmen sollte, starrten mich die beiden angstvoll an. Schroff bedeutete ich ihnen, mir zu folgen und ritt schweigend davon. Sie folgten mir in einigem Abstand. Nach wenigen Minuten saß ich ab, um ihnen einige Tierfährten zu zeigen. Das Mädchen begann zu zittern, als ich nach dem Zaumzeug ihres Pferdes griff. Ich sah sie erstaunt an. „Ihr braucht keine Angst zu haben, hier ist nichts, was uns gefährlich werden könnte. Schaut nur gut zu, damit ihr lernt, auf was ein Krieger achten muss, wenn er einen Erkundungsritt macht." Ich zwang mich zu einem beruhigenden Lächeln. Der Junge stotterte: „Heißt das, dass Ihr uns nicht auffressen werdet?" Ich erschrak. Dass er keinen Witz gemacht hatte, war klar. „Wie kommst du denn darauf?" Das Mädchen begann zu weinen, und der Junge berichtete davon, dass die Kinder sich erzählten, ich würde kleine Mädchen und Jungen braten und verspeisen. Das hatte ich nun davon, dass ich sie mir mit meinem grimmigen Getue vom Hals gehalten hatte. Ich versicherte den beiden, dass dem nicht so sei, merkte aber, dass sie mir keinen Glauben schenkten. So versuchte ich, auf unserem Ritt besonders freundlich zu sein, und erzählte von den Pflanzen und Spuren, die ich untersuchte, und über die Tiere des Waldes, die zu hören waren.

Yinzu lachte nur, aber Hamron sah mich vorwurfsvoll an, als die Kinder ihm nach unserer Rückkehr glücklich auf den Arm sprangen. Ich nahm Yinzu beiseite. „Wenn du mir noch einmal diese kleinen Plagegeister auf einem Erkundungsritt aufzwingst, streike ich. Die Brut glaubt doch wirklich, ich würde kleine Kinder fressen." Yinzu lachte mir ins Gesicht und hob vorsichtshalber die Hände. „Na ja, genau genommen, hast du schon kleine Kinder getötet, denk nur an deinen Halbbruder." Trotz seiner Vorsichtsmaßnahme traf ihn mein Schlag am Kopf. „Du mieser Hund, wie kannst du mir das vorhalten? Du weißt genau, dass ich das nicht gern gemacht habe, es gehörte zu meiner Prüfung. Ich werde dir gleich erzählen, was du alles schon verbrochen hast!" Hamron ging dazwischen. „Was balgt ihr hier herum? Wir sollten lieber die Götter um Vergebung bitten, dass wir ihrer und der Toten zur letzten Wintersonnenwende nicht gedacht haben. Ich habe schon fast alles vorbereitet. Ihr müsst mir helfen." Das hatte ich ganz vergessen. Die Wintersonnenwendfeier! In der Wüste gab es keine Jahreszeiten.

Der Platz, den Hamron von Laub und Zweigen befreit hatte, war groß genug für uns alle. Nun mussten wir das Holz aufschichten, das wir für das Totenfeuer brauchten. Wie hatten gelernt, die Scheite in einer bestimmten Reihenfolge und unter dem Gesang genau festgelegter Runen aufzuschichten, aber es war das erste Mal, dass wir das alleine taten. Der Wind schlief ein. Ich hatte vergessen wie es ist, wenn die Magie des Roten Drachen zu wirken beginnt.

Fast die ganze Nacht über arbeiteten wir feierlich. Als wir am nächsten Morgen unser Werk bestaunten, sah Malltor uns fragend an, sagte aber nichts. Er brachte uns eine kräftige heiße Suppe. Schweigend löffelten wir den Topf leer. Dann dankte Yinzu ihm und sagte: „Wenn Ihr mit uns kommen wollt, müsst Ihr Euch mit unseren Sitten und Gebräuchen vertraut machen. Im Dorf des Clans dürfen nur die Menschen leben, die unsere Götter verehren. Da wir niemandem vorschreiben wollen, an welche Götter er zu glauben hat, liegt die Entscheidung bei Euch. Überlegt es Euch gut, denn dieser Entschluss wird endgültig sein."

Als wir mit der Zeremonie begannen, träufelte Yinzu aus einer kleinen Flasche etwas von der Brandflüssigkeit des Scheichs auf das Holz, da wir es nicht schaffen würden, den Stapel allein durch die Kraft unserer Gedanken zu entflammen. Als Hamron mit den Alten, den Frauen und Kindern hinzukam, standen Yinzu und ich schon in tiefer Konzentration da. Wir hatten die Kapuzen über unsere Köpfe gestreift und unsere Hände vor unserem Energiezentrum in der Mitte des Körpers gefaltet. Hamron stellte sich zu uns, und ich spürte ein tiefes Gefühl der inneren Verbundenheit. Malltor und Uratur standen bei den Frauen und Kindern. Sie alle warteten gespannt darauf, was passieren würde.

Die Geräusche des Waldes verstummten. Wie von selbst öffnete sich mein Mund, und ich vernahm eine mir fremde Stimme, die unseren Göttervater anrief. Als die Stimme aus meinem Innersten verstummte, erklang neben mir heiserer Runengesang. Obwohl ich wusste, dass es Yinzu war, kam mir auch seine Stimme seltsam fremd vor. Als alle Runen gesungen waren, spürte ich Hitze, die aus meiner Körpermitte aufstieg, und sich über meinen ganzen Körper verteilte, bis sich wie von selbst meine Arme hoben. Das Holz knisterte, meine Hände zuckten, das Feuer loderte auf. Mir war, als hätte ich soeben tausend Schlachten geschlagen. Meine Arme waren so schwer, als ob riesige Steine daran hängen würden. Ängstlich wichen die Menschen vor uns zurück, bis Hamron erklärte, was das Ritual für uns bedeutet. Und er versicherte auch, dass ich weder Kinder fresse, noch Frauen verhexe.

Bevor wir mit dem Festmahl anfingen, opferten die Frauen Teile der Speisen den Göttern. Das war ein gutes Zeichen, sie schienen unsere Sitten zu respektieren. Viele von ihnen waren Sklaven gewesen, die immer wieder verschiedene Götter anbeten mussten. Jetzt waren alle, die bei uns waren, überglücklich, endlich ein Zuhause zu bekommen.

Das Feuer brannte schon eine ganze Weile, wir hatten das Festmahl beendet und saßen still im Schein der Flammen. Da fiel mir auf, dass sich im Schatten der nahen Bäume etwas bewegte. Ich erwartete Geisterkrieger, obwohl ich nicht glauben konnte, dass sie unser Feuer mit ihrer Anwesenheit beehren würden. Doch dann trat eine zarte weibliche Waldelfe aus den Schatten. Neugierig und fast unsichtbar bewegte sie sich auf uns zu. Ich war mir sicher, dass sie nicht wusste, in welche Gefahr sie sich und uns damit brachte. Ihr Volk würde es sicher nicht gutheißen, wenn sie sich Menschen so unbefangen näherte. Deshalb erhob ich mich langsam und schlenderte unauffällig um das Feuer herum. Nicht einmal eine Armlänge war sie von mir entfernt, als sie spürte, dass jemand hinter ihr stand. Sie wirbelte herum und starrte mich mit großen Augen an. Ich lächelte und legte meinen Finger auf meine Lippen. Vorsichtig bewegte ich mich rückwärts in den Wald hinein und lud sie durch ein Zeichen mit der Hand ein, mir zu folgen. Widerwillig kam sie meiner Aufforderung nach. Doch kaum boten die Bäume ihr genug Schutz, versuchte sie, mir zu entwischen. Ich war darauf vorbereitet, fasste sie an der Schulter und erklärte ihr, dass sie keine Angst vor mir zu haben brauche. Dann wollte ich von ihr wissen, warum sie so interessiert an unserem Fest sei. Ihr Name war Kiratana, und nach einem kurzen Zögern erzählte sie mir ihre Geschichte.

Ihr Vater war der Fürst der Waldelfen. Ihr Volk lebte schon seit langem tief im Wald. Stets hatten sie die Menschen gemieden, denn sie galten als brutal und unberechenbar. Das hatte sie neugierig gemacht. Kiratana beschloss, die Menschen, die durch den Elfenwald reisten, genau zu beobachten. Das erregte den Ärger ihres Vaters, konnte aber nicht verhindern, dass sie sich eines Tages in einen jungen Bauernsohn verliebte, dem sie durch den Wald gefolgt war. Sie wagte es, seinetwegen ihre Heimat zum ersten Mal zu verlassen. Obwohl Elfen sich außerhalb des Waldes nicht unsichtbar machen können, verstehen sie es doch prächtig, sich zu tarnen. So gelang es ihr, dem Jungen bis in sein Dorf zu folgen. Einige Zeit schlich sie um das Haus herum, bis sie es eines Tages nicht mehr aushalten konnte. Als der Junge zum Wasserholen geschickt wurde, zeigte sie sich ihm und sprach ihn an. Sie lachte, als sie sich daran erinnerte, dass er vor Schreck fast in den Bach gefallen war. Die Menschen erzählen sich über die Waldelfen offenbar ähnlich grausame Geschichten wie die Elfen über die Menschen. Die beiden freundeten sich an, und ihre Zuneigung und das Vertrauen zueinander wurde so groß, dass sie beschlossen, sich ihren Eltern zu offenbaren. Wenn die Vorurteile beseitigt sein würden, dann würde einer Hochzeit nichts mehr im Wege stehen.

Nun wurde ihre Stimme traurig. Seine Eltern reagierten alles andere als verständnisvoll. Sie packten die junge Elfe und banden sie mit Dornenranken, die verhindern sollten, dass sie den Jungen verhexte. Dann schleppten sie beide in den Wald, wo Kiratana verbrannt werden sollte. Der Junge sollte dabei zusehen, damit er endgültig von ihrem Zauber befreit werden würde. Die Dorfbewohner schichteten einen Scheiterhaufen auf und hatten die Elfe schon darauf festgebunden, als die Waldelfen herbeieilten. Ihr Vater verlangte die Herausgabe seiner Tochter. Die Menschen aber waren außer sich und riefen immer wieder, dass sie den Jungen verhext hätte. So erfuhr auch der Fürst der Elfen von der unglücklichen Liebe. Das machte ihn so zornig, dass er befahl, alle Menschen zu töten. Die Dorfbewohner hatten keine Chance. Die Pfeile der Elfen töteten schnell und unerbittlich. Kiratana flehte darum, das Leben ihres Geliebten zu verschonen. Doch ihr Vater war unerbittlich. Der Junge starb in ihren Armen. Daraufhin verfluchte sie ihren Vater und zog es vor, von nun an allein zu leben.

Kiratana lachte kurz und hart und verlangte dann, meine Geschichte zu hören. Ich war von ihrer Offenheit stark beeindruckt und deshalb tat ich, worum sie mich gebeten hatte. Als ich fertig war, erhob sie sich und fragte, wie lange wir bleiben wollten. Ich beruhigte sie, wir wollten schon bald weiterreisen. Noch einmal lächelte sie mir zu, dann war sie plötzlich verschwunden. Langsam ging ich zum Feuer zurück. Hamron und Yinzu sahen mich fragend an, und ich erzählte ihnen die ganze Geschichte. Yinzu hielt es für klüger, bald aufzubrechen. Hamron stimmte ihm zu, also unterrichteten wir unsere Gefährten darüber, dass wir am nächsten Morgen in aller Frühe unser Lager abbrechen würden. Malltor und Uratur begannen sofort mit den Vorbereitungen. Ich war wirklich froh, dass sich die beiden alten Männer entschlossen hatten, uns zu begleiten.

Ich hielt die letzte Wache und ahnte im Osten schon den Morgen, als ich plötzlich spürte, dass ich nicht mehr allein war. Vorsichtig sah ich mich um und blickte in Kiratanas lachende Augen. Sie stand, in ihr grünbraunes Gewand gehüllt, vor mir. Über ihre Schultern hatte sie ein Bündel geworfen. In ihrer Hand trug sie einen Wanderstab, der sich auch gut als Waffe verwenden ließ. Ein kleiner Dolch zierte ihren Gürtel. Sie verneigte sich tief vor mir. „Oh, edler Krieger des Roten Drachen, ich bitte Euch, lasst mich mit Euch ziehen. Nichts hält mich hier. Alle meine Bande sind zerschnitten. Nun, da Ihr meine Geschichte kennt, bitte ich Euch von ganzem Herzen, lasst mich mit Euch gehen." Sie sah mich erwartungsvoll an. Damit hatte ich nicht gerechnet, und ich stotterte, dass ich das nicht alleine zu entscheiden hätte. Ihr Blick wurde traurig. „Aber ich werde versuchen, die anderen davon zu überzeugen, dass du mit uns kommen kannst." Kaum hatte ich die Worte ausgesprochen, fiel sie mir mit einem Freudenschrei um den Hals.

Durch den Lärm, den sie machte, wurden Malltor und Laftar, sein halbwüchsiger Gehilfe, die schon dabei waren, unsere Wagen zu beladen, auf uns aufmerksam. Sie griffen nach ihren Waffen und kamen herbeigeeilt. Als der Junge die Elfe sah, lief er laut schreiend davon. Malltor starrte das junge Mädchen an. Es war das erste Mal, dass er eine Elfe sah. Kiratana verneigte sich artig vor ihm.

Das laute Geschrei des Jungen hatte die anderen geweckt. Alle starrten die junge Elfe an, die sich schutzsuchend hinter meinem Rücken verbarg. Einige Frauen beschimpften sie sofort, ich aber brachte sie mit einer eindeutigen Handbewegung zum Schweigen und verkündete mit fester Stimme: „Dies ist Kiratana, die Elfe. Sie wird mit uns kommen, denn sie hat keine Familie und hat mich gefragt, ob sie bei uns bleiben dürfe. Ich habe ihr meinen Schutz zugesagt. Das bedeutet, dass sie, genau wie alle anderen, alle Rechte und auch alle Pflichten auf unserer Reise zu beachten hat. Sollte ihr jemand ein Leid antun oder böse Verleumdungen über sie oder ihr Volk verbreiten, zieht der meinen Zorn auf sich." Malltor musterte mich einen Moment, dann nickte er. „Ihr habt gehört, was dieser große Krieger gesagt hat, also Schluss jetzt mit der Gafferei. Macht euch zum Aufbruch bereit, wir wollen den Tag nutzen." Er lächelte und lud Kiratana mit einer Handbewegung ein, sich ihm anzuschließen. Neugierig griffen einige der kleinen Kinder nach ihr. Schnell war das Eis zwischen ihnen gebrochen und lachend zog die kleine Gruppe davon.

Yinzu starrte mich an. „Was hast du dir eigentlich dabei gedacht, Beschlüsse zu verkünden, ohne dich mit uns abzustimmen?" Ich zuckte mit den Schultern und murmelte eine Entschuldigung. Hamron überlegte, dass es von Vorteil sein könnte, eine Elfe zur Freundin zu haben. „Stellt euch doch nur einmal vor, was wir alles von ihr lernen können! Sie weiß bestimmt einiges über Pflanzen und Kräuter, von denen wir keine Ahnung haben." Jetzt grinste Yinzu. „Hamron, mein Bruder, dein Optimismus ist unerschütterlich, dafür bewundere ich dich." Lachend schlug er ihm auf die Schulter.

Die nächsten Tage brachten uns dem Frühling immer näher. Die Tage wurden wärmer und länger. Ich genoss die Luft und die Düfte. Wir alle waren bester Laune, sangen oder scherzten miteinander. Unsere kleine Elfe kannte sich in dieser Gegend hervorragend aus. Das war sehr hilfreich, denn unsere Karten gaben uns schon lange keine Auskunft mehr. Wir vermieden Dörfer und Höfe. Nur, wenn es überhaupt nicht anders ging, ritten drei oder vier von uns los, um Lebensmittel oder Ausrüstung zu tauschen oder zu erwerben. Obwohl wir mit unseren großen, schwerfälligen Wagen nur langsam vorankamen, schafften wir in den nächsten Wochen doch ein gutes Stück des Wegs.

Kiratana entpuppte sich als wahrer Wirbelwind. Ihre Aufgaben erledigte sie entweder über alle Maße oder gar nicht. Die Verantwortung für eine Gruppe war ihr gänzlich fremd. Wann immer sie etwas zu verantworten hatte und mich mit großen Augen anschaute, musste ich für sie sprechen, zumal sie sich außer von Malltor und mir von niemandem etwas sagen ließ. Dafür war Hamron ganz vernarrt in sie. Er verbrachte sehr viel Zeit mit ihr, um von ihr über Pflanzen und Kräuter zu lernen und ihr seinerseits das Kämpfen beizubringen. Und tatsächlich wurde aus dem verrückten Mädchen schon bald, wenn sie eine Klinge in ihre zarten Hände bekam, eine gefährliche Kriegerin.

Einmal, als ihr Hamron mit verklärtem Blick zusah und alles andere nicht mehr wahrzunehmen schien, warf Yinzu einen kleinen Stein nach ihm. Doch Hamron wehrte ihn mit einer raschen Handbewegung ab. „Wenn ihr glaubt, dass ich nichts mehr mitbekomme, dann habt ihr euch geirrt." Yinzu war erleichtert. „Dich hätten wir nackt ausziehen können, ohne dass du etwas bemerkt hättest, wenn du Saarami beim Training zugesehen hast." Noch bevor er sich in Sicherheit bringen konnte, traf ihn mein Schlag. Den hatte Yinzu erwartet und vorsichtshalber die Hände gehoben. Doch dem Tritt, der dem Schlag unmittelbar folgte, konnte er nicht mehr ausweichen. So entbrannte ein heftiger Übungskampf zwischen uns beiden, der mir alles abverlangte, was ich bisher gelernt hatte. Mit der größtmöglichen Härte kämpften wir gegeneinander. Die Kunst bei solchen Kämpfen liegt darin, sich trotzdem nicht zu verletzen. Erst, als wir nach einiger Zeit völlig außer Atem innehielten, bemerkten wir, dass uns alle anstarrten. Nur Hamron lachte, bis er sich seinen Bauch halten musste.

Eines Morgens bemerkte ich ungewöhnlich schwarze Wolken am Himmel. Nach kurzer Zeit schüttete es wie aus Eimern. Obwohl mein Mantel mit Fett eingerieben war, lief mir das Wasser nach kurzer Zeit schon den Rücken hinunter. Mit dem Regen kam der Wind, und es wurde empfindlich kühl. So beschlossen wir, irgendwo Unterschlupf zu suchen. Doch das war leichter gesagt als getan. Hatten wir in den Wochen zuvor sämtliche Siedlungen gemieden, so war nun keine zu finden. Ich ritt mit Kalter Tod vorweg, Malltor erkundete die Gegend und fand nach stundenlanger Suche wenigstens einen Pfad, dem wir beschlossen zu folgen. Es dämmerte schon, und es wäre sinnlos gewesen, ein Zelt aufzubauen. Der Regen fiel fast lotrecht vom Himmel. Die Nacht war stockfinster und totenstill. Nur die Tropfen trommelten auf meine Kapuze. Trotzdem bemerkte ich, dass Kalter Tod den Kopf hob und schnupperte. Angestrengt versuchte ich, in der Dunkelheit etwas zu erkennen. Die Laterne entdeckte ich trotzdem erst, als ich schon fast mit dem Kopf dagegenstieß. Ich traute meinen Augen kaum. Vor mir war tatsächlich eine Schenke aus dem Regen aufgetaucht.

Yinzu und ich gingen hinein, Hamron blieb mit den Frauen und den Kindern draußen zwischen den Bäumen im Dunkeln verborgen. Als wir in den warmen Schankraum traten, erstarb jedes Gespräch. Yinzu schloss die Tür. Die Feuchtigkeit dampfte aus unseren Mänteln. Ein dicker Wirt starrte uns mit offenem Mund an. Ich nickte ihm zu. Yinzu sagte ruhig und mit fester Stimme, dass wir auf der Durchreise seien, nichts Böses im Schilde führten und ein Dach über dem Kopf und ein warme Mahlzeit bräuchten. Draußen würden noch mehr von uns warten, selbstverständlich würden wir für alles bezahlen. Als der Wirt das hörte, lächelte er uns an und bat uns, ihm zu folgen. Wir wurden zu einem großen runden Tisch geführt, der in einer der hinteren Ecken des Raumes stand. „Ihr müsst schnell aus euren nassen Sachen heraus, damit ihr euch nicht erkältet." Ich warf meinen nassen Umhang auf den Boden. Als der Wirt den Roten Drachen entdeckte, der auf meinem Brustpanzer prangte, sank er auf die Knie und bat wimmernd darum, ihn und seine Familie zu verschonen. Yinzu half dem Mann auf die Beine und beruhigte ihn. Erleichtert erhob sich der Wirt, und die Stimmung im Schankraum entspannte sich wieder. „Wir brauchen heiße Suppe für ungefähr dreißig Leute, die meisten davon sind Kinder, kann er das bewerkstelligen?" Mit einer Verbeugung bejahte der Wirt und verschwand in der Küche. Yinzu ging zur Tür, um die anderen hereinzuwinken.

In der Zwischenzeit sah ich mir die fünf Reisenden im Schankraum genauer an. An einem Tisch saßen drei, am anderen zwei Männer zusammen. Alle sahen mich an und nickten mir jetzt zu. Ich erwiderte den Gruß. Die zwei sahen aus wie Kaufleute, die anderen wie ihre Wache. Yinzu, Malltor und die Frauen mit den Kindern kamen herein. Unsere kleine Elfe verbarg sich dicht an Hamron gedrückt unter ihrem Mantel, der sie nahezu unsichtbar werden ließ. Den Schluss bildete Uratur. Leise schloss er die Tür. Aus den nassen Kleidern stieg ein seltsamer Nebel, der kaum die Hand vor Augen sehen ließ. Einer der anderen Gäste öffnete ein Fenster. Die Frauen halfen den Kindern aus den nassen Sachen, sie selbst zierten sich, ihre Kleider abzulegen. Doch Walltara, eine der älteren Frauen, befahl mit strenger Stimme, die nassen Kleider zum Trocknen vor das Feuer zu hängen. Als die anderen Gäste bemerkten, dass Menschen mit dunkler Hautfarbe unter uns waren, hörte ich leisen Spott und Hohn. Hamron hielt mich am Arm zurück und bat mich, nicht darauf zu reagieren.

Der Wirt stellte einen großen Topf vor uns auf den Tisch und verteilte Holzlöffel. Er entschuldigte sich, dass er nicht auf so viele Gäste eingestellt sei, deshalb sei die Suppe dünn. Yinzu gab dem Mann einige Goldstücke, woraufhin er Brot, Obst und gedünstetes Gemüse brachte. Walltara achtete darauf, dass die Speisen gerecht verteilt wurden. Ich beobachtete, dass die Familie des Wirtes sich an der Küchentür eingefunden hatte, um uns zu begutachten. Er hatte eine dicke Frau und zwei feiste Kinder.

Ich hörte wie Hamron mit Kiratana sprach und entdeckte die junge Elfe zusammengesunken unter dem Tisch, immer noch unter ihrem nassen Umhang verborgen. Hamron versuchte vergeblich, sie dazu zu bewegen, ihn abzulegen. Mit einem Seufzen kroch ich unter den Tisch. Ihre Lippen zitterten vor Kälte und Angst. Ich bat sie, ihre nassen Sachen auszuziehen, damit sie nicht krank werde. Ich würde sie beschützen. Einen Moment lang sah sie mir in die Augen, dann nickte sie, schälte sich langsam aus ihrem Mantel und kam unter dem Tisch hervor.

Als sie vor den Kamin trat, um den Umhang aufzuhängen, hörte ich einen unterdrückten Schrei. Die dicke Wirtin hatte die Elfe erspäht. Aufgeregt sprach sie auf ihren Mann ein. Auch die Reisenden und ihre Wache rissen die Augen auf. Kiratana sah mich flehend an. Ich stellte mich schützend vor sie und lächelte sie an, woraufhin sie mir um den Hals fiel. Mit sanfter Gewalt löste ich ihre Umarmung und geleitete sie zum Tisch zurück. Hamron sah mich eifersüchtig an, aber ich konnte schließlich nichts dafür, dass die kleine Elfe an mir einen Narren gefressen hatte.

„Das sollen also sind die ruhmreichen Krieger des Roten Drachen. Sie reisen mit schwarzen Teufeln und Elfenhexen, ohne deren Zauberkräfte sie sicher gar nicht kämpfen können!" Ich hob den Blick, um dem Spötter in die Augen zu sehen. Einer der Wachleute war aufgestanden. „Ich glaube, ich habe mich da eben verhört, werter Herr. Sagtet Ihr etwas von Elfenhexen und schwarzen Teufeln? Ihr werdet doch nicht Euer Leben so leichtfertig wegwerfen, hab ich Recht?" Er zögerte, doch dann spuckte er auf den Boden und wiederholte seine Worte. Yinzu und Hamron erhoben sich. Bevor ich etwas sagen konnte, war der dicke Wirt zwischen mich und den Wachmann getreten. Er warf sich auf die Knie und bettelte, dass wir doch in seiner Schenke kein Blut vergießen sollten. Ich nahm ihn gar nicht richtig wahr, ich hatte nur Augen für diesen Schuft, der es darauf anlegte, in dieser Nacht zu sterben.

Yinzu legte mir die Hand auf die Schulter. Wir konnten uns solch ein Aufsehen nicht leisten. „Aha, da kneifen sie den Schwanz ein wie räudige Hunde, die Angst vor Prügel haben." Das war zu viel, ich schüttelte die Hand meines Bruders ab und ging auf den Mann zu. Dabei wäre ich fast über den Wirt gestolpert, der immer noch auf dem Boden kniete. Ärgerlich schob ich ihn beiseite. „Ich werde meine Waffen ablegen, und ich werde meine Brüder bitten, nicht einzuschreiten, wenn ich dir das Fell über deine faulenden, stinkenden Ohren ziehe. Obwohl es mir widerstrebt, mir meine Hände dreckig zu machen, werde ich dir beweisen, dass man einen Krieger des Roten Drachen und seine Freunde nicht ungestraft beleidigt." Mit diesen Worten nahm ich mein Schwert ab. Mit einem Seufzer nahm Yinzu es entgegen. Der Mann baute sich vor mir auf und stemmte seine Fäuste in die Hüften. „Du Wurm weißt ja nicht, mit wem du dich angelegt hast. Man nennt mich die ‚Eiserne Faust des Todes'.

Ich habe schon mehr Männer im Kampf getötet, als du in deinem ganzen Leben gesehen hast. Mach dich bereit, zu den Göttern zu gehen, wenn sie einen kleinen Scheißer wie dich überhaupt annehmen." Erst jetzt bemerkte ich, dass er ein gutes Stück größer war als ich. Auch an Gewicht übertraf er mich bei weitem. Die dicke Frau des Wirtes warf sich in diesem Moment schreiend zu ihrem Mann auf den Boden, worauf sich endlich einer der Kaufleute erhob. Ihm war die Situation sichtlich unangenehm. Er machte den Vorschlag, den Kampf nach draußen zu verlegen. Ich erklärte mich einverstanden, und auch mein Gegner nickte.

Immer noch goss es in Strömen. Ich hatte noch keine drei Schritte gemacht, als ich auch schon wieder nass bis auf die Knochen war. Sehen konnte ich bei dem Wetter kaum etwas. Noch bevor ich mich meinem Gegner zuwenden konnte, wurde ich hart am Kopf getroffen. Warmes Blut lief aus der Wunde und vermischte sich mit dem Regen. Ich musste noch zwei weitere Schläge einstecken, einen in den Bauch, den anderen an meine rechte Wange. Ich blutete sofort heftig, mein Gegner musste Panzerhandschuhe tragen, die mit kleinen Dornen oder Klingen besetzt waren. Ich tat so, als hätten mich die Treffer so schwer verletzt, dass ich mich kaum noch auf den Beinen halten konnte. Ich krümmte mich und ließ seinen Hohn wortlos über mich ergehen, während ich mich auf mein Energiezentrum konzentrierte. Meine Kraft ballte sich zusammen und formte eine pulsierende Kugel aus Energie. Als er mir den Rest geben wollte, entspannte ich mich und schrie. Meine Energie fand ihren Weg bis in meine Hand und schoss aus mir heraus. Obwohl er einige Schritte von mir entfernt war, wurde er hart getroffen. Er blieb wie angewurzelt stehen und sah mich ungläubig an. Wieder traf ihn meine Energie, diesmal direkt in den Unterleib. Er griff sich zwischen die Beine und begann, wie ein Schwein zu quieken. Nach dem nächsten Schlag fiel er vornüber auf die Knie. Jedes Mal, wenn er sich erheben wollte, traf ich ihn, ohne ihn zu berühren. Eigentlich hätte ich den Kampf an dieser Stelle beenden sollen, doch seltsamerweise konnte ich nichts anderes tun, als beobachten, was geschah. Als er flehend die Hände hob, sah ich seine Panzerhandschuhe und hörte die Runen, die ich sang. Eine starke Hitze brannte in meiner Köpermitte, mein Körper schien zu wachsen, und ich glaubte zu schweben. Wie von selbst hoben sich meine Hände, und ich spürte, wie sich die Energie in meinen Händen sammelte. Der Mann begann zu schreien und hielt sich den Kopf. Doch dann, für alle unerwartet, zerplatzte der Kopf des Mannes wie ein reifer Kürbis, der vom Tisch auf den Boden gefallen ist. Ich spürte, wie Teile seines Gehirns mir ins Gesicht klatschten.

Plötzlich war alles still. Fassungslos stand ich vor dem Leichnam, bis meine Knie nachgaben und ich zu Boden fiel. Jemand hob mich auf und stellte mich wieder auf die Füße. Ich versuchte zu lächeln, als ich in Yinzus entsetztes Gesicht blickte. Dann empfing mich wohltuende Dunkelheit. Als ich meine Augen wieder öffnete, saß Hamron neben mir. „Na, da hast du ja was Schönes angerichtet", hörte ich ihn sagen, dann wurde es wieder schwarz vor meinen Augen.

Etwas Weiches holte mich in die Welt zurück. Kiratana hatte sich über mich gebeugt, um mich zärtlich wachzuküssen. „Endlich bist du wieder aufgewacht, mein Held. Wir haben uns schon Sorgen um dich gemacht." Vorsichtig setzte ich mich auf. Ich lag auf einem unserer Wagen. „Noch nie hat jemand für mich sein Leben aufs Spiel gesetzt. Dafür werde ich dich immer lieben." Noch bevor ich ihre Worte begriffen hatte, war sie verschwunden.

Viele Stunden später brachte Hamron mir Wasser. „Warum sind wir gleich aufgebrochen?" fragte ich ihn. Er grinste. „Mein guter Freund, wir sind schon zwei volle Tage unterwegs. Einen ganzen Tag lang hast du in der Schenke gelegen, doch wir hielten es für besser aufzubrechen, da sich deine Tat sehr schnell herumgesprochen hatte. Um den Fürsten dieses Landes nicht zu verärgern, hielten wir es für ratsamer, unseren Weg fortzusetzen. Ich war mir sicher, dass ich dich auch unterwegs wieder hinbekommen würde. Ohne mich würdest du jetzt viel hässlicher aussehen. Aber diese Nähte sind mir wirklich gut gelungen, es werden schöne kleine Narben werden." Mit den Fingern tastete ich nach den Wunden. „Na dann, herzlichen Glückwunsch, du großer Heiler. Jetzt lass mich aufstehen, ich bin kein alter Mann, der im Liegen sterben will." Widerwillig half Hamron mir. Mit meinem Fell über den Schultern kroch ich aus dem Wagen.

    Auf dem Kutschbock saß Walltara. Als sie mich sah, strahlte sie über das ganze Gesicht. „Ehre und Heil, dir großer Aran. Wir haben zu allen Göttern gebetet, die wir kennen, dass du uns erhalten bleiben mögest. Unsere Gebete sind erhört worden." Sie streichelte mir über die Wange. Ich setzte mich neben sie. Kalter Tod lief neben dem Wagen her. Mit einem kräftigen Wiehern hieß er mich willkommen. Vom Kutschbock aus musste ich ihm seinen großen Kopf streicheln. Als ich Anstalten machte, mich auf seinen Rücken zu setzen, hielt mich Walltaras scharfe Stimme zurück. „Großer Krieger, du wirst doch nicht so töricht sein und jetzt schon deine gerade wiedergewonnene Gesundheit aufs Spiel setzten?" Ich ließ mich seufzend wieder auf den Kutschbock fallen. „Wenn du wieder ganz gesund bist, dann kannst du auch wieder reiten. Vorher nicht." Diese Frau übte eine seltsame Faszination auf mich aus. Obwohl sie schon älter war, graue Strähnen durchzogen ihr schwarzes Haar, fühlte ich mich in ihrer Nähe sehr wohl. Merkwürdigerweise durfte sie auch Kalter Tod anfassen und streicheln, wann immer sie es wollte. Das hatte es vorher noch nie gegeben, selbst meinen Brüdern gestattete es mein Kamerad nur hin und wieder.

    Die Nachmittagssonne schien angenehm warm auf uns herunter. Die Luft schmeckte nach Frühling, und Glück durchströmte mich. Übermütig küsste ich Walltara auf die Wange. Mit gespielter Entrüstung knurrte sie mich an. Beide lachten wir, bis Yinzu von seinem Pferd zu mir herübersah und fragte, ob es mir besser gehe. Ich nickte. „Du hast unsere Leben leichtfertig aufs Spiel gesetzt. Wenn wir Pech haben, dann werden wir jetzt verfolgt. Und warum das alles? Nur damit du deine Genugtuung hast." Ich glaubte, mich verhört zu haben. „Nur weil du vor jedem kuschst, muss ich das nicht auch tun. Unseren Glauben, unsere Ahnen, alles, was mir heilig ist, hat dieser Mann mit Füßen getreten. Du willst immer so unauffällig wie möglich sein, aber du willst auch immer weglaufen. Verdammt, Yinzu, wir sind Krieger, und wir leben nun einmal, um zu kämpfen. Das tue ich! Wenn du lieber reden und weglaufen möchtest, bitte, aber dann nicht mit mir. Ich habe die Schnauze voll von deinem übervorsichtigen Gehabe." Ich versuchte, ihn nachzumachen. „'Es ist besser, vorsichtig zu sein. Es ist besser, nicht aufzufallen'. Wenn das deine Überzeugung ist, dann mach das ruhig. Aber verlange nicht von mir, dass ich jedes Mal mit dir davonlaufe." Yinzu sah mich mit zusammengekniffenen Augen an. Walltara brummte ärgerlich: „Seid ihr noch bei Sinnen? Ihr seid schließlich Brüder. Es gibt immer mehrere Möglichkeiten, die zur Lösung eines Problems führen. Jeder soll sich so entscheiden, wie er es für richtig hält. Jedenfalls ist das kein Grund aufeinander loszugehen wie kleine Kinder. Akzeptiert, dass ihr verschieden seid. Das solltet ihr zu eurem Vorteil nutzen und euch nicht gegenseitig fertigmachen." Beide sahen wir die Frau mit großen Augen an. So hatte schon lange niemand mehr mit uns gesprochen. Verlegen nickte mein Bruder uns beiden zu, dann ritt er ans Ende unseres Zuges. Ich wusste nicht, was ich sagen sollte. Vorsichtig legte ich meine Hand auf die ihre, mit der sie locker die Zügel hielt, und murmelte eine Entschuldigung, darauf begann sie zu lachen. Es war das erfrischende Lachen eines jungen Mädchens.

Jetzt fiel mir auf, dass ich den ganzen Wagen für mich allein gehabt hatte. Auf meine Frage, wo denn die Kinder seien, antwortete sie, dass Yinzu vom Wirt der Schenke einige Pferde gekauft habe. Die älteren Jungen und Mädchen ritten nun selbst. Malltor tauchte an meiner Seite auf. Seine dunkle Haut glänzte in der Sonne, und seine weißen Zähne strahlten, als er mich anlachte. Er erzählte mir, dass alle froh darüber seien, dass es mir besser ginge. Er sei sehr stolz, mit einem so großen Krieger reiten zu dürfen. Verlegen grüßte ich ihn.

Am Abend verkündete Hamron, dass es nur noch einige Tagesritte dauern würde, bis wir das Dorf erreichten, wo er seine Meisterprüfung zu bestehen habe. Ich sah in den Nachthimmel. Der Mond und die Sterne leuchteten vertraut. An den Sternenbildern erkannte ich, dass ich wieder zuhause war. Plötzlich setzte sich Kiratana neben mich und strahlte über das ganze Gesicht. Der blaue Schimmer ihrer Haut leuchtete in der Dunkelheit. Sie schwieg, saß einfach nur da und lachte mich an. „Warum hast du mich heute Morgen geküsst?" Sie kicherte und hielt sich die Hand vor den Mund. „Als ob du das nicht wüsstest! Gib es zu, du weißt es." Verlegen schüttelte ich den Kopf. Hatte ich schon wieder etwas nicht mitbekommen? Sie rückte näher an mich heran und hakte ihren Arm bei mir unter. „Weil ich dich liebe, Aran vom Clan des Roten Drachen. Vom ersten Augenblick an habe ich dich geliebt. Jetzt hast du auch noch dein Leben für mich und meine Ehre aufs Spiel gesetzt. Das war der letzte Beweis dafür, dass ich die Zeichen richtig gedeutet hatte. Wir sind füreinander bestimmt." Mit diesen Worten legte sie ihren Kopf an meine Schulter schloss die Augen. Es rauschte in meinen Ohren und verschlug mir die Sprache. Was würde Hamron dazu sagen? Es war mir nicht verborgen geblieben, dass er sich in die kleine Elfe verliebt hatte. Nun würde sich auch noch mein anderer Bruder von mir abwenden. Mit dem einem lag ich ja schon im Streit.

Ein Husten ließ mich zusammenzucken. Yinzu setzte sich zu uns. Unsicher druckste er herum. Kiratana sah ihn, aber sie machte keine Anstalten, sich zu entfernen. Ich stupste sie leicht an. „Bitte, lass uns allein, wir haben etwas zu besprechen." Sie erhob sie sich und verbeugte sich. „Natürlich, mein Geliebter, ich werde alles tun, was du von mir verlangst. Bis dann, mein Held." Sie wirbelte herum und tanzte davon. Verlegen blickte mein Bruder zu Boden. Ich wollte etwas sagen, doch er fiel mir ins Wort. „Lass mich jetzt reden, bitte. Es tut mir leid, dass ich an dir gezweifelt habe. Du bist mein Bruder und mein bester Freund. Noch niemandem in meinem Leben habe ich so viel Vertrauen entgegengebracht wie dir. Es betrübt mich, wenn etwas zwischen uns unausgesprochen bleibt. Deshalb möchte ich, dass du weißt: Selbst wenn wir einmal verschiedener Meinung sind, werde ich immer zu dir halten. Selbst wenn deine Entscheidung unseren Untergang bedeuten würde, werde ich nicht von deiner Seite weichen." Es entstand eine kurze Pause. Nun sah Yinzu auf, er blickte mir ins Gesicht, und ich konnte nichts anderes tun, als ihn zu umarmen. „Mein Freund, auch ich möchte dich um Verzeihung bitten. Wenn ich nicht so störrisch gewesen wäre, dann müsste ich jetzt wahrscheinlich keine Verbände tragen. Das nächste Mal werde ich versuchen, auf dich zu hören. Doch nun brauche ich schon wieder deine Hilfe. Es geht um Kiratana. Sie hat mir gestanden, dass sie mich liebt. Das wird Hamron nicht gefallen. Was soll ich bloß tun?" Er fragte mich, ob ich diese Liebe erwidere. Ich brauchte nicht zu überlegen und schüttelte den Kopf. Ich mochte die kleine Elfe wirklich gern, aber Liebe empfand ich für sie nicht. „Dann ist doch alles klar. Du musst zuerst mit Hamron und danach mit Kiratana reden." Ich seufzte: „Wirst du mir dabei helfen? Ich weiß nicht, ob ich für Hamron die richtigen Worte finde." Aufmunternd klopfte mir Yinzu auf die Schulter. „Wie ich schon sagte, ich werde nicht von deiner Seite weichen."

Als wir am Feuer vorbeikamen, tuschelten die Frauen miteinander und kicherten. Ich dachte mir nichts dabei, hatte Walltara mir doch erzählt, dass alle sich freuten, dass ich wieder fast gesund sei. Wir fanden Hamron in seinem Wagen. Ohne Umschweife sagte ich ihm, dass ich etwas Wichtiges mit ihm besprechen müsse. Er knurrte, ob es vielleicht etwas damit zu tun habe, dass Kiratana überall herumerzähle, dass wir beide ein Liebespaar seien. Ich musste schlucken: Er wusste es schon! Meine Kehle war wie zugeschnürt. Verlegen begann ich herumzustottern, bis Yinzu mir das Wort abschnitt. Er erklärte Hamron meine missliche Lage. Einen Moment lang wechselte sein Blick zwischen Yinzu und mir, dann brach das Lachen aus ihm heraus. Verwirrt sahen mein Bruder und ich uns an. Hamron musste sich an das Rad des Wagens lehnen, so schüttelte ihn sein Lachen. In mir begann langsam die Wut aufzusteigen. Machte er sich über mich lustig? Yinzu, dem das nicht verborgen geblieben war, sprach beruhigend auf mich ein. Nachdem Hamron seine Fassung wiedergefunden hatte, schlug er mir auf die Schulter. „Mein Bruder, du darfst nicht glauben, dass ich es zulassen würde, dass eine Frau, eine Elfe, oder was auch immer, sich zwischen uns stellt. Auch wenn mein Herz für Kiratana schlägt, so war unsere Freundschaft schon lange vor ihr da und wird auch noch lange nach ihr da sein. Wir haben doch geschworen, dass uns nichts entzweien kann. Auch wenn mein Herz schwer ist, so glaube ich doch fest an uns und unseren Schwur." Ich merkte, dass mir das Wasser in die Augen stieg. „Wenn wir erst zurück sind, werde ich mich um ein Treffen mit Saarami bemühen, mir ist nach einer Herausforderung," grinste Hamron. Ich nahm mir vor, der kleinen Elfe beizubringen, dass ich nicht ihr Geliebter war und dass sie nichts anderes zu behaupten hatte. Ich wollte mir lieber nicht vorstellen, was passieren würde, wenn Saarami davon hörte. „Hat jemand gesehen, wo Kiratana hingegangen ist?" Alle schüttelten den Kopf. Es war mir klar, dass ich sie, wenn sie es nicht wollte, nie zu Gesicht bekommen würde.

Plötzlich hörte ich einen leisen Pfiff, er lockte mich in das kleine Wäldchen, in dessen Nähe wir lagerten. Kaum hatte ich die ersten Bäume erreicht, schlang mir die junge Elfe die Arme um den Hals. „Da bist du ja endlich, mein Geliebter. Ich habe schon sehnsüchtig auf dich gewartet. Komm zu mir, ich habe uns ein Bett auf diesem herrlichem Waldboden bereitet." Nur mit Mühe gelang es mir, mich aus ihrer Umklammerung zu befreien. Mit großen leuchtenden Augen sah sie mich an. „Ich werde jetzt reden, und ich wünsche, nicht ein einziges Mal unterbrochen zu werden, habe ich mich klar ausgedrückt?" Ihr Lächeln verschwand. „Höre mir gut zu, kleine Elfe. Wir sind kein Liebespaar. Wir sind auch nicht füreinander bestimmt. Ich bin dein Freund und auch dein Beschützer, wenn es sein muss, aber nicht mehr. Wir werden das Bett nicht miteinander teilen, und ich will nicht, dass du jedem erzählst, wir seien zusammen. Im Gegenteil, du wirst diesem Gerücht ein Ende bereiten. Haben wir uns verstanden?" Sie starrte mich an, begann zu schluchzen und lief davon.

Schon bald durchbohrten mich die Blicke der Frauen. „Schämen solltest du dich. So ein großer Krieger bricht keinem so zarten Geschöpf das Herz! Bist du jetzt stolz auf dich, du Held?" Das hatte ich auch nicht gewollt. Wütend suchte ich noch einmal nach Kiratana. Als ich Hamron und Yinzu traf, wussten die beiden schon, was passiert war. Hamron schüttelte den Kopf, und Yinzu lächelte. „Etwas anderes haben wir, ehrlich gesagt, von dir auch nicht erwartet. Du bist ein leuchtendes Beispiel dafür, wie man einfühlsam und sensibel einem Mädchen beibringt, dass man sie nicht liebt. Wir können alle noch etwas von dir lernen." Ärgerlich stieß ich ihn beiseite und setzte meine Suche fort. Da vernahm ich leises Weinen. Die kleine Elfe lag in Walltaras Armen. Die alte Frau lud mich ein, mich neben sie zu setzen. Unsicher starrte ich vor mir auf den Boden. Dann flüsterte ich leise, dass es mir leid tue. Ich wolle ihr nicht wehtun, aber sie könne nichts erzwingen. Kiratana wimmerte. Walltara klopfte ihr aufmunternd auf die Schulter und redete beruhigend auf sie ein. Verstehen konnte ich nicht, was die beiden Frauen miteinander sprachen. Irgendwann schlief ich ein.

Eine sanfte Hand weckte mich. Walltara nickte mir zu, sie hatte ihre langen Haare offen über die Schultern fallen lassen, und mir fiel sofort auf, wie hübsch sie war. „Du kannst beruhigt sein. Unser kleiner Wirbelwind hat nun verstanden, was du ihr sagen wolltest. Sie ist jetzt zu Hamron gegangen, um sich trösten zu lassen. Du musst noch eine Menge lernen, was den Umgang mit Frauen betrifft." Sie lächelte, und ihre braunen Augen strahlten in einem Glanz, der mein Herz schneller schlagen ließ. Ich streichelte ihre Wange und küsste sie vorsichtig auf den Mund. Zuerst geschah nichts, doch dann öffneten sich ihre Lippen und unsere Zungen verschmolzen. Es schien mir ewig her zu sein, dass ich so geküsst worden war. „Das ist es, was ich meine", knurrte sie, erhob sich und eilte davon. Verwirrt starrte ich ihr hinterher.

Als die Morgendämmerung heraufzog, brachen wir auf. Die Landschaft wurde baumreicher. Gegen Abend erreichten wir einen großen, dichten Wald. Mächtige Stämme alter Eichen und riesiger Kastanien säumten den Weg. Von ihnen ging eine große Ruhe und Macht aus. In ihrem sehr langen Leben hatten sie so vieles kommen und gehen gesehen, dass ganze Religionsgemeinschaften sie verehren. Mich erfüllt solch ein Wald immer mir Ehrfurcht und tiefem Respekt, aber auch mit Geborgenheit. Nur dieses Mal war es anders. Die Luft war seltsam stickig. Wir beschlossen abends, die Wachen zu verdoppeln, und lauschten aufmerksam in die Nacht hinein. Wir hatten auf ein Feuer verzichtet, um nicht auf uns aufmerksam zu machen. Dicht an die Wagen gedrängt, hörten die Kinder den Geschichten zu, die Hamron über die Bewohner des Waldes erzählte.

Ich lehnte mich an eines der großen Räder und sah in die Dunkelheit hinaus, als ich Kiratanas Stimme vernahm. Sie saß mit Hamron und den Kindern zusammen. Einige der Kleinen drängten die Elfe, doch etwas von ihrem Volk zu erzählen. Leise, fast singend, begann Kiratana mit einer der alten Sagen. Ich musste an Meister Gantalah denken. Sein Rat und auch seine Gegenwart fehlten mir. Ich sah zum Himmel hinauf. Viel konnte ich nicht erkennen, denn die Baumkronen gaben nur ein kleines Stückchen vom nächtlichen Himmel frei. Ein leichter Windhauch umspielte mein Haar, es war, als wäre der Elf anwesend oder als wüsste er, dass ich in Gedanken bei ihm war. Mein Pferd war merkwürdig unruhig, ein sicheres Zeichen dafür, dass etwas mit diesem Wald nicht in Ordnung war.

Malltor und Hamron hielten gemeinsam mit mir Wache. Ich fragte Hamron noch einmal, wie es Kiratana gehe. Mein Bruder lächelte. „Lass sie einfach in Ruhe." Als Yinzu uns ablöste, beschloss ich, mit ihm wachzubleiben, doch die Nacht verlief ohne Zwischenfälle.

Mit der Morgendämmerung kam der Nebel. Meine Nackenhaare richteten sich auf, etwas ging vor sich. Magie lag in der Luft, ich konnte sie spüren und riechen. Auch Yinzu war alarmiert. Der Nebel kam zwischen den Bäumen immer dichter auf uns zu. Kalter Tod zerrte an dem Seil, mit dem ich ihn an einen Baum gebunden hatte, damit er nicht die Gegend erkunden ging. Wir waren nun vom Nebel eingeschlossen, er war nur hüfthoch. Eine schwere Stille hatte sich über den Wald gelegt, kein Tier hieß den neuen Tag willkommen, kein Vogelgezwitscher war zu hören. Doch im selben Augenblick, als Kiratana die Plane des Wagens nach hinten schlug und sich umsah, begann sich der Nebel zurückzuziehen. Noch nie hatte ich so etwas gesehen.

Schweigend und sehr aufmerksam, zogen wir den ganzen folgenden Tag weiter durch diesen unheimlichen Wald und hatten ihn auch am Abend noch nicht hinter uns gelassen. Die Wagen stellten wir dicht zusammen und ließen die Pferde angespannt, um schnell bereit zum Aufbruch zu sein. Die Elfe hatte sich den ganzen Tag über nicht blicken lassen. Nun wollten wir uns mit ihr beraten, was zu tun sei. Vorsichtshalber hielt ich mich im Hintergrund, als Hamron nach ihr rief. Es dauerte einen Moment, dann kroch sie aus einem der Wagen. Kiratana drehte mir bewusst den Rücken zu, als Yinzu sie um eine Erklärung bat. Zuerst behauptete sie, dass sie nicht wisse, wovon er spreche. Aber nachdem Hamron ihr ins Gewissen geredet hatte, entschloss sie sich, uns einzuweihen.

Die alten Sagen wussten von den Nebeltrollen. Die Elfen mieden grundsätzlich die Wälder der Nebeltrolle. Warum der Troll die Flucht ergriffen hatte, als sie den Wagen verlassen wollte, konnte Kiratana sich aber nicht erklären. Ich fragte, ob Nebeltrolle Menschen anzugreifen pflegen. Ohne mich anzusehen, antwortete sie, dass Trolle und Elfen die Nähe der Menschen nicht gerade suchen würden. Hamron fragte noch, ob sie wisse, wie so ein Nebeltroll aussehe. Doch keine Elfe, die sie kannte, hatte je einen Nebeltroll zu Gesicht bekommen. Yinzu bedankte sich bei ihr und bat sie, wenn der Nebel wieder aufzöge, uns doch bitte beizustehen, falls es vonnöten sein sollte.

Noch vor der Dämmerung waren wir alle auf den Beinen und warteten auf den Nebel. Als der Morgen graute, krochen die ersten Nebelschwaden weit entfernt zwischen den Bäumen über den Waldboden. Doch je heller es wurde, desto dichter zog sich der Nebel zusammen. Bald ragten nur noch unserer Pferde und Wagen aus dem dichten Grau. Gespannt beobachteten wir das Schauspiel, während die Frauen und Kinder in den Wagen blieben, um zur Not sofort davonfahren zu können. Noch hatten wir unsere Waffen nicht gezogen, wir wollten niemanden dazu auffordern, uns anzugreifen. Plötzlich begann sich der Nebel zu bewegen, er türmte sich auf und bildete wirre Formen, die sich zu bedrohlichen Monstern zu verdichten schienen. Malltor und Uratur beteten in ihrer Muttersprache. Auch ich wurde langsam nervös, denn die Nebelwesen waren groß. Einige von ihnen berührten die Baumkronen. Doch sie kamen nicht näher.

Ganz plötzlich verschwand das Gefühl, in ernster Gefahr zu sein. Yinzu schien es auch gespürt zu haben, denn er sprach die Wesen mit lauter, fester Stimme an. „Wir sind Reisende, die in Frieden kommen. Wir führen nichts Böses im Schilde, noch wollen wir den Bewohnern dieses Waldes Leid antun. Deshalb bitten wir euch, uns ziehen zu lassen." Die Bewegungen des Nebels wurden ruhiger, und völlig unerwartet war ein schrilles Kichern zu hören. Es kam von überall her. „Keiner von euch Menschengetier wird diesen Wald hier lebend verlassen." Unsere Pferde scheuten. Nur Kalter Tod schnaubte kampfeslustig. Ich hörte, einige der Kinder weinen. Yinzu ließ sich nicht einschüchtern. „Wir haben niemandem etwas getan, weshalb also sollen wir sterben? Welchen Groll hegt ihr gegen uns?" Diesmal war ein tiefes Knurren zu hören, die Nebelgestalten bewegten sich wieder unruhiger. Mir wurde klar, dass die Gefahr nicht von den Nebelwesen ausging. „Menschenwürmer, macht euch bereit, zu euren Göttern zu gehen, denn gleich seid ihr nicht mehr als welkes Laub." Wieder erscholl widerliches Gelächter. Ich konnte die Panik riechen, die die Frauen und Kinder erfasste.

Da spürte ich eine Bewegung neben mir im Nebel. Etwas streifte mein Bein. Mit einem schnellen Griff nach unten bekam ich einen Stofffetzen zu packen. Ich krallte mich fest und zerrte ihn nach oben. Zuerst dachte ich, eines der Kinder sei aus den Wagen gesprungen und im Nebel auf dem Boden herumgekrochen. Doch dann spürte ich die Energie dieses Wesens. Mir blieb die Luft weg, ein grässlicher Gestank stieg mir in die Nase, als es schrie und zappelte. Entgeistert rief ich nach meinen Brüdern und nach der Elfe. In dem Moment, in dem Kiratana vom Wagen sprang, wich der Nebel zurück. Die Schreie verstummten. An meinem Arm hing ein kleines verschrumpeltes Wesen, das mich mit roten Augen anstarrte. Sein Kopf glich einer Kartoffel. Sein Gesicht und die Arme waren mit Warzen übersät, zwischen den dünnen Lippen zeigten sich mehrere Reihen kleiner, spitzer, gelber Zähne. Die langen hängenden Ohren wackelten vor Aufregung hin und her. „Eine Elfenhexe! Bitte tötet mich nicht, ich will nicht sterben, ich bin doch erst vierhundert Jahre alt. Bitte, bitte tötet mich nicht." Ich konnte mir ein Lachen nicht verkneifen, eben noch sollten wir diesen Wald nicht lebend verlassen, und nun jammerte der kleine Troll wie ein Kind, dass Angst vor Strafe hat. Hamron und Yinzu schmunzelten ebenfalls. „Niemand wird dir auch nur ein Haar krümmen. Du hast das Wort von drei Kriegern des Roten Drachen." Hamron betrachtete den Troll interessiert, den ich jetzt behutsam auf dem Boden abstellte. „Sagt der Elfenhexe, dass sie mir ja vom Leib bleiben soll, jeder weiß doch, dass Elfen Trolle zum Frühstück fressen." Der kleine Troll versteckte sich hinter meinen Beinen. Der fürchterliche Gestank verstärkt sich, als Kiratana auf uns zukam. Sie war sehr blass, nahezu durchsichtig. „Ich weiß nicht, woher du dieses dumme Gerücht hast, aber sei gewiss, dass dir diese Elfe nichts zuleide tun wird." Hamron legte den Arm um Kiratana, denn die junge Elfe zitterte am ganzen Körper, genau wie der Troll, der sich an meinem Kilt festklammerte. Yinzu fragte ihn barsch, warum er uns töten wolle. „Weil ich ein Sammler bin. Ich sammle alles, was ihr auf eurer Flucht verloren hättet."

Sein Name war Gillgall, er beäugte uns nun neugierig. Dabei rümpfte er ein paar Mal die Nase. „Ihr verströmt einen Gestank, der so widerlich ist, dass mir die Worte fehlen." Ich grinste erstaunt. Jetzt trauten sich auch die ersten Frauen und Kinder aus den Wagen. Doch sobald sie den Troll sahen, verschwanden sie wieder. Malltor gab mir ein Zeichen. Ich folgte ihm den Weg entlang bis zu einer gefährlichen Stolperfalle. Sie war aus langen spitzen Dornen gefertigt. Wenn wir panisch durch den Nebel geflohen wären, hätte sie das Ende unserer Pferde bedeutet. So wurde mir klar, was er gemeint hatte, als er behauptete, er sammele Sachen: Er plünderte die zerstörten Wagen und nahm auch Tote in Kauf. Dieses Wesen war mit Vorsicht zu genießen. Ich bat Malltor, die Falle zu entfernen. Noch immer schwebte der Nebel zwischen den Bäumen. Entschlossen ging ich den Weg entlang und fand tatsächlich eine weitere Stolperfalle, diesmal einen schmalen Graben, der mit spitzen Holzpflöcken gespickt war. Spätestens dort hätten einige von uns ihr Leben gelassen. Ich zerstörte die Falle.

Auf meinem Weg zurück ins Lager nahm ich mir vor, dieses kleine Biest nicht aus den Augen zu lassen. Doch er war bereits verschwunden. Ich erzählte meinen Brüdern von den Fallen. „Ich glaube, dass dieser miese Wurm etwas im Schilde führt. Er macht sich nicht all die Mühe, nur um uns dann in Ruhe zu lassen. Wir sollten ihn uns etwas genauer anschauen." Yinzu und Hamron stimmten zu. „Wie hast du dir das gedacht?", fragte mich Hamron. „Wir besuchen ihn auf einer Traumreise." Malltor und Uratur bekamen die Anweisung, uns alle zu bewachen, und Hamron gab auf uns Acht, während Yinzu und ich auf Reisen waren.

Auf einer kleinen Lichtung zeichneten wir einige Runen in den Waldboden, um uns vor ungebetenen Gästen zu schützen. Dann legten Yinzu und ich uns in die Mitte des Kreises, den wir mit unseren Klingen in den bemoosten Boden gezogen hatten. Bald schon umfing mich der Traumnebel und Yinzu gesellte sich zu mir. Zusammen konzentrierten wir uns auf den kleinen Troll. Nur einen Augenaufschlag später fanden wir uns vor einer mächtigen alten Eiche wieder. Ihre Krone war so ausladend und gewaltig, dass sich keine anderen Bäume in ihrer Nähe entfalten konnten. Zu ihren Füßen hauste der Troll. Unter den riesigen Wurzeln lag seine Höhle versteckt, aus der der schon vertraute Gestank quoll. Um den Baum lagen die Beutestücke verstreut, die der Troll unzähligen Reisenden abgejagt haben musste: Kleidung, Waffen und Rüstungen. Plötzlich spürte ich, dass Yinzu von Entsetzten gepackt wurde. Er rief mit erstickter Stimme nach mir. Sofort eilte ich zu ihm. Was ich zu sehen bekam, ließ mir eiskalte Schauer den Rücken herunterlaufen. Der Troll saß in seiner Höhle und knabberte an einem Arm. Es war der Arm eines Mannes, der aus dem Schultergelenk herausgerissen worden war. Obwohl ein kleines Feuer brannte, fraß der Troll das Fleisch roh vom Knochen herunter.

Während wir ihn anstarrten, begann die widerliche Kreatur mit sich selbst zu sprechen. „Töten, wir müssen sie alle töten. Der Winter kommt bald, und wir haben fast nichts mehr in unserer Vorratskammer. Alle töten! Sie haben uns angefasst, diese elenden Viecher haben uns berührt. Es wird Jahre dauern, bis wir diesen Menschengestank von der Haut gewaschen haben." Er schüttelte sich und biss wieder in den Arm. Mein Magen drehte sich um. „Wir werden noch andere holen. Verwandte, die wir schon lange nicht mehr gesehen haben. Sie werden bestimmt gerne ein großes Fest mit uns feiern. Sogar kleine zarte Kinder sind dabei." Er leckte sich über seine spitzen Zähne und schmatzte fröhlich.

Wir hatten genug gesehen. Wir mussten dieses Ungeheuer zu unserem Schutz töten. Wenn sich ein Traumreisender stark genug konzentriert, ist es ihm möglich, in die wirkliche Welt einzugreifen. Aber es gehört ein großes Maß an Energie und Kraft dazu. Unter der Anleitung Meister Zorralfs hatte ich es einmal geschafft, eine Kerze aus dem Zimmer meines Meisters mit zu mir zu nehmen, allerdings war sie mir einige Male entglitten, wenn meine Konzentration nachließ. Nun stimmten Yinzu und ich gemeinsam einen leisen Singsang an. Es kribbelte seltsam in meinem Bauch, als wir beide unsere Konzentration vereinten und auf eine große und schwere Streitaxt richteten, die in dem wüsten Haufen Beutestücke lag. Wir hatten nur einen Versuch, das war uns mehr als bewusst. Ich spürte, dass die Axt anfing, sich zu bewegen. In meinen Händen entstand ein Gefühl, als packte ich sie tatsächlich am Stiel, doch sie war schwerer, als wir angenommen hatten. Mit lautem Gepolter fielen einige Helme und Tassen aus dem Haufen heraus und rollten über den Boden. Sofort stürzte der Troll aus seiner Höhle. Unruhig trat er von einem Bein auf das andere. Er spürte die Gefahr. Yinzu und ich verharrten in der Bewegung, obwohl wir unsichtbar waren. Der Troll spähte angestrengt umher, konnte uns aber offensichtlich nicht entdecken und verschwand wieder zwischen den Wurzeln. Ich atmete auf. Wieder konzentrierten wir uns. Nun war die Axt frei und schwebte in der Luft. Zusammen hoben wir sie hoch. Ich schwankte, und Yinzu keuchte. Langsam näherten wir uns dem Eingang der Höhle. Wir mussten den Troll noch einmal hervorlocken. Direkt vor meinen Füßen lag ein alter zerbeulter Helm, auf den ich mich jetzt konzentrierte, obwohl Yinzu die Axt nur unter Schmerzensschreien alleine halten konnte. Ich trat nach dem Helm, der scheppernd gegen den Stamm des riesigen Baumes krachte. Der Troll stürzte heraus und blieb wie vom Donner gerührt stehen, als er die große Axt vor sich schweben sah. Mit dem letzten Rest Energie stießen mein Bruder und ich einen lauten Kampfschrei aus und ließen die Axt auf ihn niedersausen. Die Wucht des Schlages war so gewaltig, dass wir den kleinen Kerl der Länge nach teilten. Grünes, zähes Blut spritze hervor. Überall, wo Blut und Gedärme zu Boden fielen, zischte und dampfte es. Das Gras verbrannte. Der Sage nach soll das Blut der Drachen ähnlich todbringend sein.

Hamron schlug mir mit der flachen Hand mehrmals ins Gesicht. Nach dem dritten Schlag murmelte ich mit geschlossenen Augen, dass ich wach sei und er doch bitte damit aufhören möge, da ich sonst zurückschlagen müsse. Er hatte belebende Kräuter entzündet, die es uns erleichtern sollten, uns von dieser Strapaze zu erholen. Malltor und Uratur trugen uns ins Lager zurück. Hamron grinste. „Habt Dank, edle

Krieger, diese beiden hier haben gefaulenzt, während ich arbeiten musste." Selbst das Lachen fiel mir schwer. „Wir haben eure Schreie gehört und uns Sorgen gemacht", zischte Uratur mir ins Ohr. Malltor bettete uns in einem der Wagen auf weiche Felle, dann fielen wir in einen langen Schlaf.

Im Traum wurde ich von wüsten Visionen heimgesucht. Der Tod war mein ständiger Begleiter, ich spürte, dass Menschen, die mir nahe standen, sterben würden. Meine Bestimmung ist, als Krieger in Schlachten zu ziehen, aber dass mein Leben keinen anderen Sinn haben sollte, bedrückte mich.

Als wir erwachten, konnte ich durch die Baumkronen den blauen Himmel sehen. Das Sonnenlicht brach sich zwischen den Blättern der Bäume. Vorn auf dem Kutschbock saß Walltara und lächelte. „Zwei Tage und eine Nacht habt ihr geschlafen. Es ist schön zu sehen, dass ihr beiden überhaupt noch einmal aufzustehen gedenkt." Kurz darauf zügelten Hamron und Malltor ihre Pferde neben unserem Wagen. „Es kann nicht mehr lange dauern, bis wir das Dorf erreichen." Hamron schien gleichzeitig erleichtert und gespannt zu sein. Malltor reichte uns Trockenobst und gedünstetes Gemüse. „Weder der Nebel, noch eine andere Kreatur hat sich uns noch einmal in den Weg gestellt. Dass es grausame Wälder geben soll, habe ich als Kind in Geschichten gehört, aber ich hielt sie für Märchen. Donar ist ein gnädiger Gott, auch wenn er der Gott des Krieges ist. Viele Götter habe ich schon kennengelernt, alle versprachen Frieden und brachten doch Elend und Leid. Das ist bei diesem Gott anders. Er lehrt uns, dass der Krieg Tod und Verderben bringt, aber auch dass es glückliche Momente und einen Sinn im Leben geben kann. Es ist ein guter Glaube, dem ich jetzt angehöre, und ich werde versuchen, Donar Ehre zu machen." Er grüßte uns und ritt zu Hamron an die Spitze des Zuges. Mit großen Augen und offenem Mund hatten wir dem alten Krieger zugehört. Walltara lachte: „Ihr solltet eure Gesichter sehen! Wie zwei nasse Hunde seht ihr aus."

Kapitel 20: Hamron der Heiler

Als die Kinder schliefen, saßen wir zwischen den Wagen um ein kleines Feuer herum. Leise erzählte ich Yinzu und Hamron, wovon ich geträumt hatte. Nachdem wir eine Zeit lang gegrübelt hatten, was der Traum bedeuten könnte, machte Hamron den Vorschlag, Uratur zu fragen, der die Kunst des Traumdeutens beherrschte. Noch heute ist das Land, aus dem Uratur kam, bekannt für seine Traumdeutungskunst. Wir befürchteten, dass es sich um ein böses Omen handeln könnte, deshalb wollten wir den Traum eigentlich geheim halten. Doch mit Uratur kamen auch Malltor, Walltara und eine junge Frau näher ans Feuer. Ihr Name war Taknela. Auch sie war in der Sklaverei geboren und froh, dieser entkommen zu sein. Beim Bogenschießen war sie eine der wenigen Frauen, die wirklich immer trafen. Sie hatte sich mit Yinzu gemessen. Es war kein Gewinner auszumachen gewesen.

Zögernd betrachtete ich die beiden Frauen, die mich erwartungsvoll ansahen. Malltor nickte mir aber freundlich zu, also begann ich, von meinem Traum zu berichten. Als ich geendet hatte, schwiegen alle einen Moment lang. Uratur räusperte sich, dann erklärte er uns, dass alles, was in einem Traum Gestalt annimmt, als Symbol verstanden werden kann. Er fragte er mich, in welchem Mond ich geboren sei. Ich sagte ihm, dass es der achte Mond nach der Wintersonnenwende gewesen sei. „Im Sternbild des Löwen", erklärte er. „Es bedeutet, dass ein Mensch mit großer Kraft geboren wird. Nicht alle, die unter diesem Mond geboren werden, erkennen die Kräfte, die in ihnen wohnen. Du jedoch fühlst sie. Dein Leben wird vom Kampf bestimmt werden. Damit meinte ich nicht nur die Kämpfe, die auf dem Schlachtfeld ausgetragen werden, sondern auch jene, die in dir selbst stattfinden. Du weißt, dass der Tod der ständige Begleiter eines Kriegers ist. Weißt du aber auch, dass der Tod ein Symbol sein kann für den Anbruch eines neuen Zeitalters?" Das hatte ich nicht gewusst. Wie es schien, gab es einen engen Zusammenhang zwischen allem, was sich in meiner Seele abspielte, und der Zukunft unserer Welt. Zwar wusste ich noch immer nicht genau, was mein Traum bedeutete, aber das war nach Uraturs Worten auch gar nicht so wichtig. Das, was er für wichtig hielt, war, dass ich die Zusammenhänge verstand: Mein Handeln beeinflusste und veränderte die Zukunft. „Es werden Dinge geschehen, an denen du großen Anteil haben wirst. Wie sie sich entwickeln werden, hängt von deinen Entscheidungen ab."

Es vergingen zwei weitere Tage, bis wir endlich zum Rande des Waldes kamen. Die Sonne hatte gerade ihren höchsten Stand erreicht, als die Bäume lichter wurden und schließlich ganz hinter uns lagen. Ich musste meine Hand vor die Augen halten, weil mich das helle Licht blendete. Über der Gegend aber, durch die wir dann zogen, lag der Hauch des Todes. Die Felder waren verwüstet oder unbestellt. Hin und wieder sahen wir verlassene Häuser oder verbrannte Höfe. Wir beratschlagten, was zu tun sei, falls wir zwischen die Fronten eines Krieges geraten würden. Doch soweit wir auch kamen, Spuren einer Schlacht oder eines Heerlagers konnten wir nirgends erkennen. Das war überaus seltsam. „Vielleicht hat eine Seuche die Menschen dahingerafft. Das würde erklären, warum die Felder brachliegen", überlegte Hamron. Yinzu schüttelte den Kopf. „Die Häuser und Höfe, die wir gefunden haben, sind zu unterschiedlichen Zeiten zerstört worden. Einige sind schon so lange niedergebrannt, dass sich die Natur bereits ihren Teil zurückerobert hat. Das kann nur bedeuten, dass die Gehöfte aufgegeben wurden." Auch in den folgenden Tagen änderte sich das Bild nicht. Menschenleer war das Land.

Mit der Zeit wurde es selbst mir unheimlich. Es war normal, dass man wochenlang reisen konnte, ohne auch nur einen einzigen Menschen zu treffen. Aber das Land war dann friedlich und unzerstört. In den Nächten verdoppelten wir unsere Wachen, und auch die Spähtrupps, die wir aussandten, waren immer zu dritt oder zu viert unterwegs. Außerdem verschärften wir das Training mit Pfeil und Bogen und dem Stock. Hamron und Yinzu nahmen sich dieser Aufgabe an. Unterstützt wurden sie dabei von Malltor und Uratur. Mir war das ganz recht. Weder im Stockkampf noch im Bogenschießen konnte ich meinen Brüdern das Wasser reichen. Auch war es mit meiner Geduld nicht weit her. Ich empfand mich selbst noch viel zu sehr als Schüler, als dass ich ein Lehrer hätte sein können. So beobachtete ich die Gegend, unternahm mit Kalter Tod Erkundungsritte und übte mich im Schwertkampf. Hamron war sich sicher, dass es nicht mehr lange dauern würde, bis wir das Dorf erreichten, in dem er seine Meisterprüfung zu bestehen hatte. Für das letzte Stück Weges hatte er eine Karte vom Hohen Rat bekommen.

Eines Tages kam ich gerade ins Lager zurück, als Hamron und Yinzu mit dem Training fertig waren. Die Kinder und auch die jüngeren Frauen sahen ziemlich erschöpft aus. Einige hatten Beulen oder bluteten aus kleinen Platzwunden. Ich bat um die Karte. Aufgeregt holte Hamron sie hervor. Während ich sie betrachtete, fragte er immer wieder, was ich denn entdeckt hätte. „Ich habe gar nichts entdeckt, ich wollte einfach nur mal wieder die Karte sehen, sie ist so schön bunt." Hamron klappte der Unterkiefer herunter. Ich grinste breit. Hamron und Yinzu sahen sich einen Augenblick lang an, dann verpassten sie mir einen Stoß, dem ich nichts entgegenzusetzen hatte. Mehrere Schritt weit wurde ich, immer noch lachend, durch die Luft geschleudert und fiel krachend zu Boden. Mit gespieltem Ernst halfen mir die beiden wieder auf die Beine. Yinzu zischte, dass die anderen schon fragend herüber schauen würden, wir sollten doch etwas mehr Disziplin zeigen. Dieser Satz brachte mich wieder zum Lachen, in das meine beiden Brüder einstimmten. Nachdem ich mich endlich beruhigt hatte, zeigte ich auf der Karte auf einen kleinen Bach, den ich gefunden hatte. Zu unserem Erstaunen kamen wir aus einer ganz anderen Richtung, als wir vermutet hatten. Aber wir wussten jetzt, wo wir waren. Der Karte nach waren es höchstens noch drei oder vier Tagesritte, bis wir das Dorf erreichen würden.

In dieser Nacht hielt ich gemeinsam mit Uratur Wache. Er sah zum Himmel auf und prüfte die Luft, indem er schnupperte wie ein Hund. Ich beobachtete ihn dabei, weil ich von ihm lernen wollte. Nach einiger Zeit prophezeite der eine dunkle Zeit. Er schüttelte den Kopf und begann seinen Rundgang. Ich eilte hinter ihm her und wollte unbedingt wissen, woran er das erkennen könne. Er schmunzelte. „Junger Krieger, ich kann dir nicht zeigen, woran man zukünftige Ereignisse abliest. Dazu bedarf es eines langen Studiums der Sterne, des Kosmos' und der Menschen. Um Zusammenhänge erkennen zu können, musst du dich sehr intensiv mit deiner Welt auseinandersetzten. Jede Belehrung wäre eine Beleidigung deiner Intelligenz. Ein großer Krieger, wie du einer bist, sollte sich nicht mit oberflächlichen Erklärungen zufriedengeben, wenn ihn etwas wahrhaft interessiert." Er klopfte mir aufmunternd auf die Schultern und ging weiter. Schweigend folgte ich ihm, nicht sicher, was ich von seinen Worten zu halten hatte.

Der nächste Morgen war grau und wolkenverhangen. Das Wetter unterstrich schmerzlich die Trostlosigkeit der Landschaft. Mittags sahen wir zwei Reiter, die aber sofort davongaloppierten, als sie uns bemerkten. Vorsichtshalber hatten wir unsere Rüstungen angelegt, und unsere Fahnen knatterten im Wind. Am Nachmittag kamen die Reiter in Begleitung einer größeren Schar zurück. Sie stellten sich uns in den Weg und erwarteten uns. Malltor meldete, dass sich uns von hinten noch einmal genauso viele Reiter näherten.

Hamron und ich ritten der Reitertruppe entgegen. Die Männer machten einen verlumpten Eindruck, nur ein Fetzen mit einem Wappen zierte ihre Brust. Darauf war ein Felsen zu erkennen, aus dem ein Schwert herausragte. Einige trugen leichte Rüstungen, andere nur Lederharnische. Sie sahen wie ein zusammengewürfelter Haufen aus. Ihr Anführer verneigte sich leicht vor uns, was wir erwiderten. Keiner von uns sprach ein Wort, bis Hamron die Geduld verlor. „Was ist euer Begehr, warum versperrt ihr uns den Weg, werte Herren? Wir wollen nur friedlich durch dieses Land ziehen. Das werdet ihr uns doch gestatten?" Hamrons aufgesetzt verbindliche Art war mir zuwider. Als aber auch nach dieser freundlichen Anrede nichts geschah, ergriff ich das Wort. „Ich bin Aran vom Clan des Roten Drachen, und das sind meine Brüder. Wir und unser Zug wollen zu einem Dorf nicht weit von hier. Es wäre besser für alle, wenn ihr uns ziehen lassen würdet." Nach diesen Worten kam Bewegung in die Truppe. Einige tuschelten miteinander, andere rutschten nervös auf dem Rücken ihrer Pferde herum. „Seid ihr der Krieger vom Roten Drachen, der die berühmte ‚Eiserne Faust des Todes' zu den Göttern geschickt hat?" Verwirrt nickte ich. „Mein Herr, der große Fürst Flatos der Eiserne wünscht Euch zu sehen. Ihm sind Eure Heldentaten zu Ohren gekommen. Da er großen Respekt hat vor dem Clan des Roten Drachen, liegt es ihm sehr am Herzen, Euch an seinem Hof zu begrüßen." Wieder deutete er eine Verbeugung an. Ich grinste und sah zu Hamron hinüber, der den Anführer ungläubig anstarrte. „Mein Ruf ist mir vorausgeeilt", flüsterte ich ihm zu. „Hast du das gehört?" Hamron machte eine abfällige Handbewegung und wandte sich an den Anführer. „Wir haben eine Aufgabe zu erfüllen, deshalb wird dieser Krieger Euch nicht begleiten." Da funkelte er uns drohend an. „Dann kann ich euch nicht erlauben weiterzureiten. Entweder dieser Mann kommt mit uns und beweist, dass er der ist, für den er sich ausgibt, oder wir finden es sofort hier und jetzt heraus." Jetzt musste ich kichern, was mir nicht nur von Hamron böse Blicke einbrachte. „Entschuldigt, werter Herr, aber es ist lustig, dass Ihr und alle Eure

Männer jetzt und hier sterben wollt - und das bei diesem miesen Wetter." Die letzten Worte hatte ich sehr leise und mit einem gefährlichen Unterton hervorgepresst. Einige der Männer wurden noch nervöser. Die ersten wollten schon ihre Pferde wenden, als Hamron mir zuflüsterte, dass ich die andere Truppe nicht vergessen solle. Es seien zu viele, um sich mit ihnen herumzuschlagen. Unsere Kinder seien uns dabei im Wege, sie würden zu schnell Opfer eines sinnlosen Kampfes.

Ich beobachtete den Anführer, der nervös an seinem Schwert herumfingerte. „Wenn ich mit an den Hof Eures Herrn komme, lasst Ihr meine Freunde dann in Ruhe weiterziehen?" Er überlegte kurz, nickte mir dann erleichtert zu. „Nun gut, dann werde ich Euch folgen. Ich muss mich nur noch von meinen Brüdern verabschieden." Plötzlich hob er seine Hand. „In Eurer Begleitung soll sich eine Elfenhexe befinden. Auch sie muss mit an den Hof meines Herrn kommen." Hamron meinte, dass Kiratana selbst entscheiden müsse, ob sie bereit sei, dieses Wagnis einzugehen. Er ritt zu dem Wagen, auf dem die Elfe mitfuhr. Es störte mich gewaltig, dass ich nun auch noch auf Kiratana aufpassen sollte, deshalb bat ich Malltor, mich zu begleiten. Kurz darauf kam Hamron mit Kiratana zurück. Die Elfe saß auf einem jungen Rotbraunen. Ihr Körper war unter einem Mantel verborgen, dessen Kapuze sie tief ins Gesicht gezogen hatte.

Die Reiter des Fürsten ritten voraus. Da erst bemerkte ich, dass Kiratana am ganzen Körper zitterte. „Du brauchst keine Angst zu haben, ich werde dich mit meinem Leben beschützen, das schwöre ich." Nach diesen Worten hob sie den Kopf, sah mir ins Gesicht, und ich erkannte den Hauch eines Lächelns. Während wir davonritten, betrachtete ich verstohlen die etwa vierzig verwahrlosten Krieger. Eine richtige Truppe konnte man das nicht nennen, und doch ich war froh, dass es nicht zum Kampf gekommen war. In einigen Gesichtern las ich die Bereitschaft, sich selbst klaglos zu opfern. Auch sie beobachteten mich. Bislang hatte noch niemand etwas gesagt oder getan, aber tief in meinem Inneren fühlte ich, dass bei einigen der Reiter die Selbstsicherheit wuchs. Mir war klar, dass ich über kurz oder lang beweisen musste, dass ich der war, für den sie mich hielten.

Trotz der hereinbrechenden Dunkelheit ritten wir weiter. Malltor und ich hatten die mutige kleine Elfe in die Mitte genommen. Wir wussten nicht, ob wir die Unsrigen jemals wiedersehen würden.

Als der Morgen graute, näherten wir uns einer Stadt. Noch konnte ich sie nicht sehen, aber ihr Gestank stieg mir in die Nase. Städte beunruhigten mich. Ich fragte mich, ob auch Kiratana dieses Unbehagen spürte, sie war ja noch nie in einer Menschenstadt gewesen. Doch es sollte sich herausstellen, dass auch ich noch nie eine solche Stadt betreten hatte. Sie war mehr ein großes Dorf, und der Sitz des Fürsten, der sich in der Mitte der halb verfallenen stinkenden Häuser erhob, war noch nicht einmal so prunkvoll wie das Rundhaus im Dorf des Clans. Die Stadtmauer war nichts anderes als ein verfaulter Palisadenzaun, dessen morsche Stämme sich ineinander schoben. Schutz vor einem Angriff würde er nicht bieten. Das galt auch für das Holztor, durch das wir ritten. Die Wache hob noch nicht einmal den Kopf, als wir passierten. Die unbefestigten Straßen waren aufgeweicht und schlammig. Ein Graben, in den die Menschen ihre Abwässer gossen, lief durch die Mitte des Dorfes.

Neben mir stöhnte Kiratana. Zuerst dachte ich, dass sie den Gestank wohl auch nicht aushielte. Doch dann sah ich, was ihr das Entsetzen ins Gesicht geschrieben hatte. An mehreren Galgen baumelten Menschen, daneben hingen eisernen Käfige, in denen wir verwesende Körper erkennen konnten. Die Krähen fraßen aus den Toten noch das letzte bisschen Fleisch heraus. Bleiche Knochen glänzten. Mein Magen meldete sich, und auch Kiratana versuchte, ein Würgen zu unterdrücken.

Der Anführer lachte hämisch, als er unsere entsetzten Blicke sah. „Ja, unser hoher Herr geht nicht gerade zimperlich mit Leuten um, die sich seinen Befehlen widersetzen." Kein Wunder, dass die Dorfbewohner heruntergekommen, verwahrlost und ängstlich waren. Sie starrten mit glasigen Augen durch uns hindurch.

Wieder erreichten wir einen Palisadenzaun, etwas stabiler als der erste. Er umschloss den wenig prunkvollen Fürstensitz. Mir wurde plötzlich klar, an was mich das trostlose Dorf erinnerte: an die Burg meines unseligen Vaters an dem Tag, als ich das erste Mal vor ihn trat, um meine Freiheit zu fordern. Mir lief ein Schauer über den Rücken.

Mehrere Männer traten ins Freie, als wir vor dem Tor ankamen. Sie mussten von höherem Ansehen sein, denn sie waren besser gekleidet und weniger dreckig als die anderen. Einer von ihnen hob die Hände zum Gruß, was ich durch ein Kopfnicken erwiderte. Wir wurden höflich aufgefordert, von unseren Pferden zu steigen. Einer der Männer wollte nach Kalter Tods Lederriemen greifen. Ich warnte ihn, dass sich mein Pferd von niemandem anfassen ließe und dass es besser für ihn sei, ihn dort stehenzulassen. Der Mann nickte, doch als wir uns anschickten hineinzugehen, griff er erneut nach dem Riemen. Kalter Tod schnaubte gefährlich und stieg auf die Hinterhand, um dem Kerl einen Schlag mit dem Vorderlauf zu verpassen, sodass er schreiend und mit gebrochener Schulter in den Dreck fiel.

Durch finstere Gänge schritten wir auf eine große Holztür zu, vor der zwei Wachen standen. Der Anführer der Reitergruppe nickte, worauf sie die beiden Flügel der Tür öffneten. Wir traten in den Thronsaal, der im Vergleich zu einem Saal im Hause Salleturan nichts als ein Stall war. Der Raum war rund, in der Mitte fassten Steine eine große Feuerstelle ein. Damit der Rauch abzog, war in der Decke ein großes Loch, durch das der Regen fiel. Es roch nach kaltem Rauch und nach Tieren. Im Halbdunkel stand ein Hochsitz, auf dem ein Mann thronte. Wir wurden um die Feuerstelle herum zu ihm geführt. Er erhob sich und kam die Holzstufen zu uns herunter. Er war mittleren Alters, sein Gesicht war von durchzechten Nächten gezeichnet. Als er die Arme ausbreitete, um uns willkommen zu heißen, hob ich meine Hände zum Gruß. „Endlich seid Ihr gekommen, so viel habe ich schon von Euren Heldentaten gehört! Ich konnte es nicht erwarten, Euch an unserem Hof zu begrüßen. Seid meine Gäste und esst mit mir, die Nacht ist vorbei und Ihr seht hungrig aus." Auf einem großen Holztisch wurden Fackeln entzündet, was die Ratten vom Tisch vertrieb, die sich über Speisereste hergemacht hatten. Schlagartig verging mir der Appetit.

Nachdem wir uns gesetzt hatten, ermunterte uns der Fürst: „Greift doch zu, es ist genug für alle da, Ihr müsst euch nicht zurückhalten." Ich bekam den Verdacht, er wolle uns beleidigen. Doch als der Fürst und die anderen Männer, die sich mit uns an den Tisch gesetzt hatten, ungehemmt anfingen, die vergammelten Reste zu verspeisen, wusste ich, dass es keine Beleidigung war, es war sein voller Ernst. Nun galt es, seine Gastfreundschaft nicht zurückzuweisen. Fieberhaft suchte ich nach einem Ausweg, ich wusste genau, dass keiner von uns auch nur einen Bissen herunterbekommen würde. Doch dann kam mir die rettende Idee. Ich erhob mich und grüßte den Mann noch einmal. „Werter Herr, so leid es uns tut, aber wir müssen Eure Einladung zum Essen ausschlagen. Wir Krieger vom Clan des Roten Drachen fasten, wenn wir uns auf Reisen befinden. Das reinigt den Geist und den Körper. Bitte habt Verständnis dafür, dass wir an Eurem reichhaltigen Mahl nicht teilnehmen. Auch den Wein müssen wir ablehnen. Wenn Ihr uns nur frisches Wasser reichen würdet, wären wir schon mehr als zufrieden." Es entstand eine kleine Pause, dann nickte der Fürst erfreut. Es schien, als sei er froh, nicht mit uns teilen zu müssen. Ich hatte mich noch nicht wieder gesetzt, als uns auch schon die Teller fortgerissen wurden. Als das

Wasser kam, schnupperte ich vorsichtig daran, aber außer fauligem und abgestandenem Geruch konnte ich nichts Verdächtiges feststellen. Trotzdem beschloss ich, nur so zu tun, als ob ich trinken würde. Die anderen ließen sich von unserer Zurückhaltung nicht stören, sondern schmatzten und schlürften vor sich hin. Es dauerte nicht lange und es war so ziemlich alles verschlungen, was sich auf dem Tisch befunden hatte. Die Reste wurden einfach auf den Boden geworfen, wo sich die Hunde sofort darüber hermachten. Dass auch noch Ratten zwischen den Stühlen umherliefen, störte offenbar niemanden.

Nachdem alle fertig waren, folgte lautes Rülpsen. Endlich zeigte mir der Herr des Hauses seine gelben Zähne, in denen er nach Speiseresten stocherte. „Wie ich schon sagte: Eure großen Taten sind mir zu Ohren gekommen. Da dieses Haus von einem Schatten bedroht wird, hoffe ich auf Eure Hilfe. Ich habe einen Auftrag für Euch, den Ihr nicht abschlagen könnt." Er suchte nach den richtigen Worten. „Wisst Ihr, dieses war einmal ein reiches und geachtetes Land. Es war berühmt für seine Schwertschmiedekunst. Doch mein Großvater hatte zwei Söhne, Zwillinge, deshalb war es nicht möglich, das Recht des Erstgeborenen zu fordern. Als mein Großvater starb, hinterließ er seinen beiden Söhnen das Land zu gleichen Teilen. Es wäre groß genug gewesen, um zwei Fürstentümer zu beherbergen. Die Minen, in denen das edle Metall zu finden war, befanden sich zu gleichen Teilen auf dem Land meines Vaters und dem seines Bruders. Als der alte Fürst zu den Göttern gerufen worden war, entbrannte dennoch ein Streit zwischen meinem Vater und seinem Bruder. Beide beanspruchten das ganze Land für sich allein. Das war die Zeit, in der es zum Bruderkrieg kam. Die Fehde zwischen den beiden überdauerte die Jahre und konnte nicht beigelegt werden. Langsam aber sicher ging das Land zugrunde. Mein Vater trug mir und meinem Bruder auf, das Land wieder zu einen. Doch auch meines Vaters Bruder hatte mehrere Söhne. So zog sich der Bruderkrieg über die Generationen hin. Der Handel kam zum Erliegen. Wir schmieden keine Klingen mehr. Nur noch Tod und Elend herrschen in meinem einst so wunderbaren Land."

Er machte eine Pause, und sein Blick schweifte ab. Er sank traurig zurück auf seinen Stuhl. Doch mit einem Ruck richtete er sich wieder auf. „Ich, Flatos der Eiserne, habe mir geschworen, dieses Land zu retten. Die langen Jahre des Krieges haben es ausbluten lassen, und als dann endlich Frieden herrschte, brachen Krankheit und Seuchen über uns herein. Die Menschen zogen von hier fort." Einer der Männer rief dazwischen: „Aber wir haben eine gute Möglichkeit gefunden, sie vom Weglaufen abzuhalten." Er begann zu lachen, und der Fürst stimmte ein. „Ja, wir haben ihnen gezeigt, was Weglaufen für sie bedeutet, nämlich ihren Fürsten zu verraten. Meine Männer streifen durch das Land und greifen jeden auf, der versucht, von hier zu fliehen. Wir haben eine Art der Bestrafung gefunden, die andere davon abhält, es ihnen nachzutun." Jetzt wurde mir klar, warum überall Galgen standen und eiserne Käfige hingen. Wieder fühlte ich mich an meine Kindheit erinnert. „Ich beauftrage Euch, alle Abtrünnigen, alles Ungeziefer zu vernichten. Allem, was lebensunwürdig ist, sollt Ihr den Garaus machen. Ich will, dass dieses Land wieder rein wird, damit es zu neuer Pracht erblühen kann." Ablehnend hob ich meine Hand. „Es wird mir nicht möglich sein, Euer Land zu durchstreifen, um alle zu töten, die sich von Euch abgewendet haben." Er grinste grausam. „Das braucht Ihr auch nicht. Wie mein Vater schon vor mir, so bringen wir alle, die unsere Bestrafung überlebt haben, sowie alle Kranken und Altersschwachen in ein Dorf, das nur einige Tagesritte von hier entfernt liegt. Eure Aufgabe wird es sein, dieses Dorf und alle seine Bewohner auszulöschen. Ich wünsche, dort kein Leben mehr vorzufinden, wenn ich das nächste Mal hinreite." Mir wurde schlagartig klar, dass es sich nur um das Dorf handeln konnte, indem Hamron seine Meisterprüfung zu bestehen hatte.

Jetzt galt es, diesen Kriegstreiber nicht zu verärgern. Er durfte nicht merken, dass wir ein ganz anderes Interesse an diesem Dorf hatten. „Bei allem Respekt, hoher Herr, aber Ihr sprecht mit Aran vom Clan des Roten Drachen. Es widerstrebt mir, Frauen und Kinder abzuschlachten, nur weil sie Euch nicht genehm sind. Warum schickt Ihr nicht Eure Reiterei? Ich bin sicher, dass diese Männer die Aufgabe zu Eurer Zufriedenheit erledigen würden." Er nickte gedankenverloren. „Glaubt mir, daran hatte ich als erstes gedacht, aber alle meine Männer haben dort Verwandte oder Freunde. Als mir Euer Ruf als todbringender Krieger zu Ohren kam, wusste ich, es kann niemanden besseren für diese Aufgabe geben." Fieberhaft suchte ich nach einem Ausweg und versuchte, Zeit zu gewinnen. „Warum verschweigt Ihr mir den wahren Grund dieses Auftrages? Wenn Ihr glaubt, dass ich Eure Drecksarbeit übernehme, wenn ich den wahren Grund nicht kenne, dann habt Ihr Euch getäuscht."

Der Fürst war blass geworden, und sein Blick verfinsterte sich. Unruhig rutschte er auf seinem Stuhl hin und her. Er knurrte, dass ich ein Mörder sei, der Aufträge entgegenzunehmen habe. Mir sei es nicht gestattet, nach den Gründen zu fragen. Meine Muskeln spannten sich. Ich durfte nicht nachgeben „Ich nehme an, dass Ihr den Clan des Roten Drachen kennt und ihn respektiert. Dann solltet Ihr auch wissen, dass wir einen Ehrenkodex haben, der es uns verbietet, Frauen und Kinder zu töten." Er machte eine abfällige Handbewegung. „Ja, ja kommt mir nur nicht mit Ehre. Ihr Krieger des Clans legt diesen Kodex so aus, wie ihr es gerade braucht. Wenn der Preis stimmt, dann macht ihr keinen Unterschied zwischen Frauen, Kindern und Männern. Meine Brüder und ich haben mehr als einmal von den Künsten eures Clans profitiert in den langen Jahren des Krieges. Nicht einer war unter euch, der einen Auftrag abgelehnt hat, wir mussten nur den Preis erhöhen. Also erzählt mir nichts von eurem Ehrenkodex. Ich bin bereit zu zahlen." Diese Worte hatten mich geschockt, doch ich versuchte, mir nichts anmerken zu lassen. „Womit gedenkt Ihr, mich zu bezahlen, mit Gold?" Verächtlich spie er auf den Boden. „Glaubt Ihr, ich würde in einem Rattenloch leben, wenn ich Gold besäße? Nein, so etwas haben wir hier schon lange nicht mehr." Wieder spuckte er auf den Boden und brüllte, dass er mehr Wein haben wolle. Sogleich wurde ihm ein großer Krug gereicht, aus dem er gierig soff. „Wenn Ihr kein Gold besitzt, wie gedenkt Ihr, mich zu entlohnen? Ich werde nicht aus reiner Nächstenliebe für Euch zum Mörder von Frauen und Kindern." Jetzt lachte er hart auf. „Wenn Ihr der seid, für den ich Euch halte, dann werdet Ihr es tun, weil Euch das Leben Eures Sklaven und der Elfenhexe lieb und teuer sind." Ich verstand nicht gleich, was er meinte, aber er ließ mir nicht die Zeit, darüber nachzudenken. „Wenn ein Krieger so reich ist, dass er sich einen Sklaven aus den Südländern mitbringen kann, und wenn er sich sogar eine Elfenhexe als Hure hält, dann wird er auch ein Dorf niedermachen können, ohne Gold zu verlangen, wenn dadurch seine Gefährten am Leben bleiben." Nach diesen Worten traten Bewaffnete vor, zogen ihre Klingen und näherten sich drohend Malltor und Kiratana. Durch einen Blick gab ich den beiden zu verstehen, dass sie sich nicht bewegen sollten.

Fürst Flatos starrte mich lauernd von der Seite her an. Mit zittriger Hand deutete er auf Kiratana. „Wie Ihr sicher wisst, kann das Blut einer Elfenhexe wertloses Metall in Gold verwandeln, wenn man es hineinlegt. Was wollt Ihr für dieses Geschöpf der Unterwelt? Ich bin bereit, alles mit Euch zu teilen, was wir aus ihrem Blut gewinnen. Ein Sud aus der Haut ihrer Flügel soll einem Mann wieder Kraft in die Lenden bringen, wenn Ihr wisst, was ich meine." Er kicherte dreckig, und seine Männer stimmten ein. Kiratana begann, am ganzen Körper zu zittern. „Fürst Flatos, diese Elfe ist die Tochter eines Mitgliedes des Hohen Rates vom Clan des Roten Drachen. Wenn ihr ein Leid geschehen sollte, dann werden alle hier sterben. Wenn es mein Leben und das meiner Brüder kostet, werden andere Krieger des Clans kommen, um ihren Tod zu rächen. Und ich schwöre Euch bei allen Göttern, die mir heilig sind, dass Euer Leben und das all jener, die Ihr liebt, verloren sein wird. Ihr selbst, Eure Söhne und Töchter, Eure Frauen, Verwandte, Enkel, es wir keinen geben, der die Rache des Clans überleben wird, wenn dieser Elfe auch nur ein Haar gekrümmt wird. Glaubt Ihr tatsächlich, dass ich Euch zu Diensten bin, weil Ihr mich und meine Gefährten bedroht?" Er schüttelte leicht den Kopf. „Ich würde es nicht als Bedrohung verstehen. Seht es mehr als einen Ansporn, Eure Sache besonders gut und gründlich zu machen. Nun zeigt uns, dass Ihr wirklich der seid, für den ich Euch halte."

Trotz seiner Worte war ich mir sicher, dass ich mein Ziel nicht verfehlt hatte. Auch wenn er sich nichts anmerken ließ: Fürst Flatos der Eiserne war verunsichert. Seine Männer, die Malltor und Kiratana bedroht hatten, waren vorsichtshalber einen Schritt zurückgewichen. Er brüllte zwei Namen. Gleich darauf erschienen zwei große und kräftig gebaute Männer. Sie unterschieden sich in Waffen und Kleidung deutlich von den anderen Anwesenden. „Das sind meine beiden ältesten Söhne, ich habe sie von den besten Waffenmeistern ausbilden lassen, die es für Geld zu kaufen gibt. Es waren auch Krieger eures Clans darunter. Die beiden sind mein ganzer Stolz, und ich kann mit Recht behaupten, dass sie noch nie geschlagen wurden." Er war aufgestanden und hatte sich zwischen seine Söhne gestellt, die ihn um einen ganzen Kopf überragten. Die Ähnlichkeit zwischen den dreien war nicht zu übersehen, auch wenn die Jüngeren keinen so gewitzten Eindruck auf mich machten wie ihr Vater. „Die beiden werden einen Vergleichskampf mit Euch austragen, damit wir sicher sind, dass der Drachenclan nichts von seinem Schrecken verloren hat. Wenn ihr wirklich so gut seid, dann könnte es schlecht bestellt sein um die beiden. Deshalb habe ich beschlossen, dass Ihr nur mit einem Holzschwert gegen sie antreten dürft. Meine Söhne werden blanke Klingen führen." Er begann zu lachen, und seine Söhne stimmten ein. „Wenn ich Eure Söhne besiege, lasst Ihr mich und meine Freunde frei und teilt mir den wahren Grund für diesen Auftrag mit, das ist meine Bedingung." Noch immer lachte er, deshalb wiederholte ich meine Forderung.

Wir begaben uns in die Mitte des Raumes neben die große Feuerstelle. Der Steinboden war vom Regen feucht und rutschig. Neben mir warf jemand ein Holzschwert auf den Boden und trat mit den Fuß dagegen, so dass es zu mir herüberrutschte. In den Gesichtern der beiden Söhne des Fürsten zeichnete sich Aufregung ab, aber auch die Gewissheit, mit richtigen Schwertern gegen eines aus Holz nicht verlieren zu können. Schnell hob ich das Holzschwert auf und wog es prüfend in der Hand. Noch einmal wandte ich mich an Fürst Flatos. „Euer Wort gilt: Wenn ich die beiden besiege, nennt Ihr mir den wahren Grund für den Auftrag, dann werde ich ihn mit meinen Brüdern erfüllen." Ein siegessicheres Lächeln umspielte die Lippen des Mannes, der mich mit geröteten Augen anstarrte. Er nickte zustimmend.

Einer der beiden Söhne hatte sich ein paar Schritte vor den anderen gestellt, sie hoben beide ihre Hände zum Gruß. Das war es, worauf ich gewartet hatte. Ohne ein Wort oder eine Geste stürzte ich nach vorn und schlug dem ersten das Holzschwert mit großer Wucht auf den Kopf. Unter lautem Krachen brachen das Holz und der Schädel des Mannes. Er machte noch einen Schritt auf mich zu, bis sein Kopf auseinanderfiel und er tot zu Boden stürzte. Entsetzensschreie ertönten. Doch darauf achtete ich nicht, ich war an dem Toten vorbeigestürmt und trat dem anderen Sohn aus vollem Lauf in den Unterleib. Das Schwert, das er gezogen hatte, entglitt seinen Händen, er fiel schreiend neben mir auf den Boden. Langsam hob ich seine Klinge auf und richtete sie auf den Hals des Mannes. Die Schreie des Vaters, der von seinem Platz aufgesprungen war, gellten durch den Raum. „Bitte, großer Krieger, verschont meinen Sohn. Ich bitte Euch, nehmt mir nicht meinen zweiten Sohn, bitte." Flehend hob er die Hände.

Ich gab Malltor und Kiratana zu verstehen, dass sie sich in Sicherheit bringen sollten. Die beiden eilten zu mir. Der jammernde Fürst hielt seinen toten Sohn im Arm und vergrub seinen Kopf in dessen Umhang. „Warum also wollt Ihr, dass ich dieses Dorf auslösche?" Meine Stimme hallte noch einige Augenblicke im Saal nach, bevor der Fürst flüsternd antwortete. „Das Dorf liegt am Eingang der einzigen Mine, die noch nicht ausgebeutet wurde. Wir brauchen das Metall, um wieder ein starkes Land zu werden. Die Alten, Kranken und der Abschaum, den wir verbannt haben, sind uns im Weg. Deshalb müssen sie verschwinden. Wenn Ihr dieses Haus lebend verlassen wollt, dann schwört mir, dass Ihr diesen Auftrag übernehmen werdet." Es war offensichtlich, dass wir gegen die Übermacht, die mittlerweile um uns herum Aufstellung bezogen hatte, nicht das Geringste ausrichten konnten, deshalb war es das Sicherste, ihn erst mal mit einem Schwur zu besänftigen. „Ich, Aran van Dagan, schwöre beim Leben meines geliebten Vaters, dass ich nicht eher ruhen werde, bis das Dorf der Aussätzigen dem Erdboden gleichgemacht ist, bis auch der letzte Abtrünnige sein Leben ausgehaucht hat." Nach diesen Worten sah mich der Fürst an. Tränen liefen ihm über das Gesicht, aber er nickte und rief seinen Leuten zu, dass wir gehen dürften.

Kalter Tod schnaubte kurz, als er mich kommen sah. Im strömenden Regen verließen wir diesen unseligen Ort. Die Menschen, die sich verzweifelt abgewandt hatten, als wir kamen, taten mir Leid, weil sie in dieser Hölle zurückbleiben mussten. Ohne aufgehalten zu werden, erreichten wir die Tore. Noch einmal sah ich mich kurz um, dann galoppierte mein Kamerad an, ohne dass ich ihn die Hacken spüren ließ.

Die Dämmerung zog schon herauf, als Malltor das Wort an mich richtete. „Warum dieser Schwur? Du hast mir doch erzählt, dass du deinen Vater mit deinen eigenen Händen umgebracht hast. Dass es Aran van Dagan nicht mehr gibt, nur noch Aran vom Clan des Roten Drachen. Warum also dieser seltsame Schwur?" Kiratana sah mich mit weit aufgerissenen Augen an, als sie die Worte aus dem Mund des alten Kriegers vernahm. Ich antwortete lachend: „Weil du um meine Vergangenheit weißt, Fürst Flatos aber nicht. Er glaubt an das, was ich geschworen habe. So konnten wir ziehen, ohne uns den Weg freikämpfen zu müssen, das ist schon viel wert." Malltor nickte nachdenklich, und wir ritten weiter in die heraufziehende Nacht hinein. Der Regen hatte nachgelassen, hin und wieder zeigten sich Sterne. Ich war beeindruckt, mit welcher Sicherheit der alte Krieger uns zu der Stelle zurückführte, von wo aus wir mit den Reitern des Fürsten aufgebrochen waren. Wir würden die Spur unseres Zuges schnell wiederfinden.

Es war schon fast Mittag am folgenden Tag, da fragte mich Kiratana plötzlich: „Wie kannst du lachend vom Tod deiner Familie sprechen, die du mit eigenen Händen umgebracht hast?" Einen Moment lang dachte ich über ihre Frage nach. „Das war nicht meine Familie. Nur weil jemand von gleichem Blut ist, bedeutet das nicht, dass man auch zur gleichen Familie gehört. Eine Familie, das ist eine Gemeinschaft, die mich beschützt, die mich lehrt, was richtig und was falsch ist, wo ich geliebt und geachtet bin. Diese Gemeinschaft gibt mir Wärme und Geborgenheit. Sie lehrt mich Respekt, Bescheidenheit und den Sinn für Gerechtigkeit. Mein Vater hat nichts von all dem getan. Ich war ein Leibeigener, der nicht darüber bestimmen konnte, wohin er ging oder was er tat. Auch dass mein Leben gewaltsam beendet werden sollte, haben meine Verwandten beschlossen. Es war also mehr eine Befreiung für mich, diese Menschen zu den Göttern zu schicken, als eine Missetat." Einen Augenblick lang sahen wir uns tief in die Augen, dann senkte sie schnell den Blick. „Weißt du, wir beide sind uns ähnlich, wir haben beide unsere Verwandten verloren und sind aus unserer Heimat geflohen. Aber jetzt haben wir es selbst in der Hand, mehr aus dem zu machen, was das Leben und die Götter für uns bereithalten. Ich habe eine neue, meine wahre Familie gefunden. Der Clan des Roten Drachen hat mir alles gegeben und mich alles gelehrt, was ich heute für wichtig erachte. Wenn du es willst, dann kann er das auch für dich tun." Sie nickte, ohne mich dabei anzusehen. Ich hoffte nur, dass sie nicht wieder anfing zu weinen. Ihre Tränen zerrissen mir das Herz, denn sie war für mich wie eine kleine Schwester.

Plötzlich stieg mir der Geruch von verbranntem Fleisch in die Nase. Im selben Moment deutete Malltor aufgeregt auf Rauchsäulen, die vor uns aufstiegen. „So brennen nur Scheiterhaufen", rief er. Mit einem Kampfschrei trieb ich Kalter Tod an. Die beiden anderen folgten mir. Durch eine lange Senke ritten wir auf einen Hügel zu, hinter dem die Feuer brennen mussten. Mein Pferd übersprang einen kleinen Graben, dann flog er den Hang hinauf. Oben standen ein paar Bäume und etwas Buschwerk. Kalter Tod bremste stark ab und stieg dann auf die Hinterhand. Er wieherte laut, was auch als Angriffssignal hätte verstanden werden können. Doch dann entspannten wir beide uns, denn ich erblickte die Wagen unseres Zuges und meine Brüder. Sie alle starrten zu mir und Kalter Tod herauf.

Hinter ihnen lag ein Dorf in Trümmern, dessen Einwohner entweder schon tot oder dem Tode nahe waren. Außer den Kindern waren alle aus unserem Zug damit beschäftigt, die Toten einzusammeln und auf Scheiterhaufen zu verbrennen. Hamron hatte einen Platz gefunden, wo er alle Menschen versammelte, die sich noch bewegen konnten. Dort begann er mit der ersten Hilfe für die Schwachen und Kranken. Er rief zu uns herüber, dass Kiratana ihm zur Hand gehen solle. Malltor und ich sollten die Toten herbeiholen. Ich fügte mich seinen Anweisungen, erwiderte aber, dass ich nach Sonnenuntergang mit ihm und Yinzu unsere Lage besprechen müsse.

Der süßliche Geruch von Verwesung hing wie eine Glocke über den Häusern, deren Dächer eingestürzt und deren Fenster und Türen aus ihren Verankerungen gerissen waren. Yinzu war gerade dabei, den Körper einer alten Frau ins Feuer zu werfen. Er bat mich, mit Malltor die Häuser zu durchkämmen, um festzustellen, ob dort Leichen herumlagen. Sie hätten zuerst nur die Toten geborgen, die auf den Straßen lagen.

Als wir alle Häuser durchsucht hatten, war der Abend angebrochen. Wir hatten mehrere verweste Leichen gefunden, aber auch ein Kleinkind, das wir zuerst für tot hielten. Doch als ich es an den Füßen aus seiner Wiege zog, um es zu den anderen nach draußen zu bringen, zuckte es. Vor Schreck hätte ich es fast fallengelassen. Malltor brachte das Kind zu Hamron, der es sofort behandelte. Rings um das Dorf brannten Feuer, die weit in die Nacht hinaus leuchteten. Zu dem süßlichen Gestank der Verwesung gesellte sich der beißende Qualm von brennendem Fleisch.

Yinzu und Uratur sahen erschöpft aus, Hamron mussten wir zu einer Pause zwingen. Ich reichte ihnen allen Wasser, während ich berichtete, was sich an Fürst Flatos' Hof zugetragen hatte. Als ich von meinem Schwur berichtete, lachte Yinzu kurz auf. „Was glaubst du, werden der Fürst und seine Gesellen unternehmen?" Ich zuckte mit den Schultern. „Keine Ahnung, er wird wahrscheinlich erst einmal abwarten. Wenn er seinen Sohn zu Grabe getragen hat und ich immer noch nicht wieder zurück bin, wird er bestimmt Späher aussenden. Wenn das geschieht, sollten wir uns auf einen Kampf einstellen." Alle starrten ins Feuer, über dem Hamron Kräutermixturen kochte. „Sind das alle Menschen, die hier gelebt haben?" Fragend sah ich ihn an. „Nein, nicht alle. Die Gesunden sind in die Berge geflohen, als sie uns kommen sahen, weil sie glauben, dass wir sie umbringen sollen. Sie haben Viehzeug und Lebensmittel mitgenommen. Die Menschen, die nicht mit ihnen fliehen konnten, haben sie ihrem Schicksal überlassen. Morgen werden Uratur und Laftar aufbrechen, um sie zur Rückkehr zu bewegen. Aber viele können es nicht sein, vielleicht ein Dutzend." Er rieb sich die Augen. „Ich muss mich wieder um die Kranken kümmern." Als er sich erheben wollte, war Walltara zur Stelle und drückte ihn zurück auf den Strohballen, auf dem er gesessen hatte. Er müsse sich ausruhen, sie könne allein weitermachen. Hamron wollte etwas sagen, aber Walltara ließ keinen Widerspruch zu. Einen Augenblick später war er auch schon eingeschlafen. Kiratana brachte eine Decke und legte sie über Hamron. Dann übermannte auch mich die Müdigkeit, und ich wollte schon meine Augen schließen, als Yinzu mir leicht gegen den Fuß trat. „Wir beide werden jetzt die Wache übernehmen, damit sich die anderen ausruhen können." Mit schweren Gliedern erhob ich mich, wohlwissend dass er Recht hatte. Schweigend schritten wir durch das Dorf, während an den verfallenen Häuserwänden unheimlich der Schein des Feuers flackerte.

„Wir werden wohl eine ganze Zeit bleiben müssen. Hamrons Meisterprüfung wird nicht so schnell erledigt sein." Ich nickte und fragte Yinzu, ob er auch bleiben oder mit den Kindern weiter ins Dorf des Clans ziehen wolle. „Wenn du glaubst, dass ich euch hier zurücklasse, damit ihr den ganzen Spaß für euch allein habt, dann täuschst du dich gewaltig. Auch wenn es zu meiner Prüfung gehört, die Kinder zurückzubringen, so habe ich doch den Schwur geleistet, meinen Brüdern beizustehen, und keine Macht wird mich davon abhalten." Seine Stimme klang fest und feierlich. „Außerdem glaube ich, dass meine Meisterprüfung schon bestanden ist. Das Wesentliche auf jeden Fall, und nur darauf kommt es an." Ich konnte mir ein Grinsen nicht verkneifen. „Du legst auch alles so aus, wie du es gerade gebrauchen kannst." Jetzt grinste auch Yinzu.

Etwas stupste mich am frühen Morgen an der Schulter, doch ich war noch nicht gewillt aufzustehen. Deshalb machte ich eine entsprechende Handbewegung. Doch gleich darauf wurde ich erneut angestoßen. Langsam wurde ich ungehalten. Wenn es einer meiner Brüder war, konnte er sich auf was gefasst machen. Als ich zum drittenmal gestupst wurde, richtete ich mich wütend auf – und wurde von meinem Kameraden freudig begrüßt. Kalter Tod hatte mich geweckt, damit ich ihn vom Sattelzeug befreite. Er wollte unbeschwert die Gegend erkunden. Mir war klar, dass ich die nächsten Tage wohl nicht reiten würde, also gab ich nach und nahm meinem Pferd Sattel und Trense ab. Er schüttelte den Kopf, dann zog er gemütlich von dannen. Neben mir schnarchte Yinzu noch friedlich vor sich hin. Doch Hamrons Platz war schon leer. Er stand am Feuer und rührte in dem Kessel mit seinen Kräutermixturen. „Na, mein Freund, auch schon ausgeschlafen?" Ich schüttelte den Kopf. „Kalter Tod hat beschlossen, dass es Zeit ist aufzustehen." Er lachte, doch gleich darauf wurde er wieder ernst. „Es werden noch mehr Menschen sterben. Viele kann ich nicht mehr retten." Er seufzte und blickte in die köchelnden Kräuter. „Es hätten nicht so viele sterben müssen, wenn wir eher hier gewesen wären." Energisch schüttelte ich den Kopf. „Du hast dir überhaupt nichts vorzuwerfen. Wir hätten nicht früher hier sein können, selbst wenn wir gewusst hätten, wie es um das Dorf und die Menschen steht." Aber er ließ sich nicht davon abbringen. „Ich wusste es, schließlich ist es meine Meisterprüfung, da hätte ich eher hierherreiten sollen." Ich packte ihn an den Schultern. „Dann hättest du allein reiten müssen. Wir hatten zusammen beschlossen, wie wir die Prüfungen angehen, erinnere dich. Wenn du allein weitergezogen wärst, dann hättest du vielleicht einige Menschen retten können. Aber ich bin mir sicher, dass weder Yinzu noch ich selbst es dann bis hierhin geschafft hätten. Nur durch deine Hilfe konnten wir unsere Prüfungen bestehen. Du hattest entscheidenden Anteil daran, dass wir unbeschadet geblieben sind." Hamron sah müde aus, aber in seinen Augen lag ein Glanz, der mir verriet, dass er verstanden hatte.

Hamron hatte nicht übertrieben, als er vorhersagte, dass viele den Tag nicht überleben würden. Die Häuser, in denen Menschen mit ansteckenden Krankheiten gelebt hatten, wurden auf Hamrons Geheiß hin niedergebrannt. Die Mädchen und Frauen kümmerten sich rührend um die Kranken. Walltara und Kiratana waren mit den Kleinsten in den Wald gegangen, um Kräuter zu sammeln und dem Schrecken fern zu bleiben. Malltor bewachte sie. Gegen Mittag kamen Uratur und Laftar von ihrem Ritt in die Berge zurück. Sie erzählten, dass sie einen jungen Mann getroffen hätten. Zuerst sei er vor ihnen geflohen, doch sie konnten ihn stellen und erklären, dass wir ihnen helfen wollten. Aber er behauptete hartnäckig, dass er ein Ziegenhirte sei, der sich in den Hügeln verlaufen habe. So ließen sie ihn wieder ziehen. Wahrscheinlich war er ein Kundschafter, der für die anderen die Lage ausspähen sollte. Jedenfalls würden die anderen Dorfbewohner jetzt über uns Bescheid wissen. Ob sie sich entschließen würden zurückzukommen, blieb unklar.

Am Abend waren alle Toten verbrannt. Ihre Asche wurde in alle Winde zerstreut, so dass sie zu den Göttern getragen werden konnte. Niemand von uns sprach ein Wort, zu viel Asche wurde da dem Wind übergeben. Diese Menschen waren einen sinnlosen Tod gestorben. Wir beschlossen, das Rundhaus, das es auch in diesem Dorf gab, wieder aufzubauen. Der Mittelpunkt des Ortes wäre dann wieder hergestellt, und wir hätten auch einen Platz zum Schlafen. Außerdem kann ein Haus besser verteidigt werden als Zelte.

Doch bevor wir damit anfangen konnten, mussten wir erst die Trümmer der niedergebrannten Häuser beseitigen. Das nahm die nächsten Tage in Anspruch. Am vierten Tag kamen die Menschen aus den Bergen zu uns ins Dorf zurück. Angeführt wurden sie von einem alten Mann, der sich auf einen langen Stab stützte. Sein weißer Bart und seine langen, weißen Haare umrahmten wild sein Gesicht. Ihm folgten gut und gerne zwei Dutzend Menschen verschiedenen Alters. Einige waren verletzt, andere völlig verstört. Das wenige Vieh, das sie mit sich führten, war abgemagert und krank. Außer ein paar Kühen, einigen Ziegen und Schafen und einem einzigen Schwein hatte kein Tier überlebt. Mein Bruder hatte wirklich alle Hände voll zu tun.

Es dauerte lange, bis die Dorfbewohner zu uns Vertrauen fassten, zu oft schon waren sie gejagt, vertrieben oder misshandelt worden. Wir ließen ihnen die Zeit, die sie brauchten, um festzustellen, dass wir ihnen wirklich helfen wollten. Ich half beim Zusammennähen der Wunden, musste Verletzungen auswaschen und verbinden. Wenn es mir nicht leicht fiel, dachte ich an Saarami, die gesagt hatte, dass ein Krieger die Wunden, die er schlägt, auch heilen solle. Trotzdem fühlte ich mich unbehaglich, wenn ich den Alten und Kranken beim Essen half, oder sie begleitete, wenn sie ihre Notdurft verrichteten. Aber es erinnerte mich an die Zeit, als ich das gleiche für meine Großmutter tat.

Eines Tages, ich war gerade dabei, das Leinen zu kochen, das Hamron zum Verbinden der Wunden brauchte, kam der weißhaarige alte Mann zu mir. Er verneigte sich, was ihm sichtlich schwer fiel. „Mein Name ist Alltara, ich bin der Älteste dieses Dorfes. Wir wollen Euch danken für das, was Ihr getan habt, und für das, was Ihr noch tun werdet. Wir werden Euch nach besten Kräften unterstützen." Ich bedankte mich und verneigte mich respektvoll vor ihm.

Die Männer und Frauen, die aus den Bergen zu uns gekommen waren, hatten sich gut erholt, so dass wir nach nur wenigen Tagen das Rundhaus wieder aufgebaut hatten. Es war nun größer und besser befestigt, und wir hatten einen Stall für die Pferde und das Vieh angebaut. Nun konnten alle darin Schutz finden, wenn es sein musste. Besonders stolz war ich darauf, wie wir das große Dach mit neuen Balken abgestützt hatten, und auf die Feuerstelle in der Mitte des Saales, die eine wahre Meisterleistung war. Wie in unserem Dorf war sie mit großen Steinen eingefasst. Damit wir auch große Holzstämme verbrennen konnten, hatten wir eine stattliche Grube ausgehoben. So war es möglich, ein großes wärmendes Feuer zu entfachen, ohne dass die Flammen zu hoch loderten. Was mich besonderes beeindruckte, war, dass wir nach Uraturs Anweisungen nur eine ganz kleine Öffnung in der Decke lassen mussten. Als wir zur Probe die ganze Grube mit Holz füllten und ein Feuer entzündeten, war nicht mehr Rauch im Saal, als in einem normalen Haus. Uratur kannte sich mit Holz so gut aus, dass er von einigen seiner früheren Herren damit beauftragt worden war, Häuser zu planen und zu bauen. Das kam uns jetzt zugute.

Nach und nach konnten noch mehr Häuser wieder instandgesetzt werden. Ich bestand darauf, dass wir uns auch über die Befestigung des Dorfes Gedanken machten. Es war mir klar, dass über kurz oder lang ein Kampf mit den Männern des Fürsten unvermeidlich war. Was nützte es, das Dorf wieder aufzubauen, wenn es dann doch niedergebrannt werden würde? „Ich schlage vor, dass wir als erstes einen Palisadenzaun um das ganze Dorf ziehen. Zuerst nur einen leichten, den wir Stück für Stück verstärken können. Genug Holz gibt es hier ja." Hamron und Yinzu stimmten meinem Vorschlag zu.

Also machten wir uns an die Arbeit. Während wir an der Palisade bauten, kümmerten sich Malltor und Alltara darum, dass Pfeile und Speere hergestellt wurden. Yinzu hatte wieder damit begonnen, die Menschen im Bogenschießen und im Stock- und Speerkampf zu unterweisen. So ging der Sommer dahin und es wurde langsam Herbst. Noch hatten wir von den Männern des Fürsten nichts gesehen oder gehört und konnten in Ruhe eine feste Palisade aus Holzstämmen und einen kleinen Wachturm errichten.

Östlich von uns erstreckte sich ein Nadelwald, der sich dicht an die Hänge und Hügel schmiegte und sich in den Höhen der Gebirgsausläufer verlor. Er lieferte uns das Holz, das wir brauchten. Der Wald war so licht, dass wir mit den Pferden bequem das geschlagene Holz herauszuziehen konnten. Wir hatten die Aufgaben gut aufgeteilt. Während eine Gruppe im Wald Holz schlug, brachte eine weitere die Stämme ins Dorf. Die dritte Gruppe verarbeitete die Stämme zu unserem Verteidigungswall. Nordöstlich vom Dorf lag in einiger Entfernung ein See. Er versorgte uns mit Fisch und frischem Wasser, das wir bis ins Dorf umleiteten. Uratur hörte sich meine Ideen an, prüfte und verbesserte sie und bewies jeden Tag sein unschätzbar wertvolles Wissen um die Baukunst. Obwohl nicht ein Plan von mir uneingeschränkt seinen Segen fand, lobte er meine Ideen und die Arbeit, die ich machte. Und trotz all der Arbeit fanden meine Brüder und ich wieder Zeit für unser eigenes Training, wir begannen uns heimisch zu fühlen.

Der Herbst war golden, und die Tage wurden zusehends kürzer. Früh morgens lag schon Reif auf dem Gras. Am Tage war es noch angenehm warm, aber ich spürte, dass der Winter kam, ich konnte ihn in der Luft schmecken. Endlich würde ich wieder Schnee sehen. Einige der Kinder, die wir aus den Südländern mitgebracht hatten, bekämen zum ersten Mal in ihrem Leben Schnee zu Gesicht. Ich freute mich jetzt schon darauf. Doch im Winter würden wir fast nichts zu essen haben. Wir hatten kaum Zeit gehabt, Vorräte anzulegen, und die Felder waren nicht bestellt worden. Wir mussten auf Nahrungssuche gehen, und wir stellten Fallen auf, um einige Hasen und Kaninchen lebend zu fangen. Die Frauen und Mädchen sammelten Kräuter und Waldbeeren. Unter Anleitung der Alten hatten wir eine Räucherkammer gebaut, in der wir Fleisch und Fisch räuchern konnten. Hin und wieder fanden die Frauen wilden Weizen, aus dem sie ein herzhaftes Brot backten, das ich sehr gerne mochte.

Allein der Gedanke daran lässt mir das Wasser im Mund zusammenlaufen. Auch das Vieh war genesen und hatte den Sommer dazu genutzt, sich richtig fettzufressen. So hatten wir Milch für die Kinder und wenn es sein musste, auch noch frisches Fleisch. Auch die Schafe konnten einmal geschoren werden Die Frauen verstanden sich darauf, die Wolle und das Leder zu verarbeiten. Außerdem hatten wir eine Scheune errichtet, in der wir Heu und Holz einlagerten, und an den Deckenbalken hängten die Frauen große dicke Büschel mit Kräutern zum Trocknen auf. Sie dufteten so stark, dass es mir jedes Mal, wenn ich die Scheune betrat, fast den Atem raubte. Trotzdem waren unsere Vorräte eher spärlich, und der Winter würde hart werden.

Der Herbst ging dahin, und eines Tages, ich war gerade aufgestanden um nach meinem Kameraden zu sehen, fiel der erste Schnee. Ich freute mich, ihn endlich wieder auf meiner Haut zu spüren. Plötzlich stürmten die ersten Kinder freudig schreiend ins Freie. Der Schnee hatte schon einen dünnen Mantel über die Erde gelegt, als die Kinder sich tobend und tollend hineinstürzten. Einen Moment lang ließ ich das Bild der im Schnee tobenden Kinder auf mich wirken, dann begab ich mich auf die Suche nach Kalter Tod. Wir hatten eine recht große Koppel eingezäunt, die bis an die Ställe heranreichte, dort konnten wir unsere Tiere frei grasen lassen. Bis auf mein Pferd hielten sich auch alle daran. Kalter Tod aber war der Meinung, dass ihn solch eine Koppel zu sehr einschränke. Warum sonst weigerte er sich hineinzugehen? Mit Schrecken dachte ich daran, dass es selbst im tiefsten Winter fast unmöglich sein würde, meinen freiheitsliebenden Kameraden in den Stall zu stellen. Ich ließ ihm seinen Willen, hatte es doch keinen Zweck, etwas anderes zu versuchen. Ich war noch nicht ganz an der Koppel angekommen, als ich Walltaras strenge Stimme vernahm, die böse mit den Kindern sprach: Sie sollten sich gefälligst wärmer anziehen.

Es schneite den ganzen Tag über, so dass wir mit unseren Arbeiten aufhören mussten. Ich traf Yinzu an der Palisade, er schlug vor, am Abend das ganze Dorf zu versammeln. Kurz bevor die Sonne untergegangen war, trafen die ersten Dorfbewohner im Rundhaus ein. Meine Brüder und ich wohnten in einem kleinen Anbau, deswegen gesellten wir uns sofort zu ihnen. Nach und nach füllte sich das Haus. Wir hatten einen großen, schweren Holztisch aufgestellt. An ihm nahmen meine Brüder und ich, Malltor, Uratur, Alltara und Walltara Platz, davor saßen die Menschen auf Stühlen und Bänken. Ohne dass ein Wort darüber verloren worden war, standen wir dem Dorf vor. Alltara hatte den Platz des Dorfältesten eingenommen. Obwohl er nicht aus der Gegend stammte, wie die meisten, die dorthin verbannt worden waren, so wurde er doch von allen geachtet und respektiert. Er sah sehr weise aus. Seine langen, weißen Haare wurden von einer Holzspange gehalten, in seinen langen Bart hatte er kleine Zöpfe geflochten.

Nun schlug Alltara mit seinem schweren Stab auf den Holztisch, und sofort verstummte jedes Gespräch. Ein wenig erinnerte er mich an den Großmeister, auch wenn dieser nicht ganz so alt war oder nicht ganz so alt aussah. Alle schauten gespannt zu uns herüber. Es war das erste Mal, dass wir eine Dorfversammlung einberufen hatten. Ich war genauso aufgeregt wie die anderen auch. Wir wollten über das sprechen, was wir geleistet hatten und über das, was noch vor uns lag. Jedes Geräusch verstummte, sogar die Kinder hielten zur Abwechslung mal ihren Mund. Doch bevor Hamron das Wort ergreifen konnte, erhob sich Alltara und sah in die Runde. „Freunde, einige von euch kenne ich erst seit kurzem, andere schon ihr Leben lang. Heute ist ein denkwürdiger Tag, denn heute sind wir nicht mehr ein Dorf, in dem Verbannte leben. Nein, ab heute sind wir ein Dorf, das unter dem Schutz des Roten Drachen steht. Niemand kann uns jetzt noch die Berechtigung absprechen, als freie Menschen zu leben." Er deutete auf uns. „Euch allen sind wir zu großem Dank verpflichtet. Ich bin schon alt, und mein Leben war nicht gerade voll großer Taten oder viel Freude, aber ich fühle mich geehrt und bin sehr glücklich, dass ich so stolze Menschen und Elfen zu meinen Freunden zählen darf. Alles, was in meiner Macht steht, werde ich tun, um dieser Ehre gerecht zu werden, so wahr mir Donar helfe."

Es dauerte noch einige Augenblicke, bis Hamron sich langsam von seinem Platz erhob. Er hatte genau wie Yinzu und ich seinen besten Kilt angelegt, geschmückt mit der großen goldenen Spange, die wir von Scheich Omar bekommen hatten. Hamron stand da und suchte nach Worten. „Freunde, ich möchte euch so vieles sagen, aber es fällt mir schwer. Wie ihr bestimmt schon wisst, gehört es zu meiner Meisterprüfung, euch zu heilen und mit meinem Leben zu schützen. Ich kann nur so viel sagen, dass ich versuchen werde, dem gerecht zu werden." Er wollte noch etwas hinzufügen, doch dann übermannten ihn seine Gefühle, und er musste sich setzen.

Yinzu erhob sich und zählte auf, was wir alles geschafft hatten. Ich staunte nicht schlecht, dass wir zur Abwechslung mal mehr aufgebaut als zerstört hatten. Yinzu holte eine kleine Holztafel hervor, von der er vorlas, was wir an Vorräten zusammengetragen hatten. Obwohl mir die Liste recht lang erschien, fügte er hinzu, dass die Winter in den Bergen sehr lang seien. Wir würden uns stark einschränken müssen, wenn wir nicht Hunger leiden wollten.

Als mein Bruder sich gesetzt hatte, geschah erst mal nichts, bis ich bemerkte, dass alle, die mit am Ratstisch saßen, mich erwartungsvoll ansahen. Angestrengt dachte ich darüber nach, was ich wohl berichten sollte. Doch als ich in Uraturs Gesicht sah, wusste ich, wovon ich sprechen sollte. So erzählte ich den Menschen, wie sich unsere Arbeiten an der Befestigung entwickelt hatten, dass es noch viel zu tun gebe und dass die Palisade keine Garantie für Sicherheit sei. Ich berichtete von dem großen Vorrat an Pfeilen, Bögen und Speeren, wie gut sich alle im Stockkampf machten und wie hervorragend einige Frauen, Männer und Kinder schießen könnten. Aber ich kam nicht umhin, mit der Wahrheit herauszurücken. Tief sog ich die Luft in meinen Körper, so als bräuchte ich diese Pause. Alle sahen mich gespannt an. „Es wird Krieg geben. Einen harten, grausamen Krieg. Denn Fürst Flatos hat beschlossen, euch zu vernichten. Nicht nur, dass ihr ihm mit eurem Widerstand und eurer Freiheitsliebe im Wege seid, es sieht wohl auch so aus, als ob in der Nähe die letzte Mine liegt, die noch Metall liefern kann. Die will der Fürst haben, um wieder ein großes, starkes Land zu erschaffen. Dafür sollt ihr sterben. Da ich diesen Auftrag nicht erfüllen werde, wird er früher oder später mit seinen Männern hier einfallen. Ich rechne damit, dass sie im Frühjahr kommen, sobald der Schnee getaut ist. Bis dahin müsst ihr so gut kämpfen lernen, wie es geht." Die Dorfbewohner redeten durcheinander, schlugen die Hände vors Gesicht oder starrten mich entsetzt an. Dann stand ein Mann auf, er war sehr nervös und knetete seine Hände. „Große Krieger, wir sind immer Bauern gewesen, wir können und wollen nicht kämpfen. Wenn Söldner kamen, sind wir in die Berge geflohen und haben uns versteckt. So sind wir am Leben geblieben." Er zitterte, als er sich setzte. Ich musste mich zusammenreißen, um nicht wütend zu werden. „Das nennt ihr ‚Leben'? Immerzu fortzulaufen, sich sein Heim niederbrennen zu lassen, wann immer es irgendwelchen dahergelaufenen Schurken gefällt? Eure Alten und Kranken so zu ehren, dass ihr sie zurücklasst, wenn sich jemand eurem Dorf nähert?" Verächtlich schüttelte ich den Kopf. „Nein, es war keine Gemeinschaft, in der ihr gehaust habt. Ihr denkt nur an euch und überlasst alle ihrem Schicksal, die nicht mehr schnell oder weit laufen können. Das ist erbärmlich. Was wollt ihr den Göttern eines Tages sagen, wenn ihr durch das große Tor in die anderen Welten geschritten seid? Was wollt ihr ihnen sagen, wenn sie euch fragen, warum ihr nicht gekämpft habt für alles, an das ihr glaubt?" Ich sah in die Gesichter der Menschen, mache wandten ihren Blick ab. Da stand eine Frau mittleren Alters auf und grüßte mich. „Hohe Herren, wir wollen nichts anderes, als in Frieden leben, satt werden, vielleicht Kinder bekommen, sie großziehen und versuchen, gute Menschen aus ihnen zu machen. Ihr könnt doch nicht von einer Mutter verlangen, dass sie ihr Kind in den Tod treibt. Lieber teile ich mit ihnen ein Leben auf der Flucht, als dass ich meine Kinder in den Tod schicke, weil ich ihnen zu kämpfen erlaube." Einige der Frauen und Männer des Dorfes nickten zustimmend.

Bevor ich darauf antworten konnte, erhob sich eine Frau, die wir aus der Sklaverei befreit hatten. Sie war immer sehr still. Nie sah ich sie lachen oder singen, sie arbeitete hart, aber sie sagte nie ein Wort. Nun aber sah sie mir in die Augen. Ich erkannte großen Schmerz darin. Sie nickte mir zu, dann wandte sie sich an die Frau, die eben gesprochen hatte. „Mein Name ist Jamalin, und ich komme aus einem Land, sehr weit von hier. Bevor ich euch erzähle, warum ich hier spreche, lasst mich sagen, dass ich noch nie von so lieben Menschen umgeben war, wie in den vergangenen Monaten. Dafür möchte ich Dank sagen. Als ich ein kleines Mädchen war, wurde das Dorf, in dem ich geboren wurde, überfallen und niedergebrannt. Alle, die überlebten, wurden zu Sklaven, auch meine Mutter und ich. Meine Mutter war eine gute Frau, auch sie meinte, es sei besser für uns, in der Sklaverei zu leben als zu sterben. Doch heute sage ich, dass ich lieber tot gewesen wäre, als zu erleben, was dann geschah. Alle Frauen und Mädchen wurden geschändet. Wenn eine sich gewehrt hat oder den Söldnern nicht zu Willen war, wurde sie umgebracht. Meine Mutter musste mit ansehen, wie die Männer mich nahmen, einer nach dem anderen. Als sie mit mir fertig waren, kam meine Mutter an die Reihe. Sie flehte die Männer an, doch es nützte nichts. Zu mir sagte sie, dass ich stillhalten solle, dann sei es schneller vorbei. Sie hat wirklich daran geglaubt. Doch der letzte Mann, der sich meine Mutter nahm, schnitt ihr die Kehle durch, während er sie vergewaltigte. Ich musste mit ansehen, wie meine Mutter vor meinen Augen geschändet und getötet wurde. Nur weil ich dem Anführer gefallen hatte, blieb ich am Leben. Ich wurde mehrmals weiterverkauft, immer nahmen mich die Männer zu sich ins Bett, keinen hat es interessiert, ob ich es wollte oder nicht. Ich wurde behandelt und benutzt wie ein Gegenstand. Selbst ihr Vieh haben diese Mörder besser behandelt als ihre Sklaven. Doch die Jahre gingen dahin und ich bekam einen gerechteren Herrn. Bei ihm wurde ich nicht geschlagen und nicht vergewaltigt. Das ist schon viel für eine Sklavin. Er hatte ein großes Anwesen und viele Sklaven. Durch Handel war er zu Reichtum gekommen. In seinem Haus lernte ich meinen Gemahl kennen und lieben. Obwohl es Sklaven verboten war zu heiraten, ließen wir uns vor den Göttern verbinden. Nach einem Jahr gebar ich einen Sohn. Doch mein Herr war sehr erzürnt darüber, da ich, als ich schwanger war, nicht mehr für ihn arbeiten konnte. So ließ er bei einem Fest, das zu Ehren eines großen Nomadenführers gehalten wurde, meinen Mann zur Belustigung der Gäste vor meinen Augen hinrichten." Obwohl ihr nun die Tränen über das Gesicht liefen, sprach sie weiter. „Sie entrissen mir meinen kleinen Sohn und wetteten darauf, welcher ihrer abgerichteten Raubvögel ihm als erster sein Herz herausreißen würde. Es dauerte bis in die Nacht, bis mein Kleiner endlich tot war. Von dem Moment an wollte ich nicht mehr leben. Ich stürzte mich in die erste Klinge, die ich finden konnte. Doch man rettete mich. Als ich wieder gesund war, versuchte ich erneut, meinem Leben ein Ende zu setzen, doch auch dieser Versuch scheiterte. Meinem Herrn wurde meine Pflege zu teuer, und er verschenkte mich an die erste Karawane, die an seinem Haus vorbeikam. Bevor ich einen weiteren Versuch unternehmen konnte, diesem Dasein ein Ende zu setzen, wurden mir von den Göttern diese Krieger gesandt, die mich wieder hoffen ließen." Sie warf sich auf den Boden und begann, meine Füße zu küssen. Als ich sie auf ihre Füße stellte, fiel sie mir um den Hals und weinte bitterlich. All das Leid, das sie die ganzen Jahre erfüllt hatte, brach jetzt hervor. Wir vergruben beide unsere Köpfe in der Schulter des anderen. Das machte ich nicht nur, weil ich sie trösten wollte, nein, ich wollte nicht, dass man meine Tränen sah.

Niemand im Saal sagte auch nur ein Wort. Nur hin und wieder vernahm ich einen Seufzer oder leises Schluchzen. Nachdem wir uns etwas beruhigt hatten, löste sie sich von mir, und ein leichtes Lächeln spiegelte sich in ihrem Gesicht. Sie hauchte mir einen Kuss auf die Wange, dann sprach sie weiter. „Alle meine Kinder, mein eigenes Leben und das Leben derer, die mir viel bedeuten, würde ich ohne zu zögern in die Waagschale werfen, damit ihnen ihre Freiheit erhalten bleibt. Der Tod kann nicht schlimmer sein als das, was uns in der Sklaverei erwartet. Daher spucke ich vor jedem auf den Boden, der nicht mit seinem Leben für seine Freiheit einstehen will. Diesen Kriegern verdanke ich es, dass ich wieder aufrecht stehen kann. Ihnen verdanke ich mein Leben, das ich ohne zu zögern für sie opfern würde." Sie fing wieder an zu weinen. „Ich danke den Göttern, dass sie mir diese Krieger sandten, um mich zu befreien. Ihr habt dieses Geschenk der Götter auch erhalten, nun erweist euch als würdig und überdenkt euren Entschluss, nicht zu kämpfen."

Ich konnte und wollte diese beeindruckende Rede nicht einfach ungerühmt lassen. Deshalb begann ich, ihren Namen zu rufen. „Jamalin!" Yinzu und Hamron standen auf und taten es mir nach. Kurz darauf erhoben sich Malltor, Walltara, Uratur und der alte Alltara. Auch sie stimmten ein. Es dauerte nicht lange und auch die anderen Menschen unseres Zuges erhoben sich. Selbst die Dorfbewohner, die eben noch ganz anderer Meinung gewesen waren, waren von dieser Frau so beeindruckt, dass sie ihr begeistert huldigten. Jamalin stand nur da, unfähig, etwas zu sagen oder zu tun.

Es dauerte lange, bis die Menschen sich wieder beruhigt hatten und ich weitersprechen konnte. „Es stimmt, es werden viele von uns sterben, vielleicht alle. Wir müssen so wehrhaft wie möglich sein. Jeder, Frau, Mann, Kind oder Greis, muss seinen Möglichkeiten entsprechend ausgebildet werden, um kämpfen zu können, wenn es erforderlich wird. Alle, die dazu nicht bereit sind, sollen sich nun erheben, da wir wissen müssen, wer bereit ist, an unserer Seite zu streiten. Ihr sollt wissen, dass niemandem ein Leid geschehen wird, der sich gegen den Kampf entscheidet. Ihr seid freie Menschen, mit dem Recht, frei zu wählen." Ich sah in die Gesichter. Niemand erhob sich von seinem Platz. Auch wenn ich noch Unsicherheit bei einigen spürte, so waren sie doch gewillt, für diese Sache, die auch die ihre geworden war, zu streiten.

Ein seltsam trauriges Gefühl machte sich in meinem Innersten breit, als ich in meiner Kammer lag und versuchte einzuschlafen, und als ich mitten in der Nacht erwachte, fühlte ich mich einsam und verlassen. Also nahm ich mein Fell und ging einen Raum weiter. Hier schliefen meine Brüder, die es vorzogen, zusammen in einem Zimmer zu hausen. Ihre Nähe gab mir ein Gefühl von Sicherheit.

Hamron und Yinzu sahen mich erstaunt an, als wir uns morgens erhoben. Doch ich lachte sie nur an und meinte, dass ich sie sehr vermisst habe, dass ich die lange und beschwerliche Reise auf mich genommen habe, nur um bei ihnen zu sein. So begann dieser Morgen mit herzhaftem Gelächter. Die Frauen, die im Saal dabei waren, die Tische zu decken, lächelten mich an und grüßten höflich. Hamron erklärte mir, dass gestern beschlossen wurde, gemeinsam zu essen. So konnten wir einerseits beeinflussen, wie schnell unsere Vorräte schwanden, andererseits stärkte es das Zusammengehörigkeitsgefühl. Im Dorf waren noch nicht allzu viele Häuser fertig, deshalb mussten sich immer mehrere Familien ein Haus teilen. In einem größeren Haus hatten wir alle Kinder untergebracht, die ohne Eltern waren. Mit ihnen zusammen wohnten dort Walltara, Jamalin und Taknela. Die ledigen Frauen und Männer hatten wir getrennt untergebracht, damit es zu keinen Spannungen kam. In dem letzten Haus, das noch vor Wintereinbruch fertiggeworden war, schliefen die Ehepaare. Davon gab es nicht so viele, deshalb hatten sie am meisten Platz.

Etwas verloren stand ich herum und fragte mich, wie ich wohl helfen könnte, als ich von zwei grinsenden Frauen beiseitegeschoben wurde. Mit einem Seufzen ließ ich mich auf meinen Platz fallen und rief den Frauen zu, wenn ich schon nicht helfen dürfe, könne ich sie wenigstens beschützen. Das brachte alle zum Lachen. Es gefiel mir, die Frauen fröhlich zu sehen. Als meine Brüder in den Saal kamen, erklärte ich ihnen, dass ich die Oberaufsicht führe, damit gewährleistet sei, dass die Frauen auch alles richtig machten – und brachte mich schnell hinter der Feuerstelle in Sicherheit.

Auf zwei Eisengestellen hingen große Töpfe über dem Feuer, in denen die Frauen das Frühstück zubereiteten. Auf dem großen Ratstisch waren alle anderen Speisen aufgebaut. Jeder, der in den Saal kam, musste am Tisch vorbei, um seine Portion entgegenzunehmen. Heißen Tee konnte jeder so viel trinken, wie er wollte, die anderen Speisen aber wurden zugeteilt. Ich stand an dem großen Topf, aus dem ein Getreidebrei ausgeteilt wurde. Dieser war sehr nahrhaft, auch wenn er nicht besonders gut schmeckte. Wenn man aber etwas Honig und einige Waldfrüchte hineintat, war er durchaus genießbar.

Nachdem wir uns gesetzt hatten, richteten sich alle Augen erwartungsvoll auf mich, sie warteten darauf, mit dem Frühstück beginnen zu dürfen. Ich wurde ärgerlich. „Liebe Leute, wir müssen die Speisen zwar rationieren, aber ihr könnt essen, wann immer ihr wollt. Wenn ihr zu lange wartet, werden Tee und Brei kalt." Gerade wollte ich es mir schmecken lassen, als die Kinder kamen. Also musste ich mich erneut an den Kessel mit dem Brei stellen. Die Kleinsten bekamen einen Becher warme Milch. Die Größeren mussten sich mit Tee begnügen. Als auch die Kinder fertig waren, kamen die Alten und die Ledigen. Die Ersten waren schon wieder verschwunden, als sich meine Brüder und ich zusammen mit den Frauen, die gekocht hatten, setzen konnten. Von vielen Speisen war schon nichts mehr da. Erstaunt stellte ich aber fest, dass selbst Hamron, dem das Essen sonst heilig war, nicht mürrisch wurde. Seine Aufgabe veränderte meinen Bruder, so wie sich jeder von uns bei seiner eigenen Prüfung verändert hatte.

Der Winter wurde hart. Ich weiß nicht, ob ich jemals zuvor einen so kalten Winter erlebt hatte. Nachdem ich mich einige Male darüber geärgert hatte, dass ich Schnee schaufeln musste, erinnerte ich mich an die Prinzipien während unserer Ausbildung. Ich machte mich eines Morgens auf und ging zum Haus, in dem die Kinder schliefen. Taknela hatte als erste ein Kurzschwert in der Hand. Doch dann erkannte sie mich und entspannte sich. Wenn man zu den Kindern gelangen wollte, musste man zuerst durch das Zimmer, in dem die drei Frauen schliefen. Jamalin und Walltara waren noch nicht ganz angezogen. Mit Freude stellte ich fest, wie gut die beiden aussahen. Walltaras Haut war nussbraun. Jamalin stammte eher aus Yinzus Land. Auch ihre Augen waren dunkel und etwas schmaler geschnitten als die der anderen. Ich bestaunte noch die nackten wohlgeformten Brüste der beiden, als mich Taknelas Schlag traf. „Wohlan, großer Krieger, dies ist nicht Euer Haus, und diese Frauen gehören nicht zu Euch. Deshalb werdet Ihr Eure Augen bedecken, wenn Ihr unaufgefordert dieses Zimmer betretet. Habt Ihr mich verstanden?" Mit offenem Mund nickte ich und drehte mich langsam um. Plötzlich nahm ich wahr, wie heiß es dort drinnen war, ich begann zu schwitzen. „Was ist dein Begehr, du bist doch nicht nur gekommen, um uns beim Ankleiden zuzusehen, oder doch?" Etwas unsicher gab ich zu, dass ich eigentlich die Kinder zum Schneeräumen abholen wollte. Walltara trat so nah an mich heran, dass ich ihren warmen Körper spüren konnte. „Kann es sein, großer Held, dass du nur zu faul bist, es selbst zu tun?" Auf die andere Seite stellt sich nun Jamalin, sie hakte sich bei mir ein und lächelte. Taknela stellte sich genau vor mich und sah mir herausfordernd in die Augen. Das war zu viel für mich. Unter dem lauten und herzhaften Gelächter der drei Frauen stürmte ich wieder nach draußen. Ich rief ihnen zu, dass ich draußen auf die Kinder warten würde. Nur mit Mühe konnte ich meine Erregung verbergen. So unvorbereitet würde ich dieses Haus nicht wieder betreten.

Als die Kinder widerwillig ins Freie traten, musste ich an Meister Wintal denken. Ich stemmte meine Fäuste in die Hüfte, setzte einen bösen Gesichtsausdruck auf und funkelte sie an. Sollte es am nächsten Tag wieder so lange dauern, bis sie einsatzbereit angetreten seien, dann würden sie mich kennenlernen! Einigen der kleineren Kinder rutsche vor Schreck fast das Herz in die Hose. Zusammen machten wir uns auf den Weg zur Scheune, wo wir die Schaufeln und Mistgabeln aufbewahrten. Ich zeigte ihnen, wie und wo sie den Schnee beiseite schaufeln sollten.

Als ich zum Rundhaus zurückkehrte, grinsten mir Yinzu und Hamron entgegen. „Na, Alter, bist du deinem Ruf als großer, böser Mann gerecht geworden?" Yinzu knuffte mich in die Rippen, worauf ich ihm einen heftigen Stoß verpasste, der ihn mehrere Schritt zurückschleuderte. „Lieber sie als ich, schließlich bin ich ein Krieger. Meine Energie ist zu kostbar, um sie beim Schneeschaufeln zu vergeuden." Hamron nickte zustimmend. „Uns ist schon klar, wo du lieber deine Energie verschwenden würdest." Er deutete auf das Haus der ledigen Frauen. Ich schüttelte den Kopf, denn ich verspürte tatsächlich kein Verlangen nach ihnen. Es zog mich eher zu Walltara und den beiden anderen. Doch das erzählte ich meinen Brüdern natürlich nicht.

Die Tage wurden immer kürzer und die Wintersonnenwende kündigte sich an. In den letzten Tagen und Nächten hatte es in so großen Mengen geschneit, dass sich zwischen den Häusern nur noch schmale Gassen freihalten ließen. Die Wände aus Schnee türmten sich mannshoch auf, so dass man keinen Blick mehr aus den Fenstern werfen konnte. Es war schön, wieder einen Winter zu erleben, ich fühlte mich in all dem Schnee wie zuhause. Doch der Weg zum Wachturm blieb zugeschneit. Wir hatten schon genug Arbeit mit den schmalen Gassen zwischen den Häusern. So überlegte ich, was wir tun konnten, um nicht allzu blind den Frühling abzuwarten. Ich stand im Saal des Rundhauses und grübelte vor mich hin. Das Feuer brannte nur mit kleiner Flamme, da wir auch mit unserem Holz sparsam umgehen mussten. Es erstaunte mich immer wieder, wie gut der Rauch durch die kleine Öffnung im Dach abzog. Da fiel mein Blick auf eine Klappe im Dach, die wir dort eingelassen hatten, um von außen an den Rauchabzug heranzukommen. Schnell legte ich mein Schwert auf den Ratstisch, dann machte ich mich daran, in die Balken zu klettern. Kurz bevor ich die kleine Klappe erreichte, warf ich einen Blick nach unten. Das war ein Fehler, denn ich befand mich an der höchsten Stelle im Dachgebälk. Mir brach trotz des kalten Wetters der Schweiß aus. Doch bevor die Angst es schaffte, mich zu lähmen, versuchte ich, die Klappe zu öffnen. Es lag trotz der Nähe zum Rauchabzug Schnee darauf, so dass ich mich mit Kraft dagegenstemmen musste, bis sie aufflog. Ich schob den Schnee beiseite und zog mich aufs Dach. Vorsichtig und konzentriert achtete ich darauf, wo ich meine Hände und Füße hinsetzte. Wenn ich ausrutschte, wäre es um mich geschehen. Als ich mir sicher war, dass ich einen guten Platz gefunden hatte, ließ ich meinen Blick in die Weite schweifen.

Die Aussicht entschädigte mich für die Mühen. Vor mir lagen die weite Ebene, die sanft ansteigenden Hügel, die Nadelwälder, die sich an die Hänge schmiegten, all das gehüllt in einen Mantel aus weißem glitzernden Schnee. Als sich auch noch die Sonne hinter den Wolken hervorschob, musste ich meine Augen schließen, damit mich das gleißende Licht nicht blendete. Als ich sie wieder öffnete, erschien es mir, als ob ich in einen Ozean aus Edelsteinen sehen würde. Etwas nur störte nach einiger Zeit das wunderschöne Bild. Es war ein seltsames Geräusch, das ich nicht einordnen konnte, bis ich begriff, dass meine Zähne laut aufeinanderschlugen. Mit klammen Fingern machte ich mich an den Abstieg im Gebälk, ständig darum bemüht, nur auf die Balken und nicht nach unten zu sehen. Aber meine Finger waren so steif gefroren, dass ich Mühe hatte, nicht vom Holz abzurutschen.

Schnaufend und zitternd, mit blutenden Händen erreichte ich endlich den Boden. Meine Hände sahen übel aus. An vielen kleinen Stellen waren sie eingerissen und bluteten. Ich wärmte sie am kleinen Feuer. „Was hast du denn gemacht?" Jamalin stand vor mir, sie starrte auf meine Hände. Ich wollte etwas sagen, doch da war sie schon zu den Töpfen geeilt. Sie kam mit einigen Leinenbinden und einer Salbe zurück. „Ich habe bei deinem Bruder viel gelernt, nun halt still und lass mich deine Wunden versorgen." Sie hatte sich gesetzt und eine meiner Hände in die ihren genommen. Sanft pustete sie über die kleinen Wunden und tupfte vorsichtig das Blut ab. Ein Schauer durch lief meinen Körper, ich fühlte, wie mir heiß wurde. „Halt still, wenn ich dir nicht wehtun soll", fuhr sie mich an. Ich entspannte mich und schob mich noch etwas dichter an sie heran. So konnte ich den Duft ihrer Haut einatmen und ihren wundervollen Nacken sehen. Ihre langen schwarzen Haare hatte sie auf dem Kopf zusammengesteckt. Leise sagte sie: „Seit dem Tod meines Liebsten habe ich es keinem Mann erlaubt, sich mir so zu nähern. Auch jetzt fällt es mir schwer, ruhig zu bleiben. Meine Angst sitzt tief. Außer von dem einen, mit dem ich verbunden war, habe ich von Männern nur Schmerz und Leid erfahren. Ich nahm an, dass alle Männer gleich seien." Sie seufzte und begann, meine Wunden mit Salbe einzureiben und zu verbinden. „Doch als ich Euch begegnete, fing ich wieder an zu hoffen. Ich dachte, dass ich es nie wieder ertragen könnte, von einem Mann berührt zu werden, doch dem ist nicht so. Seit einigen Tagen und Wochen sehne ich mich sogar danach. Nur einmal in meinem Leben habe ich Zärtlichkeit von einem Mann erfahren, diese Erinnerung ist das Schönste, was ich in mir trage." Ich spürte wie sie bebte, als sie sich gegen mich fallen ließ. Sanft küsste ich ihren Nacken, erst einmal, dann öfter. Ihr Atem ging schwerer. „Willst du, dass ihr dir zeige, dass nicht alle Männer gleich sind?" Ihr Nicken war nicht mehr als ein Zittern. Vorsichtig erhob ich mich, darauf bedacht, mich ruhig zu bewegen. Ich wollte sie auf keinen Fall ängstigen.

Durch das kleine Fenster in meinem Zimmer fiel nur wenig Licht, deshalb entzündete ich eine Kerze. Jamalin setzte sich auf mein Bett und fingerte an ihrem Kleid herum. Schnell hielt ich sie davon ab. „Nein, bitte nicht so, es ist etwas Besonderes, deshalb darfst du dich nicht selbst ausziehen." Sie sah mich mit großen Augen an. Doch sie ließ zu, dass ich ihr das Kleid wieder über die Schultern streifte. Nun liefen ihr Tränen über das Gesicht, sie vergrub ihren Kopf an meiner Schulter. Sanft streichelte ich ihr über die Haare und löste ihren Haarknoten. Wie dunkles Wasser fielen ihre Locken bis auf mein Bett. Als sie ihren Kopf von meiner Schulter nahm, um mich anzusehen, streichelte ich ihr vorsichtig mit meinen verbundenen Händen das Gesicht. Dann küsste ich sie zart auf den Mund. Wie eine Statue kam sie mir vor. Doch plötzlich zerriss etwas in ihr. Sie bedeckte mein Gesicht mit vielen kleinen Küssen, und wie von selbst fand ihre Zunge den Weg in meinen Mund. Nie zuvor war ich so innig und leidenschaftlich geküsst worden. Ich vergaß alles um mich herum und nahm nur noch diese wundervolle Frau wahr, die mich mit ihrer Zärtlichkeit überhäufte. Erneut wollte sie sich das Kleid ausziehen, doch wieder hielt ich sie zurück. „Willst du mich nicht?" Ihre Stimme war dünn und ängstlich. Ich versuchte zu lächeln. „Doch, meine Blume, aber ich denke, dass es noch zu früh ist. Noch habe ich Angst, dir wehzutun. Versteh mich bitte nicht falsch, ich begehre dich, aber ich will nichts überstürzen. All die Schmerzen und das Leid, das dir widerfahren ist, kann ich nicht wegwischen. Mein Wunsch ist es, dass du dich mir hingibst, ohne mir oder dir etwas beweisen zu müssen, kannst du das verstehen?" Sie hatte ihre Augen geschlossen, so als müsse sie tief in sich gehen, um eine Antwort zu finden. Als sie mich wieder ansah, nickte sie. „Ich danke dir für dein Verständnis. Wenn meine Gedanken aber weiter darum kreisen und mein Körper sich nach deiner Berührung sehnt, darf ich dann wiederkommen?" Lächelnd nickte ich. Sie erhob sich und flog aus dem Zimmer.

Ihr Geruch erfüllte den Raum, also war es kein Traum gewesen. Ein Räuspern ließ mich zusammenfahren. Yinzu stand in der Tür. „Ich habe eben Jamalin aus deinem Zimmer kommen sehen. Ist es das, wonach es aussieht?" „Wonach sieht es denn aus?" Langsam kam er ins Zimmer. „Tu nicht so, als wüsstest du nicht, was ich meine. Wenn du wirklich dein Bett mit dieser Frau teilen willst, dann musst du sehr vorsichtig sein, nicht nur weil sie eine schwere Vergangenheit hat, sondern auch weil alle ledigen Frauen dich mit Adleraugen beobachten. Es könnte da durchaus zu Spannungen kommen." Nun musste ich lachen und verschränkte die Arme hinter dem Kopf. „Als ob ich der einzige bin, der von den Frauen beobachtet wird! Dir geht das natürlich überhaupt nicht so und Hamron auch nicht. Euch ficht das nicht an, dass wir hier mehr junge hübsche Frauen als Männer haben. Und dass ihr auch noch die Beschützer dieser Frauen und Mädchen seid, interessiert sie wahrscheinlich auch nicht." Er setzte sich zu mir aufs Bett. „Was willst du nun machen?" Langsam stieß ich die Luft aus meinen Lungen und sah an die Decke. „Weiß nicht, sie ist so verletzlich, ich möchte ihr nicht wehtun. Aber sie hat mir gesagt, dass sie mich begehrt und dass sie sich nach mir sehnt. Sie ist eine hübsche Frau, soll ich etwa nein sagen, wenn sie wieder vor meinem Bett steht? Das kannst du nicht wirklich von mir verlangen." Yinzu schüttelte den Kopf: „Nein, das verlange ich nicht. Ich möchte nur, dass du dich etwas einfühlsamer verhältst. Nicht so wie bei Kiratana." Ich setzte mich auf. „Das ist etwas anderes! Bei dieser Frau spüre ich etwas. Was, glaubst du, sollen wir tun? Sollen wir einen Plan aufstellen, wie wir alle ledigen Frauen und Mädchen beglücken können, so dass keine zu kurz kommt?" Entgeistert sah er mich an. „Du bist und bleibst ein Narr, Aran. Reiß dich zusammen, wir tragen eine große Verantwortung. Die Macht, über die du verfügst, darfst du nicht ausnutzen. Sie alle würden dir ins Bett folgen, doch was passiert danach, wenn du deinen Spaß gehabt hast? Dann lässt du sie allein und stiftest großes Leid." Nun war ich es, der den Kopf schüttelte. „Ich habe doch nur einen Witz gemacht, mein verantwortungsvoller Bruder. Du brauchst keine Angst zu haben, dass ich meine Macht oder meine Position ausnutzen werde, darauf gebe ich dir mein Wort." Er hielt mir seine Hand entgegen. Nachdem ich sie ergriffen hatte, begleitete ich ihn hinaus.

Wir mussten uns um die Vorbereitungen für das Fest zur Wintersonnenwende kümmern und hatten ein Treffen vereinbart. Hamron wartete schon auf uns, genau wie Malltor und Uratur. Walltara fehlte, sie war zu sehr mit den Kindern beschäftigt. Zuletzt kam Alltara, er schlurfte durch das Rundhaus und lächelte vor sich hin. „Ein schönes Wetter haben wir heute, nicht wahr meine jungen Krieger?" Er schlug Malltor auf die Schultern. Wir alle mussten lachen, aber aus seiner Sicht waren auch Malltor und Uratur noch keine alten Männer. Wir warteten, bis er sich auf seinen Platz gesetzt hatte. Yinzu gab zu bedenken: „Es wird schwer werden, den Platz vom

Schnee zu befreien, um einen Holzstapel aufzuschichten. Uns läuft die Zeit davon." Ich machte den Vorschlag, das Fest im Saal des Rundhauses abzuhalten. Mir war nicht bekannt, dass es unbedingt im Freien stattfinden musste. Die anderen erklärten sich einverstanden. Alltara erinnerte daran, dass er kein Schamane war, er konnte die Riten nicht richtig ausführen und bat uns darum. Yinzu nickte. Nachdem noch andere Kleinigkeiten besprochen worden waren, erhoben sich die anderen und gingen hinaus.

Hamron und Yinzu blieben mit mir zusammen am Tisch sitzen. „Ich möchte mich diesmal des Segens und der Unterstützung des Hohen Rates versichern, bevor wir das Fest begehen", sagte ich. Hamron sah mich fragend an, dann nickte er, als ihm einfiel, wie ich das anstellen wollte. Yinzu nickte ebenfalls. „Wir können zusammen reisen und die Gelegenheit nutzen, Bericht zu erstatten. Vielleicht gib es schon andere Anweisungen für uns." Yinzu sah nachdenklich auf seine Hände.

Hamron fiel die Schriftrolle ein, die wir von Scheich Omar bekommen hatten. Yinzu holte das Leinentuch, in dem sich der Behälter mit der Schriftrolle befand. Vorsichtig legte er ihn vor uns auf den Tisch und entfernte das Tuch. Zum Vorschein kam der schwere Holzbehälter, der reich mit Gold verziert war. Yinzu stellte ihn auf, und wir betrachteten ihn von allen Seiten. Der Behälter war sehr edel verarbeitet. Das Holz war zum Schutz mit Leder umspannt. Ich konnte in den Ornamenten kleine Runen erkennen. Es waren auch Drachen und Menschen zu sehen. Der Inhalt musste wirklich von ungeheurem Wert sein, wenn man sich schon bei der Hülle solch eine Mühe gemacht hatte. Vorsichtig, mit zwei Fingern, begann Yinzu, den Verschluss des Behälters zu öffnen. Das sah einfacher aus, als es war. Der Mechanismus verlangte einiges an Fingerspitzengefühl. Doch nach einigen Versuchen sprang der Deckel mit einem satten Ton auf. Ein seltsamer Geruch entströmte dem Behälter, ich musste mir kurz die Nase zuhalten. Wir blickten einander an. Niemand von uns traute sich hineinzufassen. Schließlich nahm ich den Behälter an mich. Vorsichtig spähte ich hinein und zog langsam eine Pergamentrolle heraus. Sie verströmte diesen seltsamen Geruch, der sich noch verstärkte, als wir sie nun vor uns auf dem Tisch legten. Sehr behutsam entrollte Yinzu das Pergament. Seltsame rote Runen kamen zum Vorschein. Bei genauerer Betrachtung erkannte ich hin und wieder ein Symbol, konnte den größten Teil aber nicht einordnen. Meine beiden Brüder, die sich immer besser darauf verstanden hatten, Runen zu lesen als ich, wussten auch nicht weiter. „Es müssen sehr alte Runen sein. Solche habe ich noch nie zuvor gesehen", sagte Yinzu. „Als ich die alten Schriften von Meister Zorralf studieren durfte, bekam ich ein paar Mal alte Pergamente in die Hände. Wie mir der Meister erklärte, sind sie so alt, dass es selbst im Hohen Rat nur wenige gibt, die sie entschlüsseln können. Aber was hier verzeichnet ist, kann ich euch auch nicht sagen. Ich erkenne das Symbol für Drachen und das für Singen. Weiter könnte das hier heißen, hart zu arbeiten und nicht zu schnell aufzugeben." Er deutete mit dem Finger auf verschiedene Runen. Bei dem Wort ‚Drachen' war ich hellhörig geworden und rückte näher. Yinzu schnupperte an dem Pergament und rümpfte die Nase. Dabei hielt er die Rolle an einer Ecke hoch. Der Schein des Feuers fiel dahinter, und ich bemerkt etwas. Vorsichtig nahm ich ihm das wertvolle Stück aus den Händen und hielt es gegen das Licht. Wie bei meinem Panzerhemd waren Schuppen zu erkennen, die sich über die ganze Rolle verteilten. „Was mag das wohl sein?" Hamron starrte die Schuppen an. „Vielleicht der Abdruck eines Siegels oder eine besondere Art von Pergament?" Mit einem Mal fiel mir das gewaltige Bild des Drachen ein, das wir in Scheich Omars Halle gesehen hatten. Ich hatte lange Zeit davor gestanden und es sehr genau betrachtet, weil es mich so beeindruckt hatte. „Es könnte die Haut eines Drachen sein." Die beiden schüttelten den Kopf. „Nein, das glaube ich nicht", sagte Yinzu. „Ein Drache hat doch eine viel dickere Haut, als dieses dünne Pergament." Da hatte er natürlich Recht. „Aber vielleicht ist es ja nur eine Schicht, ein kleiner Teil der Haut." Hamron hatte sich die Rolle genommen und prüfte sie nun selbst. „Wisst ihr, die Haut eines Menschen besteht auch aus mehreren Schichten. Warum sollte es bei einem Drachen nicht genauso sein?" Schweigend sahen wir uns an. Wenn Hamron Recht hatte, dann hielten wir zum ersten Mal etwas in den Händen, was einmal zu einem Drachen gehört hatte. Plötzlich begann ich zu schwitzen. „Die Haut eines Drachen! Wenn es denn stimmt, dann müssen wir unbedingt den Hohen Rat davon unterrichten. Wer weiß, wofür das Ding hier gut ist, oder was es uns sagen kann."

Yinzu rollte die Schriftrolle vorsichtig zusammen und steckte sie in die Hülle zurück. Wir einigen uns darauf, den Hohen Rat sofort zu unterrichten nicht nur über die Schriftrolle, sondern auch über unser geplantes Fest zur Wintersonnenwende. Nachdem Hamron Holz nachgelegt hatte, begaben wir drei uns in meine Kammer. Sie war etwas kleiner als die von Hamron und Yinzu, da ich darauf bestanden hatte, ein Zimmer für mich alleine zu haben. Hamron entzündete einige Kräuter, die uns helfen sollten, schneller zu entspannen. Außerdem reinigen sie die Luft von negativer Energie, sodass wir uns besser konzentrieren konnten. Danach bezog er vor der Tür Wache. Niemand sollte Yinzu und mich bei unserer Reise stören.

Ich war noch dabei, den angenehmen Geruch der Kräuter zu genießen, als ich auch schon den Nebel kommen sah. Yinzu war bereits da und lächelte mir zu. Wir fassten uns an den Händen und begannen, uns auf den Großmeister zu konzentrieren. Ich spürte, wie meine Gedanken mich tiefer und tiefer zogen. Eine Stimme in meinem Kopf schrie, dass wir noch nie zuvor soweit gereist seien. Doch bevor die Angst mich überwältigen konnte, spürte ich Yinzus Gegenwart, sie beruhigte mich augenblicklich. Die Zeit, der Raum, alles verschwand. Ich hätte nicht sagen können, wie lange wir gereist waren. Alles um mich herum hörte auf zu existieren. Nur meinen Bruder nahm ich noch wahr. Obwohl ich ihn nicht sehen konnte, wusste ich doch, dass er an meiner Seite war. Seine Hände hatte ich nicht losgelassen. Ich sah das Bild des Großmeisters vor mir und fühlte Sicherheit und Geborgenheit. Die Gewissheit, ihn erreichen zu können, wurde immer stärker, bis sich der Nebel langsam zu lichten begann.

Wir befanden uns in einem seltsamen Raum. Riesige Fenster ließen das helle Licht des Tages herein. Es war Frühling. Die Vögel sangen, und mir stieg der Duft von Blumen in die Nase. Erfreut sahen Yinzu und ich uns um. Wir bewegten uns auf eine große Tür zu, hinter der wir den Großmeister vermuteten. Doch auf einmal schwebten von oben herab zwei Elfenkrieger. Sie waren in leichte, reich verzierte Lederrüstungen gekleidet, die mit einem fremdartig schimmernden Metall beschlagen waren. Die beiden stellten sich uns in den Weg und hielten uns ihre Speere entgegen, und ich wäre wohl auch in die Klinge gelaufen, wenn Yinzu mich nicht zurückgehalten hätte. „Was ist Euer Begehr, dass Ihr solch eine weite Reise auf Euch genommen habt?" Erstaunt hielt ich inne. Die Wesen reagieren unterschiedlich auf Reisende im Astralkörper: Manche können einen überhaupt nicht wahrnehmen. Der Troll, zum Beispiel, hatte nur die Axt gesehen, die wir führten. Andere wiederum erkennen den leichten blauen Schimmer des Traumreisenden, zum Beispiel sehr sensible Menschen, die auch die anderen Welten spüren. Wieder andere sehen den Astralkörper wie einen realen Körper, so war es auch bei den Elfenkriegern.

Wir verneigten uns, und mein Bruder erklärte, dass wir gekommen seien, um den Großmeister des Clans zu sprechen. Die Wache nickte und bat uns zu warten. Er verließ uns durch die große Tür und kehrte nach kurzer Zeit zurück. Wenn der Großmeister Zeit für uns habe, ließe er es uns wissen. Ratlos stand ich herum, doch

Yinzu war schon dabei, durch eines der bis zum Boden reichenden Fenster nach draußen zu gehen. Ich musste mich beeilen, damit ich ihn nicht aus den Augen verlor.

Draußen war es angenehm warm, der Frühling stand in voller Pracht. Wir gingen durch hohes Gras, das von vielen bunten Blüten durchsetzt war. Etwas weiter entfernt standen alte große Bäume. Wir schritten darauf zu, um uns in ihrem Schatten auszuruhen, denn die Reise war sehr anstrengend gewesen. Unter einer stattlichen Eiche ließen wir uns nieder und sahen uns um. Am Fuß des Hügels lag eine Stadt. Große Kuppelbauten aus Glas und poliertem Stein bestimmten das Bild. Dazwischen wuchsen Blumen und Bäume, es war ein wundervoller Anblick: die Stadt der Elfen.

Gerade als ich meine Augen schließen wollte, hörte ich eine wohlklingende Stimme in meinem Kopf. „Ihr habt doch nicht eine so lange Reise auf euch genommen, nur um hier zu schlafen." Vor uns standen der Großmeister und Meister Gantalah, der Elf. Hastig erhoben wir uns, um sofort wieder auf die Knie zu fallen. Die beiden lachten herzlich, und Meister Gantalah half uns beim Aufstehen. „Nicht doch! Wir wissen um euren Respekt, ihr müsst ihn nicht immer wieder beweisen. Lasst uns ein Stückchen gehen, damit ihr uns in Ruhe berichten könnt, warum ihr hier seid." Bevor wir mit unserem Bericht beginnen konnten, musste ich einfach die Frage stellen: „Meister, wo sind wir?" Der Elf lachte. „Du weißt doch, wo wir sind, Aran. Warum fragst du mich dann noch?" Ich grinste. „Wir sind im Elfenreich, in Eurer Heimat." Jetzt lachte auch der Großmeister. „Ja, du hast es erfasst, ihr seid in Levalonia, der Hauptstadt des Elfenreiches. Gefällt es euch hier?" Beide nickten wir, immer noch überwältigt von so viel Schönheit. „So, nun aber zu euch, was führt euch hierher? Erzählt uns alles, was sich zugetragen hat, seit ihr uns verlassen habt." Und Yinzu berichtete. Wir schritten sehr lange durch die Gärten und Parkanlagen der Hauptstadt. Hin und wieder sah ich einige Elfen, die sich respektvoll vor uns verneigten. Aufgeregt erwiderte ich dann den Gruß. Die Elfenfrauen, die das sahen, kicherten leise, was mich verlegen machte. Yinzu war sehr ausführlich, er schilderte auch unser göttliches Erlebnis im Hause Salleturan. Dabei sahen sich der Großmeister und Meister Gantalah kurz an.

Es war schon später Nachmittag, als die Meister sich an einem kleinen Teich auf eine der vielen Bänke setzten. Mein Bruder und ich blieben stehen, bis Yinzu seine Erzählung beendet hatte. Dann gab uns der Großmeister mit einem kleinen Wink zu verstehen, dass wir uns zu ihnen setzen durften. Mir taten die Füße weh, und ich war froh, dass ich meine Beine ausstrecken konnte. Nun begannen die beiden, uns Fragen zu stellen. Die Antworten übernahm ich. Besonders interessierte die beiden der Vorfall mit dem Troll, wie wir Kiratana getroffen hatten und das Erlebnis mit den Göttern, das sich nach der Schlacht in der Wüste zugetragen hatte. Erst zum Schluss sprachen wir über die Schriftrolle.

Dann breitete sich Stille aus. Ich war verwirrt, bis ich bemerkte, dass die beiden den Sonnenuntergang betrachteten. In dem Moment, in dem ich meinen Blick darauf richtete, war ich gefangen. Ich war gefangen von so viel Schönheit. Die Sonne glühte leuchtend rot und war riesig groß und schickte sich an, langsam hinter dem Horizont zu verschwinden. Gefesselt hing mein Blick an ihr, kein Gedanke war in meinem Kopf. Erst als die Sonnenscheibe ganz untergegangen war, löste sich mein Blick. Der Himmel war noch immer erfüllt von leuchtenden Farben. Jetzt erst fielen mir die anderen Elfen auf, die mit uns zusammen den Sonnenuntergang beobachtet hatten. Überall erhoben sich Elfen von den Bänken oder spazierten in kleinen Gruppen davon.

Unruhig rutschte ich auf der Bank hin und her, traute mich aber nicht, die Stille zu durchbrechen. Belustigt sah mich der Großmeister an. „Warum hältst du dich zurück? Glaubst du, dass es ein Verbrechen ist, wenn du das Schweigen beendest? Ich dachte, du habest schon mehr gelernt." Verlegen senkte ich meinen Kopf. „Großmeister, was sollen wir zur Wintersonnenwende tun? Dürfen wir die Kinder weiter ausbilden? Müssen wir sie im Frühjahr sofort ins Dorf des Clans bringen?" Ich wollte noch mehr Fragen stellen, aber der Großmeister schlug sich auf die Schenkel vor Lachen und schnitt mir mit einer Handbewegung das Wort ab. „Aran, du bist und bleibst ein Narr. Zuerst bekommst du kein Wort heraus und dann willst du, dass ich dir alle Fragen auf einmal beantworte. Beruhige dich, wir haben noch genug Zeit für alles." Ich schüttelte unsicher den Kopf. „Herr, die Wintersonnenwende steht kurz bevor, wir müssen noch so vieles erledigen. Unser Bruder Hamron ist allein im Dorf, er braucht unsere Hilfe." Da erhob sich Meister Gantalah. „Junge Krieger, ihr habt zwar einen Sonnenuntergang, und, wie ich meine, einen sehr schönen, miterlebt, doch das heißt nicht, dass die Zeit vergeht."

Wir schritten auf die Stadt zu. Es wurde nicht gesprochen, und doch hatte ich das Gefühl, dass sich die beiden großen Meister intensiv austauschten. Wir begleiteten die beiden Meister in einen der Säle. Dort baten sie uns, auf ihre Rückkehr zu warten, es würde nicht lange dauern. In der Zwischenzeit sollten wir uns stärken und ausruhen.

Die beiden waren noch nicht ganz verschwunden, als schon mehrere Elfen erschienen, um uns mit Getränken und Speisen zu versorgen. Es war schon sonderbar, für mich waren Elfen immer schön anzusehende Wesen, die ich nur hin und wieder zu Gesicht bekam. Doch dort waren sie zuhause. Sie waren überall, bewegten sich grazil, und ihre Stimmen klangen wie Gesang. Alles an ihnen, ihre Kleidung, ihre Art, sich zu bewegen, einfach alles war schön. Ich kam mir wie ein Bauerntölpel vor, und wie immer dauerte es, bis ich bemerkte, dass sich einige Elfen in den Ecken des Saales herumdrückten. Andere gingen auffällig oft an uns vorbei. Andere taten so, als hätten sie etwas zu tun, und doch wusste ich, dass sie alle nur dort waren, um uns zu beobachten. Ich fühlte mich unbehaglich. „Wie bei uns", hörte ich Yinzu sagen. „Sie betrachten uns so, wie die Menschen die Elfen anstarren, nur dass diese wunderbaren Wesen nicht glauben, dass wir sie verhexen werden. Sie wollen uns nicht verbrennen und auch nicht vertreiben. Hoffe ich wenigstens." Plötzlich war es mir unangenehm, ein Mensch zu sein. Ich schämte mich dafür.

Nach einiger Zeit erschien Meister Gantalah Er betrachtete die anderen Elfen und schmunzelte. Dann klatschte er zweimal in seine Hände und sie verschwanden. Uns bedeutete er, ihm zu folgen. Wir schritten durch hell erleuchtete Gänge, bis wir in einen Saal gelangten, in dem mehrere große Stühle standen. Wir setzten uns, nachdem wir dazu aufgefordert worden waren. Außer dem Großmeister und Meister Gantalah war noch ein anderer Elf anwesend. Er trug ein leuchtend weiß schimmerndes Gewand. Er hatte wie der Großmeister einen langen weißen Bart und genauso lange weiße Haare. Das alles ließ seine bläuliche Haut noch auffälliger schimmern. Er nickte, als wir ihn grüßten, dabei sah er uns nicht an, sondern hatte seinen Blick auf den Großmeister geheftet. „Dies ist Öretiesa, er ist das Oberhaupt der hier lebenden Elfen, er ist so etwas wie ihr König." Meister Gantalah wandte sich dem alten Elf zu, der sich nach vorn gebeugt hatte und nun seinen Blick auf uns ruhen ließ. „Ist der eine darunter?" Er hatte diese Worte nicht wirklich gesprochen. „Ja, das ist er. Aran, erhebe dich", bat mich der Großmeister. Sofort war ich auf den Füßen und verneigte mich. „Warum ist er hier? Die Zeit ist doch noch gar nicht reif. Unsere Seher irren nicht, er hat hier noch nichts zu suchen, also warum ist er hier?" Die Worte hörte ich wohl, wusste aber nichts mit ihnen anzufangen. Meister Gantalah beruhigte ihn. „Die beiden sind hier, weil sie viele Neuigkeiten gebracht haben und um Rat bitten. Auch gaben sie uns eine andere Schilderung der Probleme, die uns gerade beschäftigen. Aran, bitte erzähl dem ehrenwerten Öretiesa, wie ihr die Bekanntschaft von Kiratana, der Waldelfe, gemacht habt." Ich ließ nicht die kleinste Kleinigkeit aus, soweit ich mich daran erinnern konnte. Selbst dass sich die junge Elfe in mich verliebt hatte und wie schroff ich sie abgewiesen hatte, berichtete ich. Öretiesa wollte genau wissen, warum wir die Elfe mitgenommen hatten, wieso sie vorgab, allein im Wald zu leben, und was ich von ihrer Geschichte hielte. Danach forderte er mich auf, die Geschichte zu wiederholen. Verunsichert sah ich zum Großmeister hinüber, doch er hatte seinen Blick auf den langen gewundenen Stab gerichtet, den er immer bei sich trug.

    Während ich ein zweites Mal die Geschichte erzählte, spürte ich, wie fremde Kräfte meine Gedanken erforschten, als sollte überprüft werden, ob ich auch die Wahrheit sagte. Ohne ein Wort erhob sich der alte Elf, nachdem ich fertig war, und verließ den Saal. Das Gefühl der Überwachung in meinem Kopf verschwand, als ihm der Großmeister folgte. Meister Gantalah bat uns, auf ihn zu warten, dann verließ auch er uns eilig. „Es scheint von großer Wichtigkeit zu sein, was du erzählt hast, Bruder. Warum sonst sollte ein großer Elfenmeister so rennen?" Yinzu hatte erstaunt hinter Meister Gantalah hergesehen. „Kannst du dir einen Reim darauf machen?" Ich schüttelte den Kopf. „Keine Ahnung, aber ich hoffe, dass es sich bald aufklärt, denn ich möchte wieder nach Hause." Es wunderte mich, so etwas von mir selbst zu hören. Mein ganzes Leben hatte ich mir nichts sehnlicher gewünscht, als das Reich der Elfen zu besuchen.

    Eine Hand an meiner Schulter weckte mich. Meister Gantalah lächelte mich an. Er setzte sich zu Yinzu und mir und wartete, bis wir wieder ganz wach waren. Obwohl ich in meinem Traumkörper reiste, verspürte ich Hunger, war müde und hatte Durst. Bei keiner anderen Traumreise war mir so etwas je passiert. Der Elf reichte uns beiden einen Becher mit Wasser. „Ich werde versuchen zu erklären, was euch beschäftigt und hierhergeführt hat. Zuerst zu dir, Yinzu. Du hast deine Meisterprüfung bestanden. Du kannst die Kinder zum Clan bringen, wenn dein Bruder mit seiner Aufgabe fertig ist. Es ist unser Wunsch, dass ihr euer Wissen den Menschen dort weitergebt. Nur euer geheimes Wissen, das durch die Farbe eurer Tätowierung angezeigt wird, ist davon ausgeschlossen. Sie sollen lernen, sich zu behaupten und sich zu verteidigen. Denn ihr werdet dieses Dorf nicht immer beschützen können. Ihr bekommt andere Aufgaben, und dann müsst ihr fort. Aber seid gewiss, bis dahin geht noch viel Zeit ins Land. Macht eure Sache gut und steht eurem Bruder bei, so wie ihr es geschworen habt. Kiratanas Geschichte macht uns aber viel mehr Sorgen. Kurz bevor ihr angekommen seid, ist der Vater der jungen Elfe bei uns gewesen. Sein Name ist Rongard, er ist der König eines großen Waldelfenvolkes. Er hat um Unterstützung im Kampf gegen die Menschen gebeten, da er glaubt, seine Tochter sei geraubt worden. Sie sei schon einmal nur knapp dem Tode durch die Menschen entronnen. Rongard rüstet zum Krieg. Er hat schon einige andere Elfenfürsten davon überzeugen können, sich ihm anzuschließen. Kein Mensch soll je wieder einen Fuß in die Wälder der Elfen setzen können, ohne zu sterben." Meister Gantalah machte eine Pause. „Durch eure Geschichte wissen wir, dass er sich irrt. Wir werden nun versuchen, ihn von seinem Plan abzubringen. Wichtig ist nur, dass seiner Tochter nichts geschieht. Ganz egal, ob sie wieder zu ihm zurückkehrt oder nicht." Er trank nun ebenfalls einen Schluck aus einem Becher. Die Nachricht wog schwer. „Meister, die Wälder sind wichtig für die Menschen. Viele ehren und achten die Bewohner der großen Wälder. Auch wenn es einige unter ihnen gibt, die sich bedienen, als ob der Wald ihnen gehören würde, so sind diese doch die Ausnahme. Den Menschen den

Zutritt zu verwehren, hätte für viele schlimme Folgen." Yinzu wartete, ob ich noch etwas hinzufügen wollte, und ich stellte die Frage, die sich mir aufdrängte: Warum die Waldelfen ihn um Unterstützung gebeten hatten. „Wisst ihr, junge Krieger, es gab eine Zeit, da lebten Menschen, Elfen, Zwerge und Drachen friedlich zusammen. Es war die Zeit, als auch die Götter noch unter uns weilten. Natürlich gab es hin und wieder kleine Streitereien, auch zwischen den Völkern, doch die Götter verstanden es, sie zu schlichten. Eines Tages aber entschied einer der Götter, dass alle nur ihn anbeten sollten. Er allein wollte das Schicksal der Geschöpfe bestimmen. Lange Zeit blieb das Treiben des Gottes, dessen Namen wir nicht nennen dürfen, unbeachtet. Doch dann forderte er eines Tages die anderen Götter heraus. Er hatte einigen Menschen, die er um sich geschart hatte, göttliche Fähigkeiten verliehen. Sie waren nun genauso mächtig wie die Götter selbst. Es gab einen großen Krieg, der über Generationen andauerte. Das war die Zeit, in der wir von den Göttern zu den Hütern der Drachen ernannt wurden und der Clan des Roten Drachen gegründet wurde. Daraufhin schwiegen die Waffen sehr lange, denn die Götter hatten mit unserer Hilfe den Rebellen und seine Gesellen besiegt. Sie verdammten ihn aus den heiligen Hallen jenseits des großen Tores. Und weil einige der Menschen abtrünnig und mit göttlicher Macht ausgestattet worden waren, verbannten sie sie in die Unterwelt. Das sind die Dämonen, die euch bedrohen. Doch während dieser langen Zeit der Kriege waren die Menschen vom alten Glauben abgerückt. Sie vergaßen, wer sie waren und woher sie kamen und dass die Götter diesen langen Krieg auch für sie geführt hatten." Er seufzte, dann fuhr er fort. „Darüber waren die Götter sehr enttäuscht, sie fühlten sich hintergangen und ausgenutzt. Daraufhin beschlossen sie, Mittelerde zu verlassen und erst wieder zurückzukehren, wenn die Menschen sich geändert hätten. Nun wollten die Menschen die Herrschaft erlangen mit Hilfe der Drachen. Das beschwor den Zorn der Götter herauf, und noch einmal kamen sie zurück und versetzten die Drachen irgendwo in den heiligen Bergen in einen tiefen Schlaf. Uns Krieger vom Clan des Roten Drachen verurteilten sie dazu, die Schlachten zu schlagen, derer sie müde geworden waren. So kommt es, dass wir uns seit Generationen als Söldner verkaufen."

    Er schwieg, und seine Worte hallten in der gewaltigen Halle noch lange nach. Mein Magen meldete sich, und ich fasste Mut und fragte, wie es sein könne, dass ich Hunger und Müdigkeit verspürte. Meister Gantalah überlegte kurz, dann erzählte er, dass das Reich der Elfen in einer Parallelwelt existiere. Zu der Zeit, als Menschen, Elfen und Zwerge sich von den Göttern entfernten, schufen die Elfen sich ihr eigenes Reich. Sie wollten sich von allen anderen Wesen unterscheiden. Sie waren überzeugt, dass sie den Göttern am ähnlichsten seien. „So schufen sie dieses Reich hier, in dem ihr gerade weilt. Damit kein Unwürdiger seinen Fuß auf ihren heiligen Boden setzten kann, verfielen sie auf einen Trick. Durch Tore zwischen den Welten machten sie die Dimensionen transparent. Es können zwar nur Eingeweihte in das Reich der Elfen reisen, sie aber können jederzeit zu den anderen Wesen hinüber. Doch es ist ein zweischneidiges Schwert, das die Elfen da geschmiedet haben. In ihrer Arroganz vergaßen sie, dass alle Wesen nur dadurch existieren, dass sie Kontakt zu anderen Geschöpfen haben, wenn die anderen an sie glauben, wenn sie ein Teil ihres Daseins sind. Die Waldelfen waren von jeher ein störrischer Zweig der Elfenfamilie. Sie blieben auf Mittelerde, während sich die anderen hierher zurückzogen. Legenden begannen, sich um die Elfen und um ihr Reich zu ranken. Böse Geschichten wurden erfunden und erzählt. Je weniger die anderen Wesen von diesem Reich wissen und je größer ihre Angst vor den Elfen wird, desto weiter entfernt sich das Elfenreich von Mittelerde. Früher brauchte man nur durch einen leichten Nebel oder Dunstschleier zu treten. Heute muss ein Wissender sehr weit reisen, um hierherzukommen. Ihr habt es selbst erlebt. Wenn nichts geschieht, wird es eines Tages unmöglich sein, von hier nach dort zu gelangen." Er machte eine Handbewegung, dabei sah er sehr traurig, alt und müde aus. „Deshalb seid ihr müde, hungrig und durstig, wenn ihr hier seid. Es ist eine richtige Welt, nur dass sie neben der euren besteht."

Draußen begann es zu dämmern, und ich wurde wieder nervös, denn ich wusste, dass im Dorf viel Arbeit auf uns wartete. Hamron würde nicht von unserer Seite weichen, solange wir im Schlaf reisten. Meister Gantalah bemerkte meine Unruhe. „Beruhige dich, junger Krieger. Ihr habt alle Zeit der Welt. Eure Körper schlafen. Ihr aber seid im Elfenreich. Ihr könntet hier ein ganzes Leben verbringen, wenn ihr zurückreisen würdet, dann wäre nur die Nacht vergangen. Zwar herrschen auch hier die Gesetze von Zeit und Raum, aber anders als bei euch." Yinzu stellte eine wichtige Frage. „Meister, wenn jemand sich entschließt hierzubleiben und eines Tages stirbt, was passiert dann mit seinem Körper?" Er lächelte mild: „Du würdest einfach nicht mehr aufwachen. Lasst uns etwas essen gehen, damit der Tod sich noch ein wenig gedulden muss."

Auf einer von der Morgensonne umspülten Terrasse setzten wir uns an einen der vielen kleinen Tische. Ein junger Elf fragte, was er uns bringen dürfe. „Wir sind hier in einer Schenke", erklärte uns Meister Gantalah und bestellte für uns. Nur einen winzigen Augenblick später erschienen weitere Elfen und brachten die von ihm bestellten Speisen und Getränke. Die Teller waren fast durchsichtig, sie schienen aus Glas zu sein. Das Messer und die Gabel waren so grazil, dass ich zwei Versuche brauchte, um sie richtig in die Hand zu nehmen. Bei uns aßen wir noch oft mit den Fingern, nur hin und wieder hatten wir einen Löffel.

Nun bemerkte ich, dass die Elfen, die an den anderen Tischen saßen, zu uns herübersahen. Als ich ihnen freundlich zunickte, begannen sie miteinander zu tuscheln, andere warfen mir abfällige Blicke zu. Meister Gantalah, dem das nicht verborgen geblieben war, sagte mit einem traurigen Ton in der Stimme, es gebe Vorurteile und Überheblichkeit. Als ich die Speisen kostete, vergaß ich meinen Gram über diese Vorurteile. Ich wusste zwar nicht, was ich da aß, aber es schmeckte köstlich. Noch zweimal bestellte der Meister für uns nach. Einige der Elfen verließen empört die Terrasse, andere starrten uns unverhohlen an oder mokierten sich über uns. Mit einem Ruck sprang Meister Gantalah von seinem Platz auf. Wilder Zorn sprach aus seinen Augen, als er die Elfen zurechtwies. Ängstlich wichen einige der gescholtenen Elfen zurück, andere verließen fluchtartig die Schenke.

Er setzte sich wieder und seine Züge entspannten sich. „Welche Fragen kann ich euch noch beantworten? Es wäre schade, wenn ihr die Zeit ungenutzt verstreichen ließet." Yinzu fragte, warum die Geschöpfe so unterschiedlich reagieren, wenn sie mit der Magie des Roten Drachen konfrontiert würden. „Eine interessante Frage, mein Junge. Wenn die geistigen Fähigkeiten eines Wesens gering sind, wirst du es ohne Mühe beeinflussen können. Es wird dann sehen, was du willst, dass es sieht. Sollte ein Wesen, egal ob Mensch, Elf oder eine andere Art, aber selbst über ein gewisses Wissen verfügen, dann musst du sehr viel mehr Mühe aufwenden, um zu erreichen, was du willst. Bis jemand dich an Wissen übertrifft, dann wirst du in einem magischen Wettstreit unterliegen." Er trank einen kleinen Schluck aus einer Tasse, die so zart gearbeitet war, dass ich befürchtete, sie könnte vom Hinsehen zerbrechen. „Manchmal reicht schon das Schnippen mit einem Finger, um wie ein großer Zauberer dazustehen. Ein anderes Mal musst du dein Leben in die Waagschale werfen, nur um nicht in eine Maus verwandelt zu werden." Als er in unsere Gesichter sah, begann er zu lachen. „Jungs, ihr seht aus, als ob ihr heute zum ersten Mal von Magie gehört hättet. Solltet ihr sie missbrauchen, wird das euer

Untergang sein. Nur demjenigen, der von reinem Herzen und tadelloser Absicht ist, kann sie Nutzen bringen. Doch auch dann muss ein Krieger sehr genau abwägen, wann er sich ihrer bedient." Nach diesen Worten klopfte er uns beiden ermutigend auf die Schultern.

Wir wollten uns gerade erheben, als der Großmeister erschien. Schon von weitem gab er uns zu verstehen, dass wir sitzen bleiben sollten. Die noch anwesenden Elfen erhoben sich höflich und verneigten sich tief und lange. Der Elf erklärte kurz, worüber wir gerade gesprochen hatten. Den Ausführungen von Meister Gantalah fügte der Großmeister nichts hinzu, aber er erzählte uns die Geschichte einer Traumreise.

Als junger Krieger war er einmal in einem fernen Land unterwegs gewesen. Dort sollte er eine Frau ausspionieren, die im Verdacht stand, untreu zu sein und ihr Land zu verraten. „Also schlich ich mich in ihr Schlafgemach und beobachtete sie." Sie hatte ihm sehr freizügige Blicke zugeworfen, seit er am Hof des Landesherrn angekommen war. Nun saß er an ihrem Bett und sah zu, wie sie schlief. Die ganze Nacht über passierte nichts, sie schlief tief und fest. Er aber fühlte sich leicht und beschwingt, solch ein Gefühl hatte er auf allen seinen Traumreisen noch nie erlebt. Als gewissenhafter Krieger hielt er an dem Bett der Frau aus, bis der Morgen graute. Das gleiche passierte in den folgenden Nächten, es gab nichts, was Verrat oder Untreue bewiesen hätte. So beschloss der Großmeister in der vierten Nacht, ihre Träume zu besuchen. Er tauchte ein in ihren Traum und stellte fest, dass sie nicht dort weilte. Das konnte nur bedeuten, dass sie nicht träumte. Jeder Mensch träumt, es sei denn, er befindet sich auf einer Traumreise. Da schwante dem Großmeister, wie sie ihn getäuscht hatte, und er beeilte sich, in seine Kammer zurückzukehren. Dort fand er die Frau, die sich in ihrem Traumkörper gerade auf seinem schlafenden Körper vergnügte. Sie bemerkte ihn erst, als sie die Kammer verlassen wollte, erschrak aber nicht, erzählte er. „Sie sagte nur, dass es schade sei, dass er immer schlafe. Dann entschwand sie. In der darauffolgenden Nacht wartete ich ungeduldig auf sie." In dieser leidenschaftlichen Beziehung sei dann Saarami gezeugt worden. Yinzu und ich sahen uns ratlos an. Mein Bruder verstand genauso wenig wie ich, was das mit dem zu tun hatte, was uns der Elf erklären wollte, bis uns der Großmeister sagte, was wir aus der Geschichte lernen konnten: Nur weil in der Regel etwas klappt, bedeutet es nicht, dass es das immer tut. Wir sollten bei jeder Reise die gleiche Vorsicht walten lassen, so als ob wir in unseren richtigen Körpern unterwegs seien.

Erst dann besprachen wir die Vorbereitungen für das Fest zur Wintersonnenwende. Die Menschen in dem Dorf, das wir schützten, wollten mit uns feiern, die einen, weil sie dem alten Glauben verpflichtet waren, die anderen, weil er ihre neue Heimat darstellte. Für uns war das eine sehr große Verantwortung, der wir uns nicht gewachsen fühlten. Meister Gantalah und der Großmeister sahen sich tief in die Augen. Ich wusste, sie beratschlagten, ohne so unhöflich zu sein, uns fortzuschicken. Der Großmeister verkündete, dass wir von einem Mitglied des Hohen Rates unterstützt werden würden. Ohne zu überlegen warf ich ein, dass wir eingeschneit seien, es könne niemand zu uns kommen. Als mich der leichte Schlag von Meister Gantalah am Hinterkopf traf, wusste ich, dass ich wieder dumm dahergeredet hatte. Ein Mitglied des Hohen Rates ist auf kein Reisewetter angewiesen. Ich entschuldigte mich. Die anderen grinsten und der Großmeister murmelte, dass Einsicht der erste Weg zur Besserung sei. Plötzlich war wieder Nebel um uns herum, ich erschrak, hatte ich mich doch nicht darauf konzentriert. Von weitem hörte ich noch die Stimme des Großmeisters, die uns zurief, es sei nun besser, wieder zurückzukehren. Wir würden uns bald wiedersehen.

Diesmal dauerte die Reise nicht ganz so lange. Als sich der Nebel langsam auflöste, musste ich feststellen, dass der Morgen noch nicht angebrochen war. Die Kerzen brannten, und auch die Kräutermischungen, die Hamron entzündet hatte, glommen noch vor sich hin. Nur mit Mühe gelang es mir, mich aufzusetzen. Yinzu erging es nicht anders. Bislang war ich immer erfrischt und ausgeruht von Traumreisen zurückgekehrt, doch diesmal war es anders. Uns fielen fast die Augen zu, meine Knochen waren schwer wie Blei. Als Hamron hörte, dass wir wach geworden waren, kam er ins Zimmer und fragte, ob irgendetwas nicht in Ordnung sei, da wir uns erst vor wenigen Augenblicken hingelegt hätten. „Nein, alles in Ordnung, aber das erklären wir dir morgen, wir müssen dringend schlafen." Dass Yinzu noch etwas hinzufügte, bekam ich schon nicht mehr mit. Hamron legte mir ein Fell über, dann löschte er die Kerzen und ließ uns schlafen.

Als ich mich endlich erhob, war die Sonne schon wieder untergegangen. Meine Muskeln taten weh, und ich hatte Kopfschmerzen. Yinzu war auch gerade dabei, aus dem Bett zu kriechen. Er stöhnte, dass er solche Reisen nicht allzu oft unternehmen wolle. Ich stimmte ihm zu. Vor der Tür zu unseren Kammern hatte sich das Dorf zum Abendessen eingefunden. Einige erhoben sich und grüßten, als wir den Saal betraten. Ich verspürte keinen Hunger, zu sehr lag mir noch der Geschmack der Speisen auf der Zunge, die wir in der Stadt der Elfen bekommen hatten. Alltara meinte zwar, ich müsse etwas zu mir nehmen, wenn ich wieder zu Kräften kommen wolle, doch ich trank nur von dem Kräutertee. Danach fühlte ich mich ein wenig besser.

Nach dem Abendessen blieben einige Dorfbewohner am Feuer sitzen, um Geschichten zu hören oder Handarbeiten zu erledigen. In mir reifte der Wunsch, wieder ins Bett zu gehen. Doch das musste noch warten, Malltor und die anderen wollten mit uns das Fest zur Wintersonnenwende besprechen. Mehr schlafend als aufmerksam zuhörend, brachte ich die Zusammenkunft hinter mich. Die Aufgaben, die es zu erledigen galt, waren allesamt verteilt worden. Dass uns ein Mitglied des Hohen Rates unterstützen würde, wussten allerdings nur Hamron und Yinzu.

Endlich konnte ich mich in mein Bett fallen lassen, erschrak und griff nach meinem Doch. Doch der Geruch, der meine Nase streichelte, verriet mir, dass es Jamalin war, die auf mich im Dunkeln gewartet hatte. Langsam steckte ich die Klinge wieder zurück und legte mich wortlos neben sie. Ich wollte es ihr überlassen zu tun, wonach ihr war. Es war ein angenehmes Gefühl, neben einer warmen Frau zu liegen. Obwohl ich noch meine Kleider trug, spürte ich dass sie nackt war. Mein Herz schlug schneller, als sie begann, meinen Hals zu küssen. Ganz still lag ich da, denn ich wollte nichts falsch machen oder sie verschrecken. Dicht schmiegte sie sich an mich. Was dann geschah, weiß ich nicht, denn ich schlief ein.

Als der Morgen graute, war sie verschwunden. Hamron und Yinzu lachten mir ins Gesicht, als ich meine Kammer verließ. Vorsichtig fragten sie, ob die Nacht nicht viel zu kurz gewesen sei. Kurz nur überlegte ich, was ich ihnen sagen sollte, dann entschied ich mich für die Wahrheit. Yinzu meinte, dass er noch nie neben einer Frau eingeschlafen sei, die seinen Hals geküsst habe. Hamron erklärte, dass es eine sehr ernstzunehmende Krankheit sein müsse.

Als Jamalin mit den kleinen Kindern zum Frühstück erschien, senkte sie den Kopf und vermied es, mich anzusehen. Ich wartete bis die Kleinen mit dem Essen begonnen hatten, dann ging ich zu ihr hinüber. Als ich mich neben sie auf die Bank setzte, drehte sie ihren Kopf weg. Ich legte ihr meine Hand auf die Schulter und sagte, dass ich sie gerne unter vier Augen sprechen würde. Sie folgte mir nach nebenan. Dort stand sie vor mir, hatte die Hände gefaltet und den Kopf gesenkt, als ob sie eine Strafe erwarten würde. Ich hob ihren Kopf sanft an, um in ihre Augen sehen zu können. „Ich möchte mich bei dir entschuldigen, dass ich gestern Nacht so unhöflich gewesen und eingeschlafen bin. Ich hoffe, dass ich dich nicht allzu sehr verletzt habe. Normalerweise passiert mir das bei so einer schönen Frau nicht. Wenn es irgendwie geht, würde ich es gerne wiedergutmachen. Vorausgesetzt, du gestattest es mir." Ein Lächeln flog über ihr Gesicht. Dann hauchte sie mir einen Kuss auf den Mund und verschwand zurück in den Speisesaal.

Die nächsten Tage vergingen mit den Vorbereitungen für das große Fest. Wir trugen das Holz zusammen. Die Frauen schmückten den Saal und bereiteten aus dem Wenigen, das wir hatten, ein Festmahl vor. Es wurden auch Festgewänder gefertigt, denn es sollten am selben Tage zwei Vermählungen stattfinden. Es hatten sich von den Frauen der Karawane und den Männern des Dorfes vier gefunden, die zusammenleben wollten.

In mir stieg die Spannung, wen der Hohe Rat wohl schicken würde. Schon mehrmals hatte ich meinen besten Kilt gereinigt, immer wieder den Halt der Spange und der Schnalle überprüft. Mein Schwert erstrahlte in einem Glanz, der mich an die aufgehende Sonne erinnerte. Und dann traf es mich doch völlig unvorbereitet. Ich wollte mich gerade zum Frühstück begeben, als mich eine Stimme herumfahren ließ. „Da hast du dich aber fein rausgeputzt, Jungchen." Ich hielt inne und überlegte, ob ich mir die Stimme vielleicht eingebildet hatte. Doch gleich darauf wurde ich eines besseren belehrt. „Heißt man so eine alte Frau willkommen, die einen weiten Weg auf sich genommen hat, nur um euch Grünschnäbeln zu helfen, ein kleines Fest zu organisieren?" Ich sah in das von Falten zerfurchte Gesicht der alten Marula. Sie lachte mir mit ihren weißen Zähnen entgegen und breitete ihre Arme aus. Doch ich sank auf meine Knie. „Du kleiner, dummer Junge, ich bin doch nicht so weit gereist, um dich hier auf dem Boden zu sehen. Komm und umarme eine alte Frau!" Zögernd stand ich auf. Der blaue Schimmer, der von ihr ausging, verriet mir, dass sie mir in ihrem Astralkörper erschien. Dennoch konnte ich sie in den Arm nehmen. Sie drückte mich fest an sich, und ich spürte eine leichte, aber angenehme Kühle. „Lass dich ansehen, Söhnchen, du siehst gut aus. Ich habe ja ganz spannende Geschichten von dir und deinen Brüdern gehört, aber du kannst sicher sein, ich will sie alle noch einmal persönlich von euch hören." Sie klopfte mir auf die Schulter.

Da wurde die Tür geöffnet, und Hamron und Yinzu traten in meine Kammer. Sofort wollten sie sich auf den Boden werfen, doch das Kichern der alten Frau hielt sie zurück. Nacheinander umarmte sie meine beiden Brüder. „So nun will ich aber herumgeführt werden. Ich will alles sehen und alles wissen, was sich zugetragen hat, seit ihr fortgeritten seid." Aufgeregt führten wir sie durch das Rundhaus. Die Menschen, die dort arbeiteten, sahen uns verwundert an. Aber jeder spürte die Macht, die von der alten Frau ausging. Es war wirklich erstaunlich, sie steckte überall ihre Nase hinein und besah sich alles ganz genau. Alle, die wir trafen, stellten wir ihr vor. Sie hatte für jeden ein nettes Wort und sprach darüber, wie sehr sie sich freue, bei ihren Enkeln zu sein. Als wir ihr Malltor und Uratur vorstellten, sprach sie mit den beiden in deren Muttersprache. Die beiden alten Krieger waren überrascht, aber sie antworteten höflich und verneigten sie vor ihr, als wir weitergingen. Spät am Nachmittag gingen wir zum Rundhaus zurück. Es hatte wieder angefangen zu schneien, und das Wetter beunruhigte mich. Es war, als hätte sie meine Gedanken gelesen, denn Marula sah in den Himmel und versprach, dass der folgende Tag ein schöner sein werde. „So, meine Kleinen, jetzt habe ich aber Hunger. Während ich esse, will ich von euren Abenteuern hören."

Wir begleiteten Marula zu unserem Tisch. Sie wählte den Platz in der Mitte und setzte sich. Ihren langen Umhang hatte sie mir einfach in die Hand gedrückt, genau wie ihren großen gewundenen Wanderstab. Als ich das schwere schwarze

Holz in den Fingern spürte, wusste ich, dieser Stab war mehr als nur eine Stütze. Er pulsierte und schien von Eigenleben erfüllt. Schnell brachte ich ihn in meine Kammer und eilte zu den anderen zurück. Yinzu hatte sich erhoben, um für Ruhe zu sorgen, und ergriff nun das Wort. Er sagte, dass er sehr glücklich und stolz sei, solch ein ehrenwertes Mitglied des Hohen Rates begrüßen zu dürfen, das bei uns sei zur Ehre der Götter und um uns kleine, unbedeutende Krieger zu unterstützen. Nachdem er sich wieder gesetzt hatte, erhoben sich die Menschen ohne Aufforderung und zollten der alten Frau Respekt. Sie aber saß nur da und kicherte, während sie ihre Suppe löffelte. Schnell kehrte wieder Ruhe ein, und die Dorfbewohner begannen, zu Abend zu essen. Hin und wieder hörte ich, wie mancher darüber nachgrübelte, wie es diese alte Frau wohl geschafft hatte, durch den Schnee zu kommen. In den Wäldern wimmelte es nur so von Wölfen und Bären, von Räubern ganz zu schweigen. Die ersten Gerüchte machten die Runde.

 Ich aß nur sehr wenig vor Aufregung. In meinem Kopf nahm ich Marulas Stimme wahr, die mir mitteilte, sie wolle uns in meiner Kammer sprechen. Meine Brüder und ich begleiteten die alte Frau aus dem Saal. In der Kammer, die sie sich als Quartier ausgesucht hatte, ließ sie sich auf einem Stuhl mit hoher Rückenlehne nieder. Erwartungsvoll blickte sie einen nach dem anderen an. „So, meine Kleinen, wer beginnt mit der Geschichte?" Sie ergriff ihren Stab und drehte ihn in den Händen. Die Kerzen, die in meiner Kammer standen, entzündeten sich. Verwundert sahen wir uns an. „Ach, Jungs, das ist nicht der Rede wert. Also, ich höre." Abwechselnd erzählten wir die Geschichte von Orphals Meisterprüfung. Nach und nach versank der Raum um uns herum im flackernden Schein der Kerzen. Die alte Frau drehte unaufhörlich ihren gewundenen Stab, während wir sprachen. Dabei meinte ich zu beobachten, dass sie ihr Aussehen veränderte, doch das konnte auch an dem Kerzenlicht liegen. Als wir fertig waren, nickte sie und bat uns fortzufahren. Jetzt ergriff Yinzu das Wort und berichtete von meiner Meisterprüfung. Er und Hamron ließen nichts aus, was sich in meinem Heimatdorf und in der Burg meines Vaters zugetragen hatte. Die ganze Zeit, während die beiden sprachen, sah mich die Zauberin an. Ihr Blick war durchdringend, und ich spürte, wie sie in meinen Kopf und in mein Herz hineinsah. Plötzlich konnte ich sie nicht mehr genau erkennen, wie sie da in dem Stuhl saß, gehüllt in ihren Umhang. Ihre Augen glühten unter der Kapuze. Ich starrte sie an und sah die Gestalt unter dem Umhang wachsen. War sie eben noch in dem recht großen Stuhl fast unscheinbar, so füllte sie ihn nun ganz aus. Mehr noch, er verschwand fast ganz unter ihrer immer größer werdenden Gestalt, die aber verschwommener wurde, je mehr sie wuchs. Mehrmals kniff ich meine Augen zusammen und schüttelte den Kopf, so als könne ich damit das seltsame Bild vertreiben. Aber das ließ sie nicht zu. Ihr Körper wurde länger, und der Kopf, der sich langsam unter der Kapuze hervorschob, hatte nichts Menschliches mehr. Ein Schatten unter dem Stuhl bewegte sich, es sah aus wie die Spitze eines Schweifes. Die Hände, die eben noch die Lehnen des Stuhls umschlossen hatten, waren zu Klauen geworden. Nun konnte ich auch den Schädel erkennen. Es war der Kopf eines Drachen. So hatte ich ihn auf dem Bild des Fürsten Omar gesehen, und so hatte er sich auch in meine Erinnerung gebrannt seit dem Tage der Aufnahmezeremonie beim Clan des Roten Drachen. Doch diesmal erfüllte mich keine Angst, ich sah mit Spannung zu, was passierte. Noch immer blickte der Drache zu mir herüber, bewegte sich aber nicht. Mein ganzes Denken war ausgeschaltet. Ein Lachen bahnte sich den Weg aus meiner Brust. Ich wusste nicht, warum ich ausgerechnet in dieser Situation nicht ernst bleiben konnte, aber es war so. Eine Stimme in meinem Kopf mahnte, ich solle mich zusammenreißen. Woher sie kam, war unklar, es war auf jeden Fall nicht meine. Wieder ermahnte mich die Stimme, doch das Lachen hörte nicht auf. Da schlug etwas gegen meinen Kopf, und das Bild vor meinen Augen klärte sich. Die alte Marula saß wieder auf dem großen Holzstuhl, den Wanderstab in den Händen. Meine beiden Brüder sahen mich ratlos an. Hamron fragte mich, warum ich ausgerechnet an dieser Stelle der Geschichte lachen müsse. Ich zuckte mit den Schultern und erwiderte, ich hätte nicht genau zugehört. Yinzu sagte, dass sie gerade dabei seien zu berichten, wie ich meine Blutsverwandten umgebracht hätte. Ich musste schlucken, um ein weiteres glucksenden Kichern zu unterdrücken. Die Zauberin fragte leise, was ich denn gesehen hätte. Stockend berichtete ich. Yinzu und Hamron runzelten ungläubig die Stirn, doch die Alte hörte aufmerksam zu.

    Nachdem ich meine Schilderung beendet hatte, wandte sie sich wieder Hamron zu und bat ihn weiterzuerzählen. Mich beachtete sie nicht weiter. Es dauerte noch eine ganze Weile, bis die beiden die Geschichte meiner Prüfung zu Ende erzählt hatten. Sie kicherte, es sehe mir ähnlich, dass ich die vier Stürme beschworen hätte. Nur ein Narr ließe sich mit den Stürmen ein und schließe einen Pakt mit ihnen, sagte sie. Sie habe einige Krieger gekannt, die nun als Sturmwinde über Mittelerde ziehen würden. „Wäge sorgfältig ab, wann du die vier erneut heraufbeschwörst, sonst endest du auch als ruheloser Sturmwind."

    Ich wollte sie fragen, was da eben passiert sei, doch sie schnitt mir mit einer forschen Handbewegung das Wort ab und befahl mir, stattdessen mit Yinzus Geschichte fortzufahren. Ich erzählte alles so genau, wie es mir in Erinnerung geblieben war. Immer dann, wenn ich eine Pause machte, um die Bilder des Erlebten heraufzubeschwören, sprang Hamron ein und fuhr an der gleichen Stelle fort, so als hätte er auf seinen Einsatz gewartet. Dabei fiel mir auf, dass Yinzu immerfort die Zauberin anstarrte. Sein Atem ging schwer, Schweiß bildete sich auf seiner Stirn. Doch das, was da vor sich ging, war nicht für mich bestimmt. So erzählten wir Yinzus ganze Geschichte bis zu dem Punkt, als wir aufbrachen, um zu diesem Dorf zu gelangen, in dem Hamron seine Meisterprüfung bestehen musste.

    Schwere Stille legte sich über uns, ich glaubte, den Hauch eines Gedankens zu spüren. Als ich meine Aufmerksamkeit darauf richten wollte, bekam ich einen Schlag mitten ins Gesicht, ohne dass sich die alte Frau bewegt hatte. Ich entschuldigte mich. Sie aber wandte sich an Yinzu. „Nun, Söhnchen, kannst du deinen Brüdern berichten, was du eben zu sehen geglaubt hast." Yinzu flüsterte, er habe einen großen Adler gesehen, als wir seine Geschichte erzählten. Aber auch er hatte keine Angst verspürt, sondern mit Spannung alles verfolgt.

    Die Alte wandte sich an Hamron, der staunend zugehört hatte. „Nun werden wir uns deine Geschichte anhören." Ich bemerkte, wie mein Bruder sich auf das, was da kommen würde, vorbereitete. Weiß wie eine Wand saß er da. Er zitterte nicht, sein Körper bebte, so als würde er von unsichtbaren Schlägen getroffen. Die alte Marula stampfte einmal mit ihrem Stab auf den Boden, und augenblicklich entspannte sich mein Bruder etwas. „So, Söhnchen, was hast du uns zu berichten?" Hamron schwieg. Die Zauberin wiederholte ihre Frage. Als Hamron immer noch nicht reagierte, klatschte sie zweimal in ihre Hände und sprach eine kurze harte Rune. Danach ging es Hamron besser, er begann zu berichten. Für ihn war die Vision am eindrucksvollsten gewesen. Denn Hamron war nicht so vertraut mit der Magie des Roten Drachen wie Yinzu und ich. Für ihn hatte sich die alte Frau aufgelöst und das Zimmer mit allem darin auch. Er war an einem ganz anderen Ort gewesen, auf einem Schlachtfeld. Dort hatte er den Hauch des Todes gespürt. Er war allein, und in ihm keimte die Gewissheit, dass alle Menschen, die ihm etwas bedeuteten, dort auf diesem Feld ihr Leben lassen würden. Hamron sagte, er wäre fast vor Angst gestorben, wenn die Zauberin ihn nicht zurückgeholt hätte.

Die alte Marula sah uns der Reihe nach an. „Das, was Hamron gesehen hat, war ein Blick in die Zukunft. Das, was er gesehen hat, kann eintreten, muss aber nicht. Ihr könnt die Zukunft beeinflussen." Als in mir ein Gedanke reifte, winkte sie ab. „Ich weiß, was du fragen willst, Aran. Hamron wird der Blick in die Zukunft gestattet, weil er zu den Blaugezeichneten gehört. Blau ist aber auch ein Bestandteil eurer Färbung, nicht wahr? Heiler brauchen Kontakt zu den anderen Welten, um ihre Kunst zu verstehen. Doch muss dies unbewusst passieren, da sie sonst nicht mehr in erster Linie an das Heilen denken würden. So, und nun lasst mich allein, ich bin von der weiten Reise müde und möchte mich ausruhen." Ohne sich vom Stuhl erhoben zu haben, schloss sie die Tür hinter uns.

Die Nacht war kurz, und als ich erwachte, spürte ich, dass meine Träume schwer gewesen waren. Hamrons Stimme klang dagegen hellwach. „Los, bewegt euch, ihr müden Säcke! Heute ist der Tag der Wintersonnenwende." Schnell kleidete ich mich an und folgte den anderen zum Frühstück. Zu unserem Erstaunen saß die alte Marula schon am Tisch und löffelte eine Suppe. Als wir näher kamen, hielt sie ihren Becher empor und verlangte nach frischem Kräutertee. Gleichzeitig wies sie uns an, das Feuer nicht zu schüren. Es durfte nicht mehr glühen, wenn wir das Holz für die Zeremonie richtig stapeln wollten.

Während wir am Vormittag das Holz schichteten, summten auf einmal Runengesänge in meinem Kopf. Obwohl ich selbst nicht mitsang, schwangen die Runen in mir und verursachten eine seltsame Schwere in meinem Inneren. Doch gleichzeitig fühlte ich mich auch leicht, so als schwebte ich um die Feuerstelle herum. Genauso plötzlich wie das Gefühl gekommen war, verschwand es auch wieder. Nun Mir lief der Schweiß am Körper herunter, mein Atem ging stoßweise, und leichter Dampf stieg von mir und auch von meinen beiden Brüdern auf, der unsere körperliche Anstrengung verriet. Als ich mich etwas beruhigt hatte, bemerkte ich das emsige Treiben, das im Saal herrschte. Die alte Marula hatte allen Dorfbewohnern ihre Aufgaben zugewiesen. Überall wurde geräumt, geputzt oder aufgetischt. Die Frauen hatten mehrere kleine Feuer entzündet, um die Speisen vorzubereiten, die den Göttern geopfert werden sollten.

Die Zauberin saß noch immer in der Mitte des Ratstisches und lächelte still vor sich hin. Nun winkte sie uns zu sich. Auf dem Weg zu ihrem Platz bemerkte ich, wie hoch der Holzstapel geworden war, den wir aufgeschichtet hatten. Es war mir unerklärlich, wie wir es geschafft hatten, die Stämme bis in eine solche Höhe zu stapeln. Bei den Ausmaßen befürchtete ich, dass unser Dach das Feuer nicht unbeschadet überstehen würde. Da lachte die alte Marula und beruhigte mich, ich würde mir zu viele Gedanken um Nebensächlichkeiten machen. Sie kniff Hamron in die Wange und lobte unsere Arbeit. Nun sollten wir uns waschen und uns einen sauberen Kilt anziehen. Das kalte Wasser machte mich sofort wieder munter. Nun spürte ich auch die Kälte im Rundhaus. Es war das erste Mal seit Wintereinbruch, dass kein Feuer brannte. Doch wir zitterten nicht nur vor Kälte, die Aufregung hatte sich unserer bemächtigt. Eine Zeremonie unter den Augen eines Mitgliedes des Hohen Rates abzuhalten, war etwas anderes, als im Wald die Götter zu ehren.

Nachdem wir fertig waren, vernahmen wir, wie die alte Zauberin mit ihrem Stab auf den Tisch schlug. Feierlich schritten Yinzu und ich hinter Hamron in den Saal. Alle standen schweigend auf ihren Plätzen und sahen zu uns herüber. Wir hatten unsere Kapuzen über den Kopf gestreift und den Blick auf den Boden gerichtet. Auch die ehrenwerte Marula war aufgestanden und hatte sich in ihren Umhang gehüllt. Ich hob meinen Blick ein wenig und bemerkte den leichten Nebel, den der Atem der Menschen verursachte. Ihre Gesichter sahen ängstlich und erwartungsvoll aus. Es wusste niemand genau, was geschehen würde. Niemand sprach, selbst die Kinder schwiegen ängstlich.

Marula, meine Brüder und ich bildeten einen Kreis um den Holzstapel. Die alte Zauberin summte eine Melodie, die immer dann angestimmt wird, wenn Menschen in unsere Gemeinschaft aufgenommen werden sollen. Hitze begann aus der Mitte meines Körpers aufzusteigen, ich spürte knapp unterhalb des Bauchnabels das pulsierende Zentrum meiner eigenen Energie. Ich versuchte, meinen Kopf von allen Gedanken zu befreien. Runengesänge erfüllten nun den Saal, sie schienen von überallher zu kommen. Mir war nicht sofort klar, dass sie auch aus mir heraus erklangen. Es erstaunte mich nicht, dass sich meine Arme ganz von selbst hoben, so dass sie den Holzstapel in einer magischen Geste zu beschwören schienen. Er entzündete sich durch die Blitze, die aus unseren Fingerspitzen ins Holz geschleudert wurden. Es war, als spräche der Rote Drache durch mich. Ich tat eigentlich nichts, außer dass ich ihm meinen Körper zur Verfügung stellte. Winzig und unbedeutend kam ich mir vor, aber Ehrfurcht erfüllte mich. Ich war ein kleiner Teil von etwas Großartigem.

Der Stapel brannte mit einem seltsamen Schein, als wir unsere Arme wieder sinken ließen. Noch immer war die Luft von den kehligen Runengesängen erfüllt. Noch immer spürte ich tief in meinem Innersten die Magie des Roten Drachen. Noch immer stand ich wie angewurzelt an meinem Platz. Plötzlich erfasste mich eine Sturmbö. Die toten Krieger kamen! Die schaurige Erkenntnis hatte sich noch nicht richtig im meinem Kopf festgesetzt, als das bläulich schimmernde Licht die Geisterkrieger schon ankündigte. Und dann waren sie da. Sie kamen durch die Wände, die Türen und durch das Dach. Lärmend und ausgelassen kamen sie zu dem Fest, das wir zu ihren Ehren veranstalteten. Einige beachteten die Lebenden überhaupt nicht, andere sahen sich interessiert nach Bekannten um. Die alte Marula begrüßte die Geisterkrieger. Sie scherzte mit zwei jung aussehenden Kriegern und fragte mich mit einem herausfordernden Grinsen, warum ich so unhöflich sei und unsere Gäste nicht willkommen heiße. Sie griff mit ihrer knöchrigen alten Hand mitten in meine Brust hinein und zog an mir. Ich machte unwillkürlich einen Schritt nach vorn – und trat aus mir selbst heraus. Die beiden Krieger waren nicht viel älter als ich, sie freuten sich, dass ich nun endlich bei ihnen war. Marula stellte sie mir vor, Ansstrad und Agnartor waren die Brüder der alten Zauberin, die schon vor vielen Jahren für den Clan ihr Leben gelassen hatten. Zu jeder Wintersonnenwende kamen sie zurück, um zu sehen, wie es ihrer Schwester ergangen war. Als ich mich umdrehte, um zu sehen, was die anderen taten, bemerkte ich, dass ich noch immer an meinem Platz stand. Es kam mir etwas befremdlich vor, mir selbst ins Gesicht zu sehen. Mein Blick war seltsam leer, so als schliefe ich.

Die Zauberin hatte mich mit ihren beiden Brüdern alleingelassen. Agnartor fragte mich, wer meine Brüder seien und warum sie nicht zur Feier erschienen. Da fiel mir ein, dass sie genau so wenig wussten wie ich, wie sie an diesem geisterhaften Fest teilnehmen konnten. Also ging ich zuerst zu Yinzu, überlegte kurz und griff dann beherzt in seine Brust. Ich spürte etwas weiches Warmes, hielt es fest und zog daran. Kurz darauf stand Yinzu in seinem Astralkörper vor uns. Die beiden Krieger lachten herzlich, als sie Yinzus Gesicht sahen. Ich stellte sie ihm vor und erklärte ihm, was gerade geschehen war. Es dauerte nicht lang, da lachte auch Yinzu mit uns. Zusammen gingen wir zu Hamron hinüber. Dessen Augen waren so weit aufgerissen, dass ich schon Angst hatte, sie könnten ihm aus dem Kopf fallen. Sein Blick zuckte unruhig zwischen den Körpern, die wir verlassen hatten, und unseren Astralkörpern hin und her. Wie auf Kommando griffen Yinzu und ich in seine Brust und zogen ihn an seinem eigenen Traumkörper heraus zu uns und den

Geisterkriegern. Es war das erste Mal, dass Hamron diesen Körper spürte. Er zitterte, und wir hatten Mühe, ihn zu beruhigen. Es dauerte einige Zeit, dann aber hatte er sich daran gewöhnt und begann zu scherzen. Seine Angst war einfach von ihm abgefallen.

Die beiden Geisterkrieger erzählten uns ihre Geschichte, die damit endete, dass sie zusammen in einer Schlacht fielen. Sie vergaßen auch nicht zu erwähnen, welch ein junges und hübsches Mädchen ihre Schwester zu dem Zeitpunkt gewesen war. Sie waren durch einen Verrat in einen Hinterhalt gelockt worden. Da Flucht ausgeschlossen war, stellten sie sich dem Kampf. Obwohl die Gegner ihnen fünfzig zu eins überlegen waren, konnten die beiden weit mehr als die Hälfte ihrer Feinde durch das große Tor stoßen. Das machte sie zu unsterblichen Helden. In diesem Moment wurde mir klar, wie oft ich ihre Lieder und Geschichten schon gehört hatte. Ich hätte sie auswendig aufsagen können. „Warum seht ihr uns so seltsam an? Glaubt ihr uns etwa nicht? Unsere Schwester wird alles bezeugen können." Ich blickte beschämt zu Boden. „Bitte entschuldigt, natürlich schenken wir euren Worten Glauben. Es ist nur so, dass sich alle, die eure Geschichte hören, riesige Krieger vorstellen. Mit Händen wie Äxten und Armen wie Bäume. Euch jetzt Auge in Auge gegenüberzustehen und die Geschichte aus eurem Mund zu hören, macht euch weniger mystisch." Yinzu nickte und fügte hinzu, jeder glaube, dass sie mehr als zwei Mann groß gewesen sein müssten. Nun lachten die beiden herzlich und schlugen sich auf die Schultern. „Hohoho, aufgepasst, hier kommt Agnartor, der Riese, der mehr als fünfzig Feinde erschlagen hat!" Er machte sich breiter als er war, stemmte seine Fäuste in die Hüften und stampfte von einem Bein auf das andere. Sein Bruder gab ihm einen Stoß, der ihn taumeln ließ. „Du Fallobst glaubst doch nicht tatsächlich, dass du alle allein erschlagen hast, oder? Ich habe damals mehr getötet als du. Nur scheinst du es schon wieder vergessen zu haben, obwohl es gerade erst ein paar hundert Jahre her ist. Aber zählen war ja noch nie deine Stärke." Sie fingen an zu raufen, und ich fragte mich, warum mir das so bekannt vorkam.

Die alte Marula hatte sich vor dem Tisch mit den Speisen aufgebaut und ermunterte die Dorfbewohner durch lautes Stampfen mit ihrem Stab, es sich zu Ehren der Götter schmecken zu lassen. Uns sollten sie nicht beachten und auch nicht ansprechen, da wir nicht in dieser Welt seien. Ich sah zu, wie die Menschen einen großen Bogen um unsere Hüllen machten, die immer noch mit gesenktem Kopf Platz an ihrem Platz standen.

Im Laufe des Festes wurde ich noch so vielen toten Kriegern vorgestellt, dass ich mir nicht alle ihre Namen merken konnte. Einige der Älteren zogen sich schon bald wieder zurück. Ich begleitete zwei Geisterkrieger nach draußen, wo ihre Pferde warteten. Es gab mir immer wieder einen Stich, wenn ich die zum Teil schweren Verletzungen der Krieger sah. Bei ihren Tieren war es nicht anders. Sie waren im vollen Galopp in eine Reiterfalle geraten und von spitzen Pfählen aufgespießt worden. Kurz darauf waren die Krieger gefallen, als sie schwer verletzt versuchten, sich des Angriffes der Feinde zu erwehren. Mich berührte diese Geschichte tief. Da lachte einer der beiden und meinte, ich solle nicht so traurig aus dem Kilt schauen. Wenn ich wollte, dann könne ich jetzt sofort mit ihnen diese Welt verlassen. Er begann, mir diesen Gedanken so richtig schmackhaft zu machen. Gerade wollte ich zu stimmen, als mich eine scharfe Stimme zurechtwies. „Du wirst nirgends hingehen, junger Krieger, haben wir uns da verstanden? Du bist für das Hier und Jetzt verantwortlich!" Die alte Marula funkelte böse zu den beiden Kriegern hinüber, die sich schnell auf ihre Pferde schwangen und in den Nachthimmel galoppierten.

Ihre beiden Brüder warteten auf uns. Bei ihnen stand ein seltsam aussehender Krieger. Er schien unverletzt, und die Rüstung, die er angelegt hatte, war reich verziert und edel gearbeitet. Er verneigte sich vor mir, was ich unpassend fand, schließlich veranstalteten wir dieses Fest zu Ehren der Götter und der Toten. „Mein Name ist Begnaton. Im Reich der Toten spricht man schon von dir, Aran, vom Clan des Roten Drachen." Ich bekam Angst. Er machte eine beruhigende Handbewegung. „Keine Angst, junger Krieger, deine Zeit ist noch nicht um. Aber ich bin hier, um dich zu warnen. In einer nicht allzu fernen Zukunft wirst du verraten werden. Deshalb musst du auf der Hut sein. Jemand, dem du vertraust, wird dich an deine Feinde verraten. Darauf musst du vorbereitet sein. Mehr darf und kann ich dir nicht sagen." Er verneigte sich wieder und wollte schon gehen, als ich ihn fragte, warum er so stattlich gekleidet sei. Zusammen mit Ansstrad und Agnartor begann er zu lachen. „Was bist du nur für ein Kindskopf. Nur weil wir uns dazu entschlossen haben, den Weg des Kriegers zu gehen, bedeutet das doch nicht, dass wir auch auf dem Schlachtfeld sterben müssen. Ich habe die mir gestellten Aufgaben gelöst, habe meine goldene Weihe empfangen und bin, als ich mein Ende kommen sah, mit meinem Schwert und meinem Kameraden aufgebrochen, um durch das große Tor in die andere Welt zu reiten. Ich trage deshalb keine Wunden, weil ich nicht in der Schlacht gefallen bin." Er schlug mir noch einmal aufmunternd auf die Schulter, dann verließ er uns.

    Plötzlich spürte ich, dass es an der Zeit war, in meinen Körper zurückzukehren. Ich verabschiedete mich von den restlichen Geisterkriegern, dann ging ich einfach auf meine Hülle zu. Kurz darauf fühlte ich mich, als ob ich aus einem Traum erwacht wäre. Es war sonderbar, der Geruch, die Gespräche, all das Treiben kam mir jetzt viel intensiver vor. Ich hatte Hunger und ging langsam zum Tisch hinüber, auf dem die Speisen angerichtet waren. Die Menschen verneigten sich vor mir oder wichen ängstlich zurück. Das hatte Vorteile, ich musste mich nicht hinten anstellen. Ich war noch dabei zu überlegen, was ich wohl als erstes von den leckeren Gerichten probieren sollte, als Hamron und Yinzu erschienen. Hamron war total aufgelöst. Er redete ununterbrochen. Er war so überwältigt, dass er dabei völlig vergaß, sich zu bedienen. Erst als Yinzu und ich uns zu einem der Tische begeben wollten, bemerkte Hamron, dass sein Teller noch leer war.

    Die Nacht wurde lang, und obwohl ich lieber zu Bett gegangen wäre, blieb ich doch bei den Menschen des Dorfes und führte hin und wieder belanglose Gespräche. Irgendwann verkündete die alte Zauberin, es sei für sie nun an der Zeit aufzubrechen. „Der Hohe Rat wird schon ganz gespannt sein auf das, was ich von euch zu erzählen habe. Vielleicht sehen wir uns ja nächstes Jahr wieder. Bis dahin macht eure Aufgabe gut und haltet zusammen, so wie es sich für Brüder des Clans gebührt." Sie umarmte uns, schwang ihren gewundenen Stab und verschwand in einem leuchtenden Nebel.

    Malltor kam zu uns, fragte höflich, ob er störe, und begann, als wir den Kopf schüttelten, zu erzählen, was sich während des Festes zugetragen hatte. Er hatte mit feinem Gespür die Stimmung der Menschen aufgefangen und ihnen sein Ohr geliehen. „Wir sollten damit rechnen, dass sie sich gegen uns entscheiden", warnte ich. Hamron und Yinzu sahen mich verwundert an. „Wie kannst du nur glauben, es könnte sich jemand gegen uns wenden, bei allem was wir für sie getan haben?" Hamron war entrüstet. Doch ich dachte an die Worte des alten Geisterkriegers und entschloss mich, meinen Brüdern davon zu erzählen.

    Malltor begleitete die letzten Dorfbewohner hinaus. Mit einem Lächeln auf den Lippen nickte er uns zu, schloss die Tür hinter sich, und wir waren allein. Um das noch immer hell brennende Feuer setzten wir uns zusammen und sahen einen Moment lang in die Flammen. Ich erzählte meinen beiden Brüdern alles, was Begnaton mir offenbart hatte. Yinzu spürte mein Unbehagen. „Du glaubst, dass einer von uns diesen Verrat begehen könnte. Ist es nicht so?" Hamron sah ihn mit großen Augen an. Ich schüttelte energisch den Kopf. „Warum hätte ich es euch dann erzählen sollen? Nur wenn wir uns über alles gegenseitig unterrichten, können wir einen Verrat vielleicht abwenden." Hamron wollte nicht glauben, dass jemand uns verraten könnte. „Es gibt Menschen, denen vertraue ich, doch nicht im gleichen Maße wie euch", sagte Yinzu nachdenklich. Ich stimmte ihm zu, Hamron hingegen war unsicher, er wollte an das Gute in der Dorfgemeinschaft glauben.

Im Saal herrschte am nächsten Morgen schon früh wieder emsiges Treiben. Einige der Frauen waren dabei, das Frühstück zuzubereiten, andere räumten auf. Wir setzten uns auf unsere Plätze und tranken etwas von dem frischen Kräutertee. Nach und nach fanden sich die Dorfbewohner ein. Mir fiel auf, dass einige den Blickkontakt mit uns vermieden. Viele verhielten sich zurückhaltend, wenn nicht sogar ängstlich. Nach dem Frühstück beeilten sie sich, das Rundhaus wieder zu verlassen. Das war seltsam, deshalb baten wir Malltor und Uratur in unsere Kammern, um sie um einen genauen Bericht vom gestrigen Fest zu bitten. Zu unserem Erstaunen erzählten sie, wie unheimlich es zugegangen sei, als wir die Zeremonie vorbereiteten. Zum einen sei da ein seltsamer Schein gewesen, der uns umgeben habe. Zum anderen seien wir beim Stapeln des Holzes bis unter die Decke geschwebt. Wir hatten nicht die geringste Erinnerung daran. Das war auf jeden Fall der Grund dafür, dass die Menschen uns so distanziert begegneten.

Wir entließen die beiden und beratschlagten. Ich war der Meinung, dass wir die Stimmung für uns nutzen sollten. Wenn die Menschen wüssten, welch intensiven Kontakt wir zu den Göttern hatten, dann hätte der Verräter vielleicht ein nicht so leichtes Spiel. Hamron und Yinzu waren, wie sollte es anders sein, ganz anderer Meinung. Sie wollten ein vertrauensvolles Verhältnis zu den Dorfbewohnern und nicht die Angst schüren, wir könnten Zauberer sein. Hamron machte den Vorschlag, bei der nächsten Dorfversammlung zu erklären, was während des Festes zur Wintersonnenwende geschehen war. „In Ordnung, wenn das euer Wunsch ist, dann werde ich mich dem beugen. Aber ich überlasse alles euch, da ich eure Überzeugung nicht teile", verkündete ich. Yinzu erwiderte ärgerlich, dass ich es mir wieder zu einfach machte, schließlich sei es unsere gemeinsame Aufgabe. Ich lachte und widersprach ihm, es sei Hamrons Aufgabe. Schließlich einigten wir uns auf eine Lösung, mit der wir alle leben konnten. Ich versprach, nicht auf die Angst und die Unwissenheit der Menschen zu bauen. Im Gegenzuge verlangten Hamron und Yinzu nicht von mir, einen Standpunkt zu vertreten, von dem ich nicht überzeugt war.

Die nächsten Wochen und Monate wurden sehr hart für uns. Der Winter legte noch einmal ordentlich zu, es wurde noch viel kälter. Es fiel kein Schnee mehr, dafür überzog nun ein dicker Eismantel das Land. Unsere Lebensmittel wurden knapp, und wir mussten die Rationen noch stärker als bisher verkleinern. Die Kinder, die älteren Menschen und die Kranken bekamen zuerst, dann die Jüngeren. In dieser Zeit nahm mein Bruder stark an Gewicht ab. Hamron, dem das Essen heilig war, verzichtete nun zu Gunsten der Alten und Kranken. Bedingt durch die immer knapper werdenden Lebensmittel waren wieder verstärkt Krankheiten aufgetreten, die Hamrons ganzes Können erforderten. Als auch noch das Brennholz knapp zu werden begann, entschlossen wir uns, die Kinder und die Kranken in das Rundhaus zu holen. Zum einen brauchten wir dann nur einen Raum zu heizen, zum anderen war Hamron immer gleich zur Stelle, wenn jemand seine Hilfe benötigte. Auch die Eheleute mussten ihr Haus räumen, die Frauen zogen zu den ledigen Mädchen, die Männer zu den Knaben. Es war eine schlimme Zeit, es drohten die ersten Toten. Mit meinen Brüdern betete ich nun häufig zu den Göttern.

Doch es gab auch Tage, da versuchte ich, dem Elend zu entfliehen. Aber trotz dicker Kleidung hielt ich es nie besonders lange draußen aus. Einmal hatte ich die Idee auszureiten, aber nachdem ich den Stall erreicht hatte und nach meinem Kameraden gesehen hatte, war mir schon so kalt geworden, dass ich Kalter Tod nur etwas Gesellschaft leisten konnte, danach zog es mich wieder zurück ins Haus. Wenn ich Zeit hatte, übte ich mich im Schwertkampf. In meiner Kammer war nicht besonders viel Platz, deshalb begab ich mich dazu doch nach draußen. Zu schnell durfte ich nicht werden mit meinen Übungen, da ich sonst zu schwitzen begann. Das hätte mein Tod sein können. Außerdem macht ein zu anstrengendes Training sehr hungrig. Dann übte ich mich im Traumreisen. Ich besuchte die Familie Salleturan, meine beiden Meister sowie den Großmeister. Nur zu Saarami traute ich mich nicht. Ich hatte ein schlechtes Gewissen, weil es einige Frauen gab, die ich begehrte. Es war zum Verzweifeln: Auf der einen Seite sehnte ich mich nach Berührung, auf der anderen wollte ich niemanden ausnutzen. So hielt ich alle auf Distanz.

Hamron war fast am Ende seiner Kräfte, obwohl wir ihn, so gut es ging, unterstützten, und auch einige Frauen ihm zur Seite standen. Nur wenn es überhaupt nicht anders möglich war, schlief er einige Zeit. Durch diesen selbstlosen Einsatz schaffte mein Bruder es, dass in diesem Winter niemand aus dem Dorf zu den Göttern gerufen wurde.

Mit der Zeit wurden die Tage wieder länger, und der Schnee begann allmählich zu tauen. Obwohl die Nächte noch empfindlich kalt waren, konnten wir die Tage schon draußen verbringen. Als ich das erste Mal aus dem Dorf hinausritt, hatte mein Kamerad Mühe, seine Hufe aus dem matschigen Boden zu ziehen. Trotzdem beschlossen wir, zur Jagd aufzubrechen. Auch wenn es uns schwer fallen würde, Wild zu finden, mussten wir doch versuchen, frisches Fleisch zu bekommen. Den ganzen Tag waren wir vergeblich unterwegs, bis wir das Geheul von Wölfen hörten. Der klebrige Schnee zwang uns, langsam zu reiten, und schon bald wurde uns klar, dass das Rudel unsere Witterung aufgenommen hatte und uns folgte. Wir hatten unsere Bögen schon gespannt, als ein großer Hirsch durch das Unterholz brach. Ohne Zögern legten wir auf ihn an und töteten ihn mit drei Pfeilen. Es war uns allen klar, dass wir die Jagdbeute zurücklassen mussten, wenn wir die Wölfe nicht in unser Dorf führen wollten. Schweren Herzens zogen wir unsere Pfeile aus dem noch dampfenden Körper des Tieres und ritten davon. Wir waren noch nicht weit entfernt, als die Wölfe den Kadaver erreichten und mit schaurigem Geheul über ihn herfielen.

Die Nacht war über uns hereingebrochen, und es wurde sehr kalt. Ich überließ es Kalter Tod, den Weg zurück ins Dorf zu finden, da wir uns sonst sicher verirrt hätten. Die eisigen Finger eines Schneesturms griffen nach uns. Irgendwann blieb Kalter Tod einfach stehen, ein sicheres Zeichen dafür, dass es unseren Tod bedeutet hätte, noch weiterreiten zu wollen. Unter einem Felsvorsprung, der von mehreren Kiefern umgeben war, suchten wir Schutz. Wir führten unsere Tiere so nah wie möglich an das Gestein heran und kauerten uns im Windschatten unserer Pferde an die Felswand. Nun hieß es warten, dass Gwentarie, die Sturmgöttin des Ostens, wieder müde werden würde. Etwas tief in mir fühlte sich seltsam berührt, wenn die Sturmböen heulten. Mir kam es so vor, als ob ich aus weiter Ferne gerufen würde. Etwas in mir wollte diesen Rufen folgen, und ich wurde von einer seltsamen Unruhe ergriffen. Yinzu spürte, dass etwas in mir vorging, und legte mir beruhigend die Hand auf die Schulter. Zusammen begannen wir, einen Runengesang anzustimmen, der Schutz und Wohligkeit ausdrückte. Es dauerte einige Zeit, bis der monotone Singsang seine Wirkung zeigte. Eng zusammengekauert, im Schutze unserer Pferde, sangen wir die tiefen Töne immer und immer wieder. Zusätzlich stampften wir leicht mit den Füßen im Takt dazu auf den Boden. Irgendwann, ich war in den Gesang vertieft, bemerkte ich eine angenehme Wärme, die zwischen meinen Brüdern und mir entstanden war. Sie breitete sie sich immer mehr aus, bis auch unsere Pferde näher an uns heranrückten, um sich aufzuwärmen. Plötzlich sah ich mich von außen. Ich war herausgetreten aus meinem Körper und beobachtete uns dabei, wie wir sangen und dazu rhythmisch mit den Füßen stampften.

Doch plötzlich fesselte etwas anderes meine Aufmerksamkeit. Einige Meter von uns entfernt befand sich eine Höhle in dem Felsen. Wir hatten sie nicht entdeckt, weil sie unter dem Stamm eines entwurzelten Baumes verborgen lag. Ich bewegte mich darauf zu und spürte, dass sich etwas Lebendiges darin verbarg. Obwohl ich mich in meinem Astralkörper befand, versuchte ich, mich so vorsichtig wie möglich zu bewegen, immer darauf bedacht, dass es Wesen gibt, die mich in diesem Körper sehen und töten können. So tastete ich mich Schritt für Schritt ins Dunkel hinein, dass nur schwach von dem bläulichen Licht erhellt wurde, das mein Körper ausstrahlte. Ein gefährliches, tiefes Knurren ließ jede meiner Bewegungen erstarren. Ich wagte nicht zu atmen. Es konnte kein Wolf sein, aber vielleicht ein riesiger Höhlenbär, der aus seinem Winterschlaf gerissen wurde. Ich begann zu schwitzen. Alle meine Sinne nach vorn gerichtet, begann ich langsam, rückwärts zu gehen. Das Tier folgte mir, allerdings sehr langsam. Tiere haben einen sechsten Sinn für magische Erscheinungen. Ausgerechnet einen Höhlenbären musste ich verärgern, hätte es nicht ein Biber oder ein Wildschwein sein können? Nein, ich musste mir das größte und gefährlichste Tier aussuchen, das der Wald zu bieten hat.

Mit einem Schrei sprang ich wieder in meinen Körper zurück. „Zu den Waffen, ein Bär, er greift an, jetzt!" Trotz der ungläubigen Blicke, die mir Hamron und Yinzu zuwarfen, taten sie, wie ich ihnen befohlen hatte. Hamron öffnete gerade den Mund, um etwas zu sagen, als aus der Höhle ein gefährliches Brüllen zu vernehmen war. Die Pferde erschraken, außer Kalter Tod, der sich auf den Weg machte nachzusehen, was da auf uns zu kam. Ich schaffte es gerade noch, die Lanze mit der Saufeder vom Sattel meines Kameraden zu reißen, als der Bär aus der für uns unsichtbaren Höhle hervorbrach. Er richtete sich zu seiner vollen Größe auf und sah auf uns herunter. Ein so riesiges Tier hatte ich noch nie zuvor gesehen, obwohl ich schon einige Waldbären zu Gesicht bekommen hatte. Im selben Moment trafen ihn Kalter Tods Hinterläufe. Mein Pferd verpasste dem Bären einen so gewaltigen Schlag mit den Hufen, dass dieser von den Beinen geholt wurde und sich mit den vorderen Tatzen abfangen musste. Mit einem wütenden Brüllen wandte er sich meinem Kameraden zu. Kalter Tod versuchte davonzusprengen, doch sein Lederband, das er anstelle eines Zaumzeugs trug, hatte sich in den Zweigen des umgestürzten Baumes verfangen und hielt ihn für kurze Zeit auf. Die nutzte der Bär, um meinem Pferd gefährlich nahe zu kommen. Sich seiner Lage bewusst, begann Kalter Tod wieder auszukeilen, konnte den Bären aber nicht mehr treffen, da dieser geschickt auszuweichen verstand. Es war nur eine Frage der Zeit, bis mein Pferd sein Leben lassen würde.

Mit dem Mut der Verzweiflung stürmte ich an meinen beiden Brüdern vorbei und rammte mit einem gewaltigen Kampfschrei die übergroße scharfkantige Speerspitze tief in den Leib des Bären. In der Dunkelheit hatte ich nicht gut zielen können. Außerdem war das Tier so in Bewegung, dass es fast unmöglich war, es auf Anhieb tödlich zu treffen. Doch mein Plan ging auf. Der Bär schrie vor Schmerz und Verwunderung. Er ließ von Kalter Tod ab, der sich nun befreite und in Sicherheit brachte. Jetzt hatte es der verletzte Bär auf mich abgesehen. Der Schaft der Saufeder ragte aus seinem Rücken, ich stand ihm mit leeren Händen gegenüber. Sein erster Prankenhieb schleuderte mich zu Boden, und ich spürte, wie die Krallen meinen Kilt zerrissen und tief in mein Fleisch drangen. Ich sah den zweiten hieb auf mich zuschießen, doch bevor mich die messerscharfen Krallen zerfetzen konnten, brach der Bär mit einem entsetzlichen Schrei seinen Angriff ab. Hamron hatte sich mit aller Kraft auf die Saufeder geworfen und sie so tief in den Leib des Tieres getrieben, dass sie vorn wieder hervortrat. Der Bär schaffte es noch, sich umzudrehen, da traf ihn Yinzu mit seinem Speer mitten ins Herz. Noch einmal bäumte sich das gewaltige Tier auf, ein Todesschrei, wie ich ihn noch nie zuvor vernommen hatte, erscholl, dann war Stille.

Mit Mühe richtetet ich mich auf und spähte durch den Dunst, der von unseren erhitzten Körpern und dem warmen Blut des Bären aufstieg, nach meinen Brüdern. Als Hamron sich meine Wunden ansah, lachte er mir ins Gesicht, doch der Ernst in seinem Blick verriet mir, dass ich schwer verwundet sein musste. „Du hast mal wieder Glück im Unglück gehabt, du Narr. Hättest du deinen Kopf nicht beiseite genommen, dann säße er nun nicht mehr auf deinen Schultern." Ich wollte etwas sagen, doch der Schmerz nahm mir die Stimme. „Ich kriege dich schon wieder hin, doch wir müssen schnell zurück ins Dorf. Hier kann ich nicht allzu viel für dich tun." Hamron brachte in Windeseile meine Blutungen zum Stillstand. Ich bewundere diesen Mann für sein Können. Yinzu hatte in der Zwischenzeit damit begonnen, den Bären zu zerlegen. Wenn wir schon den Hirsch zurücklassen mussten, würden wir das diesem edlen Tier nicht auch noch antun. Solch ein Krieger von einem Tier verdient es, dass sein Tod nicht umsonst gewesen ist. Wir konnten wirklich alles von ihm verwerten. Vom Rücken meines Pferdes aus beobachtete ich, wie meine Brüder den zerlegten Bären auf unser Packpferd hievten. Tzoß war zwar nicht gerade davon begeistert, einen blutenden schweren Bären herumzuschleppen, doch er fügte sich Hamrons Anweisungen.

Schmerz durchzuckte meine Schulter und Brust, als Kalter Tod sich in Bewegung setzte. Es versprach, ein schöner Tag zu werden, denn ein leichtes Rot kündete vom bevorstehenden Sonnenaufgang. Die Sturmgöttin des Ostens war weitergezogen. Mein Bewusstsein schwand, aber ich wusste, ich durfte nicht einschlafen. Doch hin und wieder nickte ich weg, nur um gleich darauf wieder mit einem Schmerzensschrei aufzuwachen. Hamron war die ganze Zeit an meiner Seite.

Malltor versuchte, mir zuzulächeln, als er mir vom Pferd half, aber den besorgten Ausdruck in seinen Augen konnte er nicht verbergen. Walltara, die sich fürchterlich aufregte, was ich denn nun schon wieder angestellt habe, ging Hamron zur Hand, als er meine Wunden nähte. Dazu hatten sie mich auf den Ratstisch gelegt. Immer, wenn die Nadel in mein Fleisch drang, spürte ich einen leichten Stich. Doch das war nicht so schlimm wie das Auswaschen der Wunde mit einer Kräuterlösung. Bevor sie mich in meine Kammer trugen, hörte ich Hamron noch sagen: „Das ganze Blut muss hier schnell weggewischt werden, die ersten kommen bald zum Essen." Der Bär war zur selben Zeit zerlegt worden, während ich zusammengenäht wurde. Es war mir egal. Ich wollte nur noch schlafen.

Erst eine weiche Hand ließ mich wieder meine Augen öffnen. An meinem Bett saß Kiratana, sie trocknete mir den Schweiß von der Stirn. Ihre Hand war angenehm kühl, und ich fragte mich, warum mir so heiß war. „Du hast Fieber, großer Krieger", hörte ich die Elfe sagen. „Du musst etwas Suppe zu dir nehmen, damit du schnell wieder an Kraft gewinnst. Die Energie des Bären geht in dich über, wenn du die Suppe isst. Sie hat mehrere Tage für dich gekocht. Niemand sonst durfte davon kosten, damit nur du allein die ganze Kraft des Bären erhältst." Vorsichtig hielt sie mir die Schale an die Lippen. Die Suppe war schön salzig, und ich genoss sie. Als ich fertig war, beugte sich Hamron über mich. Er sah mir in die Augen, fühlte meinen Puls und betrachtete meine Zunge. „Du bist zäher als ein owrantanischer Ochse, aber das ist noch lange kein Grund, sich gegen das Tor der Götter zu werfen, nur um in die andere Welt zu gelangen. Wie du weißt, hast du noch eine große Aufgabe zu meistern, also halte dich ein wenig zurück." Ich versuchte zu grinsen.

In den nächsten Tagen kamen viele Menschen, um nach mir zu sehen. Ich genoss es, dass sich so viele um mich sorgten. Immer wieder kamen die kleinsten unserer Kinder und wollten von mir die Geschichte hören, wie ich den Bären erlegt hatte. Obwohl ich eigentlich nur meinen Teil dazu beigetragen hatte, das mächtige Tier zu erlegen, stellten es nun alle so dar, als ob ich es ganz allein vollbracht hätte. Hamron, der mehr als einmal dabei war, wenn ich die Geschichte erzählen musste, meinte lachend, so entstünden Heldensagen. „Erst waren wir noch zu dritt, jetzt hast du ihn schon allein getötet. Ihren Kindern werden sie erzählen, du seiest zu Fuß, ohne eine Waffe unterwegs gewesen, und die Enkel, dass der große Aran das Bärenmonster getötet hat, ohne auch nur eine Hand zu heben." Jetzt lachten wir beide.

Es dauerte noch ein paar Tage, dann konnte ich aufstehen. Draußen war es schon viel wärmer, ich spürte deutlich, dass der Frühling Einzug hielt. Es herrschte emsiges Treiben. Überall im Dorf wurde gearbeitet, es wurde gezimmert, gehämmert und gesägt. Die Schäden, die der Winter und der starke Frost angerichtet hatten, mussten beseitigt werden. Zu meiner freudigen Überraschung wurde auch schon wieder an der Palisade gearbeitet. Ich bemerkte, dass die Pferde wieder auf der Koppel standen. Das bedeutete wahrscheinlich, dass Kalter Tod wieder auf Entdeckungsreise war. Und unser Vieh war auch schon hinausgetrieben worden. Auch wenn es noch kein frisches Gras gab, freuten sich die Tiere darüber, endlich wieder im Freien zu sein. Mir erging es nicht anders. Die frische Luft tat mir gut, und ich fühlte, wie meine Kraft bei jedem Atemzug in mich zurückströmte.

Kapitel 21: Verrat

Yinzu kam mir im Rundhaus entgegen. „Schön, dass es dir wieder besser geht. Es wartet eine Menge Arbeit auf dich." Kaum waren seine Worte verklungen, simulierte ich auch schon einen Hustenanfall und hielt mich taumelnd am Tisch fest. Erst stutzte er, dann grinste mein Bruder. „Ich habe eine kleine Überraschung für dich, du großer Held." Er zeigte mir das Bärenfell, das zum Trocknen aufgespannt war. „Der Dorfrat hat beschlossen, dass du es bekommen sollst. Außerdem haben die Frauen dir noch das hier gemacht." Er hielt mir eine Kette entgegen, an der die Zähne und die Krallen des Tieres hingen, das mich fast zu den Göttern geschickt hätte. Es waren beeindruckende Waffen, die der Höhlenbär sein eigen genannt hatte. Yinzu meinte, ich solle mich noch etwas ausruhen. Niemandem sei geholfen, wenn ich mich zu schnell verausgaben würde. Nachdem ich noch zwei Teller von der starken Bärensuppe verspeist hatte, legte ich mich wieder hin und schlief bis zum anderen Morgen durch.

Gerade wollte ich mich ankleiden, als Hamron erschien, um meine Verbände zu wechseln. Er betrachtete seine Arbeit und entfernte die Fäden. Es juckte, also machte die Heilung große Fortschritte. „Sieht gut aus. Wenn dich das Biest auf der anderen Seite erwischt hätte, dann hätte er deinem Drachen der Kopf gespalten." Er deutete auf meine Tätowierung, die sich über die linke Seite meiner Brust erstreckte. „Hör auf zu kratzen!" Hamron schlug mir auf die Finger. „Oder willst du, dass sich die ganze Sache entzündet?" Ich schüttelte den Kopf. „Was ist, kann ich damit Schwertübungen machen? Ich muss mich endlich wieder bewegen." Er lachte. „Keine Ahnung, aber lass es uns doch mal probieren."

Wir suchten uns einen versteckten Patz hinter dem Rundhaus und begannen mit unseren Übungen. Es dauerte eine ganze Weile, dann fühlte ich mich in der

Lage, einen kleinen Übungskampf gegen Hamron auszutragen. Der schüttelte nur den Kopf. „Na ja, du musst ja wissen, was du willst." Ich wollte ihm noch sagen, dass wir es langsam angehen sollten, als ich auch schon seine Klinge an meiner Kehle spürte. „Was soll das denn? Glaubst du, ich will mich gerade jetzt mit dir messen? Ich will nur leichte Partnerübungen machen, du Knecht." Er lachte mir ins Gesicht. „Oh, du Armer, kannst du wieder nicht verlieren? Ist ja schon gut, ich werde dich schonen." Mit betont langsamen Bewegungen begann er, mich zu umrunden. Das machte mich wütend. Ich versuchte eine schnelle Ausweichbewegung und riss mein Schwert empor. Schmerz durchfuhr meine Schulter. Fluchend verlangsamte ich meine Bewegungen. Hamron feixte. Obwohl wir uns nun beide sehr bedächtig bewegten, wurde meinen Bruder durch sein Gegrinse unaufmerksam. Es gelang mir, seitlich an ihn heranzutreten, als er seine Klinge hob, um meinen Schlag zu parieren. Da fegte ich ihm die Beine weg. Erstaunt sah er vom Boden zu mir auf. Nun war ich es, der lachte.

Schon bald konnte ich meinen Arm und meine Schulter wieder voll belasten, gleichzeitig wurde die Palisade fertig. Es gab jetzt drei Tore, die zum Dorf hinein führten. Eins ging zum See, das andere öffnete sich zu den Berghängen und das dritte führte in die Ebene hinaus. An jedem Tor hatten wir einen kleinen Beobachtungsturm errichtet, von dem Gefahr schnell gemeldet werden konnte.

In diesem Frühjahr wurden auch wieder die Felder bestellt. Es war herrlich zu erleben, wie das Dorf sich entwickelte, wie die Menschen mit Freude daran arbeiteten, sich eine neue Heimat zu schaffen. Von den Frauen und Kindern, die mit uns dorthin gekommen waren, hatten sich einige dazu entschlossen, dort zu bleiben. Das konnte ich nur zu gut verstehen. Bei dem Gedanken, dieses Dorf eines Tages wieder verlassen zu müssen, wurde auch mir das Herz schwer.

Doch es war ein trügerischer Frieden. Jeden Tag rechnete ich mit den Soldaten des Fürsten Flatos. Ich hatte mich noch immer nicht zurückgemeldet. Es war nur noch eine Frage der Zeit, wann sie auftauchten, um zu nachzusehen, ob ich meinen Schwur gehalten hatte. Deshalb verstärkten wir die Ausbildung der Frauen und Männer an den Waffen. Da wir über nicht genügend Klingen verfügten, konzentrierten wir uns auf das Bogenschießen, den Speerkampf und den waffenlosen Zweikampf. Es war erstaunlich, welch einen Eifer gerade die Frauen, die wir aus der Sklaverei befreit hatten, beim waffenlosen Kampf an den Tag legten. Keine wollte jemals wieder einem Mann hilflos ausgeliefert sein.

An dem Morgen, an dem die Soldaten kamen, wollte ich gerade zu meinen Brüdern, um mit ihnen zu beratschlagen, wie wir an zusätzliche Klingen kommen könnten, als ein Warnruf vom Wachturm erklang. Reiter näherten sich dem Dorf. Mit unseren Schwertern in den Händen liefen wir zu dem Tor, das in die Hochebene hinaus führte. Yinzu kletterte auf den Wachturm. Hamron und ich hatten das Tor geöffnet und suchten den Horizont ab. Malltor und Uratur erschienen, dicht gefolgt von Walltara und Jamalin. „Es kommen an die vierzig Reiter", meldete Yinzu. Uratur eilte zurück und brüllte, dass alle zu den Waffen greifen sollten. Das Signalhorn wurde geblasen, es kündete den Menschen auf den Feldern von der nahenden Gefahr. Es war wichtig, alle, die draußen arbeiteten, schnell aus den Wäldern und von den Feldern zurück ins Dorf zu holen, damit sie der Feind draußen nicht überraschte.

Mit blanken Klingen erwarteten wir die feindlichen Reiter. Hinter uns hatten sich an die zwanzig Frauen und Männer mit Pfeil und Bogen und Speer in Position gebracht. Die Reiter wurden langsamer. Ich hatte schon mein Schwert erhoben, als ich Yinzus leise Stimme vernahm. „Wir wollen einem Kampf so lange es geht aus dem Wege gehen. Du hast diesem Plan zugestimmt. Erinnere dich daran, bevor du wieder alles in Stücke haust." Ungewollt entspannte ich mich etwas. Mein Bruder hatte recht, ich hatte versprochen, zuerst auf Verhandlung zu setzen. Weithin sichtbar stellte ich mein blankes Schwert mit der Klinge auf den Boden und lehnte mit den Händen darauf. So machte ich einen friedlichen Eindruck, konnte aber sehr schnell meine Waffe gebrauchen, wenn es vonnöten sein sollte. Schon in Reichweite unserer Pfeile kam die Truppe zum Stehen. Zwei der Männer kamen langsam das letzte Stück zu uns hinauf. Jetzt erkannte ich die beiden. Einer von ihnen war der Anführer der Reiter, die uns zum Fürsten gebracht hatten, der andere war Flatos' Sohn. Auch die beiden erkannten mich. Der Sohn des Fürsten deutete eine Verbeugung an, die ich durch ein Kopfnicken erwiderte. „Mein Vater schickt mich nachzusehen, wie weit Eure Aufgabe gediehen ist. Aber mich dünkt, Ihr seid wortbrüchig geworden. Anstatt rauchende Trümmer vorzufinden, sehe ich ein Dorf, das sich zum Kampf gerüstet hat. Ist es das, was Ihr unter Pflichterfüllung versteht?" Er spähte an mir vorbei und musterte die Bogenschützen. „Mein Vater hat Recht gehabt, als er sagte, alle Krieger des Drachenclans seien feige Schweine, denen man nicht trauen kann. Ihr seid nicht nur ein Mörder, Aran van Dagan, Ihr seid auch ein eidbrüchiger Hund." Er spuckte vor mir auf den Boden.

Hamron hatte beruhigend seine Hand auf meine Schulter gelegt, wusste er doch, wie ich auf solche Beleidigungen zu reagieren pflegte. Doch diesmal war es unnötig. Es gelang mir, einigermaßen ruhig zu bleiben. Yinzu wandte sich an den Sohn des Fürsten. „Es gibt keinen Aran van Dagan mehr, dieser Mann ist tot. Es gibt nur noch Aran vom Clan des Roten Drachen. Das ist der Mann, der neben mir steht, mein Bruder. Und ich weiß, dass er nie wortbrüchig geworden ist. Sagt das Eurem unseligen Herrn." Mit großen Augen sah der Mann von seinem Pferd auf Yinzu herunter. „Er hat beim Leben seines Vaters geschworen, seinen Auftrag auszuführen." Nun war es Yinzu, der auf den Boden spuckte. „Dieser Mann dort hat seinen Vater mit seinen eigenen Händen zu den Göttern geschickt. Ich war Zeuge. Er kann also solch einen Schwur gar nicht geleistet haben. Wenn doch, ist es Eure Dummheit, darauf hereinzufallen. Reitet zurück zu Eurem Herrn und bestellt ihm, dieses Dorf stehe von nun an unter dem Schutz des Roten Drachen, und jeder Versuch, es niederzubrennen, werde Eure Vernichtung zur Folge haben." Diesen gefährlichen Unterton hatte ich in der Stimme meines Bruders noch nie gehört. Mit einem wütenden Schrei wendete der Sohn des Fürsten Flatos sein Pferd und galoppierte an seinen Männern vorbei zurück in die Richtung, aus der sie gekommen waren. Ungeordnet und verunsichert folgten die Reiter ihrem Hauptmann. Wir betrachteten noch einige Zeit die immer kleiner werdende Truppe, dann brach Jubel hinter uns aus. Auch wir waren erleichtert, obwohl wir wussten, dass es beim nächsten Mal nicht so glimpflich ausgehen würde.

Am Abend saß der Dorfrat an unserem langen Tisch. „Wir brauchen bessere Waffen, das heißt, wir brauchen Klingen, sonst sehe ich über kurz oder lang keine Möglichkeit, die Angriffe wirkungsvoll abzuwehren", mahnte ich. Am besten war es, eine Gruppe mit Tauschwaren auszurüsten und sie dorthin zu schicken, wo von der Lage dieses Dorfes nichts bekannt war. „Was sollen wir denn anbieten? Die Menschen hier haben kein Gold oder irgendwelche anderen wertvollen Waren. Womit also wollen wir die Schwerter bezahlen?", fragte Alltara. Hamron war aufgestanden. „Meine Brüder und ich verfügen über etwas Gold, das wir zur Verfügung stellen werden. Außerdem gibt es einige sehr begabte Kunsthandwerker hier im Dorf. Ihre Waren können wir ebenfalls mitnehmen. Zusammen, denke ich, werden wir genug haben, um die erste Waffenlieferung zu bezahlen." Also beschlossen wir, so schnell wie möglich, Yinzu und Uratur mit einigen Frauen und Männern, die sich freiwillig melden sollten, auf eine Handelsreise zu schicken. Es meldeten sich vier Frauen und sechs Männer. Mir war es gar nicht recht, dass Yinzu ohne mich losziehen wollte, doch er beruhigte mich: Schließlich passe ja Uratur auf ihn auf. Außerdem würde ich gebraucht, falls ein Angriff stattfände. Da hatte er zwar Recht, doch es passte mir trotzdem nicht, ihn alleine ziehen zu lassen.

In den nächsten drei Tagen trugen wir alles zusammen, was von Wert war und als Handelsware angeboten werden konnte. Vier kräftige Packpferde wurden beladen. Mit einem Wagen hätte sich die Gruppe nicht so schnell bewegen können. „Du machst dir zu viele Sorgen, mein Freund. Schließlich bin ich auch ein Krieger des Clans und kann auf mich aufpassen." Yinzu versuchte, meine Stimmung zu heben, doch es wollte ihm nicht so richtig gelingen. Das flaue Gefühl in meinem Magen blieb, zu Recht, wie sich herausstellen sollte.

An dem Morgen, als die kleine Truppe das Dorf verließ, sagte ich zu Hamron, es sei ein Fehler gewesen, Yinzu allein ziehen zu lassen. „Du siehst alles in einem viel zu schlechten Licht, du musst Vertrauen haben." Hamron sah mich von der Seite her an. Leicht schüttelte ich meinen Kopf. „Ich kann es nicht ändern, dieses Gefühl ist nun mal da." So beschloss ich, meinen Bruder in meinem Traumkörper immer mal wieder zu besuchen.

Ich hatte Uratur vor seiner Abreise gefragt, was ich an der Befestigung des Dorfes noch verbessern konnte. Er wies mich an, die kleine Senke vor dem Dorfeingang tiefer auszuheben, nur einen schmalen Pfad sollte ich in der Mitte lassen. Ich machte mich noch am selben Tag auf, um mit Alltara zu besprechen, wie viele Menschen für einen Graben abgestellt werden könnten. Doch der Dorfälteste reagierte wenig begeistert. Er erklärte mir, keiner sei zu entbehren. Außerdem war er der Meinung, die Palisade reiche aus. Als er merkte, dass ich nicht locker ließ, lenkte er ein und versprach, mir zu helfen.

Grübelnd ging ich den Hang hinauf in den nahe gelegenen Wald, um Stöcke zu schlagen, die ungefähr die Länge von Einhandschwertern hatten. Wenn Yinzu mit den Waffen zurückkam, sollten die Frauen und Männer schon damit umgehen können. Schnell hatte ich genügend Übungswaffen zusammen und machte mich wieder auf den Rückweg. Doch niemand war zum Training erschienen. Das Dorf war wie ausgestorben, nur hin und wieder vernahm ich ein leises Kinderlachen. Doch dann erspähte ich ein Mädchen, das eilig an mir vorbei zum See lief. Ich hielt sie auf und fragte, wohin sie wolle und ob sie wisse, wo die anderen seien. Sie lachte mir zu und sagte, dass alle zum See gehen sollten, Alltara habe dort Wichtiges zu tun. Was bei allen Göttern sollten die Menschen am See? Noch grübelnd, wäre ich fast über Hamron gestolpert. „Na, mein Freund, wohin des Wegs? Ich dachte, du seist beim Training." Ich erzählte kurz, was mir das Mädchen gesagt hatte. Hamron runzelte die Stirn, auch er wusste nicht, was das bedeutete. Ich fragte ihn, ob es sein könne, dass Alltara uns verraten wolle. Mein Bruder sah mich erstaunt an, dann schüttelte er den Kopf. „Der alte Mann hat viel für das Dorf getan, warum sollte er es nun verraten?" Das konnte ich auch nicht beantworten. Ich beschloss, den Alten im Auge zu behalten.

Am See angekommen, sahen wir, wie Alltara damit beschäftigt war, Werkzeug zu verteilen. Auf meine Frage, was das denn solle, antwortete er, er trage dafür Sorge, dass nun alle den Graben ausheben, so wie ich es ihm aufgetragen hätte. Verwundert sah ich ihn an. „Ich wollte von dir lediglich wissen, wie viele Frauen und Männer entbehrlich seien. Wann und wo sie graben sollen, habe ich mit keinem Wort erwähnt." Er zuckte mit den Schultern. „Entschuldigt, großer Krieger, dann habe ich euch missverstanden." Ich deutete auf die ersten zehn. „Ihr kommt mit mir, der Rest geht mit Hamron zum Speertraining. Wenn wir abgelöst werden wollen, sage ich Bescheid." Alltara verneigte sich, was ihm sichtlich schwer fiel.

Mit den Frauen und Männern ging ich zur Senke vor dem Dorf. Dort betrachtete ich das, was einmal ein Graben werden sollte. Vor Augen hatte ich dabei unser Lager, das wir in der Ausbildung angelegt hatten. Ich schritt die Senke ab und markierte mit Holzstangen, wo begonnen werden sollte. Unschlüssig standen meine Arbeiter herum und sahen mich an. Keiner von ihnen hatte jemals einen Graben für eine Befestigung ausgehoben. So nahm ich mir eine Stechstange und begann damit, die Grassoden abzuheben. Ich erklärte ihnen, wie wichtig es für uns sei, diese Soden aufzuheben. Während die einen das Gras abstachen, wies ich die anderen an, die Soden fein säuberlich übereinanderzulegen. Bis zum Einbruch der Dunkelheit hatten wir über die ganze Seite des Dorfes, die an der Ebene lag, die Grassoden abgestochen.

Nachdem wir uns gewaschen hatten, gingen wir zusammen zum Rundhaus, um zu Abend zu essen. Doch mein Hunger war verflog, als mir einfiel, dass ich ja zu Yinzu wollte. Einen Teller Suppe aß ich, dann weihte ich Hamron in meine Pläne ein. Er begleitete mich in meine Kammer. Wir waren schon ein gut eingespieltes Team, wenn es um Traumreisen ging. Während Hamron die Kräuter entzündete, richtete ich ein Fell auf dem Boden her. Während ich mich hinlegte, saß mein Bruder schon vor der Tür, um über mich zu wachen. Obwohl ich meinen Dolch nicht mehr brauchte, war es doch am einfachsten, sich die Runen auf seiner Klinge vorzustellen. Schnell war der Nebel aufgezogen, und genauso schnell verzog er sich auch wieder und gab den Blick auf die kleine Gruppe frei, die sich eben ihr Nachtlager bereitet hatte. In einer tiefen Kuhle hatte Yinzu ein kleines Feuer entzünden lassen. Nach etwas Trockenobst legten sich die meisten zum Schlafen nieder. Gerade hatte Yinzu sein Fell entrollt, als er stutzte. Er sah sich um und erhob sich wieder. Ich hatte mich verborgen gehalten, um die Menschen nicht zu verängstigen. Nun fand mein Bruder mich nach nur wenigen Schritten. Fragend sah er mich an. „Was machst du denn hier? Kann ich nicht alleine los, ohne dass du mir hinterherkommst? Immer musst du dich in meine Angelegenheiten mischen." Er hatte einen vorwurfsvollen Gesichtsausdruck aufgesetzt. Trotzdem konnte er nicht verbergen, dass er sich über meine Anwesenheit freute. Schnell berichtete ich ihm, welchen Verdacht ich gegen Alltara hegte. Doch auch Yinzu wähnte den alten Mann auf unserer Seite, da war er sich genauso sicher wie Hamron. „Ich will für dich hoffen, dass du nicht vorhast, mich jeden Tag zu besuchen. Endlich muss ich dein Gesicht nicht immerzu sehen, da solltest du mich auch in deinem Astralkörper mit deiner Gegenwart verschonen." Wir lachten beide, als ich mich von ihm verabschiedete.

Als ich mich erhob, war Hamron neugierig. „Na, was hat er gesagt? Hat er sich über deinen Besuch gefreut?" Ich schüttelte den Kopf. „Nein er hat mich gescholten, er habe nie seine Ruhe. Aber ich glaube, er hat nur einen Scherz gemacht." Hamron sah mich an. „Manchmal habt ihr beide eine seltsame Art von Humor." Nach dieser Traumreise war es wie immer, ich war erfrischt und ausgeruht. Obwohl der Mond noch hoch am Himmel stand, hatte ich nicht das Verlangen zu schlafen. So sagte ich Hamron, ich würde draußen nach dem Rechten schauen.

Die Nacht war empfindlich kalt, und ich wunderte mich, dass es am Tage schon so angenehm warm werden konnte, nachts aber noch ein eisiger Atem über das Land fegte. In Gedanken versunken, lief ich durch das Dorf. Mein Ziel war der Wachturm, von dem aus wir die Ebene überblicken konnten. Die beiden Jungen, die Wache hielten, zuckten zusammen, als ich nach oben kam. Sie hatten so sehr darauf geachtet, ob sich jemand von draußen näherte, dass sie mich nicht bemerkt hatten. Nun war es also Zeit für eine kleine Lektion. Ich bat die beiden, sich wieder zu beruhigen. Danach erklärte ich ihnen, die Gefahr könne nicht nur von draußen kommen. „Stellt euch vor, der Feind wäre durch eines der anderen Tore eingedrungen. Er hätte die Wachen dort überwältigt und versucht, den Seinen das Tor zu öffnen. Es ist schlau, zuerst die Wachen auszuschalten und dann in das Lager des Gegners einzudringen. Habt immer ein Auge auch auf das Dorf, um von einer Gefahr, die von hinten kommt, nicht überrascht zu werden." Die beiden verneigten sich vor mir und versprachen, meinen Rat zu beherzigen. Ich ließ meinen Blick über die Ebene schweifen und hatte plötzlich das Gefühl, den Schatten eines Reiters zu sehen. Zuerst sagte ich nichts, doch als sich die Wolken vor den Mond schoben, ermahnte ich die beiden, nach diesem Reiter Ausschau zu halten. Falls er sich wieder zeigte, so sollten sie mir sofort Bescheid geben.

Ich kontrollierte auch die anderen Wachtürme. Bei beiden war es ähnlich. Die Männer und Frauen hielten konzentriert nach einem Feind Ausschau, vermuteten ihn aber nur außerhalb des Dorfes. Auf dem Weg zurück zum Rundhaus musste ich daran denken, dass ich es sonst war, der zurechtgewiesen wurde. Doch meine Lehrer waren nicht dort. Auch wenn ich selbst noch ein Schüler war, musste ich diesen Menschen doch beibringen, was ich wusste, wollten sie überleben. So in Gedanken versunken, wäre ich beinahe mit Malltor zusammengestoßen. Ich hätte mir vor Wut selbst in den Hintern treten können. Da stellte ich mich hin und erklärte, wie wichtig es ist, aufmerksam zu bleiben, und wäre selbst fast blind in einen Hinterhalt gelaufen! Malltor sah meinen Ärger und klopfte mir aufmunternd auf die Schulter. „Du kannst nicht überall zugleich sein, vergiss das nicht. Wenn du zu viel auf einmal willst, dann wirst du an allen Stellen angreifbar sein. Versuche, ruhig zu bleiben und der Dinge zu harren, die da kommen werden. Wenn du mit reinem Herzen und klarem Geist dabei bist, wirst du es schon meistern." Noch einmal klopfte er mir auf die Schulter, dann entschuldigte er sich, er müsse nun seinen Rundgang machen. Schließlich gebe es ein Dorf zu schützen. Bestürzt sah ich ihm hinterher.

Das Feuer im Rundhaus war recht klein, und so lag ein Großteil des Saales im Dunkeln. Einen Moment lang blieb ich im Eingang stehen, um mich zu versichern, dass ich alleine war. Dann setzte ich mich ans Feuer und legte meine Füße hoch. Ein Geräusch weckte mich. Bewegungslos saß ich auf dem Stuhl. Ich spürte, wie jemand langsam näher kam, ich schnüffelte. Im selben Moment entspannte ich mich, dieser Duft war mir vertraut, von ihm konnte keine Gefahr ausgehen. Vorsichtig setzte Jamalin sich neben mich. Ohne mich anzusehen, flüsterte sie nach einiger Zeit, sie würde die Nacht gern bei mir verbringen. Seltsam, dachte ich, ich hatte nichts gesagt und mich nicht bewegt und trotzdem wusste sie, dass ich wach war. „Wenn es dich stört, kann ich auch wieder gehen." Ein wohliger Schauer durchlief meinen Körper, als sie begann, mir den Nacken zu streicheln. In mir tobte ein Kampf, auf der einen Seite wollte ich nichts sehnlicher, als mit ihr in mein Zimmer zu gehen, auf der anderen Seite musste ich an Saarami denken und bekam ein schlechtes Gewissen. Doch schließlich fasste ich sie an der Hand und zog sie hinter mir her.

Eine kleine Lampe brannte in meiner Kammer. Die Schatten tanzten an den Wänden, als sie mich umarmte und mich leidenschaftlich küsste. Mit einem dumpfen Laut war mein Schwert auf den Boden gefallen. Etwas umständlich fingerte sie an meinem Kilt herum, bis auch dieser schließlich zu Boden fiel. Nun löste sie ihren Haarknoten und die Spange, die ihr Kleid zusammenhielt. Trotz der flackernden Kerze bemerkte ich ihre vielen Narben. Als ich sie zärtlich mit meinen Fingern berührte, zuckte sie zurück und wandte ihren Blick ab. Behutsam nahm ich sie in den Arm. Sie zitterte am ganzen Körper, und ich hielt sie fest, ohne mich zu bewegen. Nach einigen Augenblicken entspannte sie sich, und ich begann wieder, sie zu streicheln. Sie ließ sich nach hinten auf mein Bett sinken und zog mich mit sich. Ihre Hände wanderten über meinen Körper, und sie küsste mich leidenschaftlich. Doch im selben Moment, in dem ich mich auf sie legen wollte, versteifte sie sich und begann zu weinen. Ich erschrak. Hilflos hielt ich sie fest und streichelte sanft ihr Haar. Ich wusste nicht, was ich anderes hätte tun können. „Es sind die Erinnerungen, bitte entschuldige." „Du brauchst dich nicht zu entschuldigen, das habe ich dir doch schon einmal gesagt. Wenn ich aufhören soll, dann musst du es nur sagen." Entschieden schüttelte sie ihren Kopf. „Vielleicht fühlst du dich zu sehr ausgeliefert, wenn ich mich über dich beuge. Wir können es auch andersherum probieren, und du setzt dich auf mich. So kannst du bestimmen, wie weit es geht. Niemand erdrückt dich, du hast alles in deiner Hand. Wollen wir das einmal probieren?" Sie wischte sich die Tränen aus den Augen und nickte fast unmerklich. Langsam legte ich mich auf das Bett, sie zögerte noch einen Augenblick, dann setzte sie sich auf mich. Ihre langen Haare streichelten meinen Oberkörper. Zuerst geschah nichts. Doch schon nach kurzer Zeit begann sie, mich zu küssen, und ihre Bewegungen wurden heftiger. Mit einem Mal wurde sie ganz still, das war der Moment, als sie mich in sich eindringen ließ. Nur zwei Bewegungen später schrie sie lustvoll auf. In dieser Nacht tat ich alles, um sie vergessen zu lassen, was ihr angetan worden war. Es war klar, dass ich nichts davon ungeschehen machen konnte, aber ich schenkte ihr endlich die Lust, auf die sie so lange hatte verzichten müssen. Schlaf fand ich in dieser Nacht keinen mehr. Sie ließ erst von mir ab, als wir hörten, dass im Saal das Feuer geschürt wurde. Nun würde es nicht mehr lange dauern, bis die Kinder zum Frühstück erschienen. An der Tür zu meiner Kammer drehte sie sich noch einmal zu mir um und lächelte mir zu. Dieses Lächeln war für mich so wertvoll wie Gold.

    Kurz nachdem sie verschwunden war, erschien Hamron in der Tür. Er sah mich auf dem Bett liegen und beklagte sich, er habe auch kein Auge zugetan. Er bat mich, ihm mitzuteilen, ob ich nun für jede Nacht ähnliche Pläne habe. Ich schüttelte den Kopf. „Kein Gedanke, mein Freund, du musst dir keine eigene Hütte bauen."

    Nach dem Frühstück machte ich mit fünfzehn Männern und Frauen auf zum Graben. Wir befanden uns mit dem Werkzeug gerade auf dem Weg zum Tor, als ich den Warnruf vernahm. Mit wenigen Schritten war ich bei der Wache auf dem Turm. Das junge Mädchen hatte gut beobachtet: Es waren mehrere Reiter, die jedoch nicht näherkamen, sie blieben in sicherer Entfernung und ritten nur von einer Seite der Ebene zur anderen. Ich gab Entwarnung, und kurze Zeit später begannen wir mit den Grabungsarbeiten.

    Nachdem die Sonne untergegangen war, ließ ich die Jungen und Mädchen, die nach dem Training bei mir ihren Dienst angetreten hatten, weitergraben, solange wir in der Dämmerung noch genug sehen konnten. Doch ich bemerkte schnell, wie sich Unruhe breit machte. Auf meine Frage, was denn los sei, erzählten sie mir, dass die Dämmerung am Fuße der Berge gefährlich sein könne, da sie die Zeit der Bergtrolle sei. Mit ihnen sei nicht zu spaßen und deshalb sei es klug, lieber mit dem Graben aufzuhören. Ich glaubte ihnen. Auf dem Weg zurück ins Rundhaus versuchte ich ihnen etwas von ihrer Angst zu nehmen und erzählte die Geschichte, wie Yinzu und ich den Troll besiegt hatten, der uns auf der Reise so zugesetzt hatte. Ungläubige Gesichter sahen mich an. Sie waren sich nicht sicher, ob sie mir trauen konnten. Aber da ich keine Anstalten machte zu lachen, kamen sie überein, dass es wohl die Wahrheit sein musste.

    So vergingen die nächsten Tage und Wochen. Im Wechsel wurde gegraben und trainiert. Wenn ich das Training leitete, beaufsichtigte Hamron die Grabungsarbeiten. Auch unser eigenes Training war sehr ergiebig, wir vertieften nicht nur unser Schwertkampftraining, sondern wir übten auch alle anderen Waffen, die uns zur Verfügung standen. Mit Freude stellte ich fest, wie gut meine Hellebarde mir noch immer in den Händen lag.

Der Graben, der unser Dorf schützen sollte, machte gute Fortschritte. Schließlich war er zur Ebene hin fertig. Er war mehr als mannstief und so breit, dass ein Pferd ihn nicht überspringen konnte. Die Grassoden hatten wir auf den Hang gelegt, den wir auf der inneren Seite aufgeschüttet hatten. Zusätzlich waren angespitzte Holzpflöcke in Graben und Hang gerammt worden - eine tödliche Falle. Nur einen schmalen Weg, gerade einmal so breit, dass ein Wagen drüberfahren konnte, hatten wir ausgespart. Es waren nur wenige Männer und Frauen nötig, um diesen einzigen Weg ins Dorf zu verteidigen.

Hin und wieder wurden Reiter gesichtet, die uns auszuspähen versuchten. Mir fiel auf, dass Alltara während dieser Zeit viele Wanderungen in die nähere Umgebung machte, angeblich um Kräuter zu sammeln. Er brachte allerdings für Hamron auch immer eine Menge davon mit. Ich ließ mich von meinem Bruder beruhigen, obwohl mein Misstrauen stetig wuchs.

An dem Tage, als wir mit dem Graben fertig wurden, riefen wir alle zu einer Dorfversammlung zusammen. So blieben die Menschen nach dem Abendessen im Saal und warteten darauf, dass wir die Sitzung eröffneten. Mir fiel erst spät auf, dass Alltara am Essen nicht teilgenommen hatte. Ich nahm mir vor, ihn das nächste Mal heimlich auf seinem Ausflug zu beobachten. Die Dorfbewohner erzählten stolz, wie gut das Getreide und das Vieh gediehen und dass es bald Nachwuchs geben würde, sowohl beim Vieh als auch bei den Paaren, die zur Wintersonnenwende geheiratet hatten. Zwei weitere Häuser waren fertiggestellt worden, und unsere Bewaffnung hatte sich dank Malltors Erfindungsreichtum stark verbessert. Er hatte aus dem wenigen Metall, das wir entbehren konnten, neue Pfeilspitzen hergestellt. Für kürzere Distanzen konnten wir scharfe Steinspitzen verwenden. Auch Speere und Lanzen hatte er verbessert. Jetzt brauchten wir nur noch auf die Schwerter und Messer zu warten, die Yinzu kaufen sollte. Dabei fiel mir auf, dass ich nicht wusste, wie es ihm ging. Seit meinem letzten Besuch waren schon einige Wochen vergangen. Ich nahm mir vor, bei der nächsten Gelegenheit nach ihm zu schauen.

Meine Gedanken wurden jäh von einem schaurigen Gebrüll aus den Bergen unterbrochen. Jede Bewegung im Saal erstarrte. Und ich muss gestehen, auch mir lief eine Gänsehaut den Rücken hinab. Die Stille, die sich danach ausbreitete, schien noch bedrohlicher. Einige der Kinder begannen zu weinen. Eine alte Frau stand auf und meinte, es könne sich nur um einen Bergtroll handeln. Mir konnte niemand erklären, wie so ein Bergtroll aussieht. Was ich zu dieser Zeit noch nicht wusste, war, dass sich die Trolle sehr voneinander unterscheiden. Ich schlug vor, dem Gebrüll keine Beachtung zu schenken. Wir hatten niemandem Leid zugefügt, warum also sollte jemand Interesse an uns haben? Doch die Menschen waren ganz anderer Meinung. Sie erzählten von Dörfern, wo niemand mehr anzutreffen war. Keine Kampfspuren, keine Spur von Flucht verrieten, was geschehen war. Die Dorfbewohner waren einfach nicht mehr da! Hamron und ich tauschten einen Blick: Es bestand kein Grund, uns anzugreifen, es sei denn, der Troll war hungrig. Plötzlich kehrten die Schreckensbilder aus dem Wald in mein Gedächtnis zurück: Der Nebeltroll hatte die Menschen, die er in seine Fallen gelockt hatte, aufgefressen. Wieso sollte es bei einem Bergtroll nicht genauso sein? Also beschlossen wir, das Wesen zu vertreiben oder zu töten.

Mein Bruder war sofort bereit, mit mir zusammen aufzubrechen. Doch ich winkte ab. „Es ist nicht klug, wenn wir beide losziehen. Da Yinzu nicht hier ist, kann dann niemand das Dorf beschützen. Ich werde mit Malltor und noch zwei Freiwilligen morgen aufbrechen. Ich möchte, dass ihr es euch gut überlegt, wenn ihr euch meldet. Wir wissen nicht, was für ein Wesen uns erwartet und über welche Macht es verfügt. Es ist durchaus möglich, dass es uns durch das große Tor zu den Göttern schickt." Ich hatte meine Hände hinter dem Rücken verschränkt und beobachtete ihre Gesichter. Ohne zu zögern stand Kiratana auf und erklärte sich bereit, mir überallhin zu folgen. Ich spürte, wie Hamron neben mir zusammenzuckte. Weil ich zögerte, erinnerte sie mich daran, dass den Nebeltroll große Panik ergriff, als er sie sah. „Deshalb kann es durchaus sein, dass der Bergtroll Angst vor mir hat." Sie hob ihre Hände, machte einen bösen Gesichtsausdruck und begann zu knurren. Nicht nur ich musste lachen. „Also gut, du kannst uns begleiten. Wer stellt sich noch dieser Herausforderung?" Als niemand Anstalten machte, sich zu erheben, stand Walltara auf und sagte, das Dorf sei ihr so ans Herz gewachsen, dass sie es auf sich nehme, uns zu begleiten. Das gefiel mir nicht. Ich wandte mich an die Männer: „Warum müssen es zwei Frauen sein, die uns begleiteten? Traut sich keiner von euch Kerlen, uns auf diese gefährliche Reise zu begleiten?" Niemand wagte, mir in die Augen zu sehen. Walltara aber funkelte mich wütend an. „Was redest du da, kleiner Krieger? Warum muss es ein Mann sein, der dich begleitet? Glaubst du wirklich, eine Frau könnte das nicht genauso gut? Die meisten Männer hier habe ich im Stockkampf besiegt. Also wage es ja nie wieder, die Kampfkraft einer Frau anzuzweifeln, sonst wirst du mich kennenlernen!" Stille. Hamron lachte, und ich ärgerte mich. Also stimmte ich zu und kündigte an, dass wir in aller Frühe am nächsten Tag aufbrechen würden.

    Nachdem sich der Saal geleert hatte, besprach ich mit Hamron, was während unserer Abwesenheit zu beachten sei. „Das Signalhorn. Du wirst es benutzen, wenn ihr angegriffen werdet, wir kommen dann sofort zurück." Hamron nickte. Trotz dieser Aufregung vergaß ich nicht, Yinzu zu besuchen. Mein Bruder schlief, als ich ihn erreichte. Deshalb drang ich in seinen Traum ein, aber Yinzu war nicht da. Das konnte nur bedeuten, dass er sich ebenfalls auf einer Traumreise befand. So kehrte ich schweren Herzens zurück, traurig darüber, dass wir uns über die neusten Pläne und Entwicklungen nicht hatten austauschen können.

    Der nächste Morgen brach an, es lag Raureif auf dem Gras, und ein leichter Nebel hing zwischen den Bäumen. Als ich mein Bündel geschnürt hatte, waren Walltara und Kiratana schon fertig, und auch Malltor war schon zum Abmarsch bereit. Die Pferde warteten auf uns, nur mein Kamerad war, wie sollte es anderes sein, nirgends zu sehen. Die Frauen machten sich über mich lustig: Wenn ich mich nicht beeilte, könnten wir die Jagd vergessen, denn nach Wintereinbruch kämen wir aus dem Dorf nicht mehr heraus. Je mehr sie mich hänselten, desto übellauniger wurde ich. Am Gatter schrie ich nach Kalter Tod. Es dauerte eine ganze Weile, bis mein Pferd sich bequemte, bedächtig auf mich zuzutrotten. Doch als er merkte, wie missgestimmt ich war, hörte er sofort mit seinen Späßen auf und ließ sich ohne weiteres satteln und beladen.

    Gegen Nachmittag waren wir ein gutes Stück die bewaldeten Hänge hinaufgeritten. Gespannt hatte ich nach Spuren Ausschau gehalten, aber nichts entdecken können, bis vollkommen unerwartet das Gebrüll die Felsen erschütterte. Wir erschraken und versuchten, wachsam und schweigend, so dicht wie möglich an den Bergtroll heranzukommen. Noch hoffte ich, wir könnten ihn überraschen, obwohl die Pferde unruhig wurden. Malltor hatte die größten Schwierigkeiten, sein Reittier wieder zu beruhigen, dagegen setzte Kalter Tod seinen Weg mit stoischer Gelassenheit fort. Je weiter wir die Hänge hinauffritten, desto lichter wurde der Wald, die Bäume wichen krüppeligen Kiefern, und überall lag Moos auf den Felsen. Wir mussten aufpassen, wo unsere Pferde hintraten. Wenn eines der Tiere in eine Felsspalte getreten wäre, wäre es um Ross und Reiter geschehen gewesen. Plötzlich stieg mir beißender Gestank in die Nase: Ich sah mich nach einem Kadaver um, als Kiratana an mir vorbei auf den Boden deutete. Dort lag ein großer Haufen

Exkremente. Demnach hatten wir es mit einem deutlich gewaltigeren Exemplar von Troll zu tun als damals im Wald.

Wir fanden keine weiteren Spuren, bis es dämmerte und ich mich nach einem Rastplatz umsehen musste. Endlich fand ich einen Felsvorsprung, der uns von drei Seiten Deckung versprach. Wir führten unsere Tiere nah an den Stein heran, und verbargen unser Lager hinter dichtem Farn. Mit der Dunkelheit kam auch die Kälte. Wir versuchten, ein kleines Feuer zu entfachen, obwohl ich dabei ein flaues Gefühl in der Magengegend hatte, denn das Feuer war verräterisch gut zu erkennen. Trotzdem mussten wir uns wärmen. Zu zweit hielten wir Wache, unsere Waffen griffbereit. Als plötzlich das Brüllen erklang, waren alle sofort auf den Beinen und kampfbereit. Doch nichts geschah. Als der Morgen graute, entspannte ich mich ein wenig, obwohl es eigentlich keinen Grund dazu gab.

Der Nebel in den Bergen ist anders als der im Wald. Er treibt wolkenähnlich über die Hänge und gibt manchmal den Blick auf die Landschaft frei. Es dauerte einige Zeit, bis sich die Nebelschwaden langsam verzogen und wir die nähere Umgebung untersuchen konnten. Wir entdeckten, dass uns der Troll in der vergangenen Nacht beobachtet hatte, denn wir fanden seine Spuren: umgeknickte Sträucher, zertrampelte Stellen im Gras. Wir konnten warten, bis der Troll uns so nahe kam, dass wir die Chance hatten, ihn zu überwältigen. Oder wir konnten versuchen, ihn zu hetzen. Das hieß, die kommenden Tage im Sattel zu verbringen, wobei ich nicht wusste, wie der Troll auf eine Hatz reagieren würde. Sehr wahrscheinlich war es normalerweise der Troll selbst, der andere vor sich herjagte, was übrigens auch dieses Mal so war, nur wussten wir das zu diesem Zeitpunkt noch nicht.

Trotz aller Unwägbarkeiten beschlossen wir, dieses seltsame Wesen zu jagen. Den ganzen Tag über waren wir im Sattel und fanden doch keinen Anhaltspunkt, der uns verraten hätte, wie dicht wir ihm auf den Fersen waren. Dann umkreiste er uns. Ich spürte, wie sich meine Nackenhaare aufrichteten und Kalter Tod nervös wurde. Plötzlich flüsterte die junge Elfe mir zu, dass der Troll in der Nähe sei. Sie könne ihn spüren, wisse aber nicht, aus welcher Richtung er auf uns zukomme. Wir hielten an und lauschten in den Dunst. Obwohl ich an der Spitze unserer Gruppe ritt, wusste ich, dass ich mir um meine Deckung keine Sorgen zu machen brauchte. Walltara und Kiratana flankierten mich eine Pferdelänge hinter mir, und Malltor deckte unseren Rücken. Ich hörte den Troll keuchen und hecheln wie ein Hund. Er zog seine Kreise immer enger um uns. Wahrscheinlich gehörte es zu seiner Taktik, seine Opfer lautstark zu verunsichern und zu ängstigen, und das gelang ihm auch ganz hervorragend.

Als er brüllte, wurde klar, dass er uns ganz nah gekommen war. Malltor blies mit Leibeskräften in sein Signalhorn. Der Ton hallte schaurig über die Gebirgshänge und brach sich mehrfach an den steilen Felswänden. Der Troll war von dem Ton so überrascht, dass er die Flucht antrat, so laut, dass wir ihm ohne Mühe folgen konnten. Nun hatten wir ihn soweit: Er floh und war es nicht gewöhnt zu fliehen. Jetzt würde er bestimmt Fehler machen! Ich beschleunigte meinen Ritt, um den Anschluss nicht zu verlieren. Doch der Troll war schneller. Nach einiger Zeit wusste ich, dass wir ihn verloren hatten. Aber unser Gegner war verunsichert.

Wieder kam die Dunkelheit und mit ihr ein feiner Nieselregen. Der Wind trieb ihn vor sich her, er durchnässte unsere Felle, und wir beschlossen, ein Lager aufzuschlagen. Walltara und Kiratana kletterten auf den Felsen, der hinter uns lag. Malltor und ich hatten in der Zwischenzeit ein großes Feuer entzündet. Nun war es egal, ob wir zu sehen waren oder nicht, der Troll wusste, wo wir waren. Je eher er angreifen würde, desto besser für uns. Ich war mir sicher, dass weder der Troll noch wir eine lange Jagd durchhalten würden.

Ich hatte mein Schwert auf den Rücken gegürtet, meine Hellebarde hielt ich in beiden Händen. Malltor hatte eine Saufeder und seinen großen Krummsäbel, mit dem er hervorragend umzugehen verstand. Die beiden Frauen waren mit Pfeil und Bogen auf dem Felsen in Stellung gegangen. Zusätzlich hatte Walltara noch den Speer, mit dem sie viel geübt hatte. Kiratana trug noch ihre leichte Klinge, lang und sehr dünn. Ihre Schnitte waren ungeheuer gefährlich, Stiche oder Blöcke konnten allerdings damit nicht ausgeführt werden.

Die Nacht verstrich langsam. Im Morgengrauen wurde es schwierig, genügend Brennholz zu finden. In dieser Höhe war das Holz knapp, und unser Feuer wurde immer kleiner. Keiner von uns hatte auch nur einen Moment lang schlafen können. Die Pferde waren unruhig und tänzelten hin und her. Und dann brachen sie in Panik aus. Es brüllte laut direkt hinter mir. Ich wirbelte herum und wurde von etwas Schwerem getroffen, das mich zu Boden schleuderte. Sofort war ich wieder auf den Beinen. Ich schrie vor Schreck und Schmerz. Vor mir lag Walltara. Ihr Brustkorb war so weit aufgerissen, dass ich ihr Herz schlagen sehen konnte. Vom Felsen aus hatte der Troll sie auf mich geschleudert. Sie sah mich an und bewegte ihre Lippen. Doch kein Wort drang an mein Ohr, ihre Stimme versagte, und ihr Mund füllte sich mit Blut. Sie streckte mir ihre Hand entgegen und richtete sich noch einmal auf, dann wurde ihr Körper von Krämpfen geschüttelt, und sie sank wieder auf den Boden zurück. Ich wollte ihr noch etwas zurufen, als ich die Schreie der anderen vernahm. Nur kurz war ich abgelenkt, doch in diesem Moment ist sie durch das große Tor in die anderen Welten geschritten.

Der Boden erzitterte, als der Troll vom Felsen heruntersprang. Er stieß ein schauriges, siegessicheres Brüllen aus, das ich mein Leben lang nicht vergessen werde. Die Sonne brach durch den Dunstschleier und tauchte den Hang in helles Licht. Die Gestalt des Trolls war tief schwarz, er war höher als zwei ausgewachsene Männer und bestimmt so schwer wie vier. Seine Arme waren so lang, dass sie fast bis auf den Boden reichten, als er sich aufgerichtet hatte. Er hatte riesige mit Krallen bestückte Klauen. Sie ermöglichten es ihm, sowohl auf zwei als auch auf vier Beinen zu laufen. Aber in diesem Augenblick stand er auf seinen Hinterbeinen und trommelte mit den Pranken gegen seine Brust. Die Haut schimmerte wie dickes Leder, das seine großen Muskeln verbarg und schützte. Sein Kopf sah aus wie die Mischung aus Eber und Wolf. Rotglühende Augen leuchteten mich an. Die großen Ohren standen seitlich ab. Lange Haare zierten seinen Hinterkopf und reichten bis auf die mächtigen Schultern. Als er seinen Rachen öffnete, um fürchterlich zu brüllen, sah ich die vielen dolchartigen Zähne in seinem Maul. Die vier riesigen Fangzähne erinnerten mich an das Gebiss eines Keilers.

Er stampfte mit einem Bein auf und kam auf mich zu. Da zerriss Malltors Kampfschrei die Luft. Der Troll drehte seinen Kopf in dem Moment, als Malltor ihm mit großer Wucht die scharfe Saufeder tief in den Leib rammte. Dieser Spieß, der einen großen Eber sofort tötet, veranlasste den Troll nur dazu, einen kleinen Schritt zurückzuweichen. Trotzdem schrie er vor Schmerz und Verwunderung auf. Verzweifelt hielt Malltor das andere Ende des langen Spießes fest, als der Troll sich nun ihm zuwandte. Mit dem Schritt auf den alten Krieger zu, trieb sich der Troll die Klinge noch tiefer in den Leib. Wieder schrie er auf, zertrümmerte aber im selben Augenblick mit seiner Pranke den Schaft des Spießes.

Die ganze Zeit hatte ich neben Walltaras Leiche gekniet, nun musste ich zu Malltor, ihm konnte ich noch helfen. Als ich auf den Troll zulief, bemerkte ich die Pfeile, die in seinem Oberkörper steckten. Wahrscheinlich spürte er sie nicht, denn es sickerte nicht mal Blut aus den Wunden. Aus meinem Lauf heraus rammte ich ihm die Spitze der Hellebarde in seine Flanke. Ich spürte durch den Schaft, wie die scharfe Klinge die schwere Lederhaut zerschnitt und in sein Fleisch eindrang, allerdings nicht tief genug, um ihn ernsthaft zu verletzten. Aber es reichte, um ihn von Malltor abzulenken. Der Troll stürmte auf mich zu. Mit einer schnellen Bewegung schlug er mir die Hellebarde aus den Händen. Die Wucht war so groß, dass ich taumelte. Als ich mein Gleichgewicht wiedergefunden hatte und mein Schwert ziehen wollte, war es schon zu spät. Der Troll hatte mir einen weiteren Schlag mit seiner Pranke verpasst. Ich wurde niedergerissen, dabei zerfetzten seine Krallen meinen Umhang und das Fell, das mich vor der Kälte schützen sollte. Mein Panzerhemd verhinderte Schlimmeres.

    Nun hob mich dieses Monster empor und hielt mich fest. Ich sah, wie aus den Wunden, die wir ihm beigebracht hatten, dunkelgrünes Blut austrat und zischend zu Boden tropfte. Er öffnete sein Maul und brüllte mich an, dabei schüttelte er mich hin und her. Dann wollte er mir den Kopf abbeißen, da war ich mir sicher. Eine Klaue genügte, um meinen ganzen Oberkörper zu umschließen und mir die Luft aus den Lungen zu drücken. Mir schlug schon der beißende Gestank seines Atems entgegen, als ich ein kurzes zischendes Geräusch vernahm. Der Troll antwortete mit einem widerlichen Gebrüll und quetschte mich zusammen. Ich spürte, wie die Platten meines Panzerhemdes dem Druck seiner gewaltigen messerscharfen Krallen nicht mehr standhielten. Von allen Seiten drangen sie tief in meinen Körper. Der Schmerz schärfte meine Wahrnehmung, denn ich bemerkte, dass ein Pfeilschaft aus dem einen Auge des Trolls herausragte. Immer noch hielt er mich fest und versuchte, mit der anderen Hand nach seinem zerstörten Auge zu greifen, als ein weiterer Pfeil seinen Hals traf. Nun schleuderte er mich fort, als sei ich ein lästiges Insekt. Krachend fiel ich zu Boden. Ich bemühte mich, sofort wieder auf die Beine zu kommen, obwohl mich Schwindel erfasste. Ich konnte gerade noch erkennen, dass Kiratana noch immer einen Pfeil nach dem anderen auf den Troll abschoss. Sie schwebte dabei über seinem Kopf hoch in der Luft. Seltsam, aber mir fiel gerade in diesem Augenblick auf, dass ich sie noch nie zuvor hatte fliegen sehen. Nach ihr greifend, hatte der Troll mir den Rücken zugewandt.

    Als ich mich zu meiner Hellebarde schleppte, stürmte Malltor an mir vorbei. Er hatte aus seinem Sattel eine weitere Saufeder geholt, die er nun mit einem gewaltigem Kampfschrei tief in den Rücken des Bergtrolls rammte. Die Bestie schrie vor Schmerz auf und fuhr mit solch einer Wucht herum, dass dem alten Krieger der Schaft seiner Waffe aus den Händen gerissen und er weit nach hinten geschleudert wurde, wo er reglos liegenblieb. Der Troll wollte nachsetzen, als ihn mehrere Pfeile in den Rücken und den Nacken trafen. Er zögerte, so als überlegte er, von wem die größere Gefahr ausgehe. Dann setzte er sich in Malltors Richtung in Bewegung. Dieser lag schwer verletzt am Boden, und ich betete zu den Göttern, dass er noch am Leben war. Ich hatte in der Zwischenzeit meine Hellebarde aufgehoben und war dem Troll gefolgt, so schnell es mir möglich war. Ungeachtet der Pfeile, die ihn weiter trafen, wollte das Monster gerade Malltor den letzten vernichtenden Schlag versetzten, als ich die Hellebarde am hinteren Ende fasste und über meinem Kopf einmal kreisen ließ. Mit meinem ganzen Gewicht trieb ich nun, unterstützt von dem Schwung, den Hieb nach vorn. Doch das viele Blut, das mir die Arme hinuntergelaufen war, verschmierte den Schaft der Waffe, so dass sie mir fast aus den Händen glitt. Um sie nicht zu verlieren, sank ich auf meine Knie und verlagerte damit meinen gewaltigen Hieb nach unten. Ich spürte, wie die Klinge knapp unter dem Knie tief in das Bein des Bergtrolls eindrang. Die Wucht war so groß, dass ich seinen Unterschenkel fast ganz abtrennte.

Schreiend fiel die Bestie zur Seite und drehte sich ein paar Mal um sich selbst. Als der Troll sich aufrichtete, wurde sein intaktes Auge von einem Pfeil getroffen. Vor Panik, Wut und Schmerz rasend, versuchte der nun blinde Troll auf die Füße zu gelangen. Doch das Bein, welches ich mit der Hellebarde getroffen hatte, hing nur noch an einigen Bändern und Sehnen. Er sackte wieder in sich zusammen. Diese Gelegenheit musste ich nutzen. Mit meinem Schwert in den Händen beugte ich mich über das scheußliche Wesen, das schreiend und blutend auf dem Rücken lag. Mein erster Gedanke war, ihm den Kopf abzuschlagen, doch weil er sich hin und her wälzte, hätte ich keinen genauen Hieb anbringen können. Also sprang ich kurzerhand auf seinen gewaltigen Leib. Dabei verbrannte ich mir den rechten Fuß, als ich in das Blut der Wunde trat, die Malltor bei seinem ersten Angriff geschlagen hatte. Der Troll spürte, dass ich zu nahe gekommen war. Er griff nach mir, und als er mich nicht packen konnte, versuchte er, mit einer Klaue nach mir zu schlagen. Dabei traf er mich am Kopf und riss mir den Helm herunter. Ich merkte, wie mir das Blut übers Gesicht lief.

Mit meinem Kampfschrei brachte ich die Welt zum Stillstand. Alles um mich herum hörte auf zu existieren, alles Seiende konzentrierte sich in diesem Schrei. Er brach sich noch an den Felswänden, als ich mit aller mir noch zur Verfügung stehenden Kraft mein Schwert in das geöffnete Maul des Bergtrolls rammte. Das Blut, das daraus hervorschoss, verbrannte mir die Schulter und den Arm. Dann war es still.

Ich spürte, wie der Tau mein Gesicht kühlte. Ein Vogel sang, in dieser Höhe eher etwas Seltenes. Sein Gesang kam mir wunderbar vor, ich hörte ihm zu und genoss den Frieden. Wäre ich in diesem Moment gestorben, hätte es mir nichts ausgemacht. Doch langsam kam der Schmerz zurück. Es waren nicht nur die Wunden, die mir die Trollkrallen zugefügt hatten, es waren die Verbrennungen, die sein Blut in meine Haut geätzt hatte. Als ich versuchte, meinen Arm zu bewegen, spürte ich nur die Wellen von Schmerz. Jemand drehte mich auf den Rücken. Von Ferne hörte ich Kiratanas Stimme, die mich anflehte, sie nicht allein zu lassen. Also versuchte ich, mich zu bewegen. Doch es gelang mir nur ein Stöhnen. Sie fasste meinen gesunden Arm und half mir. Irgendwann hatte sie es geschafft, mich aufzusetzen. Nachdem der Schwindel in meinem Kopf schwächer wurde, konnte ich mich umsehen.

Der riesige Körper des Bergtrolls lag noch immer auf dem Rücken, mein Schwert ragte aus seinem geöffneten Maul. Das verlieh mir neue Kraft, und unter Schmerzensschreien quälte ich mich auf meine Beine. Ich hörte mich sagen, Kiratana solle sich um Malltor kümmern, ich käme schon allein zurecht. Mit Tränen in den Augen tat sie, worum ich sie gebeten hatte. Der Wille, mein Schwert aus dem ätzenden Blut zu retten, ließ mich den massigen Leib des Trolls noch einmal erklimmen. Mit beiden Händen umfasste ich den Griff meiner Waffe und zog sie aus dem Maul der Bestie. Danach verließen mich meine Kräfte, und ich fiel vom Körper des Trolls herunter. Zum Glück auf die Seite, auf der nicht allzu viel von seinem Blut den Boden durchtränkt hatte. Nach einiger Zeit kroch ich zu unseren Pferden. Kalter Tod kam mir besorgt entgegen. An seinem großen Kopf klammerte ich mich fest und ließ mich von meinem Pferd auf die Füße stellen. Ich erinnere mich, dass ich ein Tuch aus meinen Sachen hervorholte und meine Klinge reinigte.

„Was muss das für ein Krieger sein, der, schwer verwundet, nach der Schlacht als erstes daran denkt, sein Schwert zu säubern." Wie durch einen Nebelschleier sah ich Malltor, gestützt auf Kiratana, zu mir herüberhinken. Er blutete aus einer Wunde am Kopf und zog sein Bein hinter sich her. Als er nah genug heran war, um in mein Gesicht sehen zu können, verfinsterte sich sein Blick, und er begann, in seiner

Muttersprache zu murmeln, ein sicheres Zeichen, dass es schlecht um mich stand. An den Feuern wurde erzählt, dass die gefallen Krieger, die sich im Kampf verdient gemacht hatten, bei den Göttern auf großen Drachen durch die Lüfte reiten durften. Darauf freute ich mich jetzt schon.

Aber als ich an die Drachen dachte, fiel mir ein, dass ich ein Fläschchen des Elixiers dabeihatte. Ich bat Malltor, mir dieses Elixier zu bringen. Nach einigem Suchen fand er die kleine Flasche, öffnete den mit Wachs versiegelten Verschluss und hielt sie mir an die Lippen. Wie von selbst rann die Flüssigkeit meinen Hals hinunter und breitete sich in meinem Körper aus. Die Schmerzen verschwanden. Dann klärte sich mein Blick, und auch das Zittern meiner Hände wurde schwächer. Ohne Schwierigkeiten konnte ich aufstehen und meine Verletzungen begutachten. Doch bevor ich sie verbinden konnte, musste ich mich zuerst um Malltor kümmern, der nun seinerseits gefährlich schwankte. Auch er hatte schwere Verwundungen davongetragen. Ohne zu überlegen hielt ich ihm das Fläschchen an die Lippen und befahl ihm zu trinken. Schon nach wenigen Augenblicken ging es ihm bedeutend besser, und er fragte erfreut, um welch einen magischen Trank es sich handelte. Ich erklärte, das sei das Elixier des Roten Drachen, das Kriegern nur in Notfällen gereicht werden dürfe. Kiratana hatte in der Zwischenzeit Verbandmaterial geholt, und wir begannen, unsere Verletzungen zu versorgen. Die junge Elfe war die einzige, die mit heiler Haut davongekommen war. Ich bedankte mich bei ihr für die große Hilfe, die sie gewesen war. Ohne sie hätten wir diesen Kampf sicher verloren. Mit großen Augen sah sie mich an, so als könne sie nicht glauben, was ich da eben gesagt hatte. Eifrig machte sie sich daran, mich zu verbinden. Mir war klar, dass es damit nicht getan war, ich musste, so schnell es ging, zu Hamron. Die Krallen des Trolls waren zu tief in meinen Körper eingedrungen. Zum Glück hatte das Elixier auch die Blutungen fast zum Stillstand gebracht. Nachdem wir uns notdürftig versorgt hatten, einige Wunden hatte Malltor genäht, machten wir uns zum Aufbruch bereit. Malltor wickelte Walltaras Leiche in eine Decke. Trotz des Elixiers durchfuhr mich ein stechender Schmerz, als wir sie auf ihr Pferd hoben und festzurrten. Mit meiner Hellebarde trennte ich den Kopf des Bergtrolls ab, spießte ihn auf eine Saufeder und befestigte sie an unserem Packpferd. Der mächtige Kopf des Trolls sollte von unserem Sieg künden.

Der Rückweg wurde länger und beschwerlicher, als ich gedacht hatte. Mehrmals mussten Malltor und ich von dem Elixier trinken, weil seine Wirkung nachgelassen hatte und die Schmerzen unerträglich wurden. Nachdem wir unser Nachtlager aufgeschlagen hatten, schliefen Malltor und ich sofort erschöpft ein. Kiratana wachte die ganze Nacht über uns, ohne auch nur ein Auge zuzumachen. Am nächsten Tag fiel mir das Reiten schwerer. Immer öfter musste ich vom Elixier trinken, damit ich aufrecht im Sattel blieb. Auch in der zweiten Nacht hielt die junge Elfe ganz allein Wache.

Am Mittag des dritten Tages war das Elixier aufgebraucht, und ich musste mich darauf konzentrieren, bei Bewusstsein zu bleiben. Malltor, dem es ebenfalls nicht gut ging, versuchte, mich abzulenken. Meine tieferen Wunden begannen wieder zu bluten, und ich war heilfroh, als wir die Palisade des Dorfes erkennen konnten. Kiratana war vorausgeritten, um Hamron zu benachrichtigen. So war alles schon vorbereitet, als wir ankamen. Mein Bruder half mir vom Pferd und stellte mich auf meine Füße. Das war der Moment, in dem ich in den schwarzen Nebel eintauchte.

Ein scharfer Geruch kribbelte in meiner Nase, und als ich die Augen öffnete, sah ich in Hamrons Gesicht. Er gab sich keine Mühe mich anzulächeln, ich wusste, wie es um mich stand. „Vertraust du mir, Bruder?" Er war dabei die Verbände zu lösen und sich Malltors Wundnähte anzuschauen. Meine Stimme kam mir seltsam fremd vor, als ich ihm sagte, es gebe nicht viele Menschen, denen ich vertraute, er sei aber sicher darunter. „Das ist gut so, denn ich werde dein ganzes Vertrauen brauchen und das der Götter obendrein. Ich muss dich aufschneiden, mein Freund. Die Krallen des Trolls haben deine Organe verletzt. Wenn ich dich nicht öffne, um sie zu vernähen, wirst du verbluten." Ich musste husten und der Schmerz, den ich schon fast vergessen hatte, meldete sich mit Macht zurück. „Na, dann mal los, mein Alter, ich will hoffen, dass dein Ruf als Heiler nicht nur dazu gut ist, Frauen zu beeindrucken." Er sah mich mit großen Augen an und schüttelte den Kopf. „Wie kannst du nur in dieser Situation Witze machen? Ich sorge mich um dein Leben.

Sie legten mich auf den Ratstisch und zogen mich aus. Zwei Frauen begannen damit, mich zu waschen. Ich musste lachen, machte man das doch auch mit den gefallenen Kriegern, bevor sie dem Feuer übergeben wurden. Hamron knurrte: „Aran, wenn du nicht gleich aufhörst zu lachen, kann ich dich nicht heilen, du musst stillhalten." Ich versuchte zu nicken. Man flößte mir eine Flüssigkeit ein, und es wurde mir der Rauch von schwelenden Kräutern zugefächelt. Dann stand Malltor neben mir. Er sagte, er müsse meinen Kopf halten, damit ich mich nicht bewege. Ich bat ihn, mir eine seiner Geschichten zu erzählen, so wie er es auf dem Ritt zurück ins Dorf gemacht hatte. Sie hatten mich wachgehalten, vielleicht sogar am Leben.

So begann der alte Krieger mir eine Geschichte über einen jungen Knaben zu erzählen, der von edler Herkunft war. Er war der einzige Sohn eines Fürsten und wurde sehr umsorgt. Der Junge wurde ein verwöhnter kleiner Tyrann. Seinen Lehrern, die ihm die Künste des Kampfes und der Wissenschaften beibringen sollten, machte er das Leben schwer, indem er sie verspottete und nicht zum Unterricht erschien. Doch eines Tages wurde sein Vater schwer krank. Die Heiler versuchten alles, doch es fehlte ein Kraut, das in ihrem Land nicht wuchs. In einem weit entfernten Königreich war es zu finden, allerdings auch nur sehr selten. Deshalb war es ungeheuer wertvoll und teuer. Also wurde beschlossen, dass der junge Prinz dorthin reisen sollte, um die rettende Medizin zu beschaffen. Der junge Mann war darüber nicht besonders begeistert, gab er sich doch lieber dem Müßiggang hin. Nur weil er als Thronfolger und Erbe dazu verpflichtet war, stimmte er widerwillig zu.

Ab und zu hörte ich, wie Hamron Kommandos gab. Dann wurde ich auf die Seite gedreht, und Malltor hielt meinen Kopf. Ich war wie gelähmt, spürte aber genau, wie die scharfe Sichel meines Bruders mir den Bauch und die Seite aufschnitt. Als der Schmerz größer wurde, flößte man mir etwas von der Flüssigkeit ein. Flüsternd bat ich Malltor, doch endlich die Geschichte weiterzuerzählen. Also fuhr Malltor fort.

Die Reise des jungen Prinzen wurde sehr lang und gefährlich. Statt sich den Anweisungen seiner Leibwache zu fügen, brachte der Junge die Karawane mehrmals leichtsinnig in Gefahr. Ihn störte es nicht im Geringsten, dass einige seiner Soldaten dabei ihr Leben verloren. Eines Tages wurden sie von Nomaden angegriffen, weil sie eine Wasserstelle verwüstet hatten. Der Prinz war mit der Qualität des Wassers nicht zufrieden gewesen und hatte seinen Männern befohlen, den Brunnen zuzuschütten. Dieser Brunnen hatte viele Menschen und Tiere vor dem Verdursten bewahrt. So aber war es unmöglich geworden, in diesem Teil des Landes zu überleben. Als die Nomaden das Lager des Prinzen angriffen, tat dieser nichts anderes, als sich über den Lärm zu beschweren, den seine Soldaten bei der Verteidigung seines Lebens machten. Kurz bevor der Kampf verloren war, versuchten der Führer der Leibwache und die beiden letzten Soldaten, den Prinzen zur Flucht zu überreden. Er lehnte angeekelt ab. Er fliehe nicht wie ein gewöhnlicher Dieb, schließlich sei er der Sohn eines Königs. Er dachte tatsächlich, das würde die Angreifer beeindrucken. Entsetzt musste der junge Mann mit ansehen, wie auch die letzten seiner Getreuen ihr Leben für ihn ließen. Allein stand er nun schutzlos den

Nomaden gegenüber, die ihn zu ihrem Anführer schleppten. Der alte Mann erkannte sehr wohl, um wen es sich bei seinem Gefangenen handelte. Deshalb fragte er ihn, wer befohlen habe, den Brunnen zuzuschütten. Der Prinz log, er habe keine Ahnung, und besiegelte sein Schicksal. Der Anführer sagte ihm ins Gesicht, er sei ein erbärmlicher Hund. Nun werde seinem Leben ein Ende gesetzt. Statt um Gnade zu flehen, entrüstete sich der Prinz darüber, wie der Alte mit ihm zu sprechen wage. Er hatte den Dolch schon an der Kehle, als dem Anführer der Nomaden eine noch härtere Strafe für den verwöhnten Prinzen einfiel: die Sklaverei. Der Junge sollte wieder gutmachen, was er den Menschen angetan hatte.

So kam es, dass der Prinz weder seinen Vater, noch seine Heimat je wiedersah. Er wurde schlechter behandelt als ein Hund, denn er konnte ja nichts, womit er den Nomaden hätte helfen können. Alles mussten sie ihm zeigen, sogar wie man sich ankleidet. In dieser Zeit wurde er oft geschlagen, bekam tagelang nichts zu essen und nur so viel Wasser, dass er nicht starb. Er, der mehrmals am Tag gebadet hatte, musste nun sein Nachtlager mit Hunden und Ziegen teilen.

Es dauerte Jahre, bis er eine Stufe in der Hierarchie der Nomaden aufsteigen konnte. Das geschah nur, weil er ein kleines Kind vor dem Ertrinken gerettet hatte, zufällig den Enkel des Stammesführers. Zur Belohnung durfte er mit auf die Jagd. Von diesem Tage an lernte er, mit Pfeil und Bogen umzugehen und Spuren zu lesen. Im Lager musste er nicht mehr alle niederen Arbeiten alleine machen. Er war immer noch ein Sklave, wurde aber nicht mehr geschlagen und bekam genug zu essen und zu trinken. Eines Tages, nachdem er geholfen hatte, einige Feinde in die Flucht zu schlagen, schenkte ihm der neue Führer des Stammes sein eigenes Zelt. Zum ersten Mal in seinem Leben freute er sich daran, dass ihm Gutes getan wurde. Sein Streben hatte nur ein Ziel, dem Stamm zu helfen.

Er wäre wohl auch eines Tages mit der Freiheit belohnt worden, wenn der Stamm nicht von einem anderen räuberischen Nomadenvolk besiegt worden wäre. So verschlug es ihn in eine andere, eine neue Sklaverei. Weil er schon in die Jahre gekommen war, wurde ihm jetzt die Bewachung der Frauen übertragen. Er fügte sich und versuchte, seine neue Aufgabe so gut wie möglich zu erledigen. Den Wunsch zu fliehen hatte er in all den Jahren nie gehabt, nun kam er ihm zum ersten Mal. Doch er wusste genau, was man mit geflüchteten Sklaven machte, wenn sie zurückgebracht wurden. Sterben wollte er noch nicht, dafür war sein Leben zu mühselig gewesen.

Als die Männer des Stammes eines Tages auf einem Raubzug waren, wurde das Lager angegriffen. Der ehemalige Prinz verteidigte die Frauen und Kinder anderer Männer. Als er alleine den Angreifern gegenüberstand, wusste er, wie sich vor langer Zeit seine Getreuen gefühlt haben mussten, als sie ihr Leben für einen Jungen opferten, mit dem sie nichts verband, außer dass sie seinem Vater dienen mussten. Das machte ihn traurig, und sein schlechtes Gewissen ließ ihn sich den Angreifern todesverachtend entgegenwerfen. Er wurde schwer verwundet, doch bevor sein Leben zu Ende ging, kamen die Männer zurück und retteten ihn und die Frauen und Kinder. Von diesem Tage an genoss er auch in diesem Stamm hohes Ansehen. Er wurde zum Führer der Leibwache ernannt und musste den Anführer und seine Familie schützen.

So vergingen die Jahre, sein Leben wurde erträglich. Der Stamm wurde mächtiger, doch je gewaltiger die Zeltstadt wurde, in der er nun lebte, desto größer wurde seine Sehnsucht nach Freiheit. Er schmiedete Fluchtpläne und verwarf sie wieder. Er träumte davon, selbst bestimmen zu können, wohin ihn die Reise des Lebens führen sollte. Eines Tages wurden seine Gebete erhört: Eine große Katastrophe suchte die Zeltstadt heim, in der er so lange Jahre treu gedient hatte.

Die Leibwache führten schon lange jüngere Krieger. Ihm hatten sie als Gnadenbrot wieder die Bewachung der Frauen und Kinder aufgetragen.

„Ich brauche mehr Licht." Hamrons scharf gebrüllter Befehl ließ die Bilder der Geschichte vor meinen Augen zerfließen, und mir wurde bewusst, wo ich war. Schnell wurden meinem Bruder Lampen und Leuchter gereicht, damit er genug sehen konnte. Als sie mich schließlich wieder auf den Rücken drehten, grinste Hamron mich blutverschmiert an. „Ich habe das große Tor vor deiner Nase zugeschlagen, du großer Krieger. Schwöre mir, dass du mir das nicht vorwirfst, wenn du wieder auf den Beinen bist." Ich wollte nicken und etwas sagen, was meine Dankbarkeit ausdrückte, doch ich bekam kein Wort über meine Lippen. Vorsichtig trugen sie mich in meine Kammer.

Es war dunkel draußen, als ich schweißgebadet erwachte. Mein Körper hatte mit hohem Fieber zu kämpfen, und Malltor war dabei, mir feuchte Umschläge zu machen. Es dauerte eine Weile, bis ich ihn erkannte, so alt und erschöpft sah er aus. Als er bemerkte, dass ich wach war, setzte er sich zu mir und wischte mit den Schweiß von der Stirn. Ich versuchte, meine Lippen zu bewegen, um ihm etwas zu sagen. Er kam mit seinem Ohr dicht an mein Gesicht. „Der Prinz in dem Lager der Nomaden, das warst du. Habe ich Recht?" Die alten Augen sahen auf mich herab, diese Augen, die schon so viel gesehen hatten in ihrem Leben, und er nickte. Ich küsste seine Hand und dankte den Göttern, dass ich diesem Mann begegnen durfte. Er flüsterte, er habe noch niemals zuvor jemandem diese Geschichte erzählt. Doch ich sei von den Göttern gesegnet, und er liebe mich wie seinen eigenen Enkelsohn, deshalb habe er mir das alles erzählt.

Ich träumte, dass der Großmeister und Meister Gantalah sich um mich sorgten, wie Yinzu spürte, dass etwas nicht in Ordnung war, und auch Saarami sah ich hin und wieder in diesen flüchtigen Bildern. Die Morgensonne schien mir ins Gesicht, als ich erwachte. Malltor saß neben meinem Bett, er war eingeschlafen, und sein Kopf war auf seine Brust gesunken. Ich hatte furchtbaren Durst, meine Kehle war wie ausgetrocknet. Der Versuch aufzustehen, scheiterte an den Schmerzen. Ich hielt inne und versuchte es nach einigen tiefen Atemzügen ein weiteres Mal. Schwerfällig setzte ich mich auf. Es kam mir vor, als ob Felsen auf mir lasteten, ich konnte nicht richtig atmen, und mein Rücken schmerzte so sehr, dass ich mich fragte, ob Hamron nicht versehentlich zu viel zusammengenäht hatte. Als ich mich endlich erhoben hatte und nach dem Krug mit Wasser greifen wollte, erwachte der alte Krieger. „Söhnchen, was machst du denn da für Sachen!" Sofort war er auf den Beinen. „Du bist noch zu schwach, um jetzt schon aufzustehen, du musst dich schonen, damit deine Kraft schnell zurückkehrt." Obwohl ich es wollte, konnte ich ihm nichts entgegensetzten, als er mich wieder zurück auf mein Lager führte. Den Kräutertee, den er mir dann reichte, genoss ich in vielen kleinen Schlucken. Danach ging es mir schon bedeutend besser.

Es dauerte nicht lange und Hamrons breites Grinsen schob sich durch die Tür. Er wechselte die Verbände, besah sich meine Wunden und stellte dann mit Erleichterung fest, dass ich schon fast wieder ganz hergestellt sei. „Was soll das denn heißen? Ich will sofort aufstehen und mich bewegen. Nur ein alter Mann liegt im Bett und wartet, dass es zu Ende geht." Mit diesen Worten wollte ich meine Beine aus dem Bett schwingen. Doch Hamron und Malltor hielten mich fest. „Du Narr, du wirst überhaupt nichts tun! Hast du das verstanden?" Hamrons Stimme ließ nicht den geringsten Zweifel daran, wie ernst es ihm war. Also nickte ich und bat um noch etwas Kräutertee.

Am nächsten Morgen wurde ich von meinem Bruder geweckt, der meine Verbände erneuerte. Außerdem erklärte er mir, alle wollten wissen, wie es mir ginge, und würden die Geschichte hören wollen, wie ich den Troll besiegt habe. Ich rief Hamron hinterher, ich hätte den Troll gar nicht allein besiegt, Kiratana und Malltor hätten genauso viel dazu beigetragen, wenn nicht sogar mehr. Doch Hamron lächelte nur und gab den Weg frei. Ich staunte, wie schnell sich meine Kammer mit Menschen füllte. Sie brachten mir Blumen und kleine Spangen, die von meinen Sieg künden sollten. Ich bekam frische Speisen, leckere heiße Suppen und noch einiges mehr. „Bei dieser Pflege wird es nicht mehr lange dauern, und ich bin wieder ganz der Alte." Hamron nickte bestätigend. „Das musst du auch, denn es hat sich in der Zwischenzeit viel ereignet." Das machte mich hellhörig, ich verlangte von meinem Bruder, er solle mir alles genau berichten. Malltor lachte. „Ruhig, Söhnchen, du warst ganze zehn Tage nicht bei Bewusstsein, nur deinem Bruder ist es zu verdanken, dass du noch hier bist." Verwundert sah ich Hamron an, der mir zunickte. „Wenn ich nicht Hilfe vom Großmeister und von Meister Zorralf bekommen hätte, dann hätte ich es auch nicht geschafft." Mit großen Augen sah ich ihn an. „Die beiden waren hier?" Er lachte. „Und nicht nur die beiden. Außerdem waren noch Yinzu, Meister Gantalah und Saarami an deinem Bett. Du hast eine Menge Freunde, die sich um dich gesorgt haben." Dieser Traum war keiner gewesen.

    Nachdem ich mich beruhigt hatte, konnte ich meinen Bruder endlich fragen, was es zu berichten gab. „Am zweiten Tag, nachdem ihr fort wart, sind die Frauen und Männer bei der Feldarbeit von Reitern angegriffen worden. Sie müssen uns schon einige Zeit beobachtet haben. Wir haben eine Frau und einen Mann verloren. Zum Glück konnten die anderen schnell ins Dorf zurückweichen. Als die Reiter folgen wollten, haben wir vier von ihnen mit Pfeilen von den Pferden geholt. Drei weitere sind verletzt geflohen. Einen zweiten Angriff konnten wir verhindern. Mit einem Pfeilhagel haben wir sie empfangen. Mindestens vier von ihnen sind auf der Strecke geblieben, die gleiche Anzahl ist verwundet geflohen. Seitdem ihr wieder zurück seid, haben wir nur noch Späher ausgemacht, und die sind dem Dorf nicht zu nahe gekommen." Mein Bruder machte eine Pause und schenkte sich etwas Tee ein. „Ich gebe es ja nur ungern zu, aber vor und während dieser Angriffe war Alltara nicht im Dorf. Es scheint, dass du mit deinem Verdacht nicht so Unrecht hattest. Aber ich will noch einen sicheren Beweis, bevor ich ihn anklage." Mein Vorschlag war, Alltara zu folgen, wenn er das nächste Mal das Dorf verließ. Ich wollte ihm in meinem Traumkörper folgen. Da ich in meinem Zustand sowieso nicht viel unternehmen konnte, war das eine gute Möglichkeit, nicht untätig herumzuliegen. Hamron stimmte zu.

    Malltor musste ich dazu überreden, sich auszuruhen und nicht mehr an meinem Bett zu wachen. Widerwillig ließ er sich überzeugen. „Ich verdanke dir mein Leben, das werde ich nie vergessen." Ihm versagte die Stimme. Nachdem er meine Kammer verlassen hatte, sah ich einen Moment lang auf die geschlossene Tür. Dann riss ich mich zusammen und schmiegte mich in meine Kissen. Ich wollte zu Yinzu, um ihn vom Stand der Dinge zu unterrichten und ihn zur Eile zu mahnen.

    Trotz meiner Verletzungen gelang es mir schnell, den Nebel heraufzubeschwören. Ich fand mich an einem Waldrand wieder. Yinzu entdeckte mich sofort, verpasste Frühlingswind einen leichten Stoß und sprengte heran. Es war schon angenehm warm, und die Blütenpracht raubte mir fast den Atem. Mein Bruder sprang von seinem Pferd herunter, das unruhig von einem Bein auf das andere tänzelte. Tiere haben ein seltsam feines Gespür für Magie oder Gefahr. Yinzu sah mich misstrauisch an. „Du bist doch wohl nicht gestorben und kommst jetzt, um dich von mir zu verabschieden, oder?" Ich musste lachen. „Nein, mein Freund, mir geht es schon viel besser. Doch wir brauchen dich." Zusammen schritten wir auf die Wiese hinaus, die uns in Blütenstaub hüllte. Nach einem kurzen Moment des Verweilens, in dem wir diesen einmaligen Anblick auf uns wirken ließen, begann ich zu erzählen und schloss mit meiner Idee, Alltara zu beobachten. Yinzu fügte hinzu, es sei wichtig zu wissen, was Fürst Flatos im Schilde führte. „Das waren nur halbherzige Angriffe. Aber da ist etwas Großes in Vorbereitung, ich bin deiner Meinung, Aran. Es wäre sehr zu unserem Vorteil, wenn du herausbekommen könntest, was sich am Hofe des Fürsten tut." Ich versprach, mich so schnell wie möglich auf den Weg zu machen. „Wenn alles gut geht, dann sind wir in ungefähr zehn Tagen wieder zurück im Dorf. Du wirst staunen, wenn du die Waffen siehst, die ich bekommen habe. Wir haben einige sehr scharfe Klingen für unser Gold kaufen können." Endlich eine gute Nachricht. „Sieh nur zu, dass die Menschen sich nicht in den Kilt pissen, wenn sie das erste Mal ein richtiges Schwert in der Hand halten." Ich versprach meinem Freund, mein Möglichstes zu tun. Dann verabschiedete ich mich und war einen kurzen Moment später wieder in meinem Zimmer.

Die Traumreise hatte mir gutgetan, ich fühlte mich erfrischt und ausgeruht. Hamron kam und fragte, was es Neues gebe. Ich berichtete, was Yinzu mir geraten hatte und dass er bald zurück sei und gute Klingen mitbringe. Doch unser Gespräch wurde von einem Hornsignal jäh unterbrochen. Sofort stürzte Hamron hinaus, nicht ohne mir zu verbieten, ihm zu folgen. Kurz danach erschien Malltor in vollem Rüstzeug auf dem Weg zum Tor. Er lächelte und berichtete, es sei ein Späher gemeldet worden. Nun wollten sie ihn mit Pfeilen daran hindern zurückzureiten. Ich konnte ihnen nicht helfen, also konzentrierte ich mich und war einen kurzen Moment, nachdem der Traumnebel aufgestiegen war, am Hofe des Fürsten Flatos.

Mir fiel sofort auf, dass die Käfige, in denen die Verurteilten dahingesiecht hatten, verschwunden waren. Das Dorf machte einen viel sauberen Eindruck. Auch am Palast waren Reparaturen vorgenommen worden. Gerade waren Bedienstete dabei, die Fenster zu reinigen und Leuchter anzubringen, als ich das große Rundhaus betrat. Im Thronsaal herrschte emsiges Treiben. Sämtlicher Unrat war beseitigt worden. Frische Farbe und neue Fenster sorgten für Licht und freundliche Atmosphäre. Die Wachen waren in ordentliche neue Uniformen gekleidet. Die Tafel, an der wir gesessen hatten, war geschmackvoll gedeckt, in der Feuerstelle brannte ein wärmendes Feuer.

Ich fand den Fürsten und einige seiner Getreuen im hinteren Teil des Rundhauses in einem kleineren Raum. Obwohl ich mich in meinem Astralkörper befand, bewegte ich mich vorsichtig, als ich mich den Männern näherte. Wenn einer seiner Vertrauensleute ein Heiler war, konnte er mich sehen oder spüren. „Wie lange dauert es noch, bis die Abgesandten der anderen Fürsten hier eintreffen?" Fragend wandte sich der Fürst an seine Untergebenen. Einer zuckte mit den Schultern. „Es kann noch einige Wochen dauern, wir wissen nicht, mit welchem Gefolge sie anreisen. Wenn die Töchter der Regenten gleich mitkommen, dann wird es noch einige Zeit in Anspruch nehmen, bis sie hier sind." Unruhig schritt der Fürst im Raum auf und ab. „Wann wird meine Tochter am Hofe von König Untinahr ankommen? Wir können uns keine weiteren Verzögerungen leisten." Einer der Anwesenden trat einen Schritt nach vorn. „Wie es aussieht, ist Eure Tochter in den nächsten Tagen dort. Die Hochzeitsfeierlichkeiten werden dann unverzüglich beginnen. Eure Frau Gemahlin ist dabei und wird alles in unserem Sinne veranlassen." Der Fürst nickte und verschränkte seine Hände hinter dem Rücken. „Was berichten unsere Späher von diesem Dorf?" Angewidert spuckte er auf den Boden. Ein frisch Uniformierter trat vor und begann zu berichten. „Unser letzter Späher ist nicht zurückgekehrt, Euer Gnaden. Wir vermuten, die Krieger des Clans haben ihn erwischt." Mit der Faust schlug Fürst Flatos auf den Holztisch. „Das ist eine infame Beleidigung, die ich mir in meinem eigenen Land gefallen lassen muss. Es wird Zeit, dass wir dem endlich ein

Ende machen." Er hatte die Fäuste zur Decke gestreckt und schrie. Zwei seiner Männer versuchten, ihn zu beruhigen. „Hoher Herr, wir haben noch einen guten Informanten im Dorf. Wenn Ihr Euer Versprechen haltet, wird er uns alles berichten, was diese Bastarde beschließen. Wir haben unsere Hand an ihrer Kehle. Wenn dann auch noch die Unterstützung durch Eure zukünftigen Verwandten hier eintrifft, können sie so viele Gräben schaufeln, wie sie wollen. Es werden dann ihre eigenen Gräber sein." Der Fürst begann zu lachen, und seine Männer stimmten ein. Das war es also, warum es dort so ordentlich aussah. Der Fürst wollte seine Kinder vermählen, um neue Verbündete gegen uns zu gewinnen.

Ich spürte sofort, dass ich nicht allein war in meiner Kammer. Jamalin saß an meinem Bett. Sie weinte und erschrak, als ich die Augen aufschlug, doch ich hielt ihre Hand fest und zog sie an mich. Sie küsste mich und flüsterte mir ins Ohr, sie habe sich große Sorgen um mich gemacht. Vorsichtig strich sie mit ihren Fingern über meine nicht verbundene Kopfwunde. Ihre sanfte Berührung verursachte einen Schauer, der durch meinen Körper rann. „Du musst mir versprechen, dass du schnell wieder gesund wirst. Seitdem Walltara durch das große Tor in die anderen Welten geschritten ist, habe ich niemanden mehr, der mir nahe steht. Dir habe ich mich geöffnet, auch wenn ich dich nicht so sehr liebe wie meinen Mann, so spüre ich ein tiefes Vertrauen zu dir." Sie lächelte jetzt. „Außerdem hast du ein Verlangen in mir geweckt, das ich schon lange vergessen hatte. Wenn du wieder gesund bist, würde ich gerne eine Nacht bei dir verbringen." Ich fühlte mich geschmeichelt, diese Frau erstaunte mich immer wieder. Ich nickte und bat sie, mir etwas von dem Kräutertee einzuschenken, der auf dem kleinen Tisch bereitstand. Draußen war die Dämmerung angebrochen, und im Dorf war es ruhig. Der Späher hatte es nicht zurück zum Hofe des Fürsten Flatos geschafft. Einige Pfeile hatten sein Leben beendet, noch bevor er sein Pferd hatte wenden können.

Nach meinen Traumreisen fühlte ich mich kräftig und ausgeruht, deshalb beschloss ich aufzustehen. Obwohl Jamalin etwas dagegen hatte, konnte ich sie überreden, mir zu helfen. Sie hielt mich, als ich von Schwindel gepackt wurde. Doch ich beruhigte mich schnell wieder und versuchte, vorsichtig einen Schritt vor den anderen zu setzen. Die Menschen fanden sich gerade zum Abendessen ein, als ich, gestützt auf Jamalin, den Saal betrat. Sofort verstummte jedes Gespräch, alle sahen mich an, und ich versuchte, ihnen zuzulächeln. Sie brachen in Hochrufe aus, jubelten und feierten mich, wie einen von den Toten Auferstandenen. Als ich mich an den Ratstisch fallen ließ, traf mich der vorwurfsvolle Blick meines Bruders und Heilers.

Auch Alltara saß mit am Ratstisch. Er grüßte mich höflich und deutete eine Verbeugung an. Äußerlich schien er ruhig und gelassen zu sein, doch bei genauerem Hinsehen erkannte ich, dass er seine Kieferknochen so stark aufeinander presste, dass sie deutlich hervortraten. In mir keimte erneut der Verdacht auf, dass er den Troll auf unser Dorf aufmerksam gemacht hatte. Wenn dem so war, dann durfte ich diesen Mann nicht länger unterschätzen. Vielleicht besaß er größere Kräfte, als er uns glauben machen wollte. Kein normaler Mensch kann es schaffen, einen Bergtroll dazu zu bewegen, sich in die Niederungen der Täler zu begeben.

Als alle mit dem Essen fertig waren und sich dem Spiel oder Handarbeiten widmeten, erhob sich Alltara und richtete sein Wort an Hamron: „Ehrenwerter Krieger vom Clan des Roten Drachen, die Menschen hier im Dorf kommen zu mir und fragen mich, wie es weitergehen soll. Die Angriffe des Fürsten, der Bergtroll, das alles beängstigt und verunsichert sie. Wollt Ihr uns nicht sagen, was noch alles auf uns zukommt, damit wir vorbereitet sein können?" Hamron erhob sich und erwiderte die fragenden Blicke. „Was auf uns zukommen wird, hat euch mein Bruder Aran schon erklärt. Aber ich kann euch beruhigen: Schon bald wird Yinzu vom Clan des Roten Drachen mit unseren Kameraden zurückkehren. Sie haben gute Klingen kaufen können, und eure Ausbildung macht gute Fortschritte. Das könnt ihr daran erkennen, dass unsere Verluste bei den Angriffen der Reiter, beim Abfangen der Späher und beim Sieg über den Bergtroll gering waren. Ich sehe mit Zuversicht in die Zukunft. Wir werden bald in Frieden leben können. Doch es wird noch zu einer großen Schlacht kommen, auf die wir vorbereitet sein müssen." Alltaras Augen weiteten sich, er versuchte, sich zu entspannen, doch es war mir nicht verborgen geblieben, dass er zusammengezuckt war. Beiläufig fragte er, woher mein Bruder diese Gewissheit nehme. Bevor Hamron antworten konnte, sagte ich: „Die Krieger des Clans pflegen einen guten Kontakt zu den Göttern. Sie lassen ihre Getreuen in solch schwerer Stunde nicht allein, deshalb wissen wir mehr, als Ihr glaubt." Nur mit Mühe gelang es dem alten Mann, seine Verunsicherung zu verbergen. Als er sich wieder gesetzt hatte, zitterten seine Hände. Jetzt würde er vielleicht einen Fehler machen. Doch er hielt sich zurück, und ich bat meinen Bruder, mich zurück in meine Kammer zu begleiten.

Ich warnte ihn: „Solange wir Alltara noch nicht überführt haben, können wir es uns nicht leisten, auch nur die kleinsten Hinweise auf unsere Pläne preiszugeben." Hamron nickte. Nachdem mein Bruder gegangen war, nahm ich mir vor, zu Alltara zu reisen, um ihn zu beobachten. Doch das Aufstehen und Herumgehen hatte mich mehr angestrengt, als ich zugeben wollte. Noch bevor ich den Nebel aufsteigen lassen konnte, war ich eingeschlafen.

Ein leises Kichern weckte mich. Kiratana und Jamalin trieben sich in meiner Kammer herum. Die beiden hatten mir frischen Tee gebracht und eine kräftige Suppe. Als ich sie nach dem Grund ihrer Heiterkeit fragte, antwortete Kiratana, ich sähe so niedlich aus, wenn ich schliefe. Ich musste schmunzeln und bat sie, mir zum Tisch zu helfen, ich wollte im Sitzen frühstücken. Erfreut darüber, wie gut das klappte, begann ich, die Suppe in mich hineinzulöffeln. Augenblicklich spürte ich, wie meine Kräfte zurückkehrten. Jamalin erklärte, dass das eine Suppe sei, die Hamron für mich gekocht hatte. Immer wieder hatte er frische Kräuter hineingestreut und die Suppe auf kleiner Flamme kochen lassen. Je länger die Suppe kochte, je mehr Energie enthielte sie. Diese Energie würde mir helfen, schneller wieder gesund zu werden. Und so war es auch.

Gerade als die beiden Frauen meine Kammer verließen, trat mein Heiler ein. Er lächelte ihnen zu, dann machte sich daran, meine Verbände zu wechseln. Er tastete meine Narben ab und fragte, was ich spüre. Einige Wunden verband er nicht mehr. Nachdem er fertig war, setzte er sich an den Tisch und goss sich etwas von dem Tee ein. Er fragte, wie mir die Suppe schmecke. Daraufhin erzählte ich ihm, meine Kraft wachse mit jedem Löffel. „Ja, mein Bruder, du bist nicht der einzige, der eine besondere Ausbildung erhalten hat." Wir lachten, und das erste Mal schmerzte es nicht. „Was hat Alltara gemacht, nachdem er das Dorf verlassen hat?" Beiläufig hatte Hamron die Frage an mich gerichtet. Ich zuckte zusammen. „Er hat das Dorf gestern verlassen?" Die Augen meines Bruders verengten sich zu Schlitzen. „Bist du nicht in deine Kammer gegangen, um ihn zu beobachten? Ich dachte, du würdest ihn begleiten, als er nach der Versammlung heimlich das Dorf verließ." Ich begann zu schwitzen und musste gestehen, dass ich sofort eingeschlafen war. „Was machst du dann noch hier? Sieh zu, dass du sofort zu ihm eilst! Vielleicht können wir noch erfahren, was er im Schilde führt." Ich konzentrierte mich, merkte noch, wie Hamron vor meiner Tür Stellung bezog, dann nahm mich der Nebel in Empfang.

Ich fand mich in einem nahen Waldstück wieder. Seltsamerweise konnte ich Alltara nicht sofort erkennen. Doch er musste hier sein, da mich die Traumreise direkt an diesen Ort geführt hatte. Also konzentrierte ich mich weiter auf den alten Mann, bis ich einen leichten Schatten von ihm wahrnahm. Dann sah ich zwei Reiter kommen. An ihren neuen Uniformen konnte ich erkennen, dass es sich um Soldaten des Fürsten Flatos handelte. Sie trugen Rangabzeichen und sahen sich suchend um. Kurz darauf wurde aus dem Schatten, den ich gefunden hatte, Alltara. Zu meinem Erstaunen trug er einen Tarnmantel, der ihn für den normalen Menschen unsichtbar hatte werden lassen. Ich hatte schon von solchen Mänteln gehört, doch bisher geglaubt, nur Elfen würden sie verwenden. „Ihr kommt spät, alter Mann", hörte ich einen Soldaten sagen. Vorsichtig näherte ich mich der kleinen Gruppe. Wenn Alltara solch einen Mantel besaß, dann konnte es auch gut sein, dass er mich in meinem Astralkörper spürte. Ich versteckte mich in einiger Entfernung und verhielt mich ganz still. „Es ziehen Sturmfronten auf, sagt das Eurem Herrn. Die Götter sind den Kriegern des Drachenclans wohlgesonnen. Ihr müsst Euch sputen, wenn Ihr sie aufhalten wollt: Verstärkung und Waffen sind auf dem Weg. Sie werden in Kürze eintreffen, sagt das alles Eurem Herrn." Die beiden Soldaten berieten sich leise. „Es wird noch einige Zeit dauern, bis die Hochzeitsfeierlichkeiten beendet sind und die Armeen sich vereinigt haben. Ihr müsst weiter für uns die Augen und Ohren offen halten. Was ist mit dem Bergtroll, den Ihr auf sie hetzen wolltet?" Fast hätte ich laut aufgestöhnt, halb aus Entsetzen, halb aus Triumph. „Diese Bastarde haben es tatsächlich geschafft, Isamgram, den Troll, zu töten. Sie haben seinen Kopf als Beweis mitgebracht. Sie sind stärker, als wir angenommen haben. Auch wenn sie Verluste hatten, erholen sie sich schnell. Deshalb drängt die Zeit. Jetzt müsstet Ihr angreifen." Einer der Reiter lachte. „Alter Mann, wir können erst kommen, wenn die anderen Armeen sich vereinigt haben. Alles andere wäre Selbstmord. Sät Ihr nur weiter Zwietracht. Wenn wir uns das nächste Mal treffen, dann bringt uns endlich den Plan der fertigen und geplanten Befestigungsanlagen." Eines der Pferde scheute, weil es mich entdeckt hatte. Die Soldaten wunderten sich und hatten Mühe, ihre Tiere zu beruhigen. Obwohl ich mich sofort noch weiter zurückzog, war Alltaras Misstrauen geweckt. Ohne ein weiteres Wort warf er sich seinen Tarnmantel über. Das war das Zeichen für die Reiter, sofort im wilden Galopp davonzusprengen.

Für einen Moment wusste ich nicht, was ich machen sollte. Wichtig war, dass wir diesen Verräter unschädlich machten, bevor er unsere Verteidigungspläne den Feinden übermitteln konnte. Ich hatte meine Augen noch nicht ganz geöffnet, als Hamron auch schon neben meinem Bett stand. Kurz und sachlich berichtete ich ihm, was ich in Erfahrung gebracht hatte. Er nickte und bat mich, Yinzu sofort zu warnen.

Ich fand mich auf einer Wiese wieder. Unsere kleine Truppe kam mir entgegen. An ihrer Spitze ritt Yinzu, neben ihm Uratur. Ihnen folgten die Packpferde, die jeweils von zwei der Frauen flankiert wurden. Drei der Männer bildeten die Nachhut. Ich nahm an, dass Yinzu die restlichen Männer als Spähtrupp ausgesandt hatte. Die Reiter wunderten sich, dass ich plötzlich vor ihnen auf dem Weg stand. Die Frauen wollten mich begrüßen, doch Uratur gab ihnen ein Zeichen, auf den Pferden zu bleiben. Er selbst war hinter Yinzu zurückgeblieben, dem es mit Mühe gelang, Frühlingswind zu beruhigen. „Ich bin hier, um euch zu warnen. Der Feind hat davon Kenntnis, dass Waffen auf dem Weg ins Dorf sind. Hamron und ich befürchten, dein Trupp könnte in einen Hinterhalt gelangen." Mein Bruder überlegte kurz. „Es ist egal, welchen Weg wir wählen. Sie werden uns überall abfangen können, wenn sie es wollen." Wir vereinbarten, dass er uns, sollte es zum Kampf kommen, mit dem Signalhorn benachrichtigen würde. Dann erzählte ich ihm, was ich über Alltara in Erfahrung gebracht hatte. Yinzu meinte, ich müsse mich auf ein magisches Duell einstellen. Er glaube zwar nicht, dass der Alte über ein hohes Maß an Wissen verfüge, aber er könne sich irren. Die Tatsache, dass er einen Troll dazu bewegen könne, aus den Bergen herabzusteigen, um das Dorf anzugreifen, mache aus ihm einen gefährlichen Gegner. Yinzu gab mir noch einige Tipps, die wir von Meister Zorralf für solche magischen Auseinandersetzungen erhalten hatten. Natürlich hatte ich die schon wieder vergessen, deshalb war ich meinem Bruder sehr dankbar dafür. Dann gab er den anderen das Zeichen weiterzureiten. Alle grüßten mich, ich sah dem kleinen Trupp hinterher und erwachte, als gerade die Lampen in meinem Zimmer entzündet wurden.

Ich bat Hamron, mir zu helfen. Ich wollte beim Abendessen mit am Tisch sitzen, doch er weigerte sich. Mein Körper sei noch zu anfällig. Wenn es tatsächlich zu einem magischen Duell käme, könnten Verbündete von Alltara mich leicht überwältigen. Er wisse nicht, ob es ihm gelingen würde, mich gegen jede Art von Angriff zu schützen. Bevor ich mich wieder hinlegte, entzündete Hamron Kräutermischungen, die meine nächste Traumreise erleichtern würden. Mein Bruder hatte ein feines Gespür dafür, wann das nötig war. Er hängte auch Bannsprüche auf, die verhindern sollten, dass Wesen aus anderen Welten über mich herfielen, während ich in meinem Astralkörper unterwegs war. Hamron nickte mir noch einmal zu, dann ging er sich zu den anderen und überließ Malltor die Wache in meiner Kammer.

Übergangslos kam der Nebel, im nächsten Augenblick war ich auch schon darin verschwunden. Malltor zuckte zusammen, als er mich neben dem Bett stehen sah, in dem ich gleichzeitig lag und schlief. Er lächelte und versprach dafür zu sorgen, dass mir kein Haar gekrümmt werde. Als ich dankbar nickte, wünschte ich, dieser Mann wäre mein Großvater. Unruhe herrschte im Saal des Rundhauses, als ich eintrat. Alle redeten wild durcheinander. Hamron versuchte, die aufgebrachte Menge zu beruhigen. Alltara saß am Ratstisch und rieb sich die Hände. Es schien ihm zu gefallen, dass er die Menschen gegeneinander aufgebracht hatte. Noch hatte mich niemand gesehen und wenn doch, schenkte man mir keine Beachtung. Ich konzentrierte mich auf meine Körpermitte und ließ all meine Energie in meinen Fuß fließen, als ich hart aufstampfte. Sofort erstarrte jede Bewegung im Saal. Es war, als hätte jemand die Zeit angehalten. Alle drehten den Kopf in meine Richtung. Einige schienen erfreut, mich zu sehen, anderen stand der Schrecken im Gesicht. „Hört mich an! Ich, Aran vom Clan des Roten Drachen, erhebe Anklage! Ich bezichtige Alltara des Hochverrates. Er hat uns an den Fürsten Flatos verraten. Er war es, der den Troll aus den Bergen auf uns gehetzt hat. Dieser alte Mann spielt ein falsches Spiel. Ich weiß nicht, was ihm der Fürst versprochen hat, aber es scheint so wertvoll zu sein, dass er die Sicherheit des Dorfes und unser aller Leben dafür aufs Spiel setzt." Es entstand eine schwere Stille. Alltara saß wie erstarrt auf seinem Platz, sein Blick war hasserfüllt, und er zitterte leicht. Als er seinen Mund öffnete, erklang ein Knurren, das dem des Trolls nicht unähnlich war. Die Menschen wichen vor Schreck zurück und drängten sich in den hinteren Teil des Saales. Auch Hamron war aufgestanden, als sich nun Alltara von seinem Platz erhob. „Narren, ihr Narren, habt ihr wirklich geglaubt, ihr könnt hier so einfach herkommen und dieses Dorf an euch reißen? Was wisst ihr denn schon von den Menschen, die hier leben und die sich hier zuhause fühlen? Wenn ihr längst gegangen seid, müssen sie immer noch dem Fürsten und seiner Familie Tribut zollen. Er hat versprochen, dass dieses Dorf in Frieden leben kann, wenn wir die Dämonen des Roten Drachen davonjagen. Brüder und Schwestern, Söhne und Töchter, steht mit mir zusammen auf und lasst uns diese angeblichen Heilbringer vertreiben! Erst dann werden wir wirklichen Frieden und Freiheit erleben." Er hatte sich auf den Tisch gestützt und begann, seltsame Beschwörungsformeln zu murmeln.

Alltara wuchs. Es breitete sich Panik unter den Dorfbewohnern aus. Wieder knurrte der alte Mann, und als er sich nach vorn beugte, brüllte er so, dass ich kurz die Gestalt des Bergtrolls erkennen konnte. Ich stellte mich zwischen ihn und die verängstigten Menschen und begann, Bannrunen zu singen. Dabei entspannte ich mich und sammelte meine Kräfte in meiner Körpermitte. Ich spürte, wie mich seine magische Kraft packte und zur Seite drücken wollte. Dabei versuchte er, in mich einzudringen wie damals die vier Stürme. Aber ich hatte mein Energiezentrum verschlossen und hielt dem Ansturm stand. Als er eine Pause machte, um Atem zu holen, schleuderte ich Alltara nun meinerseits die gesammelte Energie aus meiner Mitte entgegen und umschloss ihn damit. Er taumelte, als er getroffen wurde. Mit einem Schritt in seine Richtung verstärkte ich den Druck, und auch mein Runengesang wurde kräftiger. Der alte Mann krümmte sich, doch so schnell gab er nicht auf. Plötzlich hatte er seinen Tarnmantel in der Hand und warf ihn über. Für alle anderen war er im selben Augenblick verschwunden, doch ich hatte meine Konzentration so stark auf ihn gerichtet, dass er mir nicht entwischen konnte. Wieder stampfte ich mit meinem Fuß auf den Boden, Alltara begann zu zittern und zu beben, schwankte und stürzte. Aus seinen Händen waren Klauen geworden, aber er begann zu jammern und zu winseln. Misstrauisch fasste ich ihn fester, indem ich weitere Runen sang und sie mit verstärkenden Handbewegungen unterstützte. Nun schrie der alte Mann vor Schmerz auf und flehte um Gnade und um Vergebung. Ich wusste, wenn ich die Umklammerung erst einmal gelöst hatte, konnte ich sie so schnell nicht wieder aufbauen. Deshalb lockerte ich sie nur ein wenig und befahl ihm, sich auf seinen Platz zu setzen. Scheinbar unter großen Schmerzen stand er auf und schleppte sich zu seinem Stuhl. Er zitterte und wirkte schwach und wehrlos, als ich meinen magischen Griff löste. Doch sofort spürte ich, dass ich einen Fehler gemachte hatte. Ein böses Lächeln umspielte seine Mundwinkel. Er machte eine Handbewegung, die mir einen Bannstrahl entgegenschleuderte. Nun konnte ich machen, was ich wollte, keine meiner Beschwörungen würde bei ihm jetzt noch wirken.

Er erholte sich langsam und begann schon wieder zu knurren, als Hamron von hinten an ihn herantrat. Alltara hatte ihn nicht gesehen. Seine Augen weiteten sich, als mein Bruder ihm die Kehle durchschnitt. Er riss den Mund auf zu einem stummen Schrei. Doch es war nur ein kurzes gurgelndes Röcheln zu hören. Im selben Moment begann ein dunkler stinkender Blutstrahl, aus der Wunde und seinem Mund hervorzusprudeln. Alltara hatte es aus dem Stuhl gerissen, er drehte sich wild um sich selbst, sein Blut im Saal verspritzend. Er wollte sich mit letzter Kraft auf meinen Bruder stürzen, doch als der sterbende alte Mann ihm zu nahe kam, rammte Hamron ihm den Dolch tief in sein böses Herz. Zuckend fiel er zu Boden und blieb dort endlich bewegungslos liegen.

Alle im Saal waren erstarrt. Allein die Flammen in der Feuerstelle loderten und bewiesen, dass die Zeit weiterlief. Hamron war es, der sich als erster aus dieser Starre löste. Ohne zu zögern hob er den Toten auf, schleppte ihn zur Feuerstelle und schleuderte ihn mit einem Schrei in die Flammen. Sofort erfasste das Feuer den Körper und hüllte ihn ein. Da setzte sich Alltara noch einmal auf, sein ausgestreckter Arm deutete auf mich. Doch dann verbrannte die unheimliche Gestalt, bevor etwas geschah.

Einige der Frauen und der Kinder weinten. Ich klatschte in die Hände, und alle Blicke richteten sich auf mich. Mit halbgeschlossenen Augen begann ich mit einem beruhigenden Runengesang. Das zeigte schnell Wirkung, die Frauen und Kinder hörten mit dem Weinen auf, die Männer kamen wieder zu sich. Langsam sprach Hamron auf sie ein. Mein Bruder versuchte zu erklären, was eben geschehen war.

Ich hörte nicht hin, denn eine fremde Kraft zog mich zurück in meinen Körper, ohne dass ich mich dagegen wehren konnte. Als ich meine Augen öffnete, blickte mich Malltor sorgenvoll an. Erst als ich ihm zulächelte, entspannte er sich ein wenig. Nachdem ich etwas Kräutertee getrunken hatte, fragte ich, was ihn so beunruhige. Er erzählte, er habe Schreie und ein Brüllen gehört. Im selben Moment habe mein Körper sich plötzlich unter unsichtbaren Schlägen zusammengekrümmt und sei auf dem Lager hin und her geschleudert worden. Als Malltor versuchte, mich festzuhalten, hatte ich angefangen, über dem Bett zu schweben. Als dann wieder die Schreie erklangen, wurde es ihm so unheimlich, dass er mich weckte. Ich bedankte mich bei ihm für so viel Fürsorge und erklärte dem alten Krieger, dass er die Auswirkungen des magischen Duells mit Alltara beobachtet hatte. Verwundert schüttelte er den Kopf. „Diesem alten Mann habe ich sowieso nie getraut. Er vermied es, mir in die Augen zu sehen."

Ich erwachte erst am späten Nachmittag des nächsten Tages. Vorsichtig setzte ich mich auf. Nachdem mir das gelungen war, wurde ich mutiger und stieg aus dem Bett. Nach mehreren vergeblichen Versuchen, mich anzuziehen, gab ich allerdings auf und wartete, bis jemand mir zur Hilfe kam. Malltor lachte, als er mich fast nackt im Zimmer stehen sah. „Na, Jungchen, wollen wir einen kleinen Ausflug machen?" Ich nickte, und er half mir beim Ankleiden. „Es ist gut, wenn man zeitig an die frische Luft kommt. Dann heilen auch die inneren Verletzungen viel schneller." Ich musste meine Augen schließen, als die Sonne mich blendete. Malltor brachte mich zu einer Holzbank, die an der Seite des Rundhauses stand. Wir ließen uns nieder und genossen schweigend den schönen Tag. Die Sonne war schon ein gutes Stück weitergewandert, als Hamron des Weges kam. Er grüßte uns freundlich und verschwand im Haus, um sofort erstaunt wieder aufzutauchen. „Was, in aller Götter Namen, machst du denn hier?" Schmunzelnd erklärte Malltor, es ginge mir schon viel besser. „Wenn dem nicht so wäre, könnte der junge Mann nicht so herzlich lachen." Er deutete auf mich: Ich musste mir die Seite mit den frisch verheilten Wunden halten vor Lachen. „Nun ja, wenn es dem jungen Herrn schon so gut geht, dann kann ich ihn mir auch gleich hier ansehen. Los, mach dich frei, du Hund von einem Krieger." Mit gespieltem Ärger begann mein Bruder mit der Untersuchung. Als er fertig war, musste er zugeben, dass meine Genesung große Fortschritte machte. Ich fragte ihn, wie die Arbeiten im Dorf vorangingen. Hamron erzählte, er sei hauptsächlich damit beschäftigt, den Menschen die Machenschaften Alltaras zu erklären und ihnen die Angst zu nehmen. Doch er war sich sicher, dass sie bald wieder alle fleißig bei der Arbeit sein würden.

Der Graben machte Schwierigkeiten, weil Buschwerk und Wurzeln die Arbeit behinderten. Doch noch vor Wintereinbruch werde auch dieser Teil des Grabens fertig, kündigte Hamron an. Auch die Beobachtungstürme seien verstärkt worden. Man sei jetzt oben im Turm besser gegen Pfeile geschützt, auch die Leitern seien verschanzt worden. Die Saat sei gut aufgegangen, und wir würden bald ernten können. Alles in allem würden die Vorräte deutlich üppiger als im Winter davor. Hamron und Malltor waren beide der Überzeugung, dass wir in diesem Winter keinen Hunger würden leiden müssen.

Als sich die Sonne dem Horizont näherte, setzte sich Kiratana zu uns. Sie lächelte mir zu und betrachtete mit uns schweigend den Sonnenuntergang. Die Menschen, die an uns vorbei ins Rundhaus gingen, grüßten höflich, ließen uns aber in Ruhe. Plötzlich fragte die kleine Elfe, ob ich schon an Walltaras Grab gewesen sei. Ich zuckte zusammen, diesen Gedanken hatte ich bisher verdrängt. Malltor beruhigte mich, ich sei ja schwer verletzt und noch gar nicht imstande, bis zum See zu laufen. Dort sei ihre Asche beigesetzt worden. Es gab da einen Platz am See, den sie über alles geliebt habe. Alle waren der Meinung, es sei der beste Platz für ihre sterblichen Überreste. „Wo mag sie jetzt nur sein?", fragte Kiratana und blickte wieder in die untergehende Sonne. „Sicher reitet diese Kriegerin an der Seite der Götter auf großen Drachen über den Himmel." Erstaunt, solche Worte aus seinem Mund zu hören, sah ich Malltor fragend an. „Willst du Aran nicht erzählen, was sich auf dem Felsen zugetragen hat, als uns der Troll angriff?" Die Elfe nickte und sah dabei auf ihre Hände. „Nachdem du uns auf dem Felsen postiert hattest, spürte ich, dass etwas uns umkreiste. Walltara versuchte, mir Mut zu machen. Sie sagte, wir bräuchten uns in eurer Gesellschaft nicht zu fürchten. Obwohl es mir nicht viel half, war ich ihr doch dankbar für ihre Worte. Wir hatten unsere Pfeile schon längst aufgelegt, als uns der Troll angriff. Walltara sah ihn zuerst, er tauchte hinter mir auf. Es wäre wohl um mich geschehen gewesen, wenn sie mich nicht beiseite gestoßen hätte. Ihr Pfeil traf ihn nicht richtig. Ich war vom Felsen gestürzt und verlor für kurze Zeit die Orientierung. Ich schwebte gerade wieder nach oben, als ich sah, dass der Troll sie gepackt hatte. Er wollte ihr den Kopf abbeißen, da traf ihn mein Pfeil. Aber auch ich konnte nicht richtig zielen, er hielt Walltara wie einen Schild vor sich. Mein Pfeil streifte seinen Kopf. Dann ließ er von Walltara ab, weil er erkannte, dass ich eine Elfe bin. Walltara nutzte die Gelegenheit, ihn mit ihrem Speer anzugreifen. Er aber tötete sie mit einem Hieb und schleuderte sie in den Nebel hinaus." Kiratana hatte ihr Gesicht in den Händen vergraben und weinte. Tröstend legte ich meinen Arm um sie. „Sie könnte noch am Leben sein, wenn ich besser getroffen hätte. Es ist alles meine Schuld." Sie schluchzte, und es schmerzte in meiner Brust, sie so zu sehen. „Bitte mach dir keine Vorwürfe. Wenn jemand Schuld hat an ihrem Tod, dann ich, denn ich wollte, dass ihr mich begleitet. Ich werde zu ihrem Grab gehen und sie um Vergebung bitten."

    Nach einer traumlosen Nacht erwachte ich früh. Die Sonne war noch nicht aufgegangen, obwohl der Himmel schon in einem hellen, strahlenden Blau leuchtete. Als ob er meine Unruhe geahnt hätte, erschien Hamron, um nach mir zu sehen. Er half mir beim Ankleiden und kicherte, das erinnere ihn an unsere Ausbildung. Damals hatten wir Schwierigkeiten mit dem Anlegen der Kilts. Zusammen verließen wir meine Kammer und setzten uns an den Ratstisch. Nichts erinnerte mehr daran, dass dort ein magischer Kampf stattgefunden hatte. Nur auf den Steinen, auf die Alltaras schwarzes Blut gespritzt war, waren noch Schatten zu sehen. Auf dem Tisch stand schon eine dampfende Suppe. Dazu gab es Brot und Kräutertee. Hamron aß ebenfalls Brot, lehnte aber die Suppe dankend ab. Diese sei nur für mich in einem Extratopf gekocht worden. Sie solle mir helfen, schneller gesund zu werden. Deshalb durfte niemand sonst aus diesem Topf etwas nehmen.

    Nach dem dritten Teller lehnte ich mich mit einem Becher Tee zurück. Hamron war aufgestanden und zur Feuerstelle gegangen. Er deutete auf die dunklen Flecke, die Alltaras Blut hinterlassen hatte. „Was hältst du von dieser ganzen Geschichte?" Darüber hatte ich mir auch schon den Kopf zerbrochen, doch ich war zu keiner Lösung gekommen. „Vielleicht war er gar kein richtiger Mensch, sondern ein Dämon. Das würde erklären, warum er uns so gut täuschen konnte." Ich musste lachen, und Hamron sah mich verwundert an. „Wenn er sich in einem Dämon verwandelt hat, dann aber in einen sehr schlechten. Schließlich habe ich ihn in einem magischen Duell besiegt, obwohl Meister Zorralf von meinen magischen Fähigkeiten wenig gehalten hat." Mein Bruder kam zum Tisch zurück und sah mir in die Augen. „Glaubst du nicht, es könnte sein, dass du besondere Kräfte hast, von denen du nur noch nichts weißt? Warum sonst sollten sie alle so ein Interesse an dir haben, Meister Gantalah und die anderen?" Wieder musste ich lachen. Besondere Kräfte? Ausgerechnet ich? Das erschien mir abwegig.

Ich wollte nicht weiter darüber nachdenken, sondern erhob mich, dankte meinem Bruder für sein Vertrauen in meine Fähigkeiten und machte mich auf zum See. Walltaras Grab fand ich sofort, eine kleine Steinplatte schmückte die Stelle, an der man ihre Urne beigesetzt hatte. Viele frische Blumen schmückten ihr Grab. Ein kleiner Baum würde Schatten spenden, wenn die Sonne erst aufgegangen war. Vorsichtig ließ ich mich nieder und lehnte mich an den noch jungen Stamm. Ich blickte auf den See hinaus und ließ mir die sanfte Brise ins Gesicht wehen, die von den Bergen her über das Wasser kam. Auf Walltara konzentriert, begann ich mit Atemübungen. Sie sollten mir helfen, meinen Kopf von all den vielen wirren Gedanken zu befreien. Zuerst spürte ich nur meinen Atem fließen, doch dann spielte der Wind in meinen Haaren und streichelte mein Gesicht. Plötzlich stieg ein freudig warmes Gefühl in mir auf. Da wusste ich, dass sie da war. Langsam öffnete ich meine Augen, und im Licht der aufgehenden Sonne stand Walltara vor mir. Sie strahlte und lächelte mir zu. Anders als die Geisterkrieger war sie unverletzt und von jugendlicher Schönheit. Sie trug ein wundervolles Kleid, das aus Blüten gemacht zu sein schien. Tränen stiegen in mir auf, sie legte mir einen Finger auf die Lippen. Es kribbelte seltsam. "Gräme dich nicht, Aran. Dich trifft keine Schuld an meinem Tod. Ich freue mich, dass es dir wieder besser geht, wir haben uns große Sorgen um dich gemacht. Normalerweise komme ich nicht hierher, doch du warst so traurig, ich konnte es nicht mit ansehen. Sag allen anderen, es ginge mir gut. Nun werde ich wieder zurückkehren, ich weiß, du hast verstanden. Es grüßt dich deine Großmutter, und sie lässt dir sagen, du dürfest nie vergessen, dass du etwas ganz Besonderes seist." Mit diesen Worten löste sich ihre Gestalt auf.

Ich seufzte und wusste nicht, ob ich nun um sie trauern sollte oder mich freuen durfte, dass sie nur an einem anderen Ort war. Bis zum Mittag blieb ich an ihrem Grab und versuchte, schweigend Abschied zu nehmen. Nachdem ich mir sicher war, dass ich sie loslassen konnte, erhob ich mich und ging zurück ins Dorf. Die Menschen, die mir begegneten, grüßten höflich und hielten Abstand. Den Rest des Tages verbrachte ich mit Atemübungen und dem Vernichten meiner Suppe.

In den nächsten Tagen erholte ich mich zusehends, ich fühlte mich sogar so gut, dass ich mit leichtem Schwerttraining beginnen konnte. Zu meinem Glück hatte mich Hamron von allen Arbeiten im Dorf befreit. Meine Aufgaben teilten sich mein Bruder, Malltor und Kiratana. Das freute Hamron besonders, konnte er doch so öfter mit der jungen Elfe zusammen sein. Eines Abends, wir waren gerade dabei, uns von der Wärme des Sommers am See zu erholen, begann die Luft zu vibrieren. Ich spürte es zuerst, gleich nach mir Kiratana und dann Hamron. Noch bevor jemand etwas sagen konnte, erklang Hamrons Runenhorn: Es war das Feind-im-Anmarsch-Signal. Verwundert sahen wir uns an. Das Horn hing an meines Bruders Gürtel und war nicht berührt worden. Der Runenschwur! Hamron war der erste, der begriff: Einer von uns war in großer Gefahr! Yinzu oder Orphal?

So schnell es ging, eilten wir zum Rundhaus zurück. Wir waren noch nicht ganz angekommen, als ein weiteres Signal erklang. Diesmal war es das Brauche-dringend-Hilfe-Signal. Hamron rief mir zu, ich solle so schnell wie möglich zu Yinzu reisen. Ganz außer Atem legte ich mich hin. Währenddessen stürzte Jamalin in meine Kammer und erzählt aufgeregt, Signale eines Horns seien aus der Kammer erklungen, obwohl niemand darin war. Malltor beruhigte die Frau und mahnte, die Krieger des Drachenclans müssten nun allein sein. Während Hamron die Kräutermischungen entzündete, versuchte ich, meinen Atem zu beruhigen und mich zu konzentrieren. Es dauerte länger als sonst. Einer meiner Freunde war in großer Gefahr, da war es nicht so einfach, die nötige Ruhe zu bewahren.

Plötzlich stand ich auf einer Wiese, und eine Gruppe von Reitern galoppierte an mir vorbei. Ich sah gerade noch, dass es Yinzus Truppe war. Ich spähte in die Richtung, aus der sie gekommen waren, und erkannte ungefähr vierzig bis fünfzig Verfolger. Es würde nicht mehr lange dauern, bis sie Yinzu erreichten. Das Wappen des Fürsten Flatos leuchtete mir von den neuen Uniformen der Reiter entgegen. Mir war sofort klar, dass die Männer es auf unsere Waffen abgesehen hatten. Ich hörte Yinzus Stimme in meinem Kopf. „Halte sie hin, bis ich unsere Verteidigung besser organisieren kann. Das Beste ist, wenn du sie auseinandertreibst." Ich wusste, was er von mir wollte. Mit den schwer beladenen Packtieren konnten unsere Reiter nicht so schnell fliehen, wie die Verfolger des Fürsten zu ihnen aufschlossen. So konzentrierte ich mich auf meine Körpermitte und zog mich dort zusammen. Ich wurde immer kleiner, bis ich fast nicht mehr zu sehen war. Als die Truppe des Fürsten heran war, ließ ich der Energie freien Lauf und schoss empor. Im Nu wurde ich mehr als dreimal so groß und tauchte unvermittelt unter den heranstürmenden Reitern auf. Dazu brüllte ich fürchterlich und versuchte, zu leuchten wie eine Sternschnuppe. Das verfehlte seine Wirkung nicht. Die Pferde vor und neben mir scheuten, warfen ihre Reiter ab und flohen panisch, nach allen Seiten auskeilend. Sechs der Abgeworfenen wurden von den eigenen Leuten getötet, als sie sie einfach überritten. Die anderen saßen bei Kameraden auf. Wenn mir das Gleiche noch einmal gelingen würde, dann war die Reitergruppe so auseinandergerissen, dass Yinzu mit ihnen fertigwerden konnte. Also konzentrierte ich mich auf meinen Bruder und gab ihm zu verstehen, dass ich erfolgreich gewesen war. Er nickte.

Wieder zog ich mich zusammen, dabei überlegte ich, ob ich vielleicht auch die Gestalt eines anderen Wesens annehmen könnte. Das hatte ich zwar noch nie versucht, doch ich wusste von Meister Zorralf, dass es möglich war. Ich rief mir alles ins Gedächtnis, was er mir jemals über diese Art von Traumkörper erzählt hatte. Es ärgerte mich, dass ich so oft im Unterricht nicht aufgepasst hatte. Als ich spürte, dass sich die Reiter näherten, konzentrierte ich mich auf den Drachen, dem ich in der Höhle begegnet war, bevor meine Ausbildung begann. Er war so beeindruckend gewesen, dass ich mich an jedes Detail seiner Erscheinung genau erinnerte.

Ich konnte spüren, wie etwas um mich herum entstand. Es war zwar noch durchsichtiger als ich, doch das sollte reichen. Wieder wuchs ich in Windeseile, und diesmal waren es nicht nur die Pferde, die von wilder Panik erfasst wurden. Auch die Männer wurden fast verrückt vor Angst. Ich schlug mit den Krallen nach den Soldaten und brüllte gar fürchterlich. Wieder fielen einige der Reiter, andere flohen in heilloser Angst. Die mir am nächsten waren, ritten allerdings einfach durch meine Lichtgestalt hindurch, und sie merkten, dass ich ihnen nichts anhaben konnte. Die Mutigeren nahmen sofort wieder die Verfolgung auf. Der Rest folgte schon bald. Ich aber hatte mein Ziel erreicht: Die Gruppe war auseinandergesprengt.

Wieder richtete ich meine Konzentration auf meinen Bruder. Einen Augenaufschlag später galoppierte Yinzu auf mich zu. Nun musste alles ganz schnell gehen. Yinzu befahl den Frauen, die Packpferde zu verstecken, danach sollten sie mit Pfeil und Bogen zurückkommen. Außer meinem Bruder und den Pferden bemerkte niemand, dass ich auch dort war. Ich teilte Yinzu mit, die Reiter kämen weit auseinandergezogen an. Doch die letzte Gruppe, die größte, umfasse noch ungefähr zwanzig Mann. Mein Bruder befahl den Männern, sich mit den Speeren zu bewaffnen. Uratur sollte mit den anderen jene Reiter niedermachen, die trotz der Pfeile nahe herankommen würden. Die sechs Frauen und Yinzu stellten sich neben die Bäume und warteten auf die ersten Reiter. Es waren acht an der Zahl. Als Yinzus Schussbefehl kam, erreichten alle Pfeile ihr Ziel. Doch in der Aufregung hatten zwei der Mädchen auf ein und denselben Reiter angelegt. So kam es, dass noch drei von ihnen durchkamen. Der erste wurde von einem weiteren Pfeil meines Bruders getötet, die anderen beiden starben durch die Speere der Männer.

Die nächste Gruppe, die sich den Bäumen näherte, bestand aus zwölf Reitern. Schon recht früh eröffnete Yinzu den Kampf. Einige Frauen verfehlten mit ihren ersten Pfeilen die weit entfernten Reiter. Während Yinzu einen nach dem anderen aus dem Sattel holte, mussten die Frauen warten, bis die Feinde näher herankamen. Doch dann starben die nächsten vier Mann. Sie töteten noch zwei weitere, dann waren die letzten der Gruppe bei den Bäumen angekommen. Wieder schafften es Uraturs Männer, sie mit ihren Speeren aus dem Sattel zu holen. Yinzu brüllte den Frauen zu, sie sollten mit den Packpferden zum Dorf reiten. Als sie ihn nicht gleich verstanden, deutete er auf die letzte Gruppe der Angreifer. Diesmal würde es nicht so leicht werden. Die Frauen zogen sich zurück, während die Männer sich Pfeile und Bögen griffen, ihre Speere lagen einsatzbereit neben ihnen. So hatten wir es vor langer Zeit gelernt.

Es machte mich fast wahnsinnig, nicht helfen zu können. Zum Beobachter verdammt zu sein ist schlimmer, als gegen eine Übermacht anzutreten. Schon schwirrten wieder die Pfeile, und wieder gelang es Yinzu, mehrere Männer zu töten. Doch es waren zu viele. Am schlimmsten waren die Reiter, die ihre abgeworfenen Kameraden gerettet hatten. Wenn der vordere getroffen wurde, warf der dahinter Sitzende ihn einfach beiseite. So gelangten fast zwanzig Soldaten bis zu uns.

Einige wurden mit den Speeren getötet. Yinzu brüllte, die Männer sollten die Schwerter der Gefallenen an sich nehmen. Immer mehr Feinde kamen und sprangen von ihren Pferden. Der erste wurde von Yinzus Schwerthieb getroffen. Der Mann war tot, bevor er den Boden berührte. Ein Schrei ließ mich herumfahren. Einer unserer Männer war von einer Streitaxt getroffen worden, er kippte gerade zur Seite, als Uratur dem Angreifer seinen Stahl durch die Gedärme trieb. Der verletzte junge Mann blieb blutend am Boden liegen, keiner konnte sich um ihn kümmern. Zwei weitere unserer Männer fielen unter den Schwerthieben der Angreifer. Sie waren noch zu unerfahren, doch sie wehrten sich mit dem Mut der Verzweiflung.

Währenddessen hatten Yinzu und Uratur fünf Soldaten des Fürsten getötet. Trotzdem waren es noch immer zehn, die sich nun gegen uns formierten. Ein Speer traf meinen Bruder an der Schulter und ließ ihn taumeln. Der Angreifer wollte nachsetzen und Yinzu den Rest geben, doch ich warf mich dazwischen und begann, wie wild zu schreien. Erschrocken fuhr er zusammen, um im nächsten Moment wieder auf Yinzu loszustürmen. Doch nun war Uratur zur Stelle, er tötete ihn mit einem einzigen Schwerthieb. Als er sich zu Yinzu umdrehte, wurde er trotz seines Kettenhemdes von mehreren Pfeilen in den Rücken getroffen. Er stellte sich den Angreifern entgegen, um Yinzu zu schützen, der auch von mehreren Pfeilen getroffen worden war, von einem sogar am Kopf. Hätte er keinen Helm aufgehabt, wäre es um ihn geschehen gewesen.

Einer der Angreifer wurde aus vollem Lauf von dem alten Krieger niedergemacht. Aber der nächste trug einen langen Speer, und den trieb er mit Wucht tief in Uraturs Leib. Er taumelte zurück, Blut lief ihm aus dem Mund und den Schaft des Speeres entlang. Der Soldat wollte nachsetzten, doch da spaltete ihm der letzte unserer jungen Krieger mit der Streitaxt den Kopf. Noch zwei weitere tötete er, dann wurde auch er von mehreren Schwerthieben getroffen. Die Opferbereitschaft der beiden Krieger, die des jungen und die des alten, hatten Yinzu die Zeit verschafft, etwas vom Elixier des Roten Drachen zu trinken. Trotz seiner Wunden stürzte er sich nun in die letzte Gruppe von acht Mann. Wie von Sinnen tötete er alle, selbst die fliehenden. Ich hörte ihre Schreie und sah ihr Blut spritzen. Selbst als sich die Jüngsten vor meinen Bruder auf die Knie warfen und um Gnade flehten, schlachtete

Yinzu sie ab. Als keiner der Männer mehr laufen oder kämpfen konnte, wandte sich der Mann, den ich zu kennen glaubte, den Verwundeten zu. Auch ihr Leben beendete er mit seinem Schwert.

    Schwer atmend stand mein Bruder inmitten der Toten. Er blutete. Mehrere Pfeile steckten in seinem Körper. Er streckte sein Schwert zum Himmel und ließ einen Kampfschrei ertönen, der mir einen Schauer durch den Körper trieb, dann suchte er Uratur. Noch immer ragte der lange Schaft des Speeres aus dem Leib des alten Kriegers. Nur mit der Schulter lehnte er an einem Baum, denn auch in seinem Rücken steckten mehrere Pfeile. Sein Atem ging stoßweise, und ich wusste, ihm war nicht mehr zu helfen. Als er mich und Yinzu kommen sah, lachte er und spie dabei Blut. „Zu viel der Ehre, junge Krieger, dass ihr zu meinem Abschied gekommen seid." Yinzu legte sein Schwert beiseite und brach den Schaft des tödlichen Speers kurz über der großen Wunde ab. Danach nahm er Uratur in den Arm. Immer noch lag ein Lächeln auf den Lippen des alten Kriegers. Er sah zu uns auf und nahm Yinzu und mir das Versprechen ab, immer füreinander da zu sein, denn dann seien wir unbesiegbar. Mir stiegen die Tränen in die Augen. Aber Uratur lachte: „Was denkt ihr? Werde ich an der Seite der Götter auf den Drachen durch die Lüfte reiten?" Yinzu wischte ihm das Blut aus dem Gesicht und sagte: „Du hast gut gekämpft und allen deinen Ahnen Ehre gemacht. Die Götter sind sicher stolz auf so große Krieger, wie du einer bist." Der alte Mann wurde von einem Hustenanfall geschüttelt. „Nur den kleinsten Teil meines Lebens war ich ein freier Mann, doch diese Zeit wiegt schwerer als alles andere zusammen. Lebt wohl, meine Söhne, ich sehe Drachen kommen." Nach diesen Worten sank sein Kopf zur Seite, und er war tot.

    Noch einmal wischte Yinzu ihm das Blut aus dem Gesicht, dann ließ er seinen Körper sanft auf den Boden gleiten. „Wir können sie doch nicht einfach hier so liegen lassen. Sie haben sich um unsere Sache verdient gemacht. Ihnen gebührt ein Kriegerbegräbnis, ich will sie hier nicht einfach den Wölfen zum Fraß dalassen." Energisch schüttelte ich meinen Kopf. „Du bist zu schwer verletzt, du kannst jetzt nichts mehr für sie tun. Reite zum Dorf zurück, ich werde dafür sorgen, dass unsere Toten geholt werden und wir ihren sterblichen Überresten die Ehre zukommen lassen, die ihnen gebührt." Yinzu nickte und schleppte sich zu seinem Pferd. Bevor sich mein Bruder in den Sattel schwang, nahm er noch einen Schluck vom Elixier. „Soll ich bei dir bleiben für den Rest des Weges?" Yinzu schüttelte den Kopf. „Nein, es ist nicht mehr weit. Eile zurück und bereite die anderen auf unsere Rückkehr vor."

    Hamron beugte sich über mich. „Wie sieht es aus? Ich konnte nicht alles verstehen, du hast geschrien und getobt, ich dachte schon, ich müsse dich zurückholen." Schweißgebadet setzte ich mich auf und verkündete, die Schlacht sei gewonnen. Hamron packte mich bei den Schultern: „Was ist mit den anderen? Wie geht es Yinzu?" Leise erklärte ich meinem Bruder, dass wir schwere Verluste gehabt hätten. Mit einem Ruck riss Hamron sich zusammen und stand auf. „Wir müssen auf Yinzus Ankunft vorbereitet sein. Los, lieg da nicht so faul rum, du kannst mir helfen." Zittrig erhob ich mich und folgte Hamron nach draußen. Er schlug vor, eine Reitertruppe auszusenden, die sich um die Toten kümmern sollte. Ich nickte. „Was meinst du, kann ich schon wieder reiten?" Erstaunt sah mich mein Bruder an. „Woher soll ich das wissen? Wenn es dich nicht zu sehr schmerzt, dann reite, wohin du willst. Aber sei vorsichtig, deine Narben sind noch frisch."

    Es dauerte noch den ganzen Vormittag, bis vom Turm das Signal erklang, dass sich Reiter näherten. Das wachhabende Mädchen rief uns zu, es sei unsere Truppe. Wir öffneten das Tor, und die völlig erschöpften Pferde trabten ins Dorf. Die Frauen riefen uns zu, die anderen bräuchten unbedingt Hilfe. Schon wollten sie ihre Pferde wieder wenden, als ich ihnen Einhalt gebot. „Ihr braucht nicht mehr zurück, der Kampf ist aus. Wir waren siegreich." Taknela sah mich von ihrem Pferd herunter an. „Du sagst uns nicht alles, was ist passiert?" Ich schüttelte den Kopf und sagte, nur noch Yinzu sei auf dem Weg zurück. Alle anderen seien gefallen. Ein Wehklagen erhob sich unter den Frauen, Wut und Verzweiflung schwangen darin mit. Doch ich wusste, sie hätten es nicht verhindern können, auch wenn sie dort geblieben wären. „Yinzu hat richtig entschieden, als er euch hierher schickte. So konnten die Waffen gerettet werden. Wenn ihr euch selbst geopfert hättet, wäre niemandem gedient. Euer Tag wird kommen, dann könnt ihr es dem Fürsten Flatos heimzuzahlen, dessen könnt ihr sicher sein. Wir werden noch mehr Feinden gegenüberstehen, als uns lieb ist." Mit einem Kampfschrei trieb Taknela ihr erschöpftes Pferd wieder an und galoppierte aus dem Dorf hinaus. Auch die anderen Frauen wandten sich ab, ich konnte es ihnen nicht verdenken.

Wir luden die Waffen ab, es waren gute Klingen darunter, Kurzschwerter und Einhandsäbel. Aber auch einige Dolche und Langschwerter waren dabei. Unruhig wartete ich auf die Rückkehr meines Bruders. Nachdem wir die Waffen im Rundhaus verstaut hatten, war ich zum Turm gegangen und beobachtete von dort das Gelände. Endlich sah ich die zwei Reiter, auf die ich schon so lange gewartet hatte. Taknela kam mit Yinzu zusammen zum Dorf zurück.

Obwohl er sich aufrecht im Sattel hielt, konnte ich die vielen Wunden an seinem Köper genau erkennen. Noch immer steckten viele der Pfeile in seinem Leib. Malltor und Hamron halfen Yinzu beim Absteigen, wir trugen ihn in den großen Saal. Mit einer Zange öffnete Hamron das Kettenhemd. Danach entfernte er vorsichtig sämtliche Kleidung mit einer kleinen, scharfen Sichel. Jamalin verabreichte Yinzu etwas von dem Elixier, und Malltor hatte Kräuter angezündet, deren Rauch ihm nun zugefächelt wurde. Hamron betrachtete genau jede Wunde, um die gefährlichsten zuerst zu versorgen. Das waren ein Schwerthieb, der Yinzu in die Seite getroffen hatte, und mehrere Pfeile. Nachdem ich zweimal beiseitegeschoben wurde, befahl Hamron mir, den Saal zu verlassen. Er wisse meine Hilfe zu schätzen, doch im Augenblick stünde ich nur im Weg herum.

Das Abendessen fand in einem der anderen Häuser statt. Die Sonne war schon untergegangen, als Malltor erschien. Er sah müde und abgekämpft aus, doch er nickte und sagte, dass Schlimmste sei nun überstanden. Zusammen gingen wir ein Stück durch die Dämmerung, und er seufzte schwer. Unvermittelt fragte er, ob Uratur einen ehrenhaften Tod gefunden habe. Ich erzählte dem alten Mann alles. Schweigend hörte er mir zu und gestand dann, er wünsche sich auch solch einen Tod. „Weißt du", fuhr er fort, „als Sklaven besaßen wir nichts, noch nicht einmal das Recht auf einen aufrechten Tod. Wir waren auf Gedeih und Verderb unserem Herrn ausgeliefert, und es gab nichts, was wir dagegen tun konnten. Uratur und ich hatten uns, nachdem ihr uns die Freiheit geschenkt hattet, geschworen, dass wir alles tun würden, um dieses Vertrauen in uns zu rechtfertigen. Ich bin sehr froh, dass es ihm gelungen ist." Er wandte sich ab, damit ich seine Tränen nicht sah. Ich legte meine Hand auf seine Schulter. Dann ließ ich ihn allein, damit er in Ruhe um seinen Freund weinen konnte.

Ich ging zum Rundhaus, um herauszufinden, wie weit Hamron mit seinen Künsten gekommen war. Als ich in den Saal kam, waren Jamalin und Taknela gerade dabei, den Ratstisch zu reinigen. Hamron saß an der Feuerstelle und hatte seine Füße hochgelegt. Er starrte in das glimmende Feuer. Ich nahm mir auch einen Stuhl und setzte mich neben ihn. „Wie geht es Yinzu?" „Dem geht es schon wieder ganz gut. Er hat genauso ein dickes Fell wie du. Ich will gar nicht daran denken, was passiert, wenn ich einmal auf diesem Tisch liegen sollte. Schrecklich die Vorstellung: Du und Yinzu schneidet an mir herum." Verächtlich stieß er die Luft durch die Nase.

„Keine Angst, großer Heiler. So wie ich dich kenne, wirst du dir lieber selbst die Gedärme zusammennähen, als jemanden anderen daran herumfummeln zu lassen." Nun musste mein Bruder lachen.

Wir saßen noch einige Zeit zusammen am Feuer, dann sagte ich, ich müsse ins Bett, weil ich am nächsten Tag unsere toten Krieger holen wolle. Der Vorschlag gefiel Hamron. Er meinte noch, wir sollten die Waffen der gefallenen Soldaten mitbringen. „Waffen kann man nie genug im Haus haben." Als ich mich in meine Kammer zurückziehen wollte, hielt er mich am Arm fest. „Du Narr, was glaubst du, wo ich Yinzu hingelegt habe, damit er sich besser erholen kann? Du wirst die nächsten Nächte mit mir zusammen verbringen. Ich hoffe, es beleidigt dich nicht zu sehr."

Am anderen Morgen sahen Hamron und ich zuerst nach Yinzu. Er schlief tief und fest. „Ein gute Zeichen", erklärte mein Bruder. Es wurde ein sehr stilles Frühstück. Während ich in die traurigen Gesichter sah, musste ich daran denken, dass das erst der Anfang gewesen war. Ich trank noch einen Becher Milch, dann ging ich nach draußen, um nachzusehen, wie weit Malltor mit den Vorbereitungen war. Zu meiner Überraschung saß er schon ungeduldig auf seinem Pferd. Außer dem alten Krieger hatten sich noch ein Junge und eine Frau freiwillig gemeldet, um mit uns die Toten zu bergen. Der Junge, sein Name war Eknata, hatte seinen Vater verloren. Leha, die Frau, trauerte um ihren Mann. Mein Pferd freute sich, dass ich mich mal wieder um ihn kümmerte. Kalter Tod nahm mir meine Abwesenheit nicht übel, konnte er sich so doch ungestört in der Gegend herumtreiben.

Langsam ritten wir davon, dennoch musste ich ständig meine Bauchmuskeln anspannen, damit ich meine frischen Narben nicht zu sehr spürte. Gegen Abend erreichten wir endlich den Platz, an dem der Kampf stattgefunden hatte. Krähen hüpften zwischen den Toten herum und fraßen sich satt. Ein paar Pferde harrten noch bei ihren toten Reitern aus. Waffen ragten aus der Erde, Pfeile und Speere zeigten wie knochige Finger mahnend in den abendlichen Himmel. Als Eknata seinen Vater gefunden hatte, glitt er von seinem Pferd herunter und fiel auf die Knie. Kurz darauf hörte ich einen erstickten Schrei, Leha hatte ihren Mann entdeckt. Ich ritt zu Uratur. Er saß noch immer an den Baum gelehnt. Er sah friedlich aus, die Augen geschlossen, die eine Hand um den Griff seines Schwertes gelegt, die andere um den abgebrochenen Schaft des Speeres, der noch immer in seinem Leib steckte. Ich stieg ab. Kalter Tod spürte genau, was sich abgespielt hatte. Er war unruhig und scharrte nervös mit dem Vorderhuf. Der Geruch des Todes war ihm unangenehm. Mit der Hand gab ich Malltor ein Zeichen, er kam langsam näher, kniete sich neben Uratur und sprach leise in seiner Muttersprache mit ihm. Ich begann, die noch brauchbaren Waffen einzusammeln. Selbst die Pfeile zog ich aus den toten Soldaten heraus.

Die Sonne war untergegangen, als ich alles zusammengetragen hatte, was wir brauchen konnten. Ungefähr zur gleichen Zeit hatten Leha, Eknata und Malltor die Leichen der Unsrigen verschnürt und auf die mitgebrachten Pferde gebunden. Zuletzt verstauten wir die Waffen der Feinde auf ihren Pferden. Obwohl es schon dunkel war, brachen wir auf und zogen schweigend durch die Nacht. Nur hin und wieder wurde die Stille von einem Schluchzen durchbrochen. Wir hatten fünf Männer verloren, wir hatten aber auch mehr als zwanzig Gegner getötet und deren Waffen erbeutet. Jeder der Dorfbewohner konnte nun gut gerüstet dem nächsten Kampf entgegensehen. Allerdings war ich mir nicht sicher, wie die Menschen jetzt reagieren würden. Sie hatten die ersten Toten zu beklagen. Würden sie nichts mehr vom Kämpfen wissen wollen, oder würden sie jetzt nur noch entschlossener für ihre Freiheit eintreten?

Als die Morgendämmerung den Horizont zu färben begann, tauchte das Dorf vor uns auf. Das Tor öffnete sich, und wir ritten bis zum Platz vor dem Rundhaus. Wir stiegen von den Pferden, ich streckte mich, um meine müden Knochen zu beleben. In der Zwischenzeit waren mehrere Dorfbewohner zusammengekommen, um uns zu begrüßen und um sich der Toten anzunehmen. Sie hatten Scheiterhaufen zu Ehren der Gefallenen vorbereitet. Hamron nickte uns kurz zu und versicherte, Yinzu ginge es schon viel besser. Er habe nach mir gefragt. Kiratana nahm mir Kalter Tod ab, er folgte der jungen Elfe erfreut.

Als ich die Kammer betrat, saß Yinzu in meinem Bett und löffelte seine heilende Suppe. Schützend legte Yinzu seinen Arm um den Teller, als er mich kommen sah. „Wenn du schon wieder Witze machen kannst, wirst du nicht ernsthaft verletzt sein." Er lachte verächtlich. „Was heißt hier Witze, das ist reiner Selbstschutz. Wenn ich nicht aufpasse, frisst du mir den Teller leer, bevor ich mich umgesehen habe." Beide lachten wir, was Yinzu aber deutlich schwerer fiel als mir. Ich setzte mich zu ihm ans Bett und berichtete, was ich mitgebracht hatte. „Ohne deine Hilfe hätten wir es nicht geschafft, mein Freund. Wir alle sind dir zu tiefem Dank verpflichtet." Weil ich mir so hilflos vorgekommen war, als der Kampf stattgefunden hatte, tat es gut, diese Worte aus dem Mund meines Bruders zu hören. „Wie war das mit dem Horn?" Yinzu wollte genau wissen, was sich zugetragen hatte, als er das Runenhorn geblasen hatte. So genau wie möglich berichtete ich. „Orphal wird sich bestimmt große Sorgen machen. Er weiß nicht, wo wir sind und was passiert ist. Da er der Traumreise nicht mächtig ist, weiß er nicht, wie es uns geht." Ich antwortete, ich könne Orphal besuchen, um ihm alles zu erklären. „Wenn es ihm möglich ist, dann soll er hierher kommen. Sind erst die Truppen der neuen Verwandtschaft eingetroffen, wird Fürst Flatos nichts mehr daran hindern, uns anzugreifen. Jedes Schwert können wir brauchen." Ich fragte mit ernstem Gesicht, ob er schon vergessen habe, dass Orphal lieber mit der Streitaxt kämpfe. Trotz seiner vielen Verletzungen schaffte es Yinzu, seinen Holzbecher nach mir zu werfen.

Die Luft im Rundhaus war stickig und schmeckte nach kaltem Rauch. Ich war froh, als ich hinaus ins Freie trat. Noch immer standen Menschen auf dem Platz und unterhielten sich. Mir wurden hin und wieder kritische Blicke zugeworfen. Hamron aber beruhigte mich, die Dorfbewohner seien nur besorgt, wir würden bis zum nächsten Kampf nicht rechtzeitig genesen. Ich betete zu den Göttern, dass er mit dieser Auslegung Recht hatte.

Gegen Abend waren die Toten vorbereitet, und wir verabschiedeten uns von ihnen. Etwas abseits von den anderen lag Uratur. Malltor stand am Kopfende der Bahre und hielt die Totenwache für seinen Freund. Ich kniete mich neben den alten Krieger und sprach leise mit ihm. Dabei bedankte ich mich für alles, was er mir gezeigt hatte. Auch wenn es ihm nicht bewusst gewesen war, so hatte ich doch eine Menge über den Festungsbau und die Traumdeutung von ihm gelernt. Dieses Wissen hat mich immer an ihn erinnert, und so hat er einen festen Platz in meinem Herzen. Als ich mich erhob, lächelte mich Malltor an. Obwohl er nichts sagte, wusste ich, dass er froh darüber war, seinen Freund nach Hause geholt zu haben. Leise fragte ich, ob ich ihn bei der Totenwache ablösen solle, doch er schüttelte den Kopf. Ich fühlte mich müde und schwer. Mein Schlaf war tief und traumlos, ich hatte völlig vergessen, zu Orphal zu reisen, um ihm alles zu berichten.

Am nächsten Morgen schüttelte Hamron mich leicht an der Schulter. Ich öffnete meine Augen, und mein Bruder sagte, es sei Zeit aufzustehen, wenn ich nicht zu spät zu der Trauerfeier kommen wolle. Yinzu rief, jemand solle ihm gefälligst beim Anziehen helfen, da er nicht gedenke, diese Menschen durch das große Tor zu den Göttern reiten zu lassen, ohne ihnen vorher die letzte Ehre erwiesen zu haben. Ich wollte gerade zu ihm, als mich Hamrons scharfer Befehl zurückhielt. Yinzu sei noch viel zu schwach, erklärte er, er könne auf keinen Fall aufstehen. Ich nickte und wartete, bis er das Zimmer verlassen hatte. Danach eilte ich zu meinem Bruder, der schon im Bett saß und verzweifelt versuchte, sich mit einer Hand anzuziehen. Meiner Warnung, dass Hamron ziemlich sauer sein würde, schenkte Yinzu keine Beachtung. „Diese Männer haben ihr Leben dafür gegeben, dass wir die Waffen bekommen, die wir brauchen, um uns zu verteidigen. Ich werde nicht hier herumliegen, während sie den Flammen übergeben werden. Du kannst Hamron sagen, ich hätte dich gezwungen, mir zu helfen." Nach mühevollen Anstrengungen gelang es, Yinzu in seinen Kilt zu bekommen. Er schwankte, als ich ihm half aufzustehen. Doch er riss sich zusammen und versuchte zu gehen. „Du könntest etwas von dem Elixier nehmen, dann läufst du sicher alleine." Er schüttelte den Kopf, Schweiß stand ihm auf der Stirn.

Die Bewohner des Dorfes hatten sich schon um die Scheiterhaufen versammelt. Als Yinzu und ich bei ihnen ankamen, brachte man gerade die Toten, die, mit Blumen reich geschmückt, auf ihren Bahren lagen. Die Menschen gaben uns den Weg frei, als sie sahen, dass Yinzu trotz seiner Verletzungen gekommen war. Nachdem die Toten aufgebahrt worden waren, verneigten sich die Menschen vor ihnen. Hamron wollte gerade mit seiner Rede beginnen, als er uns beide sah. Seine Augen verengten sich, aber er sagte nichts. „Freunde, heute werden wir diesen ehrwürdigen Männern die letzte Ehre erweisen. Sie haben ihr Leben gegeben, damit wir leben können. Das Opfer, welches sie brachten, mahnt uns, nicht aufzugeben, auch wenn sehr dunkle Zeiten anbrechen. Es werden nicht die letzten Scheiterhaufen sein. Für eure Freiheit und euer Recht auf Leben haben sich diese Männer geopfert. Dafür werden sie auf Drachen durch die Lüfte reiten, wenn sie erst bei den Göttern weilen." Mit Fackeln wurde das trockene Holz entzündet. Es knackte und knisterte, und als dann auch noch ein leichter Sommerwind in die Flammen fuhr, brannten die Scheiterhaufen lichterloh. Hamron hatte die Hände zum Himmel gestreckt und rief: „Oh, mächtiger Donar, auch wenn diese Männer keine von deinen Kriegern waren, so haben sie gehandelt und sind gestorben, wie es sich für wahre Krieger gehört. Wir bitten dich, nimm sie in deine Reihen auf, damit sie dort vollenden, was sie hier begannen." Als er einen mächtigen Kampfschrei erklingen ließ, fuhr eine starke Windbö in die Flammen. Funken stoben nach allen Seiten, und es kam mir so vor, als ob die Götter ihre Zustimmung gäben.

Taknela kam zu uns, nahm Yinzus Hand und sah ihm in die Augen. Meinem Bruder war es unangenehm, dass ich das mitbekam. Die beiden waren sich anscheinend auf der langen Reise nähergekommen. Yinzu wollte etwas sagen, doch Taknela schüttelte nur den Kopf. Dann hauchte sie ihm einen Kuss auf den Mund und verschwand. Ich grinste ihn an. Er wurde rot, und ich drückte ihm mit verliebten Augen einen Kuss auf die Wange. Dabei seufzte ich herzerweichend. „Du mieser Hund, ich werde dir deine Zähne ausschlagen. Lass los, damit ich dir dein widerliches Grinsen aus dem Gesicht prügeln kann!" Er schwankte gefährlich. Wenn Hamron nicht dazugekommen wäre, wären wir hingeschlagen, so sehr musste ich lachen. Aber Hamron war nicht gerade gut gelaunt, als er uns auffing. Er sah mich genau so böse an wie Yinzu. Er hakte Yinzu unter und ging mit ihm zum Rundhaus zurück.

Schnell machte ich mich davon, um nicht noch mehr Unmut zu erregen. Es zog mich zum Wachturm. Als ich nach oben kletterte, sah mich der wachhabende Junge mit großen Augen an. Lächelnd verkündete ich, ich würde weitermachen. Er könne am Leichenschmaus teilnehmen und sich auf mich berufen. So war ich bis weit in die Nacht hinein allein. Ich sah hinaus und hing meinen Gedanken nach.

Warum musste ich mir nur immer die größten Fettnäpfchen aussuchen, um hineinzuspringen? Ich nahm mir vor, es wieder gut zu machen, indem ich aushielt und über alle wachte. Der Himmel war sternenklar, und hin und wieder zog eine Sternschnuppe über den Mantel der Nacht. Ich vermisste Uratur. Oft hatte er mir Geschichten über die verschiedenen Sternenbilder erzählt, Geschichten aus seiner Heimat.

Plötzlich spürte ich, dass ich nicht mehr allein war: jemand schlich die Leiter empor. Obwohl ich wusste, dass es kein Feind war, legte ich doch die Hand an meinen Schwertgriff. Als die Klappe im Boden geöffnet wurde, erschien Malltors Kopf. Er hatte einen Krug Wasser und etwas zu essen für mich dabei. Dankbar nahm ich es an, und wir beide sahen schweigend hinaus, während ich aß. Als ich fertig war, begann er zu sprechen. „Ich fühle mein Ende nahen, dessen bin ich mir sicher. Ich werde die nächste Schlacht nicht überleben." „Wie kannst du dir dessen so sicher sein?" Er sah er mich an. „Junger Freund, ich habe schon viel erlebt, ich kann mich auf mein Gefühl verlassen. Aber gräme dich nicht, ich bin weder traurig, noch habe ich Angst vor dem Tod. Alles, was ich mir gewünscht habe, ist eingetroffen." Er klopfte mir aufmunternd auf die Schulter. „Dass ich dich treffen durfte, macht mich sehr glücklich. Du bist der Enkelsohn, den ich nie hatte. Ich habe eine neue Heimat gefunden und einen neuen Glauben. Mehr kann ein alter Krieger nicht erwarten. Was meinem Leben noch fehlt, ist der Tod auf dem Schlachtfeld, und auch dann werde ich versuchen, dem Clan und den Göttern Ehre zu machen." „Wenn du im Kampf fällst, dann ist das ein großer Verlust für dieses Dorf, für den Clan und für die Menschen, die dir nahe sind. Es macht mich stolz, dass du mich deinen Enkel nennst. Deshalb sage ich dir aus der Tiefe meines Herzens, dass ich meinen Großvater nicht verlieren möchte. Du sollst den Lebensabend bekommen, den du verdient hast. Das bedeutet für mich, dass du aus den Generationen, die nachkommen, wertvolle Mitglieder des Clans machen wirst. Ich könnte es nicht ertragen, wenn mein Großvater auf dem Feld der Ehre bleiben würde. Das werde ich nicht zulassen, dessen kannst du dir sicher sein." Er umarmte mich und suchte vergeblich nach Worten. Dann nickte er mir zu und verabschiedete sich. Er müsse über einiges nachdenken, und dazu wolle er allein sein. Ich rief ihm hinterher, dass es schön wäre, wenn mich jemand ablösen käme. Doch anscheinend hatte er das nicht mehr gehört, denn die Nacht verging, ohne dass jemand erschien.

Das Morgenrot und der Sonnenaufgang entschädigten mich für die durchwachte Nacht. Unvermittelt wurde die Klappe aufgestoßen, Jamalin erschien und sah mich fragend an. „Wo hast du nur gesteckt, alle haben dich beim Leichenschmaus vermisst. Was machst du hier?" Wieder sah ich in den Sonnenaufgang, dann erklärte ich, ich sei dort besser aufgehoben. Ich wurde nur alle gegen mich aufbringen, weil ich so unsensibel sei. „Oh, du Armer, vergehst in Selbstmitleid!" Sie nahm mich in den Arm. Es tat gut. Ihre Wärme und ihre Nähe ließen mich sonderbar traurig werden. Ich legte meine Arme um ihre Hüften und zog sie noch dichter an mich. Als ich seufzte, lächelte sie und küsste mich. Zuerst ganz zärtlich, dann länger, inniger. Es fiel mir nicht schwer, mich fallen zu lassen, und die Geborgenheit und Wärme zu genießen.

Auf einmal hörte ich jemanden nach mir rufen. Hamron sah von unten zu uns herauf, er hatte die Fäuste in die Hüften gestemmt und versuchte einen vorwurfsvollen Gesichtsausdruck. „Wo hast du die ganze Nacht über gesteckt? Erst bringst du Yinzu fast um, dann verschwindest du, ohne ein Wort zu sagen. Bei Meister Torgal wäre dir das nicht passiert." Ich rief hinunter, ich hätte Wache gehalten. „Ich habe diese verantwortungsvolle Aufgabe übernommen, um dir zu zeigen, dass ich nicht nur an mich denke." Er nickte und meinte, er kenne mich schließlich nicht erst seit gestern. „Auch wenn du kein Fettnäpfchen auslässt, Aran vom Clan des Roten Drachen, so würde ich doch mein Leben niemandem anderen anvertrauen. Und nun komm endlich herunter, wir haben etwas zu besprechen." Jamalin lächelte und sagte, sie übernehme die Wache, bis sie jemand ablösen komme. Ich küsste sie noch mal flüchtig, dann war ich auch schon die Leiter hinunter und eilte hinter Hamron her. Als ich ihn erreichte, grinste er mich breit an. „Du hast wieder einiges vergessen, mein verehrter Bruder." Unsicher sah ich ihn an, denn mir wollte auf Anhieb nicht einfallen, um was es sich dabei handelte. „Wolltest du nicht zu Orphal reisen, um ihm mitzuteilen, warum das Runenhorn sich gemeldet hat? Das ist jetzt schon drei Tage her." Ich ärgerte mich über mich selbst. „Ich werde es gleich nachholen." Mein Bruder winkte ab. „Das brauchst du nicht mehr. Yinzu hat sich auf den Weg gemacht, er ist gerade wieder zurück, und wir wollen zusammen besprechen, was es Neues gibt. Deshalb bin ich losgezogen, um dich zu suchen. Wenn ich unterwegs nicht Malltor getroffen hätte, würde ich sehr wahrscheinlich noch immer auf der Suche nach dir durch das Dorf streifen."

Erfreulicherweise saß Yinzu am Tisch, als wir eintraten. Er grinste mich an, als ich mich bei ihm entschuldigte. „Kaum der Rede wert. Hauptsache du suchst dir das nächste Mal eine bessere Gelegenheit für deine Witze aus, dann können wir vielleicht auch darüber lachen." Gespannt warteten Hamron und ich auf Yinzus Bericht. Doch er löffelte erst in Ruhe seinen Teller heilende Suppe aus. „Orphal geht es gut. Sein Dorf lebt in Frieden, und auch die Nachbardörfer konnten sich seinem Einfluss nicht entziehen. Die Menschen dort sind froh, dass jemand gekommen ist, der die alte Ordnung und den alten Glauben repräsentiert. So wie Orphal nun einmal ist, hat er die besten jungen Männer um sich geschart und angefangen, sie auszubilden, wie es scheint, mit Erfolg. Denn er erklärte sich bereit, mit zwanzig seiner besten Kämpfer sofort aufzubrechen, um zu uns zu eilen. Die Dörfer bleiben trotzdem nicht ohne Schutz zurück. Er ist froh, dass wir alle bei guter Gesundheit sind, er hat uns sehr vermisst und sich oft gefragt, wie es uns wohl gehe. Als das Runenhorn von ganz allein angefangen hat zu tönen, da ist ihm unser Runenschwur wieder eingefallen. Er wusste, einer von uns muss in großer Gefahr sein. Ohne zu wissen wohin, hat er seinen Leuten befohlen, sich zum Abmarsch bereit zu machen. Nachdem ich unsere Situation geschildert hatte, verlangte er nur noch eine genaue Wegbeschreibung. Wenn alles gut geht, dann werden sie in einigen Wochen hier sein. Ich habe ihm versprochen, ihn wieder aufzusuchen, wenn ihr unterrichtet seid und wir uns um seine Route Gedanken gemacht haben." Das waren wirklich erfreuliche Neuigkeiten. „Weißt du mehr über die Kämpfer, die er mitbringt?" Hamron hatte mir die Worte aus dem Mund genommen. Doch Yinzu zuckte nur mit den Schultern. „Nur das, was er mir gesagt hat, und das habe ich euch schon erzählt." Zusammen beugten wir uns über unsere wenigen Karten. Wir mussten sicherstellen, dass Orphal einen möglichst großen Bogen um die von Fürst Flatos kontrollierten Gebiete machte. Der Fürst sollte auf keinen Fall von unserer Verstärkung erfahren. Die beste Route wich nicht allzu weit vom direkten Weg ab, und die Gefahr, von den Männern des Fürsten entdeckt zu werden, war gering, denn sie führte durch unwegsames Gelände. Yinzu machte sich gegen Abend auf, Orphal unseren Plan zu überbringen.

Während Hamron mit den Schwertkampfübungen weitermachte, verschaffte ich mir einen Überblick über die Grabungsarbeiten. Malltor hatte die Aufsicht übernommen. Es war mehr geschafft, als ich erwartet hatte. Der alte Krieger verstand es hervorragend zu organisieren. Er ließ den Baumbestand roden, ohne das Graben zu unterbrechen. Als er mich kommen sah, winkte er mir zu und legte die Hacke beiseite. „Bis zum Wintereinbruch werden wir die Dorfseite zum Wald hin komplett mit einem Graben versehen haben. Dann bleibt nur noch die Seeseite. Die Möglichkeit, dass der Feind aber aus eben jener Richtung angreift, ist meiner Meinung nach sehr gering. Seine Truppen müssten dafür über die Berge kommen. Das ist zu schwierig. Sollten die Heerführer den richtigen Zeitpunkt verpassen, gehen ihre Truppen in Eis und Schnee zugrunde. Deshalb, glaube ich, werden sie aus der Ebene und aus dem Wald kommen. Ich jedenfalls würde es so machen." Ich berichtete ihm von Orphals Ankunft. Er war freudig überrascht.

Nach einiger Zeit kam Hamron mit der Gruppe, die mit dem Schwert trainiert hatte, zum Graben, und wir konnten mit dem Training beginnen. Nachdem Malltor und ich Schwerter und Lanzen ausgegeben hatten, machten wir uns daran, die Gruppe mit langsamen gleichmäßigen Bewegungen auf das Kampftraining einzustimmen. Alle waren schon so weit, dass ich sie mit den Klingen üben lassen konnte. Es ist wichtig, ein Gefühl für die Waffe zu bekommen. Auf mein Kommando hin führten die Jungen und Mädchen Stiche, Schläge und Blocks aus. Mir gefiel es, die ganze Gruppe in fließenden einheitlichen Bewegungen zu sehen. Beim Partnertraining aber wurden wieder Stöcke ausgeteilt. Das war zu jenem Zeitpunkt der Ausbildung noch sicherer. Malltor und ich übten miteinander, wenn wir die Mädchen und Jungen nicht gerade korrigierten. Es war angenehm, mit dem alten Krieger zu üben. Obwohl ihm sein Bein noch zu schaffen machte, bewegte er sich äußerst geschmeidig. Seinen langen Krummsäbel beherrschte er ausgezeichnet, und so manches Mal ließ mich der alte Fuchs in eine Falle laufen. Wenn ich dann versuchte, ihm mit roher Kraft zu begegnen, traf er mich nur noch härter.

Das Essen am Abend schmeckte mir besonders gut. Hamron meinte, dass ich bald wieder ganz hergestellt sei. „Halt dich etwas zurück beim Training, mute dir noch nicht zu viel zu. Nur weil du keine Schmerzen mehr hast, bedeutet das nicht, dass schon wieder alles in Ordnung ist." Als ich abwinkte, bat mein Bruder Malltor, auf mich achtzugeben. „Wir können es uns nicht leisten, dass der Herr im entscheidenden Augenblick gerade nicht auf der Höhe ist."

Die Kunde, Verstärkung befinde sich auf dem Weg, hatte die Stimmung gebessert. Es war schön, am Feuer den Liedern und Geschichten zu lauschen. Die Kinder spielten, es war eine Freude, ihnen zuzusehen. Manche der Frauen nähten, andere kümmerten sich um die Neugeborenen. Malltor und ich blieben noch lange am Feuer sitzen, wir wussten, dass wir die Ruhe genießen mussten, solange es sie gab.

Kapitel 22: Alle für einen

In den nächsten Tagen und Wochen machte mein Schwerttraining gute Fortschritte. Ich begann auch wieder, mich in den waffenlosen Kämpfen zu üben. Und mit Atem- und Konzentrationsübungen unterstützte ich die Heilung meines Körpers. Auch Yinzu befand sich auf dem Weg der Besserung. Er konnte schon wieder alleine laufen und mit mir trainieren. Malltor ermöglichte, dass wir viel Zeit mit dem Training verbringen konnten, indem er die Leitung der Grabungsarbeiten übernahm.

Die Tage wurden kürzer, die Blätter an den Bäumen langsam gelb. Es war nun an der Zeit, dass Orphal und seine Männern eintrafen. Ungeduldig beschlossen Yinzu und ich, unserem Bruder im Traum entgegenzureisen. Der Morgen, an dem wir uns aufmachten, war kühl, und ich roch den Herbst. Die Ernte war eingefahren und hatte unsere neuen Vorratshäuser bis oben hin gefüllt. Das Vieh stand fett auf den Weiden, wir waren alle sehr zufrieden mit dem, was wir in diesem Jahr geschafft hatten, wäre da nicht dieser bedrohliche Schatten des Fürsten Flatos gewesen, der unheilverkündend über uns lag. Hamron hatte vor der Kammer Aufstellung genommen. Obwohl alles friedlich war, ließ es sich unser Bruder nicht nehmen zu wachen, wenn wir im Traum unterwegs waren. Yinzu lächelte mir zu, und wir beide konzentrierten uns auf Orphal.

Plötzlich befanden wir uns in dem Wald, der jenseits der Ebene zu Füßen unseres Dorfes lag. Auf uns kam eine Gruppe Reiter zu, an deren Spitze Orphal ritt. Das Banner des Roten Drachen flatterte an seinem Sattel. Er trug eine neue, gut geschmiedete Rüstung. Seine Männer hatten schwarzes Rüstzeug angelegt, auf ihren Brustpanzern prangte der rote Drache, den wir in der Ausbildung auf unseren Lederharnischen getragen hatten. Yinzu warf mir einen fragenden Blick zu, aber ich zuckte nur mit den Schultern.

Die Späher, die Orphal ausgeschickt hatte, ließen wir passieren, dann traten wir unserem Freund in den Weg. Sofort wurden die Pferde unruhig, die jungen Männer hatten Mühe, sie zu zügeln. Orphal stutzte, dann sprang er von seinem Tier herunter und eilte auf uns zu. „Da seid ihr ja, ihr Söhne göttergleicher Krieger! Endlich sehen wir uns wieder." Er wollte mich umarmen, doch ich wich zurück. Ich wollte nicht, dass seine Leute begriffen, dass wir nicht wirklich anwesend waren. Orphal verstand und kam nicht näher. „Wie weit ist es noch? Ich hoffe, ihr seid auf unser Kommen vorbereitet, denn wir haben Hunger wie eine ganze Armee." Während Yinzu den Weg zu unserem Dorf beschrieb, sah ich mir Orphals Männer genauer an. Alle starrten von ihren Pferden auf uns herunter. Ich registrierte respektvolle Blicke, aber auch ängstliche und herablassende. In diesem Moment fiel mir ein Spruch von Meister Torgal ein: Ein Lehrer bekommt immer die Schüler, die er verdient. Alle Eigenschaften, die Orphal ausmachten, spiegelten sich in seinen Männern wider. Die Späher kehrten zurück. Ich hörte den einen sagen: „Es wird Zeit, dass wir dieses verdammte Dorf endlich erreichen, damit wir den Hilfskriegern des Clans zeigen können, wie man Schlachten schlägt." Der andere lachte leise, als ihre Pferde plötzlich scheuten und sie beinahe abgeworfen hätten. Fluchend versuchten sie, ihre Tiere zu beruhigen. Das Großmaul begann, mich wild zu beschimpfen, weil ich im Wege stand. Langsam drehte ich mich zu ihnen um. Da erkannten sie mein Wappen auf dem Brustpanzer und verstummten. Doch es folgte keine Entschuldigung, sondern nur ein leichtes Nicken mit dem Kopf. Das gefiel mir nicht, und ich sah dem Großmaul tief in die Augen. Er hielt meinem Blick stand und grinste mich frech an. Das war zu viel. Ohne dass ich etwas dagegen hätte tun können, stieg eine Welle heißer Wut in mir hoch. „Schweig, du Hund!" Diese Worte, unterstützt von einer Handbewegung, enthielten so gewaltige Energie, dass die beiden Späher aus dem Sattel geschleudert wurden. Alle Pferde gerieten in Panik und brachen aus. Eines der Tiere galoppierte glatt durch mich hindurch. Verwundert kamen Orphal und Yinzu zu mir herüber. Überall im Wald waren die jungen Männer damit beschäftigt, ihre Pferde zu beruhigen oder sie wieder einzufangen. „Was hast du nun schon wieder angerichtet? Dich kann man auch nicht für einen Augenblick alleine lassen." Yinzu war außer sich, Orphal aber lachte nur. „Er hat sich nicht verändert, seit wir uns das letzte Mal gesehen haben. Sei ihm nicht böse, er wird eine Erklärung dafür haben." Ich nickte. „Für das letzte Stück des Weges rate ich dir, deinen Männern ins Gewissen zu reden, damit es nicht noch mehr Ärger gibt." Nun sah mich Orphal fragend an. Ich aber ließ ohne ein weiteres Wort den Nebel aufsteigen und war kurz darauf zurück in meiner Kammer.

Gleich nach mir öffnete Yinzu die Augen, und Hamron kam zu uns. Ich erzählte den beiden, was sich zugetragen hatte. Hamron war der Meinung, das sei nicht weiter schlimm. Schließlich seien auch wir überheblich gewesen, als wir in der Ausbildung waren. „Diese Männer tragen zwar das Wappen der Auszubildenden, aber das Tal des Clans haben sie nie gesehen. Das gefällt mir alles nicht." Yinzu stimmte mir zu. „Aber es könnte doch sein, dass der Hohe Rat Orphal die Erlaubnis gegeben hat, Kämpfer auszubilden." Ich schüttelte den Kopf. „Ich werde ein Auge auf diese Leute haben. Seid auch ihr wachsam."

In dieser Nacht hatte ich einen wüsten Traum: Ich streifte ziellos durch eine vom Krieg zerstörte Landschaft. Trümmer, Tod und Verwüstung überall, Schlachtfelder, die übersät waren mit Gefallenen. Die Masse der ineinander verflochtenen steifen Leiber erstreckte sich bis zum Horizont. Entsetzt bahnte ich mir einen Weg durch die Leichenberge und suchte nach mir bekannten Gesichtern. Doch ich fand nur namenloses Grauen. Alles Leben schien aus dieser Welt gewichen, noch nicht einmal die Todesvögel waren zu sehen oder zu hören. Raum und Zeit hatten aufgehört zu existieren. Alles kam mir unwirklich vor, als wanderte ich durch einen Gedanken oder ein Bild, wäre da nicht der süßliche Geruch des Todes gewesen. Dieses unendliche Schlachtfeld hatte nichts mit den „Feldern der Ehre" zu tun, die in unseren Liedern besungen wurden, sondern mit der Ernte des Todes. Das Grau der Dämmerung wich dem anbrechenden Tag, als mein Blick sich an einen Wolkenberg heftete, der die aufgehende Sonne verdeckte. Der Wind trieb ihn mir entgegen, und schon bald musste ich meinen Kopf in den Nacken legen, um sein ganzes Ausmaß zu erfassen. Je länger ich ihn betrachtete, desto deutlicher erkannte ich in den Wolken die Form eines Drachen. Blutrot verschluckte die immer gewaltiger werdende Bestie das Licht des neuen Tages, bis sie den ganzen Himmel besetzte. Eine grauenhafte Faszination packte mich, ich konnte den Blick nicht abwenden. In mir keimte die Gewissheit, dass mit diesem Drachen Tod und Verderben aufzogen. Und obwohl eine lähmende Angst von mir Besitz zu ergreifen begann, fühlte ich mich auf sonderbare Weise zu ihm hingezogen. Plötzlich wurde mir bewusst, dass ich mein Schwert in den Händen hielt. Die Klinge berührte den Boden, und es lief Blut an ihr hinunter. Wie aus einer Quelle sprudelte es hervor und schwoll an zu einem Sturzbach, der sich über das riesige Schlachtfeld ergoss. Ich erschrak bis ins Mark. Das Feld der Leiber war einem Meer aus Blut gewichen, welches meinem Schwert entsprang. Während ich auf die Wellen starrte, erkannte ich plötzlich ein Banner, es war das Banner des Roten Drachen, das langsam in all dem Blut versank.

Ich zitterte am ganzen Körper. Was sollte das alles bedeuten? Warum stand ausgerechnet ich in diesem Meer aus Blut? Verzweifelt versuchte ich, den schrecklichen Traum zu beenden, doch ich ahnte, dass ich noch nicht gehen durfte. Da tauchte ein Schiff am Horizont auf. Es steuerte auf mich zu. Am Bug stand eine Gestalt, mit einer Hand auf ihr Schwert gestützt. Mit der anderen Hand winkte sie mir zu. Sie kam mir vertraut und bekannt vor, doch ich konnte nicht erkennen, um wen es sich handelte, das Gesicht war unter der Kapuze eines langen Mantels verborgen. Je näher das Schiff kam, je deutlicher wurde meine Gewissheit, dass die Gestalt eine Entscheidung verlangte. Ich zitterte jetzt so sehr, dass ich mich immer fester an meine Klinge klammerte. Das Blut reichte mir schon bis zu den Knien und ich konnte kaum atmen, so schwer und süß war die Luft. Dann spürte ich, wie etwas mich fortzog.

Nachdem ich schweißgebadet erwacht war, tauchte ich meinen Kopf in kaltes Wasser, um den süßlichen Geruch des Todes zu vertreiben. Dann versuchte ich, meinen Traum zu verstehen. Wofür stand der gewaltige Wolkendrache? Für den Clan des Roten Drachen? Was aber hatte dann das alles zu bedeuten? Krieg war die Bestimmung des Clans, dafür wurden seine Mitglieder ausgebildet. Doch wenn dieser gewaltige Drache für unseren Clan stand, konnte das nur eins bedeuten: Der Clan des Roten Drachen würde furchtbares Leid über das Land bringen! Diese Erkenntnis durchfuhr mich wie ein Blitz. Der Clan und sein Ehrenkodex waren in meinen Augen eine heilige Sache! Die Krieger zogen in die Welt hinaus, um fremden Herren zu dienen. Das war ihre Bestimmung, nicht die Gier nach Macht.

Vor unserer Kammer verkündete Hamron laut: „Vom Turm aus sind uns Reiter gemeldet worden. Das kann nur Orphal sein." Als ich am Tor eintraf, trug ich meinen Kilt, mein Schwert und sogar meinen Helm auf dem Kopf. Erstaunt sah Yinzu mich an. „Bereitest du dich auf einen Kampf vor?" Ich nickte gedankenverloren. Zu sehr beschäftigte mich noch immer der Traum. Jubel brach los, als Orphal mit seinen Kämpfern durch das geöffnete Tor ins Dorf geritten kam. Ich spürte, mein Bruder musste etwas mit diesem Traum zu tun haben. Plötzlich aber verschwanden diese Vorahnungen mit dem Nebel, der vom Morgenwind vertrieben wurde.

Orphal war von seinem Pferd heruntergesprungen und wild schreiend auf uns zugelaufen. Bevor ich etwas sagen oder tun konnte, hatte er mich schon umarmt und hochgehoben. Er drückte mich, dass mir die Luft wegblieb. Doch genauso schnell ließ er mich wieder los und schnappte sich Hamron. Als er ihn wieder auf die Erde stellte und sich Yinzu zuwandte, winkte dieser ab und erinnerte ihn an seine Verletzungen. Doch einige Schläge auf die Schulter konnte er nicht verhindern. Freude übermannte mich, und wir sprangen wie kleine Kinder gemeinsam über den Platz. Orphal sah mich an, so als wolle er etwas sagen, doch dann drückte er mich wieder an sich. Irgendwann musterte ich scharf die Reiter, die noch immer bewegungslos auf ihren Pferden saßen. Einige Augen weiteten sich, als sie mich erkannten, doch niemand sagte ein Wort. Als Orphal einen Befehl brüllte, schwangen sich alle aus dem Sattel und knieten vor uns nieder. Die jungen Männer hatten den Kopf gesenkt und eine Faust auf den Boden, die andere in die Hüfte gestemmt. Ich zählte fünfundzwanzig Kämpfer. Orphal verkündete: „Man hat mir berichtet, was geschehen ist. Natürlich habe ich die Großmäuler sofort bestraft, doch ich habe ihnen gesagt, sie würden von dir noch einmal gemaßregelt. Also los, du kannst dich an ihnen austoben." Er lachte. Ich schüttelte den Kopf und trat vor die jungen Männer. „Erhebt euch, wir sind froh, euch bei uns zu haben. Wie ich meinen Bruder kenne, war seine Bestrafung ausreichend. Ich will für alle hoffen, dass es ihnen eine Lehre gewesen ist."

Hamron befahl den jungen Männern, ihm zu folgen. Wir hatten eine Unterkunft für sie vorbereiten lassen. So waren sie unter sich und verbreiteten unter unseren Dorfbewohnern keine Unruhe. Orphal wollte sich seinen Männern anschließen, ließ sich aber überzeugen, dass er bei uns besser aufgehoben wäre. Zu viel gab es zu erzählen. Also brachten wir seine Sachen in unsere Kammer und machten einen Rundgang durch das Dorf. Wir zeigten Orphal die Verteidigungsanlagen und erkundeten mit unseren Pferden die nähere Umgebung. Als wir zurückkamen, waren schon ein Kalb und ein Schwein geschlachtet worden. Auf dem Platz vor dem Rundhaus sollte zu Ehren unserer Verstärkung ein kleines Fest gefeiert werden. Wie immer hatte Malltor es verstanden, alles perfekt zu organisieren. Er hatte Bänke und Tische nach draußen bringen lassen und ein Feuer entzündet. Überall brannten Fackeln.

Nachdem wir unsere Pferde versorgt hatten, gingen wir zum Festplatz. Am Ratstisch hatten Malltor, Kiratana und auch Taknela Platz genommen. Sie stand den ledigen Frauen vor, seitdem Walltara nicht mehr bei uns war. Orphals Männer staunten nicht schlecht, als sie den schwarzen Krieger und die Elfe sahen. Obwohl sich die jungen Männer zusammenrissen, spürte ich ihre Vorurteile. Deshalb erhob ich mich und hielt meinen Becher in die Höhe. „Freunde, ich möchte euch danken, dass ihr gekommen seid, um an unserer Seite zu kämpfen, obwohl ihr keine Krieger des Drachenclans seid. Alle, die ihr hier seht, haben sich um das Dorf verdient gemacht. Sie genießen unser vollstes Vertrauen und sind wertvolle Mitglieder dieser

Gemeinschaft. Wir werden versuchen, es euch hier so angenehm wie möglich zu machen. Möge Donar dieses Dorf mit seinem Schutz versehen und gedeihen lassen." Alle anderen erhoben sich, und wir tranken. Ich setzte mich und beobachtete die Reaktionen. Da lehnte sich Yinzu zu mir herüber und flüsterte mir ins Ohr, er kenne mich nicht wieder. „Du warst so einfühlsam, ich habe schon geglaubt, du habest zu viel Würzwein getrunken. Dennoch war es dreist hervorzuheben, dass Orphals Männer nicht zum Clan gehören. Du könntest sie damit verstimmt haben." Ohne ihn anzusehen, antwortete ich, dass ich diesen Kämpfern sowieso nicht traute. „Meine innere Stimme sagt mir, wir müssen sehr vorsichtig sein." Orphal erhob sich. „Brüder, ich möchte euch sagen, wie sehr ich mich freue, wieder mit euch vereint zu sein. Ich werde nicht eher ruhen, bis eure Feinde, die natürlich auch die meinen sind, blutend vor uns im Staube liegen. Das schwöre ich bei meinen Ahnen." Er trank aus seinem Becher, und seine Männer brüllten einen Siegesschwur. „Tod den Feinden des Clans, Tod den Feinden von Meister Orphal. Heil dir, Meister Orphal! Heil dir, Herr über Leben und Tod." Zuerst dachte ich, die jungen Männer hätten einen Witz gemacht, doch ein Blick in ihre Augen belehrte mich eines besseren.

    Trotzdem wurde es ein angenehmer Abend. Wir lachten und sangen, hörten und erzählten alte Geschichten. Die Fackeln und das Feuer brannten hoch und hell. Seltsame Schatten tanzten über den Platz, und mir fiel wieder mein Traum ein. Ich beschloss, Yinzu davon zu erzählen.

    Ich hing noch meinen Gedanken nach, als sich einer von Orphals Männern erhob. Er war fast noch ein Knabe, doch er stand da wie ein Mann und stolzer Kämpfer, grüßte den Ratstisch und wartete, bis Ruhe eingekehrt war. Sein langes, helles Haar hatte er zu einem Kriegerknoten zusammengesteckt. Er war nicht übermäßig groß, doch er hatte einen drahtigen Körper. Nachdem auch der letzte schwieg, begann der junge Mann, dessen Name Butar war, zu singen. Es war die Ballade von vier Brüdern, die auszogen, um Abenteuer zu bestehen. Es dauerte einige Zeit, bis ich begriff, dass es unsere Geschichte war. Hatte Butar zuerst noch leise, fast zärtlich gesungen, so wurde seine Stimme gewaltig, als er davon sang, wie wir Orphals Dorf von den Tyrannen des Roten Kreises befreiten. Dieser Knabe hatte eine feste, schöne Stimme, es war ein Genuss ihm zu lauschen.

    In der Stille, die seiner Ballade folgte, knisterte nur das Feuer. Doch als Yinzu, Hamron und ich aufstanden und dem jungen Mann Respekt zollten, hielt es die Bewohner des Dorfes nicht mehr. Tosender Beifall schlug Butar entgegen. Er wurde rot und sah fast flehend zu Orphal herüber. Als dieser ihm zunickte, setzte er sich wieder und trank einen Schluck. „Du hast deine Jungen gut im Griff, das erinnert mich an Meister Torgal." Hamron wollte Orphal lachend auf die Schulter klopfen, als der sich wutentbrannt umwandte. „Diesen Namen will ich nicht mehr hören! Er hat meinen Vater ermordet, deshalb sei er verflucht bis in alle Ewigkeit!" Orphal war aufgesprungen und hatte seinen Stuhl umgeworfen. Ohne ein weiteres Wort stürmte er davon. Kurz darauf erhoben sich seine Kämpfer, grüßten uns höflich und entfernten sich ebenfalls. Entgeistert sah mich Hamron an. „Das kann doch wohl nicht sein Ernst gewesen sein." Yinzu erhob sich und teilte den irritierten Menschen mit, es sei besser, die Feier nun zu beenden.

    Als der Festplatz leer war, erbot sich Malltor aufzuräumen. Hamron war noch immer irritiert. „Sein Vater wurde nicht ermordet, das wisst ihr genauso gut wie ich, er ist in einem fairen Zweikampf besiegt worden. Dieser Kampf sollte die Ehre des Clans wieder herstellen." Nun war es Yinzu, der uns zuflüsterte, er habe eine böse Vorahnung, was Orphal und seine Männer betraf.

    Die Kammer war leer, Orphal war nicht da. Ich fand ihn am Rande der Koppel hinter dem Rundhaus. Als er mich bemerkte, wandte er sich ab. Daher sagte ich erst einmal nichts, sondern stellte mich nur neben ihn. Als wir da zusammen standen und in die Nacht starrten, musste ich an die Totenwache denken, die wir beide am Grabe seines Vaters gehalten hatten. „Wie damals", unterbrach er leise das Schweigen. Dann erzählte er, dass seine Mutter, kurz bevor das Signalhorn ertönte, gestorben sei. Ich legte ihm meine Hand auf die Schulter. „Sie war eine große und ehrenwerte Frau. Solch einen Sohn zu gebären, dazu gehört schon etwas." Er lachte leise. „Du hast es schon immer verstanden, mich in den seltsamsten Situationen wieder aufzurichten. Es wartet eine große Aufgabe auf mich. Meine Mutter hatte in den letzten Jahren Visionen. Sie sah, dass die Menschen in anderen Dörfern Hilfe brauchten. So bin ich hingeritten und habe nach dem Rechten gesehen. Nach nur wenigen Wochen hatten wir neue Bündnisse geschlossen und sie mit Blut besiegelt." Er machte eine Pause, bevor er weitersprach. „Die Nachricht, ein Krieger des Clans sorge in unserem Dorf für Ordnung, verbreitete sich schnell. Bevor ich mich versah, kamen Hilferufe aus allen Teilen unseres Landes. Es waren so viele, ich konnte diese Aufgabe unmöglich allein bewältigen. Da hatte meine Mutter wieder eine ihrer Visionen. Sie sah einen Priester des Clans, der ihr riet, ich solle eine schlagkräftige Truppe aufstellen. Also suchte ich in allen Fürstentümern nach jungen Männern und begann, sie nach bestem Wissen und Gewissen auszubilden. Ich habe ihnen unseren Ehrenkodex beigebracht und sie gelehrt, meine Befehle widerspruchslos auszuführen. Schließlich bin ich ein Krieger des Clans und sie nicht. Im Augenblick jedenfalls noch nicht. Wie dem auch sei, nach eurem Hilferuf bin ich, so schnell es ging, aufgebrochen. Die besten von meinen jungen Kämpfern habe ich mitgebracht." Er erschien mir, wie so oft, verletzlich und nach Hilfe suchend, aber zu stolz, sich zu offenbaren. Dann ging ein Ruck ging durch seinen Körper, und er schüttelte den Anfall von Erreichbarkeit ab. Seine Züge verhärteten sich. „Na los, wollen wir doch mal sehen, wie wir eure Feinde das Fürchten lehren können." Er lachte kurz und verschwand.

    Ich dachte an meinen Traum, dann stieß ich mich mit einem Seufzer vom Gatter ab und ging ins Rundhaus. Als ich unsere Kammer betrat, hatten Yinzu und Hamron schon alles über unsere Verteidigungs- und Kampfbereitschaft erzählt. Nun saß Orphal über der Karte und fuhr mit seinem Dolch unsichtbare Linien entlang. Dazu murmelte er vor sich hin. „Wäre es möglich, uns an deinen Gedanken teilhaben zu lassen?" Hamron sah ihm stirnrunzelnd zu. „Entschuldigt, meine Brüder. Ich bin es nicht gewöhnt, über das zu reden, was noch nicht beschlossen ist. Ich hatte niemanden, mit dem ich mich beraten konnte. Doch nun werde ich euch sagen, was ich von unserer Lage halte: Wenn wir zu lange warten, dann hat Fürst Flatos genug neue Verwandte um sich geschart, um uns das Leben schwer zu machen. Eine offene Feldschlacht ist mit dem, was wir an Truppen und Material zur Verfügung haben, nicht empfehlenswert. Deshalb schlage ich vor, wir machen es wie damals während der Ausbildung im Feld, wisst ihr noch? Als wir unsere Festung hielten: Wir versuchen es mit der Taktik der kleinen Dolchstiche. Das wird sie verunsichern, es wird sie schwächen und uns stärken. Außerdem können unsere jungen Männer, die noch über keinerlei Erfahrung verfügen, eine Menge lernen. Was haltet ihr von meinem Vorschlag?" Ich stimmte zu. Yinzu zögerte. Hamron hielt es für wichtiger, das Lager stärker zu befestigen. „Können wir ja auch machen, zusätzlich. Unser Gegner darf nicht wissen, woran er ist. In seiner Vorstellung muss sich dieses Dorf in eine Festung verwandeln, in der sich eine unberechenbare Streitmacht formiert. Das wird ihn zu Handlungen bewegen, die wir für uns nutzen können. Wenn wir es richtig machen, dürften wir siegreich sein." So beschlossen wir, dass immer einer von uns die Ausbildung der Dorfbewohner beaufsichtigte, einer die Grabungsarbeiten überwachte und zwei mit einer kleinen Truppe hinausritten, um dem Fürsten zu schaden, wann immer es ging. Schon am nächsten Tag wollten wir damit beginnen.

Bis tief in die Nacht erzählten wir der Reihe nach, was wir in unseren Meisterprüfungen erlebt hatten. Staunend hörte Orphal zu. Am Ende stand er auf und grüßte uns. „Ich bin stolz auf euch. Zusammen können wir alles schaffen, was uns die Götter auferlegen." Am meisten beeindruckte Orphal der abgeschlagene Kopf des Bergtrolls, den wir auf dem Dach des Rundhauses aufgepflanzt hatten. Er war nach der Geschichte nach draußen geeilt, um ihn zu betrachten. Seltsamerweise mieden Krähen und Fliegen den Kopf.

Ich erwachte, als die Sonne durch das Fenster schien. Draußen im Saal unterhielt Malltor die Frauen mit lustigen kleinen Geschichten, während sie das Frühstück bereiteten. Der alte Krieger lachte mir zu und entblößte dabei seine weißen Zähne. „Der Tag ist schon lange angebrochen: Wenn unsere Feinde jetzt angegriffen hätten, dann wäre das ein böses Erwachen gewesen." Ich nickte: „Da du schon auf den Beinen bist, wären sie nicht weit gekommen. Du hättest sie schon am Tor zerschmettert, nur deshalb konnte ich so ruhig schlafen." Er lachte herzlich und meinte, ich dürfe einen alten Mann nicht so veralbern, sonst würde er mich noch zum Kampf fordern. In diesem Moment wurde die Tür des Saales aufgestoßen und drei von Orphals Kämpfern traten ein. Sie hatten seinen letzten Satz mitbekommen, stürmten sofort nach vorn und stießen Malltor zu Boden. Dann brüllte einer von ihnen, es sei eine Frechheit, einen Krieger des Drachenclans zu fordern. Kein schwarzer Sklave dürfe das tun! Ich half Malltor auf, der dem Stoß nichts entgegenzusetzen hatte. Der Wortführer grinste mich an und wollte etwas sagen, als ihn meine schallende Ohrfeige traf. Der Schlag war so hart, dass sein Kopf herumgeschleudert wurde und er das Gleichgewicht verlor. Um nicht hinzufallen, stolperte er zurück, seine Kameraden fingen ihn auf. Zornig knurrte ich: „Auf die Knie vor diesem großen Krieger aus dem Süden! Wenn ihr euch nicht demütig entschuldigt, werde ich euch zeigen, dass man meinen Großvater nicht ungestraft beleidigt." Sie waren viel zu erstaunt, um zu reagieren. Als nichts geschah, schleuderte ich sie mit einem gewaltigen Energiestoß zu Boden, dabei hatte ich große Mühe, mich zu kontrollieren.

Mit schmerzverzerrten Gesichtern erhoben sich die jungen Männer. Orphal hatte den Tumult gehört und trat in den Saal. Sofort sanken die vier auf die Knie und senkten ihre Köpfe. Dann klatschte mein Bruder kurz in die Hände, und sie verschwanden nach draußen. Er fragte, was passiert sei. Mit knappen Worten erklärte ich es ihm. Sein Blick wechselte zwischen Malltor und mir, dann entspannten sich seine Züge, er lächelte und legte mir seinen Arm um die Schultern. „Alter Freund, sei mit den Burschen nicht zu streng, schließlich sind sie noch unerfahren, und es dürstet sie nach dem ersten Kampf. Wenn du solch einen Aufstand wegen eines schwarzen Mannes machst, verunsicherst du sie." Ich befreite mich aus seiner Umarmung. „Sag das noch mal", fuhr ich ihn an. „Wenn auch nur einer deiner kleinen Kiltscheißer es wagt, diesen Krieger nochmal zu beleidigen, werde ich ihm mit eigenen Händen das Herz herausreißen und es dir auf deinen Teller schleudern. Ich will für euch alle hoffen, dass ihr das verstanden habt. Noch mal werde ich nicht so gütig mit diesen miesen Hunden umgehen." Sein Blick verfinsterte sich, doch einen Herzschlag später entspannte er sich. „Entschuldige, mein Freund, niemand von meinen Leuten wird den alten Krieger wieder beleidigen. Mein Wort darauf." Er streckte mir die Hand entgegen, ich ergriff sie und sah ihm tief in die Augen. „Ich will eine Entschuldigung vor allen Leuten des Dorfes und vor allem vor deinen Männern." Orphal legte seine Stirn in Falten. „Du verlangst viel von mir. Meine Jungs sind es nicht gewohnt, vor Sklaven ihr Haupt zu neigen." An der Hand zog ich ihn dicht zu mir heran. „Dieser Krieger ist kein Sklave! Er ist von edlem Blut, und wenn du nicht einen Feind mehr haben willst, dann überdenke deine Worte." Seine Muskeln spannten sich, ich spürte seinen inneren Kampf. „Du bist mein Bruder, und ich verdanke dir viel, deshalb werde ich mich dieses eine Mal deinen Forderungen beugen. Doch verlang niemals wieder, dass ich meine Männer derart erniedrige." Dann riss er sich los und stürmte aus dem Saal.

Kampfbereit fuhr ich herum, als sich eine Hand auf meine Schulter legte. Es dauerte einen Moment, bis ich mich entspannen konnte, so sehr hatte ich mich aufgeregt. Yinzu sah mich an und gab mir zu verstehen, dass wir reden müssten. Mit Hamron und Malltor gingen wir in unsere Kammer. Ich schloss die Tür. Hamron sagte, Malltor habe schon erzählt, was sich zugetragen hatte. Bevor er weitersprechen konnte, entschuldigte ich mich bei dem alten Krieger für Orphals Respektlosigkeit. Malltor lächelte und versicherte, er sei stolz auf seinen Enkelsohn. „Wir müssen Einigkeit wahren und dürfen uns nicht gegenseitig zerfleischen." Hamron sah besorgt aus. Ich knurrte: „Wenn wir den Vorurteilen und dem unbegründeten Hass nicht sofort und entschieden entgegenwirken, haben wir keine echten Verbündeten. Denk nur daran, was sie auch über Kiratana sagen und denken – eine Elfe in unseren Reihen!" Ich schwieg, um mich nicht noch mehr in Wut zu reden, doch ich hatte die richtigen Worte gefunden. „Aber Elfen sind auch große Krieger!" Plötzlich sah Hamron hilflos aus. „Was aber niemanden davon abhält, den Schmutz zu glauben, der über Elfen erzählt wird." Ich war immer noch wütend. Yinzu trat zwischen uns und mahnte, es sei das Beste, wenn wir mit Orphal einen Waffenstillstand schließen würden, bis die Meisterprüfung bestanden sei. „Die Schwerter dieser Männer sind wichtig in den Kämpfen, die uns bevorstehen. Wenn sie dir heute ihre Entschuldigung anbieten, wirst du sie gefälligst annehmen. Danach wirst du stillhalten." Er packte mich an den Schultern und sah mir tief in die Augen. Mit einem Seufzer nickte ich. „Aber lass uns ein Auge auf die Kerle haben. Ich will mehr über ihre Pläne und Absichten erfahren." Yinzu erwiderte, wir müssten dann bei Orphal anfangen. Diese Männer seien von ihm trainiert und ausgebildet worden. Doch da stellte sich Hamron zwischen uns. „Moment, liebe Freunde. Wir reden über einen Bruder vom Clan des Roten Drachen. Ich halte es für fragwürdig, ihn zu bespitzeln." Da hatte er nicht ganz unrecht, doch es waren zu viele Zeichen, die auf Sturm standen, als dass wir sie hätten übersehen können. Deshalb beschloss ich, dass es besser wäre, wenn Hamron erst einmal nicht in unsere Pläne eingeweiht würde. Ich flüsterte ihm zu, er brauche sich keine Sorgen zu machen. Wir würden Orphals Ehre nicht aufs Spiel setzen und den Ehrenkodex unseres Clans beachten. Er nickte. „Du weißt, ich vertraue dir, ich bin dein Freund, bitte hintergeh mich nicht. Egal worum es sich handelt, ich will informiert werden."

Als wir alleine waren, bat mich Malltor: „Söhnchen, du darfst für einen alten Mann, wie ich es bin, nicht eure heilige Sache verraten. Lass diese Kindsköpfe einfach in Ruhe. Es ist das Recht der Jugend, uneinsichtig und störrisch zu sein. Das wird sich mit den Jahren geben. Ich habe schon viele Heißsporne kommen und gehen sehen. Es war nicht einer darunter, der zehn Schlachten und zwanzig Jahre später noch genauso gesprochen hätte." Ich erwiderte, wenn ihnen niemand Einhalt gebiete, könnten sie glauben, sie hätten einen Anspruch auf dieses Land und auf alle anderen Länder. „Niemand zuvor ist so für mich eingetreten wie du. Es gibt einen sehr alten Brauch bei uns. Zwei Menschen, sollten sie ihr Blut miteinander vermischen, gehören fortan zu ein und derselben Familie." Ich sagte, dass auch wir solch ein Brauch kennen würden, als er seinen Dolch hervorholte. Er öffnete sein Hemd und sprach mit feierlicher Stimme. „Ich, Malltor Sumalt el Allrakta, Sohn des Tusmar el Allrakta, schwöre bei allen Göttern des Himmels, der Erde und der

Unterwelt, dass dieser Krieger von nun an zu meinem Blut gehört. Es verbindet uns von diesem Augenblick an ein Band, das vor den Göttern geknüpft wurde und das von niemandem getrennt werden kann. Das besiegele ich mit meinem Herzblut." Nach diesen Worten schnitt er sich auf der Seite seines Herzens tief in die Brust. Dunkles Blut lief über seinen drahtigen schwarzen Körper, als er mir die Klinge hinhielt. Ergriffen tat ich es ihm nach. Ich hörte mich sagen: „Ich nehme vor den Göttern diesen Schwur an. Ich bin von diesem Moment an mit Malltor Sumalt el Allrakta, Sohn des Tusmar el Allrakta, verbunden. Er ist mein Großvater, dem ich die gleiche Treue gelobe wie dem Clan des Roten Drachen." Als er mich umarmte und unser Blut sich vermischte, flog eines der kleinen Fenster auf, und ein Sturmwind fuhr herein, der alles in der Kammer durcheinanderwirbelte. Wir aber verspürten keinen Luftzug. „Das ist das Zeichen der Götter, sie erkennen diesen Blutsschwur an." Malltor lächelte und wischte sich mit einer Hand die Tränen aus den Augen.

    Draußen im Saal standen die Menschen zusammen und sprachen leise miteinander. Einige verneigten sich ehrfürchtig vor mir, andere wandten sich ängstlich ab. Als Hamron das Blut sah, fragte er mich, was geschehen sei. Leise erzählte ich meinen Brüdern von dem Blutschwur. Während Hamron meine Wunde versorgte, erschienen immer mehr Dorfbewohner. Es hatte sich herumgesprochen, dass ich die jungen Kämpfer zurechtgewiesen hatte. Zum Schluss trat Orphal an der Spitze seiner Männer in das Rundhaus. Jede Bewegung erstarb, als sich die Truppe vor dem Ratstisch aufbaute. „Großer Aran, Krieger des Roten Drachen", begann einer der Männer. „Wir haben deinen Zorn heraufbeschworen, als wir den Mann beleidigten, den du deinen Großvater nennst. Das war nicht unsere Absicht. Deshalb werden wir dankbar jede Strafe annehmen, die du für uns vorgesehen hast." Nach diesen Worten sanken alle auf die Knie. Nur Orphal blieb stehen und sah erwartungsvoll zu mir herüber. Einen Moment lang konzentrierte ich mich und suchte nach den richtigen Worten. Es lag nun an mir, die Situation zu entschärfen. „Mein Zorn gilt nicht euch, die ihr hierhergekommen seid, um für uns zu kämpfen. Mein Zorn richtet sich gegen die Vorurteile, von denen viele von euch erfüllt sind. Niemand ist aufgrund seiner Hautfarbe besser oder schlechter als andere. Wir, die wir für die Freiheit kämpfen, müssen zusammenhalten. Selbst wenn wir unterschiedlicher Meinung sind, verlange ich von allen Respekt und Vertrauen zueinander. Deshalb werde ich auf eine weitere Bestrafung verzichten und gehe davon aus, dass ihr euch meine Worte zu Herzen nehmt. Erhebt euch, wackere Kämpfer, und lasst uns zusammen frühstücken. Ein schwerer Tag wartet auf uns." Die Männer erhoben sich und grüßten erst mich, dann die anderen Krieger am Ratstisch. Schweigend nahmen alle Platz und begannen zu frühstücken. Orphal lächelte mir zu, als er sich setzte, und Yinzu flüsterte mir anerkennend ins Ohr: „Das war sehr klug von dir. So eine wohl überlegte Rede habe ich von dir nicht erwartet. Du überraschst mich immer wieder."

    Nachdem dem Frühstück erhob ich mich. „Heute beginnen wir mit dem Kampf. Wir werden nicht warten, bis sich eine Armee gegen uns gesammelt hat. Ab heute Morgen werden wir der Stachel im Fleisch des Fürsten Flatos sein. Er soll nicht wissen, wo und wann wir zuschlagen, er soll nur wissen, dass wir es tun werden." Yinzu teilte die Menschen in drei Gruppen mit verschiedenen Aufgaben ein. Zehn der Kämpfer, die mit Orphal gekommen waren, sollten mit ihm und mir losziehen, um unseren ersten Schlag auszuführen. Dabei sollten uns fünfzehn Frauen und Männer des Dorfes unterstützen. Die jungen Männer, die unter Orphals Kommando standen, sahen sich ratlos an. Ihnen war nicht klar, warum weniger als die Hälfte von ihnen losziehen sollte. Deshalb erklärte Yinzu, auch im Dorf sei viel zu tun: Der Graben müsse vor dem Winter fertiggestellt werden. Je höher und stärker die Palisade werde, je tiefer wir den Graben aushöben, je besser könnten wir das Dorf verteidigen. Auch die Ausbildung der Mädchen und Jungen müsse weitergehen. Obwohl ihnen der Unmut deutlich anzusehen war, schwiegen Orphal und seine Männer.

Vor dem Rundhaus erhielten die Frauen und Männer des Dorfes ihre Waffen: Pfeile und Bögen, Speere und Kurzschwerter. Einige der Jüngeren sahen hilflos aus mit der schweren Bewaffnung, die sie zum ersten Mal trugen. Orphals Männer hatten ihre Waffen und Pferde schon vorbereitet, so dass wir sogleich aufbrechen konnten. Kalter Tod wartete ungeduldig am Gatter auf mich. Da es schon kälter wurde und ich nicht wusste, auf welche Gegner wir treffen würden, legte ich ihm seine Panzerdecke über. Die Decke war schwer, aber mein Pferd tat so, als ob es nur einen Sattel trüge. Ich selbst trug das von Malltor reparierte Schuppenpanzerhemd und mein Schwert, aber keine Hellebarde, sie ist nur in Schlachten von großem Wert.

Mit Orphal und mir an der Spitze verließ der Zug das Dorf. Was wir vorhatten, konnte zu dieser Stunde keiner von uns sagen, aber es stand fest, dass wir nicht ohne Beute zurückkehren wollten. Also hatten wir Proviant und Decken, Felle und eine Ausrüstung dabei, die für viele Nächte im Feld ausreichte. Orphal machte den Vorschlag, Straßen und Wege zu beobachten. „Vielleicht bekommen wir die Gelegenheit, deinen Grünschnäbeln zu zeigen, was ein richtiger Kampf ist. Sag ihnen, sie sollen sich zurückhalten, meine Männer wissen, was zu tun ist." Ich antwortete scharf: „Das werden sie nicht tun. Sie müssen Kampferfahrung sammeln. Ich werde mich nicht mit dir streiten. Wir werden gemeinsam den Angriff führen, so wie wir es gelernt haben." Er knurrte etwas, dass ich nicht verstand.

Wir überquerten die Ebene und zogen den ganzen Tag über schweigend am Rande der Wälder entlang, bis uns die Dämmerung die Sicht nahm. Im Schutz der Bäume schlugen wir unser Nachtlager auf. Obwohl ich es mir anders vorgestellt hatte, bildeten sich zwei Gruppen um unser kleines Feuer. Während die Kämpfer meines Bruders Abstand zu uns hielten, rückten die Mädchen und Jungen immer dichter an uns heran, je dunkler es wurde. Orphal warf ihnen verärgerte Blicke zu, er duldete es nicht, dass Untergebene in seiner Nähe waren. Doch bevor er etwas sagen konnte, hatte ich sie schon dichter zu uns herangewinkt. Orphal sah mich wütend an. Ich musste mir etwas einfallen lassen, also sagte ich: „Wenn ihr alle ganz still seid und genau zuhört, dann wird euch der ehrenwerte Orphal, Krieger des Roten Drachen, eine Geschichte erzählen. Von ihm könnt ihr eine Menge lernen. Er war der Stärkste in unserem Zug." Die Augen meines Bruders weiteten sich. Seine Männer aber rückten neugierig näher. Geschmeichelt räusperte er sich und begann die Geschichte seiner Meisterprüfung in leuchtenden Farben zu erzählen. Dicht zusammengedrängt saßen wir um die kleiner werdenden Flammen und lauschten, auch ich, der ich an der Geschichte selbst teilgenommen hatte.

Als Orphals Erzählung zu Ende war, schwiegen die Zuhörer ergriffen. Kurz darauf schlug ich mich in mein Fell und schlief ein. Ich hörte nicht mehr, was die begeisterten Jugendlichen Orphal fragten. Die Wache übernahmen auf meinen Wunsch hin gemischte Gruppen aus Orphals Kämpfern und den Jungen und Mädchen des Dorfes. Es gefiel mir, als Zugführer nicht mehr selbst wachen zu müssen.

Nach einer kurzen Nacht weckte mich Orphal. „Auf, mein Freund. Wir wollen den Göttern Ehre machen und unseren Schwertern Blut zu trinken geben." Dann zischte er einige Befehle, die hektisches Treiben in unserem provisorischen Lager auslösten. Es dauerte nicht lange, und wir saßen wieder auf unseren Pferden und zogen weiter. Den ganzen Tag über ritten wir durch den Wald. Ich erkannte einige Stellen wieder und wusste, dass wir nur wenige Tagesritte vom Palast des Fürsten

Flatos entfernt waren. Während unsere Späher vorausritten, berieten Orphal und ich, wie wir gegen welchen Feind vorgehen wollten. Gegen Mittag kehrten die Späher zurück und meldeten, einige Händler oder Handwerker seien mit Fuhrwerken auf einer der Straßen unterwegs. Es seien keine Soldaten oder Wachen dabei. Ich tauschte einen kurzen Blick mit meinen Bruder. Er nickte, gab seinem Pferd die Hacken zu spüren und rief: „Los, kommt schon. Ich denke, wir können leichte Beute machen."

Unsere Banner flatterten im Wind, als wir den ersten Wagen stoppten. Der Mann und die Frau, die auf dem Kutschbock saßen, trugen edle Kleidung. Ein Blick in das Innere ihres Fuhrwerks verriet uns, dass sie der Schneiderzunft angehörten. Ihnen war nicht viel zu nehmen, außer ein paar Decken und Umhänge. Das Ehepaar sah uns zitternd dabei zu. Mir war klar, dass sie um ihr Leben fürchteten. Ich fragte meinen Bruder, wie viele Goldstücke er dabei habe. Mit großen Augen starrte er mich an und fragte, was das nun wieder solle. „Lass das mal meine Sorge sein, gib mir einfach dein Gold, ich werde es dir später wiedergeben." Mürrisch kramte Orphal in seinen Taschen und holte einen kleinen Beutel hervor, den er mir zuwarf. Nach Gutdünken gab ich den beiden ängstlichen Schneidern einige Münzen und fragte, ob es genug sei. Beide nickten schnell, ohne auch nur einen Blick auf die Münzen geworfen zu haben. Ich musste lachen und wiederholte meine Frage. Als die Frau die Goldstücke nachzählte, wollte sie etwas sagen, doch ihr Mann stieß ihr den Ellenbogen in die Seite. Er bedankte sich überschwänglich und war froh, als wir sie ziehen ließen. Orphal sah mich böse an. „Warum hast du das getan? Wir sind im Krieg, Beute ist normal. Sie können froh sein, dass wir sie am Leben ließen." Ich stimmte ihm zu, gab aber zu bedenken, dass es besser sei, einen guten Eindruck bei Leuten zu hinterlassen, die mit diesem Krieg nichts zu tun hätten. „So haben wir keine neuen Feinde dazubekommen." Das leuchtete auch Orphal ein.

Der zweite Wagen wurde von zwei schmutzigen Männern gelenkt, ihre Haut war rußgeschwärzt. Bei ihnen fanden wir alles, was zu einer Eisenschmiede gehörte. Außerdem waren da noch Waffen, Töpfe und Pfannen. Einer der beiden erklärte, sie seien Waffen- und Werkzeugschmiede und auf dem Weg zum Hofe des Fürsten Flatos. Es gebe dort eine Menge für sie zu tun. Hochzeiten sollten gefeiert werden. Eine der Gesellschaften nehme denselben Weg, erzählte der Schmied bereitwillig. Nachdem auch Orphal den Wagen genau betrachtet hatte, kamen wir zu dem Schluss, dass wir alles gebrauchen konnten. Orphal zog sein Schwert und stieß es dem Schmied direkt ins Herz. Der Mann riss seine Augen weit auf, dann sackte er tot zusammen. Sein Kollege sah zuerst ihn an, dann Orphal. Aber er kam nicht mehr dazu, etwas zu sagen, mein Bruder tötete auch ihn. Vom Pferd aus wischte Orphal seine Klinge an der Kleidung der Schmiede ab. Er steckte sein Schwert wieder ein und sah zu mir herüber. „Was glotzt du mich so vorwurfsvoll an? Wenn die beiden zurückgelaufen wären, dann hätten sie alle gewarnt, die ihnen folgen. So haben wir die Überraschung auf unserer Seite." Ich fand es unnötig, die beiden Männer zu töten. Doch ich musste ihm Recht geben, was den Überraschungseffekt anging. So waren die ersten Toten zwei Schmiede, die mit unserem Kampf eigentlich nichts zu tun gehabt hatten. Sie waren nur zur falschen Zeit am falschen Ort gewesen.

Orphal gab zwei der Mädchen den Befehl, mit dem Wagen in den Wald zu reiten. Dort sollten sie auf uns warten. Die Toten sollten sie in den Straßengraben werfen. Zaghaft stiegen die Mädchen von ihren Pferden herunter, sie hatten wahrscheinlich noch keine Toten in ihrem Leben gesehen. Hilfesuchend sahen sie mich an, doch bevor ich reagieren konnte, hatte Orphal mit einem verächtlichen Pfiff den Wagen geentert und schmiss die beiden Leichen herunter. Er sprang hinterher und durchwühlte noch die Taschen der Unglückseligen, bevor er sie an den Rand der Straße schleifte. „Gewöhnt euch lieber daran, denn das ist es, was ihr in nächster Zeit machen werdet: töten. Jeder, der im Kampf sein Leben lässt, egal ob Freund oder Feind, besitzt vielleicht etwas, was wir gebrauchen können. Also stellt euch nicht so an, sonst könnt ihr nach Hause reiten." Er schwang sich in seinen Sattel und gab den beiden ein Zeichen. Gehorsam taten sie, was ihnen aufgetragen worden war.

    Ich blickte dem Fuhrwerk hinterher, als Orphal zu mir sagte: „Überleg es dir das nächste Mal besser, solche Grünschnäbel mit auf einen Raubzug zu nehmen. Sie sind noch nicht soweit." Mürrisch protestierte ich, sie würden es sonst nie lernen. Er aber lachte schon wieder und schlug mir auf die Schulter. „Nimm es nicht so schwer, mein Freund, sie werden schon nicht daran sterben. Es gibt immer ein erstes Mal. Solange sie sich nicht in den Kilt pissen, ist doch alles in Ordnung." Zwar konnte ich seine gute Laune nicht teilen, musste aber wieder gestehen, dass er Recht hatte.

    Orphal schickte die beiden Späher wieder los. Sie sollten herausfinden, wie groß die Gesellschaft war, die sich auf dem Weg zu uns befand. Wir wollten uns solange im Wald verstecken. Leichenblass saßen die beiden Mädchen noch immer auf dem Kutschbock, als wir sie erreichten. Mit einem großen Wagen ist es unmöglich, durch den Wald zu fahren, ohne deutliche Spuren zu hinterlassen. Also befahl ich, die Pferde auszuspannen und mit allem zu beladen, was sie tragen konnten. Von unseren eigenen vier Packpferden mussten wir noch zwei hinzunehmen, um die ganze Beute aus dem Fuhrwerk der beiden Schmiede mitnehmen zu können. Nach einiger Zeit kehrten die Späher zurück, und wir setzten uns zu einer Lagebesprechung zusammen. Die Hochzeitsgesellschaft fuhr auf vier Wagen, die von ungefähr vierzig schwerbewaffneten Reitern eskortiert wurden. Es handelte sich um große, geschlossene und schwere Fuhrwerke mit offensichtlich reichen Reisenden, die sich uns nur langsam näherten. Kundschafter hatten unsere beiden Späher nicht entdecken können. Die Reiter trugen sowohl Lanzen als auch Schwerter und mit Metallplatten besetzte Lederrüstungen. Orphal fragte, ob es in der Nähe eine Stelle gebe, wo die Straße dicht am Waldrand vorbeiführe. Die Späher bestätigten das und führten uns dorthin. Mir war sofort klar, dass wir unbedingt dort angreifen mussten, wenn wir gegen die Übermacht siegreich sein wollten. Wieder schickten wir die beiden Späher los, sie sollten uns benachrichtigen, wenn sich die Hochzeitsgesellschaft der Kurve näherte, wo wir ihr auflauerten. Ich ließ die Jungen und Mädchen absitzen und hoffte, dass ich ihren direkten Kontakt mit dem Feind lange hinauszögern konnte. Orphal hatte seine Männer auf ihren Pferden hinter den ersten Baumreihen in Stellung gehen lassen. Die Mädchen und Jungen bezogen ihre Stellung vor ihnen. Ihre Pfeile hatten sie vor sich in den Waldboden gesteckt. Erst auf mein Zeichen hin würden sie zur Seite treten und den Reitern und mir den Weg freigeben. Bis dahin sollten sie ihre Pfeile verschießen, egal was passierte. Sie wussten, wohin sie bei gepanzerten Soldaten zielen mussten.

    Es dauerte eine ganze Weile, bis wir sie kommen hörten, zuerst nur die Hufschläge der Pferde, die gemächlich die Straße herunterkamen, dann das Knarren der schweren Wagenräder. Die ersten meiner Kämpfer wurden nervös. Ich stieg ab und sprach leise und beruhigend auf sie ein. Auf keinen Fall sollte einer schießen, bevor ich den Befehl dazu gegeben hatte. Wenn die Pfeile verschossen sein würden, sollten sie auf ihre Pferde steigen und warten, welchen Befehl ich ihnen mit dem Signalhorn gab: „Rückzug antreten" oder „Feind angreifen". Im Stillen hoffte ich, dass es nicht soweit kommen würde. Allesamt waren gute Schützen, und ich war mir sicher, dass sie ihre Ziele genauso gut treffen würden, wie sie es schon seit langem im Training getan hatten.

Langsam kamen die ersten Reiter um die Kurve. Aufmerksam beobachteten sie die Umgebung. In Dreierreihen zogen sie an uns vorbei. Zwölf vor dem ersten Wagen, zwölf dahinter, dann wieder ein Wagen, danach wieder zwölf Reiter. Hinter dem dritten Wagen waren es nur noch vier Reiter. Das letzte Fuhrwerk transportierte Ausrüstung oder Waffen. Die ersten Kutschen waren reich verziert und mit Türen und Fenstern und sogar Fensterläden versehen, von denen einige aufgeklappt waren, um Licht ins Innere zu lassen. Jeweils sechs Pferde waren vor jeden der Wagen gespannt. Schwerfällig zogen sie an uns vorüber. Auf dem Kutschbock der drei großen Wagen saßen je zwei edel gekleidete Diener, hinten standen zwei weitere. Also kamen noch zwölf Bedienstete zu der Eskorte dazu.

Die Sonne stand günstig: niedrig und in unserem Rücken. Auf mein Handzeichen hin spannten die Mädchen und Jungen ihre Bögen, ich ließ ihnen Zeit, ihre Ziele anzuvisieren, tauschte noch einen kurzen Blick mit Orphal, dann war es soweit. Mit einem feinen Zischen lösten sich die Pfeile aus den Sehnen und fanden todbringend ihr Ziel. Als wir die ersten erschreckten Schreie hörten, waren schon die nächsten Pfeile auf dem Weg. Sehr schnell hatten die Soldaten das Wäldchen als unser Versteck ausgemacht. Sie wendeten ihre Pferde, und eine Pfeife blies zum Angriff. Als die ersten Reiter die Straße verließen, um die leichte Anhöhe zu nehmen, die zu den Bäumen hinaufführte, traf schon wieder ein neuer tödlicher Pfeilhagel. Die Schützen trafen wirklich gut, es ging kaum ein Schuss daneben. Doch auch die verletzten Soldaten, die es noch im Sattel hielt, brachen ihren Angriff nicht ab, ein Zeichen dafür, aus welchem Holz sie geschnitzt waren. Zu unserem Glück griffen sie nicht alle an, mindestens die Hälfte von ihnen blieb bei den Wagen. Orphal gab mir ein Zeichen, und ich befahl, das Schießen einzustellen. Als mein Bruder mit seinen Kämpfern aus dem Wald hervorbrach, saßen schon alle Mädchen und Jungen auf ihren Pferden und sahen mir nach, wie ich Orphal folgte.

Kalter Tod war wie entfesselt, er galoppierte den Hang hinunter. Ich brauchte keine Zügel, nur mit dem Druck meiner Schenkel ließ sich mein Pferd in den Kampf führen. Mit gezogenem Schwert ritt ich an den sich heftig verteidigenden Soldaten vorbei auf die Straße. Kurz vor mir hatten Orphal und vier seiner Kämpfer die Kutschen erreicht. Der erste Reiter, der sich mir in den Weg stellte, trug eine lange Lanze und einen großen Schild. Ich schaffte es zwar, mit einem Schwerthieb den Schaft seiner Waffe entzweizuschlagen, doch der Schild schütze ihn. Kalter Tod stieg auf die Hinterhand, seine Vorderhufe trafen den Schild mit so großer Wucht, dass es den Mann aus dem Sattel schleuderte. Sein Pferd suchte sein Heil in der Flucht. In dem Moment, als der Mann sich wieder erheben wollte, zerschmetterte Kalter Tod ihm den Kopf. In meinem Pferd wohnte wirklich der Geist eines großen Kriegers.

Etwas traf mich an der rechten Schulter, ich drehte mich um und bemerkte die Diener, die vom Dach des Wagens herunter in das Kampfgeschehen eingriffen. Anscheinend waren es Leibwächter, denn sie machten keinen verängstigten Eindruck. Der Wagen war so hoch, dass ich den Mann nicht tödlich treffen konnte, deshalb schlug ich mit aller Gewalt zu. Der Hieb trennte ihm den Fuß vom Bein, und er stürzte vornüber vom Wagen. Schreiend wälzte er sich im Dreck. Kalter Tod übernahm den Rest. Nun war die Nachhut heran. Zwei kamen mit gezogenen Schwertern auf uns zu geritten, ein dritter hielt eine Lanze im Arm. Kalter Tod machte zwei gewaltige Sprünge von der Straße. So erweckte er den Anschein, als ob wir fliehen wollten. Die Männer trieben ihre Pferde an, um uns zu verfolgen. Doch Kalter Tod machte eine Kehrtwendung auf der Stelle und überraschte den ersten Soldaten damit vollkommen, er konnte sein Schwert nicht mehr heben. Ich bohrte ihm meine Klinge so tief in den Leib, dass sie aus seinem Rücken wieder hinaustrat. Mit dem Fuß musste ich seinem Pferd einen Tritt versetzen, damit ich mein Schwert aus dem zusammengesunkenen Mann herausziehen konnte. Kalter Tod sprang auf den zweiten Soldaten zu, dessen Schlag misslang und traf statt meiner die Panzerdecke meines Pferdes. Mein Hieb spaltete ihm den Schädel. Doch dem Lanzenreiter hatte ich nichts entgegenzusetzen. Nur meinem Pferd ist es zu verdanken, dass ich seinen Angriff überlebte. Weil Kalter Tod einen Satz zur Seite machte, traf mich die Lanze nicht mit voller Wucht und auch nicht in die Brust, sondern in die Seite. Dennoch war der Treffer so heftig, dass es mich vom Pferd schleuderte. Mein Panzerhemd verhinderte das Schlimmste. Ein paar Mal überschlug ich mich, dann blieb ich liegen. Mein Schwert hielt ich immer noch krampfhaft fest. Ich bekam keine Luft, und meine ganze rechte Seite schmerzte. Doch ich hatte nicht die Zeit, darüber nachzudenken, denn der Lanzenreiter galoppierte wieder auf mich zu, um mir den Rest zu geben. Diesem Angriff konnte ich nur entgehen, weil ich in den Straßengraben rollte. Als der Mann sein Pferd gewendet hatte, um wieder anzugreifen, traf ihn plötzlich eine mächtige Streitaxt. Orphal war mir zur Hilfe gekommen und hatte eine seiner doppelschneidigen Äxte geworfen, um den Soldaten zu stoppen. Er winkte mir kurz zu. Dann setzte er sein Signalhorn an die Lippen und blies zum Angriff.

Das war das Zeichen für die Jungen und Mädchen aus dem Wald. Mit wilden Kampfschreien galoppierte die Gruppe den Hang hinunter und warf sich den überraschten Soldaten entgegen. Die meisten Kämpfe wurden vom Pferd aus geführt, doch ich achtete nicht darauf, sondern rannte auf die Kutsche zu, von der aus ich angegriffen worden war. Es saß nur noch der Kutscher vorn auf dem Bock. Mit lauten Flüchen versuchte er, die Pferde anzutreiben, aber der Wagen war zu schwer, um schnell Fahrt aufzunehmen. Es gelang mir aufzuspringen, und der Kutscher sprang freiwillig schreiend vom Bock. Ich steckte mein Schwert zurück in die Scheide, hielt den Wagen an und sprang ihm hinterher. Im selben Moment wurde die Tür aufgestoßen und ein gutgekleideter Mann in mittleren Jahren trat mir entgegen. Er trug einen langen Dolch in der Hand. Ohne große Schwierigkeiten ließ ich seinen Angriff ins Leere laufen und versetzte ihm einen Stoß, dass er der Länge nach hinfiel. Ich nahm an, er habe damit genug, denn er war offensichtlich kein geübter Kämpfer und keine große Gefahr. Deshalb wollte ich mich dem Wageninneren zuwenden, doch aus den Augenwinkeln bemerkte ich, wie er erneut auf mich losging, den Dolch zum Stoß erhoben. Durch eine schnelle Drehung ließ ich ihn mit voller Wucht in meine Klinge hineinlaufen. Ungläubig sah er mich an, dann brach sein Blick, und er fiel tot auf die Straße.

Nun erklang aus dem Wageninneren großes Geschrei. Im Nu waren mehrere Frauen, die allesamt edel gekleidet waren, auf die Straße gesprungen und hatten sich über den Toten geworfen, während mich einige der noch verbliebenen Soldaten zu Fuß angriffen. Geschickt brachte ich die Gruppe der am Boden kauernden Weiber zwischen mich und die Heranstürmenden. Dem ersten, der auf mich zukam, schlug ich den Kopf ab, den nächsten traf meine Klinge hart an der Schulter, er verlor seinen Arm und stürzte schreiend und blutend auf die Frauen. Als dritter kam ein junger Kämpfer auf mich zu. Sein Schwert war viel zu groß und zu schwer für ihn. In seinen Augen aber las ich Angst und Entschlossenheit zugleich. Er zögerte einen Augenblick zu lang. Er konnte nicht einmal mehr schreien. Er war schon tot, als er den Boden berührte. Der letzte Angreifer war entweder blind oder dämlich, vielleicht auch beides, denn er rannte über seinen gefallenen Kameraden hinweg auf mich zu. Sein Schwert hielt er dabei hoch über den Kopf erhoben. Ich trat einen Schritt zur Seite, und sein Schlag ging ins Leere. Mit einem seitlichen Ausfallschritt trieb ich ihm meine Klinge waagerecht durch den Leib. Ich spürte, wie mein Stahl sein Kettenhemd durchtrennte und tief in sein Fleisch drang. Zitternd und schreiend fiel er zur Seite und hielt sich den geöffneten Bauch. Ich rammte ihm meine Klinge tief ins Herz. Er bäumte sich noch einmal auf, dann war er still.

Die beiden letzten Soldaten der Leibwache stellten sich schützend vor die Frauen, wagten aber keinen Versuch, mich anzugreifen. Mit einem Blick überzeugte ich mich davon, dass wir diese Schlacht für uns entschieden hatten. Ich packte mein Schwert mit beiden Händen und hielt es drohend in ihre Richtung. „Wenn ihr leben wollt, dann lasst die Waffen sinken und ergebt euch! Ich verspreche euch, dann wird euch kein Leid geschehen." Unsicher sahen sich die beiden an, ihr Blick wechselte zwischen mir und den noch immer am Boden hockenden Frauen. Sie hatten aufgehört zu schreien, geschockt vom vielen Blut, das aus der Wunde des Toten über sie und ihre teuren Kleider geflossen war. Unfähig das eben Erlebte als Wirklichkeit hinzunehmen, begannen zwei von ihnen, sich darüber zu unterhalten, ob es wohl möglich wäre, das viele Blut wieder aus den Kleidern zu bekommen oder ob es Flecken gebe. Ich musste mich zwingen, Ruhe zu bewahren, um nun nicht noch mehr Menschen unnötigerweise umzubringen. „Ich warte noch immer auf eure Entscheidung. Wollt ihr leben oder sterben? Es liegt ganz an euch." Langsam senkten die beiden Soldaten ihre Schwerter, als der eine nach vorn geworfen wurde. Aus seinem Rücken ragte eine der großen Streitäxte Orphals. Der Mann berührte noch nicht ganz den Boden, als Orphal mit seiner zweiten Axt dem anderen das Leben nahm. Lachend sah er zu mir herüber. „Immer muss ich dir zu Hilfe kommen. Warum hast du gezögert? Diese beiden waren doch keine Gegner für dich." Ich musste meine Fassungslosigkeit und meinen Zorn herunterschlucken. „Eben darum! Weil sie keine Gegner für mich waren und sich entschlossen hatten aufzugeben, wollte ich sie schonen und gefangennehmen." Wieder lachte er und trat näher an die Frauen heran, die weinend ihre Gesichter verbargen. „Du bist viel zu weich, Aran, das ist dein Fehler. Es waren Kämpfer, die dir bei der nächsten Gelegenheit das Herz herausgerissen hätten. Sie haben nur bekommen, was jeden von uns erwartet, der ein Schwert trägt."

Mit dem Horn blies Orphal das Signal zum Sammeln. Nach und nach kamen die Unsrigen zu der Kutsche der Frauen. Einige führten Gefangene mit sich. Es waren zum größten Teil die Insassen der Wagen, aber auch einige verletzte Soldaten und Diener. Der mittlere der Wagen hatte versucht, über eine Weide zu entkommen. Doch mit seinen großen schweren Rädern war er in der weichen Erde eingesunken und umgekippt. Das hatte einigen der Insassen das Leben gekostet. Orphal ließ alle Gefangenen zusammentreiben, damit wir sehen konnten, wer uns ins Netz gegangen war. Ich interessierte mich allerdings mehr für den letzten Wagen, der offensichtlich Gerätschaften transportierte. Einer von den Jungen saß auf dem Kutschbock und lenkte ihn zu uns herüber. Er strahlte mich an. „Heil, Aran, Heil dir, großer Krieger, wir haben gesiegt." Obwohl mir nicht zum Lachen zumute war, lächelte ich ihm zu. „Ihr habt euch gut geschlagen, nun lass mich sehen, was wir erbeutet haben." Er sprang herunter und eilte zu den anderen, die ihrem Freudentaumel über unseren Sieg nun freien Lauf ließen. Ich sah, wie sie jubelten. Es war ein seltsames Bild: Auf der einen Seite standen die Verletzten und Gefangenen, die einem ungewissen Schicksal entgegensahen. Vor ihnen auf der Straße tanzten Jungen und Mädchen zwischen den noch warmen Körpern der Gefallenen.

Mit einem Ruck öffnete ich die Tür des großen Lastwagens. Sofort schlug mir der Duft von Eisen, Fett und Holz entgegen: Waffen! Das spärliche Licht, das in das Innere des Wagens fiel, ließ mich nicht alles erkennen, doch ich erahnte eine große und sperrige Ladung. Gerade wollte ich sie genauer begutachten, als die Gefangen laut schrien. Ich sprang aus dem Wagen und rannte zurück. Die verletzten und unbewaffneten Soldaten versuchten, die Frauen zu schützen, die von einigen Kämpfern aus Orphals Truppe auf die Füße gezerrt wurden. Als einer sein Schwert heben wollte, trat ich ihn in den Rücken, dass er der Länge nach hinfiel. „Was geht hier vor?" „Nichts weiter, wir wollen uns nur unsere Kriegsbeute holen. Das ist unser Recht." Ich trat Orphals Kämpfer in die Seite, dass er aufschrie und sich zusammenkrümmte. „Hier nimmt sich niemand etwas, ohne mich vorher zu fragen. Keinem dieser Gefangenen wird auch nur ein Haar gekrümmt." Ich wandte mich an unsere Truppe. „Sollte es einer von euch wagen, eine dieser Frauen anzufassen, dann werde ich ihm sein verdammtes Herz herausreißen und es ihm zu fressen geben. Habt ihr Hunde des Krieges das verstanden? Wir teilen unsere Beute, wenn wir im Dorf sind. Vorher wird niemand auch nur schräg angesehen." Grinsend kam Orphal dazu. „Beruhige dich, mein Freund. Niemand will dir deine Beute streitig machen, du kannst den Jungs ruhig etwas Spaß gönnen. Sie haben gut gekämpft und sich eine Belohnung verdient." Ich funkelte ihn an. „Wir haben eine Aufgabe, die wichtiger ist als ein bisschen Spaß. Ich dachte, du seiest noch immer ein Krieger des Clans. Aber wie es scheint, bist du zu einem gewöhnlichen Straßenräuber verkommen, zu einem, der nichts weiß von Ehre und Respekt gegenüber den Besiegten." Sein Lachen war verschwunden, er starrte mich mit großen Augen feindselig an. „Hüte deine Zunge, Aran. Sonst werde ich sie dir herausreißen", flüsterte er. Doch dann verkündete er laut: „Ich denke, hier ist nicht der richtige Ort, um zu streiten. Los, durchsucht sie nach Waffen und Wertgegenständen, alles dort auf einen Haufen." Er deutete auf eine Stelle im Gras. „Keinem wird ein Haar gekrümmt, wie es mein Bruder befohlen hat." Er zog mich am Arm zu dem Lastwagen, in dem die Waffen lagen. Dort drückte er mich mit dem Rücken gegen das Holz. „Was bildest du dir ein? Du bist hier nicht der Großmeister, der mir sagen kann, wie ich meinen Krieg zu führen habe. Beleidige niemals wieder meine Ehre oder meine Stellung als Krieger vor meinen Männern! Sonst vergesse ich, dass wir Brüder desselben Clans sind." Ich wollte etwas erwidern, doch er schnitt mir das Wort ab. „Erzähl mir nichts über Ehre und Respekt. Wir sind im Krieg, und jeder deiner respektierten Gegner würde sich einen Dreck um dich und deine Männer und Frauen kümmern, wenn es umgekehrt wäre. Mein Vorrat an Gutmütigkeit ist aufgebraucht, das nächste Mal werde ich dich auf deinen Platz verweisen." Er ließ mich los. „Auf denselben Platz, den du mir damals vor der Unterkunft zuweisen wolltest?" Er entspannte sich und seufzte. „Ja, eben diesen Platz meine ich." Dann pfiff er durch die Zahnlücke, die er aus unserer Schlägerei damals davongetragen hatte. Er nahm mich in den Arm. „Entschuldige, ich habe es nicht so gemeint. Es ist alles viel schwieriger, seit ich allein bin. Du bist mein Bruder, und daran wird sich nichts ändern." Er drückte mich fest an sich. Sein Zorn war verraucht, und er begann sich über unseren Sieg zu freuen. Als wir zurück zu den anderen gingen, bedankte ich mich dafür, dass er mir das Leben gerettet hatte. Mit einer Handbewegung tat er es ab. „Du hättest das gleiche für mich getan. Außerdem gewinne ich immer, wenn es um die größte Anzahl erledigter Gegner geht. Wie viele waren es bei dir? Sagtest du nicht, es war nur einer?" Nun musste auch ich lachen, und wir traten in den Kreis unserer Kämpferinnen und Kämpfer. Orphal baute sich auf und rief: „Wir waren wieder einmal siegreich. Für einige von euch war es der erste Kampf, und ich muss sagen: Ihr habt euch wacker geschlagen. Zuerst wollte ich euch nicht dabeihaben, aber mein Bruder hat darauf bestanden, zum Glück, wie ich nun erkennen muss. Ohne euch hätten wir es nur mit sehr viel mehr Verlusten geschafft." Er sah in die Gesichter derer, die verletzt waren und befahl einem seiner Kämpfer: „Versorgt sofort die Verwundeten, danach bringt mir eine Liste mit unseren Verlusten." Der junge Mann grüßte und verschwand.

Ich wandte mich der Gruppe der Gefangenen zu, die immer noch zusammengekauert etwas abseits der Straße hockten. Zum größten Teil waren es Frauen, aber auch einige Männer waren darunter: zwei ältere, ein jüngerer und ein Kind. Alle sahen sie vornehm und edel aus. Die beiden alten Männer versuchten, auch in dieser Situation Haltung zu bewahren. Als ich mich ihnen näherte, trat einer von ihnen vor. „Großer Krieger, wie mir scheint, seid Ihr einer der Anführer und ein Mann, dem Ehre nicht fremd ist. Mein Name ist Gondolf Raknar Malltraunens, ich bin der Großvater der Braut, die Ihr auf so unsanfte Weise von ihrer Hochzeit fernhaltet. Ich weiß, wie mit Kriegsbeute umgegangen wird, obgleich mir nicht bewusst war, dass wir uns im Krieg befinden. Ich möchte Euch bitten, die Frauen zu schonen. Wir Männer werden uns unserem Schicksal fügen." Er deutete eine leichte Verbeugung an und trat wieder zurück zu den anderen. Während er sprach, war Orphal dazugekommen. „Was, meinst du, sollen wir mit ihnen machen? Sollen wir sie als Geiseln nehmen? Wir könnten Lösegeld fordern oder den Abzug der Truppen. Der Winter naht, und in den kalten Nächten könnten einige der jungen Hasen mir das Bett wärmen." Er begann zu lachen. Da sprang eine der jüngeren Frauen aus dem Kreis und trat Orphal in den Rücken, dass er einen Schritt nach vorn machen musste, um nicht hinzufallen. „Du räudiger Sohn einer verkommenen Straßenhure! Weder mein Vater noch mein Bräutigam werden ruhen, bis dein stinkender Kadaver am höchsten Baum dieses Landes baumelt, wenn du es wagst, mich anzurühren." Orphal hatte sich langsam umgedreht und sah der jungen Frau interessiert ins Gesicht. „Na, was haben wir den hier? Eine kleine Wildkatze, wie mir scheint." Sie war kleiner als er, trotzdem spukte sie ihm mitten ins Gesicht. Orphal lächelte, doch seine Augen funkelten gefährlich. Mit dem Handrücken schlug er ihr so heftig ins Gesicht, dass sie taumelte. Einer der verletzten Soldaten stürzte sich auf meinen Bruder, doch der wich ihm aus und brachte ihn geschickt zu Fall. „So, schönes Fräulein, seht her, ich werde diesem unglückseligen Mann statt Eurer viel mehr als nur ein Haar krümmen." Er riss den Mann an den Haaren empor, zückte seinen Dolch und schnitt ihm blitzschnell die Kehle durch. Vor Entsetzen schreiend, flüchtete die junge Frau, in die Arme einer älteren, vermutlich ihrer Mutter. „Dankt den Göttern, dass ich so ein weiches Herz habe und es mir schwer fällt, einem Menschen etwas anzutun." Orphal starrte die Gruppe an. „Aran, du hast mir noch immer nicht gesagt, was wir mit ihnen machen wollen. Ich will hier nicht den Einbruch des Winters erleben, also entscheide dich schnell, du edler Krieger." Ich überlegte. „Es ist das Beste, wenn wir sie freilassen." Orphal knurrte, doch ich ließ mich nicht beirren. „Sollten wir einige von ihnen als Geiseln nehmen, dann müssen wir sie bewachen und durchfüttern. Deshalb schlage ich vor, wir lassen sie ziehen. Um die große Schlacht kommen wir sowieso nicht herum." Orphal nickte. „In Ordnung, sie können alle ziehen bis auf die Braut." Zwei der älteren Frauen warfen sich vor die junge Dame. „Herr, alles dürft Ihr tun", flehte die eine. „Nur nehmt mir nicht das Liebste auf der Welt. Ich bitte Euch, zeigt, dass Ihr ein Herz habt." Doch Orphal lachte nur und zerrte die Braut an den Haaren zu uns herüber. „Sagt den alten Hexen, sie sollen das Maul halten, sonst überlege ich es mir noch einmal und schneide euch allen die Kehle durch." Weinend hob die junge Frau die Hände und blickte ihre Mutter flehend an. Ihr Großvater wandte sich an mich: „Ich bitte Euch, achtet darauf, dass ihr kein Leid geschieht." Ich nickte ihm zu.

Wir fingen die Pferde ein und beluden sie mit den Waffen der Gefallenen, mit dem Schmuck, der Kleidung und vielem mehr. Das Beste aber war, dass wir drei große Holzwaffen in dem Lastwagen fanden. Sie sahen aus wie große Bögen, die waagerecht auf einem Gestell befestigt waren. Riesige Holzpfeile wurden auf eine Schiene gelegt und über eine Vorrichtung abgeschossen. Man musste eine Kurbel benutzen, um die daumendicke Sehne zu spannen. Mit diesen Waffen konnten wir auf große Entfernung Reiter und Kampfwagen angreifen.

Auch unsere Toten banden wir auf ihre Pferde, wir hatten insgesamt acht Gefallene zu beklagen: fünf von Orphals Kämpfern und drei aus dem Dorf. Wir würden ihnen einen ehrenvollen Ritt durch das große Tor zu den Göttern bereiten. Die Wagen schoben wir in den Straßengraben, die Leichen der gefallenen Gegner überließen wir den Aasfressern. Noch einmal protestierten die Gefangenen, als wir sie, ohne Pferde und nur mit einem kleinen Dolch ausgestattet, zurückließen. Doch es waren nur drei bis vier Tagesmärsche bis zum Hofe des Fürsten Flatos. Mit etwas Glück würden sie es alle schaffen.

Wir brauchten zwei ganze Tage länger auf dem Weg zurück ins Dorf. Das lag daran, dass unsere Packtiere schwer beladen und die Holzwaffen sperrig waren. Mehr als einmal mussten wir die Skorpione, so heißen die großen Bögen, über Steine oder Vorsprünge heben. Auch die Geisel hielt uns auf. Sie überschüttete uns mit Flüchen und Verwünschungen und beleidigte uns und unseren Clan. Als sie begann, die Götter zu verfluchen, wurde es Orphal zu viel. Den Rest des Weges verbrachte die Königstochter gefesselt und geknebelt auf dem Rücken eines Packpferdes. Eines Abends, als ich ihr etwas zu trinken brachte, weinte sie. Es stellte sich heraus, dass ihr Hintern wundgeritten war. Sie war es nicht gewöhnt, unbequem im Sattel zu sitzen.

Jubel brach aus, als wir stolz mit wehenden Bannern ins Dorf ritten. Meine Brüder und der gute Malltor empfingen uns. Yinzu umarmte mich. Ich freute mich, ihn wiederzusehen und stellte mit Erleichterung fest, dass er fast keine Verbände mehr trug. Auch Hamron nahm mich in den Arm, fragte aber gleich, wo die Verwundeten seien. Nachdem er auch Orphal begrüßt hatte, wurden sie ihm gebracht. Immer noch jubelten die Bewohner des Dorfes, doch es mischte sich auch Trauer darunter, als die Pferde mit den Gefallenen zum Dorfplatz geführt wurden. „Lasst uns der Toten gedenken, nur durch ihren Einsatz konnten wir siegreich zurückkehren." Orphal versuchte die Dorfbewohner zu trösten, während Yinzu die Aufbahrung unserer Toten veranlasste. Dafür mussten sie gewaschen und hergerichtet werden. Sie sollten stattlich gekleidet und mit guten Waffen ausgerüstet sein, wenn sie ihren Ritt durch das große Tor zu den Göttern antraten.

Nachdem die Gefallenen weggebracht worden waren, breiteten wir unser Beutegut auf dem Platz aus, darunter auch die Braut. Sie war immer noch gefesselt und geknebelt und machte einen abwesenden Eindruck, das lange Haar hing ihr in wilden Strähnen vor dem Gesicht, und sie schwankte gefährlich hin und her. Taknela und Jamalin schoben mich empört zur Seite und befreiten das Mädchen von ihren Fesseln. Im selben Moment versagten ihr die Beine und sie brach zusammen. „Schöne Helden seid ihr, das arme Ding hier so leiden zu lassen. Ihr solltet euch schämen!" Wütend hoben die beiden Frauen das bewusstlose Mädchen auf. „Sklaventreiber", zischte Jamalin und versuchte, die Beine der Braut nicht fallenzulassen. Während ich den beiden Frauen und ihrer ungewöhnlichen Last nachsah und mich fragte, ob es klug gewesen war, das Mädchen mitzunehmen, berichtete Orphal den anderen von der Schlacht. Malltor betrachtete in der Zwischenzeit die Skorpione und verkündete mit Stolz, sie würden aus seiner Heimat stammen. „Ich erkenne die Signatur der Hersteller, die hier ins geschichtete Holz graviert ist, und es wird mir eine Ehre sein, Euch große Krieger mit dieser Waffe vertraut zu machen." Wir hatten viele verschiedene Waffen erbeutet: Spieße, Lanzen, Streitäxte und Schwerter. Alle waren durchweg von guter Qualität. Eine große Anzahl Pfeile und gut verarbeiteter Bogen befand sich ebenfalls darunter. Außerdem waren uns noch Felle, Stoffe, Werkzeuge und reichlich Schmuck, Edelsteine und

Goldmünzen in die Hände gefallen. Orphal machte den Vorschlag, mit dem Gold Söldner anzuheuern, doch Yinzu schüttelte den Kopf, und auch Hamron war empört. Es sei seine Meisterprüfung, und er wolle sich lieber die rechte Hand abhacken, als irgendwelche dahergelaufenen Söldner anzuheuern. „War ja nur ein Gedanke", entschuldigte sich Orphal. Alle sahen mich an, als ich lauthals loslachte. „Warum in aller Götter Namen lachst du jetzt? Es scheint, du hast den Verstand in der Schlacht verloren." Hamron schüttelte den Kopf. „Entschuldigt, aber wir selbst sind Söldner, die für Gold Aufträge entgegennehmen und nicht fragen, warum und weshalb. Wieso findet ihr es nun verwerflich, dass wir uns Unterstützung holen? Wenn wir es schaffen, Krieger des Clans hierher zu locken, könnten wir einen Rabatt herausschlagen." Ich musste wieder lachen, und meine Brüder sahen sich ziemlich ratlos an. „Die Idee ist vielleicht doch nicht so schlecht", warf Yinzu ein. Doch Hamron wandte sich ab. „Macht, was ihr wollt, aber glaubt nicht, ich gäbe auch nur eine Münze dazu." Der Schmuck, die Werkzeuge und Waffen, der Stoff und die Felle sollten an die Bewohner des Dorfes verteilt werden, vornehmlich an die, die einen der Ihren verloren hatten.

Als der Mond schon hoch am Himmel stand, kamen meine Brüder, Malltor, Jamalin, Taknela, Kiratana und ich in unserer Kammer zu einem Kriegsrat zusammen. Orphal starrte immer noch mit großen Augen die junge Elfe an, obwohl er sie schon ein paar Mal gesehen hatte. Ich flüsterte ihm ins Ohr, sie fräße ihn, wenn er nicht bald woanders hinsähe. Er sah beunruhigt aus. Yinzu erklärte, jeder Bewohner des Dorfes, der eine Waffe tragen könne, besitze nun auch eine. Hamron berichtete, alle Verletzten seien außer Gefahr und könnten schon bald wieder zu den Waffen greifen. In den Tagen unserer Abwesenheit seien die Grabungsarbeiten gut vorangekommen. Es mache sich bemerkbar, dass nun kräftige junge Kämpfer mit anpackten. Das Waffentraining habe auch Fortschritte gemacht, es sei jedoch zu beklagen, dass Orphals Männer zu roh mit den Schülern umgingen. Orphal zuckte nur mit den Schultern. „Im Feld nimmt auch keiner Rücksicht." Nachdem die Toten dem Feuer übergeben sein würden, wollten Hamron und Yinzu sich aufmachen, den Feind weiter zu verwirren und ihm Schaden zuzufügen. Wir waren uns einig, dass die Taktik der kleinen Dolchstiche ein Erfolg war. Jamalin erhob sich und fragte, was mit unserer Geisel geschehen solle. „Ihr Name ist Rignira", fuhr Jamalin fort, „und sie hat große Angst davor, gefoltert und umgebracht zu werden." Da lachte Orphal laut auf. „Ihr hättet sie auf dem Weg hierher erleben sollen! Sie ist eine Wildkatze, und wenn sie nicht spurt, werde ich sie zu zähmen wissen, und das hat dann nichts mit Folter zu tun, wenn ihr wisst, was ich meine." Sein Lachen brach sofort ab, als er die bösen Blicke der beiden Frauen und seiner Brüder sah. „War nicht so gemeint", entschuldigte er sich leise. „Wir könnten ein hohes Lösegeld für sie fordern, um damit unsere Kriegskasse aufzustocken." Orphals Vorschlag stieß auf wenig Begeisterung. „Wie wäre es, wenn wir sie eintauschten? Im Gegenzug soll sich ihr Vater aus den Kriegshandlungen heraushalten." Leise hatte sich die junge Elfe zu Wort gemeldet. Obwohl sie schon viel selbstsicherer geworden war, hielt sie sich noch immer sehr zurück, wenn fremde Menschen dabei waren. „Es wird nichts dabei herauskommen." Malltor schüttelte den Kopf. „Wenn ihr sie eintauscht, werden ihre neuen Verwandten das Versprechen brechen, dessen könnt ihr sicher sein. Und Gold wird uns nichts mehr nützen, wenn sie erst einmal auf dem Weg hierher sind. Wenn ihr sie tötet, was ich verwerflich fände, würde das den Zorn ihrer Verwandten nur noch mehr anheizen." Empört war Orphal aufgesprungen. „Sollen wir sie etwa laufen lassen, damit sie alles über uns berichten kann? Eher schicke ich sie durch das große Tor zu den Göttern, egal was ihr dann von mir haltet." Malltor winkte ab. „Es gibt noch eine andere Möglichkeit, eine gewagte, das gebe ich zu. Doch sie könnte funktionieren."

Der alte Krieger schmunzelte. „Wenn du deinen Feind nicht besiegen kannst, verbünde dich mit ihm. Wir sollten sie von unserer Sache überzeugen. Sie ist ein gescheites junges Mädchen. Unsere Kriegerinnen", er deutete auf die Elfe und die beiden Frauen, „könnten ihr Vertrauen gewinnen. Dass sie euch Männer verachtet, ist nicht weiter verwunderlich. Ihr habt sie gefangen und gedemütigt. Aber aus Erfahrung weiß ich, dass Frauen unter Frauen seltsame Bindungen herstellen können. Nur so kann es gehen." Jamalin fand die Idee gut. „Wenn sie unsere Geschichte kennt, wird sie anfangen nachzudenken. Wenn wir Glück haben, stellt sie sich auf unsere Seite." Orphal wollte etwas sagen, doch Yinzu kam ihm zuvor. „Die Wahrscheinlichkeit, dass sie sich mit uns verbündet, ist gering. Da ich aber alles einer Hinrichtung vorziehe, bin ich einverstanden. Nur solltet ihr versuchen, nicht zu offensichtlich auf ihre Freundschaft erpicht zu sein." Nach den Worten meines Bruders erhob sich Taknela. „Du sprichst mit Frauen und nicht mit ungehobelten Kriegern, die nur ihre Schwerter oder ihre männlichen Lanzen", sie deutete zwischen seine Beine, „in eine Frau stecken können." Ich bemerkte, wie tief und vor allem wie lange sich die beiden in die Augen sahen. Jamalin stieß mir ihren Ellenbogen in die Rippen. „Starr da nicht so hin", zischte sie. Ertappt senkte ich den Blick.

Einen kurzen Moment später saß ich ganz allein in unserem Zimmer. Normalerweise macht mir das nichts aus, aber diese Nacht war anders. Ich sehnte mich nach Gesellschaft. So beschloss ich, Malltor auf seinem Rundgang durch das Dorf zu begleiten. „Na, Angst allein im Dunkeln?" Verwirrt sah ich ihn an. „Nein, nicht direkt, glaube ich wenigstens." Er legte väterlich seinen Arm um meine Schultern. Dazu musste er sich strecken, denn ich war fast einen Kopf größer als er. Wir gingen zum Wachturm, der auf der Seeseite lag. Wir sagten der Wache, sie solle sich etwas aufwärmen, wir würden solange dort oben ausharren. Die beiden Mädchen waren froh darüber, nachts fror es, ich spürte den Winter mit großen Schritten nahen.

„Was hast du vor, wenn diese Sache hier vorüber ist?" Ich war auf Malltors Frage nicht vorbereitet. „Warum gehst du davon aus, dass wir diese Meisterprüfung überleben werden?" Durchdringend sah er mich an. Ich wurde nervös, denn dieser Ausdruck in seinem Gesicht war mir fremd. „Söhnchen, nichts ist für die Ewigkeit. Trotzdem ist es nie verkehrt, wenn du Pläne machst, Träume hast oder an Ziele denkst, die vielleicht noch sehr weit entfernt sind." In mir stieg eine Erinnerung hoch, und langsam und stockend erzählte ich ihm, ich hätte einmal davon geträumt, der größte Schwertkämpfer aller Zeiten zu werden. Er fragte, warum ich mir gerade dieses Ziel gesetzt habe. „Nun, sonst kann ich die Frau nicht heiraten, die ich liebe. Ich muss sie zuerst im Schwertkampf besiegen, bevor sie mich zum Mann nimmt. Und sie ist die beste Schwertkämpferin, die ich jemals gesehen habe." Er lächelte und klopfte mir fürsorglich auf die Schulter. „Söhnchen, wenn es nur das ist, dann sehe ich keine großen Schwierigkeiten. Aber du solltest überlegen, ob eine Frau allein dir das geben kann, was du dir erträumst. Wenn du eine wunderschöne Blume siehst, dann wirst du sie bewundern. Doch verschließt sich dein Blick dann für die Pracht und Herrlichkeit der anderen Blumen? Nein, natürlich nicht. Genauso ist es mit den Frauen. Sie sind wie Blumen, herrlich anzusehen, schön und anmutig. In ihrer Nähe fühlen wir uns wohl, sie sind die andere Hälfte des Ganzen, ohne eine Frau ist ein Mann nur die Hälfte wert. Die Frage, die sich jedem Menschen, egal ob Mann oder Frau, stellt, ist, ob es nur eine mögliche andere Hälfte des Ganzen gibt, oder ob verschiedene Frauen zu verschiedenen Zeitpunkten die andere Hälfte sein können, die uns zu einem Ganzen macht." Wieder blickte er mich an und lächelte. „Du kannst in Ruhe darüber nachdenken. Jetzt lauf los und sag den beiden Mädchen, sie sollen zurückkommen. Ich werde hier solange auf sie warten."

Yinzu schlief schon. Gerade wollte ich mich neben ihn legen, als ich die langen Haare einer Frau entdeckte. Taknela lag dicht an meinen Bruder gedrückt und atmete tief und gleichmäßig. Hamron war nirgends zu sehen. Wenn er Glück hatte, dann verbrachte er seine Nächte mit Kiratana. Ich raffte meine Sachen zusammen und verschwand in mein Zimmer. Schon halb im Schlaf bemerkte ich, wie leise die Tür geöffnet wurde. Der Duft, der den Raum erfüllte, entspannte mich augenblicklich. Ohne ein Wort schlich sich Jamalin in mein Bett. Ich merkte noch, wie sie sich an mich kuschelte, dann war ich eingeschlafen. Beim Frühstück saßen meine Brüder mit ihren Gefährtinnen und Malltor am Ratstisch. Orphal erschien im selben Augenblick, als ich mich an den Tisch setzte. Er grüßte uns und bediente sich. Die Frauen sahen verlegen weg, wenn mein Blick sie streifte, außer Jamalin: Sie lachte mir ins Gesicht. Malltor lächelte wissend vor sich hin.

Das Graben wurde eingestellt, weil die Erde gefroren war. Es fand auch kein Training statt, da wir die Toten dem Feuer übergeben wollten. Deshalb half ich meinen Brüdern, ihren Aufbruch vorzubereiten. Yinzu und Hamron planten, länger wegzubleiben als nur acht bis zehn Tage. Es war sehr unwahrscheinlich, dass sie gleich so einen großen Fang machen würden wie Orphal und ich. Es wurde von Tag zu Tag kälter, meine Brüder mussten deshalb deutlich mehr Felle und Decke mitnehmen als wir. Orphals Männer, die erst jetzt zum Einsatz kommen sollten, brannten darauf, endlich ihre gefallenen Kameraden zu rächen. Zum Glück hatten sie keine Probleme damit, sich Hamron und Yinzu unterzuordnen. Die Frauen und Männer des Dorfes waren stiller. Obwohl auch sie endlich kämpfen wollten, war ihnen ihre Angst vor diesem ersten Einsatz deutlich anzumerken. Der gute Malltor versuchte, die Gruppe zu beruhigen und aufzuheitern. Es gelang ihm ganz gut.

Doch am Abend, als wir die Totenfeier begingen, legte sich ein schwerer Schatten über die Gemüter. Begleitet von Trommelschlägen wurden die Toten auf großen Schilden zum Dorfplatz gebracht. An den beiden vorangegangenen Tagen waren acht Scheiterhaufen aufgeschichtet worden. Nun wurden die stattlich gekleideten Toten mit ihren Waffen darauf gebettet. Orphal bat die Dorfbewohner: „Freunde, Brüder, wir werden heute Abschied nehmen von einigen der Tapfersten, die unter uns weilten. Sie haben ihr Leben im Kampf verloren, ehrenhaft, standhaft, so wie es sich für wahre Helden gehört. Lasst uns nun die Götter anrufen, damit sie ihnen einen Platz an ihrer Seite bereiten und sie auf den Drachen durch die Lüfte des Himmels reiten können." Wieder erklangen die Trommeln. Yinzu, Hamron und ich traten neben Orphal und sangen die Runen der Trauer.

Die Flammen schlugen hoch in den sternenklaren Nachthimmel, als ich plötzlich spürte, dass Geisterkrieger auf dem Weg zu uns waren. Johlend und singend ritten sie durch die Flammen und forderten die Gefallenen auf, mit ihnen zu kommen. Ich sah, wie die Geister unserer Toten auf die mitgebrachten Pferde stiegen. Sie winkten uns zu, dann machten sich auf, in den Himmel zu reiten. Orphal stand der Mund offen, in seinen Augen las ich ungläubiges Staunen. Nur einmal, während der Totenwache für seinen Vater, hatte er einen Geisterkrieger erlebt. Hamron redete beruhigend auf ihn ein. Plötzlich entdeckte ich Rignira. Sie stand, an den Füßen gefesselt, am Rand des Dorfplatzes und starrte die Scheiterhaufen an. Vielleicht trauerte sie um die ihren, die ums Leben gekommen waren. Sie drehte den Kopf, als sie spürte, dass ich sie ansah. Angewidert spuckte sie vor mir auf den Boden. Dann verschwand sie. Ich sah in die Flammen, die immer noch hoch zum Himmel auflohderten. Die Geisterkrieger waren verschwunden, und auch die meisten Dorfbewohner hatten sich zurückgezogen.

Im Rundhaus war es still und dunkel. Das Feuer, das dort immer brannte, war klein. Zuckend bewegten die Flammen die Dunkelheit im Saal. An der Feuerstelle saß Orphal und starrte in die Glut. Er bemerkte mich erst, als ich mich neben ihn setzte. „Ich musste an meinen Vater denken, als ich vorhin die Geisterkrieger entdeckte. Kannst du sie immer sehen?" Ich nickte und suchte nach ungewöhnlichen Formen in der Glut. „Sind sie überall? Oder kommen und gehen sie, wann und wie sie wollen?" Ich zuckte mit den Schultern. „Ich weiß es nicht."

Es war noch dunkel, als meine Brüder mich am nächsten Morgen weckten. Es ist seltsam, nur äußerst selten gelingt es mir, als erster wach zu werden. Mit einem Becher Kräutertee trat ich ins Freie. Der Wind brachte Kälte aus dem Osten mit. Bald würde es Schnee geben. Yinzu und Hamron versicherten, Schnee würde sie zurückbringen. Wir umarmten uns, dann brach ihre Truppe auf. Zusammen mit Malltor blieb ich am Tor stehen und sah ihnen nach, dann gingen wir frühstücken. Auf dem Weg dorthin erzählte mir der alte Krieger, er habe in den Bergen einige Höhlen gefunden, die sich hervorragend als letzte Zuflucht eigneten. Sie lagen gut verborgen, und nur Yinzu und Hamron wüssten über sie Bescheid. Er habe damit begonnen, Ausrüstung in die Höhlen zu bringen, Töpfe, Feuerholz und Langwaffen, Decken und Fellen, das Nötigste, was wir zum Überleben brauchen würden.

Später erklärte Malltor die Funktionsweise der Skorpione. Er zeigte uns, wie an dem Zahnrad gedreht werden muss, damit sich die Sehne spannt, am Ende der Auflage wird sie mit einem Haken gehalten. Der Pfeil wird auf die Schiene gelegt, nachdem die Arretierung gelöst wird, schießt er mit solch einer Wucht davon, dass ich ihn mit dem Auge kaum verfolgen konnte. Diese Waffe ist verheerend. Den ersten Pfeil schossen wir auf einen Baum, der zu dicht bei uns stand. Er durchschlug ihn und trat auf der anderen Seite wieder hervor. Ihn herauszubekommen war unmöglich. Wie Kinder mit einem neuen Spielzeug schossen Orphal und ich den ganzen Tag. Malltor ermahnte uns, nicht zu verschwenderisch mit den kostbaren Pfeilen umzugehen. Sie herzustellen erfordere einiges mehr an Holz und Metall als bei normalen Pfeilen. Wir übten uns so lange im Schießen, bis Malltor der Meinung war, dass wir es nun den anderen zeigen könnten. Mit ihm zusammen übte ein Teil unserer Leute an den Skorpionen, die anderen übten sich im Schwertkampf oder im Bogenschießen. Außerdem gingen einige Dorfbewohner auf die Jagd.

Im Jahr zuvor lag zu jener Zeit schon Schnee. Wir hofften alle, dass der Winter nicht ganz so hart werden würde. Dem war dann auch so. Der wenige Schnee, der hin und wieder fiel, wurde vom eisigen Nordostwind schnell wieder verweht. Die Tage wurden immer kürzer, und schon bald würden wir eine weitere Wintersonnenwende erleben. Yinzu und Hamron waren noch immer nicht zurück. Seit mittlerweile zwanzig Tagen waren sie nun schon im Feld. Einmal besuchte ich sie im Traum. Sie waren trotz der Kälte guter Dinge. Weil sie noch nicht allzu große Beute gemacht hatten, entschieden sie sich, noch auszuharren. Es waren noch keine Verluste zu beklagen. Allerdings hatten meine Brüder und unsere Kämpfer mehrmals den Gegner in einen Hinterhalt gelockt. Bei diesen Überfällen war zwar keine Beute gemacht worden, doch unseren Feinden waren empfindliche Verluste beigebracht worden. Sie murrten, ich solle wieder ins Dorf zurückkehren, sie könnten schon allein auf sich aufpassen. Unter dem schallenden Gelächter der beiden zog ich mich beleidigt zurück und beschloss, unseren Feinden selbst einen Besuch abzustatten.

Weil Hamron nicht da war, bewachte mich Malltor, während ich mich auf Reisen befand. Die Kräutermischung, die Hamron zur besseren Entspannung verwendete, glomm, ich legte mich nieder, und der Nebel kam schnell, doch er verschwand nicht wieder. Dieser Nebel bestand nicht aus den Träumen der Schlafenden, also musste es sich um richtigen Nebel handeln. Ziellos irrte ich umher, bis ich erkennen konnte, dass ich mich im Dorfe des Fürsten Flatos befand, wo emsiges Treiben herrschte. Es waren viele neue Häuser gebaut worden. Das

Rundhaus sah neu aus, Teile der Straßen waren gepflastert, und auch das Abwasserrinnsal war mit Bohlen überdeckt worden. Die Palisade war zum Teil einer Mauer gewichen. Etwas abseits wurde eine beträchtliche Fläche gerodet. Wie ich aus dem Gespräch von zwei Handwerkern heraushörte, sollte dort ein großes Heer lagern. Das Innere des Rundhauses war nicht wiederzuerkennen: helle Gänge, leuchtende Farben und geputzte Steine und Fliesen überall. Selbst die Menschen sahen freundlicher aus. Sie waren besser gekleidet, und es stank auch nicht mehr nach Fäkalien und Moder. Räucherwerk brannte, die Feuchtigkeit war aus den meisten Gängen und Räumen verschwunden. In der Mitte des großen Saals standen neben der Feuerstelle nun mehrere hohe Stühle. Eine der Wachen stürmte gerade herein, als ich mich umsah. Der Mann verlangte, sofort Fürst Flatos zu sehen. Er wurde aufgefordert zu warten. Unruhig ging er auf und ab. Die anderen beobachteten ihn neugierig. Der Ritt und die Nächte draußen im Feld waren ihm deutlich anzusehen. Seine Kleidung war schmutzig und zerrissen.

Nach einiger Zeit erschien der Fürst in Begleitung eines seiner Schwiegersöhne und dreier weiterer hoher Herren, einer davon war der Vater unserer Geisel. Er trug den Titel eines Königs, war edler gekleidet und machte einen eleganteren Eindruck. Die Menschen im Saal knieten nieder und senkten ihr Haupt. Fürst Flatos schritt, in einen neuen Umhang gehüllt, über den Steinboden. Er und die anderen Männer setzten sich auf die hohen Stühle. Der König hustete und erklärte angewidert, die Feuchtigkeit sei Gift für ihn. Schade, dass er vor einem Jahr nicht hier gewesen ist, dachte ich und verkniff mir ein Lachen. Die Untertanen durften sich erheben. Nun trat der Reiter vor, um Bericht zu erstatten. Er erzählte, seine Truppe sei zur Sicherung der Straßen abkommandiert worden. Als sie ein verdächtiges Fuhrwerk kontrollieren wollten, um Wegezoll einzutreiben, habe es die Flucht ergriffen. Seine Männer verfolgten es. In einem kleinen Wäldchen seien sie in einen Hinterhalt geraten. Er sagte, es seien dort Geister und Dämonen am Werk gewesen, nicht einen ihrer Gegner hätten sie zu Gesicht bekommen, aber seine Männer seien in Scharen tot von ihren Pferden gefallen. In wilder Panik sei er zurückgekehrt und danke nun den Göttern, dass er am Leben geblieben sei.

Fürst Flatos hatte sich erhoben und war auf den Mann zugeschritten. Als dieser mit seinem Bericht zu Ende war, schlug der Fürst ihm mit seiner Faust mitten ins Gesicht. „Du wagst es, hierher zu kommen? Wenn du wirklich ein treuer Untertan wärst, hättest du das Schicksal deiner Männer geteilt. Aus meinen Augen, ich werde dich gerecht bestrafen!" Er trat nach dem Mann, der winselnd wie ein Hund den Saal verließ, drehte sich zu den anderen Männern um, machte eine abfällige Handbewegung und versuchte, zu seinem Stuhl zurückzukehren, ohne dabei auf seinen langen Umhang zu treten. Einer der Männer ergriff das Wort. „Ehrenwerter Schwiegervater, das muss ein Ende haben. Wie kann es sein, dass Ihr in Eurem eigenen Land nicht mehr sicher seid? Wann werden die Truppen Eurer Tochter und ihres Mannes hier eintreffen?" Fürst Flatos zuckte mit den Schultern. „Das kann noch dauern, denn sie werden ein großes Heer schicken. Außerdem liegt das Land meiner Tochter und ihres Mannes noch weiter im Westen als das Eure." Der Mann, der so angewidert gehustet hatte, schlug wütend mit der Faust auf die Armlehne des Stuhls. „Es reicht! Meine Tochter ist nun schon weit über sechzig Tage bei diesen Barbaren. Was gedenkt Ihr zu tun, um diese missliche Lage zu beenden?" Er wollte weiterreden, doch Rigniras Großvater mahnte zu Ruhe und Besonnenheit. Unhöflicherweise unterbrach Fürst Flatos den Vater des Königs. „Bei allem Mitleid für Eure Lage, mein König, mein Sohn ist ohne seine geliebte Braut, es zerreißt ihm fast das Herz. Doch die Wahrscheinlichkeit, dass wir Eure geliebte Tochter lebend wiedersehen, ist äußert gering. Deshalb möchte ich Euch nochmals bitten, Euer

Haupteer in Bewegung zu setzen, damit wir endlich Rache nehmen können für alles, was Euch und auch meiner Familie angetan wurde." Er ließ sich zurück auf seinen Stuhl fallen und tat so, als nähme ihn das alles sehr mit. Rigniras Großvater trat neben den Stuhl seines Sohnes und sah den Fürsten böse an. „Flatos, Ihr geht mir mit Eurem Theater auf die Nerven. Euch liegt an meiner Enkelin nicht das Geringste! Euch geht es nur um die Truppen und die Waffenbrüderschaft, die Ihr mit dieser Heirat gewinnen würdet. Ich weiß nicht, welchen Mist Ihr meinem verwirrten Sohn vor die Füße gekübelt habt, aber er stinkt gewaltig." Er versuchte, sich wieder zu beruhigen. Fürst Flatos starrte abwechselnd ihn und seinen Sohn an, der immer noch unruhig auf seinem Stuhl hin und her rutschte. „Vater, geh nicht so streng mit dem armen Mann um, er kennt nun einmal nicht die Gepflogenheiten an einem richtigen Königshof. Seitdem ich hier hausen muss, hat meine Gesundheit deutlich gelitten. Ich möchte diese Angelegenheit schnell zu Ende bringen. Dann können wir endlich das Kind verheiraten. Du weißt, wie lange es gedauert hat, bis sich jemand bereitfand, sie zu ehelichen. Danach möchte ich so schnell wie möglich wieder nach Hause, hier stinkt es noch immer." Er hielt sich ein Tuch vor die Nase und hustete wieder. „Welch ein Dämon muss mich geritten haben, dass ich dir die Krone überließ! Dir ist dein Kind egal, es interessiert dich nur, wie du schnell wieder hier wegkommst. Dass Rignira in großer Gefahr ist, interessiert dich gar nicht! Du bist nur froh, sie los zu sein." Leise warf Fürst Flatos ein, er sei sicher, dass sie nicht mehr lebe. „Mir hat einer der Krieger versprochen, sie würde nicht angerührt, sein Name war Aran." Irres Gelächter erklang aus dem Hals des Fürsten Flatos. „Das Wort dieses Mannes ist nicht mehr wert als der Dreck unter meinen Sohlen. Er hat mir meinen ältesten Sohn genommen, einen Meineid geleistet und mich und meine Familie verhöhnt. Er hat einen Auftrag angenommen und ihn nicht zu Ende gebracht. Er ist ein feiges Schwein, ein mieser Hund, den ich am liebsten häuten lassen würde, um ihn dann im siedenden Öl zu kochen."

    Entnervt erhob sich der Mann, den sie König nannten, obwohl ich nichts Königliches an ihm finden konnte. „Um diesen langweiligen Streit ein Ende zu bereiten, ruft meine Seherin, die ehrenwerte Olunokria, sie wird die Knochen befragen und uns Antwort geben." Ein Bediensteter verschwand durch eine der verborgenen Türen. In einem deutlich anderen Ton, es klang wie eine Mischung aus Bewunderung und Furcht, sprach der König weiter. „Ich erbitte äußerste Ruhe, wenn diese weise Frau den Kontakt zu den Göttern herstellt. Sie muss sich stark konzentrieren und darf unter keinen Umständen gestört werden. Sie wird jeden verfluchen, der sich dieser Anweisung widersetzt." Jetzt war ich gespannt: eine Hexe im Dienste des Königs! Doch das Gesicht seines Vaters, der nun wieder hinter ihm saß, verriet Misstrauen und Ablehnung. Mein Entschluss war richtig gewesen, diesen Ort aufzusuchen. Nun würde ich über alle Pläne informiert werden.

    Die Stille im Saal wurde durch ein schlurfendes Geräusch unterbrochen. Es wurde immer lauter und deutlicher, bis ein Diener die Tür öffnete und eine alte gebeugte Frau hereintrat. Sie war unter einem Umhang verborgen und stützte sich auf einen hüfthohen gewundenen Stock. Sie ging weit nach vorn gebeugt und hielt dabei ihren Kopf seltsam zur Seite gedreht, ein Bein zog sie nach und verursachte so das schlurfende Geräusch. Zahlreiche Falten durchzogen ihr Gesicht, und ein Auge war trübe. Als sie stehen blieb, drehte sie sich witternd in jede Richtung und stampfte schließlich mit ihrem Stab auf. Ihre Stimme ließ mir das Blut in den Adern gefrieren. Sie erinnerte mich an Meister Zorralf, der mit einem Stückchen Kreide über seine Schiefertafel fuhr, wenn wir ihm nicht aufmerksam genug waren. „Hütet euch vor den Bestien, die nicht weit von hier hausen, sie wollen Tod und Verderben über eure Häuser bringen. Sie trinken das Blut der Erschlagenen und fressen das Fleisch der geschlachteten Kinder. Sie werden euch alle töten und das Land verwüsten. Wenn sie hier fertig sind, werden Tod und Verderben in jeden Winkel des Landes tragen. Selbst vor den Göttern werden sie nicht halt machen - die Drachen, die Drachen!" Ihre kreischende Stimme überschlug sich, und sie musste husten. Erschrocken sahen die Menschen im Saal die unheimliche Frau an, die sich nur schwer beruhigen konnte. Selbst ich war unwillkürlich einen Schritt zurückgetreten. Sie meinte natürlich uns, daran bestand kein Zweifel.

Neugierig schlich ich mich näher an den Tisch heran, der von den Dienern vor die hohen Stühle der Herren gestellt worden war. Die alte Hexe stand dahinter und kramte in einem Beutel herum. Sie holte eine kleine Metallschale und einen Hühnerfuß hervor. Eine braune Flasche stellte sie daneben. Mit ihrem knöcherigen Finger zeigte sie auf einen der Diener, der ihr ein Kaninchen brachte. Er hielt es an den Ohren, und sie streichelte das Bauchfell des Tieres. Mit einem ihrer langen, gebogenen Fingernägel stieß sie plötzlich in das Herz des Kaninchens. Ein leises Fiepen war zu hören, das weiße Fell färbte sich blutig. Das Tier zuckte noch ein paar Mal, und das getroffene Herz pumpte sein Blut in die Schale, die auf dem Tisch stand. Als das Tier tot war, brachte der Diener es weg. Die alte Frau wischte mit dem Ärmel ihres Umhangs das Blut, das auf die Tischplatte gespritzt war, ab und spuckte in die Schale. Dann streute sie Kräuter darüber. Sie rührte mit einem anderen Fingernagel darin herum und spuckte wieder hinein. Nun holte sie aus ihrem Beutel viele kleine polierte Knochen hervor. Sie warf sie in das Blut, und es begann in der Schale zu brodeln und zu dampfen.

Unter den Zuschauern erhob sich ein Gemurmel, welches sofort verstummte, als der strenge Blick des Königs sie traf. Plötzlich stülpte die Hexe die Schale samt Inhalt um, und alles ergoss sich über den Tisch. Das Blut hatte eine schwarze Färbung angenommen und tropfte von der Tischkante. Ich trat noch einige Schritte dichter heran. Die Knochen lagen in einer seltsamen Anordnung in den Resten des schwarzen schäumenden Blutes. Die Hexe nahm ihren Hühnerfuß und rührte damit in der Lache herum. Plötzlich hielt sie inne und hob wieder schnuppernd ihren Kopf. Ein Schreck durchzuckte mich. Mir kam der Verdacht, sie könne meine Anwesenheit spüren. Doch gleich darauf schüttelte sie den Kopf und rührte wieder mit dem Fuß im Blut herum. „Sag, weise Frau, was siehst du?" Der König konnte nicht mehr an sich halten und hatte sich weit nach vorn gebeugt, um besser sehen zu können. Sie zischte etwas und machte eine Handbewegung, die ihn sofort verstummen ließ. Sie murmelte unverständliche Worte und streute wieder Kräuter in das Blut. Mit einem Ruck richtete sie sich auf und begann, hysterische Worte in einer alten magischen Sprache zu schreien, die ich nicht verstehen konnte. Dabei verspritzte sie mit ihrem Hühnerfuß Blut in jede Richtung und fuchtelte wild mit den Armen. Ich ahnte, dass es nicht klug gewesen war, so dicht an die alte Hexe heranzugehen, doch jetzt war es zu spät. „Einer, der das Wissen in sich trägt, ist hier, ich kann ihn spüren! Eines der Monster, die uns alle töten wollen, ist hier!" Wieder überschlug sich ihre Stimme, und wieder verfiel sie in die Sprache der Magier und Hexer. Gemurmel wurde laut, doch sie beendete es mit einer schroffen Handbewegung.

Mein Körper wurde zu Eis. Ich konnte mich nicht mehr bewegen. Ein Bannfluch! Ich hatte mich wie ein Anfänger benommen und war in eine sehr gefährliche Lage geraten, als mich die Spritzer des magischen Blutes trafen. Ein bläulicher Schimmer entstand um mich herum, das konnte nur bedeuten, dass ich für alle sichtbar wurde. Tatsächlich erhob sich Fürst Flatos und zeigte mit angstgeweiteten Augen auf mich. Mir fiel nichts ein, womit ich dem Bannfluch hätte begegnen können. Die Alte starrte mich mit ihrem gesunden Auge an und zeigte schwarze Zahnstumpen. „Ein Knabe", sie kicherte irre. „Komm, Söhnchen, lass dich ansehen." Sie begann mit neueren Beschwörungsformeln. Wenn sie gut war, würde ich mich schließlich materialisieren. Dann würde Malltor vor einem leeren Bett sitzen und ich tief im Unrat. Es mischte sich Ärger in meine Angst, weil ich Meister Zorralf immer nur mit einem Ohr zugehört hatte. Ich wollte Schwertkämpfer werden und nicht Magier. Diese Einstellung bedauerte ich nun zutiefst. Ich war wehrlos und unserem ärgsten Feind hilflos ausgeliefert. Doch dann durchströmte mich eine seltsame Ruhe. Ich nahm mir vor, was auch immer kommen würde, es aufrecht stehend über mich ergehen zu lassen.

Ein Tonkrug fiel vom Regal und krachte auf den Boden. Niemand beachtete dieses harmlose kleine Ereignis, noch immer starrten mich alle wie gebannt an. Doch dann wurde ein großer Wandteppich heruntergerissen, und die aufmerksamsten der Anwesenden sahen sich erstaunt um. Die alte Hexe murmelte tief versunken weiter ihre Sprüche. Erst als eine große Lanze durch den Saal flog und sich die Fürsten nur mit einem Sprung hinter ihre hohen Stühle in Sicherheit bringen konnten, wurde auch sie aufmerksam. Zuerst wollte sie mit einem Fluch den Störenfried zum Schweigen bringen, doch dann merkte sie, dass ein magischer Gegner mit Gegenständen und Waffen warf. Währenddessen spürte ich, wie der bläuliche Schimmer verblasste. Ich wurde wieder unsichtbar, konnte mich aber immer noch nicht bewegen. Als ein Schwert auf die Hexe zuflog, schrie sie laut auf und fuchtelte hektisch mit den Armen. Die Klinge wurde abgelenkt und traf einen ihrer Diener am Arm.

Plötzlich schoss mir die Erkenntnis durch den Kopf: Es konnte nur Yinzu sein, der alles gab, um Verwirrung zu stiften. Die Alte hatte Mühe, sich zu konzentrieren, doch sie hielt den Bannfluch noch immer aufrecht. Ich musste etwas unternehmen, denn lange konnte mein Bruder nicht mehr durchhalten. Es kostet zu viel Kraft, im Astralkörper Gegenstände zu bewegen. Und Yinzu bewegte sie nicht nur, er verbreitete Angst und Schrecken, wie ich es noch nicht oft erlebt hatte. Dann plötzlich wusste ich, wie ich ihn unterstützen konnte. Ich konzentrierte mich auf meine Körpermitte und stellte mir den Drachen vor, den ich schon einmal hatte erscheinen lassen. Damit konnte ich zwar niemandem etwas zuleide tun, doch ich hoffte, eine Panik auszulösen.

Als ich die Runen sang, spürte ich, wie um mich herum der riesige Drache Gestalt annahm. Er leuchtete im gleichen Blau wie ich noch vor wenigen Augenblicken. Er wurde immer größer und füllte bald den Platz, an dem ich stand, bis unter die Decke aus. In wilder Panik und unter lautem Geschrei stürmten die Anwesenden hinaus. Dabei wurde der Tisch mitsamt der alten Hexe umgerissen. Darauf schien Yinzu nur gewartet zu haben, Töpfe und Krügen prasselten auf die alte Magierin. Um nicht getroffen zu werden, musste sie ausweichen, dabei verlor sie die Kontrolle über ihren Bannfluch, und ich konnte mich wieder bewegen. Noch einmal brüllte der Drache meine Angst und Erleichterung heraus. Dann war der Nebel da, und ich spürte die vertraute Anwesenheit meines Bruders. Bevor ich erwachte, sah ich noch sein lachendes Gesicht.

Kurz darauf blickte ich in die von Sorge erfüllten Augen meines Großvaters. „Söhnchen, was hast du nur schon wieder angestellt? Ich war außer mir." Er hielt meine Hand und erzählte, ich sei zuerst ganz blass und kalt geworden, so als würde ich sterben, dann begann mein Körper an einigen Stellen durchsichtig zu werden. In diesem Augenblick erschien Yinzu. „Ich wunderte mich noch, wo er so plötzlich herkam, als er mich auch schon fragte, was passiert sei. Als ich ihm deinen Plan erklärt hatte, verschwand er. Dann wurdest du wieder deutlicher und auch wieder wärmer. Ich bin so froh, dass es dir wieder bessergeht." Er umarmte mich. Über seine Schulter hinweg entdeckte ich plötzlich Yinzu. Er lächelte mich an: „Wenn ich nicht immer auf dich aufpassen würde, dann wäre die Welt jetzt um einen Krieger ärmer." Ich nickte ihm dankbar zu und grüßte ihn respektvoll. „Wie kommt der ehrenwerte Yinzu denn nun schon wieder hierher? Ihr dürft doch einen alten Mann wie mich nicht so erschrecken." Verwirrt sah Malltor uns an. Ich rief den beiden zu, ich wolle noch Orphal dazuholen, und lief hinaus. Yinzu klärte dem alten Mann in der Zwischenzeit, was vorgefallen war.

Ich fand Orphal in dem Haus, in dem unsere Geisel untergebracht worden war. Er trug einen Teller mit frisch gedünstetem Gemüse und einen Becher Milch. Als er mich sah, versuchte er, beides hinter seinem Rücken zu verstecken. „Was machst du hier, ehrenwerter Bruder?" Ich verneigte mich leicht vor ihm. Er druckste herum und holte schließlich den Teller und den Becher hinter seinem Rücken hervor. „Nun ja, ich dachte, es könne ja nicht schaden, wenn Rignira bei guter Gesundheit bliebe. Das wird ihren Wert erhöhen." Ich bat ihn, mir zu folgen, es gebe Neuigkeiten. Er nickte und klopfte kurz an die Tür. Kiratana öffnete, und Orphal trat unwillkürlich einen Schritt zurück. Doch dann überreichte er ihr die Mahlzeit und murmelte, sie solle sie doch bitte Rignira bringen. Die junge Elfe lächelte, als Orphal mit rotem Gesicht davoneilte. „Wo bleibst du denn? Ich dachte, es ist sehr wichtig." Lachend lief ich hinter ihm her.

Orphal bekam große Augen, als er Yinzu auf meinem Bett sitzen sah und setzte sich völlig verwirrt zu ihm. Yinzu berichtete, dass sie einigen Karawanen begegnet seien, die sie nicht hätten angreifen können, weil zu große Truppen die Händler begleiteten. Sie bewachten die Fuhrwerke nicht nur, wenn sie zum Hofe Fürst Flatos' fuhren, sondern auch auf dem Rückweg. Zusätzlich seien mehr Kundschafter und Späher unterwegs. Nur mit wohlüberlegten Hinterhalten sei es ihnen in den letzten Wochen gelungen, einige Händler zu überwältigen. Nun befänden sie sich auf dem Rückweg zum Dorf. „Im Moment ist die Lage zu gespannt. Wenn sich das Wetter hält und die Gemüter sich beruhigt haben, können wir die kleinen Dolchstiche fortsetzen." Ich stimmte zu, und Malltor schloss sich meiner Meinung an. Nur Orphal grübelte noch. Schließlich sagte er, er finde es besser, den Druck zu erhöhen. „Sie dürfen nicht zur Ruhe kommen. Wenn sie immer in Alarmbereitschaft sind, wird sich das negativ auf die Kampfmoral auswirken." Da hatte er Recht. Doch Malltor warf ein, auch wir müssten leiden, wenn wir den Druck aufrechterhalten würden. „Unsere Kräfte sind lange nicht so groß wie die des Gegners. Deshalb würde uns die Anspannung mehr schaden als ihnen, auch wenn wir diejenigen sind, die das Heft in der Hand halten. Ein Fehler, und wir verlieren nicht nur einen großen Teil unserer Kämpfer, sondern wir stärken auch den Gegner." Orphal wollte trotzdem nicht untätig herumsitzen. Also beschlossen wir, uns zu entscheiden, wenn Yinzu und Hamron zurück sein würden.

Vor unseren Augen kehrte Yinzu zu seiner Truppe zurück. Malltor und Orphal sahen zu, wie mein Bruder sich auflöste und schließlich ganz verschwunden war. „Ihr mit eurem Zauberkram." Mit einer abfälligen Handbewegung hatte Orphal mein Zimmer verlassen. Ich musste lachen. Die Magie war ihm unheimlich, doch Malltor war beeindruckt. Er hatte schon viel über Zauberei gehört, doch in seiner Heimat durften nur Auserwählte bei solchen Zeremonien anwesend sein. Er selbst war nie dabei, bis er uns traf.

In den Tagen bis zur Rückkehr unserer Freunde fiel mir auf, dass Orphal sich auffällig oft bei Rignira herumtrieb. Das Mädchen litt sehr unter ihrer Gefangenschaft. Auch wenn sich ihr körperlicher Zustand verbessert hatte, lag doch ein Schatten über ihrer Seele. So beschloss ich eines Tages, sie zu verhören. Ich stellte mir vor, sie würde sich vielleicht schneller den Frauen zuwenden, wenn ich Druck auf sie ausübte. Ich versuchte herauszubekommen, was sie über uns und das Vorhaben ihres zukünftigen Schwiegervaters wusste. Doch es war nicht ein Wort aus ihr herauszubekommen. Allerdings beschimpfte sie mich nicht, was ich als Fortschritt wertete. Bei meinem dritten Versuch beschloss ich, sie über die Hexe und ihr Verhältnis zu Rigniras Vater und Großvater auszufragen. Ich formulierte die Fragen absichtlich so, dass sie den Verdacht bekam, ich wisse mehr über sie und ihre Familie, als ich zugab. Verwirrt sah sie mich an. „Woher weißt du von dieser Frau?" Ich zuckte mit den Schultern. „Es gibt vieles, was ich weiß. Warum besteht dein Vater darauf, dich mit Flatos' Sohn zu verheiraten? Liebst du ihn?" Sie sah mich ärgerlich an, dann spuckte sie auf den Boden. „Er ist ungehobelt, schmutzig und hat die Bildung eines Kuhhirten. Eher lasse ich mich von jedem hier aus dem Dorf schänden, als dass ich diesen Kerl heirate." Jeder Mann würde es mit diesem Mädchen schwer haben, doch eine erzwungene Ehe mit ihr musste die Hölle sein. „Als wir dich gefangen nahmen, sprachst du ganz anders von deinem Zukünftigen. Was hat dich dazu bewogen, deine Meinung zu ändern?" Sie zögerte, und ich spürte ihre innere Anspannung. Auf der einen Seite war sie auf der Hut, andererseits wollte sie offensichtlich ihrer Empörung Luft machen. Klugerweise sagte ich nichts, sondern wartete ab. „Ich bin nur meinem Großvater zuliebe mitgefahren. Er hatte mir versprochen, mir zur Seite zu stehen, wenn ich diesem Bauerntölpel erkläre, dass ich ihn nicht heiraten werde. Auf mein Erbe, das ich dann verloren hätte, lege ich sowieso keinen Wert." Ich ließ ihre Worte auf mich wirken. Dann fragte ich sie, ob ihr Entschluss damit zusammenhinge, dass ihr Großvater die Krone verlor hätte. „Woher weißt du das? Niemand hat auch nur ein Sterbenswörtchen davon erfahren. Bist du ein großer Magier?" Ich musste lachen. Nach meiner Vorstellung am Hofe des Fürsten Flatos konnte ich das wohl nicht behaupten. „Nein, man muss nur zwei und zwei zusammenzählen, wenn man deinen Großvater und deinen Vater zusammen sieht. Sagen wir es einmal so: Ich habe die beiden besucht und dabei eine Menge herausgefunden, zum Beispiel, dass dein Großvater nicht gut auf Fürst Flatos und deinen Vater zu sprechen ist." Jetzt lachte sie. „Das ist milde ausgedrückt. Er hasst Flatos, und meinen Vater wünscht er in die Tiefen der Unterwelt. Eigentlich sollte meine Tante, die Schwester meines Vaters, die Krone von meinem Großvater bekommen, doch sie hatte einen seltsamen Unfall kurz vor den Krönungsfeierlichkeiten. Mein Vater redete auf meinen Großvater ein, die Gäste seien schon eingetroffen, die Götter schon angerufen, es müsse eine Krönung stattfinden, sonst würden die Götter uns zürnen. So weissage es die alte Seherin meines Vaters." Rignira erzählte, der Schamane ihres Großvaters sei an einer seltsamen Krankheit gestorben. „Kurz nachdem er verbrannt worden war, tauchte diese Hexe an unserem Hof auf und fand in meinem Vater einen Verbündeten. Gerüchte sagen, er habe sie während seiner Ausbildung am Hofe eines der Könige im Ostreich kennengelernt. Er macht keinen Schritt, ohne sie um Rat zu fragen. Mein Großvater war der einzige, der hin und wieder gegen sie aufbegehrte, doch dann wurde auch er von einer Krankheit heimgesucht. Zum Glück ging es ihm bald etwas besser, und er konnte mit mir zusammen die Reise antreten. Diese leichte Besserung trat seltsamerweise auf, nachdem die Alte mit meinem Vater abgereist war. Auf ihr Drängen hin hatte mein Vater der Heirat mit dem Sohn des Fürsten Flatos zugestimmt." Ich konnte in ihren Augen lesen, dass sie sich fragte, warum sie mir das alles erzählte. „Sicher hast du alle anderen Bewerber, die um deine Hand angehalten haben, abgewiesen." Wieder lachte sie und nickte. „Das waren keine richtigen Männer, alles Muttersöhnchen, die Zeit ihres Lebens an den Höfen ihrer Väter gelebt hatten. Kein richtiger Krieger war darunter, niemand, der ein Held hätte sein können." Ihr sei aber geweissagt worden, sie werde einen großen Krieger und Feldherrn heiraten. Auf eben jenen warte sie.

Nach diesem offenen Gespräch schwiegen wir eine Zeit lang, dann erhob ich mich, und sie sah mich ernst an. „Sag, ist es wahr, dass ihr, der Clan des Roten Drachen, meine Verwandten und die mit uns verbündeten Familien auslöschen wollt?" Ich schüttelte den Kopf. „Wie kommst du darauf? Wir sind hier, um den Menschen zu helfen, die sonst durch Flatos' Willkür ihr Leben hätten lassen müssen. Mein Bruder ist dazu ausersehen, dieses Dorf von Krankheit zu heilen und gegen alles Übel zu verteidigen. Ich helfe ihm dabei, so wie er mir bei meiner Meisterprüfung beigestanden hat." Sie stützte das Kinn in eine Hand. „Uns wurde erzählt, dass nur eine Allianz zwischen den Königen und Fürstenhäusern euch aufhalten könne." Jetzt musste ich lachen. „Du bist schon einige Wochen hier im Dorf. Kannst du mir erklären, wo wir die große Armee versteckt haben sollen, die wir bräuchten, um allein mit der Leibwache deines Vaters fertig zu werden?" Sie zuckte mit den Schultern. „Ob du es mir glaubst oder nicht, hier will dir keiner etwas Böses. Es war nur eine seltsame Laune der Götter, dass du zu uns gekommen bist." Scharf stieß sie die Luft zwischen den Zähnen hindurch. „Ach, dann war es wohl ein Unfall, dass dem Hauptmann unserer Wache die Kehle durchgeschnitten wurde. Wahrscheinlich ist er gestolpert, und dein schöner Freund hat nur aus Versehen gerade sein Messer hingehalten?" Darauf wusste ich nichts zu antworten und beschloss, es sei nun besser zu gehen. Der Tonkrug verfehlte meinen Kopf nur ganz knapp, als ich nach draußen schritt. Die Splitter und wilde Flüche begleiteten mich.

Draußen stand Orphal und blickte mich erwartungsvoll an. „Welchen Eindruck hast du? Glaubst du, sie wird sich uns anschließen?" Ich schüttelte mir kleine Scherben aus den Haaren und sagte, im Augenblick sei sie wohl noch nicht ganz überzeugt. Mein Bruder seufzte, und ich fragte mich, ob er vielleicht ernste Absichten habe. Also berichtete ich ihm von der Weissagung, die Rignira bekommen habe. Als Orphal nicht gleich verstand, sagte ich, er sei schließlich ein großer Krieger und auch schon bald ein großer Feldherr, dann würde sich ihre Prophezeiung noch erfüllen. Er solle sich nur nicht gleich beim ersten Mal einen Weg in ihr Bett erhoffen. Unsicher schritt mein Bruder auf und ab. Er war genau das Gegenteil vom dem, was er auf dem Schlachtfeld war: unsicher, ängstlich und unentschlossen. Einen Versuch wollte ich noch unternehmen, ihm Mut zu machen, als vom Tor her ein Horn ertönte. „Sie kommen, sie kommen zurück." Es waren Yinzu und Hamron, das Signal, welches über die Ebene zu uns herüberklang, kündete von Freund und nicht von Feind.

Die Wache rief, fünf Banner des Drachenclans würden im Wind wehen und nicht nur zwei. Angestrengt versuchte ich, etwas zu erkennen, nachdem wir vor das Tor getreten waren. Tatsächlich kamen uns in breiter Reihe fünf schwarzgekleidete Krieger entgegen. An ihren Pferden flatterte das Banner des Roten Drachen. Unruhig überlegte, wer das sein könnte. Hinter den fünf ritten die anderen in geordneter Zweierreihe. Sie hatten einige schwer beladene Packpferde dabei.

Erst als die Krieger durch das Tor ritten, erkannte ich Galltor, Isannrie und Lantar. Die Menschen, jubelten als sie Dorf erreichten. Wir fielen uns in die Arme. Wie kleine Kinder sprangen wir umeinander und beglückwünschten uns gegenseitig zu den bestandenen Meisterprüfungen. Verluste hatten sie zum Glück nicht zu beklagen. Die wenigen Verwundeten waren dank Hamron schon gut versorgt. Mit großem Interesse begutachteten Orphal und ich die Beute. Es waren gute Waffen darunter, unter anderem auch Pfeile für die Skorpione. Zwei Pferde waren mit Gewürzen und edlen Stoffen beladen. Als der schwere Duft über den Dorfplatz zog, klatschten einige der Frauen, die mit uns aus den Ländern im Süden gekommen waren, in die Hände. Es war nicht ganz so viel, wie Orphal und ich mitgebracht hatten, doch dafür waren die Waren hochwertiger. Wir verteilten die Beute an die Dorfbewohner, dabei erzählte Galltor von ihrem Auftrag. Die Einzelheiten sollten er,

Lantar und Isannrie am Hofe des Fürsten Flatos erfahren. Auf dem Weg dorthin seien sie von Wegelagerern überfallen worden und nur knapp dem Tode entronnen. Wir lachten, denn die Wegelagerer waren Yinzu und Hamron gewesen.

Nachdem alles verstaut war, machten wir mit unseren Freunden einen Rundgang durch das Dorf. Nicht ohne Stolz zeigten wir ihnen, was wir in den zwei Jahren geschafft hatten. Die Verteidigungsanlagen und die Skorpione wurden von ihnen besonders genau begutachtet. Galltor bat Malltor darum, ihn in der Handhabung der Waffe zu unterweisen. Auch Kiratana wurde von den dreien herzlich begrüßt. Lantar verneigte sich vor ihr und erklärte, es sei für ihn eine große Ehre, eine so wunderschöne Elfe kennenlernen zu dürfen. Dass dieses zarte und blasse Wesen erröten konnte, sah ich dabei zum ersten Mal. Auch Hamron blieb das nicht verborgen, er stellte sich gleich darauf zwischen die beiden.

Nach unserem Rundgang gingen wir zu dem Festmahl, das die Frauen und Männer des Dorfes für die zurückgekehrten Krieger vorbereitet hatten. Es war wundervoll. Viele Speisen, die ich aus den südlichen Ländern kannte, wurden an diesem Tag bei uns im Norden serviert. Den ganzen Abend schlemmten wir, lachten und tranken von dem Würzwein, den unsere Helden erbeutet hatten. So dauerte es auch nicht lange, bis ich spürte, dass mir der Wein zu Kopf stieg.

Die Dorfbewohner zogen sich nach dem Mahl zurück. Wir anderen rückten dichter um die große Feuerstelle zusammen und lauschten gespannt den Geschichten von Galltor, Isannrie und Lantar. Auch die drei hatten sich gegenseitig bei ihren Meisterprüfungen beigestanden. Stolz zeigten sie uns ihre Narben. Das konnte ich auch: Leicht schwankend erhob ich mich, riss mein Hemd auf und zeigte die breiten Narben, die ich im Kampf mit dem Troll davongetragen hatte. So ging es reihum, und nach einiger Zeit saßen wir fünf halbnackt ums Feuer.

Als die Wintersonne durch das kleine Fenster in mein Zimmer schien, erhob ich mich mit schweren Gliedern. Mein Kopf schmerzte, mein Magen meldete sich, und ich schwankte durch das Zimmer meiner Brüder. Ein wilder Haufen von Haaren und Körpern lag dort. Mühsam suchte ich mir einen Weg und versuchte, auf niemandem herumzutrampeln. Im Saal brannte noch immer das Feuer. Orphal hatte sich auf den Ratstisch gelegt und schnarchte vor sich hin. Galltor hatte sich zwei Stühle zusammengeschoben und schlummerte dicht am Feuer. Es roch noch immer nach dem Würzwein. Gerade, als ich mich mühsam hingesetzt hatte, wurde die Tür aufgerissen, und unter brutalem Lärm stürmten einige der Frauen in den Saal. Sie sahen sich kurz um, lachten und begannen mit dem Aufräumen.

Der Tag wurde sehr ruhig. Wir alle waren damit beschäftigt, wieder zu uns selbst zu finden. Ich ärgerte mich über meine Nachlässigkeit. Wären wir angegriffen worden, hätten wir es sehr schwer gehabt. Ich stand vor dem Tor, das zum See hinausführte, und ließ das Bild der schneebedeckten Berge auf mich wirken. Der zugefrorene See wirkte wie ein Spiegel, der mich blendete. Plötzlich spürte ich die Anwesenheit eines anderen Menschen. Yinzu sah mich mit zusammengekniffenen Augen an. „Wir müssen uns über die Wintersonnenwende Gedanken machen." Wir mussten uns wieder um Unterstützung durch den Hohen Rat bemühen und beschlossen, in den nächsten Tagen eine Reise zum Großmeister zu unternehmen.

Ein paar Tage später setzten wir unseren Entschluss in die Tat um. Hamron und Malltor wachten zusammen über unsere Reise. Als mein Bruder und ich vor dem Großmeister standen, freute er sich, uns zu sehen, und ließ sich ausführlich von unseren Abenteuern erzählen. Hellhörig wurde er, als wir von der alten Hexe erzählten. Er schickte nach Meister Zorralf. Die beiden besprachen sich stumm, dann verkündete der Großmeister, Meister Zorralf reise dieses Mal zur Wintersonnenwende zu uns. Ich fragte ihn, ob er etwas über die Runenrolle herausbekommen hatte, die wir von Scheich Omar bekommen hatten. Er nickte. In den alten Schriften werde von einem Pergament berichtet, das eine entscheidende Rolle bei der Wiedererweckung der Drachen spielen solle. Unklar sei, wie viel Wahrheit in der alten Sage stecke. Doch wenn wir die Schriftrolle hergeben würden, dann könnten die Weisen des Clans sie genau studieren. Yinzu sagte, wir könnten das nicht allein entscheiden, Hamron habe die Schriftrolle bekommen. Der Großmeister zeigte Verständnis und sagte, wir sollten in Ruhe darüber beraten. Wir baten noch um etwas von dem Elixier des Roten Drachen. Wir bräuchten es, wenn es zur Schlacht mit Flatos' Truppen und seinen Verbündeten käme. Meister Zorralf versprach, er bringe zur Wintersonnenwende etwas davon mit. Wir verneigten uns, reisten zurück und berichteten ausführlich von der Begegnung.

An jenem denkwürdigen Morgen, wenige Tage vor der Wintersonnenwende, hatten sich Kälte und Feuchtigkeit schwer auf meine Atemwege gelegt, als ich aufwachte. Fröstelnd legte ich mir mein Fell um die Schultern und trat vor die Tür. Es war sehr früh. Nebel verhüllte den Dorfplatz dicht über dem Boden und schimmerte bleich in der Dämmerung. Doch plötzlich nahm dort, in der Mitte des Platzes, umspült von all dem Nebel, ein Schatten Gestalt an. Er stand bewegungslos da, gehüllt in einen weiten Umhang, das Gesicht unter einer Kapuze verborgen, und stützte sich auf einen langen gewundenen Stab. Ein lähmender Schreck durchzuckte mich. War es die Hexe oder einen ihrer Verbündeten? Doch mit einem leichten Windhauch, der den Nebel vertrieb, wich meine Angst langsam warmer Freude. Meister Zorralf war gekommen. Er war nicht in seinem Astralkörper gereist, denn der bläuliche Schimmer fehlte. Er war tatsächlich da.

Kinder rannten an mir vorbei ins Rundhaus und berichteten aufgeregt von der Erscheinung. Kurz darauf kamen meine Brüder schlaftrunken nach draußen und zogen mich mit. Meister Zorralf wandte den Kopf. „Na, das wird ja wohl auch Zeit! Wie lange wolltet ihr mich noch in der Kälte warten lassen? Euch zu überraschen, ist ja nicht besonders schwer. Ich frage mich, wie ihr es geschafft habt, meine Prüfungsaufgaben zu bestehen." Er war schon im Rundhaus verschwunden, als ihm einfiel, dass wir noch immer auf dem Boden knieten. Aus der Tür rief er, wir sollten gefälligst ins Warme kommen. Er habe keine Lust, uns auch noch von einer Lungenentzündung zu heilen. Orphal schüttelte den Kopf, und auch die anderen waren etwas enttäuscht über diese frostige Begrüßung. Der Meister hatte es sich drinnen schon bequem gemacht. Er saß an der Feuerstelle und wärmte sich die Hände. Der Reihe nach betrachtete er uns und nickte dann anerkennend. „Ich muss sagen, ihr habt euch allesamt gut gemacht. Eure Meisterprüfung habt ihr auch alle bestanden, wie mir berichtet wurde. Doch nun habt ihr Tölpel euch in eine Lage gebracht, aus der ihr allein nicht wieder herauskommt." Orphal wollte protestieren, doch der Blick, den Meister Zorralf ihm zuwarf, erstickte seinen Einwurf schon im Ansatz. „Es geschieht im Moment etwas von solchem Ausmaß, dass selbst die Unterwelten und die Hallen der Götter davon betroffen sind. Deshalb bin ich nicht gerade erfreut, hier bei euch die Tagesmutter spielen zu müssen. Doch in Anbetracht der Tatsache, dass einige von euch zu Höherem bestimmt scheinen, will ich noch mal ein Auge zudrücken. Ich möchte in allen Einzelheiten darüber informiert werden, was sich bislang zugetragen hat und was ihr in Zukunft zu tun gedenkt. Außerdem habe ich Hunger. Die Reise war anstrengend." Er lehnte sich im Stuhl zurück und sah mich erwartungsvoll an. Ich zögerte, wusste ich doch nicht, was er von mir wollte: Frühstück oder die Einzelheiten. „Worauf wartest du, Aran? Dass ich hier verhungere?" Seine Worte waren noch nicht verklungen, als ich auch schon aus dem Haus gestürmt war, um ihm etwas zu essen zu holen. Zwei der Frauen, die mir über den Weg liefen, fragte ich, ob sie bereit seien, für unseren hohen Gast frische

Speisen zuzubereiten. Beide machten sich sofort an die Arbeit. Erleichtert kehrte ich zurück und verkündete, es gebe bald ein warmes Frühstück für Meister Zorralf. Er nickte mir zu und ließ dann einen nach dem anderen vortreten und Bericht erstatten. Mir stellte er viele Fragen, die sich, wie ich befürchtet hatte, auf meine schmachvolle Begegnung mit der alten Hexe konzentrierten. Dann ließ er sich von Yinzu nochmal alles genau erzählen. Zum Schluss knurrte er nur, wir hätten während seines Unterrichtes wohl nicht aufgepasst. Glücklicherweise brachten in diesem Moment die Frauen das Frühstück herein. Er bedankte sich für die Mühe und begann zu speisen.

Als Malltor hereinkam, erhob sich Meister Zorralf und verbeugte sich vor dem alten Krieger. Dieser erwiderte den Gruß, und beide begannen ein Gespräch in Malltors Muttersprache. Als auch für uns das Frühstück aufgetragen wurde, verneigt sich Malltor vor Meister Zorralf und zog sich in den hinteren Teil des Rundhauses zurück. Meister Zorralf teilte uns während des Mahls mit, welches und wie viel Holz er für das Fest der Wintersonnenwende brauche. Er legte großen Wert darauf, dass wir es persönlich holten und niemanden damit beauftragten. Als wir zusammen das Rundhaus verließen, flüsterte Galltor mir zu, das sei ja genau wie in der Ausbildung. Ich nickte, zum Lachen war mir nicht zumute.

Wir suchten das Feuerholz zusammen und schichteten es nach Meister Zorralfs Anweisungen auf, während er selbst das Elixier des Roten Drachen braute. Die meisten Zutaten hatte der alte Magier mitgebracht. Was ihm nun noch fehlte, suchten Hamron und Malltor zusammen.

Endlich war der Tag der Wintersonnenwende gekommen. Aufgeregt wie im Jahr zuvor, kleidete ich mich an. Meister Zorralf war ausgesprochen guter Laune und legte ebenfalls ein besonderes Gewand an. Es war mit vielen kleinen mattgoldenen Symbolen reich verziert, die allesamt eine magische Bedeutung hatten. Als wir uns kurz nach Einbruch der Dämmerung zusammenfanden, waren alle sehr feierlicher Stimmung. Der Holzstapel war dieses Jahr wesentlich größer als im Jahr zuvor. Immer, wenn wir Meister Zorralf gefragt hatten, ob es genug sei, hatte er nur den Kopf geschüttelt und uns angewiesen, höher zu stapeln. Zum Schluss wurden wir von der gesammelten Energie Meister Zorralfs emporgehoben, um die letzten Holzscheite oben draufzulegen. Als der Mond aufgegangen war, begannen wir die Zeremonie unter der Führung des Magiers mit dem Entzünden des großen Holzstapels. Während er lichterloh brannte, schwangen die Runengesänge über dem Platz in das Dunkel des Himmels hinauf, und ich hörte die Geisterkrieger nahen. Es waren sehr viel mehr als im Jahr zuvor. Als sie bei uns waren, sah ich zum ersten Mal, dass sich auch Geisterkrieger vor jemandem verneigen. Meister Zorralf ist ein so großer Magier, dass ihm selbst die toten Krieger noch Respekt zollen.

Mit einem Ruck wurde ich in meinen Astralkörper gestoßen. Hinter mir stand Begnaton, der Geisterkrieger, der mich im vergangenen Jahr vor dem Verrat gewarnt hatte. Er lachte, nickte anerkennend und sagte, ich sehe gut aus. Meine Narben stünden mir und würden mich als Krieger ausweisen. Auch ich freute mich, ihn wiederzusehen. Zu meinem Erstaunen richtete mir Begnaton Grüße von meiner Großmutter aus. Er erzählte, er treffe sie regelmäßig. Ich stotterte, als ich ihn fragte, wie es ihr ginge und warum sie nicht mitgekommen sei. „Du bist noch nicht soweit. Wenn du zu großen Emotionen ausgesetzt wirst, könntest du die Verbindung nicht mehr aufrechterhalten." Er deutete auf meinen Körper, der reglos vor dem hell brennenden Holzstapel stand. „Du hast dir meine Warnung zu Herzen genommen, das war gut so. Aber die Gefahr ist noch nicht vorbei. Es gibt Kräfte, die sich gegen dich verschworen haben, weil du Großes leisten kannst und eine Gefahr darstellst. Deshalb sei weiter auf der Hut, es ballen sich dunkle Wolken am Horizont zusammen. Selbst die Säulen des Himmels werden von dem nahenden Sturm nicht verschont bleiben. Du musst aufpassen, dass er dich nicht mit hinwegfegt." Ich erzählte ihm von meinem seltsamen Traum, und er bestätigte, er sei die Ankündigung dieses Sturms gewesen. Er klopfte mir aufmunternd auf die Schulter und versicherte, ich bekäme im entscheidenden Augenblick Hilfe. Dann verabschiedete er sich und zog weiter. Ich führte noch einige Gespräche mit anderen Geisterkriegern, konnte mich aber nicht darauf konzentrieren, zu sehr beschäftigte mich die Warnung des alten Geisterkriegers. Irgendwann neigte sich auch diese Nacht dem Ende zu. Nach und nach verschwanden die Geister, und es kehrte Ruhe auf dem Dorfplatz ein. Am Ende der Zeremonie standen nur noch meine Brüder, Meister Zorralf, Malltor und Kiratana am Feuer. Der alte Magier war zufrieden mit der Feier zu Ehren der toten Krieger. „Hat meine Ausbildung doch etwas genützt", lachte er und schlug Yinzu leicht auf den Nacken.

Tags darauf wurden Yinzu und ich zu Meister Zorralf gerufen, der es sich in meinem Zimmer bequem gemacht hatte. „So, ihr kleinen verlausten Kiltscheißer, ich werde nicht abreisen, bevor ihr mir nicht bewiesen habt, dass ihr es schafft, einer Hexe erfolgreich gegenüberzutreten. Was hatte ich euch über Bannsprüche beigebracht?" Er sah mich an. Ich stotterte: „Äh... ja... also, Bannsprüche müssen schnell... und entschieden..." Weiter kam ich nicht, mit einer Handbewegung schnitt mir Meister Zorralf das Wort ab. Ich hörte nicht auf zu reden, nein, ich konnte einfach nicht mehr sprechen. So sehr ich mich auch bemühte, kein Laut kam über meine Lippen. „Das wichtigste bei einem Bannspruch ist, dass ihr eurem Gegenüber die Möglichkeit nehmt, einen Gegenzauber auszusprechen. Siehst du, Aran, ich könnte dich jetzt in aller Ruhe in alles verwandeln, was mir in den Sinn kommt, und du hättest nicht den Hauch einer Möglichkeit, dich dagegen zu wehren. Schlimmes Gefühl, nicht wahr? Dein Bruder wird nicht immer da sein, um dich zu retten. Also pass gefälligst besser auf." Verlegen nickte ich und schwor, an seinen Lippen zu hängen und jedes Wort in mich aufzusaugen. Er lachte. „Diesen Ehrgeiz hätte ich mir von dir an den Felsentoren gewünscht, dann müsste ich euch jetzt keinen Nachhilfeunterricht geben."

Nun sollten Yinzu und ich uns gegenseitig mit Bannsprüchen bearbeiten. Wir mussten uns gegenüber aufstellen und auf ein Zeichen von Meister Zorralf versuchen, den anderen handlungsunfähig zu machen. Konzentriert auf meine Mitte stand ich da, die Augen halb geschlossen, ich hatte die Arme nach vorn ausgestreckt meine Hände geöffnet, die Finger zeigten auf meinen Bruder. Yinzu stand in einer ähnlichen Haltung vor mir. Leise, fast gesungen, kam das Kommando. Kaum hörte ich die Rune, als ich auch schon die Formel sprach und sie mit einer Handbewegung unterstütze. Yinzu gelang es nicht zu reagieren, ich lähmte ihn so, dass er keine Möglichkeit zur Gegenwehr hatte. „Sehr gut, Aran, du schaffst es doch immer wieder, mich zu überraschen. Doch nun wollen wir sehen, ob das vielleicht nur ein Glückstreffer war." Mit einer winzigen Bewegung seiner Hand wischte der alte Zauberer meinen mit Mühe aufgebauten Bannspruch einfach weg, und Yinzu war wieder frei. Nun begann das Spiel von vorn.

So verging der Vormittag mit Bannsprüchen und Gesängen. Schon ziemlich erschöpft, hoffte ich, dass die Übungen bald ein Ende haben würden, doch weit gefehlt. Meister Zorralf verschärfte das Training sogar noch, indem er es unterließ, uns das Startzeichen zu geben. Diesmal hatte Yinzu den ersten Versuch. Sein Vorteil war, dass er sich den Zeitpunkt für seinen Angriff aussuchen konnte. Das konnte ich zwar ausgleichen, weil ich wusste, dass er es tun würde, doch ich sollte versuchen, nur zu reagieren und mich trotzdem nicht fassen zu lassen. Wieder versenkte ich mich in meine Mitte, ohne meinen Bruder aus den Augen zu lassen. Es verging einige Zeit, dann bemerkte ich, wie sie Yinzus Lippen bewegten. Fast lautlos sprach er die Bannrunen. Die Erkenntnis zuckte wie ein Blitz durch meinen Kopf, doch da war es schon zu spät. Ich erstarrte, wie in Eiswasser getaucht. Auf halben Weg gefror meine Antwort auf seinen magischen Angriff. Nichts konnte ich mehr bewegen, nicht einmal mit den Augen zwinkern. Dieser Punkt ging eindeutig an meinen Bruder.

Die letzte Form der Übung war besonders schwierig. Meister Zorralf lachte, als er sie uns erklärte und in unsere Gesichter sah. „Schön und gut, Jungs, ihr habt zu meiner Zufriedenheit geübt. Aber in der kalten Wirklichkeit dort draußen gibt es niemanden, der euch einen Vorteil verschafft. Deshalb werdet ihr jetzt ganz im Sinne des Zweikampfes ohne Einschränkungen einander angreifen, ihr dürft euch aber nur auf eure magischen Kenntnisse verlassen. Fäuste oder Tritte sind nicht zugelassen." Ich wartete konzentriert auf den Angriff meines Bruders. Viel Zeit verging, bis sich Yinzu entschloss, den magischen Kampf zu eröffnen, doch dann ging alles Schlag auf Schlag. Es gelang mir, nur noch instinktiv zu agieren oder zu reagieren.

Nie in meinem Leben bin ich so oft magisch gelähmt, vereist oder gefesselt worden. Nie habe ich jemandem so viele Bannsprüche entgegengeschleudert wie in dieser Nacht. Oft musste uns Meister Zorralf aus dem Bann wieder heraushelfen. Der Magier griff aber immer nur dann ein, wenn einer von uns bezwungen war. Beiläufig durch ein Fingerschnipsen oder nur durch ein Kopfnicken löste er unsere so mühsam gelegten magischen Fesseln. Dann verbesserte er etwas an unserer Haltung oder gab Tipps, wie wir die Runen noch besser betonen konnten. Doch seine Anweisungen waren kurz und knapp, und wir mussten gleich danach weitermachen.

Der Morgen graute, als wir uns endlich ausruhen durften. Mein Kopf war so leer wie mein Magen. Ich konnte mich kaum auf den Beinen halten. Doch Meister Zorralf brummte zufrieden vor sich hin. „Obwohl es nicht meine Gewohnheit ist, muss ich euch sagen, dass ihr heute Nacht gut gearbeitet habt. Ihr habt umgesetzt, was ich euch gelehrt habe, und konntet euch schnell auf die jeweils neue Taktik eures Gegenübers einstellen. Was hättet ihr alles lernen können, wenn ihr bei den Felsentoren den gleichen Eifer an den Tag gelegt hättet. Aber nein, da wolltet ihr ja immer nur mit euren Schwertern spielen. Doch ich sehe einen Silberstreif am Horizont."

Den ganzen Tag und die folgende Nacht ließ uns Meister Zorralf schlafen. Als ich dann sehr früh am nächsten Morgen erwachte, war er schon auf den Beinen. Ohne Umschweife begann er, uns auf einen magischen Kampf mit der Hexe vorzubereiten. Er gab uns genaue Anweisungen, wie wir die Frau töten sollten. Zum Schluss sagte er noch: „Am besten ist es, ihr das Herz herauszureißen und den Kopf abzuschlagen, dann geht ihr wirklich auf Nummer sicher." Danach gab er uns die Flaschen, die wir den Dorfbewohnern vor der großen Schlacht reichen sollten. Für uns selbst gab es auch eine kleine Flasche. Noch am selben Abend verschwand der Meister genauso leise, wie er gekommen war. Er ging los und war nach kurzer Zeit einfach nicht mehr da. Es dauerte nicht einmal einen Augenaufschlag.

Der Frost hielt das Land eisern umklammert, doch es fiel kaum Schnee. Wir schickten nur kleine Spähtrupps los, die noch am selben Tage wieder zurückkamen. Wir litten keinen Hunger, auch wenn wir deutlich mehr Mäuler zu stopfen hatten, als noch im Sommer geplant war. Allerdings wurde unser Feuerholz knapp, wir mussten viel und gut heizen, damit niemand erfror. So schwärmten wir in die nähere Umgebung aus, um genügend Holz für das Rundhaus und die Hütten zu sammeln. Einige Häuser ließen wir leer stehen, die Menschen dort rückten mit ihren Nachbarn zusammen. Das stärkte das Zusammengehörigkeitsgefühl und sparte Feuerholz.

Ich genoss die Zeit der Ruhe und der Kälte. Das Land war erstarrt und wartete sehnsüchtig auf die Ankunft des Frühlings. Doch als er sich dann endlich ankündigte, war er anders, als wir es alle gehofft hatten. Als das Eis schmolz und sich die ersten zarten Knospen zeigten, kam der Regen. All der Schnee, der im Winter nicht gefallen war, schien nun mit der frischen Energie des neuen Jahres über uns hereinzubrechen. Schnell war die Erde aufgeweicht, und das Wasser lief immer schlechter ab.

In diesen Wochen wurde die Freundschaft zwischen Kiratana und Rignira fester. Die Königstochter hatte Vertrauen zu der jungen Elfe gefasst, und die beiden verbrachten viel Zeit miteinander. Auf der einen Seite freute ich mich für Rignira, auf der anderen fühlte ich ein seltsames Misstrauen, wenn ich an die Gefahr dachte, die mit Rigniras Annäherung an uns entstand. Die Elfe nahm sie überall mit hin, und selbst Hamron hatte es schwer, sie davon zu überzeugen, dass es besser wäre, wenn die Königstochter nicht alles wüsste. Wir planten, vorsichtig herauszubekommen, ob wir ihr trauen konnten. Orphal meldete sich freiwillig dafür.

Ich blieb misstrauisch, bis zu dem Tag, an dem Orphal nicht zum Frühstück erschien. Kiratana lächelte und schüttelte den Kopf, als Hamron sie fragte, ob sie etwas wisse. Mir war dieses Katz-und-Maus-Spiel zuwider. Deshalb erhob ich mich kurzentschlossen und lief durch den strömenden Regen zum Haus der Mädchen. Nur flüchtig klopfte ich, dann trat ich durch die Tür. Hinter einem Vorhang fluchte jemand, als ich nach den beiden rief. Kurz darauf stand Orphal nur mit einem Fell um die Hüften vor mir. Er sah mich wütend an und stammelte Entschuldigungen. Ich konnte mir ein Lachen nicht verkneifen und sah von jenem Moment an Rignira mit freundschaftlicheren Augen.

Auch die nächsten Wochen brachten keine Wetteränderung. Zwar ließ der Regen nach und hörte auch hin und wieder ganz auf. Trotzdem waren wir wie gelähmt durch das deprimierende Wetter. Doch eines Tages lag Magie in der Luft, ein Blick und ich wusste, dass Yinzu das gleiche fühlte. Am Horizont erschienen Nordlichter, das ist im Frühling ungewöhnlich. Die Lichter rasten direkt auf uns zu. Der Wind legte sich, und ein Klirren und Kreischen erklang. Da wurde mir klar, dass es ein Zauber war, der sich seinen Weg zu uns bahnte. Wir sollten verhext werden.

Yinzu stürmte nach drinnen und holte seinen Beutel. Er schrie, ich solle endlich den Kreis ziehen. Ich riss ich mein Schwert aus der Scheide, begann, Bannrunen zu singen, und zog dabei mit dem Schwert einen Bannkreis in den Boden. Yinzu trat in den Kreis und ließ Salz aus dem Beutel in die Furche rinnen. Kaum war der Kreis geschlossen, als das Licht uns erreichte. Wie von einer Welle, die ans Ufer schlägt, wurden wir umspült. Der Kreis aber und unsere Bannsprüche hielten den Zauber schützend auf Abstand. Nun bauten wir einen Gegenzauber auf. Dafür stellten wir uns gegenüber auf und sahen uns tief in die Augen. Die Arme ausgestreckt, zeigten unsere Handflächen zueinander, ohne sich zu berühren. Kaum war die erste Rune erklungen, spürte ich auch schon die Hitze in meinen Fingerspitzen. Meine Hände glühten. Alles verschwamm um mich herum, ich spürte nur noch meine Hände und sah die dunklen Augen meines Bruders. Das Dorf verschwand in einem Wirbel aus Licht. Das Kreischen und Klirren wurde lauter, jemand versuchte, unseren Bannkreis von außer aufzubrechen. Der Boden schwankte, die Erde bebte, und ich vertrieb die Sorge um die Menschen im Dorf aus meinem Bewusstsein. Doch zu spät, meine Konzentrationsschwäche rächte sich augenblicklich. Wie mit einem harten Tritt, der mich in den Magen traf, wurde mir die Luft herausgepresst. Ich taumelte, konzentrierte mich aber weiter auf meine Hände und die Bannsprüche. Dass ich dabei nicht weiteratmen konnte, durfte ich nicht beachten. Langsam richtete ich mich wieder auf, meine Runen wurden kräftiger, und der Einbruch in unseren Kreis war abgewehrt.

Nun begannen Yinzu und ich, uns im Kreis zu drehen. Obwohl wir uns nicht berührten, fühlte es sich an, als ob wir uns an den Händen halten würden. Immer schneller wurden unsere Drehungen, ich verlor den Boden unter den Füßen. Das Zwielicht, das uns umgab, riss auf, dunkle Wolken bahnten sich ihren Weg, und als die ersten Blitze zuckten, wusste ich, dass wir es geschafft hatten. Kurz darauf prasselte wieder der Regen, und ein kalter Wind zerstreute das magische Licht in alle Himmelsrichtungen.

Zitternd standen wir da, schweißgebadet und erschöpft, doch mit der Gewissheit, dass wir diesen Kampf gewonnen hatten. Wir taumelten zum Rundhaus zurück, nicht ohne unseren Kreis aus Salz zerschnitten zu haben. Der Boden außen um den Kreis war verbrannt.

Malltor schaute uns verwundert an, als wir uns keuchend am Ratstisch niederließen. Der Gute hatte, wie alle anderen, nichts von unserem Kampf mitbekommen. „Wieder kann keiner ein Lied über unsere Heldentat singen." Yinzu schüttelte nur den Kopf und murmelte etwas von „typisch".

Trotz unseres Sieges konnten und wollten wir die Sache nicht auf sich beruhen lassen. Wer wusste schon, wie so ein Kampf das nächste Mal ausgehen würde? Also beschlossen Yinzu und ich am nächsten Tag, in unseren Traumkörpern nach der Hexe zu suchen. Wenn wir Glück hatten, konnten wir sie überraschen und vielleicht töten, wenn nicht, konnten wir Neues über unsere Feinde in Erfahrung bringen.

In der Ebene vor dem Dorf war nichts, was uns beunruhigte. Doch als wir den Wald erreichten, bemerkten wir eine magische Banngrenze. Mit einigen der neuen Runen, die wir von Meister Zorralf gelernt hatten, gelang es uns schließlich, die Barriere zu überwinden. Sie war nicht so stark wie der Angriff am Tage zuvor, vielleicht hatten wir die Hexe geschwächt. Es fühlte sich an wie eine Wand aus Wasser, durch die wir hindurchgingen. Doch was wir dann dahinter erblickten, raubte uns den Atem: Fürst Flatos und seine Verbündeten hatten im Schutze des Regens und mit Hilfe der alten Hexe den Aufmarsch ihrer Truppen fast abgeschlossen. Der Wald war zu einem Heerlager geworden. Ich musste schlucken, nur die Zeltstadt von Yinzus unseligem Onkel war gewaltiger gewesen. Es waren Tausende, die sich dort auf die Schlacht vorbereiteten. Überall brannten kleine Feuer, um die in Gruppen Zelte aufgebaut waren. Ich sah Waffenschmiede, Bogenmacher und Soldaten, die ihre Schwerter schärften, ein stehendes Heer, das war mir sofort klar. Die Männer vermieden unnötigen Lärm, allein daran konnte ich erkennen, dass sie ihr Handwerk verstanden. Sprachlos streiften Yinzu und ich umher. Auf den Waldwiesen standen Hunderte von Schlachtrössern. Wir würden es auch mit schwerer Kavallerie zu tun bekommen, keine besonders guten Aussichten. Mein Bruder gab mir ein Zeichen, wir hatten genug gesehen und mussten schnell zurück, um die Unsrigen zu alarmieren. Der Angriff würde nicht mehr lange auf sich warten lassen. Also riefen wir im selben Augenblick, in dem wir die Augen öffneten, die anderen zu den Waffen.

Undeutlich spüre ich, wie eine Hand mich an der Schulter rüttelt. Der Nebel der Erinnerung verzieht sich, mir dämmert, dass ich hier im Dunkel des Rundhauses über meiner Suppe eingeschlafen bin. Die Nacht ist vorüber, doch das Grau des Morgens schimmert nur schwach durch den Regenschleier. Riesige Wolken türmen sich am Himmel, ein Sturm tobt über dem Land.

Mir kriecht die Gewissheit den Rücken hinauf, dass dieser Morgen Schmerz und Leid bringen wird. Die Stunden, die sich zu Jahren dehnten, haben ein Ende gefunden. Ich verscheuche die letzten Bilder, die aus der Tiefe meiner Vergangenheit zu mir heraufgestiegen sind.

Malltor schreitet durch das dämmrige Dunkel auf mich zu. Ich sehe in sein ernstes Gesicht. „Es wird Zeit, wir rechnen mit dem Angriff." Ich nicke ihm zu, erhebe mich und suche nach dem Hass in meinem Innersten, den ich meinen Gegnern entgegenschleudern will. Der gute Malltor hat in der Zwischenzeit die anderen, die mit mir im Rundhaus gewartet haben, geweckt. Alle erheben sich schweigend. Ohne Worte umarme ich meine Brüder, und wir gehen nach draußen.

Als wir die Trompeten und Signalhörner von der anderen Seite der Ebene hören, sind alle Bewohner mit ihren Waffen auf dem Dorfplatz versammelt. Ich blicke in wild entschlossene Gesichter. Dies ist der Moment, auf den wir so lange hingearbeitet haben. Alle hier sind bereit, an diesem Morgen ihr Leben für unsere Sache zu geben. Als sich das Tor öffnet, weiß ich, dass es ein blutiger Tag werden wird.